河南出版基金
HENAN PUBLICATION FOUNDATION

01

ERYUEHE
WENCUN

二月河文存

著 二月河

编 周百义

河南文艺出版社
· 郑州 ·

青年时期的二月河

目录 Contents

目录 Contents

目 录 Contents

目录 Contents

目 录 Contents

目录 Contents

目 录 Contents

目录 Contents

目 录 Contents

目录 Contents

目 录 Contents

目录 Contents

目 录 Contents

目录 Contents

目 录 Contents

目录 Contents

目 录 Contents

目录 Contents

目 录 Contents

目录 Contents

目 录 Contents

目录 Contents

目 录 Contents

目录 Contents

目 录 Contents

家族

一门三秀才

1945 年的农历九月二十九，这个阴寒的深秋，在山西省昔阳县一个偏僻的山庄，我出生了。这个地方叫南庄，也称南李家庄。在昔阳县正北偏东，倚浮山襟神山，傍莲花山、凤凰山……前后左右都是山，也有一条河，叫铺沟河。你打开地图，根本就找不到这条河。但我曾经见过这条河，是满沟的石头蛋子，大的犹如卧牛，小的鸡蛋许大，干得几乎见不到水。以至于我在后来写书，起笔名时根本就想不到它。我想的是"二月的黄河"。

近来，我的长兄凌振祥写了一本《二月河源》的书，我才据典忆祖，明了了家族的历史概貌：开基之祖是兄弟二人——凌德环、凌德源。明代末叶迁来开荒，兄弟二人兄居岗上，弟居沟底，繁衍生息继以世代，遂成人丁七百余人的凌氏大家族。比凌德环再早的，已不可考。这次我游山西，到洪洞县，忽有所感：是否可能来自大槐树下？

我曾祖父一代时，还算比较"牛"的，兄弟四人三秀才，伯凌朝徽是食廪秀才，仲凌瑞徽是贡生，叔凌杞徽为庠生——我的曾祖父是凌朝徽。一门三秀才，这在江南极平常，在北方，山左山右一带，是十分了得的，方圆百里提起来，都是称先生而不名，"大先生、二先生、三先生"如何怎样。这个影响通逼今日，人们称道："二月河你们知道是谁？是大先生的曾孙！人家那叫祖上有德……"

这是曾有过的辉煌，晚霞的绚丽，似乎至今还放着毫彩之光。我的理解是，打从我的祖父凌从古这一代，家道开始发生令人——兴奋？激动？悲伤？忧虑？……这些变化，不不……不是这样的，用"感怀""惆怅"也许更合适，我则用"唏嘘"这个词。

退一步想，夫然后行

爷爷的照片现今留存的有，但我只见过爷爷一面。那是1953年，我八岁，父亲探家带上了我。我的大哥说，"你当时很怕他（爷爷）"。但我的回忆不是这样。我只是觉得好奇与隔膜。那是冬天，太阳暖暖地洒落略带金黄的光。老人家默默地坐在大门口外的石头上，表情有点呆滞地看着远处。过来过去的人有的挑担，有的扛农具，路过时和他打招呼：

"老汉——文明（我父小名）回来了？"

"回来了。"

"还好？"

"啊、啊，还好。"

"你快走了吧？"

"啊、啊，快了，快了。"

这话是半个世纪前说的。我现在已过耳顺，仍像昨天那样清晰。"走"就是"死"的意思——问得自然，答得简洁、坦然。这在其他地方如何？我不晓得，在河南是犯忌讳的，肯定没有这事。

他真的很快就"走"了。留给我的应该说不是怀念，而是带泪的思索。

1937年抗战爆发，他把长子凌尔寿送进了抗日队伍；次年，他又送走了二儿子凌尔文（我的父亲）。那时他已是六十岁的老人，只有这两个儿子，都送走了。而家里总共九口人。三十四亩地，请了一个叫"歪牛叔叔"的来做长工。两个儿子都在我党的根据地打仗，凌尔寿在河北武安牺牲——这无论如何说都是个爱国老人。然而，他在当时却有一个家人不愿提及的身份——富农。

我在1969年入党，填的入党志愿书一片光明。家庭出身：革命干部。父亲，1938年参加革命，中共党员；母亲，1944年参加革命，中共党员；姑父吕偶，中共党员；舅舅马文兰，中共党员；姨姨马佩荣，中共党员……外祖父，党的地下工作者、烈士；伯父凌尔寿，烈士……阴暗面没有。我所知道的仅仅父亲是富农出身而已。

然而第一次填写志愿书并没有批准我入党。组织上找我谈话，那平日也是很要好的同僚，此时却显得有点矜持和庄重："你还有一个姑姑，是怎么死的？为什么不填进表中？"我一下子蒙了，赶紧写信（那时不可能打电话）询问父亲。父亲来信告诉我：确有一个小姑姑，叫凌尔婉，土改时被斗而死。他并且告诉我，这些负面的东西没有告诉我，是因为怕我受负面的影响，同时他还说，他给部队党组织写了信，详细说明了情况。第二次再填时，我仔细思量了这件事，并且加上了我对此"人民革命斗争"的积极评价。这时我还是不晓得，大伯母也是这时期自尽的。

土改在如火如荼地进行，斗争也在不断升级加温。爷爷毕竟是"双抗属"，这一条谁也无法否认。父亲后来告诉我一件这样的事：有一次昔阳县搞了一个"献田大会"，爷爷在大会上慷慨陈词，说自己过去剥削人有罪，把土地主动献出。爷爷在发言中间，另有一地主也想登台表态献田，被守台民兵从台上直摔出去——这是爷爷的政治待遇，不是每一个"分子"都能享受到的。

1947年冬，那是一个性命攸关的冬天。爷爷奶奶已经被"扫地出门"，即将"拉出去斗争"。县上头来人传话"这家人不能动"，他们才得以苟存。政策有所缓松，但极左的政策稍有变更，极左的思维盘根错节无一毫动摇。

1960年祖母去世，她死在邯郸，我的大姑母家。父亲和我扶枢又回了一次南李家庄。也就这一次，父亲带我到母亲曾经推磨的磨坊，指点着土墙上用炭条画下的字，上头写着人、手、口、刀、牛、羊、马、狗……，说："这是你妈推磨时练习的字，她一天学也没上过。"他还带我到一个土制房顶场院，指着一处房子说："你就生在那间房子里。"这件事过后，有人告诉我们："有反映，说凌尔文带他的儿子在场上指着房子说，这一处那一处房子，原来都是咱们家的，你要记住……"意思是，将来我们爷儿俩要阶级复辟。但也有正直的人说："凌尔文革命多少年，命都不要，还稀罕你这几间破房子？"但父亲从那之后，再也没有回南李家庄，我也没有。

爷爷信什么宗教，我不知道。但是，我家门楼上留有一幅砖雕，前写"退一步想"，后则"夫然后行"。我想这该是祖训，带有浓重的老庄色彩。爷爷可以将《道德经》背得滚瓜烂熟。父亲说话间零星不由自主能蹦出大段的老子语录，父亲晚年抄《道德经》，抄了一本又一本，送人作纪念，我送他一本《金刚经》，他可能没有看完，更没有抄。从这里头透露出爷爷、父亲的哲学思维信息来。

你哥要学我哥，你要学我

伯父凌尔寿，我没有见过，因为他1943年就牺牲了。1967年"文革"伊始，哥哥在武汉站在拥军派一边，是"保皇"学生头儿，两派角逐激烈。他说是回家探亲，其实很有点免祸避嚣的意味。我当时也百无聊赖，哥儿俩一商量，决定到河北武安去祭探伯父的佳城。

这件事已过了三十八年，往事都如烟霞，但唯此仍旧清晰如昨。

我是爱好逛坟地的，古至汉陵，今至公墓，帝陵王陵，贵人佳城，就是乱葬坟地，又何尝不是自由野趣的"陵园"？这些地方自然不是苏杭胜境那样的味道。在荒芜的坟地间踽踽穿行，林林总总的大小碑在茂草中时隐时现，它能告诉你很多东西。人的起始与终结、生存与寂灭、荣华与哀穷、欢乐与悲歌都掩藏在白草连天之中，有的坟场还有石人石马石羊之类，断碑残碣都横卧在榛荒冷寒的凄景之中。

后来读到"萋萋一树白杨下，埋尽金谷万斛愁"的句子，你在这里，可以找到最深邃的哲理意味。《红楼梦》中"青枫林下鬼吟哦"，我敢断言，曹公也是在墓道边悟出的句子。但武安陵园与一般的坟场有所不同。这完全是个花园格局。与晋、冀、鲁、豫大陵园的空旷阔大相比又是一种情调，茂树修竹密掩着亭台石阶，苍松翠柏中繁花如锦，地下砖缝里、甬道旁，茂草似乎不甘寂寞，毯般挤着向外钻，这还是盛夏时分，明灿的阳光照耀着这一切，显得深邃又层次分明，神秘而且幽静。

我和哥哥沿着林荫道边走边看，寻找伯父的墓，热湿的空气和炎炎暴晒下来的阳光似乎有点不协调。但不久也就适应了。行有几十米的样子吧，我和哥哥同时住了步，那碑刻：

山西省昔阳县凌尔寿烈士

的字样出现在我们眼前。

这里一共排着五座墓，伯父的墓在中间，前面还有大石碑，约可人高，上边刻着"浩气长存"四个大字，下边是各位烈士的生平简介。我这才知道，伯父最后的职务是"晋冀鲁豫边区政府督学"，他死于 1943 年 5 月 18 日。我抚摸那碑，上半截已是斑驳陆离的褐褐颜色，风拂雨淋几十年，像干透了又经阳光久晒了的血渍；碑下半部是新绿的苔藓，峥嵘茂密，在阳光中似乎反射着金属样的光泽。碑座下边的青草中，开着几朵不知名的野花，星星点点的宝石一样嵌在浓绿之中。这里有他的遗殖，深埋在地下。地上就这些了。我们只能见到这些，再深层次的东西无法想象。

县民政局的人很热情，当晚安排我们在招待所住。第二天又给我们开具了走访烈士牺牲地的证明，我们便离开了武安县城，到一个叫"阳邑"的山镇里去。这已经是深山区了，老式的苏联卡车，沿着满是鹅卵石河滩的路足走了两个小时才算到达，一问"柏草坪"，离此还有二十华里，已经不能通汽车。

我这辈子，喜爱浩如烟波的水，却一直和山打交道，生在群山之中，又参军回到群山之中，太行、吕梁、燕山，不但在山坡上转悠，而且打洞子转悠。我离开部队的驻地名称叫"愁水沟"——一听就知道什么意思。

但柏草坪这一带的山不缺水，我们几乎是沿着湍急的深涧之水进山的，河水哆嗦着，淡蓝苍暗的河面浪花像滚水箱一样翻滚，夹岸的山势迷离变幻，一时是小桥流水江南风情，一时又奇峰突兀拔地直耸云汉，下头是长草嶙石的山坡。这山地绵延不足百米，便是刀劈斧斫般的断崖，断面像新割的豆腐样平整，羊肠小道就在山坡与断崖缝隙间逶迤蜿蜒入山。

这是夏天将尽，一年之中最热的季节。我兄弟二人在山中穿行，顺羊肠小道蜿蜒下山。当时豪雨如注，倾洒而下，我们推开路边一座荒庙的山门进去暂避。庙院荒榛野蒿丛生，地下的野生蔓藤从砖缝中挤出来，葱葱茏茏绕树攀缠。唰唰的雨声中不时有梨从树上掉下来，摔在地下变成一个个雪白的小花。一时雨住，天色向晚，阴暗的天穹下又有流萤成阵，一团团绿雾样在眼前耳旁旋舞，又似伯父的幽灵在陪我们同行。庙与萤给我留下的印象极深，我作文写书遇有此情，此景立刻闪现眼前。

1943 年，我还没有出生。我的哥哥也在不记事的童稚之年。我对伯父的追怀，没有思念的意思，更多的是敬仰。他是最早从爷爷的旧家庭中叛逆出来的人，也是父亲新思想的启蒙人。父亲对他的思念充满着挚爱和悲伤。他不知说过多少次："没有你大爷（伯父），就没有我今天。""你大爷对我真亲啊！"他一直都在慨叹伯伯的一生，犹如哀伤悲泣自己的不幸。

伯父是有灵的。我没有遇到。父亲告诉我，伯父遇难数年——当时是五人合葬，骨殖不辨——父亲接通知前去辨认。已是一具惨白的骨架，父亲一一细辨，突然一具尸体骷髅上的牙脱落——父亲记得这牙是伯父镶上的，头上贯脑中弹，弹痕宛然，和群众回忆全然吻合，如此遂定骨名。这件事父亲写回忆录文如次：

1945年，日寇投降了。人们都在欢笑，哥哥却看不到了。我被调到太行行署，准备由地方转入军队，住在招待所。便跑到行署民政处，并见到行署主任李一清同志。他向我说明，哥哥在1943年反"扫荡"期间已牺牲了。一个干部拿出文件让我看，一本印刷的文件，说明我哥确实牺牲了，并说明牺牲在河北武安县。

我要求到哥哥的安葬处探望，李一清表示同意，并给我开了介绍信。我爬山越岭走了两天到达武安县城。民政部门对我很客气，说明了埋葬地址，并派人陪我到柏草坪车谷村。村干部很热情地接待我，领我到烈士坟。一共五个烈士碑，并排在半山腰上。我找到了"凌尔寿"这个名字，眼有些花，身体觉得微微颤抖。怕把字看错，还用手摸了摸石碑上那几个字，定了定神，觉得没有错。

陪我上山的群众，都虔诚地跪地磕头，并点燃了香和纸。一个老者还口中念念有词，但我不知道他念的是什么。随后，大家动手帮我挖开了墓葬，打开了棺木。

棺材里躺着的人只留一个骨架，上面盖的布也都破了。看头部形象，像我哥哥，但我还是怀疑他是不是哥哥。我双膝跪地默默悼念："亲爱的哥哥，你弟弟文明来看你了，给你叩头了，希望你显显灵，表示我没有认错你。"一阵阴冷的山风吹来，我打了一个寒战，他的一个门牙突然自动掉了下来。"哥哥！哥哥！是你，是你。"我呼喊着，号啕大哭……

我知道，哥哥在省城教书时一颗上门牙是镶的假牙，是见风震动而自行脱落。他也总算是显灵了。

我想把哥哥的遗体运回老家。村干部和乡亲们都表示："我们这里逢年过节都要悼念他们，国家也永远不忘他们的恩德。"我犹豫许久，自己公务在身，路途遥远，搬回老家后，哥哥是否能受到像这个村的老百姓那样的爱戴呢？

我脱下上衣，用衣服擦去棺盖上的灰土，轻轻地盖上了棺盖……

"哥哥安息吧，打完仗，我来接你回家。"

哥哥告诉我，他第二次去探父墓，是带了祭文的，在墓前焚烧，有一蜜蜂下来，依在哥哥袖上不去，直到烧尽方才离去——那不是蜜蜂出现的季节，这是一；更奇的是，祭文烧后，有一片纸遗漏未燃，捡起看，竟是一个错别字！

无人区政委

我总有一个感觉，我做事的胆气和豪劲是母亲给的，而脑力和智慧则受赐于父亲。他的虑事之细，洞察世情之密，审时之精，度势之明——回忆起来，我这一生见到的高人多了去，很少有人能在这上头比到他的。

有人批评《西游记》，说孙悟空在遇到困难时，首先想到观世音，依靠母亲的力量来除妖降魔，解决问题；倘一呼一吸性命危殆之际，而观音也有力量不够时，他就会请"父亲"如来出面力挽狂澜。某一刹那，我也会用悟空来自况。

父亲是这样的"力度"：

他站在世界地图两米开外，你用手指指任何一个部位，他立刻便侃侃而言：这是某某地域的国家，国名是某某，人口若干，面积几何，意识形态是甚，当今领袖是谁，经济主脉，气候条件……他不是给你背诵，而是——说家常那样地讲解，很随意地信手拈来，无一滞碍。这一条我们兄妹都抽冷子出题测试过，他竟没有一次稍有犹豫——现在的外交部有没有这样的人，我都有点不能肯定。

1942 年，反"扫荡"最艰苦残酷的时期。他是昔西一区政委，也就是区委书记。但说来令人难以置信，昔西一区彼时是"无人区"，日本人的"三光"政策在这里完全彻底地执行了。没死的也逃向太原、邯郸、洛阳、临汾这些地方投亲靠友。但我对"无人区"这概念，也许领会有误，因为父亲写了一份回忆录《1941—1945 年太行二分区第一区——网格子的对敌斗争大事记》，人还是有的，而且不少。不然就不会有"网格子"（人居的网格子）这一观念。无人区大约指的是"扫荡"后一个极短暂的真空时期，而且可能特指抗日根据地。父亲说他们当时人最少时仅有三人。在与敌周旋数年之后，重建了根据地，反将日寇伪皇协军困在马场，直到 1945 年形势已经反转，当然有分区、有县委，也有群众共同的领导参与，但父亲在这样的形势下与敌周旋，没有智慧恐怕不行。

1947 年随刘邓大军南下，父亲留在河南栾川县做对敌工作，收编散落武装——说白了就是剿匪，收编残匪，支援大军南下。父亲告诉我："形势极其恶劣凶险。土匪不但在城外有大批武装，城内的奸细也多如牛毛，战斗力也很强。"就这样，他在进驻时仅有七人，"整整拉出一个团来。经过忆苦诉恶，建立党组织，清除内奸，这支队伍打到广西，无一人离队逃亡。我为此受过黄镇的表扬"。这当然也是各方综合力量的工作结果，但父亲是主要领导人之一。有一年，栾川他的一位老部下到南阳来探望，说起当时队伍中内奸密谋暗杀我父亲、反水投匪的事，历历如在目前。我问父亲："有没有这回事？"他说："这种事多了。这一伙原本就是土匪，他们投共，土匪也是不容他的。他们商量杀我之后，用血衣为证，回归土匪队伍。"在这样的环境中，能全身出入，工作成就斐然，我以为脑筋必须绝对够用。

在他眼里，我认为是"没有小事"。在物上说，除了钱，什么都是大事。在人上头，除了相貌，别的都很重要，最重要的则是人的政治立场和人的品格。

父亲是这样的。比如说你患个头痛脑热的感冒什么的，躺在床上睡觉。他会每隔二十分钟来看你一次，似乎有话要说，却又不说什么，绕室徘徊几遭，不言声又去了。如此几番，躺着的病人自己都有了"有罪"的感觉，坐起，吃饭了，他也就有了笑容，恢复了常态。他自己不闲着，也见不得家中有闲人，大家都生龙活虎忙着去做事，人人"在外头都顺心"，他的失眠症就会大为减轻。

我写完《康熙大帝》第一卷，出书后才去见他。有这样一段对话，他说："你出书了？好！"

"爸爸，这很艰苦，我也不知道能不能成功；没有告诉过您。"

"好。你说将来要超过我，我还以为你吹牛。"

"我在政治上还没有超过您，这是小说，不算了不起。"

"我听过冯牧的报告，没想到你当作家。"

"冯牧是冯牧，我是我。"

"这件事意义非常大。孔子有什么？不是一部《论语》吗？"

"那不能比。"

"孔子著《春秋》，乱臣贼子惧。"

他的最后一句话，我很长时间不能明白。因为我敢肯定，没有任何乱臣贼子会惧怕我的书。

继而我的《雍正皇帝》也写出了。我又去见他，又有一番对话：

"这套书我想给武汉。"

"那就给他们。"

"河南会不高兴的，但武汉会在《当代作家》上连载，多登一次影响会大得多。"

"河南不能连载？"

"他们没有杂志。但河南出版社是给我出了头一本的。"

父亲眯缝着眼躺在椅上豁然开目说："天若有情天亦老……打过长江去，解放全中国。"

"爸爸说得好，他们就叫长江文艺出版社。"

这件事的决策内幕还有这么一段情节：

《雍正皇帝》书出后，真的开始"影响全中国"了。北京书评以"横空出世"评价了这部书，甚至有"直追《红楼梦》之说"，出版社开始扰攘我的家门，访问拜会的人也是与日俱增。门庭冷落了多年的父亲，走到哪里，都会有人指点："看——那就是《康熙大帝》他爸！"年节之中，他也成了地方长官和首长的重点看望对象。这时，父亲又有一句话冒了出来，是西晋竹林七贤中的阮籍说的："时无英雄，遂使竖子成名。"

当年，全国取消了成分，"地富反坏"一风吹，都成了人民，父亲以手加额又一句："邓小平，千古一人。"

他时不时就冒出一些令人警醒的言谈。直到有一天，胡富国派昔阳县委书记、南李家庄的村主任，带着小米、莜面和老陈醋敲开了我的家门，以胡书记的尊贵身份盛情邀我还乡，我才恍然有所憬悟"孔子著《春秋》"那句话，不必定是要人家"惧"，能获取人多敬，获取一份必要的安全是题中应有之义。领导这样的关照与密弥友好，情愫公开见于生活，肯定有很强的"辟邪"作用了。

"二月河"的种子

我真正"认得"父亲，是在1953年之后了。我幼儿时期父亲在陕州军分区。那时，母亲在陕县[1]公安局。父母亲同在一城，工作单位距离不到我上学路程一半，每星期可能只有一次见面（我说"可能"，是因为我不怎么记得他和母亲在一处），吃住都不在一起，各干各的工作。这在今天似乎有点不可思议，却是那时的普遍现象。

后来，陕州军分区撤销，并入洛阳军分区。父亲就调到了洛阳。我去过父亲工作的陕州军分区。那是很大的一座庙院。什么庙？现在回忆，极有可能是关帝庙。我记得里边有一块石笋，又细又高，有四米左右吧。父亲带我去看，指着说："那原来是一棵树，后来成了石头。"根据这个含义，应该是一块硅化木。另有一块石头，大如卧牛，一半有人腿跪痕，另一半有被刀劈过的裂印，刀迹平滑像割开的豆腐，被劈的石纹则如手掰开的豆腐——我问父亲："劈掉的那一半呢？"他笑着摇头："没人问过这件事。可能飞到黄河北边了吧。"

这是幼年忆及父亲印象中最深的一件事，因为他说"飞到黄河北"，我当时深信不疑。曾和我的同学到黄河边去"观察"过。我只是想，这刀能把石头割得豆腐一样，"刀子真（锋利！）"，这要多大的力气才能把劈下的石头崩过去？现时也只有依此印象，推断那是一座荒弃了的关帝庙。

也就是父亲第一次谈关羽，说黄河，很无意的一句话，在我心中埋下了"二月河"的种子。

陕县城是很典型的邙山地貌，全部是一起一伏的黄土丘陵，形同龟背，曲似长蛇，东西逶迤绵绵。火车站自然在陇海线上，地处县城南端，缓缓由

---

1 郏县：1952年，陕州专区撤销，并入洛阳专区；1986年，陕县归三门峡市管辖；2016年，陕县撤县设陕州区。

南向北坡度渐高，直到北城门是最高地，岗风肃然衰草连天的土城墙下，突地直削而下，是一带黄土悬崖。土壁上长满了酸枣、荆条、何首乌、知母草和白茅之类植被，只有一条"之"字形黄土牛车道"贴"在悬崖上蜿蜒而下。下边是河滩地，还有两三个小村庄，沙土地上长着的庄稼也很简单，除了几片高粱玉米，全部是花生，再往前几百步，便是黄河。

我们常常看到一些油画、照片，如尼亚加拉大瀑布、黄果树瀑布，很美的，但若不亲践其地，只能瞧见它们的"色"，永远不能受用到那振聋发聩的"声"，可以洗欲，可以洗心，可以把你所有的荣辱忧患，统统洗得干干净净，在大自然的灵威中让你受到天籁的训诲，认知自己臣服的地位。黄河的啸声，白天在城里是听不到的，夜里住在公安局（以后又迁到城西民居），都能彻夜听到它的声音：不间断，闷声的滚动，不改变韵律，犹地在震动，如无数人在呼唤，又像一声无尽的长吟和叹息——这是黄河的"天籁"，它冲刷式地不停洗浴着大地。

但到黄河岸边，你就立时明白：夜里远远听到它的啸声的缘山。在这里是一片黄水，滔天激流在咆哮，一浪接一浪，河中心在翻涌旋转，河心到岸，则是一排跟着一排，长线似的与河平行，向岸不停地推过来，倘站在岸边久了，你会觉得整个沙滩在向河心前进。泛着白沫、卷动着水草的黄浪拍击出的水雾，扑面而来，微带一点清新的腥味——这就是我第一次见到黄河的心情。但上头这些话当时没有能力说的，当时我只是觉得自己太小，黄河太"大"了，河面宽得好像有些渺茫，对岸山上的树，山下的房子都朦朦胧胧地模糊一片。我和我的一个同学一道私自逃学来的，他也痴痴地，许久才说："我要是孙悟空就好了。这么宽的河，腰扭一下就过去了。"

"孙悟空是谁？"

"小人书（连环画本）上的，本事大着嘞，一个筋斗能翻十万八千里！"

孙悟空能翻十万八千里，关公刀劈石头崩到黄河北岸也就不算什么了。

我从此开始找"孙悟空"的小人书，开始看到的第一本整部头书也是《西游记》，从而寻到了书的世界，游进书的海洋。

由这次开始，黄河岸边成了我最爱去的地方，我经常逃学，倘逃学，十有八九是在那条"之"字大道旁的荆丛中摘酸枣，吃臭瓜蛋（人们吃甜瓜拉大便遗下种子出来野瓜秧上的"香瓜"），偷花生蹚到畦边，在花生秧根上猛踹一脚，拔起秧子（大致上花生粒都能带出来）就溜到树林里，那东西能吃得人一嘴白沫。还有，到黄河里洗澡，双手扒着沙滩河床扑腾，呆望着纤夫们拖船，直到下学（放学）背上书包回家。日子久了，母亲再忙也觉察了我的这点秘密——她很容易便能判断我："到黄河里洗澡了！"——用手指在我腿上一划，出来一道白痕，必是洗澡无疑——接下来的事我很熟，打屁股。别说今天，就是当时，心里口里也都没有怨言。

吃进肚子里的才是自己的

父亲是个讲吃不讲穿的，这是我到洛阳对他的第一印象。我长期跟着母亲，几乎不怎么见到他。母亲在栾川，父亲见到我，他对我很温和。但我觉得他是"外人"，坚决不允许他"上我们的床"——这事直到他年老，提起来还笑不可遏。我真正"确认"他是"爸爸"也是到洛阳之后。因为母亲到洛阳比他迟，住房、上学这些事务没有安排好，我曾跟随父亲在洛阳军分区住过一年多。他在我心目中的地位提升起来，慢慢地想："他比妈还重要。"

他和我第一次谈话就是说吃的问题："孩子，只有吃进肚子里的东西，才真正是你的，别的一切都要扔掉。你要学薛仁贵，顿餐斗米，才会有力气做事。"

"我们不要奢侈，其实我们也奢侈不起来。不管好歹，一定要吃饱，人的高下不在衣装上比。"

"你将来可能会遇到各种场合，见到各种人物。不管是谁，再大的官，一道吃饭不要空着肚子忍。"

这些话当时不完全懂，但我觉得他的话比妈妈新鲜，有劲。事实上，我终生都在按他的这一指示做着。田永清将军在我的《二月河语》中点明我的"不修边幅"，实际上我真的从来没有考虑过"应该怎么穿得好看点"——没有这个思路。

他的话是说对了。我参军之后，做的是最重的体力活，刨煤——煤矿掘井一年，又打坑道掘井五年。这是公认最耗体力的活，我都扛过来了，而且还有精力读大量的书。倘是个小白脸、阔公子，恐怕不能。我这里可以举一例：我参军后第一次到北京，是送稿子去的，在王府井湘蜀饭店吃饭，我点了一个拼盘（鸡肉、香肠之类），一盘拌黄瓜，一盘炒鸡蛋，一盘豆腐条，四个"垫菜"，再有一升啤酒，主饭是一斤二两粮票的水饺，那盘子足有一尺来长，垛得高高满满的，独我一人大吃大嚼，旁边的服务员（那时不兴叫小姐）看得目瞪口呆，都笑。我说："你们笑什么？看看我的饭单，还有一碗鸡蛋西红柿汤呢！"我初从煤井上来，调入机关工作，有一次吃馒头，吃得周围的人都停住了看我，同事给我端来一大盘子："你到底能吃多少，今天测验你一下。"结果是，二两半的大个儿馒头八个半，外加三大碗蘑菇炖肉。但我能吃也能熬。我在部队总后，一次几百人的现场会议，会务材料及简报工作就是我自个儿。熬了六天五夜没合眼，接着睡一夜，第二天照常上班，晚上再打扑克、看书……

没有这样的吃法，当时没有力气精力读书，后来也没有体力写书——你写书，本来就睡不好，再营养不良，你不完蛋谁完蛋。

吃的副作用也有：我五十岁之后得了糖尿病。我总结起来看，这个病是职业造就：又吃又坐，运动少成了毛病。

我有点失望

父亲和母亲不同的，他除了吃饭，晚上睡觉的事，别的一概不问。母亲一向管着的事，比如洗澡、理发、换衣服、上学、功课等一向"烦死人的事"，在洛阳军分区一下子全蒸发掉了，突然没有了。

洛阳军分区是个基督大教堂改建的，离洛阳车站（现洛阳东站）约三百米。母亲在陕县，父亲敢于放手让我独自坐火车两地往来，年纪小，也不买票，我就在车厢里穿来穿去玩，连列车员都认得了我。

最妙的是军分区还有个图书室，三间房大小，图书占满了两三排柜子，大架子上还有旁边的报刊架上散乱地摆放着一堆堆、一摞摞的杂志、报纸、小人书之类。这实在是在陕县、在栾川都梦想不到的好地方，也不知道世界上还有专门让人读书的地方。我当时在洛阳铁路小学读书，"正经功课"作业做完，业余时间几乎全都是在这个图书室里。这还是《西游记》那件事引发出的兴趣，我觉得比所有的"玩"都有意思，但我"水平"也还只能看"连环画"，《表》《孙悟空三盗芭蕉扇》《真假西天》《哪吒闹海》《薛仁贵征东》《御猫展昭》……也能寻出一些严肃名著来，却都忆不出名字来了。至今记得一些片段句子"她闭着眼向他开了一枪……"，谁打的谁，好像是情人生死之恨。什么书呢？记不得了。另一些书比如镇压反革命的宣传册子，还有反胡风的小画册，也都没有漏过我的眼睛。也有一些是宣传共产主义的画册，说得极其美好。有一次吃饭时我问父亲："爸爸，共产主义到底是什么样子？"他指了指碗："你看，我们有米，还有鸡蛋，这就是共产主义。"

不知怎的，我有点失望。

父亲到垂暮之年，始终能吃能喝，他的病是两种：便秘和失眠。用的药是三种：舒乐安定、松果体素、排毒养颜胶囊。

可以这样说，他终生都是孤独的，我不记得他有任何一位莫逆之交。他对所有人都一样：客气、冷漠、善待、关心，但绝不和人套近乎。谈起所有的人，和他昔年的战友，他总是能说出这人大堆的战功、优点、成就。我的记忆中，从领袖、领导到战友，他没有说过任何人的缺点，但我也没有看到他的那些战友私下与他有过过从。就这一条，我觉得他深邃、宽容，也觉到了他头上那片乌云浓重的密度。"文革"期间他已离休在家，但外访调查历史事件的人还是不少，有一次昔阳县的造反派来，是调查一个"当权派"的。问："你认识吗？"

"认识。"

"当时你在哪里？"

"我在一区。"

"×××和你在一个区吗？"

"不在。他在×区。"

"他被俘的事你知道吗？"

"知道。"

"他有没有变节或失节的行为？"

"就我所知，没有。"

"他自己承认他出卖了你，他供出了你的名字。"

"年轻人，"父亲盯着他们说，"要知道，我当时是区委书记，不但群众都知道，连敌人也都知道，是公开的身份，这怎么能算出卖？"

那年头，是可以一言兴邦、一言丧邦的岁月，来找他"外调"的人络绎不绝，各路人马无不扫兴而归。

但我仔细想，这并非纯然因了父亲仁厚，因为自身挨整甚多，不愿别人饮此苦酒，而是他的整个"政治智慧"的原则，在周遭密布荆棘的环境下，本能生出的防卫术。他顺利通过"三反""五反"、反右、"四清"、社教，尽管"上头"始终没有重用他，但也只能对他留而存疑。

父亲胆小

1955 年授军衔，父亲是少校，这个象征荣誉和地位的军衔按他的"准团级"定，也还算公道。但是，到此为止，直到军衔取消，他就像一个图钉在墙上按死了的旧挂历，一直是"1955 年"。与他相比有我的舅舅。舅舅在栾川县时，曾是他的警卫员，授衔时是上尉，继而大尉，再继而和他一样：少校。父亲在外头、在家里从来没有一句话，只是说："组织上已经很照顾我了。"他心里怎样想的，我就不知道了。

作为儿子，我当然难以听到人们对父亲的反面评价，我感觉到有刺的有这么几次。一次是他在军分区门口，他走过去，几个战士在背后议论：

"他叫什么名字，怎么老在院里转悠？"

"叫凌尔文，别看是少校，工资高着呢！二百一十六元呢！"

"都是少校，他凭什么这么多？"

"资格老呗，四六年的兵，加上入伍前的资格，军龄补助就高。"

"入伍前也算，那也算军龄？"

"谁知道呢。"

他们的不屑、羡慕、嫉妒，我都听出来了。当时我也不懂，只是心里想：气死你们。

再一次是他搭档的一位同事，粗放又"豪爽"的，也是父亲从他面前走过，我就在他身边，他瞟着父亲的背影，对周围的人说："我才不管他有多老的资格，该整他我就整他！"这是爸爸的战友？我差点气死。

但后来此人冒犯了首长，我见首长来谈，说他"混账"，父亲说："他是刀子嘴豆腐心。"首长却不肯宽容："刀子嘴，也是刀子心。"

还有一次县委让书记、书记处书记等汇报产量，别人都七千斤、八千斤胡扯八道，父亲老实回答："我见到的每亩是三百斤。这是好地，赖地打不到三百斤。"县委书记没有点他的名，说："看来我们有些老同志，思想还跟不上形势哪！"这事是他回家告诉母亲我听到的。"今天我受了批评。"

"为什么？"

"我说一亩地产三百斤。"

"人家十万斤都报了。"

"我见到的是三百斤。"

一阵沉默后母亲说："你不能进步，这也是原因。"

"你不能进步，不也是这个原因？"

"我受你的牵连。胆子太小了。"

我们这个家族，"胆小"似乎是个特征，谁也不曾豪迈过。我曾在邯郸大姑姑家住过一段日子，姑姑的情况比父亲还要糟一点。她的外孙在外头和别的孩子吵架，邻居一手拉着孩子，铁青着脸踹门进来，姑姑笑脸相迎，那人对全家人视而不见，理都不理，指着姑姑外孙的鼻子猛训一顿仰着脸拂袖而去，姑姑则在屋里流着泪打外孙，逼着外孙去"给人家道歉"，小外孙委屈申辩哽咽不能成语，在家跺着脚号啕大哭。后来我知道这人是姑父一手提拔上来的，平日是"亲信"。一旦听到哪个厕所里"有反标（反动标语）公安局正在调查"，姑姑就会吓得脸色苍白，严令："都不许出去，不许打听这事！"——回思我们的祖训"退一步想"，一家人真是退到了死胡同的墙角里。"夫然后行"——不是歧路难择，而是没有路可走。

父亲胆小，但他在日本人眼里不是这样。1945年日寇投降，缴获的日伪文件中有这样的话："近在我铁壁合围中，王兰亭、凌尔文等人率数十土寇，西犯马坊，甚为猖獗。"有一位受过伤的战友说他："你命大，打这么多年仗，没有受过伤。"父亲笑答："只差一厘米。打安阳时，一颗子弹从我的脖颈子平穿过去，一件棉袄撕成两半。"我问过父亲："打仗时你怕过没有？"父亲说："人的命天注定。开战之前心里也有点紧张。我到战士中间，听他们说笑话，和他们唱歌，一会儿就什么都没有了。"还是在昔西，有一次敌人搜山，他伏在草丛中，搜山的伪军拨开草，他忽地站起身来吼："你他妈活够了！"吓得敌人弃枪逃走。

他确实胆小，是自己人吓破了他的胆，自己人整自己人，这就是"运动"。我的记忆，每次运动结束，必演的一出戏叫《三岔口》，干部们都来看，意谓"黑打"，自己人打自己人，误会，一笑了之。但父亲却笑不出来，因为现实生活毕竟不是戏，那打起来，是真的往死里揍。如果在战犯管理所演这样的戏，也许差近事实。

这绝对是命运的捉弄，父亲的大半生都生活在一种有毒的氛围中。爷爷因"他兄弟参加革命"被划为富农。父亲在革命队伍中又因为爷爷"是富农"而郁郁不得志——到底是谁牵连了谁？别说父亲，我想了半个世纪，至今摸不透其中的道理。昔阳县的土改实行得也比较早，父亲是土改中转业参军的，为的是能给爷爷挣一个"军属"的身份——在此之前是抗战，爷爷奶奶享受"双抗属"的待遇。抗战结束，"抗属"待遇也就自然消逝，一下子又转化为富农待遇，在此情况下，父亲决定参军。

他当时任昔西县武委会主任，县委委员。按他的资历经历，应该说这职务和他的贡献是匹配的。我现在无法全面分析当时的形势。是否这样的：昔西与昔东将要合并，他的富农成分肯定要影响到职务安排，爷爷在家又是那样的"待遇"——外边全国战场如火如荼正在发展，内战即将全面爆发，是可以大有施为之时。三十六计走为上，他毅然参了军。

县武委会主任，也就是今天的县武装部部长。别人参军，职务高套一级的尽有，可以提到副师，一般的也能做到平调。但父亲却降了两级：副指导员，一匹马驮行李，有驳壳枪，还有一个勤务员。

但他一直对此没有任何怨言，我想，他有一种解脱出来大干一场的精神和思想，不在乎这一级两级。也许他并不认为是家庭成分影响了他，因为他根本就没有怀疑党，也不会有"党有失误"的感觉，离开昔阳时他是勃兴奋斗的生力军。父亲曾不止一次告诉我："五五年审干前，我什么也不怕。审干，反右再审，我就做这工作，越干越怕——有些错误，不是你想不犯就不犯的，也不是你小心一点就能不犯的。人哪，脆弱，说完就完了，连事业带名声，一下子就没了。"

父亲管审干。因为他是洛阳军分区政工科长。管审干的人也有审他的，这就是运动。他有两个历史"疑点"：一是抗战时期有一天，也就是在昔西一区时，有一次他们三个人同时被敌人的"棒棒队"（伪地方维持会武装）围在一个窑洞里，敌人用火烧洞熏他们，又扔手榴弹来炸，区里一个通信员叛变，提名道姓："凌尔文，快出来投降皇军。"他们在窑里也喊话："中国人不打中国人。""皇军有白面、大米！""你们要弃暗投明，要学关公，身在曹营心在汉！"坚持到黄昏——可能是因为地处游击区，敌人也怕天黑遭伏，不言声撤退了。这一历史问题考问出来，"敌人是强大的，为什么会自动撤退？""你们三人是不是有变节行为？""当时是什么具体情况，能不能再说详细一点？"这被围的三人，另外两人一个后来当了副省长，一个是某县委书记，只有父亲被钉在"图钉"上。

第二个疑点，是1946年他参军之后。当时国共谈判，与美国方面组成"三人小组"，天天扯皮摩擦。父亲曾参加（我记不清哪个战区）这个小组，当联络员。和谈失败，"三人小组"撤出，却没有通知到他，他被国民党扣押了十多天，后经小组再度索要，释放回队。他蹲过敌人的班房，回归后再蹲自己人的拘押所接受考问，"你这十几天在那边干什么，谁能证明？""你变节了没有？""敌人和你谈了些什么，都是哪些人和你谈话？"

如此种种，这些疑问，每一次"审干"，每一次运动，都要重新拿出来过滤一番，重新再审，年时愈久愈是记不清楚，愈是要更仔细地筛问一遍——我有点怀疑，他们其实是在满足一种变态心理需要：就是要问你一下，因为你有这个"事"，你没问题也要敲你一下！

父亲从此得了失眠症，严重的神经衰弱逼使他在邓县（今邓州市）武装部政委的位置上离休。他晚年靠舒乐安定度日，我的经济条件好了之后，又增加松果体素，每天用量：舒乐安定九片，松果体素七粒。

干净、简朴、讲实惠。父亲过日子的思路十分简单。我十二岁那年，游洛阳司马懿陵，那其实是很高的一座山。下陵路上摔倒，门牙碰掉一颗。这是已经换过的牙，不可能再生，剩下的那颗门牙开始向牙洞方向发展，旁边的大齿也挤向牙洞，成了很宽的一条缝。不料断开了的牙不甘寂寞，又生出一朵骨花，夹在缝中挤。我年轻时自赏，相貌在中上等，这点破相让我失分不少，但这点毛病不影响说话，也不影响吃饭。有人建议："把孩子的牙修一修吧。"父亲说："顺其自然。这不是病，怕什么？"就这样"坚持"了下来，坚持到四十岁，那颗"新门牙"骨朵自动脱落，我已然中年，也就自然了了。

我读郑渊洁的童话，里边介绍了很多杰出的父亲，我的父亲和他笔下的那些父亲相比，除了胆小，过于讲究"政治"，其余的似乎比那些好父亲还要杰出一点。母亲是1960年瘫倒的，一瘫就连起居、走路、吃饭、脱衣全部不能自理，经过医生全力救护，一年之后才能站起来，挂着拐杖细步蹒着前进，每一步也就一寸左右。我亲眼见父亲每天给母亲换洗尿布，清理裤子上和床上的大便，搀着母亲散步，五年如一日这些活他都自己干。母亲是个性格刚烈急躁的人，中风失语，说话不能辨。她想说什么，说不出来，又无法表达，急得竖眉立目，用拐杖连连捣地，我们子女在旁束手无策。父亲总是把耳朵凑到她口边，轻声细语请她不要着急，慢慢说，一个字一个字说……有一次侧耳半日才听清她道出两个字："上……学……"父亲告诉我们："你妈叫你们上学去。"我们兄妹都笑："今天星期天。"母亲叹口气，无奈地摇摇头。父亲一句话："做功课去吧。"我们便都凛然退下。

母亲对我们严厉，但我们不怕她，因为顶多是挨顿打，那点子皮肉之苦对年少人来说，实在是毛毛雨。但父亲不一样。他从不打人，也从不说粗话骂人，也不用刻薄话损人挖苦人，每当他来教训我们，只是告诉我们，这件事你做错了，错在哪里。这也还罢了，我们怕他分析后果，每一件小事的后果他都能淋漓尽致地披露人性之恶，把后果说得令人不寒而栗，令人后怕，看我们听进去了，他就绝不再说，不言语在一旁抽烟。他的权威建立在他犀利简明的言谈和他的沉默上。

他从没有流过泪，爷爷病故，奶奶病故，他都没有哭。母亲病故，我和他并肩立在她的遗体旁，不知过了多久，父亲说："她已经成了物质。我们已经尽到了责任。"

父亲教我学会了理智。许多人都知道我说过"拿起笔来老子天下第一，放下笔夹着尾巴做人"，这后一句是从他的理智衍化而来。他在革命队伍里一直都是弱者，但他从来也没有过抗争。因为任何人的理智都能明白，鸡蛋只能老老实实在篮子里待着，别说去碰石头，掉到地板上也是不行的，弱者倘有智慧，也是可以自存的，只是你不能"计利"，不能因为受委屈去挣扎。

有几次我问女儿："最近功课怎么样？"答复都是一个调子："还行吧。""差不多。""就那个样儿。"我觉得她是敷衍我，也拿她没办法。这事不经意。有一回看郑渊洁童话，原来天下的子女都是这样对付老爸老妈的。他这一提醒，回想起来，我小时上学也是这般对付母亲的。又自家好笑。

但父亲从不关心这些事，对子女穿着他也是从不过问的。他只注意冷暖与饥饱，还有绝不许有坏思想，严禁谈恋爱——该做的事，时机不对，会把好事做成坏事。

不准谈恋爱

我生活在一个自由度相当宽松的家庭。父亲母亲最关心我两件事，吃穿和品德作风。其实就第二件事而言，他们注重的也只是我和女同学的关系——不准谈恋爱。作风上要求是不许稀稀拉拉、丢三落四。

别的不说，"不准谈恋爱"的要求是非常严格的，不单是行动上，且是思想上也要"远离女生"。我们家的保姆老太太在这上头和父母配合得也极密切，她告诉我："看女人要这样看——离着四五十步，看脸，看身个儿；二三十步看腿；再近就看脚。"这么着"每况愈下"地看，弄得我一辈子都不能迎视对面过来的女子。不谈是不谈，但心里其实没有停止过"想"。照了老保姆的话去做，做是做了，偏是我天生目力极佳（验空军，我的视力是2.0）。四五十步，对面来的"芳容"全都一目了然，妍媸之分心里仍是十足。

有同学到家里来，倘是纯色男生，家里就会格外热情大方，父母会破例放下手中的家务和工作，无拘无束地和他们聊天，家中的好东西都尽数取出来大家说笑享用。假如杂有女生，他们就会"谨慎"起来，说笑归说笑，眼光不停地打量那女孩，也打量我，观察会不会有"别的情况"。若是单个的女生来，他们会变得矜持起来，礼貌格外周全，言谈格外庄重，热情没有。这种"镇静"，今天回想，仍觉压力不小。只有一次例外，父亲的一个老战友带着女儿到家来，也是我的同学。他的战友让我和女孩"比比个子"。我们真的立正站好，几乎零距离地对面相望着，呼吸相通。这对于已经习惯"每况愈下"的我，反而如同针芒在背，"比"出一鼻子汗来。

以后，发生了沧桑巨变，"文革"开始，母亲病故，家也让朋友同学们抄了几次，"翻黑材料"翻了个底朝天。我已和两个妹妹各自参军，走遍了千山万水。我在国防施工第一线，根本没有女人，遑论"作风"什么的。倒是偷着读了不少的书，社会阅历多了，知识也丰富起来——我想素质肯定也提高了。因为有事实证明：我写了一些书和文章。

但这些书遭到几乎一致的批评：二月河不会写女人。

老实说，书里的故事也有些男女情事，多是根据"资料"，别人讲述书上写过了的，加上自己的心里感觉和想象杜撰而来，因为实际生活中，我和女同学们"没啥"，后来的情形又不可能"有啥"。因此也只好"就这"了。

要要不要闹

父亲虽不打人，但语言非常犀利，说出的话像剃刀一样锋利。他自己的模范在那里摆着，得到一家人的敬畏当然顺理成章，不但我们四个子女，就连脾气刚烈的母亲也从来没有违逆过他的意旨。1960年我祖母在邯郸姑姑家逝去，我和父亲赶去奔丧，同时要扶柩回山西安葬。我们在邓县坐了九个小时汽车（那时没有高速公路，也没有火车，汽车速度每小时也就三四十公里）才赶到许昌。父亲令我："到邮局给你姑父打个电话让他接站。"

可是我还从来没有打过电话，也不知道该怎么用这玩意儿，不敢犟嘴，也不敢问"到邮局怎么办"，极勉强地蹭进去，交了押金，报了姑父姓名，人家叫我："坐进电话房等着。"过了一会儿，服务员说："吕偶电话来了！"接着铃响，"房子"极小，只有六平方米见方，尖锐的声音震得我心悸，忙拿起话筒，听见电话里说："你是解放吗？我是姑父。"我没想到电话里人言语如此清晰，这东西好新奇！兴奋得一跳老高，话筒一扔就跑出去，大喊："爸爸！我打通了！是姑父！"

"你给姑父说了没有？"

"说什么？"

"火车车次嘛！几点钟从许昌上车，几点钟到邯郸，都要告诉你姑父呀。"

"没……有。"

"那你再回去说。"

"我没说过电话，觉得很不习惯。"

"去吧。"

我蹭了回去，心说我已经打通了，就这几步路，你（父亲）就不能去和姑父说说？这是你们大人的事，为什么非要逼着我干（不可）？嘀咕是嘀咕，没敢有任何表示，老老实实回去"打了"。事后，父亲告诉我："你必须独立自主，有能力独立办事。"

他不像母亲那样反复叮咛，不要这样不要那样，如果这样会如何，如果那样又会怎样。父亲只说："你去办这件事。"那就必须去，没什么"条件"可讲。他的这一权威，几乎一直保持到生命终结。他生前一些话，尚未办完的事，我们没有想过变通一下。只是在他老年患病，终日为"安乐死"絮絮不停时，我才有"生命就是胜利"的三条忠告，并且我还说："爸爸，对不起，从今以后我要对你有所批评了。"

凌家有一条可怕的族忌。祖父、父亲、哥哥都有两任妻子，前房过世，后房继母。加上"被斗对象"，再加上"革命家庭"光环里头套着阴影，阴影又似乎是命中注定，这就看上去让人感觉"复杂"。总有人告诉父亲："不要背成分包袱。""不要多想过去的事。"而这恰恰是父亲一生最痛的伤口，他有心疾，怕听这些话，偏偏就是这些话不断困扰他，弄得他胆子愈来愈小，心也愈来愈细。最后他到什么程度？别人一说"穿毛衣"他就紧张，他认为是对毛主席的不敬。

他的这种状态，当然要影响到我们。我是二十八岁上结婚的。二十三岁（入伍）后，二十八岁前，家里一直不停开足马力为我"找对象"。父亲的条件是这样：贫农、党员——只要符合这两个条件，其余的不问。

纪晓岚的《阅微草堂笔记》里讲了这么一件事，有人在北京租了一处老房，本来好好的，偏这人今天请道士驱鬼撵狐，明天又请和尚诵经祈祷，超度亡灵，请术士作法净房，法鼓神钹，香花醮酒，鞭炮烟火反复瞎折腾，结果引来了鬼，反而闹得他不遑一日之宁。

父亲这一病态，他太过重视，也招来了鬼，都瞧着不正常，看着"有点复杂"。我第一次探亲回家，正是年除夕，自己家吃年夜饭，是红薯面糊，"不忘旧社会"的忆苦饭，接着第一次第二次都这样。当时有一个老干部和父亲感情好。我听见他拍桌子骂："操他们八辈！老凌怎么了？什么鸡巴成分，把命都交出去了，还说成分！老子成分好不在乎他们！有人再说你告诉我，我用砖头砸死他狗日的！"这位老前辈今天已经过世，他的话我像昨天听到一样清晰。

父亲年轻时，给我的印象是：精细，口齿便捷锋利如刀，温和而不张扬。待到七十岁之后，精细和不张扬仍旧，脾气变得愈来愈急躁。他睡不着，大便拉不下，走路和母亲病时差不多，几寸几寸迅速地前移，语言也模糊含混，一肚皮的往事无处告诉，只好坐在沙发里，每天默默地看电视——他最关注的就是药品广告：能治失眠的和治便秘的药，他总能在第一时间捕捉到。然后就要和我们谈，要求去买——这件事做得如此认真，每隔十分钟他会提醒你一次："那个药对我很重要。"他绝不命令你"马上去买"，而是一遍又一遍地强调"重要"，又说"恐怕很贵吧"——如果不立即去买，那就是还没有认识到它的重要性，再不然就是你嫌贵。日子久了，我们做儿子的一见此类广告，条件反射就是它重要，往往主动提出"要买"。他很高兴，但又怕我们是敷衍，每隔十分钟又会说"你们注意广告，有药要告诉我"……在这样的气氛下，我们往往是自动马上去买。买回来，老人会把药瓶全摆在桌上，戴上花镜，仔细看药品说明，看瓶口的出厂日期、有效期、禁忌食物药品、服法用量……买来的药够用多长时间都要一一写明算清楚。这些药都是不能报销的，此时我的收入已不在乎这点药钱，但他还是担心："太贵了，你承受得了吗？"

虽然这些广告药物多数无效，但父亲从没有抱怨过假广告。他一次又一次上当、失望，但一次又一次重新期望，"再做努力"地重复要求，再来一次，终究，他能够落实的药也就是舒乐安定、松果体素和排毒养颜胶囊。其实他的病是积重难返，岂能是所有广告都假？这几种药有时也失灵，他就会变得异常焦躁，要求儿子们马上到他身边，听我们左一次右一次反复言语安慰。安慰得他满意就放你自便，安慰得不到火候你别想离开他一步，你去一趟洗手间他也要问"怎么还没回来"。在他最后几年，只要我在南阳，每天给他买水果带回去，还要随时聆听他召唤。

只要一天没有大便，他就会变得格外焦虑不安。因为这件事预示着第二天"必定便秘"。他因用药的缘故，加之行动不便，便秘给他造成很大痛苦：吃木耳、吃豆芽、吃长纤维的蔬菜。用槐角丸、香油、开塞露、排毒养颜胶囊……中的西的、土的洋的，什么都用完，有时还是不济事，他憋得躺在床上不能动，我的弟弟每次都用手指一点一点给他往外抠。

说起来很惭愧，这件事本来是人子应尽的义务，我一次也未做过。我后来的身体状态也不良，高血压、高血糖，肥胖得身子很大，只给父亲洗洗脚就弯腰透不过气来。应该说弟弟和弟媳是尽了力也尽了心的。我所能做的，只是每天回去看看，带点苹果、香蕉之类的利便水果，安慰几句，然后回来做自己的事。为了安慰，也为了好记，我送他三句话：

生存就是胜利

痛苦也是幸福

一切听天由命

后来又加一句"要要不要闹"——就是说你需要什么只管要，不要闹情绪——但是，清醒的时候这四句话不用你教，烦躁的时候他一句话也记不得。

记不得的时候，他常翻报纸，寻找"安乐死"的消息，某个国家允许"安乐死"，某个人"安乐死"得到某国政府的许可，这些消息可以去问我父亲，他必定能详尽告知。他的晚年是在痛苦希望与期望"安乐死"中度过的。

必须离

我的爷爷可以将《道德经》背得滚瓜烂熟，父亲唯一可资精神寄托的也是这部经，他一本又一本地抄，抄了就送人。年轻人、老人都送，他想将这份神秘的慰藉分送给所有的人。

他在离休之后，有一段时间爱园林作艺。没到干休所前，在军分区大院我们房前房后，他种花、种瓜、种菜。自己家也吃，但更多的是送人。我们家满院都是菊花。一到秋天，他会买回一平板车的花盆，一盆一盆地移栽。

春天，父亲就会带我到野外——当然不是赏春，更不是伤春，他似乎从来都不在意，或者说根本就没有这个情调的基因——他带我去寻找嫁接菊花的母本：野蒿和野艾。

——移回来，密集地栽在苗圃里。还有扦插的各种树苗：月季、桂花、松针、小柏枝……没有他插不活的树，连核桃树枝，什么无花果枝，他插上准活。这一小片苗圃三平方米大小吧，事先是深翻（这活是我干），他把沤好的大粪一层一层铺好，小水小量时时勤浇，我不记得哪一枝是死掉了的——等大一点他就一盆一盆地移栽。黄蒿、艾蒿也大了，栽过来，再嫁接菊花。到秋天，一盆菊花可以开出五六种颜色。这样的花倒不是谁来都给，是我端上送他的战友和军分区首长。

他的嫁接技术也是很好的。多少年后，中央电视台报道一则消息，说西红柿和马铃薯嫁接成功——上头结西红柿，土里头是土豆。我和妹妹看了都笑，因为几十年前父亲试着嫁接这两样，每年都接，每次都成功。但他很失望："山药蛋长不大，西红柿也长不大。"顺手拔掉扔掉。中央电视台那录像我也见了，似乎长得还不如父亲的好，父亲说："西红柿这东西最好活，一片叶子扔到地里它就生根长苗。"他喜爱西红柿，除了果能吃，它的叶片能治便秘（但它毕竟有毒，还有番泻叶，父亲都用得谨慎）。

……把桂花枝皮削掉半边，用塑料袋包上湿土肥料严严实实包扎起，第二年春天，在原枝上部剪断——一株新生桂花树就诞生了。桃树、杏树、梨树……这种枝和那种枝，靠接、枝接、芽接，没有他不接的，他只要接，没有接不活的。

父亲一辈子很少发火，但他有时很严厉。我没有听他说过一个字的脏话、粗话，对自己子女是这样，对外人更是客气。对子女的错失，他的言语锐利，让你深悔羞愧；对外人，一般是寡言冷淡，有点"难以接近"的意味，但有一次为了他种植的瓜菜，他却和军分区的一位同志发生了激烈的冲突。

在干休所未盖成之前，我们家在军分区大院里住着一个很大的院子，有一座歇山式的草堂（草顶，古建筑常见的那种式样），父亲和另外一位退休人员同住草堂，大约我家有三分之二的面积，剩下的他住。算是近邻吧。

父亲把这个院子变成了花园，靠墙根一带则种着许多草一样的中药，点种的玉米、向日葵、丝瓜、南瓜之类，那邻居也在墙根点种的有瓜类。有一天早晨，隔壁姓娄的那位退休参谋突然气冲冲地到西墙旁边，嘴里唧唧哝哝不知是说话还是骂人，手里猛撕乱扯那丝瓜秧。坐在正房里的父亲终于忍不住了，出来站在门口，挺直了身子，我很少见他这般威严的，看也不看那人喊："娄参谋你干什么？"

"我没……"那人似乎怯懦了一下，但很快镇静了，提高了嗓门，"我种的丝瓜让人偷了！"

"你的丝瓜？"

"是我种的！"

父亲背着手走下台阶，说："不错，丝瓜是你种的。架子是你搭的吗？还有，你浇过水施过肥没有？"

姓娄的打住了，不安地干笑着走出地边，说："首长，别发那么大火嘛！我是说，种了丝瓜吃不到丝瓜，要这瓜秧子干甚——"

"我不是你的首长！我也没带过你这样的兵！"父亲冷冷地说，"你必定想，这瓜是凌尔文吃掉了是不是？"

"没有没有……"

"我从不吃丝瓜。"父亲看也不看他只顾自说自道，"你太放肆了！你知道你是哪年的兵？我如果还工作，你敢吗？"

"首长……"

"我说过，我不是你首长。"父亲在盛怒时是这样，根本不看对方脸色，"我们农民出身，别人到自己地里拔一根葱，一个山药蛋，都是罪过吗？"

"首长——我……错了。"

"你不要给我认错。"父亲继续说，"你去给政治部认错！你的丝瓜我没动，解放他们也没动——是你们詹副参谋长的小儿子摘的——你要去给詹副参谋长道歉！"

父亲说完一甩手，进屋"嘭"地关上了门。我还站在院子里，还在寻思"给詹副参谋长道歉"的道理，姓娄的已连忙在自来水管（在院里）上洗手，对屋里大声说："首长别生气，我这就去——"他跟跄着去"道歉"了。

父亲在部队，母亲在地方工作。他们两个人长期吃"供给制"——每人每月：父亲是六元，母亲是四元吧。这个数，今天看是有点天方夜谭，但其实在共产党革命队伍中长时间全面执行过这个制度。我是后来"有了学问"才晓得，供给制还有一个名字，叫"战时共产主义"——贫困的平衡，按需分配，其实很舒服的，有点像初入伍时的义务兵——我们现在去当兵，也大致还是这个待遇，吃、穿、住、用的都是公家管，穿的，除了裤衩，连袜子都是"发的"。父亲那时连牙膏肥皂都是"供给"，好处是什么都不用操心，到时候就会有人给你发；不好处是没有积蓄，攒不住钱。就那几个零用票，想打打牙祭，改善改善伙食都有点窘困。我们兄妹——部队子弟都一个样——不享受"供给"，但每人每月另有二十元的生活津贴。所以当时在部队有口谚，"一个孩子是贫农，两个孩子是中农，三个孩子是富农"。四个孩子？则是"地主"。父亲出身成分是富农，很不体面，但在部队，他又是堂堂正正的"地主"——他有四个孩子，每月全家可以拿到八九十元。这个数字，在那个时候，可以说是笔巨款了。

曾经有一段时间，地方上已经实行工资制，但部队仍在供给。母亲的收入一下子涨到八十多元，而父亲还只是六元。这样，父亲就必须吃我们兄妹的津贴，吃母亲的工资。但是很快，在军队的父亲实行了工资制。他还另有军龄补贴。每个月工资袋里能拿到二百一十六元，加上母亲的钱，每个月就是三百元了。

老子讲"祸兮福所倚，福兮祸所伏"。直到人类消灭，爝火熄尽，这句话也是真理。当时一个县委书记工资不过八九十元，一个地委书记一百三四十元，那是"普遍现象"，即使军分区的司令老红军，工资也就三百元吧——而我们家处洛阳，应该说是个不小的名城。父亲"进步"虽慢，然而资历较老，收入不菲，加上母亲的，在洛阳这样的城市里，也是很扎眼的。

已故作家乔典运的生花妙笔写过：人要想活得平安，就得活得不如人，你不如人，可怜而无害。一般来说，如杨白劳那样，只要不欠黄世仁的债，黄世仁不大会主动抬掇他。杨白劳也有强项，他的女儿太好看——这一条比人强，所以招来无妄之灾。

父亲母亲都很安分，都不是惹是生非的人，他们入伍早，进步慢，在革命队伍里，本来是个弱者：处处不如人。在供给制下，大家区别不很大，一下子跳进工资制，人们一个早晨就明白过来，这个吃中灶的老凌，原来比首长还有钱！军衔定得低，该晋升军衔时送他到不能晋升军衔的干校去"学习"，母亲在陕县如鱼得水，到了"工资制"，在洛阳就受排斥。我看有两条原因，一是成分高，好比软柿子，好捏；二是"工资"冒尖，收入丰厚。可怜的父母，我认为他们第一条原因记牢了，第二条原因是忽略了——他们认为是洛阳风气不好，换一换地方就成，到了县城，他们才知道这里的日子更难过。因为好人坏人、正常人偏执人，只要是社会人，都有点正常劣性：妒忌——很平常的一个思维方式："他们收入三百，凭什么？"——人们这时不大会想我的父母都是"老革命"，父亲打游击在古墓中住过多少年。"他妈的！"人们如此想。"他妈的！"二月河也这般想。

唉……人在矮檐下，怎敢不低头？我的感觉，父亲母亲一辈子都在矮檐下，我就没见他们抬过头，也不曾听到过他们真正欢快的笑声。真的，一次也没有听到过！他们的忧郁沉闷伴随了他们的生命进程。父亲有一次叹息"做一个共产党员真难"，母亲更正说，做一个人就真难！还有一次，是反右派斗争之后，父亲问母亲：假如我划成右派，你会和我离婚吗？母亲连想都没想，说："必须离——解放他们一辈子重要！"这个话是父亲快要走到尽头时，垂老风烛中传告给二月河的，他还告诉我，尽管知道母亲的话理智，尽管他也知道她爱他，尽管事情并没有发生……

这是多么凄冷的情韵！

有情谊，无恩怨

我们家收入高，不讲究穿，但吃的绝对是军分区头一份，每天我和妹妹到军分区食堂打菜，红烧肉、木樨肉、红烧鱼、烧肚片……用塑胶木大盘——

直径有一尺，打得冒高——河南话说叫"岗尖"一大盘，招招摇摇穿过大院端回家，所有的人都看见了，走过去都嗅见了，我认为是嗅到了心里头——这种"味道"也是会生根发芽开花结果的。

但即使是这样吃，以那年头的物价水准，他们的钱也是远远花不尽的。然而母亲逝后，父亲有一天向我们兄妹交代"账目"：我家仅余一千余元。他把情况详细介绍说："我就要给你们续娶母亲，有句俗话说——有了后娘就会有后爹。但现在我还不是后爹。把经济情况告诉你们，把余钱也大家分了……"他生恐自己"变心"，在"变心"之前把不变的原则交代清楚。

这样我才知道邯郸大姑家的祖母，大舅舅家的聚财大表哥，后来写《二月河源》的大哥，是他的长年资助户，另有二姨家表姐吴爱明、大姑家大表哥是他临时困难资助户。这几个受资助的亲人，在1957年前我除表姐吴爱明之外，都是影影绰绰的印象。知道有这个人，没有见过面。见过大哥（凌振祥）一面，但已没有了形容记忆。"爱明姐"的印象比较深，因为1953年我回昔阳，大人们忙他们的，多半时间是她带我玩，到垴垴上去看场院，走路拉着我的手"看崴了脚"，告诉我"你是城里人，不要欺负人家乡下人"，爱和我一块儿玩，这就行，印象深。对这位大哥，我的印象是他会拉胡琴，用玉茭秆做的"琴"也能弹出很好听的"叮咚"声。我当然没想到他有音乐天赋，十二年后，湖北艺术学院在河南招生，仅录取三名学生，他便高踞榜上，我更猜想不到他们日后会结为夫妻完全加入我的河南家庭，但我们从小就非常友善。他们之间的邂逅也是颇有意思的。我的姑表大哥吕贵成是小学老师，振祥哥和爱明姐到他卧室玩，看到了墙上挂着父亲的照片，爱明姐说，"那是俺姨夫"，振祥哥说，"那是俺叔叔"，大表哥哈哈一笑说，"那是俺舅舅"——这样，他们才彻底"弄清关系"。

大表哥的父亲吕偶在河北，领导着他那个"系统"红色家族。振祥哥和爱明姐却是属于父亲统率的"河南系列"。

姑表兄吕贵成是小学教师，舅表兄马聚财务农，只是生活有点困难，父母对他们只是有些关照。吴爱明是孤女，但她有二姨夫照顾，继父对她也颇怜惜爱护，父母对她的照顾比表兄们多一点。我的印象，他们最关心的还是我的大哥凌振祥。振祥哥说，"叔叔对我的爱比对解放有过之而无不及"——这是他的感受。比较实际的情况是：父母的心公道，能设身处地为这些弱者想事情就是了。我常听父母在灯下议论。

父亲问："振祥的钱寄了没？"

"寄了。"

"这个不能短。"

"知道。也给聚财寄了点。"

"爱明，还有贵成，要想着点，写信问问。"

"信已经寄出了，还没有回信。"

这种场合很多了，但我不知道它的意义，认为和我没有关系，但事实上，这和我家的经济情况有关。

我始终有个感觉，父亲对伯父有一种负债的情结：没有伯父就没有凌尔文的今天。伯父是他的老师，引路人，亲密无间的长兄。把他带进了人生新境界，而伯父自己却离开了人间……留下的这两个孩子，当然应该由自己全力照顾。按照当地政府政策，我大哥是烈士遗孤，上学、生活应是国家全供，但父亲没有让哥哥接受这个待遇，而是完全由他自己负起了责任。

这是父亲百密一疏，或者说，由于他本心的过于善良，造成了错误。孔子讲"过犹不及"，人生本就如走钢丝，从右边掉下去和从左边摔下去结果是一样的。过于善良毛病就出在这个"过"字上，他忘记了社会学上一个重要的原则：形式有时比内容还重要——部队是打仗的，勇敢、能厮杀就可以，为什么还要走队列，甩正步，无端地夜里紧急集合？——非如此，任何一支部队都会被带垮！倘使大哥享受烈士子弟生活费、学费以及诸如此类的政策，他就是全挂子标准的"烈士子弟"，连同政治待遇也是与之同步的。人们不记得他叔叔，就会更多地忆到他的父亲"曾为革命抛头颅洒热血"。现在完全是另一回事：他（我哥哥）家中还有一个富农老太婆（奶奶）和他同住！供养呢？又全靠他远在河南的一个叔叔！当然，哥哥受欺侮，还有他敢于直言、耿直率真等原因。但我谈的"理念"是事物的本质。大哥在学校受尽践踏，最终还是给了他一碗饭——到深山区丁峪去初中教书，还是"理念"在起作用：一个本质的事实是他的父亲是抗日烈士，是在河北武安县被日本人包围，机枪打死了的。

大哥在学校糟透了，爱明姐却很好，是学校团支部书记，她的政治背景很自然也很和谐——烈士子弟，继父姓翟，她姓吴，吴可纠的女儿，用贾谊一句话："陈利兵而谁何！"这个地方是老抗日根据地，抗战胜利后国民党就没有打进过，人们受的都是抗战熏陶，烈士应享受的待遇也是很优厚的。父亲的仁爱抚孤，反而让人忽略了"抗日子弟"这个政治理念。"思想右倾"也好，"反动"也罢，都是冲"富农"这条而来的。

邹阳在《狱中上梁王书》里头有这样的话："明月之珠，夜光之璧，以暗投人于道，众莫不按剑相眄者。何则？无因而至前也。"我敢肯定，父亲没有读到这篇文章：是明月之珠，是夜光之璧呀！那是多好的物件？你在夜里投出去，接受的人非但不感激，还会按着宝剑向你瞪眼——为甚？他不能知道你，他不知道你的意思！你凭什么那么大量，自己养活侄儿呀？

父亲一生都念念不忘伯父的恩情。这种感觉，他愈是进入老年，愈是使人强烈认知。他的追念是很真挚的："我哥哥说，小家庭好，他是勇敢哪，首先提出分家就分出去了。你爷爷问我：'孩呀！你是不是也要分家？'我实际上也想分，但我不敢说，我回答你爷'我不分家'……""我哥哥说'大丈夫患立业之不就，不患家室之不立'……""我哥哥说'要学樊哙、张飞'，能在百万军中取上将首级。"

"我哥哥说……"他不停地反复地念叨，他希望他的大儿子凌解放能像"我哥哥"一样善待弟弟。有时他沉吟，闭目躺在那里谁也不知他想什么，我认为他是在回忆他曾经有过的壮丽，问他，他却说："哪里能用壮丽？不堪回首呀，有些事连想都不能的……"我劝他："没有人能够再伤害你，不要心有余悸，爸。"他喟然一声叹："要是心有余悸就好了，我浑身上下全是悸，连一点不悸都没有。"我也打心里叹息："这是心病，母亲如在，也许能医，子侄辈不是过来人，没这个能力……"

1962年三年困难缓解，但母亲的病却日渐沉重，当时，我独自留邓州，举家已迁南阳。组织上找父亲谈，如果他愿意，可以到洛阳军分区干休所去休养。父亲拒绝了，他告诉我："已经在南阳何必到洛阳？那个干休所大，熟人也太多，恩怨也多，不如在南阳……"我知道，南阳军分区的首长待他亲和，他离休到军分区大院住，为了不影响他休息，军分区司令曾下令，机关停止早晚广播吹号，改吹哨子行动。政委是他在栾川剿匪时的战友，政治部主任也在长沙军校同过学，有情谊，无恩怨，当然在南阳要心情畅适些。

就这样决定了下来。为了照顾母亲的病，他们首先考虑的是让我辍学，他们知道我学没上好，"有个工作，有碗饭就行"。但母亲不同意，说，解放不是个伺候人的人。他根本就不会，也下不来身子。不如让他和爱明早点结婚，让爱明过来……但爱明姐比我大两岁，两个人又商量，把振祥哥和爱明姐撮合起来，两个人都调到南阳。

就这样，这个南阳凌家有了一个新的整合，大哥和表姐都是烈士子弟，一个和我同祖父母，一个和我同外祖父母，他们之间没有血缘关系，从小在一处，也从小都在我父母卵翼之下生活。他们之间素来感情很好，确实是天作之合的美满，这样就构成了现在的一个大格局。这件事做到了这样的程度：即使是南阳几十年旧交，也长期以为大哥和我是亲兄弟，听我叫嫂子为"姐"，很多人惊讶："你们家奇怪。"

薛宝钗派

1963 年，母亲的工资因久不上班减少百分之二十，1966 年部队取消军龄补贴，我不但没看到父母沮丧，反而见到他们有点高兴，"少一点好""钱够用就好""早就该这样做了"——他们如是说。也许他们经过时间的沉淀，看到了"比人强"的危害性，或者是下意识地认为：可以让别人稍微消消气。

在这一条上，父母亲可以说是十分默契。我在邯郸大姑姑家，见过姑父打孩子，他打的不是自己的儿子，而是寄养在他家的大表姐的儿子。他打着，大姑姑在旁哭着拉。大姑父是出了名的"不怕老婆"，被她劝得恼了，回身怒视大姑，很像要给她一巴掌似的，转眼看见我在旁边，狠狠出一口粗气，一屁股坐了抽烟——我家绝无此事。父亲对我们的管理主要是说理。他从不打人，但他哼一声，脸上稍微带一点"不愉"之色，我们兄妹个个都会屏息、蹑脚、递眼色、说悄悄话。

父亲的教育思想是：一、子女要独立；二、子女不能在政治上出问题；三、身体健康；四、不谈恋爱。他期望我们子女成才，然而他的这个期望值愈来愈萎缩。

父亲给我的第一课是《西汉演义》，第二课是《东周列国志》，接着鼓励我读《史记》。他从没有让我读《红楼梦》，更没有谈过《水浒传》《西游记》这些书。如果说"红学观点"，他倒是个"薛宝钗派"。

"薛宝钗健康，上下左右关系处理得好。"

"找媳妇要薛宝钗这样的。她懂得别人，能将心比心。"

"薛宝钗聪明，是领导干部的材料。"

"不能学林黛玉，她谁也团结不住。"

"吃饭吃得像猫儿那么少，林黛玉能做什么事？"

"林黛玉是饿死的。"

我告诉他，我同情林黛玉。父亲想都没有想，说："同情是一回事，相处又是一回事。一个人要让别人同情，说明这个人社会生存能力有问题。"父亲对贾母有好感，对贾政也是正面印象，"一个家庭的主要支柱，他要在外面站起来"。

很明显，父亲压根就不指望我能从文学作品中汲取什么，即使《西汉演义》这些书，他也不是欣赏其中的文学性，而是"大丈夫建功立业，轰轰烈烈一世英雄"。我们很明显地能感到他的期望，没有哪个子女敢于叛逆，做与他期望不一致的事。我在初中就想读《封神演义》、"三言二拍"这些书，试了几试，看他的脸色，还是把话吞了回去。我读《红楼梦》《水浒传》《三国演义》《聊斋志异》都是在学校"违父兄之命，背师长之教"，在破课桌缝隙里，一行一行偷偷看下来的。

"吃供给制"的干部子弟是很牛的。我听父亲和母亲说："对解放学习不要逼得太紧，我们的子女该有工作时还能没有个工作？"

但后来的情势和他原本的料想很有距离，当我面临能不能考上初中时，我认为父亲已经感觉到了紧张："初中不毕业能做什么工作？"他这样问母亲，"当工人？"母亲沉默不语。

随着他的胆愈来愈衰，我的"工作"问题变得愈来愈令他焦心，气愈来愈短。

"考不上正规的，上个民办的（毕业）出来当个工人就好。"

"当干部恐怕解放不行，他学习不行。"

他对我说："你能有个工作，有个好身体，就应该满足。"

从"学薛仁贵，顿餐斗米建功立业"这一心胸逐步下滑到"有个工作就行"。

不要付出感情

　　然而到 1968 年，有了一个机会。这年大征兵，仅仅南阳一地区就征兵数千。一时，军分区和各县武装部来来往往的都是陌生面孔的军人红领章、红帽徽——他们是各地部队来南阳接兵的。这一年上山下乡的运动也已如火如荼地拉开帷幕。我时年二十三岁，已经超了应征年龄一岁，军分区首长都是好人，他们同情也关怀父亲这位不得意的少校，按军分区党委的意见，努力把我"送出去"。然而接兵部队却更喜爱我的二妹妹凌卫萍，她聪明、漂亮，口才也不错，干净利索，和一向马虎，大大咧咧，不懂人事交往世情过从的我一比，她的优势是明显的。一方要接妹妹，一方要送哥哥，发生了矛盾。军分区来"征求老凌意见"，父亲从不在个人私利上有所计较的，这次非常坚决："请首长考虑，我革命一辈子，没有任何个人要求。我希望两个孩子都走——他们应该到部队上锻炼。"军分区首长做了指示，办事的同志竭力工作，我和二妹妹凌卫萍同时参军。记得父亲是这样：他长长地吐了一口气，坐倒在我家唯一的竹躺椅上，以手加额："这件大事办下来了。"

　　没有走的是大妹妹。她身体弱是一个原因，以她的个性，是一个热血性情，激昂慷慨的青年。她坚持说要下乡，在广阔天地大显身手。相信报纸，相信当时铺天盖地的宣传——因为她压根不知道"上山下乡"口号的具体落实对个人的命运有什么样的影响。父亲对这件事有口难言，因为要从他的口中说出任何与政策不符的话比登天还难。他不接受任何异端，而现在这"异端"却是从他不能冒犯的地方发出来的。他心里沉重，脸色也阴沉，只是一遍又一遍地告诫大妹妹："要考虑困难。道路曲折、艰难、复杂……千万千万不要在农村谈恋爱，千万千万不要随便对人付出感情……"——他说这话时，大妹妹未必懂，但她很快就懂了。她在这段时间，身上长了牛皮癣，本来就弱，更羸弱了，又黄又瘦。这个时期我在军队，我想妹妹恐怕一下乡就懂了，尤其是当返城时，父亲三番五次宴请他们的大队支书，她已是彻底懂了。大妹妹凌建华是个个性开朗、豪爽、开放型的孩子，围棋下得好，朋友多，心绪容易调整，而且她听话，始终没有在农村对谁"付出感情"谈恋爱。不然，后果真的难以想象了。

一个大队支书有多大权力？你进了他的一亩三分地就明白了——比总理大十倍。父亲（后母）心眼用尽、反复送礼，希图大妹妹能以招工离开，最终也是镜花水月。直到"运动"后期别人纷纷回城，大妹妹还滞留在那里。当时家中来了一位不知哪个县里的领导，他是父亲的旧部，父亲向他诉苦："建华还没有回来，没有一点办法。"那领导从兜里掏出个烟盒子，在上头写了几行字，给父亲："你带这个条子去见×××（支书），他不放人，我剥了他的皮。"这样，妹妹才得以回城。

大妹回城后变得很顺利，她属于先天厚福的那种人。她兜里只要有两元钱，就会用来买吃的，花光为止，没钱再想办法，没有当官的念头，也不求有什么大的建树，对任何人不设城府，有话就说，有泪就流，流着泪一句笑话她就会破涕而笑，下棋输了会哭，边下棋边哭，赢了又嘻天哈地。一句话，她"没有心机"。她被安排在"晶体管厂"，而后又随丈夫去了油田，日子过得潇洒自在。

有些事，你负不起责来

问题倒是出在我和二妹身上。我们两个"争一口气"的心太重了。我1968年入伍，1968年初集中在新兵连。军籍还没定，已经定了入党重点发展对象。到施工连，连长指导员都看重我，几个月的时间又再度确定我为"发展重点"，连里的大批判稿子、黑板报，连里组织宣传队，都由我负责撰稿创作。正准备填写《入党志愿书》，且是要任命连"统计员"的时候，团政治处一个电话，调我去"帮助工作"。

这样，重新来。反复了几次，1968 年入伍，1969 年下半年还是让我填了《入党志愿书》。这似乎是非常顺理成章的事。外公，地下党；伯伯，烈士；父亲母亲、姑父、舅父、三姨父、四姨父都是共产党员，我入党有什么问题？我没想到的就是父亲把家史的阴暗部分长期对我有所回避。这就发生了"谈话"的事。要交代姑姑被斗致死的"历史问题"，还要谈对这一问题的认识。

父亲极为看重这件事。为了这件事，他写了一封长信给部队党委——这封信写了些什么，他怎样表述事情的经过与性质以及他对"问题"的认识，我一点也不知道。我出差南阳我们父子见面，他也没有谈及这封信是怎样写的。我从 1971 年春节至今都想知道他是怎样行文说明的。我为此事入党时间整整推迟了半年。1971 年他说，自从接到我的信，直到我入党，他本来就严重的失眠症加倍地严重，"根本无法入眠，睡去半小时就会猛地醒来……"直到我向他报告，我已入党，没有预备期，现已是正式党员，他才一口气松下来。他告诉我："你立了一大功。这不仅是你入党的问题，更是你们兄妹是否有入党资格的问题，是整个社会对你们地位的观察角度问题。你是你这一代第一个入党的。妹妹们就好办了。"——他全心全意，终夜辗转不能成寐，希望的也就是"整个社会"能不再把我们兄妹像他一样地作为"富农"歧视冷落。他的这个话有道理。二妹随后很快也入党了。但她那个单位是个高级保密单位，人人"根正苗红"三代无瑕疵，二妹本来是决定要提干的，因为有此"瑕疵"而复员回宛。二妹凌卫萍的个性与她姐姐不同，细致、精明，有内涵而不外露，心事重。她入党时与我有同样的经历。"红色家庭"的概念一下子出现了故障，提干的事也泡汤，她郁郁地回了南阳。

子女的择偶，父亲也是同样的标准。我 1971 年出差连同探家，总共是二十天时间。他和继母昼夜不停地为我物色对象，邻居们笑："老凌现在是栓保爹，老安（我的继母）是栓保妈。"二十天时间，介绍了将近四十个"朋友"。绝大多数是女方不同意，理由是：一、我的部队离得远；二、我本人提干年龄偏大，前途没保证（这一条没人说，是我感觉到的）；三、家庭复杂；四、我的牙不好。对象家的政治问题由我父亲审评，对象本人的"艺术标准"则是由继母观察——我本人似乎完全是局外人，现在回想起来，我们是出于对父亲的信任和依赖，认为我既在外，根本无条件谈恋爱，"是个女人""下雨知道赶快回家"就可以了。在我心底深处，还有一个思想，"大丈夫事业为重，妻子何足为患"——这是个潜意识，是父亲早期给我的影响所在。

总而言之，我找对象，我没操心，只有一家，人家愿意，我也同意"谈"，父母亲都很高兴。但第二天又有消息，女方父亲——"一个学校校长"有历史问题，是个"国民党"。父亲像被开水烫了一下，倏地站起身来："不能考虑！"他的"政治标准"是决定性的，只要有历史问题的一律"不行"，只要是党员，或贫农，全都"可以"。在政治上要合他的格，是空军飞行员的标准。他说："她要跟你一辈子，她的一切都要跟你，包括她的负担也是你的，有些事，你负不起责来。"

也许吧，现在已经不能问他了，1955 年的"审干运动"是条杠杠。这个界定年过后，他的神经衰弱变成了"官能症"，在有毒的空气的浸淫下，他有了条件反射式的过敏。

小妹妹凌玉萍是 1954 年生于陕县。母亲因工作忙，无奶，时年父亲也调洛阳，在洛阳郊区菜农家，寻了一个奶娘，她也就因此成了农村户口。对此，我的小妹妹是颇有意见的。"哥和大姐二姐都是城市户口，为什么让我一人留农村？你们知道 1960 年我在乡里是怎么过的吗？"其实这件事父亲多次说过："跟着我有什么好？奶妈一家待她很亲。"——这时我们已有了继母，且继母又生了一个小弟弟。继母安红军很贤惠，她在真正了解了这个家庭之后，也同样介入了这个家的忧患阴霾——"咱们一家人走路都和别人不一样，是双着趣着（摸索着）走的"。但她和弟弟来到这家庭，使父亲觉得关系处理变得比过去复杂了点，在此情形下，他没有急于让三妹回家。但到了玉萍十六岁时，是"政策界限"——再不回家，就会真正变成农业户口。父亲非常迅速地为她办理了回城手续。

父亲一生都在告诫我们："走，是原则。三十六计，走为上——这不是一句空话，是值得奉行终生的。"我的记忆中，是在大哥1964年夏"走"（到武汉上学）时他犯过犹豫，因为这时母亲病重垂危。本来让大哥和爱明姐来宛，就是想身边有人照应的。但母亲从口中迸出一个字"走"，他立刻释然放大哥去了武汉。小妹妹参军的事，从她到南阳第一天，父亲便已做出了决定。

这是1970年。这时的军分区，已不是他离休初的情形，老熟人、老首长垮台的垮台，打倒的打倒，纷纷卸职离任，新的领导不熟悉，且"后门"入伍之风大炽。父亲挨个儿回忆自己的首长"还在位的"，他想到了王维国——"林彪事件"中的著名人物，空四军政委，他带了小妹妹赴郑州，准备转道上海去见王维国。

假如这件事"办成"，后果是可想而知的；再假如王维国喜欢聪敏、机智、泼辣的小妹，选进"小分队"，那是不堪设想的又一情势。

但上苍对父亲的惩治已经厌倦了，也许它觉得已经是太过分了。父亲走到郑州，突然头疼，不是失眠，而是尖锐的那种疼痛，他实在无法再继续"走"了。住在军队一个招待所，恰又逢他的一个旧部，在省军区是处长，很当权，且又负责着"后门"，一夜之间，一切问题全部解决，妹妹参了军——一并——在驻马店一五九医院当了卫生兵。

就我自身的感觉，参军入伍之前，除了觉得父亲过于细致周到，过得太拘谨小心，没有觉到他的病态。他是我们家族的太阳，这太阳不够温暖，但这太阳灿烂，他的光荣辉耀着我们每一个人，他是包括亲戚朋友都在心理上敬畏尊崇的神灵。谁也不曾怀疑我们的家史上空笼罩着这么厚重的阴云。父亲在我入党后，才对我讲："真实的情况是，我们是一个光明磊落的家庭。家史上有些事长期没有告诉你们，是有些历史谈不清楚。你们还在上进，我不愿你们有任何阴暗心理。"然而他没有想到，这个社会的情态，偏偏不能满足他的这点希冀。小姑姑的死"曝光"，奶奶移居邯郸，哥哥在学校受到的歧视待遇，随着入党的事一件一件"东窗事发"。原先很多想不通的事，渐渐拂去了尘埃。父亲虽绝口不做解释，我们却愈来愈明白自身的"社情"——阴极的电流和阴极一样强大。

这种有毒的氛围对家庭的每个人都有决定性的影响。一旦明白了自己其实是个弱者，相应的人格格局就会变成这样：我们兄妹个个都是谨慎有余，进取不足。人人不敢杀鸡宰兔，绝不惹是生非。（我的小妹妹幼在洛阳，十六岁才返回家中，她是例外。）吃了亏没有人敢说一句"报复"的话。一个个都练成了"太极拳"，柔和而防卫周到。每个人都随时注意自己的任何言行，学会了审时度势。绝没有人说大话，帮助别人也是量力而行，努力去帮，帮成了你不用感谢，帮不成也请不要抱怨——这样一种帮法，绝无"后顾之忧"。父亲把聪明、睿智，心灵的周密防卫术，与人为善的心地，连同他对社会的病态畏惧，都传给了我们兄妹。我们祖训中说的"退一步想"，做到了淋漓尽致，"夫然后行"，"行不得也哥哥"。

切南瓜的刀

任何时候，任何地点，父亲都说他跨入革命队伍，是伯父的提携与帮助。这肯定是一件历史事实。但在思想上，我认为父亲是受《西汉演义》的影响，走向抗日救国之路的。他不下十次和我们谈起这部书对他的影响，"大丈夫建功立业于当世，这本书的积极作用是非常大的""你伯父是领路人，我认为他带的道路是大丈夫当走之路"。他可以大段大段地背诵书中关于张良的情节与语言，"今吾主借粮，非借粮而实借良也……"他背这些书时精神会突然健旺，眼睛会放出熠熠的光彩，这时的他全然没有病态。他神往那样的风云际会，使你感受到的是那个时代的特有氛围。

父亲参加革命时，已实现国共合作。他初做税务征收员，后入抗日高校学习。后来我知道是抗战大学太行分校。这时期校内情况比较复杂，阎锡山、薄一波的两方势力都在校中设有支部，各做各的工作，对象当然是这些学员。国民党的支部书记找他谈话，希望他入党，他拒绝了，说，"我只知道抗日，不知道入党"。共产党的支部是"地下"状态，他经过长时间观察，找到了支部的领导，约见谈话：

"× 先生，你是共产党吧？"

"你怎么知道？"

"我觉得你是。"

"你找共产党什么事？"

"我想加入。"

"你为什么想加入共产党？"

"那是好党。"

"可是，人家国民党有中央政府，国民党势力大呀！"

"不错，但它走的是下坡路，共产党是上坡路。"

父亲就是这样入党的。家庭成分确定之后，他是长期这样界定的：人，只要入了党，阶级属性便已确定，在队伍内部就不会再被划为异类，不会受欺侮了。在他的子女这一代中，我是第一个入党的，起初因为小姑凌尔婉的死受阻，我从"纳新"的队伍中被淘汰下来，几个月后，按照一般的入党程序又填《入党志愿书》被批准入党。父亲一直紧张注视这一过程，直到我入党信息确定，他一口气松下来，竟然睡了一夜好觉，第二天又醉一场！他说：

"你这件事的意义不仅在于解决了你自己的政治问题，你的事说明，我们这一代的事不会影响你们的进步，你能入党，你妹妹当然也能……"他认为，个人的功名是自己挣，谁也代替不了谁。当他发现他自己的历史及成分对我们有负面影响时，他一定非常痛苦，随着我的入党，他卸掉了这一包袱，他认为这件事的意义"非常了不起"。

父亲除了《西汉演义》，还读《三国演义》，也读《红楼梦》。我以为他并不喜爱小说，而是喜爱一部书的某一种情调。《西汉演义》是他之最爱，但他只说过其中"大丈夫立功名于当世，垂书帛于万世"这一观念；《三国演义》他读过，在抗日战争中他使用关羽"身在曹营心在汉"的话，作为宣传，对投敌变节的汉奸作攻心之战。他从不谈《三国演义》，偶尔谈《红楼梦》观点竟是教育我们："要吃好，身体棒棒的，林黛玉斗不过薛宝钗，不就是身体太差吗？吃一顿饭，猫一样的能做什么事？"

他关心政治，不关心文学。一部《东周列国志》，他熟悉到每一个细节，可以纠正你每个年月，这是他对中国春秋时期政治形态的了解，他对现当代世界形势的了解，比对中国古代还要周详明了。在这些事情上你和他谈论，你会觉得他的思路像剃刀一样锋利，语言像芥末一样辛辣。我以为命运是这样捉弄人，你本来准备做一个政治家来磨你的刀，上帝用这把刀在砧上切南瓜。

我记得有一个人曾偷偷对我说："你父亲是我见到的最了不起的人！太令人惊讶了！"——可惜没有记得他的名字。

父亲这把刀就这样搁置了，也许他是真的换来了一本东家种树书。父亲在军分区大院搬了几处地方，又到了干休所，门前总有那么一小片地。有时大一点，有二三分，小的时候就是一二分。他就折腾这块地，扦插种植，树、花、菜，育苗；还学木匠，做一点小家具，小板凳、小饭桌什么的，自己用，也送首长和邻居，打发他余下的岁月。那年风传要把干休所交地方，他很伤感地说："穿了一辈子军衣，不能给我们留一点绿色吗？"

母亲家的"社情"

　　我的家庭"社会体系"总共是三大板块：姑父一块，父亲一块，母亲这一块。我一直以为我是依附于父亲这个"板块"的。我长期跟随母亲"过日子"，见到的是父母亲相亲相爱，互相礼敬、谦让，不但没见过他们二老反目、斗口，一般家庭常见的摔摔打打、板脸子、说难听话等，我们兄妹四人谁也没有见过。母亲曾告诉过我，三姨和舅舅都是他（父亲）帮助出来参加革命的，如果守在"王家庄"，可"不得了"。

　　"不得了"，用文一点的形容词就是"不堪设想"之类吧。母亲娘家是中农，怎么会有这种设想？我有点思量不来。但是关于外祖父家的情况，母亲终生对我们守口如瓶。由于母亲参加革命较父亲为迟，地位一直比父亲低，母亲的弟妹也是父亲携带"出来"的。这一见识似乎成了定论，母亲的家族有相对独立性，但总的是依赖父亲的。

　　然而我信守这样的格言，"沉默就是有话可说"——事实上不是这样吗？我们终日见到一些人口若悬河，夸夸其谈，你去探讨吧，他一准儿是个"糠萝卜"，内里一点水分没有。

　　一直到写这篇文章时，我向舅舅、三姨了解真情，心中的疑惑才有所解冻。母亲家的"社情"，较之父亲还要激烈复杂而且尖锐——我没看见她打仗，但我见过她枪毙犯人，犯人一枪毙命，母亲泰然自若。她的性格刚烈，说打就打，说骂就骂。骑马打枪，敢于单枪匹马地干。除了她天性使然，这与她的家族史也隐然有关。她竟是一位正牌子的烈士子弟！父亲死于日本人之手，大哥亦是烈士。她的二姨父亦是烈士。复杂性在于二哥当过伪村长。家庭错划中农。她自动出去参加革命后，又在新中国成立前收拢尚有条件参加革命的弟弟和妹妹。"板块"的情态就是这样形成的。

　　外祖父是地下党。听父亲说过一句，但他再也没有多说一句。1963年三姨到南阳来探母亲的病，我隔墙隐隐约约听见他们议论"死得惨"，其余的又不甚了了。因此我在填档案表格时，从来没有写入。通过舅舅了解，这才知道，舅姨他们也是在"文革"中才明确了这一点——这件事倒应该谢谢造反派。

起因是这样，三姨在天津工作，"文革"中"站错了队"，对立派到村中调查她的历史，将二舅舅马富科当过伪村长的事原封转到正在广西部队工作的舅舅单位，那意味再恶不过：要请"解放军"也来"清理"舅舅。

舅舅在部队是进步很快的，他是1947年的资格，授衔初是上尉，继而大尉，继而少校，这样的速度在当时是令人艳羡的。接到这封密告信，部队党委立刻采取了措施：一、让舅舅到"毛泽东思想学习班"交代问题；二、派人到山西老家调查落实情况。

最终的结果是：一、舅舅没有去学习班，他的一个老领导保了他；二、调查回来的结果是，我的外祖父马润渊，抗战时期即参加工作，在昔阳城开一家银匠铺，这个银匠铺是八路军的情报联络站。后因翟姓伪村长告密，1940年，他被日本宪兵队逮捕，同时被捕的还有农会主席张登宝，还有一位农会会员宋老先生（医生），被宪兵队毒打致死，尸体扔在昔河河滩（宋先生苏醒后逃回）。八路军曾采取报复行动，枪毙了告密的伪村长。新中国成立后，村里曾为此事公祭追悼，立碑述记，碑立在王家庄戏台旁边。大舅舅马富兰，亦是1938年参加革命，昔东游击队的情报员，以伪棒棒队团长为掩护身份，外祖父的事出来，身份暴露，他被宪兵队抓去打得奄奄一息，回来不久即故去。我还有个二舅舅，叫马富科。他以倒腾粮食贩牛为生，在外跑跑生意，也在家种种地。1944年即将解放，村长没人敢干，他因见多识广，村民用黄豆投票选中了他。这个时候谁都知道，八路要胜利，不敢接这差使，他逃跑出去几个月，回来还是他干。1947年土改，他作为"反动富农"被拉出去斗争打死。

结果就是这样，舅舅没有历史问题，也没有成分问题。组织上解除了对他的审查，但他如日中天的晋升也戛然而止。

我的母亲在家是长女，比舅舅大十二岁。这些情形她都是了解的。外祖母的早逝，加上这些变故，拉扯弟妹的责任就无旁贷地落在她身上。二姨嫁出去得早，三姨、四姨和年龄最小的舅舅马文兰，就"跟着大姐过"。舅舅说，"我是在大姐背上长大的"。我亲眼见过他们姐弟在一处，他们对母亲的尊重远远超过我这个当儿子的。舅舅给母亲梳头，倒洗脚水；三姨来时母亲已经患病，三姨给母亲擦洗身子，代替父亲给她"擦屎擦尿"。同样的，母亲受之不疑，她这个姐姐当得非常到家。

由母亲的家庭状态，可以断定她的独立性格与早熟。她不是轻轻松松一个人走进我们那座刻着"退一步想，夫然后行"的砖雕大门的。她是背负着一门血仇，负担着沉重的娘家责任来的，这样的仇恨，同样可以带来野性的反叛意识！我越来越清楚地看清了母亲，她爱父亲，但她自己就是她自己，从来也没有看自己是"凌××爱人"或"政委夫人"，她和父亲——有点什么——战友味吧！

聪明正直谓之神

在栾川、陕县、洛阳，我基本是"随妈"。大抵都住个明暗套间，里头住人，外头办公开会。到邓县，父亲在武装部是政委，房子给了四间，我们兄妹和保姆都住在武装部院里。我单独跟母亲，母亲极少谈她在队伍里的境遇，我对她在单位的情况一无所知。父亲更是沉默如石。但此刻的我们已经有能力观察这些事了。母亲的情形我们感觉不到，在洛阳、陕县，她是勃勃的精气神，一直是副职，到邓县，主管法院，仍旧是副院长——她在昔西县是县妇救会主席，降了再降，一直没有"恢复"到原位去。她和父亲一样，被"图钉"钉住了，"副"了一辈子。我不是个在乎名位的人，但这种位置在那个年代代表着"礼"与"理"——是社会地位与社会对人认同的标准，这就是另一回事了。曾经一度人们称她"马部长"——是政法部吧，但很快她就病倒了——那是夏天，她下乡回来在家洗脸，父亲说了准备让她提"县委委员（常委）"的事，又说："有人说，叫她进来（当委员）吧，进来再狠狠整她！"母亲就是听见这句话一下子颓然倒了下去……

我曾在一篇文章中说，母亲有大漠孤雁那样的气质，在我的印象中她确实不是飞针走线做窗下女红工作的女人，而是骑马打枪的英雄。我对父亲的佩服，有"尽义务"的成分，我对母亲则是崇拜，终生的崇拜。她的死，是成神了，"聪明正直谓之神"，她是二者兼备——她死后连着几年，南阳在她忌日秋雨连绵——天都在哭。

但在实际生活中，我的这个认知并不全面。爸爸、姑姑都告诉我，母亲是个"过日子人"，仅从针线活而言，"王家庄"一带无人能比。

"你奶奶是很挑剔的人，"姑姑说过，"新来媳妇，三天过后就得给婆婆针线活样品，你奶奶要求补补丁时，补上去的布要和原布色调一样，远远地不能看出是补丁，你妈做补丁不但是原色对原色，连布纹一丝一线都对得严严整整。她这样的针线你奶奶都惊讶异常。"

但在我的实际生活中，我幼时穿的衣服鞋袜都不是母亲的作品，而是劳改犯——准确地说是女犯人做的。偶尔我剐破了衣服，肩头上、屁股上会绽出三角破口，这倒是母亲一针一线连起来，我没有细看过补口，她连得那么快，不可能"布纹对布纹"。我觉得看她擦枪更习惯，更自然些。一捧枪机零件，在她手中如活泼泼的小鱼，很快对起来，就成了一支小巧的双筒剑枪。

俺孩是个吃僧

　　父亲教给我是"狼吞虎咽"地吃饭。到如今，我吃西瓜不吐子，吃米饭不咀嚼，吃得前胸两手油渍，还常常遭到家人的噱笑。有一次一家出版社请我吃饭，一编辑说"凌老师的吃相"怎样如何，招得社长大怒，要端掉他这"吃相好"的编辑饭碗，还是我来说情才免了他这一劫——但社长肯定对我吃饭的样子是"瞧科"了的，的确是不好。母亲也没有批评过我吃饭，她只是说我："慢点，谁和你抢（饭）。"每年看我的成绩单，她会发怒："你爸在小学上过四年，年年都是头名，我一天学也没上过，也比你强，你是个吃僧（生）！"吃僧大概和饭桶的意思差不多吧——和老师的评价一致。但现在回忆起来，我还是宁愿母亲骂我一句受用些，因为我知道感情。母亲自己节衣缩食，有时带一点好吃的，会笑着对我说："俺孩是个吃僧，好好吃哇。"她会坐在一旁看着我把一大海碗饺子或者鸡蛋炒米饭吃得干干净净。有一次给院子里的花浇水，没有扁担。我双手提两桶水来回运水，母亲笑着对父亲说："解放提水像提两包棉化（那样轻松）——孩不但能吃，也能干。"

　　母亲也做吃的，但大多数是吃食堂。她初到栾川，是公安局锄奸股的股长，以后股又改称侦查股，她仍是这个职务。吃饭就在公安局食堂。我的印象中那伙食是不错的，大约公安局内的孩子很少，叔叔阿姨都非常亲我，我的"不错"的印象，是我能受到最特殊的照顾的结果，不论什么时候进大厨房，炊事员总会把一个包子或一条猪尾巴递给我："这是叔叔留给你的，悄悄吃，别叫二胖子（另一小孩）看见了……"我喜爱吃醋炒土豆丝，食堂改善生活常有这个菜，我和母亲一道坐在水渠旁的土坎上吃饭，母亲会把她碗里的土豆丝一点一点拣到我的碗里。我从来也没想到过让一让她，老实不客气地全部吃光。在栾川、陕县、洛阳，一直到邓县，母亲一直吃食堂，她是一下子被山一样的病压倒，才离开食堂的。

但她偶尔地，也会有一点小制作。在洛阳市郊区公安局，是她生活相对安定的时期。那时的星期天，食堂一早一晚两餐。中午，母亲会给我们包饺子吃。她包的饺子，一律只有拇指大小，像一队队的士兵，整齐排列在垫了报纸的桌子上。然后做"朒"：红萝卜、豆腐、土豆丁、菠菜叶，炒好加红糖少许，再兑水，加粉丝——饺子出锅，浇上这样的汤汁，再加一点黄酒——这就是山西特有的"头脑饺子"。可能只有昔阳才有这种饭。我在写《康熙大帝》第二卷时，特意地把它写了进去，我希望我的读者能够知道它：比如你肠胃不适或者拉肚子、痢疾之类，热乎乎来这么一碗，它的医学效应是异乎寻常的好——假如你没有病，这饭的鲜美口感也是非常特殊的，而且吃饺子之后往往口干舌燥，可这种饺子下去非常平和。我现在患了糖尿病，按理不能用它，但当我肚子不舒服，忍不住还要用它。我认为效果肯定比黄连素好。再一种，她会用铝皮饭盒（圆桶形的），坐在煤火炉上，同样是指顶大的豆腐丁、红萝卜和菠菜（配起来非常好看），煮进去，她坐在火炉边，用筷子搅面糊，黏糊糊的……一直搅得非常匀，一点一点"拨鱼儿"也叫"剔尖"，把面拨进翻花大滚的饭盒，最后用筷子蘸一点香油，也就那么一滴，立刻满屋子鲜香四溢——那吃起来……

夜走太行山

"过河干部"的家庭情况我见得极多，大致是这样三种：一、家中有原配妻子，干部在外作战，就近在部队或部队附近"又解决"一次的；二、家无妻小，在部队找到爱人的；三、夫妇都是老资格，同时过河的。这三种情况当然是战争的原因，战争造成夫妻长期分居，胜利后离婚的，趁机离婚的，是当时一股强大的、不可阻挡的风。有一篇回忆录说，许光达大将乃至每见一个部下，都要恂恂相问："你离婚了没有？"（这可能是他判断部下品格的一个标准。）鉴于这种特殊情况离婚的，离婚不离家的，原配在家部队又成家的，不离婚稀里糊涂过的家庭不计其数。父母这样同时过河，同处一地工作的，一般说女的资格都比较老，这样的家不多见。常见的倒是离异家庭（我对此不持批评态度，这是战争结果）。父亲是老资格，母亲也是老资格，我们这个家如果放在北京，甚至郑州，也许是个大展宏图的家庭。两株成材树在森林里是安全的，放在一片小树苗中，那就太扎眼了一点。别的不谈，因为他们二人月工资总计三百余元，不但一般的地委书记、县委书记不能望其项背，即使军分区的司令、政委，也难与为匹。《鬼谷子致苏秦张仪书》中说：

> 子独不见河边之柳乎？仆御折其枝，波浪激其根，此木非与天下人有仇雠，盖所居者然。夫华霍之树檀，嵩岱之松柏……上枝干青云，下根通三泉，千秋万岁不逢斧斤之伐，此木非与天下之人有骨肉，亦所居者然也。

这和《神灭论》说的意思差不多，父亲和母亲这两片叶子吹落到北京是一回事，落到一中原县城，就成了河边之柳，折枝激根在所难免。我认为母亲身体太弱，经不起这样的摧残，她的死与她的优秀及与众不同有关；父亲退得早，倘若进入"文革"，他仍在工作，也是经不起的。

投奔革命记

凌尔文

马翠兰同志（小名翠妞），山西省昔阳县王家庄人，1922年生于一个手工业兼少量土地的家庭。父亲马润渊和哥哥马富兰在昔阳县开个小银匠铺，自做自卖，并无雇工，二叔马润宽在榆次当织布工人，小叔和二哥在家种田。1931年母亲宋氏因病去世，翠兰当时只有十一岁（旧时用虚岁——编者按），因弟、妹年少，只好弃学回家帮助料理家事。母亲在世时，曾通过亲友说合把她许配给南李家庄文明为娃娃亲。1937年10月1日，日寇占领了昔阳城，到处杀人放火，无恶不作，父亲为了避难，便将十五岁的翠兰送到南李家庄草草完婚。婚后夫妻恩爱，公婆爱护使翠兰倍感幸福。但是，日寇的残暴行为日盛一日，百姓不得安宁，父亲失业参加了秘密农会与情报工作，大哥马富兰也投入了抗日活动。翠兰因当时封建思想的干扰，加之公婆年过半百，弟、妹幼小无人照顾，只好留在家中。1937年至1940年，出外抗日的兄弟们还有信息交流，逐渐地因日寇"清乡"，实行强化治安而中断了书信往来。

日本鬼子越来越猖狂，在西峪口一次杀害三百人，1941年在昔阳城大庙活埋了二十一位知识分子，接着组织起蝇蛆一样的自卫团（百姓称为棒棒队、镰把队），疯狂屠杀活埋数以万计的人，许多抗日志士惨遭杀害。日寇汉奸还不断以"双抗属"的罪名毒打、扣押、勒索翠兰一家，逼他们交出外出抗日的亲人。全家人整日提心吊胆，翠兰原想在家养老抚幼的愿望彻底破灭，便产生了跑出去投奔抗日队伍的愿望。她跑到娘家，娘家嫂子抱着没爹的孩子，两家哭成一团，出外的兄弟们都没有音信，各种流言不断地传来，甚至还有一些人来劝她们改嫁。直到1943年，根据地扩大，环境好转，才传来了文明的消息，翠兰禁不住放声大哭。丈夫还活着，他在昔西的大山里打日本鬼子，捎信人还见过他。虽然地址不详细，但翠兰决定投奔革命，到大山里和丈夫一起抗日。公婆好言劝阻，都无法动摇儿媳的决心，便把翠兰送回娘家。二哥是个粗汉，软硬兼施地继续劝阻，兄妹两人吵了起来，没办法，干脆把翠兰锁在房子里，并嘱咐嫂子说："跑了可是丢咱家的人，千万看好！"但两个嫂子心地善良，看着妹妹整天不吃不喝，埋头哭泣，心中不忍，便把翠兰送到了河西姑母家。姑母六十岁的人了，会下神算卦，为定出翠兰出走的吉凶，她洗了手，点上香，向红布盖着的神房默默祷告，之后抽了一支签，上边写的竟是："三十六计走为上，贵人遭难吉中有凶，凶能化吉，前途光明。"于是当天晚上，便送她上了路，并嘱咐说："不管有多难，要一直向西走，自有神明保佑你。"翠兰跌跌撞撞走了一晚上，到了离城八里的巴州。面前有一条大河，她依然不敢停留，不料过河时，忽然雷鸣电闪，下起了倾盆大雨，翠兰不顾生死继续前进。这时山洪暴发，没腰深的水冲了下来，两岸人群呼喊，几个大汉急下河把被大水冲倒的翠兰救上了岸，但她不敢久留，继续赶路。半路遇到了小村庄，归秦山管，这里离敌人碉堡不远。但百姓们说八路军也不断来，村政干部都是两面维持。当晚住在一个老太太家里，她想认翠兰做干女儿。翠兰不敢久留，假称去岭西探亲，回来一定相认。第三天沿山路爬到了掌城西川，听当地人说，翻过大山即是西寨牙。山上全是小路，有时没有路，向上看，山接着天，只有一些打柴人踩下的搁脚路。这里离昔阳县城二十余里，离掌城敌人碉堡七八里，翠兰藏在树林里长吁了一口气，心想，日本鬼子离我远了，那大山再高也是中国的山，山上的虎狼也是中国的，总得给我让条路。又爬了十余里路，身上被划破几处也不在乎，天快到下午了，心想今晚住到哪里？想到这里只有前进，手抓树根、荒草，脚踩乱石向上爬。爬了一阵，忽然看见了一个小庙，也没有院墙，翠兰心中暗喜。进了庙门，只见小庙没有门窗，神胎泥像的金皮已经脱落，也没有香炉，可见长久没有香火了。翠兰自幼受家庭影响，从不信鬼神，在这满目荆棘、满山狼嚎狐窜、远离亲人的深山破庙里，也不由得向这个泥像叩了个头。自念一生行善，一切鬼怪不得近身，又想想姑母送的戒指，自感勇气倍增。扭头向后看都是高低不等、深不可测的高山深谷，想退万不能；再仰望西山，高山密林顶着云天，却又有些胆怯。她在庙门前正犹豫，冷不防有人喝道："站住，什么人？"这一声震得山里回声四荡。她吓了一跳，正在发呆，早有两个穿便衣握着手枪的人连唬带吓地把翠兰捆了起来。这些人说，这女人东张西望，不走正路，肯定不是好人，说不定是个奸细。翠兰并不挣扎，只说是走亲戚，不是坏人，但他们并不理睬，一前一后押着她向北走。翠兰心中拿定主意，如果落在汉奸手里，就拼他个你死我活；如果是掠财的土匪，就把银首饰送了；如果受侮辱，就拼死跳山涧；如果是八路军就算我千幸万幸。

他们押着翠兰一直向北走，她心中虽有怀疑，但并不害怕。也不知走了多远，天已大黑，北斗星安然地眨着眼，好像在安慰她。前面出现了灯光，好像是个十余家的小村庄，她不由得一阵心宽。"田班长，看，快到杏庄了！"前面一个人说："到了杏庄就住下来，可能王区长王汝成就在这个庄。"这两句话使翠兰心里宽多了，这两个人可能是自己人。

到了村里，进了一幢比较宽敞的三间房屋，只见有几个人围着一个铁壳麻油灯坐着说话，他们进去后，田班长说："王区长，今天抓个从城里来的女奸细，你们审讯吧，她可能了解很多敌情。"这时屋中另一个人就冲着那个叫"王区长"的人点头说道："汝成，你是昔阳人，本地话通，还是请你给她好好谈谈吧。"于是，王区长便对翠兰说："我是昔阳人，咱们是老乡，你又是个女的，谅你也跑不了。田班长把绳子去了吧，让她好好谈。"田班长解了绳子说："这女人一路上倒也老实，只是她的形迹可疑，为什么漫山爬，不走正路？"这时，另一个人给翠兰端了一碗茶又打了一盆水，要她洗脸。她又饥又渴，把茶狼吞虎咽地喝了下去，但脸是不能洗，这个时候，脸越脏越好。

王汝成区长慢慢地说："你不要怕，要说实话，八路军宽大，如果你是给日本人探消息，说出来也不处分你；如果你是好人，政府也不冤枉你；大杏庄有亲戚，也可以保放你。"他说的都是抗日的话，翠兰更胆大了，但去根据地找丈夫是不能说的，谁知他们是不是真八路。因此她仍然坚持说是去岭西走亲戚。过了几天，区长说区公所留着女的不行，就把她关在一个老百姓家里，由本村两个妇女看守，门外还有两个带枪的。

第二天，由田班长及两个队员带着翠兰一路奔上岭西山，虽然看到山峦叠翠，云雾缭绕，一派秀丽景色，但她无心观赏。到了岭西，只见村中十几户人家断壁残墙，有人扛着农具上了地，也有带枪的民兵，这些景象使翠兰心里宽敞多了。天到下午，他们到了区公所，田班长把翠兰交给了区长赵相应。赵区长坐在一个破板凳上，她被几个民兵押着接受审讯。翠兰经过仔细观察，区公所破烂不堪，区长和民兵们看上去都很规矩，便感觉这里肯定是根据地无疑了。正想着，区长突然大声吓唬她说："从城里来，又走这样远，行动鬼祟，不走正路，今天既已到了根据地就应老实说明情况，就是鬼子密探，只要不做坏事，从实交代，政府也会宽大。"翠兰心里一阵激动，八路军就在眼前，吃了那么多苦，目的就要实现，真话一定要说。她说："我是昔阳南李家庄人，名叫翠兰，我冒死从敌占区跑出来，就是要找我的丈夫文明。"赵区长奇怪地一笑说："文明和我在一个整风训练班半年多，从来没有坦白他娶了媳妇，怎么现在忽然从敌占区里冒出一个老婆来，令人怀疑。"尽管他这样说，但从此却把审讯的架子去掉，变成了和风细雨的个别谈话。于是，翠兰痛哭流涕地把自己的身世和日本鬼子对抗属的百般残害以及自己决心投奔革命的情况诉说了一遍。赵区长听后便安排翠兰和妇联主任住在一起，并安慰她说："我一定设法帮你与文明接上联系，帮你加入革命队伍。"

说来也巧，在赵区长问案时有个叫和尔凌的小民兵，文明过去到过他家，他对文明以"表哥"称呼。和尔凌见翠兰来找文明认亲，也觉这事蹊跷，就飞快地跑回家把这事告诉了他妈。老人家一听慌了，急忙颠着小脚赶到区里找赵区长，恳求赵区长同意在问题没搞清楚之前，暂让翠兰住在她家，并证实说文明在家时的确定过一门"娃娃亲"，后来日寇入侵局势急剧恶化，加上鬼子奸淫烧杀无所不为，两家老人害怕有什么不测，就草草地给文明他们完了婚，这媳妇可能就是翠兰。

和尔凌的母亲也是穷苦人出身，曾得到过文明家的恩助，六岁时因灾荒随父到岭西讨饭，后来嫁给一个姓和的男人。文明参加革命后，一次随队伍到这一带驻防，恰巧就在和家吃饭，和妈妈听文明的口音，不由得勾起思乡之情，于是就问："你是哪里人？"文明说："我是铺沟南李家庄人。"和妈妈又追问："你贵姓？"文明笑着说："我姓凌。"和妈妈听后惊呼道："哎呀孩子，我也是南李家庄人，姓凌。"老人失声痛哭，把文明紧紧抱在怀里不放，刨根问底地问个不停，这才道出了她和文明家以前的关系，文明于是认了和妈妈为"姑姑"。

翠兰到了这个陌生的姑姑家，姑侄俩真是亲如母女。姑姑说："俺孩可受了罪了，来找文明投八路军又遇了这么大曲折。不过你的福气大，总算找到了共产党八路军。"她回忆了前不久和文明巧遇的情况又说："这下子好了，不久你们就会见面的。"翠兰听罢，一头倒在姑母的怀里哭着说："在这里虽吃得不好，但心情非常愉快。"当年翠兰只有二十二岁，由于苦累过度，大家都说她像三十多岁。有人还说风凉话，这哪像文明的老婆，真像他妈。她听了也不怨人，只感到这样更安全。

大约有半个月的样子，十余个挎着枪的人带着文明的信件来接翠兰到昔西一区，翠兰这才与姑母洒泪惜别。因为晚上要通过敌人封锁线，因此决定下午走。爬山越岭走了整整一个晚上，直到第二天下午才到一区里思村。当她见到文明时，他正在开会，只说声："来了好。"半个小时后会开完了，立刻又转移到了河东村。当天晚上，文明并没有以夫妻接待，而是严肃地对翠兰说："你是来参加革命的，还是看了我回家呢？"翠兰口气肯定地说："我就是为了抗日，为了参加革命才来的，说啥也不回去了。"文明说："革命队伍要求严格，必须经过区委审查了解，并给县委报告。这里比较艰苦，每天都要转移，时刻有生命危险，你受得了吗？"翠兰干脆地回答说："为了抗日，为了替乡亲们报仇，俺啥都不怕。俺也从来不想着靠你吃饭，家中二老也没有想着拉你回去。反正俺是不走了！"

不久，平西县妇联会主席王喜芬（刘之双大队长爱人）即来信通知，让翠兰到县里受训。到了县里，王喜芬便拿着一把剪刀说："翠兰同志，头上这封建尾巴一剪掉，从此你就成为八路军的妇联会员了。"她兴奋地一扭头，只听"嚓"的一声，二尺多长的青丝被剪了下来。这一剪子结束了翠兰农家妇女的生活，宣告了新生活的美好开始。

1944年6月，翠兰被分配到昔西一区当妇救会主任。1945年1月调任昔阳县妇救会主席。这时的翠兰已经不再是一个哭哭啼啼的小媳妇，而是一个穿戴整齐，留着短发，红光满面，出言爽利的八路军女干部了。到了寺上老林沟，一群干部都围上来亲切地说笑，夸她勇敢，夸她有志气。县里开会，区上的干部都来了。岭下区公所曾经抓过她的那位侦察班长田金兰和审问过她的王汝成，一见面就高兴地与她握手问好。李县长说："没想到文明老婆这样美丽。"翠兰被分配到西寨工作后，由于她不怕吃苦，既能耕会织，又善于宣传群众，发动群众，不断受到县里的表扬。这年夏天，她光荣地加入了中国共产党。

1945年7月15日昔阳解放，9月翠兰生了一个男孩，县里的同志说，庆祝昔阳解放，上党战役胜利，这孩就起名叫解放吧。

1946年翠兰调太行三专署高等学校学习，住在左权县十里铺一带。同年10月，文明调野战部队后随军南下。1947年大军过河，翠兰又调至长治一二九师留守部队随军学校。

1948 年伏牛山剿匪时，翠兰先后担任了县公安局侦查股股长、陕州公安处干事。1952 年洛陕合并，她又担任了陕州公安局副局长。她于 1955 年任洛阳公安局副局长，1958 年调任邓县法院副院长，1963 年离休，1965 年 9 月 25 日凌晨 4 时与世长辞。

马翠兰同志二十二岁参加革命，历经抗日战争、解放战争、伏牛山剿匪斗争，镇反、土改等革命运动，一贯与群众同甘共苦，任劳任怨，从不计较个人的得失。搞政法工作后，办案清正廉洁，刚正不阿，不徇私情。虽然身体长年有病，但很少度过假。一次审案时，因妇女病，鲜血流到脚上晕倒在地。手腕骨折后因没及时住院检查，错位固定，造成终身残疾，却从未要求过任何残疾福利待遇。

1946 年南下工作团有一个同乡路过左权见了翠兰，事后反映说翠兰是地主。她戴上这个不相称的帽子渡河上伏牛山，出色地完成了剿匪反霸任务，直到 1952 年昔阳来信才平反说是中农错划。虽遭不白之冤，但翠兰从来也没有埋怨过党组织。1958 年在邓县工作，拔"钉子"时被停职反省，有几个骨干分子，没经本人写了不符合事实的结论材料，但她理直气壮，拒不签字盖章。两年以后经过复审，事实证明翠兰没有断过一件冤假案。病危中看到了对她的正确评价，翠兰不禁失声痛哭。1964 年在病中仍参加了"四清"运动，病中组织上减了她的工资，她泰然接受。临终前，翠兰虽不能写，但她用不清楚的语言，让丈夫文明代笔写了回忆录数篇。

马翠兰同志参加革命数十年如一日，兢兢业业，鞠躬尽瘁，不愧为刚烈的巾帼英雄，优秀的共产党员。痛惜其刚逢盛世，却因积劳成疾，溘然而逝，铸成千古憾事。而今国泰民安，万业皆兴，忆起巾帼累累业绩，常使活者热泪沾巾。痛惜之余，后人当继翠兰未竟之事业，为实现共产主义而努力奋斗。

这是 1944 年发生的真实故事。母亲不但自觉情愿，而且冲破种种阻难，夜半破门，独行太行去奔她的理想之地。梁山好汉一百零八将，自愿上梁山的唯李逵一人，何况母亲是个少妇！这件事是如此的巧合，那位把母亲当作奸细抓了，又和父亲联系使夫妇见面的同志，后来也调到邓县公安局，还有王汝成，也到了南阳。几十年后几人重新聚合在一个新的阵地共同工作，也是一桩颇有意味的温馨事。

第一个贵人

按照命相学，舅舅是我命中第一个贵人，一见面他就救了我一命。1947 年，父亲随解放大军南下。母亲过河是在那年的严冬。但我想，也就是初入严冬吧。因为到了正月，整个黄河都会被冰封掉，冰层不厚时，行人也走不得，船也行不得。我的舅舅当时在武安工作，母亲可能觉得这是他入伍的好机会，就写信给他，把路途日程说了，嘱他"赶上部队，跟我过河"。

但舅舅接到信，计算时间，已来不及到母亲出发地与她会合，他毅然决定由武安入太行，插路直奔黄河，到那里寻找母亲。舅舅告诉我，那年他十五岁，事实上什么也不懂。因为当时南下部队很多，都要过河，部队征用的都是胶皮轮的大车，他也不问路，就顺着这种车印直向西南。

天气极冷，漫天下着鹅毛大雪，但舅舅参军的心情可说是焦急，昼夜不停地赶。居然有这样的巧合，他赶到黄河岸，母亲抱着我，正准备上船，眼睛看着大道，望眼欲穿地等着她的弟弟。正焦急张皇间，舅舅满身是雪从大道上跑向母亲，张着手呼喊："姐姐！我赶上了！"接着姐弟两个在雪地里又跳，又笑，又哭。舅舅又问："解放呢？"母亲忙打开重重包裹的棉大衣、被子、小褥子，一边笑着说："解放，你看谁来了，你小舅！"话未说完，她愣住了，原来我被包裹得过紧，捂昏了过去，人事不知，脸色已经青了，呼吸也没有了。于是，随船的卫生员、母亲、舅舅一齐对我施救，又掐人中，又施人工呼吸，二十分钟后，我"哇"地放声大哭，众人才放下心来。

姐弟二人悲喜交集，在太行山下、严冬的黄河中抱着我南渡。漫天的飞雪从天上、从太行的峡谷中疯狂地飘落直坠，或成团，或片片絮絮，亿万只白蝴蝶般投向苍茫混沌的河面。他们的心情自然很激动，因为他们认为前途非常光明远大，而从此可以不再理会笼罩在家庭上空那片驱赶不散的阴霾。

这是舅父的"投奔姐姐记"，由我来撰述，其实就是《投奔革命记》的仿本。

但是我敢说，母亲的见识还达不到我们今天的认知水平，只要"以阶级斗争为纲"，那片阴霾在全中国就始终是一种正统权威的"太阿之柄"，在哪里都一样，只要你额角上打着"阶级烙印"，而这烙印不是党旗那样红得纯正，有杂色，达摩克利斯剑就始终在你上空悬着。

1965年我的母亲病故。在她的墓碑上写着曾任的职务，最高是"区妇联主任"，但是父亲的《投奔革命记》，还有舅舅的回忆，都明明白白是"昔阳县妇救会主席"——一点也不用怀疑，她是在这个职务上入伍的。她和父亲一样往下降，到栾川县公安局做锄奸股长，而后又改做侦查股的股长，她从来没说过这件事，我也从来没有感到她有"受委屈"的心情。和父亲简直一模一样：职务高低没关系，只要心情舒畅（不挨整）就行。二姨父吴可纠比她资历老，四姨父凌振中也是1945年初的八路，二姨她操心可能较少，对三姨和舅舅，她的关怀是带着母性那样的深沉的。

三十六计走为上，父母亲都是懂一点辩证法的。历史的政治造成的环境，昔阳不是他们施为的战场。走才能有变数，才能有运动，走运走运，不走就没有运。世界上的事永远是这样……我认为，父母亲命运不好，走的圈子还是小了点，而且没有重要人物的帮助。他们脱离了地震区，却没有走出雷雨区。

但是，舅舅和我母亲终于走进了伏牛山，走进了栾川县城。

你打开地图看，这里全是山，县城在伏牛山腹地。我随母亲和舅舅过了黄河，和父亲部队派去接她的小分队接上了头。我当时不足三岁，所有的记忆都是模模糊糊的。现在又历经了半个多世纪，那山是什么形态，水又是怎样地流淌，像隔了一层毛玻璃，有一点影子，但"焦距"是无论如何对不准的了。山川街巷，有点像小时候看的"拉洋片"¹，跳动着倏地变换图样。但我不能全然忘记，因为从过河到栾川，我确实已经记事了。这是我随母亲初度人生的珍贵经历。

现在据理推想，我们过河的地点当在风陵渡。天寒、雪大、风急、浪高，我被裹在被子里上的船，舅舅那时也只是个十五岁的孩子，抱着重重包着的襁褓，大船的桅杆在我的视线里，高高地矗着，摇晃着指向绛红色苍暗的天空。我至今都不能忘掉那冷，雪花大片大片地在船帆的暗影下迅速地飘落。黄河的涛声夹着风啸声，船工的号子声，还有不知什么东西拍打船舷的啪啪声，搅得满船都是淆乱的声息。雪花有时飘落在脸上，还有黄河的浪花，有时也会有大滴的水溅上来，我觉得比雪还要冷。我哭了。

舅舅拿我毫无办法，只是不停地拍打那大大的襁褓，说："俺孩不哭，啊？俺孩听话，啊？人家船上不让哭，啊……俺孩乖……"但他的话一丝不能感动我，母亲在旁说："不要哄他了！"她凑到我面前，说："再哭就把你扔进黄河！"但我不能理解她的意思，"哇"的一声哭得更为嘹亮——这是我能忆起与母亲最早的"对话"。其实，母亲生我满月之后，便返回了县妇联去工作，我被送去了她娘家——王家庄——觅请了一位奶母。风陵渡上，她对我还是陌生人，我不理会她的威吓，是很正常的。

1拉洋片：一种游戏买卖箱，里边装一张一张彩色图片，外装透视放大镜，一分钱一看，买卖人一边用手拉换图片，一边唱词招徕生意。

大人们都在打仗

我很快就习惯了母亲，也习惯了她的习惯。我明白了"大人们都在打仗"。因为无论开会、集合，公安局和军队无甚区别，都列队。吃饭时架枪，显得很紧张。但叔叔们似乎没人紧张，集合就唱歌，这使我很新奇：人"说话"还有这么好听的声音？战士们闲了就擦枪，一边擦一边哼曲儿。我就在那里扒着石头凳子瞪着眼睛呆看。栾川县公安局设在一个很大的四合院里，不止一进，院落很深，母亲就住在第一进院的西厢房里，前面庭院是几株梧桐树。出了大门一片空场，大约是打麦场，场西北是几株高大的梨树——西厢房背靠院外，是大山，长着茂密的杂树。

记忆中我在栾川没见过父亲，跟着母亲也不是形影不离。那是剿匪最紧张的年月，父母亲都忙极，我经常是"叔叔们照料的"。父亲晚年，有一次我问过他："你平生最凶险的时期，是不是在昔西无人区？"父亲笑了，说："和日本人打交道，很简单，他在明处，我们在暗处，不要被他捉到就是胜利。和国民党打仗也简单，他们的兵根本不能拼刺刀，手榴弹一响，说明战斗要结束了。栾川剿匪复杂凶险，打入我们内部的土匪，假投降的，收编之后又反水的，在我们内部搞投毒、暗杀的……得时刻警惕……"父亲的情况如此，母亲的身边情况大致也应差不多。她虽然不能时时照料我，但她"看"得我很紧，总有"叔叔"在我身边的。母亲也随身带枪，有时她还骑马挎枪下乡。那时全国尚未解放，但大形势胜利已成定局。我看母亲总是英姿勃勃的，"很势派"，因为没有什么女同志，她很抢眼。带我的小战士经常指着我向人介绍："马股长的儿子，调皮捣蛋极了。"然而我怎样"调皮捣蛋"已全无记忆。父亲后来告诉我："你那时胆子大，部队集合开大会，你就在战士队伍里钻来钻去，从这一列钻到另一列，人们都问'这谁家的孩子'？"因为随军的小孩也就是我一个，我很受战士们的喜爱。伙房里"改善生活"杀猪，猪尾巴总是留给我。有一次肚子疼，一个老兵把一颗子弹头卸下来，倒出里头的弹药给我喝，"喝下去肚子就不疼了"——真的，这东西能治肚子疼且立竿见影，至今不明其理。

栾川凶险，当时杀机四伏。我虽然小，也能听懂他们的只言片语，有时是说哪个乡被土匪夜袭洗劫，有时说某某人又反水投敌，有时甚至说"县城已经被包围"。前线不知道在哪里，但从"前线"抬下来的伤员——打断了腿的，打掉了脚趾的，打得胳膊血肉模糊的，还有一个被割掉耳朵的……有时公安局摆得满院都是，供应开水的大锅就支在公安局大门前的空场上。母亲每天晚上回来，点上灯第一件事就是擦枪——我自己当了兵才知道，枪如果没有开火，是不必每天都擦的。她的枪是一把"双笔剑"，我也是听她和另一个叔叔对话才知道的。

"今天缴了一把，比你的这个好，烤蓝都是新的。"那叔叔说，"马股长，给你换一把吧。"

"不用。"母亲说，"我用惯了，它（枪）就听我的。"

……摊开一个黄布包，把零件拆下来，再打开鸡油（机油）瓶子，活泼泼的小黑鱼一样的零件在她手中跳动着，沐浴擦洗，不一会儿便又重新组合起来。这几乎是每晚必见的一个镜头。我只是奇怪，那些当兵的也擦枪，破布烂线油乎乎脏兮兮的乱七八糟，而我母亲的"擦枪布"总是有条有理，看上去要干净很多，每次擦完，她还要重新叠好，利利索索再包好。擦完枪，她会到床边看看我，用手逗我一下，然后取纸取笔，去写字了……

沿西厢房向北过了第二进院子，第三进院子没住人，是个破仓库——我今天回忆起来，仍是十分惊异。这进院子没有门，更没有锁，所有"缴获的"战利品都垛在这里敞着，似乎是没有人看管，但也可能有人看管，只是不看管我而已。至今想来仍觉得惊异——这里有许多枪，品类极杂也很破旧，从"汉阳造"到三八式、冲锋枪、迫击炮筒、"老土桩"、宽背大刀、匕首、长矛……

所有物件应有尽有，还有请神用的黄幢、黄幡、黄罗伞、黄幔、香炉、铜佛之类，是迷信用品。这也还罢了，另有几个箱子靠墙根，围栏可一跃而过，里边全是银圆，箱上垛的麻袋里也是银圆，散落在过厢走廊的尘土里。还有一些黑中泛黄的东西——我问了母亲，那是"大烟土"。我从里头取出过一块银圆，学着街上小朋友（他们当然是铜圆）用银圆背儿往墙上砸，看它能反弹多远。但母亲当晚就收走了——她每天都要掏一掏我的口袋，弹弓呀，小刀呀，铁丝呀，她认为不安全的东西全部扔掉。现在回想起来，这些缴获的战利品就那么几乎露天地堆放，真的不可思议。按现在的思维去想，公安局只要有任何一个人"想发财"就能立即像气球一样膨胀起来，那实在是没有账目也极疏于管理的巨大财富——这真不可思议，大家的心思都不在钱上；共产党就要得天下，"改朝换代"的节骨眼，人们的兴奋点与金钱毫不相干，全都扑在事业上——公安局内外从伙夫到马夫，工作人员挎枪匆匆来往，没有一个人向那破仓库看一眼。

饿极了的狼

母亲一辈子似乎都和梧桐树住在一处。她在栾川，西厢房前是四株；到陕县，我们换了两处民居租住，院里是两株和三株；到洛阳，住东厢房，庭院里是四株；后又到邓县，她住北房，院子里仍是四株梧桐。我可以肯定地说她喜爱这树。这种树非常干净，树干高大，中间绝少枝蔓，叶片大，碧绿清明，阴地大，精神可以为之一爽。"昨夜西风凋碧树，独上高楼，望尽天涯路"——这句词里头的树，我总觉得就是梧桐树。缺点是秋风一起，枝叶相撞声响很大。我后来看了一本书叫《三月雪》。作者的名字已记不清了。那上头写的是即将解放时一个女干部在敌我混杂的险恶局势下开展工作的故事。看这个书时我已过中年，我的泪一下子涌满了眼眶：它使我忆起了栾川时的母亲。谁都知道公安局里，刑侦工作是最难干的，干这工作的也是最能干的。她一个女同志，二十多一点，就做侦查股长！她每天都擦枪，还不是因为每天都开枪了？——她当时面对的主要敌人不是一般的作案牟利的歹徒，而是明火执仗与我军势均力敌拉锯作战的土匪。我的母亲是英雄，是女英雄！从小我就有这份自豪。

在这期间，我出了一次危险。我们母子住的西厢房，是两明一暗三间房。我们卧室在最北边，南边两间亮房是平常的木大门，里边的住室是两重门，现在栾川人不知是否还有这样的设计：外头是一个单扇的竹门，门下半截密编，上半部分是两寸许一个一个的小方格，用纸糊起，这叫风门；竹门内又是一重木门，才是防护所用——这应是大户人家的讲究，如果天太热，就在里边把木门打开，只留下竹门，既安全又凉爽。母亲回来，通常是把外房的门闩起来，里边两重门全部打开，然后在灯下擦枪写字。但这一夜情况有点不同，她回来后又被人叫了出去，到北正房开会——我想肯定是局长召集临时会议。因为同在·个院子，她没有锁门，只在内门外挂了钌铞儿，把风门关上，把外门又掩上，她去开会了。

她常常这样的，我已经习惯了，独自躺在床上，看着桌上幽幽忽忽跳动闪烁的油灯，听外边撕帛裂布一样的风声。伏牛山留在我耳畔的这种天籁，永远都不会在记忆里消逝——一会儿像倒海翻江，又听中间夹着"日日……"的啸声。突然又一阵"唰唰""簌簌"的声音，如急雨骤风洒落在满山的荆树之上，又像有人在撕一匹长长的、不到头的布，夹杂在淆乱的风声中，细听似乎还有人打鼾的音息在这些声音中横穿。有时又猛地吹，"呼"！连房梁屋檐都似乎经受不得，发出吱吱咯咯的呻吟。睡在这样的房子里，我有时会觉得外边的大山在摇晃，所有的树都在疯狂地旋扫天穹，而这房子像惊涛骇浪中漂移旋转的小舟。这样吓人的天是我离开栾川，到了洛阳，住进高堂静室之后忆起的感觉，那是令人惊心动魄的风，离开栾川后再也没有经历过。我在栾川时这样的夜晚却很平常。……忽然，外间一阵细碎的声响，我以为母亲回来了，仰脸喊了一声"妈！"

我抬起头看，因为风的摇撼，钌铞儿已经自行打开，里边的木门已被吹开一扇，但风门还是好好的，从破格的一动一动的窗纸间，能看到一只淡灰色的大大的眼睛向屋里窥探！屋子里的灯还亮着，只是因为外间门已大开，只隔一个风门，屋里已能进风，那油灯忽悠忽悠闪着，摇曳着，将要熄灭，风小一点，它又亮了——这样的情景如果我已懂事，会吓得浑身汗毛乍起，大呼小叫地喊妈妈的。但我那时太小，还不知道什么叫危险，竟昏昏睡去。

"啪！"一声焦脆的枪响惊醒了我。屋子里一片漆黑，只听到外边喊："来人，马股长这里出事了！"接着一阵急促的脚步声，一群人都拥了进来。我惊惶间，母亲已点亮了灯，对着门外说："不要紧，不是敌人。是只狼，想吃解放，闯进来了……"事情的全过程是母亲和叔叔们讲给我听的。那只狼是只老狼，公安局正门它进不来，它是从破仓库那边一个水道口钻进来的，大约饿极了想找点食吃。它进院的"第一站"便是我住的西厢北屋——山里的老狼是非常狠，也非常"能"的。它在院里已观察了形势：人都在北房正间闭门开会，其他地方没人，又趴在西厢窗台上舔破纸看，见我独自躺在床上，就从虚掩的正门钻进外面亮房，扒着风门观察——这就是我见到的那只灰色的大眼了。

据我所知，狼是怕火光的，屋里有灯，它就不敢进来。大概是风将灯吹熄，它就进来了。但接着，上房的会议结束了，满院都是人，这只倒霉的狼只好钻进床下。

"我从北屋出来，见我屋里没了灯，大门也开着，心里就是一惊。"母亲如是说，"进屋用手电筒照了照，没有见什么情况，解放已经睡着，这才放心。天已经半夜过了，我就没再点灯，也没脱衣服就睡下……我迷糊着没有睡熟，听见床下有动静，好像有人在大喘气，呼哧呼哧声音很粗。再听一会儿，我断定不是人，是畜生，不是狼就是豹子钻进来了……我反手向床下开了一枪，那畜生一拱就钻到外间，从亮窗上跳出去跑了……"

这件事真的极端凶险，倘母亲散会迟一点，甚至，如果那灯熄灭早一点，或者母亲大意，回来就很快入睡，至少是没有了凌解放，也许母子同丧狼口。那样的话，所有这花花世界对我来说，不过是幻化短梦，一切都早早寂灭，世界上肯定少了一个二月河，这对有些人，也许是件快事，但也许对另一些人，是遗憾了。母亲表面上泰然自若，但她实际上很害怕。第二夜我睡醒发现自己在她怀里，这也是从没有过的事，她在哭，说："你要是有个什么，我怎么跟你爸交代？"

最重的一次打

同样在这期间，我挨了记忆中最重的一次打。在那之前之后，我都挨过打，但没有那次重，也没有那一次冤枉。那肯定还是在秋季，因为公安局大门外空场边的梨熟了。我在以后的日月中吃过不少梨，尤其是患糖尿病之后，有人介绍梨可以消渴，也就是能治糖尿病，有一段日子逢梨就吃，往饱里吃，后来发现不管用，才收束了。进口的雪梨、新疆的香梨、砀山梨，还有什么康德梨……叫不出名的各种梨，还有东北的秋子梨、棠梨、山上的野梨……我都吃过。但总觉得不是太甜就是太酸，或太糙，或过腻，口感总不如栾川梨。在栾川还能吃到野草莓——大的也就蚕豆大，小的比黄豆略强，我和小朋友们在水渠边常能采到，运气好的话，一会儿就能采到一小把，和桑葚有点相似，比桑葚味道好了去。草莓，还有梨，这是我在栾川的水果口福。但公安局门前的大梨树，始终没敢上树偷过，因为人来人往的，大人很多，怕"挨嚷"，但梨被风刮得落下，小伙伴们都会一拥而上，抢到手便大口啃，吃得汁液四溢，顺嘴流淌。

那应是将到中秋，树主来收梨了，那梨树又高又大，摘梨的人站在高处树杈上，下边人几乎看不见他们。他们在树杈上捆一个长口袋——比人还长——口袋不粗，但很长，摘下的梨就放进口袋。时不时有人失手掉下梨来，尽管地下是土场，但那梨很酥脆，有的摔成两半，有的破掉一半……完好的梨一个没有。我和街上的几个小朋友就站在场边——轮着去取：这是不用抢的，有点轮个儿排队的意思，这一个你要，那一个肯定是我的，这么着约定俗成——捡过来放在自己身边的石凳上：这就是我的了。收梨的人根本不要这些残货……捡到傍黑，我梨也吃饱了，用小布衫把我捡的那一堆兜回去，放进抽屉里。我很有成就感，晚上妈回来，就说："妈，你猜，我给你买了什么？"然后妈说："你能买个屁！"然后我再说……

这么想得美，迷糊着就睡了。

半夜里，她回来了，我醒来看见她，下午想的词忘得干干净净，张口就说："妈，你看抽屉里，梨！"母亲打开抽屉，一看脸色就变了："哪儿来的？""门口那几棵梨树。"我说，"他们摘梨掉的，我捡的！"

"掉了你就敢捡？"

"他们（别的小孩）都捡，谁捡是谁的！"

"你还犟嘴！"母亲一把就拉起了我，照屁股就一巴掌，"给人家送回去！"

"我不！"我也梗起了脖子，"我没有偷，他们都捡。"

"那也不行！"她"啪"地又是一巴掌，重重落在屁股上。

我"哇"的一声号啕大哭……巴掌像雨点一样急促，一掌又一掌击在我的屁股上……

上房的局长，满院的公安叔叔全都被我杀猪一样的号哭惊动了，有几个叔叔跑进来护住了我问："马股长，孩子怎么啦？这样打！"母亲向他们介绍了解放的行为："该不该打？"

这事如果放在任何时候，叔叔们理应责怪母亲："这么点小事，孩子有什么过错？"但当时叔叔们不是这话，只说"他小孩子，还不懂事，不要打……"，又对我说："娃儿，不要随便吃别人的东西……"

我是后来才听说，敌人当时活动猖獗，有买通我们的伙夫，往食堂大锅里下"红信"（砒霜）的，被发现了，枪毙了好几个投毒的人。公安局大院的主人，就是逃亡在外的大地主，有通敌的可能——栾川的"社情"实在是太复杂，太血腥了。

逃学

在陕县，我的屁股经常遭遇母亲的巴掌，大致原因——逃学。母亲和父亲一样，关照不到我的功课。我不是个好学生，随着她到处走，这个学校那个学校经常流动，功课节奏不一样，我又爱玩，功课就不好，越是不好，越是不想学，于是就逃学。我曾有一篇《致老师的一封信》公开发表过，这封信引起一些老师的评议和对素质教育的一些思索，也引起一些老师对我的愤慨。他们觉得二月河这人不地道，受了老师的教诲，不肯好好努力，日后成才出书，还要羞辱师尊，"报昔日一箭之仇"，端的不是好人。但是我觉得我不是的。我对体制不满是有的，事实上我十分尊敬教过我的老师。包括那些给过我难堪的老师，我对他们也怀着一份美好的思念——大人管小孩，难道一定都得讲理，都得正确？更多的时候，我怀念他们的情。他们觉得我应该"行"，而实际上又"不行"，他们的失望之情令我感动。人哪，知人也难，欲人知尤难。

话说当初，我确实是个逃学大王。一逃就是半月，一月的时候也有的是，摘酸枣，到老和尚庙里偷梨，黄河里去洗澡，踩"晃滩"（在黄河滩岸地用小脚踩出稀软的一片泥地），再到花生地偷一把花生，或偷摘一个半生不熟的西瓜、甜瓜之类，有时捉迷藏、"抓特务"、打野仗——逃学有无尽的快乐，当然也有恐慌：逃上半天，怕上学受批评，下半天就更不敢去，第二天越发不敢去，第三天……会下了"决心"：反正这顿打是挨定了，等着老师告状，妈来揍我吧！这样的心理和犯罪学的心理也许是相通的。寡妇失节，有了一次就会有下一次，一百次也一样。直到有一天，看见我们牛老师——现在回想我的第一位老师：牛转娣。其实她也是个十六七岁的女孩子，缠过足的……她走路高视阔步，红红的脸膛高仰着，她不算很漂亮，但在我心中是白雪公主那样的高贵——她就这么从街南头走过来，我躲在大树后，头"嗡"的一声，知道大事不好了！她要到家告状！

　　一般的情况是这样，这个上午是"逃"不出好儿了。蹭蹭，到中午，所有街巷人家炊烟尽熄，我走走停停，试探着往家磨蹭。我家在陕县换过一处租房，先住在北大街路东，房东是卖馍的小老板。沿街向北向东折一个三十米窄胡同，胡同底是在山墙上砌的一个小土地庙，庙北侧大门朝南，就是这家了——我不止一次逃学，是在这个小胡同里与母亲遭遇。记得第一次打是在饭后。她不动声色地和惴惴不安的我一块儿吃饭，放下碗就变了脸："解放，今天上午学的什么？"

　　"……"

　　我情知牛老师来过，说假话只会多挨几巴掌，木着脸，低着头，用脚尖不停地跐地。

　　"嗯？！"

　　"我……我没去。"

　　"干什么去了？"

　　"和黑喜、香疙瘩（一小女孩名）他们河边玩去了。"

"昨天呢？你旷了几天课？"

"一……一个星期吧！"

"一个星期？"母亲早已勃然大怒，"半个月你都没去了！"

她不再看我的可怜相，拖过来把我头搂在怀里腾出手噼噼啪啪……汉贾谊说"执敲扑以鞭答天下"。母亲的"敲扑"打得我杀猪般号哭，夹着眼泪鼻涕地咳嗽打喷嚏……现在回想起来"挺热闹的"。我很怀念这样的时刻，可哪里又能够再有？

一点前途都没有

他们二老关照不到我的学习，除了忙，一个很实际的事是父亲只有高小文化，他的文史功底够得上大学水准，但数学不行。我们"那时间"功课很松，整个六年小学只学完了四则运算，父亲在能指导我时不在身边，我见到他时，他已无力指导。母亲更不行，她一天学也没上过。她那手漂亮的字和不错的工作总结之类，都是父亲教的。

直到将考初中，母亲才真的急了。有一次吃过饭上学，她叫住了我："解放，今年考试知道吧？"

"是，妈。"

"我说的不是毕业。"母亲望着窗外的梧桐树影，"是你初中进学考试。"

"……"

"你能考上吗？"

"……够呛。"

"你才十三岁，考不上学能做什么？"

"我复习一年再考……"

"最好今年就考上。"母亲一口便截断了我，"还有两个月，临阵磨枪，不快也光，再加一把劲。"她见叔叔来，一边开门一边说，"考不上初中一点前途也没有。"

这事有这么一段小插曲：时值 1957 年，满院贴的都是大字报，母亲独有一张漫画，是这样——她坐在椅子上，头发散乱，手里拿着一鸡毛掸子，我则垂头丧气站在她面前，一个方块里写着她的话："考不上初中一点前途也没有！"这是很熟的一个叔叔画的，我下来嘀咕："这人怎么这样？"母亲说："画的是真事，夸张了一点。他说的不是政治，应付运动的。"但那人后来被划了右派。他害怕惩罚，逃到龙门走投无路，自到派出所，给他们股里打电话，请求"组织上原谅"，他们股长来我家汇报，母亲说："幸好他没带枪，带枪我就饶不了他了。右派是右派，上头划定的，我们单位不能不给碗饭吃。"

"给碗饭吃"这词我就是这样头一回听见。以后的岁月，我代人求情，多次用这个词："这个人其实对你很有感情，给碗饭吃吧，别处理太狠了……"

母亲在吃穿上都不讲究，但她爱干净。我另有一宗挨打的原因，是"不讲卫生"，从小就野习惯了。在栾川、陕县，我的那些小朋友，无论男孩女孩，没听见他们有"洗脸"这一说，我也就从不主动洗脸，更遑论"洗衣服"。我这个坏毛病一直维持至今，现在偶尔地也还仍不洗脸。我的"标准"就是"（别人）看不出来就行"。青年出去当兵，而且下煤窑，谁想"干净"也都是妄想。我因满身煤灰，脸像鬼一样，"除了牙和眼白"，都是黑的，不洗没法见人，所以每天要洗澡，也用肥皂打打手，和诸位战友显不出多大的差距，但我的床单洗了又洗在班里还是"最黑"。所幸我人缘极好，从当兵到当干部总有战友帮我，"新兵蛋子"也常替我洗衣物，"家属来队"就更便宜，"嫂子""弟妹"一叫，衣服不操心了……就这么稀里糊涂混了出来。但在母亲身边，她每天忙得不落屋，除了脱换衣服，基本上照料不到别的，她也不知怎样办的，三下五除二就把自己收拾得干净利落，大步出门而去。我的衣服有保姆洗，但我的脸得自己洗，我就常常逃学一样"逃洗"。母亲常常一回头就能发现：
"解放，又没洗脸？"

"洗了。"

"真的？"

"洗了！"

她一把拖过我，用指头摸摸眼角："这是什么？眼屎！"再拉起手："你看看你这爪子！吃僧！还说假话——洗！"不由分说，热水瓶里倒出水兑温了，按倒就洗，打肥皂用手搓头发，头几乎都泡在盆子里，肥皂泡弄得出气都吹泡，眼中进了肥皂水，杀得眼泪往外渗。她还要边洗边说："看看你这样——铜勺铁把（脸是黄的，脖是黑的），肥皂沫都不起，多少天不洗脸了——混蛋！"她没骂完，我就吭哧吭哧哭了，在她面前，我就这一招——她根本就不管，顺手在屁股上"啪啪"两下，"你还有理了！"

我不喜欢理发，不喜欢洗澡，不喜欢洗脸，觉得这都是"很受罪"的事，母亲管了我多少年，没有从根本上改变我这坏习惯。她也很无奈，她真的很忙，"顾不了"我。后来母子达成"协议"，哪天晚上洗澡，第二天早晨"可以不洗脸"——要是"爸爸能带我出去洗"，那就更理由充分。有一次父亲出了个谜语，"一个月没洗脸，洗一次脸还没有湿手"。母亲左思右想答不上来，我在旁说"是理发了"，母亲看我一眼，忽然一笑。

黄河岸边

陕县是一座建在邙山上的古城，我后来读《藏书》知道唐相李泌在这一带有过政治活动。那时候，这个县城只有五千余人，城势北高南低。军分区在关帝庙（假设它就是的吧），出关帝庙对门，是个小城楼，两米多宽，一边一个铁人，有一米四五高的样子。军分区出门向东有一条南北街，向北走到尽头有一里地吧，就是公安局，公安局就建在土城墙下。从东绕过公安局再钻一个土隧道，一条"之"字形的黄土道下去约两百米高，下边就是黄河，一条窄窄的路，有砖护栏，全部砖铺地直通山顶，道两边都是近九十度的土悬崖，很有点"华山一条路"的味道，形状极似一只孤立挺向西天的羊角，它的名字也真就叫"羊角山"。山的极峰上是一座寺，里头一个中等个子、胖胖的和尚，什么寺、和尚法号，统都不记得了。火车站在县城南，我们的小学校在城东南，学校门对面一片瓦砾废墟中矗立着一座塔，我们叫它蛤蟆塔。在塔边敲击石头，塔会"咯哇咯哇"发出回音。我过了不惑之年才晓得那塔是我国四大回音建筑之一，官称宝轮寺塔。水库起来之后，羊角山理应是个"岛"，但它是土质的，听说是泡塌了。但看河南电视台《天气预报》，那塔依然故姿。塔在，我的学堂地址就不会有虞。

依着我回忆整个县城，陕县是这样的形势：整个城都在邙山上，黄河自西而来，逼冲县城，被羊角山挡住，拐了一个九十度的直弯向北，又被中条山挡住，又折九十度向东直奔而去。这两折弯，形成了三段渡口名叫"太阳渡"，西边上游的叫"下太阳渡"（因为太阳从这边落下），东边下游的叫"上太阳渡"，中间直南直北的那段叫"中太阳渡"。河的北岸是山西平陆，中条山临河的一段，万丈高崖，峰尖如同锯齿一样向天插去，满山都是大树。下太阳渡一带邙山山势相当缓，一隆一起，一鼓一包，形似长蛇，宛若龟背。上太阳渡也两岸皆险。邙山是"鸿沟"那样的土柱如削，和中条山夹着大河。只是上、下太阳渡都有沙滩，可以走纤夫，中太阳渡只是有个虚应名目，你登羊角山可以通眺三渡，上下太阳渡帆桅穿渡，中太阳渡只有漂浮船只，从未见有人乘船携物过河。

我家在公安局那条街，后来迁到了城西羊角山下，推窗可见下太阳渡。

这是我家头一次迁居，也有段插曲。那年下大雨，连着几天。父亲回家看了看，找到母亲说："房子是土坯的，得搬家。"母亲说："我已经联系好新地方，雨这么大，能不能等明天？"父亲说："不行，今天就走，东西不搬，人走。"于是，我们母子淋着大雨"乔迁"城西。结果，第二天去，我们原来住的房子从房基到房顶整个"萎坍"了，变成一堆泥和砖瓦。房东是卖馒头的，一见父亲就说："你不是个人，你是神仙！"

我这一生，十三岁之前，"房子坍塌"似乎一直在追着我，还有两次一模一样，不过没有搬家，是房子漏雨，从炕上挪到床上，炕上那边塌掉了，我很庆幸。但在十三岁那年，在洛阳，我住的房子终于彻底捂住了我，好像说"这回你可没跑掉"。但奇迹是，我迷迷糊糊从废墟中被拉了出来——不过，这是后文的事了。

如果说，在伏牛山，我经受的是"风"，在陕县则是雨、雪。陕县的雨，真的是凄美、沁凉彻心。

陕县的雪片片如掌，它没有"零星小雪"的过渡，是"一下子"飘逸摇落，俄顷之间就能覆盖视觉中的一切，把整座城"泡"进琼花雾中。

听说"陕西"这个省份，就是因为在陕县之西而得名。它虽在河南，也同在邙山，地貌与郑州、新密诸地相类，但地气大有异样。这里既有"鸿沟"那样雄伟险峻陡峭的山势，也有陕北黄土高原苍凉寂寥的情味。在我印象里，似乎全城只有三种树，城里和东郊是白杨与夜合树，城西靠河羊角山的黄土悬崖上沿河一带斜坡，几乎是清一色的"棘"，也就是酸枣树。

这里的白杨树不似其他地方那样纤弱，一株株笔直钻天挺拔伟岸，即使广袤大地上孤零零的一株，也绝不横生枝蔓，如同地里突然生出一指，稳稳地指向蔚蓝的天穹。夜里又像人在欢笑，我们的杨树叶片正反两面颜色差不多，陕县杨树叶片正面墨绿，背面雪白，倘风吹来，阳光洒落，你会觉得树上有无数银色小镜子在闪烁折射光芒。它的树皮如同一层终年不化的厚霜，白中微微泛青——我没去过陕北，在读了《白杨礼赞》之后第一实证印象，陕县的白杨一下子就跳出来。

白杨和夜合，都是非常干净的树，陕县县城一街两行就这两种，一高一低，一粗壮一纤秀，错错落落地、不大规则地排列在道旁。那时人口少，极少见到三五成群的闲人在大街上晃悠，只有卖油茶的、卖针的、剃头的，"货郎担儿"摇着拨浪鼓偶尔在街头唱着匆匆而过。除了城南火车站一带，陕县没有"熙熙攘攘"这景致，很静的，静得冷清。

这是晴天，雨天就更是——应该用"凄寒"二字。整条北关街宽宽的街，全是沙土路，几乎不见人影，两边也没什么店铺，几家卖酱油醋的小门市门都紧关着，因为有风，会把雨淋进店里打湿货物，所以有人敲窗户，店主才会打开窗做买卖。走在大街上，两只赤脚都浸泡在潦水和湿泥中，但绝不黏糊沾脚，土中含沙较多。两边的夜合树，我们也叫它"绒花树"。树影枝柯交错低垂着在风中婆娑起舞，几乎能拂扫到人的脸。那时没有"雨衣"这个概念，我们同学都穿蓑衣上学。夏天这个时分遇上这样的雨，下边是随风婀娜的"绒花树"，抬头仰望，是雨色中朦胧的白杨树尖顶绰约影子，往前看，出了军分区过城洞穿广场，一路没人，回头看，浓绿得黯黑的树压着街道，湿漉漉的树枝全部垂弯了拖着摇摆。脚下的地和水是那样的冷，从脚底涌泉穴似乎直冲到全身头顶，而头顶的雨笠遮雨的能力也极有限，雨水，还有树叶上积水"哗"地一下子顺脖子灌下来，醍醐灌顶，透心的凉，你平日积了多少暑气，全被扫荡殆尽。

雨雪天气，母亲会格外地关照我一下："和黑喜、四喜、香疙瘩这些同学一块儿走（去上学），不要一个人。看（有）狼！"

闹狼

县城里有狼出没袭人，20世纪50年代初，是陕县的"县情"。我没有直接见到，但老师放学时要交代："同学们结伴走，有狼。"家长在孩子上学时也交代，同学们中间也互为传闻："××同学让狼咬断脖子，肠子肚子都流出来，死了。""××同学被狼扑住了肩，幸亏大人们看见了，吆喝着吓跑了。"说得煞是让人不寒而栗。这还是平日，天阴下雨留心的事。到陕县第二年，发生了一次大规模群狼入城的事。听房东说这叫"闹狼"，他说："又闹狼了。"闹而且"又"，可见是常发生的事。那是深秋，我们已迁城西，那天傍晚，听见街上人一边走路一边说："掏了个狼窝，抓了五个狼崽子。"我正吃饭，放下碗就跑出去看热闹，果然见街头一棵杨树下聚着一群人。这在陕县极罕见，除了"拉洋片"、"耍把戏"（玩马戏武术卖药），绝无"聚人"之理。我喘吁吁到跟前看，人圈子里是个土坑，土坑里有几只小狼，正惊恐地仰着看人。我看了一会儿，觉得没什么意思，就回去了。

不想就因为这五只小狼被捉，引得邙山大批群狼入城，"闹狼"了。

"闹狼"什么样？

提前放学，大龄学生护送，保证全数送到家。公安局、部队组织在县内集体搜捕狼。

房东尿盆忘了提前拿屋里，天黑想起来不敢去取。

流言：已被吃掉五人。说打死的五只小狼，老母狼是狼王，集合开会进陕县报复，邙山的狼不够，从中条山用船摆渡过河进城，狼尾巴在河里当桨和舵。还有的说狼们开会，找到一个老头子借灯……邪乎得很，我在栾川几乎遭狼吃掉，没有这番"闹狼"印象深刻。我是逃学大王，但这期间没有这劣迹，因为这时我已经懂得"狼吃了你"是什么概念。在这个县城住过之后，我再也没见过"闹狼"这件事，连听说也没有。

人籁天籁

除了"闹狼"和逃学挨打，还有不洗脸挨打，陕县没有我阴暗的回忆。这些事记忆起，至今还有点忍俊不禁，像昨天一样清晰。但是若论深刻，还是那条黄河。

过了多少年之后，我出了书，被人称是作家，常有人问："你为什么叫二月河？"

除书的内容与姓名的协调的原因之外，从根本的原因上说，是我爱这条黄河。所以在回答这一问时我往往要加上一句"二月河特指黄河"。我觉得这个名字大气。

从远处看黄河是很有气势的。我见过不少"黄河九曲十八弯"的照片，有的甚至像是在飞机上拍摄，看去很阔大广袤。尽管摄影师也是浑身解数用尽，我给他们最高评价是两个字：还行。这个考语他们听了也许想哭，但我必须说实话，我"心中的黄河"这个感觉没见到有人找到过。有时我想，也许是摄影艺术本身框架的局限，它无法表达真实的黄河。

先说"色"。站在羊角山顶，实际上三个太阳渡尽收眼底，夹岸是绿棘黄坡的邙山和青幽碧森的中条山，河对岸石山兀出，黄河是"拍激"而去，此岸在上、下太阳渡都有黄得小米一样的沙滩。河就像一条黄色缎带缠绕二山一滑而去。我说过，中太阳渡其实是没有渡口的，因为水流急，偶有樯桅顺流漂摇而下，也有撑着鼓帆绳索拖着向上游艰难行进的，下雨天，还可见到烟蓑雨笠的钓公乘着筏子，一边垂钓，一边顺流漂去上太阳渡的。河中的水纯黄，北边山是碧幽，南边山是新绿。河沙滩上的潦水汪清得——假如有点小鱼，在山上看，真有"皆若空游无所依"的感觉。

这还是白天，"山清水秀"四个字了得。我家住在下太阳渡，羊角山的东南边吧，傍晚时分，推开西窗，呀——这是什么景致？

太阳快要落下去了，天上是半天红色云霞：它的"基础色调"是殷红的，但天空是那等的绚丽，什么样美丽的颜料没有呢？山影在背阳坡看，这时更显得幽深静谧……迎着阳光几乎看不到山上景物了，看到的是剪影一样的山的轮廓，北边山尖犬牙交错，南边山坡势缓慢。"山边"似镀了一层玫瑰紫色的光晕，微微闪动着，炫耀它的神采。太阳呢？圆圆的太阳啊，它显得那样柔和，红红的……不是悬着落山，而是在黄河里沐浴，泡在河水中长长的光廊从太阳渡可以直到我的窗下，整个大河涛浪汩汩，闪动着的无数金色的亮点，在随着水流漂移变幻，像一河淌动着的黄金……

这样的情景在我当时的年纪，并无些许的感动。因为"太平常了"，天天晚饭时推开窗子便是这个景致。只是在之后的艰难岁月中，我走遍了千山万水，看过了无数的落日辉煌，即使是"最美的"，也无法稍与太阳渡齐肩。比较一次，太阳渡的美在脑海中深刻印证一次，也许由此，它在我心中的美更升华一次。太阳渡的落日，成了我脑海中永存的胜景。

上、下太阳渡都是有渡口的。有渡口便有纤夫拖船，因为河水急，每一船渡过，便要向下游漂移很远。船不可能九十度直角过河。需要用纤绳将船拖至渡口上游一点再摆渡。所以这里的渡口有两个，一个是上船的，一个则是下船的，中间隔着半里之遥的沙滩，纤夫们的工作是把船从下游拖到上游。中太阳渡虽然没有渡口，但那里水流湍急波涛汹涌，常有运货的船要从上太阳渡到下太阳渡去，这一带窄窄的沙滩地上，也每天有纤夫拖船。

又过了二十年，我才见到列宾的《伏尔加河上的纤夫》这幅油画。我见到的是"忧郁"二字，几个纤夫没有"吃重"的表情，看去甚至有点从容。

不，黄河上的纤夫不是这样的——一根一根的纤绳都系在总纤绳上，多数的人身子向前倾斜到四十五度，几乎都伸手能触到地。大家一律都是赤脚，脚的前半掌使劲蹬那河滩沙地。他们都过去，你能够见到的不是脚印，而是一个一个牛蹄印大小的脚趾印。他们有纤歌。不是年深月久我忘记掉，而是当时我根本就没听懂，留下的，如今响在耳鼓边的，是抡重锤闷击那种：

哼呦……哼呦……哼呦……哼呦……

这是"人籁人声"，是不应该写在"色"之一字中的，但这声音伴随着的，是那沉重的颜色。《伏尔加河上的纤夫》我看是瘦弱白皙，他们本就是白种人，让我看有点像流放政治犯，或是城里人倒霉当了纤夫。我们是黄种人，但纤夫们在黄河沙滩上个个都被晒得像黑人。如果你在夕阳下看他们，又似一群精灵在游戏，额头上、肩上的汗，被夕阳照得折射出刺眼的光点。后来到四川，见到岩石上纤绳拉出的印痕，我一下子便想起我所见到的黄河纤夫，和伏尔加河的他们比起来，黄河上的人们给我留下的印象是"沉重""深重"。

我看摄影作品不能寻找到黄河的感觉，也许另外一个原因是照片有色无声。有色无声的境界，除了天籁无声、临于人身时的那种"味道"，"于无声时"的那种惶恐与惊奋，其余的，我们人间烟火的趣味，大致要"有声有色"才能足情欲之餍。尼亚加拉大瀑布，是世界上最壮观的瀑布，黄果树瀑布，还有黄河壶口瀑布，我都没有去过，都是在照片上"窥见雄姿"的。但是，这"色"无论怎样的美，你都无法感受到它真正的况味——声，这是天籁，在照片上一些儿也听不到，你不过在看一张画而已。我在部队工作，深山沟里，常有一些小瀑布，十几个流量，最多下大雨时，有二十个流量吧。在这样的瀑布边，选一块大石头坐下，我可以整整听半天，我基本不看那瀑布。我觉得那轰鸣的水声，是在冲击岩石！不，是在荡涤人的心灵，冲刷人的魂灵。就这样一股小水，可以清洗掉你所有的劳累、困倦、疲惫、烦闷、忧郁、沮丧，乱麻一样的人事纠葛、猪油糊涂了的脑海、宠辱关心的乱情、忧谗畏讥的郁结，统统给你洗干净。这就是天籁的力量。我近来绘画，有题《两荷》长短句：

一夜西风，秋高雨更寒，

声也砰訇，声也叮咚，孤窗离人凄清，

老塘冷影斜横，艳色已凋零，

只可留取残菱柯，忆她夏日倩光景。

说的就是声与色的"联系与效应"。

黄河每年只沉默一次，那就是冬天。从二月河开燕叫，它从来都是"有声有色"的太阳渡口那璀璨的落日中，除了有阵阵昏鸦在河上盘旋和"归啊归啊"的叫声，给大河平添了生气，可以听到船工的起锚号子，纤夫们一步一声"哼呦"的人世呻吟和婉唱，还可以听到河水拍击沙岸和漩涡浪花翻滚的细脆激荡声——没有这些声音，太阳渡的美就会大为减色。然而，黄河最主要的籁声还是它的啸声。这啸声在城里，白天是听不到的。那时候，城里无电，漫城灯火很快就会熄了。满城都可以清晰地听到它在闷啸。黄河不是一条开朗的河，它的啸声不是"哗哗"那样地响，而是"嚯——"那样的长啸，无休无止无间。但它并不单调，中间微微夹着山风掠岗那样的呜呜的哨声，也有一点轰鸣之声，配搭着节拍，你听着，可以感受到天的力量和自然的体力无穷无尽，滔滔不绝而来，又滚滚不息而去——那，多少万年就是这样，一直是这样呀！比起来，我们的生命，真的是太微弱、短暂了。

到了二月天，就是凌汛。陕县这一带黄河并不结冰，结冰的是河套上游。但到二月，黄河上就会突然涌出大批大块的冰，布满河床，互相撞击着，拥挤着，徘徊着，顺流滚滚东去，一泻而下。你会看到"冰的队伍"从中条山和邙山下迟缓但毫不犹豫地"向东进军"的壮观场面，带着寒意也带着冰冷的肃杀之意。这个印象深极了，后来成就了"二月河"——我的这个笔名。

再添一碗

也许我的饕餮是因父亲从小就鼓励我吃，就算没有"薛仁贵立功名"这一思想，还有一条"穿在身上不算你的，吃进肚里才是你的"的道理管着。但有的人禀赋薄，天生吃不下去，再鼓励也没有用。我能吃，和胃口、胃消化力这些功能大有干系。不但北京湘蜀饭店那些服务员新奇，就是在部队与那些农村来的棒小伙儿比赛，我也是个"七把叉"（外国一位豪吃客），吃得他们目瞪口呆。为吃的事，母亲没有"嚷过"我，但她不止一次笑说，"解放是个吃僧"，是个"吃谷堆嘴"，虽说是批评我能吃不能干，但似乎对父亲"尽量吃"的指示有所保留。

只有一次，她是很温善地与其说是批评——更像是告诫我"吃"的问题。我们住在羊角山下时，有一天上午，我到街上玩，听见鼓乐齐鸣，鞭炮响得开锅稀粥一样，信步走过去，原来是斜对门一家街坊"搬亲"（办婚礼）。我站在旁边正发呆，报门的高声喊："马局长公子到！"——他们当然是认得我的——一群人上来，赔着笑脸，簇拥着我："请进，请进来坐！"我还不足六岁，这种场合浑不知如何应付，犹豫着，左顾右盼不由自主就进了人家门……直领到正室，在中间一桌坐下，和大人们一道吃了一顿，施施然回来了。因为人家结婚的事，在栾川没见过，在陕县也是第一次，没有见过新郎也没见过新娘什么打扮，如何做派，今天统都见到了，又吃得和家里大不一样，人们也把我当大人，这也是头一回，我心里挺兴奋的。但是母亲回来告诉我："不能这样。你还小，不懂。以后远远地站着看，啊？"她给人家补了一份礼，又谢了人家，这事算拉倒。

母亲的"厉害"是挺出名的。有句话叫"仰脸老婆低头汉"，意思是这两种人难对付，我一直不能认同。因为父亲经常是低着头，走路吃饭都像是寻思事情。但他一生都在躲避别人的无端伤害，他什么过错也没有，却像一只惊弓之鸟；母亲总是平静地注视前方快步走路，她虽不苟言笑，但声音温和平静，不过我觉得公安局的叔叔们对她心存畏惧——站在她面前，这些汉子两只脚来回跐腾，手也握得不自然……我当时当然不能理会，但我有了社会阅历，知道这属于小学生见老师的那种味道。

她很少同人发脾气。只有一次，她向人发火，站在旁边的我脸都唬白了——那是一个犯人脱逃，一个警察来报告，母亲勃然大怒，"啪"的一声拍案而起，桌上茶杯都倒了："你干什么吃的？火车站、汽车站、渡口、路口统统给我封了！你是个混蛋，滚！"那人擦着汗，连声说"是"，拔脚便跑了。这件事印象很深，因为那犯人被追得走投无路，逃了回来，竟钻进我家房东的防空地窖里，脚印留着，给发现了，报告了。母亲带着一群警察到了后院，看了脚印问："有人看见进去了？"

"是，不过有二十分钟了，不会再逃出来吧？"

"这个地面，"母亲用脚蹬蹬地，"他要出来还会留脚印。"她目光转向地洞："你听着，我是马局长。告诉你，五分钟之内我们下去搜查，下去之前要投掷三颗手榴弹，你要有种，就挺着！想活，就给我滚出来！"话音刚落，洞里头一个带着哭腔的男人就喊："别扔，马……马局长，我出来……"他举着手出来了……

然而她平时并不张扬。她有一股豪气，是父亲没有的：刚烈而不失温存，这就是我的母亲。她有时见了叔叔，会拉拉他的衣服："扣子掉了，军容风纪呢？""脏死了，臭！快回去换洗换洗！"有时会拍拍叔叔肩头："俺孩辛苦了，回去好好睡一觉。"这时她又像一个大姐姐，人被她抚慰得眼中放光。只有一次她是抱怨了一个叔叔，且是真的抱怨。那是她一次开会，把我委托一个叔叔管照。那个叔叔就带我到食堂里吃饭。那次吃的是拉面，这是我"年既老而不衰"就爱这一口的饭，平常在家天天都是萝卜白菜，这次口味新鲜，卤子也好，我就放开了吃，一碗、两碗、三碗……那个叔叔万万想不到小小的我这么能吃，也动了好奇心，想看我"到底能吃多少"，就不停地给我添，"再添一碗"——这么着，我吃撑坏了。说得好听，学名叫"急性胃扩张"，难听点是"撑死了"，住了三天院。

为什么要做今后后悔的事呢

如果说我们家纯净得像蒸馏水，连一点杂质也没有，也不是事实。就父亲来说，他最初工作是在税务上，曾经收了商人一块布，十二尺吧，代税，因为没有换成钱，拖到最后不了了之。还有在栾川剿匪时，从缴获品中取了火柴盒大小一块烟土收起来作为治肚子疼应急药——这两件事也是他老人家告诉我的，他一直唠叨到老，二三十岁时的鸡毛蒜皮，他说到八十岁："公家的便宜，一分钱也不能占，当时觉得没什么，后来越想越后悔。为什么要做今后后悔的事呢？"受他这个影响，我也是这个原则，不欠别人的账，也不占别人的便宜。我是好睡手，再热闹的环境，躺那里五分钟就"过去"，但如果头天赊了哪个小店几元钱的账，或者哪个人给了我个什么好处，我没有回应，这个觉睡着睡着就会"噌"地醒来，醒得双眸炯炯，这肯定是父亲给我留下的"基因"在起作用。

比较父亲，母亲不那么谨小慎微。我们幼时穿的鞋，都是劳改犯做的，我的保姆，也是犯了轻罪的女犯人。我们当然不会白穿白用，但是我想，那应该也是一种优惠，应该和母亲的工作地位有关。母亲有时会在他们公安局食堂打一点饺子馅，或者改善生活时卖的肉菜——回来全家吃，在粮、肉都是限制购买的年代，这也算是一种便宜吧。我们全家一处吃饭很少，有时父在母不在，有时母在父不在，有时两人都不在，吃了也就吃了。只有一次，是1960年冬吧，母亲用小手帕兜了五六个鸡蛋回来，恰被父亲看到：

"老马，哪来的鸡蛋？"

"小刘从乡下回来，带给我的。"

"现在是什么形势？毛主席都不吃肉！"

"……我给过人家钱了。"

"这东西现在给钱也买不到——给人家送回去！"

"小刘——"

"小刘是你的上级，你可以收。下级不行，送回去吧。"

母亲什么也没有再说，默然提着鸡蛋走了。

这些事不需要他们再来说教什么，我们看得明明白白，这是做人的原则。二十年后我写书，创业初期，妻三十多元，我五十多元，合计是九十元工资，还要吃得相对好一点。领导知道我在做大事，开会不点名批评："有些同事，上班带孩子，用公家稿纸写自己稿子……"他批评的动机是另一回事，但他批评的是事实。女儿凌晓生下来母亲没奶，我请不起保姆，亲戚有时顾不过来我，上班带孩子的时候确。用公家的稿纸也确有，每张八开纸写到四千字，但这毕竟是"公家的"。这位领导后来贪污被判十二年徒刑，我在大学讲这件事，同学们哄堂大笑，我说："他判刑，不能证明我正确。他批评的是对的。我确实出于无奈才占了这点便宜。"

"天下没有吃白食的"是母亲的话。

"天下没有不散的筵席"是母亲教我的道理。

"天下老鸹一般黑"也是母亲说给我的。

除第一句话我改成"没有免费的午餐"，三句我都照搬讲给乐于听我唠叨的青年学子。我认为，我所领受到的其中的哲理，比我有能力讲给他们的表述不知要充沛多少倍。现在想起陕县生活场景印象，有点像万花筒。栾川感受到的是"风萧萧"，大风整天呼呼地吹，形势紧迫，连群众开会都架着机枪，支起"小钢炮"（迫击炮），我看见战士往机枪上撒尿给它降温，打得挂了花的人血肉模糊被拖着拉下来，子弹打在铁水槽上叮叮当当地响……还有夜里那风，那狼，还有去野地吃饭，母亲把她碗里的土豆丝拨到我碗里的场景，我饿得大哭，母亲指着天上的风筝唤我："解放，你看你看那是什么？五角星怎么飞到天上啦？"等等，栾川给我留下的味道，是火药味。

陕县不一样。一、与四喜、黑喜、申学、铁蛋、疙瘩姐这群小朋友的逃学史开始；二、太阳渡的晚阳，长河上的暮日辉煌，织成我心中永远的黄河风光；三、吃撑死过去；四、抓逃犯的故事。那苍凉指天的白杨、"绒花树"，和"闹狼"的满城恐怖，还有牛老师愤怒的红扑扑的脸，在我脑海中不停地幻化流移。

还有陕县的监狱，也让我追忆难忘。

戏中戏谜底

公安局的院子很大，贴城北墙东西有二里左右，南北浅一些，东部有半里，西部约一里，是个西头大东头小的葫芦形，连旧城楼都囊括了进去。小小县城这么大的公安局院子，今天看是不可思议，但这肯定是"历史遗留"问题。我观察到一个很有趣的现象，也算我的经验：大致革命演变，只会变了个人命运，贫富打乱，和了麻将一样稀里哗啦一顿"洗牌"，然后重新组合，你这个二饼原本挨着五饼的，忽地撞成白板什么的……原可到甲手中却变成了丙，但牌还是那些张，一样的红中东西南北风，一样的万饼条，赢输仍旧靠手气、技术或圈套。倘是一成不变的规律，比如说这个地方是县政府，革命前大致就是县衙门，再前还是知县府衙。打个比方说，南阳知府衙门，革命后就是南阳行署，现在恢复了，往下刨刨，一直到元代，它都是"衙门"。这陕县的公安局、监狱院落，应该就是从民国、前清"沿"下来的革命成果。

院子大，是三个部分两个组合，东边和正门是公安局办公院，旧城门洞封了口，是审讯室，西边部分是两个监狱，重犯监和轻犯监。重犯监不大，是以黄土地切豆腐一样"切"下去的一个四方块院子，四周是岗楼，岗楼外则是凹凸起伏的小丘陵，长的有棘、荆条，还有密不透风的野花、黄蒿、灰条菜、扫帚苗……说起来叫人吃惊，这些荒榛蛮草，能长得像房子一样高，我们小孩子看去，简直就是树林。里边还深藏着一个废了的庙，一排空房子边和院落，也都是长着这样的树林。这地方在公安局大院之内，又在警戒线之外，狱上持枪站岗的哨兵隐约可见。这里头绝对没有狼，倒是有不少黄鼠狼、兔子、獾、狐狸什么的。公安局的子弟小孩，有七八个吧，有这个特殊条件，能在这里边玩捉迷藏，我身上剐的三角口子，多数是在这儿"抓特务"时留下来的——这不需要解释，母亲也"不嚷"，晚上脱下来往床边一甩，第二天早上自然就"好了"——捉迷藏呀，打野仗呀，逮特务呀，摘酸枣呀，吃桑葚呀，够桃呀……玩是玩够，一个个嘴唇乌黑，灰头土脸"到东院去"，现在回想，有点像——孙悟空从火云洞里赶出来的一群小妖怪。

从那边回东院，必须穿行轻犯监，从女监房再穿男监房，女犯们干的活是纳鞋底子，满院晾晒的都是洗干净的布匹，很多女人不言声蹲在那里梳洗，晒太阳，很平静。男犯们干的活是染布、种菜、挑水浇粪、刷脏桶，各忙各的。我们这一队过来过去，他们都认识了，习惯了，没人看守时偶尔还笑话我们几句，颇友善的。

有时他们还演戏，台上演员是犯人，下头观众也是犯人，看去和外头野台子演戏无甚不同，没有台子，平地演，演员都没女的，角儿需要，也是男扮女装。我们就擦"台场"过，有时也站下来看一会儿，如演《梁山伯与祝英台》：

梁山伯唱："梁山伯与祝英台。"[（小声）——日你老娘！]

祝英台："山上草桥来结拜。"[（小声）——肯定你妹子想我了。]

梁山伯："只知你是男子汉。"[（小声）——放你姐的屁。]

祝英台："哪知我是女扮男。"[（小声）——是男是女你妈知道。]

......

演员们在戏台上还有这些花样，是我六岁之前便知道了的，这以后看了不计其数的戏，再也没有见过这"戏中戏"的对骂，在四十二岁写《康熙大帝·惊风密雨》（第二卷）时这件事一下子跳出来衍化成了如下情节：

说的是吴三桂堂会，两个小戏子，一个扮诸葛亮，一个扮马谡，演着演着在台上打起来了，吴三桂问原因：

> ......这场闹剧是姬妾"八面观音"指使着"诸葛亮"演出来的，故意让他们把戏做砸，来取笑儿。《失街亭》中有一段，诸葛亮向马谡授计，道："马谡——附耳过来！"
>
> 马谡按规定出班躬身附耳静听，不料台上的诸葛亮却向他耳语："叫你妈在列翠轩后耳房等着，今晚起了更我去。"扮马谡的茄官新得"四面观音"的宠爱，哪肯平白吃这个哑巴亏？偏他下一句台词该是"妙计"，便一边说词儿，一边朝文官脚上狠狠一踩。"诸葛亮"立刻泪流满面，"啪"地打了"马谡"一记耳光......

看《桑园令》，"薛平贵"和"王宝钏"，在台上也玩这游戏；看《柜中缘》，"岳雷"和个什么"小姐"也在台上夹着台词玩笑。台下观众哪里知道，打鼓板的、演戏的都有他们永远听不到的"双台词"，恐怕戏的走向灭亡，也就因为它太老，戏之。观众欣赏水准都固定了，演员油滑得不需要任何感情的投入，倘罗密欧和朱丽叶也在台上弄这个，莎士比亚也得完——但这已离题了，我是说这是我人生第一次看到的戏中戏谜底。

我敢肯定这些轻犯的日子是比较惬意的，起码比外头有些过得苦的人要舒适些，因为每隔一段日子会发生这样的事，有叔叔送母亲一张名单，说："这几个犯人是这次刑满，不愿意出去的，请求留用……"母亲一般都同意了的。他们留用，实际上是监狱工厂的工人，已不再是犯人，我穿的鞋、棉袄，大约就是这些人做的，用的保姆也是女犯人。我认为我母亲这班人，对犯人是人道主义管理的，不然不会有这些事。

我在写《乾隆皇帝》时写到一个事件，直接移植自陕县的重犯牢房，书中的表述和我见到的基本一致，不过"公安局长"换成了"阿桂"。新中国成立之初，这里是发生过一次小规模的越狱事件的，像我前段记忆的那次，肯定是重犯设计逃脱监禁。因为轻犯们过那样日子，再越狱不合算了。

犯人都那样快活？不见得。说到重犯，就无法轻松了。

高级特务

1949 年后，最初是剿匪反霸，到 1953 年，"镇反"运动开始。蒋介石在台湾喊的口号是"毋忘在莒""反攻大陆"。"毋忘在莒"说的是齐公子小白最初窘困，在莒国做人质，后来返国，成为春秋五霸之首的掌故，和"反攻"是一码事。他还不停地向大陆派遣特务。

有一天，我们到西院去玩，回到办公大院，碰到一位叔叔，他笑说："小特务队回来啦！告诉你们，今天我们真的捉到一个特务，从飞机上跳下来的！"这恐怕是他们很得意的一件事，因为局里的人尽管和我们很亲热，公事上的事从来没人说过。我们整天玩"捉特务"（那时还没有看过电影），听说有"真特务"，嗷嗷大叫问："叔叔，在哪里，我们能看不能？"那叔叔指了指城门洞说："你们现在可以看，审过关起来就不行了。"我们一阵欢笑，又换了小心，蹑着脚溜到审讯室玻璃窗户外偷看。果然见两个叔叔正在审一个中年人。

这可能是个高级特务，三十岁上下吧，瘦点，看上去很清秀，眉毛有点"倒八字"形，嘴角稍有点上翘，个子不算高，端端正正坐在板凳上，上身确实是飞行装那种皮夹克，除了这身衣服，和小人书上的"特务"无一似处。抽着烟，操一口洛阳话和审讯员对话。双方都似乎相当客气，也没有平时审案拍桌子喝骂那凶煞样子。我们这一群孩子你看我，我看你，都有点失望：特务原来是这样的？后来听说他落网，是破译了敌方的电报密码，指挥敌机空降地点就在公安局附近，落地同时落网——这一说，又让我们对"局里"神往了一阵子。

形势骤然间变得紧张起来，第一，我们不能再穿越轻犯监狱"过西边去玩"。第二，公安局从审讯室到监狱加派了岗哨，最初是三个，后来五个，再后来是一个班，枪上都上了刺刀，公安局的叔叔都随身挎上了驳壳枪。母亲的枪连在皮带上，也随身在腰间——即使在栾川，她也没有把枪亮出在外面的。第三，往日轻犯们抬土、刨地、出入监狱，现在他们被封了，满院都是公安民警，个个神色庄重，真枪实弹气氛严肃。轻犯都这样，可想而知重犯监那边如何了。

这种情势，根本不可能在大院里边玩了。我们就到羊角山去玩。但羊角山上的庙却封了，白纸打"×"盖着公章，问了问，说老和尚是特务，头几天要抓他，他自杀了。这件事又让我目瞪口呆了好一阵子——不信？没人不信政府。

接着的形势愈来愈让人透不过气来，开始"枪毙反革命"。再没有比公安局这地方更能体味此类情状的了，几个脸色灰败的犯人铐着链子，锒锒铛铛被押到审讯室外，小公安们早已准备好铁锤、砧子、钳子等，给他们叮当叮当开镣子；街上叫来的剃头师傅准备好，给他们剃头……再接着会给他们送一顿好饭，白面馒头、酒和四个菜——我后来才知道，这也是一成不变的千古规矩，叫"辞世饭"，确实有点人道主义的情味在内的——再接着，就不和他们客气，五花大绑起来，脖子插上亡命牌子，冲锋枪押着就走了，门外有那种朝鲜战场上缴获的美国道奇车，哼哼几声开去，世界上从此就没了这几个。

这样的事那阵子几乎天天有。重犯监那边关了多少反革命？我不知道。天天三个五个，有时多的有十几个，开镣、吃饭、上绑、登车——去西天。这就是镇压反革命那阵子的情况。我们已经不能再出去玩了，因为气氛不对了，小朋友有的爹或叔也被镇压了，这时的母亲也临时住在公安局，我就整日闷在她房间里看小人书，看院里的梧桐树。

过几年懂事后，父母闲时对话，我旁听，"杀的都是县团级（伪人员）"。又过了几年懂事后，我才知道还有战犯一事，我弄不懂为什么国民党的高干都好好的，这些下级却得剃头吃饭上车……不懂了好多年。又再过了若干年，读了些书明白了，这其实是政治斗争的需要，也是人文心理的政治反映，大人物，杀一个便会有人说你"凶狠好杀"。由此可知，官，要么就不做，要么就做大官，背上靠旗的大将军，可以尽情做，打着号旗的喽啰"校尉们"，你别做。

快救人

1958 年，我小学毕业，父母齐调邓县，因为考中学的结果没下来，他们也许是出于"洛阳比邓县好"的缘故，把我留在了洛阳。我当时并不觉得很留恋母亲，在陕县她经常不在家，到洛阳没有用保姆，和她睡一起，我反而不习惯。现在她又要走，我甚至想，我可以好好玩，再也不听你"晚上九点钟前睡觉"的瞎指挥了。我理所当然搬出了梧桐树院子，和公安局门卫小李住进了门房。

那年"大跃进"，洛阳城也一样，到处都是"超英压美赶苏联""钢铁元帅升帐""鼓足干劲，力争上游，多快好省地建设社会主义"。男的女的都打赤膊，或穿着"苏联花布衫"，拉着胶皮轮子大车，大呼大喝着，满街乱跑……还有除"四害"：苍蝇，我们同学们要每人每天交二十只蝇蛹，或打死二十只苍蝇，尸体要交作证据，蚊子不说，老鼠是要见一只打一只，鼠尾交上报功。麻雀则是全民战，所有的屋顶都有人举着小红旗，敲锣打鼓大声呼叫，可怜小麻雀蒙了，个个被赶得走投无路，想落一下就有瞭望哨看见，高音喇叭喊："×胡同号注意，×胡同号注意——有一只麻雀落下去了，立刻捕捉，立刻捕捉报指挥部！"……如此，麻雀被赶得几年绝迹天下。但房上天天上人，有时还是三五个人一起上房，我住的那门房承受不得，终于坍塌了。这是我第三次和房塌遭遇。前两次都在陕县，当夜迁人当夜房塌，是一次；一次是房屋漏雨，炕上睡不得，同一个房间我从炕上挪到床上，炕那边坍塌了。这一次连人带蚊帐，像裹在渔网里的鱼一样，被死死地闷在了里头。我睡得死死的，觉得身上猛地一沉，醒来一摸，手脚被什么缠住了，听见外头乱喊："快救人！"知道是房子塌了，用手摸索一下，思量形势，是这样的——那房子有个竹顶棚，这玩意儿学名叫"承尘"，也有叫"天棚"的，房顶下来，这天棚顺墙擦下，在墙角留了个三角口小洞，这肯定是上天觉得我死期未至，特为留情之作。我的第一感觉是那灰尘，带着洗不清的霉臭味直呛人脑，呼吸也很困难。我的心思却十分清晰，知道外头人正在救我，就大声喊道："叔叔，我在这里！"外头人也是大喜若惊，喊着："解放活着，快！"——我被他们连蚊帐带人拽了出来，一根汗毛也没伤。

这件事让公安局的人一惊，因为不久母亲就从邓县赶来了。她也可能是故作镇静，也可能见我无恙，想着别人大惊小怪，显得相当轻松。她带我上街，给我买了很多学习用具，还有换洗衣服，鼓励我："不要淘气，好好学习，考上中学以后咱们转学过去。"但公安局的叔叔们不敢再等以后了,对她说:"解放这孩子想你。有几个夜里他出去梦游,找金叔叔,'我要见我妈'。"我看就是这话打动了她,她决定立刻带我走。

但是,买这买那的(计划是不带我走的),她身上带的钱花光了,算了算,刚够买到南阳的车票钱,路上吃饭都要"节约着点"。我想,她无论如何都会借点钱的,她不。她说:"借得多了没必要用,借得少了还钱不还钱都不好,将就点吧。"——她开始计算这次来看我的花销,打开箱子一件一件地登记价目,让我在一起运用加法。算来算去,和她从邓县来时带的钱无论如何都"对不上",差七角钱!她坐在床上看着眼前的墙,还在回忆那七角钱的去向,我指着柳条箱说:"妈,这个箱子六元钱,没记在账上。"她一下子笑了,说:"骑驴找驴——这就对了,我还贴进去五块三毛哪。"她摸摸我的头——这是她对我的最佳状态。

这件事我后来和父亲提起过,我说:"我以前认为你们大人是不算钱账的。"父亲说:"怎么不算,要算到每一分钱。但是我们有约定,不在孩子们面前算账。"这个传统我家还用,我们夫妇也不在凌晓面前算账。我对女儿说:"你记两条,第一不在人面前算钱账;第二不当众数钱。"——我有点"发展"。

解放不狂,有规矩

母亲很少对我温存亲热。她发起脾气声色俱厉,但她平常无事从不发无名火,摔摔打打找人出气的事没有,她不无缘无故"找事"。她对我最多的爱抚是摸摸我的头顶,温声说:"宝,俺孩听话,去写字哇,啊!""宝,今天跟妈上街,咱家镜子烂成那样,你张叔叔都笑话咱了……"——然后带我上街。她这个习惯是彻底转移给了我，买镜子就是买镜子，直奔目的而去，买到就回来，她不与商贩讨价还价。我现在去买东西，还是这样，这也和父亲的理念有关。父亲说："朱子（朱熹）《治家格言》说勿与贩夫挑夫争价！你爷爷从小就教育我，百里百斤一块一，一百里，一百斤的东西才挣一块一，能有多大利？值得就买，不合适掉头走人。"父亲如此，母亲如此，我的一生也如此。现今富裕是这样，过去拮据时我也是这样。但这话妻听不进去，女儿也很不情愿。她们以"搞价钱"为乐事，搞下来价钱有"成就感"。很多人持这样的观点，我说不服众人，各行其是耳。

在我的感觉里，冬天和母亲在一处的时间多，夏天她不大管我。和父母同在邓县时也是这样。他们不会因为我"跑不见影儿了"而着急要寻我回来吃饭——这是他们的原则。我如果说"去找同学做功课作业"，父亲会高兴地微笑点头，母亲会满意地摆手"俺孩去哇，晚饭前回来就行"。我说"做功课"云云，大抵是实话，因为我的"玩"他们是认可的，没有必要造谎。我一年到头就盼两个假期（寒暑）。寒假可以吃好的，有迎接"过年"的兴奋。暑假我更高兴，因为假期长，天热好玩处多。我可以向父母请长假，下乡去和同学一道度暑。

父母不大在意我在家还是在外。冬天关注我"冻着了"，夏天连这也不操心，"只要注意安全，去哇"。就这口昔阳话，批准了。但去同学家长住，母亲还有关照："带上粮票——四十斤吧——还有二十块钱，在人家家住，要交粮交钱。"她从不交代我要怎样敬人家老人，她知道我对任何老人都尊敬。"解放不狂，有规矩。"这是母亲表扬我的常用词。我在邓县所有的暑假都是在同学家过的。也许父母都是"县里领导"的原因，但我认为即使"有"，成分也很少。我每次下乡，母亲还要割二斤肉给我带上，在同学家交钱交粮票——比下乡干部交得还多。就从"实惠"这条上说，同学家长也是高兴的。也许我不应该这样说，因为这些同学确实都是我的好朋友。我说的是我父母的观念：最好的朋友来往，经济上要分明。1966 年"文革"运动大起，我因是"拥军派"失势，逃到邯郸姑父家暂住，照样每月二十元钱三十斤粮票——在他们自己制定的原则里，父母对谁都一样。

他们不大"管理"我。只要老师不到家"找碴"，他们在"功课"上也不太逼我；只要我"洗脸了"，母亲就会说我"还行"。他们从不期盼我在仕途上要"怎样怎样，如何如何"，至少是不作严厉催促。在"事业"上，母亲也就说过那么一句"考不上初中，就没有前途"的话。父亲原本劲头很大，希望我有大的发展，我猜他的本意，是希望我能当个武将，立功名于当世，成事业于汗青。随着他一步步勘透世情，他的话变成"有个工作，有个对象，有个家就行"。所以当我的哥哥成了南阳地区文化局局长，父亲说："看来你不行，你哥行。"当时我说："我要超过哥哥。"父亲未管。晚年他对我说："当时我认为你吹牛。"我说要当作家。父亲说："我听冯牧讲过课，你不行。"但我后来确实"成了"作家，父亲才有那句"竖子"的话。

我应该感谢父亲，他一直教导我们："要吃好，有体力才能做事。"这一条是牢牢地"记死了"，父亲说："组织上给我工资做什么？不是叫我发财的，也不是叫我穿得花花的，是要我保证有个好身体，好做工作——要有这个清醒认识。"我在部队，确有"顿餐斗米"的气概，曾经一人包揽总后在我部现场会的会议简报，白天听会、听讨论、写报道材料，晚上写会议简报——油印报。一人写，一人刻字（用铁笔在蜡纸上刻），再用油印机自己印四百份，第二天会前发到会议代表和领导手中，然后再听会、听讨论……这样连干六天五夜一眼不合。这样能熬"能踢能咬"，相信没几个人能够做到，没有"吃"之一字绝对不行。写书初期坚持正常工作——每天夜九点半写到凌晨三点，七点半起床——不是三天两天、三个两个星期，也不是三个月两个月，而是整整一年，吃不好准得死。所以我教育女儿："你睡不好，再加上吃不好，哪来的体力资源？"——当然我的代价是吃出了糖尿病。然而，整日"玩"的人照样也有得糖尿病的吧。

但母亲并不信服"吃"之一事。她也从没有教育过我要吃好。相反，她的理论是"有口吃的就行"。她吃东西很少，很干净清淡。在洛阳有时熬夜，她到半夜坚持不得，会轻轻拍醒我："宝，起来跑个腿，到门口街上买个烧饼，夹点肉，你一个我一个。"我就会顺从地揉着惺忪的眼，带上她给的一元。洛阳的烧饼一毛一个，每个烧饼还能夹四毛钱的卤猪头肉，她总是很细心地把她烧饼里的肉用筷子剔出来给我，然后用开水冲一个"鸡蛋茶"——这就是她的夜餐了。有时夜深没有烧饼，但洛阳还有一种小吃：很软很薄的面饼，卷上豆芽、豆腐干条、葱，还有酱——这种饼通宵都有。买两卷这种饼，我们娘儿两个都吃。她喜欢吃素，最爱吃的就是饺子，吃饺子她也要素。我和父亲是要吃肉的，她少数服从多数，也必要浇上素"头脑"。父母亲在工作时，我们家是不做饭的，吃食堂。父亲的食堂在军分区武装部，母亲的在公安局和法院。在邓县，因为妹妹们已不再去幼儿园，上学了，请了一位姓雷的保姆。我们都叫她"奶奶"，她来做饭一家吃，偶尔也到食堂打一点菜，母亲星期日偶尔也到武装部和全家吃顿饭。在洛阳之前（1958 年前），我们没有全家在家吃饭的记录，但好像我初到洛阳时，和爸妈一块儿上街吃过一次。母亲是从不带我"上馆子"的。她最大的奢侈就是夜里让我"跑腿"买个饼子，"打打饥荒"。但母亲有时星期六或者星期天会给我"做口吃的"。一种是我已谈过的"剔尖"，圆筒的铝饭盒做两碗半：她一碗，我一碗半。再就是"头脑饺子"。这样的馅：炒两个鸡蛋剁碎，豆腐切得米粒一样大，加上碎葱、姜末、碎韭菜，拌起来作料，再加上香油。她擀皮她包，绝对不要我插手。她包的饺子像是机器做的，个个一模一样，都是拇指大小，一排排士兵一样"站"在她的写字桌上。接着再炒"头脑"，细葱、姜用油煸一煸，加上豆腐、胡萝卜、几根粉条，加水，滚了再加糖，端下来放在一边，再起锅煮饺子。这个饭从来没在夏天做过，都是冬天，这一炒一煮，满屋都是雾一样的"白汽"，加着扑鼻的饺子香、菜香。屋子里通红的煤火，暖融融的，真有说不上来的温馨。星期天院里只有四棵梧桐树，值班的都在前院，这个东厢房里充满的是山西母子情味。她还有一拿手食物，一旦她说"有个火"就会打一个生鸡蛋，用一根筷子不停地"打"那个鸡蛋……打匀了，再用翻花大滚的开水迅速倒进碗中，碗里立刻泛上"鸡蛋花"，像一朵白中透黄的莲花泡在碗中。什么也不用加——我后来在别人家也喝过，有的加糖，也有的加点油盐，炸葱花什么的，把鸡蛋"本自的"香味都夺了——淡淡的，透着一丝甜意。一大碗下去，满腹的舒畅、顺和，暖洋洋的。这汤成了我的"终生保留"，头疼脑热、胸闷一下子就消掉了；撒尿如果很黄，喝上两天，也就是两三个鸡蛋，就会变得清清亮亮的——我只是"做得"，做出来的也有"花"，却是散的，没有母亲做得好看，那份"香甜"宜人，也似乎远远不及。

头脑饺子、剔尖面、鸡蛋花是母亲的"老三样"，我吃了半生，从来没有"够"过，我虽做得不如母亲那样好，但觉得即使如此，也必是终生可受用之美食。其实，我更觉得"美"的是那过程，是母亲穿着偏口棉鞋，双脚蹬在铁炉子沿上，小心地往锅里"剔尖"的形象；是她在"白雾"中下饺子的影子；是她一边"剁馅"一边看着我的眼神……随着岁月逝去，在我脑海里，像镜子一样愈磨愈清晰。

她极少和子女说家常话。她和父亲一样，从不在家谈单位人事，更不评论社会新闻是非。父母的话题从来就是开什么什么会，谁谁出席，他们自己要下乡之类。他们也从不说"家史"和老一辈的社会关系。只在一次做饺子时，母亲一边包一边和我聊："咱们老家一年就这一顿白面，年三十吃饺子。"

我听这话很新奇，在洛阳，我是每天吃白面的，饺子食堂也三天两头有，不禁问："老家怎么这个样？"

"咱们那儿不种麦子。"母亲说，"天冷，麦子产量低。一年一次吃饺子是大事。我和你大娘（伯母）是不能包饺子的，只你奶一人包，也是她下锅煮饺子。她饺子比妈包得好。"

"奶奶比你还强?"我有些诧异,因为我这一生,包括母亲逝后的四十年,从没见过有能及得母亲的饺子手艺的。

"她不是捏饺子,是'做'饺子,一个饺子一朵花。"母亲一边包一边说,"她一个人年二十九要包一夜,在板板上摆饺子也要摆出花样来。"

我说:"还不是吃了,何必呢?"

"饺子是吉祥饭,团圆饭。"母亲说,她的脸上绽出微笑,"饺子下出来第一盘要祭祖,一个破的也不许有。媳妇们担不起责任。"

"担不起责任?"也就是破一个饺子的事,她说承担不起。我听她话的当时什么也没想,她也是无意出口,我是在分析她连夜出走参加革命的动机时想到了这句话透露出的蛛丝马迹。

母亲多数时间脾气平和,但对子女不像一般妇女那样母性十足亲热密弥。我很忌妒我的小朋友和同学,到他们家有一种我家没有的"气",热乎亲情的氛围。在栾川,有一个和我同样大的小伙伴,当着我的面要"吃奶",他妈也就解扣子开怀,搂着他拍头让他吃——我知道这样子也就是当我面撒娇,气气我就是。我也真的很眼气,回家就闹,也要"吃奶"。母亲那天看去心情不错,她凝神看了我一会儿,坐床边框上说:"俺孩没吃过我的奶。吃哇!"说着慢慢解开扣子,我就依样一头拱进她怀里使劲吮哑……但也就一分钟的样子,她就拍我的肩头:"行了孩,这窗都是破的,看人照(瞧)见了笑话咱娘儿们……"我其实也就要求我也"有",当时也就心满意足了。

母亲从不说外公家的事,父亲有时还说说"你爷爷""奶奶""你大爷"……怎么怎么样。母亲一句也不说,这个谜过去没想过,现在想到了无法猜。她只说舅舅(文兰),"该来信了","现在那边热,也不知道文兰咋样"。舅舅马文兰是她最挂记的,还有二姨、三姨、四姨她也操心,只是不及舅舅文兰。她是马家的主心骨,那一个组合的领袖。

还真的"有戏"

父母亲是不是密弥得天衣无缝？不是的，虽然微不足道，也还是"有"的。除了反右派斗争过后说到的"如果我划右派，会不会离婚"的问答，我感觉到父亲是"灵魂上中了一箭"那样的难过，再早年还有一件。

1942 年，父亲在昔西一区当区委书记，那时叫"区政委"。政委有"最后决定权"，比区长大了去。有一天，他区里一家人结婚，花轿吹吹打打从他面前过，他听到轿中新娘的哭声，越听越不对头，便忽地跳到路中间扬手拦住了轿，"你们停轿"，叫出新娘来询问情况：原来是她父母把她嫁给一个糟老头子，她心里难受忍不住哭了。父亲当即宣布："抗日政府主张婚姻自主，这姑娘既然不愿意，我宣布这婚姻作废！"

父亲很早就告诉我这件事，这故事充实一下，很可以"出戏"的，我以为也就是这么个事而已。我没有想到这个故事后边还真的"有戏"，戏文衍化，直至发展到母亲破门入伍。

这是不是母亲入伍的决定因素？肯定不是。因素很多，这是"其中之一"吧。

1967 年我到邯郸姑姑家住，一次偶然闲谈，我说起了这事，姑姑一下子笑起来，说："孩呀，你不知道，就那么一会儿，那个女的（新媳妇）就看上了你爸，央人托己地找你爷，要把闺女说过来……"我说："那我妈呢？"姑姑说："所以我说那女的不要脸，不是个正经货——你妈当然不喜欢。他们来说亲说了好几回，意思是你爸和那女的有感情，让家里的离了，和他闺女成亲……"

我这才知道前头这个连环画本，还有续本，这事发生在 1942 年，1944 年母亲"夜走太行"，难说她有没有担心丈夫被"勾引"变心。

母亲的直接反应如何，据我哥哥《二月河源》中云，他曾和母亲议及此事，母亲在床上看书，翻了个身说"狗拿耗子"，再也不言声。

这件事关系到母亲的入伍动机。"家有一口饭，谁肯上梁山？"母亲肯定是抗日热血青年，这一条是主线，因为她坚持八路军是抗日之先锋，她才不顾一切扑身太行老林的。具体的原因，那这是其中之一，还有呢？

爷爷是那一代人中正统人家的主家人，他和奶奶继承了我们民族特色中所有传统的观念。父亲说："你大爷（伯伯）每次从太原回来，从来不敢先回自己小屋，要先去你爷奶家，带上捎回来的礼物，恭恭敬敬站在地下和你爷奶说话，然后你爷说：回屋看你媳妇哇……他这才敢慢慢退下……"

"你妈过门三天，要给婆婆交针线活。"父亲说，"你奶奶横看竖看也没挑出毛病——你奶奶要求是，补丁和衣服的原色要一样，补上和没补稍远一点看不出来，针脚要细要密要均匀……你妈不仅做到，而且连布纹都对上，一根线也不让它错……"

"你妈推磨，在磨坊里用炭条练字……回去自己房里，做饭时悄悄趁着灶火看识字课本……"

就这些只言片语中，可以窥见母亲在家中的处境与地位。这些话多数是母亲去世后，父亲和我们絮叨出来的，母亲在时，我一个字也没听到过。我还听到哥哥说，母亲对姑姑说过："这个家冷漠，冷漠呀，冷漠透了。"你想，公公不和儿媳说话，婆婆只管"挑毛病"，丈夫不在家，嫂子出去过，膝下又无子，忍不住"冷漠"。我看这或许是促使母亲出走的另一直接原因。

归纳起来，日本人、汉奸对我家的骚扰，在家庭中的孤独，思念丈夫，恐惧有别的女人渗入丈夫的感情生活……这诸多因素，母亲的个性在封闭的环境里不能得到任何舒展，而她又是一个性情刚烈、极其要强的人，所以就有了不畏虎豹豺狼，夜走太行参加革命的事。

母亲的担心不是没有道理的。从"南下干部"的实际情况看，即使不是"大部分"，至少也可以说是"大量的"都和在家的原配夫人离了婚。人们见面会问："你也离婚了？"——这是当时一道时髦的社会风景。

父亲有没有这方面的事？我们兄妹在五十岁前一直认为他"没有"，因为我们亲眼见到他是那样珍惜母亲，爱母亲，看到他在病榻前跪着，双手为母亲收拾大小便狼藉的铺位。但是父亲后来告诉我，是"有的"。他在部队认识了一个姓李的女同志，"非常的精明强干"，但是在战斗中牺牲了。如果再"但是"一下，那个李同志没有牺牲呢？这件事，父亲说时已是垂暮之年，半个世纪过去了，我们现在的人很能理解，就母亲的实际行动，证明她当时就理解。

不要生气，再来一盘

事实上，我这个家是很单调的，但不能说是枯燥。母亲是个事业型的妇女，她有一个坚定的理念：没有累死的人，只有闲死的人——这倒和"生于忧患，死于安乐"的话有点暗暗扣合。不幸的是她的这个理念——其实任何理念都是有极限的：弹簧可以伸缩，拉一下就又恢复原样，但拉"过头"了呢？——她教给我"力气是奴才，用了再回来"，但是她的"奴才"累坏了，再也不肯"回来"，她也就山一样倒了下来。当然，她的病有社会原因，然而她自己确实有病，拼得过分了，心脏、脑血管，她没有检查过血糖，她那样的工作，我估计很可能也有糖尿病问题。

我听过父亲哼歌。父亲在文艺上基本没有什么爱好，他哼的歌既不是流行曲，也不是进行曲，也不是戏剧之类，而是抗战歌：

> 大炮轰轰响啊，机关枪格格格
>
> 打倒那日本鬼呀，赶他们出中国……

这个歌和这个调子，任何演出团体，任何节日演出都没有披露过，我估计是他在抗大太行分校学习时的校园歌。还有：

> 我的大烟袋呀，你快快回来！
>
> 上次打伏击呀，子弹把你打坏！
>
> 现在打日本呀，哪里再去买？
>
> 大烟袋呀，咿呀呼咳——烟袋！……

幽默、乐观、风趣，这当是抗战时流行在战士中的口头小曲，一边擦枪，一边唱这小令曲，很有情味的。

再有一个歌，是用山西梆子腔：

> 我正在山头看风景，忽听得上下乱哄哄，
>
> 原以为是砍山的老百姓，却原来是鬼子发来的兵，
>
> 二鬼子棒棒队，还有一个打头日本的兵，
>
> 老子我正是又闲又闷，请你们上来咱们点点兵，
>
> 你们来来来呀，老子请你吃碗疙瘩面！……

不合辙也不押韵，山西梆子调味十足。当然这是套的《空城计》，我肯定这是他们三人坚持无人区作战时的自创作品。

就这三首歌，再也没有听他唱过别的。唱这歌时父亲会在躺椅上半仰着，双手在椅背上轻轻打拍子，然后他也许就入睡了。

父亲不爱看戏。他晚年孤寂，我很想给他解闷，所有能买到的戏的录音带都给他买了，但他只是对京剧《锁麟囊》情有独钟，反复听的只有这一出。这是种因得果、知恩报恩的主题，我不能明白为什么如此令他神往，吃饭、

睡觉都放的《锁麟囊》。

父亲还有个爱好，下棋。象棋、围棋他都会，但棋艺都平平。但他在未离休之前我没见他与别人下棋。他摸过棋盘，是围棋，教我们兄妹三人学下围棋。围棋他也不与外人下。我肯定地说，在他"能工作"时，无论上级下级，没人知道他会下棋。

他围棋只是"入门"，用现在的标准，二段左右。但他的棋龄很长了，他告诉我，这是抗战时在抗大太行分校学的，当时学《论持久战》，把抗战和下围棋作比方，有布局、中盘、收官，双方斗争犬牙交错，学员们都学会了，是作为"抗战思想"的辅助课学得的。

这件事对我们有些影响。因为我和妹妹很快就超过了父亲。我们1958年就学会了下棋，因为当时南阳市会下围棋的人少，大妹妹建华还拿到了少年组冠军，她的兴致很高，有时别人悔棋，会把她气哭，她一边哭一边下，赢了又会破涕为笑。1963年她去武汉参加比赛还拿到个少年组第六名，名字刊在《围棋》杂志上，我们都很得意的。但她实际水平也不算高，在家还是我的手下败将。1963年开封举办围棋训练，市体委让建华参加，因她年龄小，让我陪着去，顺便也听课——到那里我一看，一个一个少年棋手都非常厉害，六七岁的孩子我都无法过招，"我已十八岁还有个屁用？"——我这样想，看大妹似也有点沮丧，但她仍弈兴不减，她彻底失望是在下乡之后与棋界割断，也就是个业余二段的棋力。棋界有些高段棋手都是她的朋友，我们兄妹虽然爱棋，但棋不爱我也徒唤奈何。前不久，陈祖德来南阳，我们见了面。我说："现在我还喜爱这（围棋），我从十三岁开始，已有四十七年棋龄，绝对老资格的一手屎棋。这玩意儿没高手指点，永远没有指望。"父亲离休之后，在母亲去世之前，从不和外人下棋，他只在家中教过我们下围棋，没有摸过象棋。母亲去世后一年有余，他开始偶尔和人下象棋，且开始教我学象棋，但他发现我对此没有兴趣，也就罢了。他的棋盘上写的不是"楚河汉界"，一边写"不要生气",一边是"再来一盘",看上去挺别致的。他下棋就是下棋,从不扯谈棋以外的任何事,家长里短的是非更是绝口不言。父亲也悔棋,但是他有个"前提":对方已经悔过棋。这种情况下,不让父亲悔棋是绝对不行的,经常为此争得面红耳赤不欢而散。但他不会为此和棋友反目,过几天气消了,照样来往,下棋如初。

他下棋,哼小曲,看电影,偶尔也看戏,这些娱乐都有,但极有节制。我只记得他看过两次戏,都是在邓县。是县里排的新戏,请领导同志都去审看,母亲也去了的,我们兄妹三个"帮边子"蹭票进去看了看。看电影也是两次,一次在洛阳看的苏联片《棉桃》;一次在南阳,是连母亲也去看了的,也是一部苏联片,已记不清名字。那时国产片都十分纯净的,我只记得里头有男女接吻镜头,父亲问母亲:"是不是奸情?"

"不是。"母亲在黑暗中回答。

全部看电影、看戏的历史中,全家最多参与三人,全部对话交流就这两句话七个字。

这故事不赖

父亲离休以后有时还有一点"玩"兴的。母亲连他的这点"嗜好"也没有。她似乎永远都在工作、写字、见人谈话、下乡。就这些,没别的。因此,我家过星期天就是一件事:"改善生活",弄伙食。父母亲,在邓县的兄妹三人,还有老保姆共六人,洗菜的洗菜,洗衣服的洗衣服,和面、剁馅、包饺子,大家一片忙碌,集体干活想办法把"吃"弄好。这个虽单调,但全家调动,分工合作的气氛非常好。当然,多数时间母亲不在。但有时她会吃饭时赶回来,用过餐再匆匆离去。我们也都十分满足。倘她也在家干活,用一句昔阳话说是"热火搭烙"（热闹喜庆）的，人人都心中舒展面带微笑。

最喜庆的日子是过年——当然是阴历年。全家（除了三妹玉萍在洛阳）能团聚数日，没什么玩的，就说故事，说笑话。我发现父亲开心时就会变得幽默、机智。他口才好这全家都知道，直到今天的二月河，已经有人夸奖我的口才，但我自知不及父亲未中风时。他会谈起打游击时与战友争论"远处那片云会不会下雨"，一方说"下"，另一方说"不"。说颠倒话"抬起山来黑了脸"，说捉到日本"政治兵"，又逃掉，日本人来报复，他们怎样躲逃。我也讲笑话，父母亲都喜爱听"傻女婿的故事"，"三女婿比诗"讲：

大女婿是文秀才，二女婿是武秀才，三女婿是个穷长工。老丈人想出三女婿的丑，就让他们比说事，说出话头两句说得有理，第三问都必须对"是"。

"盐鳖户（蝙蝠）和老鼠一事。"大女婿说。大家一听，有道理，忙点头，照规矩说"是"。

"盐鳖户比老鼠多了一翅。"

"是。"

"但盐鳖户是老鼠的儿子。"

"是！"

文秀才头一轮过得顺当，丈人丈母都笑开了花。

二女婿说："苍蝇和蛆是一事。"

"是！"

"苍蝇比蛆多出一翅。"

"是！"

"但是苍蝇是蛆的儿子。"

"是！"

二女婿也过关，轮到三女婿，丈人丈母都瞪大了眼要看他出洋相，三女儿也放下筷子担心地看丈夫。

"咱们三个是一事。"三女婿若无其事地说。

"是！"

"他们两个又是文又是武，比我多着一翘。"

"是！"

"但是，你们是我的儿子。"

"……是……"

诸如此类的笑话，平日搜集，过年时候，和父母一道说笑，积累了不少，我很多写在书中的"傻女婿"笑话原始素材都得之于此。但想把父母逗得开心大笑那是别想。我讲历史故事，父亲听得专注，点头会意，但不笑；母亲很显然是用了耐心在听，她微笑，但也无大笑，夹一筷子菜放我碗里，她自己也吃一口，说"这故事不赖"，就是最高嘉奖。吃完饭，父亲起身，说"今天很高兴"，这一天就功德圆满。只有一次，气氛好极，连母亲也说了个故事，是她自己亲身经历：

1944 年，我刚参加工作头一年年三十，在区妇救会，我们几个女同志一起。上头分配来二斤肉，都高兴得不得了，商量着吃饺子。

刚把面和好，肉还没剁，正切葱，外头一阵狗咬（叫），接着听见三四声枪响。我回头赶紧一口吹熄了灯。

几个人黑地里紧收拾，面、菜、肉一包，噜噜地都跑出来上山。

我们到山上一个破庙里，接着过年，把庙门摘下来当面板，揉面、剁馅，也不敢点灯，怕下头敌人照见（发现）动静。

刚支起锅点着火，山底下又是几声枪响，接着听见下头敌人嚷嚷："在上头！女八路在上头！在庙里——冲上去，抓活的呀！"

我们几个又是一个"紧收拾"，抬腿就跑。跑到天快明，到北界都玉皇庙，才算安定住，支锅包饺子，吃完饭天已经大亮。虽然一夜紧张，我们总算吃上了饺子，大家心里很高兴，只是觉着异样，饺子馅怎么剁得那么粗？第二天返回头一个小庙里看，剁馅的门板上厚厚一层牛粪，只剁馅那一小块凹下去了，露出木头。

她讲这故事时抿着嘴笑，好像在回忆当时情景。我们兄妹听起来觉得挺新鲜，但没有把这事当成"战斗故事"，而是当作逸闻趣事听的。事实上，母亲也是把"吃牛粪"当笑话说的。

父亲也讲："有一次敌人搜山，我就在草窝里头躲，眼看一个二鬼（子）用刀拨着草过来，我心想今天是完了，'噌'地跳起来，几乎和他贴上脸，手里举着手榴弹吼：'你他妈活够了！'那二鬼吓得'妈'一声大叫，枪也不要了，掉头就跑。我也拾起枪掉头就跑。满山的敌人都愣了，我翻过一个山头，跑远了，才听他们放枪'啪、啪'的，有个屁用！"他讲这故事也不为讲"战斗"，是说由故事引出的"结论"："孩们记住，有些事看来没有希望了，完了，其实也不见得。让步你就完了，狭路相逢勇者胜。"

父亲在对敌战场上，是勇者，但他和"自己人"狭路相逢是个弱者。母亲没有父亲那样深沉，多思多智善于闪避凶险沼泽，但母亲始终和父亲在一起，父亲对她是起着保护作用的。这个家庭平静和睦，但是天伦之乐比别家少了一点。我们缺乏"烟火情趣"。我在邯郸姑父家住，看到他们家的那种"情味"，住得恋恋不舍；到山西安阳沟，听贵成大哥"捣什"（昔阳土话：聊天），也是一住不想回家；去二姨家，二姨盘腿坐在炕上"俺孩"长"俺孩"短嘘寒问暖，"炕上坐哇，外头冰天雪地，俺孩可受制（罪）了……"。这些话，在我们家一句也听不到。我读杜甫的诗：

晚岁迫偷生，还家少欢趣。

娇儿不离膝，畏我复却去。

……

父母亲在"营造天伦之乐"这一条上，或许是少了一点力度。父母自身生活中缺乏笑的"原发动力"，我又"这样"，连他们开心欢笑的"继发动力"也没了，现在想起来，不孝莫此为甚，很丢人。

母亲病了之后，我家虽有保姆，但母亲的饮食起居、换洗衣服、洗澡如厕，不能起床时料理床褥，请医看病，父亲不让任何人插手，全部是他自己干，保姆只管买菜做饭和打理我们兄妹的换洗衣服。1963 年到 1965 年母亲谢世，这两年中，我们倒是全家（除了小妹玉萍）每天在一处，但母亲已基本失语，她想表达一个意思，要坐在椅中，嘴唇嚅动半天，一个字一个字地往外迸出来："招（叫）……院……里……孩……蒙（们）……轻……点……声……"父亲耳朵附在她嘴旁耐心地听，分析她的意思，明白了，就会出房来，把在院子里大声嬉闹的小孩子们赶走。

他想了很多办法让母亲快乐，买了最好的助听器、收音机。房子里有广播站的广播匣子，逢有相声、戏曲、广播剧就打开，坐在她身边陪着她听。院里温度适宜，阳光温暖，他会把躺椅掇在房前，铺上被子，让"老马躺上去"。也会让我用轮椅车推着她，看看"街上热闹"或到公园里去"游玩半天"，他则寸步不离地守在我们旁边。偶尔地，星期天全家高兴，父亲会把我们都叫到一处，"各讲各的事，有好故事，都讲给你妈听"。这样，我们就会把一星期学校里发生的趣闻，讲给她听，我的父母很少插话，多数情况只是点头微笑，只有一次父亲打断了我。是我刚刚下学回来，在路上看到了公安局枪毙犯人的刑车，我只讲了个开头，立刻就被父亲打断了："以后不许讲这些，要说高兴事，不高兴的事我们都不要听。"我大约就是从那一刻开始，意识到任何情况下，都有个"场合"问题。

我是回忆到了这件事，终于回忆到有一次我讲故事逗得两位老人放声大笑。那也是星期天，我讲故事给父母，先头讲的是东周列国里孙膑庞涓的事。这一类故事当然不能在父亲面前卖弄，但我讲给母亲听，父亲同样听得很认真，不停点头赞许。母亲则只是微笑——很明显，她也很熟悉这故事，他们是在听我的说话能力——我的气一下子瘪了，又换了"安徒生童话"。我讲《海的女儿》，他们闭着眼听。讲《丑小鸭》《大克劳斯与小克劳斯》，他们听得更认真。但是，他们都很平静，我觉得没把他们逗乐，就又讲了这样一个故事：

有两个英国人，在乡间小饭馆吃饭，他们旁边还坐着个穷乡下老头儿。吃饭中间，英国人忽然闻到一种奇怪的甜味，还有什么东西被火烧烫时，那样"吱——吱——"的声音，仔细看，是一个装满东西的布口袋。一个英国人就问："这是哪位的东西？靠在火炉上，要烤坏了。"那老头儿忙说："是我的。"

"那是什么？"

"烂苹果。"老头儿说，"我刚从城里来，是我用东西换的。"

"外头下着大雪，这么冷的天你用什么东西换的？要烂苹果干什么？"

老头儿开始讲他的故事。

他今天进城赶集，牵着他家唯一的一匹马。在回来的路上，他看到一头奶牛，他想：这头牛可真好，我们家多么需要它，有了它，我和老伴就有牛奶喝了，还可以做奶酪。牵着它在草地上放牧，哼着歌儿多么惬意！——我就用我的马，换了这头牛。

又向前走，我看到放羊的。我又想：奶牛当然不错，但是喂两只羊会更好。晚上也不用打草打料照顾它们，照样可以喝到羊奶。白天把它们放在草地上就是了……我越想越对头，就用奶牛换了两只羊，赶着回家。心里别提多快活了。

……又走了一段路，到了小河边，我看到有两只鹅在那里游泳。这两只鹅又肥又大，羽毛雪白，长得可真漂亮。我想：我怎么没早点想到这一点啊！我的家就在河边，放养这两只鹅，在水里游，我和老伴在岸上看，该是多么开心！而且我们还有大大的鹅蛋吃！……我就用我的两只羊换了两只鹅！

老头儿说得得意扬扬，两个英国人面面相觑。

再往前赶鹅，我碰到一个苹果商。你们猜他在干什么？这么好的烂苹果，他居然不要了，往河里倒。我想，我如果有一袋烂苹果，该多么好，家里喂的猪最爱吃这些了，老伴前天还说："我们如果有袋烂苹果喂它们该多好。"我很快就和苹果商说好了，用我的两只鹅换了一袋烂苹果！我的老伴看见我这么能干，不知道有多么快乐呢！

"你的老伴会劈脸给你两个耳光，"一个英国人说，"然后把你赶出门去，夜里也不许你回家。"

"不！"老头儿说，"我的老伴一定会拥抱我，还会开心地在我脸上亲吻的！"

英国人是最爱打赌的，那英国人说："我们打赌吧，如果听完你的故事，你的老伴拥抱亲吻你，我们给你一斗金币。"

于是两个英国人和老头儿一同去了他乡下的家。老太婆一听丈夫回来，冲门而出就和老头儿拥抱，她看也不看客人，只对丈夫说："亲爱的，你回来了。昨天晚上我给你做的牛排，还有夹了奶酪的烤面包，都还在炉子上煨着，你尽情用吧！"英国人跟着老头儿进屋，心里想，这不过是刚见面，你这老家伙，等一会儿你就会知道她的厉害！

老头儿坐下吃面包牛排，开始讲他进城的故事……"我用我们的马换了一头奶牛。"

"真的！"老太婆高兴得脸上放光，"前天晚上做梦，我还梦见，我们有一头奶牛呢！我会把它带到草地上——我们有的是草坪——吃草。我每天挤奶，我们可以喝最新鲜的牛奶！"

老头儿若无其事地吃着，插上一句："我把奶牛又换了两只羊。"

"亲爱的老头子！"那老太婆看一眼满面诧异的英国人，说，"你可真能为我着想！羊当然比牛更好！把它们放在草地上自己吃草，我可以腾出手干别的活。有时我洗衣服，在河边一边洗，一边看它们欢蹦乱叫——像两个孩子——那是多叫人高兴的事！"

"可我又用它们换了两只鹅！"老头儿喝着肉汤又说，"我记得你说，门前小溪里有两只鹅该多好！"

老太婆拍着手一下子跳起来，笑得满脸都是皱纹："是呀，是呀！我是说过，我们的小溪里太单调了，有两只鹅那该多好。它们不但好看，还会发出呃——呃——的声音，我在前面走，它们会摆动着身子紧紧跟着，还会孵出小鹅，我们这个家就会热闹起来啦！"

老头子擦着嘴又说："我把两只鹅又换了一袋烂苹果。"

"啊！上帝！我的老头子，你可真聪明！"老太婆一下子跳起来，"你做的事都是我梦想做的呀！昨天有人，就是我们的邻居汤姆——你记得他的姨妈——还在说我们家的猪太瘦了，如果能有一袋烂苹果给猪吃，那该多好！我们的猪可以吃到烂苹果了——亲爱的，我非得亲你一下不可！"她一下子扑上来，再次拥抱了老头儿，在他面颊上狠狠地吻了一下……

那两个英国人已看得目瞪口呆。他们赌输了。英国人说，一个人总吃亏，总是保持快乐，这样的人比金子还要贵重！

父亲母亲听到老头子换东西的过程，已经开始笑了，他们开始还有点矜持——有时我在想，也许他们就是为了在儿女面前保持矜持的形象，才不肯大笑的——但讲到老太婆的反应时，父母亲便不再控制感情了，父亲笑得流出了眼泪。他是这样的，坐在矮凳子上，低着头，用拳头顶着前额，笑得全身都在哆嗦，笑得咳嗽打呛。母亲则是仰着脸笑，手中的药片都撒落在小桌子上，嘴里轻轻念叨了一句什么，父亲赶忙凑过去谛听，但母亲极清晰地重复了一句："这个故事有意思！"

"这个故事好！"父亲擦着眼泪，他已经恢复了平静，"人，要吃得起亏。"

如果说我家有过大笑，这是唯一的一次。

我一下子被点化得如醍醐灌顶。

家庭味道

父亲母亲，我们家兄妹四人，是和谐家庭。我们挨母亲的巴掌，比较起来，我最多，大妹妹其次，二妹更少，三妹是不在身边，在身边的话，我估计要比大妹多一点。母亲打我们，打得很认真，但并不多，她不轻易打人。说实在的，虽然她"认真"，她的身体状态一直弱，她有心脏病，还受过跌伤，认真打也不怎么痛，使用的是巴掌，打的部位是千篇一律的屁股。我们家的保姆每见她发火，从来是不敢劝阻她的，只是在旁边喊："还不快跑！"但无论我还是大妹妹，谁也没有"跑过"，而是红头涨脸憋着和她犟——打就打，你也就是那么一点劲！

父亲和母亲关系怎样？没有见过他们闹别扭，别说拌嘴，就连重一点的话也极少听到。就这么一个组合，到1958年之后，我们全家在邓县安顿，多数星期天，母亲能回来和我们吃一顿饭。她基本不做家务，话也不多，只在吃饭时稍有交流，吃过就走，父亲和家务更不沾边，也是吃过就走。即使如此，也比在陕县、洛阳四零五散的样子，约略地像个家了——每个人都在家的庇荫之下，每个人都有异乎寻常人家的跳脱自由，比起平常人家好像是缺了一点烟火情味，又多了一点自己个性独立的方寸天地，就是我的家了。

我家和谐是和谐，差就差在阿猫阿狗在老爸老妈跟前殷勤撒娇这些事没有。我到姨姨家、姑姑家，品尝到他们的"家庭味道"，常欣羡不已，自动就融进了那气氛之中，和他们一道买菜、切肉、点火扇炉子，兴致勃勃地弄吃的，姐妹几个挤在老人跟前唧唧哝哝说家常……这类事在我家绝对没有。整个初中暑假我全部下乡过，也为贪恋同学家中那点伦常之乐——回到家里，晒得像条黑不溜秋的鱼，父母都笑了："行！比在家还结实。健康就好！"

我的心理状态，就这样双重感受：我有一双了不起的爸妈，我为拥有他们而自豪。同时，带来的不满又是：他们不大管我，没有人家爸妈亲热……实际上，据我后来观察，愈是家庭"政治化"了的，愈是家人理性思维能力强，个人独立性也强，而家庭的亲情相对就愈少，随着"阶梯"的上升，到了紫禁城，皇帝，他们那里的亲情减缩到接近零。然而父亲不过一少校而已，母亲也不过是个"科级"，对应起来看，比我们这个"阶次"上应该拥有的亲情许是薄少了一点。

话是这样说，我们兄妹心里明白，我们没有怨言，也没有更高的要求。他们是职业革命者，已经以身许国，确实是忙，忙得职业化，顾不上一切了。就我们兄妹自身而言，个顶个的身体健康，智能健全，比起别家子女，似乎还要出息一点。父亲晚年一次吃饭时，弟弟说起"邯郸姑姑家"怎么怎么好，怎么家庭团结，妹妹们怎样亲亲热热过星期天……父亲静了一会儿，脱口给我背了几句《庄子》："泉涸，鱼相与处于陆，相呴以湿，相濡以沫，不如相忘于江湖……"

炕下的火熄了

1965 年 9 月 25 日，是个阴寒的日子，我在南阳三高上学，24 日晚梦见下大雪。这并不算很冷的时光，做这样的梦，我正在奇怪臆度，学校老师闯进宿舍，对我讲："凌解放你赶快回家，家里来电话，叫你立刻回去！"那时没有公交车，我也没有自行车，家里离学校不到两公里的样子吧。我小跑回去，喘吁吁进了我们满是菊花的院子，已见门里门外拥了不少军分区的人，听到屋里妹妹们的哭声，我的头"嗡"地大了，立刻知道家里出了什么事。

人们让开了路，我有点像夜游症那样懵懵懂懂进了房。东房，南边临窗，父亲给她用土坯垒了一盘山西式样的大炕，母亲平时就睡在西边墙边，大妹二妹挨着她睡，星期六我放学回家，我"挨着妈睡"……但现在，她还躺在老地方，炕下的火已经熄了，全家人都立在她面前发呆。

爱明姐放声大哭，大哥也放了声，妹妹们都泪流满面嘤嘤而涕，但我没哭，我蒙着，我晕着，对眼前的事与其说是痛苦，不如说是奇怪——母亲这样的人，我从来都没想过她会死，我是把她当英雄那样崇拜的，我欲哭无泪。

接连几天我都这样，哭不出来，闷坐着不言语。按照父亲的意思，母亲应该由我用板车拉到陵园，但家里人都不同意，怕我会出事，决定改用汽车。当母亲带着她的拐杖和她的钢笔入棺那一刹那，我突然意识到自己遭遇到了什么样的事情，它的全部意义是，我永远丢失了最珍贵的爱，我一下子扑到棺材上放声大哭泪如雨下，浑身都哭瘫了下去……

母亲下葬那天，下着淅沥寒冷的秋雨，在她去世后的三年，9 月 25 日那天都是这样的天气。

父亲两年之后有了继母，又有了弟弟。他的晚年赶上了十一届三中全会，邓小平一风吹掉了所有的"帽子"。他高兴地举杯畅饮，他有时清醒，有时犯病。我写出《母亲墓道旁的沉吟》，他看了之后激动得几乎犯病，复印了很多份送亲戚。他只是遗憾："你能成作家，你妈也没想到，她要是知道了，不知道会高兴成什么样子。"之后，继母、爱明姐相继去世，八十三岁这年，父亲也走完了他的路。

我还在部队时，姑父姑母已经去世，这对老人都是十分爱我的。姑母是高血压，姑父是癌症，前脚后脚谢世，家里人怕我在部队分心没有告诉我。

这样，我说的几个"板块"，也就随风而逝。命运赋予他们的任务，他们都是超额地完成了；命运给他们的回报是苍凉与悲壮，他们坦然地和盘接受了。

那么，就无话可说了吗？母亲病逝时，有这样一段小插曲。父亲因无法通知母亲的战友，也为母亲的身后荣名，希望能在《南阳日报》上刊一个母亲的讣告式的消息。答复是："翠兰同志一生光荣，但级别不够，建议无法采用。"

父亲在离休后许多年，被定为副师级。

现在，南阳陵园中存放着我家四个骨灰盒，他们是父亲、母亲、继母、爱明姐，他们因"级别不同"而不能同存一室。只有在我们扫墓时，才能把他们都请在一处。

我恨这样的"级别制"。青山已化灰烬，还要讲论这些东西？

每当清明，我们兄妹会依照习俗，带上纸钱、香烟和水果、酒之类的东西去陵园看望他们，在纸钱飘飞香烟缭绕之中，他们四个已经不能言语的灵魂沉默地注视着我们"这一群"，他们各自的经历已经申明他们要告诉我们的话。

"密云不雨"是《易经》里的话。

《易经》说，久旱不雨，"天屯其膏"是因"小人居鼎铉"。

原载《传记文学》2009 年第 11 期

续《密云不雨》

1947年，解放大军南下。父亲时任昔阳县委委员，即从军入伍随队过了黄河。母亲马翠兰时任昔阳县妇救会主任。因父亲离去，母亲便写信给去河北学习的舅舅，告诉舅舅，我父亲已在河南栾川剿匪，派了一个班的战士到黄河岸边接母亲南下。母亲在信中约舅舅在黄河岸边见面，姐弟一块儿去寻找我父亲。

当时，母亲刚生下我不久，而且她常年在昔阳，看外部世界一片模糊。舅舅是一个未出山的毛头乡间小伙子，对"黄河"更是一无所知。"黄河岸"是个什么概念？黄河有多少渡口？黄河有多长？姐弟俩都是茫然。但即使此种情况，姐弟二人从山西从河北也就各自出发向黄河迤逦而行。

这样的约会，在我们今天看来简直是两个瞎子向黄河岸靠找，一点也不靠谱。但在当时形势下，他们就是这样做的。我们家的"黄河之约"就是这样，姐弟同赴黄河。

过河之南

母亲抱着我冒了大雪，穿越太行山到了黄河边。

这真是我从没有见过的奇特景观。黄河是那样的狭窄，被两岸的山夹得紧紧的，一道黄色的河从中间冲决逆回，白浪卷着急风大雪在山谷河岸穿梭急进，黄河中狂浪滔天，雪白的浪花泛着黄光一层又一层，有一人那么高，带着可怕的呼啸声层层向岸边压来。苍黄的天穹下是在寒风中瑟缩不止的帆船，满是淡黄色的白帆在风中不停摇摆，一派淆乱混杂……

母亲停止了脚步。寒彻骨髓的天气，使她下意识地抱紧了我的襁褓。她就站在岸边，目光盯视着岸边的路，在风雪中向远处眺望。

不可思议的是，舅舅真的来了！精精干干，打着绑腿从远处走来。大约当时步行的人很少，等得头上渗微汗的母亲便远远高喊了一声："文兰！"姐弟两人就这样见面了。

事后我才知道舅舅也是心里迷离混沌着日夜不停赶来的。他知道解放军大军要渡河南下，所以他一路靠着大部队车队、马匹、骑兵走过的道路猛追穷走，居然真的见到了姐姐——一块儿乘船南下了。

还有一个我不知道的情节，舅舅一见姐姐便问："解放呢？"母亲把我递了过去。舅舅解开看时，因为包裹抱得太紧我已憋得停止了呼吸，又紧急抢救，这才上了船……

从黄河渡口奔栾川，朝的哪个方向，路况怎样，有无土匪截击，骑马还是步行，我已基本没有记忆，因为年纪毕竟是太小了。只记得父亲部队派了一个班送我母子二人。一路都是残冬景象，满山凋零的树上面还是偶尔挂着枯叶，在怒吼的山风中瑟瑟发抖，突然一阵疾风卷过来，会将山上的落叶卷入半空云中，在疾风中狂舞，在云端中旋飞，飘飘起落，缓缓落下山间。山谷的道路上不知有多少时间不曾清理打扫过，只见山上山涧都是断落的树藤，马匹走在夹山小道上蹚得枯树叶哗哗作响。似乎一路都是这个情况，插天的山峰夹着一条羊肠小道一样的"大路"，蜿蜒起伏，曲曲折折向南延伸。母亲就带着我，有时骑驴，有时乘马，前行队伍前面和后边一样是几个挎着冲锋枪的一声不吭的战士，听班长一人吆呼走向栾川。

但我饿了。路上根本没有饭店，街市也是没有的，只是偶然在离大路百余米的地方，在山间与道路相通交口处，可以看到破败的小庙，偶尔见到有居住人家黄苍苍地掩映在灰暗的天穹之下。这种情况下的饥饿，今天我们明眼人一望可知：谁也没有办法。护送我们的战士也是面面相觑，看着大哭的我一言不发。我的母亲那天脾气还好，似乎没有打骂过我，只是把我拖到路边大石头上，指着山头逗我："你看看，你看看这山和我们太行山比起来怎么样？"

我环顾了一下，眼泪立时又复，一声大哭。

"不要哭了，别哭了啊！"母亲按捺着性子拍着我，"告诉你啊，这个叫伏牛山，那边是老界岭，那边是老君庙，庙里有和尚，还有香客，这座庙里养着的是道士。他们信太上老君……"我身子一挺，"哇"的一声大叫着向后仰去。

"别哭，别哭！你看南边天上是什么？"

这倒勾起我的兴趣：天上能有什么东西？我立时停止了哭喊，睁着泪眼顺着母亲的手指在天空中寻找，果见向南偏西处有两个红色的五角星在空中缓缓飘飞着。似乎在向东，似乎又是不动的。现在当然知道那是风筝，但在当时我是第一次见到这东西，顿时也就被吸引得忘掉了哭泣来由。

但栾川县城确实是不远了，那两只风筝就是县城里人放的。新中国成立初期，栾川县似乎就是这样，到处是穿得花里胡哨的学生干部，还有成群的从乡里赶来的山民聚集在一处开会，满街都是歌声，抗美援朝的居多。"嗨啦啦啦啦，嗨啦啦啦啦……天空出彩霞呀，地上开红花呀……""雄赳赳，气昂昂，跨过鸭绿江……""三头黄牛一头花……"白天满街的歌声和来去匆匆的人流，织绒绒帽、编篾子、卖鞋的，还有冰糖葫芦之类的小吃，牛羊肉汤铺，虽是杂乱，气象是很足的。到夜晚，不到黄昏，街上便没人了，满街人群都消失了。空荡荡地昏昏苍苍地走向暗夜，随着夜色安定，满城变得一片黑暗。只听见"呼"的一阵，待一会儿又是"呼"的一阵吹得满城风声。

这是栾川最容易被人记起的天籁之音——风声。我在栾川约莫一年吧，至今仍在耳边呼唤我的记忆的自然景况便是风。

我随母亲下榻在栾川县公安局。这昔日似乎是个大地主的宅院，已经相当破败，靠在栾川县东南隅近郊。中间大院是宅院，四合院东边是车马房，西边是马厩房，贴着正院南北两溜。正院西厢院外是一株粗可环抱的大梧桐，东边厢房院外则是一种高约三层楼的大梨树，我和母亲就住在西厢房南头房间。

梧桐树是一种好树，母亲似乎很喜欢它。从离开山西到了河南，母亲的居处院里院外似乎总有那么一株梧桐。这树干净，树荫重，个子高，树下可以摆茶桌、打扑克、下棋。夏天可在树下乘凉，搬个躺椅一杯茶即可在树下消磨时光。这树也有毛病，一是春夏之交树上容易生白毛，白毛落地沾上便化，地面因此变得有些像油泼一样；二是声音太大喧嚣不堪。我在栾川不记得它有落毛的毛病，但它的吵闹声我永远记下了。一般来说，黄昏人定，风声便起，街上的浮土吹得有房许高，树梢、屋檐下的风啸初起，发出一种孤零零的令人起栗的似惊颤一样的声音。处在各门户飘摇曳动的灯火下，远处的高峰、近处的低峦显得黑暗而幽沉。院外的梧桐树这时只是碎细的声响，有时风来也会发出轻微的敲拍声，那种敲拍声不紧不慢从容不迫地响。除此之外，整个县城都沉在越来越浓的昏暗和无边无际的幽深之中，街市上被卷动的枯树叶子顺着墙根时动时停，诡秘而且怪异。待到天黑，家家灯光亮起，街上、房上就越来越模糊了。那时的老房子，房上、墙头上长的有菜，茼蒿长叶伏在房上，白天不留神看不出来。这时候，风在夜影中浮荡，这些菜才开始起伏拉推，在墙头上、房上昏暗的夜色中蠕动波涛似的翻滚，拍打得房瓦和墙头上窸窸窣窣，满街满院子都是它们在欢叫。这时的梧桐树大叶片也开始活动，坐在窗前的灯光下向斜上方看，绛黑色的底板一样的天穹上，满天都是梧桐叶子，在风中狂乱地摇摆着，剪影一样清晰，像无数人聚集在一处时紧时慢地拍手鼓掌欢叫。这时的风越吹越狂，梧桐树的大叶片完全不再维持它的矜持和庄重，从粗枝到细枝，直到树叶，在风的肆意嘶吼中狂乱地倾斜碰撞，碰着撞着绞着在风中发出"吱吱……嘶嘶……哗哗……"的声音，还有一些细碎的星星点点的东西顺着风势下来，落在瓦上也会不时地沙沙作响。狂风仿佛余威不尽地从房屋的破窗门缝处挤进房间，从房角漏气中挤进来。屋子里点亮了大蜡烛，它会被挤进来的风吹得摇曳不定，忽明忽暗忽灭。屋顶的天棚也是芦苇织的，安放得似乎也颇不紧凑，顺着时不时进房的风上下鼓瘪起落。半夜时风最大最狂，窗外完全是黑的，房内灯烛摇曳，拍窗打门摇树的景色都是看不见的，肆意的狂风吼天叫地的，好像天地之间什么都没有了，只剩下一件东西，那就是风。这种夜令人终生不忘。那风疯狂扫掠着空旷的大院，时而低吼，时而呜咽，时而叹息，忽地又是一阵狂叫，哗哗声、沙沙声、啪啪声、呻吟声交错不停地在耳畔撕扯，时而变得低沉不可揣测，陡然间撕布裂帛刺耳震心，终夜不止。这家地主的房子也是陈年老屋了，四面走气，八方漏风。母亲出去开会是天大的事，她把蜡烛点好，门窗弄严，就放我一人在家听风，一直要听到半夜之后，院子里有了脚步声，沙沙地踩在风地里越走越近，开门进人……我知道这是母亲"工作"回来了。偶尔，母亲也有"工作"的时间较短的日子，那我就不听风了，不然就一直听下去。听到这风将屋子吹得似乎要飘起，柱梁檐都受不了这么强劲的风发出咯吱嘎嘎的呻吟，然后待还是那样母亲回来，几乎在这个瞬间我就睡去了。

我在后来的年代里，到了陕县，到了洛阳、南阳，又参军到了辽宁，在辽西的大山里长年参加国防施工。各地各山也都有风的，但没有一处能给我留下栾川县那样令人终生难忘的印象。几十年后，我写书期间曾又赴过栾川，那时是白天，觉得山并不是我记忆中的那样高，街道干净宽敞平整，毫无"风的痕迹"。阳光下，青山下，到处都是攘攘熙熙的欢笑人群，显得富足而且令人满意，与我去栾川时那样凄凉、萧瑟、冷僻的地方有了天壤之别。

这就是时代。

爸爸调到栾川是做剿匪工作的。栾川这地方，向西进入陕西，向东向南都是进入河南，地处伏牛山中段，伏牛山是道教圣地。这里当年也被称作土匪群居的深山县区。我到栾川时全县似乎连一条公路也没有，或者有，那时还掌握在国民党手中。从洛阳出城向南，第一个县城便是伊川。从洛阳龙门到伊川那时还有一大片湿地，漫天长的都是芦苇、牛蒡草、水草之类的东西，现今已经是基本上看不到了。穿过伊川，再向南行就进入栾川境内，跟中心城市远隔山水，又在省边，又在深山区，满山都是荆树——这种地方天生就是土匪出没的地方。父亲在栾川，我基本上没见过他，他天天在忙，母亲倒是天天见，可是她也忙，只有喂我吃饭、晚上睡觉时她在，剩余时间也在忙。

　　但忙些什么，我真的不知道。只知道"爸爸在打仗"，妈妈在"保护"（保土），时不时地开大会，可看到"打仗"的信息：战士们在大会场四周布上机枪守在阵地上，一队又一队的兵士开过来列队排序，背着枪静坐听主席台上的人讲话，这就是开会。我有时就在部队座位空隙中穿梭摇摆，也没什么事。用妈妈的说法，这叫"显摆"，其实我心里想：机关别的小朋友们都到了会场，谁能在这样的场合钻天入地地"显摆"？我就比他们强！部队上的叔叔们不嫌弃我的"捣蛋"，反而很是亲切。我从人群中穿过时，有的递块糖，有的往我口袋里塞几块饼干，吃不吃的，反正玩了，心里得意哪。也有几次，看到拉下来的伤员，有的断了腿，有的少了手指，有的没了胳膊，坐在担架上，躺在床帮上，坐在土味的轿子上，拉在板车上被带下来，血淋淋的，弄得病床上被褥上都是血污——这时，能感受到我们离战斗地点不远。还有每天晚上，妈妈都要擦枪：用绒线抹上黄油，擦一堆小黑鱼一样的手枪机件，擦好了再仔细地放回——天天如此。我长大，到了部队也发了手枪，如不开枪，手枪不需要天天擦，这我知道。但在当时，妈妈的这一举动并不能让我和战争联想到一处。但小型的战斗场面我还是见过的。说不清是什么时候了，大概春夏之交，因为天气开始热了，我和妈妈都穿上了单衣。突然有警报，有小股匪徒进攻公安局，我和妈妈被安排至公安局大梨树东南的土坎下。战士们都在那边打，我什么也不懂，只听见"啪啪"的枪响，子弹"嗖嗖"地在近空飞过，打在土坎上，打在用来浇菜的铁槽上，打得吱叮吱叮作响，可以听到战士们在掩体中抽烟、说笑……剩下的事就记不得了，记得的事像电影胶片一样留在脑海中。

栾川的事，大致就是这样的。这时候父亲在团里做政治处副主任，母亲则是栾川县公安局的侦查股长。主任与股长是多大的官，我没问过，只知父亲在栾川拉出了一个团，原准备参加抗美援朝。但到了东北，朝鲜战争结束，没去成。母亲原是昔阳县妇救会会长，到栾川是降了级。父亲也降了级。他从县委委员入伍降成了副指导员。在栾川听母亲说她不在乎这一级两级的，只要新中国政权稳住就成。我在栾川时，和父亲一个城，但我在那里没见过他，以后见了他，他也是跟母亲一样的态度。

陕县与栾川很不同。陕县有黄河，自城边擦过，栾川只有山没有河。陕县的河处在中条山南端，北岸是山西平陆县，南岸则是邙山。低矮的邙山和高险的中条山夹着这条黄河。从西向东三个渡口，都叫太阳渡，西太阳渡是陕县黄河的上游，从西向东缓缓流来，在陕县南关西边向北直折，就到了中太阳渡。中太阳渡虽说叫渡，但我每天在远处玩，从未见从中太阳渡过河的，只见过冬天时分一个农民模样的人从中太阳渡踩水过河，老船工说"水性绝好"，怎么好法，他没说我也没问。只是那时初冬天气相当冷，只穿了个裤衩，头上顶着鞋子，脖子上架着棉衣——就这样过了河。中太阳渡水缓无船渡是我心中的印象。从太阳渡向北直走约一公里，黄河遇到中条山挡道，在这里一个急转，又是九十度一个急弯向东，奔泻向东这部分，叫"大太阳渡"。黄河水被中条山碰撞之后，流势似乎急了一些，但这里是路口，又有滩头什么的，自然成了渡口——渡口是什么地方？似乎同学们没人问过，我也一样不知道。过了几十年，我过了耳顺之年才明晓下头叫作"五星镇"，是三门峡的前身。

三门峡市现在是牛了，可是在当年就这么一个情况：是陕县的一个镇。它为什么叫三门峡呢？原来大禹治水时，劈山凿河放黄河入海，劈出两座巨峰插在水中，也叫作"中流砥柱"。两座峰将河水中间分道变成了三股黄水从"门中"穿过，分出"人门""神门""鬼门"三个流域。渡船从这里过，必走"人门"，弃"神门""鬼门"而不入，就是三门峡的初貌了。从这里沿途，北边是中条山，高峻挺拔，南边是邙山，平缓坚实把河道夹得窄窄的。黄河从中门激切穿流，沿河看去一路都是狂浪滔天波涛东去，河水涌出的排浪，一组又一组，向岸边堆涌，加上闷吼的河啸，挺然向东，和郑州一带宽敞处观阅黄河完全不是一个感受。

陕县和栾川都是小县，都没有电。别说路灯，连宾馆、饭店、家庭居舍一概没电，一到天黑栾川是满城的风吼，陕县满城从头到尾只有一个声音：黄河啸声。现在哪里听得到，我不知道。但陕县通县就是这一个音，翻着巨浪的大河把它的声音也留在了陕县。

从县城南北的主街到黄河岸边的城墙边，看到的树种不多。好像只有"绒花树"和白杨。县城也有大片的麦田，麦田的田埂上可看到并不稠密但十分高大挺拔的白杨，"绒花"低矮，白杨高大，这是陕县的特色。我们上学的路边麦田还天天都能看到白杨，一排直挺钻天白杨，不枝不蔓，挺在陕县的风地里微啸。而走进内街到处都是"绒花"，尤其是刚下过雨，"绒花树"低得几乎贴在地面上，需要用手捧着开路才能顺利走下去。陕县还是文化名城，引人注目的"分陕石"就在陕县。

这其实是一根石柱——细长色黑，立地挺天，是先民分陕的文化标志。《史记》里似乎就有它的名字，分陕石向东就是河南，向西自然就是陕西了。陕县旧人说话和陕人一样夹着河南口味又纯是陕西语气，城里人、乡里人似乎都是这样的。那时的陕县和洛阳好像不是一回事，洛阳有个洛阳军分区，陕县有个陕县军分区，后来与洛阳军分区合并一处仍叫洛阳军分区。父亲随着过去，当了洛阳军分区的政工科长，我们举家迁挪洛阳，就是这么个缘由。

父亲在陕县军分区做什么工作，我没有一点印象。我只记得母亲是在行署当一个什么秘书。但是很快地，母亲就调到陕县公安局当副局长，我即随母亲进了公安局大院。

这是很大的一个院子，靠在陕县的最北端，依着北城墙而立，东西方向宽，东方是公安局机关大院，靠中间似是空地，向北直到了北城门，城门门洞外面土墙封了，南头是房门和窗户。卧在窗台上看，其实这个城门洞已改建成了审讯室，空地西侧是一溜平房和墙，靠角一扇小门通着陕县监狱。监狱就是个大院子，关的轻刑犯人，男女都有，还有井，引水洗漱渠。女监房坐落在西南，监狱院最北端是个舞台——别小看了这舞台，上头经常演戏，《武家坡》《寒窑》《梁山伯与祝英台》《小寡妇上坟》，诸如此类的戏，甚至外边戏院早已不演多年搁置的戏，犯人们都会演。文武场子搭配严密，男女演员凑齐，几乎天天有戏，一点也不像监狱。我过监狱院到西边城边去玩，那里有一座马王庙，一大片淆乱，长的都是扫帚苗、黄蒿、野猪菜、灰条菜。我的记忆里，那里的黄蒿可以长到二层楼高。其实这是保守的说法。黄蒿、灰条菜真的能长到十米以上，下面蓬蓬松松，中间密密紧合，别说狐鬼，就是大象牛羊进去也会顷刻间泯灭无踪。在这一大片蓬蒿南边是几处坑落院子。这院子怎么弄的？这原本是一块平平整整的黄土地，划出一个方块来，或三五丈，或七八丈一条边，沿边向下把土切割出来，有两层楼深的地坑就"切"出来了。而后在地坑边的土壁上开洞挖窑，和陕西、山西见到的窑洞毫无二致。据老年人说这种窑耐住，二三百年的老院子还有不少，只是窑洞里有点潮，不及普通住宅干爽。公安局大院有三四处这样的坑院，都在监狱院西，都是关犯人用的。我在小说里写到了阿桂的故事就是说的这种院子。从1954年我离开陕县之后，直到六十多岁我见到陕县地坑院也还有，不过多数已不做民居，而是作为文物和遗产保存了。从地坑院向南，大约是行署大院、地委大院还有军分区。北边外是绝壁城墙，十几丈高吧，偏西一点还有一座荒废了的马王庙，早已僧俗、神祇诸物湮灭，只有几十口棺材是存着的旧物，从来也没人光顾过。

这一带是公安局子弟小伙伴们的乐园和天堂。第一，院子在公安局圈禁之内很安全，也没有狼、毒物侵害；第二，外人进不来；第三，家离这里不远；第四，里边草树丛生，蒿艾丰蕤，好捉迷藏；第五，孩子们在这里玩既不会受什么伤害，也不会跑出去祸害邻居。在围墙边一声高喊，大致上就都能听到。因而我们常常光顾这里，天不管地不管，一玩就是半天。季节对了还能摘到酸枣、柿子、桑葚、刺梨之类解个馋。

从这处院子出来就是犯人居住院。男犯人在北端，女犯人在南端，中间戏台上几乎天天演戏。都是男犯人上场，女犯人没有唱戏的，我常听男犯人在戏台上一边唱戏一边打诨：

梁山伯唱："梁山伯与祝英台。"［（小声）——日你老娘！］

祝英台："山上草桥来结拜。"［（小声）——肯定你妹子想我了。］

梁山伯："只知你是男子汉。"［（小声）——放你姐的屁。］

祝英台："哪知我是女扮男。"［（小声）——是男是女你妈知道。］

……

这么着乱糟糟的插科打诨加台词演着玩。不过能来演戏的多数是轻刑犯人，住在地坑院牢里、戴着脚镣的重刑犯是不能在这里唱戏听戏的。轻刑犯也不是整天唱戏，他们每天有工作——糊火柴盒子，一包一包，大包小包装在箱子里往远处运。公安则是监工，公安也看戏，也偶尔和他们搭讪几句，显得气氛很轻松。我每次从这里过那院（杂草院）去玩，也在那里听几句戏。犯人们都知道我是"马局长的儿子"，对我也是很礼貌客气的。这里的氛围和东边的公安局机关大院几乎一样，看上去很轻松，甚至因为多了个戏台子显得很活跃、有点欢乐的样子。

但这个氛围并没有维持很长时间，很快，"镇反"运动开始了。轻刑犯中也有一些是村乡里的流氓恶霸、国民党部队里的下层军官和兵士、大土匪。通过肃反，大规模的枪决犯人活动便开始了。重刑犯那边几乎是天天有人赴刑场，轻刑犯这边天天有人被砸上脚镣送往西边。被枪毙的犯人临刑前要把脚镣砸开。因此公安大院天天都能听到砸脚镣声，可以看到一串两三个三五个被押送出院"执行去了"。监狱的戏是不再演了，也不通行了，西边院子也就没人再去了。

这样监狱也还有越狱的。他们怎么个越法，我不知道，但母亲就是管这事的。每跑一个犯人都要向她报告："局长，今天又跑了两个，是从北坡跑下去了。""坡工控制了吗？""控制了。""还有那几户种花生的农民，他们要过河肯定要走花生地。""局长放心，我们看住了那里。"常常有这种事，我和妹妹也都习惯了。有一次，一个逃犯昏头昏脑地跑到我家一个废地窖里，在地窖口还留了一个大大的脚印。母亲立刻带枪上膛和公安叔叔包围了地窖口，喊了半天没人应声，母亲接了上去："喂！我是马局长！我告诉你这个窖子不深，五分钟之后我们下去搜，下去之前先扔三颗手榴弹，要是有种你就挺着。"她话音刚落，逃犯已举着手弯腰钻上了通道："我投降，我投降。我现在就出来！"

我们家其实离公安局只有二百米，从南向北一条街，都是种的"绒花树"。街东都是民居，街西便是军分区大院，临街也是"绒花树"。军分区好像从前是关帝庙，院里只有几排房屋，到最南端东南墙角就是那块分陕石——分陕石原来的位置就是在这里，栽在军分区东南角，比墙高一点。分陕石北是一块"关公试刀石"，说是关羽在这儿磨了刀，要试一试刀锋，一刀劈向石头，石头像豆腐一样齐齐地被劈开，纹路自然，毫无矫饰。父亲就带我去看那块石头，我问："劈下来的残石块呢？"父亲一笑说："它飞到黄河北边去了。"

翻过军分区南墙又是一条街，这里是陕县内城。内城也有城墙门楼，门楼向南一条路就到陕县火车站。内城门楼口还有两个鬼卒兵勇模样的雕塑对面拱手而立，所以我怀疑军分区其实原来是座城隍庙，这东西摆在城隍庙似乎更合适。

陕县的环境情况能忆起的都写在这里了。这个城市和栾川的规模差不多，也没有电，很疏朗开阔，开会时在内城东北大操场，开群众大会也架机枪，甚至还有榴弹炮，但气氛不像栾川那样紧张严肃，总的情况和栾川有几分相似。

也有完全不同的一面：我在陕县上小学了。现在每天晚上看电视《天气预报》还能见到陕县的宝轮寺塔，我们小学就在塔北不到一百米处。宝轮寺塔是我近年才知道的，是它的官名。我小时候当地人都叫它蛤蟆塔，高高的一座塔，四周全被炸平了，一大片地方全是碎砖烂瓦。学校是个"完小"，院子很大，中间还有一块操场，环操场一圈房屋是教室，我就在这里上学六年。

班主任是个女同志，名字叫牛转娣。在我的印象里牛老师总是很精干很聪明也很漂亮。在教师队伍里，她是最年轻的一个，同学们也都喜欢她，说坐直就坐直，说立正就立正，很听话。她和别的女老师一块儿赛跑，无论在前在后，全班男女同学齐声为她喝彩："牛老师！跑得好！加油！"喊得嗓子都哑了，手也拍红了。我是班级年纪最小的学生，我觉得她像我的母亲一样亲我爱我，不愿意她为我不高兴，可惜的是我天生就不是一个好学生，喜欢逃学。

在陕县的记忆，几乎可以说就是我逃学的记录。

功课应不难，语文和算术。算术从一年级开始学加减乘除到六年级毕业，相当于现今学生两年的课程。语文呢，那时叫国语。第一课"开学了"，第二课"我们上学"，第三课"学校里有老师和同学"，第四课"还有教室、桌椅、板凳……"，这一课又一课下来就是如来佛也觉得受不了，太慢了！几个同学下学前一阵耳语，趁机逃学就发生了。

逃学到哪里去？黄河岸边体育场，羊角山。

到黄河边，主要是洗澡。我们从来不到中太阳渡，那里几乎没有河岸，水深流急，船都不从那里行驶；也不到上太阳渡去玩，因为那边水流太急，滩面也太小。我们大致都是在城北公安局大院靠着的北城墙外，墙外是土悬崖，城下到河边有一里地的滩地，种的几乎都是花生，平坦的沙滩岸显得宽阔易行。光脚在沙滩上跺腿，一会儿沙滩上就会出现软软的圆圈，再跺一会儿就会渗出水来汪成潭，但一般跺圆了就行了，像是走在弹簧床上，一弹一动的，很好玩。挨身就是黄河，河岸也比较平缓，跺出一身汗浸进黄河里沁凉透心。周围是黄水、白浪、帆船、船工，也不容易出什么事故。这么一玩是一晌。小心地这么玩半天回到家中，母亲也不说什么，走到我跟前把我的裤腿往上一提，手背在腿上轻挠一下立马就会有一溜白印出来，不用问，这是在黄河里洗澡了。得，母亲也不说什么，等我安生吃完饭，提起来便打，打的还是屁股，一边打一边责问："还去（黄河洗澡）不去了？还去不去了？"我在下边大哭大叫："不再去了！"就这样在陕县不知挨了多少打。

黄河危险。家长亲人和朋友说的多了，也亲眼见过被河淹死的人白亮亮地挺在沙滩上，心里还是有几分畏惧的。我们逃学有时会逃到体育场。体育场那儿有个大舞台，平时没人，舞台上可以遮风挡雨，台下还有两个半人深的半月形水池，上下可玩，又是上下学的道路，在体育场听到学校放学钟声，不言声背起书包就都回家了。有时有雨雪，体育场更好，狂乱飞舞的雪花笼罩了整个体育场，远近的房屋、街道和体育场混成一片雪白。整个体育场在纷纷下落的雪中显得忽高忽低，那样不平稳。在体育场舞台上向下观眺，远方近处全是白茫茫的。在雪花中，一切似乎在跳跃，又似乎没动。一片混茫景色，看起来也是看不够的。

还有一个去处，也是可以去玩的，那就是羊角山。羊角山，顾名思义，它的形状就像一只挺起的羊角，高高地矗立到半天中去，山势最高处是一座小庙。四合院形的小庙下山一条路，从山上下来到西边的太阳渡是城市的一条东西线。我家租的房子就在羊角山下的东西大道上，面北坐南，与山挨得很近。庙上有个高高胖胖的老和尚待人很客气，庙院里的梨啊，柿子啊，枣啊，他常取来用盘子端给我们，让我们随意吃。他客气温存，庙里的花草虽多，我们似乎心照不宣，谁也不去祸害它。羊角山小庙周围几乎出门就是悬崖，庙院墙西下边就是上太阳渡和中太阳渡的交叉口，穿行的人和船都不多。但庙院极高，站在庙院往西看是东流的黄河，往北眺是东去的下太阳渡，两湾河水两个急转，湍急而且汹涌，浪涛如雪向两岸疾推。我们对这里感兴趣主要是庙周围的万丈悬崖上长满了密密的酸枣树，酸枣有点像蒜瓣子，又脆又甜，寻常街上买的枣是比不上它的味道的。在悬崖上的树间爬行，若是一个不小心摔下羊角山，啥都不说了，能摔成柿饼！家长和叔叔们有时候会找到这里，见我正在爬山摘枣，他们会屏住呼吸静观，怕一声喊叫吓到我，我会摔下山去。直到我落地平安了，他们才会上前揪住我回家挨打……不管怎样逃学心里痛快，挨打也痛快，挨批也痛快。我想不起有什么东西令人不快。

我逃到五六天时，忽然有一天，看见牛老师昂首挺胸、目不斜视地从我们身边走过，直往公安大街去，心里知道逃学这一次已告结束。因为老师要家访了。家访等于挨揍，这是一个规律。妈妈是个只讲"是什么"不说"为什么"的人，说揍就揍，揍完该亲还亲，该爱还爱，黑着脸半晌不理人，脸色缓下来说："你去把外头的窗帘撑一下。"吩咐事情就是难关已经过去了。牛老师的家访多半是因为我逃学。几天在学校里见不到我，她就大致知道我在做什么。每次家访，她还是嘱咐妈妈几句："孩子还小，越不上学越觉得逃学回学校不好看，老师家长都不能体罚学生，更不能打学生，解放是班里最小的孩子。"然后妈妈就亲自送我到学校里，恢复正常的学生生活。这次逃学的事也就拉倒。

陕县还有一种吓人的东西：狼。这种东西至今想起来还令我心悸。隔一段时间，见的人都说要闹狼了，大家都会变得小心，连大声说话的都少了。这个县和栾川虽然都是山区县，但是栾川没听人说过闹狼。实际上，我在陕县从来没见过大狼，也不曾偶遇过狼。记得一次晚上放学，在军分区门口西南侧有人在那里刨了一个一人来深的大坑，里面放着五六只小狗一样的狼崽子。人们围在那儿议论，有人说杀了算了，有人说放了好，不然要激怒老狼。结果是杀了。又一次大规模令人惊心的闹狼事件因此发生了。我从学校往家走，得向北折，宽阔的体育场穿过去就是军分区。闹狼起来，上学要有伴，下学要排队。上学有老师远接，家长远送。下学要有班干部负责护送全体到家。倒也没什么事，只是风声谣言太多了，说是谁家孩子被狼叼走了，肚子都咬开了；某某家老爷子路上碰到狼被咬破了腿肚子。学生中、满城人嘴里一句话："小心狼。"家家户户天不黑就关门闭户，晚上就算忘了拿尿盆也不敢出去取。这在今天的陕县不可思议，但在六十多年前是个确确实实的社会问题呢！牛老师有时家访，也因城里有闹狼的事。现在回想，当时我也有过独自一个人穿行体育场去上学的事，有时还会很后怕。对陕县，我的回忆比栾川清晰了一些。现在回想陕县留给我最深的印象是雨。陕县的雨和栾川的风一样记录在我心中。

每当天闷热，我们几个公安局的小伙伴就结伴走出局大门，在"绒花树"中穿行，听到东边南边远远地传来一阵沉沉的雷声，那就是大雨就要降临了。没有人回去找雨伞，就这样在树丛中向南再向东穿过体育场，从东南角出来就看到蛤蟆塔——那就是学校了。噼里啪啦的雨点开始落到树丛里，落在脸颊、脖子、背上，只觉得燥热的躯干一点一点地清凉了。渐渐地，雨越来越大，所有的树都弯伏下来——扫地一样的低伏。天上飞着绛红的云，压得低低的，似乎只有两三层楼高，大地都被笼得幽暗，丝丝绒花在寒雨中瑟瑟发抖，有时会受了惊似的一阵惊颤。这样的天气，倘走在阴暗的树丛中，听着天上的闷雷，时而稠密时而喘息，时而又像被呛到一样强烈地咳嗽着，周围也没有什么高大的建筑，房舍像被黄昏的幽深掩在黑暗里在树枝间蹿跳。我们打着赤脚踩在细碎的沙土湿地上，冰冷冰凉，从脚底透心向上，浑身上下早湿透了，风吹过来扫过来更是令人不住地打寒噤。这几年陕县小学路就这样走过来了。

我从（一九）五七年离开陕县到洛阳才十一岁，到六十七岁时才回陕县一次，回去是讲学。陕县电视台请我去讲课，讲完课，我随口说了句："陕县这地方我并不完全陌生，我在这里度过童年上过学，我的老师名叫牛转娣，不知现在还健在不……"我自己也不大在意，不料，"草间说话，隔墙有耳"，听课的友人居然认识牛老师，我们师生又恢复了联系。她依旧活着，而且很健康，性格很坦率，随意从容的样子，和我过去记得的刚烈而强势是不完全对得上的。三十年前，我与一个陕县朋友邂逅，当时及之后，留给我的印象是"牛老师不在了，被斗死了"。现在又坐在一处，她看上去从容温馨，毫无从前一往无前的那种气势，对我如同我小时候一样亲切温存。她已经八十多岁了，眼睛比我还好用，节假日还会打来电话，编一些日用工艺品就寄过来给我的家人用。我真的感受到了老师爱护学生的这种终生不失不忘的沉甸甸的情怀。

牛老师是我小学时记得的唯一的老师。她爱同学，同学们都爱她，终生不变。在以后的岁月里还有别的老师走近我吗？有呢，但或者真的不在了或者失去联系了，没有承继下来。我和母亲的行止随从父亲的工作调动直到"白发千古"，他从陕县调到洛阳军分区任政工科长，我自然和母亲也到洛阳，母亲则是洛阳郊区公安局的副局长。在西南隅小学我上到高小，直到（一九）六八年离开。

越大一点越知道人事，越懂社会。人与人之间的绞杀、挤迫、压抑和欺诈也越来越多地走进我的生活。我上小学六年级，班主任名叫徐思义，是个二十岁左右的年轻人，讲课很细，声音也很柔，很受同学们的拥戴。他教我们语文，除了授课他还常常带全班同学郊外野游。在野游时随口给我们讲故事、说寓言、析哲理。有一次他讲：有一个年轻人希望学校不要上课，工人不用上班，只要他希望拥有什么，上帝就满足他的希望。他的要求被上帝知道，上帝决定一切都满足他。他住上了有电的生活居室，有一部专门供他使用的小轿车，想到哪里，想吃用什么，只用坐在那里转转念头一切便都齐备，什么物质的精神的需要都是这样。他拥有了所有最好的东西，但他很无聊，觉得生活没意思，只要想什么，立时便拥有什么，太无聊了。终于有一天在郊外游玩时，他的手指被荆棘刺到了，滴出一滴血来。他突然醒悟过来，这样向上帝索取是不对的，一切都要经过努力才能得到，才能在奋斗的过程中得到幸福和快乐，他改变了对上帝的乞求，然后和其他人一样努力去工作，用自己的工作去换取社会的报酬，他终于得到了真正的幸福。这故事不知出自何书。以后我虽读了那么多文史哲学书籍，只悟出拥有特权的人和平常人一样血都是红的，要爱人、爱自己、爱生活，必须爱工作……当时正是1957年，这一年反右派斗争开始了，徐思义很快被校长公布为右派分子。

平静的班里立刻掀起了滔天大浪。徐老师第二天来上课了，虚弱无力，脸色苍白得令人不敢逼视。他怔怔地空望着教室，一个字一个字谨慎地授完课。突然同学们有人带头大喊："打倒右派分子徐思义！""打倒徐思义！""徐思义停止放毒，归顺人民！"在呼号声中，徐老师不言，蹒跚离去了。从此之后，徐老师再也没有得到过安宁，他的单身宿舍外从早到晚都有一大群学生围着喊口号，大家批斗他、嘲讽他、骂他……我从来没有遇到过此情此景，我只是好奇：学生可以斗老师？可以不上课？老师在学生面前也要低头认罪？我不懂事，有时也会跟着这些学生在外头攒动着鼓噪，喊口号，拍窗户，现在想起来真是耻辱惭愧。随着年龄增大，阅历渐多，自想起这段往事，头上便要出汗。

洛阳是大城市，好玩的地方多。在这里已经用了电灯，父母亲和我都感到很兴奋。在洛阳的日子几乎成了运动的日子，反胡风，反右派，"大跃进"……

诸事都是在洛阳时发生的，父母的情绪都低落下来，派系之争也在这里显露出来，我们家成分高的天生弱项也就显示出来。

随着"三反""五反"、反右派斗争的运动连续不停地开展，父亲的胆子也越来越小，遇到正当的工作问题也都是绕着走，不敢直接接触相问。父亲在单位定衔定的是少校，这本来也是低到不能再低的军衔，他不敢问，也不敢打听，只是默默地承受。中间有一次要调军衔了，按照规矩和规律，他是可以升衔的，可是武汉军区要办学习班，规定学员不得晋升军衔。他被派到这个学习班学习，这个机会也就错过了。他还是不言语，默默地老实地在科里工作。可是后来又发生了情况，军分区突然又派了一位同志到政工科任科长。一个科两个正主任，而且不分工，不明确主次，就这样稀里糊涂在一起混。直到父亲到省军区开会，遇到一位熟悉的老首长，老首长没有拐弯开口就问："尔文，你接到调令了没有？你知不知道你要调派邓县人武部当政委？"父亲这才一下子明白过来，反而轻松地放下了包袱。我就这样在洛阳生活的。父亲母亲紧张而且低落，我却什么也不知道，跟着运动走，又从军分区搬到母亲工作的郊区分局去住，就住在局里领导院的东厢房。

这是四合院。从东厢房出来的门向北就直通洛阳市人大机关院。通是通，但是这条路根本没人走。东府前那株大梧桐树挡住了路，一切显得很安静。

然而机关里都不安静。大字报糊得满院都是。大门照壁上贴着一张重点大字报，大字报的标题是——揭露张、马、吴三位局长的官僚主义。我们东厢墙上也是大字报，不过还有漫画，画着母亲像巫婆一样披头散发，举着鸡毛掸子追打像猴子一样的我，一边追一边骂：小兔崽子，你考不上中学看谁要你？运动是运动，但母亲是烈士子女，父亲是烈士弟弟毕竟是一个牢不可破的事实。这么闹腾，父母亲都没有心情管理我，我乐得去洛河去龙门去大湿地钻天入地，和同学们一处逃学。直到1958年初，父亲奉命到邓县，不久母亲也调到邓县，把我接了去，在邓县四中落下户来，又开始读书学习。

我在陕县入学，转学到洛阳，又转回陕县。在洛阳，铁路小学上学又转西南隅，又从西南隅回铁小，最后才真正在邓县四中当了初中生。来回转学，加上学校之间不统一不通气，功课不一样，加上我喜欢逃学，我的功课可想而知。留级吧，小学一次，初中又一次，除了自己读的文学作品其余一概昏昏然、漠漠然、稀里糊涂，考试能及格就行。在这期间，除了读《西游记》《三国演义》，偶尔还要涉猎《红楼梦》《聊斋志异》，还有在我早期读的《战争与和平》《复活》《安娜·卡列尼娜》，莫里哀的喜剧六种等都是在这期间摸索着读下来的。雨果的《悲惨世界》，马克·吐温的小说反倒读得多一些，终生不曾离弃的小说是《聊斋志异》与《红楼梦》罢了。这样读书，想成才成事当然差得很远，但是成才成事没有阅读量也是不成的，细读又加上研读真的是参军以后的事了。

在洛阳最快乐的日子要算过周日。几个朋友相约到龙门去玩。龙门离洛阳二十五里，中间还有个关林，只有十五里地远近。吃过早饭，从周公祠边的大桥过洛河，很快关林就到了。关林这地方现在是旅游区了，管得很严。但关帝庙除了香火、香客，游人大体上是没有的，关林门口还有一柄刀架，巍然矗立在那里的是关老爷的青龙偃月刀，宽背的缨看上去很是威风。庙后一座大陵像是一座尖尖的土山，这就是关陵，是"关老爷的坟"。这期间，我已经开始阅读《三国演义》，知道这是关羽的衣冠冢。但是小朋友们都这样叫，我也不能"卖能"，马马虎虎在关林玩一个小时，再往南走就是龙门。洛阳人有谚："天下美景甲龙门。"美不美的，我只能说看个差不离。万佛洞、奉先寺这些大窟多在西岸的山坡上，山坡下还有一条三四尺宽的路，也还是游人们到此信步脚踩的。通向洞窟，包括"九间房"那样的大佛窟处一律都是羊肠小道。脚蹬有劲、手上又快的人才上得去。那时龙门水多，早晚去都是满池水草结连，珍珠一样的无数气泡从底泛起，山上山下一片寂静冷清。这里的佛窟、佛龛、洞窟我曾一个一个洞地觇察窥望，在心里寻找与我们今日生活的连接扣环，一次比一次新鲜。但我们去得更多的地方是东坡。洛阳人有谚："西山一块不如东坡一窟。"东坡上几乎就没有路，全是荆棘野草，差不多是个悬崖。一个洞一个洞窥探，探不了几个洞，天也快黑了，什么一坡一窟的感觉到现在也没有，只觉得西坡闹烦、东坡荒凉而已。看到天色有变，几个人相互吆呼喊叫，接着便是返程。二十五里，目的地周公祠，然后各回各家，周日过完。多数的周日就这样度过。有时是这样，我们到龙门，但不游玩石窟，而是到龙门以南的伊河大湿地去玩，"钓鱼""捉老鳖""打水仗""捉迷藏"……什么好玩、想玩就玩什么，一玩也是半天，然后回家。这块湿地现在据说还有，但是已规模化了，植被、水产、芦苇、钓鱼、捉虾，各有各地方。但鱼似乎不多，也不是野生的了。我们那时公安局子弟群体出动搞炸鱼活动，我曾因此见过湿地上被炸昏的几百斤重的大鱼，现在这种鱼是真没有了。是我们人类太厉害太进步的缘故吧。

在洛阳，我的生活和在陕县时对比已有变化。学校里搞勤工俭学，学生们都学会了织网兜，按一枚小钉在课桌角上，用绒线绳子扣紧，手里拿着板套在线上一挽一扣一拉紧，再一挽一扣，拉紧挽结实，一个环套就出来了。一个课间活动，一个网套也就织出来了。然后，把制成品集中起来卖钱补贴上学用。还有用一根粗绳子上面带一个钢丝小钩，在洛阳桥大坡旁，看到扳道工拉车上坡，喊一声"拉车来了"，上去把车一牵和工人一块儿用力拉车上坡，拉一次可挣二分钱，拉一晌也能挣个毛把钱。挖野菜，清理市内卫生，不图赚钱，稀罕这个过程等于游玩——这样的社会生活在陕县时是没有的，我们叫它"不时兴"。

从洛阳到邓县落脚下来，我的感觉是，我已经到了天空像风筝一样游弋了一段时日，风筝又落地了。

我就在邓县四中上学。

这里的学校规制、教育方法和陕县差不多。上课、下课、回家、上学，时而游戏。老师们除了关心学生的学习，还陪着学生过周六周日，坐在课堂上观察同学们学习，和陕县几乎一样。

本文系作者生前遗存稿

母亲墓道前的沉吟

　　我的母亲是一位性情刚烈的女性，和一般形容出来的"慈母""三春晖"，再文雅点的说"萱堂""令慈"这样的尊仰不怎么联系得上。她有时也"手中线"为我补帽子，缝衣裤上挂破了的三角破绽，缭被脚趾顶透了的鞋。然而这印象不深，每逢忆及，她常常没有握针，而是擦枪——一堆的枪机零件摆在桌子上，各种颜色油污了的破布条、棉纱，还有"鸡（机）油"，擦拭了，一件一件再喊里咔嚓组合着"对"起来，魔术般地又复原了：一支闪着暗幽幽烤蓝的双笔剑手枪又握在手中——她是与新中国共同诞生的第一代警察，1948年是县公安局的侦查股长，1949年已成为陕县公安局副局长了。除了打枪，她还骑马，过黄河进伏牛山，都是骑马走的。能打枪会骑马，母亲在我心目中不是倚门盼子灯下走针的女人，而是英雄。

　　"英雄"也打儿子。因为我的淘气调皮永远长不大，因为我逃学不肯受调教，因为我诸门功课成绩的"臭"，不知多少次被她打得三魂七魄不归窍——拖着拉着，夹着我杀猪样的尖声号哭，毫不留情地拳打脚踢。当然，挨打的部位永远是只有一处，屁股……打过就忘，以至于我永远都以为，打屁股肯定补脑子，不打屁股的必定不是好妈妈。记得第一次挨打，是一个秋天。公安局的院子里有一株很高很大的梨树，几个农民装束的人在树上摘梨，手里提着很长的麻袋，摘下就装进袋里。我当时四岁吧，就站在树下，偶尔有落下的梨就捡起来，飞快送进屋里塞进抽屉。如此往返，竟捡了多半抽屉磕烂了的梨。半夜时分，母亲开会回来，我（其实一直熬着瞌睡在等她）从床上一跃而起拉开了抽屉，说："妈！我捡的，你吃！"

母亲的脸色立刻就变了："哪儿来的？"

"他们摘梨掉的，我捡的！"

"掉了你就敢捡？"

"他们都捡，谁捡是谁的！"

"你还犟嘴！"

于是便开打。我的绝不认错似乎更激怒了她，从里屋拖到外屋，又拖到滴水檐下……狠狠地照着屁股一掌又一掌——打得真疼啊！我相信她的手肯定也打得酸痛……那夜月亮很好，清冷清冷的，我的哭声惊动了所有的"公安"，拉着劝着才罢了手。但我现在一闭眼还能看见她的泪花。

许多年过后我才知道，当时那里还没有土改，公安局占的是财主的院子。梨，也怕是故意掉落下来的。地处伏牛山腰里的这个小县城四匝全被土匪包围，而城里的"自己人"中也有土匪鼓噪着预备蠢动，形势是异常凶险……以后我还挨过许多次打，总没有那一次被打得冤枉，也没有记得那样真切。然而尽管被打，我从来也没有怕过她，时至今日想起来就不禁莞尔，假如她能活到今日，或假如我当时就是"作家"，我肯定要好好采访一下她，必能写出一篇意趣横生的文章。然而她三十二年前就去了，只留下这美丽的"假如"。

她逝世时年仅四十三岁，现在还安静地躺在卧龙岗革命公墓——她是累得了。几年前有位记者来访，问我："你这样坚强的毅力，哪里来的？"我说："母亲给的。"

我的母亲没有上过学，从来翻看她的笔记日记文稿，连我这个"有大学问"的也惊讶不已。母亲不但字写得端秀清丽，那文采也是颇生动焕映的。那全是自学，一点一点啃下来的，写总结写报告锻炼出来的。她死后二十年，我写书。盛暑天热饕蚊成阵，我用干毛巾缠了胳臂（防着汗沾稿纸），两腿插在冷水桶里取凉防蚊；作文困倦到极处，用香烟头炙腕以清醒神经。记者知道了，无不为我的这样耐苦坚毅震惊，殊不知这两手是地地道道家教的真传，毫不走样学习母亲当年工作的风范！20世纪60年代我回家乡，父亲指点我去看母亲在家劳作的磨坊，石砌的墙上用炭条书写的字迹宛然，如"牛""马""羊""人""手""口"……父亲告诉我："这是你妈没有参加工作前练习写的字。"现在大约已经湮没迷失了吧？

她的刻苦，她的严厉，形成了她的风格，大抵——我想了很久，大抵是因了她的理想主义加着一种顽强的执着与认真。从一个拈针走线推磨造炊的农村少妇，到一个能打枪骑马识文断字文武来得的职业革命者，经受了几多磨难？我虽然不怕她，但在浩浩如烟的记忆里，尽管她聪明美丽，更多的成分却是"威严不可犯"。几个年轻警察在说笑，有人说一声："马局长来了！"人立刻变得一脸庄重肃穆——那时的公安局和监狱同院，串得蚱蜢串儿似的犯人在太阳下晒暖儿，见她过来，会抖动着腿哈腰低头站起来，听着她脚步过去才松一口气。一句话，她"厉害"。

确实如此。我知道她是在1944年农历五月，一个漆黑的夜晚悄悄离家出走，在虎啸狼嗥的太行山黑黝黝的冈峦中，穿越老树古藤林投奔抗日队伍的。中间还蹚过一条正泛洪水的大河，从敌占区一气跑到根据地。爸爸曾笑问妈妈："你当时怎么想的，就不害怕？"我当时在场，听母亲说："心里害怕就站住想：我没有做过坏事，老天爷不保佑我保佑谁？"我后来也独自夜走山路，心里想："老子有枪，他妈的不对就给他一家伙！"这一比，我没有母亲勇敢。我有一个勇敢的母亲。1947年在伏牛山，一头狼半夜闯进她的住房，她出去开会未归，只我独自在家睡觉。我是被一声脆裂的枪响惊醒的，是母亲开枪了。她回来见灯熄了，没再点灯就睡，听到那畜生在床下粗重的喘息声，反手向床下扣动了扳机……狼夺门而出，母子平安。但那次妈妈哭了，说："万一叼走了你，我怎么向你爸交代？"她的勇敢传给了我，我没有她勇敢，但也是个勇敢的人。当后来的苦难降临，在井下掏煤被电击，一步一颤背水泥登"死人崖"，从爆炸现场赤脚逃出时；当决意舍弃仕途，"策蹇步于利足之途，张空拳于战文之场"（白居易语）时，我觉得我所接受的是母亲的伟大力量与丰厚赐予。

母亲有一种大漠孤烟式的苍凉雄浑气质，然而恐怕没有谁比我更能感知她的细腻温情的母爱的一面。有时到后半夜，母亲会叫醒我，在耳边轻声说："宝儿，到街上给妈买一张卷饼，或者是火烧夹肉。妈饿坏了，也累坏了……去吧，啊？"我就会顺从地揉着惺忪的眼去"跑腿"。偶尔一个节日，她会弄点菠菜豆腐汤，滴几滴香油，在火炉旁搅着黏糊糊的面，往翻花沸腾香气回荡的汤里"剔尖"，先一碗一成不变的是我吃。1960年困难时，伙房里只要有一点细粮，总是留给我们兄妹的，她说："我不爱吃白面。"这里的母亲，我常常觉得和那个举枪对靶、枪口冒着青烟的她"对不上号"来。犯人脱逃，她勃然大怒，拍桌子呵斥那些年轻的叔叔。他们垂手听训，鼻尖上冒汗，然而只要稍假辞色，温言抚慰一下，他们又都会高兴得孩子一样。

干公安的有句"切口"，叫"站着进来，横着出去"。或者是命终于斯，或者是犯错误赶出去，都叫"横着"。母亲没有犯过错误（当然是指一般性质而言），她终究是"横着"从这岗位（她死时是法院副院长）走向了生命的归宿。已经去了三十二年了，我记不起她活着时"休息"是什么样子。无论什么时候我醒来，她都在工作，在"写字"。她犯病也是盛暑从乡里赶回，洗脸时瘫倒的。半年后病不见起色，按规定要扣工资，她说："这样歇着还领百分之八十工资，我已经很不安了。"

她去之后，我又经历了很多风风雨雨，千山万水辗转流徙，三十二年尘寰颠顿。当我鬓发渐苍，事业有成时，到"马翠兰之墓"前扼腕沉吟，我发觉母亲始终都在注目着我，跟随着我。

原载《二月河语》，昆仑出版社 2004 年 1 月出版

记母亲入伍

母亲是几时嫁给父亲的？这件事我没有问过父亲，母亲也没说过。现在两位老人都已谢世，已经无从谈起了。但我知道，是在抗日战争最艰难的时候，伯父牺牲，父亲在"无人区"昼伏夜出，在古墓中钻着与日寇周旋的时候，她来到这个家庭的。

她年轻、美丽。当时我的外祖父（我党地下工作人员）被捕牺牲。大舅见日本人扫荡越演越烈，棒子队、二鬼子、汉奸每天在乡间滋扰，担心母亲"出事"，就把母亲送到了婆家。但母亲的心思却一天也不愿在家，她只有一个心念："出去，找抗日队伍，找我的丈夫！"她的想法是有道理的。因为我的伯父、父亲都在抗日队伍里；爷爷在沦陷区，是"抗属"，也是日本人和汉奸骚扰凌辱的"重点户"。她除了在磨坊、家里、地里劳作，每天都在打听父亲的落脚地，打听"队伍在哪里"。

这样"不安全"，爷爷、奶奶自然担心焦急，因为与儿子音容隔绝信息不通，生怕她"跑了"，将来无法向父亲交代。无奈之下，又将母亲送回了王家庄大舅家。大舅也拿她没有办法，见她每天痴痴呆呆想事情，也害怕她突然出走，就把她锁在一间空房里，让她纺花织布。

但母亲是个果决人，她看定了的事是一定要做的。1944年农历五月的一个漆黑的夜里，她撬开窗户，终究投向了自由。她是逃出来的，身无分文，一口干粮也没有。她先逃到一个老姑那里。这位老姑是懂一点相面算命的，在灯下轮指掐算，说："俺孩，你走是对的。我给你带点干粮，我的这枚戒指你带上——一直往西，不

147　家族

要走回头路，你就能逢凶化吉，遇难成祥，你就能找到文明……"

母亲用锅底灰抹黑了脸，装成了讨饭的，哭别了老姑，毅然上路了。她真的是不走回头路，一直奔西，在敌占区穿行，一路讨饭一路走，夜里寻破庙藏身，有时索性就走夜路，太行山腹地山高林密、虎啸狼嚎，都没有阻止她，甚至有一次她被洪水包围，她竟然在水中挣扎着蹚了过去……也就是蹚洪水过去吧，她被父亲的战友当作敌占区的"奸细"捉住，她终于走进了抗日队伍。

无论从哪个意义上说，她都是对的。她走后不久，日本人的飞机轰炸王家庄，大舅未能幸免于难。爷爷把两个儿子送进抗日队伍，家中二十四亩地无人养种，请了一个长工，被划为富农。她如果在家中"坚持"，也难逃"成分"劫运。

这之后，她经历抗战，做区妇救会主任，又参加三年解放战争，参加剿匪……又经历了多少生死搏击，忧患煎熬。待到中华人民共和国成立时，她已是县公安局副局长，是新中国的第一代警察，是一个成熟的职业革命者了。

原载《二月河语》，昆仑出版社 2004 年 1 月出版

崇文的《凌氏家承谱》

在我心中，南阳是我的故乡，我的家园，我在此生活和成才，须臾不能离。我在受任郑州大学文学院院长时，许多南阳人从内心情感上有些接受不了，恐怕"二月河要离开南阳了"，我就对记者说："谢谢大家对我的关注，只有爱我才会如此挂怀担心，我对南阳始终是'三不'，人不走，情不变，不放弃，所以担心都是多余的。"

对南阳我有太深太厚的感情。但我也深知，二月河的源头在哪里。在祖籍地山西昔阳。1945年农历九月，一个阴寒的深秋，在昔阳偏僻的南庄，我出生了。未几，我随着1938年参加革命的父亲凌尔文和母亲马翠兰离开太行，涉过黄河，翻越伏牛山，从此定居南阳。

一部《凌氏家承谱》，记载着二月河最初的源泉之地。

在家谱上，清楚记载南庄在昔阳北稍偏东，倚浮山襟神山，傍莲花山偎凤凰山，四界环山，后有山踞，前有山拱，两侧有山可环，村前有河绕，所处之地，有山冈数条，逶迤而来，交会于此，凝聚地气，形若龙爪。通过家谱我知，开基之祖是兄弟二人：凌德环、凌德源。明代末叶迁来开荒，兄弟二人兄居冈上，弟居沟底，繁衍生息继以世代，遂成人丁七百余人的凌氏大家族。比凌德环再早，已不可考。根据家谱，知道先祖崇文，希望诗书传家，"文运兴盛"。家谱世系上，我名不是二月河，亦非凌解放，而是凌振江，据辈分而取此名，也是大河。冥冥中的天意。

家谱不仅从血脉上凝聚家族，更从文化上记录先祖智慧，拓启心智，激励栽培后人。比如家谱上"退一步想""夫然后行"等家训，告诫子孙处世准则：涵养心灵，凡事不能鲁莽冲动，应三思而行——俱是儒家思想文化之精髓体现。

家谱荫庇后人多少福分？兴家之本在于育人，凌家代代督学，课子苦读，家学渊源，人才辈出。据了解，到曾祖父这一代，就已经"文兴"昔阳，兄弟三秀才：伯凌朝徽是食廪秀才，仲凌瑞徽是贡生，叔凌杞徽为庠生——我的曾祖父是凌朝徽。一门三秀才，这在江南极平常，在北方，山左山右一带，是十分了得的，方圆百里提起来，都是称先生而不名，"大先生、二先生、三先生"如何怎样。以至影响通逼今日，到南庄去，人们称道："二月河你们知道是谁？是大先生的曾孙！人家那叫祖上有德……"

我感念族人编纂这部家谱，把家史记载。我祈愿有条件的朋友也来编修家谱，记载家族历史，承传中华文化。

原载 2011 年 8 月 12 日《人民日报》（海外版）

我的父亲

他的大名尔文，小名起得倒比大名"酷"，村里人都叫他"文明"。在我心目中，似乎他到老，到……我都没有平视过他，一直敬之若神，见了面有栗栗畏惧之感。但在我的印象中，他一生都没有打过人，好像只有一次是大妹妹不小心把菜刀落在地上差点砸在二妹妹的脚背上，他又急又火，抬起巴掌在大妹妹脑袋后轻轻拍了一下。那姿势今天还牢牢地印在我心中，似打又不似打，真正似是而非，但这事全家人都记牢了不忘。

他1953年授衔就是少校，一直到取消军衔仍旧是个少校。似乎有个没有公开的规矩：没有当过红军的不能授少将（起义人员、高级知识分子除外吧）。所以我相信他没有做过将军梦：舅舅曾是他的警卫员，舅舅授衔时是中尉，他是少校；舅舅上尉，他仍少校；舅舅大尉，他依然少校；舅舅当了少校，他还是少校。然而母亲告诉我：你爸爸是非常有能力的，他也没犯过什么错误，他不能提拔，是因为咱家是富农，咱们成分不好。

爸爸有能力不用妈说。因为取一张世界地图来，你用小棍远远地指，随便捣到的地方，他立刻能报出该地国名，该国土地面积、人口数量、物产特产、工业主项、政治制度、现任领袖……我们兄妹们多次试过，从来不爽的。他进河南一个县，做敌工工作，剿匪，收编散匪补充大军，进县时带了七个人，拉出一个团，还捉住了该县匪首——舅舅就是为此提升军官的，而他……说起来真叫人倒咽一口气，只不过当了个团政治部的副主任，正营级。

正营！上帝呀，他在昔（阳）西一区当区委书记，那就是正营呀（还略高一点），1942年以后又当昔西县武委会主任，已经是正团了。以后参军，地方套军队，别人都是高套一二级，他呢？副教导员——副营。那授衔，我看也是很勉强地给了他个少校，他的历史放在那里可以给人看，实在也没法再往尉官上放了。以后当洛阳军分区政工科长，副团，1958年又到邓县当武装部政委，总算恢复了1942年的级别水准。

但爸爸从来没有谈过一句这方面的事，他仿佛立了禁口令，一直到老，一直到死，这都是他的大忌。家人一谈这类事，他就禁止，他不许说组织上任何一个"不"字。但组织上待他如何，我始终以为他心中雪亮。因为他也从没有说过组织上待他怎样如何好。

"不好"是明摆着的，因为我们所见到的，老干部们对资历成分是很敏感的，他资历好，成分却不好，是个中间人物，抬举你时和你说笑玩谈，心里对你有什么时，就会板起脸："老凌同志的家庭出身对××事情会不会有什么影响呀？"

我们的家庭到底怎样了？直到二十三岁参军，我没有听父亲讲过一个字"负面"的问题。我知道的是外祖父是地下党工作人员，妈妈和二姨父、三姨夫妇、四姨父、舅舅都是共产党员，伯父是抗日烈士，姑父是比爸爸资格还老的共产党员，这个家族是"红"透了。直到入党，组织调查找我谈话，本来在一处极好的朋友，这时脸上也写上了庄重，眉头皱起，下颌微扬，异常地公事公办："你还有一个姑姑，是怎么死的？为什么不填进表中？"问得我一头雾水，这才从父亲那里了解到，还有一个小姑姑，是教师，姑父是地主成分，做医生，土改时被群众打死。再一深入，我的伯母也是在土改中自尽。大约就是这件事，使我深切地感受到成分的压力，从此这片乌云——它笼罩在父亲上空一辈子——现在又来到我的头上。

它并不使我"受不了"，因为我毕竟没有直观的感受，没有感同身受的体味，但入党谈话，我已经察觉到了我与朋友友谊中的异味：他原本在我面前略有自卑的心理开始改变，注入了某种骄傲与自尊——我不是说这两样东西不好，我是感觉到，人与人之间就像天平，心里都有一个价值砝码，他是觉得他那头又加了（或者我这头又减了）一个重重的砝码。也就是这样的心理吧。

再问一句：我们这个家庭到底怎么了？从我伯父的遗孤哥哥那里才晓得的备细，这真是个天大的怪圈：老爷子把两个儿子送去抗战，去革命，这"革命"因他"人少地多"，把他划成富农定为阶级敌人，一个儿子牺牲于革命，另一个儿子参加了革命，"革命"因他的家庭"不革命""反革命"而冷落他！且不论牺牲了的革命遗孀为了这口气咽不下而自尽——这是想都想不通、想也想不出来的奇事、惨事。父亲把它埋藏在心中，只在我入党时不得已闪烁透露一下，直到死再不声言。他名也不争，利也不争，都知道他老实。老天爷，我想起"文革"中那句话："只许你老老实实，不许你乱说乱动！"一个人要是这样一个老实法，像父亲这样，他得吞咽多少黄连，而且还要脸上泰然自若，这是什么样的定力？

只有一次，"文革"之后大家随便说话，我们谈及某个领导不能令人满意，他在旁说"不要乱讲"，我们都笑说"您老还心有余悸呀"，他怔了怔说"我不是'余悸'，我浑身上下全是悸"，听见这话，我当时就打了个冷战。他的舒张也偶有的。邓小平"取消成分"，他举杯痛饮说"千古伟人"，再就是我的《雍正皇帝》书出，他又饮酒，说"时无英雄，遂使竖子成名"，我听着颇有得意之音。

兄长这份资料是极客观的。我早就听过了，心中的震惊也是"革命性的"，父亲把我瞒到长大成人成熟，真有他独到的思维，如果从小就知道，从小就会唬得筋软骨酥，哪有今天二月河"拿起笔老子天下第一"的心态？没有这心态，写什么书？知道了事情的复杂性，了解了人生艰难，知道世情的险，就会在待人处世上小心一点，公道一点，原恕别人一点，这就是"放下笔夹起尾巴做人"，或者"放下笔老子天下第末"。我是不欺侮任何人的，包括我恨的人。这同样也是父亲的赐予。

原载《人间世》，时代文艺出版社 2014 年 4 月出版

父母为我们留下的宝贵财富

1960 年，有人送给我母亲五六个鸡蛋，父亲看到了就对母亲说："你赶紧给人家送回去，现在毛主席都不吃肉了，你还要人家那么多鸡蛋干什么？"母亲说："行，我吃过饭就去。"父亲说："不，你现在就送回去，回来再吃饭。"母亲二话没说，提起鸡蛋就送回去了。这个场景留给我很深的印象，直到多年以后还总是想起。父亲和母亲的言传身教，不仅陪伴了我们的童年时光，而且融入了一家人的生命和灵魂，成为代代相传的宝贵财富。

由于历史的原因，我们这个家族经历过不少曲折和坎坷。我祖父有两个儿子，我的伯父和父亲，抗战的时候都送出去参军了，后来我伯父于 1943 年牺牲在河北武安，我父亲则幸运地活了下来。正因为家中两个儿子都参军了，没有了劳动力，只能请短工来照料庄稼，也因此在划分阶级成分的时候被划成了富农。因为富农出身，让我父亲和母亲受到了不公正的待遇，让他们尝遍人间冷暖、世态炎凉，使他们变得非常小心谨慎，从小就要求我们不要多事、不要惹事。父亲常说："只要你能平安地度过一生，我们就很知足了，不要求你出人头地，也不要求你成为一个如何如何的人。"现在我当作家，一直记着父亲的话，始终低调做人，不敢有一点出格的言行，不敢招惹一点额外的是非，一些多余的东西都会让我感觉到不安。

母亲向来注重与人交往，她平时说得最多的，就是最怕我以后有出息了欺负别人，也怕因为不努力而没出息。她总说："在与别人相处中，要多让一让，有不如我们的人，还有比我们强的人，不管与谁相处，都要泰然处之。你真到了社会上，我们就管不了你了，如果你比别人强，不要欺负人，受欺负的滋味很难受，不要把你自己受过的委屈再强加给别人。不是你的妻子不要招惹，不是你的钱一分也不要动。做人不要锋芒毕露，只要能把自己的事情做好，做一个普普通通的人，已经很好了。"她还说，不要显摆自己有学问，不要说自己懂历史，要多向别人学习，在这个社会中多学会一些东西，比多消耗一些东西强。母亲教会了我做事情必须专注投入，她自己夜里写东西，困得实在熬不住了，就用香烟炙自己的手腕。我当年写书的时候条件比较差，夏天还好过，打一桶水，两条腿连裤子都泡到水桶里去，既凉快又防蚊，胳膊上还要缠上一条毛巾，防止汗水滴到手稿上弄花字迹。冬天，墨水都能结成冰，实在是没有办法。如果感到疲劳了，我也会学母亲那样，用香烟烤一烤，炙一炙，直到有痛感使自己清醒过来。

父亲教会我如何安身立命。那时候我说到他们职务升迁得比较慢，他马上顶回来："还有那么多烈士呢！他们跟我一起出去的。死了多少人，你知道吗？战死在沙场上，得到什么东西了吗？一分钱工资没有，任何待遇也享受不了，永远地躺在那里了。我们能够活到现在，本身就应该感恩，不要去要求比活着更好的东西了。"父亲经常告诫我："人如果自己弱了不能强求，要学会跟从强者，'青蝇之飞，不过数武；附之骥尾，可致千里'，爬到千里马的尾巴上，照样可以走千里，对千里马也造不成什么危害。"后来我的《康熙大帝》出版了，我父亲上街去，有人说："快看，那是《康熙大帝》作者的爹。"他就感到很自豪。那时候地委领导到家里去，说："你养了一个好儿子啊！"我父亲就说："这是党的培养。"正是父亲这种真实质朴、谦虚感恩的教育，让我一直都铭记本心、不忘本我。

我的父亲和母亲一生朴实，没有什么大道理，却实在通透，他们一直教育我们要本分做人，踏实做事，这对我的影响很大，不管做什么，这种人生态度我都不曾变过。他们留下的这笔财富，为我们一家保驾护航，让我们平安快乐，始终保持奉献社会的赤子之心。

原载《新湘评论》2018 年第 4 期

人
生
路

是黯淡的，但是……

我的父亲没有上过中学，他的学历是初小。近来因写《密云不雨》要说他的事，我忆及他的水平。试举一例，请他站在离墙两米开外，你手指向世界地图任何一个部位，他立刻就能报出，这是××国，人口多少，宗教信仰是啥，领袖是谁，何种意识形态，与英、美、苏关系……你指向一个不明国际的地区，他会说：这里归属不确定，现在是谁谁主政，内部外部都很复杂，各个政派为了争夺资源，都有靠山……他不是跟你背书，而是如话家常那样侃，平易解说。我们的外交部有没有这样的人，我都有点怀疑。父亲告诉我在他小学那几年，从来没人和他争第一。

他说这话的意思，别说我现在，就是当时那会儿，也是全盘理解的，他想让我也弄个"第一"，但事实上，我上小学、上初中乃至高中，我都是班里的"底线"，混得好些时，是个中等，一般情况下，总是个坐红板凳的主儿。小学六年，我留级一年，初中、高中更惭愧，又各是一次。一共足足上了十五年学，读完了高中。我不晓得上大学有"留级"这一说没有。我那样的"臭"，自然是考不上的。倘若考上了，我估计我还得"留"。这样留级，延误了时间，到 1968 年入伍，我足足是二十三岁，超龄了，虚报一岁参了军，参过军再把出生年份改回去：1945 年。

这个经历，本来说不得。但我常说，在大学演讲说，朋友来聚，人家带着孩子，本来想听听"二月河伯伯"如何刻苦学习的话，是"受教育"来的，我讲这些，大家面上笑，我想心中必定"大皱眉头"：二月河怎么这德行？

然而这是事实。当然，客观原因也是有的，父母亲工作调动频繁，转学多，这个学校那个学校课程进度不一那也是真的。我自己不争气，恐怕是基本原因。我这人浮躁没有耐性，不喜琐碎的逻辑推理，不爱刻意地背忆公式，遇到"没意思"的东西死活钻不进去，是天性使然，很无奈也很坚持，那结果就是"不沾"。

比如说外语，我原在一个学校读的俄语，转了一个学又学英语，俄语学得还有点兴味，到英语就不行了。我们家好像对外语有天然的排斥，一提ABCD就蒙了，我弟弟、妹妹们外语都不行，但他们比我有坐性，似乎好点。

数学，枯燥。每转一次学，讲的不一样程路，听不懂，不想听，坐在那里，一心以为鸿鹄之将至，茫然盯着窗外，老师的话都会变得很遥远，老师的面孔都会变成一块模糊不清的白板，嘴一张一翕地不知他在念叨些什么。偶尔，一个粉笔头砸过来，打在我脸上，我会被砸得一愣，那是老师砸过来的。我转过不计其数的学校，年纪大点的男女老师砸粉笔头的水平都极佳，大致都在耳朵旁边，但绝对打不到眼睛。我在多少年后写小说涉及武林好汉打镖水平时，常常想到老师这一招。天下老师练起武来，恐怕都是高手吧。

理化的情况稍好一点，不似外语那样全靠硬背，也不像数学那样一步跟不上，一个学期都追不得他们各自那个程路（此老师彼老师，这学校那学校，课程是大相径庭的），耽误了，倘仔细看看课本，能搞个差不离，考个"大概其"——及格吧。

数理化都不景气，这就是我的中学写照。然而我有强项，语文、作文无论转到哪个学校都是出色的，上邓县四中、邓县一中、南阳三高，语文老师没有不赏识我的，不但不砸粉笔头，且常常当堂诵读我的作文，或在学校的黑板报上刊登。不但课文，就是课文上没有的，比如李密的《陈情表》，有一回一个老师说："李密是农民起义军领袖，还能写这么好的文章！"我说：

"写《陈情表》的是晋李密，不是隋李密。"他还不服气，"挂角读书"什么的和我析辩，回去查查还是他错了。高中六册语文，我认为是最好的文学选本，收的文章都是顶尖级的世界文学精华。去年，一个想自修文学的博士向我讨要书单，见其中有高中六册语文课本，惊讶地说："你怎么把高中课本、《中华活页文选》也列出来了？"我说："你小看这两种书吗？比《古文观止》还要强很多呢！那是比二月河水平高得多的人为你选的，你中学读书时能认识到这一点吗？"——我是这样看：我缺乏死记硬背的能力，但好文章，到手基本过目不忘，我的嫂嫂曾把毛主席的《反对自由主义》拿来，我看了一遍就还给她，她问："难道不好吗？"（那时《毛泽东选集》尚未在社会上发行）我即开始背诵，从头到尾一字不差。《愚公移山》也能背得滚瓜烂熟，看两遍就行了，不需要第三遍。第一遍"大致"，第二遍"找一找"，就成，我有这个能力。我喜爱的东西，不用你老师耳提面命给我"灌"，有一次背《史记》中一个段落，是当堂点名，背得急了点，太快了，句读没有分好，"相如因持璧，却立，依柱"三个动作应略有停顿，却一气贯了出去，老师说："本应给你一百分，扣你二十分。虽然八十分，我本人认为你实际是一百分。"

再还有就是读小说。《西游记》是小学就读了的，不能全懂，囫囵吞看故事——到初中就真的读懂了。1980年，我在《红楼梦》学刊发表了《史湘云是"禄蠹"吗？》，还有《凤凰巢和凤还巢》，在红学界引起了一点反响。其实文章中的基本观点，在高中时我就研究了，只是那时手中没有《脂砚斋重评石头记》这样的资料而已。考试不许"看闲书"，但似乎所有的闲书我都爱看，什么《三侠五义》《七侠五义》《大八义》《小八义》《彭公案》《施公案》《江湖奇侠传》……这些"不正经"书，都读光了。还有算命揣骨、手相这些书，是"彻底不正经"的书，也看了几本。《三国演义》《水浒传》《西游记》《红楼梦》，我都还形成了自己一些看法和观点，这不消说，如"三言二拍"也读得差不多了，这类书那时找不齐，又不敢向大人要钱去买，只好忍着将就。星期天我会痴痴站在新华书店的大橱窗前看那几套"三言二拍"，怅怅地离去。但到毕业时，我看《聊斋志异》这样的书已完全不费力气了。

学校图书室是我光顾最多的地方，借的也都是"闲书"。去得多了，管图书室的老师和我的关系也就"亲些"，一借就是几本。那些乱七八糟的书老师见了是要收的，图书馆的书老师便很无奈：收了还要缴图书室的。一切业余时间都用来看书了，吃饭是一手拿着馍和葱，一手翻书，睡觉是翻过身看书，翻过身还看书。这还不过瘾，有的书人家催还，只好课堂上看——那时课桌都很糟，都裂着很宽的缝子。这样子——两手插在桌斗里，从缝隙里一行一行阅读下来。这种姿势和"注意听讲"差不多，老师万难发现，反正我是一次也没被逮住过。

就这样读完了高中，加上两年学校"文革"时间，我毕业时已是二十三岁。这个年纪，许多人大学也差不多毕业了。我自己总结是：一塌糊涂数理化，一枝独秀是文史。这么着说，或许对看我这篇短文的中学生是有副作用的。但是我想，我还是应该诚实说话。有人问我：是不是像你这样读书就一定能在文学上有所造诣？我同样诚实告诉你，不见得。慢说读这点书，就算再加十倍，再加你的阅历、见识、胸怀，加生活条件，加……那也未必就成，文学是要讲缘分的。你爱文学，还有个文学爱不爱你的问题。读书是没错的，功利是另外一回事。

原载《中学生读写》（初中）2006 年第 12 期

我的文学人生路

两级跳"硬着陆"入文坛

作家有"硬着陆"和"软着陆"两种区分。

"软着陆"是上小学、初中、高中再到大学……沿着铺满鲜花的道路走向成功;"硬着陆"是连降落伞也没有,从飞机上两眼一闭跳下去。"硬着陆"也有成功的,但成功的少。我的"硬着陆"不是一次性着陆,是两级跳,所以没有摔死。

一次是跳进了红学界,然后从红学界的台阶上跳进了文学队伍。如果一个高中生拿着《康熙大帝》走进出版社,也许编辑看也不看就塞进废纸篓,但是红学会的会员拿着《康熙大帝》给编辑看,人家可能就重视一些。过去无论在出版界还是在报界,我都没有杯水之交的朋友,没有这种交往,凭什么要出版社相信你?所以必须有资格。

我的头脑很清醒,没有大学文凭,也不可能取得大学文凭,要想自己闯出一条路来,就必须有自己的特长。我参军那会儿,部队在深山沟里,铁丝网圈套住了,不接触市井,也没有爱情生活,只能读历史。我研究的是两晋南北朝的历史。因为那段历史比较复杂,别人不愿意研究,我就想如果能成为这方面的专家,也很好。直到现在,在对中国历史的研究中,明清都有了相对完整的研究系统,两晋南北朝还是薄弱环节。

真正走上文学创作的道路,契机就是红学会。我从小对《红楼梦》感兴趣,连续写了一些见解独特的论文。

后来引起著名红学家冯其庸先生的重视，他把我的论文刊登在《红楼梦学刊》上，吸收我为全国红学会会员。

我进入红学界后，冯其庸对我说："你有写小说的才能，你形象思维很好。"他的话激发我从"二楼"往"一楼"跳。"硬着陆"没有降落伞，跳得低一点就行了，需要找个平台。事实证明两级跳的这种思维方式是科学的。

冯其庸是我的良师益友。我觉得，我就是冯先生的"私淑弟子"，他看得起我，我也佩服他，但没有业务上、技术上的指导。

1982年，我参加在上海召开的中国红学会第三次《红楼梦》学术研讨会，一些专家、学者谈到康熙皇帝（爱新觉罗·玄烨），就有人感叹，至今尚未有一部描写雄才大略的康熙皇帝的文学作品，实在遗憾。我就大胆地冒了一句："我来写！"

1978年我从部队转业，到一个县级宣传部当科长。我自己写的东西不是很多，但是我工作做得很好，几个同志都做得很好，在地区、在省里经常获奖。在这种情况下，我利用业余时间写作。但是也有问题，一是我比较穷，每月五十二元工资，稿纸买不起，就用公家稿纸写，用得不多，顶多三十本。二是家务事多，需要养家糊口，白天还要上班。我们宣传部部长觉察以后，就批评说，有的同志上班带孩子，用公家稿纸写自己的稿子。这事我不认为他批评得错。

读者爱你，拥有一切

创作生活是非常艰苦的，没钱买空调买电扇，我就在桌子下放个水桶，把两条腿放进去，这样既凉快，又防止蚊虫叮咬。冬天夜里写到凌晨两三点钟，实在瞌睡，就用烟头烫自己的胳膊，驱赶疲劳，清醒神经。当时写完《康熙大帝》

第一卷时，我因为过度疲劳得了"鬼剃头"，女儿摸着我的头说，这一块像尼加拉瓜，这一块像苏门答腊，这一块像琉球群岛……

当时的黄河文艺出版社听《南阳日报》的编辑说，有人在写康熙大帝，就找上门来了。之前冯先生就对我说过，你尽管写，不要考虑出版社。当时黄河文艺出版社的王汉章和顾仕鹏找到我，在这里搞了两天，测验我的历史知识。半天看稿子，一天半的时间两个人在那里提问题。顺治、康熙、乾隆……从穿衣吃饭、出行车马、皇族关系、满汉矛盾到生活习俗、人情世故……全问到了。后来我问他们，问这些干啥，他们说我们得知道你能写不能写，我们知道你研究《红楼梦》，不知道你形象思维怎样。我问结果怎样，他们说你对答如流。

我的古文底子很好，不是单纯从课本上学，也不是读《古文观止》。这些书对我也有益处，但我是从碑帖上，从古庙里生读古文读出来的——这在学术界被称为"黑老虎"——所以我读明清人笔记，可以像读报纸一样读下来。当时我自己也不知道生读古文有多好，但是我具备这种能力，后来读清史，读康熙乾隆的资料，就非常容易。我以一年一卷三十多万字的速度投入创作，把清朝康、雍、乾盛世一百三十多年间的既空前辉煌又行将没落的历史画卷，展现在读者的面前。

中国的古典文学和经典著作，我涉猎过不少。中国古典文学作品我没看过的不多了，世界经典没看过的不少，但是看过的也不少。我自己写东西的时候，是按经典的标准来审视我的创作的，所以说我有一定的自信。现在的目的达到与否我不敢肯定，因为看自己的作品常常不那么公道，但是读者是不会错的。我对自己的形象思维方面，有一定的自信。按我自己对历史、艺术的双重认识和理解，尽可能写好，我相信读者会给予青睐。从1986年出第一本书到现在，二十一年了，读者仍然不讨厌，我的书从黄河文艺出版社到河南人民出版社，又到长江文艺出版社，一直在加印，一共印了多少，我实在说不出个准数。读者的厚爱给我很大的精神慰藉，我感到很温馨，同时也大大改善了我过去的生活环境。父亲到了晚年，我能每天让他吃水果，他吃什么药我能全包，我还有能力给下岗工人、给希望工程捐款。能做到这一点，我非常感谢读者。读者就是作者的衣食父母，是我的精神支柱。读者爱你，就拥有一切；如果不爱，一切都是痛苦的。

南阳是最好的城市

我原名凌解放，笔名二月河。1945年生。那一年，在我的家乡，解放军打败了国民党军，也打败了日本侵略者，这是双重的胜利，家乡得到了解放，所以，我的名字很有纪念意义。起"二月河"这个笔名，是在《康熙大帝》出版之际，当时想，自己创作的是长篇历史小说，自己叫"凌解放"有点太现代了，一个历史，一个现代，二者有点不协调，想改用一个笔名，要起个中性一点的名字。究竟用什么笔名呢？还得顺着"凌解放"找思路。我是在黄河边长大的……凌者，冰凌也；解放者，开春解冻也。不正是人们看到的二月河的景象吗？这个笔名含义是，二月的黄河开始解冻，随之咆哮向东，奔腾而去……黄河，我们中华民族的母亲河，又提醒自己任何时候都不能忘祖。还有一层意思，党的十一届三中全会以后，迎来了文学艺术的春天。我的原名与笔名，本身也是一个谜语，二月河是谜面，凌解放是谜底。有一位对联高手还据此出了一个上联"二月河开凌解放"，至今还没有人对出令人满意的下联。我成名以后，大家只知道二月河，就不知道凌解放了。所以有人就喊我大作家，喊我二老师，二先生，老二，二叔，二哥……土老帽。虽然成名了，我还是我，一个丘八文人，土匪秀才，土老帽。

我曾经做过设想，什么情况是我感觉满意的程度呢？我走在大街看到有卖烧鸡的，不盘算我能不能买得起，买了后果会怎样，能不假思索地买下来，这就是我的富裕理想。我现在达到的程度，超过我的理想一百倍，我感激读者，感激上苍。我没有家财万贯，也不是报纸上说的那么富有，但是我不会为生计感到发愁、忧郁。巧者劳而智者忧，无能者无所求，饱食而遨游，泛若不系之舟，虚而遨游者也。

写第一部时，我在宣传部工作；第二部快结束时，市委让我专业写作。可是市委没有这样的编制，就为我专门成立市文联，让我担任市文联主席。所以到现在我也不离开南阳，不是没有比南阳更适合生存的地方，而是南阳的环境好。早晨起来我去散步，一路上送孩子上学的妇女、修自行车的、卖菜的、卖肉的，看见我纷纷向我致敬：二老师好！二先生您好！一个妇女送孩子上学，看见我就拉着孩子手，对孩子说凌爷爷了不起，你要好好学习，将来也当个作家。孩子太小，也不懂，讲完了之后，孩子说，这么大的头啊！我有一次出去买菜，提着累了，放在卖油条的桌上，旁边修自行车的就说："我们给你个自行车推回去吧。"我说我就是锻炼身体的。你打个面的，驾车的师傅说：你坐车还用钱？当然我得给人家钱。但是就觉得温馨，就这么一个招呼，心情就不一样。南阳是最好的城市，处在这样的环境中，感觉自己融化在人民队伍的爱当中，这真正是人民。城市是你的大家庭，人人见你人人爱，这样的环境和氛围我舍不得离开。马来西亚说给我搞个别墅，我孤孤地待在那个地方，我干吗呀我！

要有勇气承认人生是个抛物线

"帝王三部曲"写完，《雍正王朝》播出第三天，我从收发室取报纸回来后，半边身子一麻，中风了。当时《乾隆大帝》第六卷还没写完，剩余的十几万字是在中风后写的。《雍正王朝》播出后第四天就达到高峰，一个月之内我在家里接待了四百多家媒体，还要打点滴，还要接着创作，这个月是比较苦的。写最后十几万字时，我心里想，老天爷总是不会给人完美，总会留点遗憾。如果我停止不写，很可能长命，但是书永远写不完了。别看就十几万字，说你写不完就写不完。要么就是拼上，写完，管他后果如何，不要留这十几万字的遗憾。

写完那十几万字，实际上我也不能再做长篇小说了。长篇小说有点像盖楼房的水泥浇筑，不可能停下来第二天再浇，否则整个工程就失败了。现在就写点随笔、散文，写点人生感受，在《人民日报》（海外版）、香港都开专栏，写多少随便拿出去发了，没有限制，不对身体有太大的妨碍。现在我的身体就是血糖高、血压高。我总结了一下，血糖高就是让你想吃不能吃，不想吃的东西使劲吃。

至于"陨雨系列"，我得承认确实是个大话。数学有个四色定理，任何一个色都可以用四色表现出来。一个数学老师不知道，对学生说四色定理有什么难的，我现在就演。他从早上演到晚上，没有答案。这时天阴了，雷鸣电闪，把教室照得雪亮。老师把粉笔一扔，对学生说，我吹牛了，上帝在惩罚我。现在就是上帝在惩罚我。

人啊，要有这样的勇气，承认自己的吹牛，承认人生是个抛物线，有上有下，不能只向上；上到顶点，当人生的线向下的阶段，无论怎样努力，还是向下。任何一个完美的线条都是曲线的，抛物线才是最美的。就是航天飞机和发射出去的导弹也不是一直向上。上升阶段时考虑怎样才能达到极峰，下落时，就得考虑怎样像流星闪亮一点。很多杰出人士不懂这个道理，结果最后做事情都做得失败。我不蹈这样的覆辙。二月河不能出这样的偏差，如果有，证明一开始我的学术就不够。太阳到该落山时，落山也是一种辉煌。抛物线下落时也是很美的。一想起来没完成的作品，我就热血沸腾，目光炯炯，睡不着觉，如果说是上帝假我以精力，假如我还处在上升期，肯定会继续写下去。现在我只能多想想庄子。这是我很清醒的理性思维。你想想当初的理想是什么，不就是上街买个烧鸡一类的东西不假思索吗？上帝给了你什么，百倍千倍万倍了，还在那里贪婪，这就违背当初的理想了。我也有"五个一"：每天一首诗，一幅字，一幅画，一篇短文章，走一小时路。这"五个一"不是每天都要做完，但是都围绕这五件事做，别的事少做或不做。

"代表"这两个字很沉重

我写的历史小说是涵盖历史人文的小说，其中既有历史的真实性，也有艺术的真实性。怎样看历史的真实，我是这样认为也是这样写的：重大的历史事件、活动、功绩、挫折，重要的历史人物，或者是人物在事件中的表现，不能有假，不能虚构。写人物的细节、场景有虚构的余地，如你什么脸形：长脸、圆脸，有无酒窝，是林黛玉型，还是杨贵妃型，谁说了算？我，二月河！三部曲，坚持了历史的真实，我二月河没有欺骗人。

我认为，在历史上，对国家统一、民族团结有不可磨灭的贡献的，都应该颂扬；对国家统一、民族团结有破坏作用的，就要鞭答……关于历史的真实的问题，很多电视剧不及格，如有用一锭银子或二两银子去打酒，就不真实，几个铜钱即可。再如，十五贯能有多少斤？编剧不知道。电视上就没有介绍过银子怎么找（零）。对于电视历史剧，我没有恭维的话。《雍正王朝》播出后，中央电视台采访我，问我能打多少分，我说59.5分，严格意义上讲不及格。有人认为我对历史剧颇有微词，但是查一下，二月河给过谁及格呢？不是我定的标准高，是历史剧的水准太低。我只要求两个真实：一是历史的真实，一是艺术的真实。不求历史上真的发生过，但求历史上可能发生过这样的事。

目前的读史热，全民对历史的关注，可以说是件大好事，民族需要认知自己的历史，需要对我们的历史有更多的了解和反思。这么多、这么棒的专家在《百家讲坛》等这样的大媒体进行历史知识的宣讲，我认为中央电视台是做了功德无量的好事。在这件事中，有的历史专家讲得不是很地道，或出现失误，或泥沙俱下，但这和总体的功德量比起来，微不足道。《康熙大帝》第一卷写出来后，有人跟我讲，要把康熙的阴险、毒辣、残忍写足。我说，一定要把康熙的"大"写出来，只有在十一届三中全会之后才有这种思维。我们对两千年的封建社会了解多少？一些人对历史认知的愚昧，长期以来是很令人忧虑的事情。社会上掀起读史的热潮，可以说是文化上的一次全新理念的体现。我认为这件事是很好的。至于出现的问题，人民会给你提出问题，让你重新考量，重新纠正，重新去讲，这有什么不好？

我已经三次参加我们党最高的代表会议，十五大、十六大、十七大，我都很荣幸地当选为党代表，来和全体代表共商我们党的大事、国家的大事。连续三次出席党的最高会议，对任何人说，都是值得骄傲和自豪的事情。我有几个感想：第一，南阳党员喜欢我，起码是不讨厌我；第二，证明我的作品和我自己处世为人，起码说在社会主体唯善唯德方面，人们是认可的；第三，我的创作事业还基本上不处于失败阶段。做事上遗憾不大，做人也不失败。

我的使命感很重。我不是社会学家，也不是政治家，我是一个作家。如果说作家应该是思想家的话，我是有思想的人。尽起义务我是可以，参加会议能起多大代表作用？我感觉"代表"这两个字很沉重。作为作家，我参加会议主要是学习，聆听中央的指示，对于社会民族前景，包括对于社会的进步，能够从党的声音上有更多的感悟，从代表参加会议讨论中汲取更多的营养。

原载 2007 年 10 月 13 日《中华读书报》

戏笔字画缘

几年前，是四年吧，我为香港《明月报刊》写过一篇文章，题目叫《字缘》。说是"缘"的话，其实说自己"有文无字"，是与书法无缘的"缘"。时年我近耳顺，别说这把子年纪，"人过四十不学艺"——就算再退回二十年去，练书法也还是觉得晚了点。

我始终认为，不管你是什么领域，都允许大狗叫，也应当允许小狗叫。思想家、学问家、编类书的、统治名城大郡的要人，乃至清道夫、收废品的、街头斗鸡走狗的闲汉、"问题青年"，甚至妓女……他有这个兴趣，而这个兴趣又是正当的，他有话要说，只要不伤无辜的人事，高端精英无权为此羞辱或蔑视平常人的这点权利。

"哼，他居然还作诗！"诗人对乞丐写诗如是说。

"嘻，这写的什么呀？敢把文章寄到我这里！"大刊编辑将小作者稿子扔进纸篓时如是说。

"这个老农民，你晓得他看什么书？莎士比亚！"高中语文老师如是说。

……如是说。

这就犯了大狗自己叫，不许小狗叫的毛病。

但我毕竟开始写字，开始绘画了，并且时常写一点诗。

我承认，这些事我都算是"小狗"。

我的字，过去差劲，现在平常，将来也好不到哪里去。小时候，母亲查看我的作业，常常厉声斥责："你这是字？你在写字？你看看你爸写的字，他只上过高小，你也看看我的字，我一天学也没上过！你丢人！"老师在我的作业上批："你的字乱柴一堆！"同学们说："解放的字是狗枝杈。"——总而言之，为我的字写得不好，我大致是五十年未曾透过一口气。

也是几年前，是五年吧，一个偶然机会，我到华国锋老人家里去了一下。他当年显赫，是中国第一人，那时我还是个连级小军官，和几个青年战友底下窃窃私议——华主席的字不算太好……而今呢？你再看看他的字，实话实说，虽一流书家不能过之！……过后就想，我是不是也试试？

华老的字是真的好极了。我是沾了"二月河"名字的光亮。

我写字的目的有两个，一是怕死，想多活点年头，再就是想附庸风雅。写字能长寿几乎是个不争的事实。前些年有专家研究认为，书写毛笔字时长时间处于站立状态，而且是气功状态，因而导致长寿。我对此可用《水浒传》里一句话说"俺便不信"。因为专门练气功的大师短命的尽有的。我疑心墨汁里含有于长生有益之物，当然到现在也就是"疑"而已。

就这样"书法"起来，居然有人索要，居然也多所受奖掖。在人们啧啧惊叹中书写，虽然明知"啧啧"中水分很多，明知是假，心中仍是忒熨帖得意，蛮舒服。当然，也时而能听见"附庸"之类的词，但打击不了我的兴味：附庸风雅总比附庸市侩好一点吧？

写字就要用毛笔，就要涮笔缸。涮出来的自然是黑水，这水也不中用再写字，我又舍不得倒掉。有次用黑水在废空纸上信笔大涂一阵，定睛一瞅，这不是个荷叶吗？

于是画画的事业开始了。我找了一张光碟，看了看画家教画，试着画，发现不行。画牡丹像个烧饼，画兰草又似烂韭菜……慢慢试着来，才晓得难在调色、浓淡、笔尖笔根燥湿润涩的操作运用——电视老师不讲这些，他只是讲作画技法，技法虽不能真学到，但一看就明白。色碟子里头是真功夫，你看不到。我有个颇为阴暗的想法：那是人家的饭碗嘛……后来与家人去洛阳龙门，那里有许多现场作画的，看了几分钟，学了点东西。前年到深圳和金庸晤见，深圳其时正为贫困人家筹资拍卖，我临行前他们要求"当点东西"，我当了一张单色牡丹，竟拍到了四万五千元！

这样，字和画也都"抖"了点。

但我忠诚地告诉我的读者，我是个地地道道的小说家，也不是书法家，也不是画家，也不是诗人，也永远不做书法家之想、画家之想、诗人之想。写小说，我算条不小的狗，很愿意和小狗一齐吠鸣。剩余的爱好我都是条小狗。

然而有人评论，说"二月河到处写字""二月河的画是瞎涂""凌老师你别写诗了"，诸如此类。这当然都是大狗们的话。我的字、画都能卖钱，且是数目不菲，如果我愿意的话，诗也能卖钱。但字画卖的钱到哪里去？没有给妻子添一件衣服，连半个糖豆豆也没有给女儿买，都用到了我认为最应该用的地方去了。大狗和老狗们，你们有权利和资格发出这样吠声吗？

汪汪汪……呜呜……汪汪！

原载《文学界》专辑版 2008 年第 1 期

从『凌解放』到『二月河』

时光如梭，恍然已迎来改革开放三十周年。回顾过去，我是什么？多少次想过这个问题了。因有了几本书这样一个"存在"，无论社会还是自己，都无法摘掉我的"作家"帽子。但我自己是知道的，改革开放对我创作之路的巨大影响："凌解放"之所以能成为"二月河"，正是因为改革开放，因为思想解放。

1978年十一届三中全会召开，是年，三十多岁的凌解放从部队转业，回到家乡南阳市委宣传部工作，开始走上文学创作的道路。二者表面上看似巧合，实际上还是有挺大关系的。现在想来，我做出这个选择是深受社会环境影响的结果。当时正值十一届三中全会召开前夕，关于真理标准问题的讨论和改革开放的呼声已经走出了地平线，走进了人们的生活。万木逢春，欣欣向荣，我嗅到了朦胧的改革开放的气息，也想有所作为。我最初并没有想过要当作家，主要是产生了一种躁动的情绪，感觉自己已经读了不少书，应该对社会发挥一些作用了。在部队时，我一直有读书写作的习惯；到地方上后，总想把自己以前"吞进肚"的书梳理一下，寻觅新的写作突破口。

我先是研究《红楼梦》，写了《史湘云是"禄蠹"吗？》等一系列自认为有独到见解的论文，可一篇篇投出去后却是泥牛入海。年轻气盛的我就写了一篇"声讨信"，言"红学是人民的，不是你们几个红学家的。我费大精力才写了这些稿子，若编辑看后认为我不是这方面的料，就请指明，我不再搞此研究了"，云云。没想到此信竟然引起著名红学家冯其庸先生的重视，他旋即回信给我，说我的论文"想象丰富，用笔细腻，是小说笔法"，"可以浮一大白，用汉书下酒"，愿"早日相见，以慰渴想"。后来，《史湘云是"禄蠹"吗？》一文刊登在《红楼梦学刊》上。再后来，我被吸收为全国红学会会员，还应邀参加了1982年10月在上海召开的全国《红楼梦》学术研讨会。就是在那次会议上，一些学者由《红楼梦》谈到曹雪芹，由曹雪芹谈到曹寅，由曹寅谈到康熙皇帝。座中有人感叹，康熙除鳌拜，平三藩，解决了新疆、台湾问题，融合满汉文化，促进民族统一，如此雄才大略的杰出政治家，居然至今还没有一部像样的描写他的文学作品问世，真是奇哉怪也！这时，一直在一旁默不作声的我，愣头青似的大胆冒话："我来写！"所有人的目光都落在了我的身上，惊讶、诧异、怀疑……他们或许认为，这个面孔陌生、名不见经传的后生，只是妄言狂语，一时兴起而已。

我可不是说大话吹牛皮，说了就要做，这就是我创作"落霞三部曲"的爆发点。凭着长期的积累和顽强的毅力，遵循历史小说"大事不虚，小事不拘"和"不求真有，但求会有"的原则，我全身心地投入创作中去。为了搜集有关素材，我整天泡在图书馆里查找资料，几次因忘记了闭馆时间而被锁在馆中；我经常到旧地摊、废品站、老书店寻寻觅觅，一旦发现关于清代的资料，无论是正史野史、戏本小说，还是日记档案、风俗故事，统统收集到手，能买就买，能抄就抄，能复印就复印。我的古文底子好，大量涉猎古籍孤本、清人笔记、古庙碑帖等，掌握了清代的民情风俗。

创作生活是异常艰苦的，我的笔耕勤奋在文坛那是"相当"有名。我至今习惯手写，数百万字全是一笔一画写就的。夏天没钱买空调电扇，我就在桌子下面放个水桶，把两条腿放进去，这样既清凉驱暑又可防止蚊虫叮咬；冬天冷得受不了，我就狠劲搓搓手，或把开水倒在毛巾上，包住手暖一暖。夜里写到两三点钟，实在瞌睡，就猛抽几口烟，然后用火红的烟头照着手腕"吱吱"烫去。我被烫得一激灵，头脑立刻就清醒了，继续伏案写作。我的手腕上，至今仍留有斑斑烟炙伤痕。二月河"烟炙腕拼命创落霞"的故事，至今仍盛传不衰，于是有某青年作家说"宁死不当二月河"。

写完《康熙大帝》第一卷时，因为过度疲劳，我患上了"鬼剃头"。女儿常摸着我的头说，这一块像尼加拉瓜，这一块像苏门答腊，这一块像琉球群岛……我以一年一卷三十多万字的速度投入创作，硬是把清朝康、雍、乾一百多年间既空前辉煌又行将没落的历史画卷，活色生香地呈现在了世人面前。

《康熙大帝》第一卷草稿出来的时候，编辑要求我一定要把康熙的阴险、毒辣、残忍写足。为什么这样要求？因为在当时的社会环境中，这样写在政治上不会出错。按照传统观念，康熙是个封建君主，对其要持批判的态度，根本不能把他作为一个正面人物来描写，至于颂扬啊什么的更不用说了。但是我仍然坚持了我的创作理念，我说我写康熙大帝，就要把这个"大"字写足。该书出版后，争议很大，就是现在打开网页，还能看到有批判的言论。如果没有关于真理标准问题的讨论，没有十一届三中全会，没有改革开放，我也绝对不敢、更不可能这样来写。我曾说过，康熙大帝的"大"是在改革开放之后才能理解的一种"大"，是思想解放以后才被认可的一种"大"。康熙曾三次亲征准噶尔，六次南巡，成功解决了台湾问题、新疆问题；他组织人员修书，我们现在还在使用《康熙字典》；他本人是数学家、诗词学家、书法家、医学家，而且还懂外语；他搞过水稻试验田，将双季稻在全国推广，解决了老百姓的温饱问题。凡是在中国历史上对于国家统一、民族团结有贡献的，凡是在中国历史上对于提高当时的生产力、提高当时的人民生活水平有贡献的，凡是历史上在科技、文化、教育等领域里做出过贡献的，就应当歌颂，我不问出身，不管是皇帝也好，是平民也好。我的"落霞三部曲"始终贯穿着这一创作理念。

改革开放、思想解放的号角一吹响，一条冰封多年的大河解冻了。我们迎来了文学艺术的春天，迎来了思想解放的春天，迎来了社会发展的春天，恰如二月黄河解冻，冰凌消融，浩浩荡荡，奔腾不息。于是，"二月河"也应运而生！

改革开放三十年影响深远，影响了一个时代，影响了很多人，我就是其中之一。其余不提，仅列一条：创作环境空前宽松——就让我享用不尽。再也不会因为说一句话、写一篇文就有人揪你的尾巴，烧你的作品，扣你的帽子，打你的棍子，人们可以更多地开拓自己的创作思路，可以更好地创作符合自己心意的作品。改革开放以来，中外文化真正实现了大交流、大融合，我的作品才能走出大陆，在港澳台，在美、日、韩、加拿大、新加坡、马来西亚出版，二月河才有那么一点点所谓的"名气"。我在写作方面获奖不少，也很荣幸能成为两届全国人大代表，三届党代表，这些都是我引以为傲的事情。我有几点感想：第一，南阳人喜欢我，起码是不讨厌我；第二，我的作品和我自己的处世为人，人们还是认可的；第三，我的创作事业基本上是成功的。一句话，做事上遗憾不大，做人上也不失败。回顾自己的文学创作之路，我深深明白一点："二月河"只有在改革开放后才能"横空出世"。"凌解放"之所以能成为"二月河"，正是因为改革开放、思想解放。我始终坚信这一点，并感谢、享受着改革开放给我带来的一切。

原载于《党的生活》2008 年第 11 期

河南，永远的文化热土

我于 1948 年由山西随父母迁居河南，至今已是一个甲子有余。

其中我有过十一年的军旅生涯。因为我做新闻通讯工作，广行名山胜水，游弋大郡名城，饱览峻岭大川，这十一年可以说是我人生少壮"笑傲江湖"的十一年：我可以诚实言白。我的古文功底，可以像读报纸一样阅读唐宋以降的资料类书，在中学时期读到的《古文观止》《中华活页文选》和国语课文选用的古典名著，那一点点东西，是远远不够用的。各地的寺院庙观祠堂墓道，残垣断壁间的碑碣铭坊，只要有文字出现的地方，都会有我驻足流连的足迹。这就好比是一条永远也流不尽的河，一本永远也读不尽的书，我不过是掬起其中的一捧水饮了，翻开其中的一章读了。文化、历史、文学、艺术、宗教……这些辉映我华夏民族的文化因子便深深植根在我的心中，便造就了一条二月河。我们华夏民族文化好比一条横亘世界的大江流，这条江的源头和主航道在哪里？在河南。所谓四大文明古国，是人类文明历史的"四大名著"，其余的三部均是无疾而终，只剩下绰约遥远的风姿让我们扼腕追怀，只有我们中国这部历史书无与伦比完整无缺地留给了世界。这部书的主页在哪里？用句很时髦的话说，它的"关键词"是什么呢？是"河南"。

人，是不能、也不可以忘掉根本的，我身体中流动的血，是山西人的血；人，也同样不能忘掉或抛弃自己的人文精神之本，我的人文精神之本在河南。这也是一件无法改变的事实。这些年来，因为我的书拥有一批为数可观的读者，在华人居住的地域，我有了一些社会影响。不少朋友也有邀我出国定居的，也有邀我迁居国内富庶地区的，并且提供了种种优惠的条件与待遇。我知道他们的好意，我也明白各种物质文化精神文化对一个具体的人强大的诱惑力，但我全部婉言谢绝了。我就要在河南。理由再简单不过，如果说二月河是一株文化之林的小树，那么"受命不迁"在河南，河南就是这树的根，连根拔起，树还能活？

八年前，我到南方几个城市去讲学，那里的人指着如林的牌坊如数家珍：他们那里出了多少状元、榜眼、探花、进士之类。这也算是一种人文精神的自豪。我微笑着说了一句"青竹一片"，我不知道他们听出来没有，我有夸奖的意思，因为竹也是好植物，葱茏茂密的竹，能把山峦装点起翡翠碧玉般的美好。但我同时也有批评：那些东西不是栋梁之材。明清以来状元进士均是八股高手，称得上"文化"，糟粕也是极多，基本上无用。

那我们河南，从夹带里取出一个：老子！再取出一个：庄子！再取出一个……你那个又如何？状元，三年出一个，八股文写得好，是什么东西呢！能和他们相比吗？孔子的七世祖祠就在商丘。儒学是由河南东迁到山东曲阜的。孔子一生都在为修复礼崩乐坏而不懈努力，"吾从周"，是儒学的立言之本。洛阳，拥有整个儒学社会伦理的规范基础。我初到河南南阳，听乡间引车卖浆的市井小民口传"李疙瘩"如何怎样。"疙瘩"是一种病，指疥疮。我一直不明白是怎么回事，后来读书细了点，才知道是唐天宝乱后辅佐四代唐室皇帝的李泌，所谓"疙瘩"是"李阁老"的声调错会。即使这样在大历史中的三流人物，也是支撑当时中央政府危势颓局的中流砥柱。说破英雄惊煞人，这岂是一群状元能可类校的？

这些年来，因为病，我不能再写砖头一样的书了，偶写一点小文章，随笔、散文、游记这样千余、两千字的"豆腐块"，谈人生，说游历，言感受，也算一种休息锻炼。其中给《人民日报》（海外版）的有《汝来白马寺》《汝来少林寺》两篇。说的是什么呢？世界佛教的中心早就不在印度了，佛教的中心现在哪里？你不必再寻找，就在河南，在河南的洛阳和郑州。

印度的佛为什么涅槃了，香烟零替了？原因很多，据我看，是因为他的贵族化，断送了他的生命力。只有少数人，甚至极个别的人能成佛，那怎会绵延无尽？洛阳的白马把经卷取入中国，渗入中原，中国的贵族和皇权接收、滋养了它，少林的菩提达摩将它引入平民阶层，由达摩、慧可而僧璨、道信，直到弘忍、慧能，创出顿悟学，变成尊重人人皆有的佛性理念。屠儿在涅槃会上放下屠刀，立地成佛——这才造就出了"万家生佛把香烧"的壮阔民众哲学，由少林流出的佛学之渊源，演进出世界宗教信徒最众最为博大的人性流域，而由慧能创立，早出欧洲贝克莱一千七百余年的禅性学说，所遗下著名的"一花五叶"又飘然在河南驻足落脚。

因此佛家的灵山已迁，虔诚的佛家，假使你要求经，必须去洛阳到郑州，那是当代释迦牟尼的居处地。

中国有十三亿人，主体是由汉族所构成，我们现在兴的"寻根问祖"热，比如姓邓的人祖之根在邓州，林姓的祖根在卫辉……世界各地散处的海外游子，每隔一段时日都会趋归云集，高香黄表，顶礼膜拜。那么"汉族"呢？前年我到过河南永城，这里除了陈胜墓和一大片品相极好的汉墓群，还有一座碑亭，是刘邦斩蛇起义处——正是因为他在这里喝醉了酒，斩了白蛇，揭竿而起，天下景从，才有了汉朝，因而才有了汉民族，这个世界上最大的民族名称，由此而产生！

我在这里，不是想凭我二月河三寸不烂之舌说服人们去那里旅游。二月河没有那样现实而功利的心思。我说的是，人，应该是不忘根本的。忘记就意味着背叛。正是因为我们这个华夏民族不被忘记，而且不停教育我们的儿子和女儿不要忘记，我们才拥有了无尽的永远。

2000 年美国中国书刊、音像制品展览会评了一个奖给我，叫作"海外最受欢迎的中国作家奖"。老实说我一生获得很多奖，国家级的，省级的，各种档次都有。但这个奖我更重视。倒也并非它是美国人给我的我就特别得意。因为它的评奖程序是：一、图书馆的借阅率，电脑控制；二、商店里的销售率，电脑控制；三、读者的投票率，电脑控制。一句话，这是美国人民给我的奖。我的书没有全部译成英文，可以这样理解，这奖是美国的华人和华裔的美国人给我的，不是几个评委选了我的结果。

但是我是个爱逆向反思的人，仅评了一次，又评了一位，就给了二月河，是不是二月河"太有才了"？在强手如林的中国作家队里，二月河"太棒了"吗？

不能这样讲，更不能这样想。

我思考了一下其中的原因，是因为题材。我的这几部书引入了较多的传统文化，形象思维。大至庙堂之高雍容揖让礼仪文章，散至江湖之贩夫走卒艰难谋生，廊庙机会；孤客离人，遵道远行，种种情形，均有表述，这些原本于历史的真实，被艺术抽象出来，变成了当时一幅幅丰富的历史画卷。这些美籍华人都是我们本民族流徙异国他乡的海外游子，他们虽已入了人家国籍，但内心的根本是忘不掉的，人人一份去国怀乡的情思屡屡不断。读到我这书，或许勾起他们少小离乡的萦怀之梦，或者是书中场景唤起他们童年游戏乡间的美好回忆，或者是书中人文关怀让他们产生了认同与感受的亲切感，既然要评奖，那就给二月河吧！这应该归功于我们无比厚重的华夏民族文化，我不能贪天之功。

我写"落霞三部曲"确实耗尽了我的心血，用尽了全身解数。二月河深知这种文化，绝非某个作家能淋漓尽致完成的，但我愿意并且参与了，而我所拥有的文化知识、社会阅历帮了我的忙，起到了决定性的作用。

黄河落日的雄浑，河洛文化的太极旋涡，龙门石刻的雄伟壮观，"驱车策驽马，游戏宛与洛"的古趣，我就在这里徜徉了半个多世纪，中国的文化是永远读不完学不完的。然而就我的体味，中原乃天下文明形胜之地，儒释道的策源地，诗歌与宗教，政治与经济，王朝兴替与历史的演进沿革，还有中国整个民族无比丰富的文化载道能力和语言表述力，具有永恒不息的文化魅力，是河南这块文化热土和营养丰沛的黄河之水滋养了我，二月河的"河"不指其他任何河，就是这么一条黄河，盘踞与横亘在河南这片热土。

因此美国颁奖的当年希望我写几句什么，我写了下面几句：

华夏民族人文之因根，不由时迁，不同地移，不以物化，不随风流，永放光华于世界民族之林。

中国的中州之地这个因根在哪里？在河南。

原载《两岸关系》2010 年第 5 期

「面人」效应

香港一家报纸前几年来采访，回去写了一篇文章。谈到初见我的印象"好像很易欺侮的样子"，那意思是说我绵善，无横霸之气吧？这句话混在几百句话中，是很容易被读者忽略的。然而到今天，通篇文章都已经皆忘，模糊不知所云，唯独这几个字还印在脑子里、铸在心里，想起来滚烫、簇新。因为它真实。记者锐利的目光只扫了我一眼，就击中了我心灵的这个暗区。

倘注意一下我的小说，凡是欺侮人的地棍、恶霸、流氓，几乎都是在现场现世现报，立即倒霉吃亏，甚至丢了性命。我知道，在实际生活中这种情况是极少发生的。"恶有恶报"那是真的，但有个"时刻不到"的事。有的欺侮错了对象：比如拦路抢劫拦了泰森，被他一拳打得满地找牙——这种事只是说说而已。有撬门入室的贼，在主人家突发心脏病，反而求主人抢救的事。我还在报纸上看到这么件事——一个梁上君子半夜回宿舍，辛辛苦苦爬到十楼，双手扒着阳台檐喘息未定，谁知这家养了只鹦鹉在笼子里突然发话问："你是谁？"这位吃一大惊，双手一松直落下去。这都是新闻。之所以是新闻，是因为它发生得少，是奇事，而在我的书中却是频频地，不厌其烦地，变着花样地发生。我也知道这不是"生活的真实"，但这是我的心理状态使然，我仇恨他们——那些仗势、仗权、仗力无缘无故整治压迫人的人。哪怕是这样，车匪路霸上车抢劫，碰上了持枪砸银行的在逃犯——这种事也自有几分舒心的愉快，读来令人解恨。比如一个在逃杀人犯突发"非典"，被隔离，被发现，治好了病再毙掉，也是很教人痛快的。

这样积极地扬善惩恶，和我创作"社会小说"的宗旨是不切当的。这纯是我的个人心理在作用。我的这个家族，是个很易欺侮的家族：我祖父在日寇侵华时，先后把两个儿子送进抗日队伍，1937 年送一个我伯伯，1938 年又送一个我父亲。伯伯战死；父亲在空墓穴中藏身，与日本人周旋七年，家中二十四亩地，因乏劳力用了个长工，被划为富农——"地富反坏右"那是"阶级敌人"、专政对象。我始终认为，祖父是深明大义的，个人却身遭不幸。因了他给我们的这个"成分"，真的对我们贻害无穷。1942 年我父亲已是县武委会主任，又打仗又立功，样样积极，处处小心，一丁点不敢犯过，辗转到 1958 年，复又到一个县当武装部政委——退是没有退步，然而半步也没进。他一直到死，都是勤谨慎微，小心、亦步亦趋地"照着社论"办事，影响得我们兄妹也都是大晴天出门带伞。我入党那年，志愿书已填，迟迟不见批准。后来组织找我谈话，劈头就问："你还有一个姑姑，是怎么死的？为什么不填进表中？你对土改家中挨斗，是什么认识，什么态度？"家中如此，我在学校功课不佳，也是底子，老师白眼、同学讥嘲的事也自然难免，好在学校还不把我看成是"富农子弟"，不然，真的没法过了。——"落后就要挨打"这是小平的话，于国家民族是真理，放在一个团体，一个部落，一个人身上，也是放之四海而皆准，贫弱就要挨打，没有理可说。所以邓小平取消成分说，父亲讲："就这一件事，足见他是历史第一伟人。"

他讲的是当代史，是他自己的历史——我是这样理解的，就中国整个历史，何代无贱民阶层？解放贱民这件事，似乎只有雍正做过，且是很不彻底，留着许多尾巴，再就是邓小平，他真的是快手，一刀就劈碎了这玩意儿，于个人"五类分子"是"见了天日"，于国家也不拘一格了，不然我们也就不会有朱镕基这位总理。

这团笼在头上的乌云，在我们家上空盘旋了半个世纪，散去了。但半个世纪了，就是达摩面壁，也只十年，在石头上且印下了影子，何况我二月河，"好像很易欺侮的样子"——不是面壁，是"面人"的效应。

原载《随性随缘》，长江文艺出版社 2011 年 10 月出版

一件事所思所议

大约四年前吧，我在郑州。当时我的女儿以战士身份请假考军校。羁绊即为此：侍候她。一则远离南阳，我的、她的朋友难以打搅，二则多少"事"也就好推辞——图个清净。不料有一天接南阳一个电话，让我"火速"赶回南阳。

听见这个词，我就诧异得莫名。从1978年脱掉军装，别人对我说"火速"二字，实在太稀有了。问他"什么事"，这位在电话里不肯说。听出感觉是神秘。但放下电话，我又有点好笑。组织部的电话能有什么事？这么郑重其事的，肯定与干部任免有关。升官的事，还与二月河有关？

仔细想了想，还是"有关"的，几年前曾经吹过一阵风，说要安排我干个什么主席之类的活，后来不知怎的，这活又没有我的了。现在这单位又一届，这活似乎又有我的了，或者说这锅里又要下我的米了。

其实就这件事而言，你郑重其事也好，"火速"的神秘也好，吹过什么风来也好，别指望我会为此而激动、失眠，会绕室彷徨香烟缭绕，会吃饭发呆答非所问。女儿派我上街买个发卡，我忙不迭就去。这事却没感觉，有点——雅点说是"秋风过耳"或"于我如浮云"，俗点的有点亵渎：听见路人打了个喷嚏。

但是，我得很感谢组织上的关怀。人，要识抬举，知道好歹。因为这确实是省里领导同志和组织很郑重地对我的器重，很实在的厚爱，很破格的抬举：我是"副处"，越过"正处"，直达"副厅"。放在官场绝对会让一些朋友寝食难安的。

问了问省委组织部考核的人是去了南阳，南阳组织部的电话"火速"便是由此。我婉告南阳的同志，我人在郑州，上级组织部也在郑州，女儿的事不能分身，是否可以就近到省委组织部去汇报情况？很快地，我获允。

我的述告是谈了我的真实想法，一是我是共产党员，理应服从组织安排分配。二是感谢组织上对我的厚爱与期望。三是我有特殊情况：A.多年不做工作，单干写作，已经不会领导别人。B.创作任务且难完成，中途废弃损失过大。C.有的是能干而且愿干的同志来做。我当时跟与我谈话的同志笑言（他们是颇多，也是很尊重我的我的读者）："你们再找一个文联主席很容易，再找一个二月河恐怕很难。"他们很惋惜，也似乎很坚持他们的意图，临别一直送我出大楼（他们一般也不这么做的），还叮嘱"你再考虑考虑"，我笑说"你们再考虑考虑"。

我和这几位一直保持着很友好的联系，因为我从他们的眼睛中看出了尊敬与理解。

这件事在一些报刊上有过披露。我觉得很正常的一件事，但他们的意思是，我甘耐寂寞清高自守，说是我的品德好。

但我老实说，这事是来迟了，倘是我三四十岁时发生，我会怎么做？我会泡一壶酽酽的茶独自拉灯坐在沙发上思量：明天组织部找我谈话，怎样应答？第一，必须谦虚说"这是组织培——"……不对，第一必须说"组织上这样安排，我很意外，根本没想到把这重担压在我肩上……"然后，"我的能力……虽然做出一点成绩，比起组织上的要求，还有一定差距。我这个人有个优点，就是吃得苦，愿意学习，听从指挥，会努力把工作做好。"

顺着这思路，大致就是"中庸"，再不至于"错了"的。但这思路自我的《康熙大帝》第一部书面世，我就根绝了它。这并不是自感写书"作家"如何圣洁高尚，而是我给自己找到了人生定位。这就好比飞机票，或者软卧车厢铺位号——"这是我的"。既然都是在走人生路，我没有必要"换号"，就如在电影院中，有朋友来说："那边中间有个空位子，请那边坐……"我必答："这里就好。"

因为明摆着的"当作家"的感觉不是坏感觉。

但这感觉未必就对，作家下海的多了去，肯定是旧滋味有点腻，这才走人。王蒙不是也下过宦海吗？他这人作家当得好，文化部长我看当得平平。为甚的原因？昔日有句野老对联"人无风趣官必贵，案有琴书家必贫"。哎呀呀，王蒙，你有琴有书有风有趣，还要当部长，你不是"太全面"了吗？据说有人请王蒙谈谈"比较、体会"，王氏俯仰良久，答曰"当部长实惠"。

实惠那是肯定的，中国而今现在眼目下，没有比当官实惠的。只要在一个单位，管着一件别人离不了你的事，实惠如同长江水，不尽到头滚滚来，这是不问的事。就是乡长、县长、市长，那都是一方诸侯，在那一亩三分地上要风是风要雨是雨，跺跺脚地心都颤……更遑论"省里""部里"……我不想说赃官，贪墨之徒的腐败分子不是这篇要说的。即使清官，一有很多浅灰色的正常收入，二有许多浅灰色的免开支项目，三有正常正当的豁免权，四享受超级的医疗保健服务——我真的很欣羡人家这优惠，到现在如果说我还有点"当官"的系念蒂儿，那就是没法和他们"比病"——再即使没有灰色，全是"阳光"的，仅那滋味也无可代替。蒲松龄有说，叫"出则舆马，入则高堂，堂上一呼，阶下百诺，见者侧目视，侧足立……"这就是"当官"了，这种人生自我价值的超值体验也是可以让千百万挤在这条路上鹭行鹤步者亦趋亦奉了。

当官只有一宗不好：不允许你有"自己"。你每天只有三句话："臣以为……""接旨！""喳……"就是肯干能干做事，也必须在三句话的夹缝中去"透气"。

没有什么高尚的目的，也就为这几句话吧，做了开头那件浑事。

原载《随性随缘》，长江文艺出版社 2011 年 10 月出版

六八年在大同

我出生在山西，当兵又回到山西。不过，当年的昔阳穷山恶水，我都了无印象，我太小了，两岁吧？三岁？母亲便把我带到河南，绕圈子转——这有个词，叫"弋"——就以河南为中心弋。却只有一次弋出河南的，居然又回到了山西！在总后勤部下头一个工程团当了兵，这一身军装一穿就十年多，然后又弋回了南阳，合手起笔写字了。

1968年8月，我们接到命令，部队执行毛主席"五七指示"，让我们连派人去大同"学工"，这个意思许多战士不明白，但我知道，就是"穿着军装做工人"，到大同能有什么事？那里有的是煤，肯定是挖煤了。我的估计一点儿没错，不但是挖煤，而且是煤矿的先锋——掘进工。说实在的，尽管这工作不如意，然而比起上山下乡，那还是好了去了。

我有两宗毛病，都与大同有关。一是气管炎，是在大同得的。

大同冷，怎么个冷法？你在河南南阳，怎样和你说都无法感受。我们是8月中旬去的，先盖营房，我们自己住的油毡房子，已经生起火来，到国庆节前夕因为要放假，收拾现场，突然下起雪来，飘飘摇摇的雪片在旗峰山的冈峦间旋舞着翱翔，粗一看，它们似乎老在那里盘旋，似乎调皮着不肯落地那样，其实过了一会儿，山头也白了，山脚也白了。帽子上身上都是雪。在洛阳南阳上学时，也过十一，那一天肯定要集会的，学校要求所有学生，一律红领巾白衬衣蓝裤子，没听有人叫过"冷"

的。这里下雪，要穿棉衣，戴棉军帽，只是年轻人火力旺，没穿棉鞋，我们指导员弱些，我看他连大头鞋都武装上了。胡家湾的老工人告诉我，冷时节从公用自来水挑水回家水桶晃悠着溅着，到家桶面上就结了冰——你冲火车皮"呸"吐一口唾沫，紧接着用手去抠，就能把变成了冰片的唾沫取下来。冷到零下三四十摄氏度是常事。

但井下不冷，无论冬夏，都是恒温十六摄氏度。我们都穿工作棉衣下井，爆破工头一班已经把煤炸下来，散摊在撑着木柱的掌子面上，我们的任务，是把煤用铁锹铲起装进一米五高的铲车里，然后引"放"到大巷里，再用牵引车拉到四百米上面的地面——工序是这样，我是新兵，除了装车什么事也不用想、不用管，只管装车。我们班十二个人，有个老兵管挂信号灯，拿下十一个，四个推矿车的，还有七个，每天的任务是六十车，六十车就是六十吨，装完就回，大家都知道这回事，偷懒等于整自己，只有一个字，干！

这样的劳作我现在想起，还有点不可思议。我出身干部家庭，上学出来的人，有时去部队战友家，或同学家住，也装模作样帮人割割麦子，刨刨红薯，和这个"活"比起来，那简直可以算作游兴玩！我真的累呀！我觉得我铲的煤只有战友们一半多一点，怎的人家就能一气不歇低着头只管干，我扔几锹就不行了呢？我怎的就这般无用呢？而且我出汗多，出汗快，弄几下就擦汗，还是把棉衣棉裤都湿透了，"臭汗臭汗"，真的是臭，不穿这样的工作衣，不干这样的活，说给你听你体会不到。煤矿排瓦斯有个风筒，外头用鼓风机向里吹风，排除现场瓦斯，风筒直径有八十厘米吧，通身大汗的我连头带裤子钻进里面取凉，簌簌的疾风把我全身衣缝都吹透了，衣服似乎也干燥了一点，也就不热了——然后回身再挥锹铲煤。到下班上井，井上都是寒得严酷，把湿透了的衣裤冻结起，只有关节是可以活动的，冰盔冰甲回到宿舍。上下温差在四十五摄氏度左右。

干活热——吹风——出汗——湿衣——上井严寒。如今时兴的说法，这是几个关键词，关键词相连起来的意思就是气管炎。

再一宗病，抽烟。抽烟也是在大同学的。

井下作业最怕的是两条，一是"冒顶"，就是塌方；二是瓦斯爆炸。"冒顶"虽时有发生，但你小心一点，只要不是大塌方，不会有大的恐怖，工作中间也有一次十分钟的休息，半躺在煤堆上，还可以借矿灯看个小册子什么的。闭上眼，在寂静中能听到预留煤柱承受压力发出碎裂的"咯嘣嘣"的声音。但这也不要紧，它只是吓唬你，似乎从来也没有煤柱崩塌的事发生过，但矿区有可怕的流传：××年瓦斯爆炸，死了××号人……这类事不可能是假的。因为矿区工人中遇难家属就和我们是邻居。我们几个战友商量：咱们每个月有六块钱的津贴怎么用？

六块钱不是大数目，却是我的全部财产。我们想就这么一点钱，如果遇上"冒顶"或瓦斯爆炸，跟着殉葬实在太没价值，得想一个"与生命同步"的消耗办法。这六块这样分配，一块钱打牙祭，一块钱买牙膏，还有裤头——当兵的不发裤头。还有四块，买烟抽。彼时时兴说法"戴东风牌手表，抽万里牌香烟"。手表就甭想了，抽烟吧，我在大同学会抽烟，首用牌子：万里。

我这样说大同人会不是滋味，怎么在大同没学个好？其实我自己回忆起来，觉得很甜蜜，甚至很惬意。那样的怅惘与追索情怀就会因回忆来袭扰我。气管炎不是好事，抽烟也不是好习惯，好好歹歹它们都成了我终生不可或缺的一部分。我从一个无衣食之忧、无事业之心的浪荡少年，在大同洗礼了一下，有点涅槃升华了。我的意志与毅力，我的韧性与耐心，我决定燃烧自己的生命与气数一搏死拼，这样的决心也都是在大同形成的。当我在褴褛的工作衣上缠上电瓶，戴着矿灯帽，穿上长筒水鞋，蹚在混沌的井下煤水汪中时，就这样想，我现在在人生的最低谷——当然很不堪，但是，在这里，我只要努力地走，无论向哪个方向努力，我都是在向上。

三十年后，我又回了大同，这里召开国际《红楼梦》研讨会，我应邀来参加。

审量那山，还是那样的，只是树，都长得很高大了。

原载《人间世》，时代文艺出版社 2014 年 4 月出版

抢注『二月河』

几天前我到岭南讲学，突然接到北京一位律师电话：你的名字被人抢注了——是新乡一位卖饮料的。我当时正吃午餐，乍听之下，一个咳呛，把嘴里的饭全喷了出来。早前听人说，外国人抢注了"端午节"，我心里一直疑惑：端午节是纪念屈原的，和你外国人一点相干没有，你"抢注"个中国祖宗去是什么意思？不料这种事吾国也有人会干，且是干得也很认真，堂而皇之地去国家工商部门递呈子了。喷饭之余，那自然是又有些反胃。

读过我书的人大致上都晓得，我的本名叫凌解放。中国人有"行不改姓，坐不更名"这一说。我做《康熙大帝》原本也是这般思路，就用"著者：凌解放"。但后来一想，康熙是个古代人，"凌解放"这个常用语"不太和谐"。挖空心思动脑筋，不但仍是凌解放，且要回避不协调，想出"二月河"这个笔名来：二月河是个中性词，不至于与书名冲突，这是其一；其二，二月大河冰封解冻的时候，至今还有个专门的词叫"凌汛"。二月河真真实实的就是"凌解放"的意思。我的这点意思，现在已经是普及性的社会了解了。我心中其实蛮得意的：老子仍是行不改姓，坐不改名。我是河南养育的"豫儿"，但我的血统是山西的"晋儿"。前年游山西，听说山西有家企业出了个上联叫"二月河开凌解放"，有奖征求下联，至今尚无人能确对。我相信它和"烟锁池塘柳"一样，也是个绝对。

我是商品、商业不做联合之举的一个人。这倒也不为我是象牙塔的精神贵族——我一向以为，"贵族"云云，也和引车卖浆的平常百姓一样，柴米油盐酱醋茶，吃喝拉撒睡……一样不多，也少不出什么去。少年时读莱蒙托夫的《商人卡拉希尼柯夫》，使我对商人——新兴资产阶级为维护他本人人格和家族的尊严，与沙俄强权统治者做不屈抗争的事——在"以阶级斗争为纲"的年代，口中不能说什么，心里却很佩服的。但我的父母都是军人，父母的上辈是农民，自问我这家族没有"商业"基因，做文章或许有点指望，做生意肯定一塌糊涂。因此，我告诉女儿，我们家不许从商，从商肯定"不中"。因为"义不行贾"——不能太讲义气；干这事你得有商业头脑，得有运气。不信你去摸摸彩看。她还真的试了试，在公园里摸彩，花了几十元，连个乒乓球也没有摸到——也就死了心了，当兵去了。

几年前，美国一个城市的"老华"们，成立了一个"二月河读友会"。这样的松散组合，在台北也有一个，领头的是国民党原"副总裁"林洋港的秘书，叫卢鑫金。给我发来传真，想成立"二月河研究会"，我没有同意。我自认小小的，当不起这个名字："我死了之后再说，但你们几个读友想弄这个事可以。"他们也就"成立了"。他们有情义，也有点钱，他们怕我穷，想在我们这块弄一个公益性的设施，给我三百万的干股。我说不行。我有规矩，而且我不穷——彼时还没人说我是"富豪榜"上第二名。然而我有工资，尽管不多，可以养家；我有稿费，不似报上说的那般邪乎，但相当丰沛，我不挣空穴来风的钱。这个话说在这里，似乎是文不对题，但我是有意思的。我是想说给这个"抢注二月河"的人听：你要是有胆量，抢注一个当代政要人物的名字来——遑论中央领导、省领导，就算是抢注你所在市市长的名字，来卖你的饮料，我多少还对你"半个佩服"。你试试？你不敢！你要有本事，自己创一个创意来；你要有骨气，自己凭诚实的劳动挣出名堂来。

我的这个"二月河"名字当然是不错的。不少采访我的人都要问到这个问题："你怎么想起这个名字的，挺富有诗意的。"我说，思路的线索就是"凌解放"和黄河，就是黄河太阳渡旁长大的那个叫凌解放的孩子二月河。它挣来的是独独无二的美国评的"海外最受欢迎的中国作家奖"（2000年美国中国书刊、音像制品展览会评）——打开河南文艺出版社出的《乾隆皇帝》，扉页就能看到证书与奖杯。敢问你这位先生，你的"思路"和"线索"是什么？是"二月河的名气"吧？是……钱吧？想没有想过"二月河"本人的感受呢？

本来，这段文字说到此，也就够了——我对此自然是表示异议的，自然是要反对的。我请长江文艺出版社出面与官方交涉此事，不料日前南阳工商局刘局长带来又一消息，抢注二月河的不是一家，而是三家。其中一家还在等待"公示"，而另一家则早已抢注成功了五年。

这回二月河可真的傻眼了。而且接踵而来的，网络也在抢注"二月河"，几天前一位记者带来一张名片，赫然印的就是什么"二月河文化站"。公开官办的和私下悄悄的，早已有很多人在瓜分二月河了，二月河还在"躲进小楼成一统"！

思量之余，二月河决定投降，我服了。因为第一，人家是"合法"抢注，是有法律依据的。而二月河只能也通过正常法律渠道，向国家商标局表示异议。第二，能抢注的品类太多了，四十多大项一百多小项，谁都能"抢注一下"。表示异议是要掏钱的——换句话说，谁想来一下就来一下，而我每次都要掏腰包去表示异议，那得多少钱！而且，这事是五年一个轮回。就算这回你"买断"了，过五年你就再来一回……拉倒吧。你爱怎么搞你搞去吧！我决不会再向国家商标局去"异议"了！我只能立此存照，一介书生三尺微命，不与尔等苟同耳。

后果我也想过，无非：

"卖汽水啦——二月河牌的。"

"卖牛奶啦——二月河牌的。"

而且你还可以卖你这个"注"，"卖避孕套啦——二月河牌避孕套！"

笑死人了，哈哈哈哈……

原载《人间世》，时代文艺出版社 2014 年 4 月出版

追忆 1978 年

我的生命前期似乎与"8"有不解之缘。1948年我三岁，随母亲渡过黄河，从此由山西人变成河南人。1958年母亲调到南阳，我又随母亲变成纯粹的南阳人。1968年我从军，由一个满身学生味的知识青年变成了青年军人。1978年呢？

1978年是我人生重要的转捩点。比前头几个"8"的那种生活小转折不知重要多少倍。这一年，我从部队转业回南阳。

对我做出"随第二批转业"返回家乡的决定，父母亲都是不太赞同的。他们的理由是："你在部队干得好好的，领导也很器重你，你回来干吗？"他们作如是观，但我也有我很实际的想法。1978年我已三十三岁，这个年纪现在有人已经干到正团级其至副师级了，就是当时，野战军里干到正营甚至副团的也有的是了，而我还只是个连里的副指导员。部队封闭在大山里，是个独立团的架子，团长、政委虽然对我好，但他们本身也就这么大的"力度"，干下去还能怎样？再看部队图书馆的书我已大致读尽，要想学点新东西，也是难以为继——于是，我在政委跟前软磨硬泡，终于跟上第二批，转业了。

这时中国共产党的十一届三中全会即将召开，我已经在部队嗅出浓烈的"真理标准讨论"气息，从山沟里走出来，更觉得铺天盖地的都是新的信息。改革开放的呼声越来越强，真理标准大讨论的浪潮也越来越高。多年后回思这段历史，我有一种"从山里到城里"的感觉，思想得到了全新的武装。因为有了较大的阅读范围，原有的历史知识也迅速膨胀起来，这就萌生了创作的冲动。马克思主义有一条基本原理，叫"量变到质变"。我在部队十年读书十年积累，是量变；一旦环境改变，气候适宜，我要由一个军人向文人转型了，我要把自己阅世读史及观情的体味变成文字告诉读者了。

其实，写作与读书是既相关又有分割的两件事。读书是你个人的事，朗诵、轻读、默念、浏览、掩卷而思等都是你自己的事，与别人无关。写作是传播理念、思想，沟通心灵信息的，有高低、粗细、文野、深浅种种分别，与读书水准密不可分。但写作是"告诉"，是"社会的事"。因此，首先要解决的是创作理念的问题。写什么都是可以的，但写什么都是履行社会责任和你的人格责任，都要拥有堂堂正正的社会责任心。

比如我要写《康熙大帝》，我的责任编辑就告诉我，"你一定要将康熙的阴险、毒辣、残忍……写足"。这就是阶级斗争的理念，康熙是皇帝，是"封建地主阶级的总代表"，他不阴险谁阴险？他不毒辣谁毒辣？但我认为康熙是伟大的，大帝大帝，你就必须把他的"大"写足。

这一理念的确立，在真理标准大讨论之前是不可能的。康熙是封建君主，残酷镇压农民起义，剥削贫苦农民，维护地主特权……他都是有的，你歌颂他，你是什么阶级立场？

但是，真理标准的大讨论，使我有胆量做另一维思考：康熙，三次亲征准噶尔，六次南巡，停止修长城，采取民族敦睦政策，测绘全国土地，绘制《皇舆全览图》，敉平吴三桂等"三藩之乱"，解决台湾问题，这都是他的民族大义大节，史籍皆班班可考，当然是应该歌颂的。实践是检验真理的唯一标准——按这个标准，我当然可以肯定他，把他作为正面人物来塑造。这种思维，把时间推移到1978年前，整个社会都会说你是"反动的"。

我在领悟1978年，制定出了自己对历史人物评价的原则，只要是在中国历史上，对国家的统一、民族的团结做出贡献的，只要是为发展当时生产力、提高当时人民生活水平做出贡献的，只要是在当时为科技、文化、教育做出过贡献的，我都肯定他、赞扬他。如与三条"只要"相反的，我就鞭挞他、藐视他。历史上的实践，同样是检验历史人事的唯一标准——这当然是我在不断学习和创作中慢慢领悟到、体会到的。

1978年的大部分时间我尚在部队，在这之前，我有九年多的时间在军队中生活，不但学知识、学理论、学做人，而且学会思考、学会选择自己的人生之路。铁打的营盘流水的兵，二月河是一条在军队"过滤"过近十年的水，携带着深深的战士烙印——守时守信，能咬牙，能忍受，能吃苦，知道前线在哪里，一个时期只做一件事……待到冲锋号吹起，我就冲了。当我走进军队时，我还不过是个懵懂的毛头小伙子；当我从里边走出来时，我已是个拥有社会责任心的大人了。

这冲锋号，在1978年响起，从中共十一届三中全会起，响彻了全中国，也响出了一条河，我的"二月河"的含义，就是改革的春风化冰，咆哮的春水一泻而东那样的壮丽景观。

原载《旧事儿》，大象出版社2016年9月出版

读书旧事

我的家景一直不错，不是贫寒门第，但买书却是受限制的。倘是要买辅导教材，要买老师指定的图书——和课业有关的，我可以理直气壮地向爸妈伸手："老师要我们……给钱吧！"他们从没有别扭过。可是要买小人书、杂书，又好像从没有不别扭过。父亲还好，有时会给点，说："先把功课学好……"母亲则用眼盯着我："先不看那些书，你看你那功课！丢人！"

但我自幼爱看"那些书"，《哎呀疼医生》啦，《果园小姐妹》啦，《宝葫芦的故事》啦，等等。还有高一点层次的《聊斋志异》《红楼梦》，则是初中之后读的。

到哪里去读？去新华书店"蹭读"。

过去的书都是开架卖的，没有什么封闭，一架一架的新书摆在砖地上，买书的人在架中穿行选书。你站在书架边，读书吧，可以从开店门读到打烊！当然，你不能把书弄破了或者弄脏了。你看书，工作人员是不会骚扰、干涉你的。我读"三言"，读"二拍"，读《西游记》，读《水浒传》《聊斋志异》，都是在这里站着读下来的。

我本也是去图书馆借书读的，这当然方便。学校里一般都有个小图书馆，但书少，还要看管理员脸色，渐渐就不去了。有一次到外头图书馆借阅王士禛的《池北偶谈》——那是线装珍版，当时书店无售，管理员呵斥我："你凭什么借这套书？！这是珍版！"从此，我再也没有踏进图书馆一步。我成名后，他们需要一张我"在图书馆看资料"的照片，我还是去照了。这里毕竟还是给过我一些东西，不能记人小过忘人大情。

就我的感觉，新华书店的人更开明一点，而且这里的书并不少。我在这里买过五辑《清史资料》，许多中国第一历史档案馆的辑本，大量的清人笔记和笔记小说……我大致是买书不借书的。我的藏书有一些是从废品站买来的，多数则来自书店，其中一些是很珍贵的孤本。

新华书店成立七十周年了，谨以此文纪念我心中神圣的精神殿堂。

原载《旧事儿》，大象出版社 2016 年 9 月出版

我就是鸡的性格

鸡是一种动物，也是十二生肖的一种。我们每个人生来都对应一个生肖，从此有一种动物与我们一生相连，这是不可改变的。也因此让你与对应的这种动物有了一种不同于其他动物的亲近感。

我属鸡，所以对于鸡，也一直情有独钟。对它，也比其他动物多了一些留意。

十二生肖来源于原始社会的图腾崇拜。鸡作为"六畜"的一种入选，也说明了先民对其的崇拜与信赖。

农村院子里普普通通的鸡，其实是不寻常的。西汉刘向《新序》中说，鸡有"五德"："头戴冠者，文也；足傅距者，武也；敌在前敢斗者，勇也；见食相呼，仁也；守夜不失时，信也。"你们看，文、武、勇、仁、信，生动地刻画出鸡的相貌和禀性，多么了不起。也因此，鸡有了"德禽"的雅号，成为一种勇仁兼备、足可信赖的动物，再加上"鸡"谐音"吉"，古人又把它视为美好的吉祥物。

作为属鸡人，这是让人骄傲的事。

鸡的身上，优秀品质太多了。它首先会带给人时间观念。公鸡诚信地恪守着时间法则，风雨无阻。在农村，公鸡打鸣都是和清晨的到来联系在一起的，尤其是在还没有钟表的从前。鸡打鸣了，新的一天就开始了。自古以来，具有远大抱负的人都会闻鸡起舞。因此鸡像家长，像老师，像天下的掌管者，催你勤奋，让你奋进。其次，鸡还是一种善良与重友情、极具包容心的动物。你如果观察过鸡，就会发现这样一种现象，公鸡刨出食物时常常不舍得吃，而要让给母鸡与别的鸡；而早晨鸡出窝的那一刻，公鸡也常常会先伸头出去侦察一番，确保安全后退让一旁恭送母鸡先出去呼吸第一口新鲜空气。这些行为将鸡身上的友谊与美好爱情等特征体现得淋漓尽致。说公鸡是翩翩君子，一点也不错。这也是中华民族传统美德的一种沿袭，是和谐关系的一种美好体现。这种行为展现的是鸡性，实际也是人性。所以从这个角度说，人们会喜欢鸡，喜欢鸡的性格，喜欢鸡的品质，喜欢鸡的吉祥，喜欢鸡的谦让与友好，当然也喜欢传承鸡身上的优良品德。

十二生肖中，每种动物个性不同，形象与寓意也不同，比如老虎代表威猛勇敢；猴子则是灵巧、灵动的象征……各有个性与特点。中国人也习惯把人的性格囊括到十二生肖当中，反过来也把生肖的性格复制到人的身上，这是我们中华民族独有的美德组成部分，是中国人应该珍惜的独特文化。

每个人都有一种生肖相配，因此人们常常会按十二生肖来区分人与人之间的个性差别，而每个人也会在有意无意间按各自所属的生肖来甄别自己的行为，考量所作所为的正当与否。十二生肖可以说是十二类人性标准，也是中华民族的人性标准，当然更是追求个性善良发展的方向标与标准线。

至于有的人会把人的性格与各自的属相联系起来，我觉得这个说法可以有，但肯定不对。十二生肖中，马、牛、羊、鸡、狗、猪"六畜"是人们为了经济目的与生存而驯养的动物，普遍温驯和善；而鼠、虎、兔、龙、蛇、猴"六善"则会在一定程度上骚扰人类生活。从性格上说，它们有的欢快明媚，有的悲哀忧郁，有的凶猛、令人畏惧，但我们不能因此而与人进行对应。就与地域一样，什么地方都有好人，什么地方也都会出坏人。因此人的好坏与属相无关。同样的属相中，好的让人喷之不忍，坏的让人恨之入骨。所以不能把属相作为划分好人与坏人的标准。生肖只体现一种简单个性，是对事物表相理解的某种展示，是其中一个组成部分，与人的个性没有太大的关系。

说到鸡的性格，我觉得最大的就是不愿意停止，低首时奋力劳作，抬首时昂扬前行，这是鸡最重要的属性之一。从这个角度来说，我本人也是这个样子，比如从年龄上已经感觉自己到头了，但还是不想停下来，想继续做点事情，想为更多的读者奉献点好东西，似乎这样才心安、才满足。

我之前一直是这样，之后也始终会保持这样。

原载《映像》2017 年第 1 期

百里奚岗边

三十年前，我写过这篇文章，倒也并非为显示"有才华"，也不为了百里奚在中国历史上的显赫地位，说透了，是很偏颇的一个意思。

我初转业，因未分房，就住在火车站老伴的宿舍里。晚上躺下去夫妇聊闲话，我问这车站一带的高岗叫什么，妻说："叫百里奚岗，这上边就叫百里奚！"我自己是读过《东周列国志》的，百里奚是其中很要紧的一个人物，他的住地就在附近？赶紧到文物单位去查，到图书馆去阅读资料——一点不假，认得真真，这个百里奚就是那个百里奚！他住的这个岗就是他牧牛的地儿，名叫"百里奚"，坐落在南阳城西向镇平走的国道上面。百里奚就这样进入了我的眼帘。他这个级别的历史人物在南阳数目不少，后来也就渐渐淡出了我的脑海，但这个人是春秋重量级的人物，对秦国历史，乃至世界历史都有重要影响，这个我是知道的——他不一般，他传奇！

想一想就可明白，他是从虢国逃过来的，历史上有名的假途灭虢，就是这场说不上什么原因的战争害得他逃亡到南阳来放牛。我从陕县过来，那里就是虢国地面，也来了南阳，又住在百里奚岗下，自然与他有一种格外的贴近之情。

平日与同行们说起来，怎样用五张羊皮换百里奚、百里妻怎样送行、离开楚国——百里奚的故事真正精彩的部分不在三门峡和陕县，而是南阳。但我也就是"知道"而已，并没有多嘴。只是偶尔遐想：百草连天的百里奚岗坡上走动、起卧着一群牛，这么个七十多岁的老爷子，穿着破布袍，呆坐在草丛中放牧它们。偶尔还想，上面应该有个小百里奚庙，有一匾石碑，有一处小湖泊，水草非常丰满。虽说想过，却没有去过，我想的那些东西有过，现在已经泯灭了……

但部里科里的工作，永远都是那么回事。周一例会，总结一周的工作，安排本周的事务，诸如开会筹备，材料准备，文化事业调查、建议，接待来南阳的外地文化名流——我就忙活这些事。但大会总结，领导讲话，别有高手去办，轮不到我，我也不去争取。平时心中暗忖，他们弄的那些东西"算个球"！但他们和我在弄这个时还是很认真贴实的，但这个时候却发生了与百里奚有关的情况。

事情这样出来的。我们每周弄材料送地委宣传部，诸如情况汇集之类的材料都是我的活。有一次去，他们将我上周写的材料发还了我说，这是你写的稿子，我们改过了，你再抄一抄送给我们。

我一看，立刻红了脸。这确是我写的稿子，共计不到两千字，上面涂得一塌糊涂，红笔勾蓝笔描，又勾又画，全稿已看不清楚，有的如同戏剧演员将上场时勾了半边的脸。通篇只有几十个字看得清是我写的，其余都"模糊"了，地区宣传部的同志看我的脸色，笑着说："这事很正常，我们当初也都这样，稿子就是让人改的嘛！"

没错，稿子就是让人改的，不然就不叫"稿子"，但对我而言，觉得却是莫名的羞辱！我在部队十余年，长期在团宣传部门工作，写了不计其数的稿子，除了省报地方报刊载，上级转发表彰的也不在少数——怎么就一塌糊涂到如此地步，两千字不到的寻常小稿，你就改得只余下几十个字！好忍心哪！然而这事没法与人争，尤其不能与上级争，得自己来！思路完整后，默然而退。

我发现当时的《河南日报》在不定期地刊登中州人物，篇幅不大，很醒目的一块，就这么登着。想了想便决定写一篇《百里奚》的中州人物，从百里奚的出身到他再度被困，逃亡南阳牧牛到与妻分手，直到他又复相秦，夫妻长歌相认，诸事写了一篇短论。很快，《河南日报》便刊出来了。人们都还看报纸的。我相信修改我稿子的同志也很快看到了。因为，从那以后他再也没有改动我稿子一个字。

这件事，我做得对不对，一下子我还说不准。因为他不是故意要我难堪的，我也不是故意这么做的，这和我后来写小说情况仿佛：好与不佳，不由我说。一切由人和社会相许认承，谁说了也不算。

但百里奚呢？百里奚还是百里奚，他在西郊的百里奚岗。牧民没有了，小庙也倾圮了，石碑也消失了，但它的秋草、白云、湖泊毕竟仍在，无言地告诉着南阳人什么。

我们现在仍忘不了百里奚，并不为一篇小小介绍文章，为的是把他请出来，为人们的今天的社会发展尽出一份力来。

百里奚岗，仍在南阳的西郊，向南一片开阔地，向北向西就出城了，岗上一片白茅野地，中间还夹着小珠似的湖泊，湖泊周边都是连天衰草微起微伏在草地上。他为什么会选这块上地作为那再起的蛰伏处呢？凡事怕动心思，肯动心思也就明白了。当时列国除了秦楚，韩赵魏申郑齐列国都在争夺人才，百里奚选在南阳西岗，是在这里等待，等待着哪个国家有邀请他的诚意，然后决定去向。什么五张羊皮呀，什么押送唱歌呀，都证明了这一点。他首选是楚国，但秦国比楚国更诚恳更真实，于是转而一心向秦去了。

躲在这里放牛，应该说在百里奚心目中，是打算落脚到秦国去的意向多。因为从这里到楚国，只有从百里奚岗上下来登船向白河，然后汉水，就走了通衢大道。可事实上如果按战俘押着，一条路走宛洛古道，再西向入秦，便利一点说就从此地西行进入商洛武关也入了秦。他很可能就是从商洛武关进入秦国的，然山路狭隘，坎坷曲折不易西行，所以路上教会押送士兵边唱歌边行走，走得有劲持久，追兵也未必能追上。这里可以从侧面看到百里奚的政治智慧，不动声色地往兵士心中灌注乐观主义情绪，这在春秋时期政治家经历中算得上是一个创新呢！百里奚的老伴也可以说是个智者。她在最终会见百里奚时是唱着宫廷乐曲走近他的，"夫文绣，妻浣衣。父梁肉，子啼饥。"是她一家悲惨遭遇的极境，都被她唱了出来，这便构成了动人的夫妻、父子相会的千古绝唱景观。而这个景观的主导演就是百里奚的夫人，一位机敏聪慧的政治行者风貌展现在世人面前。由此妄臆揣度，我认为百里奚隐居南阳从头到尾都没有离开过这位老太太。

百里奚的一生是大美的一生，凄楚和婉回曲折的经历，悲怆与壮观的政治经络，树建功勋和人性完美的完整场景，尽数集中在这个历史人物身上，把奇迹与现实巧妙融会在一起，演出了一幕创时代创新业的壮剧，为我们后来者留下了无尽的思索。

我们今天建设大美南阳，应该记住这个人物这个岗，为大美南阳里的大美人物留下一席历史封地。

原载 2017 年 4 月 28 日《南阳日报》

印证平常心

几天前，山西省昔阳县来了几位同志。为首的是昔阳县政府的常务副县长，还有我老家镇上的党委书记，我们村的村主任，拼车来宛。谈了一个消息，昔阳县委斥巨资把我的老家重修了一遍，作为"二月河故居"对外开放。他们还带来了影集和示意图标志、照片，希望能听取我的意见。

这件事早几年就听说了。都是家乡人在家乡折腾，我不大理会。现在突然成了事实，要听我的意见！我有什么说的呢？

现在利用名人在家乡弄故居、搞展览馆、开旅游点已经成了一种风气……据我所知，陕西有，河北有，山西也有的。在旅游已成大气候的今日，这算不上一件惊世骇俗的奇事。何况我家老院本就是乾隆年间的建筑，构成一个喜字院，一个福字院。即使不修整，它也是文物。站在我的角度：此路非我开，此风非我助。宣传我的作用不言而喻，况且是家乡一些人的夙愿，我是不做反对态度的。

我的社会名声也是个"够"。中国作协的主席团委员，实际就是作协的常务编委，新中国成立以来河南省也就我这么一位，在南阳算得上一个头面人物呢！近几届党的全国代表，全国人大代表，还列席过一次中央全会，这个社会身份本就已"够牛"的了，现在这么一搞岂非更牛？

但是作为旅游宣传，我觉得是有问题的。倘若中国作协的这些中心人物全都一股脑地弄起来，把我们旅游景点弄得像沙丁鱼罐头，碰脚便是，触手可及，不论读者怎样想，官方又如何做，我个人认为从文化角度思考，等于给我们国家又出了一道难题。如戏妆里的小旦，本来很漂亮，偏用油墨给她脸上又来了一道油彩！品起来是什么味道呢？再说，中国从古到今名人不计其数，从宋代的柳永算起到祝枝山、唐寅、汤显祖、曹雪芹、施耐庵……这么排下来是多么庞大的一支队伍！左想右想，想来想去，想起我自己曾说过的一句话："提起笔来老子天下第一，放下笔时夹着尾巴做人。"现在我在郑州大学有职务，是博士生导师，还带着几位博士生，导师就这个样？

　　这么着思索，答案也就有了。我告诉家乡来客：感谢他们一片真诚的好意，现在不正在构建"美丽农村"吗，乡里修这房子作为一个支点，为县里旅游事业效力，作为文化景点发展乡间文化大院岂不更好？我哥哥凌振祥更有思考：乾隆时的地上建筑已经不多，可以作为文物修复起来使用。至于我，我想也不可过拂众意，在生我那间西厢小房前加注一个小牌子，上面就写上"二月河出生于此"几个字，这就满可以的了。

　　就这样给了县里回答，我心想这算是一场"名声之波"吧。"波"过了也就风平浪静了。不料几个南方寺院方丈发来短信，都说我的字好。河北方向也有大寺院和尚这么说。

　　又是一窝蜂！

　　我的字好？老天爷，真是浩天瞎话！我从小不练字。上小学，老师家长没有一个人看中我的字。上初中，天天被妈妈训斥："写的什么字？你爸只上过小学，我一天学也没上过，都比你强！丢人！"上高中，老师同学同斥："写的字和狗枝杈一样。"参军，回南阳上班，战友同事从来没人说过我的字好的话。在红学会，人家请我题词，一位朋友悄悄和我说："我原来练魏碑，从来不敢在这种场合卖弄。今天看了你的字，我觉得我还可以！"这么个评价背了十几年，我已习惯了。现在突然之间，全国书法协会办书展、有名的寺庙、重要的场合纷纷找我要字，一口一个书画家，我真的不敢信，也不接受。不过我想也就是写字罢了，逢场作戏画几笔，凑一凑场合，也不算怎么了不得的事。这东西应承了也就应承了，别人不好当面让我难堪，背地撕了也就罢了。我向寺里几位方丈回短信说："对佛教文化，我尊敬！对于您，我也尊敬！但我的社会身份不宜在寺院大雄宝殿柱上立名张扬。"——就这样应对。

"放下笔，夹着尾巴做人"，不单指这些社会活动。不吹牛，不张扬，不甩牌子，我以为主要是需要保持平常人心态。我在郑州大学还算是个"博导"，带着几位年轻人，面对年轻人要有敬重心，面对南阳市委要有尊崇心，面对河南人、南阳人要有"谨庄心"。我今天这些社会地位都是他们给的。省劳模、全国劳模、特殊津贴都是蒙组织上和周围南阳市人民慷慨赐予，凭什么可以"一阔脸就变"？所以重要的不是表面的谦善、唯唯诺诺和礼让，而是真正认清自己，当好一个心态平静的人，把读者、把战友和周围的打字员、通信员和清洁工认为师友和同行。这样，放下笔时的姿态便对头了。作家本身就应该是人的朋友。朋友与朋友交，最重要的，我看不是理想、抱负、志向这些物件的沟通，而是"平等"。朋友的朋，如果一个"月"字写得大，另一个写得小，那就变味了，什么字也不像了！

原载 2018 年 1 月 5 日《南阳日报》

戒烟之趣事

　　抽烟容易戒烟难，这似乎是个普遍的规律。我从二十三岁开始抽烟的吧，不客气地说前二十年中间每半年都要戒一次，有时也真的戒绝，真的一根也不抽了。但经不起刺激，经不起引诱，甚至经不起一阵寂寞，闲坐在那里便开始用眼睛搜索家中烟的痕迹，空烟盒、火柴、打火机、抽剩下的烟头，扫地那样地毯式搜索，再不然就捡烟头，哪怕抽得只余一寸长的秃烟头都捡起来、堆起来、垛出来。您可以想象，一边是我打着赤膊浑身是汗，用颤抖着的手把烟屁股小心剥开，再倒到一张小白纸条上，然后卷起，一根一根烟就又重现人间。在竹椅上擦了汗躺下身子，一口一口品吸那烟屁股重新卷起的烟，甭提心中有多滋润了！但也有时住室清扫过，没有烟头，这怎么办？我就横下一条心脱得全身只剩一条短裤，浑身贴地趴到床下，在床下靠墙根床腿部位，一点一点摸索着去找，功夫不负有心人，这方法虽笨，大致是不会扑空的，有时也能找到几个，如法炮制了总也能重抽几只香烟屁股——但此法用过，房里是不能指望再可找出烟头来的了。今天已经不成，天亮赶快起身去买烟来——大约每次戒烟都是这个结局。开始还不觉得什么，后来干脆就买两盒放在不易取处，待到抽这烟时就意识到：该买烟了，必须赶紧买烟去了。我曾对朋友说："戒烟不是难事，我就戒了几十次！"回想至今，我抽烟史已达近半个世纪，最说不起的，也就是戒烟这回事。

　　也有两次，事先下了绝对决心不再重复旧路，戒死了！这么着我又发现，越是决心大，到时候想恢复抽烟那种冲动和欲望便愈加强烈。说起来真是不好意思的，三更半夜到街门口路灯下捡烟头的事我都干过！

二手烟有害，家里人都知道，我是作家，写东西抽烟好像人人都能体谅。老伴、女儿有时就忍着，有时借故出门躲着。

广告上那些关于抽烟危害吓人的广告词有时也能警醒我、敲打我，但时间长了，也就不太在意了。我说广告词，是我们正经媒体的正经社会广告。有案例、有说明、有事实、有根据，如若全然不信那就太傻了。但我们生活中还有一些副广告词，没有道理，但有事实，说的也是头头是道："周恩来七十三，只喝酒不抽烟；毛泽东八十三，不喝酒只抽烟；邓小平九十三，又喝酒又抽烟""马克思不喝酒只抽烟，著作传世寿绵绵；列宁同志不抽烟，十月革命生命完""'非典'病人中没有烟民，没有小孩"……诸如此类，凡此种种，也是不一而是。我是个写稿子的人，一辈子卖文为生，也曾有人向我约写戒烟稿子的，我有时也真的接受这个写作任务。但事实上写不好，别忘了诗有诗情，文有文思，正面、负面的广告在我脑子中天天折腾。写稿子时难说不受影响，说到戒烟，戒烟的优点和缺点一齐来，写稿子时不自觉地便流露出去，比如说"对戒烟的优点言过其实""抽烟能提神"诸类的话也说了去。约稿的人也不敢轻易用。我看到一位漫画家画画，一边一高沓写好的稿纸，一边是好大一堆烟灰，画家打了赤膊浑身大汗和我寻烟蒂时毫无二致，他打着手稿叼着烟卷在作文题目上写《十论抽烟的危害性》，我看画当场就笑出鼻涕来了！

抽烟是当年入伍到部队学会的。工程兵，说白了是一个挖煤的。大煤窑，煤井下又阴又黑，煤柱子咚嘣咚嘣脆响，几个大头兵一块儿商量，我们每个月还有六元钱津贴，不能说完就完连个印儿也不留，要寻找一种与生命大致同步的价值消耗——这就选中了抽烟。这几十年中，政治宣传反复变化也都习以为常，只是戒烟的宣传可以说是始终如一的。从大厅中戒烟到全院禁烟、全车禁烟，大小告示贴得满天下，瞎子也能记下来了，抽烟的人好比围歼战中的敌军，圈子越来越小，危害性越说越深，长久地说、不断地说，行政命令加上良言劝说，还有罚款、批评、规劝，实实在在的一场"戒烟"的人民战争。烟民由不在意而变得在意，力戒和驰戒的都有，拥护抽烟的几乎是没有了的。抽烟不止的人也是越来越少了，现在别说在医院，在车站，在汽车上、火车上，就是在家里抽烟，有时老伴也会耳边提醒："家里有小孩，你注意点，到窗台那边去。"在车站候车，闲得无聊想抽一支，刚刚点燃就有服务生过来："先生！这里抽烟罚款五元。"无论什么地方都有劝说"公共场合，请勿吸烟"——抽烟的人无论贵贱老少，同在这种强大的"被围歼"的社会氛围之中。我自己的感觉，抽烟就同做贼一般，是贼，人人喊打。

但说老实话，我并没有完全戒烟。我只是觉得家里人能约束我这个家长，说明我们的社会在进步，说明保守和退步没有出路。我不做这种没有出路的贼！我还要努力戒烟。

本文系作者生前遗存稿

师
友
情

恩师虽远去，思绪永缅怀

——怀念冯其庸先生

我与冯其庸先生的交往历史，现在很多读者都知道了。其实当年初次给冯先生写信时，我只是隐约地知道他是一位著名学者。究竟他在哪里工作，是什么职务，我一概是不了解的。

我当年在南阳市委宣传部工作，部里订购了全国很多杂志，有数十种的样子吧。为了寻找一个出版或写作门路，我把这些杂志全部摆放在长条桌上，依次一本地审视分析，最终我选中了《红楼梦学刊》。

我本就未打算终身泡在《红楼梦》研究这个学界里造出什么新的论点的，人生成功之路分成"硬着陆"和"软着陆"两种形式。像各位老师、同学一步一步从小学走到大学毕业，沿着一条铺满鲜花的道路走向成功，叫"软着陆"；像我这样没有这个条件坐在高空飞机上，也不用降落伞，眼一闭跳下去，叫"硬着陆"。我的思维以后在几所大学里讲课时表述得很清楚：我想借用《红楼梦》这个平台实现自己"硬着陆"的梦想。第一，我在初、高中时便喜读《红楼梦》，对《红楼梦》中的人物形象有一些自己的观察和思考，对这部书的结构和构思也有一些自己的想法，写这类文章觉得不至于太费劲。第二，在当时，"文革"结束不久，按我当时的想法：老一辈红学家因对"文革"心存疑惧，未必能放得开写《红楼梦》论文，而新一代的红学新人有一个成熟的过程，这个杂志处的时期比较特殊。第三，《红楼梦学刊》是一本贵族杂志，一般读者不易投稿成功。在杂志上发表文章的多是大学老师，职称至少也是讲师。发表出文章容易为社会注目，杂志影响大，作者在社会上也就会有更大的读者群。在"文革"结束、新时代诞生之时，这本杂志可能起到社会桥梁作用——事情就是这样确定下来的。

刊物定下来了，寄给谁？我依旧一片茫然。看了看刊物评委名录，除了李希凡，一个也不晓得，再仔细一点，发现评委里头有"常务"，常务评委名字的肩头画着一个 ✳ 字花——这就是个标志。带 ✳ 字花的常委里，头一个便是冯其庸，名字就这样确定下来了。我当时考虑过李希凡，但我认为他可能是学刊的领导或学会的行政干部，未必管着这些事务，而这时想起来冯其庸的文名是极高的，同时也是什么大学的教授。当时什么也不懂，坐在办公室里充分发挥想象力——稿子投给谁，更能引起重视，能更快地面世是第一位的事。冯其庸的名字就这样确定下来。

这里的描述还是慌乱了一点。应该说在确定《红楼梦学刊》为主攻方向之后，我立即将手头的一篇红学文章寄了出去。但半年过去了，既没有见到退稿，也没有回信，更不见稿子有发出的迹象。这时确认了找冯其庸，我下了决心，一定要有个结果和眉目。于是在发出稿件《史湘云是"禄蠹"吗？》的同时，我给冯先生写了一封信附上，意思是说：师者，所以传道、受业、解惑也，我今有疑，请老师开导之。我，作为一个业余的红楼爱好者，写一篇万余字的文章是很不容易的事，但写出来了寄出去了不见回音，使我很困惑。这里我给老师再寄一份稿件请阅，倘凌解放根本就不可能在红学界有所建树，请老师垂赐几字，我即不在这个领域继续折腾，倘老师看我尚有一线之明，亦请先生告知几字，我便再在此更作努力。

这封信连稿子寄出一周左右，冯其庸先生的亲笔回信就到了。他写的信比我给他的信还要长。他说：解放同志，来信及稿件均已收阅，文章很好，显示出作者炼字炼句的功夫，结构也相当合理流畅，我已建议学刊发表。我意文章以坚实为好，其内如精金美玉，其外则富文采，读来犹如汉书下酒也，我已建议您参加全国《红楼梦》学术讨论会，盼能届时一见以慰渴想，云云。一律细笔毛笔竖行书写，甚合我的古文阅读习惯。

我确实十分高兴。虽然冯先生自己的经历和学术成果在我心目中依旧茫然，但我周围的朋友告诉我：这是一位文豪，毛主席曾经赞赏过他。在北京文艺界、学术界是一位全国甚至全世界都有一定影响的文人。能给你写这样一封亲笔信，是你有福。种种议论在我身边朋友中诵说，都是赞许冯先生的话，也有夸奖我的话，混在一处，很使我感慨激动。于是索性又写了几篇红学论文——今天的学界仍称其为"探佚学"的文章，不停地寄往北京，寄给冯先生，连冯先生的爱人夏老师和他的家人都知道了我，并说"这个人很能写"。

"很能写"是不敢当。然而当年刚过而立，心雄万夫的劲头和干活不怕累的体态支撑着我，又有冯先生这样的人称许和表彰，我如同写作癫狂了的人一样昼夜操作，写红楼论文，写随笔札记，查阅历史资料，一搞就是后半夜，蒙眬睡醒便接着写——这是一生写作最勤最快最狂热的时期——实际上，这时我还不曾与冯先生有一面之缘。

1981年就这样过来了。待到了1982年春夏之交，全国红楼梦学会第三次年会在上海师院召开。我作为正式代表参加了这次年会，这年我三十七岁。真的如我原本分析的那样，来开会的代表基本上都是大学老师，也是《红楼梦学刊》的作者。所意想不到的这些人似乎都很年轻，不是我想象的那样老态毕现，说话言语诙谐便捷，一点儿学究气也没有，思维显得活跃灵动——我原来想他们不成熟，老红学家心有余悸，等等，根本就不是那个样子——冯其庸老师就坐在主席台上的中间位置一席——这是中国所有公共会场大家共同面对的规律——他是学会最高的领导。到这时我才知道他是中国红楼梦学会的主席。

会议的分组也是按学院所在地域分的，四川的、广东的、湖北的——都是这样，这样会议管理方便一些。可是还有不在大学教书的人，比如说我：

南阳市委宣传部宣传科长——这个单位和职务在这样的会议上参会，怎么看都觉得"怪"。但分组下来，我还是去了我该去的组。各地来参会的新闻报道人员、刊物编辑和自由学术人大致都分到了这个组。

我当然坐在台下，而且是自由选位。我选了一处靠通道的位置，在主席团闭幕下台回宿舍的必经之路坐下，一边审视打量冯其庸先生和其他要员，一边寻思等会儿冯先生从这里经过，我该如何应对。

冯先生不似我想象的那样随和，那样亲切和蔼。他端坐主持会议，无一苟且应酬之言，无一无缘一笑，也不交头接耳与人随便言语，"这是个热水瓶性格"……当时我便做出这样的结论。以后多少年与冯先生接触，和冯先生所作所为对照，我没有改变过作如是想：热水瓶一样的伟人，激荡的精神，满腹的学问，充盈的智慧与热情，待物待人的亲爱温馨都包容在他的严肃冷静和不动声色的外表之中，不深入接触，你是得不到的。但这些想法归根到底也只是一点想法而已。在那次学术会议中，我没有保留这个想法，却也没有再度深思它。

学术年会开幕式很快就结束了。在我的印象里，这里的会议气氛和家里市委和单位会议的氛围不一样，人们发言很热烈，学术气氛很浓，直话直说半点情面也不留。有一位先生指摘另一位先生："你根本不是在研究朱批，你始终是在玩弄朱批！"这一类尖锐批评，我在平常的会议中是根本听不到的。但这里的学人们似乎也只是听听，大家都很平静。待到中午会议结束，冯其庸和代表们一起离座开始退场，我立刻停止了一切想法，坐直了身子，等冯先生从我身边走过时，我便起身，鞠躬握手自我介绍。

"冯先生，我叫凌解放，来自河南南阳。"

"哦哦，好好！"冯其庸笑着和会上其他人打招呼，一边对我说道，"你来开会，很好！"

然后他又放低了嗓门说道："这里人多，白天人杂，这样——我就住在

×楼××房间，吃过晚饭你到我宿舍来，我们详细谈谈。"说完便随人流退出去了。

晚七时多一点的时节，我去×楼三楼拜会冯先生。他那里有人正在谈话，我便不言语坐在旁边听他们谈红学不同的观点。八时左右，人们便纷纷离去，冯先生便让我坐到他的对面。他没说什么寒暄的话，一开口就说："《红楼梦学刊》是全国唯一的红学学术刊物，你投稿很多，积极性很高，这是我们欢迎的。但你必须明白全国的大学老师们共同维持这样一个刊物，不加节制连续刊载你的文章是不可能的。"他顿了一下："不过我认为你还是可以持续不断地写一点红学论文，刊物可以适当载用，但更多文章要自行消化。比如写作一点专集，刊出你的红学专著是比较合适的。"我忙说："我就是为这件事着急的，我只有高中学历。在刊物界，新闻媒体编辑中一个稍为熟悉一点的编辑和负责人也没有。写出文章给谁？谁用？我找哪个来为我出专著？"冯先生听了微笑："这件事我也想过，不须你自己费心，我来为你寻找出版社、出版人。"我所日思夜想无门可入的问题原来先生早有打算。如果能出专著，在出版社出书，何必纠缠"学刊"不放？我当时一笑说："有先生这句话，我的心就放下了！我在出版社毫无根底，也没有一个像样的出版朋友、编辑什么的对我稍加注目，写出的东西无法处理，那还不是一堆废纸？"冯先生哈哈一笑说道："放心吧——我来处理，不会有什么问题的。"停顿了一下，他又问："你分组分在哪个大学区域？"我忙回答："我是南阳市委机关工作人员，跟记者和刊物编辑这些朋友们分在一个组。"冯先生点头说道："这就对了，这个组里编辑、编导和出版社负责人多，你正好在这里抽空可以多交流一点。你的文章我已阅读了不少，我认为选择一个合适方向，你搞文学创作的成功机会会大一些。你的文章文笔很好，是写作文学作品的手法，更适合这个门类。"这是一条重要信息，我当时立刻点头称是："我一定好好选择突破方向！"我们的谈话也就结束了。现在回想起来，一句废话也没有，一句无用的应酬话也未说，匆匆来，匆匆退回宿舍。

这个杂乱的小组的讨论，基本上是不扯红学会学术上的正事的，扯的都是社会传闻，某学者与某学者开始论战，谁和谁又言归于好，社会上电影界和电视界明星们出入碰撞之类。在我看来，这些话题又新鲜又觉无用，谈论到第二天中午要散会时，有一位先生，他大概是哪个大学校务处的，在旁边说道："现在电视剧、小说都看不下去。康熙这个人八岁登基，十六岁庙谟运独智擒鳌拜，三次亲征准噶尔，六次南巡，帝王里头有几个人能和他比的？到现在没有一部像样的文学作品……"我就坐在他斜对面靠窗处，他这一段话好似拨开了我眼前一片浓雾：我正在寻找方向呢，这不就是一个现成的公开机会出来了！于是我大声接了上来："这个题材的小说，我来写！"众人乱纷纷地在旁说笑："你写，你写，我给你出书！"——《康熙大帝》的创作动议就是这样提出来的。

本来这是一件想都想不到的好事，我整天日思夜想的就是有人肯于承担它的出版任务。现在这么多人一哄而起说给我出书，我理应兴奋激动，至少我应该询问一下大家的电话号码，这也是久久期待的事呀！可是没有去做。我被这个题目震住了，我完全浸在这个愉快里，其余该做的事忘得精光。

但这毕竟是我终生难忘的会议。不但跟着别的代表学到了新的红学知识，知道了红学会内部事业发展的规律，听到了冯先生对我的事业发展的想法和建议，还确立了自己创作的题目和方向，这些统统都是在会前想也没想过的，并且我和冯先生的一些学生如张庆善、孙玉明等人都在会间熟悉，成了很要好的朋友。

当然在之后的工作和生活中，我又进入了文学界，由完全的不知名逐渐变成了中国作协的会员，全国作协的委员、主席团委员，从职务的重要性而言，比红楼梦学会似乎还要高一点，整个河南省的中国作协主席团委员也只有我一人而已。尽管如此，我还认为我的根子是扎在中国红学界的。每当来京开会，无论党代会还是人代会，我都把中国红学会看成自己的娘家，中国作协呢？待我也很厚道，中国作协也是娘家，但是我的后娘家。我每来北京见了张庆善诸人，坐在一起，聊天谈掌故，说段子，谈故事，如同最亲的兄弟热烈且不加设防，有什么顺口即出，而和其他人在一块儿尽管很讲礼貌很讲究朋友交情，但每动一言语，总要做准备"防着不要说错了"——这就是亲娘家与后娘家的区分。

从这次红学会年会之后，我又在贵州红学会上当选为中国红楼梦学会的理事。但这个时候我的主要力量已经放在了"康熙"身上：准备资料，收集康熙的有关民间传说；从清人笔记上阅读康熙年间的种种记载；在文化上多有一些准备；一边读，一边记录，一边整理，一边写。这应该感谢我有较好的古文水平，这些清代人写的文言笔记其实很好懂，有点类似我们今人在阅读旧刊物、旧报纸那样，也很容易记忆和吸取。在阅读过程中，有心得或收获，也可随时记录下来，甚至写成短文在报纸上发表，我在当地一些团体和文界朋友中已经有了一些知名度。

大约在1985年初夏，五月份左右，冯先生到南阳来了。南阳本不在他计划日程之中，他本是带着研究生到四川去的，中途在洛阳下了火车，南阳彼时没有火车站，冯先生坐公交车从洛阳到南阳，打电话告知了我。我的心情谁都能想象得来——我在南阳市委本就是负责外地文化人士来宛接待的，就是说：接待冯先生我连假也不用请，也不用告知哪位长官领导。我把冯先生师生两个安置在南阳军分区招待所，大致规划了一下他们在南阳的起居行程，便去见冯先生。

"你现在在干什么？"冯先生和我仍是无客气言语，他仍是他的热水瓶性格，无遮无掩直口直问，"这半年我一直在等你的稿子，可是连一篇也没有等到，也没有见到你有信来！"我赶快老实回答："这半年忙着写稿子，我记着老师的话，没敢再给学刊发寄——我写了三种稿子，现在正是站在十字路口，老师来得正好，我正要请教您呢！"我请先生安坐，我谈了我写作的情况和规划，"我写三种稿子，一、《红楼梦》的论文，二、《掇红集》，三、《康熙大帝》写了一部分。"

"你的红学论文不用拿来了，我前一段已经读过了，我知道你的水准。"冯先生说道，"《掇红集》是什么意思，是与红楼有关的文章吗？"

我赶快回答："《掇红集》是我自己读书和搜集资料时的记录，落红不是无情物，化作春泥更护花。就是这个意思！"

"嗯，知道了。红学论文不用拿，《掇红集》我也不看，根据我的了解，你超越邓拓、吴晗、廖沫沙的可能性也不会很大——你把你的《康熙大帝》取来我看。"

《康熙大帝》当时已经写了十七万字的初稿。可是都是草稿，写得连勾带画，此转彼接，生人看生稿会很费劲。我嗫嚅了良久才回答说："我试试，连夜抄出十章给老师看，文字不好请冯先生原谅。"冯先生笑着说："好吧，你抄一抄会好看一点的。"

就这样，我连抄了十章，整齐理好送给先生。

冯先生似是一句废话也不曾有过。他立刻拍案表态："你的什么《掇红集》，还有你的什么《红楼梦》论文都不要弄了，这样就好，这就是你的事业，写完后马上告诉我，我给你寻找出版社！"

冯先生在南阳连武侯祠也没有去，只是看了看张仲景祠堂，看了看汉画馆便匆匆离开了。我只有一句话，昼夜拼命干。除了《康熙大帝》，一切都放在了一边，一章连一章写、抄，天天如是终始不倦操作，十七万字的《掇红集》，还有红学论文都放弃了。这样到年底，除夕夜华灯初放，街衢爆竹响起，《康熙大帝》第一卷《夺宫》便写出来了，我对老伴说：我的书这就出来了，我们的命运要发生一些变化了。

命运确实发生了变化，但不是我想象的那样愈变愈好，而是越变越复杂越糟糕。早在五月份，冯其庸离开南阳之后，就有朋友把我在写《康熙大帝》这本书的消息传递到了社会上，不但《解放军报》以《转业干部凌解放写作〈康熙大帝〉》的短消息发表了出去，河南黄河文艺出版社知道后也派了几名同志来南阳看阅《康熙大帝》稿件，确定是否出版。

今天谈这件事很轻松。可是在当时，我是市委宣传部的一般干部，这个消息等于油锅里扔进去了一块大石头，立刻引起了轩然大波。当时的部长是个小心眼，开始在部里给我难堪，开会时不指名地批评："有些同志不务正业，上班带孩子，用公家的稿纸写自己的稿子。"出版社来人，我去找他请假，他竟说："你要知道，一旦出书，你一个人一下子就是几千元稿费，这是一个叫人眼热心动的数字啊。"

确实是这样，当时在我们那里，不单是南阳市，即使在全省，新中国成立以来也很少有过一部长篇小说出版，确实让人炫目。挣多少稿费我不知道，但那肯定也是我们日常生活中谁也不曾得到过的报酬！这是在出版社社长和我的责任编辑第一次来宛，我去请假时，他当面说的话。我当时心里很不愉快：本来这样的人和这样的事来到南阳从来都是我出面去应对去接待，我根本不用给你请假，自己就有权处理，只是这件事事主是我，我才来找你，这和你说的那些稿费什么的有什么关联？在这种情况下，我对部长说："也就是这回事，我来请示一下，你如果见他们，我就安排；你如不见，我就单独处理单独接待了。"说完我就走了。我和部长的矛盾公开化了。恰恰这个时期，《中国青年报》接到举报说，南阳卧龙岗管理不善，报纸要公开批评，派"小辣椒"来宛调查。部委会一个决定：派凌解放先去卧龙岗摸底！我知道他们什么意思，我没有做错什么事，是他们有人想整我，送我到"不测之地"。苦恼间，我把情况汇报给了冯其庸先生。先生倒也没说什么，只是在三五天里给我的回信是一副大大的对联：

浊浪排天君莫怕，老夫见惯海潮生

这个危急情况就硬扛过去了。我眼睁睁地看他们挥着刀打上阵来举刀要杀人，可是《中国青年报》最终批评的是部里的领导。没等多久，我随河南省文联会议到鸡公山。从山上回来，小说清样已经到手了。就这样《康熙大帝》的第一卷《夺宫》就出版了。

冯其庸当然是头一位见到书的人。虽然寻找出版社的事，我也没有拜托他，但是我还是认为冯先生是这本书的第一位导师。他看到样书很快就来信深表祝贺，并且问我这部《康熙大帝》打算写几本，我当即电话报告"写上、中、下三本"。

"那怎么能行呢？'康熙'这本书最少要四本！"

"好的，先生，我再调整一下，写出四本来。"

"书中的伍次友处理得很好。"冯先生换了话题说道，"但我不理解你的安排意图，为什么要这样做？"

这个题难答。我就是再说一车话也未必说得清楚，于是便在电话中委婉回答："他们的结果是我仔细想过的，学生不敢乱加臆造。"冯先生也就不再追问了。

1986年初夏，黄河文艺出版社在郑州举办了《康熙大帝》一书的文学座谈会，来参加会议的除了河南省作协的一些朋友，省外、北京来的朋友仅仅冯其庸先生一人。这次会上，冯先生有一个发言，对我鼓励多多。回京后他写了一篇评介《康熙大帝》的文章，题目叫《龙腾虎跃 波谲云诡》，后来发表在河南省文联的刊物《奔流》1987年第9期上。这是中国第一个也是最早一个给我的书写评论的人。在这篇文章中，他说了很多鼓励我的话，让我对后面的写作充满了信心。

原载《红楼梦学刊》2017 年第 4 辑

老乔的话没人打断

记不得多少次了，更阑人静万籁俱寂之时，纷纷扰攘的朋友都已离去，只留下一盏橘黄色的台灯和我，还有对面沙发上兀坐的典运。两人各执一支香烟，细线一样袅袅的淡霭慢慢缭绕融会起来，弥漫了这安谧的静室……就这样沉思相对，已经词穷，欲语还休。然而仍是不愿打破这沉默，不愿惊动这气氛。

我曾和他笑，虽然有了几本书，却一直找不到"作家"的感觉，始终觉得自己还没有进入"文界"。他一向呼唤别人名字时是略带一点结巴的，听见这话时回答却十分利落："解放，那是你自外。朋友们可没这样认为——就本质而言，作家就应该是平常人，应该有颗平常心。"这也是句平常话，却化解了我寂寞寥落的孤独感。若论起"资格"，典运是南阳最老牌的作家，著作之丰、品质之高、名望之著都是首屈一指的。他的高深哲理思维似乎都被一种更为强大的主观意识掩盖了，想在他那里听到一句"阳春白雪"掉书袋的话真个是闻所未闻。他的魔力也在这里，化雅入俗的本领加上他一颗本真纯善的心，使他自然地生出一种凝聚力、黏着力，也有排斥力，所有的朋友都离不开他，亲他偎依他依托他，可以放肆地说笑，又有一份敬畏感和神秘感。他每次来，朋友们就奔走相告电话传呼："老乔来了！住在……"

但是老乔不会再来了。西峡的天穹仍旧覆盖着他，青山绿水环绕着他，一掬黄土无情地掩埋了他。留下一个懵懂的二月河中夜推枕而起绕室彷徨：这……这样一个人他不再说话了？这就是说，我只能抱着你的书，再去追觅你的音容笑貌，再去体味你的智慧和隽永，再去找寻你的"黑色幽默"？这毕竟太残酷、太难以令人置信了。

他的逝去对我来说，与其说是悲痛，毋宁说是一种无望的失落。我曾经告诉他，每写一本书都有一种穿越撒哈拉大沙漠的感觉，而我已经穿越了十个大沙漠。我注定有一天要倒在沙堆里，但现在已经觉得累了，从骨头里累到心里，我力量不够了……需要绿洲、需要雨、需要荒滩上的朋友。他听了脸上似悲似喜，久久才说，孤独是很令人恐怖的，你在追逐着一种"不可能"，在攀登一座没有顶峰的山脉，如果我能对你有所帮助那就好了……我期望着他的帮助能够持久到永恒。然而造化无情，遽尔之间尽化梦幻，相期相约竟成终天之悲！心痛无声之时我写下了这副挽联：

酹三杯无奈酒，斯哲骑箕化去，星陨冈峦托柏松。

燃一瓣寂寞香，此君著作犹存，风流墓道抚草树。

我觉得他才堪是一位献身牺牲者，他的献身与别人不同之处在于，他从来没有想到自己是在献身；他的殉道精神没有悲壮激切，也没有慷慨赴义的凛然，所有理性的东西在他身上表现出的只是自然和质朴，他把所有的高亢激昂都消融在自己的人格和事业之中——像扑灯蛾追求光明，成了一种类似本能的东西。唯其如此，我有时觉得他一半是历经磨难修炼得来，一半是天赋他的内蕴。

作家坐到一起其实是不多谈创作的，什么意识流、创作意图、主题观念等，基本不谈。常常是海阔天空，说事时夹新闻，议论加着调侃，时而沉郁叹息扼腕瞠目，时而妙语纷呈哗然欢笑。冷不丁地，老乔幽他一默："升官极好，发财极好，桃花运极好——然而统统没有的！"逗得这拨子学生一个个绝倒。你弄不清这个老乔，在一群人中他似乎永远都是中心人物，但在中心你又找不到他。像盐溶化在水里，一蘸一尝：老乔在里边。记得一次去看他，进他房间坐他身边，我问大家："乔老爷（我们都这样称乔典运）呢？怎么没见他？"结果自是一阵哄堂。记得他把一本新书递给我，我一看书名就笑了："你怎么还会流出《美人泪》来？"他也笑，说："这是市场啊。市场需要泪，出版家就流出来了。"

但按照我的习惯思维，《美人泪》这个名字一点商品化也是没有的。西峡是古商旅之地，张仪欺楚所谓六百里封地，西峡即在其中，和屈子放逐很有点干系，《九歌》之中美人迟暮香草寂寞在在处处皆是。"采三秀兮于山间，石磊磊兮葛蔓蔓……云填填兮雨冥冥，猿啾啾兮狖夜鸣，风飒飒兮木萧萧……"诸种人事情景，幻化或白描，或幽绪或幻情，在老乔的著作中都浸润骨髓。所以我告诉他："你就是个山鬼。"

是的，他是山鬼。他一生都在一往情深地为他心上的农民——为全中国的农民——唱歌，"被薜荔兮带女萝"，在炼狱之火中融化自己的血和泪，手挥五弦目送秋鸿而心系人民众生，仿佛被谁施了魔法永不能休歇地舞蹈，暗哑了喉咙没有停止，利刃凌迟也没有停止。

他说这叫"别无选择"。

原载《二月河语》，昆仑出版社 2004 年 1 月出版

卫老兄所留意者

卫建林，1939年9月生于山西闻喜。中共党员。中央政策研究室原副主任；2009年4月退休。2016年8月30日因病在北京逝世，享年七十七岁；他是中共十四大代表，第十届全国政协委员。

1994年，二月河的长篇历史小说《雍正皇帝》出版，时任中央政策研究室副主任的卫建林给此书以很高的评价，他积极向中央高层领导和有关方面推荐此书，因此很多中央领导同志都读过这部作品，并给予好评；在社会上，这部作品也深受读者喜爱。但此时二月河与卫建林并不相识。直到八年后，二月河通过中共河南省委宣传部转来的一封信，才得知卫建林是他未曾谋面的"知音"。从此，两人开始书信往来，并结下了深厚的友谊。十余年间，二月河每次开会或出差到北京，都会去拜访卫建林，朋友相见总是畅谈甚欢。2016年8月30日，卫建林因病逝世，二月河惊闻噩耗，不顾大病初愈，提笔写下了这篇怀念挚友的短文。

卫建林大哥走了。

我是（通过）不久前一位朋友发给我的信息（才知道的）。我真的有一种"当头一棒"那样的丧魂落魄感觉，被突然的噩耗击中，丢失了生活的一般智趣。取来碗忘掉去厨屋，无端地把酱油倒进茶杯里，魂不守舍地蒙蒙然，不知所云，也不知所措，慌乱着，不知道自己在想什么，应该做何事。

这期间朋友互相短信来往，似乎都是这个样子。恍恍惚惚地乱了自身生活的章法。

记得是十六大前吧，忽然地，曾任（中共河南）省委宣传部部长的张文彬转过来一封信。我平日极少与官员有过往来的，自然是觉得有点"怪"，打开了晓得是中央政研室的信，是卫建林写给张部长的，请部长留意我的"康、雍、乾"。他认为这书写得好，是"五四"以来至少是新中国成立以来写得最好的小说之一吧，请省委宣传部加以关注。从这时起我才认识了建林同志，也是从这时开始，我每到北京或开会或出差心里眼里有了这位大哥。

他是个一辈子都在做事的人。写事、研究，关注苏联、关注东欧，从苏联东欧社会政体发生的问题，联系到那里的底层、社会、民主、人民命运、变迁。一次又一次地实地考察分析，写成本子，一本一本地积累起来。从马克思的理论，联系到毛泽东思想，都那样深透、恳切，那样踏实求真，作为一个小说家、一个形象思维的作者真是由衷地佩服他。

你只要坐在他身边，不超过五分钟话题就从家常生活游离开来，变成了马克思、列宁，变成了苏联与东欧，而且没有任何牵强，自然而然地娓娓话家常话，就说出了社会人生的大道理。我知道李慎明（第十二届全国人大内务司法委员会副主任委员，中国社会科学院原副院长）是他的朋友，经常在一起的，也和他一样，是这般的榜样，在生命和生活中坚守这么一个主题。

他的公子卫庶前些时告诉我：父亲尚有很多重要的命题要破解。这个话我相信，因为他直接就告诉过我有很多问题等着他去研究分析，即使不吃不睡。

我知道他的思考从来没有停止过，要做的理论思考也不曾停歇过，这些年，作为他的底层朋友，我看到：

从不怠懈

从不散漫

爱人，不讲大道理

谨慎，不拘于细微小节

只留意社会，只注目民间疾苦

这就是卫建林！

但他毕竟是去了，一个诚诚谦谦卫老大哥离开了他的阵地和他生命的薄发地。

愿仁厚的地母永安他纯正的灵魂！

原载《中国政协》2017 年第 1 期

我和我的编辑

大约前年，电视剧《雍正王朝》播出期间，有位边远省份出版社的编辑老远而来，兴致勃勃对在病榻上的我讲："我们总编来电话，先生的小说文章我们包揽出版。不要您的书号费，一切费用全免。稿酬按规定最高的付给。"我不禁哑然失笑，回说："多承厚意，实在感谢您和总编，不过您来迟了。"

我的这两句话都是实话。这位编辑大约因出版社偏居一隅，信息不够灵通，不了解我的书稿正在为几家出版社所争夺。根本不存在缴纳"书号费"之类的"初级问题"，而是用优惠条件也未必能如愿的问题。然而他是诚心诚意的一脸的真挚，我不能心存刻薄，以得意之心应之，只能实话实说。我的那个"哑然"，倒其实真的有点"好笑"的意思，他真的是，怎么说呢？我这里饱食欲呕，他还要端盘点心："上好的白面做得又肥又甜，请用——"

我不能以骄矜之心对他，也不能不对那些争夺稿子的出版社心存感激。就我的一生而言，没有什么值得骄矜的事，值得我感激的人倒是不少。编辑这个行当中，顾仕鹏、王汉章和周百义三位是我应感激的。

在部队十年有余，到地方又在宣传部门，我的业务工作其实是个业余记者，也写过一些通讯报道、消息新闻之类的文章。那自然和现在的文学创作是两回事。采访、写稿、投稿（或者到报社送稿），别的事就没有了，看好，你就用，不行就拉倒。吃的是工资，跑的是工作，办的是"公事"，与编辑也就没有什么私交。老实说，《康熙大帝》的第一卷是昏天黑地偷着写出来的，心里一点数也没有，既不知自己的作品是否"够发表水平"，也不知写出来投给哪个出版社，怎样一个投法。天下文艺刊物多如牛毛，文艺出版社是林林总总不可胜数，没有二月河的杯水之交。

就在这时，当时的黄河文艺出版社来人了。社长王汉章还有后来和我多年切磋磨砺的老编辑顾仕鹏（笔名顾仞九）先生。他们是道听途说"南阳有个凌解放，在写《康熙大帝》"，瞎猫捉死耗子地摸过来，果真就碰上了。我的"知名度"如此之低，惊动得出版社社长和编辑数百里奔波而来，自然有些受宠若惊的感觉。拿出了《康熙大帝》第一卷的前十章给他们看，犯人听候判决似的静等他们裁定。他们看稿子只用了半天，考核我用了一天半。怎样考核呢？那招待所是单间对面床。他两位坐一床，我坐一床，他们问，我答。不谈家庭、社会，也不谈学历、阅历，全部是清史上的问题。不单是康熙，清代的十代君主全都问。不单是《清史稿》，也包括野史，大量的笔记小说，人文观念，民风民俗，国礼典章，版图疆域……我看，所有他们能想到的问题尽皆罗掘俱穷详明追寻。顾老师事后告诉我："我们当然要全方位掌握一下你，因为我们对你一无所知……你可以说是'对答如流'。"就我当时的感受，应对是应对了，多少有点"不为人信"的委屈。不久也就想明白了：你凌解放是谁？凭什么叫人相信你有能力写《康熙大帝》？不可以"考证"你一家伙吗？看稿子，"考核"的结果，王汉章和顾仕鹏两位先生当场便说："我们给你出书。"是年为 1984 年。

就这样，我开始了与顾仕鹏的合作，《夺宫》《惊风密雨》《玉宇呈祥》《乱起萧墙》陆续推出。其中第三卷的卷名还是顾先生的动议。待到写完《雍正皇帝》第三卷时，顾先生面临退休，他希望在休息前与我再合作一次，考虑到这位品质极好的老编辑的期望，我停了《恨水东逝》的写作，先写了《乾隆皇帝》第一卷给他，回头才又写《雍正皇帝·恨水东逝》。这就是雍正、乾隆两书时序颠倒的原因。

大约在《康熙大帝》第二卷写完尚未出书，第三卷刚刚开始的交替日子，湖北长江文艺出版社的周百义来了。他比顾仕鹏年轻了老大一截，他俩的性格也完全不同。顾仕鹏老成、实在、循规蹈矩，甚至有些古板。周百义则灵动聪敏，活泼机变，令人望之可亲。两个人也有一致的，似乎身体都不强，有病在身，再就是二人的执着与诚恳。周百义大概读了我的《康熙大帝》第一卷，在郑州朋友处打听到我的居处，夹着个布包，风尘仆仆便赶来，很单薄的样子进了我的"贫民窟"中。

作为我而言，始终觉得河南社对我有"知遇之恩"，"一饭之恩死也知"呢？何况于斯，觉得私与"外社"交往不义气。但周百义却只是笑。他讲，作者不是哪个出版社私人的，而是全社会的。希望为他们写《雍正皇帝》，他会全力保障我的权益。没有哪个出版社能把一个作家包揽了的，也没有哪个作家是专为某一个出版社写稿子的……他愿意在南阳等我，我写一章，他拿走一章……他情真如此，我很感动；他很能讲，反复譬喻，使我明了很多出版知识。但我还是问了河南黄河文艺出版社"此事可不可行"，他们答复说，别的不要考虑，集中一切力量、用尽最好的素材把《康熙大帝》写好……这时我也听说有议论，说二月河已"江郎才尽"，这才下定决心把《雍正皇帝》交给长江文艺出版社。

《雍正皇帝》一书出版比《康熙大帝》艰难。原因倒也很简单。第一，周百义当时是个年轻资浅的编辑，仅有小说的初审权，他不能做决策。第二，接到稿子不久，他就调出了出版社。他还在当着这书的责任编辑，但人，已不是出版社的人了。谁都明白这点尴尬或不方便，《雍正皇帝》第一卷被搁置了不短的时间。他对我一方是竭力安慰，又不能明白说清原委说别人什么，又不能多解释什么，且又不放稿子……后来知道，他在幕后是怎样地奔波"力争"。《雍正皇帝》终于是出书了，后来他又回来，当上了长江文艺出版社的社长。他的耐性、腕力、精明劲，都是很有风采的。

就我今日在文坛上的位置，当然有不少出版家给我以青目，我也是感念这友好、这知音、这心境的，我永远都不小看这份心意，因为别人看重我，我须得加倍地看重别人的情愫。但更为可贵的，是出版家中如上几位先生朋友，无一面之睹、杯水香烟之交，为一个陌生初起的作家修桥造路，是为人间真情的桥，社会人文的脊梁。

原载《出版科学》2001 年第 2 期

我与两个责任编辑

我这人"策蹇步于利足之途，张空拳于战文之场"，写稿子写了一辈子，投稿子投了一辈子，和两个编辑交道也就打了一辈子。

在我的印象里，最本分正直的一位是我的启蒙编辑顾仕鹏。《康熙大帝·夺宫》书稿未成，顾老师就告诉我："你一定要将康熙这个人的阴险、毒辣、残忍……这些东西写足。"我当时回答说："不能这样写。康熙是'大帝'，一定要把'大'字写足。"我没按他的意思去做。

世上的道理是"店大欺客，客大欺店"，似乎永恒不变。当时二月河只是一个小小文津渡口"过客"，我自己也晓得只有任人家责任编辑"欺"的，只有受欺的"份儿"。我所以敢作"不能这样写"的"仗马之鸣"，是因为我懂得，如果我不能接受领悟编辑的话意，即使"努力去做"，也巴结不上编辑的思路。与其左右为难，不如"顶"字为好。

然而顾仕鹏似乎没有"店大欺客"的思维。《康熙大帝》第一卷小摩小擦，第二卷则大摩大擦，几乎翻天覆地。有时二人争得面红耳赤，有时甚或拍案而起，但终究没有把稿子出书的事给废了。可见他是没有私意的。

我见过提着一篮小雏鸡去"贡献"编辑的；也见过被编辑一顿狗血淋头骂得蹲在石墙角搂头大哭的。这很简单，作者知名度不够大，有求于编辑——倒过来说编辑掌握着"发稿权"，一言可以兴尔邦，一言则能丧尔邦，万万是不能开罪的。顾仕鹏则永远是一副朋友和老大哥的严肃面目：你来郑州住我家来，我吃什么你吃什么，没有床就睡沙发。没有客气，有的只是真切的照拂。说到"事上"，各说各的。吵红了脸该吃饭时"请坐，拿家里最好的东西给你吃"，吃完饭咱们接着吵。我也从没想到过送他雏鸡之类。直到他退休了，老了病了，卧床不起——我听说了，这时我已阔了点，给他寄了三千元——老实说，这也是根据他平时为人的廉正表示的一点点心意，很薄了。但没几天他就托人把钱送了回来，闹得我微汗。

大约在《康熙大帝》第二卷尚未出书，我和顾老师"吵稿子"的时候，周百义来了。

他看上去很弱，也瘦，身上挎个帆布提包，说是湖北长江文艺社的，是个只有初审权的小编辑，很寒俭的样子，自我介绍说："我在湖北工作，但我是信阳人。"

我当时已经出了第一本《康熙大帝》，印了七万多册，第二本即将付梓。名气不算很大，但郑州广播电台天天都在播我的小说，按现在说法，"区域性"的名气已相当可以。自然地，我也许就有了点"牛"气。我告诉他："我和黄河文艺出版社合作得很好，不打算在你们那儿出书。"他则说，没有听说哪个作家专门给一个出版社出书，也没听说哪个出版社把一个作家"包起来的"。他还说，你走过了"黄河"，再走过"长江"，你就占领了全中国。

他很执拗，坚持说："我就住在南阳，你写一章我带走一章。"

好说歹说，我才劝走他，条件是"'雍正'的书给你（长江）"。

有点意外的是，《雍正皇帝》第一卷写出来后，我把第一卷书稿寄去，周百义却调离了出版社，去湖北省新闻出版局工作了，也升了。再意外的是，他反复强调，不能给我退稿。他认为《雍正皇帝》是"传世之作"：他坚持仍要当这责任编辑。

读过我的书的人都晓得，《康熙大帝》第四卷与《雍正皇帝·九王夺嫡》写的是同一时期的人与事，未免就有相同的情节与表述。《康熙大帝》的书已出，《雍正皇帝》稿子在出版社，周百义却不是出版社的人，却又当着责编。若许情形，谁都能明了其中的不便与尴尬。

大约一两年的光景吧，周百义终于调回出版社了，当了领导，三卷书全部出来了。他告诉我他与出版社的艰难谈判、出书经历，真的让人有些鼻酸。他的坚忍与韧柔个性，真的十分突出。

他年轻，也确实有点孩子气。有次他来讨稿子，我说"没有"，这时我们熟得很了，他说"不信"。他就蹲在我的稿子箱前看着我翻积稿，瞪着眼："那，那不是一篇？还有那一篇！对，就你手底下那个……也是一篇！"有点像小孩蹲在窝前看母鸡下蛋，下一个收一个，"那——那里还有一个蛋"，他也就又为我出了《匣剑帷灯》这部书。

去年吧，听湖北有人说闲话，说周百义吃了我版税酬劳的"回扣"。我一听便哑然失笑。现在长江文艺出版社能出我的"落霞系列"三部曲，是"物竞天择"的结果。很多人现在还不甘心，还在打这部书版权的主意，直到今天，还有人来电问我："与长江社的合同到期没有？我们的实力比他们大得多。"——这么多的人争抢给我出版，条件也都不菲于湖北，我凭什么让周百义吃我的"回扣"？白痴才会有如此举为。

人要活出精神来。人与人之间有远比金钱更重要的东西在支撑。细心的读者会看出，《乾隆皇帝》的第一卷出版比《雍正皇帝》的第三卷更早。这是有原因的，当我写完《雍正皇帝》第二卷《雕弓天狼》之后，老编辑顾仕鹏"要退"。他捎话说，希望退休前再与我合作出一本书。因此，我停止了《雍正皇帝》第三卷的写作，而抢先出了《乾隆皇帝》的第一卷。

我与长江社最初签约，是稿费制。周百义想让我多拿一点钱，他们办有《当代作家》刊物，于是主动提出先连载再出书。合同未到期，长江社又主动把稿费改为版税，为的就是我能"多得一点"。他无非就是希望我能和湖北的"长江"保持更好的情分与合作。这个心我不能不领情。

顾老师与百义都几年没见了，不知现在如何？邹阳《狱中上梁王书》说，人之交有"白头如新"，有"倾盖如故"，知与不知而已也。

原载 2007 年 11 月 13 日《光明日报》

金庸被虫咬？

成名了的人事多。记得多少年前，还在摆弄红学时，写一篇万把字的小稿子，要等很长辰光才能刊登——那时写稿人也有一句话叫"发了没有？"或者叫"用"了没有——没有发没有用的大段空闲就穷极无聊地等待。机关里的公务不多，三下五去二就打发了，更没有许许多多"崇拜者"围着寒暄、签名留念，听他们"发自内心"的仰慕话……这么闲着，就也有感想是"半个贾宝玉"：他叫"富贵闲人"，我虽不富贵，却是"闲人"，有点聊足自慰的意味。

但后来不成了。半个也不半个，直就是穷忙……《雍正王朝》电视剧播出那个月，四百多家新闻媒体盈门采访，躺在床上打点滴，手里接电话应酬记者，床前坐满的不是医生，而是赶来凑热闹的外地、本地记者。就是在电视剧未播出之前，也早就难遇"浮生又得半日闲"这样的好事了。

但今年这除夕没有电话，这是件稀奇事。平常时就是周末，或不周末，那电话铃声也是时稀时密地响着，说出版的、请写序的、邀吃饭的、会朋友的、来签名的……总归不让你闲着。我已经忙惯了，乍一清静，先是一阵高兴，后来突觉反常，"反常谓之妖"，想起这句话，竟有点不安起来。不料太太插进一句话说："你今晚可不要打电话，防着千年虫！"我不禁愕然，瞠目望着她解释："……要是该你倒霉，打一次电话给你记一千年费！"这下子又使我恍然过来，笑说："最好年年有几条千年虫，天天咬电话线。"说笑归说笑，我还是抓起话筒打了几个电话。在电话中和朋友调侃："最好千年虫咬我们一口，可以和电话局打打赖皮官司吧……"

千年虫这么厉害？从前也知道，先听说是"狼来了"，又见报载，这一天全国的银行业务一律停办，又见报载说哪个国家何处地方碰了这条虫，损失若干吃亏几何云云。真的，太太不许摸电话，才晓得这玩意儿不是说说就得，也会"玩真格的"。我这人是太呆了，因不会玩电脑，也就不怕"病毒"，不开银行，就不怕账目错乱，千年虫与我何干？我倒更怕或者说更留意，别走道儿上横不楞子蹿出一个什么"虫"——或像金庸，"闭门家中坐，'虫'从天上来"，说一句"没吃过猪肉，也没见过猪走"，然后再说一句：爷和金庸"也差不多"——就算你是"大侠"，又其奈爷何？还有一位华君武，起小我就看他的漫画，端的有出神入化之功，不知劝了谁几句，也招来了"虫"，咬你没商量。

大约差不离三千年前吧，那时没有现今意义上的千年虫，外国除了巴比伦、埃及、希腊，说不上什么历史，商纣王的什么虫咬死了比干。悠悠几千年过去，虫们已经文明得多了，有的会唱歌，有的能写一手不错的文章，咬人也不像那么直来直去，变得哼哼唧唧的。"不值一笑哂"的事，被咬的却也十分郑重其事。金先生说是打的佛家拳，我看有点像"黯然销魂掌"；有人想大张旗鼓地将华先生的小咬儿送上法庭——这总是一种文明与进步——不许你乱咬！

我的名声不值得虫来咬的。也许有虫咬过，嫌苦，"其味不佳"，"讨厌"着离去了。记得一首古诗：

> 桃生露井上，有李生桃旁。
>
> 虫来啮桃根，李树代桃僵。

现在没有那么多李树，要多几只啄木鸟就好了。

原载《二月河语》，昆仑出版社 2004 年 1 月出版

古今卖友记

新年伊始，蒙香港《明报月刊》稿约，写了一篇文章。说了千年虫，又说人间虫，煞是厉害。牵扯到金庸的，我说他是："闭门家中坐，'虫'从天上来。"

这虫说的就是王朔。

细看王朔之咬金庸，静如处子，出若脱兔，无故加之，猝然临之，又快又狠叼起一口，血淋淋地一冲而去，再将目光恶狠狠转向他人——这看上去真恶。

我起先愕然，这怎么啦？是怎么回事？惊定回思，用另一边牙咀嚼，细品其味，久之不禁莞尔：咬你就咬你，咬你没商量。公开明白直出直入。王某是条好虫；壮哉此虫！

他的"这件事"不够朋友。

然而金庸、王朔就不是朋友，他不曾自称过是金庸的朋友。不管出于什么动机，王朔不够朋友够豪杰。朋友，是个很美的名词。一听这名字，弄历史的一下子会想起管仲、鲍叔牙，或许还会想到鲁肃、周瑜"指囷赠粮"。一班串街坊坐茶馆的只怕未必雅到"高山流水"，大谈钟子期与俞伯牙，他们更多的是留意那片绯红桃林中的艳阳暖春，刘关张义结金兰的故事。如今的铁哥们儿迪斯科跳累了，也会用塑料吸管啜着"高乐高"，大谈其"永恒的友谊"。这真是快意的词儿。

但其实远不是那般美好。雅人们造的《诗经》云："嘤其鸣矣，求其友声。"孔子说"不亦乐乎"，似乎朋友们都能像秦琼那般"两肋插刀"——他实在并没有那事，插刀的似乎是单雄信——插的也是朋友的刀。倒是如二桃杀三士之类的事不少，稍一名利拨动（一个桃子值五毛钱吧），立刻血溅当场。

按朋友叙入"五伦"，见《孟子》一书："使契为司徒教以人伦：父子有亲；君臣有义；夫妇有别；长幼有序；朋友有信。""朋友"排在老五。照我的想头，大约因为朋友在社交中的位置紧要，所以列进"伦"内；又大约因为朋友之间制约力最小，以故忝居最末；且是因为朋友之间最易有出卖行为，亚圣因而干脆就提出了"以信为本"。

"卖友"是中国源远流长文化中一个颇为常见的题目了，也可说是我们的一个"国粹"。我在"文革"时见到人们起劲地互揭隐私，互相抄家，乌鸡眼对乌鸡眼，坑陷心对坑陷心，日夕不遑宁处。"对手"们几乎都是平日合穿一条裤子还嫌肥的"朋友"！曾亲眼见一群"哥们儿"抄朋友家，红了眼，喝了什么符水似的呼啸而入，打砸抢之外还搜钞票扑金银觅宝贝——这家子其实平日极善待他们的，青年光棍们周末常在这里过，有剁饺子馅、擀面皮、包饺子、下汤锅，热气腾腾中向长辈呼叔叔、喊阿姨——此刻变脸，一切面皮不讲，"热气腾腾"翻成"杀气腾腾"，都是恶煞一般！彼时年轻，亲眼见斯情斯景，只是暗自讶叹："勘破世情惊破胆，实是世事寒透心。"这句话后来还蹿入了小说"明珠抄家"一段文字。

这是"人心不古"了？后来看古书里说的，不是的。有名的一对，前汉的张耳、陈余，《史记》中载，二人初为"刎颈交"——割头换命的朋友，后来铁哥儿反目互为仇雠，遂成生死冤家。后来弄清史，又见有李光地、陈梦雷一对，文友朋友同年同乡，蜜里调油的交情。三藩乱起，陈投耿精忠，与李约定内应外合共图大事。《清史稿》说：陈梦雷探了消息，光地"独上之"，"大受宠眷"。后来，梦雷被俘，光地"乃疏陈两次密约状"，梦雷免死。李光地这个朋友做得不地道。当时《与李光地绝交书》风行天下，究竟密谋实情如何，至今仍使清史专家大伤脑筋。

这原是"古已有之"的事了。追忆过去，不免审量现在，想想别人，自然又思量自己。名利场上的事变来变去，无非绕着"钱权"二字走马灯般转就是了。前年与一位朋友戏谈，说及这些前事，我称"贫贱宜交友，富贵易见心"。一个人经得贫贱考验不算了不起的事，若能经得鲜花掌声叫好鼓噪金钱钞票……的洗礼，那才真叫难。这自是因我处境有感而发。不料他听了张开双臂，眸子闪光，热情地望天调侃："啊，上帝！让这后一种'难'的考验快点降临到我头上吧！"

年来《雍正皇帝》一书出风头，招来不少事。先是有人代我不平，说及旁边有人"近殿欺佛"，接着有人代不平而质问："谁是佛？哪里是殿？谁又欺佛来着？"我未及解释，又有文章出来指斥二月河"信口开河"，要追究"罪责"。有背地交代编辑部"不要登二月河稿子"的；有"关照"评委会不要给我的书评奖的；说"清高"的，骂"讨厌"的，不一而足……我都不大理会，因为我不是圣贤人，有了那么多过誉之辞已很不安，也当允许人说个"不好"。再则，那些人都不曾自称过是我朋友，干吗要计较人家？

不料近日又有新"事"，一位多年老友在一次全国性文友会议上掰着手指娓娓而谈：二月河某某书得稿费几何，某某书得版税若干。很温情笑眯眯也煞有介事地说我"开了天价"，是多少多少百万。以他的权威身份说这样的话，自然无人不信，自然"骇然而哗"——哇！写稿子也能成千万富翁呀！

我想，"讨厌"不要紧，喊喊喳喳议论几声也不要紧。读者听了这话会怎样想？二月河不但是个胖子，原来还是个阔佬写书给我看！文界诸友会想：你一向清高，背后竟是狮子大张口？至于黑道上哥们儿怎么想，那就难猜了。我不叫穷，因为我有稿费可拿；我想说的是："朋友"二字，有时有的也教人闻风丧胆呢！

所以回头又想告诉金庸，王朔也自有他的可人处。既不冒充你的朋友，又是读不进你的书的读者，跳脚骂你几句何妨？

外头瑞雪纷纷，万花翔落，湛清的淯水湖上涟波荡漾，无数蝴蝶投水而没。岸边乔木长林雪色迷蒙,沿湖延伸极目无际……案牍陈纸,想起千里外的女儿,思及近旁红尘扰攘,面对美景自然,心绪也就驳杂,兴起兴落难平……快过年了,我看金王二人的戏也就这样子了,"朋友"也不去说他了。平安健康过年是福气。小心门户,防盗防火,小心灯火,小心烟花爆竹……还有,小心朋友……

原载《二月河语》，昆仑出版社 2004 年 1 月出版

生命热情的断想

　　我的朋友田永清将军来电，告知我一个信息，九十一岁的林北丽先生行将谢世，嘱文怀沙老人为她写悼词，她将怀抱文老的悼词一同火葬。文老为她写了一首诗，希望我能为这首诗写点东西——因为文老也有个愿望，希冀有一百位有资格对他的诗月旦的人来作文。这件事我几乎想也没想就答应了下来。这几年，单是应酬虚设的文字，蛮不情愿甚或带着沮丧情绪去作文的不知几何若干了。文老于我这样的期许，我高兴。

　　文怀沙老先生是国学大师，1910 年生的世纪老人。他是楚辞学家、诗人，还是书法家，这尽人皆知。然而我没有读过他的诗。想当然地想，近体诗吧？太短了，如果是，应该是个组诗。古风的可能较大吧？自由一点，且又较近古韵，文老取用比较合适。但诗很快就拿到了。不是七律，不是七绝，不是组诗也不是古风，是地地道道的现代体自由诗，长诗。五十四行！现在年轻人爱听、爱看，青年诗人藻饰才情直白无隐的那种诗！也许吧，文老一生都写这样的诗，只是二月河太爱凭经验臆测？国学大师都是深沉思想者，在"国学"本身上做人做事作文的，这样的"自由体"……似乎是搭不上界。但是它的确就是自由现代诗。我读它，读着读着突然眼里涌满了泪。

　　这诗触动了我的哪根神经？或者说，是什么样的情愫激动了我？我一下子说不清楚。

　　是达观的哲理？是，是。

　　偶然、必然、时间、空间、生与死……"从个人到人类……"乃至我们居住的地球。"对于'无限'我们理应敬畏",他是学问家，悼诗也写学问，在这里，他界定了学问与知识的联系与区分。"最高的学问"不是大师、教授、部长、名人，这些人都能拥有的。它是什么呢？文先生说："是谦虚和无愧，善良和虔诚。"科学的极巅是哲学，哲学的极巅呢？是宗教。宗教不是神的法场，乃是人类神性的。这个意思，我有时也和朋友讲讲，他们总会有些迷惘，现在文老的诗中读到他的这些话，真的觉得有高山流水的情韵。

是文先生与林先生相伴了近一个世纪的友情？是，是。

　　　　我童年时代的伙伴

　　　　今年九十一岁的林北丽哟

　　　　想不到你竟先我而行

　　　　无论先行迟到都应具备安详的心态

　　　　生命不能拒绝痛苦

　　　　甚至是用痛苦来证明的

　　　　……请你在彼岸等着我吧

　　　　我们将会见到一切生活中忘不了的人

　　　　……柳亚子、陈仲陶、林庚白、小高……

生命线上别的友人，就这样稽首挥泪而去。这条河在外国，不知叫什么河？一个"此岸"，一个"彼岸"，在我们中国这条河是有名字的，叫"奈河"。

文先生与林先生是童年的稚友，后来的朋友，最终的挚友。八十多年的风雨旅程，走尽了万千山水，临去那一眸，林先生还是投向了她一生友于、寄托所在，她要怀抱文怀沙先生的诗渡过奈河，而文先生则请她："请等着……"这是怎样清明而深邃的友谊情怀？

无论"言志"或"咏言"，这首《神州有女耀高丘》都是极致之作。

我原想多集点他们的资料的，闭目想想：什么资料？统多余了。文老、林老所经历的历史，其实就是他们的"资料"。从他们遭逢的第一件大事：辛亥革命。尽管时方童稚，但那一系列的事件都发生在他们的身边，袁世凯称帝、张勋复辟……中山舰事件、四一二政变、十年内战、抗日战争、解放战争、新中国成立、"文革"十年、十一届三中全会……怎么说呢？你得用多少话来表述这一段漫长、风云变幻的历史长廊？一句话说得清吗？那就得用诗，用李白的《蜀道难》："上有六龙回日之高标，下有冲波逆折之回川"——蜀道难，难于上青天。所有的事他们都见到了，所有的事他们都经历了。就像安徒生的生花妙笔写的，大深山里烧焦了的老宅子旁，艳阳里盛开着的两丛玫瑰，他们不用长篇大论说教什么，一切的洗礼都是他们的亲身经历。

而在大故迭起、风起云涌、山河震荡的八十年中，作为文化名人的文，还有孙中山先生秘书夫人的林，这对老友都始终处于中国政治与中国文化的风口浪尖，在这种情势中，他们一直挽手相将，直至白鬓千古，钟漏将歇……就这一意义上说，文老所以近百岁之年写出这灼心焦首的悼诗，也就是一件并不异样的幸事。

美人香草，终归殒，英雄豪杰总须迟暮。

文老是有异禀的，这诗产于这年华就是明证，他的心态仍旧定位在"青年"。听说现在精神健，气色极好，行步矫健有力，也是青年般的"酷"，我企盼他"迟暮"得再迟一些，再迟些见"林妹妹"。他的健康长寿使很多人高兴的。

原载 2006 年 11 月 6 日《人民日报》（海外版）

周熠这个人

他住在医院的五楼。八月里的一天深夜，他对守护在旁的家人轻轻说："我觉得太闷，把窗户打开。"窗户打开之后他又说："我想喝水。"——这都是寻常事，家人照例一一办理。但这一次却是最后一次。当倒水的返回时，发现他已经不在床上——窗子洞开着，他就从那里涌身跳了下去。

他是周熠，是中国作协的会员，是我的老朋友，是南阳的老牌作家、老牌编辑，青年作家的"周老师"。偌许多的"老"字他都当得，只有年纪他还不算老，他选择如是的终结归宿，还不到六十岁！

南阳人习惯看我是"宛军的领军人物"，但很多人不知道，原本这个"军"的"军长"叫乔典运。二十多年前，这个队伍已是形成了。那时候的二月河还不叫"二月河"，叫凌解放。"宛军"是由乔典运、田中禾、孙幼才、周熠、兰建堂……几位为主体的一个作家群，周熠是"宛军"的建军大将。现在，"老宛军"纷纷谢世仅存孑遗，如同退潮了的沙滩，露出了"二月河"和一群后来者。说得好听点是"后起之秀"，是"闪亮贝壳"，如用一句名人的话说则是留下的"渣滓"。

周熠是我接触最早的文友。我当时在小南阳市（卧龙区）委宣传部工作，偶尔地结识了他。他在《南阳日报》当一个小编辑，管着《白河副刊》。谁都知道，一个寂寂无名的写作人，在报刊上"发东西"是很困难的事。

然而我知道，在周熠身边，围绕着一群这样的无名之辈，一点名气也没有的文学青年都叫他"周老师"，可以和他开玩笑，可以揶揄他，可以跟他搞一点小恶作剧。如果调出《白河副刊》的旧文资料，你很可以看到一些这样的文章，这些作者，有些已经转行，有的已经成名了。周熠是个内向又温和的人，话不多，总是稍稍低着头"睇余"（这个词是我自创的，不知准确与否？是我的感觉）——看着对方，微笑着听你说笑、讲话，然后说："你稿子我已看过了，觉得很不错，我已经……"他一步一步地，从编辑，到主任，又到副总编辑，都走得踏实本分。君子木讷，我们南阳人把音给念串了，变成了"木囊"，意思是"窝囊"吧？连意思都变了味。周熠是个木讷的人。你听不到他一声开怀大笑，也不可能见到他"向隅而泣"。你就是戏弄他，他也会很诚挚地向你微笑，他就是这样的老实。和他在一处，我会偶然地想起金庸的一句名言"无招胜有招"。

众所周知，我的书第一本"出书"是（一九）八五年。有人以为我书出得满得意的，但那是——不知道该怎么说？白居易有句话"策蹇步于利足之途，张空拳于战文之场"，再引一句李密的话"外无期功强近之亲，内无应门五尺之童"。我在当时真的是傻大胆，河南当时还没有长篇小说问世，老作家都还在捣鼓短篇，我一个圈外汉，与任何报刊书籍编辑"无一面之谋，无杯水之交"，就躲在屋子里弄《康熙大帝》了。我是真的不知道，作家们当时内部有句口谚："写短篇，现过现；写中篇，穷煎熬；写电影剧本是傻蛋；写长篇是胡球干。"——每天埋头在我的书房里，通宵胡球干。八五年四月底，"省里"来了电话问："听说你在写《康熙大帝》长篇小说？"我当时一惊，这事他们怎会知道了？我们宣传部还没人知道呢，因为冯其庸先生已经答应，"给刘合通的出版社介绍"我的书，怎么会河南知道了？而且马上要差人来看书稿……我都有点蒙了。说"激动"也行，说"兴奋"，说"高兴"，说"感慨"……这些词通都适用，总而言之是"蒙了"。

我想不出是谁向省里出版社介绍了我推荐了我。事情过去一年，我和出版社人也熟了，知道了真相，是周熠，是他做的事。再过多少年，周熠很木讪地告诉我："我也是听说你在写,我请他们落实 ·下。"

正是国家这样的"落实",这本书真的在八六年出版了,凌解放也就成了"二月河"。

奖掖提携后进;勤勤恳恳做事;写文章;善意地向你微笑;从不带一点嚣张与跋扈;总在不停地思索;木讷地向你微笑;很老实地应对你开他的玩笑说他的段子;搓着手和你调侃……这么多镜头,兑现出一个周熠。

他到"晚景",癌变愈烈,直到彻底扩散,医者束手。他似乎对我有一种依赖式的相信。从去年开始,他在病中。我这时已开始写字作画,知道他有病,稍带晦暗色调的东西不敢给他,因没时间细查原文,我写了一幅《列子·汤问》詹何的故事给他,又作一幅荷花画了葡萄给他。题词:"葡萄架,清荫大,遮遍天下。我家植他,夏也潇洒,秋也潇洒。打个赤膊,拽张凉席,再切个西瓜。呼吆好友来,烟、酒、棋、扑克、茶。"

他对这画,似乎特感兴味,来短信再次索要,还要求另处再题词。我除了原件又给他作了一张,特意题写:"冬时虬枝龙蟠,二月发青芽,生意教人爱煞。盛暑见葱茏,大生空调穷人家。青串紫玛瑙,赠如世间无碍甜,佛说秋深时更佳。"

当夜作好,第二天早晨,他就叫人取走了。他给我发短信是这样说的:好啊!我贤德的皇哥:昨和现并都在皇恩浩荡中,死与生烟星一痕,至少可抵得撒旦三斧。其艺术价值我也很满意,书法笔韵纯熟,诗心融会贯通了,佛哥永慈我心,并多保重。

——这是8月10日给我的,我觉得他难关也许渡过了。不料8月22日傍晚,他又发来短信:

哥啊!想,留恋,保重。周熠。

我看到短信就有一种不祥之感,赶紧就回信,请他:保持信心,多与人交流,不要多想事情。

但就是当夜吧，他就走了"那一步"。

我不能赞同他的这一"果断举措"。中国人讲《洪范》五福，最重要的一条就是"终考命"——讲究你最终的归宿完美，怎么可以这样绝情，这样不听人劝，一意孤行地说走就走了？

然而这是我们东方人的思维。《圣经》里，"他们哀恸了，所以他们有福了"——这肯定是饱经沧桑世态人情的人才能说的话。周熠是哀恸了一生。为他自己，为他家人，为他的朋友和亲友，为他的事业，一直在哀恸，你不能说他是不幸的。很多仁人志士在穷途日暮时选择了这条路，很无奈，也很必然。我的感觉，一个战士打到最后给自己留下一颗子弹，而后，还能再有什么选择呢？

周熠，他已经做出了最大的努力，尽到了自己生命的责任。他也许不能算是最勇敢的，但他是最为尽责的。

因为他已打得粮绝无援，只留余一粒子弹了。

我还没有痛定，当然这尚不是"思痛"。我是在默想周熠这个人！

原载《躬耕》2007 年第 10 期

马兴焕素描几则

马兴焕的故事

和他战友多年，每见一面欢笑多，故事多，噱头也多。在单调枯燥的岁月里，他给了我们许多的快乐；沉闷无聊中给人开心，那也是夜明之珠。风流云散多年之后忽然得到他消息，说是当了什么什么的老，还是当地"傻人俱乐部主任"，凡干过一件理事会（一票否决）共认傻事者始得加入资格——可见江山易改，禀性依然如旧。

初识马兴焕时，我还是一个新兵。大部队就驻守在东北一个小县城，连队分队却分散在大凌河畔的山里。当时，我刚刚调入团宣传股帮助工作，说白了就是"抽上来"做宣传干事的事，不转关系也不享受干部待遇。"兵"里头能这样，也算"出人头地"了。那日，深秋时分吧，团里组织司、政、后人员下去集体突击施工。当时别说营连干部，就是团长政委坐的也不过就是现在穷村委会主任的那一号帆布吉普。瞎参谋、烂干事、糊涂助理员——就是我们这一角，都挤在一辆"解放牌"运货车上。

汽车哼哼地在向山坡上爬，车上人都是一群的，地位、职务也差不多，自然也就没什么形迹相隔。副参谋长开始还兴头，出营房时领唱了两回语录歌，唱到县郊没人处都没了劲，开始说笑磕牙。王助理说："团服务社进了一批国光苹果，团首长每人一篓，还有万把斤，赶紧去买。"胡干事说："四连杀了头猪，大会餐大会战，蒸的加肉馒头这么大个儿——足有电话机那么大！

喷喷……连长电话里说得我流哈喇子，可惜咱们分到了六连。王干事，六连今儿什么午饭？""也还不错，猪肉炒白菜！"那个姓王的干部吸溜着嘴笑说："不过，咱们去还要吃点小灶，昨天他们连套住一头狍子。喂！黄副参谋长，你跟他连长说说，今儿招待了我们拉倒。"黄副参谋长被风吹得缩着脖子，咧着嘴笑，说："这还用你说？昨儿个我就知道了！他们连是指导员当家，得给小白说——他是我带出来的兵，好说。"方参谋长在旁苦着脸笑说："这会儿没工夫想吃的。今晚我老婆来队，七点钟的车，得接人，得收拾房子。东边家棚子那个脏，跟他妈猪圈差不多！也不知道前头人怎么住的！这一去六连会战，还不知道几点钟回去呢。"黄副参谋长又说："你怎么不早说？待会儿打个花呼哨你就回去。"方参谋长说："本来想说的，我怕政委那张脸。动员会上又是不准请假又是严守纪律，代表党委决心夺取会战胜利。这么严肃的事，我就有屁也得夹着！"黄副参谋长说："你分到我这儿我当家。"众人说笑着，王助理忽然惊乍着说："马兴焕呢？日头打西头出来了！上车时候我还见他来着，怎么不听他说话？"

"我在这儿呢……"一个人在人缝中有气无力地说了一声。我这才注意到，那个叫马兴焕的人就在我身边，瘦得伶伶仃仃的，里着一件破工作棉衣，脸上青黄不定，皱着眉头噘着嘴缩蹲在车帮边。我一到机关就听宣传股同事说起他，是全团有名的活宝，他自己就故事一大堆，肚皮里的笑话故事也一大堆。虽然早闻其名，但我一来就下连采访，回来机关他又下去，一直没有见过面，却再没想到他是这般形容。正想着，黄副参谋长笑说："你小子怎么了，有病？我也说这车上少点什么，原来缺了个九段说手！"

"八段八段……"马兴焕似乎有点瘟瘟脑的，捂着肚子站起身来，依旧一副愁眉苦脸的样儿，"不过，这会儿顾不上摆。上车前总部来个电话，接的时间长，没顾着解手……这会儿和肚里他妈龙虎斗呢……参谋长……有纸没有？给点吧……"

黄副参谋长就在身边，笑着摸身上说："幸亏幸亏，带着六连的大批判总结呢！"说着把一卷子纸递过去说："你看这地方，满地都是农民，还有女人。你再坚持一下，前头这个村子里有个小学，有厕所……"

前头不远村子里果然有所小学。这是北方农村极常见的那一号学校，院墙低得一个跨越式跳高就过去了，八九间房子外一个篮球架子一片土场，靠院墙就是厕所，站在高高的汽车上，校园全景、厕所里外、蹲坑便池全都一目了然，却是学校正上课，鸦没雀静地只听到小学生课堂中的齐读声。

那马兴焕速度极快，翻身下车飞也似的蹿进校园，不辨门路直奔厕所而入，跨上蹲坑解裤带蹲下就拉，屎尿齐流还夹了屁声，车上人都笑，看他进了女厕所更是一车前仰后合。

开始还没什么，孰料老马解手将了，学校一阵急促的电铃声，下课了！众人目瞪口呆间，一群小学生从教室里蜂拥而出，叽叽喳喳叫着喊着跳着笑着，男女生分拨向厕所奔去。马兴焕犹自在整理手纸，几个小女孩已经进了厕所。为头的女孩眼尖，一伸臂拦住同学，尖嗓叫喊："慢着！里头有个解放军叔叔！"

马兴焕这时才意识到进错了厕所，顿时手忙脚乱，胡乱揩了，提起裤子就跑，忙中把笔记本掉在地上。那个排头的小女孩扎着小辫，抓起笔记本就追，边跑边喊："解放军叔叔……你的笔记本……你的笔记本……"

……汽车哼了一声又开动了。车上人摇晃着身子和马兴焕说笑。马兴焕惊魂稍定也就恢复了常态，无所谓的笑话："我这算什么事？前日晚我在东院厕所，王助理带着弟妹一道进去拜望我——你们问他有没有的？"

一车人都笑了，东院是机关后勤，没有女厕所，王助理爱人临时来队，夜里如厕丈夫自然要陪着，他却说人家两口子去"拜望"他。

癌症

　　"马兴焕得了癌症！"

　　消息不胫而走，半日光景，机关里已经尽人皆知。我刚从办事处总部送文件回来，在办事处大院还见他和唐主任"打铁"，嬉皮笑脸向后勤部要木材，且看中了办事处大院刚锯倒的十几个大树蔸。主任问他要树蔸做什么，他说："上半截做菜墩，这玩意儿剁肉不掉渣，下半截劈了当烧柴……嘻嘻……主任，下头当兵的可怜，您手指缝里漏一点，我那里库房就满了，日子就好过些……"当时不在意，回来方参谋一说，竟吓得一跳："怎么会呢！大前天我们还在一处打扑克！"方参谋说："不信你问汪秘书，办事处那边打来电话，说叫给他送衣服，要他住院呢！"

　　汪秘书叫汪声高，机关办迎春晚会制灯谜，马兴焕出的谜是"听见大狗叫生人——打一机关干部名"，谜底就是他的尊讳了——却是个老实巴交的忠厚人。我去问才知道，马兴焕竟真的得了癌症！是结肠癌！原本他去要木材，说去去就来的，偏办事处管着的四三二一医院要给首长检查身体，恰好他也在主任那里，说："顺便咱也享受享受首长待遇。"就跟着去了。结果检查明白，首长们都没事，唯独我们马助理被医生留了下来。对他本人说"还要再全面检查一次"，对我们单位说，怀疑是结肠癌。要留院检查，要办手续，送衣服去。

　　这么着，战友都十分黯然。他出差几天，全机关的人便觉得缺了一大块什么，何况如此？想想看吧，成年攒在山里炸石头，电影是《地雷战》《地道战》《打击侵略者》，再不然就是《列宁在十月》《列宁在一九一八》，还有八个样板戏，来回翻，八辈子来一回慰问团，看的仍是样板戏。没有书读，没有听说过电视。除了平日打坑道，允许的娱乐就是打扑克、下棋，且是只许星期天来。本来日子过得就淡出鸟来，上帝还要夺走我们的马助理！这于他而言自是极为残酷，于我们而言也太不公道了吧？

天天都有他的消息：

"马兴焕转院了，到二六八医院了！"

"马兴焕送北京检查，确认肠癌，不是结肠癌——晚期！"

"他自己知不知道？"

"马助理能得连蝎子都蜇不着，还不知道？看看阵势他就明白了！"

"四三二一医院的护士跟他说了，嘿！真他妈不懂事小丫头片子一个！"

"别怨护士，马兴焕那两片嘴，什么消息探问不出来？"

说着、议着、相与叹息着，一天天无聊地打发着没有马兴焕的日子。过一段日子传闻说他转院了，又一段日子说他老婆已经和别人谈恋爱了，又说他去了上海，病情没有再议，大约是不中用了。这种病谁都知道，没法子的事……

都想是没指望了。不料时隔四个月，快过十一，马兴焕仿佛从天而降，回到了部队。我当时在炊事班帮厨，外头饭堂里班长一声招呼："马助理！你回来了！""阎王不收我，我不回来哪儿去？"马兴焕仍是一副挤眉弄眼的模样，满面红光，身板比过去还要直了些，笑眯眯和大家一一握手："老马大难不死，必有后福！老王，你这老班长，又要吃你的高粱米发糕了！老规矩，哎——鸡屁股的，我的米西米西！"老王班长呵呵直笑："还有猪蹄子，都是你的！你活得这么结实——我这里有的是揉狗肚子的！"众人有说有笑，我也笑，心中却暗自诧异：他这一去几个月治癌症，不但癌症没能要他命，似乎原来的胃痛肚子痛的毛病也没了，真怪！忍不住在旁说："老马，我还以为你这一去就嗝屁了，你倒愈精神了，是误诊了吧？""单是北京一三〇一医院，查了四次，上海二医大是三次。"马兴焕给大家分口香糖，自己也嚼了一块，若无其事地在板凳上跷腿而坐，侃侃而言："结论是直肠癌三期，食道裂孔癌。几个医院用了最现代化的——名字说给你也不懂——

都他妈一样！"

我小心地接着他的话问："那你现在呢？""好了。"他嚅动着嘴说，"对了萧林，我从总后回来，《后勤通讯》姚再新，叫你写一篇连队用辩证法做思想工作的报道，或短评也行，这个月送去——你可别忘了，上回打扑克输了，你还欠我一篇大批判稿哩！"

"忘不了你的，鸡窝里找蛋，别说一篇，十篇也现成！"我说。又追着问："哪个医院治好的，这么利索的——看上去真不像病号！"

"不像吧！"马兴焕一拍大腿，得意扬扬地说，"不但不像，现在已经没了病灶！别说你奇怪，一三〇一几个教授都直犯迷糊……""他们犯什么迷糊？病是他们治好的嘛！""不——是！"马兴焕拖长了声音，卖关子地说："是马大夫治好了马兴焕，这不好好回了咱们这窝里！"

几个炊事员听得直眨巴眼睛，撺掇着说："马助理，跟咱们吹吹，咋回事？"

"癌症是没问题的，治好了也是没有问题的。"马兴焕变得有点深沉的样子，慢慢道出了原委，"首长们检查身体，当时我在部队办公室，和林部长说得投机，部长一高兴说：'早知四八五有个马助理，今日一见名不虚传——走，一道去检查身体。'我也想占个便宜回来吹牛，高高兴兴搭部长的红旗就去了。

"检查结束，医院通知我留下，我就知道大事不好。你们知道，前头青年股徐股长就是这么出情况的——还是我去二六八医院帮忙办手续什么的。医生们这一套——隐瞒病人——都他妈玩烂了！

"找了几个熟人问，都是编好了的圈，说：'你瞅瞅你瘦的，糖尿病四期还有胃溃疡——不住院不要命了？'诓我，他妈的哄我！

"我寻了个小护士，一问是小老乡，她也骗我。我哭着诈她说：'我的病王院长已经透了实信，是癌症三期，你也甭骗我。我也不是问你这个的。

我找你是因为你是咱山东人，讲义气，实话跟你说，我死，你嫂子守不住，这就苦了两个儿子。咱们好歹是帮边子战友，和尚不亲帽儿亲，你探家回去，悄悄叫我弟弟来一趟，有些事我跟小三交代一下，得留住我的根子。就这，我在地下也感你的恩……'

"我哭她也哭，就说了实话：'你放心，这事我准给你办到……你也甭尽往窄处想，二内李主任说还不能最后确诊，直肠癌能动手术……先检查确诊先治病比什么都要紧。'

"就这着，我就知道了内情。以后到北京、上海大医院，我都明明白白，大夫们神神秘秘，我说：'是直肠癌，请诊断！'

"事情似乎就这样有了结论。医生们说：'先保守治疗，身体强壮一点再动手术、化疗，五年生存率还是有希望的。'

"我想的是又一回事：'老子来世上走一遭也不容易，多少好东西先头看着好，舍不得买。又没个儿，白白死了便宜别人——'"

我忍不住在旁问："你不是对护士说有两个儿吗？"

"那是骗她的。"马兴焕接着又说，"我还存两千块钱，留给谁？再说这辈子净攒山，居然没有享福。这就得了，一是高兴，二是转悠，三是吃吃玩玩——这主意不赖。

"从上海转院我就没再回北京，带了一包子药也没咋吃。先去南京，再去武汉，又奔广州，走路住宿能报销，津贴再加我的两千块，碰见什么新鲜物就吃。什么烧鸡、卤牛肉、驴肉、狗肉、螃蟹、香肠……只要不要票，只要买得起，就吃！吃美了招待所倒头大睡。转着地方连吃带玩。

"吃了三个多月，眼见两千块快吃完，病也不见个动静。我心里奇怪：'这他妈咋搞的，怎么还不死呢？再不犯病没钱吃东西了！'看看再坚持下去不是事，又只好回了总后医院。作怪的是医生一检查：肿瘤消失！"

这时我们都听愣了。马兴焕咂着嘴，似乎在品尝那滋味："还是那些机器，又检查了三遍。前后照的片子对着，又看又研究，先头我是癌症马兴焕，现在是好人马兴焕！"我问："医生怎么说的？"马兴焕说："他们没说的，只是奇怪。问吃什么药，我没吃药。他们又叫我提供食谱，我他妈这会子瞧见冰糖葫芦，只吃了，等会儿又吃炸鱼、买巧克力、喝啤酒，看见什么想什么，想吃什么吃什么，谁还记？有屁的个食谱！"

一番话说得人人喜笑颜开。过后看，他真的是痊愈了，二十年后，前几天还通了电话，仍旧嘻天哈地。

有一天晚上他道出秘诀："萧林，我告诉你。也可能你已经得过癌症又已经好了，但你一直都不知道。知道了就完了。癌症有百分之九十都是吓死的，只有百分之十，一半是真病死的，一半挺着活过来了。"

也许吧，他可能说的是真相。

参观军事博物馆

不久，我得到一个机会，和马兴焕一道出差。他带了五个战士进京拉器材。我是带了一篇稿子要送到总部，顺路搭他的汽车。和他一道走路你用不着担心寂寞，他似乎也不太介意我们都是战士，他是干部，一路在汽车上不是打扑克下棋，就是说笑话，一个接一个没个完，荤的素的都有，吃饭打尖都由他出面联系——都在沿途部队吃，也不知怎的到处都有他的朋友熟人，吃饱抹嘴走路还要捎上牛肉、花生、酒之类的车上打牙祭。整整两天，又吃又住没花一分钱，高兴得我们直想冲他喊万岁。临近到北京，几个战士提出："马助理，能不能带咱们进军事博物馆开开眼？"

"成！"马兴焕想都没想，说，"事办完，先不装货，我带你们去。"但我是去过军博的，知道进出手续严格，在旁说："咱们好几个人呢！有没有政治部的证明？我们向部里请求一下，叫他们出个证，就好进了。"马兴焕说："球！这又不是进国防导弹基地，博物馆就叫人看的，咱们又是军人，哪来那么多规矩！"

……到京第二天，我已送完稿子，如约来到天安门西的军事博物馆，远远见他们六个已在树下等我。看看军博门口，两个军姿笔挺的战士戴着红箍站岗，进馆的都是列队齐整、持介绍信鱼贯而入，断然难以混进去。马兴焕见我来，便开始布置："你们就在这树下，我和这两个（站岗的）交涉。瞧着我招手，你们就过去，是两个新兵蛋子，好对付。"说完抽身就走。

那边顺风，话也能听见，我们眼巴巴地瞧着他如何动作。见他昂首挺胸旁若无人走近，正替他捏把汗，只见两个新兵一齐立正"啪"地一个军礼。一个说："首长，请出示证件。"马兴焕微笑着从兜里掏摸了一阵儿，扬着手说："这是我的军人通行证——同志，我晓得这里规矩，单拿这个不中的，想请两位通融一下。"

"对不起，首长，要有军以上单位证明，这是制度。"

"小同志，今年才入伍的吧？"马兴焕仿佛全身都是笑，一欠身说，"当兵到北京来，又能到这儿值勤，不容易呀，福气哟！别看我长你三年入伍，还是头一回来北京，这天安门，这人民大会堂，这景致，只在电影里见到过！我要是有福气在这里站一班哨，睡梦里也笑开花！"

两个战士听他说，只是微笑，左边的一个问他："首长，部队在哪个军区？"

"哪个军区也不是，咱们是总后下属部队。"马兴焕愈发放松，索性叼上了烟，向两个战士让一让，见他们连着摆手，又装了兜里，说："施工部队攒山，苦啊！铁丝网圈起来一年三百六十天，打坑道搬石头，修军事基地！那地方都是山，抬头一线天，满天悬崖峭壁，一步踩不到石头你是活神仙！没有商店，没有马路，没有老百姓，一色儿清，见面都是大头兵！"

站岗的战士似乎对他有了好感，一个说："你真是头一回进京？""当然！这还骗你？"马兴焕吞云吐雾，又叹息一声，"不瞒你说，要不是导弹基地急需一批器材，不知哪年哪月才能见世面！我们是一天一块二的伙食，你们是四毛五的吧？一月五十斤粮食。你想想看，是多重体力劳动？"

"噢，导弹基地！"两个战士不禁对他肃然起敬。他们整日在天安门执勤，对军队的导弹基地自然有一种神秘感。我们在树这边听得清楚，都抿着嘴笑。却见两个战士说了句什么，马兴焕一个敬礼说："两位同志真好，准能提干！我们代表山里的战友向你们致敬！"说着向我们招手喊："喂！过来！谢谢两位同志批准我们进去。"

我们庄重地跟着马兴焕进去。两个"岗位"站在门旁有点不知所措的样子。他们必定以为马兴焕一人进馆的，看他还带了这么一帮，愣了。

军事博物馆里参观是很规矩的，观众有军队上的也有地方上的，大家都列队一小方块一小方块滚动着，听讲解员讲说。只有我们这一摄像游击队，自由自在地这里听听那里看看，引来不少好奇的目光。待到参观坦克，又出了新戏，那里是一辆苏制坦克，当时中苏珍宝岛战事风云刚过去，这是乌苏里江拖回来的战利品，四周用铁链子和活动铁柱挡起来。观众都站在圈子外面看，圈里有一个讲解员手执长鞭指点着说："用毛泽东思想武装起来的人民解放军战士就是用方才我们见到的那些普通装备，战胜了苏修社会帝国主义的武装侵略，事实充分证明，帝国主义和一切反动派都是纸老虎……号称无敌强大的苏修乌龟壳，被我解放军击毁在江中再也一动不能动！"

她讲得琅琅铿锵，可是忽然发现人们神色有异，目光不在她身上，诧异地回头一看，一个解放军干部不言声地跨进了铁栏，正大大方方走近坦克。我们一看是马助理，顿时都傻了。

马兴焕却一脸庄重肃穆，站在坦克旁边若有所思地端详一阵。在众目睽睽中，他爬上了坦克塔，揭起上头盖子竟跳了进去！

外头的人连讲解员和观众都目瞪口呆，面面相觑看他所为，我们都把心吊在嗓子眼：马助理把事招大了！少时，又见他从坦克里冒了出来，动作十分麻利地下了坦克，对讲解员说："对不起，打扰你工作。打苏修时我没注意坦克，特意来看看……"

老天爷！这竟是他打的坦克！是珍宝岛来的战斗英雄！人们"呼啦"一下就把他包围了，请他讲战斗故事的、请合影留念的、请签字的顿时乱成一团。我却觉得一下子头涨得老大！……马兴焕挤得一头大汗出来，连声不住说："没什么好说的……对不起，我还要开会……再见！"回头对我们说："走，我们归队。"

原载《随性随缘》，长江文艺出版社 2011 年 10 月出版

遇狼二则

一

马兴焕，吾友也，1969年奉军差适口外科尔沁草原。入城因事滞延，遂误返程旅车，又恐违时归队受责，遂沿草道蹇步而行。约出城二十余里，已近酉末。时值孟冬，云重草茂，绝无人迹，暝色阴霾，不辨景物。马手无寸铁，且体羸，时地皆险，惧之。然此中途，前尚有十余里途，阒无人迹，亦无望门投止宿所，无奈放歌而行。放歌者所以壮胆，驱恐惧之心也。甫行间，忽觉双肩有物，似有人从后搭之，问之不应。马曾闻之于蒙人，此草原狼袭人之惯伎，若回顾，则狼即狂啮人项，无不立毙。蒙人常用腿裹匕首，抽拔肘后刺杀。然马无武器，心知遇狼，惊骇欲绝，汗出如注。稍定，心知无幸，双手骤起捉狼搭肩之爪，竟负狼而行。狼欲挣脱，不能，欲腾跃，双后蹄已离地，喙为马兴焕拉仰向上，苦不能脱，亦不能转圜。马负之逶迤行十余里方归队，战友见之无不骇笑。视狼，死矣。

二

辽西山中老狼，甚狡黠也。马兴焕值吾营公干，黄昏时，自营部之连访吾，时周日班车已尽，思之路途不遥，仅约十里山道耳，遂独行松林间，游悠行之。道至中途，忽一老狼从草间出，踞羊肠道边，目眈眈视马。马曾在草原工作，识狼甚稔。马一惊即定，即佯误为犬，招手笑曰："啧！啧啧……汝饥否？欲食否？随吾行！"老狼以为其不识犬狼也，以误就误，遂佯作为犬，奔走欢跃马之膝前身后，伺机袭啮之。行数里，值狼复绕行身前，马暴起发作，双手紧执狼尾，从足骤蹴狼股，詈曰："汝以为吾不识汝！尚望食吾之肉乎？！"狼以为马已入其彀矣，正喜间，不意遭马突袭，大惊之下长嗥而逃，尾绝于马之手中——时深秋，尾毛甚丰，马制以为案几拂尘，甚别致焉。

原载《人间世》，时代文艺出版社 2014 年 4 月出版

走西峡古道

这确是一条古道。从春秋时期，人们便在道上往来，一直走到清末走到民国，走到现在。

这条古道并不出眼，一般读史的人都无心留意，只记得当年刘邦起义，率义军入秦，走的时候是张良们从行。按刘邦的意见，过就过去了，走道嘛，先入秦为重，就走这条路。但张良心思很细，他告诉刘邦，从南阳向西便是武关，从武关入秦确实合算；但西峡道的东端便是南阳，南阳不是个好坚守的地方。万一汉军没攻下南阳就入秦，南阳驻军从后面追击我们，前还有强秦，我军即成腹背受敌之势，应该把南阳彻底占领，让它成为我们汉家的一部分，才能确保我们的主力无恙。刘邦立即照张良的计谋处置了军务……

这块地方古时叫"商於之地"，我十三岁初到南阳便知道了它的古名。那时西峡有个老乔，叫"乔典运"，是南阳老乡几乎皆知的一位作家，他的作品在当时已进入电影界，"贫民代表"和他的小说作品一样为民众所喜爱。他的小说都不长，他是南阳的短篇王，什么《满票》《村魂》诸如此类的。南阳的文学爱好者中，提起"老乔""乔老爷"没人不知道的。他就住在西峡，我当时在南阳市委宣传部工作。我弄红学，他弄小说。有时偶尔开会相逢，便认识了熟悉了，便成了无话不谈的朋友。

有一次他和我谈起西峡，说这里离楚国原来的古都很近，是个文化底蕴很深的地方。我对他讲："如果只是古都，南阳称申吕之国，还应该有两个都城才对。西峡于楚国三闾大夫屈原的政治起落起过重要作用呢——

当年楚国与齐国结成联盟对付秦国，秦派张仪到楚国担任相职，为拆散这联盟，张仪对楚怀王说："大王诚能听臣，闭关绝约于齐，臣请献商於之地六百里……"关闭边关，与齐国断绝来往，就献上商於之地六百里。结果楚王不听大臣陈轸忠告单方面毁了与齐国的盟约，楚怀王贪图商於之地找到张仪，要求张兑现诺言，张又一改口风说："臣有奉邑六里，愿以献大王左右。"（我有六里土地，愿献给你们大王。）——这就是历史上有名的"张仪欺楚"。

商於之地既是秦国的，西峡自然就是秦国领土。这里西向便是商洛武关，向东则进入中原，战略位置重要。兵家必争之地嘛，自然就穷一点，可这里背负着的厚重历史使这里的文化和文学创作一直起着领头的作用，由乔典运、王俊义等几位作家为先导，由此蔓延开来，周同宾、秦俊、廖华歌、马本德、曾臻、王桂芳忽忽吞吞一大群作家紧随其后。这些西峡籍的作家有的至今仍是南阳创作队伍的核心。

其实，连我也是其中一员。由于与老乔做朋友，萌生写作念想，继而开始创作生涯。廖华歌现在是南阳市文联主席，她就是当年从西峡太平镇走出来的小村姑。

但西峡原来的路还是太难走了，且不说步行，就算坐汽车走国道，由南阳而镇平，由镇平再内乡，还要经过一段淅川地面才得以到达西峡。我头一次去，路上目不暇接都是景致，西峡却走来走去还未到，有一种去郑州那样的遥远感。但想到廖华歌、王桂芳作为深山姑娘，靠向南阳送稿件，然后回去写稿件，一步一步走出西峡，这是何等的韧劲，是多大的动力。西峡古道如单单是"古道"而已，有这么多的谈头吗？

本文系作者生前遗存稿

勿忘我

在一个冷透了的寒冬，机车蒸汽像燃烧着的白色火焰，笼罩了这偏僻小站。乘客们跺脚取暖，各自焦灼地等待着亲人迎接。突然，我与你四目相对，眸子中火花熠然一闪，只瞬息的震颤：我认出了，是你；你认出了，是我。

我们一时相对无言，似乎都在寻找老早老早做过的梦。风雨忧愁二十年，再次邂逅，你已是两鬓微斑，而我的面庞也满是岁月无情的痕迹。

你知道，每一条痕迹都是一部只有你读得懂的书。它绝没有诗的美和画的神韵，它是被雷电击燃过的老树，是无休的惊风密雨剥蚀得斑驳了的古墙，是凄凉颤抖的钟摆敲击过无数次的青春砧石。你在搜寻我昔日韶秀的倩影，我也在窥探你如今的隐秘。

我告诉你，我仍在寻找和追求着什么，但你只莞尔一笑：寻找的一定是失去的，而追求的则是不曾有过的。好像我们都不在意，我在心的深处叹息：再见了，处女的青春活力和欢声笑语；再见了，微红的羞晕和意气干云的谈吐！

老了，是吗？

是的。这许多年月，还好？

已经过来了。

但你是名人了。

这很重要吗？

不。但我们毕竟是人。

绕着这悠长文明的黄土地我们无言踟蹰。摇篮的灰烬里埋着我与你的襁褓，谁也挖掘不到它了。但我珍视，因为它曾温暖地包裹过我们的童心。

那边是桃林，在融融艳阳中喷火蒸霞。粉色的雾中少男少女快乐地追逐嬉戏，传来叽叽咯咯的笑声，这太令人妒忌。我转过头，却听到你一声微弱的叹息……

我们徐徐而行，这是好龙的故乡。还是那条黄土路，据说是古驿道，现在仍蜿蜒通向无尽的远方。秋风落叶的日子，你我的军衣都被吹得猎猎作响，我们的心都凉透，就在这里踽踽分手。现在是夏天了，那些小白杨已合抱之粗，泛着霜色的树干矗立着直指高天，浓绿闪光的叶在风中拍手欢歌。它们告诉我们：我曾经见过。

你怕冷，我也畏惧严寒，但我们都爱雪。纷纷扬扬飘飘洒洒的霙雪搅得世界混沌苍茫，我暖过你冰冷的手，凝视过你惊喜闪烁的目光。在封冻的长河荒滩漫步，四野茫茫的雪地留下两行足迹，一行是你的，一行是我的。站在没有冻结的湍流边出神，河水湛蓝得——你说如同我的眼睛。站在它旁边我忘掉时空，我视线模糊，像是两岸在漂移，而无数洁白的蝴蝶纷纷投水而没……

你说秋天属于你，我们却从这里走向冬天。凄风苦雨凋零了五彩缤纷的叶，毫不怜惜地将它们浸进湿泥寒水。

你折断一茎草，一节一节揉得粉碎。在无言的对话里，你用目光询问我。我低下了头，这强悍的头颅是很少低得这样虔诚的。我知道你问什么：你在炼狱的泥与火中挣扎出来，而在离别的当年却是个懦夫！

只能向你含蓄地苦笑：上帝就这样滥用他的权力，他规定的路你必须走，而他酿的酒你必须饮。在他编织的网络中，每个人都是弱者。

我在心里回答你。

晚霞照临时一切都美得令人心醉。我，也许还有你，一切我爱着和爱着我的人，将带着会心的微笑融进黄金的世界，桃花坞晚枫林间将留下弥足后人扼腕或心羡的思索。

原载《西北军事文学》1992 年第 3 期

美够了，再优雅老去

她懂得如何去美，懂得如何留住青春和岁月对抗。

已经五十岁的邱锦伶看上去比实际年龄小了很多，神采奕奕，皮肤干净健康，说话声音带着特有的台湾腔，柔而坚定。从饰品公司的设计总监到养生专家，从绝望到希望，邱锦伶经历了一段艰难的心路历程，现在看来，这样的经历对她是有益的。

学会读懂身体的讯息

邱锦伶眼中的身体如同情人一般亲密，它需要耐心的倾听并渴望温柔的呵护，它如何回馈你往往取决于你怎样对待它。很多人往往将身体当作仆人驱使，忽略了身体深处的呐喊，最终成为身体问题的凶手。"通常身体出现状况很少是突然间的，前面已有很长时间的累积，而且它会不断地发出信号给你，可是我们没有意识到。这种状况是不对的。"

三十八岁那年，邱锦伶的身体出了状况，一天到晚感冒，而且一感冒就不容易好。其实，在这之前，她的身体已不时发出信号，但是因为不懂，忽略了。"我是一个先天不良，后天失调的人。从小就体弱多病，又有家族性的地中海贫血基因，长期大量失血，为了工作又常常熬夜，吃东西也不正常，所以，一般人有的毛病我都有。"

邱锦伶以前工作很忙，经常在各地飞来飞去，她常常早上醒来时，会想一下自己在哪里，永远不能正点吃饭。"经过这么多年的努力，我好不容易到了这个位置，老板下来就是我最大，我是做设计的，我一个人要设计出足以养五个厂的商品。责任感、虚荣心，或者说是觉得自己很重要，我忽略了健康。后来我对学生说，这些都是错误的观念，如果你觉得自己的身体还好，那是你的身体意志力很强，我那时就是靠意志力撑着。你不想病，不代表你的身体没有病，等到你一停下来，就会生病。那就是身体的警示。"

那次感冒邱锦伶回到父母家。"我记得那是夏天，一吃东西就吐，发冷汗，脸色发白，我妈妈一看我不对劲，就带我去社区医院看。医生见到我说的第一句话就是，你贫血很严重，是不是会常常晕倒？我说我这辈子都没晕过。但医生认为自己的判断没有错，而我的意思是赶快把我的感冒治好就行。"后来，医生让邱锦伶做了抽血化验，结果很快出来，她的血色素范围值是4，比正常值低了许多。"医生说最怕遇到的就是我这种人，因为你不敢病，不代表你没有病。"接下来的检查让邱锦伶深感意外——子宫里长有拳头大的肌瘤，另外还有两颗小约三厘米的肌瘤，若不开刀取出，每个月大量失血，长此以往会造成严重的后果。

那时邱锦伶觉得怎么会这么夸张，于是她又跑了三家大医院做检查，结果专家出来的结果都一样：必须开刀。这个时候邱锦伶才真的开始害怕，她是一个非常怕痛的人，"开刀，肯定会有一条大的疤痕，那我以后就不能穿低腰的裤子，也会很丑的，所以一直在抗拒"。直到后来碰到她的主治医生，说可以在她的身上只打四个很小的洞进去把瘤弄碎取出，不会留下太大的疤，也看不出来，邱锦伶才接受了开刀的建议。但因为太瘦了，开刀前医生让她先增肥。

这次手术，让她站在了人生的十字路口，向左还是向右，前面是什么都是未知数。

痛苦有时不一定是惩罚

　　手术后的第二天，醒来后邱锦伶发现右手不能动了，手张不开，像鸡爪一样，她当时就慌了。医生检查后得出的结论是：可能手术时桡神经受损，造成右手蜷缩瘫痪。这是一场医疗事故，因为内视镜手术是要用机器捣碎肌瘤后吸出来，但机器运作到一半坏了，无法捣碎肌瘤了。一般来说，遇到这种情况，主刀医师可以直接动刀把瘤取出来，但是医生知道她太爱漂亮，在乎肚皮上是否留有刀疤。为她着想，医师只能用显微剪刀进去将瘤一点一点剪开，再一点一点取出。子宫肌瘤开刀正常通常是两个半小时，她却从下午三点手术到晚上八点，全身麻醉时间过长，桡神经受伤。

　　躺在病床上的邱锦伶各种心情涌上心头，她觉得自己不再是事事都能掌握的女强人。"那时第一个想的是我这辈子完了。我是做设计的，我要靠手来画图，但伤的是右手。第二个想的是，我该怎么办？第三个想到的是，我能做什么来帮助自己改善目前的状况。这可能是我性格上比较强悍的一点。"许多朋友都劝她控告医院和医生，但是邱锦伶觉得医生是照顾到自己太爱美，才采取较费时费事的方法来动手术，这又能怎么去告呢？

　　在这场突变之前，邱锦伶是一个非常要强的人，真的遇到大事她哭不出来。而在医院第一次大哭，是医生为她测试除了神经，是否有伤到其他的筋腱的时候——当一根很粗的针，在不同的角度刺进她的手，然后通电时，邱锦伶号啕大哭，很痛，那天哭到没有力气了，而她的哀号声丝毫没被做测试的医生关注到。后来主治医生进来，一边抚摩一边安慰，才让她安静下来。"所以，现在我在咨商时，不管是谁，我都要过去拥抱、拍拍他，因为只有身体的这种抚慰，心里才能得到最大的抚慰。这也是我为什么在给别人做咨商的时候能体察他们的内心，因为我是从地狱里面爬出来的人，他们的痛苦我都认得，感同身受。"

有了这些经历，邱锦伶觉得，"痛苦有时不一定是惩罚，反倒是一种恩赐，它更能让你感受到，贴近别人的心灵，更容易打开别人的心，而且你能够用这些经验帮到别人"。

脱胎换骨迎来新生活

从小邱锦伶就怕打针，但为了医自己的手，同时做西医和中医的康复训练。"我说我从小到大躲掉的针都还回来了。它给我一个很大的教训是，没什么好逃避的，你也躲不掉，该来的就会来。"一个月的康复做下来，一点起色都没有，连中医师都一度想放弃，"因为我是自费，每次看病都要花不少钱。但是我要努力，不想放弃。我就跟医生讲，在你们看来我的天空有一块很大的乌云罩在头上，可是对我来说，那是镶着金边的乌云"。那段时间，是邱锦伶这辈子脾气最好的时候，她的心中充满了爱。她唯一能做的是配合医生做治疗，希望早点好。

邱锦伶每天在家把一颗小球放在手心里练习握力，同时练习用右手夹薏仁、红豆，从一个碗里拿到另一个碗里，就是这样一个简单的动作，她拿不到几颗就汗如雨下，坐在对面看护的母亲也同样泪如雨下。三个月后，她的手毫无预兆地康复了，没留下任何后遗症。"现在我手指的灵活程度百分之百，我成功了。我可以拿来激励别人，在经历过这些事情之后，就觉得没有什么事情可以再斤斤计较了。我经历过的也是一种脱胎换骨，是我感恩的事情。"

其实，在康复期间，最难熬的是心理上的不确定。"我已经三十八岁快要四十岁了，在职场上要重新开始的话，我是弱势的弱势。好不容易爬到那么高的位置，眼看着要失去，可是除了这个我什么都不会，我只会做设计。我不知道我应该做什么，我没有结婚，没有老公可以依靠。父母年纪也大了，我不能再想要依靠他们。我不知道我的未来在哪里。"

但邱锦伶想，自己不能白受这些苦，一定要学点什么让自己变得更好。在这个时候，她的父亲生病住院，"我开始关注他的病，找书看，上网查一些资料，全力攻读医书。我知道自己以前的生活回不去了。我可以利用这段时间考虑往后的生活，也可以陪伴父亲，那两年的时间，就在这样的状况中度过，我也学如何省吃俭用地过日子，怎么样把钱花在刀刃上。我觉得那两年的时间给我的帮助特别大，就算我现在手头很宽松，但是我已习惯了过简朴的生活。所以，我在台湾出书，每卖出一本书就捐百分之五十的版税"。

心甘情愿地优雅老去

父亲的走，让邱锦伶很心痛，但也让她有了好的面对人生的心态。再重新面对未来的选择时，邱锦伶不再那么慌张，她觉得自己有了更足的底气。学医的念头在她心中蠢蠢欲动。"我觉得自己是幸运的，因为在台湾做设计的，到我这个年龄大部分已没有工作了。整个产业外移，市场的结构在改变。比我年轻的、比我优秀的做设计的不断出来，设计师到了中年失业的很多。但我因病转了方向，还有一口饭吃。"

从小邱锦伶就对中药的气味有种莫名的喜爱，在投了履历，经历同仁堂三次面试之后，她被录取了。进入同仁堂后，她从中医基础理论、中医诊断学、中药的药材学、珍贵药材的鉴定等开始学起，正式开始中医之路。

后来，离开同仁堂之后，邱锦伶不断寻求各种养生理论，在融会中医、营养学、食物过敏三个方面之后，学生实践的成果让她惊喜，但她同时也发现，有许多的症状，源自情绪或深层的心理问题。"例如我有许多学生是企业主，或企业的高阶主管，他们共同的问题通常源自压力，导致失眠、生理时钟紊乱，连带着我所开给他们的择食清单，也无法按时、按品项彻底地去执行，因此我开始去了解在全人疗法之外的自然疗法。"

如今，通过不断学习累积，邱锦伶已很有成就，最重要的是她不仅让许多人学习到养生，自己也自其中受益无穷。在学习中，她发现养生的关键之一在于食物，只有有针对性地选择食物、有目的地滋养自己的"情人"，才能拥有一个基础代谢率很高、老得很慢的身体，从而活出真正的美丽人生。现在，邱锦伶依然是一个爱美的女人，她懂得如何去美，懂得如何留住青春和岁月对抗。"等自己美够了，就可以优雅地老去。我在想，我可不可以老得慢一点，等做到可以老得慢一点时，我现在又不满足了，我现在想要的是：可不可以把现在的外表和现在的皮肤、现在的身材，保持到六十岁，这也是我接下来要努力和挑战的。我今年五十岁，再让我撑十年，我绝对心甘情愿地优雅老去。"

原载《祝你幸福》2013 年第 7 期

南阳风

漫话『王莽撵刘秀』

在南阳提起刘秀，可说是妇孺皆知。夏日消夜，饭后茶余，人们常来一段"王莽撵刘秀"。从"老鹰死后为什么没有尸首"到"马齿苋为什么长命"；那儿有个"扳倒井"，这里有个"爱母河"，甚至"黎明前为什么有一阵天暗"，也都有这个神秘人物一段活灵活现的故事。

其实，查遍《后汉书》也没有一点"王莽撵刘秀"的影子。这种无稽之谈，之所以能够附会至今，完全靠了民间文艺那种诱人的魅力——我想，六十八岁的王莽，果真只身撵上了二十八岁的刘秀，不要说捉住刘秀，坐稳"龙位"了，不被揍得鼻青脸肿才怪呢！

刘秀哥儿三个，是汉高祖的九世孙。他的大哥刘縯迷信鬼神，爱交朋友，自命不凡。当时王莽篡权，天下大乱，农民起义风起云涌，刘縯认为这是自己称帝兴业的机会，常笑刘秀像刘邦的哥哥一样无能。

但历史太喜欢捉弄人了。刘秀的哥哥并没登上九重之位，稳重沉厚的刘秀却成功了。这并不奇怪，刘縯死就死在他只相信"神"，而刘秀的成功，却在于他相信"人"。

当年，刘玄（更始皇帝）在南阳称帝，把宛城作为临时首都，刘縯、刘秀都是他的臣子。刘玄对手握重兵的刘縯心存忌惮，曾在宛城摆下一席华宴为他庆功。宴会上气氛极其紧张，"绣衣御史申屠建，随献玉玦，更始竟不能发"。宴后，刘縯的舅舅樊宏说："过去汉高祖曾赴鸿门宴，范增举玦示意项羽杀掉高祖。这个申屠建今天又搞这个名堂，我看是不怀好意。"对如此严重危险的局势和这样中肯的劝告，刘縯仅仅报之"笑而不应"，这是何等惊人的麻痹！结果，刘縯为此付出了自己的头颅。

刘秀却很缜密。他在昆阳打了特大胜仗，以区区九千人击溃王莽的四十二万精兵强将，回到了宛城，看到了哥哥的尸体，他连哭一声都不敢："未尝自伐昆阳之功，又不敢为伯升（他的哥哥）服丧，饮食言笑如平常"。搞得刘玄很不好意思，就封他为侯，当破虏大将军，派到洛阳整修宫殿，刘秀算是躲过了这场生关死劫。

刘秀虽然没有多少兵，但通过昆阳之战，他的政治、军事才干和组织能力，都充分地显示出来了。当刘秀被派往河北"镇慰州郡"时，大批军政人才纷纷来投靠他，形成了以二十八位将军为骨干的政治、军事集团，一举奠定了他夺取帝业的基础。不到两年，刘秀遣大将冯异和寇恂攻破洛阳，幸南宫却非殿，"遂定都焉"，建立了东汉王朝。这年他才三十一岁。

所谓"王莽撵刘秀"，大约是刘秀在河北创立基业那一段艰苦时期的生活写照。刘秀孤舟入河北乱军割据的险境，疲惫困顿，到处隐藏着杀机，随时都有性命之危，确实狼狈得有点像传说中被"撵"的样子。但这时王莽早已死了，撵他的当是那些割州据郡的野心家吧。

历史上能找出的根据就这么多，但民间传说得却眉目俱全。这为什么呢？大概因为这样的传说对抬高刘秀"真命天子"的政治身份并无危害，后面的皇帝可能认为这件事对自己也不无好处，所以都不去压制它，因而愈传愈久，愈传愈神，但传说他的故事并非全是糟粕，它里边加上了一点人民性的东西，使本来的"鬼"话已带有美好的神话或启迪的意味了。

原载《匣剑帷灯——二月河作品选》，长江文艺出版社 1998 年 12 月出版

名城『观光』三思

　　今年是旅游观光年，南阳又是历史名城，按说理应大赞一通——说说祖宗无限体面，讲讲南阳胜地景致。我左右思量，这都是前人和朋友写烂了的题。"前人之述备矣"，很难从"空处言其余意"。昔年读黄裳的《金陵五记》，欣羡得了不得，也确想写个南阳三忆四记的，以备后人自豪，但如联着"观光"这事，即觉颇难着笔，因为老外们的钱也不是那么好赚的。凭空说声"请观光"，人家就来掏腰包，那才是怪事。

　　凭良心说，南阳的寺观庙宇虽然不少，但在中原比较，无论数量、质量充其量只能算中等。不但无法与京华长安比，就是与洛阳衡量也是远有不及。我想了想，恐怕与"有庙无香火"有关，卧龙岗驰名中外，但那是"机关"文管会、博物馆……医圣祠也是"官办"——毫无妙（庙）味。假设白马寺、少林寺、中岳庙也如此办理——那也不过是古建筑而已，你再"雕梁画栋飞转楼天"，再"精妙绝伦"，及得紫禁城、八达岭吗？我想，有庙还该有点道士和尚，哪怕是"有工作"的，就算狗肉和尚、文居道士，装点山门，那情形或就两样。至于"迷信"云云，是另一范畴事，有迷的自然迷，不迷的仍不迷。

　　今年头场雪，我曾冒了寒风到白河观赏。面对万花狂倒纷纷落羽，我久久伫立凝望，浑浑噩噩茫茫苍苍，广袤的沙滩一望无际全是碎琼乱玉，真个房也隐约，树也渺茫，三星河、梅溪交汇入白河蜿蜒西去，无数蝴蝶纷纷投水而去——这也是景观，比之围炉品茗似乎更具风范。由此我想，江淮以北的城市，有几个像南阳这样，梅溪、温凉、三里河三条自然河贯城而过？恐怕是极罕见的。郑州市甚至自造一条"金水河"引入城内，我觉得用心够苦，但流于"不自然"，已就落入下乘。我们有"自然"，似乎却不甚爱惜，这三条自然河蛮可以把南阳装点成最大最美的花园的，可惜都污染得不成模样，成了"龙须沟""霉溪"，浊污不堪，令人大皱眉头。趁着现在治理，我看还来得及，到了如同护城河现状时，我也就不再饶舌了。

由"花园"又想到市花，这是前几年就定下了"桂花"的。我也喜爱桂，且闻其稍有经济价值。但几年实践已证明，定桂花为市花，不合乎"市情"。我早年读书南阳第三高中，北边一片桃林，东边一带李树，南边则是梨树、苹果树。春日艳阳粉白熏绿妍色杂陈此谢彼放，满院清香沁人，赏心而且悦目，夏秋又有佳果硕累，饱可果腹。如今水果价钱已贵得令人望而却步，何不让市民园林大加栽种，桃三杏四李五年，数年之内宛城即可春日满城飞花，彼时昼夜观览姹紫嫣红，不亦是"景观"？至于市花何名，窃以为不必急，等着水到渠成，就算是桃花吧，南阳城走走"桃花运"何妨？

观光观光，总望我们挖空心思，俾名城华光美艳照人，才得招蜂引蝶，使观者翩然而来，竟然肯掏腰包，于"腾飞"有济，于民生有乐，不知以为然否？

原载《匣剑帷灯——二月河作品选》，长江文艺出版社 1998 年 12 月出版

把诸葛亮让给谁

在杭州做旅羁之行，突然接到《南阳晚报》记者电话，说教科书上头出了毛病，确认了诸葛亮的躬耕地在湖北襄阳[1]。又谈各方对此反应。湖北人如何雀跃欢喜，南阳和河南人怎样愤懑激越，学术界的、政界的情绪不同，老百姓又是怎样谈论，种种舆论一下子高涨起来：一句话，南阳丢失了诸葛亮。或者说，我们这一代南阳人丢失了诸葛亮。记者征询我的看法，我因不明头绪，在电话里想了想，答了两条：一、历史不是泥巴捏的；二、历史不属于有钱人。当然，作为"名人言语"，它很快就刊出了。

我出生在山西昔阳，幼年生活在洛阳，少年之后便到了南阳。昔阳、洛阳、南阳，就是这么"三阳"分据了我的生命旅程。我至今能说一口流利的昔阳话，偶尔也能说得出几句洛阳土话。但一般人见了我，则听的是地道的南阳话。也是在杭州，南方一家电台打来电话，问得很奇怪，也极简单：假如由你自己选择，你愿意把哪座城市作为你的归结点？我愣了好一阵子，才明白她问的是二月河愿意死在何处。当时便把自家的这"三阳"情结说了："现在既在南阳已成定局，那就死在南阳。"

我不答"死在洛阳"，潜意识里也许是怕"家伙"们在这上头挑剔我：想死葬洛阳，沾帝王之水。我写了康、雍、乾这三朝时代的社会情态演变，什么"封建

---

1 襄阳：湖北省辖地级市，包括襄阳和樊城，2010 年，襄樊更名为襄阳。二月河先生书写时偶仍以旧称襄樊称之。——编者按。

余孽""帝王情结""歌颂专制""美化地主阶级"，种种帽子都扣给了我，幸亏的是他们没有武器，不然早已崩了我。我称他们"家伙"，是因为他们又是"家"，又是"伙"，厉害得很。他们甚至不看你的书，或看看电视剧片段就给你下这些结论。所以他们判定的东西是很有权威的。

"跟谁住，巴谁富"，我在南阳，心里也盼念此地是"卧龙故地"，但决计是没有这份"挥之不去"的情结，像南阳人丢了诸葛亮，有点"丢了国宝"、重要家当失窃似的痛心无奈。诸葛亮在南阳，在襄阳，都在中国，争了一千五百多年了吧？此说"公理"，彼云"婆理"，是极平常的人文心态，昔日为名而争，今日是名利齐争。因为了诸葛氏的光风霁月名头，倘是魏忠贤、和珅，并不见有人争。争论千年无结论，争论本身已变成了天下皆知的斗口游戏。争得两处都似真似假，两处都香火旺极——既如此，"争争不息"也是好事，我原就这般想头，诸葛本人确在何方，我觉得有点"于我如浮云"的意味。

但现在的教科书突然有了结论。虽说有点羞羞答答，在注释里加了"南阳在襄樊一带"，没做正面铺陈，有些个"犹抱琵琶半遮面"的佯腆羞。昔日旧时代，歌楼里的名优名伶名媛们大抵都是如此出场，"千呼万唤"出来了。

在外头不知情，我本来以为是学术界突然发现了新的实证资料，或在尘封竹帛中找到了"原始记录"，所以那样概念性地应答了两条。但现实是"没有"。但凭湖北人的种种"运作"，南阳人"坐失诸葛亮"。

这事可叫我奇怪了，有点吃惊了：教科书是闹着玩的？那是给孩子们看的学问，教给孩子们的基础知识呀！这事做得可真"胆大"。

"妄为"不妄为？

先看这句话："南阳在襄樊一带。"说的便稀奇。旧时南阳襄阳都是郡，南阳是"南都"，"驱车策驽马，游戏宛与洛"，与首都并称之地，怕是比襄阳还善一点、冒一点、高一点、大一点。倘今日有人说"北京在天津一带""中国在朝鲜一带""美国在加拿大一带"，这是什么话呢？

这真的有点"胸中不正，则眸子眊焉"了。

理念上的毛病，可以从微观上的一颦一笑一哂一怒里头自个儿去感知。

我同时也极佩服湖北一些人的精明。湖北这地儿不南不北，也不东不西，是九省通衢的要地。人聪明，心思灵，会干事，能工作，早已通国皆知，清时已有谚"天上九头鸟，地上湖北佬"。他们不靠新发现的资料，也不靠新出土的文物佐证，但凭"做工作"，居然就改变了教科书，这个本事谁有？

但湖北人再厉害，他们没本事"确认躬耕地"。有这个能耐的，是学术界手执牛耳、口含天宪的一伙"家"们，他们才是内因。他们果真是"其介如石"，湖北的温度再高，也不会孵出什么新的品种鸡。

二月河小小的，在学术界算不上个角儿，我也不敢随便怀疑别人从这件事上得了什么实惠，或者简洁地说收了什么颜色的包儿。由我自身的经历，过去傻乎乎的，从来都以为那众位评论家以及学问家到现在我起码不怀疑他们的"水平"所居的殿堂场的是个什么"家"：必定或清瘦或丰满，银丝皓发童颜韶色，或仰仰在沙发客厅，或奔走于异国他乡，或带一群博士硕士莘莘学子，或挥洒自如于科研实验，都那么渊亭岳峙，那许道貌岸然，倘看他们资料，又都一个个辉煌不可逼视。

看来还真叫小二说中了。"有 × 能使鬼推磨"。有"工作"能使"学者专家"推磨。学者而云，专家而云，鬼而云，其同也乎？《聊斋志异》蒲先生也有套语侃调"胸中正，则眸子了焉；胸中不正，则眸子眊焉"。诸葛亮的"学术问题"不论，问题在于这个学术心理阴暗得真可以。

但我刚刚开了点窍，笨得到现在才晓得，原来只要"做工作"，南阳便可以属襄阳。

若非胸中不正，那就是昏了头了。通过人家"做工作"，突然发现争论一千多年没弄明的事的底蕴，"订正"（天晓得是订正了还是订邪了）了去。不惜误人子弟，传伪道，授伪业，造新惑。听起来也真骇人。

现在不能谈"南阳人的感情"如何如何。假如人家真的发现了什么新的佐证，铁证如山放那儿，诸葛亮的饭碗农具在彼出土了，南阳人急煞怒煞也没用，得尊重事实，老老实实服从就是。问题的实质是"做工作"，拼实力，凭什么用投资量解决学术之争，南阳人骂你两句"直娘贼"，恐怕学术界的某些人也得忍气吞声受了。

学术地位不是人选出来的，是自己挣的。丢人的事也是自己做出的、自己挣的。在南阳、在襄阳都在中国，本来这事弄了上千年，现在凭你一句话，就做了结论，你好气派、好霸道、好叫人恶心。

地理历史学界的地主、骚坛领袖，二月河倒有一个小小的条陈谨告：好先生们不必再去研究古地图、地形地貌沿革了，回过头来念念《三字经》，学习一下中华文明传承美德，似乎更必要一点。

原载《二月河语》，昆仑出版社 2004 年 1 月出版

寄语读者

我写了清初的三个帝王：康熙、雍正和乾隆，自己定名为"落霞三部曲"。这个想象当然来自王勃的《滕王阁序》"落霞与孤鹜齐飞，秋水共长天一色"这句骈对。我起初读这篇文章原是从《古文观止》上，那是极端的佩服——一个年轻小伙子，仓促之间乃能办此！到后来读书多了，才晓得这句话的原始造句并非王勃，乃系庾信创出，原句是"落花与芝盖齐飞，杨柳共春旗一色"。庾信是哪里人？南阳的。具体地说，南阳新野人。

如庾信这一档次的骚客文豪，在南阳发展史上找一找，可以找出 N 个，如范晔、张衡、张仲景、范仲淹、李季、姚雪垠……掏出一个就了得了得！

这和南阳的整体社会人文发展史是割舍不开的事。我说句公平话，就如诸葛亮这流人物，湖北人现在拼命"做工作"，希望世人相信，他的躬耕地在襄阳。即使我是湖北人吧，如果存心持正，也会疑惑，他在《出师表》上为什么不直接写"臣本布衣，躬耕于襄阳"？我的观点很简单，南阳在东汉相当于今天的上海在中国。一个地方出人才，那是和当地的整体社会、经济、文化教育、学术交流以及人文社会交际氛围紧密相连在一起的。不可能在襄樊山野里云山雾罩的一个"秩秩斯干，幽幽南山"里独独地突然冒出一个诸葛亮。南阳在东汉，可以说是一个滋生和供养着世界顶尖级的政治经济和社会学人才的大摇篮。诸葛亮的事，应该是南阳人才群体灿烂群里的一个元素，他自己说躬耕在南阳，我们凭什么不信？他自己说的不算，而今日的历史学家的武断反而要算，是不是霸道了一些？

这有点跑了题的。其实，诸葛亮在中国历史上的真实地位，只是追踪于东汉王国名人之间或者之后的突出人物之一，一部《三国演义》把他捧成了绝顶人物耳。南阳人物在东汉的排名榜上，要超过当时的首都洛阳，这不需要去煞费苦心地论证，翻一下历史书就成。

如果把南阳放在河南，放在中国历史的大范围中考量，它的人文也是屈指可数的。自春秋至战国，自秦至西汉而东汉，它都是全国的政治、文化和经济的核心区，只是到隋唐以降，因战争与全国水路交通的演进与变化，它渐次渐衰与沉沦了下去。一个郡州，专有的地名约称为"宛"，至今仍熠熠闪烁，告诉世人它曾经拥有的辉煌。

这是人文。自然的呢？进南阳市便可以看到一条白河横贯全城。三里河、梅溪河、温凉河经穿南北注入汉水，如蟠螭、如虬枝，曲屈如画，婉然静流，这是《水经注》里彰明校注、实写出来了的。长江以北的城市，有这样的天然的景观城市几所？至于南阳辖区诸县，襟伏牛、怀桐柏而带淮汉，既得江南山水之清秀婉约，且居北地峻岭之峭拔雄浑，安详沉稳亿万年矗立在南阳大郡名城之侧。什么叫"特色"？唯我独有，别无分店是以谓之。如恐龙蛋、如大辛夷森林，是南阳"受命不迁"的绝世景观。

上海有个"老城隍庙"，我去看了看；南京有个夫子庙，我也去看了看。似乎都是明清建筑，开发得着实是好，展现着上海、南京人今日的实力和能力，既很好地保护了文物又日进斗金。比较起来，南阳市的宗教"板块"，如果真的说起"地位"，该是中国佛教南北哑铃的"把手"，开发的前景更是无法估量。

我谈这些，说的都是"潜力"和发展空间。我们张扬这些并不为"泛思古之幽情"，而是希望把这些丰富的文化资源大力地运作与开发起来，让我们今天的人更充分地享用这优势——上苍垂赐的优势，从而给我们带来强大的文化新生命力和实惠。

如果比古建筑，看看北京，哪里也别去了。

如果比房子高大、人有钱、汽车众多，别和上海、广州比。

如果比做生意，我想现在无法与江南沿海比。

我想，我们该在南阳的特色上下功夫。南阳，如果比"不变的"，件件都是最好的。南阳如果比"可变的"，我们还是有更令人神往的美好前景，我们已经在努力做，我们还会做得更好。

这是眺望与展望、希冀与寄托的情怀，也就是我的这点粗率的谈心之语吧。

原载《随性随缘》，长江文艺出版社 2011 年 10 月出版

也说豫人

这几年河南人声价大跌，真的应了一句老话"其亡也忽"。在历史演进中，只是"一忽儿"的事，他就不行了。南方有些商家，挂出了"河南人免谈生意"的横幅。有的打出"警惕河南骗子"的大条幅，赫然悬之通衢大道。我还听过一个笑话，说董存瑞的战友河南老乡，和董存瑞一道进了桥头堡下要炸桥，却忘了带炸药支架。河南老乡说："我去取支架。"一下子溜走了，泥牛入海。冲锋号一响，董一下子急了，举起炸药包便引爆了。他最后喊的一句也不是电影上说的"为了……"，而是"妈的，河南人真不是东西"。还有个笑话说，山西制造的假酒案查明主犯是河南人，这样的人当然要枪毙。问他临终有什么要求，他说"希望解回原籍"，因为他寄望河南的枪子儿也是假货；河南人的声誉，真有点像下酒菜，亲朋好友部属故旧相聚，觥筹交错间，一套又一套"说河南人"大喙解酒。

这件事我原本不大在意的，我本人原产山西，在河南算是侨居。河南人好歹有点"于我如浮云"的味道，听听笑笑而已。但近来上网，又看河南、中央一些报刊竟郑重其事地辩解起来，"河南怎么怎么好，事实是怎样怎样的……"手忙脚乱地出招应招。这样的情节有点像金庸小说里的武林下辈郭靖，来一招"亢龙有悔"，接着又是一招"亢龙有悔"，总之是一推一挡对付参仙老怪就是了。我的朋友周大新，还写了一篇文章，请求人们"别再骂河南人了，河南是中国的祖业兴创之地"。他并说："世界今日之观中国，犹中国今日之观河南。"

因之不宜有"大省沙文主义"云云。今年春天到北大办个演讲会，又有同学挺身而起，儒雅相问："现如今河南人名声不好，先生对此有何看法？"仓促之间应对："我虽晋人，但三岁入豫，至今半世纪有余，吃河南之粮，喝河南之水，自以为已是河南人。河南人今日有难，我现在应与豫人共患。"

这话自赢得了一阵掌声，但其实是废话，是忠厚人的厚道话，鲁迅说是"无用的别名"。

现在吹祖宗没用，"我有龙门石窟，有相国寺，有卧龙岗，有张衡……你有吗？"——人家说你现在眼前的事，你炫耀这些干吗？日本人打进来时就说过"你们祖宗伟大，但你们不行"的话头。

周大新是我的好朋友，极善良的人，总希望各国总统开个会，把人类造武器的钱统统裁掉来办学校。但他向人求情，我却以为太软了，应该梗筋挺项回说一句："操你妈的！河南老子，怎么啦！不是你们祖宗吗？"这股弱肉强食之世风下，劝富中国人悯惜穷中国人，犹劝富外国悯惜穷中国般缘木求鱼。香港人见英国人腿脖子都抽筋，见了内地老乡如何？头蠹得葱笔似的——就这样。

唐贞观年间，唐太宗曾与大臣议及山西、河北诸人异同。魏徵当时就批驳说：根本就不应该这么看——以地域分人种，这种可笑的大省或大郡（包括北京、上海等地）"沙文主义"从来都带着些个混账理论。现今之事，以我观之，是"时髦"欺侮河南人。"牛皮"得像假洋鬼子见了阿Q，自有那份"自豪"。暴发户遇见了破落贵族，他就那么个阴微下贱的心思——能操练就操练你一下，你怎样？

所以河南人应该研究一下曾国藩，咬牙忍性怀恨怀痛挺一阵子，把我们自己的事弄好，那么也许有一日，今日之笑料或成彼日自羞之言。

原载《人间世》，时代文艺出版社 2014 年 4 月出版

南阳是个月季园

南阳市定市花是什么时间已经记不清楚了。只晓得那时市里正在开九次党代会，有人说要定桂花为市花，也有人说要定菊花为市花的，众说纷纭莫衷一是。那时市里街道上的花也是换来换去，到底也不知市花是几时定的，定的又是什么花。

近几年没怎么再宣传此事，但街道中的花池、街道边的花墙慢慢地都长满了玫瑰、月季还有蔷薇之类的。市民们没有把花分得那么清，都统称月季花。

某一天，我们忽然惊艳——满城都是月季花了！

大如覆盆、茶杯、茶碗，小似纽扣，星星点点的蔷薇爬上了南阳街头。原来街上的花开放时，常有市民采摘带回家中，现在满大街都是花了，这类事突然也没有了。

红的、黄的、紫的、白的、橙色的、深红的、浅红的，一街两行，都是月季花。还有众多的花树——从山里购来的杞子树，栽在路旁，然后在上面嫁接月季。有时，一株树上有十几种花色的月季。南阳的滨河路、工业路、文化路……所有道路两旁都成了花的海洋。南阳的市花自然而然就定成了月季！和开封的菊花、洛阳的牡丹一样成了我们城市的亮点。街上是月季，家家户户的庭院中，凡是有空的地方，也都种上了月季。城里是沿街种植，城外是大片种植，还有月季花开发研究机构也应运而生。统计资料显示，南阳的月季花的数量占到全国市场的百分之七十。月季成了气候成了规模，不但是真正的市花，而且在走向全省、全国乃至全世界——国际月季花论坛在南阳召开就是一个标志。

月季花不仅美化着南阳市的市容，也熏陶着南阳人的精神。同时，也为南阳带来了实实在在的经济效益。我们不知道这个决策的过程，也不知道有多少人为美化南阳默默洒下汗水。一年又一年，我们看见了道路两旁一个又一个花坛的矗立、一棵又一棵月季的成长，看见不同品种、不同色彩的月季在阳光下怒放。在他们默默不懈的努力之下，市花就成了我们共同的称呼。每年春天，当月季盛开之后，满城的人车涌马奔，向城东涌动——干什么？那里有月季园，有中国最大的月季基地。不但好看而且好玩！这不能不说是南阳市委、市政府找到了门路，看准了努力方向，一步一步，辛勤劳作结出的丰硕成果。

凭良心说，月季这花真是招人爱。无论它的色、香、味，还是它的形、韵、神，哪一样都不差于牡丹。以前我们不曾感觉到它在整个世界的地位——欧洲适宜不适宜栽培牡丹，我不知道。但我知道月季、玫瑰在洋人那里是被视为友谊和爱情的象征。从这个角度来观察，我们就不羡慕人家洛阳的牡丹，更不要嫉妒开封的菊花——好花都是好花，谁的最好，咱们骑驴看唱本走着瞧！

我们要建设大美南阳。什么是"大美"？如花似玉、尊贵雍容才是大美，南阳的玉山淹没在月季花海里，掩映着古老而更具现代特色的南阳城垣，将会散发出古典而又现代的气息。

原载 2018 年 2 月 9 日《南阳日报》

南阳人之聪明

有位记者来问："南阳人因何这般仁善？"我思虑了一下说道："你说的是聪明吧？聪明人举事从来都是以仁善为本，仁善为先的。"南阳人从少小开始读书做事，先于一切的是"学习"二字。家有升米，甚至连升米也不经支撑，仍将学习放在首位的是南阳人。家里已经穷得揭不开锅，挤亲戚靠朋友也还要读书，上好学校，读书成名，做好事回报，这就是南阳人，他的聪明是冠冕之词，而非"仁善"。

起初我也不大懂得，说仁善，说聪明，有这么大的文化界定和区分？后来读了一点书，逐渐地了解一些是非历史才多少明白了些个。

这要归功于南阳这地方地理优势使然，天使其然而不得不然。南阳这地方易守难攻，是兵家必争之地，也称为"四战之地"。当年刘邦从南阳西出武关，想绕过南阳郡守坚守的宛城，谋臣张良劝道："沛公虽急入关，秦兵尚众，距险。今不下宛，宛从后击，强秦在前，此危道也。"您急着入关的心情可以理解，但若不攻下宛城，日后宛城的守军从后面追击，我们就危险了。汉高祖听了他的话，夜里领兵把宛城围了三圈，迫得南阳太守派人出来投降谈判，才继而西进——张良的这个话就是据此而言的。

昔日秦始皇统一中国，他看准了的也是南阳这一条，下令："徒天下不轨之民于南阳。"

把"不老实的民众"集中在南阳，秦始皇打的是什么鬼主意？但这话是《南阳志》里的，不会有假。

所谓的"不轨之民"，据我看，一种是六国被灭的贵族子弟，一种是各色儒生和读书说文的穷书生，再一种是那些测字、算卦、奇门的三教九流人士，手工艺者……集中到南阳，有事你与列国不便于呼应造反，这地方一攻便垮，造什么反？关在一起还好管理，是个天造地设的人间特居之地，不管我们后人怎么想，秦始皇他就是这样想这样做，南阳郡就这么设。

但这群人其实是六国灭亡前天下最后的一批人才和英才。都集中到南阳，加上南阳原本就具有的较好的工业基础、农业水平和冶铁能力，诸此种种和人才都集中融会一处，这就是一种"文化汇总"，用我们今天的学术话语讲，这叫"文化杂交"的优势。

一次还不够，南阳还有第二次人工的文化杂交，这就是东汉。东汉的第一个皇帝光武帝刘秀，在中国历史上是一位心地比较善良仁厚的君主，他的家原本在南阳蔡阳（即今湖北枣阳），刘秀随哥哥刘縯在南阳做米行生意，这就是刘家集团最早的雏形。在外人心目中，人们都把刘縯奉为"老天"，看刘秀也只是因为他是大哥的亲弟弟而另加青目。

昆阳之战就是发生在原南阳叶县，刘秀指挥九千人打败了四十万围军——与此同时，刘縯为更始帝所害，一下子人们的目光变了，原来堂堂的命世之主是这么个文弱内秀的小伙子呀，"小敌怯""见大敌勇"呀，"内敛而外强"呀，"天降英才"呀，诸如此类的话渐渐都加在刘秀的头上。

刘秀就是这样走上登龙之路的，这中间过程很复杂，但总体原因大约便是"这"。

历来开国君主，喜爱用战争体制介入行政管理，比如军长，打下天下之后，一般就是省长；师长呢，就去当地区的末员之类，以此类推。这样做的好处是不会屈才，用人时上头对干部熟知。而刘秀则不取此法，他的做法在历史上叫"职以授能，爵以赏功"，你是军长师长，你能打仗，不见得会行政管理、民政财务，等等，你有功我把爵位赏给你享福去，民事职务在民间读书人中间另行选拔，这叫"职以授能"，刘秀的用人招数大抵如此吧。跟着他有功的人叫"功臣"，胜利之后要赏爵位，封到南阳去享受俸禄工资。这样就把南阳变成了他的"老干部集中地"，南阳"一个郡"，公侯将相第宅连云。李白的诗"高楼连紫陌，甲第接青山"就是这档子事。

这些人在南阳位高势重待遇高，又闲来无事干什么？造反？这要充分的理由和条件，南阳不具有这样的条件，那就拼命享受，造坟修墓，花天酒地逍遥人生。南阳现在拥有汉墓群、汉画馆，大致都是此刻的时代产物。这样就会拥有新的人才市场，各地能工巧匠、雕刻师、小手工艺者，再次集中过来，形成第二次人为的人才交流，南阳的经济再次暴涨，成为全国的工艺、科技中心，成为旅游中心，就因为刘秀的这个想法！南阳的社会知名度甚至超越首都洛阳，"驱车策驽马，游戏宛与洛"，宛还在洛阳前头！

那么从唐宋之后这种盛况不再了，因为从古到今刘秀只有一个，他这样思维的皇帝也甚寥寥。

南阳从隋唐之后不但光辉不再，随着云梦的开通，内陆规模的增大，南阳生产力日渐衰落，板结下来，成了现今这样含着苍蝇、蜘蛛、虫子的琥珀——贵重是贵重，但从现实意义上说，大致是没有什么用处。

这里都是谈的"宛"地的事。

什么叫"宛"，你把吃饭的碗掀过来，那样的形态就叫"宛"。一圈开阔地里的凸出地儿，上面还有一块平凹地，这地方就叫宛，地方并不显赫。当年刘秀雄踞天下，出现了当时辉耀于世的时势英雄诸葛亮、张仲景、张衡都是这么一回事，是世界文化盛地才能涌现的世界名人——出现在这么个地方。向北为伏牛山，向东向南是云梦大沼泽，只有一条路向西向南，扼守在南阳。

虽然说时代一去不复返，南阳人毕竟是聪明过人，一旦聪明再变糊涂便不是件容易事。当年毛主席向全党推荐了一部书叫《不怕鬼的故事》，里边的头一篇，便是南阳人宋定伯卖鬼得钱一千五百文。说是南阳宋定伯进城遇鬼，被鬼纠缠，宋定伯从容应对，鬼后来变成一只羊被宋定伯出售得钱一千五百文——南阳人聪明，聪明得连鬼都卖掉了，了得是吧?

原载 2017 年 8 月 11 日《南阳日报》

感念居宛

我本是山西昔阳人，当年初来到河南，在陕州、洛阳一带游弋，十三岁来到南阳，和这块原本陌生的地方结了缘。我喜欢这里的生活。

这个城市很小。我到南阳时，这里只有三万余人的规模，三里地的老城区，只有解放路那么一条主街。从地区行署出城，外面就是一大片的菜地，菜农们在这里种菜给城里人吃用。现代的城市居民早就不能养鸡了，我结婚后因为吃蛋还要凭票，每月和老伴只有一斤蛋票，因此老伴养了六七只鸡，居所其实和一个农家大院无甚分别的：我的邻居们几乎家家喂鸡。

这就有买鸡饲料的任务：弄一个大编织袋，到饲料厂装那么一袋，弄到自行车上搭起来，拐拐跳跳骑回家一放，其余之事我不管，老婆去忙吧。但鸡菜就麻烦了，市面上没有卖鸡菜的，得自己去找。沿城马路上，有连运输带倒卖菜的人力板车老板站在车边，打着赤膊、一声声热辣辣的吆喝："卖菜啦！"行人们就围上去，挑菜买菜。在这里，人们有的穿单衫，有的打赤膊，有挑菜刷叶子的，有的争价钱——人声嘈杂，还夹着小孩子的哭声，与汗臭味儿混在一处，煞是热闹，这就是南阳的菜市。有跑群帮的，也有跑单帮的。还有大街小巷奇怪的景观：卖水车拉着水——纯净的白河水是比井水更受欢迎的玩意儿，一桶"二分"卖给茶馆，也卖给平常人家。我捡剩菜叶，就挤在这些人中间，看到卖菜车就不言声趁人多挤过去，扑在地上捡拾人们买菜抛弃的青菜叶子，倒也不遭老板和他人的嫌弃。只是有一次我蹲在车下捡叶子，手划拉着，突然碰到另一个人的手，起初以为是同道，这是常有的事——也不在意。过了一会儿，那人起身来，笑吟吟对我讲："二月河老师，捡菜喂鸡呀？这是我替你捡的，应该是够用的了，您带回去吧。"

这使我很意外，也很狼狈，因为在公众的眼里，我其实是个很辉煌的模样。过年过节市里年节聚会，常在主席台上对着众人说几句祝福拜年的话，没有想到会在这种场合，这样的环境中和一个尊敬我的人遇合交会！我顿时怔住了，也不知道咕噜了句什么，匆匆就去了。

城太小，人太少，这也不算什么丢人的事。不过，我也就不再为鸡捡菜了。我毕竟是个小知识分子脾性，太爱面子了。因为平常市民、老头儿孩子几乎都认识我，不要弄得和自己的公众形象差距太大。不单买菜这些事，就是买饲料，自己进食堂吃饭，也是要注意一点的。

因为环境不宽，城市小，愈发可以清晰照见南阳市民聪慧、善良、简朴、互助的这些似乎混在空气中、洋溢在血液和筋骨里的品性。城市中的人们似乎都认识又似乎都不认识，挤在一处过日子。人和人之间好像都有某种亲情和熟知，不由得人产生一种格外的温馨和贴心。有时早上上班，会遇到完全陌生的妇女带儿子去上学，突然对面遇上，那妇女会把儿子拉过来，蹲在地上给儿子低语介绍："这是你二月河爷爷，会写书，写好多本书了，你得努力向人家学。将来要是你也有这本事，妈和全家都会高兴。"那孩子睁得圆圆的眼离我不到一尺，瞪着眼跟妈妈回说："二月河爷爷的头好大！"

有时我买菜，在卖菜车边拣了许久，正准备请他上秤，卖菜的人会突然来一句："老师，不用称了，这是我自家种的，你带回去吃吧——嗯，这菜没上农药！"有一次我到淯阳桥南头买菜，返回路上觉得手腕子有点酸，就把菜放到路旁卖肉的案子上休息，不料刚放下，周边卖菜的卖肉的炸油条小铺老板，还有修理自行车的师傅，六七个做生意的小老板都站了起来："二月河老师，我的自行车就在这里，你把菜放上去带回家吧。"

这使我感到，生活在这里好如就在自己家，亲情不呼自到，随时而且随地，因此我在玉雕节和中药节"双节"的会上当着数万人发言说："南阳是世界上最好的城市，我就死在南阳不走了！"

这也不是一时的激情之语，而是由衷的肺腑之言。我还真是稍做研究了的。日本有个城市也叫"南阳"，日本人对他这个城市的评价是"最适合人居的地方"，他就这么解释，我们大陆没有这么解释，我看是因为我们有太多可以如是解释的地方。

这里的纬度、海拔，所占的水平线和世界上很多名城暗相契合。这里的物产，它与海洋的距离，降水量和气候非常适合人们居住。这里的交通方便，是北方中原地带与南方楚文化交会的地方。这座城市还拥有张衡、张仲景、诸葛亮等诸多世界级大师。

南阳是不是也有缺点呢？南阳的缺点却都是暂时的，可以经过努力得到改变的，南阳所拥有的优势却是先天就具有的，不可更替改逆的。前不久接受媒体采访，我谈了自己这些感受。他们问的问题是南阳人为什么这样善良，我回答"南阳人聪明，懂得善来善去"，这样的交流会给南阳带来无限的温馨生机。

我生活在南阳已近六十年，这里的山水，这里的城市建设、经济建设，都是以惊人的速度在前进，我在本文中所描述的南阳已和今天百万民众聚居的城市有了彻底的不同。

愿我们今天的人更珍视它！

原载 2017 年 8 月 18 日《南阳日报》

卞和玉之断想

年幼时读《史记》，知道了和氏璧的故事。知道那是一块价值连城的美玉，后来……被制成了"受命于天，既恒且昌"的传国玉玺。到西汉晚年，王莽逼宫逼得太后大怒，当场把玉玺摔碎了……再后来又补起来，但复在战乱中不知所终……还知道什么？不知道了，没有哪个史学家实实在在地告诉过我们。

和氏璧当然是和氏从石里凿出来的，但和氏从哪座山或哪个地里得到的这块石头？我们仍旧是不知道。

虽然有众多的"不知道"，但我们知道和氏璧最初的苦难故事发生在楚国，献玉的卞和应是楚国平民。

史书和往文记载，和氏玉乃是"荆山之玉"，这说的就是产地了，但荆山在何具体位置，这山上有无玉矿，则又将问题引向了"谜"——我们还是不知道。

卞和抱的那块包玉璞石究竟是哪里来的？今天的学界亦无从考察。是"新山玉"？是"和田玉"？似乎都有点牵强——那些地方离楚国太远了。卞和不可能抱着它左右觅缝地寻见楚王。学术界江富建、赵树林等著的《独山玉文化概论》里说到它似是独山玉，我觉得与事实真相近了。这块玉石从楚国而至赵国，又至秦国。在诸侯国中千里流徙，我认为它的块头本是不很小的，加上外边的石衣，一个人抱着到处去说服别人，一转再转，周转多国，今天看是件很不容易的事。

玉的本体现在已经不易考察。我们知道的事是蔺相如抱着它从邯郸到秦国"完璧归赵"一个来回，最终又复落入秦手。可见凿为玉璧后它的体量也不会太大。但我们又知道璧是那么薄薄的一个圆环，怎么能凿玉玺？从璧的哪一端着手开凿？这玉璧应该不小，太小了凿成传国玉玺就显得"不大方"了。

《史记》里头如是说：秦王坐章台见相如。相如奉璧奏秦王。秦王大喜，传以示美人及左右，左右皆呼万岁。相如视秦王无意偿赵城，乃前曰："璧有瑕，请指示王。"王授璧。相如因持璧却立，倚柱，怒发上冲冠，谓秦王曰："大王欲得璧，使人发书至赵王，赵王悉召群臣议，皆曰'秦贪，负其强，以空言求璧，偿城恐不可得'。议不欲予秦璧，臣以为布衣之交尚不相欺，况大国乎！且以一璧之故逆强秦之欢，不可。于是赵王乃斋戒五日，使臣奉璧，拜送书于庭。何者？严大国之威以修敬也。今臣至，大王见臣列观，礼节甚倨；得璧，传之美人，以戏弄臣。臣观大王无意偿赵王城邑，故臣复取璧。大王必欲急臣，臣头今与璧俱碎于柱矣！"坐着的秦王群臣、美人可以传观，相如可以抱着它"却立，倚柱"，它应该是如我们今天玉茶盘那样玲珑、那么携带方便。它被凿成玉玺该是茶碗大小比较合乎想象。

读《史记》，从中能找出这块玉的印象不过尔尔。

而从地理事实上说，独山就在楚国境内。现在的独山就在南阳市郊离楚长城几十公里的样子。今人考证南阳曾为楚国首都。卞和就在这里推销他的美玉是合乎事实的想象。从玉的材质、硬度、色泽和现在的独山玉的开采状况推断，春秋时期有这么一块裹着玉的石头从山间滚落人间，被卞和识破、推荐、面世、惊世……一切似乎顺理成章。

今天的独山玉石仍在开采。世界上爱玉的人，无论从挣钱的角度，还是从收藏的角度，都越来越看重这座方圆不过数里的小山和它所蕴藏的玉宝。我们尽管已无从确论那块卞和玉是否真的就是独山玉，但我们可以确论：独山美玉越来越受到人们的欢迎，因为它代表着人们对美的精神追求。

原载 2017 年 10 月 27 日《南阳日报》

王莽撵刘秀的事

"十绣王莽撵刘秀，撵得刘秀没处藏，一十三岁来南阳。"——这是南阳民歌曲调，今天的人还在传唱。

刘秀是十三岁到南阳来。他老家在南阳蔡阳，即今湖北枣阳。

西汉末年的社会形态，是个豪强集团的积累结构，豪强？豪强什么样子，我们谁也没见过。大约是一团一团的势力结构吧。没有人告诉我们豪强是怎样的样儿，靠什么立足于社会，和别的豪强又是怎样往来。我坐在书斋里想破了天灵盖，只能约莫一个大概其。几村几乡出那么一姓一族人家，这里的事不用经官动府，就是这一姓，或这几个人说了算。但范围不会太大，太大了就有点割据的味道了。豪强就是能为乡里人说理，他说了算、他说了就是"理"的人。刘秀就是这样的人，和哥哥刘缤结成团——"避吏新野，因卖谷于宛"，把谷从湖北运往南阳，过河再送洛阳供首都使用。这听起来像是"倒爷"。其实有了自己集团的武装，这样的倒爷就是豪强。这里的刘秀是这样，那里的赤眉起义也是豪强支撑。看你干什么，看历史对你的认可或否定。

其实王莽也是一位豪强，只不过他占了皇亲，姑姑是皇后，又当了太后，有些个依仗了政府的势力和实力。他占据着新野封地，有庄院有武装，刘秀的力量和他相较，真的是小巫见大巫了。

即使如此，刘秀的地方势力也很惊人，宛人当时唱："做官当做执金吾，娶妻当娶阴丽华！"执金吾不必说了，那是穿得很牛、什么事都要插一手的宪兵。阴丽华全南阳可就一位，是"市花"，就成了刘秀的妻。李白有诗云"丽华秀玉色，汉女娇朱颜"，说的便是她。就这一个，嫁给了刘秀。刘秀的势力是靠他的实力争得的，那就是他的产业和他的能力。

王莽肯定对刘秀有相当的了解。西汉东汉之交，全天下皆讲究"图谶"。术士们为豪强们预测全天下形势，一省形势、一地一人发展趋势，讲究图谶——地下挖出一块石碑，井里出现了什么异彩，修坟造屋，都出这玩意儿，说出图谶这种理论依据，也就有人坚信。可能有人将刘秀家的事编成这种东西，给王莽打了小报告，说有什么"天子气"就在南阳一带，可能附在刘家。

自己想当天子的王莽便下令捉拿。"王莽撵刘秀"的事就出来了。一个人跑，一个人追的事，根本是说不通的，不会有那种事。据我想"王莽撵刘秀"与时俱生，但当上东汉皇帝的既然是刘秀，刘缤也就不去说他了。

遍布南阳"王莽撵刘秀"的遗迹分布很多，少年时就听妈妈说过。

某处有一口井是倾斜的，是刘秀逃亡路上口渴，想喝水，要求"井斜一点，能走进去喝水"——这井就有了。

还有，刘秀躲在山沟里一株特大的马齿苋下，他便封马齿苋是"长命菜"，风吹日晒，马齿苋皆能衍生，由此达天，天上老鹰见到，在上头摇翅大呼"沟……里、沟里……"，给王莽的兵报信。刘秀震怒之余，说："死无尸体的呆鸟。"于是鹰死之后的尸体民间便看不到了。乌鸦在旁叫"瞎话、瞎——话"，刘秀就取了一块银牌给它挂上，便是现在的"白脖老鸹"了。

某处山崖草丛，刘秀夜宿在这里，有石台，也有石床。

天将亮时，会有一阵很暗，也是刘秀需赶夜路，下了命令的。

诸如此类的传说遍布遍传于民间，是诸多的"南阳哼"。然而真假如何，无人考证。

只有地处石桥附近的"麦仁店"确见史册。刘秀逃荒困顿，在麦仁店歇息，中午无粮，取麦仁与众人食之。这是见于史册的，南阳人说"肚饥好下麦仁饭"，由此而来。在南阳南召还有一处皇后乡，地处辛夷树林深处、穷乡僻壤之间。说是刘秀在此生了重病，受一女子救护帮扶，对其渐生爱意，册封女子为后。结果是这女子命薄，上銮舆到洛阳皇宫，路途颠簸，车下不幸命亡。这故事够凄美，但这乡就叫皇后乡。到底有几多真实，待考证吧！

真正与刘秀命运真切相关的地方是叶县。

这地方名叫"红阳"，李白诗里也是说过的："走马红阳城，放鹰白河湾"，说的就是它。它是南阳的卫星城市，昆阳之战就发生在这里。

王莽遣将领兵百万，其中甲士四十二万来攻南阳，到昆阳城下者有十万，昆阳刘家汉军是多少人？九千。

这是王莽的主体部队，还有专门饲养的猛兽虎豹犀象之类的"兽兵"、长得高大无与伦比的"巨无霸"将军，等等，能派上用场的都派来了，将昆阳围得里三匝外三匝。射进城的箭像下雨一样，城里的兵到井中汲水，都要负上门板，用来挡箭。说来也怪，城中守军虽然惊惶无地，但刘秀出来巡城，穿着红衣服从容不迫绕军一周，所有的军人心绪都安定下来。这就是镇静的功效了。有人会问，为什么穿红衣？黄的、灰的、蓝的、杂色的不行吗？不行，因为红色是汉家的国色，是民众心中的图腾主色，表示着恢复汉家衣裳、汉家必胜的信心和理念，也代表着义军将士抗击制胜的坚定意志——就是这样，王莽的十万大军在糟糕的天气下溃败，完全不可收拾，昆阳之战就这样打下来，打胜了。

但南阳的汉家天子更始帝刘玄却杀掉了刘秀的哥哥刘縯。已经几次了，历史记载刘玄要害刘縯都是中途而废，刘縯本来就虚骄、妄信天命，在他真的以为自己命中注定要当天子时，却遭了毒手。

刘秀手下的二十八宿等将军，可以说原来以刘縯为主的队伍归了刘秀。昆阳一战下来，这些将士都认为"刘将军平生见小敌怯，今见大敌勇"，他的威信这样树起来，刘縯又遇害身故，将军们"另择明主"，当然就选择了刘秀。

刘秀这样回到南阳，装出一副无所谓的模样，与人交往唯恭唯诺。说起哥哥，他虽心如刀扎，也还是满脸堆笑与人交流，暗地里刘秀已确定了"走"的决计。

他从南阳离开，一直打到中原，又向北到邯郸，收伐人众，招降纳叛，而刘缤的这些统兵的将军则追赶刘秀，下决心要在刘秀麾下去打江山。刘秀的主将阵容就是这样形成的。

所谓的"王莽撵刘秀"在我看来，是刘秀胜利之后为昭示他的"真命"而设造的政治传闻。听起来惊险，其实没事。而真正的实情，那真是惊天地泣鬼神，听起来令人浑身起粟。惨烈的昆阳之战，刘玄的全力追杀，有鸿门宴式的谋害，也有山野小道的劫害，都发生在不长的一段时间里。

但百姓们宁可还是信这传闻。从个人角度看，这里的人造玄机和带浓重的玄学意味的社会角逐，更为贴近普通民众的心理观念吧！

原载 2018 年 3 月 14 日《大公报》

反

腐

说自律

　　我认为以"自律"来励志倡廉是有问题的提法。因为就理论而言，任何一种好的理论，都是靠灌输才得纳入的。无论宗教、学说、知识……马列主义、苏格拉底……概莫能外。从小爹娘教，大了学校教，社会管束，朋友制约，通通都是"他律"。有这许多的"他律"，才使人有了惧怕心、警惕心，这才叫"自律"意识。他律大致上都是控制欲望的，自律呢？晚上在被窝里，无论是贵人，还是破席牛屋中的潦倒人，辗转反侧想的都是国家大事、人民幸福，怎样为人民服务，如何做好"代表"？肯定不是。恐怕想女人（当然不是自己该想的）、想升迁、想出名、想拳脚功夫，什么太极、八卦抑或美国的泰森、阿里，想形意、武当、少林、散打……怎样能打得对桌坐的那家伙满地找牙，想钱、想房子、想儿子、怎样出国或厨房里的酱油……怕是想这些事的居极大多数，真正专门想学马列、学雷锋，默默无闻为人民做点什么贡献，这才对得起组织和人民对自己培养教育的，我不敢说没有，我肯定说有，也是极个别的。想干坏事，又怕他律，只好理智些个，如果这个叫"自律"，那倒是有许多的。

　　在历史现实的实践中，我没见过一个伟人活佛圣贤是靠"自律"立起身来的。同时，我也没见一个杰士廉吏是"自律"培养出来的，没见过一个贪墨之徒"自律"了，真的改正了的。记得是哪一本小说说了一句"大凡做好事的心，一天天会小下去；做坏事的胆，一天天会大起来"，倒是这句话，贴近真理些个。清代有个名臣叫郭琇，他原是个贪官。后来倒是有了个翻天覆地的变性。忽然有一天清水洗地、断指告天：从此要做好官！他后来了得，权相明珠做寿，千员朝官毕集，人人一副阿谀相，巴儿狗似的绕着明珠承欢谀笑。唯郭琇在筵席上朗诵他弹劾明珠的奏章，拂袖而去。

写《康熙大帝》时，郭琇这人物是必须琢磨，不可随便绕开的，因为这涉及康熙这主子的性格特点、人格特点以及书的情节安排。这个人很叫我诧异了一阵子。什么原因突然使他来了个一百八十度的转变？当然，在另一份很郑重的资料里，说康熙在私下给他下毛毛雨，他写的这奏章，这资料上有眉批"如此名臣便宜煞"的话头。我不排除这件事有"预先授意"的可能，但是明珠、高士奇门生故吏党羽如林遍布朝野，他这么做，首先要冒"得罪一大片"的风险。这是一。二、康熙也可能突然变卦，顷刻之间他便万劫不复、不得翻身。明珠只是受了点疑心，康熙对他还是宠爱的。有可能只是"借机"，让郭琇教训教训他。郭当时官已不小，犯不着打这种冲天炮，冒这么大险；更须说的是，倘若他平日甚是庸碌，不是敢言敢为之士，康熙也不会找他来布置安排。

这是对资料分析，他当初何以突然改邪归正幡然悔过的呢？我绝不相信是王阳明那样：倏然开窍了便举措惊人（王阳明他自个儿想得发昏犯痛，也还是没明白所以）。其实郭的情形在清初很是个一般的社会形态。偌大一个中国，汉人不服满人统治是个普遍心态。他原先的贪，是想和这政府捣乱，也为自己捞点实惠变天时用，一下子"突然明白"，是看到了中央政府稳定大局的能力，看到了康熙的雄才大略，本质原不坏的郭琇就来了个"历史性的转折"。

当然这依旧是形势、心理的分析。无论后头的挺身锄奸还是前头的由贪变清，都还是他律而来。"自律"也就是他律之下的产物尔。

自律有点用处，但基本无用。他律败坏，小到一个人，大到一个国家、一个民族，再大到地球（地球环境的恶化，不是人类造成的吗？地球"自律"有什么用处？），就要出问题，他律愈严，问题愈少，没有"他律"，世界崩溃。

宋太祖以陈桥兵变夺位，怕人说闲话，便巴结臣子，说立誓不杀大臣。这一条他律在，宋室搞成了中国历史上最窝囊、最无能软弱的王朝；蒙古人进中原建立王朝，把人分蒙古、色目、汉人、南人几种等级，他欺负下等人，自己失去了"他律"，不满百年，就剃头的拍巴掌——完了。

我们的杭州市，曾设了"581"的银行账户，官员的黑色收入、灰色收入存进去算缴公。这几年没听再怎么张扬，大约效果很有限。有一位县级干部有年春节向纪检部门上交了他收的五万元"压岁钱"，也许是"极个别"的自律者，没看见报章表彰。

一种社会现象的解决，靠制度、靠政策。什么叫制度、政策？是放之四海而皆准的措施，是为强大的政权"他律"。自律呢？一时也不准，一声也不准，一个人，也还是不准。自律这个词，是写检查、自我检讨、写认罪书逃活命的好词。

原载《唯实》1993 年第 12 期

『与时俱进』手札

有朋友问及我聆听十六大报告的心得，这事其实我听时就想了的，我感受最深的是"与时俱进"这一宏论。

"与时俱进"，这四字箴言，可说是思想方法，可解为路线指导。以我的理解，似乎从哲学的韵味去体会更加贴切一点。"进"，本身就是前进、向上、争取不懈的意思。这毫不含糊是积极的、努力的。只有进，才可能"取"。我们要取的是什么？已经取得了小康；还要进，那么就是还要取高水平的，取"大康"——把"低水平"的"小康"建设得人民满意。所以，就报告的题目而言，内中就充满了这一个"进"字。

"开创"新局面，其实也是进取的号召。"时"，就是时势，也可解为时代的要求，也要认为是随时不间断的吧。形势与时势无论怎么变，进取的精神就在这变化之中不懈不怠，不滞不留。有了这样的精神，这样积极的哲学内涵，有什么样的伟业不能够建树？所以，这一思想方法或路线是充满了丰富、积极的哲学内蕴的。

"三个代表"核心是"代表人民"，代表着人民的根本利益，一步一步随着形势，不断地争取更多的社会成就，不满足于已有的、又争取更多的成就。党的立党为公、执政为民的思想就体现在"全心全意"这四字之中了。

与时俱进也是"实事求是"的精神体现。时，有的时候顺，有时它也有逆，有好有歹，有好歹间杂。好歹顺逆，是有主观有客观，有循环往复的变化的，这不以人的主观意志为转移。我领会，这变化无论怎样复杂，都定用"进"之一字加以努力催化解释，使事业不停顿地向前发展。其实，只要稍加回顾我们历史上的故事就会发现，不能与时俱进的时候，我们总是吃亏。有"时"而不"进"，我们也误了不少机遇。"与时俱进"这四个字实实在在是多少血和泪以及汗换得的。"流水不腐，户枢不蠹"，革命夺权如斯，建设社会主义如斯，改革开放如斯，复兴中华民族如斯，这是不可或缺的精神要素。

原载《神州》2003 年第 1 期

礼之困惑

《阅微草堂笔记》中见到一则故事。说有一大官，一直以清操志节自诩。凡门生故吏望门投谒，想带一点礼品敬献给这位，他是一律严拒的。钱不要礼不收，还要教训送礼的下司学生，子曰诗云的一大套，弄得送礼亲友人人汗颜无地。他如此崖岸高峻，自然是清名广播的了。这就好比演员登场，台面上是海瑞、况钟、包文正，下场子坐在戏箱上，他就又是一番思索：呀，这么好的砚——端砚呢！这么名贵的字画——宋徽宗的鹰呢！我怎么就挡回去了呢？那方汉金瓦，恐怕没有二百两金子不成的吧？也……挡回去了——就是那只金华火腿，今儿中午小酌下酒也不赖的吧。唉，也……他独在幕后这么思量，愈想愈不是滋味，心里愈难过。每当客人羞惭辞去，这点心思无处发泄，便拿着家人出气，无事生非地寻衅打骂家人，但闻空室暗隅中鬼魅哧哧窃笑不已。

由此连带又一个故事。说一大官，有下属送他两千两银子，被他训斥一通而去。但是有一次他去一位朋友家，适逢朋友领了俸在家——白花花的银子堆得一桌都是，这位先生忍不住，竟攫起一块扬长而去。

第一位，算是阴柔；第二位，算是旷达。从心底深处，对钱的感情是一般样儿。如今我们这世面，只要是个官，收钱不收钱的我不清楚，不收礼的我还没听说过。倘不，我敢肯定，那就是绝顶好官或病态了的小心人。做了好官或小心的官，那也不算差的。如今的时兴状态，不送礼决计"不予办事"，收了礼也未必办事，办正经事——比如跑项目，堂堂正正的公务，礼也是非收不可的。道理很简单，这项目审批权在我，僧多粥少的事，没有是非，当然谁给我贡献的实惠多，我就"审批"给谁。收了礼不办，不办就不办，反正你是下头，你能把我"上头"怎的？——我猜他的心思，准是这点味道。

这样的风气下，相较而言，那在家骂人的，公然攫了朋友钱去买酒吃的，都是该通报表彰的。

可怕的是他不是孔繁森，也不是王宝森，他是"这一个"——大家中的这一个。"法不治众"，一般情况下是个事实。你是这样，我也是这样，上头这样，下头也这样，已经变成了一种广泛的社会行为，非常的也自然成了正常——小学生屁蛋小孩子，作业没有做好，会去对老师讲："我爸爸在××单位工作，您有什么事要办，给我说一声就成。"深入到这个层次，真的让人替我们的民族捏一把什么呢！

克己复礼为仁。我们的《道德规范》里也讲"明礼"，什么是礼？我看多数人是不甚了了。有几个人会想"礼——就是理"的？当然，礼还蕴含许多内容，仅就这一"基本点"而言，吾国国民"民鲜久矣"。你抠我鼻子我挖你眼，你抽我一嘴巴我揍你一耳光，这也是"礼"，叫"尚往来"。"尚往来"既是基本原则，当然就你给我钱，我就给你"项目"。现象上说没有问题，没有毛病，只是机关有点蹊跷：办的是公事，钱却进了私囊。

纪晓岚的这则故事没有提那官的名字，或者是为亲者为尊者有讳，或者那人当时尚健在，揭了秃疤疮怕"预后不佳"。但我以为是苛了一点的，"诛心"太严了些：一个官员，知道畏法或知道羞耻，怯于舆论，不肯或不敢苟取非分，无论如何也算在守成自律里头的数。

倒是那群鬼，不知见了今日那些以贿成政的官的形容儿，该笑还是该哭呢？

原载《二月河语》，昆仑出版社 2004 年 1 月出版

腐败亡政一鉴

第二次世界大战结束，日本人投降，作为中日战区的最高军事长官，蒋介石的民众威望可以说达到他毕生的极峰，是全国民众的"众望"所归。沦陷区人民"想中央、盼中央"——其实就是盼的重庆政府。结果呢？他派到伪区搞接收的人，个个都是重庆一隅躲了八年，还有窝在南京搞"地下工作"的，又是一群饿极了红了眼的狼，看到汪伪政府留下那许花花世界，六朝金粉之地空落无主，这群狼哪里忍得？伪房产，占；伪银行，捞；伪人员姨太太，霸娶。只要是"国军"的人，干什么都行，怎样干都有理，所有伤天害理的事都办出来了。人民的期望和失望来得一样快，"想中央，盼中央，中央来了更遭殃""国民党是刮民党"便成了新的口头禅。人是不能没有希望寄托的，以中国当时情势，人们很自然地把目光注视到了共产党和毛泽东。共产党就是趁了这个势勃然而起的。

搞家庭统治，蒋、宋、孔、陈统率一切，不是四海贤豪的集中统治；信任特务，特务便横行霸道、胡作非为，戴笠可以说坏了蒋氏的王朝大事；再就是国统区的独裁与接收大员的"劫收"。这三条没有一条不是腐败。天下是天下人的天下，所以是"公天下"或者叫"天下为公"。一下子，人们感觉是私天下。所有行为都是在为他们的一己之私。即使没有共产党，这个天下肯定也会出大问题的。即使没有武装的其他的什么党，也会有机可乘，作为一番的。何况共产党是武装党，北方南方谋士如云战将如雨，数十万雄兵枕戈待旦！何况共产党在解放区土改搞得如火如荼，内部清廉团结，外部统战，政策对头干劲十足，人心威望如日中天！这时候国民党仅仅仗着人多枪好，便大搞腐败，实在说是一棒打在豆腐上，不开花才是稀奇事。

这也好比是下围棋，好好的可为局面，一步子儿走错，全线崩溃，心情坏了，更昏招迭出，结果必是大败亏输。

天纵英明的毛泽东，看准了这个，成功的土地改革，严明的内部自律（我认为，当时大敌当前，壮志未酬，这种自律是有严重的他律保证的），明洁仁德的政治，强大勇悍忠诚如天的军队，浩瀚如海的地方武装（民兵）……这些积极因素统由共产党组织了起来，调动了起来，其实已是仁者无敌，对付的又是那样一个腐败无能的"刮民党"，当然必定是摧枯拉朽一样了。延安时期毛泽东一位爱将杀死了弃他而去的女友，毛泽东挥泪斩了这个情种（我说他"挥泪"，我肯定他杀这将军心情极坏）；新中国成立之初，一个团长占据了北京一处伪产，毛泽东暴怒之下，当场便要下令枪毙这个团长；刘青山、张子善的事出来——那都是跟着他长征出来的人——也毫不犹豫判了极刑：请你吃炮子，炮毙了你！这样一比，蒋介石的毛病便显出来：他不反腐败。国民党糖尿病十八个加号，还猛吃葡萄，他不完谁完？

我在以前的文章中写，腐败不是意识形态的产物。什么意思？腐败是反社会的、反人性的东西，好比鸦片、海洛因，谁吃上谁完。不管你是什么人，也不管你是什么政权、什么党派，一个样。

原载《随性随缘》，长江文艺出版社 2011 年 10 月出版

悍贼，汉贼

我们几乎每时每刻都在治贪，大到"副国级"，顺延数去到"副股级"，佐亲未入流的弼马温之类，杀却了的、关起来的恐怕要算是"历史之最"。据我掌握的历史资料，唐宋元明清，这些法统清明的历史时代，没有哪个能和我们的"力度"相比。

但其实效，我却以为"一般般"，杀掉的多，仍在前仆后继；关掉的多，冒出来的似乎更多，有点"野火春风"味；更遑论逃出去的——算得是太阳山上的撒溜，捞够了，或是见势不好眉头一皱计上心来，三十六计走为上，到外国做寓公去了——报端介绍，这群贪官在美国仍是阔气得不得了，让世界首富国的公民惊羡不已。

写到这里，我竟无端地想起《红楼梦》里的话，套起来叫："看破的遁入了美国，痴迷的断送了性命……乱哄哄，你暴露了找米干，且把国家当我家……"如果说这是一群贼，也堪称历史之最，史载所无的一大群——剿不完、杀不灭、打不死、训不顺的"悍贼"。

也可以称为"汉贼"的。也许这样称更贴切一点。他们既是民族的贼，也确实与民族不两立。

新中国成立之初毛泽东杀张子善、刘青山，可以说整个官场为之悚然变色，战栗惊心。现在搞一个"厅级"已经是"毛毛雨了"，除了他身边几个有关的人或有余悸余悲，"他人亦已歌"，大家都很无所谓的了。

什么原因搞成这样子呢?

A. 整个风气坏。

B. 整治措施无力。

C. 官员都是新中国成立之后的人。

这需要做点解释，中国的腐败风，正规地起于青蘋之末，应该是从"走后门"那辰光滋生，这个腐败小小的：要办事，弄个炸药包（点心）手榴弹（酒瓶），把后门弄开……其来也渐，其入也深，浸润也广——从"文化大革命"的禁锢中走出来，那种苦行僧的生活一下子消失，有酒可以喝得昏天黑地，有肉可以涨得脑满肠肥——尽吃尽喝愈弄愈大，且是上下一致"与时俱进"，血糖指数达三十，阳性到四个加号，尿糖试纸：黑色。

就整治情形来看，我认为当局决心和腕力都是颇为可观的。但明摆的事实是措施含糊，缺乏制度支持。武则天肃贪，是弄一些密告箱，用私人特务网巡察，确实冤杀了不少人，但这不失为一种制度，就治贪本身，也还是起到了很大作用。雍正治贪，是用密折制度。他不设内阁，躬亲朱批这些私人奏折，对各地各要员的情形相当熟稔，这种制度我以为对官场的"他律"儆戒，确实有极大震慑。我们呢，"文化大革命"之前有"三反""五反"等运动，其他的政治运动也连带有肃贪力度，是"运动治贪"。后来没有了运动，其他措施跟不上去，贪风也就渐炽渐烈，成燎原之势。"发现一个查处一个"，这只能说是办法。世界整个历史没有哪一个国家团体，"发现"了危害自身的异类而仍"不查处"的。问题本质是在"怎么发现"，而不是发现了"追究不追究"。就"办法"而言，我的看法也是少了又少的了。

而贪官那队伍呢？却是不断"成熟壮大"炽盛得成了气候。现今的干部队伍已经没有了"新中国的缔造者"。很简单，这江山不是他打的，也就是说这家业不是他创的，他敢情就不爱护、不心痛。负责任的少了，巴结者混混"上去"的人也就多了。再就是贪官本来就有较高智商——纪晓岚说过类似这般的话：君子未必有才，而小人莫不有才——他们都是念过大书的人，又都是积极的"唯物"者。好智商加之强大的心理素质，又遇上了制度不健全，又逢改革转型环境秩序剧变……这一切一切，为贪风的滋长造成了千古良机。

这"悍贼"的出现与发旺，实在有着它的社会深层因由的。

原载《随性随缘》，长江文艺出版社 2011 年 10 月出版

危险的征象

凶杀风已经弥漫进官场，这真是令人毛骨悚然的社会现象。我印象中最初的案例是河南省某市的一位政法委书记雇凶杀人，杀的是他下头一位"刺头"干部。这已经令人瞠目了。后来报刊披露的情形愈来愈多，愈演愈烈。有同级官员情感意见相左的；有下级副官杀主官，以扫清晋升阶梯的；上级杀下级，下级杀上级，同级杀同级，政法官员杀非政法官员，非政法官员谋杀政法官员……杀得五花八门，杀得叫人眼花缭乱。这样的"礼崩乐坏"，孔夫子见了，恐怕也要"舌挢然而不下"的。

正看得昏头昏脑不知所以，忽见又有报道：黑龙江一个检察官蒋英库，本人就是一帮"黑手党"的老大，一边当检察官，一边组织杀人，共残杀二十一人，尸体一律肢解焚烧。他的结局不足为奇，是和四个"哥们儿"同时吃枪子儿。令人诧异的是，这一号人物怎么混进去当了检察官的？

这样的"人文景观"，出现在和平时期，出现在"管理层"里，想一想都会令人不寒而栗。以暴力处置文官政府中的矛盾，也是亘古奇创。

和平时期应该是个什么样儿？

官们爱钱，出来成克杰、胡长清们索贿受贿，不稀罕。唐宋元明清，出来些子贪官，折腾折腾又折腾，折腾得"国家政府"这棵大树空了、倒了，算完拉倒。天下动荡时武官们又怕死，一个又一个与原来的主人"拜拜"——就是人说的大厦将倾，独木难支，其实他原本也就没有过想"支"的意思，倒是"弃暗投明"主动撤出这木的居多。所以岳武穆曾说："（几时）文官不爱钱，武官不怕死，天下太平。"还有，诸如球场裁判吹吹黑哨；汽车碰死人，碰死白碰；商店里卖点假货；评奖给评委送个红包什么的……那都是盛世之疣，虽在肘腋之间，也不过是疥癣之疾罢了。

官员们介入黑社会，或者官员们自己就是"黑帮"赤膊上阵杀人越货，这类事历史上有没有呢？有的。但那大都发生在乱世，发生在夺取中央机枢政争之中，或特大家族的承继权力争斗里，也有这回事。西晋时，五胡十六国期间，五代十国那些年头，官场里烛光斧影经常闪烁。孔子家族也发生过"真孔假孔"的事，也是杂人谋位。最显眼的是清嘉庆年间一个下司杀了上级，是为了追补亏空引发而来，嘉庆是将其剜心致祭，凌迟处死了的，这件事我还把它移植进了我的《乾隆皇帝》里头。

"官通匪"是历史现象，但不是现在这个"官同匪"的案例样儿。"要做官，杀人放火去招安"不假，但"招安之后"也就安生了，不再胡乱杀人了。再如《隋唐演义》里的秦琼，分明就是那时的一个"公安局局长"，却和瓦岗兄弟相善，但那时是天下大乱的啊，他也没有去杀他的同行。

现在我们出的这种事，真的在历史上"书无称载"，真的太可怕了，观察一下，蒋英库这王八蛋，他一个电话约了"朋友"去，这朋友就此失踪了：喝酒——吃迷药——杀——肢解——焚烧！连同那些雇凶杀人的官，官员载进杀人的"刑名"案子屡书不绝，这是恶极了的社会症候。

这当然是"腐败"所引发，但它所代表的"层次"却与"乱世"相匹。偌大的中国，偌大的社会，这样的人事当然还是"个别"的，然它的"借鉴"意味却是十分严重的。

我们总在嘲笑"封建社会"如何怎样。据我有限的历史知识，唐贞观年间，最好时候，每年全国处决死囚犯人不满百人。我们这上头怎样？我们期望着有一个好的治安（情势不同，我不作类比），但官员自己的"治安"都这么着，真可令人忧虑。

原载《随性随缘》，长江文艺出版社 2011 年 10 月出版

太阳山的故事（一）

近年因为反腐的缘故，在电视上经常地可以看到"不幸"罹法的官员。我是研究了半辈子"形象"的人，自然异常关注他们的"临庭"或者"临刑"表情、表现。

什么样子呢？有的在庭审辩论时言语喋喋手势翩翩；有的似名家演讲，依旧气宇轩昂；有的深沉面对法官听众，俯仰自若，静聆对自家的起诉，不时翻阅自己手中辩稿，偶尔瞟视一眼周围人众情绪反应——一如平日在会议讲坛上准备发言时的神态。

有的面带微笑，从容表现，频频与在座熟人点头致意。这有点像——宴席未开前的东道主人：啊，请坐。真对不起，饭不好，菜也一般……这几天忙。久违了……

有的肃穆威严，额头皱眉注目庭上——那法官许是他的"老下级"：最近工作怎么样？

有的……

也许读者说，也许这都是轻刑，有期徒刑，最多无期死缓，轻轻重重于性命无碍，所以他们才沉得住气。然而也似乎不是的，慕绥新就有点从容就义的派头，胡长清的镜头也看了：在死刑判决书上签字，去镣——那似乎是深夜，他好像刚睡醒那样平静，步履沉稳地在镜头中消失了。成克杰到底官最大，表现也最"优秀"，他打毒针伏法前，像平时出门一样与留守他的工作人员一一握手告别，感谢他们这一段的"服务"！

看着这样的镜头，旁边围观的朋友往往嗤之以鼻：这时候死到临头还在装！

我起初也以为是"作秀"，后来看多了，又仔细想想方才悟出来，这一切的从容不迫、镇定自若，居然都是真的，他真的是有这份素质与力度。

我小时候看过镇反运动。捉到的国民党土匪，拉去枪毙，有的也是昂首挺胸，健步服刑，被五花大绑，捆得像粽子一样，还将身后牵绳拉得笔直，这气概仍然威风，但也尽有面如死灰，瑟缩不能成步，行走需人搀扶的。

比较了比较，印象还是深刻：同样是死，国民党反动派表现最差，而共产党方面最好。无论《红岩》里头的江雪琴，还是现在的成克杰，时代不同，情操差异如同云泥，令人吃惊的是境遇一同表现差不多！这真是一道难题景观，一入党，不论人品好坏，都将生死置之度外了吗？江雪琴倘活到今日，看她洒尽热血换来的江山滋生出这么一群东西，她老人家又不知有何感受。

我从小读到一篇课文叫《太阳山》，说是一个贪婪的人在太阳山上拾金子，忘了回家，到太阳出山时被蒸发消融掉了。为此今日有感，成克杰们是拾金子忘了回去的人。太阳出来晒到了他，他是一个倒霉的人。这些混蛋倒霉蛋，能如此勇敢地面对现实，这可真是件奇哉怪哉的事，我想为此说几句话，报刊容量有限，这算第一篇。

原载《随性随缘》，长江文艺出版社 2011 年 10 月出版

小说人物进入世相，也就是寥若晨星的那么几位，如曹操辈、《薛仁贵征东》中的张士贵，国外的匹克威克先生、保尔·柯察金等，扳着指头可以算得，但如若公票表决，王熙凤以她的平民社会形象肯定得票不遑多让他人。

她外在的特点够特出，人们很可能忽略，她还是《红楼梦》中最"唯物"的人。她自己就公然宣称："你是素日知道我的，从来不信什么是阴司地狱报应的……"可以说，除了礼教本身对她的社会约束，她什么也不怕，什么顾忌也没有。由此而带来的后果，杀人害命掠财，坑陷尤三姐置之于死地，干起坏事来胆子既大，干得也彻底干净。因为她的思路很清晰：没有死后来世的轮回报应，活着的利益便是一切。

现今的腐败心理怕也是同样。他不伸手搂钱时，争名夺利的不择手段、不计后果，恐怕也是这样的"唯物主义"在做强大的支撑。比如下级杀上级，为的仅仅是由副职提升成正职，这罪名在古代叫弑，做这种事的刑罚要比平常杀人重几倍，古代很少有人干这事的，现在竟成了家常便饭。市县干部——也就是官了——多数是本地的人，历来的传统，兔子不吃窝边草。现今的实在情形，买卖场上叫杀熟，贪官优先选吃窝边草，大吃而特吃。赈灾的钱、扶贫的钱、救命的钱，大到银行国库，小到穷人引车卖浆升斗之资，统吃不误——这是一群什么样的蝗虫！我们好好的一个民族，偏偏遇上了这场蝗灾！这股原本永远是暗流的浊水，大有变成明河的趋势，它还不是"党风不正"四个字可以轻轻囊括的事，而是超越了一般层次的社会公害，为祸民族的癌变毒瘤。我看，有毒的"唯物主义"应该首先清算。

坏蛋真是唯物吗？据我对历史的了解，不是这样的。明代宦官揽权，坏事做尽，但向寺庙禅院中进香、礼拜最勤的也是他们。捐资给佛祖观音"重塑金身"，他们是最舍得掏钱的。民国时戴笠手下特务如林，也是坏事做尽恶贯满盈之后，这些污物会到寺庙中捐资忏悔，请求佛祖保佑宽恕罪恶。现在的官员我不知道，大抵从理上说也该有这出戏的份儿？所以我以为观人风者应该到大廊庙中去，也观一观神风，察一察捐资簿，瞧着是个官檀越，捐的又多，就该问一问他的收支平衡的状态。

最唯物的、最唯心的都是他们。仓颉造字鬼哭，周景铸钱鬼笑。见了这群要钱不要脸也不要命、得了银子又求神、要命不要脸的东西，鬼们是该哭还是笑？

原载《随性随缘》，长江文艺出版社 2011 年 10 月出版

太阳山的故事（三）

这个提法，似乎还没有人说过，但的确是实事求是的一个观点。我的理由极简单：A. 腐败现象列国都有，是个普遍的社会现象，非吾国的国粹；B. 腐败"糖尿病"不仅侵蚀"我们的党"，它害及的是整个民族，相关的是国运气数。国民党在北伐战争时期也是生机勃勃、所向披靡的，也是蒸蒸日上、一往无前的；腐败得齐根烂了，也就是气数尽了，美国人又输血又打气，仍然身似五鼓山月稀，命如三更灯油尽。老蒋跑到台湾，痛定反思，整顿刷新一番，打了打胰岛素，才总算维持了一个小局面。

这扯得似乎远了一点。我要说的话是，我们倘再这样演戏下去，就算你是革命者，在历史上曾无与伦比地强大过，唱一唱《霸王别姬》的事怕也难免。

我们却在不停地畅想当初。打开我们的电视吧，还在那里不停地演长征戏、延安戏。我自身也是中共党员，还是全国党代会的代表，看看现状，再看这些"剧"，心里真的很不是滋味，很……什么呢……很有点惭愧的吧——我们的前辈争气，能代表我们的光荣吗？倘他们不是死，而是一觉睡醒，见到太阳山上这一群，捞够的漂洋出海享外国流亡福；没捞够的，毫无畏惧地在山上拾金子。他们很有几个临刑仰天大笑的，也尽有歌诗长街行的，此刻他们还笑得出来吗？

因此，从社会效果来说，演这样的历史正剧未必是好的。那么，演反腐倡廉的剧就正确了？我以为也不佳。为什么？因为明着的社会腐败现象就天天在他眼前。腐败不但不收敛,且是在日新月异地发展,贪官队伍是"野火烧不尽,春风吹又生"地越来越壮大,且是越干越胆大,越来越良心泯灭不畏死。你电视剧里头表现的那些反腐倡廉英雄,他在生活中一个也见不到,你让他怎地信你? 我们搞"五个一工程",是为了提高全民"跟党走"的信心。这些"戏"能成吗?

所以我们不要搞迷信。迷信自己的过去也是迷信。病重了要治病,而不是"相信"自己的身子骨,硬扛。还有一种错误的迷信,好像我们的生产力搞上去了,连这社会"糖尿病"也不必理会——二月河忠诚地告诉您:唐开元时期,中国是"万国来朝"的超级大国,"糖尿病"一犯,来了个"天宝"并发症,渔阳鼓声动起来,大唐帝国真的像受潮的糖塔一样软坍了下去。

原载《随性随缘》,长江文艺出版社 2011 年 10 月出版

太阳山的故事（四）

有一位下派到乡里工作回来的干部对我讲，基层干部过得苦。他到副乡长家中做客，眼见景况令人惊异：家中除了一部黑白电视，几乎没有任何电器；门窗是破的，沙发是破的，床也是破的，水泥地板也是破的……所有的东西几乎都是破的。然而他却取出了上好的酒来招待这位干部，酒酣耳热之际道出真髓：我要弄钱送礼，扶了正（副乡长升为正乡长），我就好办了。——你问扶正了以后？那当然目标是奔副县。然后弄钱，再扶正——总之是官当得越大，弄钱越方便，送得越多，官就越大……再说，下头老百姓过的什么日子，我一个副乡长在这儿不能太扎眼（家中招摇摆阔招人怨恨）……

这话乍听似乎尽都在情理之中，然而我却越思越惧，竟有点悚然了。这只是一只小蝗虫，但"三农"问题不正是这些小蝗虫造成的吗？我这次开人代会，原准备上个条陈，说说"三农"的事的，温总理报告说五年全免农业税，引得与会代表掌声雷动经久不息。

不过我还是要空处发一点余意。若不小心，这几百亿说不定被这些小蝗虫全吃光。而且吃出胃口来，变出新花样来再吃新的品种也未可知。比如计划生育课题，吃；老师工资，吃；救灾钱物，吃；扶贫项目，吃……吃！有一条你永远不要担心，蝗虫只会越吃越"大"——从副乡到扶正——再副县到扶正——再……决计是不会吃饱、停下来歇歇胃口的。

没有见哪个傻瓜把钱往下撒的。你"群众基础再好，老百姓升不了你的官。老百姓拥护你，但他们说了不算"。

说了算数的是"上头"。真个是"说你好你就好，不好也好；说你孬你就孬，不孬也孬"。如此这般谁肯对"下头"负责？

顾上不顾下，可说是缠绕了中国几千年的官场恶疾、乏药可医的绝症。由此引发革命造反，形成一个一个王朝更替循环怪圈。

一个人，上身穿着锦衣重裘，下头穿一条烂裤头，很难看是不用问的；健康呢？恐怕也是不用问的。

原载《随性随缘》，长江文艺出版社 2011 年 10 月出版

还说太阳山

小时读过《太阳山》。这是一则童话，说是这座山上遍地黄金，人们可以随便去捡取。只是这件事只能在黎明前去做，太阳升起时，没有下山的人就会被晒死在山上。聪明的人捡一点立刻下山，贪婪的人来不及下山那就死在山上。

中国的太阳山在什么地方？很遗憾，我以为最高峰是在官场。我们的官位级别，也就像一座高高的山，金字塔形的，有着稳稳的基础。从村、乡、县、市……这么一层层"上去"，有着一层层的阶梯式的攀登道路。在这座山上，只要你"知足"，取得你应有的金子，大致可以说是安全的。规则可以说极明确，只有低头捡金子，不看天的人，太阳出来，就会被晒死。

成克杰被晒死了，胡长清、慕绥新、戚火贵们就是这样死的。还有成批量的人，在太阳临出之际，一刹那间逃到异国他乡，成了吃金子利息的外国寓公。这算是暂时的侥幸。我信及他们的日子，绝不会比我们乡里的放羊老头儿或者城里的板爷过得舒心自在。因为他们头上始终悬着太阳，一旦照到就完。

人的两种本性——贪婪与恐惧，在太阳山捡金子时的形态，表现得最为充分。我相信洪昭光教授的话：贪官不长寿——那制约他长寿的要命因子太多了。但我更相信，宁可不要长寿，捡金子捡到日上三竿的人，仍旧会我行我素，只要那山上有金子可捡，前仆后继、视死如归的人有的是。这不是我说说或者执太阿之柄的人说说或吓唬吓唬就完事的事。我们的反腐手腕硬不硬？与列国相比，我认为强度是够的，然而强度与力度不会是一回事。

　　秦始皇似乎一开头就想到了这件事，他设御史，就是监督官员们遵守游戏规则：太阳出山前必须住手——到后来无论世局怎么翻云覆雨，后人竟没能有些许更易。我们的纪检和舆论批评也就是这个作用吧。我已经说了，腐败与意识形态无关，任何思想体系的政权都有面临社会"糖尿病"的事，但腐败与社会制约、社会环境却是有关的。有这座山，没这座山，山上有没有金子，与捡金子的人数是有关的。

　　十届人大修宪，有了"以人为本"这个理念，但愿这座山的山基有所松动乃至更移。

原载《随性随缘》，长江文艺出版社 2011 年 10 月出版

闲话密折

年轻时看了些说雍正的小说话本，见到他建立"血滴子"这个秘密机构，拥有这名称的武器，杀人如麻，很有点不寒而栗。及后读了一些典籍——相对比较正规的资料，才晓得那是子虚乌有的事。就我所知，一件先进的武器，除非你将它扼杀在摇篮里，倘不，一旦它问世应用，休想再消灭它，现在的原子弹不是这样吗？多少强大的巨人想扼杀它，但它一点也不见减少，且是愈扼愈多愈厉害——由此可知，雍正这"血滴子"武器压根就没有。

搞特务组织以广耳目，以置心腹，以布爪牙，是明代皇帝的拿手好戏。说透了，那是这个政权自信心脆弱的特征。清初时，似乎有个叫"十三衙门"的政府单位，有点这性质，也是清初政权不牢的外相表露。到康熙之后，不但撤掉了这衙门，连长城也不再维修，这是因为统治者知道了这道理，长城和专门尢理整人的衙门对于政权来说都是屁，嗅起来臭，没有使用价值。

密折制度就是这种情况下应运而生的，最初由康熙发明，到雍正推至顶峰，这也成了中国历史上一大异样政治景观，说句笑话，是具有雍正特色的政治景观。

密折不同于奏折，它不经过政府部门，也就是说不经过六部，上书房、军机处什么的一律跳过。如果有密折权的是低品官，那就要隔过府、道、省这一系列级别的政府部门，直达"天听"。

就这样，各地往返京师的驿站马褡子里，就多了这个小物件。

康熙搞这个密折，也许是为了开辟一条非正规的信息渠道，防止被假大空、歌功颂德的马屁文件蒙蔽太甚；也许是为了给臣子一份殊荣，笼络远臣、边臣之心；也许是他太寂寞，想有几个私交性质的"下级"朋友通信谈心。他的批语里，关心外头年成、雨水、风俗、民情，甚至要求"就是笑话也好，说出来叫老主子笑笑"，就透露了他这份孤寂的心境。

这一举措，到雍正手里立时便变成了政治，变成行之于天下的制度。这制度反动是反动，虽是"独裁"不可改变，但它加入了独裁者"兼听"的力度，比起独裁而且瞎眼来，似乎好点。

有密折专奏权的不一定是大员，有高官显贵，也有微末、芥子之官，星星点点遍布全国，分不清谁拥有这种权力。谁要是卖弄或暴露自己拥有密折权，很快就会被雍正剥夺掉这权力。

天气、收成、水旱灾情、军情、粮秣、盐务、社会、祭神、某地出某产品、笑话、某人某场合出洋相、某官员操守品行逸闻、谁和谁闹别扭翻脸、谁喜爱听什么戏……五花八门、应有尽有，这样的小匣子汇集到雍正手中，他一一看过，择要批复——一千多万字的《朱批谕旨》就是这样传下来的。他批得畅，大开大阖，大喜大怒，讽刺挖苦，说笑打诨，随意挥洒——近世有人称他的朱批是"天下第一痛快书"。

雍正因了这密折，少受许多马屁蒙蔽，也因此使官们捞钱稍难而恨他，故造了许多主子的谣言，说他身后之名——"血滴子"及十大罪状，多由此故。

原载 2013 年 3 月 13 日《西部晨风》

解决好弱势群体的『精神饥饿』

"两会"上，代表委员们讨论较多的是政治、经济问题，作为作家，我更关注文化建设。我们虽然解决了温饱问题，但在精神层面，一些地方和群众，依旧处于"温饱线"以下。文化建设的最终目的，是满足人民群众的精神文化需求，当前尤其需要关注弱势群体的"精神饥饿"问题。

精神消费门槛太高，把很多人挡在门外。现在有很多书，装帧精美，价格不菲，让人望而却步，更不要说手头拮据的低收入群体。书店里，我曾亲眼看到有人从架上拿下来一套书，看看价格放了回去，再拿下来，看看又放了回去。开会讨论时，我多次发言——书籍不能让穷人望而却步。

读书与国民文化素质密切相关。我并非生下来就是"作家二月河"，直到四十岁我才开始创作。年轻时我挖过煤、掘过井，水淹过、火烧过、屯打过，正是靠着读书才能从那样的底层成长为作家。人生经历让我坚信，全民性的读书，不仅能改变个人命运，还能提高中华民族的整体文化素质。

人不能不读书，否则两眼一睁，瞪到熄灯，想的全都是钱。这种自我消耗、自我麻醉的状态，会带来很大的社会问题。现在社会上，一些人互存戒备，得理不让人，稍微有些摩擦就生出火花，甚至引发矛盾，这是社会戾气。戾气的消除不在一朝一夕，需要提高国民整体文化素质。如果所有人都能有条件读书，就会对涵养文明理性的社会心态大有裨益。

为弱势群体提供精神食粮，关键是要降低消费门槛。相关政府部门能否研究一下，对通俗的、大众的文化产品进行适当补贴，以降低文化产品的价格，让弱势群体消费得起，解决他们的"精神饥饿"问题。另一方面，正版价格下来了，挥之不去的盗版问题也会迎刃而解，进而起到净化文化市场的作用。

　　一只木桶盛水的多少，取决于桶上最短的那块板，从这个意义上说，弱势群体的文化修养标注了整个社会的文化高度，弱势群体的幸福感关系着整个社会的前途。只有整个社会多方协同、共同努力，让文化发挥出更大的社会效益，滋润更多人的心灵，我们才能在精神层面上走出贫穷、走向富足。

原载《党建文汇》（上半月版）2013年第4期

释放道德的『治理能量』

注重道德在善政良治中的独特作用，这是中华传统文化的一大特色。古人定规矩，都是以道德为核心、以伦理为准则。河南内乡县衙的牌匾，蜚声海内外，就写着"天理国法人情"六个字。在古人的政治哲学中，天理、国法、人情是辩证统一的，律法要体现人文关怀和道德温度。

《孔子家语》中说，芝兰生于幽林，不以无人而不芳；君子修道立德，不为穷困而改节。这足以证明道德的力量。清代嘉庆年间发生过这样一件事，一名女子由于防贼而误杀了丈夫，刑部复核死刑，但是嘉庆皇帝迟迟不批，就是因为考虑这位女子为捍卫尊严，其情可悯。法是底线不可逾越，但从中也可看出，德有"可悯"。强调"以文化天下"也是希望释放道德在治理中的正能量，这是我们相沿不废的传统，对现代中国的治理仍然具有启发意义。

当今时代，经济发展狂飙突进自不待言，但是，片面追求物质、沉迷享受，也带来了拜金主义、道德滑坡等社会问题。老人倒地，扶还是不扶，拷问着世道人心；女童摔婴事件，更让人忧心青年一代的道德发育。一些人为了钱，道德原则可以丢弃，法律底线可以践踏。文化和道德重建的课题，十分峻切地摆在我们面前。

古代德治是可资借鉴的思想资源。在古代社会，孝子可以通过举孝廉进入仕途，这是国家自上而下培养的价值观；乡野山村，本来就是礼法社会，这是道德在发挥耳濡目染的作用。在当代涵养社会主义核心价值观，也可以从国家、社会和个人三个层面展开。从国家层面，政治风尚总是社会道德的风向标；从社会层面，让践行核心价值观的人受到尊重；从个人层面，注重发挥家长和师长的表率作用，让"家风"世代相传，让"校风"浸润人心。

原载 2014 年 3 月 12 日《人民日报》

我想告诉大家，我们民族曾经发生过这样的事情

问：您创作的《康熙大帝》《雍正皇帝》《乾隆皇帝》三大历史小说，广受海内外读者欢迎。当初为什么选择这些历史人物作为创作题材？

二月河：1982年在上海召开的全国第三次《红楼梦》学术讨论会上有人提到，康熙对我们中国历史贡献很大，但是到现在没有一部像样的文学作品，我脑子一热就说由我来写。

中国封建社会从秦始皇开始算起，到宣统皇帝结束，辛亥革命以来，我们都是把注意力放到民族解放当中来看这两千多年政治历史的。从大历史的格局来看，当时还没有一部完整的文学艺术作品对中国封建社会的总体情况做较为全面的观照，包括中国封建社会的政治、经济、文化、社会，还有军事等诸如此类的形态，因此需要有一部全方位观照大历史的作品。

问：您怎样看待您笔下的这些人物？

二月河：像康熙、雍正和乾隆这样的历史人物，我们用什么样的历史观来观照他们，这很重要。十一届三中全会后，提出检验真理的唯一标准就是实践。那么检验历史人物的标准也应该是历史的实践。我以这样三点来评判历史人物：第一，在中国历史上，是否对国家的统一和民族的团结做出过贡献；第二，在发展当时的生产力，调整当时的生产关系，改善当时人们的生活水平

这几个方面，是否做出过贡献；第三，凡是在科学技术、教育文化、发明创造这些方面做出贡献的就予以歌颂，反之就给予鞭笞。

我写皇帝并不是对皇帝情有独钟，是因为这样的人容易带领全局。他们都是当时的最高统治者，而且他们所带领的时代又是中国封建社会最后一次辉煌，在回光返照中把中国传统文化的辉煌呈现出来。

这三部是皇帝系列，又叫"落霞系列"，我们的文明在那时像晚霞一样绚丽，同时又存在一些很要命的东西，这就是太阳就要落山时的美丽与忧虑。忧虑的是我们的文明当中不只有精华，也存在糟粕，比如对于权力无原则的崇拜，对个人名利无止境的渴望和追求，文化上故步自封、夜郎自大，等等。

我曾经给四十三位中科院的院士上课，问他们当中有没有人——既是政治家、农学家、数学家，又是军事家、书法家，还精通几门外语——康熙就是这样的人。数学当中的一元二次根，他很早就解过，还有农学中在试验田种植双季稻，都是他。康熙甚至还组建了我国第一个皇家科学院。

如果商贸来往从康熙时期不停，西方工业革命的信息可使中国的工业革命大致与西方同步，或许就不至于有鸦片战争。所以我讲，康熙是中国的潘多拉。我写这三位皇帝，就是想表明，我们曾处在一个重要的历史转折关头却没有抓住机遇，与工业革命擦肩而过。我用这样的艺术形式来告诉大家，我们民族曾经发生这样的事情。历史总是在提醒我们，不要重蹈覆辙，作家的责任就在于此。

冯其庸先生说，你什么都不要搞了，《康熙大帝》就是你的前程

问：刚开始创作时，有人质疑您，整个创作过程也非常不易，这么多年

您是怎么坚持过来的？动力和信心来自哪里？

二月河：我年轻的时候也是雄心壮志，父母亲很早就参加革命，周围的人都算成功人士，于是自己也想将来一定做一番事业。可是，父母亲所在的部队调动频繁，我只好不断地转学。上学没有上好，小学、初中、高中都留级了，留到1966年。"文化大革命"开始后，高考没了，去当兵，参军又十年，三十三岁才当了副指导员。别人三十三岁当正团，我还是一个副指导员，我不想当官了，我想做点事情。不能做官就在文学这条路上走一走。于是，我走上研究《红楼梦》这条道路。我把我写的研究文章寄给红学会，他们也没有给我回信。后来，我给红学家冯其庸先生写信，我说我写的稿子请您看一看，如果我真不是研究《红楼梦》的料，请您给我回一封信写几个字，我不在这儿浪费时间了。如果您觉得我是这块料，也给我回几个字。这个信去了几天，冯其庸先生给我回信了，洋洋洒洒几百字，主要就是说觉得我可以，这样我就走进了《红楼梦》。后来，1982年在上海召开全国第三次《红楼梦》学术研讨会后，我开始写作"康熙"。

到1985年，我已经写了十七万字的《康熙大帝》，冯其庸先生看过后说，你什么都不要搞了，《康熙大帝》就是你的前程。1985年底，我写了三十四万字的《康熙大帝》，第二年6月份这个书就出来了。人生成功一个是力气，一个是才气，再一个还要有运气。

找一个省文联主席容易，找一个二月河难

问：您说曾有做官的机会，可您拒绝了，刚开始不是就想做官干一番事业吗？

二月河：也曾有过想通过当官有所作为的想法，可是在走上文学道路后

转变了。十五年前省委组织部找我谈话，说想让我当省文联主席。我跟他们讲，我说我不会管人，这是第一；第二我不会管事；第三我不会管钱。不能管事，不能管人，又不能管钱，你叫我来干什么？想当这个文联主席的人多得很，但是我要告诉你们一句，找一个省文联主席容易，找一个二月河难，我说我也不用考虑了。现在我是省文联名誉主席，不管事不管人不管钱，是一个自在人。我做事情比较专心，这也是一种定力。你如果拿不定主意，又想做官又想做事，也可能官也做不好，事也做不好。

鱼和熊掌不可兼得，你想发财就做生意，要做官就不能想发财

问：现在有些干部既想当官，又想发财，这种情况令人担忧。

二月河：是，鱼和熊掌不可兼得，你想发财就做生意，要做官就不能想发财。根本的问题是你自己有没有立场，这跟自己的价值观有关，跟自己受到的家庭教育有关。

在我小时候，因为钱的问题，我母亲不知道说了多少次。她说将来两个错误你不能犯，一个是，不是你自己的钱你不能要。不是你的钱，一分也不能要。一个是，作风上不要叫周围人对你有议论。这两条原则掌握住，剩下的问题家长可以帮你，朋友、老师都可以帮你，这两方面出了问题，别人帮不了你。这就为我以后的人生设立了一些不能逾越的杠杠。

历史告诉我们，腐败不会导致速亡，但腐败能导致必亡

二月河：我在几个场合一直对干部这样讲：腐败不会导致速亡，历史

上没有这个效应，但腐败能导致必亡。清兵入关的时候，只有八万多兵力，吴三桂在山海关的驻军跟他们合在一起也不足十三万人。汉族的兵力是多少呢？李自成的铁骑部队有一百多万，加起来汉族的武装力量在四百万人以上。可是十三万人打四百万人，却如入无人之境。为什么？因为你腐败了，四百万人也就是一堆臭肉；不腐败，十三万人也能变成一把剁肉的刀。崇祯皇帝最后是什么样子呢？只能跑到景山自杀了。这些历史的细节真切地告诉我们，腐败与每个人都有关联。不是说某人因为腐败被抓进去了才有关联，那只是在来早与来迟之间的差别。到了某一天，腐败蔓延至全社会，社会"糖尿病"的并发症整个儿发作，你说你往哪里逃？毛泽东同志讲过，崇祯不是个坏皇帝，可是在那样的情况下，他又有什么办法呢？所以说，到了那一天，大家知道的时候已经为时晚矣。人清醒是需要条件的。很多人清醒是在大祸临头时，在东窗事发时，在接受调查时。到那时清醒还有什么意思？错误已经铸成。

对权力的无原则崇拜是导致腐败的一个重要原因

问：文化中的糟粕反映在社会生活中会带来什么样的后果？

二月河：腐败问题，实际上就是这些糟粕带来的直接后果。比如，对权力无原则的崇拜是导致腐败的一个重要原因。蒲松龄在《聊斋志异》里的《夜叉国》中回答"什么是官"时说，"出则舆马，入则高堂；上一呼而下百诺；见者侧目视，侧足立：此名为官"。就是说当官以后享受特权，产生一种与众不同的心理感觉。对权力的迷信和崇拜可以说是几千年养成的。古人讲，万般皆下品，唯有读书高，为什么读书高呢？因为读书可以接近权力，或者说有可能进入权力阶层。

这种态势，要怎么改变呢？这就需要栽培除权力之外别的值得崇拜的东西，比如说学识、品性，比如说典型人物，如焦裕禄、吴金印等。需要给这些典型人物以社会地位，如果你只是简单地宣传这些典型，可许多人在官员面前还是奴颜婢膝的，你叫群众怎么去崇拜典型而不去崇拜官员呢？

所以说要有游离出官本位的逻辑，让人们以其他的一些东西为荣为傲，才能分散对官本位崇拜的意识。这叫分一分崇拜，分一些给学者，分一些给那些在事业上有建树的人。这样人们就感觉到除了做官，还有其他事可做。我做学问，虽然不及官员，但是也能受到社会的尊崇，我的家族和我的亲人也会受到尊敬，那么这就可能会分散官本位意识。

如果腐败蔓延，经济再好、文化再好又能怎样？

问：有一种观点认为，经济高速发展，出现腐败问题在所难免，您怎样看？

二月河：中国的唐代和今天美国，有相同的地方。如都拥有世界上最强大的国家机器，武力都很厉害；都拥有世界上最高的 GDP。美国现在是占世界百分之二十，唐代时，中国的 GDP 在世界上的占比已经很高（社会学家研究的推断——编者按）。唐代的长安是国际大都市，当时欧洲的人来唐朝朝拜，很羡慕大唐。到乾隆年间我们的 GDP 还占世界的很高份额，但是到了道光年间就发生了鸦片战争，中国就变成了半殖民地的黑暗旧中国。两千多年来中国的经济一直在世界前列，但是说落后就落后了。

经济水平高也好，文化程度高也好，都不代表你强大。腐败蔓延，经济再好、文化再好又能怎样？宋代是经济大国、文化大国，是世界历史上文化程度最高的朝代之一，但也是政治腐败、社会生活腐朽的朝代之一。今天，无论从哪个角度看，都不能说宋代的中国是个强国。现在，有的人在跟我交流反腐问题时，都会把经济文化和治理腐败混在一起说。但我认为，对经济实力不能迷信，对文化实力也不能迷信。政治的腐败，不能拿经济的繁荣、文化的灿烂这些事去抵消。一个政权如果不能维护国家完整，不能维护民族团结，不能下狠心治理腐败问题，其他方面再强大，都不能成为一个强大的国家。不管你有多高的 GDP，多大的文化体量，如果腐败横行，都会轰然倒塌。

我们不能迷信任何东西，不能迷信 GDP，要把国家综合实力搞上去，这是最根本的问题。中央是太阳，阳光照射到每个人心中，需要折射，折射到每个角落，同时要注入信仰的力量。

什么叫正能量？人民在追求光明，追求幸福，追求健康，向往人人都美好的世界，那么这种信仰支撑可以说是民族力量的现实所在。这个问题要综合利用。所以说我们党一定要把自身的这种力量通过各个领域折射到各个层面去，让各个领域沐浴这种阳光，那么整个社会的正气便可以培育起来了。

现在的反腐败力度，读遍二十四史都找不到

问：当下，深化改革与反腐败已成为人民群众关注的热点，尤其是党的十八大以来我们党坚定不移改进作风，坚定不移惩治腐败，党心民心为之一振。您是如何看的？

二月河：现在的"八项规定"（即"中共中央政治局关于改进工作作风，密切联系群众的八项规定"，2012 年 12 月 4 日由中央政治局会议审议通过）很有效，在社会上已基本形成良好的舆论风气。以前没有感觉这种东西是见不得人的，现在大家知道了。这种东西不能反弹，一旦反弹，可以说你永远也禁不住了，再搞那比登天还难。这个"八项规定"给全党干部确定了一个

最起码的、公开的社会底线。当前，中央的这种反腐是在争取时间。争取时间干什么？就是争取时间深化改革、完善制度，制定长治久安的政策，因为腐败的问题惩治起来是很难的。贪官污吏在那个地方拼命地捞，捞的都是我们老百姓的钱，那老百姓当然是不满意的。我很拥护中央的决策，中央的决心很大，已经为老百姓所认知，大家也从心底拥护中央，因为腐败违反了人们最基本公正的道德底线。自古而今，没有因反腐而导致国家或者民族产生危机的，原因就在于，反腐植根于人民群众最基本的心理诉求。

我们党的反腐力度，读遍二十四史，没有像现在这么强的。这种力度绝对是不见史册的，但反过来说，腐败程度也是严重的。没有见过杀鸡给猴看，猴子不怕，甚至杀猴子给猴子看，猴子也不怕。我笑谈，腐败是中外两种文化的恶劣基因掺和到一起产生的杂交品种。可能是改革开放以来，随着商品大潮，还有各种思潮，鱼龙混杂，经济抓得紧，在思想道德方面、信仰方面抓得松，融合在一起就产生了这样的社会现象。

腐败和意识形态无关，什么制度下都会产生腐败

问：有的人认为西方制度下腐败问题不那么严重，而您明确表示西方的制度不能用来约束中国的政治文化，为什么？

二月河：腐败和意识形态无关，不管什么样的意识形态，都要面临腐败问题。腐败是个社会病，不要把它和制度联系在一起。西方制度难道就没有腐败吗？我才在新闻上看到，法国前总统萨科齐正接受调查。所以说，无论在什么制度下，只要不管，或者只要放纵，腐败肯定要滋生，要繁衍。但是在权力相对比较集中，或者对权力的监督相对比较少的情况下，就更需要高层领导人有清醒的头脑。基层负责抓这个问题的人也要有自律，要自律和他

律结合起来，可能就会好些。

有人尝试用"西药"治理贪腐顽疾，但我不认为西方制度能约束中国政治文化。中国有中国的特点，不可能照搬西方。相应的制度，还得靠我们自己来建立。

中西医结合可能会比较好。比如治病动刀子，这是西医，把腐败的部分毫不惋惜地剜出去；同时也加强内服，就是严厉整治。可以说是秉刀斧手段，持菩萨心肠。秉刀斧手段，那就是该查的查，该处理的处理。但我们实际上是治病救人，还需要警示，提醒更多的人不要走这种路，不要在这个问题上玩火。刀斧手段当然是西医，同时也要内服一些我们国学的营养，让更多的干部别出这种差错，让真正真心踏实干工作的人少一些顾虑。

腐败与人性有关

问：您说腐败和意识形态无关，更多地和人性有关，怎样理解从人性角度治理腐败？

二月河：贪欲是腐败产生的重要原因。但是人和动物不同，除了感性，还有理性。这种理性是后天的，它给你增加了警觉。如果没有这种警觉，父母亲的教诲、老师的教诲、领导的教诲，这些如果你都不在意，你难道还是个人吗？

秦始皇以来，历代搞文字狱，但是文化理性却始终没有泯灭，就是告诉你要做一个正派的人。孟子讲，人生三乐：父母俱在，兄弟无故；仰不愧于天，俯不怍于人；得天下英才而育之。这三个乐你放在一起看，就是说你怎样对天、对地，怎样对自己的祖宗、对自己负责任，这就是贯彻理性的责任心。如果你不孝不悌不忠不信不仁不义，这样的人，到现在仍旧是无法立足的。

假如你讲外国人不孝不悌，不懂忠信礼义廉耻，他可能不在意，因为他们文化里没有这个基因。但如果是中国人，当你评价一个人时，就说我知道你这个人不孝顺，他就得满脸通红，站不住脚。这就是文化的力量，是社会舆论的力量。

懂得这个道理，对待贪官污吏，能不能把他的行为与其家族建立联系，在其心中树立家族荣誉感或耻辱感？这样，整个家族就会加强对子女的教育，可能家族的人就会说，咱家多少年都是忠厚传家，我们多少年都是正正派派做人，出一个贪官污吏会让我们一家人丢人。这样就把社会舆论力量这个砝码放进去了，这很可能比政府和上级的教育效果好很多。一生下来长辈就和我们讲，谁谁谁是我们家老祖宗，或者说只要是贪污就不能进我们家祖坟，这是咱们家的规矩。通过这种方式能够让这样的家族荣耀感、家族耻辱感，能够渗透到我们的社会生活当中去。当然，这事做起来难度很大，这里作为一个理念提出来，希望引起社会的重视。

我们的社会学家、我们的教育家和我们的领导，需要共同努力树立这样的风气，我想可能会有一定好处。

把权力关进笼子里，笼子的钥匙放在哪儿？

问：纵览历史，有什么治理腐败的措施或制度值得我们借鉴？

二月河：我们现在说权力制约，把权力关进制度笼子里面，这句话说得非常到位。但是笼子的钥匙在哪儿？钥匙要放在人民群众的手里面。如果把权力关在笼子里，钥匙还在官员手里，那等于没用，笼子的钥匙要放在舆论监督和人民的手中，让反腐败更为公开，更为透明。要让官员对人民的事业有敬畏感，对自己的工作有担当。要让他们有一种意识，民生即是天心，如果民生搞不好，天怒人怨，那还能做得下去吗？这样他就会格外小心。

郭沫若在蒲松龄的故居写了一副对联：写鬼写妖高人一等，刺贪刺虐入木三分。他把贪和虐相提并论，是说当官的如果贪腐，看起来没有直接虐待别人，但是等于把别人的蛋糕分了，间接地虐待了别人。所以，切蛋糕的人要在人民目光之下做事，想偏心也要有所顾忌。

在人民监督方面，我们党已经采取了很多措施。通过新技术、互联网种种手段来监督，比如通过我们中央纪委的网站实施监督，民众的介入度是空前的。过去不可能有这么多渠道，顶多就是写写信，现在很方便就可以把自己的意愿反映出来。可以说，这是我们中央顺应民意，也可以说是老百姓利用科技手段创造出来的这么一个结果。

我想在这里不妨谈一谈雍正的密折制度。这种制度是官员向中央和雍正反映情况，他们不一定光说负面的问题，还可以讲琐事，比如那个地方天气如何，收成如何，官员出了什么笑话，他都要给雍正汇报，这些都可以作为中央掌握情况的材料。要了解情况，领导干部需要交一些基层朋友，这些基层朋友给你反映的情况也不一定大，就是把真实的情况反映给你，这些情况就可以作为制定政策时候的一种参考。像这么一种党与群众的联系可能会使中央进一步耳聪目明，再加上互联网，人民通过网络跟领导进行相对直接的沟通，这些对有效监督都是有益的。

讲道理要紧密联系生活，搞"活体"解剖

问：严肃的题材让您写得引人入胜，读者爱看，这启发我们来思考对党员干部的教育如何能入脑入心。

二月河：对于干部教育不要灌输，要结合我们民族、国家、社会和每个

人的不同情况，放到生活当中针对案例具体分析。我们讲，实践是检验真理的标准，不是拿理论来说，一个人走向成功或走上歧途，都有很多的社会原因、个人原因，需要从原因细化分析。

孔子、孟子的书今天很多人不会去读，但是"岳母刺字"这样的教育事例，大家都能记住，这是很实际的东西。岳飞为什么爱国呢？肯定受到孔孟之道的熏陶，但我们第一反应却是母亲对他的教育。我们在宣传的时候，能不能把这种东西宣传进去？比如，很多高官落马就是因为情妇，本来很优秀的这么一个人，但是因为养情妇需要钱，需要很多钱，怎么办？就只能从国家拿钱。我们现在讲，这是世界观改造放松了之类的话，这样说没错，但总是有教科书的味道。在不离开教科书的同时，又能细化出一点有个性和针对性的东西来教育最好，也就是用"活体"解剖来教育。

再举个例子，我们的改革成果好比一个大蛋糕，谁来切这个蛋糕呢？是干部。干部在这儿切蛋糕。你这个切蛋糕的人偏心眼，刀子偏一偏，往自己这边挪一下，你就走到了绝路。纪律检查委员会是干什么的？就是看着你的。你为什么偏这一刀？我就要查一查你，你这么做是为公还是为私。人民群众的心也跟明镜一样，我分多少蛋糕，你分多少蛋糕，大家都很清楚。这个蛋糕本身是人民的，人民的蛋糕切到你自己的盘子里去了，你给你自己的子女弄很多钱，或者子女都出国，你自己在国内做官，这么做，怎么叫群众相信你是廉洁奉公的好官？我想，用这种举例的方式来教育干部可能会好一些。

问：多年来大量的阅读与学习是您创作的源泉。对不从事写作的人，阅读有那么重要吗？

二月河：现在有些干部，包括老师、学生都不怎么读书。还是要提倡读书、读原著。同时，需要编写一些书作为教科书，比如写焦裕禄以及海瑞等清廉为民典型的书。这些讲官德的书，要成为公务员考试的内容，甚至要有一些具体的问题提出来，碰到这些问题你怎么做。要把典型的意义慢慢地渗透进去。全体公职人员，尤其是官员要读书，全民也要读书，领导更要读书。读书、读报能让你了解世情、国情和民情，如果这些你都不知道，你什么官也做不成。比如，网站可以为读书的人提供一个平台，让他把读书的心得与大家分享。

家庭的荣誉、社会的尊崇也是官员的"收入"

二月河：目前我们对官员的教育只是注重物质上别贪，这是最基本的。还应该注意，过去我们讲光宗耀祖，一个人做官了，祖宗也觉得光荣，不一定要发财。但现在的官员没有把尊崇的地位、人们的敬仰、自己对家族的贡献算进去，这很可怕。所以，要加强这方面的宣传，对自己家族的贡献、社会的尊崇，都应算作官员的"收入"。

《强项令》这个戏里讲，洛阳令董宣死后，在他家里只发现了一百多枚铜钱。另一个例子，清朝云贵总督杨名时死后也是在家里只发现一百多枚铜钱，折合成人民币也就是十块八块的样子。杨名时在做官的时候没人敢给他送东西，反是他被诬陷进了班房后过的生活比做官时还好，因为老百姓都把东西拿到班房里给牢头，让他们转给杨爷，百姓是放下东西就走。这是人民对你的崇敬，是你自己挣来的。应该把这种信仰传递出去：干部要爱惜自己，把自己美好的公众形象确立起来，可以给自己的家族带来更崇高的地位，这也是一笔无形的财富。

因此，我想应该把这种"收入"的概念放在学校、家庭教育中，让他们从小就知道什么叫体面、什么叫无耻。官员要对自己负责、对家庭负责，就要有担当，就要有做官的底线。突破了这个底线，就对不起亲人。

对反腐败，人民群众充满了期盼

问：请您从历史的角度来展望一下中国未来的反腐败进程。

二月河：现在的势头令人感到兴奋。我对现在反腐败形势的判断是"蛟龙愤怒，鱼鳖惊慌，春雷一击，震撼四野"。这种评价和大家说的中央高度重视，贪腐官员高度紧张，人民群众高度关注，大致上意思差不多。像现在反腐败做的比说的还好，人民群众感到振奋。这是实实在在地发生在民众生活中、饭桌上的事情，所以我想说的是，对反腐败，人民群众充满了期盼，充满了渴望。同时，人民群众也是满怀拥护和全力支撑的能量，等待着我们党能有更多更大的成果，当然这是要讲证据的。治大国如烹小鲜，这是习近平总书记多次讲过的，这是要讲科学的，要一步一步地来把事情做好。

问：想请您给今天的党员领导干部写一句寄语。

二月河：以前讲完课，一些地方请我题字，我就题了个"好好过日子"。但是很多非常聪明非常了得的人，就是不懂这五个字。要是懂得这五个字，何至于进去（坐牢）啊？何至于从这个坐标系的正数跌下去，你不是跌到零啊，你是直接跌到负数。

后来，他们又让我题字，我觉得光说个"好好过日子"不像作家说的话，于是我又加了两句，"好好读书，好好读报，好好过日子"。好好读书可以增加自己的素养，好好读报可以了解国家大事，使自己当一个明白人。我见到很多人，一旦有了权势，就不安分了，忘乎所以了，人就走错路了。如果大家都堂堂正正做人，把事做好，大家都有这样的思维，尽管成绩有大有小，或者政治上成功，或者政治上不得意，顶多是不得意而已，就不会去坐班房了。作为一个官员要守住底线，找到属于自己的位置，安分守己地把自己的日子过好，也是对社会做了一生的贡献。我讲课都是从这个角度说的，因为咱不是领导，那么咱就讲实实在在的话，大家都来好好过日子，就是个和谐社会。

所以，我今天还是想跟大家说，好好过日子。

原载 2014 年 7 月 23 日《福州晚报》

不存在谁来授意我

问：你说你是一个作家，不是反腐专家。为什么这次要发声？

二月河：今年的情况很偶然。十二届全国人大二次会议河南代表团头天晚上通知我，王岐山要来这个团参加讨论，让我准备发言。既然他来，我不说反腐说什么？我眼睛不好，也没有准备讲稿。第二天会上，我排在六七个发言人后面。每人规定十分钟的发言时间，结果前面的人都超时了，我心想可能轮不上我了，总算饶了我。可河南省委书记说，下面，别的同志都不用发言，就请二月河说说。我就谈了关于反腐的一席话：一是反腐不能迷信杀人，对腐败分子不主张多杀；二是高薪养廉不可取，建议从机制上解决问题。宋代官员的工资是汉代官员的六倍，是清代官员的十倍，但他们是最腐败的。中纪委也想顺着这个思路，在我发言的基础上延伸，其官网《聆听大家》栏目采访我。这件事不存在谁来授意我。

问：你在采访中说，现在的反腐力度，读遍二十四史都找不到，这话引起了很多关注。

二月河：一是最高层对反腐的关注与支持，过去没有；二是民众广泛而深入的参与，这样的普及是过去没有的；三是腐败官员的恐慌，也是过去不曾有过的。有人反驳我说，为反腐，武则天曾大批杀人，朱元璋残忍剥皮，那才叫"力度"。那不叫力度。真正的力度是从上至下地决心反腐，这可以说在中国历史上难找。我还没有见过哪个历史学家站出来说，中国历史上哪一时代，反腐力度要比我们现在大。

问：但可能历史学家是因为目前的氛围，有疑问而不愿站出来反问的。

二月河：我再说一遍，我不是反腐专家，也不是历史学家。我只是粗懂一点历史，很皮毛地了解一点中国通史。我比不过任何一个专职历史学家。但什么样的人物可以称作历史学家，我心头有数。二十四史就在那里摆着，如果懒得去读，也可以读范文澜主编的《中国通史简编》。我们可以说反腐在任何时代都有。对腐败官员的痛恨度，朱元璋表现极端，武则天与雍正皇帝也是如此。但从反腐这个角度上讲，除了当时的御史，以及几个重要的官员参与之外，基本没涉及民众。

前几年，民众已不议论反腐了，觉得议论没用，认为隔一段时间，拿出一两个官员，说是反腐，只是做做样子。但现在明显不同。老百姓连在饭桌上都在议论谁谁落网。除了关注，还有民众的对中央执行措施的赞同，这可以说都是历史上见不到的。

问：可也有人质疑，今天的腐败顽固程度可能也是二十四史里难找的。

二月河：这也是我说的话。我说过，今天的反腐程度在中国历史上是没有的，而腐败分子的顽固程度也是中国历史上没有的。

问：你提出了一个有趣的问题："把权力关在笼子里，关键钥匙放在谁手里？"

二月河：钥匙放在民众手中。但我也直接答复你，现在采用西方民选的办法不行。如果现在执行，选出来的会是：第一、有钱人，可以买到选票，第二、黑社会，用恶势力压迫他人；第三、宗族势力，比如在一个村里土地多的，或是哪些地方强于他人的人。北京、上海、广州等地，可能会有一些社会贤达、知名人士入选，而在其他地区，可以说会有非常不好的结果。

问：如果"钥匙"不在媒体舆论监督手里，如何让民众获取相关信息，执行监督?

二月河: 所以我们现在要从机制上想办法。根据我们现在的情况, 发挥人民代表作用, 发挥党代表作用, 发挥人民群众和媒体的监督作用。我们能从机制上想到的办法就这些。造钥匙要有一个过程。

腐败是杂交出来的

问: 你曾比较过武则天、朱元璋、雍正三位帝王采取的不同策略。那么, 历史上还有什么典故章法可引用到今天?

二月河: 自秦始皇以来, 历史上设立的弹劾制度, 就是对在职官员的一种监督与制约。这一制度有好有不好。它使贪腐官员如同坐在火山上, 不知道火山何时会喷发, 而且它的存在, 也激励了魏徵、包拯、海瑞等一批勇士。弹劾制度允许官员对朝政做评议, 对其他官员得失做衡量。可以将它改造一下, 作为我们今天反腐的一种手段。这件事, 中央也在想办法。至于说有没有我提出的这个办法, 那是中央的事。

在这里, 我认为我们应该通过人民的监督、共产党员的监督, 共同将反腐倡廉工作做好。体制机制健全, 对腐败会有遏制作用。比如舆论监督、民众监督、专门立法机构的监督。这样, 官员腐败的时候就有所忌惮。但我的意思不是说体制无用。事实上, 什么体制都会有腐败。腐败本身就是反社会、反人类的。

问: 你也当过党代会代表、人大代表, 参加过多次政治活动。有没有向上反映, 相应展开"弹劾制度"?

二月河: 现在没有形成监督的氛围, 没让更多双"眼睛"盯住官员的贪腐, 别人再说也无济于事——谁愿意出这个头? 打比方, 一个编辑部开会讨论怎样发展。我突然说总编，我给你提一个意见：你是不是带着"小蜜"出去了？你想，能不能这样做？

我感到这是我们的一个缺失。过去有弹劾机构，如监察御史，专门监督官员有无贪污。若有贪污而不检举，他就有罪。我没说要照搬历史，但应该汲取这方面的一些经验。今天无论人大代表还是党代表，社会拥有这么庞大的群体，这么复杂的社会层面，没有这方面的制度引导，怎么对政府行使监督职能？没有专门的制约制度，是不行的。

问：你还提出，衡量官员的价值和收入不能只用金钱与官位，可以将其家庭荣誉与社会尊崇也算进收入中。在以前的反腐中，难道从没人想到过这些？

二月河：是算进主要收入中。如果做官是为了钱，本身就存在偏离。如果做官是为个人尊严，为光宗耀祖，这就有偏悟。但这一"偏悟"不至于让人沦为贪官。比如你是军长，下面师长给你敬礼，那是你与生俱来的权力吗？是你父母给予你的吗？那是你的官位带来的权力，所以应该纳入你的收入。再比如过去宣扬包拯、海瑞，说他们不贪钱是真的，但说他们不要命我不相信。他们所追求的是个人尊荣，是在历史上留名。就像文天祥坚贞不屈，"人生自古谁无死，留取丹心照汗青"，这就是他们的"收入"。不是说它没有意义。所以我们在衡量一个官员的时候，根本不能考虑他存了多少钱——存的钱越多越成问题——而是要衡量他给老百姓做了多少事，有没有得到应有的荣誉，也有很多官员做了很多事情以后，没有得到应有的地位。同样，一旦得到了应有的地位与尊荣，这本身就是官员的收入。这一措施不是以前没有想到，我们一直是这样做的，但实行商品经济以后，我们在这方面阵地失守。

问：民与官的素质是相对的？

二月河：现在整个国民素质在下滑。在我看来，下滑的一层原因是，改革开放、商品大潮进来以后，我们没有足够的思想准备，没有预防措施，没有有效及时地对涌进的一些思潮进行剖析，更不要说反击。

国民素质与文凭高低不是一回事。不是文凭高了文化就高。第二次世界大战，德国人把战俘送往毒气室时，他们在门口奏乐，这样的文化令人不寒而栗，可这也是有文凭的人干出的事。

我们强调文凭，但我们的家庭教育、社会教育、学校教育都出现了严重失误，就导致了整个国民素质下降。腐败——从高官显贵到老百姓，一直到幼儿园小朋友。小孩子见了老师就讲，阿姨，我爸是煤电公司的，你缺煤了给我说一声。这不是腐败吗？小学生为享受特权，可以免交作业，可以倚仗老师权势欺压差生、竞选班干部，这不是腐败吗？成克杰执行死刑前，跟看守自己的人一一握手，感谢他们的付出。那不跟江姐、李玉和上刑场从容就义一样？这样的人给我们做出什么榜样？没有一点羞耻感了。大家为了金钱、为了名誉、为了地位，什么事情都能做出来。下级杀上级、妇产科医生卖孩子，等等，过去不能设想的事情今天都发生了，我们整个国民素质都在下降。

我给官员上课时曾讲，好好过日子。你不要说，什么资产阶级影响了你，什么拜金主义影响了你。你如果不在外面折腾女人，不拿别人的钱，好好过日子，检察院追究你干什么？还有我们的家长从小教育孩子，你长大后可能成功，也可能不成功，把日子过好，不要占别人便宜，不要欺负人。如果有这样的家庭教育，比高谈理想要有用。

问：你曾说中国文化中有很致命落后的东西。它与今天的腐败、国民素质下滑有什么联系？

二月河：中国文化中落后的东西，我们根本没有做分析。难道孔孟之道要一股脑地接受吗？像"唯女子与小人难养也"等，能这样讲吗？还有中国文化中对妇女的歧视，对权力无原则的崇拜、渴望、追求，商业的缺失，现代科技的缺失，闭关自守、故步自封的思路，都是我们现在要不得的东西。现在一股脑地在说国学要怎么样怎么样，好像国学是一回事，西学又是一回事。

实际上，西学里有好东西，我们要拿来，不好的东西要抛弃。

我在给中央领导汇报时说，我们的文化面对着空前的机遇。第一是政治上，没有思想罪人，没有文字狱。这给文化发展提供了宽松的政治环境。第二是现代科技的普及，专业创作的垄断权也随之改变。比如以前我们送稿到出版社，出版社经过初审、二审、三审，还要交到宣传部。现在程序还是那些程序，可电脑手机已经普及了。晚上起来撒尿，突然想起一个段子，躺在被窝里群发就发表了，有无稿费是另外一个概念。第三是群众性的文体活动蓬勃发展。比如广场舞——大量人群每天自觉自发、无政府组织的这种活动，也是过去历史上没有的，这给文化的发展提供了合适的土壤。第四是文化杂交。少数民族进入中原以后，产生强大的文化杂交优势，出现世界集成的文化兴起。现在除我们自身的民族文化以外，杂交优势仍然存在，又加上西方文化的介入，必将产生新的文化杂交优势。但单纯这样说有拍马屁之嫌，我们仍面对着空前的困难。西方文化对我们不仅仅是介入，可以说入侵了我们的文化。我们在竞争面前，显得非常软弱。所以文化杂交不单纯出优势，也会出劣势。甚至现在，官员的贪污腐败，都是杂交出来的。

问：杂交出来的？

二月河：西方形成自己一套理念时，相对要比我们成熟。我们现在抛弃了自己的东西，把人家不成熟的东西，或者说不好的东西拿过来了。比如说"金本位"。我们本来就有对"官本位"的崇拜，加上"金本位"的冲击，"官本位"加上"金本位"是什么东西？不就是腐败？这就是西方的恶劣文化和东方的恶劣文化混在一起产生的恶劣杂交品种。

所以，我们对国学、西学都要进行分析、解剖。这事需要有专家学者来做，需要有人给他们发工资，需要有这样权威的机构建立起中国人的现代圣贤集中地。没有这样的机构，提供不了这样的平台，单凭个人努力、几个人在那里喊叫，出来一个二月河之流的人嚷嚷着叫人"好好过日子"，能把这项工作做好吗？他们听吗？这个事业需要国家民族、我们的家庭学校共同关注。

把思考通过历史写作展现

问：你对西方的民主与宪政，乃至于西方的写作有过研究吗？

二月河：我真的都没有研究。自从开始写作以后，除了偶尔翻翻《红楼梦》，我基本不读任何文学作品，更多是阅读清史资料与清人笔记。像莫言、三毛等作家的作品，以及一些新潮作品，我都没读过。不是我自大，我害怕读过人家的作品以后，我写作时会不自觉受到影响。我不说是抄袭，至少有模仿之嫌。我要尽可能让"落霞系列"是二月河的。写完以后，我视力又不行，更无力阅读当代小说。但我不小看任何人，我也有我的自尊。我在自尊前提下，也尊重别人的创作。

问：写作"落霞系列"前后，还有哪些思考？

二月河："落霞系列"总体来讲是写中国历史上最后一次辉煌，说它像晚霞一样绚丽。接着太阳落山了，黑暗来临了。所以当初写完之后，我想再写"陨雨系列"。"陨雨"是什么意思？是第二次鸦片战争，东西方文明碰撞，我们的文明失败了，被碰得粉碎，犹如"陨雨"一般地壮观坠落。这一系列里包括太平天国、香港沦陷、热河政变、曾国藩的崛起，还涉及义和团，等等，写作规模将比以往大一倍。但写《乾隆皇帝》还剩十几万字时，我中风了。我暗说可能是自己野心太大，请允许我将这十几万字写完，我就不再写了。后来我又写了一部七八万字的《燋火五羊城》，实际上那是"陨雨系列"的序。

我认为康熙、雍正和乾隆三代皇帝应该对中国第二次鸦片战争失败负历史责任。我曾给四十三位来南阳的中科院院士做演讲。我说：诸位先生，我知道你们在所属的领域里都是太阳，学生仰望你们，就像葵花向着太阳，可你们当中有没有这样的人,他是政治家、军事家、文学家、书法家、音乐家、医学家、物理学家、农学家,还精通七门外语?我说没有。然而,康熙皇帝就是这样一个人。

他和俄国彼得大帝属同一时期。在个人素质、执政能力、执政经验,以及对国家治理的情况等各方面,他都比彼得大帝强。但他在晚年,没有像彼得那样将工业革命的兴起引入中国,他实行了海禁。而开了海禁以后的贸易情况如何呢?输出的是中国丝绸、瓷器、茶叶、药材、染料,运进来的是一船船的银子。这样的贸易顺差,现在哪里找去?海禁开了二十多年,突然停止了。如果不停,随着商贸来往,工业革命兴起进入,中国又会是什么样?所以,我说康熙是"中国的潘多拉",将希望光明扣在盒子里,飞出了战争、饥饿、瘟疫。如果当时他思路再开阔一点,不受周边一些小人的蛊惑,因为害怕明王朝复辟,突然禁了海,也不致使中国与资本主义道路擦肩而过。

从政治经济学角度上讲,生产力与生产关系发展到一定程度,光靠个人努力不行,但从个人因素上讲,英雄也能创造历史。如果他能将好的个人品质全部注入工作当中,可能会对中国产生巨大的历史推动作用。像他在晚年执政时,一心想当千古完人,要富贵高寿,要建功立业,要留给子孙一个花团锦簇的江山,不愿意在历史上落下一个苛刻名声。因为反腐倡廉要整人,他不愿这样做。可追求完美的历史形象一旦做得过了,就会出现失误:贪污横行、朋党交错、社会土地兼并加速,还有一些不稳定的社会因素冒出。这也可以说是康熙一生当中令人遗憾的东西。从他之后,清王朝逐步走向反动。虽在雍正时期进行整顿,也只是在固有的政治格局下做了一些改良。

问:你曾对朋友说过,你像《康熙大帝》中的"伍次友"。这位"帝师"的塑造,是否也代表个人的理想与抱负?

二月河:我没有做谁的老师的想法,我只愿意当别人的朋友。在书中,伍次友也是康熙的朋友。我喜欢他,是他拥有的人格力量,他并不是因为当"帝师"而受人尊敬。伍次友作为一个传统文人，他的学术、理念不会超出孔孟之道。他对于康熙更多的是进行理论指导，宏观上把控战略。

我更多的是将自己得到的历史知识、文学知识，还有对哲学的思考，通过表述康熙、雍正和乾隆长达一百三十多年的历史来展现给读者。我感到，我所表现的要比《红楼梦》全面，书中除了写到社会、文化、政治、经济，还有军事——《红楼梦》里起码没有涉猎军事。而我在书里，经济运输、战略战术都有自己的一些感受。读者从我的书中能够读到这些，有所启发，或有一些用处，这就足够了。这不就是朋友吗？

我想，文学的功能不光是歌颂与暴露。说歌颂、暴露，那是在极左时期极端形式下，宣传的极端语言，人在极端的时候就会说出极端的语言。司马迁说，人固有一死，或重于泰山或轻于鸿毛。真是那样吗？可以说，大多数人的死不会像鸿毛那样轻，也不会像泰山那么重。更多的是像河里的鹅卵石。我们分析文学功能时，除了歌颂暴露，还有娱乐，还有从互相交流与沟通中，获得一种快感。我对文学的这种理解在作品中有所体现。比如有些政治人物喜欢雍正，有些官员喜欢张廷玉，有些军人喜欢魏东亭。每个人都在书里寻找自我，寻找自己的一些思维理念，能够跟自己沟通，这就是作品。

原载《南方人物周刊》2014 年第 37 期

王岐山在我眼里是英雄

问：王岐山给你的印象是怎样的？

二月河：在我眼里他是反腐英雄。我们没太多私人交往，但他在反腐倡廉这方面给人民留下的印象是不可磨灭的。从他身上，我看到了中央反腐倡廉的决心和意志；从历史到现实的宏观角度上，我看到了反腐败斗争的长期性、复杂性和艰巨性。这可以说是压在我们这一代人和下一代人身上很重的问题。这样的事情，不是两三年、两三个人就能做到的，需要整个社会的共同努力。他也是个坦率的人。我在"两会"上说，第一次见王书记时，我不知道后来王书记的官会做得这么大。全场一下子笑了，王岐山同志也打趣地问我："没想到我做那么大？在你二月河笔下，我这个官又算什么呢？"

问：你第一次见王岐山是什么时候？

二月河：是他在海南当省委书记的时候。当时他专门和我联系，向我询问海南政治、经济、文化的发展。他很儒雅，历史知识丰富，很重视文化工作，给我留下很深刻的印象。

第二次见面是在十七届六中全会上，我是列席代表。那天在走廊上遇到刘源（刘少奇之子），正握手寒暄，王岐山同志从旁边过来，刘源就拉上我，要把我介绍给他。王岐山同志说："我们很熟悉，不用介绍了。"

第三次就是这次"两会"。他们通知我发言，说王岐山同志来，问我发言的题目，我说当然是谈反腐倡廉。

他们问我有没有讲话稿，我说我从来没有拿过讲话稿。历史上的事情、反腐败的事情，还有对社会问题的认识，都是我平常思索的东西，拿出来探讨，不需要准备。所以我就直接到会上讲了，向王岐山同志提了一些我个人对反腐败问题的看法。

反腐是件很累的事情

问：你对王岐山提到了雍正（皇帝）的反腐，雍正有哪些手段值得今天借鉴？

二月河：雍正有四个重要的改革措施，都是和反腐相关的。第一个是摊丁入亩。过去不管是有地的还是要饭的，都要按人头向国家缴纳公共设施资源的使用费。但赤贫阶层没有钱可以上交。于是雍正把这种税摊到地上，你有多少亩地就交多少，没有地就不交。

第二个是官绅一体纳粮。过去当了官就不用纳税，一些平民为了避税，就用口头契约的方式把自己家的地算进官员的地里去，结果往往到了官员的第二代、第三代，他们就不肯承认口头契约，由此便形成了恶性土地兼并。雍正取消了官员的免税特权，实行官绅一体纳粮。

第三个是火耗归公。过去从地方运送银子到中央，是从县到市到省再到京城，一级级汇总。基层考虑到银子在路上搬来卸去，会有损耗，出发时就多装一点。运送银子的人返回后，把车缝、船缝扫一扫，两三年下来，收集的碎银子就能炼出十万两，官员管这个叫"火耗"。有了它，官员都不需要去贪污。所谓"三年清知府，十万雪花银"，就是从这里来的。雍正发现了这个问题，他认为国家已经给各级政府发放了路费，便推行"火耗归公"的改革。

第四个是密折制度。这不是告密，而是官员之间互相监督。什么都可以向雍正汇报，但不入档案。如果很多人都反映某个人不好，雍正就采取行政手段，隐去汇报者的名字，拿着这些材料质问当事人，当事人必须如实交代，不说就交到部里，公事公办。这实际上是中央选择了一些地方干部，与之保持密切沟通，从而对整个干部队伍的情况有充分了解。这举措对今天是有意义的。现在有些干部能带病提拔，就是因为提拔之前没有做了解。如果设置一个手机短信小组，把号码提供给有限的一部分监督人员，供大家反映官员的情况，这种反映不负刑事责任，也不作为档案入库，只作为参考，就能让中央及时了解问题，不至于酿成带病提拔之类的错误。

但是，这些措施都是很累人的。摊丁入亩，需要花大量的精力统计人口和土地；官绅一体纳粮，需要清查官员的土地财产；火耗归公，要一级一级计算耗费掉的银两到底有多少；密折制度，要一本本去看，看完再一个个去质问、去核实、去分析。这都是非常累的工作，反腐就是一件很累的事情。

问：雍正这些反腐措施起到了什么作用？

二月河：正面的作用，当然是遏制了腐败，整肃了吏治。但负面作用，尤其是对他自己的负面作用也有。他的密折制度是在整谁呢？放到现在来说，就是各省的省委书记、各市的市委书记，等等。这个改革一出，把天下所有的一把手都得罪了。我们今天有报纸、有杂志，通过媒体报道，人们知道为什么要这样做，做了之后对谁好、对谁不好。而在那个时代，话语权掌握在官员手上，他们本身是知识分子，还可以养一批知识分子。这些人挨整之后，就组织人写东西，说雍正不是个好东西。而在雍正的反腐工作中受益的赤贫阶层，可能连字也不会写。所以雍正的反腐曾经长期得不到正面评价。

问：又累，又没有好名声，反腐看起来就是一项费力又不讨好的工作。

二月河：对，但这项工作对国家至关重要。雍正这个人的性格也许不好，他寡趣、刻薄、说话尖利，让人很难跟他愉快地共事，但他对国家是鞠躬尽痒的。吏治需要以身作则，雍正首先做到了勤政。现在发现的雍正手稿已经有两千万字了。你们试试，不说用毛笔，就是用签字笔，十三年写两千万字是一个什么样的概念？我写书十三年，只写了五百多万字。雍正还要召开会议，视察工作，进行国务活动。他实际上是个工作狂。同时，他也做到了廉政，自己没有小辫子给人抓，生活起居、衣食住行非常简单。所以说，反腐者自身的表率作用很重要。

问：和历史上相比，我国当前的腐败问题有什么特点？

二月河：我们现在面临的这种腐败，在中国历史上是空前的。我想，这里面有一个原因，就是"文化杂交"。这几十年来，我们的民族文化在兴盛，在和平地"杂交"，我们拥有"文化杂交"的优势，但"杂交"有时候也会出现劣质品种。封建文化的残余依然存在，旧式官场的那一套仍然风行；西方文化的负面内容也进来了，个人主义和利己主义思想开始滋生。一切融会结合，产生了腐朽的新品种——所有文化的负面因素他都吸收了，当然会变成腐败分子。

我们现在的反腐力度，在中国历史上也是空前的。十八大之前打下来的"老虎"就有陈希同、陈良宇、胡长清等，十八大以后揪出的贪官无论从人数还是级别上，都呈现出更大的力度。历史上，乾隆前期有"六大案"，后期有"七大案"，但是涉及国家级干部、省部级干部的，寥寥无几。有的高级别官员贪污了，乾隆爱惜他的才华，就把他放了。而今天，我们绝不会因为他是"能吏"就原谅他贪污，足见当前反腐力度之强。

问：但是反腐的形势依然严峻，不断有"老虎"出现。

二月河：现在腐败分子的反抗力度，在中国历史上同样是空前的。我看到过资料，说成克杰在临刑的时候，跟看守所的人员一一握手，感谢他们为他服务；胡长清在死刑书上签字时，脸色平静得像刚睡醒一样。贪官死到临头还有这样的心理素质，史上少见。现在，国家在"拍蝇打虎"，底下的不少贪官就闻风而动，有的紧急处理房产，有的悄悄转移财产，各出花招，试图逃避。

究竟怎么处理这些腐败的"新品种"？我想，除严峻刑罚之外，还需要别的措施。从长远看，需要有整个社会反特权意识的觉醒和身体力行。我了解到，现在小学生都懂得竞选班干部的好处，可以管理别人，可以从老师那里享受不同待遇，于是他们小小年纪就知道贿选，买冰淇淋、买小玩具送给同学。更小一点的幼儿园孩子，都会和阿姨说"我爸在某某公司工作，你需要什么和我讲"，都知道利益交换了。这些现象非常危险。当特权意识渗透到孩子身上时，下一代、再下一代能不出贪官吗？

问：你连续用了三个"空前"形容现在的反腐局势，这种局面是中国独有的吗？

二月河：不是。腐败问题跟意识形态没有关系，跟人性有关系。很多腐败分子被"双规"了写检查，就说"我是放羊出身、放牛出身。党把我培养成一个高级干部，但是我放松了世界观的改造，受拜金主义的影响，成了人民的罪人"。放羊的、放牛的就不贪钱吗？还有些人说西方国家怎么清廉，可实际上西方国家照样有腐败。封建社会有腐败，资本主义社会有腐败，社会主义社会一样有腐败。归根到底，腐败是全人类共有的问题。

问：你觉得西方制度在腐败治理方面是否值得借鉴？

二月河：近代以来，有人尝试用"西药"治理贪腐顽疾，但是我不认为西方制度能约束中国政治文化。中国有中国的特点，不可能照搬西方。相应的制度，还得靠我们自己来建立。

我跟王岐山同志说过一个例子：满洲人入关的时候八万多人，加上吴三桂在山海关的驻军，一共不足十三万人。而汉族方面，仅李自成的铁骑部队就有一百多万，加上南明唐王逃到福建称帝时手中的二百多万人马，以及散落全国的汉族武装力量，总数能超过四百万。可最后，十三万人打败了四百万人。与满人相比，汉人的制度不先进吗？当然先进。只能说，如果你腐败，先进制度下的四百万人也是一堆臭肉；不腐败，落后制度下的十三万人也能变成一把剁肉的刀。

经济、文化强大不是原谅腐败的理由

问：从历史上看，特别严厉的反腐手段会不会引发政局动荡？

二月河：不会。历史上，反腐从未停止过，但我从未发现哪一个朝代或团体因为反腐而亡。当然，这里面应该有节有度。要考虑到大多数人的承受度。你得正确处理不同性质、不同类型的矛盾，不能把人吓死，或激化了矛盾。即使是内部矛盾，处理不好也可能会激化，和社会主调不协调。这一点，还是要由主政者把握。

问：但现在，已经有"官不聊生"的抱怨，有人要求社会对官员宽容一点。

二月河：对官员的宽容恰恰正是腐败滋生的重要原因！我们看看宋代，那是对官员最宽容的年代。赵匡胤通过非法途径当了皇帝，想得到官员的欢心，一方面杯酒释兵权，一方面又安抚讨好大家，许以高度的文化享受和物质享受，让官员安心地在下面做事，这就惯出了官员享乐的毛病。而且，宋代还有个非常糟糕的国策，叫"誓不杀大臣"，实际上此举是给官员腐败提供了肆无忌惮的温床。

如此行事，结果显而易见：西夏、契丹、辽、金，谁想来打一下就打一下，宋朝根本无力抵抗；宋朝对契丹人称臣，皇帝对外自称干儿子；宋徽宗、宋钦宗被金兵抓去当了俘虏；抵抗金兵的岳飞因为莫须有的罪名被杀……一系列的腐败，最终断送了整个国家，甚至对后世的局面造成深远的影响。

问：但宋代有繁华的经济、灿烂的文化。这就带来另一个问题，到底腐败对一个国家综合国力的影响有多大？是否会起到决定作用？

二月河：经济水平高也好，文化程度高也好，都不代表你强大。整个社会都腐败，经济再好、文化再好又能怎样？宋代时中国是经济大国、文化大国，是世界历史上文化程度最高的朝代之一，但也是政治腐败、社会生活腐朽的朝代之一。今天，无论从哪个角度看，都不能说宋代的中国是个强国吧？

现在，很多人在跟我交流反腐问题时，都会把经济文化和治理腐败混在一起说。但我认为，对经济实力不能迷信，对文化实力也不能迷信。不能因为宋代有了宋词，就原谅这个政权的腐败。就像不能因为唐代有了唐诗，就忽视它的藩镇割据问题一样。难道安禄山造反也是合理的？对政治的腐败，不能拿经济的繁荣、文化的灿烂这些事去抵消。一个政权如果不能维护国家完整，不能维护民族团结，不能下狠心治理腐败问题，其他方面再强大，都不能成为一个强大的国家。因为腐败就像社会的"糖尿病"，它是一个富贵病，隐蔽性很强，不会直接导致社会死亡，但是在不知不觉中会成为社会的一大顽疾，使国家变得极其脆弱，最后很容易引起"并发症"，令其不堪一击，无从抢救。如果不把腐败的血糖降下来，不管你是什么制度，不管你有多高的 GDP，多大的文化体量，都会轰然倒塌，彻底完蛋。

问：那你觉得治理贪腐的根本方式是什么？

二月河：我们的反腐制度，不仅要包括监管和刑罚，还要包括思想意识的净化。腐败，说到底还是人的问题。

贞观年间，一年才处决犯人二十九个，何等之少，但腐败照样得到抑制。现在，我们一个省每年因贪污处分的人都不止这个数。从这个角度看，不能迷信严刑，不能迷信重典。治理腐败的关键环节之一是思想的力量。目前，中国的社会教育、学校教育、家庭教育都严重缺失，传统文化中对权力的迷信、对权威的崇拜却根深蒂固，做事首先想到的是行贿受贿、旁门左道。

我有一次去马来西亚，当地首富的秘书告诉我，老板用人的第一条是看孝不孝顺，不孝顺不用。我们现在提拔官员考量过这些吗？学校老师在教育学生时不会提到这些，官员、企业家在教育部下时也不会讲这些。现在的大学教育都是讲怎样出人头地、一步步升迁，却没有最基本的人生教育，这会让人们不择手段地谋求权力。

原载《二月河说反腐》，人民出版社 2015 年 9 月出版

小贪大贪都是贪

问：中央纪委监察部网站的《聆听大家》栏目，为什么要找你做访谈？

二月河：我没有问他们。今年3月，王岐山书记参加十二届全国人大二次会议河南代表团的审议。在会上，我和王岐山书记有过一个对话，可能和这个有关系。访谈是在我家里进行的，我是第一个接受这个栏目访谈的。

问：中央巡视工作领导小组办公室副主任张本平近日接受访谈时提到，有的地方对基层干部监管不力，发生了"小官巨贪"的案件。

二月河：我在手机报上也看到，一个小官家里搜出三十七公斤黄金、上亿现金。"小官巨贪"是个复杂的社会问题，是新问题，是新的奇怪现象。历史上这方面的资料留下的不多，但"小官巨贪"问题是在正常逻辑思维里面。

小贪大贪都是贪。小官做得大了，就可能是"大老虎"。"苍蝇"掌握了权力，会用人民交给他的权力最大化谋私。

在新形势下建立有效的弹劾制度

问：你在今年3月的人代会上，提了哪些反腐主张？

二月河：我对反腐历史稍微有所涉猎。人代会上，我的主要观点是不主张高薪养廉。宋代是中国历史上官员薪俸最高的，宋代官员平均工资是汉代的六倍、清代的十倍。但宋代是一个最腐败的王朝。我也不主张过多杀人，不主张用重刑解决问题。明代朱元璋用酷刑，杀人很多，但却哀叹"我欲除贪赃官吏，却奈何朝杀而暮犯"。

我当时还提到，在新的社会治理形势下，应该建立有效的弹劾制度。各个时代都有弹劾制度。通过弹劾制度，官员互相监督，互相揭发腐败行为。秦始皇专门设立了御史。后来还有监察御史。当然，御史不单管反腐，还管各种不法行为，比如不忠不孝等，都通过御史向中央政府反映。

问：你之前写过不少反腐主题的文章。

二月河：20世纪80年代，我读《红楼梦》后，写过《史湘云是"禄蠹"吗？》，替史湘云说话，但当时没有把反腐作为主题来考虑。后来我在随笔和散文里写过反腐的问题。我不是一个反腐专家，在历史研究中也不是专门研究反腐。

问：你之前提到，文化教育是治理腐败的一个重要措施。

二月河：治理腐败的根本措施，文化教育是一个部分，但光靠说服教育不行，应该由制度管起来。主要通过机制，通过反腐制度的完善，群众监督、公开监督等。

问：你给大学生讲过反腐问题吗？

二月河：我给他们讲，现在社会的文凭在提高，文明素质却在下降。岳飞的母亲不一定有文凭，但教育出了岳飞。第二次世界大战中，德国人杀害犹太人，在毒气室门口，找几个小提琴手奏乐。没有文凭的人想不出这种招。我讲的意思是，文凭和文化素养完全是两回事。

让孩子出去守规矩、有礼貌、不要讨便宜、不要欺负老实人，这些家庭教育基本没有了。现在很多官员智商很高，各方面很能干，但是一些基础问题却不懂。"好好过日子"，这么简单的五个字不懂。不要出去乱搞女人，不要为非作歹，不要去欺负人；一些基础的教育现在基本上没有了。

原载《二月河说反腐》，人民出版社 2015 年 9 月出版

这是历史性变化

我多少懂得一点历史，反观我国近代以来，从晚清到民国初期，有一个相似点，那就是整个官场蝇营狗苟，贪污腐化成风。当时就有一类专门抨击时弊的小说，如《官场现形记》《二十年目睹之怪现状》《老残游记》等，真实反映了当时黑暗腐败的社会现状。在党的十八大以前，这些官场上从古至今沿袭下来的共性问题，在现实中都有或轻或重的影子，甚至连老百姓都习以为常、见怪不怪了。

党的十八大是一个历史转折点。五年来，中国大地上发生了巨大的变化，这是历史性的变化。重拳出击反对腐败的一系列举措，我将其总结为"雷霆手段，菩萨心肠"。"雷霆手段"是对腐败分子毫不留情的查处、打击，"菩萨心肠"是对党员干部和人民群众发自内心的挚爱、呵护。这是一个分水岭，可谓"春雷一击，震撼四野，蛟龙愤怒，鱼鳖惊慌"，整个中国官场形势为之一变。

从我接触和了解的情况来看，中央"八项规定"出台以后，领导干部们真的不敢乱吃乱喝了。从我所认识的地方干部到北京的干部，谁一说请客吃饭，立刻就恼了，甚至怀疑你是别有企图。现在的朋友交往，见个面、聊聊天，托关系、打招呼的少了，违规的事情没人敢做了。不管多大的官，同样的态度，同样的言行，这种变化让我感受特别深刻。

在我家，社会各界人士经常出入，大家在一起谈天论地、抒发胸臆。总的来说，都感觉现在的干部们确实不敢违背中央"八项规定"精神，从整个社会层面来说，有效遏制了吃喝风。在为民服务意识上，干部们也有了惊人的变化。党中央正在努力使这种变化成为全党的变化、全民的变化、全国的变化，并进一步制度化，将其深化为制度层面确定了的行为规范。这种自上而下、由内而外的全社会作风大转变在历史上也是罕见的。现在，我们党正在稳步实现这些变化的制度化，修订出台了一系列党内法规，将这些好作风确立为全党必须遵循的原则。这样的做法无疑巩固了党的执政地位和群众基础，对人民来说更是天大的福祉，让广大人民看到我们党是敢于对腐败分子开刀、坚决维护人民利益的党，使我们党带领中国人民实现中华民族伟大复兴，实现中国梦的理想更明晰，前进的步伐更坚定。

党的十八大以来，全党上下在以习近平同志为核心的党中央领导下，自觉反腐的意识已经形成，纪律监察机关不怒自威。以前，人们经常讨论的话题是腐败的危害，现在社会聚焦的热点是又有多少"大老虎"落马了，又有多少"小苍蝇"被拍了。我们可以感受到党中央反腐败的"壮士断腕"决心和已经形成的反腐高压态势，这是全民称颂的，也正是在这种形势下，干部更清正、政府更清廉、政治更清明了。

通过五年来的不懈努力，党风廉政建设和反腐败工作向纵深发展，腐败滋生的土壤得到了治理。人民呼唤好干部，更多的党员干部唤回了为民服务的初心，希望成为受人民欢迎的廉洁干部。这种追求、愿望，和习近平总书记的整个执政理念，以及目前的整个社会发展阶段构成了一个完整、和谐、统一的整体，使我们屹立于世界民族之林的自信心更加坚定。

原载 2017 年 7 月 17 日《中国纪检监察报》

腐败是一种没有文化的野蛮行为

　　腐败这个问题，它是一种反人类、私欲极度膨胀的社会问题。我们中国古代历史反腐力度最大的时期，我认为有三个：一个是唐王朝武则天时期，一个是明朝的朱元璋时期，另外一个是清朝的雍正时期。

　　武则天当时反腐采用的是告密制度，允许老百姓投诉，政府去捉拿，任用酷吏去整治腐败。当时到什么程度呢？每当有新进士从宫门里边出来，按照我们今天的说法，就是公务员考试，公务员们从考场上退下来，宫里边的太监就会指着这一群新进士说："你看你看，又一批死鬼来了。"当时杀人如割草，但还是腐败。我说这个的意思是反腐要靠制度，不能光靠压力。

　　第二个说到朱元璋。朱元璋他自己是平民出身，对腐败分子、贪官污吏格外憎恨。贪污超过二百一十两银子，就不是杀头而是剥皮了。各地都有专业的剥皮手，有专设的剥皮亭，把贪官的皮活剥，剥了以后用稻草将其楦起来，放在剥皮亭里边风干，用来警示后来的官员。但是朱元璋在临终的时候长叹一声，说："朕早晨杀掉一批，晚上又来一批，如之奈何！"

　　还有一位是雍正。雍正采取的是密折制度，按照我们今天的说法是允许官员之间互相告密。用谁，不告诉人。从一品大员到七品官员里边用了大批量这样的人，每人发一个盒子，盒子上面有一把锁，这个钥匙一把是在雍正的手里边，一把是在有密折权的人手里边。因此我们看到《雍正王朝》里讲到了十个侍卫有密折权，告了年羹尧。年羹尧说，我们这一群人里谁没有（密折权）

呢？都有。

为什么这三个时期尽管反腐力度大，但还是腐败？这反腐的力度不能光从刑罚的轻重、杀人的多少来判定，而要看它动员人民群众有多少，动员的决心和意志有多大。如果反腐不彻底，比如说，腐败反弹，那后果是什么呢？我用四个字说：不寒而栗！

安史之乱，大唐王朝整个像受了潮的糖塔一样，软瘫下来，再也没有崛起过；乾隆年间，我们还拥有很高的GDP，到了道光年间，就发生了鸦片战争，接着1856年，又发生了第二次鸦片战争，这是多么黑暗的一个旧中国。从我们中国历史经验去总结，反腐反得好，我们整个国家政权就会进一步巩固、进一步地稳定。不反腐一定会灭亡，任腐败蔓延下去，虽然它不会导致迅速的死亡，但是会导致必亡。

腐败的根源是文化上的问题。这也是我在党代会上反复强调、反复提出来的，要讲究文化的发展、文化的繁荣。为什么要这样说呢？腐败本身就是一种没有文化的野蛮行为，是一种掠夺别人的成果、偷窃别人的成果来据为己有的社会恶行。这种恶行背后所隐藏的是没有文化。

有一种腐败是从教育开始的。小到幼儿园小孩子，见了阿姨就会说："阿姨，我爸爸在煤建公司工作，你要是缺煤的话，你跟我说一声。"这不是腐败吗？小学生竞选班干部，目的是什么呢？那不是为全班同学服务，而是当了班长以后，可以免交作业，为了这么一点便宜，小学生就去竞选班干部。所以我们要提高整个民族素质，加强我们的思想锻炼，加强我们的思想修养，脱离产生腐败的根源，铲除腐败的土壤，我们整个民族才会避免腐败。

我们党从十八大以来掀起的反腐浪潮，可以说是中国历史上，读遍二十四史都找不到像我们现在这样的反腐力度。我可以用十六个字来说——"蛟龙愤怒，鱼鳖惊慌，春雷一击，震撼四野"。这是因为过去的反腐尽管从来也没有停止过，但从来没有像现在这样变成了我们全党的共同的意志、共同的决心、共同的行动，变成了全民共同关心、共同举发的一件事情。因此我认为反腐的前景是光明的。

我们的文明一直在经受捶打，经受其他国家和民族所不曾经受过的苦难。我们的文明在这种考验下一步一步地又挺身而起，我们今天不是又崛起了吗？我们文明的发展还在后面，我们决心要让世界上所有的国家，都尊重我们的文明，尊重我们的文化！

原载 2017 年 11 月 20 日《南阳晚报》

历史要人的思路一窥

原本自以为，干部子女再做干部是一件很寻常的事。我之所以佩服我的朋友万伯翱，是因为他父亲是万里，的的真正的一个高干子弟，可是他这一辈子似乎没有担任过令人瞩目的行政官员。不是市长、书记，也不是副部长，而是体委下面一个钓鱼协会的什么领导。那就是说，想在钓鱼这个行当里有点技术，嬉戏来得比别人有趣，有品相，有成效，就到"渔协"去，在那里头熏陶，比外头的野路子强那么一点点——他就管这事，一位共和国领导人的儿子。后来明白：他什么都并不比别人尊贵，干什么也并不低人一等，都是干工作，而且顺利干到退休，比别人也不差个什么，心里也就逐渐坦然平和了。我之所以有当初的误想，一是看历史上的名人，蒋介石的儿子蒋经国，张作霖的公子张学良，都与父辈齐名，甚至有过之而无不及。二是日常生活中明显见到一些干部子弟考公，轻而易举地就"过关"了。做人做事，也只是轻易的一句话，这只是表面看，现象上确有其事。但这么多历史名人，如孙中山，如袁世凯，如……多了去，都是到此为止。考上公务员，在基层工作，也还马马虎虎。但想进入"快车道"，参加核心竞争，升得上去的也为数有限。历史上的名人子孙也当名人的，各自都有建树功业的，那就少得更加可怜。我想，是不是可以这样说，名人子弟沾老爹的光是个社会规律。沾光到一定程度，想永远沾光下去，那只有帝皇世家，一般干部，包括高级干部想让自己的子弟出头占鳌，可以帮助提供一些"进步条件"，利用得好，自然也就上去了，利用不好，回归庶人中去。

前不久看《少帅》这部电视剧，其中大多数的内容平时是阅读过了的。社会上的人以为张学良吃喝嫖赌吸，可谓五毒俱全。一生事业兴隆名望发达，不过是因为有个"好老子"而已。看了这个电视剧，却看到了张学良的艰难竭蹶，想走进奉军核心地位时的困苦与斗争。同时也看到张作霖为张学良晋升苦心孤诣谋划入微的努力。看到这一位历史伟人与父辈之间的干连，既带着浓厚的父子亲情，又带着张学良本人的泣血牺牲。另一位名人之后蒋经国也是同样，老蒋对他的呵护和爱心，在一定程度上对他有保护作用，但他实际的晋升并不是靠蒋介石今日一个委任，明日一个手令，一个劲不顾一切提拔起来的。他们也是经过泣血努力，带着汗水泪水，难忍的苦痛，在那种外人看来十分优裕的环境中到深水游泳，旋涡中翻腾，失败中挣扎，努力出来的。张学良年轻时少不更事，确有吸鸦片的事。但戒烟一事，岂是我们常人所能想象？他就硬是戒得了。单这件小事，就够人脱三层皮的！

国家承平日久，这种现象与战时就有很多不同之处。首先是高官，多数也都出生在和平环境里，他们自身在"起身"时未闻炮响、没有经过铁和血的洗礼，沿着一条铺满鲜花的道路走入仕途，进入官场，由股而科、由科而处、厅长、部长，走到了决定别人命运的地位。他们的思维比起在硝烟中拼杀的战士有着很大的区别。权力生、权力养。养出来的先天就有严重的缺憾性的病毒，加之自己一贯弄权，迷信人际关系，如果再不注意品行的修行，就很容易走偏了路。我们现在"出事"了的官员，很多都是很简单的原因：我要升迁，升迁要靠送礼，送礼要钱；没钱就得想办法弄钱，或借或贷，或偷或抢，礼送成了，官也升了。当初借贷为的升官，现在要还贷、还债，而且还要争取更高更好的位置，那只有加倍地努力再弄钱再努力，努力到纪检委找上门来，一切算完。

人哪，最怕的是心无止境的这种追求，成千上万的干部排着队走向纪检委，就因为心无禁忌。假设当年张学良有条件提拔自己的儿子，我认为他也会这样做，但他只会学他的父亲，把儿子派到最吃紧最苦最流血的地方去历练，而不是急于将权力和职务先支到儿子手中！我们共产党人的子弟中也多有这种情况，叶帅的儿子叶选平，自己本身就是老革命、革命家，还有很多高干子弟，也都是一刀一枪拼出来的。新中国成立以后的干部，如果只凭一个"好爹"就想换取终生的品格地位，那恐怕只能是痴人说梦。

如果说没有过高追求，对得起俸禄也就是了。我说的是身居社稷重位，掌握国家重器的人，一定要拥有信念理想和实际奋斗经验，有与众不同的锻打与修行。蒋介石、张作霖在历史长河中，只能算作两朵不高的浪花，但他们尚有这样的见识，我们今日的要人，值得思索。

原载 2018 年 4 月 27 日《南阳日报》

官与民

腐败症与糖尿病

今年有幸参加了中共十六次代表大会。江泽民在台上讲，我在台下边听边想，也算计了一下，如果无误，代表们兴奋鼓掌共十六次。其中最热烈，最长久，"雷鸣般"的是两次。一次是说台湾问题，一次是反腐倡廉的事，江总书记表示出极大的热忱与决心。代表们报以暴风雨般的掌声，参加这会议的多是党的中高级干部，阶级既高，且素养成熟。不然，以当时的气氛，大家准会雀跃欢呼起来。

我思量，为什么这样？一则是国家统一、团结乃众之所望；一则是反腐倡廉为国家强盛之本。因为无论你有多么好的制度，多么优良的办法、措施来治国，都离不开一个清明廉洁的政府、主体清白的官员队伍的掌理，才有可能长治、可能久安。代表们的这掌声，可以说就是民意。不可能设想，贪官污吏一边大肆非法捞钱，一边率领我们百姓去"建设小康"的吧。

然而情势却是不容乐观的。从中央到地方，大到"副国级"小到"未入流"的副股级，抓出来不少，枪崩了一大批，成克杰、胡长清、李纪周、慕绥新、戚火贵……捉住了之后一个也没有饶，全都杀掉了。杀一原是"儆百"的意思，宰鸡是给猴子看的意思。按理说该吓倒一大批的，然而不然。大家似乎不甚惊慌。《庄子》里有一篇庄子惠子河梁之对，内里说"乐哉鱼乎"——谁不幸被钓上了，它才"不乐"，写八股检讨，"深刻"骗人。没有吃到饵的还在那里——是否？我不晓得——偷着乐的吧——这应了篇中另一句"子非鱼，安知鱼之乐"。我在另一篇文章中曾说过，贪官污吏，腐败之猖，也犹如两句诗，叫作"野火烧不尽，春风吹又生"，大有前仆后继、宁死不屈的劲头。

这几年患了病，叫糖尿病。忽地心灵有感了一下，竟和"腐败"联想到一处。我以为当前腐败问题，实在是个社会的"糖尿病"。

"宇宙"这个词，"宇"是"上下四方"的意思，"宙"是古往今来的意思。自从有宇宙社会，我还没有见到哪个国家哪个地区不存在"血糖"问题的。可以说，全世界的国家"血糖"都偏高，而我们却高到了令人恐惧的程度。假设说哪一个医生发明了根治这病的药，我看应该给他诺贝尔奖。那么，哪个政治家弄出一套根治社会之"血糖高"的"药"，该得个什么奖？我的想象就苍白贫乏了。

从中国历史来看，秦帝国亡国是修长城、阿房宫，天下劳役过苦。用今天的话说是"基本建设"规划不当。还有掘运河，同样亡国。其余沿革，大多皆因"血糖"过高。

谁都晓得，糖尿病是个慢性病。腐败一般不会导致国家速亡。怕的就是蔓延严重，导致"并发症"暴发。这就好比房柱为白蚁所蛀，人的骨质严重疏松，自有的免疫力低弱至极。一旦战争、天灾、饥荒种种不祥降临，也就是"并发症"来临，那就只好医者束手仰天长叹了。汉亡于斯，唐亡于斯，宋元明清莫非如斯。

所以说，它关乎"生死存亡"，不是吓唬人的话，的的确确，一点不虚的事实、史实就摆在那儿。

"自律"是不成的，这实际是说请贪官们"突然醒悟"。"发现一个抓一个"，我以为也是"对症疗法"。哪个地方有毛病，连对症治疗都没有，病人肯定脑筋里有病，我期盼有社会学的"胰岛素"——须知今日之事已不同于新中国成立之初，毛泽东杀一个张子善、刘青山，实在是"朝野俱惊"。

现在病已渐深了。至于怎么弄法，二月河一介书生，只能谏言政治家和社会学家仔细思量去。

社会"糖尿病"的延伸

开十六大期间，偶与一官员朋友谈心，我说："你是党的一方诸侯。现在我们天天喊稳定，'稳定压倒一切'。庙里的和尚们不但自己'稳定'，而且每日奉劝世人安分。这是稳定的元素嘛，为什么不把庙修起来，多一点僧众？"他一听笑了："这是意识形态上的事，不能乱来。"

我听了自然无话。但转而思之，"意识形态"难道不在"一切"之内？腐败，社会风气的沮丧、败坏与凋落，现在已是个民族问题。我以为这是高于国家、高于意识形态的大局。

现在风气是什么状态？很多地方官员腐败，已是人们不再议论的一个题目。不再议论不是无可议论的意思，且是恰恰相反，是"债多不愁，虱多不痒"那味道，是"说了白说不如不说"的意思。眼见的事实是"发现一个揪一个"，愈揪愈多，愈揪愈大，愈揪是否愈深我不敢说，但我敢说，敢于直面这样的败坏是要胆气勇力愈来愈大才成。这就好比臭脓疮，掩起来味儿还淡一点，翻腾起不冲天，也要盈室，那形色像医生见了癌变转移，任是华佗、张仲景也只得攒眉摇头，病得太重了无从下手，这又是个什么"程度"？这说的是官派，是上等层面，往下说，我前见报端披露，一些小学生开始竞选当班干部，因为班小组长、班干部在老师羽翼之下也有许多豁免权，比如考试、纪律等事上的优惠，没有竞选上的则用糖果、玩具什么的向班干部送点什么"意思"，那争取的也是不交作业，上课做手脚、犯纪律免汇报什么的种种好处。

这样的普遍性与深入性，它的层面之广，棱角之多，侧面之泛，真是叫人不寒而栗。

仅此而言，还只能说是阳面的。阴面的也很使人发怵。白道上的事为人注意那不奇怪，黑道上也腐败，这是吾国现今一国粹。比如说官员受贿，收了贿也不办事，"收人钱财，替人消灾"这原则也被吃掉；比如入室行窃被发现，主人已说可以饶过，还要动刀杀人灭口；比如入室行抢，"东北虎""西北狼"们进来，不由分说先一梭子冲锋枪子弹扫灭主人，然后从容席卷而去；比如说撕票，黑道本来有规矩，赎金按时送到前不能撕票，也不顾了这事——先撕票再要赎金的也有的是，一些儿体统也不讲。

我说这事，朋友常有笑我的，白道上的腐败还管不了，你还注意黑道。我想告知我的朋友，昔日庄子有云："盗亦有道……夫妄意室中之藏（隔着墙就能揣摩出屋里藏着什么好东西），圣也；入先，勇也；出后，义也；知可否（能够预测计划可否成功），知也；分均，仁也……"这是道家对黑道的制约，也是盗的一定行为规范，也算是总体社会的分配原则的调节杠杆。白道当然是主体，黑道上的事也不可持玩忽心，因为真的"盗亦有道"，可以少却许多恶性案件，减少社会戾气。我把赎金送给你，你守规矩放人质平安归家，下策是下了，一家人也算"解决了问题"，公安局有一抢人真案，却不是杀人案——这也是事实了。

所以，腐败的根源是道德的失控，比如一个贪官，偏他又是个唯物主义者，无所畏惧，神仙佛祖、阴司报应这些个他统都漠然，上级又看不见他贪污，群众又奈何不了他，钱又在眼前，他若不贪，那真出鬼了。

法治自古就是主体。不要忘记，不论什么历史时代，执法的永远是人。内因起决定作用，石头蛋子孵不出小鸡，恐怕永远不错，成克杰不懂法？他本人就是最高立法当局之人，陈希同、戚火贵哪个不懂法？——他们犯了罪还说胡话：是"放松了世界观改造"——什么样的世界观允许他这么胡来？真是扯淡。

所以，江泽民讲以德治国，我在十六大上拍红了巴掌。朱镕基在《政府工作报告》中又提以德治国，我的手又红了一次。

再谈腐败症与糖尿病

如果留心，这几年听到的腐败与反腐败类的传闻，诸如"走后门"、"张宝林"（三种酒：张弓大曲、宝丰大曲、林河大曲）、"炸药包"（礼品包）之类的街谈巷议，确实是少多了。清官戏也渐次消失了轰动效应。是不是腐败的事真的好起来了呢？但偶尔露出的反腐议论却是有点令人毛骨悚然的。

当然，老百姓身处低位，只是看到一些"现象"，汤里有个死老鼠，这汤便不好喝。激愤之词未免失衡夸张——一方面是议这事的少了，另一则是议论的层面高了。这就可畏可怖。因为腐败的蔓延已不是什么稀罕事，见怪不怪，人们懒得为并不十分切身的滥话题作为自家谈资了。虱多不痒，债多不愁，反而平静了下来。二是腐败"档次"高了，下面科股长们闹一点小特殊，收一点礼金礼品，既是习以为常，也是顺理成章的事。在这种情势下的一度"端起碗来吃肉，放下筷子骂娘"的事也就成了过去。不是不想骂，而是需要骂的事太多，骂不动了。

中国人的财产不是公开的，几千年以来没有公开过。百姓的财产、收支不公开，自然影响到税务，征收"遗产税"云云更是遥远得渺茫，官员的财产不公开，贪污来的钱其实就是说到手了就已经"洗"过了。不是洗不洗的问题，而是根本不需要洗。发现一个抓一个，那自然是对的。没有哪一个国家政府有"发现了也不抓"这回事。财产不公开、财政制度不健全或根本没有，助长了贪官的胆量。因为"不能说明财产来源"的罪名，实在也量刑轻于鸿毛。动辄几百万、上千万"不明来源"财产——他不造钞票，又不会屙金尿银，哪里来的？明明肯定是搂来的，然而却是不明，因而本来明明白白的事，也就跟着"不明"了。

新中国成立初期杀掉的张子善、刘青山，他们贪污的钱和今天的贪官们比较根本"算不了什么"，也就是几十万吧！现在时兴用语，叫"除去物价上涨因素"，那该折算几多？和赖昌星手里的一大批官员相较，又算得个什么"巫"？刘青山、张子善，是"地厅级"干部。就档次而言，现今已是普遍的干部典型了！就"三反""五反"时定的规矩，一万元以上就是"大老虎"，枪毙的也不在少数，有些地方甚至道不拾遗，夜不闭户。开国政治家的腕力与风骨，真的令人钦服。

这是很简单的比较，愈是事实愈是令人感受着沉重。我们天天喊"防腐拒变"，冒出水面甚至是笨到自投罗网的吞舟贪鱼却是层出不穷。沉重之余，用一句《胡笳十八拍》里的话，"攒眉向月兮抚雅琴，五拍冷冷兮意弥深"，说这心境，是很惨的一件事吧。

从经济发展的角度看，现在确实有了前无古人、史无前例的跃进。如果缕陈这一事实，可以写一部大书的。但我们是否应该注意一下，不要让贪风炽烈到与此"同步"发展的地步？

"三国"里的张飞向人吹牛："我什么也不怕。"那人反问："病，你怕不怕？"张飞立刻摇手攒眉："我怕。我怕痛……"——记得小时候父亲讲过这故事。他的本意无须再议。那么社会呢？一头经济发展，长得牛高马大，是庞然大物了，一头却有消退不下的"高血糖"。我前面的文章是谈腐败症与糖尿病的。高血糖引发白内障，让你变瞎，心脏疼，脑栓塞——一下子就瘫了下去，最后导致金石无力回天的尿毒症……社会患之"消渴"症可怕不可怕？

"腐败症"的各种情形似都可与糖尿病相比。

一、都是富贵病，社会环境愈佳，愈易滋生。

二、先天遗传与后天发展而来。

三、都是不知不觉中蔓延发展。初期无显症，润物细无声。

四、都不会一下子要命。

五、都引发人体各器官病变。

六、都削减免疫力，无法招架并发症。不同的只是糖尿病是个人的事，是一群人，面临难题的也是杏林学者们；腐败病是社会性的，人人有份，概莫能外。

说防范不力，说无良医良方良药，那么我们就等死吧。

本文系作者生前遗存稿

ERYUEHE
WENCUN

二月河文存

编 著

周 二
百 月
义 河

河南文艺出版社
· 郑州 ·

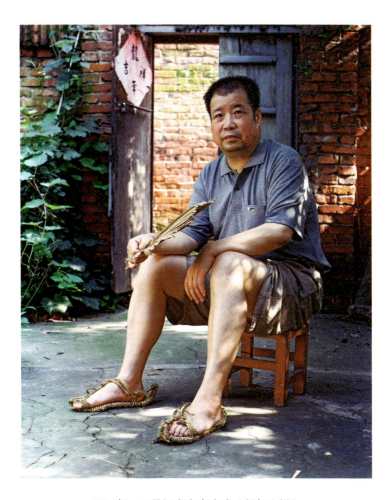

2000年，二月河在自家小院（彭年生摄）

游记

马来西亚纪行

缘起

我的懒得动在朋友圈里是小有名气的。但是去年似乎一年都在动，三四月份就去了两次北京，五六月份又去了郑州几次，七八月西行新疆，归来赴西安讲学，11月到北京参加完党的十六大，又折回西安看女儿。该打理一下身体的，该写稿子的，统统都束了起来。有些应命而作，比如说给香港《明报月刊》的专栏文章，都要在出行前考虑日程，匆匆做好留给家人，以备时需。马来西亚之行是年初做梦也没有想到的事。

去年党的十六大召开前几十天，忽然接到冯其庸先生的电话。他说奉接中国驻马来西亚大使馆的电话，邀请我去马来西亚访问。我答以"考虑考虑"。因为前些日子我曾接到不少马来西亚朋友的信和电话，这事我知道。"我再咨询一下庆善（中国艺术研究院院长，亦吾友）的意见，好吗？"

冯先生的话是不能不考虑的，且是要认真考虑的。因为在我创作"落霞三部曲"之前，他就是我的良师，实实在在地在帮我。他于我有恩情，这是全世界晓得我的"事"的人都晓得的，再就是他电话中说："这是大使和马方几个民间团体共同的意愿，要举办一个叫'二月河—三月天'的文学讲座。即使你不去，也要有一个礼貌周全的回应。你可以不重视哪个人，但你不能不重视马来人民。"当夜我反复思量，又打电话与几位密友商议。他们都知道我的心境，但无一例外地都赞同我"应该去"。后来才晓得，当夜冯先生也打电话告诉庆善："解放访马的事他明天可能打电话问你。你要支持他去！"打前年以来马来西亚的《星洲日报》就不断刊登我的消息文章，至今还连载着《乾隆皇帝》，每一期都由我的朋友柯杰雄先生剪裁下来寄给我。我也很想见一见这位与这些使我敬重的域外神交者。赴马来西亚的事遂成定局。

我一辈子没有出过国，也从不坐飞机。我的朋友田永清将军每次见面都要揶揄我是"土老帽儿"。这个心理根子在怕"飞机掉下来"。我年轻时当兵，那时坐飞机是需要一定级别的，有一位刚提拔的师级干部就兴冲冲地坐了。刚起飞十五分钟，出来一位服务员（当时不兴叫"空姐"），神色庄重地宣布："报告同志们一个不幸的消息。我们两个发动机，一个坏了，一个也有故障，现在正以革命加拼命的精神抢修……我给同志们每人一支笔和一张纸条。同志们把要说的话写在上面——我们保证送到你要说话的人手上……"满机的人顿时个个呆若木鸡，面如土色。直到那位服务员又出来说："现在报告大家一个好消息，我们的发动机已经维修好……"后来我把这故事告诉大家，大家都说："飞机是最安全的，出事的概率只有百万分之……"但我想，假若轮到了，就是百分之百。火车、汽车出事，有余地，《卡桑德拉大桥》发生的事那是特例，也并非百分之百的。有这层心理障碍，我不坐飞机，也不许家人坐。去年女儿和我闹别扭，坚持着坐飞机走了，害得我心神不定，不信神，也背了几篇佛经。这一回，我也要坐飞机了，而且一坐就是越洋过海，一坐就是四千七百公里。

哈！中国——马来西亚。

哈！北京——吉隆坡。

哈！二月河——土老帽儿。

云层动感

从国际机场起飞时，北京还在下着小雪，这在北京是百年不遇的瑞兆了。已经连绵了五六天，雪一直在飘。此刻，天空那绛红的云，混混沌沌，模模糊糊。低层有几朵游离出大气层的云，袅袅的，很轻盈的样子，随随便便在风中摇摆，倒显得灰暗、空旷、寥廓的机场上空有着几分生气。我坐在商务舱，恰正挨着窗口，忙不迭地用眼流连我的故国故土，生怕这是最后一眼了。全神贯注地，觉得是轻轻一滑那般的动感——它动了。

飞机里也是一片静谧、安详，没有人说话走动。大家都在透过窗向外看。这窗口圆圆的，有锅盖那么大，又有点像我们平常吃的锅盔，从这里向外望，雪花陡地变得很急，像一道道笔直的斜线从窗外激射而下，那速度太快，看不清它是雪片、雪花，抑或是雪粒，拉着斜线、平线、交错的线，直得不可思议。渐次地，这雪画的直线也不见了，窗外是一味的白，调制好的奶粉一般均匀，时而稍浓，时而稍淡，绝无间隔，绝无断层。我知道，这是空中的雾——云了。冲破云层的一刹那，机窗外突地一亮。满机都是清明的阳光，灿烂而湛青的天空，洁净得纤尘不染，一丝一缕烟雾也没有，太阳斜照下来把光明赐给满机的人。这上面是没有污染的天，太阳周围没有污染的痕，我儿时在地面上曾经见过的天空，在云层上竟仍然存在。久违了！

我坐商务舱，机上的空姐一个比一个漂亮，我觉得她们比中国女人别致的地方有两点。一是蜡染的衣服，颜色清纯朴素，毫不夸张，自然风韵嫣然。二是发饰，我以为那必是下了辛苦功夫的。光可鉴人的顶部高高隆起，你似乎觉得她挽了个偏髻，然而却没有。发梢全部掩起，真不知道这是用什么技术手法才办得下来的事，更让她们显得娇艳大方。她们端着装有各色酒水、点心的盘子，逐个儿温声笑语地与乘客交谈。那当然可以肯定，我们这一群并没有得到她们特别的眷顾，她们每天都是这样的。乘客们的那份安详，使我原本有点忐忑的心平静了下来。我左右打量，乘客都在说笑，看报看杂志吃东西，闭目养神，绝对没人思量发动机如何这类无聊事，空姐们也压根不像要宣布坏消息、发纸条的样子。渐渐地，我不再往这题目上想，又把目光盯向窗外。

在一万米以上的高空鸟瞰云层，绝不是在地面向上看到的那样子，一忽儿白一忽儿苍，飞扬滚动，赤橙黄绿青蓝紫，色彩纷繁，交融变幻……这里看，云是冻僵了的一片万古雪原，白色的冰川、白色的原野、白色的河湾，雪墙、雪壁，我敢说那一定是飞机的杰作。明知下面是万丈虚空，偏是这"色"掩盖了，看云是那般实在、坚固，似乎你出飞机踩上去，会像在雪地一样走得咯吱咯吱响。正看得入神，同行的孙玉明喊我："老凌，快来这边看！"我忙赶过去，就在舷窗向外看，一下子便被镇住了：是云层上的日落！这景象我真的从未见过：太阳半掩在"雪原"下方，上面半层弧形的云晕，是金红色，湛蓝得有点紫黯的天，铺的是一层黄金，再近便是无垠的雪原。层次是那样的分明，色泽光彩也都带着棱角般的不混同，红就是红，蓝就是蓝，紫就是紫。也许它不够斑斓、多彩与流动，不够风韵与娇媚，但那真的是美得纯洁，美得令人不敢亲近，有着神的圣洁与庄严。这样的景致如在地面上可以常常见到的话，我相信崇信释迦牟尼、穆罕默德的人会更多……渐渐地，它更红、更紫、更青、更黯……太阳终于落了。

夜十时许，向机下望去，是无边的暗，时而掠过电子集成线路板那样的灯光图样，星星点点密集一群，余皆一片黑暗，耳鼓膜陡地一胀：飞机在降落。这就是21世纪的人类：四千七百公里的水陆两程仅飞了六小时。马来西亚，啊，到了！

风情一

这里没有冬天，出发前便知这个国家在北半球接近赤道的位置，一年四季都是夏天，那么就是只有一季了，这一点，其实在飞机上已经领受了。登机时穿得里三层外三层，渐次地，温热便浸来，一件件地往下脱。好在妹妹卫萍跟着，我脱一件她便收一件。飞机上的空调，我想也是双向的，在北京用制暖，到吉隆坡必须用冷气了。饶是如此，从密封通道走出时，外面热浪袭进，立时就袭得人热汗淋淋，真的不假，这里是夏天。

大使馆的王太钰早就在海关通道口迎候了。可怜这位大使馆二等秘书，为了"请二月河来马"，他不知费却几多功夫和心血，从办护照到签证——他知道我是个笨盲人——都一一关心奔走，此刻已近午夜，也不知道他等候了多久。我还是第一次见到这位"电话朋友"，他不大像很修边幅的人，花格衬衣扎单裤里，脖子上挂着一个牌子，显见是外交官身份证，可以自由使用方便通道的通关符。他与孙玉明是同学，老远就认出来，迎上来，热情地寒暄，帮我们提行李、打点物什、验证过关……一点也不"认生"，一点也不矜持，热情干练，动作麻利。冯先生和我一下子便喜欢上了这个年轻人。马来西亚中华大会堂总会（简称"华总"）的陈达真博士、《星洲日报》的几位记者等一群人，一时也记认不清这些朋友的名字，他们早已望眼欲穿地候在外边，捧什么宝贝似的把我们一行四人捧出了机场。又吃夜宵，又简单采访，直到午夜，我们才在金马皇宫大酒店安置下来。

这是马来西亚富豪李金友先生的产业。事后我才知道，是李金友先生与胡正跃大使商定邀请我们，由《星洲日报》、华总和李金友的绿野集团出资，胡正跃以特命全权大使的名义，共同邀我们来马来西亚。此时在紫翠交辉的金马皇宫大酒店，到处是马的雕塑，外面被灯光和喷泉映着的，是几匹跃腾欲飞的金色的马，大厅里水池旁、沙发座旁，壁间镶嵌，花盆架座，全是马的行踪、马的影像。一望可知，马是这里的瑞祥、这里的图腾。引领我们的封富强先生是李金友的秘书。他介绍说："我的主人爱马，这里是马的世界……"

金马皇宫是一家六星级酒店，外饰内修都是超一流的，初来夜半时分，但见到处火树银花，繁灯如织，周匝蒙在夜色中甚是朦胧。一觉醒来，窗帘拉开，我们顿时被外面的秀丽景色迷住。啊！这里并不是我想的那样平坦，绿得像裁绒地毯一样的草地，闲适地站着几匹塑马，几个大人和孩子在草地上快乐地追逐嬉闹。斜坡草地下去，是湖，约有两公顷吧，湖中碧波荡漾，岸边绿树掩映。水湾环抱的各色楼阁错落有致地分布在微微起伏的小丘陵上，有斜坡式、方顶式、罗马宫廷式的房顶，有红的，有蓝的，有白的，有紫的，也有灰色的，还可见到我们中国的歇山式的。浓密的树木就在这些色彩各异的建筑中摇曳生姿。我站在茵茵芳草间，望着湖面美景，不禁有些慨然，我们的建筑师怎么就只晓得设计麻将牌、火柴盒、手机那样的楼？他们似乎是色盲，怎地总是认定了灰色？在旁陪我们的封先生指着远方：那是我们老板的办公处。这里水面上去，我们又开发了更大的湖和更大的人工岛，虽然还没有办完，但产权已经定了……湖那边是别墅，再向北是水上超市，也是李先生的……我不禁暗自惊叹他的豪富，但眼前这用旧锡矿坑改造的人工湖、废矿土堆成的丘陵，这金马酒店四周景观的配置，没有相当的人文素养是不可能办到的。

按照日程安排，当日中午，我们驱车去大使馆拜会大使。沿途风景依然秀色可餐。封富强是一个很棒的小伙子，热情稳重，马来语、英语、汉语都很流利，他介绍马来西亚人的收入、物产，介绍汽车拥有量、沿途各个地名的由来，以及与中国的渊源，口若悬河，几乎见到什么便说什么。我指着窗外一大片铁锈色石块顶标志房说："穷人也还是有的。"他坦率地回答："这是贫民区，我们的市政建设一时还不能解决。"从他那里，我知道了这常年常青的阔叶林叶子怎么更新换代；知道了这个国家平均两人便有一辆汽车，难怪大道上几乎看不见行人；知道了"敦""丹斯里""拿督丹斯里"等爵位；知道了本地人享受的种种优惠，华人在马来西亚经济、政治诸方面的地位，华人为了生存，甘心承受的种种苦涩和含笑、含泪的社会心境。汽车在吉隆坡泛着热气的街道上穿行，悠然到了使馆区。封富强指着一带围墙说："这是美国大使馆。'9·11'以后加强了防护，你看护得多结实……"满车人全神贯注地听着，不知不觉地，已经进了胡正跃大使官邸。

胡正跃其人

他年轻得让我吃惊。我们到他的官邸，他已在大厅门口迎候。握手的时候，我还以为他是大使馆来接我们的官员。他身形不算魁梧，修洁且整饬，言谈举止从容优雅，看上去也就四十岁上下，已是老练的外交家形容。

官邸里壁间廊下，摆设着一些名人字匾和古玩，但数量不算多，装裱也很简单，整体看上去有点空旷，简朴得像是正在草创。他一边带我们观览一边说："官邸建筑规制不小，但还没有真正搞好，刚刚租来不久……"我听着，心里想，这无论如何也是正当的财政支出，随口便问："您怎么不买下来呢？"他笑着摊摊手说："恐怕要几千万马币呢，我一时还办不下来。"

他和冯其庸先生的不少朋友有渊源。他们谈字、品画、玩赏古董，谈得很投机，有点相见恨晚的样子。我们一同随意散游——这是异国土地上我国租来的一块土地，青茂浓绿的常青树，温润清简的房舍，壁间的图书、丹青，古色古香的陶瓷，都是故国的情韵，踏在这静谧的庭院里自是别有一番温馨思绪。

午餐很随意，大使如数家珍地谈起两国文化交往的情形，谈中央首长来马来西亚访问的情况，谈这次我们来之前，他已向外交部李肇星汇报过马来西亚的这次文化交流活动。从文化角度上两个国家要加深加密来往，增强联系纽带的韧性与弹力。我谈起党的十六大期间李肇星打电话找我，我不知李肇星何许人，在电话中支吾良久的笑话。我谈到 2002 年夏日我去新疆的感想和那里的风土人情、乡俗民意，谈到新疆生产建设兵团的艰苦与困难，也谈到西北大开发应该加上"文化开发"这个概念。胡大使听得很专注，还问我："这些看法你在党的十六大上提了没有？"我说："草案讨论时谈过。"胡大使说："这些都很重要，我也可以向中央建言。"

后来听说，胡大使并不是我国派出的最年轻的大使，但比他更年轻的似乎不多。依照惯例，国内来的部级、副部级领导，胡大使也只是在他们来时见一见，去时见一见。但我们这次去，几乎每次聚会都有他的影子，他都要发表即兴演说。落落大方的谈吐，恰到好处的风度，给我们留下了很深的印象，妹妹卫萍说："这个人真了不起。"

大使是什么？就是我们国家派驻外国的、专门与所在国人民交朋友的使者。我注意他每次演说，着重点都在于"增加互相了解，加强多方联系和文化交流，巩固发展友谊"这几条上，思路清晰敏锐，处事练达机智。"在家靠娘，出门靠墙"，在马来西亚，胡大使就是我们的"墙"。

陈达真其人

博士水准，大姐风范。这是我心中的陈达真。早先约我赴马的，有一位先生叫柯杰雄，一位女先生姓陈名达真。我那时与柯先生有书信往来，北京文化界也有朋友介绍了陈先生。她是"华总"的文化委员会主席，比我大一点，还不算老，这年纪在我们这里，恐怕要"一刀切"了的。你一见到她就立刻能感受到她的活动力量——不设城府，热情真挚，关爱所有的人，也不对哪个人存戒心——据我观察，此一类型人，乃天生厚福的长久拥有者。她是得之先天抑或是后来修德所致，我就不知道了。此后所见，聊可证明我见不爽——许多人都叫她"大姐"——性格就是命运，这是她的性格挣来的彩头。

她是邀约我们的"华总"代表，我们的"场合"她当然都在，在"二月河—三月天"讲座正式开场前，她有一个致辞，大姐登台据案娓娓而言："午夜十时许一架银色的飞机从北京起飞。这架飞机没有飞向美国，也没有飞向加拿大或澳大利亚，而是首先来到我们马来西亚。二月河先生……"她夸奖我的话，这里述说没什么劲，但即使夸奖，她也不是"作"，没有"张大"的意味。

次日去云顶赌城，我这个只是在小摊上和资料上见过"玩赌"的，见到如此大规模、受到国家保护、成为世界著名赌城的，总算见到一次大世面——这其实与"玩"已是隔膜的概念，赢的输的，是"斗争"的结果，除了输赢几十万百千万若无其事神态安然离开牌桌的豪客，也有只是进来玩玩的。中国很有几个官员经不起这诱惑，从这里出来，回去后又走上刑场的。路上，陈大姐一直滔滔不绝地谈她的"赌经"……绝不大赌，小赌要到别人赌丧了气，你才投注……见好就收……一两注不胜不要坚持，认输走人……

我边听边想，这其实是极委婉的劝诫，真是菩萨心肠。果真听了这样的劝，那些个被崩了的官哪会有此结局？

因为日程安排得密不透风，真的按这日程操作，在马来西亚我们就没有时间观看市容了。大姐晓得我们的心思，挤掉了一段路上的往返路程，腾出一个多小时让我们逛了吉隆坡的地摊小市场。我为女儿挑了几件小饰品，妹妹也为她女儿挑了一点——多了也带不动，再说马来西亚市场上并没有什么出奇的货，一般的比我们国内市场还要贵些——原以为就地便可兑换一点马币的，竟是误传。陈大姐见我们为难，带着我们又挑又选，又叽里咕噜地用马来语与商贩砍价。满满当当买了一大堆，却是她出钱，给她钱又不要，想起来直要出汗。

萧依钊其人

到马来西亚第二天就见着她了，她消瘦，用雅一点的话说是"清癯"，严肃，不苟言笑，做事专注是一望可知的，但是我没有想到她便是《星洲日报》的大腕儿、主刀。很快，她采访我的情形便见报了。问的问题也文如其人，很严肃，文笔却不死板，相当灵动，也不乏活泼与开朗。

这份报纸我并不陌生。因为它一直在转载我的小说，柯杰雄先生虽不是每期必邮，但转载了我小说的却源源寄来。台湾朋友也有订看它的——这是报纸可看的实证，因为从马来西亚到中国台湾，报纸的时效意义已经不大。我没想到是萧依钊这样的女性在办这件大事，且办得头头是道。拜访过胡大使，第二个项目就是拜访《星洲日报》。胡大使若是"针"，这三家便是"线"，萧依钊是"线"也是"地主"。

在报社，我为他们签了有一百多套书吧，然后便是座谈会。放录像、看资料、吃饭——马来西亚请吃饭这规矩和我们差不多，大会小会后吃一下——不同之处是他们分餐。萧依钊的老板"丹斯里"（马来西亚国家荣誉，由国家元首册封给对国家有极大贡献的杰出人士）张晓卿在座谈会上发了言，他对我的书的熟悉程度让我感动。座谈会上谈了这份报纸的办报理念，我理解为"宗旨"，叫"正义至上，情在人间"。

冯其庸和孙玉明都对这宗旨称赞有加。是非分明，仁者正义，同情弱势，敢于拍案直言，这都是报人报界的优良品质。概括为这八个字，当然是很好的。我也称许"正义至上"是"理"，是天理；"情在人间"是情，是人情。循天理人情，这叫顺天应人。

在这上头做实文章，当然前景看好。只要"正义至上"义帜高扬，就是真善美实在搏击假恶丑伪，温情仁道自然溢满人间。她的这点风骨，受到读者的青睐也就不足为奇了。

李金友其人

他是不是马来西亚最大的财主我不知道，我的经验，这些宣扬出来的东西，常带着几分虚。胡正跃谈增强两国来往的"含金量"，是不可用镀金或其他东西来修饰的。

李金友不是个张扬的人。他的巨大财富明摆着在那里，但本人却质朴得有点像我们国内的一位大厨师或汽车司机。我见过几位亿万富翁，其中一位现在出门打的，随随便便在三流馆舍找一个铺躺下便睡，大排档里也常能见到他的身影——这一类型，是"中国特色"所造就的富翁类型：始终认准"当初"二字，会过日子，能富耐贫，能吃苦，耐折腾，忍得辱，打碎门牙和血吞，会替别人想事情，人情世故稔透，结识三教九流却不失去自我，灯红酒绿、纸醉金迷间头脑清醒，细致得毫发可鉴，失漏的事情能最快地弥补且极少露怯。这样的人，走人文界，也许就是个 × 月河之类的作家，走进财商界，他就成了那里的"丹斯里"。俄国的莱蒙托夫写过长篇叙事诗《商人卡拉希尼柯夫》，写沙俄时期新兴资产者的那种心态、理念、思维，可在李金友这些人物身上找到其通络的神经。绕指柔化为百炼钢，我对李金友说：你本人就是一部书。

去马六甲海峡途中，我们一行经盘山道到李金友的碧野山庄登门拜访，只见层层冈峦迭起迭伏，栽林修竹间是星罗棋布、尽显美丽豪华的山庄别墅。这个山庄到底有多大？车上望去，叠翠直接远方岚气氤氲处，绰约不见边际。盘山路也是曲径通幽，穿行于浓密丛绿之中，带路的封富强虽是李总裁的助理，也会走错了道再返回重新找他的老板家。

李金友在他四周是歇雨长廊的家里接待了我们。房子很好，修饰却简陋，三层楼相当阔朗明爽，因为圣诞节，用人都放了假，只有他的夫人和子女在家，一律都是赤脚不施脂粉，十分和谐自然。他当然很热情，夫人也极热忱。他的夫人很美，也很聪慧，话不多，静静地微笑着看人，听人谈话，端茶送点心，有点像电影里的日本妇人那样。他们的朴素与房舍的宽敞无华都是我想象得到的，因为李金友不是那种珠光宝气的暴发户形象。我没有想到的是他的子女也都是那样朴实，帮着爸妈照顾客人，摆鞋，送东西，孩子们大的天真稚嫩，小的还在蒙童之时，都教育得懂事知礼而不失童真，这一点真的让我佩服。

在李金友为我们设的宴会上，他讲了读我的书的心得和感受，多有溢美之词。我的感觉是，他和张晓卿等几位主人真的是在用心读我的书，我是经历了一点沧桑的人，不会随便被几句好话打发了。但他们从人性、从人文心理、从个性剖析、从社会学对拙作的理解，都结合了他们自身的人生感受，他们的赞词和他们的人一样情真，我的感动就与面对理论家们的赞誉时不是一般情韵。李金友在陪我游他的两个人工湖时说，也要为社会分担一点责任，这里雨季，他的湖要蓄水，以起到防护吉隆坡市的作用。这是宏观思维了。他在读台湾《天下》月刊时，读到该杂志说我年轻时的理想是有两千块钱存款，能随时吃一吃烧鸡。这次他特意让厨师为我做烧鸡。我敢断定，他的厨师肯定没吃过中国的德州扒鸡、道口烧鸡。那烧鸡是仿北京烤鸭做出来的，可谓是马来西亚烧鸡，味道与心情一样好。

胡大使也有致辞。他谈的是两国交流的"含金量"，博得一片喝彩声。轮到我说，我觉得我与马来西亚人有缘，见了马来西亚人生欢喜心。我愿意从我的角度做好工作，加强文化联系的纽带，为两国人民之间的友谊努力。

李金友听了我的这些话，送了我一部佛经和一盘佛经磁带。知道我有气管炎，他把自己用的药送给了我。我认为他是知道人的人，知道人是怎么回事。也许因为近，因为亲眼看到他的发达，总会有一点什么话的。世界各地是然，历史各时是然，人受挤对武艺高，高时道声"天凉好个秋"，随缘俱然。

风情二

我对赌城毫无兴趣，但出了赌城吃了一次榴梿。这种水果被称作"果中之王"，在南阳的超市里也偶尔能见到，但听说极臭，吃不惯的，且价格不菲，坚硬如木难以剖开。我虽也偶有食欲蠢动，但兴致随起随灭。问冯老师，他说吃过，好吃。我们三人还是土老帽儿，榴梿在马来西亚也是相当贵的，水果店老板见一下子这么多人来吃，很高兴，亲自搬一张桌子到大路旁，用刀砍开硬壳，双手用力掰开，里边嵌着的果实便露出来了。

这东西闻上去是有点臭臭的异味，但它明摆着是树上结的，硬得像椰壳一样，满身尖刺护着果实。凭经验就看出是好食物，吃这种东西不能用挖耳勺或牙签那种东西一点一点品，是要掏出来一块大口嚼，找出感觉来，然后再细品。

我很快就进入了"感觉"，臭中有香，淡淡的甜，有点香蕉的意思，更像我们的"老头乐"甜瓜。我又啖了几枚，也吃出了它的毛病——腻、不爽、不清、不素，虽好吃，但几口就够用了。

陈达真大姐见大家都已过瘾，笑着说："吃了果王，还要用果后——山竹，保证又是一番滋味。"老板端出来，我一看，眼熟得很，南阳居然也有售，深水红色，熟透了的桃尖般、柿子那样的轮廓，下头还有一片"柿把儿"，色样很好，毛毛的不甚光艳。陈大姐给我们做示范，一边用手用力捏——长揖那样臂伸直了："离身子远一点。不要染了衣服，这是永不褪色的……"

掰开了，圆圆的红色皮质中裹着新蒜那样的白色果瓣。再入口便是一阵软醉酸甜，和着方才那种臭香的腻、泥巴样的黏糊，全然是另一番食味天地。品尝着，我慢慢地悟出了："怪道一个叫'王'，一个叫'后'。"一个是臭的、黏的、腻的、浓的，一个是香的、酸甜适口的、爽口的。这种鲜明的反差，使人感受到的是反差的美。水果有了个性，也和人类差不多。我无端地想起《红楼梦》宝哥儿的独特心得，榴梿吃起来口感有点像吃泥巴，这是男人的骨肉？而女子则是水作的骨肉，这就是山竹了。

下山的路上突然下起雨来。吉隆坡这地方雨多，都是在下午四五点钟布施，封富强说："那雨下起来，是直落直泻地砸下来，车顶和车玻璃到处呼哧呼哧响。"这听起来无论怎样思索都和我心中的热带雨的迷蒙缠绵挂不上钩。很想看看这雨季的山水情态，但一连数日偏就无雨，或许外头有点小雨，我也困在宾馆里无缘得识。这一次刚吃过果王果后，雨来了，我还在回味榴梿的那臭和腻，便问封富强："榴梿树是什么样子？"封富强指着车外说："喏，那就是榴梿树。"

但前窗已无任何清晰的景物，天色陡地黯淡下来，山峦夹着弯曲的公路变得狭窄幽深，都蒙在雨幕之中，只能听到雨刷在前窗不停摆动的声音和车顶爆豆样的雨点击打声，从侧窗外望，路两边的榴梿、棕榈、榕树，在风中疯狂地扭旋，层层冈崖上的树冠也垂下身子，与路边的树摇曳呼应，在迷迷幽绝的天色雨幕中变幻不定地舞蹈……我来马来西亚已经数日，每天打交道的多是说汉语的华裔朋友，感受与国内差不多的氛围。至此，终于见到了这极富异国情调的雨。噢！榴梿，雨中的榴梿树！

风情三

我们要参加的"二月河—三月天"讲座，其实是每人四十五分钟的发言。按照顺序，孙玉明先讲，其次是冯其庸，最后是我。我感觉他们二位都比我这"正角儿"讲得好，我讲时观众没有离场，是观众们素养好，再就是有点看我的书和电视剧的面子。我在出发前便有点感冒，嗓音嘶哑，气息不畅，下面的观众多看过我的书，就好比吃过鸡蛋现在听老母鸡在台上咯咯。讲到后来，我自己总结八个字"声嘶力竭、气急败坏"，马来人给足了我面子，我也不愿矫情地伪装。妹妹就在台下，后来我问她，她说："这里两广福建人多，你的话确实难懂，有人告诉我，要非常仔细才能够听出味儿来。"我想这是事实。假如这篇文章马来人能看到，我想让他们明了我的感激之情——因为一般在马来西亚举办讲座能来两千人，就是个庞大的天文数字，会场里还有在场外的马来人都肯听到最后，外地的甚至还有国外乘飞机赶来听讲的观众，听我的破锣嗓音，我不感谢就是我寡情。

为什么会这样？我觉得要从文化上寻根。谈《红楼梦》是这样，我的书也是这样——我的书当然不能高攀，但可类比。内中文化部分可能和马来西亚人缘分相对，交流融会起来便格外容易。

"江总书记来马来西亚，就站在这里照相。"李金友指着草地间嵌着的一块钢牌说，"那是美国总统布什站的……总书记是伟人，一天早晨我到他房间，发现他亲自洗衣服……"他的这一观察、思路与感受，全然是中国式的文化思维。

"我们老板用人有个前提——必须孝顺。"封富强谈李金友，"你再强，再能干，你不孝顺，'丹斯里'李金友也不用。"

这同样是吾国国粹，很明白，忠臣出自孝子，未有不孝而能忠者。

我甚至这样想，他们这些在海外坚持不肯被某异域文化同化的华裔游子，期盼中国富强的那份殷切诚挚，比我们国内很多人还要强烈，还要纯真。李金友公开和私下场合不下四次说过同样的话："美国三亿人，中国是十三亿，让他美国总统来管管中国看！十三亿这样一个大国，总会有点事的，但是整个国家和民族的最高利益就在稳定和发展上。"对中国大陆的关注，对台湾的事，对党的十六大，对"与时俱进"，他们"保持一致"的心态之真，让我暗自惊叹。

这次的访问是以"二月河—三月天"为引领题目的。马来西亚最美最好的月份算是三月。我觉得我的名字正好是个载体。马来西亚人愿交我这个朋友，因为两个"月"加在一起就是朋友的"朋"。我很高兴自己有这样的幸运，成了民间文化和友谊的小小纽带。

风情四

马来西亚的美是无须多说的，她的娟秀、美丽、姿态婀娜，看一眼便会使人终生难忘。所以我"讲演时谈印象"，这个国家如同亭亭玉立、姿色绝佳的少女。处处看去井然有序，所以我又说"如同进了大观园"，在大道上是决然见不到行人的，因为那里汽车已普及得像我们的自行车一样了，进了闹市，也不见拥挤，听不见吵闹与喧嚣，阳光明媚而灿烂，晴空澄澈绝纤埃，我在马来西亚四五天，皮鞋还像刚擦过般锃亮。一年到头不凋谢的浓绿阔叶，夹着蜿蜒曲折的道路，将吉隆坡扮靓了，美得令人沉醉，令人流连忘返。

但他们的饭菜我无法接受。冯先生除外，他是出国惯了的，其余三人，也许都是土老帽儿，尽管主人使出浑身解数，四日八宴请我们吃，马来西亚最好的东西都奉出来了，可惜至今我无法接受咖喱那味道。我在吃饭上是最随便的，对他们的饭菜有八个字评语："饱则饱矣，未见其妙。"每次吃饭我都有一个想法——要是吃一碗打卤面，浇上蒜泥，就美了。这事当然不能对着主人说，只是心里想想而已。主人已用尽全力，我不能伤他的情与心，更不能出难题给他。回想起来，倒是拜会胡大使共进午餐吃川菜师傅做的饭菜最合胃口。

文学讲座结束那晚，冯先生写过字，已是深夜十二点半，孙玉明、王太钰二人鼓励我们："咱们去吃大排档怎么样？"天已经很晚了，我还是禁不住他们诱惑，在深沉的夜色中溜出了金马皇宫。

这里的夜市竟和中国的如此相像！密排着的汽车摆在街道两旁，横七竖八的不甚有规矩，车旁便是人流，不算拥挤，但也是人头攒动。午夜时分哪儿来这么多人？王太钰一边用手机和孙玉明的一位朋友联络，一边指指附近说："这是红灯区。"

这里的大排档、小吃店与我们北京、上海和南阳的毫无二致，敞露的店口与店铺同宽，一旁是厨房，人行道和店内摆着劣质饭桌，但上来的饭菜还算地道中国味儿，大家吃得兴高采烈，喝了些啤酒，虽说外头陪客妓女叽叽咯咯的笑声让人有点烦，我们仍是人人心满意足。直到凌晨三点钟，玉明的朋友开车，我们打道回"宫"。

回程路上出了点插曲，中途有几个警察拦住了我们的车，孙玉明在车中，向外指指，"请你来看马来西亚的腐败"。我透过窗子向外望，只见那警察很严肃地说着什么，玉明的朋友不慌不忙地取出执照什么的，下面压着一沓钱一块儿递上去。那警察也就眉开眼笑了，一手打开车门，一手请司机上车。双方都做得相当养成有素。朋友车门一关，笑着说："我给了他两百。平时只要五十马币就可以了，今天我喝了啤酒，凌先生又在车上，出了麻烦要出新闻的，便宜这小子了！"

马来西亚还有些事，我至今也不能明白。到马六甲海峡，我们基本没有下车。在车上观景自然是走马观花。看见路旁一座石像在铁栅中，不知已尘封几时。但一只海盗船，不知是西班牙、葡萄牙还是哪国的，却堂而皇之地在海湾供人观赏游览。郑和七次下西洋，到马来西亚几次？我记不清楚了。带来的是明王朝的优质产品和友善之情，不曾对马来西亚有寸草尺地的主权要求，那侵略来此的海盗船，何以比郑和更受到青睐与器重？

到马六甲，我算是看到了海——我一直没有见过它的，到了这里我也才明白，各国的首善之区都是精心装扮过的，北京的金水河和南阳的温凉河不同，吉隆坡的水和马六甲的也就有异，这里的海面已经污染得一望无际，目之所及全是一色，不见海鸥也不见沙滩，全是污泥。这和这个国家首都那无与伦比的美，看着是不协调的。

我曾问过一位先生："你们这里最大的问题是什么？""棕榈园底层劳工的生活待遇，棕榈园是犯罪的温床。"他思量了一下接着说，"再就是周围国际环境对国家的影响，我们这里的有钱人，随时都准备着走。"

"走？往哪里走？"

"欧洲吧，北美吧，都有他们的产业。一旦动乱，就走。"

这一点，李金友若明若暗地谈过，他有一架波音737飞机，亚洲风暴来了，他就把它送到美国去。

美丽的少女，漂亮的绝世佳人，也是有她的忧思与焦虑的。

归程

归程起初很顺利，王太钰几乎直送到飞机舱口，我们不足六小时便回到了北京。觉到飞机的轮子一落地，我宽松闲适地伸了一下懒腰，无论如何，回到自己家了。不料过关检查出了麻烦。我目送冯先生上车回家，已经提着小包出去，但不知为什么，妹妹和孙玉明被卡在里边，等了许久，打手机来说："哥，人家叫你进来一下。"

我诧异地返回，只见我的大纸箱子开了封，孙玉明和妹妹站在一个类似柜台的木台旁，几个海关长官都神色庄重，满面严肃地站在"柜台"旁："这是你的吗？"一个官员指指柜台。

我原本很紧张的，不知犯了什么事。一看，松了一口气，原来是一本《明报月刊》。我赔着笑说："是我的，如果不合规定没收好了。"

"你还满不在乎！"一个圆脸长官呵斥我，"收了就算了？"

"对不起……"

"你不是对不起我！"那圆脸不肯饶我，"这是国家明令禁止的！"圆脸先生问一位年纪稍长的先生："给他（当然指的我）填因公（出国）还是因私（出国）？""因私吧。"那先生说，"填因公他就玩儿完了！"我心里一边诧异，一边又觉得太累，原来我还得另出一份诚意来感谢他们。

他们正批评我，旁边的官员拿出一个表格："你在这上面签字。"

这次交了签字运，本来"二月河—三月天"讲座前安排十五分钟签字时间，马来西亚人买书排队签字的人太多，延至二十五分钟，又延至四十五分钟，我签名，妹妹盖章，手都磨出了泡。这里又要签字了，心里不是滋味，但还是老实在"上头"签了，不过不是"二月河"而是原名"凌解放"。

这事原本不难说清的，《明报月刊》是"丹斯里"张晓卿的产业，我为它撰写过专栏文章。新出的这一期是在论说"情理"二字，他们送了我一份。没来得及看，也不知它违禁，我就带回来了。但我不能多加解释。我刚下飞机，感冒也没痊愈，外头接我的人还在等着……再就是我有点知名度，这种公开场合，有小报记者来一篇《二月河携带违禁品被海关……》，这一热闹起来，扫兴不扫兴呢？

不管怎样，我还是回到了自己的国度，自己的家，回到了北京，脚踏实地走在上头，仍是一片温馨。女儿打来电话："老爸，您没有掉进太平洋，我就拥有了一切！"

原载《中国作家》2003 年第 11 期

佛像前的沉吟

如今的美国最强大，物质文明、精神文明都用得着"了得"二字。有朋友跟我谈："这个国家如今的情形与我们的大唐王朝差不多吧？"我听了一笑，回说："有些历史现象不是简单的类比可能清晰表述的。如果从国民生产与生活享用的绝对值去算，美国早就超越唐代了。如果论到'鸡剔皮'（GDP），可能它还差着老大一截儿。如果从文明特征上讲，我认为很不一样：美国是'惊人'的，而中国的唐代是'迷人'的。说美国惊人，一是它有钱，二是它有炸弹，这两样东西在世上晃来晃去，很显眼；说大唐'迷人'，除了它也有钱，它还拥有诗歌和宗教的昌明，像彩霞一样绚丽灿烂，同样也是光耀寰宇，垂照千古的。"

诗歌不必说，不少唐诗至今仍是我们小学、中学乃至大学的教科书。谓予不信，你到街上随便找个学生，或者来本地打工的青年，请他背唐诗，他大约都能给你来两句"两个黄鹂……"或"白日依山尽"之类，这就是明证。说到佛教，那就显得复杂了一点，但如若附近有兰若丛林寺院之属，那青年或许会随手一指告诉你："你瞧，那座塔，××寺的，唐代的！"

打开中国的历史去看，有件很有意思的事，佛教似乎总在与诗歌相伴。也不知谁先谁后，抑或是相互辉映，两家差不多是彼兴我兴，彼衰我衰。汉如此，唐如斯，元、明、清也"庶乎是矣"。我看《水浒传》，鲁智深和尚，就是三拳打死镇关西的那主儿，他恐怕小学文凭也没有吧？只懂得风高放火，月黑杀人，临终时，却有一首偈子: "平生不修善果,只爱杀人放火。忽地顿开金枷,这里扯断玉锁。咦!钱塘江上潮信来,今日方知我是我。"——这从任何意义上讲,都是一首诗。就此水平而言,今日的文科大学生们有几个人作得?这在佛学里专门有一支的,叫禅宗,顿悟派的。智深和尚听到钱塘大潮卷空而来,他一下子就大学毕业了。

如今在外头很兜得风头的自然是少林寺。这丛林、那庙院都在恢复修葺,不少和尚在跑着弄钱,想光大他寺院山门。少林方丈释永信和我很熟,我看他不缺钱,他在张罗着要把寺院申报世界遗产。黄金旅游节你去看,岂止少林,"南朝四百八十寺",哪一处不是人烟辐辏、香火鼎旺?佛教兴了,诗歌也该兴了,不知二月河想岔了没?

世界上还有一件有意思的事,形成宗教的国家总是留不住宗教。创教的圣人们不是被本国的乡亲们赶得走投无路,就是到处碰壁,弄得头破血流。释迦牟尼待遇似乎好一点,但他创的佛教,印度人却没留住,跑到了中国。当年玄奘和尚九九八十一难取得真经回来,闹到现在,印度人如果学佛,他还得到中国来取经。历史就爱跟人开这种玩笑,弄得我有时疑神疑鬼,我们中国的孔子会不会也去办个绿卡什么的?

有人说少林寺出名,是因为《少林寺》这个电影,一炮走红了。这个话也对,但不完全对。我以为,少林寺兴旺的根本原因在于它本身原本就拥有的文化内涵。丰富啊,太丰富了。这是印度侨民和尚达摩的初创,达摩自己面壁的石洞还在。石头上的影像真品虽然没了,但活着的老人都还有记忆。达摩、慧可、僧璨、道信、弘忍……五祖薪火相传,到六祖慧能一个变格,他成了中国式佛教的奠基人,是中国的世尊,如来法身。单就这个衍变,可以写厚厚一本书。如果写小说,那也是波谲云诡、荡气回肠的一部史诗。我几次到少林,站在立雪亭旁踯躅流连。佛教的教义有怎样的价值不去谈它,为了能获取心中神圣的真理,慧可在这里切去自己一臂,把雪染红。这种精神与意志，这样的果敢和气韵，行动本身的意义已经远远超越了时间与空间的滞碍。

在达摩至五祖的递传中，一件木棉袈裟成了争夺的核心物件，每当读到这段历史，我和读二十四史一样可以嗅到明显的血腥，看到无底的暗夜。那里面的阴谋、杀戮、残害和宫廷里的夺嫡之战也不遑多让，我不能想象，这一簇与那一簇，光头和尚在灯下密谋夺取衣钵的情景——那肯定，也是颇有异趣的另外一幕景观。到了六祖慧能，他不传衣钵了，信执他的理论的都是他的传人。这一招高明，有时会让人突然想起雍正。鉴于九王夺嫡的惨重教训，他不立太子了——不立了也就少一些争执。当年北宗派人追杀慧能，僧武明追他到岭南，追上了。据范文澜说，慧能是老老实实把袈裟交出来说，"你要你就拿去"，但武明自知没资格，求慧能传法后转身退去。这是正统的说法，但我一直有疑窦，追兵追杀的目标到手，会自动退去？后来又读到一则资料，说是慧能将袈裟放在石头上，话还是那句话，但武明去取袈裟竟然提不起那件衣服，以后才罢手了。唯物主义和唯心主义在这件事上就是如此这般轻轻碰撞了一下。

使少林名声大噪的，并不是它的"禅"，是少林和尚的"拳"。到少林的人多数是看那几个练拳练出来的坑，书痴才会在立雪亭前发呆。但是，那拳头是太硬了，太有劲了。史有明载图有丹青做证，十三棍僧救唐王。有这擎天保驾的功劳，佛教得到了中央政权的力助，自然更加熏灼炙人。回想，玄奘取经原本是偷偷去的印度，回来却受到政府盛大的欢迎。本来，大臣中灭佛反对佞佛的势力也很大的，但随形势转换，可以看到二者的结合愈来愈密切，可以看到唐政府自身的文化品位与度量。两个文化从稍有芥蒂到密弥相友，其间多少磨合，终于是握起手来了。

这样的握手，造出无数宏大奇伟的寺院丛林，蔚为万千气象，也许是冥冥中上苍有这样的安排，文化的另一支——伟大的、瑰丽无双的唐诗也应时而生。

我喜爱这样迷人的文化。

原载 2006 年 4 月 14 日《人民日报》（海外版）

断想慧能

这几年善病，时而也读一点佛经，也就和一些和尚居士有点来往。如今的僧侣们和昔年旧时已经不同。就如鲁智深《山门》一场里头唱的"哪里讨，烟蓑雨笠卷单行，一任俺，芒鞋破钵随缘化"——那样潇洒浪漫而赤贫的和尚尼姑已很罕见，也许是有的，只是吾辈俗人索居城中，烟火重燃已不知世外情景而已。我有来往的僧俗有男有女，也都使用手机，是很现代化的了。逢到人天欢喜的佛论日、礼佛日、佛祖菩萨成道日、寺庆日，我也常给他们发个短信什么的，如"祝大和尚论喜禅悦"之类的贺词。

但是仔细想来，说个"泛善"，无论僧尼或寺庙流派怎样不同，大致上是不错的。说"禅悦"有时就未必准确，因为即使而今，有些寺庙它不是"禅宗"，也未必就坐禅，或者什么禅定，说"禅悦"可能有点好笑。我和少林寺方丈永信相熟，我们都是人大代表，我看他身材较胖，就问他："你这样，能坐得了禅吗？"不意他毫不思索："少林寺是禅宗祖庭，我是方丈，怎么能不会坐？我每天都要坐两个小时的禅。"

我当然没有"请君入瓮"，因为我相信他的话，和尚们"内里斗"那样的激烈繁复，一点也不次于我们的世俗官场。他能在佛界有那么高的地位，在人间世有那么高的知名度，不会是等闲之辈，也是在他的那个领域物竞天择的结果，他必须比别的和尚优秀才行。

白马寺是中国佛教的祖庭，我写过《汝来白马寺》的文章。我认为，白马寺建立时，可以这么形容，它是印度佛家在中国的"驻华办事处"。此后印度的佛教渐渐就式微了，接近"圆寂"了。慢慢地，释教的中心迁到了中国。唐玄奘取经，是一股脑把佛经搬到了中国，翻译成了汉文，如果印度人取经，他们反而要写一部《东游记》，也是一件艰难竭蹶的功业呢！就这个意义上说，世界佛教的中心，早已在中国，如来已然在中国，他的化身当然在白马寺，在少林寺。

一个多月前，我去了一趟广东肇庆。去的时候，是为了讲学。但到了之后才晓得，彼地乃是禅宗六祖慧能的故乡，他的故乡遗址在，他初度入佛启蒙也在，他的母亲和舅舅不许他出家："你把门前这块石头'拜'开，才能出家！"——那块被他"拜"得裂开的大石赫然仍在。

这一条禅路，从一苇渡江的达摩算起，经慧可、僧璨、道信、弘忍到慧能，他是第六祖。我初中时读《红楼梦》得到这个信息，慧能与上座神秀辩偈，"身是菩提树，心如明镜台。时时勤拂拭，莫使有尘埃"是神秀的——你慢慢来，好好读书修养根基就成佛了，是渐悟。而慧能的则是"菩提本无树，明镜亦非台。本来无一物，何处惹尘埃？"——什么也没有，明白这道理你就是佛！

这真是个方便之门，免去了普通人渴望升天成佛的多少麻烦。屠儿在涅槃会上放下屠刀，立地便成佛——做过多少哪怕天大的恶事，只要你改正了，就能立地成佛。上天堂突然不要门票了——这个理念比我们今天许多旅游经营家还要先进些，你想进我这景点？掏钱。你想进我这庙礼佛拜神？掏钱。你想……掏钱！而慧能则是，你进天堂吧，放下你手中杀人的刀就成！这真是个革命性的突变。

唐玄奘带回来的经太多了，就算博闻强记、智力高强的人，别说像他老人家那样，把经一字一句翻译过来，就算读一读想一想，或者说想悟出一点什么来，常常也是一头雾水。玄奘与我们凡人当中的鸿沟是太深了——想学他？你休想。就实际而言，玄奘也是很苦的。人们学佛是为什么？是为了解决"生死"问题，活要活得高兴，死要死得快乐，死后要到佛界中享受无尽极乐——这是目的吧。翻阅玄奘的个人史，从头到尾都是苦，据说他圆寂得也很"艰难"，弥留之际，他的徒弟们围在身边，隔一会儿就问："（接引佛）来了没有？"他说："没有"……问了许多次，他才说："来了……"——不困难吗？

而慧能就不同，他是在肇庆圆寂的，在肇庆的日思寺，那年八月初三，一弯残月照着他的禅宗，他把徒弟们都叫来依次坐好，他自己安详端坐，至三更时分，自然地对弟子们说"我走了"——他就"走"了。我们平常人想不到这个境界，那真是理想极了，但慧能告诉我们："你能达到，因为你自己就有佛性，你自己就是佛，放下你的屠刀吧！"很典型的一个艺术范例，你读读《水浒传》，鲁智深听到钱塘江上大潮的声音，想起师父的话"遇潮而寂"，立地就坐化了，做有偈："平生不修善果，只爱杀人放火。忽地顿开金枷，这里扯断玉锁。咦！钱塘江上潮信来，今日方知我是我。"——三拳打死镇关西，小学文化水平的鲁达，一会儿工夫就大学毕业了。

佛界和所有的"界"，都是在摇摆风浪中的一个群体，这是由"世"所决定的，世事世人世心造就了这环境，因为"世"字本身便有"蒙蔽"的意蕴。肇庆人送了我一本慧能画传，他们当然没有明说，但我以为这位叫慧能的人，身材不高，瘦弱，也很平常。从他做了那首名偈，就有人不停地追杀他——为了那袭木棉袈裟——到他死后，还有人来割他的头——这倒是为了偷走去供祭他：真真的不易。

佛的世界就是这样，由印度变成了中国的，再因译家的张扬，由少林寺到肇庆，变成普通民众的，变成了世界的。慧能一个文盲，成就了佛的最高境界——他的唯心理论，比欧洲的贝古莱早出一千年去。他是中国的释迦牟尼，然而他也是人。他的真身在韶关而不在肇庆。他去世后，人们为他占卜安放真身处——拈香指定：那香烟直指韶关方向。有些朋友不能理解为什么不在老家，我笑说，这很正常，那里是他事业兴发隆起之地。我们很多要人也爱家乡，但还是要葬在八宝山嘛。

到此这篇短文该打住了。

原载《佛像前的沉吟》，河南文艺出版社 2009 年 2 月出版

一张门票的效应

中国人喜欢把问题简单化。我想，佛教为什么在印度式微，那原因就在于印度想修成佛——别说佛，即是菩萨、阿罗汉……这些等级的"觉悟者"——也是太困难的一件事：你读经吧，你研究经中心法吧，你打坐吧，你用经中的指示排除你六根的不洁吧，你默会神通，去佛的幽微世界寻觅自己的心灵安置地吧……这样弄一辈子，你脑袋里装了一柜子一柜子的经典，可是你也许仍旧是个凡夫俗子——升入天国好，这谁都知道，但进极乐世界的门票是太贵了。玄奘是一位成功者，但《西游记》中九九八十一难，其实也就是他取经译经修心——照的是印度的那一套经典。他的传人，徒子徒孙都没有一个人能摸到他的边儿，更遑论外人！

禅宗即是此种因缘滋生于少林寺。菩提达摩、慧可、僧璨、道信、弘忍——这样传灯，形成了一整套新的修行原则——你读经修身养性领悟多少，你就会有多少收获。这就有了平常人入佛的席位。《快嘴李翠莲》里有个能说会道的女人，她被休后出家，当然已是老大不小的中年人了，阿Q式地自我安慰："修不成佛，修个菩萨也罢！"到了六祖慧能，他的禅法有了革命性的变革：不需要你闷着头诵念，背诵佛经，也不需要你打坐、礼佛，终日黄卷青灯。"屠儿在涅槃时会放下屠刀，立地成佛！"藐视一切有形质的人物事件，只求心灵的净化。慧能的第四世法孙天然，冬天竟把佛像劈了当柴烧！——这是传灯里有名的一段公案，这就是他的顿悟说吧。有个典型的例子，《水浒传》里的鲁智深，一辈子酒肉猛吃猛喝，横行无忌，到最后，他在杭州听见钱塘潮来，忽然一下子开悟，说偈坐化："平生不修善果，只爱杀人放火。忽地顿开金枷，这里扯断玉锁。咦！钱塘江上潮信来，今日方知我是我。"——这个武夫出身粗莽的关西汉子，一下子便拿到了大学文凭——成佛去了。

这实际上是取消了成佛的"门票制"。禅宗分成了南北二宗，北宗神秀是"上座"，又受武则天宠信，得朝廷权力支持，却斗不过慧能——一个火头僧创立的南宗，原因就在南宗的人民性——全民皆可的"参与性"。

说是"参与"的人广泛了，贩夫走卒、樵夫渔夫们虽忙着碌碌生涯养老扶幼，未必有时间想着有一日"成佛得道"，但他们有自我约束的，也有自觉修行的，比如"衙门里头好修行"之类，基本上是法律与道德上的"自律"，它的普遍性达到这种程度。到了清代，几乎是全部的妇女和一小部分的男人，看见一件不忍或残忍的事顺口就出来了："阿弥陀佛，罪过！""阿弥陀佛，造孽！"看看《红楼梦》就知道了，里头的女人，除了王熙凤，没有不信佛的。

但虔心向佛，把佛当作"神"来礼敬的，还是有钱人兼有闲人居多。他们的心理：我不需要去佛门修炼，"有心做好事就是为自己""出家在家都可修行"——由这种心理支撑，有很多平常人死后，居然也能烧出舍利子来！这就是取消"门票"的社会效应。当然，也有另外一维的理性思索。明代的太监是最信佛的，国民党军统中的人信徒也不少。他们平日作恶太多，就会这样想，我去礼佛，让佛知我杀人不得已，或者有天就顿悟了。我曾写过一篇文章，说搞腐败的贪官和他的家属干亏心事时肆无忌惮，干完之后又怕后果不能设想，也多有礼佛，在禅院里一掷百万千万的。这是佛的善男信女中的另类吧。

贵人、贱人、老人、妇女、好人、歹人……城里、乡下……自从六祖以来，信佛的人越来越多，人气旺了香火自然就旺。六祖慧能自然就成了中国的释迦牟尼。

佛教的中心似乎移到了中国，释迦牟尼在中国的法身名号叫慧能，他的禅宗文化从少林寺中走出，光耀全世界，入他的佛门免费，不要"门票"。

原载《佛像前的沉吟》，河南文艺出版社 2009 年 2 月出版

都江堰的神

　　四川的都江堰，我上小学就在语文课本上读到了的，是秦李冰所造。后来到青年时期，又读到介绍资料，说是"李冰父子所造"。这么一点小小的差异，在我脑子里打了个小问号：是不是又有新的文献资料发掘出来？李冰时期没有纸，那是哪个秦墓中出土了竹简？抑或又有新的文物佐证、考古新论昭示？这时，我已开始读一点史籍了，我不记得李冰还有儿子这一说。

　　我们中国的文献虽然多，但是它的可信度是应该令人存疑的。秦始皇烧了一次，他为了"愚黔首"，来硬的，公然地蔑视文明与知识，一个字，烧，留下的只有他的国家档案图书和孔子后裔在"鲁壁"里藏的那点了吧；再一次就是乾隆皇帝，他删改历史资料，大规模地搞，弄得读乾隆朝之后比如《四库全书》之类，你就得多个心眼，加个小心。但我不相信祖龙也会烧李冰的资料，因为李冰是他大秦的老功臣，乾隆也不会弄这个，因为"李冰父子"与大清国脉毫无瓜葛芥蒂。

　　一直在心里想象，都江堰是个什么样子。去过的人回来手势翩翩，言语喋喋，说得眉飞色舞，但我这个人听得"模糊如"始终找不出感觉。因为我有经验，不实地去看，终归"说的不算"。景物有形、质、声、色诸要素，给你一张黄果树瀑布照片，或让你看看电视，你就算见过这瀑布了？那差了去了！你只是知道它的模样而已，而且这模样也是平板呆滞的。所以没见到断臂阿佛洛狄忒真身别谈维纳斯，没真看过蒙娜丽莎，你也甭说达·芬奇。人，对着照片，谁会震撼呢？

应朋友之约，今年到成都，总算见到了都江堰的实象。尽管我心理上已经有了个谱，我还是眼一亮。我的"经验"再一次得到实际印证：你不来都江堰，凭谁的生花妙笔也跟你说不清楚，这里的"文化"氛围是不能用语言，只能用"心"去感知的。"伟大呀""雄壮呀""宏伟呀""精妙呀""神秘呀"，过去读到的文章，最好的也不过如同一个中学生在大学教授前摆弄见识，这些词，唉！怎么说呢，也不能说不准确，然而都显得干瘪、苍白。"大象无形"，它本身超越了语言范围，再能写文章的人也束手无策，束笔无文。所以，我告诉导游的管理人说："此景只应天上有，其实天上也没有。"文章里写不出这里的，你得来看，我如写游记，也不过就是那样的中学生见识吧。

怀着对"父子"说的疑窦，我问都江堰人此事端，我想他要解说一串子的，然而他干脆利索一句话："李冰没有儿子——你看这尊神，是二爷。是修造都江堰的神，其实是人民伟力的化身。"

这真有点当头棒喝，我一下子悟了。其实我早该悟了的，只是我长期认为，中国人是英雄史观，不会没有一个实拟的人的模特的。门有门神、灶有灶神、路有路神、城有城隍……你去考论，背后准有一个名人。"二爷"当是二郎神，是杨戬。我们在《封神演义》里头见过，但我不知变成杨戬的名人又是谁。如《宝莲灯》说是玉皇大帝的外甥，那仍旧是神。在现实生活中仍是查无此人，"以虚拟虚"细推理义。这样夺天地灵气、穷造化之神韵的工程，人为不可能，只有这样才符合都江堰实际身份吧。

二郎神不是因了他玉皇大帝的外甥身份而显赫的。我的感觉，他这尊神有点特殊，不论他作为正确与否，他似乎都是威力不可战胜的，在《封神演义》里无敌，在《西游记》里连孙行者也不是他的对手，他是人格虚拟出的最高神祇。

后人大约无法思维，都江堰那个宝瓶口怎样开凿，分水头怎样设计，一次分洪二次分洪怎样构思，这样庞大的工程又怎能靠人力去造办。想来想去，不能独李冰拥有此力，托寄一下吧，还有个"二爷"吧，那就有了"李冰父子"。

然而我相信，中国神的命名法在这里也不会例外，生前"聪明正直"死后必为神。李冰是主持都江堰全面工作的，理所当然他排在第一，还应该有位"常务"的，应该是能具体帮李冰料理工程细务的工程师，这才合乎常情，也许年久失传，也许秦始皇烧了，他就成了"二爷"。我们中国人古时搞工程，没见过有"图纸"这一说，别说秦代还没有纸。就到清代我看到清人笔记，康熙平三藩之后财政好转，修缮故宫，也是师傅在木料堆里转悠，尺子量量用脚一踢："在这里凿榫""这里要卯"——李冰与"二爷"们大约也是这个干法吧？

真的无法想象这爷儿们怎样在工地转悠了，你不来都江堰更没法想这事。他修这堰固然是为了军事战略，但是仗也打了，地也浇了，船也行了，这地方成了"天府之国"，川人享用了两千多年。

这神仙了得！李冰与"二爷"这样的神愈多愈不嫌多。

原载 2006 年 9 月 4 日《人民日报》（海外版）

神幽青城山

读过金庸小说《笑傲江湖》，谁不知道青城山的"余观主"呢？这位观主，其实是金先生笔下的一位武林恐怖分子，从他制造恐怖开始，到他生命终结，在极度的恐怖中死去，"好还好报"。从他的生命旅程中可说是得到了淋漓尽致的表述，为了一部《辟邪剑谱》，人性和本性全部迷乱，同样栽在因《辟邪剑谱》迷乱了本性的人手中，这故事可算"有意思得紧"了。

本来，小说家言，金先生姑妄言之，读者姑妄闻之也就罢了。我们中国读者的感情情结有时会和政治情结、思维情结惊心的一致。余沧海不是好人，他的青城山道场也未必就是佳地吧？我虽然不喜做此联想：比如岳不群是个伪君子，能妨碍华山的挺拔雄壮？但毕竟没有去过青城山，读小说是有某种催眠式的心理暗示的，青城山在我心目中多少有些霾暗的感觉。

偏我赶到青城山这天是个响晴天，从蒙着黑玻璃膜的汽车上下来，整个世界仿佛是乍然一亮，风和日丽。孟夏的风已带着微微的熏熏之灼。青城山就在右侧面高高地矗着，在灿烂的太阳光下，是整整一块翠玉叠嶂而起直插蓝天白云之间。

绿啊！绿啊！……几曾见过这等样的绿呢？我多年和山打交道，当兵多年驻地就在大山中。山西的太行、吕梁，辽西的燕山，还有什么长白山、兴安岭都见过，总觉得是都不及这巴山蜀水的葱茏。"说文物典型，咱们北方说去；说山水，到四川、两广，去云贵。"这是我一个固有的概念——四川的山已是"甲天下"的美，再看青城山怎么说呢？"甲巴蜀"吧！这样的绿没见过，这样的秀没见过，这样的从容幽静——也还是没见过。我们知道，一座山的绿化面积若有百分之五六十，那已是十分诱人的幽美了，青城山呢？若百分之九十五！只余下盘曲蜿蜒的曲径小道了，且是这些小道，也被遮天蔽日的绿荫完全覆盖了，它的负氧离子含量是成都的八百倍，这样好的空气，我也没有吸到过……

这么着写下去，是一个中学生在写度假作文了。一个词，青城山的"幽"可以概括，幽是因了它翠，说它是"翠玉"仍不合适，应该说是"玉翠"。四川就是一块玉，它是这块玉中的"幽翠"。

但是一座山，尽管你有倾国倾城之姿，除非如九寨沟那等绝世风华，一般来说是"有仙则名"，也就是说没有仙也就难成名。青城山是张陵的修行道场，张陵就是张道陵，是道教的创始人。道教讲究冲虚，与佛家的"空"是不同的，精化为气，气化为神，神化为虚，就这样修炼——说是这样说，我还是认为道教是异常的务实，就比如说这座青城山，它的存在、它的神幽，都是实实在在的。应该说，仍是这种有形的美使他兴奋，是那满山带着忧郁的朦胧、虚化的神韵感动了他吧。道教是个有意思的宗教。据我所知，凡世界所有之教派，大抵本生本土的，都是带着式微的样子，是将将要熄灭的薪火，只有道教，本乡本地、土头土脑地生存了下来，有时也接受一点儒家的东西，也吸纳一些释家的营养。哪一届统治者喜爱它，它就兴旺一点；嫌憎它，它就低卑一些。绵绵延延，就这样生存了下来。也还是因为它在某一大群人的生活中，依然是一种需要。老实说，我于道教知之不多，就所知的，用句《水浒传》话说"俺便不信"——说人能白日飞升，能长生不老，能修炼成仙……不可能嘛！没见过嘛！做不到嘛！但是，又有很多神秘的灵异与不可思议的世间相，似乎在证明着此种宗教的灵应与明确。江西的龙虎山似乎也在争张道陵的落局点，这个意思和襄樊人争诸葛亮出生地"在襄樊"那个心理是一样的：说的是学术，想的是"发展旅游业"。

张道陵来青城山是汉顺帝汉安二年，据说当时他已一百零九岁了，这个话仍旧是姑妄言之，我不相信。我今年刚过耳顺，已觉爬青城山为难，张道陵百岁有余，走了一年路，由中原而来在此结庐，这实在超出了我的想象力。但你看一看这座山，它不但美，而且有"文凭"，是博士后级的文凭，有着近两千年的道家传承。在青山隐隐之下绿水潺潺，碧得如同覆盖了所有密峰的绿色瀑布一样的草树中，飞檐、斗拱、庙墙掩映错落，仙风道骨的道长在林中可以不期而遇，稽首会心一笑，可以释去你终天劳顿，涤净无尽苦恼。

青城山有没有武道士？我不晓得，但是肯定遇不到余观主——一说少林寺，条件反射就是"拳头硬""能打架"——那不是少林真髓，青城山是道家圣地，给我的条件反射是"神幽"。

原载 2007 年 9 月 27 日《人民日报》（海外版）

怎一个『悔』字当得

　　早就想看一看壮悔堂了，终于是成行了。商丘这地方，上古时期名人很多，但到近古，似乎就少些。侯朝宗算是一个吧，不知什么原因，每想到侯朝宗，我常常一下子就联想到另一个人——钱谦益。按当时的说法，侯朝宗是名倾天下的"四公子"之一，应该是与方从智、冒襄、陈贞惠们排在一个序列里的，但他的实际遭逢却与钱有点相似。第一，都是名士；第二，最终都归顺了清室；第三，都娶了名妓做妾；第四，名妓的下场也差不多。这也就如数学里头的"合并同类项"吧？

　　但其实二人情由很有点区别的。我以为，李香君、侯方域（字朝宗）是郎才女貌，自由恋爱自愿结合，是一对璧人天作之合；而柳如是之嫁钱谦益，却显得有点勉强——我想，当时名妓嫁名人可能是时尚，很摩登的一件事；很可能的是，柳如是找不到第二个侯方域，眼睛一闭就嫁了姓钱的。她说过这样的话，比较自己和丈夫："君之发如妾之肤，君之肤如妾之发。"年貌上的巨大差异产生这么点幽怨的幽默也是正常的。再就是钱谦益资格老，万历三十八年就是进士了，做到礼部尚书，地地道道的"正部级"了。老老实实说，六十多岁的人了，在前明当了大半辈子官的人又给清室做尚书。而侯方域一辈子没当过官，清顺治八年应过一次试，中副榜。为此而抱终天之悔的吧？这年他三十三岁，过了四年便郁郁而终——就从钱、侯二人的履历比较，后人心目中敬侯而抑钱，就是自然而然的了。

　　康熙这个人是很深刻的政治家，他对降顺他的前明官员很不客气，不但不重用，而且时时苛责吹求。钱谦益被俘，柳如是几次劝他死，他都视若无睹，暗示他死，他装迷糊，此事天下皆知。康熙大概也是知道的，他瞧不起这样的人。活着不待见，死了——乾隆专设《贰臣传》请人上榜示众。皇帝的想法很简单：你能投降我，你照样能投降我的敌人，我的臣子如果学习你，将来有一天我们势败，就会弃我而去。这就把降清分子们的处境搞得极为尴尬。"贰臣"这个词真是厉害！一直到清末，很多清室官员不肯降顺民国，就是恐惧民国修史把他们列入"贰臣"。

但侯方域的忧患纯粹是革兴时期的典型知识分子情绪，他不满于明室，留恋旧朝，对清室王朝的陌生感，异族的隔阂，恍若隔世的幽绪，人情的、社会的、家族的、世俗的种种不堪忍受的压抑与扭曲，远非我现在这点格致功夫所能涵盖，你看看他的《壮悔堂文集》《四忆堂诗集》就知道是何种心境了：

> 天涯去住竟如何，最是关情云雀歌。
>
> 细忆姑苏好风景，青衫回首泪痕多。

壮悔堂就坐落在商丘古城北门近侧，外头一色青砖雉堞如齿，高大的城楼壮观不亚于山西平遥古城。几乎一进城就是侯家院，这无论如何都是三百多年的老宅，修葺过的，按《威尼斯宪章》"修旧如旧"的原则，旧得稍显阴沉晦暗——前后三进院子不算大，然而我相信，侯公子的大院当年恐怕远不止这个规模。我站在壮悔堂前，翻想当年人事，侯公子这个"悔"字，真是蘸着骨髓里的血写出来的。怎么打比喻呢？就好似修炼了一辈子，冰清玉洁一心向善，马上就要成佛，忽然很不得已地"自愿"吃了一碗狗肉！守节一辈子，马上就立贞节坊，却又"自愿"被奸一夜——这样的情调是天意安排，当不得侯朝宗是肉身凡心，他难以言传的悲凄也就成化解不得的块垒了。

这种情绪只有胜国遗老才能真正体味。明朝书法家董其昌做到南京礼部尚书，他的儿子强抢民女激起公愤，万余人包围了他家，将一楼字画付之一炬。赵孟頫呢？南宋人，宋亡时他还小，投仕于元后，官做到翰林学士。他的书法称雄一世，"画人神品，四方万里，重价购其诗文者，至车马填巷"，人们万里驱车买他的字，还会如今北京的活：塞车——这样的显赫。但后人评议右董左赵。因为董只是"教育子女"问题，小节；赵呢，他不该去元朝做官，"政治品质"差劲了！我的一个山西老乡叫傅山，也是大大知名的一位前明遗老。甲申明亡后，他立意是不食清粟决心要把遗老当到底的，可是1679年康熙开博学鸿词科，他是"征君"。他"固辞，不获"，押送到北京他装病。魏象枢也不知是敬重他，抑或是怕康熙追究自己"工作不力"，说他是病很重，康熙肯定心知肚明，就腿搓绳特诏免试，授他"内阁中书"，放他还山。就此情而言，他与赵孟頫是有点"似"，他前半生几乎一提"赵"字就头痛，就骂人，但他晚年，深深理解了赵孟頫，也就原谅了赵的仕元之举。

　　清室联络前明知识分子，其情调也是很复杂的，除政治需要、舆论需要之外，还有"真心佩服，努力学习"的诚意。除顺治之外，看看各位清帝的汉学修养就知道了，他们到后来自觉顺承的是汉家文化，而本身满文，则是"政治需要"强迫学习的。康熙自做表率——你打开这皇帝的诗集，那写得——虽是汉家皓首穷经的老诗人，不能过之。傅山虽不应试，他照样给官，你不做官，给你虚职，这还可以说是作秀。但傅山死后多年，康熙仍殷殷存问他的家室子弟，我看就是诚心诚意地爱重他了。他用贰臣，又小看贰臣，他是汉族的敌人，却又敬重汉家气节——这是康熙的真实心理。清王朝的这个心理把汉族遗老们折腾苦了。侯方域没有活到康熙年间。看堂上大大一个"悔"字，我心里暗思，这于当时兴亡革替之时，他的悔，还只是"初级阶段"呢。他若再活三十年，不知悔成什么样子呢。

　　痛苦啊，不在痛苦中爆发，便在痛苦中灭亡。侯方域就这样亡在商丘，他的妾李香君和柳如是在钱家一样，受族人排挤，也郁郁死在商丘。商丘仁厚的大地永远埋藏着他们的希冀、企盼、失落、沮丧和永永无既的悔。

原载 2006 年 7 月 20 日《人民日报》（海外版）

凭吊陈胜王

中国的整部历史，可以说就是一部农民造反的历史，但若细论，真正成功了的农民领袖，独独的单一的，只有一个朱元璋。只有一个，连"寥若晨星"也算不上，"屈指可数"也不必屈。李自成是进了北京，差一点就"坐天下"，一个多月吧，稀里哗啦垮了下来。还有一个洪秀全，也是"差不多"的了，败得比李自成慢一点，也还是败了。好比是下围棋，"布局"似乎是形势不错，中盘或收官不行，输了半目或中盘崩溃大龙被吃，总之是不中用了。我听说围棋国手对阵败了半目，会难受得终夜大睁着眼看天花板，这些人连命都搭进去，倘地下有知，更不知如何排遣这份终天之恨、无尽之悲。

输了就是贼，这没有说的，闯王叫"流寇"，太平天国叫"长毛贼"，这史书你随便翻，大致意思都差不多。这事也有个例外，那就是千古道义英雄——陈胜，败了死了，史上称王，司马迁写《史记》，将他列入"世家"，也是照"王"的规格列述撰评的。

他的王陵高高地矗在商丘芒砀山怀中。今年我到豫东这儿走了一回，就这么一小块"山区"，再出去几公里，那边就是安徽，石头山里沟壑纵横，中间他的墓封土高耸，有点像从地下冒出的笔头指着天穹。他要在天上写点什么呢？不晓得。

我管芒砀山叫"汉域"，因为就我的见识所及，哪块地方的汉墓和汉代遗迹也没有这里这般集中这样完整，如此的汉风神韵。陈胜不能算"汉"朝人，但他似乎也算不了秦朝人，他是秦帝国一个大大的叛徒。是不是这样说，他是楚国亡国遗余劫后余生中的一粒火种，烧灭了秦，自己也燃尽了。这个强大得让我们今人无法思议的帝国被这粒火种烧成一片废墟，废墟上又重生出"汉"——既是王朝，也是我们华夏民族的主要构成民族的称谓。从这个意义上说，陈胜的陵墓设在"汉域"里那是天意吧？

千古首义无一例成功，这可以说是一个通则。成功的都是二义、三义，四义、五义的都有。我看金庸的书，写张无忌，哎呀，倚天屠龙，何等雄壮的事业，他是教主却不当皇帝，也没有当皇帝的心思，朱元璋就上去了，朱元璋在"明教"里不过是个三流角色，但他成功了——这个写法未必完全合乎"历史事件的真实"，但是"历史规律的真实"。

就陈胜而言，出身是地地道道的"贫农"，给人当长工的赤贫。但我心思里只有一份狐疑：他应该是个楚国亡命流徙避祸的家庭出来的，"陈胜者，阳城人也，字涉"，司马公明明白白这么写，真的是蜗居山野的耕夫家庭，累世为人奴役的最底层人，有姓名，还会有字？没有仔细考论过这个学问：当时的这个阶层有没有这个习惯？再说，在地头上歇息，他会突然冒出一句"苟富贵，无相忘"的话，这是知识分子才会说的话。人家反驳"要是种地，哪来的富贵"，他更是出语惊人："燕雀安知鸿鹄之志哉！"就算是经过了文言修饰，就这个言语志量去琢磨，他似乎家庭背景不简单。

秦帝国亡就亡在太相信武力，太过分地迷信手中的政权。"执敲扑以鞭笞天下……胡人不敢南下而牧马，士不敢弯弓而报怨"，这是贾谊《过秦论》里的名句。秦在灭亡六国的同时，残酷的兼并战争也播下了极度的仇恨种子，当时就有口谚："楚虽三户，亡秦必楚。"陈胜的故乡是否真在楚域？但陈胜揭竿，口号就是"大楚兴，陈胜王"，似乎中里有着很强的思维联系：他受过这种教育，他未必有文凭，但他有这个知识，逼得没办法造反时就用上了。他的朋友吴广，有点像是他的"政委"味道，外国军队有"牧师"一说，《史记》里说他"素爱人"，似是透露了这个搭档关系，他两个一结合，"一样是死，为国而死吧！（等死，死国可乎？）"——这个口号没有丁点私意，堂皇光明揭竿起义，就这份心胸，水平很高的。

陈胜起义了，天下景从，到处都是他的旗号。有人说他的失败是因为"胜利冲昏了头脑"，我觉得也许有一点，但又不全是。心胸志气我以为他是够了，但他器量小了。他当王，自然宫室娇娃扈从如云，这也是顺理成章的事。他昔年一块儿种地的穷朋友来看他，不过夸了几句"好大的房子呀！""真气派呀！""啧啧……"之类的话，本来一笑置之资助几个小钱打发回去也就是了，他把人家给杀了！这就很恶劣了，他自己"苟富贵"但"忘了"当时的话。这也许是身边那些马屁虫的撩拨，但他是王，是杀人主体。比起刘邦，当了皇帝回家看亲戚老乡，又喝酒又唱歌又哭又笑，真是云泥之别，有一出《高祖还乡曲》是唱刘邦这件事的，那里头反映的"心情"我看也是真实的，有妒忌的，有肚里暗骂的，有假惺惺奉承的，刘邦几曾有怪罪的意思？

再就是，陈胜的警卫部队似乎不行，打了败仗，怎就没人跟着保护他？这也许是他过于刚毅，不晓得体恤战士的原因。实践证明，陈胜的"领导能力"是很有问题的，他缺乏常识，结果他被司机给杀了。"庄贾"，看这名字有点像做生意的，他把陈胜送了无常，车夫因此名气传于百代，陈胜是窝囊死了。

陈胜的墓在芒砀山，笔尖一样永远指着天，他想写什么真的不知道。郭沫若给他写的旧墓碑太小，正在重新刻制，拜台也在重新修建。那地方还要修建刘邦《大风歌》的铜像，看铜像时，劝君也到陈胜陵前"扼腕"一会儿。

原载 2006 年 10 月 18 日《人民日报》（海外版）

顺治死在商丘

我今年到商丘，民权县是最后一站。这个县是出葡萄的地方，民权酒业主要造的就是"民权葡萄酒"，一是县名新，二是出葡萄酒。我过去对它的了解不过如此。这次去一看庄子的墓也在那里，还有白云寺，唐贞观元年所建，它们显示的是民权的"文凭"，冯玉祥起的这个县名虽新，却是个陈年老酒店。

带我看了庄子墓，又看民权的农民画，商丘的朋友兴致勃勃又带我去看在黄河故道上正修的一座大电站工地。整整用了四个钟头，待吃过午饭，我总算赶到了白云寺。

我们中国的文物特点是"时代特点"强——和美女特色一样"环肥燕瘦"，特讲究情调。这和西方不一样。西方的东西除文艺复兴时的之外，特点就是"没有特点"，像意大利的金币，也很灿烂——但，干瘪，硬邦邦的，很管用，品不出味道来。中国的文物专家，一件文物到手，他不用看，能"闭目断代"。拿一块大理石羊头给欧洲专家，他蒙上眼，怕是摸烂石头也说不出个一二三。

凡唐代留下的东西，随便找出一件，你去看，或精或粗，或大或小，形貌各异，但共同的特点，是大气、豪迈、富丽雍容。

白云寺一进山门我就有了这个印象：气势雍容。它自然是遭过兵的，又经历了"文革"岁月，一代又一代地"克隆"下来，形貌自然离原始愈来愈远，但它的建架结构整体布局毫无寒薄之相。就大雄宝殿而言，观音佛殿的式样，隐然仍是唐风格调，其他小殿我看是明清风韵。走到一柱石经幢边，导游说："这石经幢里是顺治皇帝的舍利。"

我吃了一惊：还有这一说？

一到商丘，朋友就告诉我，顺治在白云寺出家，也死在白云寺，那不过姑妄言之，我姑妄听之也就是了。这里指定了"这石经幢"就是这回事，动人心魄了。我在幢前看了良久，但我不是文物专家，也不是考据学家，"良久"当饭吃；还是不知所以然。不远的石碑上刻着"爱新觉罗·福临"——顺治的名字，他写的石叫"出家偈"：

> 天下丛林饭似山，到处钵盂任君䬯。
>
> 金银白玉非为贵，惟有袈裟披最难。
>
> 朕为山河大地主，忧国忧民事特烦。
>
> 百年三万六千天，不及僧家半日闲。
>
> ……

这个诗，凭我的经验不会是"真的"，五台山听说也有他这诗，这几年炒得到处都晓得了。大家都在争"旅游"景点，我能理解。但顺治在白云寺当和尚不是这几年旅游热才造出来，是久远传下来的故事了。

一个事实是，康熙是来过白云寺的。寺里和尚说康熙三次来寺里，有两次是"微服私访"。我对这两次存疑。康熙四上五台山，即使目的是谒父，他也是车马如龙、扈从如云公开去的。现在电视剧把"微服"舆论引导得比吃黄瓜还干脆容易，我听见"微服"二字就头疼。但有正统的记载，康熙四十六年春天，康熙皇帝是公开地来了白云寺，赏有八柜藏经、如意、扇子，他的大学士马齐写了"庄严清静"四字，他自己留下的墨宝则是"当堂常赏"四个字。

这四个字，明显的是字谜，我看了那石刻，不是假的，也不可能是假的——

在清代造这样的假，是要祸灭九族的。他为什么要造这个谜给后人看呢？我搜寻自己的记忆，康熙与不熟悉的臣工，从不开玩笑，更遑论面对的是州府里一座兰若。这什么意思呢？四个字上头都有个和尚的"尚"，下半部分分别是"田、土、巾、贝"——这是赏赐的物件了。然而我认为不是，康熙这人没那么小气，赏你什么就说赏什么，不会造个谜故作张扬让人去猜。若说"当堂"是尊父的意思，那就不能用"赏"字——这谜猜不出。他不仅要赏，而且还要"常赏"，莫非是请和尚们"堂"，自己要"常赏"。然而据传闻，此时的顺治已圆寂了，"当堂"二字，或许是守灵的意思？猜谜有时会俗得令人发指，糊涂人猜得聪明了，聪明人会猜得成了糊涂人，这就是谜。

我前头关于"隐私"的想头却动摇了：为什么生巴巴来一个寺院里，大肆赏赐，还要造一个字谜给人猜？

康熙没有再来白云寺，也没有"常赏"这事。原因是他的紫禁城里萧墙祸起，他的二十四个儿子窝里斗，政治仗打得一团黑烟，康熙四十六年之后的十五年，他没再过一天清静日子。顺治假使地下有知，肯定感慨万端。

白云寺的老方丈印法接见了我。九十多岁的老和尚，慈眉善目的，不但步履稳健，且是思维敏捷言语无滞。他命徒弟们给我们一行表演了一套法器释乐，虽无天魔之姿，却有裂石之音，身心一下子明净起来。我留八字相谢：

菩提心境，清凉世界。

是的吧，五台山清凉，白云寺也清凉。

原载《紫禁城》2009 年第 5 期

好来汉风芒砀山

芒砀山在哪里？在商丘。这么个小知识，我以前一直懵懂。这几年在京开人代会，结识了商丘的朋友。2005年他邀我去商丘，我说我想看"壮悔堂"，当时我已动心去了，七事八事地就误过去。今年会上，朋友两次到我房间数他的"家珍"，邀我去：庄子是商丘人，燧人氏、阏伯氏、"商人"的来历……末了说到芒砀山："那是刘邦斩蛇起义的地方，还有陈胜的墓，都在……"我想，我肯定是瞪大了眼睛：芒砀山！我一直心中定位，它在安徽呀！朋友肯定心中颇为惊讶我的无知，然而他欢迎我去商丘的意思，并未因了此而稍有减弱。由此，商丘之行遂成。

看过壮悔堂的第二天，我们驱车前往永城。我在车上一直搜罗我地理记忆失误的缘由，若明若暗地有了个答案：读《史记》时年纪太小，十三岁吧？脑子里没有多少地理概念。刘邦是和陈胜、吴广起义的原因一样，带着民夫由沛县到陕西，砀山似是必经之路。不同的是刘邦是个亭长——大概相当于民国时期的"保长"？——陈胜纯粹是被武装押解的囚徒，刘邦带的人却极可能是平民。也是该老秦家倒霉，他们走道天下雨，不能按期到达，横竖是死，这就陈胜揭竿了，于是刘邦们就景从了。大秦帝国早已患了极重的"糖尿病"，"并发症"大发作，囫囵完整的铁桶江山一下子断了箍，散了板。"等死，死国可乎？""王侯将相宁有种乎？"这两条理念支撑了秦末八方狼烟义军蜂起的动力和决心。芒砀山成了一个历史的符号，大历史的符号。因为读这历史时还没有考证的思维，想当然地以为芒砀山该是砀山中的一处地方，二月河一错就近半个世纪。

本来，商丘已是河南最东的城市。到芒砀山才晓得，这里其实是河南的极东——再向东几里地，就进安徽界了。整个豫东是一马平川，连个小土包也难以见到，这里却连阡接陌凸显出一群石头山。导游说这叫"豫东一点高"，但我的心里另有想头：这怕是从安徽过来的砀山余脉吧？但我没敢说，我怕再错。芒是一种水草，砀是一种可以制砚的石头。"芒砀"是水和山的结合词。现在是不成了，两千年前会有碗口粗的白蛇，那是可以想象的。

到了才知道，所谓斩蛇处，现在仅遗的是个小亭子，刘邦斩蛇后暂时隐藏的紫气岩壹在北边不远一带。以"景观"而言，这里实实在在还处在蒙昧阶段。真正已经进入"草创"阶段的，是梁孝王之墓，准确地说，这座墓曹操为筹措军费早已经"盗"——不，是彻底地掠劫过了。还有梁孝王后墓，比孝王本人的墓出眼得多，更见柿园西汉壁画墓，都有惊世骇俗的文物发现。问了问，这个地方有二十余座墓，俱是石质隧道开凿的地下宫殿——墓基石上规则地写着该石的序号，这上面当然也有汉代石刻文字，别处这石已经很贵了，这里把无价之宝拿来砌墙，显示它的豪富、尊荣。我进王后墓中看了看，那设置让我惊叹，不但有厨房、储藏室，还有"卫生间"，居然还有坐便！虽然说还在草创，这地方已经引起联合国教科文组织的关注了，在吃饭间同桌一个年轻人，便是他们派的一个考察官员——他们在申报世界文化遗产。梁孝王这人，我记得他是差点当了皇帝的一位王爷，家庭关系挺复杂，他本人造过梁园，至今还有"梁园虽好，终非故乡"这句叹语，应该是个气质品位都不错的"知识分子贵族"。我记得邹阳《狱中上梁王书》——厄难中的读书人，能想到向他求救，他的为人可能不坏。无论从哪个意义上说，他都是个历史名人。

但我在芒砀山关注的主要人物不是梁孝王。我在仰视着那座山——紫气岩，想象刘邦那段孤身亡命生涯。这座山不大，即使我这样的糖尿病人也爬得上去。在《史记》上却是赫赫有名，秦始皇帝常曰"东南有天子气"，于是因东游而厌之。高祖即自疑，亡匿隐于芒、砀山泽岩石之间。吕后与人俱求，常得之。高祖怪问之，吕后曰："季所居上常有云气，故从往常得季。"这件事我在读书时是跳着读过去的。我总觉得这都是成功者捏造出来的，后来看《后汉书》，王莽也看南阳有"王气"（刘秀）。到清乾隆，还专门派部队到南阳"掘龙脉"——挖出一条太子沟来，蒋介石似乎也干过这种事。这种事，我们后来的人可以看成胡话，在那个时代，政治家们是做得很认真的。当地的人说要在山上塑一座铜像，五十多米高，是刘邦唱《大风歌》的形象。世界各地刘姓子孙甚众，在这里搞了个刘姓人的拜祭大会。我去看了看，有位工人正修着一口汉代古井，给它加铁丝网。他告诉我，这井水千年不涸不动，那天拜祭，忽然井花大翻涌，如沸水之鼎。姑妄言之，姑妄言之吧。我不禁莞尔。

　　晚饭就在芒砀山镇吃，一色的乡土风味。一起出行的朋友告诉我，吃过饭要去看斩蛇碑，这也是异样景致。在京时，朋友就告诉了我，晚上去看，灯光映着，可以看到刘邦影像。我对此半信半疑，碑是新的，会有这种事？吃过饭一去，导游用灯一照，我不能不信了，远处真的是逼真的一个人影像，是坐像，一手捋须、一手按剑的样子，金灿灿的，很明亮，眉眼却不甚清晰，不是油画那样，更不是国画风格，也不是塑像的意味——很显明的图影，你走近了，到十几米、几米，影像没有了，它还是石碑矗立在暗中。导游用灯照着给我们解说，碑料就采自紫气岩，刻碑的石工老人已去世，两年前一个汽车司机偶然发现这一灵异现象，正面看，是刘邦。现在碑后正在施工，不太方便，平时从碑后照，还能照出吕后携子的影像……这当然都是巧合罢了，但世界上哪有那么多的巧合呢？

　　临别时，我对宣传部的同志说："芒砀山是不能小觑的地方，开发的、未开发的二十余座汉墓，都聚集在小范围中，品相如此优良，知名度如此之高——还有刘邦兴汉的发祥地和陈胜墓等诸多胜迹——汉代的人文典型密集到如此地步，是我见到空前的一处。世人了解汉民族，来中国而不至商丘，至商丘而不往芒砀山，对他会是一件很遗憾的事。"

原载《躬耕》（上半月刊）2007 年第 11 期

宝藏遍布芒砀山

芒砀山是"豫东一点高"。如果你从郑州出发向东经过开封、兰考、商丘、永城，满眼都是绿正方格子式的大田，周匝全是清一色的白杨和白杨刺槐混合林带，或者是枣林。

以林为界，中间的"格子"则种的全是庄稼，一马平川平坦如砥，连个小土包也难得一见。绿色色调养眼，但什么事情都有个限度，好几百公里的绿色能把你的眼养得迷迷糊糊的，神思养得混混沌沌的……乍一见芒砀山耸然矗立，陡峻的绝壁，你会有被针轻轻刺了一下那种感觉——啊，山！

不错，是山，但这山不算高。像我这样的胖子又患糖尿病，虽脚步迟滞些，一会儿就上去了。但尽管不高，它仍旧叫"山"，石质的，有的地方很陡峭——我们河南有句土话说："那人抖得很哪！"意思说这个人很牛的吧——据说出处就是这山的一处悬崖。

芒砀"山区"其实并不大，总共也就二十来平方公里吧。站在山顶向东看，可以看到安徽省。我少时读书不求甚解，见汉高祖斩蛇起义揭竿芒砀山，又联想到安徽有个砀山县，便以为"芒砀山在安徽"，闹了个满拧，其实芒砀山就在河南。

中国的王陵最多的在哪里？在洛阳。洛阳的邙山是专门埋"万岁"和王爷们的地儿，到现在还有成语叫"生在苏杭，死葬北邙"。那里土脉好。

还有南阳，是东汉"龙兴"之地，刘秀登基后成了"南都"，有功将领很多在此养老居住，是东汉的"老干部聚集地"，因此南阳汉墓多。

这里还是西汉的策源地，中国农民首义领袖陈胜就葬在这里，第一个火种的灰烬掩在这里。

它所引发的第二个火种也是在这里迸发并终于成了熊熊燎原之势：刘邦在这里斩蛇，他起义的原因几乎与陈胜相同——其实他是个小"民工头"，民工们逃亡太多，他郁闷，喝了酒在这里杀了一条蛇，就起事了，造就了一个大汉王朝。

陈胜的事可以说是汉兴的序曲，引发出这么大的一个硕果都与这地方有重大干系。

按西汉的堪舆学，这里的风水肯定极好。因为小小几平方公里的地方，竟发现了二十来座王陵。

虽然连梁孝王刘武的墓在内，这里的陵墓很多都被盗过，但是盗墓贼只注重"现金"，这石头墓他们盗不走也没有兴趣去破坏，梁孝王王后的墓中有她的"坐便池"，是连山体凿出来的。这些东西使你联想到他们生前的具体生活形态，别的地方是看不到这些的。

如果说汉简、汉帛、器皿这些物件具有极其珍贵的科研价值的话，那么芒砀山更适宜普通人来观看。偌多陵寝各有特色，构成了一个"地下宫殿群"，那是何等的壮观！

更遑论陵侧斩蛇碑夜间灯影映出刘邦图形的灵异……统都集中在一处！这么一个庞大的群体共同表述着中华主体民族的勃兴首曲，真个是"只我一处，别无分店"。

我建议人们来看看李王后（即梁孝王王后）陵的塞墓石，大大小小呈几何形的石头，大的有七八百斤，小的也有四五百斤，有几百块吧。上头刻着字，有编码，有序号，有工匠姓名，有图案，有书法，有鸾鸟凤鸟，有常青树……这些塞墓石其实就是汉碑汉铭：埋在地下两千余年，一点也没有风化，像昨天凿出来那样新！我见芒砀山人用它们做围栏，做墓室、砌墙，不禁失笑，这也太奢侈了吧！这犹如恐龙蛋化石，在南阳恐龙蛋群被发现前，全世界的恐龙蛋化石只有五百枚左右，每枚私价一万美元。其时，南阳人则用此物砌墙、垒猪圈、填房基……如果将蛋放在金丝匣子里，罩上玻璃罩，摆在客厅里，那会怎样呢？

这地方有些东西人们尚未发现它，然而它具有的价值是明明白白的，满山的琳琅在向全世界显示着它文明的绚丽。

我说过，到中国不到商丘是你的一大遗憾，来商丘不来芒砀山，算你没来商丘。我坚持说，只要你是中国人，瞥一眼芒砀山，你就会从六龙回车的高天，坠落到踏踏实实的大地上。

原载《中国铁路文艺》2009 年第 5 期

从洛阳到南阳的神

我的爷爷叫凌从古，父亲叫凌尔文，也许是承接了他们姓名中的文化基因，对古文化我有天然的挚爱趣向。

我是十三岁到南阳的，再之前是在洛阳。洛阳和南阳似乎是天生的一对城市。翻开《古诗十九首》，很入眼的一句，"驱车策驽马，游戏宛与洛"，因为从小喜欢琢磨文字，知道了这地方叫"宛"，也听说有出戏叫《战宛城》："伍呀么伍云召，伍云召跨出了马鞍桥……"这桥似乎就在宛城外头。我与古文物典籍有与生俱来的缘分，八九岁在洛阳西南隅小学上学，星期天会约上几个小同学步行到龙门旅行，一天时间，来回五十里地，晚上回家会累得走路蹒跚，还不敢跟大人说，因为早上出去时，哄了妈妈说是去同学家做作业小组学习——好在龙门那时不是现时，无论谁去也不会买门票，在那里钓鱼也不会有人找事。此时到了南阳，南阳没有石窟佛群，但南阳有个卧龙岗，岗上有个武侯祠，也是个好玩的地方。

武侯祠与龙门不是一般样的情调。游龙门时我是浑然蒙然的那样一种感觉。在洛阳，到西山看秦先寺——洛阳人管它叫"九间房"，抱抱佛脚，再蹚过伊河，到东山坡扒开草丛看那一窝又一窝的洞窟，寸许来大的小佛们尘封在蛛网中。内急了还可放肆地在里头拉屎撒尿——夹山一条河里游泳嬉戏，满山荆树荆棘中坐了一千多年的佛们和光屁股的我们。在武侯祠，就很不一样了。前院到后院，拜殿草庐，宁远楼，关张殿……肃穆静谧沉浸在绿的幽暗柏丛中。其实，从我家到卧龙岗一路走来，已是古意森森，大约有三里之遥，道旁景观与城中已迥然有异，全是牌坊，有贞节坊，也有名人坊，夹路碧绿的草丛中俯卧着石人石马石羊，痴痴地望着稀稀落落的过客。

武侯祠也不要门票，但这个庙很有神气，满院都是碑碣，从躬耕亭到抱膝石，主院两侧长长的碑廊，都是碑。那个时候的岳飞手书《出师表》就矗立在现在这个地方，然而我彼时的"历史知识"贫乏得像麻将桌上的白板，"书法"也特差劲——老师家长齐声说"臭"的那类学生——我是直到知天命时才知道这块碑并不是从岗上掘出来摆在那里，而是清时在安徽出土，因与南阳武侯祠有关，移运回来的。学术界有些人疑它的真伪，但由这件事，我相信这碑是一个"真家伙"。因为那时不是商品社会，没有人会为了"发展旅游事业"蓄谋以假乱真。不远千里运这些物件，恐怕很要耗点银子。

我喜欢看碑碣，我的古文底子，一是读课本，一是读《古文观止》《中华活页文选》这些书，再就是读古碑，古碑你能读个"大概其"，回头再读明清古文，就会像看报纸喝凉水样容易……就这么贴廊墙挨个儿地去看，有的是文人墨客到此一游的感怀，也有名人题记，更有是灵显报应的酬神碑：某某将军作战，打到危急关头呼吸性命交关之时，武侯怎样显灵，关圣如何助阵灭贼，天子如何洪福，神庙因此显应，特来酬神……还有求子、求财得报诸如此类林林总总，有些段子小故事读起来颇有兴味的，读多了，千篇一律，我也就乏味了。

我一直觉得，南阳武侯祠的塑像品位不高。大拜殿里的诸葛亮主神位，"草庐对"中刘备与诸葛亮对坐像，还有关张殿中关羽、张飞的坐像，除张飞瞠目髯须有点个性张力之外，别的人物和城隍庙中神像无二致，苍白得也有麻将白板的趣向。那时的镇殿之宝还有一样，是明正德时的十八尊瓷罗汉，那倒真的是毕现真人个性，须发颦笑俨然如生的态度，可惜的是，"文革"中被红卫兵砸了，碎得一律只有巴掌大小。还有沿途那些巍巍耸立的牌坊，石人石马——都砸了，碎了。那个组织叫南农八一八，是南阳最野蛮的一个造反组织。牌坊不易再收集了，罗汉的碎片，当仍埋在卧龙岗的神庙或某一处，将来或者我们能有福再见体无完肤但形态生动的这些佛家高阶弟子模样。

龙门石窟用我们孩子话说是"没人管"，武侯祠是两个道士管着，其中一个姓朱，时不时我还和他兜搭几句，相术说鼻子长得牛似的人"好道"，我注意看过他，用《心经》里的话，真的是"真实不虚"。"文革"中我见他被人赶着，雷阳巾八卦道服，手执拂尘，一手举着"我宣传迷信"，口中不停喊着："我叫朱……朱老道，我是牛鬼蛇神……"在南阳市满街转。他后来如何，我不晓得，我参军十年回来，卧龙岗已经不归道士管，归了文物部门了。

两个道士的任务，我看只有两件，洒扫座陵庙宇和伺候香火。大拜殿孔明坐像前的长条卷案上摆着石印的卦签，香客们磕头敬香，再礼拜，他就站在神前用拂尘虚扫一下，香客们就递钱：两毛敬上，然后抽签，朱道士就会抽签，在黄纸沓里拎出一张回送。大致上都是四言古体，含蓄又意有所向地给香客一些指示。我在我的书里也有这些场面和签词，最初的葫芦依样的小说。

那时的卧龙岗上就有顾嘉衡那副名联——这联今天已名震天下，当时并不。朱道士说："人家自己说的躬耕于南阳，自己说的不算，你们说了算？历代朝廷都是在这儿登记诸葛亮的！"他指了一块石碑给我："那上头有皇上的旨意！"但那石碑我当时并没有看，近来研读资料才读到了。这原是一份当时的"中央文件"，礼部正字三千五百九十三号。历数从明洪武二十一年，在南阳武侯祠诸葛亮忌日八月二十八祭祀典礼情况通报，这碑名叫《敕赐忠武侯庙规祭品祭文檄文碑》。年年的八月二十八南阳都有这个事。祭祀孔明在南阳，不是南阳府的事，是中央政府的事。

龙门，是洛阳，是存于精灵的内涵，到龙门，你可须悟佛的境界，而进南阳武侯祠，可以接收更多历史的神性信息。

原载《佛像前的沉吟》，河南文艺出版社 2009 年 2 月出版

比干庙小记

大约是《雍正王朝》电视剧播出的那一年，台湾的国民党原"副总裁"林洋港先生到卫辉比干庙祭祖。台北一个叫作"二月河读友会"的会长卢淦金先生告诉了我这一消息，又说他请林先生到河南争取见一见我，并且带了几瓶台北的烈酒——金门老酒。那年我正好有事，不能前往面见林先生，酒的事也是我找人在郑州办了一下。但我由此而知，比干墓就在卫辉，比干本人便是天下林姓始祖。

以后又挨过几年，河师大请我担任他们文学院名誉院长，并频频邀我到新乡讲学，我这就有机会走进了比干庙。

这是个不小的庙宇，前后有拜殿祭堂。拜殿中供了比干圣像，拜殿后是一处墓园。圆形的环墓修整得干净利落，墓的周围刻录着各地名流观览比干庙之后的感怀。诗词庭静得可以听到院外风过树叶的婆娑声响。有趣的是，这里还有一块孔子为比干墓写的"比干之墓"碑，这块石碑的真伪已无可考，但我知道现今世间所存孔子的手迹极罕见，如是真品，那是一件了不得的文化珍品呢！从拜殿出去，院外没有设置高大的土木建筑，参差树林间的住户都是当地的村民，也是比干庙的守护者。大约都是林姓人家在这里为祖宗守墓。

和外地的旅游景点比较，这里祭奠的气氛浓重一些。各地来拜比干庙的人站了一院子，但没有人售门票，没有人事重叠的管理机构，守庙的志愿者心甘情愿守这片净土。来拜谒的人也都是一身的庄重，一脸的宁静，没有人在这里嘈杂喧哗，更没有商业上的买卖往来蝇营狗苟的事。一切都是自愿。志愿者支持着寺庙，守护着这片净土，这就是比干庙给我的印象。

比干是怎样死的？读过史书的人都了解，读过《封神演义》的人都明了比干是一位忠臣，同时也是一位英雄。他最后被商纣王剜心致死，不知有多少志士仁人为此扼腕瞠目。剜了心精神永存，这就是比干。孔子为他题碑，称之为"仁者"。可以说在中国人心目中比干的地位是永恒不变的。千古以来，志士仁人舍生取义，所树立的人生标杆大致就是比干这样的英雄了。

有意思的，是这里的树——一色的树干却都没有树心。我们平时见到的红松、云柏、雪松之类，都是尖尖的一个顶，一直向上蠹着。这里的树却都没有树心，长到中途，树都会散，像一把把扫帚蠹向空中。我起初以为这是人工所为，问一问，当地百姓都说这里的树就这样，是表示比干被剜心，但仍至死忠诚。外地的树初栽时是有树心的，但在这里生长，长着长着就散了，变得这般模样。林家是个大姓家族。近代史上，林则徐禁烟烧鸦片，他是震烁古今的伟丈夫、大英雄，这是大家耳熟能详的。中国和散落在东南亚或世界各地的林家人也有许多有大成就的。不管在世界的何处，他们共有的一位林家始祖，便是坐落于新乡卫辉的比干庙里的比干。

这个庙有神有灵，有彰显也有暗示。华夏子孙在故祖爱亲方面是不分远近、无论地域的。比干就是比干，他虽是林氏之祖，他同时也是中国文化的一个代表人物。无论林姓或者别的姓氏的人走进比干庙，看到比干墓，看到斜阳草树下的芸芸众生，心里都会生出崇敬之情。

我离开比干庙很久了，但比干墓前那些扫帚一样的松柏让我难以忘却。它们就年年月月默默地蠹立着，告知世人它们还在扫除天上尚未消除的霾尘。

原载 2017 年 10 月 5 日《南方周报》

这几年游览游戏，也算走过几处地方。什么名山胜水，寺观庙廊，逢到那里，就看，就思量。大致文人爱文物，也就这个模样——站在断壁残垣、残碑丛蒿前发呆，这叫"发思古之幽情"。你想的是"斜阳草树，寻常巷陌，人道寄奴曾住"，其实，中国的刘寄奴真的是不少，这些人文景点也就是千篇一律的心情感受。但是在社旗见到了镖局，原封的一个，故——什么呢——"故庭院"吧，心中是另一般滋味。

我所晓得的，我们最大的古代王朝遗胜是故宫，从旧官署遗传留存下来的，有不少的"府"，但清代的不叫"府"，而是"衙门"，比如保定的总督衙门，那是直隶总督的办公机关，奉天的民初还有，不知现在还在不在，那也是有风水说辞的，叫"直隶不直，奉天无缝"。往下看，河南镇平、山西平遥也都有很完好的机关院落尚存。你走在南阳的人民路向东看，那里正在土木大兴，那是在把全国唯一存下来的知府衙门也强力保护起来了。这么着，作为"官本位"的中国，旧衙门的留存也形成了从中央到县治的完整链条。镇一级镖局，没听说哪里还有第二座。

我到社旗县城走一遭，有个感觉，社旗人想把山陕会馆建成开封大相国寺那样一个格局——以会馆中心向外辐射，由会馆向南，开上一条明清大街，展示社旗江汉驿传水陆码头当年的情貌。社旗原名叫"赊店"，把"天下第一店"的婀娜风姿陈现于世。仅此便见，社旗人的脑筋够用。而镖局旧地，恰就在这条街的中部位置。

我特别地要说它就为它稀见，什么叫"特色"？"我有，而你没有"——这就叫特色。社旗镖局，就像沉寂在沙砾和海水里的一滴松脂。在商业大潮中被卷上来露出，它变成了一块琥珀。

中国的镖局始于何年何月？我没有见到资料记载。我想这件事就是问民俗专家，也未必有个确凿的时限。我的估计，出现在明中叶之后的可能较大。但是"保镖"这样的社会活动，可能唐宋以后就有了。如果宋时有镖局，那么我们从民俗小说，还有施耐庵的《水浒传》这些书上就应该能看到他们活动的影子。但实际上见到的，是青面兽杨志护送生辰纲——既然是庆寿的，那肯定是梁中书的私事——这个倒霉的镖客，虽说武艺高强，但经不起晁盖们在黄泥岗上折腾，他就完了。杨志是个标准的镖客，但他依托的不是镖局。

关于"镖"，那是有一整套的说法的。有说是刀鞘上装饰的嵌铜花纹，有说是"刀锋"，更多的说法是"暗器"。拇指按定四指虚托，扬手打出的叫"阳手镖"，俯手打出的叫"阴手镖"，肘下打出的叫"回手镖"，还有什么"接镖还镖"之类的名堂。"镖"不是一种吉祥物，是武器。但成立镖局，保护商人财物转移流动，这个"局"就有点今天流行天下的"保安"味道了。

打开电视，常常见到这样的镜头，一群人嘻嘻哈哈——自然是王公贵富，甚至是皇帝本人——坐着轩车，或骑着骏马四处招摇，或进入酒店，里头一应食宿用水方便，伙计殷勤照拂。然后东家掏出雪亮一锭银子，往桌上一蹾，叫："店家打酒来！"我肚皮里暗笑：这是按照我们今天的"星级宾馆"来设计当时的旅店，也是按照我们今天的旅游心理来设计当时出门远客的情绪。有时我也看两眼，有时直接就换台，因为我知道那有多假。

李白写过《蜀道难》，其实难的岂止蜀道？你敢从海南往北京步行一趟试试！这还是"阳关大道"，试试消得不消得？海瑞走过不止一次的。"烟蓑雨笠卷单行"走他个几里地十几里，那是享受，如果几千里呢？古人行路要自带行李，自带糇粮，住店自己打火做饭——店里只给你准备简单炊具，"打尖"就是"打火"的笔误吧？道路之崎岖，山川之险峻，河湖之渺茫，衣食住宿之困难……远非我们今日之人想象能及。更不必说土匪、恶霸、黑店诸如此类的社会治安问题，还有行人的卫生、健康之类的意外，实在说，这些事想一想，都会令人望而却步生畏惧心的。那么你要携带财物呢？就更有十倍的凶险在等着你。就是在这样的情势下，镖局也就应运而生、而兴。

没有哪个镖局是单凭武功"走镖"的。这是一种社会行为，他们的安全系数仅次于政府的部队武装押运。做镖局生意要有三硬：一是在官府有硬靠山；二是在绿林有硬关系；三是自身有硬功夫。三者缺一不可。他就这么操作，你去投镖，定金付出，把财物送上镖车，镖师骑马携刀随队，插上镖旗一路呼喊镖号。盘踞山林的大王们，如宋江辈，听是朋友的镖车出行，就会约束喽啰们不要劫镖车。好，安全送到，付尽镖金生意成全。我们可以想，下头的"工作"，官府要分镖银，山大王们那里更要"意思"——这个镖才走得下来。偶尔，也有"野路子"的强盗不讲规矩，出来劫财，劫了镖车的也尽有，那叫"失镖"，这种事也不少见。

社旗原来是南阳的一个镇，这个镖局规模不大，按照我的想象，它应该还有个演武场什么的，放着石锁和刀剑之类的东西，可是看了看没有。也许早就湮没了的，留给我们的是一座天井窄狭的旧院，厚厚的墙，不太敞亮的门窗，都洞开着，仿佛对来人说："我看见了。"

原载 2006 年 6 月 22 日《人民日报》（海外版）

社旗的关公

前几年到南方看了几个城市，那里的朋友常常很热情地介绍，扳着指头给你"历数"：我这地方出过多少多少状元、进士若干、举人几何几何。我笑以应："青竹满山啊！"这道景观实在也是很美的，但也实在算不上"独"。竹子是一片一片的，然而毕竟不是参天大树。

谓予不信，你有空可到南阳来走一遭，从夹袋里给你掏出一个，啊，是诸葛亮！那——襄樊在争说是他们的，不算定论的吧？南阳人从容不迫，又掏出一个，是张衡！出牌一样，张仲景、范蠡、百里奚……多了。连文物景致也这样，平平的野地里，会冒出一座"独山"，里头还包着玉。社旗四边不靠的小县城，给你推一个旅游景点——天下第一会馆，凭你是地北天南的远道行客，是多粗多壮的富豪，地位显赫的大贵人，来南阳，谁不要看看这个山陕会馆？

但这地儿我自幼常来，汽车半个钟头就到了，那时见到再壮丽华美的古建筑我也不会有什么感动。只是觉得这座破落的旧城中间怎大的一座庙，还有听老人说刘秀在这里起兵时赊取"刘记"酒旗的故事，挺幽远，挺神秘的。我说过，我这人饕餮，山陕会馆前头的小吃味道好，社旗的牛肉，那是叫"啧啧！"……后来走了不少地方，也读了一点书，知道单是山陕会馆，就构成一种"会馆文化"的，全国留下来的就有八十多座会馆，我也看过几个整理过了的，竟是没有哪一座可以真正与社旗的这座相媲美的。社旗人给它总结了十个"最"——占地面积呀，琉璃照壁啊，铁旗杆哪，慈禧题字啦……

依着我的兴味，它给我印象深刻之"最"，第一是石雕，再就是木雕。他们说还有一幅"二十四孝"刺绣也是"最"，但我对这内容无甚兴趣，也没见过。几块石碑刻着行规，是全国最早最全面的商业道德规范，我也认为它是社会学家研究的兴奋灶。

木雕和砖雕我看过河北的一家，广东一家，如果打分，可以与社旗的这一家打个差不多量；若论石雕，无论哪家会馆都无法和这里比：圆雕、透雕、浮雕、平雕、线雕……这都是雕技的行话，无论如何不能直观表述其形、色，我所能说的，只能用"玲珑剔透"来说，就这四个字，故宫里的石雕比不上它，狮、虎、麒麟、石榴、仙桃、各类花鸟植物、人物故事……看一件，再看一件，越看越让人错愕、瞠目——石头能玩成这样？是蒲山石，就能玩成了这样的无上珍品。想到我们而今正用这样的石料在做水泥，不禁令人感慨之至。

这里当然和别的会馆一样是祀的关羽。据我看，拜神大殿前的戏楼是天下第二，第一是故宫的角楼，九梁八栋七十二脊，那没得比。这戏楼当然也是飞檐重宇，可以用得上"巍峨华美"来形容，已经过了二百多年，它还有如此的风姿，稍加彩薄饰，真的会令举世惊羡的。再向后庙去，是春秋楼的旧址了，我早年去过，当时这里还是一片荒芜的断石颓墙——这座楼是整个会馆的最高建筑，当年一些达官富贵被捻军包围在上头，大约下头是砖石结构，楼又太高，捻军用竹竿挑上被子蘸了桐油烧了它，直烧三天三夜楼才坍塌下来。战争，真是太残酷了，捻军这事做得也太差劲了。如今社旗人新造了一尊关羽读《春秋》的铜像，从下看高高地矗在空中，也许哪一天会有一位大富豪给他新造一座春秋楼遮风避雨。这里的书记姓李，是我旧友。他说，月初十五来烧香的人海了去，我说，关羽生日呢？李书记说，生日没定。回家后查了查，关羽的生日是农历六月二十四，但民间过的是五月十三，是他儿子的生日。我想，关羽已经接受了"五月十三"这个现实，这天他得子，也很喜庆的吧。财神这天大庆，彩结香花，烟花爆竹，加上大戏、大人动地闹起，再洒下"天长地久"的赊店酒，美髯公肯定也会大欢喜的。

原载《佛像前的沉吟》，河南文艺出版社 2009 年 2 月出版

来佛寺琐说

来佛寺。嗯，来佛寺？这是何处的寺院？坐落何处？有怎样的景观、什么样的和尚？恐怕问一百个南阳人，能答上来的不到十个。

我长期居住在南阳城里，也是去年春节前才知道这个寺的，知道它就蜗坐在社旗县偏远的一个村落里。去年冬天，有一位同志前来看我，给我带了一本书。他走后好几天，我才翻了翻，原来是介绍"来佛寺"的。

寺里的老和尚，名叫海贤。海贤法师是2012年圆寂的，圆寂的那一年，海贤和尚一百一十二岁，是当地有名的老和尚、穷僧人。

海贤生于光绪年间，历经清末民国，国民政府统辖，直到共产党执政，确实度过了一个漫长的历史时期，历经了我们国家翻云覆雨变更发展的繁复年华。

我看《来佛寺》这个小册子介绍，总的印象，这是位高僧，九十多年青灯古佛生涯，天天健康，日日勤劳做事，直到死的那一天，还在地里干了一整天活，徒弟们看天已向晚，劝他早点回去休息，老人说："干哪、干哪，这点活干完就不干了！"然后回佛殿敲钟击磬直到半夜，了无声息——这都是乡民们天天听惯了的，谁料早晨他未起床，进房观望：已经圆寂了！

他还有个师弟叫海庆，早他六年去世，海庆口齿朴讷，只会念阿弥陀佛，连佛事也不做，爱修路。身不足五尺的海庆每天唯一的工作是带上铁锹，每天在寺庙旁捡粪修路，不与人交往，捡来的粪带回寺院，有时就顺手倾倒在别人的田里，看上去有点痴的意味。

可就是这位痴和尚，八十六岁圆寂的，对那些平日看不起他的师兄弟交代后事，要坐缸而葬。几天里少吃少喝排干拉净，干净利落坐缸而终。

他死后六年，他的师兄海贤发愿，要为他的灵骨建塔安葬。打开他的坐缸看，所有的人都惊呆了。海庆端稳而坐，颜色如生，连衣物也完好无损——就是这样，在佛教里这样的坐化圆寂叫"全身舍利"！

海庆法师圆寂了，他的师兄海贤却仍活着。看到师弟这样，百岁老人不辞辛苦到南方游说化缘，立心为海庆的原身做装金修饰。

现在我们进来佛寺，海贤法师也圆寂了。他的徒弟们就会带我们看他生前劳动起居的种种遗迹，看海庆法师的不朽金身，人山人海热闹非凡。

到来佛寺怎么走？问谁谁不知道。但我还是问到了，去了。从南阳市区出发向东开车直奔到社旗然后向南，一路都是柳荫遮蔽的杂树，再跑二三十公里向东转弯处不远就到。

其实刚转弯我们就见到一片巍巍的新庙院主殿——飞檐翘翅、斗拱插立地矗在野地里，问向导，向导告诉我这就是来佛寺，是近来一位香客捐资上千万元另立的寺院。原来的老寺院就在东隔壁。

果然，东边的老寺院也展现出来。

说起来，真有点让人失望。

这就是个农家大院罢了，挨身还有一座似乎也是寺，向导没带我们去，也无介绍，但院子西边工人们劳作盖房子修殿宇的势头很猛。而东边这座老院里的游客很多，院落西边另一院门口写着"老实念佛"，还有"唵嘛呢叭咪吽"六字真言，门前挂着很大的一块匾，上写"来佛寺"。

走进这座来佛寺老院，看布局东西两廊，五六间房，院里人多，门却关着，不知是为什么。上房主殿，佛就供在里边。东侧房是海庆的，现在已是金身端坐在台上受人谒拜。院里的和尚们忙来忙去招呼客人，但很少与人搭讪交流。当时海贤圆寂三周年，和尚们就是这样理事的：简单而又明了，一点张扬的意思也没有。我把对他们的印象和书册上海贤的朴素对照，觉得还算和他们各自身份相合。

这就是来佛寺了，门口还依着寺院扫地用的扫帚，捡粪用的簸箕，院里小得进去几十个人就觉得"满院都是人"。外边是荒野，似乎是收过的玉米田，微微有点高低坑凹，却到处都挤满了香客——大约都是慕名来谒拜的。离这里不远还陈设着海庆坐化使用的缸和一些冥器——一切都是原始模样。我在小册子上看到海贤一百余岁时还沿梯上柿子树为香客摘柿子，但在这里没见到柿子树，似乎也没见到可以入眼的其他什么树。

这些年省内省外，我去过的寺院不少了。有的巍峨壮观，有的线条流畅，有的娟秀玲珑，都是千年古刹，幽深难测，"南朝四百八十寺，多少楼台烟雨中"——这等景观见到的的确不是个别。

但高僧呢？只有如来佛。雷音寺中不见唐僧！在历朝历代，能留下念记的僧人还是不少，有的留下了舍利子，有的肉身也还存于世间；但近现代的高僧和林峰丛立的寺院相比就觉得寥寥了。大寺院，看去雄伟壮观，一点不逊于皇家宫阙——这当然也是文化，是文明的景观，智慧的体现，但里头的僧人是什么形态？苦行僧，少；行脚挂单的和尚，少；坐禅入化的僧人，少了去了；坐棚苦修的僧人，脚行云游的僧人，不多不多了。大家都在吃斋，吃得肥头大耳。倒也有的僧人道貌岸然的，也还有居士们来给他磕头，坦然受之的有，谦恭还礼的也不少，居士们送钱来捐的，一个个眉开眼笑："广大山门福德无量。"但修行持己进入道法成了"有德高僧"的实在是稀罕的了。比起海贤，一百多岁终日劈柴担水劳作不息、能预知生死、坦然坐化这样的穷和尚，修补缀连、不劳酬往、辛苦劳作、崇向佛祖的和尚，极少见。比起海庆，终生向佛、不辍勤谨做善事、终成正身的，更是听说有，但少之又少的了。

而来佛寺，这个偏居省界县隅的小小寺院一下子就出了两位高僧！海贤已逾百岁，还纫针缝衣、补衣，种玉米，自食其力。海庆也是一样，而且受僧众蔑视，遭村人瞋目唾骂，任犬咬任驴踢，和大寺的那些大和尚相比，真的是天上地下的了。

我曾问过南阳水帘寺的妙霞和尚，有没有坐棚自己修行的和尚，妙霞叹道："寺里是没有，但寺外这山上就有，时常有人送粮送菜上山的，就是供他们用的。"

我想，那些大寺院的和尚应该也会读到我的这篇小文，他们会恨我的吧：二月河，你想让我们受苦受累，为世所弃啊！

是的，二月河就是想让你离世人远些，既做和尚，就做得本分些，遭罪辛苦，然后得进正果，现在这么修行，除了山门之外什么也不会有！《山门》里有一阕词：

> 漫揾英雄泪，相离处士家。谢慈悲剃度在莲台下。没缘法转眼分离乍。赤条条来去无牵挂。那里讨烟蓑雨笠卷单行？一任俺芒鞋破钵随缘化！

——这才是和尚！

原载 2017 年 9 月 22 日《南阳日报》

初记白河

黄裳先生是位老牌记者。我读他的《金陵五记》读得不忍释手。这本《金陵五记》，说的是金陵，又似游记散文，又似新闻简评，又似有感随笔。我每次读它，常常废书而叹：倘使二月河有黄先生那样殷实的底蕴——富甲天下的学识，那肯定，我也要为南阳写个三记五记什么的。

南阳有可记的东西，有时徜徉在白河：在汉代，它就有了这个名字——它还叫"清水"。按山南水北为"阳"这一说，"南阳"这个地名就与这很有点干系——走在河岸，烟霭一样的垂杨柳林中嵌着浩渺明净的河面。我会想出很多事情：比如刘秀，很早就贩谷于宛，他是多大的本钱，哪一本书也没说，但我想，这位"光武帝"的早期，实在要算那辰光的一位"倒爷"，买卖小不了的。不然，他何来的号召力，一开头兄弟二人便在更始帝手下成了实力派？

但我在白河旁转悠时，很少想到他的帝业，我想到的是，他的谷肯定是从湖北那边运来，在白河的哪个渡口上船，运进南阳的。白河的渡口，现在没有了痕迹，但凭我回忆，一处在温凉河与白河交汇处西一点，现今的菜市街南一带，一处似乎在清阳桥与西白河桥之间。

这里的水面早已不是汉代时那个概念。自从鸭河水库立坝，白河其实已经无水。没水，就别谈什么渡口。刘秀如何登船押运他的米，云云，更是胡思乱想。然而现在修了四级橡胶坝，比白河"有水"时似乎还要有水些，这里成了南阳城里人心中头等览胜之地。尽管年年淹死人，它的这点子毛病，南阳人是不怎么记得。单是春夏美吗？绿色丝绦样的柳枝，拂扫着一群一群红男绿女。在岸边踏青，林中岂止燕子？白鹭、天鹅、鸳鸯、八哥……什么鸟全有，明净且幽深。如茵的芳草地上，红的黄的蓝的紫的花，宝石一样点缀在艳阳之中。这里铺上一张草凉席，摆上点心啤酒之类，三五好友，人伦家庭，过个双休日如何？

秋天我到河畔，更多是向东走，白河水与其他江河走向有异，它不向东，是自东而西南，那样弯弯绕儿，袅袅婷婷，逶迤绵延了去。你向东走，看到的是清澈到纤尘绝无的水潦荒滩，一丛一丛摇落黄萎的巴茅、黄到发白的衰草在绿水寒风中瑟缩，配着令人一碧伤心的老树，间杂着黄叶，在河岸上寂寞飘散，这凄凉的美，是足以令人难以忘怀的。

冬天，一定是要等下雪，下雪天到白河，那种情味是极独特的。我最爱这时间看河，看过黄河，雪是卷着进入河床的，黄色的浪似乎不停地贪婪地将雪片裹进它的怀抱——洛河则是另一类，静静的河是一个层面，河上的落雪又是一个层面，是上边的层面向下坠落……你看得久了，会感觉雪是静止的而河面在不断地提升，与雪融会。白河则是又一品位，你站在桥上看，雪裹雾罩的岸柳，朦胧的川，朦胧的水，绰约的房屋，点点如织的零散游人，最易想到的是"霰雪纷其无垠兮，云霏霏而承宇"这等现成的句子。大片大片的雪滑过你的视线，像蝴蝶一样飘摇着，消失在水面之中。

……这点子"作文"，也就是个高中水平吧，人的情态不同，那肯定可以找出更妙的好词汇的。当然这是"人造湖"，说起来好像有点令人扫兴，但它的美，不逊色于杭州的西湖、扬州的瘦西湖。西湖、瘦西湖难道不是人造湖？

好了，好了，我看这汪水，好则好矣，了则未了。水域是够不小，景色也很宜人，只是有点像村姑，有风致，文化程度不高，初中水平吧，学历是太低了点。倘使就我们南阳人玩一把，夏天歇歇凉或"浪里白条"游泳，那够了。倘向别人吹牛，那就说："哎呀呀啧啧！那真好，那真好得不得了，冬天好，夏天好，春秋更好，哎呀呀啧啧……"除了"真好""好得不得了"，没词了，这就干这片水是"初中"文凭的过。去看看西湖便晓得，那雷峰塔，一下子就勾起"白娘子"怎样，法海老和尚如何。苏堤春晓，那柳树是否比白河柳绿些？不见得。那里有"柳浪闻莺"，你来白河听听，黄莺也有，鹧鸪也有，一样好听。我的一位朋友看了断桥，失望至极，回来告诉我，我笑说："你太痴了，贾宝玉一样，特特跑到井栏上祭奠金钏。"林黛玉就嘲笑："不拘那里的水，舀一碗看着哭，也就尽情了！"西湖上有"三潭印月"，白河的水面不印月吗？西湖风月无边，白河风月有边吗？不是那回事吧。

学历低，就是受欺侮，不信你试试！

所以，我之见，要根据档案把白河的"学历"弄清楚，方才说的"巢谷渡口"，肯定就在白河这片方寸之地，就是履历之一。比如说，刘秀的妻子阴皇后，出了名的美人——肯定随丈夫来南阳的，白河上洗洗头发、浣衣，一块石头就能恢复搞定的事。严光的钓鱼台能否移植过来？张衡、张仲景你敢肯定没在白河边读过书？他们肯定来玩过的，弄个亭子水榭什么的不算伪造学历吧？有些事，我们这代人不做，后人做起来就更困难。

"二月河想造假？"不是的。我说的事，都是这"村姑"档案上实在有的事，应该记在她的"学历"上——上过哈佛，文凭丢了，难道就不是哈佛毕业吗？——这种文化点缀搞起来，知名度也就搞上去了。白河，好玩。

原载《海燕》2005 年第 10 期

花洲情缘

又回母校走了一遭。20 世纪 60 年代初，1962 年 1963 年吧，我在邓州上学。那时邓州叫邓县，八十七万人口，也就这么一个高中。三万多初中毕业生，也就录取不到二百人。当列队宣布录取名单时，我还真有点欣喜若狂那情味：要到一中上学了，一中哪！

邓州一中不是个等闲的学校。这个地方名字就叫得"独秀"：春风阁、百花洲——是范仲淹讲学的地方。范老夫子的《岳阳楼记》也是在百花洲他的书院写成的，而范在写这篇文章时全凭资料与想象，他还没有去过洞庭湖，见到的只是岳阳楼的图样与相关资料。我想这可能和二月河创作历史小说有相通之处：饮一瓢浆而意拟三千弱水——也还是作者的直接感受，只是综合了彼时彼地的色受禅悟、此时此刻的色想而已。

南阳这地方出了两句名言，恐怕全国有初中以上文凭的人都能随口而出：一句是诸葛亮的"鞠躬尽瘁，死而后已"；再一句便是范仲淹的"先天下之忧而忧，后天下之乐而乐"。我以为诸葛亮的那一句"精神可嘉，境界不大"，不过是对蜀刘小王朝的死忠承诺罢了；而后一句涵盖的人文意义是超前的，它的人民性、公而忘私的主观意识，今天看仍是先进的、积极的，而这一句出自范公之口，写在百花洲上、春风阁前——我的母校一中。

春风阁我读书时没见过，说是在民国战乱年间湮没了的。百花洲那时就有——一个不大的水塘"环墙"，是邓县高高的城墙，水塘中还有一座压水亭子，已是破烂不堪，但那植被是很好的，满城墙的土坡都是绿，百花洲是绿，水塘的水映着柳色与城上茂密的灌木与衰草也是绿。范公祠的许多碑刻都嵌在厚厚的砖墙上，院中几株古柏与乌柏，将这祠堂映衬得深邃、幽静和安谧。我没有更多的历史感悟，只是觉得这地方神秘，内涵不能透窥。

我一辈子学没上好，走到哪里都是个臭，高中毕业已是二十一岁的大龄学生，这个年龄很多好学生大学也毕业了，而我还面临上山下乡、找工作，孝敬父母的事更是渺茫，所以参军时我立下了志气，抓住最后一个机会发展起来，就这么，"发展"成了二月河。但其实长期我都不自信，不自信"惯了"——就"写小说"而言，以我的文化知识，在中国文化史里这事长期都不算怎么回事的，甚至算是"丢人事"的时辰也多多有——我始终觉得我这点包括了《奇门遁甲》《万法归宗》，什么"麻衣神相""柳庄相术"等这些"知识学问"都不算数。当然我也有点"正经"学问的——学问不算学问，或者"不够学问"。项羽说过"富贵不归故乡，如衣绣夜行"，我有这点不自信，就不愿故地重游——我没有穿新衣服，穷嗖嗖的，羞见江东父老。这不但百花洲、洛阳我上学，陕县我也上过学——臭学生回来干吗，臭美吗？有了这点子心理障碍，百花洲近在咫尺，也晓得它的重要意义，直到《康熙大帝》《雍正皇帝》《乾隆皇帝》书成，没有踏进邓县一步。

但后来终于在朋友的动员下成行了。他们的鼓励，使我平白地增强了信心。我也实在是想念这地方。我初中的那个水塘"爱母池"，我在人武部夏日露宿的篮球场；春风阁、百花洲——听听这名字就够你神往。何况我在那里度过了许多饥饿的风花雪月时日。去看了百花洲——它已和邓州一中分体另立，回来还写了一首长短句《谒花洲书院有感》：

蹊径老塘犹存，残城草树相抚。春风阁前明月清新，百花洲上斜阳迟暮。四十载烟尘如昨，八百年游子归路。指点少小新学生，知否，知否？

此是范子情断处。

这当然很一般的。但他们还是拿去刻了，还在碑上加了"二月河读书处"题样。我不能拂了朋友一片好意，却也由此悟到许多珍贵文物的原始概念——能引起你久远联想的东西，就叫作文物。

其实一开头就是"两条腿走路"。一位"三家村"老先生，几位家长把蒙童送来。孔子是收芹菜、风干肉的吧，那是"学费"。后来的情况花样很多，有一家办、有几家合办的私塾。收散碎银两、收制钱，以物抵学费的也很多。"四书""五经"《三字经》《千家诗》等都是教科书，这说起来能写一本书。简而言之叫私塾，再就是政府、官办的，比如太学、国子监。那是中央一级的"大学"。各地府有府学，县有县学，堂而皇之的名字叫作书院。南阳就有一条街，名叫书院街。还有旁边的三元巷什么的，一听就知道是怎么回事。那里有个南阳第一高中，就是民国"接替"清府学的址。

书院，在彼时可以说"长城内外，大河上下"到处都有的学堂官称。我见到胡适的一份回忆：说在某国代表北大参加一个会议，因北大建校不足百年，他不能列坐主席台上。回思北大前身乃京师大学堂，再前身是清朝的……那么着算，窝囊死了——台上那些头矗得葱笔一样的诸公，连北大的孙子辈都算不上。本来坐主席台的，却坐了台下！我们比他们才真是"老牌的""正字号"的！然而从实际社会学意义上讲，书院文化真的是老了、朽了、死了。讲"四书""五经"，说八股文，年年代代一成不变永远如此，没有任何新陈代谢。说句极不中听的话，关在密不透风的房子里，呼吸一室几千年同样呼吸的空气包括屁，这人能不死吗？太阳落山就是落山了，死了就是死了，该死就死，循环更生，乃是好事。胡氏想得有点偏了。

整个中国的书院像是一片大竹林，平平的、齐齐的，一色一样：开花了，萎谢了，齐根死了，完了。这与书院自身的性质有关，谁也救不了它。但这片大竹林中稀不棱的也留下了几株大树，岳麓书院、嵩阳书院就是了。那原因也极简单，二程、朱熹、王阳明这些在学术上、功业上有所建树的名人进驻过这里，在这里讲学或做著述时驻过，就这么简单。也就是松柏树吧，前后庭院讲堂学所，歇山顶的房子吧。吃喝拉撒睡，不会比别的书院少，也多不出什么去。这些地方因了名人而成名，你去看看，至今还是游兴甚佳者多多。

我们冷落了百花洲，慢待了春风阁。其实，是不是这样？用范仲淹和上述的几位"名人"作一作比较，以《岳阳楼记》的知名度和人文涵盖衡量，这"冷落慢待"是明摆着的事。这事我想过，竟是这样一个结论：邓州只是个"州级"，书院相当于"县级"而已。就这个小小的原因，居然敢慢待范公！你去看看湖南的岳阳楼吧，看他们是怎样显摆张扬，《岳阳楼记》不是在岳阳楼上写的，湖南游子把栏杆拍遍也无法改变这个事实。因"县级"而轻慢，以省学而高看，是否有点趋炎附势了？我这当然是批评。批评的是清代直到当代学界、文物界的诸贤长者——所有那些书院，包括岳麓、嵩阳，等等，其实"功能"早已丧失。唯有春风阁，九百余年春风年年应命而至，百花洲岁岁花树如织。由"县学"而"一中"九百余年香烟不断，缭绕豫之西南，洵是人文奇观，这实是范公余德所泽呢。

范公祠、百花洲、春风阁，这几处胜地现在政府已大规模修葺峥嵘，"增其旧制"，花繁树茂、修竹长林渐起。范公修书为《岳阳楼记》的堂奥亦宛然隐于荷塘云树掩映之中。作为一个旧学生，心中实有不能言表的欣慰。

原载《佛像前的沉吟》，河南文艺出版社 2009 年 2 月出版

南阳的『官办财神庙』

中国有多少县治以上的城，历朝历代不一样，但"有沿有革"——大致那么接续下来——从秦帝国设三十六郡开始"总规划"，各朝有那么一点小变化，到明清时期趋于稳定。每一城里，都有这么几座庙，城隍庙、文庙、财神庙、狱神庙——这是拿得准的四座，都是政府公祀，其余林林总总，如蟥神、玉皇、魁星、谷神，乃至门神、灶神……如请各类名人的专门神祠，大致有多少？恐怕专家也说不清，比如说妓女们信什么神？信管仲，信夏姬"夏姨姨"。家奴们呢？信的是钟三郎——这个名字我初见到便是一愣：钟三郎是谁？愣定再思，扑哧又是一笑，这肯定是东郭先生遇见的那头"中山狼"，家奴无知，听转了音定名。有说者以为它来当家奴神颇为贴切，我几乎没有犹豫就在《康熙大帝》第二卷中使用了这则资料，无论是淫祀还是正祀，官府不管，由老百姓自祀祭去。

是不是只有这四座庙是"正的"呢？其实我也没有切实的根据资料支持，文庙不消说：那里头祭的是孔夫子，一般都在县学府学——黉学里，由执掌学子考核的官府主持。我见到一些资料，一些官员判断案件摸不着头脑到城隍庙里乞求灵感。在北京的养蜂夹道专门扣押犯罪高官的地儿，有狱神庙，在山西的洪洞县街也有狱神庙，《红楼梦》脂批贾芸小红后有"狱神庙慰宝玉"的情节——正规的司法机关里有狱神庙是结结实实的事。那么财神庙呢？我只感觉到有，应该有，从气氛到当时官员的心理，这个神祇地位不弱。

近年，河南省南阳市府衙重修，从地下掘出一通碑来，上头赫然记载：

> 府署西边旧有财神庙一座，系前太守庄于乾隆四十二年建，迄今将
> 及百载。风雨漂泊，渐就倾圮，凡瞻拜者莫不目睹心伤。本隅绅商暨府
> 六房四班谋欲重修，盖由创自官制，不敢私专。因禀请乐如任公祖大人，
> 随欣捐廉倡首，抱仙吴父台大人亦慨然勷此义举⋯⋯

碑记原刻一点也不含糊，财神庙碑记在府衙"创自官制"，它就矗在府衙照壁之侧，碑的名字就叫《重修府衙财神庙碑记》。

中国是文官政治确立最早的国家，就人文统治而言，也是世界上最完整、最严密的政权机器。就这通碑的发现，它不仅证明政府尊崇财神，而且是将之纳入政府机构建设之中作为一个"务虚"组成部分来对待的。全国的官署文物保存得最为完备的：河北直隶总督衙门是省级的（总督衙门侧重军政管理，不一定设财神庙），府级的是南阳市中心区域的府衙，还有县一级的最好的一座也在南阳的内乡。我以为，府县一级的衙门应该都设有狱神庙。所以文物单位请我去论证座谈，我一开口就说，毋庸置疑，财神庙是府衙的一个重要组成部分，好好再找一找，还应该有一座狱神庙呢！

清代不是内阁制，中央是"军机处"管理一切，决策人只有一个皇帝。说白了，清代是"秘书治国"，大军机叫"大章京"，小军机叫"小章京"，也就是大秘书、小秘书吧。省一级也用秘书，府县大致一脉相承下来叫"师爷"。省一级的有点特殊情况，各省总督、巡抚、提督、将军，要面对中央朝廷，文办师爷里头就分两拨，一拨驻省，管起草奏章，上报朝廷；一拨呢，驻京，专门管观望北京政治风头，决定省里的奏章上递与否。

府县衙门无军政，只有民政、财政与司法，师爷主要是负责钱粮与刑名，文办一般都是兼理吧。务实的刑名师爷和务虚的狱神是对主官——县令、知

府——负责。务实的钱粮师爷和务虚的财神也是对主官——县令、知府——负责。这么一个配套的体系真的是很有意思。因为那是人治社会，主官要对人地天鬼神负责，还应负责一方治理教化，实的、虚的要一起来，既做事又哄人。这两位神就起这样的作用——说这一点叫"明刑弼教"。

这两件东西摆在衙门里很有意思，看着这样的衙门，可以以更多视角观察封建社会的统治本质。财神庙当时动议是要保护一方富庶无虞，但明晃晃就摆在南阳府衙门近侧，一下子让人联想到"衙门口八字开，有理无钱莫进来"，这也算一种黑色幽默。

原载《佛像前的沉吟》，河南文艺出版社 2009 年 2 月出版

啊！辛夷，南召辛夷

从小就知道有一种植物叫辛夷，但我一直到五十五岁，还以为那是一种草。产生这个误会，一来因为它的名字，寻找不到"伟岸""挺拔""高峻"这些感觉；二来这个"辛"字，有"辛辣""刺激"的感觉——试想，掐一片薄荷、韭菜、辣椒……或是七星草之类在鼻子跟前嗅嗅。那感觉：在乔木大树上——辛夷叶子——能找得到吗？

然而它偏偏是大树——高大、挺拔、树冠齐整茂密，蛮有贵族绅士风度的那种彬彬有礼味道。《本草纲目》上头李时珍写得清清楚楚，但我偏就没有读到它的性状。后来知道，我家两株广玉兰是辛夷砧木，还有比二层楼还高的浓绿大树华盖，是原原本本的辛夷树。惊讶之余又复失笑，天天和辛夷在一起，睹面不识君。这件事弄清楚之后我开始注意它的"档案"。说得专业了没意思，一句话，它的花蕾能造辛夷油，清脑提神治鼻炎，化妆、保健——全褂子的用处！国际市场坚挺得像石塔——百分之百！有多少只管卖，百分之百会卖光！

全世界都知道，中国是辛夷的故乡。中国有多少辛夷？六十万亩吧？四十多万亩就在南召。这还不要去看看？南召之行就这样动了念头——得去看看。那里还有一座"丹霞寺"，那就更得去看看。

这是一个很有意思的地方。当年汉光武帝刘秀曾经从这里逃亡过，有皇路店，有麦仁店。说是王莽追杀，刘秀仓皇夺路，饿得前胸贴着脊梁筋，曾在这里吃过一餐白水煮全麦的饭。我曾查过史籍，王莽时确有人告诉过他南阳有"王气"，让他将这"王气"掐死在摇篮里。刘秀成功后，邓禹确曾劝过他"勿忘麦饭之时"，追杀刘秀的事是可能的，但我不相信是"个人行为"，刘秀二十岁，王莽是五十多岁的糟老头子，追上了怎样？还不被刘秀打得满地找牙？我相信是昆阳之战结束后，刘秀逃亡河北这期间的事。皇路店现在没有皇路，麦仁店似乎还有点僻壤野店的味道，但旁边也是铺得极好的柏油马路，比高速公路也差不到哪里去。汽车倏然穿过这些个"故事地儿"，钻过一片山，辛夷树渐渐多起来，皇后台到了。这也是刘秀逃亡路过的地方，他在这儿得了病，一个姑娘侍候他，产生了感情，刘秀登基封她为皇后。接她的銮驾奔驰在进京路上时，她不幸坠马去世——这件事蛮前卫的，很让人想到电视剧里头一些风流天子。但现在顾不上柔情万种浮想联翩，因为我们已经进入辛夷林腹地的边缘。

刘秀当时不知是什么毛病，反正不是感冒、鼻炎这些个。因为我同车的刘书记，他是这里的县委书记。但许多人都叫他"刘辛夷"，他告诉我："这里没有蚊子苍蝇，没有人得感冒、鼻炎，也没有人得心脏病——这树香，万邪全避。"

是的，香。我早就嗅到了，淡淡的、清清的，很从容、柔和，很优雅的那种香味，沁入肺腑但并不强烈，渗入你的脾，沁进你的心。听"刘辛夷"讲：这是望春辛夷，春天没来，它先开花，白紫相陈，清丽不妖，满山都是，好看哪……我默默听着，此时的感受是"绿"。

绿啊……翠盖一样密弥的树冠，紧紧依偎着，几乎不见一株杂树，是一色的翠，水泥路蜿蜒逶迤，两旁的山是翠暗的绿，山涧中的水是碧色的绿。天、云、路，路旁茂密得像要流淌的草，把你团团包围进绿色的混沌世界，虽然是盛暑，我还是个胖子——乡长带我去看一株千年"辛夷王"——爬了老高的坡，我一点不觉得气闷，微汗扑凉风，连吹来的风都觉得是绿的，清香爽人。我问："这里的人是不是长寿？"乡长骄傲地说："那是当然！"

在幽静的辛夷村落里信步半日，又到农舍小店里吃午餐。这里的风俗也怪：先吃饭，后喝酒——这其实是很卫生、营养的饮食之道。院子四周被辛夷簇拥着，院子中间是主人的传家宝，一大蓬牡丹，据说已有一千年了。席间，乡长——看上去是个老实巴交的青年农民——告诉我："我们这儿，娃们上学，星期日摘一书包辛夷蕾，门市上收购处一卖，一个星期的伙食开支都有了。我们乡吃辛夷饭。"

其实是南召一县都吃"辛夷饭"。外国人得富贵病要用辛夷，连烟草里也兑辛夷叶子，用来防癌。除了这些用途，很多人大约还不知道南召人爱用辛夷泡茶喝吧？南召正倾全力开发辛夷，要让辛夷走向世界。

"刘辛夷"一定要"请二月河老师留下墨宝"，我想了想写下："屈子拥抱之辛夷情怀，必将造福五洲四海。"屈原的《九章》中是讴歌哀挽过辛夷的，他如果看到南召的辛夷，会不会给我们一个会意的微笑呢？

原载 2005 年 10 月 29 日《人民日报》（海外版）

辛夷啊辛夷

辛夷是树，但我到南阳之前并不知晓，我在洛阳时读到过《九章·涉江》："露申辛夷，死林薄兮。腥臊并御，芳不得薄兮。"也就这么两句，给我的印象，露申辛夷都是香草，很柔弱地生活在高大的树林里，弱势得不堪言，令人可怜——也就这些吧。

到了南阳才知道辛夷是树，是华美舒朗、挺立峻拔，很美的乔木树。叶子有香味，紫色的花如杏瓣一样，开放得满树皆是。平原地区和城中人们常用辛夷做砧木，嫁接上广玉兰，到了初春，花开得又大又白，浓荫白花，美丽异常。我那年到西安，那里寺院里种的有嫁接好的广玉兰，寺里的小沙弥告诉我："居士，您知道这树冬天不落叶，开的白花小盆子一样，很珍贵的，是用广玉兰嫁接辛夷成了这样的。"小和尚不知道，我南阳的家院里就有这树，很大的树冠，老伴觉得它阴气太重，砍剪了现在光秃秃的寒酸模样。院里还有一株辛夷，比我住的楼还高，绿荫荫的叶子遮满了庭院，叶子和花都清香——但知道它是辛夷的人却少之又少。

这物件庭院里不多见，城市林荫也不多，成片的辛夷也很少。只有南召县是辛夷的根本之地。这种花，外地虽然也有，但是，外地所有的辛夷加起来，也不及南召一个县的多。南召的辛夷森林可谓世界一奇，总量四十多万亩，占到全国辛夷树总量的百分之七十。辛夷林子里还有村庄，村民们一生专吃辛夷饭，还喝辛夷花茶，学生们上学，路上摘一包辛夷，卖掉换钱，一天吃用足够了——这些情况别处是听不到的。辛夷是做香料用的，可以造辛夷油、香精之类。辛夷这种香味可以避虫，所以蚊蝇之类，无论冬夏，辛夷林中不见踪影。长寿老人亦多，这恐怕也是辛夷林中一绝。

南召人每年采辛夷——搭上人梯上树摘花，就在辛夷枝间穿梭，用竿子把花打下来，树下有家人拾花。这样的景观也只有南召林间人家独有的吧。

南召政府正在开发辛夷油，还有山间野果——刺梨，也把它们榨成梨汁，兑成饮料出售，降血压、利尿非常有效。南召人聪明，靠山吃山，吃得很有滋味。

南召的辛夷，现在可不光是县里使用，南阳市区有几条街，路边栽上了辛夷。春夏之交，辛夷花开，紫巍巍的，香气袭人，比别的花都香。这也算一种开发出的品种。

辛夷也有缺点：树高大、茂密，采花人不小心就会滑落下来，伤亡的常有。政府正在想办法解决这些问题。

四十多万亩，四十多万亩辛夷是什么概念？是一片辛夷森林。沿着乡间水泥道踅进去，一层又一层，一团接一团，一片连一片，扑面而来的是辛夷，抛在路后的还是辛夷。只有南召，真正称得上是辛夷的乐园、辛夷的故乡。民间传闻，汉光武帝也光顾过这里，在辛夷林中冻饿生疾，村中一位姑娘救了他，给他疗治，侍候汤药，刘秀与他生了情意，便封她做皇后。以后刘秀在洛阳真的当了皇帝，派人来接姑娘进京。在进京的路上，这姑娘没福，摔死在车下。这故事真假，难以认实。但南召人坚信其实：这林子里还有一个乡，名字就叫皇后乡，处在无边无际的辛夷森林中间地带——就指的是刘秀这段情缘故事。

辛夷林是很美的，从树叶到花枝，芬芳怡人，辛夷的浑身上下都可入药，都是宝，南召县拥有这么一片宝地实在是天赐的不尽财富。

本文系作者生前遗存稿

五朵山记

人类社会有一种现象，叫"催眠效应"。比如一车青菜摆在当街，来来往往的人擦肩而过，谁也不理它，忽然有一个人去买，会引得一群人来抢购，一会儿的工夫，一车菜卖得精光。旅游也是这样，九寨沟如此，张家界如斯，推而久远，西湖当初亦当如此。就是少林寺吧，似乎也是如此，如今去登封，一开口就"我去少林寺"，其实也还在催眠之中。登封还有座中岳庙，也很好玩的。现说到少林，人的第一反应也还是"拳头硬"。实在说，少林方丈释永信，我很熟的一个大和尚，说他会"打架"？我没感觉。说他能说禅、坐禅，差近事实。若谈到"太极拳""太极剑"，这是典型的吾国国粹了，环球无分远近，但提到这词，条件反射地，蹦出一个词"张三丰"，再蹦出一个词"武当山"，是真武大帝——祖师爷的道场，那香火就不必说了，旺啊！我的一个朋友，是个病秧子，朝朝武当，他的病就会好一点。当时武当山还没有索道，我问："那么高，你爬得上去吗？"答："那山，越上越有劲，不信你试试。"

我毕竟没有去"试试"。一来道远事忙，二来我心里有个阴暗的偏见，大廊庙里香火太旺，就算去烧香神也未必"记得"我。我喜爱到底蕴深厚但不甚有钱的"文化贵族"景点去徜徉结缘——我选中了五朵山。

这座山在南召县境内。其实去朝武当的香客大都知晓，武当叫南顶，五朵山叫"北顶"。当年燕王朱棣发动靖难之役，叔叔要夺侄儿权，水陆并进打南京，明惠帝朱允炆在火光如炬的夜晚仓皇出逃。万念俱灰的落魄皇帝逃到五朵山定居下来，在这里他结识了张三丰，受张氏指点，终成正果，又南下游方，在武当创建庙宇——这才有了武当南顶。当然这是传说。我心里一直对此存疑，张三丰是宋末元初人，文天祥被杀时他已记事。再经一个元朝到明朝又经一个洪武朝三十一年，到靖难之役，张三丰起码有一百三十岁了。他还能和朱允炆一道玩？说给佛教徒听，他们断然不会信，但道教说的是神仙，一百三十岁，应该算个青年神仙。

一是神山有"戏"，二是上山有索道，这我就上吧。

时令已经入冬，入冬之后一直没有下雪，但我们到索道口，天上纷纷扬扬飘下了绒絮一样的雪花，那峭壁、挺直略略倾斜的山立时变得生动起来，黄色的石壁，中间夹着褐色、灰色、鲜红、淡红、橘黄的灌木丛和杂木树林。树木在风中轻轻摇曳，蝴蝶样的雪片在它们中间忽上忽下穿行舞蹈，婆娑生姿，仿佛整座山都被这缤纷的天花团裹了，显得那样绰约、含蓄。山的万千风采都被笼在天然的纱幔之中。

五朵极顶的庙宇并不大，从山下往上看，像是一根粗大的乳黄色石柱上顶着一个"点"，但上来看，又像一座错落有致的庭院，前后院侧房俱全，凭着砖界眺望，远处的大地河流苍茫，雪意中的峰峦迷离，仿佛会说话似的，都在抬头仰望着你，导游在旁指点："这座峰，在山下看它，并不是最高。到山顶看，所有的山峰都在它脚下。""您看那边，左边是白的，右边是暗的。说是一个神仙，一头担着豆腐，一头担着韭菜，是在那里翻了。山这边全是野韭菜，这里的韭菜花、野韭菜是有名的……"

我没有用心听他的，我注意到神殿前那副对联，却是一色的道文云雷篆书。我记得我的存书中道家文字里有这样的图形，但搜遍枯肠，再看也只是"面熟"。庙中道士见我踟蹰，过来解读，叫"疙瘩云里神仙位，柯岔山上道人家"，惭愧：我只认得"上、人、家"三个字。我很留意文化景点上的文字，但不是这类文字，这只是让人好奇而已，文字内容却是"凡人的"。我在上山前读到资料，说五朵山听琴亭右有数十亩大的摩崖石刻文字，因年代久远，很难辨识，人们都叫天书。但有心人读到点断，是这样的：

> ……承运四载……庸腐拘执。无驾驭雄才……王气在燕，非汝能执。……许藩王起兵，以清君侧……朱书度牒……出鬼门，会于神乐观……道溧阳、入太湖、历浙东、转云贵……居北顶，不皇而皇，永立天下……

可惜这次时间太仓促，没能到听琴亭，自然也就没能见这石刻。倘真是这样，这里就太神秘了：这完全是朱元璋的口气，靖难之役朱允炆的逃亡路线和他的北顶成道，这些事，都发生在朱元璋死后，竟都在他生前的先期意料之中！这样的石刻，是应该立即修复、力加保护的，这功德谁做呢？关于这段故事，我听到的另外版本是：朱允炆逃亡，朱棣严令追捕，大索天下而不得，但圣命急如星火，追捕的人只好报说逃亡皇帝已归天，朱棣说既已成仙，那就塑像祭祀！下头人不知神像怎么塑，朱棣当时正在洗澡，就指着自己说"照这个样儿来"，于是便有了"沐浴祖师"的图形塑像。

原载《都市文萃》2008 年第 9 期

鸭河岩画

鸭河就在刘秀逃亡的宛洛古道上，皇路店过去，一站之地，一道土岗，翻过去就会眼睛一亮。万顷碧波，水雾扑面：水面上星罗棋布往来如梭的，是游船。

这个地方向南便是麦仁店，也是刘秀曾仓皇奔命的地方。鸭河一大片湖岸的丘陵地区布满了岩画。

岩画，是史前人类在石头上给我们留下的记录。我是见过的，只是它太神秘，有点招惹不起。先民们自然有研究它们的，但毕竟也就是毕竟，没什么结果。既没有时间的概念，也没有具体实在的内容，只是摆在那里。明显是人弄的，就是除了这一点还是不明白，这不是"惹不起"是什么？

但这样的岩画在鸭河却有两千余幅，加上密集地区之外的散处岩画，总计在一万幅以上。几十平方公里的地面，集中了许多的史前文明；而且不仅世人不知，南阳本地人也知者寥寥，真是一大憾事。

岩画就分布在鸭河水库沿岸，蜿蜒曲折盘旋回转的浅丘陵间，或有垒石突兀，或见丛棘连陌，垒石是人工的，是先民们的手笔，浅滩沿岸也尽有岩画，同样是先民信息，或成行排列或点积连缀，甚至还有人形岩画，就隐蔽在杂树丛草乱石堆砌的山中。但据我所知，没有一个人能读懂它们的意思。图腾也好，原意也好，星象图也好，太极周转也好……大家众说纷纭，但到底表象抽象，抽走了什么具体的实象是何所云，谁也解释不明白。这似乎不单是鸭河、方城，还是个世界性的无法突破的"天书"。

我曾经从郑州到南阳穿行过多次，中间有个隧道叫始祖山隧道。过来过去也不晓得它是怎么一回事。后来去了新密，这才知道这事：它原来叫"具茨山"。

　　这就有名堂了。小时候读书知道"如入具茨之山七圣皆迷"。不懂得它，知道它无碍读书也就罢了，不过说是这山——OK，不简单的吧。

　　将具茨山和始祖山放到一起对照，并且知道具茨山上有岩画，这才真的懂了一点：连圣人们也弄不清岩画。

　　然而具茨山的岩画比南阳鸭河的要晚一些，它的岩画里似乎有现实生活中尚存的物品，这就有了写实的意味，而南阳的岩画，抽象得让人根本看不懂。

　　世界岩画研究的权威 2014 年来宛，约了我去开座谈会。说老实话，这样的座谈会是开不出什么实际成果的，因为岩画不是图解了什么现实，可以让我们今人根据现实去研读。这是中国最早的先民留下的信息密码，是天书，这密码有待于人类去破解。

　　鸭河岩画和张衡、张仲景、诸葛亮一样，是天赐予南阳的瑰宝呢！

原载 2017 年 5 月 19 日《南阳日报》

汉韵雄风

全世界只有中国有汉画。

中国的汉画集中在河南、山东、河北等地。

单是河南南阳，就集中了中国汉画的一半还有余。

除此之外，汉画几乎是绝迹于世。

除了东汉，几乎不能再见到石刻的汉墓绘画。这应该是一个奇特的文化现象，或者说文化奇迹吧。

20世纪五四运动时期，学界和文化界的人才开始关注这件事。鲁迅和20世纪30年代的一批文化大家将目光投向了汉画，开始收集、整理、研读、展出这份文化遗产。南阳汉画馆就在这种背景下建立和壮大起来。现在在南阳汉画馆里的汉画像石有一千多块，建立起博物馆。郭沫若先生亲自为这个馆题写了名字，汉画馆坐落在南阳卧龙岗旁边，成了人们了解历史和欣赏汉代绘画艺术的圣地。

不过重视汉画的时间并不长，南阳的老人们常说，它不过是一种"有画的"石块而已。当地人用它砌墙、垒猪圈、凿猪食槽、砌房基、修桥，不少商店、城墙门洞和老桥下边的基础都是这种物件。

当然南阳有专业的文物贩子也早已盯上了它。他们从老百姓家收购有画的砖头或石头（当然是优质的汉画），然后把石头有画的那一面锯下来，做一个木框子，贩子们说这叫"上妆"，然后通过渠道转卖出去，散落在各地的汉画石也大致从此而来，英国、法国的文物商人也趁机捞走了不少优质的汉画石。后来由于鲁迅等文化学者的重视，汉画石引起了当地的关注，文物局、文化馆、博物馆和文物爱好者一齐出动，在南阳的角角落落里寻找，才有了今天汉画馆这个模样。

如今的汉画馆那可了得，除了收集石品，还要整理、研究，向外省、外国推介汉画。高大华丽的汉画馆内，陈列了他们收集到的精品。馆内还有千余块汉画像石贮存在库中，经常有专业人士照料它们、研读它们。《中国南阳汉画像石大全》也就汇集了全部的精华，向全国全世界宣传介绍南阳的宝贝。

有人说，洛阳曾经是东汉的首都啊，怎的就不见汉画石、汉画砖这类东西呢？我是关注汉画较早的一个学人，多少知道一些其中的奥秘。

汉画石大量出土于南阳不是件偶然的事，这与汉光武帝刘秀有关系。

汉光武帝刘秀出生在南阳附近的湖北枣阳，而枣阳就是南阳的近邻，刘秀的姐姐湖阳公主的封地就在南阳的唐河，至今仍叫湖阳店。

刘秀是很重乡情很重视家乡发展的一个皇帝，他在制定国是时早已确定了"南都"这个概念。南阳和洛阳、西安并称为"三都"就是这个缘由。刘秀制定的国政里面有很重要的一条叫作"职以任能，功以赏爵"——跟他一处打天下的将军，他不亏待，用"公侯伯子男"这类爵位分封他们，让他们享受很高的待遇，但不再给他们地方行政职务。地方政务应该让那些没有战功，而行政能力很强的读书人来任职做事——这么一来，和平时期将军们便没有事干了。

这些功臣没有实际政务了，让他们统统到"南都"去。这么一做，可了不得。南阳在春秋时期，已是冶铁、制造业的重镇。东、西汉又经杜诗、召信臣这些能官干吏悉心打理，南阳的农田水利，垦耕桑麻，均在全国处于领先地位。现在又来了一群有地位有面子有钱而且有闲的功臣，这下子南阳成了全国瞩目的首富之地。"驱车策驽马，游戏宛与洛"，南阳的声名鹊然跃起，是比首都还要好的地儿了。南都，不是叫一叫就罢了，而是实实在在地摆在那里——吃喝玩乐天下第一！所以我认为南阳当时相当于现在的上海，是在人们心目中可与首都并驾齐驱的地儿了。

现在的人有了钱买房子置产业。东汉时大批武将集中过来，他们有钱又没事，干什么？修墓。地上是宫殿"王侯将相，第宅连云"，地下也是宫殿，"事死如事生"，是供这些贵族死后享用的。要分外用心用意，要刻石绘画铭记在墓——汉画也就应运而生。洛阳没有汉画馆，开封没有，郑州就更不用说了（它当时真太小了），商丘也没有，唯独南阳有。除了我们馆藏的汉画，还有大量民藏的、未出土的汉画，究竟有多少？品质如何？谁也说不准！

汉画馆就这样耸立在卧龙岗下。外头两个汉阙，大门内是"天禄辟邪"，向内便是一排排的画石。

画的什么东西？人物、故事、皿器、吉祥物，还有大量的装饰用的菱形方格和正方形格子、长方形格子，等等。什么"二桃杀三士"，什么守阙石俑人物。主人生前生活中有的，在墓石上都要照样画下来：豪华的建筑、美丽的庭院、高大的轩车，主宾尽情地宴饮、歌舞、射猎。画风接近主人的生活现实，但又体现出浪漫主义的风格，宽衣博带，衣袂飘飘——这就是南阳汉画。

当然，除了南阳，山东也有汉画，河北也有，他们那里也在建汉画馆。但我觉得，南阳的汉画，与那些地方的略有些不同。山东、河北的汉画，规矩方正，格调严肃，规制整齐，不凌乱。南阳的汉画大约离着楚地较近，染上了楚风的缘由，大体显得自由奔放，线条流畅，人物歌舞间显得有些神秘的巫气。

我对汉画只是爱好而已，并无特殊的研读，但作为一个在南阳生活了大半辈子的人，我对它有着深厚的感情。

大家来看看汉画馆吧，这个过去不为人重视的艺术，今天成了我们研究汉代历史和绘画艺术发展的一个窗口。

原载 2018 年 5 月 1 日《解放军报》

楚长城

这里说的不是传统意义上的中国长城，是楚长城，在南阳的南召、方城一带的丘陵浅山中蜿蜒伸展数百公里，卧在那里。我们今天看它，只晓得它比秦始皇的万里长城还要早几百年，剩余的资料几乎没有。

但它横亘在那里，乍一看都知道，是片石有序的堆砌物，石头有大有小，灰黑色的，上面长满了紫荆、棘刺、子孙槐等灌木杂草，在下午的斜阳偏照下，显得荒凉凄怆。风起时，片片草叶在百草连陌的"城上"随风飞舞、飘荡，幽静深邃的树丛发出低低的啸声，幽静凄冷得有点神秘。

这就是方城的楚长城，一年三百六十五天，大约也没多少人去看它，它却是中华民族拥有的最早的长城。

这段长城是楚国界，是它与中原行政区域划分的一个界。中原已进入先进的农耕社会，楚国却是蛮荒之地——基本上尚未开发。这长城再向南，似乎是云梦大沼泽了，而长城就在沼泽边沿。

现在的人们，已多不注意"云梦大沼泽"这个地域概念。其实沿京广高速南去，过了信阳就是这地儿，当年连绵数千里都是沼泽地。韩信当年的封地就在此处，刘邦第一次擒拿韩信也在这里，历史上很有名，但实际上长期隔断了中原与楚国的交通——到处都是草和水，水和草相连到天边，穿越过去还是水和草，和红军过的草地一样，到处都是陷阱、泥淖——不宜人之居住行走，涵盖了湖北省。湖北省至今被称为"湖省"，据说就因它的存在。我在谈到信阳和南阳的区分时曾提到这一条，交通的阻塞成了文化的限制和障碍。信阳有茶叶，没有向南的便利交通，因此就没有诸葛亮、张衡、张仲景等文化人物的扩张和发展。楚长城断断续续只修到方城和南召东南部便不见踪迹，也是这个原因，因为再向东向南没有必要修长城了，不修也有云梦隔阻，照样无法通行。但楚长城向北、向西似乎也延伸得不远，那并非地理的问题，而是随着春秋战国时期南阳周边列国复杂的区划反复变动，人为地毁坏了它们。

但南召和方城的楚长城遗址毕竟是留了下来，就隐在纷乱混杂的丛树和陌草中间，横亘在那里，似乎想对路人说一点什么，又好像什么也不想说，它就是一种存在。

人类的琥珀就这样被遗落在南阳，从它的结构和它的走向，我们可以明了春秋战国时期很多我们今日不知不明的东西，它本身具有很高的史学价值和文物考证价值。十几年前省委组织部派了一名要员到方城任职，这位要员是我的一位读者，在到任之前来家。他问我在方城有什么事没有，我说我个人没事交代，你去，希望你关照一下楚长城。如果有钱，保护一下，如果没钱，可在长城近边搞点绿化，种一点荆芒杂树，不要让它消失在我们手中。

现在来看楚长城，仍有许多不明白处，首先是长城的首端在哪里，末端又在何处。它乌沉沉黑压压地横亘在那里，不知道首尾是否相连。据我的朋友白振国介绍：楚长城并非干砌，根基部分用糯米、石灰灌浆，坚如水泥。这种工艺在春秋时期人们已经掌握了吗？既然是长城，当然是两国或者两个区域的分界线，是军事上的界线。可是怎样区分楚国和中原国家各存何方，这长城管用吗？驻军驻在何处？军队的营房、仓库、武器设备的存放和使用都没有明确的标志。最重要的是战场，战场在哪里？不知道，我们读屈原的《九歌》，里头有《国殇》一文：操吴戈兮被犀甲，车错毂兮短兵接。旌蔽日兮敌若云，矢交坠兮士争先。凌余阵兮躐余行，左骖殪兮右刃伤。交兵、打仗应该就是发生在这里的事，打得这样惨烈。这里的环境基本特色应该是两个字"肃杀"，然而现在我到楚长城边，黑沉的古墙掩映在婆娑的树荫下，一派静谧、安详与喜庆欢乐。有人在城下悠然地放牧牛羊，不远处还有人在唱歌跳舞。仔细想想，"声无哀乐"，长城是不动的，人们的快乐，来自今天的幸福。

楚长城自身拥有的价值，绝非我们南阳一地的财富。它确实在南阳，然而它又是中国的，同时也是世界的。它被评为世界文化遗产只是时间早晚的事。它在政治与军事上的价值即使泯灭掉，它的史学价值也会被我们今人苦苦寻找。我们即使加倍珍视，亦不足以表达我们民族对它的重视与期望。

但古城墙就是古城墙，是先辈们一点一点努力修起来、驻扎过、守卫过的地方，尽管我们还有很多不明白的地方，但我们的考古学者会帮我们的。

原载 2018 年 5 月 25 日《南阳日报》

西峡的恐龙蛋

从南阳到西峡，现在不走过去常过往的国道了。沿着高速公路一直向北，窗外满眼都是鲜艳的色彩：浅绿、深绿、浅黄、深紫……一个丘陵接一个丘陵，铺天盖地是养眼的植物。走出去一个小时多一点，路侧一个园林建筑矗在茂密的草树间，同伴告诉我："这就是西峡的恐龙蛋化石遗迹园林。"

恐龙曾是垄断和称霸全世界的爬行类动物。我见过恐龙骨架化石，对恐龙蛋化石却印象不深。后来恐龙蛋化石这玩意儿在南阳民间广为流传，星星散散的蛋体化石和偶然相连的蛋巢化石出现在民间，我才认识了它们。

世界上的恐龙蛋化石有多少？以前报纸上介绍，全世界的恐龙蛋化石存世也就是二百余枚吧！西峡恐龙蛋蛋群化石发现后，一下子出土就是几十万枚。这一下，恐龙蛋化石在黑市上的价格，如同坐了火箭，一路急速飙升。恐龙蛋化石一枚又一枚、一箱又一箱通过地下渠道运往全国、运往欧美赚钱，它的相貌看上去却真的是"不出眼"：如同硕大无朋的围棋子，外表粗糙间或透着深色金属的光泽，和普通石头没什么两样；即使是嵌在石板上的恐龙蛋化石，也像围棋子嵌在石板棋盘上，光滑的表面向外裸露。几十万枚的恐龙蛋化石就这样嵌埋在西峡的山林中。有人说，凡恐龙蛋化石集中地，一般都没有恐龙骨骼化石，而西峡这里却发现有一些十分完整的恐龙化石。当地群众说这东西不稀罕，他们过去垒猪圈、砌墙脚，就用它填料，或者，做中药里的引子，而现在有人把它当成了家庭的镇宅之宝，或用来附庸风雅、装饰门第。

恐龙蛋的价格刚开始一枚大约两万元，现在蛋多了，外运的偷卖的私相购售的多了，价格也就跌下来了。这东西不上妆是卖不出高价的。现在的哄抬，只能起到一时之效。西峡人说它们是世界第八奇迹，和秦兵马俑并列，但如果你把单个的恐龙蛋化石取出来扔到白河滩上，过路的多数人都不会留心去看它，但如果用天鹅绒金丝软垫盒把它捧进去，外边再罩上晶莹的玻璃罩，它就一下子变得身价百倍。

我个人认为，家庭摆个恐龙蛋化石，让人们知道古生物的发展史，知道地球的变化史，帮助孩子学习这些知识，是有一定意义的。当然，还要对恐龙蛋进行科学研究，研究恐龙时代的气候，研究恐龙是如何兴旺，又是几时灭绝的，让人们重视今天的地球气候，保护人类的共同家园；同时，还要研究恐龙蛋是否有医用的价值，对人类的健康是否有积极作用。现在西峡建起现代化的观赏园，让人们从中了解西峡，认识西峡，记住西峡，还要通过科学普及，让人们学到科学知识，这样，西峡恐龙园就能发挥更大的作用，西峡地下的几十万枚恐龙蛋化石才能真的活起来，为西峡、为当代做出贡献。

本文系作者生前遗存稿

随喜丹霞寺

我中年之后喜爱研读一些佛经，彼时已略有令名，来南阳挂单或化缘的大和尚也就常有谋面的。大约十年前吧，北京法源寺和尚能行来宛，曾有一夕谈。我由是知道近在咫尺，南阳有个丹霞寺，因为他本人就是来就任丹霞寺方丈的。他的弟子张兼维是我的朋友，向我求字，我的字差劲，又求文，我当时在读《心经》，于是造了个长短句：

磋跌磨折苦，欲行不宜行，欲往更难往。电光石火里，翻多少筋斗，乃知蒙昧意思，最难悟。此岸彼岸何处，烟雨茫苍行客孤，只向妙善公主，漫天彻地悲悯心，修几劫恒河沙数，方植出长生果、菩提树？真难堪是俗子凡夫，焉说得我"寿者无"，恍然间心无施处。噫！洪波险，孽海遥，慈航度。

自觉此寺开光，我已尽了心，也就撒开手，此后多年造句忙、见人忙、喝酒忙、吹牛忙……直到去年，有人无心向我提起："丹霞寺的开寺方丈是天然和尚。"我才大吃一惊，晓得自己那些忙都是瞎忙。我对婆子说，得赶紧找时间，去南召，一看丹霞寺，二看辛夷树。她和她娘家几个亲戚，一听这事都是一团欢抃，弄了个车趁星期天去丹霞寺，隔了两个星期趁星期六，再去丹霞寺。

从云阳镇往南召县城走不到十公里处，逶迤的公路两边，丛林愈来愈茂密，丘陵一样的冈峦中夹杂着辛夷和竹林，婆娑掩映中不时能见到房屋一样高、错错落落的石塔，或全裸露在外，或微见塔顶，和汽车擦身而过。凭我的经验，这是舍利塔林，离寺不远了。果然再折一道弯，清溪之侧，东边西边赫然对称两个石峰冈中间，夹着两丈高的石坊山门。丹霞寺，到了。

《威尼斯宪章》对古文物修复有个"修旧如旧"的原则，这座寺是经过简单修复的。但依我的观察，可能只是佛殿僧舍补补漏，佛像稍做点缀耳。古气森森、荒芜气象尚未消尽，有几处危墙，还龇牙咧嘴歪矗着，仿佛在向来随喜的香客诉说着什么……刻着六字真言的石幢上写着"十方丛林"，踞坐在山门与弥勒殿之间，西边还有一通碑，绘着观音像，也刻着我那道"造句"。总体的印象，不能算修旧如旧。我站在弥勒像前暗思：不知哪位善信檀越的布施，稍作施为，那功德真是大了去了。

不爱热闹去处，这里雅僻；喜爱神会交通，这里有灵有性。思古之幽情在丹霞寺可以淋漓尽致。

这里还没有专设的导游，给我们讲解的是位老尼。讲到韦驮，我见这尊神祇是坐像，问她原因，她说天下韦驮都是站立的，他们住持当年募化，向韦驮许愿，说："我若能光大丹霞寺山门筹到善款，给你修个坐像。"果然如愿以偿。讲到龙柏，她说："这株柏树早已枯死，1995年筹到款项，修复寺院，突然当年返青复活，你们看枝繁叶茂……"到观音殿，老尼又复合掌一礼后道："诸位信士，这里许愿最灵。前一个月，有一群年轻人来祈雨，跪地不起直到半夜，我见烧的那香湿了，就说，诸位回去，保证大雨倾盆，沟满河平……"那是他们送来的锦旗：有求必应！

事实上当然是巧合，但我在想，这是文化，有哪一种文化没有认知感应呢？

老尼还在说寺的奇观：左青龙右白虎，背靠莲花山……我已在思索天然这个人。他虽说是六祖慧能的徒孙，其实那名声还在他的师叔辈之上。这个进京赶考的秀才，听人"学儒何如学佛"一句话，不考了，剃了头当和尚，仰卧洛阳桥，挡住太守的车轿，狂言"我无事僧也"，大得太守欢心。还有著名的焚木佛案，这个释家子弟，冬天把佛像劈了烧柴取暖……洒脱不羁、自由任放的"佛性"，让他发挥到了极致！在这块风水宝地上，他能造出恁大兰若，自与他本人杰出的禀性识度有关。

"诸位请香。"老尼还在说寺里的灵异，"北边山上的柏树，佛家不打诳语……没有经过任何修饰，自然生成十二生肖，我佛寸土不可思议……"我一边听，一边看，心里却想的是唐代孟郊的诗《送丹霞子阮芳颜上人归山》：

> 松色不肯秋，玉性不可柔。
>
> 登山须正路，饮水须直流。
>
> 倩鹤附书信，索云作衣裘。
>
> 仙村莫道远，枉策招交游。

原载 2005 年 11 月 9 日《人民日报》（海外版）

香严初话

从秦始皇到宣统，中国的皇帝是多少位？我见到的资料版本不同：有说是二百七十六位，也有说是二百七十三位的。当中实实在在当过和尚的，是两位。一位是朱元璋，这谁都知道，他在皇觉寺出家。他成功之后，谈了关于自己在皇觉寺"龙潜"时分的诸多灵异，件件说得煞有介事。不能说他说假话，因为我们没有反驳他的实据，然而仔细想想，他的这些话都是他"胜利之后"讲给他的臣下听的，更像是梦话。

朱元璋信佛，另一位信佛的叫萧衍，名号梁武帝。萧衍三次舍身出家，还写过《梁皇忏》——有著作的。然而他不能算是出过家，只能说是个狂热的佛教徒。他的行为，用今天的话说是在为寺院"筹资"——让官掏腰包来赎他——是融资行为。

晓得晚唐李忱（宣宗皇帝）曾出家的人就不多了。我最初读到这个人，是在1948年版范文澜的《中国通史简编》上，说他少年装傻、扮痴，躲过了杀身之祸，但他为了韬光养晦，制造一个谎话，"堕马而亡"——这有点像今天说的"出了车祸"。李忱的藩号从此消失，算是"死了"。

我一直摸不清唐室宫廷天家骨肉，是怎么一回事，扑朔迷离得出格。和光王争夺帝位的武宗李炎，是李忱的弟弟。他们是政敌吧。哥哥死了，就算他心中暗喜，总该有场猫哭耗子的闹剧的，总该去"验明正身"一下的吧？居然这些事他都懒得去弄清楚，真的信了，直到武宗四年，他才得知真情，有了线索，开始秘密搜索，追杀尚没有死的哥哥。

光王李忱躲在香严寺。我1958年到南阳，就听说了它，但我不知道还有一个"坐禅谷"，更不懂什么六祖慧能的佛禅。以我当时的"知识"，听说有个"皇上"曾在这里出家，只是新奇，觉得这地方神秘。转业回宛，七事八事谋生第一，时隐时现的，"香严寺有戏"，却一直没顾上来随喜领略，"到底是怎么回事"。看到"香严寺""坐禅谷"的旅游告示，也没有怎样当回事。终于有一天，我约了几个朋友，打了个"依维柯"，连船带车过了二十八公里的"丹江大湖"，来看香严寺。

我关注李忱，不是我真的有什么"帝王情结"，是因李唐王朝晚期的政局，曾使我迷惘了好一阵子。那是异常的宫廷血腥加天下血腥。自天宝乱后，肃、代、德、顺、宪宗五朝天子以下，千篇一律的，每换一个皇帝，都来一场宫廷大厮拼，同时伴随着天下大厮拼，藩镇大厮拼，拼得一塌糊涂，国无一日之宁，民无一时之安，独独唐宣宗在位，有过十三年的安定时间，使唐祚与民众稍稍喘息一口，这实在是件不容易的事。在一大群猪一样的天皇贵胄中，李忱稍稍算得一个人物了，我来看他潜居之地，也是想摸清这人底细的意思。

但我看香严寺，有点脑筋不够用了，香严寺本身构成的文化理念，让我那一点佛学、史学的知识显得很苍白和匮乏，我原以为香严寺和坐禅谷是两码事，来看之后，觉得不是的了，恐怕是因现在香严寺与坐禅谷是两个单位管理，各说各话的因由，弄得本来是一家，说的是两家话了。我到坐禅谷，看到李忱深夜在寺中遭追捕、谷中躲避追兵的藏身之地，和谷中的种种禅佛设施印迹，即刻明白了这一点。

庙祝还在不停地介绍那灵异。令人诧异的是，真的有一块"灵气宝地"——我们进去藏经楼那宝地踏看，也就十平方米地面吧，略略高出外边地面的。据寺中人讲，它还在不停地增高，隔段时间铲一铲，它又复慢慢增高，藏经楼已经被它顶得向东倾斜了——是这地儿曾救过光王一命。

这当然是该地质学家来解释的一件事，诸多的神秘信息一件一件都还存在，都和这位光王有关。这一座寺，盛时曾有房四百三十七间，院墙就七百余丈，规模之大令人咋舌，亦是因光王登基后为其护法所致。

我站在望月亭前不言语，光王在这里当了七年沙弥，这个身份高贵的青年僧侣，每天晚上就在这里望月沉吟，苦思冥索人天之道。他想了些什么呢？

原载 2005 年 11 月 30 日《人民日报》（海外版）

香严寺二记

如今世道，谁的能力强，就大造原子弹，厉害是真厉害，给人的感觉是"恶"，是在克隆和衍化仇恨与战争，比赛看谁霸道，但你可以看看中国的唐代，似乎一直都在制造诗歌的文化、和平与善良的宗教文化。我来游香严寺，站在深邃静谧的山门前，不由得就产生了这种认知。

这座寺，是慧忠和尚所始建。慧忠是"中国的释迦牟尼"慧能的五大弟子之一，唐玄宗李隆基特诏将他聘入长安，鉴于他在安史之乱中的忠诚表现，肃宗又高高地封他为国师，随时咨询国政家务，那时是和宰相一级的和尚，牛得不能再牛了。

这样的，可以超越玄、肃、代、德、顺、宪、穆、敬、文，一二三四……若是九代天子，直绵延到宣宗李忱，干系天子骨肉社稷纷争，甚重。

因为宣宗为躲避宫争杀身之祸，将满头青丝一挥而尽，逃到香严寺一藏就是七年。而后，风风光光被接回首都，堂堂正正做了大唐"大中皇上"，这恐怕是连慧忠都想不到的事。

中原的寺庙，偏就与皇家有着许多丝萦藤缠的缘分，那年我到少林寺，见到壁画是"十三棍僧救唐王"的故事。在香严寺，这个题材是回避了，香严寺的和尚们拳头不硬，保护皇帝凭的是脑筋和勇气。你看看山门就知道了，少林寺比如是个王府的架势气派，香严寺的山门有点像个"中农"，这是"隐居"的需要。寺很高，在山上，现在汽车可以直达，过去需要一步一步爬，官兵也是人，也怕累，懒一懒就不进深山爬高坡了，这无疑增加了李忱的安全系数。但你到寺里边随喜一下就明白，宏大、神秘、深邃、幽静，是了不得的唐代大寺院。我在前一篇文章中谈了李忱在此韬晦的情形，他的神幽之气、灵异之气是问都不必问的。

但游客毕竟是今天的人。今天的寺院游客关心的只有两件事：一、这寺灵不灵？我的孩子要做企业，要升学深造，我全家要平安喜乐，我想升官，想当总统，想发财，想……求求佛，菩萨，能不能……二、这里山水文化景观美不美？"又得浮生半日闲"，亲临这寺是否用时太多？会不会太累？

寺中和尚明白时人的心理，美不美你来看看就知道了：万顷丹江碧波清朗明净，浩渺无际，岸边茂林修竹峰峦叠起，中间隐着这个唐代古刹，悠悠晨钟暮鼓发人深省……

一踏上石径，就有居士跟你娓娓谈——这几百亩竹林，1976年政敌大波迭起，突然开花，齐根死得干干净净，到1978年十一届三中全会突然又冒出同样大一片葱茂新竹……那株千年老皂角树，雄性的。每逢国家景运之年，或吉或咎，它就结皂荚。到2003年，闹"非典"，游人们瞪着眼看，看你结不结皂荚，就这么怪，树的东南西北结了四个。

我笑着听和尚讲，站在一株秃秃的紫藤树跟前，介绍的人说"这是痒痒树"——这我倒是知道，这种树不少，你摸一摸它会笑得哆嗦。但和尚说，这株树善人摸它"笑"，恶人摸它就死活不动，一个女人摸它不动，反复摸，树被"气死"了，死了还是禀性不移，善人摸它仍笑，恶人摸它仍"巍然"。我没敢摸，我怕它不动给人笑话。

这当然都是巧合。然而，巧也是一种价值。笨人谁能成就事业广致财富？靠山吃山，靠水吃水，丹江大水库是亚洲最大的人工湖，湖岸又有这么好的一片丛林兰若，他们理所当然要有滋有味地吃这碗饭，这么优秀的山水灵秀，又地处南水北调的源头，一盆矿泉水北京人等着喝，香严寺如今"养在深闺人未识"，还能再待字几天？趁她未嫁，我打算再来转悠转悠。

原载 2006 年 1 月 5 日《人民日报》（海外版）

异哉香严寺

到香严寺，踏进山门便觉诧异。天下丛林，无论少林、白马、灵隐……未例外，迎门便是弥勒佛、风调雨顺四大天王。我去逛这些寺院，踏进门有时会想起一首清人打油诗：金刚本是一团泥，张牙舞爪把人欺。人说你是硬汉子，敢同我去洗澡去？这里未供任何佛菩萨，供的是关羽。高高的坐像，丹凤目卧蚕眉，绿袍。他在这里凝视丹江山水不知多少年头了，也不知还要再看多少年头。他身边没有关平伴，孤零零的，关平不在周仓也不在，这和天下庙中关羽神塑"规矩"也大异其趣。

导游眉飞色舞，夸张铺陈，说这是香严寺的护法神，因了唐宣宗在此蒙尘龙潜，只有这样高级别的人才配得上给他保驾，他的级别相当于"国家的正部级"。我听了不禁一笑，在别地儿游寺，也听到类似的说法，佛是"国级"，"菩萨"相当于"部级"，"罗汉"是"厅局级"之类。为帮游人理解，这样说也许最直截了当，但说关公是"正部级"让人忍俊不禁。中国的佛教之所以兴盛，是因了它本身文化的生命力，加上了与儒教、道教的融合、润化与衍变。这样的"杂交"优势所致，有一点儒教色彩是不奇怪的。唐代的关羽已被佛教列为伽蓝神之一，进寺"值卫"原是他的工作，但这样的寺院似乎别无分店，也许有，二月河没有见到——这是唐风实实在在的"流"。因为：一、关羽是伽蓝神。二、关羽是刘备的大将——这寺中就住着个"刘备"，这几乎可以肯定就是唐宣宗本人的思维：我就是刘备，外头有个关羽给我看门，再适当不过了。他在给"刘备"警卫值班，当然不宜自带周仓一类的警卫了。但关羽的封号在后世如同丹江水库的水位飙升不已，到了"关圣大帝"的位分，是天穹王爷一级的人物，与孔子并称，谓之"武圣"，这里却还在纡尊屈贵让他"值班"！我思量很久，看见了"敕建"的那堵明坊，一下子顿悟，所有的皇帝都是这样想的：关羽应该给刘备当值班门卫。因了这寺的特殊情况——"特事特办"，旧例保存了下来。

后头大殿中有四百多平方米的壁画，让我又是一个踉跄：一是它大，二是保存相对完好，三是它细腻、柔润的笔致让人咂舌惊愕，然而这还在其次。我看过许许多多的寺院壁画，包括一些凋敝败坏漫漶难识的壁画，也看得很有兴味。大抵寺院的壁画，许多都是佛教的故事，或世尊说法须菩提，天人天花迷离纷呈，或说目连救母脱离六道轮回之苦。画家匠人在作这些画时，都是万分虔敬的，除了自身解数使尽，自然地，那浓重的主观创作附会意识也就尽显笔底——你就是个唯物主义者，看一眼也会悚然动心。这幅不同，竟是以道教元始天尊为核心人物，东、西、南、北四极大帝，四大天王，勾陈，金母，六丁六甲。佛同二十四诸天、送子观音、四壁观音、韦驮菩萨……种种累累层层叠叠，一样的云龙风火，一样的天风衣带，只是内容驳杂得令人眼花缭乱。导游见我留心注目一处，过来介绍说："这是一个新描的天官，省里来的著名画家，描了一处，他不敢再描了，所以这处特别新。"我有共同心识，描这一处只是贴近原貌，那笔意神通，那柔润灵动，鲜活游移的"神"是不见了。我不禁对那位画家油然生出敬意，若不管三七二十一，只管泛描了去，会是怎样的一件事？

导游讲这是明代的画，但我所感受的，它不是明代的文化风格，神意就非明代所有。明代的佛道没有这样博大广袤的思维情怀。就人物的体态、风致，也大有唐风。所以我断想，这是唐代的作品，历经三次灭佛的劫后余情。所谓"明代"，也不错，不过是明代"克隆"了一遍就是了。

"这个寺我想不透。"我在寺边那株"美女抱将军"树前思索，说，"好比是水，它有多深，现在还浑着，看不出来——这株树应该叫霸王虞姬树。"
众人都是一笑，我去如厕，脚被下边石片垫了一下，弯腰一看："呀！你们
阔到用硅化木（树化石）来铺路？随便掂一块，带到北京、纽约，栽到花盆
里就是盆景！"

原载《中国铁路文艺》2008 年第 10 期

西游的味道

中国的僧侣，最有名的当然是唐僧玄奘，他的成名并不因了《大唐西域记》这本书，倒是因明代的吴承恩为他做了一部神魔小说《西游记》。一个孙悟空把唐僧的形象提得飙升起来，乃至于街衢巷闾，白叟黄童，都能随口来一段"七十二变""筋斗云"之类的神魔故事。人人都晓得唐僧肉好吃，"吃一口"便能长生不老。诚实善性，固执，昏昧……这些词似乎凑起来便是唐僧。

我最早读《西游记》是小学四五年级。读这书的感受是：对唐僧没有感受；对孙悟空是极端的崇拜和景仰；对猪八戒则是"太有趣了"；沙和尚，"老实没本事"。且是当时我死活弄不明白，三个徒弟恁地了得，凭什么管唐僧叫"师父"——孙悟空翻个筋斗到西天，不就把经取回来了？如来干吗要人吃这么多苦头才肯把经传过来？……不懂就问，问老师也回答不出个所以然。只有一个老师回问了我一句："你不肯吃点苦好好学习，能考一百分吗？"我当时脑筋不够用，功课也不好，还以为他是"批评我"，没往心里去，到了老大岁数才明白老师是"双关"的话。

中国的小说大致都有个核心点睛的情节，古人说话叫"关捩"，《三国演义》的关捩是赤壁之战，而《西游记》则是大闹天宫。读者不妨做个试验，如果把赤壁之战从《三国演义》中删去，而《西游记》中没有"大闹天宫"，这两部书身价不是跌落一半，而是要跌出百分之九十去了——把魂都给删没了，把书的神给灭了。书的更高境界是不以情节，以精神贯穿全书，这样的书没有"核心关捩"，翻开任何一页都能让人孜孜地读下去，去掉哪个"情节"，也不会影响你的阅读兴味——你读读《红楼梦》看，就是这样。《西游记》没有达到这个档次，《西游记》是比《红楼梦》要低一个档次的。

比《红楼梦》低一个档次，不算耻辱，仍是高水平的，仍是了得的。它有一个接受阶次的事，你中学毕业时喜读《西游记》，到你成大学中文系学生，又喜欢读《红楼梦》，这一点也不稀奇。我有一段读《西游记》读得疯魔，逢人就说"孙悟空"，后来大了，听人揶揄，"读了《西游记》，说话如放屁"，才收敛了。

如果当心一点，大致上说，《西游记》里头的道士们都是有点尴尬的，太上老君算一个，让人把八卦炉都蹬倒了，还有五庄观镇元道士人参果树倒了，自己不能治活，还得观音来用净瓶杨柳水施治。老君是道士的领袖吧，他治不了孙悟空，要如来方能解决问题，镇元是道士"二把手"吧，还不是要观音来？——显见得比"释"们要低一个层次的，我长期认为，《西游记》的作者不是个和尚，至少也是个崇佛居士。

然而后来读书多了，看了资料，才晓得，清初人普遍的认识是《西游记》是丘处机作的。这使我很目瞪口呆了一阵子，丘处机是宋末元初人，是货真价实的一个"著名道士"呀！现在的年轻人有几个没读过金庸的？他的书里丘处机的事多了去了。资料里说得明白，丘处机真的是写过一部《西游记》的，但是，我们再看纪昀（纪晓岚）的《阅微草堂笔记》，里头直摘，《西游记》中的"东城兵马司""锦衣卫"都是明代才有的，丘处机是无法用这词的，可见我们见到的《西游记》与丘某人无关。

历史上的事，有时真的是越弄越糊涂，有时真的只能去问一问自己的感觉。

孙悟空偌大本领，十万天兵太上老君观音，齐出动奈何不了一根金箍棒；但他"归正"之后，跟了唐僧，太上老君的烧火童子就把他治得苦不堪言，佛祖菩萨随便哪个坐骑私自下界出来，孙悟空就拿人家没办法！他怎么突然变得这么无能呢？这也是我百思不得其解的事。这一解竟是俗得不能再俗的一句话"强龙不压地头蛇"，他在花果山是地头蛇，跟了唐和尚，变了强龙——这就是感觉。

我还有个感觉，《西游记》还真可能是道士写的。如果把孙悟空比作是金，猪八戒是木，沙和尚是水，白龙马是火，唐僧则是土，五行联合，战胜困难，经历磨难求取真经——则就带"道"味了。这个感觉对不对？这一组人物的心理属别在《西游记》中若明若暗多有表示，应该是差不多的，至于"揶揄道士"的理念，我也认为似乎是道士自我调侃，至于"兵马司"等问题，也有可能是后人篡入的词……

当然，这不是学术，是感觉。

真正的历史事实，唐僧玄奘，绝不是小说里头那般一个小白脸——文弱、庸善、窝囊。我的老师冯其庸曾沿着玄奘当年西行的路走了一遭，黄沙接天，大漠孤客无人穿行，其况味如何？遑说当年步行，即今"现代化走路"，那也是极不容易的，你去看看这条路，就可以想见这个人。

唐和尚的真正贡献，是把佛教的火种引进了中原，我们自身的一维文化，天是圆的呀地是方的，忠孝节义三纲五常呀……就这一味，加上道士的方药——不了解还有完全不同的另一维文化，玄奘把它引入了。这种文化与中原文化一旦融会，就产生出"杂交"优势，创造出中华佛教文化灿烂夺目的辉煌。

读《西游记》，可以读出这点味道来，兴致何如？

原载 2008 年 4 月 3 日《人民日报》（海外版）

如是我闻，汝来白马寺

如来佛在哪里？这不消说的。谁不知道唐僧呢？就算没看过吴承恩的《西游记》，又有几个人不晓得电视剧《西游记》呢？大闹天宫啦，三打白骨精啊，火焰山呀……一切一切的铺垫，都为一个目的，去西天拜佛取经。这故事影响中国人到什么程度，我估量不来。我写过自己的往事回忆，我爱读小说，晓得小说的慑人魅力，是从《西游记》连环画本"小人书"开始，然后生啃硬嚼了原版图书，然后《水浒传》《三国演义》，然后《聊斋志异》《红楼梦》……读到四十岁，终于憋不住，自己也写起小说来。那自然，脑子里早就牢牢记住了，如来佛，在西天、天竺，在印度。他曾是我心中最高的"神"，他除了被蝎子蜇过一次外，似乎没吃过谁的亏。

曾经有一段时日，我误以为洛阳白马寺的"白马"就是唐僧玄奘骑的那匹，孩提联想，把两匹白马混认为一。后来才弄明白，白马寺的马是汉马，《西游记》的龙马，则是唐马。汉马与唐马在形象、种群上存在着差别，同时我也晓得了佛传中国打自东汉明帝。他叫刘庄，夜里做梦，见丈六金身的神人在宫院中飞行，听到臣下指称"这就是佛"，他下旨派人西行，在大月氏国巧遇印度高僧摄摩腾和竺法兰正在宣教佛法，便盛情相邀了他两位来中土弘法宣教。可巧的是，他们驮经的白马也是白色的，汉明帝为他们建寺庙，这就有了白马寺。

但是，一种文化、一种宗教的勃兴发达，绝不是两个外国和尚一匹马便能成就的。读《西游记》只要读得细一点就能读出来，沙和尚在流沙河当妖精时，就吃过许许多多的过往取经人，他把那些和尚的骷髅头穿起来当项链用！这大约是自东汉到唐之间死的取经和尚吧？孙悟空蹬倒了老君炉，掉下一块变成了火焰山，据小说家言，是"王莽篡汉"时的事——那么孙悟空闹天宫也应该是发生在这时的，原来在此时已经在预设取经路上的障碍了。再深思一点，又不是《西游记》闲说有"一百零八位取经人"的那个意思，有人考证，有六十多位吧。无论历史还是现实生活，世人认同的只有成功者。玄奘不但取来了经，而且翻译了，而且播扬了，光大了，他是"这一群"求法者骨殖上站起来的伟人。这是白马寺建寺之后的事例。那么之前呢？没有确当的记载。《列子》载："西极之国有化人来，王敬之若神。化人谒王同游，王执化人之祛，腾而上者中天乃止……"从这篇《西极化人》的故事，从"西极"二字到故事内容，我看都像是在说佛爷来华的事，但人家没说是"佛"，我无考证只能姑妄言之。前不久央视播放大西南发现很多早期佛教踪迹，甚至寺院遗迹，给我的感觉是从春秋时开始，虔诚的印度僧和中土的舍身求法者，已经在锲而不舍地引进佛文化了。汉明帝做梦固是佛缘约定，但夜之有梦必是日之所思，人间世有了"外星人"这个说法，你才有可能梦见外星人，这似乎才是人之常情。

佛的薪火在中国燃烧，传承，光大。无论有多么久的时光，有几多记载，正式地形成了不可扑灭之势的，却是从东汉这个梦开始。从这个梦游离到人世，升华结晶出一个白马寺。中国人从这里懂得的东西，可以说带着"革命性"的——哦！原来除了我们的孔子，除了孟子、老子、庄子、墨子、荀子……"二十四子"，外头还有大异其趣，又可在中土光大发扬的另一维文化世界！我们历来以为的世界中心地位，原来不过是"四大之洲"之一吧！洛阳有白马寺之后，整个中国的传统意识形态，都受到了雷击那样的震撼。坚如磐石的儒教文化，由此越来越向人的内心修养追求探讨。从幼童的"恻隐之心"——天然自在的良知——到诚意、正心、格物、致知，这一整套修炼修养方法，探索后天的智慧仁怀，说不定就有佛的影响。我以为，从白马寺的晨钟暮鼓第一天响起，佛教已经在浸润我们的这一维世界——释迦牟尼驾到，汝来白马寺——由此对中国政治、经济、文学、诗歌、艺术带来越发深邃的融会、撞击，影响到我们所有的社会生活。你不是愁得睡不着觉吗？"姑苏城外寒山寺，夜半钟声到客船"，世尊来抚慰你，敢怕你失眠？

但在佛教的发源地——印度，佛的地位越来越式微。这种事不稀见。世界上除了中国的"儒教"，几乎所有兴教地都在本地站不住。兴教人呢？大都也在本国吃不开，被赶得颠沛流离，割得体无完肤。佛在中国建立他的行宫或者驿馆——譬如白马寺却长盛不衰，将近两千年钟漏不歇，香烟或明或暗总不断绝，无数善男信女，无论帝胄勋贵，抑或引车卖浆者流，七大姑八大姨相互牵引，是多少人？是恒河沙数？不，是黄河沙数！佛祖由印度"侨居"白马寺，从此，住中土"乐不思天竺"，他不回去了。他的"法统"在中国，他变成了中国历代的佛。汝来洛阳，汝来白马寺，看一看就明白。

印度人自己创的佛教，在印度不行了，他们现在要研究佛经，需要来中国取经。1993年印度总理拉奥来中国，到白马寺来拜佛。十年之后的2003年，印度总理瓦杰帕伊又来到白马寺，每至一处殿宇辄焚香祈祷。白马寺中还供奉着初来传教的两位印度高僧摄摩腾和竺法兰的金身塑像，他们算是佛前迦叶的化身吧！他们也不走了，已经坐在那里一千九百多年了，坐定了。

原载《小说林》2009 年第 4 期

我是河南人，山西是故乡

我是山西籍人。去年？前年吧，在北大百年讲堂和同学们说过一阵子话，有同学当场提问："现在社会舆论，河南人名声不好，先生以为如何？"

其实这个问题很好回答的，是个老问题。唐朝的李世民曾对大臣说："有人跟朕谈起山左、河东人之异同。这话对不对？"说的就是这档子事。本来就说"我是河南人"也没什么：我的心理语言——自言自语或者心里嘀咕什么事的时候的语言都彻底河南化了，绝不会把"我们"念叨成"俄蒙"，也不会把喝水想成"哈绥"。吃饭穿衣都是河南人的习惯，比方说冬天山西人下身穿得厚，上身宁肯薄一点，利索一点，这是既保暖又好干活的。河南人顾上不顾下则下身单，上身穿个厚棉袄，这很合适蹲在墙根晒暖，我也这般如此。倘论起勤劳这一条，山西人似乎强了一点。我有证据：山西有大寨，河南没有。河南的庄稼比山西好种，冬天农闲，晒晒暖很自然，也不为什么大毛病。我回答是"我不是河南人，我是山西人"，我在"但是"后头做了文章："我在河南半个世纪，吃的是河南的米，喝的是河南的水，我已经河南化了。今日河南人有难，二月河愿与共患。"

但我毕竟是山西人，山西是我祖宗繁衍生息之地，南李家庄喜字院生我的那间房子现在还在的，母亲推磨，用炭在墙壁上写的字不知还在不在，但那地方的址，肯定是永远存在的。那满山的荆丛、棘丛、核桃、柿树，一层一层连绵向远山延伸的梯田，种植着我对老家永久的怀思与美好的想念。那些淡淡的、已变得有些模糊的亲人，他们温婉柔脆的"山西话"我还至今仍能流利地说出来，一点也不比山西人逊色，我现在吃老陈醋的水平还能让河南老侉目瞪口呆。

我回过几次山西？回忆了一下，第一次是1954年，随父母看望爷爷奶奶。那年我九岁，最大的观感与收获：A. 老家山多，老家房子窑洞住起来比河南的舒服，炕是热的；B. 知道家庭是家族的一个单元，除了父母，还有爷爷奶奶，还有数不清的三服、四服、五服姑姑叔伯姨舅……第二次是1960年，此年我十五岁，和第一次的印象差不多。第三次是1966年，彼年我二十一岁，红卫兵串联。我走道赶了个背集，已经下令停止串联用车，我还停留在阳泉，途经平安县城，步行到锁簧镇，又走到北南沟村、安阳沟村，看亲戚，见表兄表妹，走了那一大圈连大寨也没去，就匆匆返回。这一次因是走路，饱览了一路太行风光，我以为太行"就是那样的"——树不多，到处都是黄黄的梯田，围着修得十分结实；弯弯曲曲的石坝，坝沿上没有开垦的小山丘上长满了丛生的酸枣树，几百年都是用来隔绝读书人考场和外部世界的专用树种：这一条在走路时压根没有想到过，因为那时还没有这一条知识。这一次却加深了另一条印象："老家没有细粮。吃得不好，住得好。"但那热炕的好印象都根植入心，闹得我去年还和妻讲，想在河南这家弄个大热炕，她说是"烧煤有污染"种种问题，才息了这念头。第四次是1967年底到1969年初，当时我是参军驻扎在山西。这个年纪已逾参军的年纪，是偷减了一岁才得如愿的。因为不参军就得下乡，家人和我齐努力规避了后者。那年头当兵和现今比起，不知酷了几多倍。

第四次在山西时间最长，是从1967年底，到1969年初，两头去掉一年有零，十四个月的吧。先在太原，后在大同挖煤。

如今，又要到山西了。是第五次，时年五十九岁。"过九不过十"，妻和朋友们已在张罗我的"六十大寿"了。

人，在事业上、功名上有点成就，是不是就特别怀旧？或者说有另一种不能说是非常好的念头？早就有这种说法：富贵不归故乡，如衣绣夜行——我虽然没有衣绣，至今喜欢穿对襟的老棉袄，但我毕竟有了另一种资本：呀！写《康熙大帝》《雍正皇帝》《乾隆皇帝》的二月河，是山西人哪！六十岁了，回去酷一把吧，不然，谁能看见这身老棉袄呢？

然而我不能穿老棉袄，因为：一、我不能在祖宗之地炫耀我这点萤虫之光；二、此时是八月，阴历七月，"七月流火"（此处系误用以喻暑热。火，星座名。——编者按）。

纯粹是缘，缘分到，一定会依着它走。

2004年2月下旬，我到北京开个会，会前与田永清将军约，要到山西，要上五台山。因为这时候，女儿放暑假，妻已退休，田将军也早退休，他的夫人吴玉霞这时也能请出假来。"几度临风动远思"吧。我的妹妹凌玉萍也跃跃欲试，外甥也蠢蠢欲动，都想回一趟老家（女儿毕业前最后一个暑假），想"拜一拜文殊菩萨"。

这至少有两个方便：田永清是个退休将军，许多部队老部下在那里，行动接待方便，我们都能跟着"咸与其便"；我能少与媒体接触，可以少受干扰，多享点清福。

我还有个更深的心理——有句话说："上也五台，下也五台。"这仿佛是佛陀安排的谶语，我是走了远道的人，有个平安着陆、安分休闲的念头；女儿是要登程跋涉的人，她有个"上台"的——起飞、单飞、鹏程远扬的，我想祈祝她飞得又高又远又平安，南无阿弥陀佛！

一个人的优点，大致上可以说是他的特点，但同时也可说是他的缺点。比如说李逵，他的优点是勇猛，特点是前敌无畏；缺点便是与之相关的"不动脑筋"，有勇无谋。我的优点是与人相处不拘小节，不苛求别人，不设防，特点是与我好相处，不会"遭二月河陷阱"；缺点也就是随随便便，嘻里达哈不认真。这毛病倘放在政治家那里，或者是军人身上，会出大问题的。现在当作家嘛，缺点基本无害。

我在山西有"几窝子"战友。一伙子在太原，以省作协的李再新和高院的刘存旺为代表。忻州定襄是又一起子，王福楼、袁琛们在那里，还有河曲保德一群，都是1965年的兵。我是1968年入伍，他们都是老兵，我则是"新兵蛋子"。这"几窝子"战友可以说都曾是我的"领导"，又有点患难之交的朋友情味。这是到山西必须考虑的一件事：怎样见朋友。约是前年吧，胡富国在山西当书记，曾派昔阳县委书记和南李家庄的村主任，带着小米、莜面和老陈醋，千里迢迢到南阳慰问约请，胡富国虽调走了，这份情义是不可以忘掉的。昔阳县委也还在盯着我，他们的耳报神也真了得，不知从哪儿得的消息，打我的手机说："听说你回来了，能不能回咱们昔阳来？"昔阳是我的祖宗发祥地，是我吃奶的地方，这万万也是不可开罪的，但是有一条得想，见了这领导，那领导也约，你见不见？万一"连锁上网"，我这次回山西来就单纯是"拜"领导之一事了。这也没什么，一事就一事，可我不是一个人，有田大哥夫妇，他的公务员，妹妹母子，还有妻和女儿，八个人，我本来就带着一点田将军的"客"的味儿，这么着又设一层行动算怎么一回事？回南李家庄倒是可以考虑的，田大哥也愿意去，但我这次是去京开会拐弯出来的，真的"两肩扛着一张口"回去？总得有点"进见礼"吧，因此左右思量：一、不见领导，二、尽量避记者，三、不回昔阳。专心致志上五台，下五台，走马观花看山西。

确定了这个方向，我给李再新打电话："先到忻州，上五台，你和王福楼说一下，见见面，别的战友以后再说。"这样，我就在忻州军分区招待所见了王、袁二位，也就是吃饭、聊天、照相这些事吧。王福楼、袁琛和我当年都在一个政治部，一个电影队长，一个组织干事，是管着我这散漫新兵蛋子的领导，现今都是垂垂望耳顺的"中年人"（时兴的六十还算中年人）了，还有王福楼的老伴，当年如花似玉的亭亭少妇，现在也华发满鬓。大家见面不免是感慨万端，有说不完的"当年"。王福楼在电话中笑告李再新："这家伙（当然指我）还是那号球样。"

我觉得这是战友对我的最高评价。

这个"三不"主义贯彻得很好，除了在太原有次采访活动，基本没有和媒体多打交道，少掉很多啰唆——其实啰唆来啰唆去还不就那几本书？——一个人总吹牛也会觉得累，没劲。和地方领导公事接触不多，就少了许多应酬。只有在皇城相府转悠，被山西省一位领导在车中看到，他关照下面"你们看二月河在这儿有什么困难没有"，县领导请我们吃了一顿饭。

我于山西其实是少小远游老大难归的游子，情结虽在，人事却如烟。除了上五台，其实我最想去的地方只有两处：一处是大同，是我下煤窑的地方；一处是太原上兰村，是我盖过房子的地方。

但这两处都变了，变得——我不知该怎么说了。

大同，除了那面九龙壁，别的一概不认识。我在大街上走，晃悠着看——有点像个傻瓜。我下煤井那块叫七峰山，红七矿，地名叫胡家湾。军分区司令调阅军事地图，七峰山有，但胡家湾已不知所之。我不再坚持看那地方了，因为大同我都不认识了，胡家湾更不必说。这和我久久不敢到陕县看黄河一个心思：怕见到一条我完全不能接受的"新黄河"——我宁肯让胡家湾那个老样子常驻心中。

上兰村的情形更是叫人怅惘，那时的团部，现在不知是个什么学校的产业，蓬蒿野草布满了整个院子，脚下是一片又一片的稀泥烂浆。"司政后"的房子也都还在，我没有想象到昔年我们最体面、阔朗的房子，如今显得这般矮小，阴沉沉黑洞洞的，横卧在榛荒草丛、沼泽湿地。只是门前的白杨钻天般的伟岸，哗哗地欢笑着摇动枝叶。看着有点受了惊似的我们这一群，像是在说"我都看见了"。

田将军他们有说有笑，他们当然没有这样的感受，他们只是惊异："呀，太行山和吕梁山这么近啊！"

是的，是很近。然而当年中间是隔着一条汾河的。汾河有多大？汉武帝《秋风辞》里头说"泛楼船兮济汾河"，可以行走双层的御舟。我在这里筑河堤时，水已经没有那么大了，可以蹚过去。星期天我常常过河到对岸攀岩、登山上吕梁，这很危险，因为汾河虽然不深，但湍急，被冲倒了很难再爬起来。那山上面有松鼠、兔子、野鸡……小动物多得很。现在看去，吕梁、太行的植被还是不错，我觉得甚至比从前更丰茂了一点，但这条汾河是不见了，只余满河床的沙石。我根据经验问了问向导："上头有水库？"回说"有"。

清凉丛林

这次游山西，是由北至南渐渐盘旋而行，忻州是第一站。因为要上五台，第一站必是忻州。

王福楼说我，其实他也还是原来"那号球样"，还是部队时略带漫不经心的随意模样。但他很郑重地告诉我："你去，一定要拜一拜五爷庙。很灵的。"我这几年已不能爬山，有点担心上不去。他笑说："不碍，五爷庙你肯定去得了。"

这座山我过去读过一些资料，知道它"神"，有一些很负责任的纪实文字，谈它的秀美、谈它的灵异、谈它的神秘。人类一旦把某一种文化注入一种实体，这种实体本身也就会与文化产生化学反应，实体本身也是文化。佛家本来是不信神的，但人们几乎多数是将佛当神来敬。套一句鲁迅的话说，其实世上并没有什么神，信的人多了，也就有了神。就资料言及，五台山佛称清凉、道称紫府——这地儿不单是佛家文殊道场，也应是道家圣地的。但也许是道家坛场多年式微，也许是佛家文化在此昌明光大，总之，在五台我没有见到道士，全是大小和尚沙弥。福楼说："要看道观，得上恒山。"

现在我们去五台，汽车沿蜿蜒起伏的山麓公路回旋行进，到五爷庙我才知道，根本就不用爬山。山门外就是路，有专门的停车场。导游在车上就说"烧香是有规矩的，先烧哪一炷，再烧另一炷，次序不要错"，下车看见庙门外攒动朝拜的人群，通明闪着香火之光的焚炉大鼎，自愿在庙中伺候香火的居士，还有肃然进退的沙弥——我们已经个个穆穆存敬了。

五爷庙不算大，在整座的五台，和剩余的寺院比起，规制最多是中等。此后，我们又看了几座，也都是庄严宝刹，但论香火还是这里。

事先有联系，我们才见到方丈——这也和我们俗人差不多，名庙方丈，要见见也得"走后门"——他给我们介绍：还愿的人极多，五爷爱看戏，这戏台上的还愿大戏，要排很长的队才能轮到。这使我想起王福楼笑着说的话"五爷很灵的"。这恐怕不差，倘无灵验，谁肯还愿？我相信，这整座的五台都是灵的，一种文化倘无灵，何来天下籍籍之名？

方丈忙忙的，要出去开会，走前给我们施了圣水，我只默默祈祷"全家康平，女儿进步"——那人也太多了，嘈杂得什么也听不见，我将圣水抹到额前将眼睛洗了，才看见别人是喝了。

我这才得仰佛像圣容。他名声那么大，我自然比别的神佛要多留心观看。但他的坐像，比我想象的要小得多，不似别的坐佛那样伟岸、高大，有点像普通庙里供奉的装金神祇。方丈说，五爷是海龙王的三太子，是文殊菩萨的化身。我咀嚼品味着这两个合一了的概念。想起《金刚经》的话："须菩提，于意云何，佛可以具足色身见不？""不也，世尊，如来不应以具足色身见。何以故，如来说是具足色身，即非具足色身，是名具足色身。"这个话是有点"否定之否定"的哲学意味的。聪明正直谓之"神"，"觉悟而且悟人"是"佛"，神佛的合一，也是文化的融会，是信徒人民理念与愿望的统合。

五爷庙我看得比较仔细。田永清夫妇，还有我妻女妹甥他们身体好，兴致高，连看了几座庙。我爬不上去，只好看着他们"勃勃地"串了这里串那里。

他们在不停地看庙，我坐在山门的阴地乘凉等着，一边思量：山西和河南都是文物大省，比起来，我们的白马寺是佛教祖庭，少林寺是禅宗祖庭，中岳庙也是了得的大道观，个个都挺棒，不亚于山西，若论"形成气候"，绝没有五台这般的"文化人气"。道理是什么呢？想了想，也许是群体效应，这效应簇拥的是氛围，有了文化就神，就灵透成"势"，颠覆不灭。我们南阳的诸葛亮，湖北人争得占了上风，倘是道家大师，他们行吗？——这之后，我们又去了恒山悬空寺，佛教文化峥嵘而起，配以文化人气，带来的是山西独有的文化特色吧。山西的脉络很清楚：到北边，是宗教旅游；中部，是民俗和认祖；南边是皇城相府等特定的文化遗产。这几条似乎都是吃祖宗饭，但是吃得有滋有味，主客满意。我看太太和女儿不住地逛庙，不厌其烦地往功德箱里塞钱，人们在这上头再不吝惜的。山西人，脑筋行。

山西老抠能聚财

"山西老抠能聚财"，这是句老话。"老抠"是小气、吝啬的意思吧？但仔细想去，不大是的了。指望着吝啬、葛朗台那样一毛不拔的守财奴，能抠出平遥票号，还能有满布华北江南的山陕会馆？山西曾是全国财雄一时的省份，原因我看有三条：一、全国封闭，谨守自然经济法则，山西人则注重商业信息；二、这需要团结，山西人不闹窝里炮；三、最后一条才是"抠"。不是抠别人，而是抠自己，巴家会过日子，能算计和小气是两个概念。

巴家这一条，一看就知道了。山西的华堂美舍很多，也有寒窑穷舍，你进去看看，穷得只有几口酸菜缸，地下纤尘不染，炕上破被叠得齐整，东西都摆得井井有条，这就是山西人。我曾在大同挖煤，矿区是煤尘的天下，这谁都没办法——现今的大同，也不能避免这一条——但进矿工家，干净得叫人不敢坐，不敢碰东西。山上有黄芩，这是一味中药，用根，叶子是扔掉的，但山西人将这叶子九蒸九晒，日常就用它泡茶，我喝过，色香味都好的上佳药茶，一点药味也没有。写《雍正皇帝》时，我想起了它，还请"十三爷"尝了尝。记得我母亲给我做饭——拨鱼儿，胡萝卜丁，豆腐丁，加菠菜，面黏糊糊的，用筷子剔尖，然后用筷子蘸香油，她绝不多滴，只一滴，满屋喷香，我只诧异成人之后再没有人能做出她那样的饭。山西人嘲笑人无能："给他白面，他还要吃成调糊涂（面疙瘩）呢！"但别省人喝这面疙瘩是家常便饭。

这说的还只是微观。我这次走一走山西，从宏观上验证了微观的不我欺，乔家大院、王家大院是一个类型，修得再大，我的感觉还是土。古堡形式。常家大院的主人大约是喝过了点江南墨汁的，出来便是另一种色调。

这整个是山西的色调。你就到我们南李家庄看看凌氏的喜字院，也是与乔家、王家大院隐然相通的一般格调。平遥古城、王家大院、乔家大院、皇城相府都看了，加深的是顾家顾邻、巴家敬祖的印象，人在外头做生意、做官，挣钱往家里搬，把老太爷、老太太的事办好，再顾及邻居，这是"山西特色"。

山西还有没有尚未张扬的大院？作为类型性的问题，这就好比门捷列夫的元素周期表，这一类型的元素肯定还会有新的发现的。我很高兴山西人对它们的开发，这固是山西一"绝"，同时也是我们民族的一粹。什么叫粹？就是我们独有、别无分店的特定质地。

这一条，还可从阎锡山的故居看出来。他是出身北洋军阀系，服从中央又服从自己的一个典型：当中央的利益与个人利益一致时，那就是一回事的；利益有异，立刻翻脸——打！他待中共似乎也是用的同一原则。阎老西儿也顾家，他的宅子便能证明这一点。山西人对这主儿感情复杂，他反动，但乡情乡谊至今不衰，他的宅子现在还在为老乡服务、挣钱。我在看他的宅子时，想的是一个人不管他信什么形态，有一善之因，必有一善之果——这是佛理，也还是意识。

山西人自诩"地面文物占全国的百分之七十"，若是这些大院都计在内，我看是差不多的。在平遥，我们问及导游小姐："这座城什么原因保存这么完好？"她的回答颇令人意外："这干穷的过。没钱拆迁造新房，旧的又没塌，就保留了下来。"

这说的是实话。哪个地方没有文物呢？对于文物，政府都是极力保护的，但可能会因为"工作需要""城市建设需要"只好忍痛割爱了——今天割一块，明天割一脔，"爱"也就没了。山西人当日巨富，造了大量的爱巴物儿，后来又骤贫，虽然也"需要"，但没有割爱的"刀"，就留下来了，待到再富起来，有了更高的文明识见，发觉别地儿那些"需要"都是扯淡，爱巴物儿也就真成了宝贝。

这就好比原本是松脂，极不起眼的东西，大潮过来得急，一下子淹进水沙里，成了琥珀，有的里头还塞了蜘蛛、苍蝇、蚊子之类的，潮再次退出，露出来了，越是里头有东西（哪怕是个蚂蚁）越值钱，就算没有东西，它也是琥珀——这众多的"大院"，名人故居、遗址，不都是这回事吗？

山西人在北边穿起佛珠，是大串的玛瑙，中间是一大堆琥珀。和他们讲罗丹的"艺术"观也许是深了一点，但他们懂得玛瑙、琥珀比现代垃圾值钱，比我们有的地方强了去了。

吃呀！来山西，吃呀！

我虽说是山西产，但满打满算在山西待的时间不超过五年，其实还有三年昏迷：因为三岁之内的事已经忘掉了。剩下一年零一点，多是当兵，当兵什么都好，只有一条，得守规矩，不能乱跑。在太原只吃过一顿饭——那还是"文革""最最"辰光——记不清什么饭店了，不是"革命"便是"向阳"，再不然就是"工农"的吧。办法如次：先鱼贯进门，迎门便是主席像，藏人献哈达那样单腿前伸双手一摊："祝毛主席万寿无疆！"接着入桌，服务员来带领全桌同诵语录。挺奇特的——是：下定决心，不怕牺牲，排除万难，去争取胜利！然后开吃，只一味，水饺。

然而山西饭绝不只是水饺。就面食而言，能把粗粮细粮做出神韵来，做得生动、鲜活、有生命力，能把面做得有挑逗性的，恐怕天下无出山西之右。

只有不精干、被人嘲笑的窝囊山西人，才会做调糊涂吃。山西旧时不种小麦，吃白面自然就少，有俗语说"三十里白面二十里糕，十里地荞麦面走折腰"，意思是吃白面可走三十里，同样分量糕只能走二十里，荞麦面就更差劲了。现今山西白面多多，糕自是另有风情，荞麦面呢？洪教授教我们长命百岁，说荞麦面于糖尿病人有益，它身价也一下子抖了起来。

先说刀削面。刀工好的面案师傅，一个人可同时供上十数个人吃面。用刀一片一片旋，那削好的面着了魔似的倏地飞起，高空入水般飞进沸锅之中。更有花样大师，剃光头，裹上干净白布，把和好的面盘在头顶，双手飞刀削面，这效率明显是高了一倍。高手削面，每一片大小厚薄匀称，都是一尺来长，薄如蝉翼，半透明。打上牛肉卤，趁热浇点老陈醋、油泼辣椒，热、鲜、香扑面而来，没有入口，已是齿颊生津。

拉面和刀削面是可归成一类的，只是多用羊肉卤。中央电视台春节表演过师傅拉面，是当杂技玩的，拉得比头发丝还细，他这一表率，全国的面都拼命往细里拉，不惜破坏口感加什么添加剂拉长拉细，但实际上拉面是不能太细的，太细了就"没魂了"。它失去了面的灵气，到嘴里用舌头不用牙就"磨"成了面糊，什么意思呢？你玩玩"面把戏"可以，你把游戏当了真就傻气了。

这次在山西吃了几次，大致还是老样子，像"拉条子"般比筷子稍弱些许，且没有兑什么异样的玩意儿，地道。

饸饹（我很疑心它的本名是"河洛"），抿圪斗，糕，莜面卷。用榆皮面兑细玉米面，用大麦面兑豆面，可以压出口感很好的饸饹。用纯玉茭（米）面可以搓捻出蝌蚪一样的抿圪斗，凉拌吃起来也非常爽口的。炸糕、蒸糕的味道口感，山西均称第一。山西人用卤汤，也常用素的：山药蛋、胡萝卜丁、豆腐丁加几根青翠欲滴的菠菜，浇上饭就出味。这几样东西不用盐，加上点糖和粉丝做成甜汤，浇在水饺上，热腾腾的，点上少许的白酒或黄酒，就是"头脑饺子"——山西饺不用醋的，唯此一种吧。这种东西像啤酒，第一口觉得它咸不咸甜不甜的有点"乱"，不好。吃上两餐知道好处——我不说它健胃养肠、补脑助眠的效用——那味道有时半夜想起：明天非吃它不可！就是小米汤吧，加上玉茭面做成调糊涂，山西人叫"散面作"或称"撒"，稠糊糊、热乎乎，加上点老咸菜，或酸菜炝红椒，你尝尝看。

值得一提的还有合子饭。前头那些饭我都吃过，这次在车上，田永清一再提起，我竟不知道是何许饭，勾得将军食指大动。到大同点名要了，才晓得是做得很认真的杂烩"糊涂"，小米汤勾面、豆腐、粉条、萝卜、肉丝——有点腊八粥的意思。吃了之后，弄得走到哪里都想找它来吃。

老实说，这么着说吃饭，真是馋得有点下作。不瞒诸君，我小时吃山西拉面吃得急性胃扩张，撑昏迷住院多日，抢救得活仍旧好吃无悔。如今已望六旬，套一句屈原《九章·涉江》的话说是：余幼好此山西饭兮，年既老而不衰。这回游山西回来，打电话感谢李再新，感谢完之后又说："如果不贵，好弄，能不能买一套做抿圪斗、做饸饹的家什来？"就我现在的认识水平，所有这些山西饭，出味，特立独行，功劳有醋的一半，江苏镇江醋也不错，河南的界中醋亦很好，但论到吃醋，山西人世界第一，这是"山西特色"，谁也比不了。别人是调味，山西人是要"哈（喝）醋"的。

我的这些话，可以对河南人说，也可以对陕西、河北、山东、安徽人说，跟上海、广东人不能说，他就是拼命用菜来配他的米。米到头还是米，面文化与米文化道不同而不相与谋，就是夏虫，没法跟他"语冰"。

这几年糖尿病，谈糖色变，连面也不能饕餮了。但山西饭不但好吃，看一看也很解馋。

芦芽山一瞥

一到山西便有人介绍，山西有个忻州，忻州有个"万年冰洞"，洞中冰层万年不化。

这自然很新奇的。冰川，我在新疆的白石山、天山，河南的伏牛山都见过，裸露在地面上的冰块，是冬天造出来，或是冰块太大，或是天没热够，它没化完，万年不化的冰在金庸的《神雕侠侣》中见过，似乎是在深渊的涧底，万年不化的"玄冰"治好了小龙女的绝症。凡绝的东西，必有绝姿绝态和它特殊的语言。我们一行人都动了"去看"的念头。

带路的向导一路都在热情地介绍这个地方，但我的感觉是它离城太远了，汽车在芦芽山的山下，沿着大川反复曲折地盘旋着行进，总说"不远了"，但总是还不到。这么热的天，就为知道还有"一个冰冷世界"，费这么大的事，我觉得有点不合算：这不过是冰川纪的一块也许永远化不完的遗冰，造山运动时把它造进去了而已——我家冰柜里也很冷，不稀罕。

"最奇特的是离这里数百米，还有一座火山，有丰富的地热资源……冰与火同处一山，这是世界奇观……"

向导仍在说它的神奇，我偷偷看表：今天中午至少两点钟之前吃不上饭了。几点钟能到呢？这么着，一心以为黄鹄之将至，渐渐地，我被车窗外的景致吸引，专注起来，憬悟了自己的麻痹不仁，心躯整个都被震撼了。

我这人有个僻怪的毛病，即使是堵断墙颓垣，有时也能很专注地看它很长时间：那上边雨水浸润的印痕，粉刷颜色的深浅浓淡不一，斑驳陆离的灰皮旧砖，就像天上的云，如地图，如人物，如峻岭、森林、瀑布、山溪、河流、海波……你设想出一种，它便是一幅画，有时是勃勃的神气，有时也会是幽幽的鬼气。

此刻正是盛夏。芦芽山的风光当然是很美的，不知怎的，我有时会联想到天山的空寂与旷寥，但这样的景致还不至于令我入神。入山路左侧连绵不绝的断崖，愈来愈突出地显示出它的魅力来，我的目光不能离开它了。

山是黄土山，但它不是土，就这般颜色，搭配的是赭、褐的杂色雨淋沟，估计是干的苔藓织结而成一排排、一队队的路旁动物造型景观，远处峰顶还有风化而成的零星人体形石柱，摩崖石刻附在山峰上自车窗外一闪而过，有的地方还有凹陷下去的天然石龛。整个山体层面，犹似三千大比丘听世尊说法，大大小小、层层叠叠、高低错落的金刚、韦驮、比丘、比丘尼、优婆塞、优婆夷，世间天、人、阿修罗同处一旷大无比的坛坊之上，你目不暇接、思议不及时回神再看，它是常态的山峰静静地矗在那里，是不知已经历何劫，经数亿年，自自然的天工。但再走便不是天工了，有明显的栈道旧痕，嵌在这样的山体，却是若断若续、时有时无地接续着，得有几十公里！这些栈道上下，也有一些大小不同的龛，我在车上迅速地想："这有点人工的样子了，是做什么用的呢？"但车子是毫不犹豫地开往冰洞了，在那里盘了一个大旋，哼哼地加油爬坡，那边的景致看不见了。

冰洞开发得很好。一级一级的石阶，先下入一个天坑里，自然形成约二分地许的地下平台，在平台的冰洞口，便能看到润寒的冰层附在岩洞的石壁门口。《吕氏春秋·察今》有云"尝一脔肉而知一镬之味、一鼎之调"，我已经看到冰了，深入洞底，也不过看到冰多些、大些、花样翻新些就是了——

这个平台口，上边是焦热的盛暑，下头是奇寒彻骨的冰洞。我穿得单薄，觉得没必要下去专门受冻——便坐在一块条石上对永清将军说："大哥你们下去，我在这儿等着，这儿比空调房间要舒服十倍。"于是，我在洞前惬意地看天坑口，看云和树，碧绿的苔藓和不知名的藤——并没有多长时间，妻女和众人哆嗦着上来了。

我心里其实还在惦记着那石柱、石刻和古栈道。我在寻思古栈道的用途。这个事，回南阳后电话问王福楼，他说是用来走道的——这话多余——他又说不是军事用途，这句话补上，前句话就有点道理：平常人走道的。但山下蜿蜒平平延伸的大川，不好走道吗？偏要在上不挨天下不沾地的石壁上费功夫修道？带着这个疑问，返程的路上，大家提出要看悬棺，我也欣然："我们在这里留一留。"

悬棺没有什么稀罕，这不过是古人丧葬的一个品种罢了，如同少数民族一样是"少数品种"，我们的大街上如果突然迎面走来一位盛装的苗族姑娘，自然是满街的回头率。我的身体也不允许我爬这座山——就坐这里看吧。

我还是看出了点名堂。我以为我在车上的感觉，也许和这石崖、栈道与悬棺都是一个文化体系的。这座山太像是三千大比丘听世尊说法的坛坊了，古人也许早就注意到这一点了，这样的福地，自然是安息灵魂的最佳之地，于是便用悬棺来附崖而葬。栈道有几处明显的大起大伏是为什么？是为了选它的岩龛葬地吧？我以为这个栈道确实不是军事用途，而是古人认为走向极乐世界的通道。我的这些话不是学术考证的，全是遐想来的——"大胆假设"，但我心里还是为这"合理假设"蛮得意的。他们一行上去，约一小时后下来了，个个热得满头大汗，我说："我没上去，收获不见得比你们小，你们看，那块石崖龛：三尊大佛端端正正，是这山的'大雄宝殿'，那几尊摩崖有跪有坐，像不像迦叶摩顶？"众人细看，都拍手叫绝。

这个话题以后还会有人顺着逆着提起的。人坐在这山下，你就只管寻找，恐怕所有的佛教故事都能在这里连环找到。芦芽山啊，我肯定还要来看你。

陈廷敬的遗泽

晋城，是我们山西之游的最后一站。到这里来，为的是看皇城相府——康熙的大臣陈廷敬的乡居故第。陈廷敬这人，我写《康熙大帝》一书时没有收入作品。原因极简单，我在读清史时手头还没有《清史稿》这部书，是借来匆匆一阅，再匆匆缴还，竟没有读到陈廷敬的传。

或者是另一种情形，是匆匆浏览，只记重点人物，把陈给脱漏了。相府的后人至今为我没有写陈老先生而遗憾。我自己原是不遗憾的，看了相府，也觉得挺遗憾的。仔细思量后，又觉得不算很遗憾，是"有点遗憾"。

康熙皇帝八岁登基，十六岁庙谟独运智擒鳌拜，亲握帝权；十九岁决议撤藩；二十三岁三藩之乱狼烟未熄之时，又开博学鸿词科，一网打尽天下英雄；一生收台湾，定新疆，三次亲征准噶尔；六次南巡：拜孔子，祭明孝陵——收拢汉家人心……他的一生真的是波澜壮阔，他自个儿的素质，真的是了得。他的天才是不用说的，但满族人的天才若不与中原文化相结合，相融会起"文化会合"反应，无论如何成不了大气候。看了皇城相府，我忽有所感。康熙的文化营养，有重要一批内容来自陈廷敬这些汉家硕儒、通明孔孟大道的老师，这就好比吃菜，陈廷敬献给他的是"家常菜"。谁能说"家常菜"不重要呢？然而写小说，要给读者上色香味突出的，于是便是熊赐履、明珠、高士奇、索额图、陈潢这些有惊世骇俗之举的人物，但"家常菜"上得太少，也确实是我写作初期创作理念的失误。

从山西回来，又到了一次江南。那里的人常扳着指头跟我算：我这里出了多少状元、榜眼、探花，若干进士，几何举人。我笑着回应夸奖"林林总总，青竹满山"。

这是很实在的话，那些进士呀，状元呀，像竹子茂密，但不是栋梁。江南诸地生有一丛丛茂竹，北方竹子少，用一句孙荪（原名孙广举，当代作家）的评说：冒出来的，稀不棱的就是参天大树。我初到南阳，便听人们说"李疙瘩"怎样如何，后来读了许多书，才晓得是唐肃宗、代宗时的名相李泌。"李疙瘩"是"李阁老"转音，谁知此壶中奥妙？山西的傅山（字青主）、陈廷敬不能算"竹"，他们是太行山钟灵独秀、根通三泉、叶于青云的松柏，只不过傅山这木始终在山里，陈廷敬这木用进了庙堂而已。

我很惊讶相府的规制。就我自己一贯的语言，"古建筑，看了故宫不用再看别的了"，这次看了山西的，知道这话是错了，应该修订为："看了故宫，还要再看山西的，要看平遥、看皇城相府。"

张老总给我们带路——他是这里的书记——相府旅游只是他事业的一部分，看了内外宅，又看陈家墓园。我心中思量的是：这在当时，是否有点逾制了？陈廷敬是大学士，严格意义上说，清不设内阁，大学士就是宰相了，这没错，但若在北京城，相府搞成这样那不得了，肯定是要出政治问题的。即使有康熙赐名并亲笔御书，恐怕王府也不能这样"大胆建设"。然而通体看过，陈廷敬又不是个爱张扬的人，这里有很小心的、很道学的硕儒格调。康熙最破格提拔的是高士奇，"一日七迁"，坐直升机也没有升这么快的，是异峰突起、"山珍海味"。陈廷敬是老老实实上去的，是"家常菜"。"家常菜"能做成这样？我听他介绍，心里一直在盘算这件事。

当我听到"陈廷敬孝敬母亲"这话，好像一下子豁然了：两条。陈廷敬是山西人，顾家。"富贵不归故乡，如衣绣夜行"，他应有这个心理，京城搞不成这样的相府，可以在山里办。"母以子贵"，子孝尊亲，都是体面事、光荣事，在皇帝跟前也说得响的。再看相府对面半山，也还有一座古堡式的大庄园，亦是气势峥嵘，年代似乎和相府差不多。我又想，陈家的人见此会不会想："你一个土财主敢搞，我怎么也得比你强些！"——是不是这样的？我反正是猜，游相府时就这样想的。所有有御赐之宝的建筑，都极尽张大之事，这样炫耀"乡里独此一家，别无分店"，就是再宏伟，也不存在"逾制"的事，地方官就无从挑剔。陈家人够聪明。

我们随即又看了这里的工业，张支书的村里还办了五个煤矿，靠旅游，靠煤，这里富得流油。老百姓全是别墅式的楼，是家居，同时又是小旅社，我问了问，天天客满。司机小陈是陈廷敬的二十三代孙，他悄悄告诉我说："我们摊了个好书记。想事情先想大家才想自己，群众都搬了新楼，他还住老楼里。"这事一下子便明了了，山西省是资源大省，似乎全省都在隔着一层地皮的煤山上，旅游资源的优势于全国也在前排之列，还是看上去贫富差别不小，我看原因只在"摊了个好书记""聪明正直谓之神"，这一方"摊了好书记"，就是"神"了。河南有个南街村，还有个丰乐园，这犹如五台山的香火，山不在高，有神则灵，人气就高，财气是不必问的。

……返回郑州时天气不好，但盛暑的"天气不好"正是"天气好"。微雨里，汽车在太行山的盘山道上蜿蜒而行，云盘雾笼的峰端蒙着神秘的面纱，山谷和深涧唯其在雨雾之中，看去更有一种幽深和朦胧的美。进山西半个月了，看得饱，但还没有消化，她的美犹如母亲那样，融融的、容光焕发的温馨。我是山西的儿子，又要回到河南了。该向老乡们说点什么呢？道声祝福？这太平了。说声再见？是废话。赞美几句？大同、云冈的石窟真好，超过龙门石窟，五台山是佛宗最神秘的圣地，太行与吕梁的青山不老，汾河源头的水品质超过任何矿泉水……这都对，但这些话别人都说过了。我想说几句心里话，山西人有着天下最管用的脑筋，多想想办法，其一，把煤的开发搞得充分些。日本人从山西抢走的煤，至今还沉在海底没舍得烧。他们没有资源，把煤各种化学利用都搞了，他们用剩余的煤已是白色，装在塑料袋里，还能再烧用做饭。现在煤好卖，家里人能不能省着点卖，在煤的化工使用上多投点资？

其二，旅游的硬件重视了，软件——游区人素质、卫生诸方面能否多多培养？要知道山西人聪明，不仅是会替自己打算，也会精心替别人打算，老山西人的精明，新山西人还需努力学习……这么想着，车已驰出太行。两个小时，山西已在记忆中。这就是现在普通又普通的人类。

原载 2005 年 7 月 25 日《人民日报》（海外版）

昔阳感觉

我生在山西昔阳男李家庄，但三岁就"走了"，对这个拥有大寨的地方自小到大听得耳朵老茧磨起，然而心中的感觉，老家的风土人情、文献典故，基本上是"没有感觉"，因为爸和妈很少说起昔阳的这些"事"。昔阳有什么？有土山坡、石山坡，有酸枣树，有窑洞——和延安的窑洞差不多吧？有一座"浮山"，据说是女娲炼石补天的地儿，爸爸说那里的石头像泡沫块，很轻，扔在河里能漂起来——我的臆测那极可能是喷过岩浆的火山，岩浆的泡沫凝固了大约就这样。妈妈说，昔阳的玉米、小米、黄米、酸菜、莜面、荞麦、山药蛋……她不说白面，昔阳没有小麦。每到过年，我爷爷会从城里带回一个红薯，是河南产的——切开了蒸熟，一段一段分给家人，每人一段……这也是爸爸说的。没有感觉有印象，昔阳是个苦寒地，20世纪60年代前"什么也没"。

今年暑期回了一趟老家，找到了一些"昔阳感觉"。我说"一些"是因为只住了两天，很浮漂，或许连"一些"这样的词也是夸张的吧。

这里似乎还是玉米的天下，间或有一片又一片不甚连贯的黄豆，几乎不见别的庄稼，通连山岗坡地的绿汪汪的是极目不能览尽的青纱帐。父亲和日本人打游击最喜欢它：鬼子来了，一钻进去就没事了。我的堂弟晋平陪我转悠，我问他："现在还吃玉米面？"他一听就笑了："现在谁还吃这个？都用来做饲料。"但我知道外地人还是吃这玩意儿，因为它营养价值高。昔阳人大概不吃了？爷爷一段一段分家人享用红薯，河南人我晓得很有些人是不吃它的，因为"吃够了"，吃得胃受不了了，吃得"醋心"，闻薯即厌。昔阳人大约也是吃够了玉米面。人哪，其实是没有什么想吃什么，什么东西吃多了，肯定反胃。玉米地沿则是结着青豆一样的酸枣树，这叫"棘"，我写《康熙大帝》时具备了这个知识，是旧时代学子考场周匝防护的专用树种，现在人们知道它的营养价值，用来做"酸枣面"卖钱了。

　　我已是四十余年没回昔阳老家了，这次归乡，原想悄没声地串一串就走。我觉得尽管我已定居南阳，血管里流的还是昔阳的血。一个人倘毫无成就，是"羞见祖宗的心理"；有了点名声，张张扬扬地"荣归"，又大有"沐猴而冠"的嫌疑。前年到洪洞，见到我凌氏牌位，我跪下磕头。同行朋友说："二月河你还磕头？"我说："我给我的祖宗磕头，天经地义的事！"无论如何，肯定得回南李家庄，回昔阳正是七月十五，是祭阴的正日子，肯定得去祠堂给祖宗磕头，肯定得到爷爷、伯父的坟上烧点纸。我六十多岁的人了，又有许多毛病，万一哪天"哏屁朝天"了，没去祖宗那里磕头烧纸，得是多大的遗憾呀，但我"悄没声"的想法原是妄想。因为村上的老少爷儿们看电视，都认得我，从爷爷辈到孙子辈没有人没见过我"光辉形象"的。"解放回来了"是个村级大新闻消息，根本不可能暗箱操作。车还没进村，我已经看见房阴下、院墙旁、路边土坎上男女老幼，一群一伙散乱坐立看我的人已聚集在那里。拜祠堂上坟地……走路一路合十作揖、寒暄、打躬，累是有点，心里头亲。他们和我不熟悉，但他们叫得出我父亲的小名"文明"，二月河还有个名字叫"凌振江"，是"大先生的曾孙"，这些事让人想起来就觉得心里……

　　这样的温热和天气一样让人出汗，但晋平他们还觉得不够，为了让我"回家吃顿饭"，竟差点和县里的朋友闹起别扭。到吃的时候我才知道，玉米还是要吃的：调糊涂"一抿，一蘸，糊登一咽"，糊涂里头有老玉米、黄瓜、家栽的鲜桃，还有拉面——顺便说一句，这种面不要到外地吃。中央电视台那年春节表演的拉面技术，全国的拉面都拉得比头发丝还细，那真的是把面的魂都拉没了，面到嘴里舌头一磨就成泥了——吃拉面要到山西，到昔阳你赌试试看，羊肉臊子加红椒我吃了一海碗。糖尿病？回去吃药，下不为例。其实在县里也差不多，孟书记请我吃家乡饭莜面、荞麦面、散面作、抿曲……不能再说这个话题了，血糖高者不宜听。

连同这一次回昔阳共回去四次了，上次是红卫兵串联，我从阳泉下车，途经平定县城，一路步行到锁簧镇，从北南沟村到安阳沟村一路步行。昔阳人叫"步偏"，不知这个"偏"字用得对不对！反正是走回去的，一律都是土路加着料礓石，也能走汽车，那颠簸能叫人把五脏六腑都呕吐出来，这次看是全然认不出旧道来了，我在北京市区吃顿饭，来回路上走了四个小时。现在从平定到大寨旅行社只用了半个多钟头。孟书记叫孟希雄，用田永清的话说叫"极端热情"，他没有说他的政绩，几乎不停地在侃他的项目和计划和实施后的效益，侃文化开发——我觉得他有点孩子气的天真，把我看成是嫁出去的媳妇回了娘家，他是娘家人那么个样子分说家常，还让他的宣传部长带我到昔阳中学做了一个演讲——我看这样设备与教学质量的中学，全国也只能扳着指头去数的。

美不美？故乡水！亲不亲？故乡人！

原载 2006 年 12 月 4 日《人民日报》（海外版）

昔阳石马寺

南阳有座香严寺，洛阳有座白马寺，昔阳有座石马寺，我生在昔阳、幼居洛阳、老蛰南阳，"三阳"是我一生萦怀、最重要的三处地方，有这么三处要紧寺院。白马寺是天下祖庭，汉明帝夜梦西方圣人，醒来下令首建的华夏第一座寺，这是顶尖级的成功文化引进了。前不久，我在《人民日报》（海外版）写了三篇关于香严寺的文章，那是唐天宝之乱后，唐室倾颓败落中，中唐宣宗的避难之地——他在里头躲了七年，又复辟重握大权的。这些故事很可以写出几部厚厚的小说，但我这么一把岁数，又一直被一些人误以为"有学问"，生在昔阳却压根不知昔阳的石马寺。即便是文化界，我看也有个"嫌贫爱富"的事，前些时看了个什么电视剧，里头介绍许多云贵文化遗迹中有很多汉明帝之前佛教渗入中原的史证，学者有几人注意到？一种文化由一个民族向另一个民族转移，那是异常复杂持续而漫长的，我早年读《列子》里头的"西极化人"，断定春秋时佛意已进中原，可惜资料太少，个人是无力研究它的。昔阳的石马寺遭冷落，大约因为它离枢纽城市远了些吧。

但这寺院不宜再走"背运"，因为里头有东西，因为这寺"灵验"。有历史有文化有内涵的任何东西，你别想永远掩盖了。

冒着盛暑骄阳，我们驱车去观瞻这座寺。其实这里离昔阳只是咫尺之遥，窗外的青葱冈峦闪烁着绿宝石那样的亮彩，中间还嵌着条小河，或者说是"溪"，逶迤蜿蜒悠游而行，一会儿就到了。

我的第一印象是这座寺规模不是特别大，但极美观洒脱。整个寺院全部裸呈在溪边的山坡上，越小桥过溪，一级一级的阔大台阶，可以从容拾级而上。整个寺院琼楼玉宇，亭榭台阁，如同用玩久了的积木排垛起来的那样。我见过的寺院多了，但这样的格调叫人费心琢磨，怎么和别处不一样？

新吗？不新。这座寺是老牌子、老资格。寺中碑记明载北魏永熙三年，也就是 534 年，这里已经动工开凿佛像。三个石窟，一百多佛龛，一千五百多尊石佛像，已在这里坐了近一千五百年。寺凝神眺望着溪对岸的青山，它的"文化资历"越过所有的唐代寺院。

这是依山借势、层层起殿建起来的。这寺其实是用殿宇将北魏石窟包裹了起来，很快就要进驻僧侣，择日开光。有位叫李志恒的企业家挖煤挣了钱，与昔阳县政府合作，把废了几十年的断垣残殿收拾成这般模样：不算很大，但极阔朗明丽、大方潇洒。

然而就我的知识，所有的寺院都叫"丛林"。上头几个修饰词，应该说是一般寺院忌讳的缺失，寺院应该是讲究闳深、古静、安谧，茂林修竹、葱茏掩映，这样的天色——"禅房花木深"，天色阴霾，那么就是"楼台尽在烟雨中"——这么着才对。

我一下子悟过来了，什么地方"和别处不一样"？是所居者有异呢！昔阳县是土石山岭式的地貌。这里多是旱天，你别想在这里观什么烟雨，树木最多的是荆和棘——一人来高，高大乔木都不算多，寺院里常见的银杏、松、柏、竹、菩提、冬青，这些树就更难一见。这样壮观的寺院筑在山坡上，自然就格外显眼，袒露无隐。我心中的诧异一下子又回落下去。雨水少，无大树，不是石马寺的过错，这也是缘分使然。老佛爷他就这样安排造化，他在别的地方婆娑烟雨，这地方他就要沐浴太阳。这是风格。

石窟造像其实与云冈、龙门大同小异，因为重重殿堂罩起来，佛们坐在那里，更显得幽，安详地看着我们一帮俗客。引起我大兴趣的，是有一尊观自在菩萨坐像，头部已经缺失半边，身体微斜，一手支地，体态姿势一下子让我想起达·芬奇的速写人物，漂亮优雅极！我逛几处寺院，那里人都说他们有座"东方维纳斯"塑像，看了看虽好，却都有点夸张，这个观自在的自由奔放形容——我不说，你自己去看。另有大兴趣的是这里还有个石头暗道，石窟里的秘密石道中有石室。这是最近收拾寺院才发现的奇观，他们解释说是为避史书中说的灭佛藏身藏经的，我觉得有点牵强，地道的出口是地藏王殿，说是修十八层地狱，庶乎尽如人意。

元代翰林王构有诗说石马寺："碧水孤村静，高岩古寺阴。僧谈传石马，客至听山禽……夕阳城市路，回首隔丛林。"明代尚书乔宇诗云，"千古按图空做马，万年为瑞今从龙"，这说的是"石马寺"名的由来。因唐皇李世民在此遇难，由神马营救的故事。我看了看寺山门不远的两匹石马，太阳底下静静地站着，不知它们转的什么念头，也不知这念头转了多少年，它还会再往后想事"如恒河沙数"年的吧。

甘肃的麦积山、敦煌，山西大同，河南洛阳都有石窟，然而那里都是"旅游单位"了，专门挣你游客钱的。北魏石佛重新开光，受善男信女香烟礼拜的只有一座昔阳石马寺。什么叫"粹"？我的理解：独我所有，别人没有就是粹，就是特色。

他们送我一张《晋中日报》，标题形容石马寺：古老、厚重、神奇、神秘、恬静、和谐。寺里和尚出纸请我题写，涂鸦"菩提心境、清凉世界"。

有此八字，可矣。

原载 2007 年 3 月 1 日《扬子晚报》

新大寨行述

　　大寨——虎头山——梯田——陈永贵——郭凤莲，这是一串名词。打开我们的汉语词典，每一个名词都有它特定的本义，有的还有旁义、注释、索引、训诂、引申义等。然而昔阳县的这几个名词如果摆在词典里，所有的这义那义都会变得非常苍白无力与乏味。因为如果要彻底解释清它们，政治家、经济学家、文学家，还有五十岁以上所有的老百姓共同参与、商榷，也未必能得出一个权威的诠注。

　　同时又不需要解释，因为实际上它们又太明白了。大寨的意义是什么？说白了，是一次人工造山的全民运动。它是中国非现代科技下人力工作能力的极致，人的精神意志向自然挑战的顶峰典范。埃及的金字塔今天的主要用途是让今日之人研究观览的吧？我们现代人类已在造建上千米的高楼了，能说金字塔没有意义吗？不是的吧！将来我们的千米高楼也会同样是这个概念。我时和朋友笑说："大寨是现代中国农民手造的金字塔。"

　　曾经有一度，全世界来的贵宾和朋友到中国都要到这里来观瞻这座"塔"。即使是现在吧，它已沉浸在落日的余晖里，仍旧显得很壮丽。苍茫的太阳照在这座山上，站在陈永贵墓前仰望它，心中还是充满了缅忆与追怀。

　　来昔阳是不可不到大寨的。我是昔阳人，三次回老家都没来，这话对生人不能说，说出来我有点像个买椟还珠的人。这次总算补上了课。

　　但是大寨早已不是"层层梯田"那样的风范。它是彻底的"红色旅游区"，是一片茂密森林冈峦式公园。

我知道昔阳这地儿长不起大树，参天大树、遮天蔽日那样的景致在昔阳难得一见。沿着水泥沟缝的石板斜坡路往虎头山上走，我觉得自己实在是长期为错觉所误。

绿啊，山坡是绿的，峰峦是绿的，似乎连天空都被它们染绿了，夹路的树，山上的树把虎头山全部拥抱了。游人在开着不知名山野花的石径上走，也被这绿包裹了，犹如穿行在一条绿色的隧道。时至盛暑，走这样的山道当然要出点汗了，但你只要站一站，习习的山风就会扑面而来，吹得你身上心里都是一片清凉。

它当然不是《红楼梦》中潇湘馆形态，"凤尾森森，龙吟细细"的那样细腻柔媚。这里的树也像山西的汉子，质朴、峥嵘、挺拔，一株一株紧紧挨着，显得非常"靠实"，很有个性。这些"个性"密密地连接在一起就成了"共性"：森森然、修修然、井井然，秀挺里透着自豪。有时看着它们，蓦地就会想起"大寨人"来。

老一辈的大寨人陈永贵、贾进才，就静静躺在这森林之中，"亲戚或余悲，他人亦已歌。死去何所道，托体同山阿"，真真的人生西风写照。"托体同山阿"的还有大寨的历史陈列馆和相匹配的不少建筑，错落地嵌在山上，全部在浓密婆娑的林间掩映。你在这里静坐也不会感到寂寥，因为随处都是历史的辉煌与现在的繁荣在你身边对话。

可惜的是，我连一点昔日虎头山的影子也找不到了，绿化得太彻底了。如果按我的思维，至少要在狼窝掌一带留下一两亩最具典型意义的"大寨田"——我没到狼窝掌，不知有没有，没有，就有点遗憾。历史现实的比照参酌性也就弱了点。但这也许就是大寨人的个性，事情要么就不做，做就做得"彻底"，让他洞穿七札！山上还有郭沫若的墓，山西"山药蛋派"作家孙谦的墓，都是陈永贵的好友，"阴宅"与陈相伴比邻，兀踞在树丛中，不时向过客述说他们自己的历史语言。

没有见到郭凤莲。但我知道她是这里的"老支书"。她当然还有很多社会职务，然而大寨的老乡亲还是只认支书，导游也是一口一个"支书"。我和她有过接触，但没有见过面，去年人代会期间，我们通过一次电话。她称我"凌老师"，我叫她"郭大姐"。这次听介绍才知道她比我还小一岁，但是我的感觉是我没有叫错，人的大小不是单凭年龄就能确定的。陈永贵的一生可以用上"悲壮"一词，我认为郭凤莲，就她的实际遭际，比陈永贵还要艰难竭蹶，女英雄比男英雄难做得多。再就是她所经历的世态炎凉、人情冷暖，还有石破天惊的社会变革也极其复杂。山河与理念齐变，人事并境遇同迁，她能够带领大寨村民再造出一个新大寨，洵为人间奇迹。原本在人代会上约定"回昔阳见面"的，来昔阳预定日程也是要见的，但事竟未能遂。工作人员给我一封她的亲笔信，仅录：

尊敬的凌老师：

您好。闻悉您回到了家乡，又到学校讲课太辛苦了。我昨天下午本来想去拜见您，可没想到饮酒过多误事了，今上午等您回来再次(去)拜见，但是不巧有市领导来电通知让我立即赶到榆次。所以，我就不能等了。我深知您回来一次不容易，见不到您深感抱歉，希望您能谅解我。

三月份就要开会了，我到时一定在北京见见您，希望您多保重身体，有空就回老家看看。

致礼

郭凤莲

二〇〇六年七月十日

这封信老实得不能再老实了。如今的应酬场谁不知道呢？常见的是，在酒场上接电话："喂，我现在忙，正开会……"郭凤莲管着偌大的集团公司，说个"我接待外宾，忙……"也蛮可以的吧！她说自己是饮酒误事了。老实说，我见到这信，心里真的更对她尊敬。虎头山的铁姑娘队长，年方六旬，已经再造出了今日的新大寨，她今后还会再有什么大动作呢？这样的问题，人代会有缘见面的话可以问问。

原载 2007 年 1 月 29 日《人民日报》（海外版）

干净的济南

我很早就想到山东来看一看，一直没有机缘。早先，是经济条件所限，发下来的工资，除了必用的物件，全部吃光。我自己的"理论"：倘是你有连续劳作的事——比如我吧，要写书，三部"落霞系列"是五百万字的工作量，白天还要上班，只能晚上熬夜写——你不可能睡好，然而你尚且在嘴上抠门，睡不好也吃不好，那就只有死去吧。腰里没有铜板，只能眼巴巴望着山东犯馋，曲阜、泰山、烟台、日照……想去，口欲言而嗫嚅，足欲行则趑趄。后来挣了稿费，阔起来甚或登了"富豪榜"，身体却有点土崩的意思，老伴身体也不中用，视出门为畏途。"走山东"，那义士流寇们的强悍壮举，我来不得。

去冬却有了机会。女儿放假回家，她闲着没事，恰逢山东一位老朋友叫李晔的，又打电话约我去山东"走一走"。李晔原是胜利油田的总指挥，早已退了。他昔年到南阳，我们会过几面，不知我有个什么惊动他的好处，竟成了忘年交。老人殷殷相约，"家人都来，我派我的秘书陪你全程"，我身体能支撑，心里又想去，又有人陪，这就成了。

火车到济南，时已深夜，我们坐汽车，外头阑珊灯火，喧嚣扰攘的大街已静下来，这和其他大城市并无二致。在火车上晃了一整天加大半夜，躺在床上似乎还没有摆脱那个环境，耳朵里响着"哐当哐当"的车轮声，昏然睡去。

待第二天清晨起，拉开窗帘，眼目便是一片清亮："这么清朗、灿烂的一座城市！"

她干净，干净得像是讲究人家的客厅。没有易拉罐，没有塑料瓶，纸片和乱草也很罕见，大街小巷好像都是被水冲洗了，然后又用抹布细细擦了一样，是带着水痕那样的清洁。在济南城，到章丘李清照的故居去看，到大明湖、历山去看，我都有一种清明爽神的感觉。我读李清照的词时，也许因她的名字里就有个"清"字，影响了我的阅读感受，觉得她是一位极爱清洁的丽人才女。还有一桩，是我自己的偏见。大凡女作家，或者是因其有才天夺其貌，多是嫭众而妍稀，"地瓜""红薯""南瓜"型的"中吃不中看"——这是偏见的了，我们现在的作协主席铁凝就是美女，她可能不高兴我这样观瞻她的姐妹。李清照谁也没有见过，我固执地以为她是带着抑郁的那种美，不是"艳丽型"的。但济南的格调，不同于李清照的抑郁美和铁凝的自然美。她疏朗、开放、优雅，一副"清明在躬"那样的雍容与从容。

省人大一位领导知我来，当晚在他的机关院请我吃饭，饭前转悠了几处泉溪盘绕的小巷。机关院与民居都一般清洁——我是全国人大代表，但我这次来不是代表身份的视察，而是普通即兴造访的过客。看到这样的景况，一下子让我想到香港的维多利亚港湾的清洁，纤尘不染的城，连城市的天空似也被水洗过——那是异国情调的"国美"。而济南是中国特色的"国美"。江北的城市最美洁的还有扬州，那是带有江南情调的美。而济南不，她是带有黄河韵味的北方男子的阳刚美。

我敢断言，这里住着一群爱美、爱清洁的当家人。顺陇海线向西，你把眼望穿，也找不到这样的城市。滚滚红尘笼罩了，看二百米外的楼，轮廓都像罩了毛玻璃似的，没有"韵"。

再就是泉，这也是济南一绝，济南人引以为自豪的，本名就叫"泉城"。说是有"七十二泉"，但你不用去数，随便看看就知道，济南人已经不屑于将随地涌出的小泉、冒着珍珠一样细泡的散泉、终日清流的岩泉统计进他们的"七十二"里头去，他们说的是大泉、名泉。我来时，正是隆冬枯水季节，许多"名泉"都静静的，不再向外涌流，沿着解放阁一带，岩壁下，缝隙间，涓涓的泉水，或若细流，或滴滴不断地向下边的泉河汇集。河的两岸全是吃这碗"泉饭"的茶馆，即汲即烹卖茶。饮茶的口味济南人也特刁，"是黄河水是泉水到口即知"。有不少老头老太太用自行车推着塑料桶，或者手提塑料壶，小心翼翼地蹲在泉边接水，凝神盯着那水一点一点进入他们的容器中，精神上有点像跪在观音前瞻仰圣像的信民。我怀疑这个城市不会有矿泉水生意——到处是泉随处喷涌，喷涌的水皆是甘甜宜人绝无妨碍，谁还去买矿泉水？李晔的秘书小李说："矿泉水生意还是不错的。水还是这个水，年轻人就爱这个'派'。"

干净啊！现在别说济南这样的名城大郡，就到小县城无论有水无水，有泉无泉，还有几个城市的自然水，你能即汲即饮且喝了肚子不闹事的？如果工业污染在那里肆虐，你敢喝吗？如果生活垃圾随便倒在河中，河水还能饮用吗？我看到泛着清流的河水中荡漾着水草，清得幽暗，直到河底也是彻底的清。河面上游弋着小船，船工则站在船上，用铁丝网钩捞着偶尔飘落下来的枯叶，捞收水下过多的水草。岸边的茶客，接取泉水的市民往来如织，没有人丢放杂物到垃圾箱外，更没有人把塑料瓶之类的东西扔进河里。能做到这一点，又必须靠全体市民的自觉意识与维护意识吧？

趵突泉前几年不冒水了，这曾是一时要闻，我曾见过这个报道。这次去看，水仍在向上翻花涌流，我问小李："下面是不是装了个什么机关或自来水管？"他一下子笑了，说："凌老师，您可以下去摸摸——是自然流出来的。专家们想了很多办法，用黄河水加了水压，涌流没有过去那么高了，但确实是自然畅流。"他实际上回答了我心中的很多疑问，天空的青，碧水的明，还有城市的干净，潜台词是：人的功夫。

以后到曲阜，又以后到泰山，再以后到东营，一个样，干净清朗。就是蒲松龄的故居，一派"旧模样"，也还是干净清朗。我不再问为什么了，因为潜台词是一样的：人的功夫。

　　无论浓施粉黛，抑或淡扫蛾眉，美女必须远离污染，必须清洁干净，这是生活原则。

原载《佛像前的沉吟》，河南文艺出版社 2009 年 2 月出版

银杏情结

银杏很有名，但不是一种很常见的树。在我们中原，遑说城市，就是你下乡，进到最基层的自然村，槐、柳、榆、桑、椿、杨这些树多了去，树影婆娑掩映，树枝婀娜摇曳，但很少见到银杏这种树。

偶尔有那么一株，必是古树，老得"不知年月"了，但是仍在"结白果"。这样的树，其实人们已经不再按照寻常意义上的植物来看它，常常地，不知不觉间在传递它的种种灵异感应，把它当神敬了。一株老银杏往往便是方圆数十里内的"坐标"性物件。

银杏果是很好吃的，无论你炒菜、熬粥、烧烤，它的形态不变，拇指大小，黄玉一样光滑圆润。它好吃，也好看，香，你坐在客厅里与朋友说话，厨房锅里熬着粥，也就那么几粒，从门缝里透出来那个香啊……主人客人都会忍不住咽口水。如果是鲜果，放在微波炉里转或在铁锅上翻炒，它的香味不但会弥漫你的居室，甚至还要透到院外传到邻居家——这是掩不住的香，"浓烈的"清香，一点人间俗气也无，缥缈着侵袭你，引逗你的食欲。

也许因为它的"不俗"，身上带着这么多的神性，寺院里多有银杏树。去年我到几座古刹随喜，几乎每个寺院都有一株老银杏。无论和尚还是导游，都要把它单列出来做介绍："这株银杏树，树龄已经两千多年了，树冠这块地方有一亩方圆，现在还是每年挂果。"挂的果哪里去了？没见寺院有售，我看是和尚们吃了。佛经的教义我还是知道一点的：远离尘俗，远离奢侈，远离享受。我敢肯定，和尚们吃到这一味果，对他们来说，那是超凡脱俗的高级享受。

中国的寺院，"院龄"最长的是白马寺吧。白马寺建寺也不到两千年，那就是说寺院是挑选着"有白果树"的地方建寺开光？抑或是建寺之后和尚们移植的成树？没有哪家寺院有碑碣、有考证能说明这一点的，我也真的思量不得。

银杏树树冠枝繁叶茂，华贵而雍容，树干挺拔伟岸，很有些贵族风度，挺立在幽静的禅房大殿前。像一位虔诚的信徒在静聆世尊说法，又像一位年高的尊者在关照进院礼佛的善男信女，它的与众不同，它的从容不迫，它追求永恒的时间与空间的执着……也许就是这些气质为它招来了许多大德高僧的青睐，让它得以移进庄严佛土，沐浴晨钟暮鼓磬鱼法音的吧。这树是凭它的风韵夺取它的文化地位的。

《金刚经》有云：须菩提白佛言："世尊，如我解佛所说义，不应以三十二相观如来？"尔时，世尊而说偈言："若以色见我，以音声求我，是人行邪道，不能见如来。"——银杏树是可以"见如来"的。

平原乡间冷不丁地你会听到"××地儿有棵大银杏树"，也许是条件反射的效应，我常常会联想："那里是不是曾有过一座寺院，荒芜废弃了？"打听一下，我的这个念头竟常常"符合事实"。

这树在深山老林中也有。"野银杏"，挂的果与市场上卖的果一般无二，和寺院的果也无二致，但很少听说有人在自家庭院里栽种它的。

但我在山东做客，到了一位老人家中，他家院里全是银杏树，别的树没有。他叫李晔，原先的官不小，但现在已经退休了。李晔祖籍南阳，前十几年他回乡探亲，因为读过我的小说，而且挺喜爱，约见了我，遂成忘年之交。自那以后，我们又见了两三次面，每次见面的谈话主题便是银杏，从银杏的果，说到它的材质，说到它的药用价值，李晔的话集起来可以写一部书。有一年他知我有糖尿病，专门请人采了一捆银杏枝条捎到南阳来，嘱咐我"熬水喝，可以抑制血糖"，可惜我正忙着赶稿子，忙了那头跟不上这头，喝了几次觉得很苦，而且费事，也就把这事给"荒"掉了。但从那时起，我在电话中、见面时都称他为"银杏老人"。

他是个朴实得掉渣的高级干部，已经是20世纪90年代了，来南阳还是一身旧军装，往他脚下看——赤脚草鞋！他的朴实无华，确实有点"公孙树（银杏）"的意味。银杏也着实要有这样一个人来爱它。

第一次见面，李晔就告诉我他愿意在全国鼓吹植银杏十亿株。为了还这个愿，只要有人请他大会小会作报告，李晔言必称银杏，"经济价值""文化价值""药用价值"……一大堆的价值，集中起来就是他的银杏情结。今年春节前他约我去了一趟山东。他已经"跑不动"了，全程都是他的秘书李阳陪同，到黄河岸边看了他们的银杏林带。

壮观哪！这林带宽处有二百余米，窄的地方也有一百多米，有的地方不足两米栽种一株，全部是一个规格，挺立在黄河岸边都有大茶碗粗，绵延不绝向远处延伸三十里地。李阳告诉我，单株的价值已经超过二百元。这是财富！当初关于这块地"栽什么树"争议很大，一位领导同志找李晔，本来想动员他同意栽种沙棘、白杨树这些树的，被他当场"策反"，成了坚定的"银杏派"，在台上和人家夺话筒，向全场听众陈说"银杏树的好处"。李晔期望的十亿"银杏"数，早已在全国被大大突破了。我告诉李晔："我和你一样喜爱银杏树，好看，好用，值钱，文化价值也很高。"我自己院里也栽了一棵，原来是一个盆景，被花工拧成了个S形，栽到地上，它就"正常了"，下头树干还是S形，两年蹿起来，挺拔得像白杨树，鹅掌一样的叶子长出来碧绿漆青、翠色欲流——这树不宜做成盆景，它大气，盆子里养太委屈了。

1999年我写《乾隆皇帝》最后几章，突然中风，吃的药——金纳多是打银杏中提炼出来的。打的什么点滴，一问，也是银杏炼的。还有一种，医生临床急用解决栓塞的，再一问，还是"银杏为主"。德国这方面技术高，他们来买我们的银杏叶，制好的药，再卖，我们也买。隐隐地，我觉得吃亏不小。

一亿年前的白垩纪晚期，地球上可能发生过一次可怕的灾难——很可能是遭了外星体的剧烈撞击——总之是上帝生气了，把地球翻腾着"犁了一遍"，全世界的银杏都"犁"死了，只有留在中国的还在，或在大泽荒烟的山间，或进了寺庙，反正都是"隐士"。现在"隐士"出来了，如同榆、杨、桑、槐一样走进了大千世界的和谐园林中，和我们平常人愈来愈亲愈来愈贴近，这无论如何都是让人高兴的一件事。

原载《佛像前的沉吟》，河南文艺出版社 2009 年 2 月出版

电影剧本

匣剑帷灯

画面 暮色苍茫，一辆金漆四轮轿车自北京西南门疾驰而出。

荒村萧索，寒塘枯树，破庙噪鸦。

二十四岁的顺治皇帝端坐车中，失神地凝视前方。可以隐约看到后厢中还呆坐着四五名亲信侍卫。

驭手在沉着地驱车。御马狂奔，轿车飞驰。

黄尘弥漫，笼罩了银幕。

字幕 1661年，清帝国皇帝爱新觉罗·福临的爱妃董鄂氏患病久治不愈，溘然长逝。

画面 黄尘散去，轿车在寂寥的高坡上前进。

顺治皇帝失神的脸。（化去）

秋叶飘零，顺治在董鄂氏（追封为皇后）灵前徘徊。冬雪纷纷……

顺治帝仰首望天，远远传来寺院钟鼓之声。

黄尘又起。

字幕 深深爱着董鄂氏的顺治皇帝，陷于无法排解的绝望之中。他看破了红尘，决意抛弃金碧辉煌的九重之宫和天下万几的重任，遁入五台山清凉山的普贤寺。

画面 黄尘散去。

普贤寺，铙鼓齐鸣，香烟缭绕。

方丈老和尚在为顺治剃度，众和尚合掌闭目诵经。

普贤大士金像。

顺治帝俯首皈依。

剃毕，老和尚高唱："寸草不生，六根清净。"顺治帝稽首退下。（化去）

山间崎岖小道上，四乘绿呢大轿落下。御林军迅速攀登，布哨。

索尼（老态龙钟，颤颤巍巍）、苏克萨哈（年轻，四十余岁，似有点心神不定）、遏必隆（左顾右盼，面带狡狯）、鳌拜（武将出身，动作矫健敏捷，一身横蛮气）次第下轿，略。

画面　举让，攀山。

字幕　满族亲贵大臣多次赶赴五台，以进香为名谒见顺治，百般挽请皇帝归京亲政，终归无效。

画面　御林军包围寺院，众和尚排班稽首。

字间幕　四大臣鱼贯趋步入庙。

顺治帝稳坐蒲团，闭目捻珠，击木鱼诵经。

四人匍匐请安。

顺治不理。

四人长跪不起，叩头启奏。

顺治被激怒，戟指斥责，拂袖入内，四人连连叩头。（化去）

慈宁宫。湘帘垂地，御香缥缈，四大臣跪伏丹墀之下，太后佟氏端坐帘内榻上。

佟氏　皇帝既然一意修行，这也是没法子的事。咱们也只好勉遵圣谕，只我是个女流，祖宗家法是不能干预政事的。皇帝遗诏尔四位辅政大臣，务须切切在意，辅佐幼主。好自为之，皇上将来自然不亏负你们。

四大臣　（叩首）臣等谨遵太后懿旨！

字幕　就这样，1662年正月，八岁的爱新觉罗·玄烨于北京紫禁城太和殿即位，这就是在我国历史上统治了六十一年之久，建树了辉煌的文治武功的康熙皇帝。

字间幕　八岁的康熙，乘八人肩舆，入中和殿，乳母魏氏随肩舆行至殿外立定，康熙入殿时尚顽皮朝她一笑，但魏氏却恭谨地跪在了殿外。

画面　午门外：御林军列队仪仗。

太和殿：百官鹭行鹤步，趋拜如仪。

镜头拉远，太和殿远景，推出片名：匣剑帷灯

画面　热河之滨：芳草铺地，野花缤纷，汉、满、蒙古人在较量骑射术，几位蒙古族王公在彩棚观看。马嘶鸣着，骑手拉着缰绳耐心地等待命令。姑娘们在草地上歌舞。

魏东亭挤在人丛中看。

领唱的何鉴梅在唱：

天上的群星，盼的是清朗的夜空，

地上的百花，盼的是雨露和春风。（化去）

魏东亭和何鉴梅并辔纵马驰骋、较箭。何一箭冲的，魏箭后至，中劈何箭。何嫣然一笑，抛花击魏，策马飞驰，魏逐何而去。（化去）

魏东亭微笑看着唱歌的何鉴梅。

草原上的羊群，盼的是春草芬芳，

行船的艄公，盼的是波澜不惊。

彩棚中，几个王公在品茶。

王甲 喂，老兄，这个领唱的姑娘是谁呀？

王乙 不是我旗下之人，大概是穆里玛大人府下的人。

王甲 穆里玛？是鳌拜大人的堂弟吗？

王乙 点头。

另：彩棚中，穆里玛在啃着一条羊腿，欣赏着鉴梅的舞姿。

家人 （读信）穆里玛大人，鳌拜大人的书信。

穆读信 什么，皇上已经到了热河？嘿，也好，今儿个就让他看一出好戏！

何鉴梅 （唱）

小伙子和姑娘，盼的是姻缘的美满，

田里的庄稼汉，盼的是五谷丰登。

微服出巡的康熙，带着三四名小厮，挤在人群中看热闹。

康熙 老伯，这位姑娘唱的是什么歌？

老人 《十盼歌》。盼来盼去，也就是图个天下太平。唉，听说鳌拜大人又
要圈地了，好好的庄稼都要踏了去种草，好好的人家都要拆散了。

康熙 皇上不是已经下令禁止圈地了吗？

老人 皇上？（苦涩地摇头）皇上还是个十三岁的孩子，他哪知道这里的事！

康熙 （颔首）

何鉴梅 （唱）

读书的秀才，盼的是榜上有名，

朝里的贤臣，盼的是皇上圣明。

魏东亭一眼瞧见人群中的康熙，不禁一惊，闪离人群。

康熙兴致勃勃地在观看歌舞。

天下的百姓，盼的是能得温饱，

南北的商人，盼的是生意兴隆。

一听差 （走前向康熙打千）少爷，我家公子借一步说话。

康熙 你家公子是谁?

听差 少爷不必多问，过去便知。

康熙 （看了看众小厮）好吧!

众小厮尾随康熙来见魏东亭。

康熙 公子高姓大名?

魏东亭 在下给少爷请安。（双膝跪下）

康熙 素昧平生，何以行此大礼?（躬身扶起）

魏东亭 （低声）末臣魏东亭乃皇上乳母魏氏之子，去年皇上驾幸臣府，臣有一面之荣，因此臣认得皇上!

康熙 起来! 你既认出了朕，绝不能告诉任何人!

魏东亭 臣以为皇上应该马上回行宫去，据臣所知，这里有人要谋害皇上!

康熙 （沉思片刻）嗯，知道了! 魏氏阿姆常向我说起你，你很机灵，我——回京之后再说吧。我去了。（上马鞭策，四小厮亦翻身上马，向魏东亭拱手）

魏东亭 诸位，善保龙驾，这里的事有我!（五骑远去）

远处一彪人马飞驰而来，翻身下马，为首的直奔穆里玛将军，向穆里玛耳语。

穆里玛 （面带喜色）有这等事? 圣旨带来了吗?

将军 是鳌拜大人亲自写的，我带来了。

穆里玛 好，照计行事！

　　　　将军一挥手，众军士将人群团团包围，顷时大乱。

将军 有圣旨！各王公、军民人等一律跪听宣谕。

　　　　众人黑压压跪下。

将军 热河行宫及京畿禁地一律照旧例圈地分旗，着由穆里玛随机办理。

众王公 臣谨遵旨（众起），请穆大人发落。

穆里玛 各位王公不必不安，你们各守藩属，回家去，这里的事由下官安排。

众王公 谢穆大人关照（退下）。

穆里玛 各臣民听着，圈地之令再经重申，今日必办！汉军旗、镶红旗、镶白旗、镶黄旗所有旗民各归本营，不得混杂相处！

　　　　人群大乱。

群众甲 我们妻儿老小已经在此住了二十多年，叫我们迁往哪里？

群众乙 这不是皇上的圣旨，我们不迁！

　　　　魏东亭悄然靠近何鉴梅，耳语，何鉴梅暗随魏东亭出人圈，乘人不备，魏东亭一拳将一位骑士击下马，飞身上骑携何鉴梅飞驰而去，人群顿时大乱，四散。

军士报 穆里玛大人，一个小子把您府庄上的丫头何鉴梅带走啦！

穆里玛 不用慌！四面都是我们镶黄旗的铁甲军，不怕他们飞到天上去！

　　　　魏东亭带着何鉴梅策马向东飞驰，一彪军队迎面压过来。

　　　　魏东亭回身向西，迎面又是大批军队，只好又拨马回驰。包围圈逐渐缩小，人们又被压在一片。

穆里玛 把那个贱人带上来。（何鉴梅被绑了来）

穆里玛 你这小美人倒会勾引外旗的人，我宰了你。

管家 （假意）二爷，这是相国夫人点名要去侍候的人。（对何鉴梅）还不赶快向二爷赔罪。

何鉴梅 （机灵地）奴才不谨，差点被他抢走！

穆里玛 把刚才骑马带人的那个家伙带上来！

魏东亭 你嚷嚷什么？你是皇帝老子，不许别人骑马？

穆里玛 你是谁，这样撒野？

魏东亭 我是大清朝的臣民，骑的是大清的马，跑的又是大清的土地，有何
撒野之处？

穆里玛 你竟敢抢我府里的人，你大概是汉军旗的吧？

魏东亭 我就是想教训一下你这没有王法的东西。

穆里玛 来人哪！汉军旗的奴才们要造反！（一刀砍去，魏东亭举剑招架）

魏东亭 镶黄旗竟敢假造圈地圣旨，这才是真正的造反，跟你们拼了。

　　　　双方械斗，刀刃交加，骑兵与步兵冲突，人声嘈杂，不时有人惨叫。

汉军旗人少力单，渐次败去。

穆里玛 要不是看在皇上的分上，今日个一定要斩尽杀绝！（带着人马军士
扬长而去）

　　　　地下横着几具尸体，到处是断剑残刃和血迹。

魏东亭 天哪！（从地上拾起一张弓，拉响弓弦）

　　　　鳌拜府，穆里玛、班布尔善在饮酒作乐，二妖伎弹唱。

甲 （唱）

　　　　说与你听你不信，

　　　　总怕奴家心不真，

　　　　手拿着红汗巾拨灯候你呀，

　　　　道不的奴家等的是旁人？

乙 （接）

　　　　涎皮赖脸小郎君，

　　　　谁许你弄箫人家门？

　　　　冤家呀，若不是我心儿肉，

　　　　狠一狠，我就扎你一针！

穆里玛　好！好！你就扎我一针。（把脸凑过去，二人拍手大乐）

穆里玛　阿哥，您下朝回来了！

鳌拜　你做的好事！

穆里玛　我？我怎么啦？

鳌拜　（拍案大骂）混账东西，那魏东亭的母亲乃是当今驾前承奉的乳母，你为一个丫头挑起镶黄旗和汉军旗百姓械斗，弄得苏纳海几个大臣告我的状，皇上要下诏停止圈地。

穆里玛　阿哥。

鳌拜　坏了我的大事，我宰了你！

　　　　穆里玛垂首不语。

鳌拜　还不快把那个姓何的丫头送往魏府赔礼！

鳌拜夫人　（口噙水烟，手拿火纸楣，呼噜噜吸着款款踱出中庭）什么事啊？这么沸反盈天的。

鳌拜　哦，夫人！

穆里玛　嫂子！是这么回事，阿哥正为何鉴梅之事跟我发脾气。

鳌拜夫人　自己兄弟嘛，何必呢！

穆里玛　我这就把何鉴梅送过魏府去！

鳌拜夫人　送过去？这丫头是他家的？

二月河文存　562

鳌拜　唉，魏老太太说是她的亲戚！

鳌拜夫人　（嘴一撇）这种把戏谁不会！慢说不是她亲戚，就算是，现在也
　　　　不能还给她！

班布尔善　太师，太太说得对。现在咱们正要圈地占营，不能玩软的。领地
　　　　划清楚，将来就是有事，咱们也有块地盘。这么一赔礼，他们趁势把圈
　　　　地的事也变了，往后可就不好办了！

鳌拜夫人　是嘛，养移体，居移气，咱们能自倒旗帜，给人糟践？

　　　　鳌拜沉思不语。

班布尔善　四位辅政大臣，索尼老了，遏必隆是个见风使舵的人，只有苏克
　　　　萨哈难对付一点。你手中有兵权，宫中禁卫军又归你管，皇上不过是个
　　　　毛孩子，怕什么！

鳌拜　让我仔细想想……

　　　　鳌拜夫人佯欲踱步而出，穆里玛、班布尔善随鳌拜夫人出。

鳌拜　回来！（穆里玛急止步转身）

鳌拜　（阴沉缓慢地）你去把皇上的几位贴身卫士、你的那几个酒肉朋友找来，
　　　　告诉他们，今晚我请客！

　　　　鳌拜转身，羽毛翎占满整个银幕。（化去）

　　　　武英殿，康熙端坐椅上，杰书亲王赐座矮几，苏克萨哈、遏必隆跪
　　在椅旁。

康熙　杰书亲王。

杰书　（躬身立起）臣在。

康熙　这次大考有多少人选进翰林？

杰书　备送三十名，尚未进呈御览。

康熙　不必了，朕年幼学浅，你等三位主持殿试就是了。

三人 臣领旨。

康熙 苏克萨哈。

苏克萨哈 臣在。

康熙 你把落榜举人的名单和他们的策论题目开列清楚送文华殿。

苏克萨哈 （奇怪地抬头看了看康熙）臣领旨。

　　　　殿外，鳌拜昂然升阶，侍卫讷谟诙笑着迎上。

讷谟 （低声）标下给太师请安！（打千）

鳌拜 （大声笑着）这不是讷谟军门吗？

讷谟 喳——

鳌拜 起去！泰必图、塞本得他们呢？

讷谟 今儿个只有标下当值。

鳌拜 你们要小心当差。

讷谟 喳——

　　　　殿内，杰书等侧目而视。

康熙 （明知故问）是谁在殿外喧哗？

鳌拜 （跨入殿内，一边走一边说）奴才鳌拜恭请圣安。
　　　（略打一千即起）不知陛下召臣何事？

康熙 （对杰书等）你们也起来说话。（对鳌拜）苏纳海、朱昌祚、王登联
　　　停止圈地移民的奏议想必你已经看过了？

鳌拜 苏纳海、朱昌祚、王登联身为朝廷大臣，不遵圣意，欺君罔上，按律
　　　应处斩刑。

康熙 各旗旗民和睦相处二十余年，并无隔阂，让他们背井离乡，恐怕不能
　　　算是善政吧？

鳌拜 满汉杂处，如被汉人同化，岂不坏了祖宗法制？

康熙 荒唐！汉人难道不是朕的子民？（稍顿）你眼睛里既有祖宗法制，为何纵容你的从弟穆里玛抢劫汉女为婢，挑起热河旗民相斗，这成话吗？

鳌拜 苏纳海三大臣妄言欺君，罪在不赦。倘若各旗分居而治，谣言何能加之于臣？此等乱臣贼子，不斩不足以平民愤！

    康熙沉默不语。

鳌拜 （扬眉甩臂）欺君之罪，凌迟处死。国法载有明章，今仅定斩首弃市，皇上尚犹豫不决，将何以儆戒后来？！

康熙 索尼，你以为该怎样处置？

    索尼默默不语。

康熙 遏必隆，你呢？（鳌拜注目遏必隆）

遏必隆 （眼珠骨碌一转）应照鳌拜太师所议办。

索尼 臣意也是如此。

鳌拜 苏克萨哈老弟，你呢？王登联这个汉人可是你的得意门生啊！

    苏克萨哈无言怒视鳌拜，二人对视，目光如刀似剑。

鳌拜 皇上，既然臣等所见略同，就请皇上下旨。

    康熙不语。

鳌拜 皇上年幼学浅，不能亲自写诏，臣只好代劳了。（近登御几，一内侍上前阻挡，鳌拜轻轻一拨，内侍即摔出四尺远）

鳌拜 （微笑着抬起朱笔，迅速写诏，甩给讷谟）付于刑部照旨办理便了。（转身对康熙一躬）皇上还该读点书，长点学问，我要向皇上举荐一位好老师。

康熙 （铁青着脸甩袖）朕有你即可，何必要什么老师！

    鳌拜昂首阔步出殿，索尼、遏必隆瞠目结舌，苏克萨哈怒目而视。

华门外，宣读诏谕，苏纳海等三人跪听。

圣旨 苏纳海、朱昌祚、王登联不遵上命，着即处斩。

三人 臣谢恩！

圣旨上流下血来，滴在地上。

入夜，风雨交加，雷霆闪电，不时将文华殿外照得雪亮，康熙容色惨淡，背手绕室徘徊，忽然转身据案而立。

闪电、雷鸣。

壁上悬剑在电光中晃动。

康熙移灯移几而坐，拿起桌上未中进士举人名单。

康熙的手指在名单上移动，在伍次友的名字上停住。

策论题目《论圈地乱国十二不可》。

康熙疾步跨出殿外。

讷谟迎上。

康熙 宣侍卫魏东亭！（言毕即转身入内）

讷谟 喳——

大雨如注中魏东亭来至殿外。

魏东亭 报——四品御前侍卫魏东亭觐见圣上。

康熙 （厉声）进来！

魏东亭一步跨进殿内，行礼。

康熙 起来，到朕面前来！

魏东亭摘掉宝剑置于殿上，缓步走近康熙。

殿外闪电大作，讷谟在偷听。

康熙 魏将军！朕可以信得过你吗？

魏东亭　（急跪）臣包衣贱奴，数世受恩于皇上，有圣谕尽言不妨，如有欺心，

（天响炸雷）臣愿死于雷殛！

康熙　很好！从此你就是朕的一品带刀侍卫！（从壁上取剑亲手佩于魏东亭

腰间）宝剑赠英雄，尔好自为之！

魏东亭　（激动得满眼是泪，扑地跪下）臣，谢恩！

康熙扶起魏东亭，拉至灯下，以指画伍次友名，口中说着什么，魏

东亭附耳倾听。

次日，悦朋店。

店主　伍先生，您何必回乡？像您这样的学问，来科中进士是一定的。

伍次友　（苦笑摇头）我的文章《论圈地乱国十二不可》得罪了鳌拜，可说

是永无翻身之日。再说，老母高龄，倚门而望，我这个游子要回去侍奉

她老人家了。

店伙　伍先生，门外有一青年公子要见你。

伍次友　哦？

魏东亭　（抢步入店）奉主人之命，谒见先生。（打千见礼）

伍次友　（急忙还礼）先生尊姓台甫，主人何人？

魏东亭　不敢，在下魏东亭，主人乃索额图大人的幼公子，老大人久仰先生

道德文章，欲聘先生西席，幸勿推却。

伍次友　老大人台阁清望，高山仰止，次友一介书生，龙门难登，点额而还，

何足辱大人青目。

魏东亭　先生江南才子，大人素来佩服，今科虽不得意，来科必中无疑，望

先生务必不要推辞。

伍次友　只是家母——

魏东亭　先生不必为家室过虑，大人已派人到江南去接老太太了，大概一日

之内，先生母子就能见面了。

伍次友　索额图大人竟肯如此惠爱，次友只好尽心竭力了。

魏东亭　只是公子自幼娇养，老夫人十分钟爱，先生不可以师生常礼拘束，

每日功课只一个时辰，先生有余暇也可读书自娱，岂不两全其美。

伍次友　如此，就先谢谢了。

魏东亭　店家，伍先生该你多少房钱？（掏银）

店主　八贯铜钱。

魏东亭　（摸出一锭纹银）这是十两纹银，把先生的账清了，余下的赏你了吧。

店主　这——谢谢，谢谢！（奇怪地望着魏东亭，化去）

紫禁城月华门内一坪青砖地上，一群十四五岁的少年在练习拳术。

康熙坐在椅上观看打拳。

一少年打武当拳。

二少年相扑。

三少年柔术。

康熙　这么玩没趣。（对太监）告诉乐坊来人侍候。

太监　喳——传乐坊人等侍奉。（二黄门飞跑传旨）

群练长拳。

康熙　停！朕要看少林、武当拳对练。

魏东亭打少林拳（乐人奏曲配合），一少年唾手而上，二人斗成一团。

鳌拜、遏必隆、苏克萨哈三人上朝，黄门拦住。

黄门　众位大人，皇上说今儿个不得闲，有事请众大人商议着办就是。

苏克萨哈　公公，你转奏皇上，说我们是禀告云南桂王吴三桂的本章的。

黄门　不管什么事，皇上概不接见。（悄悄）你不见他玩得正高兴？

苏克萨哈凝望一时，叹息而去。

遏必隆摇头缓步踱去。

鳌拜　好嘛，好得很，让皇上好好玩吧。

班布尔善　太师，我看不像是玩。

鳌拜　唔？

远处众喝彩声，魏东亭一拳将对方击倒，倒地少年哇的一声哭了，引起一阵哄笑。

班布尔善　这都是从朝中一二品官员的子弟中选拔来的。

鳌拜　（藐视地）这样的黄毛孺子，就算是冲着我来，我也不在乎。（从袖中取一铁尺）喏！（在左手食指上缠了两匝，又用二指扳开拉直，当啷扔在地上）

班布尔善　太师神文圣武，人所不及。

鳌拜　当不起这四个字。我是三十载沙场将军，一千年经霜老狐。哼哼！

冬雪，魏府后园，康熙拥炉而坐，魏东亭侍坐。

伍次友讲学，桌上摆着一部《太公阴符篇》。

康熙在做功课，伍次友、魏东亭旁观。

康熙　（挥笔疾书）"溥天之下，莫非王土；率土之滨，莫非王臣。"（化去）

桃花盛开，康熙在御花园举石锁。

开弓射箭，正中红心。

盛暑，少年亲贵们在月华门前练习武术，魏东亭练习沙掌，一掌将一石柱头砍掉。

鳌拜府一干人在密议，外边传来曲声。

穆里玛　太师，这几日风声不好，昨儿个我听内廷老赵说，皇帝自己找了个老师，叫伍什么来着——

班布尔善　伍次友，就是写《论圈地乱国十二不可》的那个家伙。

讷谟　这很像是那天雨夜皇帝叫姓魏的办的那件事。

鳌拜　他一个举人，怎么能见皇帝？（默然良久）在什么地方读书？

穆里玛　老赵也说不清楚，不知藏在哪家大臣府内。

鳌拜　他练了一群娃娃兵，又请了个文人当老师，这一文一武——

班布尔善　说不定就在那个姓魏的家里！

泰必图　他一下子就把那个姓魏的小子提升成一品带刀侍卫，好家伙，简直是寸步不离。

讷谟　我看皇帝是不要咱们满人了。

班布尔善　这小主子真叫人猜不透。今天苏克萨哈上本要去守先帝的陵寝，他亲笔批旨让议政王杰书询问苏克萨哈为什么不肯在朝，要去守陵。

鳌拜　这也是冲着我来的。

穆里玛　来者不善啊！

班布尔善　太师博古通今，有这样几句话说得好："察见渊鱼者不祥，智机过造化者寿夭，功盖天下者不赏，武震其主者身危！"

　　　　　　鳌拜端着水烟拼命地抽。

泰必图　太师如果不思变计，祸起萧墙之日，纵有诸葛亮的智谋也悔之无及了。

鳌拜　（心烦意乱地站起来踱步，倏然间决定了下来）这样吧，先从那个苏克萨哈身上动手。

众　苏克萨哈？

鳌拜　用他们汉人的话，这叫作"清君侧"！来人！备轿。

众　太师。

鳌拜　干大事就得有干大事的器量，我去拜会议政王杰书！

次日五鼓，景阳钟响，康熙御会。

杰书　（跪着奏本）……苏克萨哈身为辅政大臣，不知仰报天恩，大肆狂吠，欺蔑主上，现合以谋反论罪，应处以凌迟之刑，全家处斩！

　　　　一太监在宫外吐舌，二人窃议：呀，要剐苏克萨哈大人了。

康熙　苏克萨哈请守先帝陵寝，不过言语激烈一点，怎么能定这样的罪？你们怎么会议的？

　　　　杰书回头看鳌拜。

鳌拜　不尊当今皇帝即是谋反，有何不当？议政王所奏甚合中允。

康熙　处以至惨之刑，尚言中庸，你读的是哪位圣贤的书？你与苏克萨哈有何仇隙，一定要斩尽杀绝？朕偏偏不准！

鳌拜　臣与苏克萨哈并无仇隙，只是秉公处置！

康熙　恐怕未必！

鳌拜　若不如此办，将来臣下都要欺君罔上了！

康熙　欺君罔上的人，眼前何尝没有？朕看苏克萨哈倒还有些规矩！

鳌拜　（一跃而起）皇上莫非说我欺君罔上？（目视讷谟，讷谟、泰必图等按剑逼近康熙，魏东亭欲拔剑）

康熙　（意识到处境危险）不必如此急躁嘛！朕意苏克萨哈也不至于就凌迟处死嘛！

鳌拜　（感到杀康熙尚无把握）皇上既然恩典，那就免他凌迟，杀掉算了。

　　　　康熙沉吟不语。

杰书　以臣之见，就处以绞刑吧。

鳌拜　看陛下面子，便宜他一个全尸吧，臣实不能再让。（径自扬长而去）

康熙　（咬牙切齿）杰书，你跪近前来。

杰书　（膝行而前，惊恐地望着康熙，康熙扬手一记耳光）朕昨日怎样吩咐你的？

杰书瑟缩着歪倒在一旁。

魏府，魏东亭灯下读书。

窗棂击敲声。

魏东亭 谁？

窗外门房 魏大人，外间有一青年公子昼夜来访，说有要紧的事拜见您。

魏东亭 请进来吧。

门房提灯前引，一青年人紧随其后。

魏东亭打开房门，青年人闪身进来，仆提灯离开。

来人 魏公子。

魏东亭 你是？

来人 （笑）当初海誓山盟，才过三年，就忘了我了？（一把去掉头上瓜皮帽，露出女相，原来是鉴梅）

魏东亭 啊！你——鉴梅，你怎么来的？我到北京后几次找人到太师府上打听，他们都不知道你这个人。

何鉴梅 我从热河一到北京，他们就给我改了名字叫素秋，我一个女孩子，被困在相府内院，又到哪里去找你呢？（啜泣）今天我是偷了他小公子的衣服改装趁夜混出来的。

魏东亭 梅，你来了就好！我——我们再也不要分开了。

何鉴梅 不行，我是来告诉你一件急事，马上就得回去。

魏东亭 什么？

何鉴梅 你是和当今皇上一起习武的领头人吧？

魏东亭 你怎么知道？

何鉴梅 皇帝每天还到你这儿来读书？

魏东亭 啊！这你也知道？

何鉴梅　这些，鳌拜相国都知道了，明日他要到这儿来搜人，抓到皇帝当即杀掉，你可要早做防备，我去了！（转身就走）

魏东亭　鉴梅——

何鉴梅　（忍不住回转身来）公子，你——

　　　　二人握手。

何鉴梅　魏公子，你好痴心！难道你忘了，你是汉人，我是满人，满汉是不能——

魏东亭　别说了！

何鉴梅　你我今生无缘，只好等到来世了！

魏东亭　天哪，同一个中国，同一个皇帝，为什么要定这样不通情理的王法？

何鉴梅　您不必儿女情长，妾一去永无再见之日，但我的心永远是你的。（拔下头上玉簪，一击两截）留这个给你，见了它就如同见到了我。

魏东亭　不，不不！杀了这个老贼，我们还能见面，还能团圆。

何鉴梅　（伤心地摇头）宫廷内外，京城禁军都是他的党羽，他们每天都在商议要杀掉皇帝，你能有多大的力量救下皇上？（跪下）我求求你，你还是逃走吧！

魏东亭　不，不不！凭着日月星辰我向大地起誓，我如果不能匡扶圣主亲政，铲除奸雄，宁可粉身碎骨于刀剑之下。

　　　　拔出康熙赐剑刺臂洒血在灯和纸砚上。

何鉴梅　圣主！一个十五岁的孩子？

魏东亭　是的，十五岁的人，聪明才智、宽厚仁爱，比唐太宗李世民有过之而无不及！

何鉴梅　功名之心，妾不能为君去之，但我有我的职分（稍顿），我可以为你死！

魏东亭　（看着何鉴梅）你有这样的心胸？好！那么，这样——（转身去房中取出一沓银票）这是五千两银票，你可以用它买通几个报信的人与我门房通风——鉴梅，事若不成，我做忠臣，你做烈女，事若成，我纳官不做，换取皇帝恩准，我们成夫妇。

何鉴梅 公子——（双膝跪下，魏东亭扶起了她，对视良久，鉴梅离开魏消失在夜色之中）

　　　次日，文华殿前魏东亭带几名少年驻守殿前，一太监送茶。

太监 魏将军，皇上用茶……

魏东亭 皇上正在读书，照老规矩，放在这儿，你去吧！（魏东亭亲自将茶送进殿内，返身即出）

　　　一官员手捧文书，魏大人——

魏东亭 哦，钱尚书。

官员 皇上昨日吩咐要的公文——

魏东亭 请大人放在这儿，暂时回府，皇上读完书，我可以代奏。

官员 如此，多谢大人了。（二人拱手相别）

　　　穆里玛不经通报径向殿内走去。

魏东亭 穆里玛大人。

穆里玛 （傲慢地）有什么事吗?

魏东亭 皇上吩咐，读书时天塌下来也不许惊动他。

穆里玛 魏大人，虽说你是一品侍卫，我可是侍卫副总管啊。

魏东亭 我知道。

穆里玛 （走近殿窗一觑，里边并未见人）嗯，好，知道就好。（踱着方步走开）

　　　穆里玛摆手示意，一小侍卫急忙跑去。

小侍卫 魏大人，鳌拜太师在贵府专候。

魏东亭 鳌拜大人到我府上去了?

小侍卫 说请大人即刻回府。

魏东亭　你们几个小心侍候着。

众　喳——

>　　魏东亭下阶而去，穆里玛远远看着奸笑。

>　　魏东亭骑马至府，翻身下骑，将鞭一甩按剑入内。

>　　鳌拜坐在中庭。

魏东亭　（参拜）太师光临，蓬荜生辉。

鳌拜　嗬嗬……老夫今日前来并非擅造檀府，只因天牢里昨夜逃了一名钦犯，

乃系苏克萨哈一党，皇上命我百官家中搜索，贵府夫人乃是当今乳母，

先严魏军门又与我交情甚厚，怕先生误会，所以老夫亲自走一趟。如果

没有就算了，如果有呢，就把他交出来，决不难为于你。

魏东亭　钦命重犯，下官何敢私藏？就请一搜。

鳌拜　哪里的话，既然没有，就罢了吧。

魏东亭　不不不，还请一搜，免遗后话。

鳌拜　如此，放肆了！钱大人，你带着兄弟们各处察看一下，不许惊动内眷。

魏将军，我同你一起花园叙谈。

魏东亭　请，请——

>　　二人一同步入花园。

鳌拜　这座花园小巧玲珑，清雅得很。

魏东亭　这座假山得自太湖，古人有语"山不在高，有仙则名"。

鳌拜　嗯！这池水荷花也真不错，可以说是"水不在深，有龙则灵"了！

魏东亭　大人过奖，这小小的池塘，不要说龙，就是鲤鱼也没有一条！

鳌拜　好，好，到底跟着好老师，少年有为，身手不凡。

魏东亭　哪里，要说老师，谁能比得上太师呢！

>　　鳌拜哈哈大笑。

侍卫　相爷，花园后房有两人下棋，家人们都说不认识。

鳌拜 不要打扰他们。魏将军，一同看看好吗？

魏东亭 太师奉旨而来，当然无处不可去。

　　　　二人一同入房，一花白胡子老人和一青年在对弈围棋。

鳌拜 这位是——

魏东亭 吴先生。

鳌拜 伍先生？队伍的伍？

老人 非也非也，鄙姓口天之吴。

鳌拜 哦——

魏东亭 我请的幕友，江南有名学者，吴天章。

鳌拜 久仰久仰。

老人 过奖过奖。

军士 （报）太师，穆里玛大人说皇上在文华殿读书完毕，要太师前去议事。

鳌拜 （一惊，旋镇定）此次奉旨而来，实属不得已。有得罪之处，容改日
　　　　私邸谢罪。

魏东亭 太师说哪里话？这是圣上旨意，岂可当"谢罪"二字？

鳌拜 如此，告辞了！

　　　　中门呀呀而开，放炮之声，鳌拜上轿而去。

魏东亭 这盘棋，你是输了！

　　　　伍次友讲学，康熙对座听讲，他心中恨极，抓起茶杯摔于桌下。

康熙 简直欺人太甚。

伍次友 莫非为相国搜府之事吗？君子喜怒不形于色，公子如此浮躁，我很
　　　　为你担心。

康熙 （起身一揖）学生知道了。

伍次友 天地君亲师，师属五伦之中，生之于师，犹子之于父，臣之于君。

我与你名虽师生，谊实兄弟，并不怪罪于你，但公子前途无量，将来匡国助君不可桀骜不驯。

> 康熙另有所悟。

伍次友 自古权臣欺主皆由其根性不正，以致身败名裂，后者很应该以此为戒。

康熙 敢问先生，史鉴上有没有制服权臣的君主呢？

伍次友 秦汉以来，权臣如赵高、王莽、曹操、司马氏、卢杞、秦桧、严嵩等，被制服的可以说一个也没有。

> 康熙静静地谛听。

伍次友 权臣只有两条路，或待英明之主诛灭他的九族，或篡位夺权取而代之，这都是人主懦弱，姑息养奸所致，一旦羽翼形成，权臣虽能不反，也是很难办到的。说到"制服"二字，其实也并非没有，但制服之后，也就不再是权臣了，所以史无明载。

康熙 先生讲得很透，我一定恪遵师教，上报苍天祖宗，下不负百姓之望，将来做一个经世济民的好人。

伍次友 我看公子天资英睿，门第高贵，将来如能将你教成名，我就心满意足了。

康熙 先生的志向只怕小了一点，我看先生确实是翰苑之材。

伍次友 读书人能当上翰林学士，终生之愿也就足了。

康熙 （莞尔而笑，转了话题）先生，家叔说，侍女婉丽对先生很有好感（回头看婉丽，婉丽羞赧低头，却不敢回避。魏东亭在旁捂嘴笑，亦不敢插言）。先生既无家室，就将此女送与先生奉巾栉，如何？

伍次友 （书生气地摇手）非礼勿言！公子上有高堂，岂可自专？

康熙 此乃小事，我禀告母亲一声即可，先生可以静候佳音。

> 伍次友呆望窗外。

康熙 （一揖）学生告辞了。（带魏东亭下）

鳌拜府。

穆里玛　阿哥，这几天我总觉心神不宁，轮我当差，皇上总盯着我看，心里实在有点发怵。

讷谟　太师，内廷这几天调动很频，咱们几个哥儿都拆开了，只有我手下几个弟兄还在一起，再不动手，怕就迟了。

鳌拜　班布尔善，你看呢？

班布尔善　事至而疑，迟而不决，取败之道。要动手，明天就好。皇上每天都在乾清门听政，那儿又是讷谟军门当值，就在那儿，怎么样？

鳌拜　好吧，明天（何鉴梅端茶上了廊下），不是鱼死，便是网破。不过有三条你们记着：一、绝对秘密；二、不能用刀和绳子；三、我在场他不能死。这得用班布尔善的百鸟羽酒了。

班布尔善　追魂丸。

何鉴梅掀帘入内，众住口。

班布尔善　听说怡亲王福晋和他老人家这几日总闹别扭，太师如有工夫，到那儿解劝解劝。

门上　（报）圣上驾到！

鳌拜　来得好，那么就是今天吧！素秋，你班大叔新制一种茶点，待会儿泡上端给圣上。

何鉴梅　（暗吃一惊）奴才知道了。

鳌拜　门子，禀告圣上，说我身体欠安，在寿鹤堂歇着，请他到那边去吧。（急走）

门上　喳——

寿鹤堂，康熙带着魏东亭与四侍卫款步入内。躺着装病的鳌拜，装作勉强挣扎着起身。

鳌拜 皇上仓促驾临，老臣犬马病齿，不曾出迎，还望恕罪。

康熙 你是先朝老臣，不必拘礼。

二人落座，四侍卫护定康熙。

魏东亭机警地查看房间，从鳌拜卧榻中抽出了雪亮一把钢刀。

魏东亭 太师，这是——

气氛顿时紧张，二侍卫暗暗逼近鳌拜，窗外鳌府人等逼近寿鹤堂。

鳌拜 万岁不可误会，近日老夫常有梦魇，此刀为镇邪之用，今日不知万岁驾幸，未及——

康熙 （斥责魏东亭）大惊小怪！刀不离人、人不离刀是我满人的风俗。还不退下！

何鉴梅奉茶上。

鳌拜 噢，这是江南的女儿茶，新茶吐尖，未嫁之女凌晨冒露采得几片，噙在口中，每日仅采数枚，清新得很，圣上不妨尝尝。（看着康熙）

康熙 （接茶在手，发觉碗底有一纸团，一怔）这几日我身体欠安，御医正在用药，不便用茶，善意只好改日再领了。

鳌拜 此茶活血脉，通经络，不管什么药，都不妨碍的。

何鉴梅转身退去。

鳌拜 素秋。

何鉴梅转身叉手侍立。

鳌拜 圣上来此是莫大的荣典，你去叫咱家的班子，来为皇上演奏一曲，老夫强撑病躯，也要陪圣上一乐。

在鳌拜对何鉴梅讲话时，康熙偷展纸条："茶可饮，此地危险！"

康熙 太师美意我心领了，朕也有新戏一出，明日邀太师共乐吧。这茶，魏东亭，赐你代朕饮了吧。

魏东亭　（看了何鉴梅一眼，何鉴梅颔首）（慨然）臣遵旨谢恩。（跪叩，仰首一饮而尽）

鳌拜　（奸笑）将军可谓慷慨忠义，茶中有毒，你可知道？

康熙　（哈哈大笑）真会开玩笑，哪有此事！咱们走吧。（站起身来就走，五人尾随而去，鳌拜送至大门处）

鳌拜　（返身入内）素秋，班大人的新茶，你放进去了吗？

何鉴梅　是班大人亲自放进去的。

鳌拜　方才你与那个姓魏的眉来眼去，以为老夫不曾看见吗？嗯？来人！（两彪形大汉入）将这个贱人锁在后院空房之内。（对何鉴梅）三日之后，姓魏的不死，我拿你祭刀！（化去）

　　　午门，内侍宣旨。

内侍　有旨——宣一等公鳌拜乾清门觐见！（读毕圣旨换了一副笑脸）呵呵，大人，咱家这里给您叩安了！

鳌拜　乾清门今儿个谁当值？

内侍　讷谟、班布尔善、泰必图他们几个一早就在那儿恭候着呢！
　　　二人边谈边走。

　　　乾清门，讷谟等迎接鳌拜。

讷谟　给大人请安！

鳌拜　起来吧，皇上呢？

讷谟　刚才传旨说一会儿就到，您先候着吧。

鳌拜　（压低嗓子）都好了吗？如果软的不行,就用刀砍死他。你这个开国元勋，可以当一等公，将来做个郡王也不难！

讷谟 谢大人!

> 乾清门大钟扎扎作响。

> 鳌拜在踱着方步。

> 奉先殿,数十名少年亲贵跪伏听旨。

康熙 诸位壮士!鳌拜专权欺朕已非一日,司马昭之心,天下皆知!今日我
要为国除奸,全赖壮士卫我社稷!

众臣 遵旨!

魏东亭 (膝行数步)皇上,奴才与鳌拜怨仇不共戴天。今日与他只有一个能活,
倘有不测,皇上可将此交予鉴梅。(断钗奉上)

康熙 将军何至于此!万一不测,一切请放心。

> 乾清门,鳌拜踱步越来越快。

鳌拜 怎么还不来!

讷谟 方才说一定来,大人不必心急。

> 毓庆宫,众刺臂出血,滴于酒中。

康熙 (大呼)有抗旨者格杀勿论!

众 有抗旨者格杀勿论!

康熙 照计办吧!

> 乾清门。

鳌拜 不行,我得出去看看。

毓庆宫太监 (持敕而来)有旨,宣鳌拜入毓庆宫觐见!

鳌拜 (愕然)不是说在这里接见我吗?

毓庆宫太监　这个小人不知，皇上有旨宣您入毓庆宫，说现在诸王贝勒大臣都还未到，要先和您对弈一局，然后来此议事。

鳌拜　（略放心）哦，即复皇上，说臣鳌拜即刻就到。（太监去）今日此事，只怕其中有诈！

讷谟　九门提督，宫禁总监都是咱们的人。怕什么！您只管去。

鳌拜　不行，你们几个也要一起去。

讷谟　这——

鳌拜　（凶狠地）怎么？怕了！我告诉你：事到如今，功名富贵身家破亡只有一念之差！杀了皇帝我就是天下之主，杀不了，你们谁也跑不掉。

讷谟、班布尔善、泰必图等十余党羽　我们全跟着您！

　　　　一行十余人由乾清门向毓庆宫行去。

　　　　第一道关卡，一年轻太监躬身放行。

　　　　康熙在镇定地瞭望。

　　　　第二道关卡。

内侍　鳌大人，奉旨只召您一人哪！

鳌拜　嗯？！（目注内侍，内侍胆怯地低头放行）

康熙　（瞭望着）魏东亭，你亲自去！

　　　　魏东亭带四人设第三道卡，鳌拜等走近。

魏东亭　有旨，召鳌拜一等公一人进殿，其他人等在此留步。

众　今日总监派我们当值，皇上出了事，谁来承担？

魏东亭　我只是奉旨行事，今日会议云南吴三桂，事关军国重情，无关人等一律挡驾。

鳌拜　（沉思）也好！不过，魏大人，既然皇上只召我一人，你也不便前往吧！

魏东亭　我要向皇上交旨！

鳌拜 宫禁侍卫都是我的部下，谅你也不能怎样。（对讷谟等）你们先在这里候望，有什么动静，再去！

讷谟 遵命！

　　　　魏东亭前行，鳌拜趾高气扬地跟随进殿，守殿的两名侍卫将殿门关上。

康熙 （高踞龙椅）鳌拜，你可知罪？

鳌拜 臣有何罪？

康熙 你结党营私，妨功害能，欺蒙君长，乱施政令，密谋弑君叛逆，敢说无罪！

鳌拜 有何证据？

康熙 哼，少不得还你一个证据，左右与我拿下！

鳌拜 （傲慢地）哪个敢来拿我！

一少年亲贵 我来拿你！

鳌拜 （狂笑）黄毛孺子，能有几许本领？

　　　　一拳击去，康熙拔剑督战，二少年扑上擒拿，鳌拜打沾衣十八跌，二少年倒地，四少年又迎上，四人倒地。

魏东亭 闪开了！（切口用庖丁解牛之势，鳌拜不敢轻敌，二人抵掌，各倒退数步）

鳌拜 好力量！

　　　　魏东亭打百花错拳。

鳌拜 （边退边叫）你是什么拳路，全都错了。

魏东亭 老贼，今日教你一路，这是百花错拳！

　　　　二人迎斗，鳌拜渐不支，众侍卫一拥而上，将鳌拜擒住，鳌拜一拧身，四侍卫即倒。

魏东亭 （进掌而击）看你可受得了我这黑砂掌！

　　　　鳌拜受掌晕头转向，魏东亭一脚将其踹倒在殿。

魏东亭 跪下！还敢无礼吗？

　　　　殿外。

黄门捧敕宣旨 鳌拜、讷谟、泰必图图谋不轨，着交刑部议处，其他人等一
　　概不问。

讷谟 鳌拜大人有功于国，无故得咎，我等心中不服，请圣驾出来容我们面奏！

黄门 你们有理到刑部说话！

讷谟 （挥剑砍死黄门）弟兄们，此时不动手，还待何时？

众 （鼓噪）我们要见皇上，我们要见鳌拜大人。（一边攻上殿阶）

　　　　忽然殿门大开，康熙出现在门口，四名带刀护卫紧随。

　　　　讷谟等如泥塑木雕一般。

康熙 你们不是要见鳌拜吗，看吧！

　　　　鳌拜被捆得像个粽子，被人从殿中抛出，他面色灰白，瘫在地上。

康熙 把讷谟、泰必图、班布尔善给我拿下！

　　　　几侍卫如狼似虎地扑来，讷谟等束手就擒。康熙摆手示意，鳌拜等
　　被押下。

众 （跪呼）万岁！

康熙 宣遏必隆、杰书上殿！（回身入殿，款款坐下）

　　　　遏必隆、杰书气喘吁吁上殿，行三跪九叩礼。

康熙 杰书亲王请起！遏必隆，朕问你，你这个辅政大臣当得怎么样啊？

遏必隆 （伏地叩头）奴才有负先皇帝托付之重，今圣明在上，剪除元凶，
　　此天下苍生之福也！

康熙 混账东西，还敢在朕面前巧言令色！你知道他不好，为什么圈地移民
　　时不与他相争？苏克萨哈死时，你为什么与他朋比为奸？来！革去他的
　　顶戴花翎，与鳌拜一并发往刑部议处！

遏必隆被革去了帽上珊瑚珠，押了下去。

康熙　杰书亲王！

杰书　（慌忙跪下）臣自知罪重如山，乞皇上严加惩处！

康熙　嗯。（略一思索）遏必隆，回来！（侍卫又将遏必隆带回殿中跪下）
朕念你们系先朝老臣，给你们一个立功赎罪的机会，就命你二人往刑部
监审鳌拜，如有徇情之处，该怎样办呢？

二人　皇上待罪臣如此高厚天恩，若不知报效，诚猪狗不食之人。若再有徇
情枉法之处，臣愿领灭门之罪！

康熙　好！这是你们自个儿说的。（转身对魏东亭）朕命你陪着他们二位刑
审鳌拜，赐尚方宝剑一口，可先斩后奏！

魏东亭　臣，领旨。（化去）

字幕　1664 年深秋，鳌拜之案审定。

幕底　午门宣旨，百官跪听。

　　　读诏：

　　　奉天承运皇帝诏曰：鳌拜系勋旧大臣，奉皇考遗诏佐理政务，理宜
精白乃心，尽忠报国。不意鳌拜结党专权，紊乱国政，纷更成宪，罔上
行乱……（化去）

画面　魏东亭带亲兵，查抄鳌拜府邸。魏东亭救出被监禁在后院的何鉴梅。

　　　"……诸臣以其罪行重大，皆拟正法。朕不忍加诛，姑从宽免死……"

画面　铁锁银铛，鳌拜被押进天牢。

　　　"……遏必隆无结党事，免其重罪，削去太师职衔及后加公爵……"

画面　遏必隆在府设香案受旨，革顶谢恩。

　　　读诏：

　　　余如班布尔善、穆里玛、噶褚哈、济世、塞本得、泰必图、讷谟，

表里为奸，擅作威福，罪在不赦，概令正法。

画面　一行囚车推向东市……

保和殿，魏东亭率领一干少年向康熙行礼。

康熙　尔等数年以来，追随朕躬，克除元凶，功在社稷，乃朕心腹之臣，朕当论功行赏。

众　万岁！

康熙　下去吧！（众叩首下）魏东亭！（魏东亭叉手待命）传旨伍次友，我要召见他。

魏府花园书房。伍次友书诗，婉丽侍墨。

伍次友　你家主人待我甚厚，这次如果再考不中，我该怎么谢他呢？

婉丽　先生就拼着才学，侍奉他一辈子吧！

伍次友　（长叹）梁园虽好，终非故乡啊！

婉丽　你的学生已许你功名，是不会落空的。

伍次友　（一笑）他是孩子话，怎么当真？纵然他是王子公孙，为我到皇上那里说项，但这样的功名，有志之人是不屑取的。今秋大选如若不中，我是决意不再考的了。

魏东亭走进书房。

魏东亭　先生！

伍次友　你家公子呢？我虽与你家主人有约，不得拘于师生常礼，但他这样三天两头不来习学，学业何能与日俱进？

魏东亭　伍次友！我奉旨前来宣你，你接旨吧。

伍次友　（愕然）这是哪里的话，怎么这样取笑？

婉丽　（笑）不是取笑，快设香案！（婉丽急指挥侍女排设香案）

魏东亭南面而立，婉丽按着糊涂了的伍次友叩头。

魏东亭 奉旨，即刻宣伍次友入保和殿陛见。钦此！

伍次友 （兀自不懂）我——哦，臣，谢恩！

保和殿。

太监 圣上，伍次友来了。

康熙点头示意入殿。

伍次友如同梦中，随魏东亭上殿。按照魏东亭的指点如仪跪拜。

康熙 伍先生！

伍次友 （偷眼一看，上面高坐的当今原来是朝夕相处的学生）啊？！（匍

匐战兢，语无伦次）臣罪当诛！臣以布衣亵万乘之尊，万死不能辞其咎。

（连连叩首）

康熙 先生之学，先生之志，朕已熟知，但国典亦不可废，既然先生欲取翰林，

且请那边面试——

旁边已置好一案，文房四宝俱全。

伍次友 臣，臣领旨，请，请皇上命题！

康熙 还是三年前的老题目，《论圈地乱国》吧。

伍次友战兢不能下笔，复又跪下。

伍次友 臣方寸甚乱，恳乞天恩免试，许臣还乡，为圣朝讴歌山水之间，则

臣有生之年，皆圣主之赐……

康熙 我已许过先生为翰林学士，岂有收回成命之理？也罢，将先生三年前

的试卷取出，让诸王公过目定夺，以示朕至公之意。

内侍取出试卷，诸王公约略一过目。

王甲 万岁圣鉴，此文含蓄内劲，实状元之才！

王乙 伍先生高才旷世，臣等皆宾服之至！

礼部尚书　此卷文采焕章，名理至深，千古奇文！

康熙　（得意地）既然诸王部院大臣会试所见与朕相同，我看先生就补进翰林学士吧！（言毕退朝而去）

伍次友　臣谢天恩！万岁！

魏东亭　（扶起伍次友）主子已经退朝，先生可以回府了。

伍次友　（满头是汗，额头青赤，呆呆地）平生遭际之奇，莫此为甚。告诉我，这是梦吗？

魏东亭　不是梦，是真的。我们走吧！

二人同出午门，同出天安门。

魏东亭沉着地按剑在正阳门前走着，伍次友后随。

画外音　顺乎民心，得乎民意，则天必佑之。

一九八一年于宛

原载《匣剑帷灯——二月河作品选》，长江文艺出版社 1998 年 12 月出版

散曲与碑志

题《冷子兴演说华国府》[1]

罗衣载酒五花马，一度芳草一春华。

天津桥头醉方醒，炼狱毒火断金枷。

惊心寸折章台柳，落魄碎揉扬州花。

畸零唯余劫后灰，青灯孤愤赊万家。

---

1 本书中所有《红楼梦》引文均引自《脂砚斋重评石头记》（庚辰本），标点符号为二月河先生所加。

题《王熙凤效戏彩斑衣》

金马玉堂，画栋雕梁，万钟俸禄，供得几家欢畅。

问心：有几许儿在君父百姓身上？

馔玉钟鼓，簪缨辉煌，谁证是祖宗灵光，

问不洁之血食，神可肯呼吸蒸尝？

问先生明日待漏朝房，心中可有半点儿恓惶？

须难怪许由洗耳，五柳菊下卧看白云苍茫。

题《栊翠庵茶品梅花雪》

霜寒九鼎夜气凉，天阙银河渺茫……耿耿孤心，荧荧青灯，长门辞归，忧时煎虑百结肠！

是灞桥柳，是华霍檀，是嵩岱松，是南国剑麻，是洛阳花王——似黄连苦，如百合香……疏枝星梅，都付与断桥流水，楼头红粉，洗尽了铅华，何事春来再梳妆？

忍将一枝才折去，便剜土埋香……

题《贾雨村归结红楼梦》[1]

　　路盘旋，雨缠绵，丛莽夜行何蹒跚，日日月月并年年。举首向天心迷惘，几时花好共月圆。

　　西子波，五湖涟，秋风愁水魂欲断，故人相逢鬓已斑。话至彻心山鬼哭，情到极处反无言。

　　情天高，海月远，谁与共此孤星寒，高标立身苍穹间。欲问畸零话冷暖，千里迢迢路漫漫。

---

1 本文用意取自程乙本《红楼梦》。

题《憨湘云醉眠芍药裀》

潇潇风，瑟瑟雨，广陵柳，五湖烟，携手同行到天涯，千里踏青，共相流连。

秋露重，霜苦寒，曹溪幽，江天雁，衰草黄落木叶飞，空山寂寂，白水涌涟。

春和日，艳阳天，鹦鹉洲，离离原，年年几多伤心碧，千里芳草，依旧连绵。

题记

姹紫嫣红又春季，清波摇荡无际。又是烟拂草树时，莫言离人泣。相思豆，赠与你。

陌巷陌街邂逅遇，青娥不曾老去。纵有千言万语诉，深藏在心底。永相知，从未疑。

不管他料峭风寒，休说那飘零凄迷，这世间但只有你，我就不孤凄。

题《惑奸谗抄检大观园》

　　寰宇滚滚降云，人间烟霾浮沉，星河隐耀，日月黄昏，万物苦旱待甘霖，无声气也喑！

　　天车碾破银河冰，电照长空鸣乾坤，崩石裂山，夭矫龙蛇愤怒摧风云！

　　天鼓一擂八方撼，璀璨明灭四野震——纵然是消弭一瞬，纵然是昆岗玉石焚，也曾经震烁古今！

过雁门关

驱车过雁门，山巅城草深。

昔年杨家军，沥血安兆民。

老将身许国，今人铸精魂。

慨然歌猛士，卓荦英雄群。

萧萧北风劲，日暮卷边云。

题《牡丹图》

邯郸酒卖歌未歇，长安离宫草莱深。

峥嵘一树艳阳里，雍容东风不自矜。

题《清夏葡萄图》

累累葡萄满架，棋酒知友清荫下，哪里讨这闲暇?

竹床木椅坦腹倚，说说秋月，谈谈春花。高兴了夸夸，不高兴骂骂。神仙也没有这夏日架。

题《葡萄乌鸦图》

荣荣一树葡萄架，紫也是它，青也是它，上头落只呆乌鸦。

啄也由它，看也由它，狐狸岂不羡煞？颗颗明是甜若饴。为甚的教人思量流涎水，酸掉牙？

题花洲书院 "二月河读书处"

蹊径老塘犹存，残城草树相抚。春风阁前明月清新，百花洲上斜阳迟暮。

四十载烟尘如昨，八百年游子归路。指点少小新学生，知否知否，此是范子情断处。

题赠周同宾《葡萄图》

少年时心雄，想的是利禄功名，嘴里还噙着个馋虫。可惜了书生无用，没有权也没有勇，觑见美食，食指大动，拍拍腰没有铜。

好容易挣扎着混出个人模样，偏他娘得了个糖尿病。满世界好吃物，眼巴巴不能用。

似这般一品味，分明是上苍普恩惠众生，只吾辈福薄运数穷。罢罢罢，哥子吃不得也，画个画儿送友朋。

题《桃花图》

夭夭修得诗经篇，烨烨荒岭篱落寒。

浑然不计年轮数，岁岁艳英赋春天。

贼徒二月河

——题《蟠桃图》

贼、贼、贼，二月河不思做文思做贼。

天上去赴王母宴，逡巡窃得一枝蟠桃归，稽首笑祈吾友福寿康且齐。

贺"省文联"五十寿

细雨和风清明发，含睇宜笑绽百花。

兰圃不忆"知天命"，应是春意驻我家。

二○○四年四月六日

孙志义[1]先生暨夫人碑志

孙志义先生，一九二一年生于河南永城孙厂村，一九七七年病逝。夫人李淑明，一九一九年生于皖萧县穆李赵庄，一九三七年归孙氏。二〇〇四年升遐于郑州。孙氏世以农耕为业。志义乃正歧老先生第三子，时逢劫运饥荒，天降凶咎于华夏，志义携妇将雏，上奉双亲高堂，下抚子女学读。夫耕作，妇纫针，艰难竭蹶以度时困。清明和顺，家风淳良，睦邻敦亲，遂使贤名播于旧里。先生膝下二子三女，长子长女早殇，次子广举为河南省文学院院长，域中海外，文名咸播。媳吴效云为河南宾馆财务经理，相夫理家，颇有令名。次女素华，随军工作，婿王桂忠为解放军信息学院副总务长。小女芳为眼科专家，随婿游学美国。婿葛华勇为中央人民银行国际司司长，任职于世界银行国际货币基金组织。孙子辈七人，重孙辈四人。长者事业有成，声名彰显域内外。幼者聪颖康健，诚效恭良，毓华茂德，风流远扬。孙公祖望，源流

---

1 孙志义：孙荪的父亲。孙荪，原名孙广举，当代作家，创作方向为文艺评论与散文，曾任河南作家协会副主席，河南省文学院院长，系二月河好友。本文做于 2006 年春。

绵然汩然，此皆志义先生及夫人遗泽所被，及志义先生曾告广举曰：吾家世为农耕，汝乃学成第一人也。除祖德之外无所恃汝，其勉之谨之。广举每忆庭训斯言，辄憬然自惕为座右佩之持恒。岁次二〇〇六年孟春，广举先生计为先大人皇考姚建碑祀念，挽余作志。广举吾友也，遂为之命笔，临池之际不能无慨焉。

中短篇小说

白云苍狗

这故事说起来没味，既不悲壮，也无光彩。连我自己也说不清它是梦幻，还是真的发生过和发生着。但我总觉得它像逝水一样流动着，唱着永不休止的哀怨的歌，既然你愿意听，我就讲一讲。

那是一个疯狂的没有理性的年月。我这个高中学生，躲开了上山下乡的号令，穿上了绿军装，由一个"接受再教育"者，变成了有资格教育别人的人；又因为写了几篇"红旗招展，锣鼓喧天"的报道，进而摇身变为团政治处干事——说出来不怕你见笑，尽管这些"文章"真三假七，但在这个炸坑道开山洞的山沟部队里已是凤毛麟角，"乖乖了不得"的事，政委一下子看中了我，我就一跃而成了有资格教育人的人。

那是个春天的下午，我刚刚下连队采访回来，李政委叫了我去。我一进门，他正冲着作训股长发脾气，他拍着桌子上的材料，脸涨得通红："你看看你弄的东西！不像调查报告，不像事故分析。这种材料只能枪毙！这样搞，红四连也完了，红八连也完了！"作训股长嗫嚅着说："是！但是四连塌方的实际情况就是这样……"政委说："去吧。这件事由政治处去人调查，你们先不要打事故报告！"

政委把桌上的材料推给我，他的脸色有些苍白，疲倦地问道："方才我对黄股长是不是过分了些？四连出事了。一个班长被砸在里头……"我说："政委，材料写得有毛病吗？"

李政委苦笑一下，说："关键是缺乏路线分析，没有思想高度，所以我想派你去一下，既要搞清事实，又要……嗯，把四连指战员战胜塌方的精神面貌写出来，不要就事论事地说事故，看看四连连续八年的'四好'能不能经得起这个考验……"他抽着烟，慢慢字斟句酌地说着。我是何等精明的人，从话缝里已经听出来，他要保住这个连的"四好"。八连今年倒霉，枪走火打断了老乡半条腿和生殖器，"一个鸡巴一条腿，'四好'连队吹吹吹"，四连再出事，这个以死打硬拼著称的英雄团还有什么光彩?

我赶到四连，塌方现场已经清理完毕。连队从上到下一片沉重的气氛，篮球场上不见一个人影，干部战士出来进去，都黄着个脸，脸拉得长长的。等指导员金中介绍完情况，我真的犯了嘀咕：洞顶塌方，掉下石头砸死了人，就这事,怎么个"路线"法? 正说着，连长孟连章卷着烟走进办公室，看我一眼，说："这不是肖林嘛——有鸡巴个调查头，正写检查呢! 妈的——早就告诉三班，东北角那块子石头不保险，叫他们加固，偏不! 出事头天我这眼皮子嘣嘣直跳……"

"连章!"指导员睨了他一眼，"注意影响!"

孟连章怔了一下，"呸"地唾了一口："好嘛! '四好'连'四好'班一齐断送——这都不说，魏小祥家里一个瞎眼妈，一个媳妇，一个妹子，一个儿才四岁。一百多块抚恤金，可怎么熬? 唉……"我终觉无计可施，便起身说："着急没用，先开个班务会，我听听一手资料，汇报了再说。"

班务会开得很沉闷。战士们几乎都会抽烟，把个小屋弄得云雾缭绕。副班长马勃哽着嗓子总结，说："安全，是我负责的。班长牺牲，我非常难过……他待我们多好啊……我做深刻检查……我们要化悲痛为力量，振作起来，不让'四好'班的红旗从我们手里落下来!"

马勃我认识，和班长魏小祥、连长、指导员都是一个乡的。他原名叫马四薄眼皮——父母也怪，就给他起这五个字的名儿——叫起来长，也不中听，就改名马勃,虽然和中药犯重,但总算是个雅称。我调政治处头一个元旦,他抱了一大捆毛主席像,颠得一身臭汗送宣传股,请我转赠全团各班。说要让毛主席的光辉形象普照全团每个角落——那年头这种事常有,我也不放在心上。后来说援越抗美,他又慷慨捐了十个月的津贴——一百元钱。政委早就说过要我给他写点什么,但这都是报上过时的题眼,政治处的同事说这是个"官迷",现眼巴结头,最没意思的个人,只没想到他和魏小祥是同班搭档。听他还想保"四好",我心里想:不给你处分就烧高香了!但也有点可怜他的痴心,我叹息一声说:"情况摆得不够具体。当时,是谁先看见塌方的?"

"我……"一个光头战士搔着腮说,"我觉得好像被猛地推了一把,滚到一旁,石头已经猛雨似的下来……"

"推!"我突然一阵兴奋,眼中放出光来,"你再说说,是谁推的你?"那战士却犹豫了,结结巴巴地说:"……当时乱得很,也兴许是顶上石头砸了我一下……"

马勃突然也昂起了头:"对了,是我们……老班长!我恍惚看见还有方立,班长一手一个推出去的……是吗,方立?"方立是个四川兵,小个头,尖嘴猴腮,眼睛炯炯有神,一望可知是个浑身消息儿一按就动的角色。他先一愣,接口就说:"是嘛!是有人推我一把!我还以为给气浪推的……原来是班长救我!我的好班长啊……我怎么报你的恩啊……嘀嘀……"他这一开哭,立刻便引来一片号啕声,战士们想起魏小祥平素待人好处,个个哭得泪人儿似的。孟连章和金中自然也跟着落泪。

我立刻到连部直接要通政委的电话。听了我的汇报,他略略沉默了一下,说:"果然不出我之所料,你有了突破。看来这是个典型,要抓住不放,把材料搞得翔实一些,细一些……团长和你讲话。"

"我告诉你,肖林!"团长的声音响得很,把我的耳膜震得嗡嗡叫,"我就在政委这里,正议这件事,如果抓出新的东西,可以确认这个典型,你的功德无量——我不是指他们的'四好'，连队说，他们连长欠着七百多元的债，还拖着个走投无路的婆娘，金中也是一屁股债，要是复员处理，差不多是送他们讨饭——"话没说完，又换了政委的声音，却是十分柔和："调查要实事求是，不可以摆花架子。部队材料不够，可以到他家乡去一趟，把原始材料抓到手。目前，要落实他救人的英勇事迹，弄清他是一下子被砸死的，还是抢救出来尚有一息？临危不乱，他头脑何等清醒！所以临终前可能有话——记住，不要作为我的指示，要变成你自己的主见来安排！"

……我放下话筒，手已经捏得全是汗。团长说的是实话，政委说的是有水平的实话。如果魏小祥是英雄，不但"四好"连可保，简直就成了团里空前的荣誉，甚至八连那一丑也遮了，就是死者本人家属，那好处也自不言而喻……我正沉吟着，孟连章和金中瞅跟着进来。金中问："怎么，没挂通？"

"通了。"我喘了一口粗气，"首长很重视——不要怪我说话不客气。你两位老兄啊！险些埋没了英雄！出事故，具体分析是对的，发扬成绩纠正错误以利再战嘛！从眼前材料看，魏小祥同志牺牲得很壮烈，必须联系他平时的表现，提高到路线高度重新认识他，认识这件事！关键在于，弄清他牺牲前说话了没有？说的是什么？"我知道，政委的"水平"就在于此。救人是绝对不够味的。搬石头救火车的年四旺若非醒来头一句话是"毛主席"，鬼都不会理他；海战负伤的麦贤德，要不是炸掉了胳膊还能昂首挺胸地走几步，就会成"毛主席的好战士"了？但明知这一层，却不能说破，我的"水平"得和政委一样，所以我又补充了一句："我看我们缺乏的就是这根弦——既实事求是又有路线分析的弦！"

我一番话说得两人直愣神，但他们都是伶俐人。孟连章黑红的脸上泛起笑容，给我一拳说："日他娘，到底是秀才水平！这样的批评越多越不嫌多！"金中也笑了，说："肖干事，这事由我安排，晚上你就不用参加班务会了——连长的西施娘子、厕所里拉出来的老婆来队了，叫她给你捏扁食！"连长二话没说，大步走到外间办公室，扯着嗓门喊："通信员，叫马勃到办公室来！顺便去你嫂子那儿，说有客，包饺子！"见他们都高兴起来，我也欢喜，接过指导员递来的卷烟，试着抽了一口，饶有兴致地问："老金，怎么是厕所里拉出来的？"

金中笑着说："那年老孟到上海买水下放炮用的塑料袋，解手进厕所——男女公用，里头都是一个门一个门的——他拉一个里头有人，再拉一个卡着插销。好不容易拉动了一个，那门弹了一下'嘭'地又关严了。老孟寻思：日他妈这门还带弹簧？使劲这么一扯，这女人一手提裤子一手拉把手连人给拽了出来……"

孟连章从外间进来，呵呵笑着说："年轻人，哪有那么容易的！她出来就赏了我一耳光，一溜烟跑了！"正说着，通信员进来说："连长，没有肉，嫂子说剁点荠荠菜，拌上鸡蛋包，行不行？"孟连章一把扯起我说："要饭吃日胳肢窝——穷将就罢咧。走，家属房说话，教下头听见不地道。"我笑着站起来说："老金，走，吃野菜馅饺子去！"

这是个油毛毡棚子，搭在半山腰。连长和妻子英英就住这里。她真的是十分秀丽，鹅蛋脸似乎嫩得一掐就要出水，黑瞳瞳的瞳人盯着你，这样的女人只要看你一眼，就足以使你浮想联翩夜不能寐。道了寒暄，我们三个盘膝坐在临时搭起的炕上，英英在狭小的地下擀皮，我们一边捏，一边说笑。

连长笑着又说："后来我买塑料袋，跑遍南京路，都漏水，没合适的。寻思这事总得办，想着避孕套这玩意儿能代替，又便宜又好，绝对不带漏水的。就到一家药店，进门就喊：'有避孕套没？我要买！'"

英英送过一沓面皮，轻轻打了下孟连章手背："阿拉耳朵都老茧听起哉！"金中笑嘻嘻说："肖干事要学经验啰，别保守嘛！"孟连章说："这有什么关系！——我刚问完就愣了：原来这售货员竟是厕所里的那位！

"'你要多少？'她问。

'你们有多少？'

'你要多少有多少！

我想了想，说：'你有多少我要多少！'"

我听着，笑得眼泪直流，金中也前仰后合。英英红着脸啐一口，却没吱声。孟连章一本正经地说："就这样我们又吵起来。顾客围了一大群，店里主任也出来，好说歹说，我把她店里五大箱避孕套一股脑都买出来。到外头装车，还听见里头主任训斥她：'你是什么出身，对解放军怎么能这个态度？'"

"这是第二个回合。"金中说，"下头是英雄救美人了。"我正诧异，连长端过小桌，把粉皮凉拌菠菜端上来，倒着酒说："我也恼极，今儿晦气！厕所里拉出女人，又吵架，叫战友们知道笑破肚皮——吃过晚饭逛了趟电影院，见是《海港》，乏味极了，就顺大街溜达。猛地听见前头弄堂里又哭又叫，转过去一看，是几个阿飞缠一个女的。我多少会点拳脚，冲进去，打了一阵，那几个王八蛋，呸！还冲这儿来了一刀——"他摸了摸左腮，"那时我拉起她就跑。到明处一看，仍旧是厕所里拉出的这位……来，干！"

"以后呢？"我问。

孟连章和金中碰杯一饮："后来就通信了，来往了。她父亲是个老干部，斗急了跳了楼。后来这一派又翻过来，说是革命干部被杀，平反了。团里去调查，刚好这派掌权。也亏了政委可怜她，马马虎虎批了我们结婚。这事总算翻过去了。"

但我却知道，这事尚没有"翻过去"。因为前几日上海寄来一封揭发信，说佟英英父亲有海外关系，是叛徒。还加盖着"向阳药店革命委员会"的公章，说佟英英是开除留用的职工，催她回去。大约是那一派又伸展了——组织股曹股长说要考虑孟连章的转业问题，政委说的"走投无路的婆娘"也指的这事——我的心一沉，一边喝酒一边沉吟，越发觉得有必要借魏小祥这个英灵来帮一把孟连章了。正说话，马勃兴冲冲夹着一沓子稿纸进来，说："报告连长、指导员、肖干事！我们全班战士集中起来，悼念我们的班长，回忆他生前先进事迹……"

"来，喝一口！"孟连章打断了他，"坐下慢慢说。"

我接过材料不及细看，问："马勃，班长临终前……""清楚极了，在第四张证言上。"马勃辣得龇牙咧嘴，伸脖子瞪眼地说，"班长临终说了句：'别的同志没事吧……'话没说完就咽了气……"

他满眼是泪，不知是悲痛还是辣得。我说："你要把班带好，工作不能受影响。班长是英雄，你们就是英雄班，这个连队就是英雄连，要像个样子！"

"是！"

马勃腾地下炕，"啪"地一个敬礼，出去了。金中叹息一声说："肖干事，我喝了点酒，说话不中听。说到马勃还得两面看。他是个孤儿，一九六〇年父母都饿死了，家里还有个病老婆。不在部队上巴结出息，回去可怎么了得？"

前头的事过去五天，我从寒冰未化的北国回到中原魏小祥家乡，一是调查他在家乡时的事迹，二是代表部队抚恤烈士家属。

魏小祥的家一面临山一面临黄河。我下了火车，在漫无边际的白茅丛中踩着大车道松软的沙土奔了半天，和公社、大队联系了工作，傍晚才赶到魏家坡。此刻家家窑洞间袅袅炊烟在昏暗中散开去，和西边灿烂的晚霞柔和地融化在一起，给人一种恬淡温和的感觉，但我愈走近这里，却愈是有些忐忑不安。

"到了。"大队高支书把我带到一个柴门旁，"就是这家子——四姑，开开门，有解放军同志来了！""院墙"只有半人高，里边情形一目了然，四孔窑打在黄土坡上，已不知历了多少年代，西边窑已经裂开一条吓人的缝，仿佛一脚就能踩塌了，其余的三孔窑也没点灯，张着黑魆魆的洞口，好像在喘息。我的心一阵悲凉：我还要给这样一个家带来噩耗！正想着，一个猛烈咳嗽着的老太太说："是大侄子来了？桂兰！你……咳咳……开开门！"

一个大嫂抱着孩子身子一晃从灶房出来，进了北窑。看样子是换衣裳，好一阵才点了灯，这才给我们开门。借着昏灯，我半晌才看见一个穿得稀烂的瞎眼老婆婆坐在炕上，意思还要下来，我和高支书忙止住了她。桂兰换的见客衣裳也是补丁连缀，只不露肉而已。她默默让我们坐了，正要出去，魏大妈却叫住了："桂兰，上北院你四婶那儿借瓢白面，就说解放军……"

"不不！"我忙说，"我在大队吃过了饭。我来不是客，千万别麻烦！坐吧大嫂，一起说说话——我是小祥部队里的，专程来看望你们。"说着，从提包里取出蛋糕、点心、一大包水果糖，还有十封挂面放在炕桌上。

听说我从儿子部队来，魏妈妈闪了一下无神的眼睛，但她拙于言辞，半晌才讷讷地说："劳乏你同志了，跑这远的路——"桂兰从熏得乌黑的毛主席像旁取来一个竹皮热水瓶，倒了两杯水，说："那死鬼不知怎么了，两个多月都没信！乍见你们来，我还当出了什么事呢！"

看着穿得褴褛不堪的两个女人，一个乌眉灶眼的娃娃，破烂席上两床缀满补丁的被窝，我和老高面面相觑。但这件事是必须说的，我咽了一口唾沫，心一横，说："大娘，大嫂，有件事，很不幸，我说出来，你们得挺住——"

屋子里的空气顿时像凝固了。老人吃惊地张大了口，白发丝丝颤动，两只手徒劳地抖着，桂兰脸白得像窗户纸一样，惊恐地盯着我——简直我就是个妖精跑到了她家！只有那个孩子满嘴奶油，瞪着黑豆样的眼，看看这个，望望那个。

"他……他……"桂兰吃力地问，"他负伤了？"

一刹那间，我改变了主意，放缓了口气："是……伤得很重。他是为抢救战友光荣负伤的……现在正抢救，首长叫我来看看家里有什么困难，还带了六百元钱……"我取出一沓崭新的人民币放在了桌上，"请点点数……"

"我不要钱！"桂兰像是明白了什么，眼睛突然异样的又白又亮，两只手神经质地望空抓了两下："我要我的男人！他到底怎样了？你说实话！支书——你嘴教红薯塞住了？你哑巴了？不是你送他走的吗？"她跟跄了一步，突然又站住了脚，顿时泪如泉涌，身子一软蹲了下去，"我好命……苦哇……啊……"孩子见妈妈这样，吓得哇的一声号啕大哭，怀里饼干撒了一地。倒是魏妈妈还撑得住，只默坐着，喃喃不知念叨些什么……

正在恓惶，一个十七八岁的姑娘"咚"地推门进来，似乎有点茫然地看看妈妈、嫂子和桌上的东西。高支书沉重地说："明妹子，你哥他……伤了……伤得不轻。部队的肖同志来看你们——四姑、大妹子，你们也别哭了，哭得人心里受不了。祥子参军是为国尽忠，肖同志说他救下两个战友……是个英雄。盼着抢救下来就好，就是……有个三长两短，我们也不能看着他们作难不管。"

"高支书！"明妹子冲口说，"你说明白点，我哥到底现在咋样？"

"正在医院抢救。"我说。

"伤了哪儿？"

"头部……"

明妹子垂下眼睑，大滴大滴的泪淌落出来。她很美，却是一脸稚气，穿着军衣改成的列宁装，乌鸦一样黑的散发披下来，浑身抽动，泣不成声地说："我……知道了……我们要去看他……支书，没有我哥，我们这家子可怎么……活呀……"

"这样吧，"我站起身来，"大娘嫂子，别太难过了。明妹子陪我去大队部，打个长途电话问问情况。如果需要去，我带你们一同去。路费自然由部队解决。你们等着听信……"

在大队部，除了那些调查中的"秘密"，我一五一十都告诉了明妹子，让她伏案痛哭一场。待她心情略好转一点，我说："人死如灯灭，眼下你不能乱神，安慰老人嫂子，不能叫家里出事。"

"这六百块，二百是抚恤金，四百是困难补助。"我又说，"你和嫂子合计，花好这笔钱。我听说你是团员，说服妈妈，分给你嫂子一些……"

我递给支书一支烟，自己也点着了，继续说："至于去部队，现在不是时候。你配合我调查一下你哥生前先进事迹。回去整理报功，批下来，开会时，当然你全家都去的。"高支书也说："妹子是聪明人，人死不能重生，这没法子。怎么变个法，慢慢开导你娘你嫂子。明儿个公社领导还要来，我给你说说，到公社粮店先当临时工，慢慢转正了，你家就好过了。"

明妹子擦着泪问："那——嫂子呢？"

"傻妹子，"高支书叹息一声，"她迟早要走的，有了工作，不走得更快？"

这也是人情世故，但想保住这家子不家破人亡，也只有这样。我从心底里打了个寒战。

离开魏家坡回部队半个月，为魏小祥请功的报告批了下来：追记魏小祥一等功。军党委发出通知，号召全军指战员学习魏小祥一心只有革命、一心只有工作、一心只有他人的高贵品质。我写的《一颗脱离了低级趣味的心》长篇通讯在军区报纸整版发表，还配发了评论。我请示团长政委，立即给魏家坡发电报，叫明妹子全家来队庆功。这阵子，全团上下一片喜气盈盈，四连更乐得过节似的，孟连章、金中胡子剃得溜光，见了我只是抿嘴笑，我自然得意。

三天之后，魏小明一家四口光临部队，住了团部招待所，军首长也来了，忙得团团转地筹备大会。无奈我拼命教，魏大娘总记不住发言词——英雄的母亲，一味只会说"儿当英雄妈脸上体面"之类的话怎么成？沉吟许久，我灵机一动，叫明妹子到我办公室来一趟。

"肖……大哥，"她走进门，红着脸，讪讪地说，"你叫我？"

我说："明天这会无论如何要开好！但大娘有岁数了，记性不好，所以得和你商量一下。"明妹子睐了我一眼，搓着衣角，低声说："我……依着你。"

"大娘只用说一句话：我儿为毛主席尽忠，死得其所！——这就成了！"我喷了一口烟，"下头的发言你来——嗯，你说这么几点：一是要说学习哥哥一生忠于毛主席革命路线，一行一动……"我侃侃而言，直说了半顿饭光景，"……你要继承他的遗志。"

我突然打住了，一个念头涌上来，使劲掐灭了烟头："对了！你要勇敢地提出来，接过哥哥手中的枪，要求当兵！"

"肖大哥！"她一下子抬起头来。

"这是千载难逢的机会！"我倒持重起来，"军首长都在，主席台上一点头，万事大吉！嘿，有个英雄，为什么不能有个英雄的妹妹？"我攒眉击节，真的有点陶醉了。

……

事情出乎意料的顺利。三千人的大会开了两个半小时，政委主持，英雄的妈妈发言，妹妹请缨，英雄连队连长发言，各支队代表发言。军政委总结时一句话："我代表军党委，接受魏小明同志的请求，吸收她为光荣的解放军战士！"当晚，四连宰了两头猪。孟、金两位，还有新提了排长的马勃，差点没把我灌得去见马克思。

从那时到如今，匆匆岁月十五秋。上头说的人物，早已风流云散。一个完全偶然的机会却又重新聚首。

这时的我已经华发上头年过不惑。自那次大会，我就调到军区报社当了编辑。几经辗转，又转业到地方，在县文化馆搞点文化志什么的。我已没了昔年的机灵锐气——不知怎的，就沉郁了。

我来魏家坡事非寻常。这年评职称，要求找到处女作，才能确定创龄——想日子过好一点，评个高级职称，只好奔波——但"文革"中写的那些玩意儿，不是拿不到桌面上，便是失散了。不知怎的，我想起这篇通讯，好歹能算一篇"报告文学"。因为读省报，见到一篇魏家坡"乡镇企业家孟连章"如何怎样的文章，虽不敢断定就是厕所拉人的那位，但何妨一试，见见他，若找对了，请他出具一张证明呢？

一下车，我就怔住了：这是那个土窝子山庄魏家坡？所有的窑洞已经全部刷掉，依着山势，一层层都是卧砖到顶的独家庭院。山下是十五米宽的柏油路。傍山路边住宅，一色青石水泥勾缝护坡，爬满了藤蔓。那条溪水还是老样子，只是因开煤矿，变得黑而且浊臭，上面漂浮着五光十色的油污，汩汩地注向远处的黄河。

我风尘仆仆走进当地最大的旅馆"华洋饭店"，出示证件，登记住宿。女服务员彬彬有礼地问："先生，您住几楼？"我看了看这楼，大理石柱镜面似的，水磨石地坪铺着栽绒绿地毯，心知如此豪华，穷书生断然无力问津，靠着服务台点着烟说："我们报销有规定，有没有十几元一晚的房间？""有的。"服务员客气地说着，登记了，又递给我一把钥匙，说，"后头老楼214。洗澡在楼下锅炉房西就是。"

"请问一下，"我提起皮箱，"我想见见开发公司孟经理，不知怎样联系？"服务员一愣，说："房间有电话，内线785是他办公室，您可以先和他的秘书联系——喂！站住！你干什么？"她的眼突然盯向门口。我顺着她目光看去，一个穿浅绿旗袍的中年妇女刚刚从旋转门进来，听到服务员的训斥，雷惊了似的，脸色雪白，一双高跟鞋不安地蹭着。刹那间，我觉得依稀面熟。

"我……我要住宿……我……出钱……"她讷讷地说。

服务员开了柜门出去，冷冷地说："算了吧，不敢招惹！为你在这儿接客，公安局找我们几次了！我们也得考虑影响！……去吧，去吧！"我看着她踽踽离去的背影问："她是……"女服务员啐了一口说："没皮没脸的，也不看看自己那样儿！她要不改嫁，我们经理见她也得鞠躬！她先头男人是烈士、英雄。儿都十好几了，她熬不住，嫁给一个下矿的，冒顶子又砸死了！这样的骚狐狸、扫帚星，谁理她！"

我走了几步，突然惊恐地张大了嘴，我已预感到了她是谁！回到房间，仍止不住心头突突乱跳，我努力回想着她的面容，和桂兰印证，但毕竟年代久远，难以认定。或其实已经认定，只是太可怕，我没这个勇气。我抓起电话，立即拨通了785。

"你找谁？"对方的话很温柔，很客气。

"我找孟连章。"

"孟经理正和省里记者约见，您有什么事？"

"那我改个时间吧。您贵姓？"

"不敢，免贵姓金，金中。您呢？"

我不禁哈哈大笑："想不到指导员成了连长的秘书！老金，我是肖林！"

"哦，肖干——啊不，老肖！"他急促地说了一句，看样子捂住了电话和别人叽咕了几句，又冲我说，"你住哪儿？"我告诉了他。金中也放声大笑，说："你这人啊，怎么不先来个电报？那是马勃的门面！马勃——记得吗？"我说："不敢，忘记过去就意味着背叛——学毛著积极分子，模范党员……"不等我说完，金中就接了过去："你先安顿一下。明妹子也回来了，也在这里。待会儿我们一起看你去——如今的明妹子，啧啧，军衔上校！你一见就知道了……"他哈哈笑着放下了话筒。

这么多的故人能在此相逢，我的心也一阵兴奋。我微笑着回忆他们当年的音容，陡地又闪出桂兰苍白得令人不敢逼视的脸，又泛上一种凄凉的隔世之感。正沉思默想，房门开了。一个胖得面包一样的人，西装革履，带着两个服务员进来。我一眼就看出，是马勃。

马勃猪一样的眼笑得眯成一条缝："老肖，久违久违！方才孟老板亲自打了电话，说你就住在这儿。我说不知道，老连长还骂我个花猫洗脸！后来一查，你住了这房子，这怎么行？失礼失礼！"我笑着说："马勃今非昔比，嘴里的词都换了。我可还是早年的肖林，穷秀才，住不起你前头的房子……"马勃躬身一让，请我起来，回头吩咐服务员："带上肖先生行李，开207房间。放心！就是一千元一晚，也得安顿好你！"

我踩着软软的地毯，随马勃登楼入室。这是客厅卧室三间一套的起居间，空调卫生间一应俱全，中间用金丝绒帷幕隔了，窗外假山喷泉，在阳光折射下，一片玫瑰色光彩，真是美极了。马勃请我沙发上坐了，问："这里如何？"我微笑着点点头说："很有派头！"

"是啊，过去是守着宝山不知宝。开发开发，一开就发。煤挖出来就是钱！"马勃也不胜感慨，"如今的老孟才真叫阔呢！连我这店，都是人家的产业，总计下来，千把万吧！"我呷了一口茶，问："老孟精穷的，哪来那么多资金？"马勃嘿嘿一笑："用金秘的话，穷是表面的，富是实质的——英英，记得吗？如今是这公司的董事长！"

我当然知道，一笑又问："她父亲不是……"

马勃笑着点头："人死魂在嘛！她的伯伯叔叔如今在上海——嗯……这个！"他比了一下"印把子"，"海外一个姑妈，听说侄女办公司，一票就寄来五十万美金！乖乖，这就抖开了！"

上海——北京——海外——魏家坡——我思量着这个怪圈和怪圈中迷魂阵一样的人事，不禁蒙然。正和马勃有一搭没一搭地瞎扯着，门铃叮叮一响，一阵银铃一样清脆的娇笑声立即盈庭积屋。我惶惑地站起来辨认。头一个进来，戴金丝眼镜的自是"指导员"，他仍带着文气，只是脸上多了点肃穆之容。接着是孟连章，只更加粗壮了些，红光满面，剪裁得十分精当的西服裹着公牛一样的身躯，一进门就呵呵大笑说："智多星贤弟！简慢了！哎呀呀，如今我最怕的就是见记者！这不——矿里出了点事，这就又来了，应酬不好，报上立地就成了我'为富不仁'，得罪不起哟……只顾说话了，这是英英，这个你当然忘不了，明妹子！怎么样？够帅吧？"

我这才注意到他身后的英英，穿着月白旗袍，雪白的膀臂细如柔荑，脖子上还挂着个十字架，闪着亮，一望可知是黄金所制。手里还挽着个女军人——我的眼睛不禁一亮：明妹子！

明妹子已完全变成了一个少妇，大约保养有术，丰姿绰约又不失苗条，簇新军装，压线帽下拖出长长的马尾松发型，两杠三星的肩章，仿佛不足以充分显示主人的得宠似的，在斜阳下烁烁生光。她拉着个女孩子，看着我，没说什么，似乎多少有点怅然。旁边的英英推推那孩子，笑着说："这是明妹子的宝贝……"明妹子嫣然一笑，说："娜娜，这是肖叔叔！记得吗？我常说的！"

孩子很乖，粉妆玉琢似的娇嫩，仪态万方地向我鞠了一躬："您好！"

"好，好！"我把娜娜拉到身边，请大家坐了，笑说，"千顷地里一颗谷，好！——不过好像该叫我伯伯才对。爸爸没回来吗？"孟连章呵呵笑着点着我说："连我都叫叔叔呢！你知道他爸爸是谁？胡部长——我们的老政委！"我不禁愕然，手一颤，放开了娜娜。英英忙说："老肖，这次一定得多住几天！这么多年不见，除了几根白头发，你一点没变！我和老孟老金常念叨你，当初你转业到这里多好！"她话中上海味仍浓，但已无难懂之处了。

金中说："就是夫人这话，你要不要来？一切都是我办！"孟连章也点头，说："你那几个工资加稿费，能有几个？外国资本家都知道要作养几个文人！我看办企业也得有这点子气派！"明妹子却说："老肖虽然诙谐，骨子里有豪气，不能拿对付记者那套看老肖。"

"听得你来，我们真高兴。"英英说，"本来矿里瓦斯爆炸，伤了几个工友，怕闹事，正和工会、记者打交道，这事还要学学你当年的办法，正面造点舆论。你既来了，我们就消停一点。我们都是患难之友，难得聚在一处的。"

我吃着橘子，说："各位资方老爷，我可是在煤窑里执行过'五·七'指示的。如今我们安坐沙龙如对春风，晓得瓦斯爆炸是什么情景吗？"金中笑着说："有煤就有瓦斯，这有什么办法？咱们通风设备没法和大矿比，投资大了又赔不起。"英英接过去说："这几天报纸你们看了没？大矿又在告我们了！采掘还要加快，把四号掌子面先拿下来，不要叫七矿赶在前头。就是将来调整，也少吃点亏。"孟连章掏出手绢，擦着油光的鼻子说："给工友们每月再加五十块奖金！死了的要好好抚恤，不能省钱，但也不能捣乱！我和工会说了，捣乱就辞退，三条腿蛤蟆找不来，两条腿的人有的是！我孟连章仗义为人，决不亏待工友！"

话题无论如何不使人轻松。我突然觉得与他们愈来愈遥远，是两个世界中人。明妹子似乎理解我，冲孟连章说："这是怎么了？大高兴的日子，说得一屋子铜臭！少挣几个，进一套通风设备不就结了？"

吃过晚饭，明妹子约我到黄河大堤上去散步。晚餐极丰盛，没有大鱼大肉，但很难吃到的鱼翅、燕窝都有，末了还有一杯参汤。大概初见时的欢乐已经过去，吃得很沉闷，我竟想到了达·芬奇的《最后的晚餐》。此刻左临黄河，右靠山庄，红色的夕阳依着远处孤高的峰峦缓慢地毫不犹豫地闭合着它的余晖，漫漫河水上留下一条长长的光廊，像一河黄金在淌动，给人一种雄浑和怅惘的感觉。我们许久都没说话，彼此心知友谊已经终结，而且像这河水一样，再也不会重回。很久，明妹子才问："明天一定要走吗？"

"是的。"我说，"有很多杂事要做。请回去代问……老首长好……"

话题又枯竭了。她突然一笑，说："我们本来有些事，面目不该是这样的。命运，常叫人啼笑皆非。"我点点头，说："我总在想，得来的不容易，失去的也太宝贵。对你对我，对他们几位都值得想想，有没有可能追寻或保留一点什么？"

"只怕难。"她咬着嘴唇沉吟着说。

我看着最后一抹阳光，对自己说：我不期望它回来，再去照耀一群相濡以沫的涸辙之鲋，即便是吃荄荄菜水饺庆贺自己更生的欢乐。但它毕竟明天还要升起，又会是什么样的光彩呢？我不知道。假如冥冥之中真有上帝，那么，请启示我这颗蒙昧的心，给我以温暖和光明。

一九八九年二月

原载《奔流》1989 年第 5 期

爝火五羊城

一

老道光正月驾崩，新皇“四爷”奕詝柩前即位已经十一个月，年号仍旧是“道光”。新年号礼部已经拟出，按新皇制命，天下要为晏驾的道光皇帝守丧三年，但腊月一过，元旦日奕詝要登太和殿接受文武百官朝贺，除旧布新改元“咸丰”。这是“丧事中之喜庆”，该怎么料理？《礼记》之中无载。但贺生不吊死，巴结活皇帝是千古不易之理。因此，皇家照历来旧制，除掉宫中红灯，百官摘掉大帽高顶上红缨，旨令不筵歌舞不看戏，还算追念“先帝”余泽遗恩。至于老百姓，除了不挂大红灯笼，几乎无甚禁忌。北方尚有官府禁止演戏，自直隶而河南、湖北、湖南、两广，离着北京越远，“过年”气氛越浓，“守丧”云云，自然愈来愈是敷衍。待到广州，几乎连个“丧”影也难寻到了。

广州是个有趣地方。说起来也实在是名城大郡了，秦汉时即设南海郡，三国为吴所据，取名叫广州，一直沿袭至明清。按“广”之本意，是“大”的意思，但其实自康熙年前溯，广州府地方不过百里，城中人口不逾两万，俗口皆称“广里”——比起北京，只算个大一点的里弄而已。若说它“小”，历来名气不含糊，广州城跨珠江坐落，襟岭南带三江，物华天宝自然形胜。且不论白云山庚岭梅花艳绝天下，西起三水、东至石龙、南推崖门的“三角洲”沃野千里，稻米一岁三熟。不但境内人民富庶物产丰饶，且更因省垣海疆岛屿奇瑰，良港码头星罗棋布，海岸之长皆居天下之首。内地极少见的西洋物件，早年诸如玻璃镜、聚耀灯、珠母贝、削铁如泥的西洋刀……近年的怀表、大座自鸣钟、长短西洋火铳、象牙雕佛观音、洋布……乃至鸦片烟，只要有钱，没有买不到的。老天爷似乎特别眷顾这地块，别的地方都是一年四季，这里却只有春夏秋三季，没有冬天，夏天却又不很热，常年无冰雪季季有鲜花，所以又有"花城"美誉。《寰宇志》里说"五仙人骑五色羊执六穗炬而至"——情愿天上不住，要移来广州。因此又叫"穗"，又称"五羊城"。

这神话固然是美了，但现今城里人却闻"羊"（洋）变色。"道光爷"在位三十年，活了六十九岁，谥号是"成皇帝"。依列圣专谥："成：礼乐明具曰成；安民立政曰成；久道化隆曰成。"其实三条都不沾边。大清帝国自康、雍、乾三朝以降，似乎气数式微得一蹶不振，水旱蝗风灾年迭递连绵，天理教、天地会、八卦教、白莲红莲教甚或青洪帮今日这边扯旗放炮，明日那边鼓噪闹事，弄到宫掖起变太监造反，诸种匪夷所思的大变累累迭起，一水缸葫芦两只手，摁了这个那个起。虽然还说不上"大乱"，但自他即位，先云南永北万唐贵、陈添培造反，二月平息；五月河北野番作乱，接踵而至张格尔叛乱，一直打了八年；平静不到一年回疆又乱……这边平乱花银子，那边鸦片烟霾蔓延，从王爷到贩夫走卒，一齐用钱买烟土，弄得里里外外手忙脚乱，事事处处捉襟见肘。道光十八年，国家财政单鸦片一项就流出五千余万两，比道光初年翻了近五倍。银价猛涨藩库空虚，稍稍明眼人谁都清楚，不禁鸦片，亡国在即。因此，道光十八年，一纸圣谕命湖广总督林则徐为钦差大臣驰赴广东查禁鸦片。尽人皆知，英国人惹不起这位中国命世豪杰，眼睁睁看着两万箱鸦片被焚毁在石灰池里又忍不下这口气，不敢打广州，开了军舰攻福建，在邓廷桢手里又吃败仗。又沿海北上，却在定海得手，又乘胜北上直逼天津。道光皇帝是个吃软柿子的禀性，听说英国人船坚炮利手段了得，竟把定海战事失利的账算到林则徐头上。惊怒之下将林则徐摘顶子撤职查办，派了个莫名其妙的琦善去和鬼子义律谈判。但英国议会这时候已经看出中国这个庞然大物不经打，决议要揍中国了，谈不拢便开打。道光二十年腊月，陈兵海面攻下香港，二十一年正月又布阵打下虎门炮台。三元里一战，英国人又触了广州人的霉头，偏是中国的广州将军奕山古怪，不是乘胜痛杀洋鬼子，而是一头派人把被围得结结实实的义律救出来，一头向朝廷上报将战功据为己有，蒙哄道光说英国人只求通商贸易别无恶意，把英国人要求赔偿军费说成"清还商债"，鸦片的事、香港的事只字不提。可叹道光还信以为真，下旨将林则徐、邓廷桢谪戍伊犁。

英国人没有拿到朝廷正式割让香港的文约，哪里肯罢休？七月北犯攻陷厦门，八月再次攻下定海，又打下镇海、宁波。总兵葛云飞、王锡鹏战死，钦差大臣裕谦沉水自尽，举国哗然，朝臣弹章交奏。到这时道光才知道香港早已挂了米字花旗，香港几千人民已成英王臣属，盛怒之下下旨与英交战。可怜中国内无良相外无良将，上有昏君下有奸臣，官兵又都被英国人吓破了胆，竟都是望风而逃。道光二十二年四月乍浦沦陷，五月宝山上海失守，六月英兵攻下镇江，沿长江直逼南京，一路打进如入无人之境。直到二十二年七月二十四，《南京条约》成，五口通商割让香港约定十三条，英舰在长江上悬两国国旗放炮二十一声，鸦片战争初告终止。华夏自混沌开辟，历秦皇汉武，越唐宗宋祖，如此丢人现眼，这般奇耻大辱还是头一回。

国家和人一样，元气一丧魂魄不全那就百哀齐至。美国人、法国人、比利时人……一群"羊"（洋）都变成了狼，堂堂中国成了"利益均沾"的洋人筵宴，竟如死人一般由着这群狼啃啮……道光皇帝在极度的愤怒羞愧沮丧和无可奈何中撒手而去。他自己就信佛，谥号曰"成"，正应了禅宗机锋语"成是不成，不成是成"了。

……

腊月廿四正中午时分，霏霏细雨中一艘乌篷船在城南咸步码头缓缓泊舟。

艄公长长一声"搭岸啰——"撑篙稳稳拢向桥板，一个晃漾，停住了。篷上油布帘子一掀动，出来一老一少两个人，都是青衣长随打扮。老苍头年纪在五十岁开外，发辫鬓角都花白了；小奚奴形容儿只在十二三之间，一脸稚气。他们似乎是头一次来广州，在湿漉漉的舱板上呆看那码头，足有校场来大，各色洋货垛得一座座小山似的，码头上的苦力们有的在趸船的"过山龙"上扛包卸货，有的吆喝着粤语在货堆上下苫油布遮雨，忙得蚂蚁似的。这条乌篷船在一溜儿楼舰似的趸船中活似挤在乌龟群里的小甲壳虫，并没有人理会他们。好一阵子，才过来五六个苦力，却不上船，站在码头青石条上问："吃水这么浅，能有什么货？哪来的？谁的货？"

"我们是新调任广州道江老爷的船。"老苍头站在桥板口，操一口江西话说道，"里头有三箱子书，还有老爷随身行李。有劳诸位抬到码头外头，给一两五钱银子！"见人们不动，小奚奴尖嗓子喊道："说给你们没听见吗？怎么一个个站得拴驴橛子似的？"

岸上几个人都是一笑。一个三十多岁的壮年汉子笑道："回您二位话，你们跑错码头了！这是十三行的卸药码头，别的货我们不卸——一两五钱！够烧几个烟泡？您以为这是汉口，是南京？"

说话间一个中年人又从舱中跨出来，年纪只在三十岁上下，形容清癯，个子也不高，头戴一顶黑缎六合一统瓜皮帽，玄色巴图鲁背心套着一袭灰府绸夹袍。他只扫了岸上众人一眼，吩咐道："不要争价，快着点，下午我还要进城衙门里去。"便不再理会，站在船头眺望北江景致。老苍头便问："你们要多少？"

"五两！"

"胡说！"老苍头笑骂道，"老子走三十年码头，哪有这个价？给你们二两，便宜你们了！"

"这十年你没来广里吧？码头上谁还侍候你这样的主儿——二两？！"

那汉子不屑地一笑，手指远处一条货箱垛得小山似的大趸船，"我们是专等卸那舱货的，上了码头，三百大洋稳稳当当到手！二两银子打发叫花子吗？"

那位姓江的道台似乎是第一次到广州，站在船头沉吟着，用略带迷惘的眼神眺望着远处郁沉沉压在大地上的羊城。用目光搜寻着白云山、孤山、岩山、虎门……但雨雾浓重，天色太晦暗了，整座城都被袅袅的霾雾笼罩得一片朦胧，向南望是看不到尽头的珠江纵横支流，绵绵延延支离虬蟠直到海口，模糊中棕榈椰影间，仿佛海波潮起潮落，大小礁岛若沉若浮，像是水天在流淌，又似整个大地在漂移，凄迷得让人不知身在何处……听到"三百大洋"这话，他脸颊上肌肉颤了一下，回过头来，盯着岸上那汉子问道："是卸鸦片？能不能检视一下？"

"回大人话，是药材！"那汉子狡黠地一笑，他似乎有点怵这位官员冷峻的眼神，在岸上一拱手道："都是洋货，有伦敦来的，有印度来的，箱子钉得严实，不知道是什么药。"向前跨一步又问道："敢问大人贵姓、台甫？还要禀大人一句话，这码头趟子是十三行的——不是小人刁难，洋人地面，就是朝廷命官也不能随意检视，小人们端着鲍三爷的碗，吃这口洋饭也不容易，爷就给五两，小的们也担着不是呢！""我是湖南秀水县令江忠源。"那官员说道，"奉调令来广州道，还没分拨差使——这里又不是香港，朝廷的地面不许官员检视！这十三行是什么东西？这码头上的什么鲍三爷是中国人还是英国人？"

那汉子未及答话，撑船的艄公把篙一插，脱了蓑衣，自进了舱去，转眼间已经出来，两手提着两个大箱子，站到老苍头身边，顿时将船头压下去半尺！他稳稳健健立着，气定神闲对那汉子笑道："丢那妈的高保贵！老子去了二年，码头姓了鲍？你也成了鲍老三的狗腿子了？老子下这码头，一钱没有你的，你敢怎样？"

众人都是一愣，看那箱子，柳条编包草裹绳缠，四尺余长二尺余宽厚足尺半，艄公任凭船头起落一手提一个纹丝不动，竟像提着两包棉花！江忠源一路乘船，看这艄公寡言罕语，毫不起眼，眼见他提着五百余斤的东西若无其事，也不禁心下骇然。

"哎哟！徐二爷！"那个叫高保贵的苦力头儿跟着众人怔了半日，突然眼一亮醒过神来，颠颠地拍着双手小跑过了桥板，也不顾舱板上泥湿，翻身跪倒在地。"您老回来了！您没死？别是梦吧！"他"啪"地扇了自己一耳光，回头对岸上苦力们吆喝，"快上来把江老爷行李抬上，别从正门出，从西偏栅门出去，绕到我家茂升店里，给你嫂子说，宰蛇割鸡，就说二爷回来了！"他笑里带泪，满脸那份关切亲情，就是久别重逢了亲兄弟，半夜里拾了金元宝也没这份欢欣雀跃。几个伙计早抢过来夺了箱子，又进舱收拾剩余行李，拱手问好的，拉手拍肩说笑的高兴成一团。有叫"二虎"的，有叫"龙头"的，有叫"徐爷"的，竟把江忠源主仆看了个呆。

徐二虎笑着和大家应酬，转脸对江忠源一笑："这也用不着瞒你大人了，我就是三元里平英义勇团的龙头老哥。为了义律的事和琦善翻了脸，官府通缉我，逃广西去的。这一路大人不坐我的船，有十个也叫洪秀全的人给劫了。给你撑船，你有官引，官府又不奈何我。我护你、你护我一路到广州，这也是缘分了！——走，一道吃杯酒，搪搪寒，你去见你的叶制台[1]，我去会我的朋友！"

江忠源呵呵一笑，手指头点点徐二虎，说道："琦善媚洋欺君，先帝有旨，指斥他'危言要挟，辜恩误国，实属丧尽天良'！中英开战，所有琦善下令通缉文书统统成了废纸，你这头还蒙在鼓里——早知你是三元里一百三乡统率义士，我们一路有多少话说！好，今日我就叨扰你了！"

于是众人纷次下船。高保贵打前，在各色各样的洋货堆里，迷魂阵似的

---

1 明清时，统辖一省或数省行政、经济及军事的长官称为"总督"，尊称为"督宪""制台""制军"等，官阶为正二品。

绕了半日。赶到从一带栅木门栏里出来，江忠源已分不清东西南北，见人们套车装行李，便吩咐老苍头："老杜，你路熟，带车先去红毛巷驿站，安顿了不必过来。我和小毛头这里吃过饭就过去。"高保贵道："爷也甭麻烦，红毛巷驿站迁到西堤去了，十三行码头把那块地也买下了。我这茂升店向北一个巷道，踅个弯就到总督衙门。到西堤驿站来回十五六里，今儿什么事您也办不成了。您放心，住我店吃住都管，一个子儿也不要您的。"江忠源一听也笑了，说道："依你。饭钱店钱我还出得起。"

这里是广州外城，因地近码头，自然形成横亘东西弯弯曲曲一条长街。将近过年，今日是送灶王打尘埃的一天，各店铺小吃都收摊子，家家房檐下吊着腊肉，馒头铺蒸的雪白点洋红的盘龙馒头一格一格叠得老高，家家户户传出捣臼打糕的声音，烧松盆、燃香，满街弥漫着的酒香肉香檀香松香交织在一处……若不留心各家院中略显红瘦绿稀的棕榈、芭蕉、香蕉、美人蕉，挂在门首的冬青柏枝间夹着各色玫瑰月季西番莲，这里的年景和直隶山东也相去不远，只是透过被雨打得湿重的垂柳掩映，西边远处灰蒙蒙死气沉沉的教堂上矗着的十字架和黝黑的雪松林，带着几分诡异的异国情调。满街乌烟瘴气中零星爆竹中，匆匆走着串亲送年盘置年货的人们，成群结队的叫花子打着莲花落，有的扮了女鬼，有的扮了灶公、灶婆、钟馗、财神……手掣竹枝木铜沿门乞钱，口中齐叫：

残领破帽旧衣裳，万两黄金进士香。
宝剑新磨堪驱鬼，护国保家祝安康。

主人家不耐聒噪，隔门一把制钱撒出去，牛鬼蛇神们便欢呼雀跃而去，一群总角小童子起着哄尾随着。

江忠源缓缓踱着，看着这些情景，心中泛出一种不是滋味的别扭，嚅了一下嘴唇没有言声。侧旁走着的高保贵却是口不停说："你一去这几年，这块儿可是大不同昔了！十三行起先叫英国人占了，鲍三哥逼着弟兄们入天主教，谁不干就炒鱿鱼，派他的侄儿鲍大裤衩子挨门逼着人到那边教堂里'洗'他妈的什么'礼'！徐三爷带着弟兄们在码头上打了一架，被英国鬼子开枪伤了屁股，叫琦善的人拿到了清水河监狱。兄弟们没了头儿，又抵不过官府英国鬼子两头挤压，只好还回码头扛包去。你在时手下几个兄弟都打下去了，你猜我现在的头儿是谁？——是原来胡家烟馆的胡世贵！我他娘的混得窝囊，混来混去成了胡王八的手下！真给二哥丢人——二爷这边走。那边巷子炸坍了，这地方要修鲍公馆，花园鳌——鳌——"旁边一个伙计笑道："别墅！""——对了，鳌叔！"高保贵笑道，"鲍鹏可不是鲍大裤衩子的鳌叔？都是洋鳌，一窝洋鳌——那边大戏园子也是他家的，上头包厢吃烟，下头散座也卖烟泡，里头养着二十多个姑娘，都是香港逃过来的。可怜都是好人家的女儿，洋人糟蹋够了又送到这火坑里给汉奸糟蹋……好好一个新斗栏，如今成了腥膻世界——只顾说话，到家了！"

　　说到香港，众人心里一阵发沉：那是多好的一块地府啊……山岛峙立，若即若离与内地相连，起伏的山峦峭岩绝壁，从岛西太平山绵延直到岛东的柏架山，仿佛一道翡翠屏风横亘全岛。一带香江碧水幽幽蜿蜒环绕，椰林竹树婆娑掩映……铁锚长索探不到底的深水湾，海天相连幽深黯蓝；金沙碧海波澜涌动的浅水湾，世世代代都是捕鱼采珠的风水宝地。千帆万舸泊港冲海，从这里运出多少丝绸瓷器莞香珍珠玉器，运回多少金银、洋货、洋药，是谁也说不清了。罂粟花他们都见过，那是多么美的花卉！他们弄不明白，就是这种花打败了"抚有万方"的煌煌"天朝"，夺走了世代生息的香港，这其中的秘密是太玄奥了。不知是谁叹息一声，说道："道光爷是糊涂了，由着奸臣作弄，割香港，太不该啊……"

江忠源一直默默听着，寻思着话里世事人物沧桑纷繁，听到"新斗栏"三字，心里一动，似乎觉得耳熟，满要紧的，皱眉寻思却一时不得要领，并没做理会处，听得店里一个女人叫道："是我的二虎兄弟回来了？想死嫂子也哭死嫂子了！"门帘"唿"地一挑，一个胖女人腰围水裙，两手油渍水迹迎了出来，也不顾江忠源三人是生人，拍膝打掌又说又笑又抹泪，"死鬼保贵派人出去打探几遭，有说你奔了福建邓大人去了，有说你去伊犁保林大人，还有说你——杀千刀的他也说兴许叫洋鬼子打杀了……我说老天爷有眼，什么炮也打不中我那徐二兄弟！你才是个炮子儿崩的挨刀货，跟着个大裤衩子硬腿洋鬼子搬烟土卖国的呢！"徐二虎十分喜欢这位刚崩爽利快人快语的大嫂，一头笑，说道："也甭咒高大哥，他要有个三长两短的，嫂子找谁发掌柜娘脾气呢？"一头进来，口中问道："葛花儿妹子呢？"

　　江忠源跟着进来看时，是三间棚面的饭店。吃饭的人不少，都是短衣裤褂，一望可知是码头苦力，扰扰攘攘，有的喝闷酒，有的吆五喝六猜拳行令，有的说笑打诨。外头寒雨凉风还不觉得，乍入屋一阵暖香扑面而来，光线却比外面暗多了。高保贵见他有点不知所措，笑着引导："江爷，您是贵人，咱那边有雅座，里头去！"高家嫂子带着沿西山墙里走，尽北头一间小房，挑起门帘让一众人进来，说道："这不是花儿！正给你们摆接风酒呢！"一个十七八岁的姑娘在摆满珍肴的桌子旁布酒杯斟酒，见他们进来，腼腆一笑，看了一眼江忠源，却向众人蹲了个福，笑道："徐二爷回来了，哥哥嫂子每日价念叨您呢！"

　　"葛花儿妹子出落得越发标致了！"徐二虎笑道。江忠源打量葛花儿，只见她穿着蛋青市布黑缎绣梅绲边儿大褂，隐隐透着窈窕身材，云鬟雾鬓，一条结红绒大辫子垂在肩后，瓜子脸上一双水杏眼，忽闪忽闪晶莹闪亮，像会说话似的十分灵动。小嘴抿着，不笑也像在笑，刘海下两道细眉宇间微微蹙起，不愁也似在愁——岭南女人常额高脸长，肤色黝黑的天生微憾，葛花儿一概没这样的容色，放在金粉江南也是十分出色的了，只是散花裤脚下一双天足，江忠源看得略不入眼。葛花儿给他审视得怪不好意思的，见安了座，一双小手捧壶给他斟酒，说道："这是哥哥嫂子自酿的菠萝蜜酒，大人放量用，不伤胃不上头的……"高保贵也笑道："您是贵人，难得和我们这色人一道吃酒。大家高兴，多吃几杯何妨？就见叶制台，明日去也误不了您的事……"

江忠源笑道："你们看我是书生？我在秀水办团练，打交道的都是当地缙绅、江湖朋友。如今外夷列强环伺，中原内地匪盗四起，国家用人之际，白面书生正是百无一用的人！你们都是三元里英雄——来，干！"徐二虎、高保贵都没想到这位文弱消瘦书生如此豪爽，对视一眼，举杯和江忠源"咣"地一碰，仰首一饮而尽。

于是众人觥筹交错，葛花儿姑娘忙里忙外，不时出去给外间客人端菜上酒，又进来侍候，当筵宰蛇，开膛剥皮制蛇胆酒。江忠源看得心惊胆战，待到烧蛇段上来，试着吃了几口，不禁拍案叫好："平生头一遭吃这么好味道的菜，真是美食一绝！我要把母亲接来，请她老人家也尝尝！没想到广州人这么好手艺！"葛花儿笑道："江大人没听人说，广州人只两样不吃——天上飞的，不吃风筝；地下四条腿的，不吃板凳。"众人听得呵呵大笑。外边绵绵细雨，房中酒酣耳热，江忠源浑身劳乏一扫而尽，侧耳听隔壁琵琶笙弦悠扬婉约，歌女操粤语呢喃铿锵循节而歌，便请葛花儿翻译："能不能译成官话？"葛花儿点头，说道："这也是个可怜人呢，香港那边沦落过来的，她家渔船让汽艇撞翻了……"因译道：

晓漏彻铜龙，窗火含金兽……微微曙色窥，暗暗云屏透。一枕游仙梦未成，半床红玉衾斜覆……沉吟残梦，生憎鹦鹉频催，蒙眬星眸，犹怯余寒，先问海棠开否……

"商女不知亡国恨，隔江犹唱后庭花。"江忠源叹息一声道，"亏她还有心情唱这些艳词！"

"她唱的什么，自己也未必知道。"高保贵殷殷劝酒，叹息笑道，"彩云姑娘是个可怜人哪……采珠人家出身，水性都是极好的，义律攻广州，她和老父亲逃到香港打鱼为生，这些英国鬼子纯不是人生父母养的，轮船撞翻了他们的渔船，不救人，兜着圈掀浪淹人，水手们站在舷上拍手笑看乐子……你听听她唱的这声气，嗓子里哽着泪呢！"这一说众人都听出来了，便都不言声。一个苦力喝得脸通红，乜着眼一拍桌子骂道："丢那妈！朝廷要不变了心，还是林少穆（则徐字）大人在广州，英国佬能占了香港？能霸住这十三行？哪来的鸡巴南京，又是什么鸟望厦条约？三元里大战那会子……"

说起三元里，人们立刻兴奋起来，高保贵一拍大腿，说道："我就在北乡，二哥一声号令，我那村里就出来三百多条汉子，权把稻镰铡刀带着就冲出去，一下子就把狗日的们拦腰切成两段！"一个苦力说："我还活捉了一个！洋鬼子在皇上跟前都不肯跪，说是'硬腿'，我看他双膝跪着，比我们方太爷见余太尊还跪得地道——是余太尊亲自带着人，逼我放了那个鬼子。嘿！真他妈不是东西！"

纷纷议论声中，徐二虎说声方便，挑帘出了外间，看那卖唱的彩云姑娘正坐在一张桌子旁低头调弦，踱过去，上下打量了她一下，轻声叫道："彩云妹子……"

彩云听到这声音，像被针刺了一下，身上一颤，抬头看见是徐二虎雄赳赳站在面前，她的脸色先是苍白，又渐渐泛起红晕，下意识地看了看左右，站起身来，蹲了个福，讷讷地低了头，颤声说道："是徐二哥，你没……你回来了……"

"回来了。"徐二虎略带惨然地一笑，"在里头听声音就觉得耳熟，他们说是'彩云'，出来看看果然是你……"

"我没出息……"

"……"

"你知道，埋我爹借了人家的钱是得还的……"

"借谁的钱？"

"鲍、鲍……"

"鲍昌——鲍三爷，鲍二鬼子？"徐二虎一脸讥讽，冷冰冰说道，"你可真能耐真体面——为甚的不找码头上你三哥？"

彩云的头低得像是在看地上的蚂蚁，细微的声音不用心根本就听不见："城外的父老兄弟都打散了，三哥现在还在班房里。才进狱几个月还得我给他送饭……你叫我怎么办？借别人的钱，我能咬咬牙下辈子还；借鲍家的，我宁可这辈子还清了他的！"她抬起头望了一眼徐二虎，又低下了头。

二虎的脸涨得血红，咬着牙盯视半晌，低声喝道："你抬起头，看着我的眼！"彩云不知所措，诧异地抬起头来。徐二虎死死地盯着她，那双美丽的眼睛仍是那样明净，里边有泪在滚动，有羞涩、惭愧和惊异迷惑，但没有畏惧和自疚，没有二虎想看或者不愿看到的东西。半晌，二虎长长透了一口气，问道："你欠他多少？"

"二十三两本银。"彩云哽着嗓子小声道，"加三的利。制钱也不要，一千七百文兑一两……很不容易的。你知道他打的什么主意？现今本利已经到了三十五两……"她的声音突然变得果决有力，"二哥，不瞒你说，万不得已，我就是卖花挣钱，也必还清了他的！"徐二虎扫视了铺中坐客一眼，用命令的口气道："这点债我替你填还——你回去，不许再做这营生现眼！明日我送银子过去！"彩云低头嘤咛答应一声，对两个伴奏的瞎子道："徐二爷回来了，咱们不做这生活了。走吧……"

目送着彩云三人踽踽出去，二虎怅怅地透一口气，轻轻一跺脚返回雅间屋。看时，屋里人们已不再吃酒，都围在墙角一张桌子旁，有的叉腰蹬板凳，有的盘着辫子蹟着脚，葛花儿站在桌子南头用手抚着一张大号宣纸，都正在看江忠源写字。二虎凑近看时，是一笔刚劲有力的瘦金体书：

> 答君恩清慎忠勤，数十年尽瘁不遑，解组归来，犹自心存军国。
>
> 殚臣力崎岖险阻，六千里出师未捷，骑箕化去，空教泪洒英雄。

徐二虎是中过秀才的人，一望便知是一副挽联，便问："这是谁的？"

"这是——"江忠源放下笔，语气沉重得一字字都像灌了铅，"咸丰爷挽林少穆公的挽联。"

一片冰冷的死寂，众人蹙额皱眉，江忠源的话锤子样一下一下地敲击着人们的心："少穆公可谓古今完人，不枉了今上的知遇。他谪戍伊犁，冰天雪地执戈巡逻，是个兵；他复任云贵总督，疏通洱海，开山造田，是人民良牧；他烧鸦片御外侮，洋人闻风丧胆，是国家干城、社稷之臣。宦海沉浮寻常事，无论显贵沉沦，他就是这般忧国忧民之心，真真是千古人莫能及。邓廷桢大人我们知交，从伊犁来信，说少穆公身体尚康泰，居常独自自言自语：'苟利国家生死以，岂因祸福避趋之？'——他调我去帮他军务剿洪秀全，可见他也识得我江忠源。可惜呀……终归缘各一面……"江忠源嗓音发哽，但他是极刚强的人，轻咳一声，已恢复了平静。"林公死得不明白，'星斗南'三字我百思不得其解。他死前一天还赶路二百多里，怎么一夜之间就暴病撒手而去？"

众人都虎铃着眼，苦苦索解这三个字。有说林则徐本是天上星宿下凡，归天之前看见车驾云龙来迎接，兴奋得喊叫的；有说他观天象，星斗之南将有大乱的；有说他临终有放不下的心事，惦记天下南端的香港沦陷的……纷纷解释都似是而非。江忠源听着直摇头，道："这些我都想过，林文忠公一代英豪，学贯中西，临终不会妄听妄视有鬼神附会谵语……"一直站在那副联语前沉思的葛花儿也喃喃念诵："星斗南……星斗南……啊——新斗栏！"她瞳人倏地一闪，双手合十惊呼："老天爷！林大人是福建人，'星斗南'和'新斗栏'同音不同字的啊！莫不成他老人家归西前还在惦记鸦片的事……"她不胜其寒地打了个冷噤，"再不然是他临死心中清明，想到是新斗栏派人下毒害的他？！"

"对！葛花儿说的有道理！"一个苦力兴奋得声音颤抖，"林老爷充军，新斗栏几个烟馆放爆竹庆贺——他们恨死林大人了！"

"一定是他们！鲍鹏前儿还带几个英国佬来看十三行码头，指着新斗栏说说笑笑。那英国佬叫璞鼎查，是啥球的香港总督，对鲍鹏说，我们也好安安生生过个年，要过得加倍快乐！"

"他们信天主的，过的是圣诞节，还有什么复活节。鲍鹏就从来不过年，凭什么今年要'加倍快乐'？"

"就是，我说呢！鲍大裤衩子前儿乐颠颠叫了我们二十几个领工的，说今年在教的也过年，工资照发！"高保贵咬牙笑道，"我当时还说，'你是又挨了洋球还是又吃了洋屁，美得这样？往年都不叫过年，今年是怎的了？'他说有天大的喜事，过些时你们就知道了！——原来是这么一档子事！他妈的，这事得查查清楚，哪个王八蛋作这恶，教他七十二个透明洞！"

江忠源先是一阵兴奋，但很快就冷静下来。他到底是县官出身，众人说这些，只能叫端倪，不能叫"证据"。这群人和他在湖南办团练训练的乡勇一样，其实是群氓，比起乡勇却又见多识广难以驾驭。广州华夷杂处之地，林则徐烧鸦片又经三元里一战后，中国人在自己本土打了败仗，又无罪黜罚林则徐，本来就是一车浇了油的干柴，自己新来乍到，还没见过叶制台，先惹下一大堆邦交麻烦……思量着，一笑说道："这些都是推测。洋人可恨，汉奸可恨，朝廷正在多事之秋，各处都有起反的。我们不能躁动，再弄得不可收拾，吃亏的还是朝廷。我是兵部举荐到广州来作御史观察道的，林文忠公之死当然有权纠察，现还没见着叶制台分派差使。若允许我在广州办团练，自然还要仰仗各位兄弟的。列位要相信我江忠源，我必是要查清这案子的。现在，我们喝酒！"

"来，干！"众人一齐举杯。

二

江忠源赶到总督衙门，已是申正时牌，广州人已经用了新词，叫"下午四点钟"。门房厅里还等着五六个县令，他官阶高人又生，大家原本一处说笑打诨，见他进来，便都收口正襟危坐，吸溜着嘴吃茶不言语。江忠源也觉无话搭讪，向门房递了手本名刺便坐在一边闭目沉思。谁知一等就是半个钟头，连个回据都没有。江忠源噘了一下嘴唇，叫过倒茶的衙役问道："叶制台在见什么客，这么久的？"

"回大人，"那衙役毕恭毕敬，提着茶壶躬腰赔笑道，"小的上头是门政，门政上头是签押房戈什哈，再上头是胡师爷，和制台隔着几层呢！茶叶不好，小的给您再换。我们制军见人不分时刻的。"说着又一躬，退了出去。

江忠源只好耐着性子再等。又过一刻，还是没个动静，不由得心头焦躁，自言自语道："就是到北京见军机大臣，见亲王贝勒贝子，有这么个等法？"

"大人是新来的吧？"靠玻璃窗坐着的一个胖子，穿着鸂鶒补子，袖子捋得老高，端着茶碗笑道："累了就院里溜达溜达，里头有炕还能睡，我们在这儿等了四天了，您才等这么一会儿，急什么呢？"

等了四天！江忠源一怔，看看几个人，知道不是玩笑，颓然落座道："想不到叶制台这么忙，该早点来一封信的……"这样一开口，几个人便互通官阀，那个胖子是番禺县令岑春，挨身那个白净脸是高要县令何相祖，北边春凳上坐的是惠州、茂名和海南来的，一个叫潘少英，一个叫黄克家，一个叫康必正，都是县令。寒暄一阵子，江忠源才知道是叶名琛要开会议，召各县的令守布防。江忠源问："广东几十州县，单召诸位老兄开会布防？是海防、夷防还是匪防治安？"

"如今还有什么海防夷防？洋人占了香港又在九龙闹新界，只要不进广州城，屁防也没有！"茂名县令黄克家甚是诙谐，一脸怪笑说道，"叫得急，我们都是日夜兼程来的，来了又这么等着！你问别的县令，他们在广州都有宅子，这里留个长随打听着，在家候着几时开会几时来。我们没这份家当，总督衙门开会有分例的，包吃包住也是安逸！"胖子岑春笑道："大帅有他老人家的章程，以不变应万变。见了洋务叫鲍鹏去，有了匪患寻徐广缙军门，其余只要完粮纳税，一罐蝎子——一盖不问。"

黄克家笑道："说起歇后语，上回碰见刘大麻子，他婆的第七房姨太太今年才十六岁。我说可怜见的她还是个小女孩，再说你上回说阳痿，怎么弄的？他说：'如今得及时行乐，吃春药，日屄没得法阿硬过！'我一想，笑得捂肚子。你们听听：刘大麻子奸幼女——日（本）比（利时）美（国）德（国）法（国）俄（国）英国！"

大家哄然大笑。江忠源却觉得心里塞了一团烂絮似的一阵难受，拿着国耻玩笑，这些人太无心肝。偏转脸看时，那个接手本的门政戈什哈晃悠着从签押房踱出来，忙转身出来，迎上去问道："我的手本履历递上去了没有？"

"回大人，这种事卑职怎么敢马虎？"那戈什哈正剔牙，扔掉牙签子逼手站住，笑道，"叶制台他老人家那脾气，谁敢催他？几十号县令，广东的府道官加起来二百多，都在候着他老人家呢！"

江忠源叹了一口气，问道："制军现在正忙什么呢？"

"他老人家刚午睡起来，已经请了伍绍荣和鲍参议，说一会儿要议洋务的事。还有个英国人叫汤姆的爵士，是香港总督的参赞……卑职只管传人送信，不敢搅扰……"

"我有要紧的事，你禀报我要见他！"

"制军说过，除了洋务，别的事一概不许打扰——回大人您呐！"

"你现在在做什么？——你再去传话，江忠源要见！"

"回大人，"那戈什哈收了笑容，一本正经答道，"制军和胡师爷在焚香打坐，请祖师爷降乩。您要不信，卑职带您西花厅候见，隔窗您就能瞧见的。"

江忠源顿时气得手脚冰凉，放着二百多人的匪防会议晾起来不开，广东洋务海关军政要事不理，睡到下午四五点起来，头一件事是打坐请神扶乩——这还是朝廷再三降旨表彰，"制夷有方理政循道"的模范总督！他铁青着脸，咬牙格格一笑，两块洋钱丢给那戈什哈，说道："你带我去！"那戈什哈得了钱，一边往腰里揣，笑道："谢大人赏。不过卑职真得关照大人一声，您是道台，坐西花厅是规矩名分；您别乱闯，一闯就闯出祸来，卑职可兜不起。叶制台最烦的就是这时候搅了他的坛场……"说着前边带路，曲折逶迤从大堂向西过月洞门，又穿过一带花篱罩顶石甬道，指着一溜五间房道："西边两间是书房，大帅就在里头。这三间是花厅，里边隔栅屏风挡着，是相通的。茶水淡巴菰都现成，大人请自便，只不出声便没事。"说罢去了。

进了花厅，江忠源才知道那两块银圆的功效。满花厅南北墙全是亮窗镶嵌起来的，幕着淡青色的蝉翼纱，连中间的隔栅也都用檀香木屏风横挡，可开可合，只是拉着一条厚重的紫红金丝绒，隔壁书房那边说话声音都隐约可闻。花厅里两溜窗台，摆满了盆景花卉，什么月季、玫瑰、番石榴、红橙、柚子、橘子、郁金香，有的郁郁青翠，有的挂果累累，有的含苞带露，有的盛开怒放，美香不可胜收。沿墙有座椅有春凳，都陈着紫檀茶几，陈设豪华中不失典雅，和门房那边比起来，真有云泥之隔。两个丫头提着水壶蹑手蹑脚正给花儿浇水，见他进来，忙放下壶，一双并蒂含笑蹲福行礼，让座，沏茶，也不言声，一边一个站着。江忠源极不惯这般服侍，又掏两圆一人给了一枚。那丫头却是可人，莞尔一笑收了，行个礼又去浇水。江忠源半日才恍然，这是这屋里的规矩。略一定心，侧耳听书房那边动静，像是有人推磨般传来轧轧隆隆的声音，声音却是十分细微。忍不住好奇，走到帷幕前，撩开一条缝看，那蝉翼纱薄得几乎透明，只见书房布置得新奇，北墙正中供着一张祖师画像，像前案上炉中香烟袅袅，案前还有三张米黄拜垫。说是书房，通屋里不但没有书架，连书也是没有的。再看几个人，那个花白辫子穿驼色背心的一望可知是两广总督叶名琛，还有一个余保纯是认得的，原是广州知府，撤差后留在总督衙门，当了叶名琛的清客幕僚；一个戴墨镜腰系槟榔荷包的，想必是胡师爷了。还有两个总角童子，八九岁的模样，叶名琛站在神案边闭目合十喃喃念诵着什么。最奇的是地下还反扣着一张桌子四脚朝天，余保纯和胡师爷相对，两童子相对，东西南北侧身站定，也都闭眼，一律左手前指，可煞作怪那桌子竟自动东北西南旋个不住……他看得蹊跷，抠缝弯腰还要瞧个仔细，觉得有人扯自己的袖子。回头一看是沏茶那位姑娘，刚要问，那丫头扯他过来，悄声道："千万惊动不得的！上回铸钱局方老爷也这么着，神没请到。方老爷那是多红的人哪，第二日就挂牌子撤差！您何必触这霉头？"

"请神扶乩吗？"江忠源小声问。

"嗯……"姑娘的声音更小。

"请的什么神？"

"有时是吕洞宾，有时是何仙姑，有时老祖亲自降坛……有时谁也不来！"
看着那姑娘神气，江忠源差点失声笑出来，忙捂了口。

"嘘——"那姑娘以指压唇，指指书房，轻手轻脚拿起抹布和另一个丫头揩拭桌椅。

江忠源还待细听，却无须细听了。隔壁叶名琛极响亮地问道："鹤驾光临了没有？"

站在屏风边的余保纯答道："请到了！"

"是哪位？"

"是铁拐李——仙家说他是李铁拐！"

"保纯执笔，庸墨拂纸！"一个极亮的童音喝道，"吾神来也，叶名琛还不下跪！"便听衣裳窸窣，接着便是叶名琛的声音："信官叶名琛求问：一问广州城防居民安否；二问粤西洪匪长毛几时得灭；三问本人否泰！"

江忠源在隔壁不禁心下叹息：若论这三问，叶名琛不算脏污之吏，只是如此不学无术迷信鬼神，放着多少实实在在的军政民政要务不理，一味玩忽，这份子顽钝颟顸也真是天下少有！胡思乱想间，听见一童子叫道："吾神降示，设乩架来！"便听搬乩架声，挪沙盘声，簌簌毛笔走纸声……移时，头一个童子叫道："吾神去也！"

"送鹤驾！"是三个人的声音，"每日常有醴酒果品供养，盼神仙时时重顾！"说得甚是齐整虔诚，一听就知道是不知练过多少次的把式，像煞了平日下属辞拜上司的客套……正要暗笑，隔壁叶名琛已换了官派口吻，拖着长声咳嗽一声，说道："神仙给我的什么批示？胡老夫子给我念念。"胡庸墨笑着道："想不到铁拐李仙也能如此风雅，是一首长短句呢！"说着，展纸诵道：

> 月冷戈壁黄沙，庚岭岫云掩人家。软红十里，秦淮月下，歌女楼舫如画。钱塘潮信，涌浪朝天，孺子凡夫惊煞！啸风起时，椰树挺拔，堪嗟英雄树无花。使君休问前程，金炉销尽，穷通荣华。香橼一岛归有期，彼处是海角天涯……

"两位仙童劳累了，请回斋房用功通神。"叶名琛说道，"——庸墨、保纯，据你二位看，这首词是什么意思呢？"

余保纯沉吟道："据学生见识，'月冷戈壁黄沙'，似乎指西北有事，说不定俄国在新疆又要折腾。最后一句，'香橼一岛'，显见是香港；'归有期'，似乎指收复有望。但大人问的是自己否泰归宿，这就有点不合。"胡师爷道："大帅能收复香港，自然是为朝廷雪耻立功，收拾金瓯完全，这份功劳是大帅荣终归站！"

"中间几句我也在思量索解。"叶名琛口气认真得像学生回答老师提问，"边患内忧，中原依然繁华奢侈歌舞升平。钱塘江潮有起有落，有人大惊小怪，所以我们不要学那些孺子凡夫。只是我这里，也有'堪嗟英雄树无花'一句，看来是说我这里蜀中无大将。难哪……收复香港我没有那个雄心。朝廷《南京条约》刚订过几年，哪有那个回天之力呢？我也不图'金炉销尽，穷通荣华'。能平安无事，我就心满意足。"

江忠源在花厅里听得心里焦躁，这么着索解，一辈子也说不完这首长短句。正想着怎样面见直隶，隔壁话题一下子转到了他身上。只听余保纯说道："昨日大人赐观林文忠公遗书，内中说江忠源调来广州。学生和他有过半年交往，此人刚气内敛敢于任事。洪秀全起事，湖南秀水几股子匪民响应，都被江忠源弹压下去了。虽是书生，杀伐决断甚是有的。秀水南关一次斩首三十名乱匪，面不改色！他来广州，这地方民风刁悍，正好替大帅维持治安，省了多少事？也许他就是天赐给大帅的'英雄花'呢！"江忠源原想起身过去的，一下子又坐回椅中：和余保纯在湖南为解决军饷的事，二人确有过半年交往，但并不是知交。官面上的事，余保纯还算精明干练，但他在广州知府任上巴结琦善，媚外压内，通国骂为汉奸，怎么会对自己这样好感？这真令人大惑不解！抬头间，侍立在窗前的那个丫头看看帷幕又看看自己，又低了头不言语，稍一思量便恍然大悟：隔壁的余保纯知道他江忠源在这边坐着，这是有意说给自己听的！他觉得已是时机，双手撑着椅背站起身来，向那侍女点点头踱出花厅，站在滴水檐下，深深吸了一口气，又缓缓吐出，不紧不慢报道："湖南新宁籍道光二十七年进士，候补广州道江忠源——求见制台大人！"

"是岷樵吗？"书房里传来叶名琛的声音，似乎很高兴，"请进来吧——广州地面邪，说谁谁到，真有意思！"便听屋里余保纯和胡庸墨也笑。

江忠源移步进来，看时，拜坛神像依旧，只那张请神用的八仙桌已经翻转四腿着地。乩架沙盘移到了神案西侧。叶名琛在神案东据案而坐，余保纯和胡师爷都坐在南窗下椅上。几上放着方才抄的乩语词。墙上除了神像，还有斗大的中堂幅，写着"精气神"三个字。若换一处地方无论谁看这都是一间道观精舍，半点翰墨书香味也是不沾的。肚里暗笑着要行庭参礼，刚说了"卑职"两个字，叶名琛已经过来亲手扶挽："岷樵，私下见面不要和我闹这个！来——坐——看茶！……先不忙说公事。你是有名硕儒，穆相的高足，先帝也夸过你是'通儒'。你看看这首乩仙词，品评品评批解批解！"胡庸墨便将那张宣纸双手捧来。"学生于神道佛释一窍不通，何敢妄评呢？"江忠源双手接过看时，却是一笔极漂亮的草书，或如林中老藤龙盘夭矫，或似织女投梭劲道插天，惊蛇入草魑魅相斗，规矩制度布局章法皆如精心夙构，临机信笔之间有此作品，江忠源不能不心下宾服，眉头一扬赞道："好字好书法，胡先生自成一体！没有三十年功夫休想写得这样！"

"哪里哪里……"胡庸墨被他夸得脸上放光，高兴得不好意思，"草书略能遮羞罢了。若论字，还要看叶大帅的——您瞧这幅中堂，是叶制军手书，气、韵、格、调，我都是比不了的。"江忠源审视一眼那三个字，倒也是劲节苍道，只是笔锋间游走略显犹豫，显见故作情调，但这些话断不能直述，因道："我过湖广，胡林翼方伯堂中悬有叶制台的梅画，兼配咏梅诗，当时我就说，'叶提督堪称书画双绝！'就这幅字，和康熙年间吴梅村的《春江曲》相颉颃，其品位可想而知！"

吴梅村是前明遗老，所谓"燕台七才子"之首，《春江曲》是被收进大内三希堂的珍品字画。清初钱谦益曾有批评，说吴梅村的字画"柔媚强振作"，但知道的人极少。这里江忠源不动声色寓讥于奖，把个叶名琛也蒙得不好意思，捋着胡子微笑，说道："老夫何以克当！——就这首词请先生判断一下仙意若何。我还有些字画，改日一定请教！"刹那间，江忠源便由下属提升了"先生"，但他其实真的是个刚劲内敛的人，只是官场风气逼人，只好外圆内方，因笑道："卑职于此道素无研究，不敢妄评褒渎。不瞒诸公，方才学生就在隔壁，诸公议论窃以为是巨细靡遗的了，连补遗也是不敢妄言的。"

"你就在花厅？他们也不来报一声！"余保纯笑道，"我们正议论你，幸亏没有扯着你短处——大帅，他的短处我也要说的。这个人啊，别瞧他徇徇儒雅的，有时一副市井相，粗鲁骂人凶得像个煞神。而且自负刚愎，上司的话，有时候阳奉阴违，变着法抗上，湖南官场上有名的'江铁头'。您可要小心着他点！"

他挤眉弄眼，似真似假又似调侃。江忠源和胡庸墨都笑。叶名琛一双寿眉压得低低的，古井一样深邃的瞳人一直盯视审量着江忠源，末了也是一笑，说道："乱世做官自然也有权宜之道。广州人也有叫我'叶顽石'的。我说顽石有什么不好，你看海上那些礁石，不可敬吗？湖山石林，不可爱吗？'石不能言最可人'，《红楼梦》也叫《石头记》！英国人的铁甲船厉害吧？教他碰碰琼崖看！"

"卑职这次奉调，原是要随林少穆公去广西剿匪的。"江忠源听这位"顽石"说话，无论如何都觉得是在东扯葫芦西扯瓢信口雌黄，不能恭维也不敢笑，因换了正容说道："中途奉旨，不要进京陛见，直接到林大人麾下听命。林大人起复，是今上英明圣断，洪秀全一群乌合之众，闻风已经散了，有的逃有的降，只剩了几百人流窜山林。听说英国人也很惊慌，怕少穆公趁势收复香港。卑职是径直到侯官见着少穆公的，一路很是鼓舞。想不到到了潮州……"他讲着，眼圈便红红的，黯然叹息道："皇上派的御医还没有走到高碑店，少穆公就撒手去了……"叶名琛其实打心眼里对林则徐禁烟"招祸"，激出大变颇不佩服。咸丰皇帝为林则徐去世震悼辍朝，御赐挽联，谥号"文忠"，在场的人都知道的，江忠源说到这里，无论对林则徐心折与否，都低下了头。

许久，叶名琛才道："这是气数……是天意……少穆公毕竟是砥柱之臣……"他喃喃地，不知是在念叨什么还是在祈祷，却任谁也听不清他说些什么了。移时才又道："少穆临终，你在跟前没有？""在的。"江忠源道，"他从侯官出发，走前身体康健，到潮州前三天微微腹泻，住在潮州驿站。潮州有个名医叫沈思源，当晚我亲自进城去请，回来时林公已经弥留，问话已经不能回答。只在死前，突然眼睛一亮，指着天大叫，'星斗南，星斗南，星斗南！'一歪身子就再也叫不醒了……"江忠源泪水夺眶而出，走珠般顺颊淌下，一挥袖拭了，说道："大帅，我心里疑惑极了，林公是中了小人暗算，被毒杀的！"

什么？所有的人都惊得身上一颤，连守在书房门口的亲兵戈什哈也都脸上变色，与这干人面面相觑。只有叶名琛岸然道貌，颊上肌肉不易觉察地哆嗦了一下，倏然间变得毫无表情。"岷樵老兄，此言岂可孟浪？这要证据的。"

"我没有证据。"江忠源也恢复了平静，"但有疑窦。"

所有的人都目不转睛地看着江忠源。

"沈思源还来得及给林公把了脉，我告诉他林公一路症候，他直是皱眉沉吟，说'不可思议'。还要药罐，但药罐已经洗了；寻药渣，驿站把药渣倒了河里……"江忠源幽幽闪着目光，回忆着当时场景。"按潮州人习俗，熬过的药渣是要倒在墙头或窗台上晾干再埋的，为什么倾了河里？我去请医生前用的药虽不济事，但病情是见缓的，怎么去一趟县城回来就骤起大变？问林公随从家人，药是驿站大伙房熬的，喝了半个时辰发作，再寻药罐，已经冲洗干净！这么快毁掉证据，又为什么？……林公临终前喊那三个字，面目狰狞如逢鬼魅，大改常度，也令人不可思议——星斗南！什么意思？是说一个人？是说一件事？大帅，我江忠源当时全然乱了方寸——这都是过后细思，不可索解的谜！大帅说得不错，林公是砥柱之臣，朝野想望，中外畏服的，可他的仇人也不少，洪秀全得了他要来剿的消息惊得散了群，洋人也对他恨之入骨，恰在他受命再起，手握兵符之时猝然暴亡，难道不令人深思？"

叶名琛古佛般木然而坐，胡庸墨和余保纯都听得心摇手凉。余保纯道："你是说害林公的是英国人？《南京条约》是已成定局的事。英国人会担心林公毁约再战？"胡庸墨想说什么，嗫嚅了一下又咽了回去。叶名琛道："岷樵，我仔细想过了，你求之过深了。这些话传出去，是要起邦交争端的。我在这里用尽了办法羁禁，洋人才没进广州城。再搅和上这事，又没有证据，等于是授人以柄。安生在这里办差，弹压刁民维持广州治安，是你的正经责任。""是！"江忠源道，"大帅问起林公情形，卑职不能不据实回报。《南京条约》是城下之盟，国家耻辱。林公病由此起，死有其疑。卑职虽不敢孟浪，但还是想查清这件事——"

"你办好团练，绥靖地方，做好你的本职。"叶名琛听出他话中的执拗，脸上闪出一丝不快，"凡涉外交，你不能擅自主张。国家如今多事，以安静为要，以静制动，以不变应万变是我的宗旨。朝廷关税四分之一从广州出来，这是大局。洋人只是要做生意，英国远在万里，他能来占了我们中国？可虑的倒是洪秀全这些匪类，放炮升旗造反，这才是心腹大患——你在秀水办团练很有章法。不但不用藩库银两，且是化莠为良，以民制匪，我也是很赏识你的。好生做，我自然要抬举你的。"他的面容突然变得异常严峻，叫进侍从在外的戈什哈们吩咐道："今日在场的就是你们几个，这些议论传出去也就是你们几个；休怪我请王命旗牌无情诛戮！"

"喳！"戈什哈们战战兢兢退了出去。

"我叶名琛也不是无能之辈。"叶名琛的声音像劈柴般干巴，"耆英（前任两广总督）被召入京，留下一大堆洋麻烦给我。去年英国的兵舰开进珠江要炮轰广州，徐广缙去谈判，我在城中聚十万人夹岸声援，广缙才得和香港英督签署条约平安回来。治民、制夷，我有不变的章程！"

江忠源一腔热血，原想在广州大办团练，做一番惊天动地的事业，替林则徐还一桩夙愿，至此已是听得心凉了一半，初见面时的那点好感，不知不觉间已经没了。听他吹嘘"不变的章程"，直想问问为什么不修复炮台，不拨经费给练勇，不设江防，还是忍了肚里，干笑着听一句答应一声"是"。叶名琛也是一样，深恐这个二杆子书生在这里惹是生非，一边思量，一边谆谆嘱咐："你先不要去道台衙门接差，就你现在的心思，先熟悉一下洋务民情是要紧的。我下委挂牌子，就在总督衙门以参议道名义专办团练。有事多和保纯、胡老夫子他们商议，再不至出偏颇的。"江忠源便知他信不过自己，不肯把实权给自己，还要说什么时，胡庸墨手指门外笑道："鲍老三来了！"

余保纯向外看时，果见一个小胡子男子已到廊下。鲍鹏脱下油衣，笑嘻嘻递给戈什哈，跨进书房，见江忠源是生人，含笑一个点头，却不急行庭参礼，先对中间老祖像毕恭毕敬一个长揖，接着才给叶名琛打千请安，起身笑道："制台好气色！准是请了仙乩，扶鸾扶出了绝妙好辞！回头保纯照例抄一份给咱。胡老夫子，你要的宋墨我给你弄来了，别忘了你的谢酒……"他满脸是笑，回到自己家般那么随便，又向着江忠源问余保纯："这位爷是？"余保纯忙介绍了，鲍鹏又是打千行礼，拉手寒暄。他连说带赞啧啧连声，如同家人絮絮温言笑语，本来挂着脸的叶名琛也绽出一丝微笑。江忠源审量这个八面玲珑的八品官，不足五尺的个子，宽肩头上一颗脑袋两头尖，活似安在树桩上一个橄榄，小胡子小鼻子小眼睛，短黑眉毛，"獐头鼠目"四个字天造地设为了这般人物而用——这么一个家伙，外至香港总督文瀚、璞鼎查，乃至前边被召回国的义律，内至琦善、耆英、叶名琛这些红得发紫的朝廷大员，下至广州洋行买办、工头白领，上至道光、咸丰皇帝，有的耳熟能详，有的亲如家人，五方杂处三教九流十方诸侯，居然处处兜得团团转，真是个不可思议的怪物……鲍鹏一眼就看出这位新任道台对自己的轻蔑，却是满不在乎，拉着他的手笑容不减："广州人叫我'羊（洋）群里的兔子'，兔子懂羊话，这就贵重了。两头三面跑跑腿，广州人少遭点洋人作践，不管别人说我什么兔子不兔子，'名声'臭就臭了吧！"

众人听了哈哈一阵笑，叶名琛也不禁莞尔，咳嗽一声问道："你是去香港了？英国人知不知道林公去世的事？""英国人知道得比我们还早点，他们的讯息比我们灵通。"鲍鹏收了嬉笑之色，抚着剃得锃亮的脑门子，叹道："璞鼎查和法国德国领事在议事，没能见着。文瀚现在卸职不管事，见他没用，但我还是见了见。他说话不含糊，认为英国国会不了解中国国情，英国人不可能像占领印度那样占领中国。说回国还要向议院国会陈情，开辟中国市场要放开眼界，我们自己不吸鸦片，在中国倾销鸦片，用你们中国话说己所不欲，勿施于人！"胡庸墨听了笑道："下野了才来说这些话，把兵舰开进珠江，文瀚当总督不也是咄咄逼人？"

"他是英国老贵族。回国能在他们女王跟前说几句公道话也不错嘛！"叶名琛道，"——除了文瀚，你还见着谁了？"

"新来的一个叫汤姆，还有巴夏礼。"鲍鹏说道，"大帅知道，巴夏礼是个野人，动不动就掏枪。那个叫汤姆的是个绅士，父亲是伦敦有名的汉学家，汉语说得很好。这几个月就住在九龙一带，比巴夏礼好说话得多，文质彬彬的像个读书人。他们还是说要执行五口通商，允许进城设领事馆……"

叶名琛道："我和徐广缙，还有文瀚签有合约，严禁英国人入城贸易——你没有和他们争一争？"

"我的好制台哩！"鲍鹏一拍大腿说道，"和他们吃饭泡蘑菇半个月，嘴皮子都说出茧子了，就是争的这个条约的理。他们说地方条约不能和中央条约相悖，英国国会否决了你们与文瀚的条约，文瀚的乌纱帽就为这个才摘掉的——巴夏礼和汤姆追着屁股，一定要见制台重新商约，这会子还坐在书办房里等着呢！"

叶名琛一阵光火，一拍椅子把手便要站起来，却又倒坐了回去，手里两个铁胡桃唰唰转着，垂眉低头犹如老僧入定。许久，咬了咬牙说道："我立誓不见洋人。还由你和他们打擂台。做生意，成！但洋人不能进城。广州民气鸷悍，华洋结怨很深，进城我不能保证他们的安全。文瀚、璞鼎查、包冷的书信都在那里，我连看都懒得看，做贸易就是钱货来往，来往就是了，总往官府里跑是什么意思？鲍鹏，他们要带钟表呀，什么自行船小火车火轮船什么呀，你不能再代收。那些玩意儿我不稀罕，也不许家里人稀罕——一大堆，都垛在衙后空屋子里，那是什么好东西？我一听见'洋'字就头疼肚子转筋！"

胡师爷三人司空见惯，叶名琛就这么个禀性。江忠源却愈觉这位总督像是有点失心痰气的病：你是总督，兼办洋务，又兼管海关，不见洋人，不用洋货，于职分而言已属不宜，连人家的信也不看，真是莫名其妙了。再说，广州城在五口通商之首，城外几乎已是洋人的天下，不修炮台，不整军备，不练团勇防御，也不像是要打的架势；叫了全省官来开会，扔在一边不理，也不像个政府长官。江忠源思量着自己也是久经沧桑游遍天下了，这色人竟还没遇见过……正胡思乱想，叶名琛道："鲍鹏，你带江道台去见见他们。"

"啊！"江忠源忙收摄心神，起身答应道："卑职遵宪命！"

"记住：只有三个字——拖、磨、碰！"

"是！"鲍鹏咽了一口气，答道。

"什么都不要答应他们。我忙得很，要和全省文武官员碰面、议事，也不能见他们！"

"是……"

"去吧。"叶名琛说罢端茶。江忠源也忙端茶一啜，和鲍鹏躬身却步出去。叶名琛望着细雾般雨中远去的江忠源问道："庸墨呀，你看此人如何？"

胡庸墨沉吟道："刚柔兼济，是个能员。"余保纯道："柔是历练出来的，刚是天性。有些恃才傲物，他在用功夫掩饰。"

"我一直在观他的相。"叶名琛道，"其实是血气火性很烈的人。此人耳白于面，将来名满天下，土星不亮官位高不到哪里去，权腮边有断煞纹、目中有亢直之神，未必能善终，是个死节之士！"他顿了一下，徐徐说道："保纯查一查时宪书[1]，布一卦，看会议什么时候开合宜……"

鲍鹏带着江忠源一径来书办房，在廊下老远就听两个人叽里咕噜在说话。鲍鹏站住脚听听，回身对江忠源诡谲地一笑，说道："两个洋人闹别扭拌嘴呢！巴夏礼——那个尖嗓门，数落汤姆，不该爱上一个中国姑娘，整日去茂升店，忘掉自己是帝国使者身份。汤姆不服气，说爱情是没有国界的。嘻嘻……这些洋鬼子事事和咱们不一样……"说着咳嗽一声，带着江忠源进了书办房。江忠源进来才知道，这里其实也是一个地地道道的客厅，藤椅沙发窗明几净，座钟字画古玩照身镜布置周匝，比花厅还要富丽堂皇。中西合璧的陈设江忠源还是头一遭见，新奇里又觉得透着诡异古怪。再看时，两个外国人都坐在南壁下的长条春藤编的沙发上。还有个中国跟班哈腰陪立在东窗下，见他们进来，忙迎上来一人鞠了一躬，笑道："鲍三爷，两位洋大人正候着呢！……制爷还是不见？这位爷没见过，是才调衙门来的吧？"鲍鹏没有多理会他，只用粤语说了句："胡世贵你跑这里干什么？说话仔细点，新来这个英国佬懂汉语，知道吗——"说着已是走上去，掬得满脸笑花，用熟练至极的英语一边介绍江忠源，一边介绍两个人："这位是英国女王新派来的香港总督总参赞汤姆男爵，这位是港军总统领管带巴夏礼上校！"

"您好！"两个年轻的英国人早已起身，脱帽向江忠源微一躬身。那个叫汤姆的西装革履，还握握江忠源的手，用纯熟的汉语含笑道："很高兴见到您，您是绥靖地方治安的专家。或许还不仅如此，您在军事上的才能我们总督也是很钦佩的——我敢肯定，现在大英帝国伟大的女王陛下已经知道了阁下的大名！"

---

1 即日历，"皇历"因避乾隆皇帝"弘历"的讳而更名。

江忠源还是头一次直接和外国人当面谈话，听了他的话，既惊讶他的汉语精当，又奇怪对方竟这般情报灵通。他看了看巴夏礼，燕尾西服下两条精瘦的腿，戴高筒礼帽，苍白得刀刮过骨头似的脸剃得精光，瘦削的颧骨上一道刀痕，左腮边还有一块暗红的枪疤，一脸桀骜不驯的神情，绷着翘下巴，仿佛随时都在表示对任何人的轻蔑——一望可知是个惹是生非的无赖，便不理巴夏礼，只向汤姆说道："我也知道，阁下出自英国古老的名门贵族，用我们中国成语叫书香门第。不过，我和阁下是第二次见面了。"

"是吗？"汤姆碧蓝的眼中闪过一丝惊讶，"我有过这样的荣幸吗？"

江忠源定住了神，摆手示意同坐，微笑道："在茂升酒店，阁下临窗而坐斟酌沉思。我就在您不远的地方坐。当时我在想，这个年轻人是英国人、法国人还是美国人？为了什么来到这里？此刻面对窗外潇潇风雨是去国怀乡在想念家人，还是沉醉在中国的良辰美景中，在作诗？"他顿了一下，转脸对巴夏礼，"嗯？巴夏礼先生，你想必也有同感？"

"噢？"巴夏礼和汤姆谁也没料到他会有这样一个开场白，目光一对视都哈哈大笑。汤姆道："您的语言很美，是东方人的思维。风雨窗下杜康独饮，是很富有诗意的。"鲍鹏在旁凑趣，笑道："也许是那位葛花儿姑娘迷住了您这位王孙公子。"

汤姆的目光熠然一闪，惊异地问："葛——花儿，她叫葛花儿？葛花儿是什么意思？""看来我真的是猜中了。"鲍鹏笑道，"自古英雄爱美人，葛花儿姑娘是长得可人意。"因用英语翻译了葛花儿的意思。汤姆微笑听着："噢！——紫藤萝上的鲜花。她配得上这样美的名字。"胡世贵忍不住在旁赔笑道："汤爷爱她，这是她的福分！茂升酒店的老板是咱们十三行的人，她爹是我的属下，要她过去侍候，一句话的事！"

"No，No！"汤姆连连摇头，"我知道这是不可能的，从她的眼睛里可以看出她并不爱我。按你们中国人的思维，她也不可能爱上我，一个洋……

洋鬼子！我很爱她，所以天天去，看着她出来出去忙着工作，给我倒酒端菜……"

巴夏礼像咬着牙，说道："用中国话说，书归正传吧——我们不是来讨论爱情、美酒和诗歌的！"江忠源见这小子一脸狂气，冷冷顶了一句："现在两国和平，你们是到督署衙门来的客人，谈一谈美酒诗歌和爱情有什么不好？难道谈凶杀决斗和吸鸦片？"巴夏礼面色狰狞，冷笑一声，说道："英国人的利益在广州不能得到保证。你的总督宁肯像个巫婆神汉每天算卦求签，不肯出来见我们！我们总督亲笔给他写了那么多的信，叶名琛的几封回信都只有核桃大的四个字'信收到了'！这样的人——"他煞白着脸，呼呼喘着粗气，尽可能搜寻着文明语言来譬喻，竟是思量不来，半晌才道："——白痴不像白痴，无赖不像无赖。对了，像你们中国厕所里擦屁股的——石头！"江忠源听了，也被噎得咽了一口气，巴夏礼虽粗野，说叶名琛的话却正是他自己想的，也真无可据实辩驳。

鲍鹏在旁见气氛紧张，放缓了口气说道："叶总督和贵国文瀚总督有条约，都签了字的，英国人不进广州城，黑字白纸不容置疑。你们来是为了进城，总不是来侮辱我们总督的吧？"汤姆在旁神色严肃地顶了回来："根据《南京条约》第二条的规定：'准英人带家眷寄居沿海之广州、福州、厦门、宁波、上海等五处港口。'地方官无权更改中央政府的决议！"江忠源抓住话中把柄，立刻说道："难道现在你们没有住在港口？"

汤姆被他顶得一愣，迅即说道："其余四处都已经允许英国人居住，广州难道和那里有什么区别？阁下的意思，连我们国家的领事馆都设在港口？您是在玩弄，对，在玩弄文字游戏！""其余四处没有三元里，而广州有。"江忠源想起《南京条约》，心中一阵悲哀，咬了咬牙道，"这里的人民和贵国积怨很深。我要提醒阁下，假如您的周围邻居和街上的路人都是您的敌人，政府怎样保证您的安全？"

"那就用枪和炮来说话！"巴夏礼一听三元里就一肚子无名火，血色的刀痕枪疤胀得发紫，"我的炮舰泊进珠江，十五分钟可以把广州轰炸成一片废墟，像火山掩埋古老的庞贝城一样，让它永不复存！"

"那你和谁贸易？"鲍鹏冷冷说道，"既然如此，贵国何必还要订这个《南京条约》，你又何必在这个将要变成废墟的地方和我们谈判？"

汤姆见双方唇枪舌剑到了这个份儿上，冷静了一下，说道："巴夏礼冷静一点。江先生、鲍先生，也希望你们理智一点。巴夏礼先生说的是'假设'，而广州的城防确实是不堪一击的。我们来不是为了吵架，还是请二位转告叶总督，要做个像样的政治家和外交家，理智而客观地面对现实，接见我们，进行实质性的交涉。"

"叶总督军政民政诸凡事务冗忙，还要请二位鉴谅。"鲍鹏换了笑脸，"现在要到晚餐时间了。作为个人，我们是朋友。怎么样？请二位吃饭，到天津饭馆，给你们换换口味……"

汤姆和巴夏礼不约而同站起身来，巴夏礼怒气冲冲扣上礼帽，提起文明棍，威胁地晃晃挂在小臂上。汤姆从衣袋里取出一封信交给鲍鹏，郑重地说道："这是包冷总督给叶总督的亲笔信，请叶总督务必认真回答。作为朋友，我要忠告你们，这样的敷衍拖延迟早会引发残酷的后果。上帝给你们的时间不多了，而且上帝的忍耐也是有限度的。唉……您的饭我们不吃了，每次您都是这一套。我已经被您喂饱了！"

巴夏礼等他话一落音拔脚便走，汤姆略一点头便跟了出去。江忠源和鲍鹏目送他们出去。远远在二堂东山墙边传来巴夏礼的怒吼："汤姆！你那一套可以和法国美国人打交道——对付这些浑身纽扣留着猪尾巴的小丑，应该把他们吊在军舰的桅杆上，像对印第安人那些生番一样用鞭子抽！然后开枪把他们打得像蜂窝一样……"汤姆的声音要小得多，但也很清晰："女王陛下会有英明的决断的。中国不同于印度，更不同于印第安人……你应该读一点书……我很怜悯这些愚昧无知的中国政府官员……"

江忠源心一动，看鲍鹏时，鲍鹏没有翻译他们的话，以手加额叹道："总算又混过去一次……"江忠源道："这些畜生真是欺人太甚！""我和他们打交道太多了，已经习惯了。"鲍鹏叹道，"他们是见利就上，寸利必得，得寸进尺。连喝酒行令，都是赢了的喝，朋友一处吃饭各算各的饭钱，什么仁义礼智信温良恭俭让统统是个不讲！唉……谁叫我们是弱国呢？弱国外交勾当，真不是人干的……"

"汤姆，"巴夏礼道，"我知道你在法国、瑞士和比利时都当过大使，是个出色的外交家。你的汉语和东方文学这样高明，也使我惊讶和钦佩。但中国不同，现在也不是你描述的那个它曾经强大得令人震惊的时代了。所以我要请你理解原谅我的不文明行为。"

回到十三行英国驻港口码头的办公室，巴夏礼已经平息了心中的怒火。在自己人面前，他有时也显得文明和高雅。两个人吃了几片烤面包，喝着咖啡，坐在沙发上抽雪茄。玻璃窗外是漆黑的夜，可以想见暗夜中无声的秋雨在幔帐似的降落，烛架上七支蜡烛发出明亮柔和的光，屋里显得格外安谧。见汤姆神色阴郁，他似乎有些不安，诚挚地又道："我要请你原谅。在我的眼睛里，中国地图有点像一块牛排。对，一块冷冻了的大牛排！怎么吃呢？要用斧子、用锯一块一块地切开，放进壁炉里去烧、烤。我们这样做了，美国法国德国比利时也这样做。说明我们做的是对的。你瞧着吧，俄国人日本人也都要这样做！"

"他们只是技术上落后。"汤姆望着殷红的雪茄焦首，"这个国家曾被蒙古人占领过。蒙古人用武力征服了他们，野蛮地统治了近百年，又被他们打败了。现在是满族人，也是用武力征服了中原，统治了中国，而在文化上他们又被汉族人征服。满族本民族的语言文字，现在只有满族的专家才会使用。

巴夏礼，我是尽了最大的努力研究过他们的。这不是一块牛排，这像是陷进了地下迷宫里的民族，又像是被注射了麻醉药。很遗憾，连我们伟大的女王也不能清醒地看到这一点：迷宫终究是能走出去的，麻醉药是有时间期限的。一旦他们走出来，醒过来……"他打了个寒战，"他们会像拍苍蝇一样把我们打得无影无踪！"

巴夏礼孩子气地一笑，说道："汤姆，你描绘了一幅多么可怕的图画给我看！不要忘了我们是日不落帝国！我对我们的炮舰和文明是有十足的信心的。政府已经下了决心，相机用武力占领广州。趁这个被麻醉的人没有醒过来，我们要像整治印度人一样整治他们！好得很，林则徐已经被伍绍荣他们弄死了，唯一一个像样子的中国政治家也去见了上帝。我们可以放手放心做我们想做的事了！"

"这就是我们的'文明'。"汤姆自嘲地一笑，"伍绍荣、鲍雕——他有个可笑的绰号叫鲍大裤衩子，是遮盖生殖器的内裤——还有胡世贵。他们做这样的事，若被广东人知道，他们会把这些人的皮剥下来做鼓面！"巴夏礼得意地笑起来："林则徐的起复对我们英国人是不利的。这些中国人和我们有相同的心理——他们要贩鸦片，林则徐东山再起，是要拿他们'正法'的。这就是杀人动机。但我不能承担这种罪名，我只是庆幸他的死亡。这并不是我的心特别残忍，而是东印度公司的利益需要林则徐不存在——也许伍绍荣他们是接受公司的命令这样做的。就我个人而言，我和你一样尊重林则徐的人格和他的魅力，虽然我有点怕他——你不要笑，义律和我是朋友，他也是个勇敢的冒险家，可是有一次他告诉我，他每次见林则徐之前都要深呼吸三次，而见面回来腿部肌肉都要痉挛几天。"汤姆想着，突然一笑："那是因为潜意识里你们觉得自己有罪。比起你来，我更希望天主和基督能在这个国度传播，希望我们的纺织品、煤油和所有的机械制品……我可以送给林则徐一匹最好的呢绒，而得到他送我一套景德镇瓷器。我不会对他有恐惧心理。罂粟花如果作为药品，还是一种美丽可爱的植物。东印度公司的鸦片如果向国内倾销，女王陛下和国会会把他们统统都送上断头台。向一个国家强行倾销毒品是丑恶和有罪的——不是吗？你自己就在抽雪茄，而不是抽鸦片烟！"

巴夏礼沉默了，汤姆也停住了口，两支雪茄交换不定地闪着红色的微芒。外边的雨似乎大了一点，传进来淅淅沥沥的声音，玻璃窗上的雨水像泪一样纵横迷离向下淌落……见汤姆拧熄了雪茄，起身穿外套、取雨伞，巴夏礼问道："汤姆，又要去茂升酒店吗？"

"不，"汤姆看看表，"今天太晚了，我要给爸爸写信。"

"那就是说明天，还要去看葛……花儿？"

"怎么，不可以吗？"

"啊不，我没有那个权利。我已经向你道过歉了。"巴夏礼笑道，"你要她嫁给你是不可能的。而要是需要她，胡世贵可以把她弄到你的身边，那——一切都是可能的。"

汤姆用忧郁的目光盯着巴夏礼："我知道你的意思。她不可能爱我，为什么那样？我爱她，也不希望她勉强或者痛苦。"巴夏礼笑起来，指着桌子上的花瓶，说道："就像这瓶月季，插在这瓶子里，她并不受委屈。"汤姆道："不，这并不好。"

"为什么？"

"这花，很快就会枯萎的。"汤姆道，"而如果在花圃里，恐怕比瓶子里要好得多。"

"你真是个怪人！"巴夏礼耸肩摊手，摇了摇头。

三

汤姆和巴夏礼两个人都太大意了。十三行这处码头，是道光二十三年才过手给买办伍绍荣的。伍绍荣自三元里之战后吓破了胆，移居香港深居简出。他的几处货栈货仓店面码头都委了自己的亲信跟班，自己只跟港英总督和英国高级职员打交道。鲍鹏是中国官面上吃洋饭的人，侄儿鲍雕是他的"秘书"。鲍雕见《南京条约》订立，"吃码头"的徐虎徐彪被官府缉捕追拿，好大一个码头落到英国人手里，缺人管理，便央浼鲍鹏向伍绍荣说项，当了码头总管。但这是乱世时节，英国总督来回换，不依不饶一定要进广州城。几任两广总督也像走马灯似的来回换。码头工人几乎人人都恨伍绍荣。鲍家爷们儿在他们眼里也是汉奸。什么青洪帮、天理会，暗地里各伙工人有分有合。徐虎、徐彪武艺高强，讲义气，又是三元里抗英首领人物。所以尽管十三行是个日进斗金的地面，鲍雕只是靠了英国旗，又在"教"，倚势作威而已。这里办公室，工友们叫它"工所"，两层楼下五上三的房间，周匝回廊，中间全用楠木隔起，虽然考究，陈设豪华，但不隔音。这里侍候的人耳濡目染，人人都是半拉子懂得英语的，因此他们说话都被听了去。第二日下午，他们的话便传到了高保贵耳中。高保贵是一见鲍雕、胡世贵就直动杀心的主儿，形格势禁勉强在码头混饭。现在徐虎回来，心里咬牙较劲要把这几个假洋鬼子"大班"塞麻袋里丢进珠江，听见这信，耐着性子等到下班，布衫子往肩上一搭便赶回茂升酒店。

广州人吃饭讲究个一早一晚。早是早茶，晚是晚餐。白天忙，中午饭是马虎的。晚饭吃罢，趁凉风回家，打水冲凉然后睡觉。这时分不到六点，店中稀稀落落没几个客。高氏正在指挥伙计们搬柴洗菜捅炉子升火，葛花儿绾袖端盘擦抹桌子。高保贵进来扫视一眼，果见汤姆独自坐在南窗老地方喝茶等菜，也没说什么，对高氏道："你进来一下。"扬长便进后店。高氏从未见丈夫这样的，丢了手上账簿子便跟进来，直到内卧房，觑着他脸色问道："你怎么红头涨脸的，吃了炮药似的？"

"二虎兄弟呢？"高保贵问道，"他这会儿在店里不在？"

"在呢！昨晚江道台回来，和他说了办团练的事。今儿上午他又去了一趟总督衙门，把三彪也带回来了，现在还在西厢那边商议拉队伍设营盘的事。"高氏道，"——你神气不对，别是又和人生气打架了吧？"

高保贵喘了一口粗气，端起茶壶就嘴咕噜咕噜吸了一通，说道："我得马上见他们——丢那妈的，果然是戏里有戏，是他们害了林大人！"因一长一短将听来的消息告诉了她。高氏立时苍白了脸，叫了声："老天爷！"见高保贵掉头就走，忙喝叫一声："回来！你忙什么？说说清爽，烫脚水烧不煳的！"

"你先得想想，这是多大的事体。"高氏坐了椅上，放缓了口气说道，"胡世贵上头是鲍大裤衩，再上头是伍绍荣，这根筋是洋鸡巴，朝廷都惹不起！——这是一条。

"再一条是你们拼了命，也救不转林大人。这个叶制台爷，我怎么瞧都是罐子里的屎壳郎——愣充黑老包过阴。你们立功劳，他兜着；你们惹出事，他杀你。指望他保你，别想。

"你还得想想，你和二虎他们不一样。两个光棍，三刀六洞，出了事上山当土匪，奔洪秀全，扔崩一走完事。你上有老下有小，中间还有我和葛花儿。你叫我们怎么过活？"

高保贵怔了一下，立刻掂出了妻子这话的分量。徐虎是个文武双全的厉害人物，他要砸十三行，自己是拦着还是跟着？鲍鹏鲍雕是叔侄，又通着官，自己竟是谁也惹不起！他捶了一下大腿，蹬在床沿上低下了头。

"你也别那么熊包势。"高氏思量着，说道，"听我说，我也是胳膊上走得马的人，只是事件太大，我们背不得。这个江大人我看也是个有种的，就要怎么的，你不要上台面，由他们折腾，咱们助着他们，也不丢了你的义气，岂不四面净八面光？"

高保贵思量着，沉吟道："你想的倒是周全，只是怎么个办法呢？""你是个木瓜脑袋！"高氏手指顶了一下男人，"明晚上组局，码头上那群朋友都来。你就装啥事不知道，是给二虎三彪接风压惊的。酒筵上三杯一过，你不说他们也收不住口！"高保贵一听便笑起来，说道："就照你的主意办。"正说着，葛花儿进来说道："嫂子，彩云姐在前头等着，她要裱糊房子，前头咱们账上还有钱，问能支用一点不能。"高氏笑道："这是要和二虎成亲了。我这就给她！"说着挑帘出去。高保贵见葛花儿也要走，叫住了问道："你别忙出去——那个英国佬是怎么回事？"

"他是食客，常来咱们店的。"葛花儿起先没在意，禁不住哥哥这样地看自己，脸一红低下了头，脚尖跐着地说道，"你和嫂子背后说这个？别听他们嚼蛆……"

"是每天都来的吧？"

"差不多……有时偶然也不来的。"

"他对你有意？"

葛花儿良久才摇摇头："我……不知道。"

"你呢？"

"我没有！"葛花儿一下子扬起了脸，说道，"哥，你别这么审贼似的盯着我。这个汤姆先生，虽说是外国人，我看是个君子。倒是你手里那班朋友没安好心，动手动脚说疯话，那副嘴脸叫人恶心——还要告诉你一句话，如今码头上人心变了，和三元里时候大不一样。你那些个狐朋狗友暗地里和鲍大裤衩子……勾扯套近乎的有的是！他们有奶就是娘，义气跟银子一比不值分文！何朝贵是你的'贴心人'吧？把二虎哥从西偏门送出去，一转身他就去了公事房报信息，这会子只怕英国总督都晓得了！还有马老六、申大麻子，三天两头贼似的溜进胡家烟馆，又不抽大烟，做什么去的？这群人啊，嫂子比你清爽。好人带着能做点好事；跟了歹人，银子一喂，什么歹事也都干得出！"葛花儿说罢，一转身便出去了。

高保贵听得呆若木鸡，坐在黢黑的屋子里出神，脑子里一片空白，想理一理思路，竟似乱麻一般没个头绪——替林大帅报仇，跟着徐虎，挤走伍绍荣，重振码头雄风，一下子变得那么遥远模糊，那么不可企及……他的心凉了下来，擦着一根洋火看着，烧到手指跟前才丢掉，灼得一疼，心里清明起来，妻子和妹妹见识世务比自己要清楚得多……猛地想起回来还没和二虎三彪兄弟见面，他站起身来出门径往西厢房二虎卧房里来。隔门便听妻子在里头说话，他提了一口气，在门外笑道："三弟，我的酒不好，没有灌醉你吧？"进来看时，二虎却不在，满桌残杯剩盏边坐着头脸剃得精光一个瘦小汉子——就是刚刚出狱的徐三彪了——肘子支桌端着酒杯正听高氏说话，因笑道："你在这里——二虎兄弟呢？"

"在北屋里和彩云说体己话呢！"高氏努嘴笑道，"三兄弟在这儿着恼。我正劝他少喝，你跟我拧反劲绳子！快倒酽酽的茶来——"

高保贵吩咐伙计们收拾桌面，坐到三彪身边问道："这是怎的了？大狱里刚出来，欢喜还来不及，这又是和谁搁气？""是冯小五他们，说胡世贵放出风来，二虎三彪再回码头，他要请洋枪队厮拼，还不三不四说二兄弟三兄弟都是乱民，是朝廷通缉的反贼，连江大人都裹了进去……三兄弟是个火性子，为这几句闲话，又要过去拼刀子——"她又面转向三彪，"好兄弟你哩，如今世道人心和烧鸦片时候可是两回事了。告诉兄弟一句话，贫不与富斗，富不与官争。如今官府还处处让着洋人呢！说句不该说的话，单为你坐班房，嫂子疏通给你送饭，不知道给人家磕多少头，送银子说人情。好容易出来了，还要再进去？"

"我兄弟从湖南来闯码头，十三行是凭拳头打下来的天下！"徐三彪手指抹一把鼻子，说道。他和哥哥徐虎一母同胞，却远没有徐虎英武，五官身材不说，背也有点驼，只圆脑袋上嵌着的一双黑椒豆眼，小小的瞳人透着精悍煞气。乍一看，谁也不会想到他是身负七条人命债，威震湖南的"黔阳下山虎"，连累得二虎丢了"生员"功名跟他逃亡广州，死拼硬杀打掉十三行原来的码头舵主沙家"老六爷"势力，坐定码头二龙头的主儿。他个子虽小，说话却瓮声瓮气显得底气足。"踩刀山，坐火盆，油锅里捞铜板，蒺藜镖打香火头，他胡世贵成吗？！他不过是洋人饭桌底下啃骨头的一条哈巴狗！"

高保贵这才听明白就里，笑着劝道："这谁都知道。如今洋人得势，鸡犬升天的时世，我看该忍的忍，该咽的且咽了。你嫂子的话还是对的。江道台拉团练，队伍扯起旗来，就有吃粮人，像兄弟这般本事，又是乱世，大展前程还在后头哩！"徐彪吐出一口闷气，说道："我听大哥和嫂子的！"

正说着，二虎和彩云一前一后进来。高氏双手一合，笑道："真个天地般配、郎才女貌好一对——"说半截戛然而止。

"林大人果然死得不明白。"二虎阴沉沉说道。他的语气和脸色都冷得像结了冰。

高保贵夫妻都是一怔，迅速交换了一下眼色。三彪一拍桌子呼地站起身来，问道："是哪个王八蛋干的？"高保贵忙说道："兄弟且不要发躁性——是彩云妹妹听来的消息？"

"嗯。"彩云肯定地点点头，"我到翠华楼去清账，几个戏院里的伙计都在嘀嘀咕咕，一边吃酒一边议论这事。是总督衙门里蔡师爷前日晚上和胡世贵一处喝酒，喝红了脸拌口。蔡师爷抱怨，说胡世贵私吞了伍老板给他的三百块银圆。胡世贵也喝醉了，说蔡师爷贪心，该给下药的厨子八百块，只给了人家五百。三百换三百谁也不亏谁。蔡师爷说，这是身家性命钱，单是潮州官府上下，还有个医生沈思源，不是他按住了，江忠源当时就把事情弄明白了。现在江忠源就在广州，不成就抖搂出来，英国人、叶制台还有伍绍荣，都得吃不了兜着走！一把巴豆叫广东兵荒马乱，谁也收拾不起。鲍鹏、胡世贵还有伍绍荣，广州人都要拿来点天灯……蔡师爷醉得胡天胡地，骂骂咧咧走了。胡世贵也是酩酊趔趄，指着他后背当着众人说：'方才说的事你敢透出去，伍爷剁碎了你喂王八！'"彩云絮絮说完，又道："我起先听不明白，问翠华楼的老章——你知道，就是京胡拉得好的那个掌台的——老章说：'你别管，这事比天还大！林大人在潮州归天，他们说的就是这个。'"

高保贵听了没一半就已经心里清亮，两件事一卯一丁契合，坐实了林则徐是新斗栏老总伍绍荣主谋，鲍鹏串通一帮人暗算而亡，却装作不知道，咬着嘴唇盘算着该怎么说话。

"这是分赃不均他们窝里炮！"二虎说道，又问高保贵："胡世贵原来也是林大人在时团练里头的人，他是个小人物，怎么会勾上伍绍荣这样的大佬？销烟他不也去化烟池了吗？"

高保贵冷笑道："我也是后来才知道的。你知道他这'琼崖仙馆'起家的本钱是哪儿来的？——就是销烟时捣弄来的！这小子就在销烟池边当差。有些烟怕销毁不尽，关大人叫人用竹篙棍子把烟土往卤水石灰盐池子里捣烂搅开，他的竹篙中间的节里头都打通了，捣烟捣得满竹筒都是，每天这么换一根。你想，烧了七七四十九天，他捣了四十九竹筒的烟！烟价当时一斤二十两批价，一竹筒能捣十五斤，你一算就知道他发了多大的国难财！他这犯的是死罪，伍绍荣兴许就是抓了这把柄拖他下水的！"

"嫂子，给我再弄两碗老烧缸！"三彪脸色已经变得铁青，唰地脱掉小褂子，露出疤痕累累一身黑红练肉，束了腰带蹬上软靴，"我今晚就叫姓胡的知道喇叭是铜锅是铁！"高氏慌得说道："好歹有个计议，兄弟你不能莽撞！"三彪恶狠狠说道："如今这世道还叫个'世道'！老子跟林大人销烟，朝廷下的旨意；三元里打义律，朝廷说是功劳。功劳叫他们抢走了，老子的码头丢给了伍绍荣、鲍大裤衩子这些王八蛋。老子兄弟有功的人反而逼走的逼走，坐牢的坐牢！这到底是中国的地面还是英国的？我要弄弄明白！"

二虎咬着牙道："耐一耐再看。"他的声音沉闷嘶哑，有点像从坛子里发出来的响声。"江大人不是要办团练吗？拉起队伍来我们就有了势。有了势，又有官府照应，查明案子实情一网打尽。这是上策。"他微微摇着头，皱眉又道，"我兄弟三元里一战太出风头了！江大人也未必能说通叶制台让我们带团练……如果那样，我们把码头上贴己的兄弟拉出一帮。洪帮我还是龙头嘛！他暗算，我们也暗算，叫他们不明不白进珠江种荷花！"

"现在要做些准备。"二虎继续说道，"一条是我和三彪搬出茂升酒店，我和彩云的事办下来——新斗栏我赁了一处宅子，算是徐家门户。"

"另一条是高哥帮我串联一下，那些变了心的、三心二意的是一套说话；真心还愿跟我兄弟做事的我都要见见。江大人要拉团练，没有我兄弟俩，广州不同湖南，他拉起也是乌合之众。但要我们出头，叶制台未必准允，英国人那头也要搅缠，江道台的算盘未必打得响，所以要视情形再动。我们回来，肯定已经惊动了伍绍荣，他们酒后泄露机密，醒来肯定倍加小心，说不定也在盘算对付我们。他们有枪有权有势而且在暗处，我两个孤立无援摆在明面。妄动起来，比剁砧板上的鱼还容易……"

他说完了。局面如此凶险复杂，二虎思虑这样缜密周全，是众人想不到的。一时众人都陷于沉思当中……

"在这里，要演一出戏。"二虎果决地说道，"撒一把土，迷一迷众人的眼！"他眼望着院外暗夜风中婆娑摇摆的柚子树影，嘴角掠过一丝阴冷的狞笑，"今天是腊月二十七。二十八……后天二十九，我们砸胡家烟馆！"

众人都瞪大了眼，迷惑不解地看着二虎。三彪道："你方才还说——"

"砸他的烟馆，给姓伍的瞧瞧颜色。"二虎用不容置疑的口吻说道，"嫂子，你要带茂升的伙计们一窝蜂出去'护邻居'。当面跟我吵，要像那么回事……要讨债跟我和彩云翻脸，闹他个一塌糊涂，我再砸了你的店。各回各'家'，关起门来笑着过年……"他孩子气地笑起来。

四

江忠源一连几天都住在总督衙门。他的"团练总办"委札倒是很快就挂牌子悬榜公布了，但没有公署。胡师爷、蔡师爷还有个姓马的师爷很帮忙，把督署琴治堂东边放旧家具的院落空出来做道台办差签押房。叶名琛也很满意，团练总部设到督衙，有事既便于指挥又能牵制江忠源，也能加固衙门自身防御。将近过年，四姨太又要过生日；黄道吉日是二十八"宜会议"，几百官员心里油煎似的等了一个多月，终于要开会了。江忠源一头忙办公所在，一头向叶名琛申报开办费，和蔡师爷商量聘用人员，还要参加会议；后衙四姨太鼓吹唱戏，前衙各色各流官员忙得乱窜，会议伙房大冒蒸汽，满院酒肉香味，一座督署衙门公事私事外事里事稀里糊涂搅成一片，乌烟瘴气看去也光怪陆离。

二十九下午三点钟，会议接近尾声。会场上咳嗽打喷嚏的，撑胀得打嗝的，抽烟说悄悄话的，还有微微打鼾的，犯了大烟瘾一声接一声打哈欠的，什么怪相都有。忽然一阵安静，原来叶名琛开口说话了。

"嗯……这个这个——诸位老兄。"叶名琛也是因为忙，眼圈有点发暗，眼泡也有些松弛，但说话精神底气还足，轻咳一口吐了痰，漫不经心地说道，"有人拿我和林文忠公相比，以为文忠公激烈，我持重，而维国本忠君父则一。这个这个……我不敢当。但少穆公仙去，我自觉少一知音。少穆公临终带病日驰二百里，奔赴疆场，是劳累而死鞠躬尽瘁。为什么这么累？为什么皇上下旨表彰赐挽哀悼？他是死于王纲皇政！现在朝廷外有列强内有匪患，谁是大敌？"

他顿了一下，扫视着雁序列座的会场，徐徐说道："很明白，英法美比日像臭虫、跳蚤，乃是疥癣之疾。洪杨之辈崇信异教，祸乱太平觊觎大位，这是心腹之患。诸位不要说这是老生常谈，其实世上老生常谈才是真正的道理。防民之变甚于防川，不是先圣先贤的至理名言？闭着眼也能看清，英国就那么几个人，几条船万里舶来，他能占了中华？几个钱就打发了这群洋叫花子！但内乱一起，四面烽烟遍地贼匪，朝廷社稷还有诸位的身家性命胡以保全？所以，要办团练。我身任两广总督，负责广东重地，不能让广西祸水流到广东！"说着用手指了指江忠源，"这位江老兄江忠源，在湖南秀水办团练卓有建树。曾涤生（曾国藩）现在湖南也在办——皇上特简忠源来广，我要用其所长，在广东办起团练。我先拨二十万开办费给他，以后陆续再拨。这件事不能马虎，不能图省银子。他办起来，各道、府、州县也都办起来。本来要响应洪杨的那些地方群氓，反过来又为我所用，这样的好事何乐而不为？"他偏着头自我欣赏地点头一笑，接着正容说道，"广东与别的省不一样，广州尤其如此。国际交涉朝廷已经吃了亏，就是因为有人不明大势鲁莽灭裂任性而为，招惹出了是非——所以，办团练也要小心翼翼，要依靠地方士绅，在防民变防土匪绥靖治安上下功夫。不能吸收教民，洋人用过的奴仆、掌柜、账房、翻译也不用。但更不能和洋人滋事，惹出外交麻烦。洋人闹着要进广州城，我不允许，我也不同他们打交道，井水不犯河水最好。告诉诸位，你们寻遍总督衙门，除了接待洋人的书办房，寻不出一件洋货。我叶名琛连洋钱也不摸，我一听见'洋'字就捂耳朵，连这个五'羊'城我都想给它改成个五虎城！"

会场上一片哄笑，叶名琛越发意气风发，得意地讲三元里之战后和徐广缙"遏制"洋人入城的事，昏天黑地已经离题万里。江忠源听得没兴头，一恍顾间，见胡庸墨向自己招手，因起身向叶名琛一躬，随着胡师爷出了议事厅北墙后，问道："有什么事吗？"

"你荐的那个二虎，放的三彪砸了胡家烟馆，连高家的茂升酒店也砸得稀烂。"胡庸墨道，"知府衙门刚才报过来，请示制台，制台叫我告诉你一声……"

砸胡家烟馆是情理所在的事，茂升酒店也砸了，江忠源便觉不可思议，抬脚就要走，又停住了，问道："制台有什么指示？"

"制台叫你看着办。"胡师爷道，"如今这上头没律条。朝廷明令禁烟，砸烟馆是没罪的，砸茂升倒是有罪，但高家出来护烟馆，高家先有不是。这本来是官府应办的事，徐家兄弟越俎代庖，也有个不应之罪，但徐氏兄弟又是你荐的团练管带，有半个官身，砸烟馆又占着法理，所以是一笔糊涂账。"说罢，挤巴着眼看江忠源。胡庸墨各路解析，江忠源已心里明白，这人名字里带着个"庸"，其实精明无比，什么都说了，却又"什么都没说"。贤能之士隐于乱世，跟着叶名琛这样的昏聩颟顸人屈在僚仆，真是令人叹息。想着，他微微一躬说道："多承关照。大帅那头还请关照。徐家兄弟在这里威望名声都高，拉起团练不但省事而且省钱的。大帅要护广州城不用这些人事倍功半。"胡庸墨笑道："论理是这么回事，可惜权在大帅手里。我看他们砸烟馆是真，砸茂升是假。真里头透着假，假里头又有真。真应了《红楼梦》里的话，'假作真时真作假，无为有处有为无'——徐家兄弟是聪明人啊！"说罢，迈着方步进了会场。

江忠源怔了一下，也不叫从人，到门房要了一匹马，飞身上骑直奔茂升而来。

茂升酒店门外看热闹的足有上千，都还没有散去，人圈子外头是知府衙门的衙役，看样子没有指令拿人，有的坐有的站着闲磕牙。江忠源挤进去看时，徐虎徐彪正套车装行李。茂升酒店的临街窗棂都砸成了黑洞，碎木片、破布、空纸散落一地……烟馆那边倒还略为齐整，匾额上写的却不是"烟馆"，是八寸见方的三个字：茶友社。下面对联写得别致：

一呼一吸身犹仙山琼阁里

三眠三起心在清凉世界中

黑边白底金字，已被烧焦了一个角，屋檐上也有火燎烟迹，地下一片水渍杂着玻璃，看样子是二虎兄弟放火未成，被众人拦住了的。烟馆的伙计掌柜拿着刀叉三节棍等家什护定了门。高氏钗零发乱，纽扣也撕开两个，赤脚坐在湿漉漉的地面上，兀自呼天抢地边哭边骂：

"高保贵！你个挨枪子当炮灰的！你都结识了些什么好朋友啊……嗬嗬……整日价三朋六友来店里又吃又喝又拿，我几时说过二话？徐二虎徐三彪，你们不是人养的……你们闯了祸，一个跑了一个蹲班房，是谁照料你们家来着？啊……你们跟胡家有仇，跟我什么相干？！这一把火点着，连我这店也要烧掉，出来拦着你们还打我，没来由欺负我个妇道人家……"

她哭得撕心裂肺，骂得有滋有味。二虎不言声套车煞行李，三彪两沓子桑皮纸裹着的银圆一把扔过来，喝道："哭你奶奶的！不就是几个臭钱？给——二百大洋，房钱，砸你家伙钱，还有欠你的人情债，一笔清——叫你男人跟姓胡的卖烟去！"

"叫你女人卖屁去！"高氏一骨碌爬起身来，十分麻利打开纸包看了看钱，眨眼工夫就揣了怀里，口里却道，"谁稀罕你这臭钱？回头撒了珠江里去！"又冲烟馆叫骂："你们都是吃王八屎长大的，二十几个人奈何不了人家两个，看着他们打我也不相帮？"江忠源这才看见高保贵也在旁边，阴沉着脸盯着二虎三彪。

"得儿——驾！"

三彪一声喊，驮满被褥箱笼的骡车一动，人们闪出一条路来。兄弟两个气咻咻随车出来，一眼照见江忠源站在人群边，忙逼手站住，已是换了一脸恭敬之容。二虎脸上绽出的笑容带着稚气，打了个千，说道："给大人请安！"

三彪也就随着。

"起来吧！"江忠源眼见人们又要围过来，摆摆手皱着眉头，说道，"我的公署已经安排好了，在总督衙门里头东院。把东西送回去，去我那里报到！"说罢上骑，径自打马回衙。

回到总督衙，江忠源刚洗了一把脸，胡师爷、蔡师爷还有马师爷三人联袂而入。三人都换得簇新袍褂，一齐向他拱手道乏。

胡庸墨笑道："衙门里已经放衙，没事可干，咱们看戏去。蔡应道的东，明天是马应朝，我们轮流请你！"

江忠源道："后日大年，戏园子还开园？这可是从没听说过。戏子们难道不过年？今日免了，我叫了徐家兄弟来，要说差使……"

"这就是道台爷不给面子啰！"蔡应道笑道，"广州多少洋人，还有主教牧师，人家过圣诞节不过年；各地留在广州的买卖人也不少，戏园子正是接阔佬的好日子，过什么年？徐家兄弟已经下委了，都是团练总办帮务！叶制台今天爽快的咧！你留个条子，他们欢喜还来不及。下司等上司，别说两个时辰，就是两个月也没得话说！"

江忠源只好笑着答应。

四人乘两座软轿，从总督衙门西边小巷向南，折过有二里之遥，再向东北一条斜街，在街口下轿。江忠源看时，是一大片市肆，街南边一色店铺都是中国式样的铺面，都是饭店。门口挂着龙旗的、米字花旗星条旗还有膏药旗，各色花样不一；北边所有店铺却一律都是英国旗，什么珠宝店、玉器古玩店、瓷器店、茶叶店、绸缎布行，大多带点西洋格调。街上行人不多，店铺有的开门有的上板打烊。街口路边车马驮轿竹凉呢暖轿还有新式样的四轮马车黄包车品种不一。几个人在街上散步徐行，蔡应道指指点点，这是威尔逊的店，那是克洛蒂，那是阿姆斯特朗……如数家珍。江忠源记性甚好也一时难以尽记，因问："新斗栏在哪里呢？"

"街口下轿就到了新斗栏，这一带都叫新斗栏。"马应朝笑道，"你看巡街的留着辫子，穿着制服，头上缠布包那些人，四不像是吧？都是印度人！东印度公司的职员在这儿维护治安。这些店铺明面上做正经生意，后头大库房里箱子垛成山都是土——这好大地面是伍绍荣的地盘，不出人命案子，广州知府不来这地面。"胡庸墨笑而不言，蔡应道道："其实美法日德这些人是傍虎吃食，真正富强难敌的是英国人。没有英国人撑着，伍绍荣不过是只肥老鼠，一出头就叫街上人打成肉饼了。"说着，便听前头路北一箭之地传来锣鼓丝弦之声，胡庸墨遥遥一指，说道："那就是翠华楼了！"

四人加快了步子，赶到翠华楼口，但见门前广场方圆约三亩地大小，糯米石灰炉渣黏土四合一夯磁平地；四根罗马式石柱支撑大门，周匝都是大理石，雕着西番莲葵花海水潮日九老过瀛洲种种故事；门面上石栏平台，都是上好的汉白玉精心雕制；平台上又是楼，房挨房俱都是五颜六色的玻璃窗。中间一间上方还有浮雕十字架耶稣受难像；再上去却是中式方屋，朱楼红栏外绕回廊，碧瓦铜吊歇山顶，飞檐斗拱插天翘翘，中间匾额斗大的四个字：翠华临琼。却看不清题款，巍巍峨峨高矗着，把所有的建筑都比得猥琐渺小了。广场上停满的都是英式四轮包厢车，下车的、进场的人熙熙攘攘，多是碧眼黄发高鼻深目的西洋人，有挽着打扮得天鹅似的白女人的，也有搂着中国娼妇的，纷纷进园。四个印度斯仆两个站着，另两个专管接大衣帽子文明棍雨伞等家什。他们似乎都认识三个师爷，见他们拾级上来，一齐微微鞠躬。其中一个像是领班，对胡庸墨操一口蹩脚的广东话道："胡先生、蔡先生，楼上包厢第二间的！"

"好，谢谢！"胡庸墨说了一句便领头进去，进门顺大厅左侧楼梯上去，一条"凵"形长廊，在偏西第二个门进去，一阵人声热浪扑面而来——原来这包厢就"嵌"在平台上，全是红松木隔间，一间足容五六个人。下面戏场和中原没什么异样，都是八仙桌绕开楼柱摆布，茶水瓜子果品都摆在桌上待客随意用。已经是宾客满座华洋杂处，跑堂的都是中国人，提水倒茶递热毛巾，来回奔忙。只是戏台别致，比寻常戏台大四倍不止，绕台两边两个螺旋楼梯，看样子是通往翠华楼顶的，也可从楼梯径上戏台。戏台面向戏院还拉着金丝绒幕帷，用钩子吊起……这份豪贵这份新颖，江忠源别说见，连听也没听说过，已是瞧得目迷五色，不禁问道："平常来看一场戏要出多少钱？"

"来这里的都是大阔佬，一般财主都不行的。"胡庸墨淡淡说道，"下头的座，一座十块银圆，我们坐这厢房，一房是五十块。"他用目光游视中间一排包厢，"正中两厢是伍绍荣包定了不对外卖票的，伍绍荣也不坐，他的包厢在中间两厢两边。中间包厢只有朝廷大员来广，或者叶制台，或者香港总督府的高级外交官才能坐，那四间是一文钱也不要的，旁边平列的正厢各厢是八十块……"江忠源暗自骇然，却笑道："没想到蔡老夫子如此豪爽大方！"

此时茶房伙计已进来侍候，苹果香蕉橘子荔枝龙眼摆得满条桌都是，雪茄香烟洋火咖啡香茶都有，每位面前还摆了一杯参汤。蔡应道递给茶房两块银圆，问道："什么正戏？"那茶房赔笑说道："《黄鹤楼》《长坂坡》《失空斩》《窦娥冤》，都是折子戏。南京禄庆堂方成玉、梅春柳、高云鹏几个角儿都上，伍老板专请来的。看好您呐！"说罢退到一边。蔡应道见江忠源诧异，笑道："这叫小费，这里头侍候的人就吃这碗饭。你说我有钱，有钱也看不得这里的戏。我在总督衙门专管洋务，伍老板专门送衙门的包厢。说我做东，就是方才那两块钱了。"

此时台上加官帽子戏已近尾声，演的《钟馗嫁妹》，六个小鬼抬着钟馗在前，四个小鬼抬轿，随节按拍唢呐笙簧声中翩翩舞蹈，扮钟馗妹妹的梅春柳花容月貌，手执香扇婷婷婀娜趋步闪跃。中国人大声喝彩："好！"外国人鼓掌欢跃，跷着大拇哥一片胡嘈。胡庸墨冷眼看包厢，恰在中包厢见汤姆也往这边瞧，汤姆身边的巴夏礼大笑举杯，因捅捅江忠源："汤姆他们也来了。他在向你致意呢！"说话间江忠源也已看见，见汤姆抬手致意，便也抬了抬手含笑点头。蔡应道似乎有点不安，小声说道："既然都看见了，要不要过去寒暄几句？他们很讲究这些事的。"江忠源抬了一下身子又坐了回去，他拿不定主意该不该过去。正犹豫间，蔡应道惊喜地说道："汤姆先生过来了！"众人看那边包厢，果然只剩下巴夏礼一个人，双手插在胸前木着脸看戏。一时便听外廊皮鞋声橐橐近来，不用问，都知道是汤姆已经到了。

"哈喽！"汤姆站在包厢门口，抬了抬手笑道，"很高兴我们在这里不期而遇！"说着一躬。

几个人都站起身，江忠源也缓缓站起来，含笑一躬还礼，说道："我们刚刚看到你们，也正要过去看望呢！——巴夏礼先生呢？""啊——"汤姆用手指指，微笑道，"他被你们美妙的东方艺术迷住了，简直眼睛一刻也离不开舞台——如果您不介意，我也要回到我的包厢去了。"江忠源见他伸手，便也伸手握了握，笑道："那么后会有期！"觉得马师爷拉自己后襟，忙又补了一句："请代我向巴夏礼先生致意。"

汤姆回到包厢，挨身和巴夏礼坐下。此时台上正演《长坂坡》，巴夏礼看得一塌糊涂，张口就问："那个满脸涂着白粉的老头子刚才说了些什么？这位背后插着旗的青年到处杀人，被杀倒的人又一个一个活了，大摇大摆走进后台！他现在在干什么，他在用手推什么？"

"你来看。"汤姆笑道，"这位青年将军叫赵云。他胸前那个红包裹是他主人襁褓中的儿子。他保护着他主人的夫人单独与八十三万军队作战，夫人为了儿子的安全投井自杀，他要用手推墙，掩埋那口井——那个白脸老头子叫曹操，虽然是敌人，但他珍惜这位英雄，并且想俘虏他作为自己的部下，所以下令不许射箭伤害他。至于被杀的人走进后台……如果不这样处理，那就会满台都是尸体……"

"这个故事真有魅力。不过你不来解释，我简直什么也看不懂。"巴夏礼舒了一口气，"这位将军一定爱这位夫人，他是骑士，在保卫自己的心上人……"巴夏礼啧啧称美。

汤姆摇摇头，说道："这是发生在公元3世纪的真实的历史事件。他是为自己心中固有的道德理念，拼死保护那个孩子——他在八十三万敌军中七进七出，而那个孩子却睡着了。""上帝！"巴夏礼惊叫，"八十三万！而且是真实的！"汤姆也摇头，说道："所以我常告诉你，这个民族只能来往，不能征服……如果用冷兵器作战，就算是现在这个腐败的政权，我们所有国家都来，仍旧不是他们的对手！巴夏礼，我要再次告诉你，你同意徐二虎和徐三彪参加团练，是错误的！"

巴夏礼狡黠地一笑，盯着舞台说道："这件事是请示过总督的，你也不要低估了我们的智慧。办团练既然纯属他们的内政，过分的干预将会暴露蔡的面目。他们砸掉胡的烟馆证明他们是些计较个人私怨的群氓，而且逼着胡世贵更靠近我们。即便是牺牲了胡这张牌，这就好比出牌，胡世贵至多不过是一张最不重要的五分而已——论起赌博，我可不是外行！"

"对中国，我越是研究越是迷惑，越觉得自己懂得的只是皮毛而已。"汤姆望着正在弹琴退兵的诸葛亮，目光忧郁地说，"台上扮的这位老人和赵云是同时代的人，我讲过这故事给你听。一张琴，一把扇子，退去了敌人四十万大军！"巴夏礼道："如果我是司马——这位统帅，我决不退兵！"

"这也正是诸葛亮的话。"汤姆说道，"他们的辉煌已经成了过去，而我们正是全盛的大不列颠日不落王国，我们的文明已经远远超过了他们，我毫不怀疑这一点并且和你一样自豪和骄傲。这就好比一个年轻的拳击手面对一个风烛残年的老人。武力的较量结果是不需要讨论的。他们也正是因为他们的故步自封导致了今天。研究他们正是为了我们能更彻底地拥有这块殖民地。假使，我在想，假使我们的天主和基督精神能够渗透到这个国家，也许比鸦片那一点区区小利要强上一百倍！"

"温柔地杀人！"巴夏礼哈哈大笑，"像俄国莱蒙托夫写的诗《商人卡拉希尼柯夫》里的沙皇！"他低沉了嗓音，嘎声吟道：

孩子，你已经凭着你的本心

回答了我的问题。

现在你去吧，

你自己走上那高高的断头台，

低下你强悍的头颅。

我将从国库里拨出钱财

赡养你的妻子和儿女。

你的兄弟可以在广大的俄罗斯

到处去做生意，不必上捐也不必纳税。

……我还将命令刽子手

把斧子磨得锋利。

莫斯科所有的教堂，都将把丧钟敲起——

让人们都知道我浩荡的皇恩，

也没有把你忘记！

巴夏礼点起一支雪茄拼命抽起。汤姆没有再说话，仔细聆听他点的《感天动地窦娥冤》，看窦娥刑场发愿那一段，他倏地想起葛花儿，一阵刺心，眼中突然涌满了泪水。

广州城又平安度过了一个春节。贫的富的各有各的苦乐，华人洋人照样来往，烟馆货栈仍旧忙碌。向荣的八万军队围剿洪秀全长毛贼，被洪秀全溃围脱出，率军直插湖南；英国的船队从印度洋逶迤曲折向珠江入海口、香港、九龙海面集结……从叶名琛到卖烧饼的炊夫对此似乎都不大留意，只是眼看着各色树木花卉愈来愈新绿葱茏，高大伟岸的木棉树绽出一朵朵血红的"英雄花"，愈来愈令人醒目惊神，危机四伏的广州城，倒是被这种绚丽的花装点得格外绚丽。

自从年前胡家高家被砸，过年后一直到正月十六两家才又重新放炮开张。汤姆依旧是茂升酒店常客，只是他回香港愈来愈频繁，不能像年前那样天天来。他近日心情烦躁，国内"武力占领广州"的呼声强烈，有个议员甚至赤脚跳上桌子，跺着脚要"把叶名琛这个混蛋扔进琼崖海中，让广州城上空永远飘扬我们的国旗"。女王陛下命令印度洋的军舰向香港集中，并指令包冷总督"相机行事"。汤姆自己算是"费厄泼赖"派的和平主义者，幸亏家族声望大，包冷也器重，才没有遭到恶攻。三月的一天，他终于奉到调令，要离开广州了。对这一点，他并没有太大的遗憾，和叶名琛打交道已经令他灰心丧气，江忠源他也觉得难以沟通。细想起来，竟应了中国"鹤立鸡群"的成语，真正和自己一致的人一个也没有！

他顺着那条熟得不能再熟的路习惯地向高家茂升酒店悠步，想到就要离开这个地方，心里一阵隐痛。暗恋一个中国女郎一年多，连一句话也没有说！他有些懊恼自己所赏识的"东方文明"了。忽然他的眼一亮：葛花儿从店门里转出身，朝西走去。汤姆几乎连想也没想，随后跟了半条街，加快了步子，在她身后轻声喊道："葛……葛花儿女士！"

"谁？"葛花儿被这称呼叫得一愣，停住脚步回身一看，脸一红，蹲了蹲身子道："是老客您！……要去店里吗？"

汤姆伸臂想握她的手，见她羞缩后退，一笑作罢，说道："我叫汤姆，一直在等您问我的名字，可您从来不问。我可以问您要到哪里去吗？""我去收账。"葛花儿躲避着他的目光，低声说道。"收账？"汤姆问道，"收账是什么意思？"

"本地客人吃饭记账，总归一个时候再去结算，就叫收账。"葛花儿见没人留意，大胆了点，笑道，"英国人大概是不赊账也不收账的吧？"

"也有的。你们有句话说，天下老鸹一般黑——不是吗？"见葛花儿笑得弯了腰，汤姆也笑起来，"把你比成老鸹——乌鸦——当然是很不恰当……唉！我是想告诉你，我就要离开广州了。"

葛花儿敛了笑容，不自然地看着汤姆，不知怎的，她的神情也有点黯然："你要调到哪里高就呢？""到上海，去做总领事。我们勘察过，那里的商业前景是极为辉煌的。"汤姆一笑，又道，"——我可以陪你走一段路吗？"

葛花儿敏感地左右顾盼一下，嘤咛低声道："有什么事吗？"

"一直想和你单独说几句话。"汤姆见葛花儿羞红了的脸越发娇艳不可方物，生怕她拒绝，忙又道，"啊——你不要误会，我确实有事要说，而且你应该相信我是个典型的英国绅士，不会对你'非礼勿言，非礼勿动'的……"葛花儿听了，捂口笑道："汤姆先生，你说反了，应该是会对我非礼——"她越发臊得羞涩不安，"勿言勿动"的话竟咽了回去。

二人沿着珠江岸边漫漫如烟的柳荫徐步缓行。许久，汤姆才问道："葛花儿，你认为我们英国好不好？"

葛花儿点头叹道："哪里都有坏人，哪里也都有好人……我只是不明白，鸦片不是好东西，为什么你们非卖给我们不可？你们自己不抽鸦片，非要卖给我们？林大人禁烟，你们就打。中国人都恨你们，你知道吗？"

"这个问题太复杂，也太沉重了。我只能说，我是不赞同鸦片交易的……"汤姆碧蓝的眼睛幽幽闪烁，苦笑了一下道，"……你恨我吗？"葛花儿怔了一下，小声道："起先一样，时候长了，我看你是个好人……"汤姆笑道："一个外国人在中国人眼里能被看成好人，我已经很高兴了——这说明，如果我是中国人，也许就有资格说一声'I love you'了！"

葛花儿迷惑地看了看汤姆。其实，人的目光有时一瞬相对，都可以从对方的眼睛里读出一部书来，但她还是说："我不懂你的话，'艾拉物油'是说什么？"

"就是'我爱你'！"

葛花儿迅速瞟了汤姆一眼，身子一扭别转了脸，掉身就走。汤姆忙抢步拦住，说道："听我说，葛花儿！你应该听全我的话。我刚才说的是，'如果我是中国人'，而且你也说我是'好人'，难道也不能说——""那也不能说！"葛花儿嗔道，"——我们不兴这个！说这话不正经！"

"我又'非礼勿言'了。"汤姆苦笑道，"对不起，我向你道歉——你知道，再过一个月，我就要离开这里，也许永远——"葛花儿将手要捂他的嘴，又像被烙铁烫了一下似的急缩回手，她的眼神变得温柔也黯淡了，许久才道："……只能怪你是洋人。我们没缘分……这当中有一条过不去的河……"

"什么河？"

"奈河——在阴曹地府里。"葛花儿的声调凄冷得像冬天的风，"来世，你托生到中国，就过去这条河了……"

汤姆打了个寒噤，见葛花儿转身要走，忙叫了声："在我离开广州前，我还要到你的饭店。我们还能像这样再谈谈吗？"

葛花儿果决地摇头，说道："不能了，也不必了。不过你要去，我会给你另加一杯酒，是我单敬你的。你心里明白就是了！"

"我真高兴，我……知足……"汤姆眼中噙着泪花，从怀中取出一块金表，还有一张名片，递给傻看着的葛花儿，"听着，不要拒绝！我要告诉你，这块地方将降临一场可怕的灾难。我不希望它降临，但我无力回天。如果有那种事情发生，它们可以起保护你的作用。无论到香港还是到上海，带上这张名片，'洋人'都不会为难你。世界上许多事情很无奈，但还有上帝呢！山不转水转，水不转人转——不是中国成语吗？也许，也许我们还会再转到一起的。"

看着汤姆诚挚的神色，葛花儿接过了名片，把表还给他，说道："我不要这个，没有用处的。这个名——名片留下做个心念。我的这个给你——"她从怀里取出一个槟榔荷包递给汤姆。"我还要问一问，是什么灾难？"

"这个我无权告诉你。我已经说得太多了。"汤姆收下那只荷包，装进衣袋，"这是我们国家的机密。国家的利益高于我的感情。"

"为了你的国家，你什么都不在乎？"

"是的，"汤姆咬咬嘴唇说道，"有些事是上天的意旨，我没有能力改变它，也没有权利告诉任何人。请原谅我，葛花儿姑娘……"

"我明白。"葛花儿向汤姆一点头，回身快步去了。

汤姆望着她的背影，一直看到她消失在川流不息的人丛中。他突然觉得乏力，颓然坐到草堤边的石凳上，双手抱住了头。

五

躲不过去的事是劫数，在劫难逃。进入四月，香港英军军舰已经集结了二百余艘，不时派巡逻艇在珠江口巡弋。洪秀全的太平军进湘南湘东连破七城，向荣带的绿营竟只是远远尾随"送行"。

四月初八是浴佛节，广州城上空万里无云，烈日灼人炙肤。一身大汗的江忠源从臬司衙门开会回到总督衙门自己的公所，胡乱扒了几口午饭，正想歇息一会儿，马师爷匆匆进来，说道："制宪请您过去一下，就请移步。"

"有什么要紧事吗？"江忠源一边忙着蹬靴子穿袍服，一边问道，"制台这时候从不接见人的。"

马应朝古怪地笑笑："兴许是有军情吧。胡蔡两个老夫子都在那边呢！"

江忠源跟着马应朝一道来到书房，却见花厅里侍候的那丫头端着盆子看自己，眼睛里似乎有话，当时不及细想，趋步而过报名进见。

"岷樵，"叶名琛牢不可破永远是一副岸然道貌，大热天里袍外褂顶戴花翎，穿得一丝不苟，献茶一毕便道，"看来我这池浅水终究养不住蛟龙啊！奉皇上特旨，兵部议定，要调你离任了。"

江忠源眼皮一跳，看看在座的胡庸墨、蔡应道、马应朝三人，一时没有吱声。这个叶名琛前日见自己还拍肩头，说"差使办得好，皇上有恩谕慰勉"，才隔了一天，又"奉了特旨"，也许是给叶名琛的密札朱批。而"特旨"怎么可以不宣谕自己知晓？再说，既然皇上有特旨，兵部只有遵旨照办的份儿，怎么还要"议定"？粗一思量，已是满腹狐疑。因皱眉问道："大帅，不知调卑职到哪里去？""到武昌去。"叶名琛铁胡桃玩得唰唰响，面带微笑说道，"洪秀全已经搅乱了湘东，大有进逼武昌沿江东下的势头。朝廷已经调胡林翼赶赴武昌任湖广布政使。胡林翼两次来信要老兄帮办军务，我都没答应，大约是他捅到天上去了——"他伸指向上点点，破颜一笑，"谁教你是团练干才来着？"江忠源沉吟了一下，胡林翼要自己，那是不消说的，他手里就有胡林翼的两三封信，都回复过了的。唯其如此，叶名琛的话更显得牵强支吾。沉思着，江忠源道："大帅，能不能从容一些？这边团练的事刚刚有点头绪，营棚伍哨建制不全，粮秣供应这一套也是临时的。我打算把队伍分成三拨，一拨开始巡逻，一拨训练，一拨建造团练营房……"

"岷樵做事绵密果决，兄弟耳闻目睹，确是今日官场罕见。"蔡应道笑嘻嘻端过一盘凉拌藕尖放在江忠源面前，回身坐了摇扇说道，"方才制台的意思您没有明白，并不是要您独自赴任。这三千多团练，要改为绿营，粮秣供应由广东负责，您带兵前往湖广，一旦洪匪就范，您和绿营兵再撤回广东。说句难听话，如今的旗营绿营见了敌人都是闻风而溃望旗而逃。三千广州子弟兵其实是增援武昌城防。连您的建制隶属，也还在广州，办完差使自然还要回来的。"叶名琛笑道："就是这个意思。我是怕岷樵不肯奉命，所以分节述说。三千广州人出境作战，这个兵不好带。"

江忠源绷紧了嘴，肚里倒了五味瓶似的不是滋味。许久才道："忠源愚昧。广州城匝驻军八万有余，建制齐全装备精良。似乎应该调用正规军马前往赴援。现在团练初成队伍，其实还在组建之中，军官没有委札名目，士兵没有固定钱粮。更要紧的是当初建团练，为的是绥靖治安，安抚地方，这是再三和练勇们讲明了的。现在放着正规旗营不用，命令这些人背井离乡出境作战，先就有个'军心不顺'在里头。"他思路已经清晰，说话也就愈加敏捷，"建防设营，营军守备，兵部应该有备案。这不是正牌军队，出征将士立功如何表彰，伤亡怎样抚恤，家属在广护养赏赉，都要明文备列颁示军民知晓。兵费由广州出，我相信制台不会亏待了他们，广州也拿得出这笔银子。兵者，凶也；战者，危也。这不是要他们去逛黄鹤楼、龟蛇山，这是斩头洒血的勾当，如果不预备为料理清白，我敢断定，军队开不出韶关也就散了。如果哗变，谁任其咎？广州人悍骜难制，万一有不测之变，不但朝廷上不好交代，广州兵士家属闹起来，又如何善后？洪秀全由粤入湘之后势如黄蜂出巢如入无人之境。我不怕打败仗，战败而死，也还是'国殇'；军队哗变，'以兵资匪'四字罪名，恐怕谁也担当不起。"说完，舔了舔嘴唇垂首听命。

四个人互相交换着目光，看着江忠源都有点犯难。他们其实谁都没有真正带过兵，只想有粮有钱一纸文书调你走你就走。江忠源一路譬讲，竟全然在意料之外，直到此时，叶名琛才领教了江忠源的厉害：调这股子地棍团练出境，比调用绿营军竟难上十倍，万一真的中途哗变从匪，连两广总督这个红顶子能否保住，都大有疑问！

"可以从容一些。"许久，叶名琛无声透了一口气。他是个"因循"的禀性，到了冥顽不灵的份儿上，一时被江忠源说得毫无主张，因一笑："你给我出了两个难题，一是名正言顺；二是我有钱出兵，无权赏功罚过。这样吧，我再和他们合计一下，上奏朝廷改编团练为广州绿营，事情就好办了。你且请回，要维持好这个行务，一是不要和洋人滋事，二是不要歧视教民，要立出规矩制度来——扣押洋人，或者与洋人有纠葛，请告知蔡老夫子，由总督衙门处置。能保广东广州无事平安，是我的宗旨。"马应朝笑道："还是仔细一点好，大帅再裁度一下，还该和江道台再商计一下，集思广益，然后上奏。这里到北京六百里加急，往返也要半月。万一再有请示，来来回回的太麻烦了。"叶名琛道："那是自然。"

江忠源见众人无话，便起身告辞。倒是一直寡言少语的胡庸墨送他出来，见花厅门口那个丫头仍在垂手侍立，说道："我书房里那盆青橘，江大人喜爱，你把它送过那边院子。"江忠源便看胡师爷，胡师爷却不理会，又道："这么热的天，你过去把江大人的衣服被褥拆洗一下，我看江大人的《竹垞小志》，还有《雪鸿再录》两部书，说过借他的，料理完差使，送到我书房里。"说罢向江忠源一揖，又回了叶名琛的书房。江忠源是十分机警的人，只一怔，当即对那丫头笑道："你是制军身边服侍的人，生受你了。"

丫头一双眼睛闪了一下，蹲身答道："老爷这话奴婢不敢当……"便忙着去搬花。江忠源自回东院，命小奚奴把脏衣服过冬被褥搬出来预备着来人洗濯，散穿一件天青实地纱袍子，摇着芭蕉扇坐在案旁看书等待，百般思量怪事联翩，总没个情由可寻。

约莫过了一刻钟时分，院里传来窸窣细碎的脚步声，江忠源便知那女孩子来了。女孩子两手端着一小盆青旺旺绿得油润碧滑的玲珑橘树，还挎着一只竹筐，小心翼翼把橘树放在窗前卷案上，把盛着皂荚的筐子放在地上，双手扶膝，怯生生说道：

"江老爷万福……您公侯万代……"

江忠源捋髭呵呵大笑，说道："小小年纪，有十六岁吧？乖巧可怜见的，倒是很能奉承——万福就好，公侯什么的可以不必——那边小杌子上坐了，木盆子摆上洗就是了。"此时近在咫尺，仔细打量这丫头，也是月白实地纱短褂，银红水裙下露着天足，秀眉微蹙粉唇锁春，宛然还是个稚气未脱的孩童。江忠源在书架上寻着《竹坨小志》和《雪鸿再录》，漫不经心地浏览着书签，问道："你——叫什么名字？"

"荷花……"那丫头双手泡在热水盆子里掰着皂荚，头也不抬小声说道，"太太嫌这名儿不好，说这里哪来的荷花？叫阿香就是了。老爷说荷花就是莲花，叫过来侍候老祖上香，各叫各的……"

江忠源不禁莞尔，这是极细的事，可以窥见叶家宅院里一点帷幕消息。

她开始往盆里泡衣服，一件件揉搓。江忠源看着那双小手不停地在皂荚沫中蠕动，不禁叹息一声，问道："我头一次来衙候见，在花厅里见过你。你好像有话要对我讲？"

嚓嚓的洗衣声一下子停住了，荷花朝门外看了看，接着洗衣没言声。江忠源也向外看，太阳刚偏西一点，满地照得白蜡蜡的，蔚蔚蒸汽水波似的微微晃动，沿墙的玫瑰篱笆和那株木棉在骄阳下纹丝不动，满院静得连一声虫鸣也没有。因笑道："你也太小心过逾的了——老杜是我江家使唤了四十年的人了，小于子更是我的家生子奴才——你怕他们泄露出去吗？"

"江老爷！"荷花丢了衣裳，身子一溜就盆边双膝跪了下去。突兀一句说道："大人，叶制台叫您走，走了最好——快点离开广州这是非之地！"

江忠源被她的语气激得打了个战，口气冷冷地说道："恐怕来说是非者，即是是非人吧？我是咸丰爷朱笔亲点的特简官员，朱批写得明白：'江某具可用之材，由团练一事可见一端。广东华夷杂处事繁任巨，着由吏兵二部委其为观察道，以期考察。'有这朱批谕旨，且我也有专折上奏之权，不但不能自由，即便总督也不能随意调度我。我正要拜章陈情，恐怕还不能奉命去湖广。"

"我……我只是个粗使丫头，大人信不过我也是情理……"荷花低下了头，无可奈何地叹了一口气，忽然又昂起了脸，说道，"要是胡师爷亲自给您说，您信不信？"见江忠源沉默，荷花又道，"您办团练，叶制台还是高兴的，但您也在追究林大人的死因！这一条，伍绍荣不能容您，鲍大——鲍雕他们更是骇怕。您知道不知道？徐家兄弟和高家演双簧戏，施苦肉计，英国人说您'目光短浅'，伍老爷子说您'胸无城府'，这才准允您收录二虎三彪。待到团练起来，他们又觉得上了您的套，又说合让您去湖广剿长毛贼！您前后想想，我这话有假没有？"

江忠源目光炯炯地听着，缓缓坐了回去，这样连珠炮价连陈说带质问，出自这样一个乳臭未干的毛丫头之口，真让他震惊，他也不相信荷花自己有这么深的见地！抚着有些发烫的脑门，江忠源心里翻江倒海般冲波逆折紧张思索，这里头丝萦藤缠纵横交错的人事政治太繁复太扑朔迷离了，他需要好好想想。他摆手叫过老杜："你给荷花倒杯凉茶。荷花你接着说。"

一碗凉茶喝下去，荷花嗓音变得越发清越："江老爷，林大人的案子是最难查清的，知情的都是伍总爷的铁心爪牙，下手的人都灭了口，他们根本不怕您能寻出什么证据！就是您寻出什么证据，他们向香港一躲——那是英国佬的窝，您也不敢为几个人犯再起两国争端的吧？

"二虎、三彪，是三元里平英灭洋的龙头，叶制台用他们，是因为能省钱多办事，又怕他们势力大了抬起头，再和英国人干仗，所以用官府制命拘住了，由您来管他们。英国人要进广州，还能用团练的阵势镇唬一下。说句难听一点的，就是在总督衙门口用索子拴一条能撕能咬的狗。现在您在查林大人的死因，二虎他们的眼线也在到处追查，这既不是制台爷想做的事，也是英国怕的事，这一纸调令就是打发你们出去，求得个相安无事！您这里写条陈上奏，他那里用六百里加急飞递到北京。您试想，朝廷会听您的，还是叶制台的？"

这番话说得铿锵顿挫斩钉截铁，直有洞穿七札之力，江忠源被镇住了，也惊住了，愕然看着侃侃而谈的荷花，简直不能相信自己的耳朵。

"我放肆了……"荷花讷讷说道,"我只是觉得江大人您在这里风险大,叫人悬心。这衙门——"她有些茫然地看着变得有点昏暗的庭院,"连各房里的丫头老婆子、洗衣挑水的、伙房厨师都各有自己心里的一本谱,主子后头有主子。这是个迷魂阵,叶制台也弄不清下头这些小鬼都是些什么根源来头。他除了那张老祖像,是六亲不靠!方才那些话,您听听就是了。有些是我想说的,有些是胡师爷和马师爷他们说,我听来的……"江忠源认真听着,说道:"我没有向胡师爷要过这盆花,他也没有借过我的书。他们闲说,有意传给我听,是吧?""我不知道。"荷花摇头道,"我只知道这是个凶险地方,不如远走高飞……"

一声沉闷的雷声在很远的地方响了一下,顿了一下,不甘寂寞地又隆隆滚动着近来,像一辆沉重的车碾过石桥,暗哑浑浊缓滞,震得人心里起栗。不知什么时候,天色已完全阴了下来,幽暗的玫瑰月季篱笆和那株木棉树都在苍冥的晦色中不安地摇曳,女墙上爬满的爬山虎、牵牛藤翻卷着柔嫩的叶片,在风中簌簌抖动,一下子变得空阔阴森的院落,给人平添了几分恐怖和忧郁。一段暂时的沉寂,铜钱大的雨点试探着洒落下来,接着天空上倏地出现一个金珊瑚枝样的明闪,灼人一亮即逝,不及眨目间便是一声石破天惊的雷声,震得天棚上的灰絮都栗然一颤。惊怔之间,山呼海啸般的大雨已垂天而降,裹着雨腥的风破门而入,一身热气的人们都激得打了个寒战。

江忠源想说什么,翕动了一下嘴唇,却咽了回去,起身竟向荷花一躬,回身向案头取了自己的书画小印递给荷花:"我一介书生,两袖清风,实在没什么可谢你的。你是风尘侠女,我不能把你当厮仆下人相待。这个拿着,无论将来什么时候,你都可以带它去见我,我会照应你的……"

形势骤然间紧张起来。江忠源连连接到总督签押房发来的催促出兵咨文,近在同院的叶名琛每次都说"忙",想进内院一步也不行,他只好和蔡应道日日打擂台。他发到军机处的专章也如泥牛入海毫无动静。二虎三彪带三千多团练子弟，一边练兵操演一边汗水流泥修盖营房，晚间分布各街衢巷市码头巡逻。珠海洋面上聚集的英国炮舰已经有二十四五艘。虽然水兵不进城，一到星期六晚上，成群结队地邀伙到十三行一带吃馆子看戏逛窑子；海面上的军舰虽然不开炮，却每天都像喝醉了酒的疯子，在洋面上横冲直撞，带翻了渔船的，拉破了网的，淹死渔民的事几乎天天都有。上岸的水兵争风吃醋打架砸店的，店家小铺遭池鱼之殃，不得半点宁处。打架滋事是"治安"，和洋人打架又是洋务，团练副总管徐家兄弟天天疲于奔命，心里恨洋人恨得牙痒痒，请示江忠源，江忠源再去和蔡应道扯皮，却一律都是一句话："息事宁人，不给英国人进城口实。"——这句叶名琛的"宪命"紧箍咒一样套着江忠源徐氏兄弟，勒逼得毫不宽容，连气也透不出来。江忠源无论怎样光火，蔡应道以不变应万变，一口一个"大人"叫得亲切；温语絮絮如对良友，说到公事，便抬叶名琛来压制。江忠源觉得，自己就是修炼到孔子的涵养也无法再温良恭俭让了。

四月十五这天下午，江忠源满头臭汗，满唇燎泡，风风火火地来签押房见蔡应道。

"来来来。岷樵公！"蔡应道正和胡庸墨云里雾里抽烟说闲话，见江忠源进来，忙都起身相迎。蔡应道一边让座，一边笑道："我还存着一大盘子洋桃，水蜜甜滑，老马老胡他们想多吃一个我还舍不得呢！您坐，我给您取去……"江忠源见胡庸墨又要告辞，木着脸道："老胡，不要走嘛！——你也不用取洋桃，我得了和叶大帅一样的病，听见'洋'字就饱了！"说着一屁股坐了下去，"昨天晚上五个英国水兵，还有两个美国人，在花市胡同轮奸一个女人，团练上拿了人，知府衙门又放了。叶大帅还在'忙'吧？那我请问蔡老夫子，这个'治安'究竟怎么个'绥靖'法？两国男人欺负一个弱女子，我们本国不能保护，街上人骂我江忠源是汉奸、二鬼子！这个练勇要这样带下去，他们哗变起来，先要把广州搅个稀烂！这都是三元里广州的暴悍亡命之徒，一旦造起反来，谁能担保不出第二个洪秀全？这都是和英国人不共戴天的，反了，谁还能'羁縻'他们，再起国际大争端，又何以善其后？我来实言相告，广州城现在其实是个孤岛，是个没点炮捻的炸药包！叶总督是两广总督，受命一方的封疆大吏，一味回避，责任还是他的——这不是'理'政，这是在'玩'政！"他五指轻轻敲了敲桌子，"你转告叶制台，我见军机大臣也没有见他难。叫我办差，给我明白指示；江忠源不称职，请革掉我这身官皮！——就这个话，你原样禀告大帅！"

胡庸墨和蔡应道大约从来没见过一个小小道员敢这样对叶名琛无礼言语，一时都怔住了，敛了笑容，直勾勾看着江忠源，回不出话来。

"英国人的大炮已经对准了总督府，总督府里依然高枕无忧！"江忠源抑制不住自己的愤懑厌憎，"这样的玩政如同玩火！什么祖师乩童牛鬼蛇神魑魅魍魉——如今不备战，所有都是扯淡！"

"所以调你到湖广嘛！"蔡应道在他咄咄逼人的气势下，已经不能再从容敷衍，冷冷说道，"正因为办团练惹恼了包冷，你任用的徐家兄弟和练勇都是仇洋的，怎么会不起争端？他们砸烟馆，把吸烟的人蚱蜢一样绑成串游街示众。你侵犯了他们的利益嘛！你以为我在替洋人说话？我是在替广州人求平安！香港的军舰都开过来，十五分钟就能把广州夷成一片废墟！你就学关天培，死在炮台上，于人民何益？汤姆、巴夏礼，还有新来的麦克尔，法国的阿尔培、冉·休顿，美国的阿姆斯特朗，踢破我的门槛，砸掉我的茶碗和我闹，要立即解散你的团练，磨盘压着我的手，风箱里头的老鼠，什么滋味？江大人你敢情替我想想！"

江忠源眼中出火，怒视着蔡应道；蔡应道咬牙沉吟望着门外，一脸的轻蔑神情。

"走吧……岷樵兄……"胡庸墨喟然一声叹息，"'又闻子规啼夜月，愁空山'，羊城内外虎踞狼蹲，磨牙吮血，非久居善安之地！三十六计走为上，哪里不是用武之地呢？"

江忠源一言不发，悻悻起身便去了。

"不明大势不识大体，妄邀忠烈之名，不通处乱之机。"蔡应道望着江忠源的背影字斟句酌说道，"——老胡，我私下里问过阿尔培，他是法国子爵，和包冷极相与得来的，英国人陈兵海面，是虚张声势，团练兵开到湖北，江忠源离开广州，看他们还能寻出什么借口？所以，你不要急着去南京，武昌也不要去。湖南已经乱了，更不要去。广州几年之内不会有大事，真到节骨眼上，有我在，你怕什么？"

胡庸墨一笑，端过棋盘道："让你四子，你赢了，我在翠华楼请客。输了是你的东道！"

江忠源带着一肚皮的无名火从签押房出来，穿一进大院，到了自己"公所"门外，略带凉意的穿堂风吹得身上一爽，心里立刻清亮了许多——今天和这个蔡应道翻脸，其实也就和叶名琛作下了对头。蔡应道显见是英国人在督衙的卧底，和伍绍荣穿一条裤子，却又把持着叶名琛的"祖师爷"香堂，要叶名琛干什么就干什么。胡庸墨只是个乱世明哲保身，能暗中帮自己一把已经很不容易。马应朝混迹其间，心迹不明，也无从深谈。有些深一点的话，更不能向徐家兄弟倾诉……举目一望，总督衙门千房万舍，微微暮色中阒无人迹，一座连一座的房舍窗封门闭，黑幽幽阴森森的，似乎随时都会从哪个角落里跳出钩爪锯牙扑咬啮人的鬼魅！大热天气，他竟不自禁打了个寒噤：他真正感到了自己是那样的孤单无援，那样无能为力！想着，已是心酸神痴，惶顾间一转眼，却见荷花双手抱着个香炉站在巷北东书房门口，也在偏脸看自己，因徐徐踱过去，看看周匝无人，问道："你怎么到这里来倒香灰？西花厅那边好远呢！"

"这是制台的'神库'。蔡师爷懂风水，说这里是衙门里的'青龙'位，烧过的香灰，破旧了的神像都埋在这里。这院里不住人，为的就怕有人把脏水垃圾也倒进坑里……"荷花又压低声说道，"前天叶制台召广州提督、驻广州的绿营管带副将还有臬司巡捕厅的堂官开了半天会。说广州全城万众一心，同仇敌忾。还说外交上头有把握，军队要防着民变，什么'季孙之忧在萧墙之内'的话头，我就听不懂什么意思了……"

江忠源听到"萧墙之内"，心中陡起警觉，召开军事会议瞒着自己，又说这话，莫非要向这支练勇队伍下手？

"——他们用广州人吓唬英国人，又怕英国人借口找碴进城，又怕团练势大难管——您再拖下去，他们准要向您下手了！"

"他们？'他们'是谁？叶制台？"江忠源问道。

"叶制台是个木头人，调您出去是听人调唆，也有他自己保全您的好意。"荷花叹了一声，"——别的人可就另一副肚肠了……还是那句话，扔崩一走，万事俱休——他们这就要除掉徐二徐三了！"

江忠源大吃一惊，蓦地出了一头细汗，心头突然乱跳，还要细问，见几个书办影影绰绰提着灯笼挨房悬挂，遂点点头道："我明白了，你自己小心保重！"说罢匆匆拔脚便走，回到自己卧房，越往深里想，越觉得身在龙潭虎穴之中。

怔忡间小于子报说："徐二爷三爷来了！"未及答话，便见徐二虎和徐三彪脚步如风闯了进来。江忠源命老杜掌灯，看二人时，都是对襟短褂腰中紧绷扎着带子，脚下快靴上满是泥污，满头汗湿，辫子盘在脖子上，一脸狰狞杀气。江忠源情知有事，竭力镇定着自己，要毛巾揩着脸，问道："又出了什么事？你们定一定心。瞧你们的样子，像个带兵的长官吗？！"

"有人冒充团练上的人在十三行地面抢劫！"二虎咬着牙道，"有四五十个，都穿练勇衣服，说是搜缴鸦片，不论烟馆客栈酒店杂货铺子逢店就闯，见东西就抢，打伤了十几个人。高家茂升也砸了，高保贵的小儿子叫他们带走，葛花儿姑娘下落不明！”

江忠源"啪"的一声将毛巾摔在桌子上，旋即心中电光石火般划过一亮：栽赃！他们已经动手了！他阴沉沉咬牙略一思量，目光变得炯炯生光，问道："他们砸街，你们在哪里？有拿到的人没有？"

"三彪在码头东带人扛木料，我在沙头河滩上操演。"二虎说道，"正是中午歇晌的时候，街上练勇也没出去巡街。这群人摆队在街上走，突然像疯子一样四散开来，连打带砸抢前后只用了一盏茶的工夫，一声口哨集合起来往北逃去。是高家嫂子满码头转，找到三彪，带人赶到的时候，满街砖头瓦块，家家关门闭户，连个鬼影子也不见。"三彪指节捏得咯嘣作响，说道："我带人向街北追，遇到臬司衙门巡街的挡住，说街北不是我们的防区，叫我们到臬司衙门领了引凭才能进去拿人。我说我们是江大人的人，江大人管着广州治安，那个兵头说：'江忠源算个球，管着练勇又管码头，发财还没发足？'要依着我的性子，我当时就把他揍成肉饼子！""别说没用的！"二虎说道，"虽说没有拿到人，几个店老板都看见了，领头的是胡世贵的小舅子。他们作了案子往北逃，不会去投哪个衙门，余保纯那条狗的窝就在新斗栏北边。这是密谋策划得天衣无缝的一出戏！"

江忠源自然早就明白这是戏。来得这样快，这样急，令人猝不及防，他却没有预料到。想起葛花儿和高家小儿子尚在不测之地，心里又是一阵烦急。沉吟良久，决意硬闯去见叶名琛。因道："你们再急，这时分不可孟浪。就在这里候着，我去去就来！"正说话间小于子进来道："老爷，一溜人提着灯，像是叶制台来了！"江忠源道："胡说八道！叶制台那么忙，哪有到我这儿来的道理？"

"我忙，你也忙嘛！"院里传来叶名琛老声老气的笑声，便听囊囊的脚步声渐渐走近。江忠源忙使眼色令二徐退进内房卧室回避，匆匆迎出门来，向叶名琛双手一拱，赔笑道："大人祥趾亲临，晚生何以克当呢！请进——老杜看茶。天热，小于子给制台爷打扇……"叶名琛进来，径自坐了西首交椅上，摆手示意不要打扇。说道："气定则心静，心静则寒暑不侵。我在北京户部当差，冬不生炭火；到广州做官，夏不持乘凉之扇，就是这个道理。"

江忠源也已坐下，听他这几句淡话，忙起身道："是！这是制军大人的修养，已经入神造化，卑职怎么比得了呢？"

"我不是无因而来啊！"数语寒暄一过，叶名琛直切入题，目光幽幽闪烁望着烛火，说道，"包冷这四天来递过三个照会，都是抗议团练挑衅滋事，骚扰洋行殴打教民的。地方绅士也啧有烦言，说团练兵士横行无法，强征团练费。还有绿营兵、汉军绿营管带，也告老兄的状，说团练兵越权行事，到他们防区缉捕良善！"他转脸面向江忠源，口气异常真挚，叹息一声说道，"岷樵呀！曾国藩和我一个房师，胡林翼是我的同年，官阶虽有上下，朋友不分高低，我们都极相与得来的……他们都器重你的胆识才干，皇上更是圣聪高远，知你甚深。不能再这样下去了……这会把广州大局搅乱的。谁也担当不了这责任的！"江忠源被他说得心里凉热不定，沉吟着在椅上一躬，说道："实在多承制军关照了……卑职也觉得有些难以为继。但滋事生非，总有个曲直在其中的，团练兵都是乡愚群氓，新设建制纪律不严，偶然有挟私报复打架闹事的，也有吃饭馆逛青楼酒醉胡闹的，但大政大令还是奉行严明的。像今天这件事，卑职以身家性命担保，一定是有人密室策划栽赃陷害！英国人百般挑衅制造事端，冲浪翻船割网放鱼，用铁锚拖了渔船满海面游弋取乐！大帅，这样的屈辱，是可忍孰不可忍！也只为顾全大局，不致招惹战端，我江忠源已是打碎门牙和血吞了！至于士绅议论，绿营指控，不用卑职辩解，大帅自然心中明镜……总之有这个团练三千子弟兵，就有人背若芒刺，必欲去之而后快！"他只顾说得痛快，殊不知有些话已经伤到了这位炙手可热的封疆大吏，话音刚落便听叶名琛冷冷问道："谁？"

江忠源被他问得一个噎怔，旋即明白自己话中有"病"。他也是官场中翻过几个筋斗的，刹那间已有对策，笑道："大帅屡有训诲，广州办团练不同湖南，这里士绅多有里通外国吃里爬外的奸徒，湖南士绅都是谨守孔孟道统的良实臣民，舆情不一，世情不一，不可一概而论。这都是大帅明白指示的方略。团练兵士和湖南也不相同，多是三元里和英国人打过仗的，其间自有些见了英国人就红眼的兵勇，良莠不一，训练也不正规，卑职正在整顿……"

叶名琛听着，脸上颜色已经和缓，起身来缓缓踱着步子，青缎凉里千层底鞋子在青石板地上囊囊有声，许久许久，说道："务必要好生整顿！……不然，广州大乱有顷啊！我说过，英国人不足为大患，有我叶名琛在，他们进不了广州，更不能占领广州。忠源，你是读过二十四史的，匹夫倡乱，起于草莱之中，一呼而万应。洪秀全就是个例子。这种例子可谓数不胜数——你太相信所谓的三元里'义民'了！团练兵是三千七百二十一名。你听听，这不是'不管三七二十一'吗？有些人，原本已经投靠洪秀全，洪秀全势败，回来干团练；现在洪秀全气焰嚣张，谁能保他不起异志？"

这显见是在说徐二虎的了。二虎和三彪在里间房听得心里一震，迅速交换一下眼色，二人脸上已经勃然变色。但此刻出去，只会给江忠源添乱，惹出麻烦不可收拾，两个人心里烦躁如火，心像浸进翻花打滚的开水锅里，缩得紧揪揪的，只咬着牙静听。

江忠源下意识地觑了一眼内房那张薄薄的帷帘，心头一阵惊慌，听里屋毫无动静，才安住了神，笑道："卑职明白！屈子所谓'忠不必用兮，贤不必以'，处乱世之道何其之难！草莽离乱中多少英杰失路，导之以正，可为良将良相；任其横流，也可荼毒天下生灵。卑职一定细加考察，努力整顿，以期不负制台殷殷厚望。"叶名琛道："你太看重他们了，也太信依了他们——整顿他们你也未必下得了手。这个——唉，户部的王鼎已经授协办大学士，昨天到了广州，这几天要去雷州巡视——我带你一道陪同去。这里团练整顿的事，交给余保纯和蔡应道他们办理。你回避一下也好嘛！你预备一下，把差使交卸了，无事一身轻随我去！就这样吧！"说着端茶一啜。江忠源心头轰然一鸣，明白了他今夜到此，专为解除自己职权而来！强按捺着悲怆惊愤，忙也一啜茶，急道："大帅，卑职还有事请示！"

"什么事？"叶名琛在门口停住了脚步，头也不回问道。

"今天的事。"江忠源的声气里带着颤音，"冒充团练的人抢劫了一个民女，光天化日之下绑架逃到城北门外，臬司衙门的人不准进去搜拿！这个案子不破，三千多团练练勇身蒙不白之冤，闹起来恐怕无人能善其后！"

"唔？有这样的事？"

"千真万确。大帅，五十多个暴徒，众目睽睽之下作的案，又是正中午时分——敢情聂臬台没有向您禀报！"

"你跟我来。"叶名琛摆手说道，"聂荣祖就在我西花厅，问问明白就是了。"

不知是天气闷热，还是心头紧张，徐二虎和徐三彪都是通身大汗，闯出外屋，端起江叶二人喝剩的茶仰吸一尽。小于子还在天真混沌年纪，浑不知发生了什么事故，还笑着给兄弟二人续茶。老杜叹道："我们少爷做官这些年，我一直跟着。若论精明强干，谁还及得我们爷的！忖着这个广州，真像掉进了迷魂阵，黑白不分好歹也不分，是非对错也不清爽，竟是个混世魔王世界！唉……我们爷原来还想给林大人还个公道，如今连他自己都保不定的了……"

徐二虎、徐三彪都觉得老杜这话难回。他们自己心里也是一片茫然，品不出是个什么滋味。连着喝了几杯茶，三彪说道："哥，我看叶制台是受人蒙蔽，吃了姓蔡的迷药！我们去见他，原原本本分说清白！此处不留爷，自有留爷处！"

"恐怕我们得辞职了。"二虎阴沉沉说道，他的笑容带着一丝狰狞，一丝无奈，灯下看去甚是古怪，"……这是气数，也是劫数，无所谓谁对谁错。英国人想进广州城，我们是拦路虎，叶制台一怕我们给英国佬造出口实，二怕养壮了我们他管不住，偏又不信英国人会真的动手——无论怎样，我们都不能再连累江大人了！"

说罢，向案上取过纸砚，援笔濡墨文不加点写辞呈。满屋里顿时沉寂下来，闷热得透不过气的书房里，只能听到笔锋触纸的沙沙声。

足过了半点钟，江忠源满头热汗满脸阴郁回来，一眼看见案上墨渖淋漓的纸，取过就着灯看过，小心折叠起了。不言声发了一会子怔，却问老杜："还有多少银子？"老杜忙道："近日没有点。咱们带的还有七十多两，胡师爷蔡师爷还有马师爷头一回上门，送了二百四十块鹰洋，总计下来有三百多两吧！"江忠源脸色又青又黯，声音沉闷带着嘶哑，说道："取一百六十块银洋来……"

银洋取来了，淡青色的桑皮纸一卷一卷红蜡封口，圆圆的八沓齐整放在案上立竖着，像八个小石碇子纹丝不动。

"不多说什么了。总之是你们犯了他们的忌讳，我也犯了忌讳……"江忠源的话音干涩得像劈柴，又脆又燥，"姓聂的说，他衙门根本就没有接到案子，说有人冒充臬司衙门的人接应那伙子贼！叶制台说团练要整顿，按察使衙门也要整顿，看似半斤八两，其实是要团练散伙——'整顿'不好不发粮不给饷，团练练勇要一律遣送原籍，重新登记造册，重新委派官员执掌！"他哼了声，嗤之以鼻笑道，"也许余保纯鲍雕他们能把团练办好吧！"

"大人……"二虎含泪叫道。

江忠源瞳人里的光绿幽幽的，鬼火似的闪烁了一下，又幽暗深邃得像古井一样。"方才和聂荣祖翻了脸，他说我好大喜功妄生事端，借勘察林则徐死因煽动人心，还说我想用区区三千人马收复香港，坏乱朝廷大局……"他自嘲地一笑，"他说的不是全无道理。起先这些想头我都是有的，也许就因为这想头，他们容不下我。对！林少穆焚烟抗英举国瞩目，乃是命世英雄。死得不明白，连查都不能查？就是香港，历世为我天朝领地，譬如国家珍宝被强盗夺去，我想夺回来，这个想头也是天经地义！我们中国的事，就坏在中国人自己不一心，站干岸打横炮，专对自己人下手！"说着，已是潸然泪下……

四个人八只眼睛凝视着这个铁铮铮、却又憔悴不堪的"团练督办"，一时都寻不出话来安慰他。半晌，三彪才泣道："是我……我们连累了大人……我们不晓得收敛，整日摆队巡街，见了洋人就横眉竖眼……大人在后头替我们担待，我们还抱怨大人回护洋人……"二虎却问道："您打算下一步怎么办？他们会不会再对您下手？"

"一时不至于有什么事。"江忠源心里似乎略略宽敞了一点，说道，"只可惜我比在湖南十倍用心用力，到头来在广州是寸功未立！我对不起先帝，也对不起皇上的信任！先帝其实是为制服不了英国人忧愤积郁驾崩的，今上焦虑宵旰圣体不安，除了外患又增内忧……"说着，眼泪又夺眶而出簌簌落下，一把拭了道："没有多的话交代你们的。广州真的是容不得你们了，去湖广投胡林翼，去湖南奔曾国藩都由你们。我早已写信多次介绍了你们……只一条，洪秀全不但是犯上作逆的元凶，而且是非圣灭祖、毁谤名教的巨恶！你们一身好本领，又当国家多事之秋，千万不要迈错步子投差了门。"

他这样谆谆恳恳掏心叮咛，大道理堂皇光明又杂糅着千丝万缕惺惺相惜的英雄情怀，四个人都听得心中酸热难当。二虎哽咽着道："大人宽心，我们不敢有违训诲……"三彪道："走到天边我也不忘大人的话！大人什么时候有使着我兄弟处，带个信去，千里万里，一定赶来相助……"

二虎三彪从总督衙门东角门出来，听柝击之声，已是二更时分。此刻月昏入云，家家关门闭户，暗街陋巷一片混沌，高低错落鳞次栉比的房舍黑魆魆阴森森，或虎踞或狼蹲或兽伏或蛇跃，仿佛无数鬼魅豺狼隐伏其间，随时都会蹿跃出来啮人。一阵贼风穿巷扑怀而过，二人身上一凉，竟瘆出一身鸡皮疙瘩。兄弟俩都没说话，沿衙门东巷向北，再向西穿过一条胡同，眼见就要到家门口，三彪突然站住脚，一把紧紧攥住二虎小臂，低声说道："哥！门口埋伏有人！""后边还跟的有人！你不知道？"二虎恶狠狠一声刁笑，顺势推开三彪，一个趄地滚龙贴伏在墙根。三彪倒身一个筋斗，已拿定了丁字步紧紧贴墙，左右审量形势。只在刹那间，几个铁蒺藜破空打来，却都落了空，打在砖墙上簌簌作响！二虎双眸目不眨睫，左右骨碌一转已经看清，门口守着六个，尾后跟着四个，都是彪形大汉，手里提着家什，影影绰绰闪闪烁烁地逼近来。二虎悄没声拔着腰间的三节棍，说道："彪子，这趟子手不硬，防着石灰包迷眼！"

三彪已经掣出鬼头刀，头一甩脖项上缠了辫子，一声不言语觑准了东边第二个打头走的，突然暴喝一声："你西我东，做翻他们！"却不动手，一个飞脚将鞋踢飞了出去，自己扑身一个马跃檀溪，抄了一块砖头便砸出去。那贼见一个黑乎乎的东西向自己飞来，不知是什么物件，伏身一闪躲过了鞋，刚磨转身来头上便结结实实挨了一砖头，被打得满眼金星直冒，喝醉了酒似的歪步跟跄……几乎同时，门口的六个也倏地跃过来，六把刀一齐向二虎身上招呼。二虎一根三节棍在黑地里舞得密不透风，刀棍迸击打得噼里啪啦一片山响，抽冷子看三彪，也和东边三个打得团团乱转。

东边的三个武艺似乎比门口的六个人高强，一个用刀，一个也使三节棍，还有一个舞链子锤的，暗夜里倏然来去如同鬼魅，看样子是练就了的一套家常武功，若不是中了三彪暗算先打倒一个，三彪早已落了下风。他武艺稍逊哥哥，临阵机警却有过之而无不及。二虎受学南少林寺，发招接招快迅如狂风骤雨，却都是正招正应毫无虚饰，全然没有花拳绣腿；三彪是跟哥哥"家练"来的艺业，除了正招，葫芦提自揣的怪路数层出不穷，一时一个"冲天炮"，忽而又一个恶狗扑食，得冷子对方冲过来，万无应招之理时还会捆一耳光，遇敌擦身而过，得便还伸手搔一把对方肋下，不耐痒痒的被他搔得嘿嘿怪笑间又无端地挨一砖头砸。正打得热闹，猛听二虎大喝一声："嘿啊！好贼！"一眨眼时，但见那六个人真的向二虎砸了石灰包，恍恍惚惚的灰雾中七条黑影出没往返，早已看不清各人身手，乒乒乱响中听得凄厉惨号一声，有人"扑通"倒地。三彪只略一分神，听见"豁啷啷"铁索盘头响着压下，知道链锤砸下来了，急转身跃步，觉得棍风又到，眼见那柄刀子又横搠而来，三彪于万般无法招架间，一刀格开来刀，忽的一个马趴从掣刀贼胯下钻了出去。若论姿势，这一"招"不是"曹娥投江"，也不是"青蛙跳塘"，直是个"黑狗钻裆"模样，却也化险为夷。满脸油汗的三彪钻出圈子，双脚顺势朝掣刀的屁股上猛地一蹬。那掣刀的无意间屁股被人一送，那锤"噗"的一声已砸在背上，连哼也没哼一声马趴在地。"链子锤"和"三节棍"兀自傻眼，左顾右盼搜觅三彪。

此时贼人已有五人着伤，其中三个生死不明横卧在地。二虎见胜势已定，打得越发性起，一根三节棍矫若游龙，墨线般满天满地周匝盘旋；三彪大喝猛逼。

那五个贼人见这兄弟打得如此性发，勉强支撑一会子，不知谁口中呼哨一声，顿时四散逃开。听着远处又有脚步声杂沓跑来，二虎一把拉过三彪，说道："走！"三彪看看那几个受伤的，说道："捉个活口！"二虎断喝声："哪有他娘的那种好事——走！"拉定三彪竟循着原路，返回总督衙门东角门。向东是个死胡同，钻了进去，相了相胡同尽头那墙，一个蹿身上去，三彪紧随着也上来。兄弟二人蹿房越脊一路向东，直到十三行东码头，才落身下地。

脚踏着珠江大堤，灯火阑珊的码头实实在在映入眼中，两个人被江风一吹，仿佛一场噩梦过去，都有恍若隔世之感。三彪觉得手有点疼，举手看时，不知什么时候小指被削去了半截。

"皮肉之伤，算不得什么。"二虎无所谓地一笑，"他们今晚是来要我们的小命的！可笑你还要捉活口！"三彪想起当时情形，吸了一口冷气，说道："幸亏彩云嫂子移去了香港，不然这亏吃大了！"

六

　　翠华楼的晚戏还没有散场。因为近日码头迭连出事，台下看客稀稀落落，二层包厢也都空空如也。笙箫齐鸣中汤姆带着两个巡捕匆匆而入，径登旋梯上楼。坐客们无一例外地起身向这位新贵鞠躬致敬。汤姆只略一点头，匆匆登楼。楼上平台栏后，推门进去便是一座宽敞的客厅，西边一厢房是他的卧室，东边是巴夏礼的房间。正北又是一道走廊，里边都是陈设豪贵的套间客房，不是外国人休想住在这里。汤姆让巡捕站在客厅门外，径自推门走进巴夏礼的卧房客厅，只见几架银烛架插满蜡烛，照得满屋刺眼通明，巴夏礼只穿一件衬衣仰在大沙发上。旁边两个女戏子穿着淡黄蝉纱，连乳房肚脐都隐约可见，一边一个替巴夏礼打扇，嗑瓜子，浪声嗲气连说带唱取乐子。对面小沙发上坐着胡世贵和蔡应道两个凑趣，也都笑得满面红光。

　　"嘿！索沙，你回来了！"巴夏礼见他进来，笑着喊道，"我连昆曲也听懂了！这真是无与伦比的艺术，我要写信告诉我的姐姐——这里有一种音乐的节奏美，完美无缺的天籁之音加上这种感人心肺的抑扬顿挫，像蜂蜜浸透了的橄榄，把我的灵魂都融化在支那的音乐里了！"

　　汤姆把雨伞和帽子放在茶几上，看了看几个人迎逢的笑容，用不容置疑的口吻道："你们出去！"又对蔡应道补了一句："你和胡，到里边空客房等着，我有话问你们！"几个人方讪讪退了出去。

　　巴夏礼坐直了身子，看着汤姆的脸说道："出了什么事吗？"

　　"告诉我，巴夏礼。"汤姆坐了沙发，一脸庄重道，"是谁绑架了葛花儿小姐，现在又扣押在哪里？我要求你把真实情况告诉我！"

　　"你——要求？"巴夏礼冷酷地一笑，"以上海总领事的身份？"

　　"对，我要求。随便你怎么说！"

　　巴夏礼不安地耸了一下肩，汤姆的眼神有着一种无可回避不可抗拒的神气使他震慑。"我所能够告诉你的，一切都是上帝的安排——我事前既不知道，也不曾指示过任何人绑架那女人。这纯是他们中国人自己的事。"他笑了一下，觉得自己放松了一些，"你为什么不去问一问蔡和胡？嘿！这两个流氓！"

"而这两个流氓受你的保护。"汤姆冷冷说道，"他们是为了一块银圆就可以出卖灵魂的犹大。你不怕他们出卖你？"巴夏礼怔了一下，随即哈哈大笑："我不是耶稣。我们英国是上帝，而你和我都是上帝的使者！""我不是和你交换外交辞令的。"汤姆说道，"我只要放出葛花儿！没有你的暗示和支持，即使伍绍荣他也不敢这样放肆大胆！而如果你不肯告诉我，我要按照我的原则来处理这件事！"

"你在威胁我！——在异国土地上，在中国的人海包围中，血浓于水的两个英国人决斗？"

"法国人有句话：决斗的双方总是朋友！"

巴夏礼的脸色苍白，伤疤变得殷红发亮，霍地站起身来："那好，很久没有这样的愉快了！昨天，白齐文和华尔两个人来看我，送来两支枪——他们发明了消声器，射击起来像谁咳嗽了一声——"他拉开茶几抽屉，取出两支手枪，递给汤姆一支，自己留了一支，朝天花板上开了一枪，果真声音很低。

汤姆接过看时，那枪管略约有一尺长，是双筒的，制造十分精良，簇新的烤蓝在灯下熠熠闪光，像是在炫耀着什么。他满意地转动了一下轮子，对准一支蜡烛开了一枪，那蜡芯无端就熄了，接着一枪，又熄一烛。口中说道："我不愿意这样做，血浓于水还是对的——如果你告诉我该问谁，怎样营救葛花儿的话。"

巴夏礼吓傻了眼，他整日别着枪，动辄拔枪威吓，其实他自己知道自己，枪法稀松平常，面对这样的高手，他不禁汗毛倒竖。惨白着脸怔了一会儿，他流里流气地笑了："你猜的一点也不错，他们就在那里等你，去问他们好了！"

"我还要告诉你，"汤姆将枪插进衣袋，"今晚还发生了另外一个事件，大约也是这群人，拦截捕杀团练的两个领袖，而他们没有成功！他们意思很明白，杀掉这两个首领，然后用余保纯和鲍雕代替他们，把这支团练武装变成鸦片商们的保护神。但我要告诉你，这只会激起中国人对我们更大的仇恨。从长远来说，完全不符合我们英国的利益！"他把目瞪口呆的巴夏礼丢在房间里，独自来寻蔡应道他们。

蔡应道和胡世贵在里边套房等着。这里和巴夏礼的房子隔着两道墙，楼下戏台锣鼓铿锵，他们恨不得生出兔子耳朵，也听不清两个英国人的言语，正忐忑不安间，汤姆推着百叶门进来了。两个人一脸谀笑哈腰站起，正要寒暄，笑容已经凝固在脸上。汤姆手里握着一支枪，乌黑的枪口纹丝不动指定了蔡应道。蔡应道脸如死灰，刚刚问了一句："汤姆先生，您这是——"便被汤姆打断。

"听着！在这里我开枪，打死你们比打死两只苍蝇要容易得多！而且你们国家的法律不能保护你们，同时也没有任何人能治我的罪！"汤姆碧蓝的眼睛中闪着火光，"但我也可以不开枪。对于英国，你们还是有用处的。说说看，是要死还是要活？"

胡世贵裤裆里一湿，知道自己尿了，颤声说道："啊……要活，当然要活……汤姆先生，您这是怎么了？我们……"

"葛花儿现在在哪里？还有那个男孩子，你们把他们怎样了？"汤姆不理会胡世贵，却向蔡应道喝道，"你这条眼镜蛇，双料间谍！嗯哼，你说！"

蔡应道起先以为汤姆是酒醉胡闹，此刻才明白是和自己动真格的。他比胡世贵沉着得多，松了一口气，打哈哈笑道："汤姆先生，间谍不是好名声，何况'双料'？我是为了广州人的平安几头斡旋工作的——既符合我们叶总督的宗旨，也不伤害大英帝国的利益。谈判桌上是对手，桌下是朋友嘛！我刚从总督衙门来，和你们达成谅解。你们信守条约不进广州。这支团练队伍将名存实亡，说不定还能为英国侨民、教民的安全做一些工作……我这样有什么不好吗？"说着，他试探着坐了下去。

汤姆枪口对准他，一动不动地听着。

"明天，广东按察使衙门将贴出这样的布告：团练练勇副管带徐二虎徐三彪被不明身份的人杀害，政府要缉拿凶手。"蔡应道目光避开枪口，"他们留下的职务将由鲍雕和胡世贵或者别的什么人代替。这样难道不好吗？"

"这个算盘太如意了。"汤姆冷笑道，"你低估了徐家兄弟。你的人至少有六人受伤生死不明，而胜利者还生龙活虎毫发无伤！我刚从茂升酒店来，见过他们。"

蔡应道目光惊得一跳，咬牙皱眉想了想，又笑了："那这个布告或者是另外一种写法。比如说，徐二虎二人因为解除职务心怀不满，与按察使衙门或者知府衙门发生龃龉口角，杀死二名或者三名巡夜公差，打伤三名或者四名……畏罪潜逃，着即行之各地缉捕归案。这个结局也不错吧？"

汤姆毫不为之所动，厌恶地说道："你这一套学起来一点也不难。我开枪打死你们，也可以出一张布告或者是照会，说你们受官方指使，携枪企图谋杀巴夏礼被我击毙！可以找出一千种理由说明你们该死而我们正当！蔡应道，狐狸就在枪口之下，我喊一二三，你不肯马上让人释放葛花儿，用一句中国人的新话，就请你先'吃炮子儿'！一！"

"二——"

"三"字没出口，蔡应道已经面如土色，连连摆手，说道："别……哎哎……别……我说。"

汤姆鼻子里"嗯哼"一声坐进了沙发。胡世贵和蔡应道也战兢兢坐了对面，却一时不知怎么说好。

"嗯？！"汤姆的手又伸向衣袋，蔡应道吓得身上一哆嗦，说道："老胡，你说吧！"

胡世贵拖着颤音"这个"了半日，说道："这其实是伍总爷的指令……

绑架葛花儿和那个孩子是为给团练头头抹屎，让团练和广州府、广东臬司都闹翻，逼着叶制台'解决'团练……后来又怕江忠源从中打横，查明了案子反而更不利，这才用六千块大洋买通顺远镖局，干脆灭了徐二虎兄弟。杀不死，逼跑了他们，团练也就成了乌合之众，几个小钱就能把团练抓到我们人手里——"

"不讲这些！葛花儿在哪里？你们把她怎么样了？"

"葛花儿姑娘没事！嘿嘿……真的都没事！她现在就囚在十三行西天主教教民区我的宅子里。"胡世贵像一只受惊了的兔子，一说一笑一哆嗦，"弟兄们捉她来，起先这个这个……还想……那个那个……施以非礼——搜身时候见了您的名片，都慌了神，没敢这个这个……'用'。您早晚会知道，她这个这个……还是处女……"

"你们扒光了她的衣服！你这个恶棍，我打死你，枪毙了你！"

汤姆气得浑身乱颤，手抖着又要掏枪，强按捺着又抑住了。命令道："立刻释放葛花儿！"二人几乎被他吓晕过去，歪斜着起身鞠躬，没口价答应："我们这就办，这就去办……"说着就要却步辞去。汤姆怒喝一声："慢着！你这两个狗杂种——默哈米德，默哈米德！"他冲门外高声喊道。

一个红脸印度管家小跑着进来。

"你们现在写手令，两个人署名！派你楼下看戏的狗腿子带我的卫兵去放人——给他们墨水和笔！"汤姆命令道，"你们就留在这里！默哈米德，告诉卫兵，没有我的命令，这两个人出大厅就开枪！"

"是，阁下！"

"我还要告诉你们，"汤姆平静地站起身来，眼见巴夏礼也推门进来，没有理会，接着说道，"什么布告也不能出。徐二虎他们没有罪，有罪的是你们！——巴夏礼，你来干什么？"

巴夏礼笑道："我想不到你发起怒来是这个样子——我来救蔡先生和胡

先生。我怕你的无声手枪会走火！"手一摆，"你赢了——请到我房间来，我们好好谈谈……""我恐怕只能用法国话和你说话了，天晓得这两个混蛋是什么原料制成的。"汤姆用法语说道，一边跟出来，"除了金钱和生命，对他们什么都不重要。而我们又必须依靠他们！"

巴夏礼道："你说的很对。但在中国人中找到这样肯为我们服务的，也是很难的。你为什么不许伤害徐二虎他们？他们是敌人！"汤姆边走边道："中国的洪秀全正在掀起一场史无前例的动乱。我不希望这个政府强大，也不愿意它在动乱中灭亡。因为我们不可能找到比现政权更好打交道的对手。我要——怎么说呢？我要给洪秀全增加两个敌人。几年之后，你就会明白我是对的。"

"你真是个怪人！"巴夏礼道。

"我才是真正执行了上帝的意旨！"汤姆道。

送回葛花儿姑娘和高保贵的小儿子，蔡应道兀自几天怔忡不安，怕见汤姆，怕见叶名琛，怕见月月暗地发俸的主子伍绍荣，甚至连巴夏礼也怕见，更遑论同住一衙的江忠源。不是出于恐惧也不是羞于见人，更不是什么良心发现，而是许多事情里头的"道理"，他想不明白，也不知该怎样料理。一连病了半个月，消息倒是听了不少。洪秀全兵临武昌城下了，向荣告急索饷呀，赛尚阿大学士率兵进击广西……诸如此类的朝报公文仍天天发送给他看，也都不足为奇。令他迷惑不解的是，游弋在珠江口的英国军舰三天之内全部回撤香港，广州南城门外花园别墅的洋人也都陆续在向香港搬家。十三行一带，除了教堂，几乎不见了外国人的踪迹。恰马师爷又来说，江忠源母逝丁忧要为他送行，他觉得"病"该痊愈了，换了件淡青市布长袍，慵慵地，也不束腰带不挂荷包，散蹬一双黑冲呢千层底软鞋，悠散着步子赶到东院。恰见叶名琛从门口辞出来，江忠源一身缟素送总督出来，便退到门边，默默向二人微躬施礼，一脸肃穆地看着他们。

"制军，方才卑职该说的都说了。"江忠源眼圈红红的，声音也带着嘶哑，"请制军务必警惕留意。月晕而风，础润而雨，军舰撤回，侨民搬家，都不是好兆头。洪杨是中国心腹之患，制军已多有明训。卑职以为，外夷为羊城心腹之患……"叶名琛微笑着抚慰，说道："广州是我的知治辖区。广州城出事，我的身家性命也就没了。朝廷一道旨意，说赐死三尺白绫，说杀头牛车西市，我怎么敢轻忽？放心吧，他们的动静我随时留意着呢！从香港过来的信，英国女王下令撤归香港，不得在陆上擅自滋事。这也不能说团练没有功劳啊！先把令堂的丧事办理好……啊。"转头看看蔡应道："身子大好了？我送的药用了如何？我说不妨的。乩语说：'七八日巧相逢'，算来可不是十五天，今日'逢'得也算'巧'嘛！要能支撑，待会儿到我那里去一趟……"说罢，摇着方步去了。

蔡应道连说带答应送走叶名琛，握着江忠源的手说道："岷樵公，你节哀珍重！这种事，我无可安慰，回头带点赙仪，替我在老太太灵前上炷香……"江忠源木然点头，抬臂揖让他进屋，因见二虎、三彪、胡庸墨、高保贵、胡世贵一群人都在，遂一一点头，众人都心事重重没有理会。蔡应道看了看大包小包行李，对江忠源道："听老马说，你不吃不睡不哭，这样不成。心里难过，尽人子之孝，痛哭一场，会好过一点的……"

"我的眼是干的，流不出泪来。"江忠源道，"多谢你们来看我。我身子筋骨还好，挺得住。家母自幼教我，男儿有泪不轻弹，冻死迎风站。只是来广州一场寸功未立，一事无成，实在于心难安……"

众人各自叹息，都觉得这话难回。良久，胡庸墨问道："江公，几时动身？"

"明天。"

"这天气像是要变，台风季节坐船要小心。"蔡应道道，"找一条妥当的船……"

"我们兄弟送江公回去。"三彪哼一声说道，"——还有高大哥一家，我们一道……"他还有话，咽了回去。

胡庸墨问道："老高，你是新任的团练副管带呀！怎么也要走？"

高保贵道："这就一言难尽了。"

乱糟糟一阵议论，各人词竭，纷纷辞出来，各自回家不提。

当晚一夜台风，拔树撼屋呼啸喧嚣直到天明。风停了，仍是大雨如注。江忠源主仆、徐二虎徐三彪高家四口一行九人，登上了叶名琛为江忠源特备的一艘官船，仍旧从十三行下陆那个码头起锚扯帆。

江忠源一身素白，最后一个上船。高氏姑嫂两个住后舱，前舱都是男人，见他进来，要起身时，他手虚按一下，解了蓑衣偎着舱窗坐了下去。淙淙大雨中船穿出桅樯如林的码头，在微微的南风中鼓帆溯江北上。虽然是盛夏，凉雨洒江，河风掠舱，还是微微有些寒意。骤雨打得舱顶犹如万马奔腾响成一片。坐在随波起伏的船上远眺渐渐离去的羊城，白雨倾盆中一片混茫，仿佛整个大地城池都在起伏摇荡。江忠源喃喃吟了一句："拗莲作寸丝难绝，捣麝成尘香不灭……"

众人被这凄苦悲绝的吟声撼得心里一颤。还待听时，江忠源长号一恸，像一只受伤了的狼，撕心裂肺哀声长号，泪水断线走珠般簌然而落……满船的人谁也耐不得，顿时一片号喝哀泣。

船，渐渐远去了……

原载《十月》1997 年第 3 期

人生感悟

寂灭的联想

是否这篇短文竟成谶语，二月河"先生"果就"呜呼哀哉"，我不知道。但新春将至发此议论，肯定不讨人喜欢甚或腹诽：此君莫不成吃错了什么药吧？

无论中国人还是外国人，都把死亡与爱情看得异常神圣，那大抵因这两样东西普遍而又稀罕。凡神秘与可畏之物易于启人之好奇与敬畏，因而人们就恐惧与讴歌之，文界尝有称之谓："永恒之主题"的，我想无外是此种缘故。

中国人称死神为"黑白无常"。那《大开棺》中头戴高帽、手举芭蕉扇，扫帚眉、哭丧脸中带着蔑视一切的微笑的勾魂使者，出语便惊人："任你是铜墙铁壁！任你是王子公孙！"——人之乐生畏死，就从此形象中得到了最高级的升华。人怕死，从直观感觉为因：死亡是最痛苦的——从此没了生活、没了光明、没了将来，而且绝对无可奈何，绝对不可逆转，作为转折点，临死的痛苦必最为深重。

其实到底如何，谁也说不清。因为经试过的人没有可能告诉我们那感受。单就我所思，未必个个如此。垂死挣扎称之曰"伸腿"，我没有真切见过，但电影电视中这姿势司空见惯。有一次突发奇想，居然照猫画虎"伸"了一下，也许坐久了的缘故，受用得很！——于是痴想：将来寿终正寝，若真的如此舒坦坦地去了，真可以"南无"一声的了。

但请朋友千万莫错会了意，以为我会为这"舒坦"而做一次冒险试验。我其实只是想故意洒脱超俗些，无常不来，我不寻他。孔子门生司马牛说"生死有命"；汉贾谊见夜猫子进宅，赶紧写一篇《鹏鸟赋》；就是曹雪芹吧，笔参造化识穷天下，他的《好了歌》你读读看："正叹他人命不长，那知自己归来丧？"也还是想活不想死，无非是自况的意味。好端端盛世二月河，不必担忧他会寻短见。

死是寂灭，葬是寂灭的归宿。现在丧葬有条件的便要火化，有人觉得不近情，我看这些人不会想事情。本该死人为活人让路，倒弄成活人替死人担心——那一烧滋味如何？清明节没坟头，一掬泪洒何处？——据我所知，宋代之前火化尸体乃极普通事，谁都没有为自己不安过。就是明清代，北京城也有专门的火化场，太公钓鱼愿者上钩；有人要土葬，也自尽有愿火葬的。我想，和尚不许娶老婆有点"那个"，但和尚圆寂坐缸火化，这一条俗人该思量：难道如来世尊比你笨些？

然而土葬究竟是常俗。范成大有诗"纵有千年铁门槛，终须一个土馒头"就指这事。后人又有引申余意的，说"城外一片土馒头，城里尽是馒头馅"。但"馒头"太多也就成灾，十一亿众，将来都土葬，麦子只好种在"馒头"上，岂非笑话？这是民政官料理的事。我是个文人，我想说的是，若"满目尽是土馒头，不凄情时也凄情"，况味怕不佳。

"联想"得远了点。自古无不死之人，这谁都知道，但乐生畏死之情仍颠扑不破。从汉武帝到清雍正，宫廷山野间这种永动机式的试验从未停止过，至今也难说没有。孜孜不倦锲而不舍数千年，到底未见一个成功者。所以于"死"而言，不开明也须开明，不洒脱也当洒脱。我读书多了，渐明此理，也便从夹缝中寻自己的解脱。

我想，一个人尽力做过了自己的事，按照草木荣枯自然之理，瓜熟蒂落返本还原，是不值为此懊丧恐惧的。幼年读一本童话，是《一块烫石头》的故事：谁打破沼泽地那块发烫的石头，就可以返老还童——尽管是童话，我还是想，我遇到这石头，要不要打破它？答案只有一个字："不！"因为我已尽力做过了该做的，就算苦极，也还乐极了。就是做错了的，我也不愿重复。如此完成了人生过程，弥留之际仍苦苦恋栈不舍，吓得魂不归窍又不离窍，不惟加增苦痛，那你这个人也就猥琐得可以。

那么我的想头呢？看来还是多为活人想的好。什么追悼会治丧会竟可一概全免。因为会后大家大嚼一通，立刻去忙活别的，甚至跳迪斯科，"悼"有何益？不要写文章也不要送花圈，写文章你挣稿费与我何干？花圈占地方又不好处理。要不要留骨灰？放在公墓要占空间，留在家中日久天长还须防潮，不然或许就有骨灰味泄露之虞。这一代人或多少有些"意思意思"，后代对你毫无感情又毫无办法；若唯心一点，扔掉了还怕你"作祟"。何必呢？思之又思之，我骨灰撒了黄河里，东流入海去。至亲好友真的不过意，聚餐时顺便说一句："此兄妙哉！"佐一杯酒下肚；也何妨嘲一句："你也有今日乎？"此间之妙，二月河心实领而神实受，天上人间两遂愿，也为至佳实惠。

文友索稿甚殷，只好敷衍一通。行文至此，不禁拊掌而笑，我之亲人亦必莞尔矣。

一九九一年一月二十三日

原载《匣剑帷灯——二月河作品选》，长江文艺出版社 1998 年 12 月出版

寂灭的再联想

今春偶然写了一篇《寂灭的联想》，便有朋友很为我惴惴，以为我出了什么毛病或得了什么奇症，打电话的、当面的、登门探问的络绎不绝，都问我何以在团圆佳节中，会弄出这股晦气的"联想"。枢元先生与我通信也谈及此事，但他的信联想得比我还要"多彩"，由白森森的火葬场大棚想到这人生出口，联想到妇产院苹果绿的"人生入口"处。清夜醒来，扪抚自己"温热的肌体"，想到有朝一日终归要化作一堆灰烬，因而发出一声深长的叹息。我们这两封通信后来是在《莽原》上刊出了。然而排字工哥哥有趣，恰将"文坛一杰"排成了"文坛一丕"，刊到手时正用餐，我一读之下竟喷饭大笑。

我看朋友们多少有点胶柱鼓瑟了。"寂灭"文其实是在比较，世无死之悲，也就无生之欢，谈死其实是在"恋生"，一则"一咒十年旺"，希望"旺"一点；二则说的实话，这类事必须洒脱，必须想得开；三则嘛，敷衍了朋友索稿，且能取几个稿费打牙祭。不料后来一则正统新闻，说有一颗小行星正向地球飞来，能量是七百万颗百万吨级当量的原子弹！难道真让我不幸而言中了？于是有报道，南京老太太免费看自行车，一些老板免费供餐！我坐以待毙，按第一宇宙速度计算它光临时刻——那必是空前绝后的壮观，太平洋将成海味汤。陆上人无分贵贱贤愚一律先来个远远超过朱建华的跳高纪录，然后同赴混沌，以待异日再出个盘古。然而事实很扫人兴，地球仍旧稳稳转动，不管别处是怎样的折腾，中国仍存在于亚洲，结结实实一个社会主义国家，工厂仍在造东西，地里仍在长庄稼，而女人照样到"人生入口"创造新生命。

自从宋玉发出"悲哉，秋之为气也"的感慨，中国文人和多少有点情调的都来附和，大抵春感而秋悲，曹雪芹的太虚幻景甚或专设"春感司""秋悲司"。鲁枢元兄或者也是悲秋派的，因而在复函中说秋景"美丽得令人忧伤"。不过，我倒觉得秋天是属于我的。人的感觉和情绪是很怪的，当你觉得惆怅失落时，有时便四大皆空万念俱灰，即便听"砰砰嚓"也无济于事。当你觉得幸福充实，"世界充满爱"时，奏哀乐亦可无动于衷，"音无哀乐"恐怕就是这意思。

秋气一发，天清而水潦，山染淡翠，红瘦绿稀，凉风一过，醒神爽身，遍地盈野都是熟透了的明岁生计。王实甫据说写到"碧云天，黄花地"时扑地气绝，他想把这美好的秋天写得更好而竭尽了精力。这自是千古绝唱，但我却觉得他实在应该再多活一会儿，因为，连秋天的树叶的灿烂斑驳色彩、野草的蓄芳待年都没有写出，未免可惜。我的才情当然写不出什么"绝唱"，但我高兴这秋，而且相信，它年年都会赐予我的。

一九九一年十一月二十二日

原载《匣剑帷灯——二月河作品选》，长江文艺出版社 1998 年 12 月出版

重弹『寂灭』曲

又临近春节时分。每年这个季节，万木萧森、气寒水冽、沙碛河干、坚冰如磐，是活气最少的日子。我这个人脆弱，常常就联想到"死"。几年前，连着两个春节，写了《寂灭的联想》《寂灭再联想》，弄得朋友们大为惊慌，纷纷致信打电话，询问是否"有病"，更有读者还想接着读我的书，生怕我学了三毛，写信来说："我们不愿要你死！"我不禁哑然失笑，我，怎么能和三毛比呢？她是女的，我，是男的！郑大教授鲁枢元兄虚惊一场之后撰文大作调侃。他是由死而联想到生，从火葬场"白森森"的大门，想到接生院"苹果绿"的大门，生生死死都无所谓的了。

范成大的诗我是引用了的："纵有千年铁门槛，终须一个土馒头。"还引了《笑林》里的翻新，说是"城外一片土馒头，城里都是馒头馅"，由此而联想到火葬之优劣比较，似乎是："世人都说神仙好，唯有此身忘不了，待到一命呜呼西，轻烟一股万事了。"真的万事了了吗？我看还有遗留问题：一个骨灰匣，大约一立方尺吧？我想从现在起到下世纪这时分，中国至少要十二亿个骨灰匣，现在建这公墓那陵园，根本就是权宜之计。十二亿立方尺，那是一座喜马拉雅山啊！骨灰盒这玩意儿，不是个很好安放的东西，因为不是个喜庆物，绝对不能和电视机位置一争擅场，但它又是个很庄重的东西，也不能放在卫生间这类地方。天阴下雨还要防着它返潮，闹出点什么气味。听说有的人放在床下当鞋架，我很佩服此君一物多用的奇思妙想，但仍觉不是办法。死了就是死了，死了就是一种干干净净的完蛋，我看不必让活人大费周章进行纪念。深挖洞，穴而葬之，或像我的意愿向黄河里一撒，流水不腐，也不至造成多大麻烦。

我一向以为，我已参悟到了生死大道，以为死和生一样，都是自自然然发生出来的。二五之精妙合而凝，人于是化生，待到垂耄命尽，晚期癌症，或突然一箭穿心，于是就灯灭。就像累了一天的工人农夫晚上上床睡觉，或者一本书完稿送进了出版社，那是丝毫不必为此而忧伤的。一个人，倘若正正当当走完了自己一生的艰难路，临死的时候还吓得面无人色，或花容失色，不能说他卑鄙，至少说个"没意思"。《金刚经》里说的"无我相，无人相，无众生相，无寿者相"，里边蕴含着圣者对生死的理解与教化，说的是只有无生无死的人才能得到永恒的涅槃，《心经》里更点透了"色不异空，空不异色，色即是空，空即是色"，也是说一切有形有质的东西都要消亡。道理说得这么清，还有什么鸟怕头？

但今年有点怕了，我说"有点"，只是"有点"而已。先是乔老爷，他吓我一跳。在专医院（即南阳市中心医院）反复检查他的"嗓子痛"，用他的话说，医生是在"深挖阶级敌人"。我当时还讲了个笑话，说我们部队常在工厂支左，千人大会上说："我们要——由事看线，按线查人，顺藤摸瓜，按窝摸蛋——你就是钻到牛屎里，我也要把你（他手指一勾）——抠出来！"惹得典运哈哈大笑。然而没笑几天，我们的心都是一沉：他竟真的症候不轻！他是我的老长兄啊，他也是南阳作家们的老前辈，旗帜呀！我真实地感到了惊恐，忡怔多日举止失措。然而一惊未了，一惊又起，青年作家孙冰又患肝癌，无论怎样求医问药，怎样开刀取病，领导怎样关怀，朋友怎样祈福，竟尔遽然辞世。惊定思惊，又想乔老爷，待到郑州去看，他已开过刀，手术很成功。见他精神健旺仍旧红光满面，总算放下了心。在这当中，还有个周大新，那么一个细致得女人一样的人，居然吃饭烫了食道，也疑思自己得了癌症。弄得我胡思乱想：莫非天亡"宛军"，要"撂倒一个俘虏一个"了？这样想来想去，有几天也觉自己"嗓子紧"，请气功师来发功治疗。又想着如果是癌，怎样努力做气功自疗，怎样坚决不开刀，如何发付我的爱女和家庭，如何减轻那些爱我的我爱着的人的痛苦……亦是想得"忙"个不得了。

可见我并不像我平素自信的那般脱俗。我对一个朋友说过，我的一生，或是喜剧，或是悲剧，或是悲喜剧，但我不演丑剧。是的，一切有形的东西都是消灭，那么无形的呢？我毕竟是个人，物质的东西可以抛弃，但爱呢？这大自然，这阳光，这风雨雷电，这人，还有那许多的读者，甚至这隆冬干硬的秃枝乔木……都能一股脑地扔掉，"无挂碍"地飘然而去？

一切都在"过程"中，祥林嫂在唠叨完她的阿毛、她"单知道"的那些让人听厌了的故事之后，在除夕夜的鞭炮声中奄然物化。这是鲁迅的《祝福》里的，读来撼得人心酸难禁。然而我知道这是小说，是假的，看"三国"流眼泪，太自扰了。但曹雪芹呢？他是真真实实死在"壬午除夕"，泪尽而逝的，也是在爆竹香烛神社祝福中走向他生命归宿的……

有点写不成了，莞尔一笑收笔：天若有情天亦老，月如无恨月常圆。人，人啊，你……

一九九五年一月十一日

原载《匣剑帷灯——二月河作品选》，长江文艺出版社 1998 年 12 月出版

重弹『小意思』

前年春夏之交，一位战友突然千里迢迢来了南阳。我与他在部队同在一处工作数年，真的是情同手足交谊甚笃，转业后各为生业所牵，辗转碌碌，后来也就失去了联络。他乍一出现在面前，自然有一份格外的惊喜。少壮相别，中年重逢的人，见面都少不了一番恍若隔世的感慨，世情之艰辛、奔波之庸忙、往事之渺茫……移樽絮话直到深夜。末了说起来意，本来已经显得有点兴尽词竭的场面却又一下子活跃起来，原来他是在安徽听到"凌解放死了"的讯，趁着到山西跑生意，特意中途绕道奔丧，抚慰家属来的！安徽我有一群战友，传闻我怎样怎样得了病，如何如何不治，终于是"身如五鼓衔山月，命似三更灯油尽"了。于是一众战友大发一笑，把盏共祷"一咒十年旺"！游仲景祠，逛武侯庙，下馆子吃新野板面。胡辣汤、浆面条，诸小吃一捞食之，执手告别，一张"立此为据"的照片后来还刊在了香港《文汇报》上。

这之后我还能断断续续时而听到我的死讯，总觉得是那次误传的余音"绕梁三日"而已。

不过今年春节，又重新传出我命丧黄泉的消息。机关有朋友告诉我，有说我"出了车祸"的传闻，有鼻子有眼，像煞了真有那么回事。我的外甥在来看我的途中，公共汽车上听也是人言籍籍，相对叹息"可惜了的"，无论怎样辟谣解辩，人家都不相信我还活着。

我笑说："要再听到这消息，千万不要再动怒了，你就告诉他们，他已经死了十几年了，你们这不是新闻。"

"我怎么能那么说？"

"你就那么说，我半点也不忌讳。"

除了我"死"，更有说我"发财"了的。早十年前，《康熙大帝》第二卷出版，就有人说"人家是百万富翁"了，我那时没有经验，一听这话就发慌，忙着解释："第一卷的稿费是千字十四元，第二卷是二十元，按字数乘起来，加上印数费，郑州税局再扣掉所得税，第一卷是不到六千，第二卷是……"

我留在人间，"死"讯是假的，见人不需要特加说明，但你不能逢人就解释，见人就说我没发财，就像祥林嫂说"我真傻"似的。这个意思消除起来比"死"都难，然而不解释，不等于没事，有人说，"他一本书就是几十万，十二本你算是多少"；有人登门造访，"我现在穷……请帮我一把，我不会忘掉你的"；有人写信来，索书也还在情理中，伸手便是"请寄一万元来"；更有无赖点的，操一口醉腔半夜来电话，莫名其妙叫我"小心点"的……秦俊是我的老朋友，官运尚好，财运也极平常，儿子手气却特好，摸奖居然摸到了一辆"桑塔纳"，不知是广播不清或是怎么回事，"有个作家"便成了二月河，"二月河的女儿摸到大奖"又流播开来。

死是坏极了的事，发财是极好的事，我是先死后发财，发了财又死，抑或发财与死交替着来？套一句《滕王阁序》里的句子，"钞票与坟墓同奠，黄金共黄土一色"，悲乐交织弹指明天，如梦幻泡影。

除了"死"，除了"发财"，再就是"架子大"。

想想也真是的，在我当战士时，班长喊我一声，也就赶紧立正答应；在我当宣传干事时，科长吩咐一声，忙着就去提茶取报纸了。时过境迁，渐演渐变，确是有点"彼一时此一时也"。如今旧友来访，坐话闲言略久，心里就不耐烦，脸上怕也就带出"不豫"了。新华社记者采访，被我拒绝的也是有的。选了文联委员，极少出席文联会议；选了作协副主席，也未出席作代会，还有诸多的领奖会、座谈会、委员例会我都"缺席"。连北京开的红学会、长篇历史题材小说会，甚至我自己的作品研讨会，我通都告病。台湾去年邀我访台，食宿路费全包，我也婉谢了。出版社寄来了《雍正皇帝》座谈会现场录音，有位先生在里头说："二月河怎么不来？他应该听听大家意见。"还有一位说："我了解二月河，他本不喜欢听批评意见。"听得我哑然失笑。

这些小意思，不能说都是不好的，更不能说都是这样思量我的，它的"广泛性""深入性"都有很大的局限。我不知道该嘘一声、哈一声或是别的什么"一声"。

我不愿违背事实，把自己打扮成不食人间烟火的圣人，装点得美好得不得了。就死而言，起初的造意或好或歹，流播出去，我看更多的成分是关注与关切。中国人有的时候有这么点小意思，司空见惯浑闲事。就另一种意义上讲，从凌解放到二月河，确实有一个消亡与成长的过程。作家不死，作品焉出！就发财而言，我想也不是丢人的事，钱来得正常，十万百万我也会坦然笑纳。来路不正，真的是"一分钱也烫手"，但我并不期望真的成百万富翁。追钱太麻烦，太累了，钱多了花起来固然畅快，可惜周匝见到的穷人太多，反觉心里不安。社会治安既不容乐观，心里也就难以有真正的安全感。至于架子大云云，也许是真的？然而我心里想的却是"避嚣"，能超脱出点光阴做自己愿做的事，有些人事你不往里搅和则还罢了，搅起来就没完没了。这个人见面闲聊，没有"架子"了，那个人来你见不见？这个会议你参加那个会议你不参加，会务人就会想："你原来看人下菜碟！我这会不重要吗？"

想来想去，人世间"应该"的又办不了的事是太多了，真的没有本领像薛宝钗那样"人人跟前"应酬周到，就不要逞那个能。我想假如不能清理干扰、拒绝诱惑，那么固然不会动辄就被传言"死了""发财了"，而且也许能够上下左右纵横捭阖，打发得上司下级朋友亲戚们都说"没架子""随和""好人"，但书呢？书也没了。

这都是平常人平常禀赋都能想到的，别人的是小意思，我也是小意思。

但是，我还是写书吧。

原载《匣剑帷灯——二月河作品选》，长江文艺出版社 1998 年 12 月出版

新春偶感
——心态由雅入于俗

《康熙大帝》第一部问世，我的一个朋友手里掂着新书说："像一块砖头。"我说："不错，这个譬喻无论如何是精当的。我觉得这是给我砌墓的砖头。"他说，"那要写多少才能把墓砌起来？"我哑然失笑："这是会意之言、'譬喻'而已。现在都是火化——一个骨灰盒，我写骨灰盒那么大一沓书。书就是我的骨灰。"事情已过去十年，近日整理翻检，把写起出版的书拢起来，倏然间心有悚悟：呀，是个骨灰盒的规模了！袅袅的香烟中……我和我的"骨灰"默然相对，不禁想起《春在堂诗编》里的两句诗：

白杨春草三杯酒，天上人间两处心。

书里的世界和我的世界一下拉得那么远，远得渺渺茫茫如隔千里秋风白草，犹似自身化为一丝铜丝枯草在愁波涟漪中瑟瑟摇动……我的心也就悲凉了。想到前年此刻，还和乔典运在医院里说笑，弹指论名利，脱帽说文章，背《般若波罗密多心经》给他听，而今屋在鹤去，人琴两亡已经年。大新去西峡回来说，乔公墓上的草已经荒了……

人，有时就这样脆弱。即使是意志坚强的人，在更多的时候，其实是靠社会这个融融雍雍的大群体支撑的，愈是知识渊博，愈是"阳春白雪"修炼到火候，闹起孤独寂寥来，愈是不能自遣，已不大可能接受别人什么安慰。大学教授闹起情绪，听学生来讲哲学讲性命之学，只能报之以耐心与苦笑。

情绪到了低潮，简直是毫无办法，原因就是没有原因——没有具体的很实在的原因的悲凉与愁苦，它就那么浸润与袭扰。我的经验是用两个办法来对付它：

一是读书。古往今来著书立说者大抵皆是寂寞人。寂寞人对落寞心说话容易沟通。不一定哪篇文章、哪句话击中了心灵要害，有时有一种浮翳一开豁然贯通的"欣欣然"，可以一击案而再振作，拂衣而起"吾无忧矣"！

《指日录》里讲"法眼禅师一日问众：'虎项金铃是谁解得？'众无对。泰钦禅师对曰：'系者解得。'"这就是"解铃系铃"的话了。读书读出的毛病，靠再接着读书医治，常常很管用的。但就我的经验，这办法有点"饮鸩止渴"的意味。这种忧愁暂可叫它"无妄之忧"吧，原是因读书情绪陷溺所致，再读，又不啻更深的陷溺。心思更灵动，更易接受刺激，则更脆弱……如此循环往复，伊于胡底？循这思路研究，我懂得了屈原怀沙的心境，也知道了三毛的死因，他们太清楚了，也太明白了，不为时物所容，也不为自己所造就的理想范围所容。这种超越了名利的孤标，真是件性灵屠灭性灵的锐器。

但读书成了癖性，你别想劝他，不但无益且更无用。我不是想说读书有害，我是说，读书一味"入雅"是有偏颇，甚至会导入魔道的。入了魔道也有它的泾渭，屈原当然可敬，那么三毛就未免可惜了吧，所以还要入俗一点。

因此就有了其二：

每当心境沉郁，口欲言而嗫嚅，足欲行而趑趄，举目四望忧绪纷来之时，索性到人群中去，看看绿男红女扰攘街市，人间烟火丛中歌楼舞扇，飘着焦葱熟姜的油烟味，和来买吃喝的芸芸众生挤在一处信步徜徉，你的那点子"孤标清节"一下子就都丢到爪哇国去了。一声"卖——胡辣汤了，热的咧！"就能叫你醍醐灌顶，天目天眼一齐开：世界这么大，我太小了……

回过头再审量，"砖头"也好，"骨灰盒"也好，都不过是人世间寻常一物——

这就是说，压根原来就是太自爱，自爱到了不能容众也不容众来融己的地步。

近年来，常有年轻学子朋友来请签字，我是常常写"知学问博大，戒妄自菲薄"这句话，说是我的座右铭亦无不可。这里是一低一高，所于低位，仰企而求学，凹地有容易于接纳。然而写作时不可有此心态。这样写行不行？那样写好不好？——总这样想，那就"下笔如有鬼"。调整自己的情绪也是一样，作家从事的是精神劳动，敏感脆弱、皎皎易污是与生俱来的弱点，同时也是特点、优点。他的心是裸露在世界上的，一刺就出血，所以要呵护。

指望别人呵护是不行的。各人都有各人的生活，各人也都有各人的难处，关照只要一般的关照就很不错了。如果真的自认"平常人，平常心"，就不应要求特别关照的权力。鲁迅其实也遇到这个问题了，他的办法是像"一条受伤的狼"，找个僻静处去舐干净血渍，包扎好了再出来当"狼"。事不同而理同，我的办法是饮鸩而不能止渴，溜到大街上去寻卖胡辣汤的去。

这看似俗了。也犹如《红楼梦》中老尼姑评说妙玉"不知我们这俗的，才能得正果呢"！我们作为一个作家，如能雅中迎俗，持雅而执俗，方是一种真境界。很简单，要真的只为雅，那咱们写日记，只管"登昆仑兮食玉英""吾方高驰而不顾"就是。到了若干年之后，人都雅到了发表日记。现在人们掏钱买书，"掏腰包""数票子"是买书必有之过程，俗不俗？

但愿仁厚的地母之下的乔公典运，能听见我这几句唠叨，我写过的自画像诗不知他听过没有？哎——山西刀削面，王婆豆腐麻辣酱，羊肉汤泡馍，统由易牙烹调，樊家的刀工，相如执灶，文君当垆———请了哎！

一九九八年二月

原载《匣剑帷灯——二月河作品选》，长江文艺出版社 1998 年 12 月出版

不要刻意，做去

来见我的文学青年每每流露出一种苦恼，他们或求学，或打工，或在机关做小公务员，谋生职业与他本身的追求之间总不那么和谐——距离遥远，遥远得令人无可奈何！——我是要做文学家的呀！您是我学习的榜样啊……可我，已经二十多岁了，辛苦工作回来夜伴明灯：写、写，一篇又一篇，可成就在哪里呢？他们诉说：您不知道我多么热爱文学，但文学却不爱我！

这话每每使我莞尔一笑。我想，我给他们的是理解和同情的目光。她告诉我，带上一篇稿子，或许只是十几行的一首小诗，两三千字的一篇散文和小说，去叩报馆和刊物编辑部的门，心扑扑跳得不能自制，有时甚至"盼编辑不在"，可以放下稿子轻松地出门。他说，每当写完稿子，只有一忽儿的欣慰，扔进邮筒里寄出去，接着便是漫长的期待，那种焦灼里的希冀、兴奋中的不安，时而可以勾画出一幅令人心醉神怡的辉煌殿堂，时而又一梦惊醒跌落进黑洞一样的深渊……每天都要忍一下，忍不住再到传达室收发室，像一头怕落进陷阱里的野兽，小心翼翼检看报刊给自己的回信。若只是薄薄的信，大抵不是坏消息——不是用稿通知就是编辑来信，要用稿子了，或给你提出"不成熟的修改意见"。若是又厚又重，那就糟了——稿子退回来了。而且准定有一份"多谢支持，经研究不拟采用"的信。任你是个铁汉子石头人，接这样的信也准教你出一手冷汗！

大抵这类心态，可以与旧时科举考试落榜类比，都有点像失恋。事实上，比失恋还要"尤甚"，这"恋"

失得有时连自尊与自信都一并遭到袭击与蹂躏。

朋友，作为一个过来人，我说几句自己的感受，这种事不能太刻意地去追求，写东西有发表欲，这是正大光明的心理渴望，是一件愉快的事，发表了，可以得意一下，不售，拉倒！再就是，文学是要缘分的，有时就是这样，你爱她，她就是不爱你，你怎么样？在我见到的人中，有的人写了一辈子，到白头不见发表；有的人学识才华绝不逊我，没有走文学这条道。难道我有权利去"骄"他们一下？还有，今日落拓，焉知日后？机会与遇合是个不定方程，不一定哪里对头就解开了。我是四十岁之后才发表文学作品的，我能说这个话。

《聊斋志异》《红楼梦》，都是作者死得墓木已拱才刻版面世的。我读清人写的日记，当时和今日都没有发表。里头豆腐几文一斤、小麦亩产几斗，那有什么意思？但现在都成了比史志还要翔实重要的资料。

还在创作《康熙大帝》第一卷时吧，夜沉二三时，星斗列暗穹，出来散步，仍见路灯下、茶摊旁，有打扑克的、搓麻将的——那也是一种活法，不能说人家错——我想，即便写出一麻袋的废纸，比脸上贴满纸条、颔下夹了夹子要合意一点。

管他呢，做去。

原载《二月河作品自选集》，河南文艺出版社 1999 年 4 月出版

永不绝望

　　我说这个话，有一定的范围。有两种人不配听。那些暴戾阴狠之徒，仅仅为了满足一己贪欲，一味去伤害荼毒无辜良善，一旦天网布散，雷霆电击随至，绝望也好，不绝望也好，一鼓收之，我看你就认命伏罪的好；还有一种，为了点极琐碎、毫无绝望价值的事，或亲戚口角，或邻里勃谿，或情场失意，或功名蹭蹬……于是便"想不开"，投河坠楼吃药抹脖子地闹起来，这样的人我可以给他同情惋惜，但他们实在是"不足与语大道"者，除了对自己的鸡毛蒜皮，别的一概不负责任，就说给他也无实际作用。

　　世上有些事是太令人伤怀的了。楚汉相争，项羽穷蹙拔剑自刎，后人有诗说"至今思项羽，不肯过江东"，还在夸他。但设如他硬着头皮过去了呢？局面很可能是另一回事。"江东父老"会像迎接落魄游子一样欢迎他回到家乡怀抱，而刘邦与韩信的政治矛盾将会突出出来，十年生聚十年报复，这段历史或要重写。他这么横剑一拉，一切都不说了。这是他不懂失败的价值导致的悲剧。

　　还有一个李自成，已经掌握了全国形势，几个月里垮得一塌糊涂，几起几仆创出的业绩付诸东流。近年发现的资料，他是隐居当了"奉天玉和尚"——活是活着了，是绝望的"活"，其实他的部队只是打散了，以他的凝聚力，重新联络组织，仍是可望的局面。清兵实加上吴三桂的降兵合计也不过十三万人，还不足他的六分之一。然而他去当了和尚！我猜他的心境，是折腾了多年，折腾得够了，又过了皇帝瘾，过把瘾就死，这种心态是怕了艰难竭蹶。这是畏惧艰难所付出的惨重代价。

文学艺术界恐怕是自杀率最高的一个社会阶层，从海涅到三毛，还有一位马克·吐温，其实也是自杀，具体的原因也许五花八门，但难耐精神上的折磨痛苦占了极大的比例。几乎所有的人都对他们抱有谅解的态度。以为他们"就是这样的"，甚至给一种欣赏的目光予他们。然而，我在悲悯之余，觉得他们太不负责任，太脱离世俗，不懂得世间普通人性的可贵。这是吃了"高精尖"象牙塔中甘寂寞的亏，这份牺牲大可不必。

世界的"世"，在佛禅哲学里有"蒙蔽"的意思。华盖运一罩，七情皆迷，六欲俱忘。果真"若为自由故，两者（生命、爱情）皆可抛"，自然，不消说得。如果为了自己，那些苦恼完全可以用"拉倒"两个字去抹掉它。

永不绝望，是一种积极健康追求的意识，峰回路一转，柳暗花明在，期与朋友共勉。

一九九七年一月上浣

原载《二月河作品自选集》，河南文艺出版社 1999 年 4 月出版

买不买车都为缘

又到岁尾了。每年这个时候大约是人都"闲"，闲的时间常用来开会、检查、迎来送往、打麻将、会朋友、饮酒享乐，诸如此类的事……表面上看是"忙得不可开交"，其实大都不是正经营生。前日上海一家报纸就忙着打来电话，殷殷相询"近来文坛盛传大红大紫的二月河，为确保其生命安全，他和女儿外出时，身边都带有私家保镖"。只是这还不够，还有"别墅、汽车、小蜜"之属环绕这个阔佬作家。总而言之，言而总之是酷毙了，帅呆了，盖帽了。我的感觉是，照着这些话，我这人像个烂苹果，熟透了，该落了。

保镖、汽车、洋房、"小蜜"……这些物件统都置办起，恐怕要不少钱的吧？我现在办不起。就算有一天真的"发"大了，我也未必肯把钱用在这上头，就像一个暴发了的什么什么"总"。就我的笔名，叫"二月河"，叫个什么呢？"二总二总"地闹起，像煞了谁的管家或二老板，又算什么玩意儿呢？但是，我对汽车还是有兴趣的。

一是它方便。这和坐飞机、火车是两种味道。不用到机场车站候机候车，开起就走，直奔目标，只要有路，稍差一点也可将就。比如会朋友、钓鱼、游玩可以直达目的地下车就是。飞机、火车就不行。

二是快。特别是三五百里旅程之内，汽车的效率当前还无可比拟。汽车逼得火车提速，逼得飞机票降价，就是因为它效率高。

三是有安全感。我说它是"感"那因为纯是感觉。据说坐飞机最安全，汽车事故最多，怎样统计来的我不晓得。我以为，各种交通工具都有它自身的一种文化。汽车的坐客，现今是比任何别的走道玩意儿都来得杂。从高官显贵、富商大贾到山野穷壤的贩夫挑夫、引车卖浆乃至乞丐穷民，腰里只要有几毛钱，各自都有自己的汽车可乘。飞机上的那套文化就算"阳春白雪"吧，汽车可说是"下里巴人"了——自然，坐在"奔驰"里和站在乡间公交车上的滋味肯定不同，感觉也必有异——然而毕竟都是汽车。这个"安全感"来自"大家都一样"，再者说，汽车失事极少有"全军覆没"的，与飞机那样的"一窝端"自有感受上的不同。那种文化是有几分侥幸心理的：不至于吧——偏偏就我这辆车？偏偏是我吗？

那么，有这许多好处，买车吧？紧缩点银根头寸，买辆桑塔纳应该是不困难的。但这样一来，立刻就变成了"有车族"，会离开我的一些穷朋友的吧，至少拉大了心理距离。设如真个"工作需要"也还罢了，可我实际上是用车极少的，懒得学开车，也懒得维修保养，再雇一位司机，让他也闲着，还得掏若干这个费那个费，等于是烧包得无聊，掏钱买个包袱背。再者说，我也犯不着给一些闲得发慌的龟孙"期友"制造一点什么酷的口实。从"实惠得用"这条上说，打的士坐"的哥"的车还是来得。比起某些官在位时有车，前呼后拥的，见者侧目视，侧足立，一日败落退居，一派失意落魄相，这个"随缘"的心理怕是还健康些。

近日见报端，有的城市立了法规。那意思似乎是行人违规被车辆撞死勿论。我现在还没有车，自然也有些惊心。惊心之余，又听一些专家议论说：任何国家的汽车和行人在道路上的权利都是平等的，心中诧异了一阵子。终于想明白他是放屁。

但这话已与本题分离了，关于汽车的事先就说这些。

原载《交通与社会》 2001 年第 2 期

新瓶勾兑旧酒

从小读书，见鲁迅先生论及八股文应试，他以为那考官的心都是"阴沉木"所铸，他以为那些文章全都是糟谬不堪的文化垃圾。这话在我心中留下极深的印象。但我毕竟没有见过一篇真正的八股文。即便是在写作《康熙大帝》时，对八股文也是停留在一般抽象意义的理解上。究竟里头起、承、转、合，是怎样一个弄法？怎样"比"？怎样"兴"？又要代圣人立言又不能有任何"格外"之言及格外之论。虽说见过几篇学者谈论八股的无用——这其实是老掉牙的话题了——他们也只是片段地引用了一些高头讲章的字句言语，通篇也没有把这类文章的全貌说出个所以然。

其实我在写"落霞三部曲"时，内中涉及当时"高考"应试的章节不少。为其形象的真实，在写到这类情节时，很想按自己的印象代拟出一篇八股文来，然而毕竟没有那个能耐，自家心中懵懂，手中没有资料，只好寻一点笔记小说中调侃八股的文字晃一晃，虚与委蛇，弄一点滋味哄得读者信心而已。但到《乾隆皇帝》一书写到将近尾声、泥巴已烧得快成了砖头时，忽然得了一本当时——大约是晚清的应试选本。我终于对这种东西有了具体实在的了解。

我思索，这类选本是什么性质。想来想去竟不怀好意地联想到我们今天街头上充斥着书摊、卖相且是很好的小学生范文、作文指导及考大学优秀作文选读一类的书上头去了——这当然或许是"不对头"的念头。今时的文章与彼时文章其实是很有区别的——今时的文章里有创作，文心、文论里有新意、无定格，而彼时文章里只是围着孔孟老夫子嚼过的馍或余唾来回往复不变地在转圈子，这就是不同。

然而，它们也有相通之处，那就是用途与形式。明清时，那为的是县试、乡试、会试，现在也不过变成了考中学、考大学、考研……自然如今还有其他专业，"其他专业"也有其他专业的范文资料，那是汗牛充栋般的多——敲门砖的性质依然。从形式上说，可以看一看这些范文的批语——老师从技术上的批评标准：××地方写得好，啊……好在什么地方；××地方有所不足，啊……不足之处在哪里——总而言之，是在规范作文。这与旧时八股比、座师在文章旁批的什么"痛切""锋芒露"，画圈圈、捺点点——我看也是庶乎相近。

有创作也有规范，这就是作文的现世现实。我以为应该是多一点创意，少一点规范，从历史上说去如果规范得太厉害，就不会有《离骚》《九章》《远游》之类的绝唱，甚至也没有《史记》，没有《资治通鉴》，没有唐诗、宋词、元曲乃至唐宋八大家，那时若统统规范起来，这些好东西我们一样也别想见。

我说这话有实证。蒲松龄，这位文学巨匠，他其实是能写一手漂亮的八股文的，十二岁就进学，这在当时是了不得的神童。我看《蒲松龄集》，当中有他一位做了官的朋友是很佩服他的文字的，说他若能"敛去锋芒"则前途不可限量——就是说文章写得平和一点、雍容一点，就可以入考官的法眼，就可以做官。我们中国的痼疾，只要是做官便是有出息，便是"不可限量"，小的要学甘罗，老的要学梁颢。否则，你就是写出《聊斋志异》甚至《红楼梦》，也不算你能耐本事。这个标准害得人只要读书，就得硬着头皮做八股。

我看蒲松龄到死没有弄明白这个理。他一直在那里搞他的自由发挥。没有什么秘诀，他考不上，也就当不了官，心里难受，难受就要心里挣扎，愈挣扎便愈难受，每天心里又黑又冷，于是便有了《聊斋志异》的创新。我觉得曹雪芹与他境遇有所不同，但《红楼梦》也是痛苦挣扎出来的副产品，竟成瑰丽千古的奇文。

他们是受八股之害呢？还是受赐于八股文七分之败所成？

我们很有一些领域，其实还在八股的囿圈之内。我每见被国家拿住，囹圄待死的贪官污吏，他们的认罪书，也都是千篇一律的八股。倘若不信，请读者往下再看："我某某出身如何如何寒微，是怎样受组织培养……我曾经有过若干若干的绩劳，做过什么什么的贡献，但是我放松了世界观的改造，受资产阶级思想的侵蚀……怎么怎么就成了人民罪人……"这就叫"深刻"？老实说，我每见报端有如是说，便"如是我闻"肚里暗笑：这群狗真是改不了吃屎。封建主义、资产阶级就这么没规矩？允许你非法肆意掠夺侵吞公产或私产？——这也不过是求生的敲门砖罢了。他妈的，这一套还是拉倒吧，还不如说"爹妈生我没家教"来得老实点。

原载《海燕》2003 年第 2 期

从成才的『软』与『硬』说起

　　学术界有"软着陆"与"硬着陆"两种成才说。"软着陆"好理解，上小学，优秀；考重点中学，优秀；然后再上大学，读硕，读博、博士后……循序按部，稳稳当当成了精英人才。沿着一条鲜花铺就的道路，走向辉煌。

　　那么"硬着陆"呢？站在断崖绝壁，或者在飞机上，身背降落伞，眼睛一闭"豁出去了"，跳下去。这么做当然很危险，然而居然有不少人着陆成功。

　　就自然科学而言，"软着陆"的人似乎多一些。诸多科学家，无论化学、物理、数学等领域的，"自学成才"摘星者极为罕见。当然也有例外的，如华罗庚。但比起一大群灿烂的"星宿"，他只算"个别现象"。

　　说到文学创作这个圈子，情况则大有反转过来的味道。林林总总、高低参差的一大群作家，真正"软着陆"的倒是寥若晨星。成绩平平而不齿于师长、生性好动而不见爱于父母者倒是不乏其人。"软"也罢，"硬"也罢，都是"着陆"了。

　　看来，不管是怎么"着陆"，里边起决定作用的，似乎是素质。只要素质与机会结合，就像化学反应中的结合又加了催化剂，变异就产生了。新的物种就出现在"着陆点"。

　　素质是什么？肯定不是分数和学历。它是一个人的内涵，是分量与支撑力。就是"硬着陆"的成功者，倘不耐摔打，不用降落伞跳机，试试看！

　　"软"也好，"硬"也好，其实治学成才都是勤奋自学与社会机缘碰撞的结果。良好的素质来自家庭的、学校的和社会的教育，这谁都知道，谁都认可。但现在似乎过分强调了"软"的一面，社会上关注的是"学历"，然后大家就都一窝蜂地追求"高学历"，学生也就没有办法不把力量集中到"分数"上来。这样，反而有可能妨碍了真正的"素质教育"。

除了"AAA + X"，应该还有更多的办法。除了卷子考试，应该鼓励我们的子弟多在社会实践中练练把式。这很需要我们的社会学家和教育家们耗点神，"抖擞"起来。"不拘一格"的教育，才能有不拘一格而又为社会所需要的人才。

原载 2003 年 4 月 24 日《人民日报》

北京人的"大"，是尽人皆知了的。近闻某市副市长带了秘书进京入部办事。秘书见那接待办公小姐大咧咧待搭不理的，情急之下介绍说："这位是我们××市常务副市长……"不料话未说完，那丫头头一扬，嘴一撇当即顶了回去："市长，市长怎么样？没看我正忙着嘛——那边等着去！"然而这市长却也不同寻常，也当即拍案道："我是国务院×市下派干部，我不是那市的市长！"这姑娘听了不禁脸一红，面颊也便松弛了一些，且不好意思立即便笑，便道歉，但口气已经缓了，渐渐也就客气了、礼让了，有点对待客人的模样了。

这也犹如一些港人。比如，我有点恶意地思索，京人之大，大概因为他或她傍着或见过的"大官"多了，于是便想当然地认为自己也是"上级"，上级见下级，自然要大些树头。港人只消把大官换了"洋大头"，一切习惯照旧，我们一样玩不转。

作家朋友访欧归来，在香港一家饭店就遇到这类事：那侍应生大约怀疑他身份，死活不放他回房，也是情急之下，他叽里咕噜用了几句英格里希，于是侍应生的脸也松弛了下来，慢慢"不好意思"，慢慢殷勤客气。

其实港人与京人入内地到"下头"，他们也晓得谦虚，亲热得叫人心里发烫，又是递名片又是给客人端茶送水，那是因他晓得离了他那一亩三分地，原先那一套便玩不转了，假使你没有这点识见，真的到香港或北京凭名片热热地去"认亲"，多有热脸贴了冷屁股的。这不需人教，实验几回自己就晓得了。

这也有点像我们文学界里的评论家——高级读者，能给你造一点舆论的权威者吧，心理状态也和上头说的差不多。不知道是谁选的，也不晓得是谁派的，因他们能指手画脚说一通苏格拉底如何如何、莎士比亚怎样怎样——每隔一段日子，他们便就聚在一起，吃吃、谈谈也顺便玩玩，新的一届什么奖也就诞生了。这用老话说——旧时的话说该叫什么呢？客卿吧、清客吧……《红楼梦》贾家奴才说的"篾片相公"吧。吃饱了玩美了，谈天是了，擦着油光光的嘴讲"文学界"的是非，决定他人作品之文野高下粗细，等等。总而言之，来"执手再主骚坛"。

我说这话或许是刻薄了点。他们获取这种身份，当然是须要些真才实学的，别人学富五车就可以抖一下，这些家们修得十年甚至一百年——要读这么多书才傍上如来佛，成了观音、普贤等"老母"或斗战胜佛（注：孙悟空后来是封了这位子）之类小佛，其中辛苦也非局外人能知。

老香港人一百多年前是否今日这类做派，我没有考证，不得而知。实在的，今日说的北京人云云，绝不是说人艺《茶馆》里老舍笔下的北京人。老北京人甚至老"北平"人我都见过不少。我没有本事写他们，但你看一看《龙须沟》就晓得他们的质朴、诚实、善良、辛勤、厚道与明白事理了。这群人现在已老去了，或者在老四合院中还能遇到——总的说是湮没在当今光怪陆离的霓虹灯里或高楼群中了。又牛又大的多是"当今"那些有本事或靠了有本事的新马仔们。

我这个人出身成分高（富农）——说起也是笑话，爷爷的家产，倘若与伯父父亲均摊，也就是中农吧？那就是"团结对象"了。他不懂这道理，送了两个儿子去抗日。土改时一评，他的地多了，应评为富农，这就成了与贫下中农的"敌我关系"，反而带累了干革命的儿子，成了我一生难以化解的心头阴影。由此，一个沉重的政治十字架始终压在我的肩上，我的忧饱思饥也是由此而来。

昔日不写书，也不过挣扎着过而已。浴血干了一辈子的父亲是"富农出身"，我也就有"富农孩子"的身份嫌疑。今日写书，又有人说我写书写成了千万富翁，还有人说我"为封建帝王"歌功颂德。墙头上挂洋葱，根焦叶烂心不死，"封建余孽"一词有其根源，写的书"既不符合历史也不符合现实"（见《中华读书报》2002年7月7日头版），还有一位评论家，算是我们文界的"北京人"吧，干脆要塞我进"时间隧道"去见雍正，让雍正的血滴子们收拾了我去。

因为精神紧张，也没有挨公开批评的经验，我记得起初是毛发森然了几个小时。这罪名倘放在"那时"还得了？后来看看，没有什么后继的手段，没人开批斗会，也没有公安来找我。人，其实表相长得差不多，我猜我的脸也有点像那个北京姑娘和香港侍应生，渐渐放松了，渐渐笑了。就算我曾是"套子里的人"，也算走出来透了点气。话又说回来，借用"套子里的人"一句话款款相问："你们干吗欺负人？"

近日《中华读书报》刊《两作家扬言超越二月河》。我想，超越是极好的，读者可以读到更好的书。我同时又想，我决计不与人比赛。能写的话，凭自己的能耐写点什么就是了。这绝不同于我们国足，踢赢了，抖得走路冒黑烟，说出话来污染空气；踢得糟了就耸肩缩脖，一副"嘿然"样，脸拉得老长。文界有文界的游戏规则，那是很有风趣的。

原载《二月河语》，昆仑出版社2004年1月出版

『非典』随笔

"非典"这种东西正在中国肆虐。这种病现在还不明白它的"来龙",因此也就不能果决地预料它的"去脉"。知道它厉害,讲科学、讲卫生,谨慎防护,这都是应该的。我在电话中告诉女儿:"这就是瘟疫,爸爸也没有经历过,现在极老的老人也很少见过,要沉着精心应付……"她天真地反问:"连爸爸也不知道瘟疫吗?"

在女儿的心目中,我应该是什么都知道的,但很惭愧,事实上是知之甚少。

瘟疫是人类早就面临了的。第一次世界大战前夕,有一场瘟疫席卷欧洲,死了有一千多万人吧?政治家忙打仗,千万百姓任由疫魔蹂躏。说来也可笑,不过是流行感冒而已。中国的瘟疫记载,那就更早得不知何时起。除了五胡十六国那许多短命王朝,任是哪一代都有,汉、两晋、隋、唐、宋、元、明、清等,都有瘟疫滋扰。董仲舒的天人感应说,记的就是灾异与人事的"联系"。他想"辩证",用的却不科学,汉张角、唐黄巢……直到明代的白莲教们用的是"乘时而起",似乎"天亡一朝",所以"我朝当立",是给一些民间野心家提供了造反机会。

我不认为腐败和"非典"有什么超自然的联系,"因为腐败所以非典",倘这样说,肯定二月河神经有问题。

但是,但是……"非典"不由腐败生,腐败却能助"非典",这个辩证,怕是无可讳饰。

中国的医生,讲究于病人有"割股之心";中国的药店,门前挂的招牌是"但愿世间无病人,不愁架上药生尘"。遇到这样的灾异，坐堂的先生有义务，药店里非但不涨价，且多有舍药济民的。"三言二拍"中就有不少这类记述，白娘子和许仙就是这样做的。年成收获不好，大户人家、庙宇寺院，设棚赈饥的也不乏其人。然而"非典"折腾了这许久，所有舆论媒体开足马力宣教，我们见到的差不多都是"政府行为"。政府忙政府的，我忙我的。政府忙着救人，我忙着挣钱。掏腰包舍钱支持救灾的，除几户"特大"集团之外，"舍药"的几乎不见，倒是有趁危打劫，哄抬物价，卖假药、假防护品的。打个比方，一包板蓝根冲剂，几毛钱的东西，一下子抬到十几元、几十元——它治病不治病还不见得。甚或有劣质官员设卡收钱，发灾异民难财，打之不尽，报道不完。

缺德的医院、药店，缺德的官员，当此非常时期，应有非常手段，以雷霆之力击之。

天降灾难，对国家民族是一场考验，结局可能有两种，或者激动民族活力，万众奋发，在抗击中生同仇敌忾之心、之情，在患难中，从此凝聚起来，这叫"多难兴邦"；再就是在"祸不单行"中被一击又一击，终归颓坍了去。这样的教训，也是史不乏书的。虽无天人感应之事，但忌年"事多"，应是镇定警惕。不见1976年？天降陨石雨、唐山地震，周恩来、朱德、毛泽东先后辞世，又历粉碎"四人帮"……颇是大事迭起！

"非典"在1月已在世界上发生，3月已是列国哗然，震惊世界，我们的卫生官还在那里"负责任地"胡吹"疫情已得到了有效的控制"。一头是哄骗媒体，剥夺人民的知情权，一头是一群知情不法商贩，甚有药物机关，乘机运送所谓防"非典"药物，发黑心财，反使灾情大作，在我们的"心脏"猖狂。

旧时代祛疫，有请和尚道士设坛祈祷消灾的，有民间鳏寡孤独跪天哀恳的，有放爆竹驱魔的，还有"打醋炭"辟邪的——这些花样当然是唯心主义在支配。但我不以为它们全然无效。祈祷，老天爷未必听得见，动心降祥，但是这样的社会行为有稳定人心的作用。放爆竹的硝烟、烧红了的炭、淬醋的雾，有消毒的实效（醋场工人不患感冒，是情真的确）。

现在放爆竹打醋炭恐怕都无效。一点不假，"这是一场突如其来的灾难"，是一场"没有硝烟的战争"，就死亡人数看，实际上已超过伊拉克战争中死的美国人。

这"非典"嗅之无味，视之无色，医之无药，治之乏术，有点像永州之蛇"以啮人，无御之者"。"对症治疗"是唯一可行之法，那就是说，只能头痛治头，脚痛治脚，且是治疗中医生护士也"成批量"染病，同样只好"对症"——这玩意儿真厉害！

原载《二月河语》，昆仑出版社 2004 年 1 月出版

随札『收』

我其实并不爱刻意地去收藏什么东西。如果说收集——这倒是有的。脑子里没有"藏之名山"这一条概念，看什么东西中意就买来，看够了，没用了，破烂了，也就随手扔掉。这都已经大半辈子了。心思只有一个"集"和"散"的想头，没有"藏"的意识。佛家在认识世界上有很多独有的理念，比如就"世界"二字："世"，是有"蒙蔽"的意识，"界"则是一个又一个连环套的"空间"，人们就是在蒙蔽中在此"界"和临"界"中穿越和流动。因此，钱财呀、地位呀、势力呀，富贵穷通这些玩意儿，都是"蒙蔽"中的幻象，生不带来死不带走，昙花一现就流走了。也许是受这个哲理影响吧，所以，我一向认为收藏东西是没有意义的，"集"与"散"才合乎顺乎事理。

我入过行伍，常常自侃是"丘八秀才"，有时在更密一点的朋友面前，还自嘲是"土匪文人"。倘说我有什么优点，"念旧、恋旧"算是一条。旧物是曾为你做出过贡献的，旧人是"与时俱进"地和你同步行进的，老朋友倘无发现他有品行上的毛病，我是不肯他离开我的。旧物呢？我有一条破腰带，当新兵时发的帆布八一扣带子，现在还闲置在家中；一个"老鳖壶"，行军时叮叮当当挂在腰间的那种水壶，绿漆差不多都掉光了，还放在那里。女儿有次出门采风，是进山画画，我郑重向她推荐那壶，说了一堆那壶的优秀品质和卓越性能："无论如何比塑料瓶子强出百倍……"但她不屑一顾，坚决不肯接受这些优点。

还是要喝塑料瓶子矿泉水！真是活见鬼，老子的壶不好吗？

还有一个破茶缸，也是铁做的军用茶缸，底部破了一个指顶大的洞，一直刷牙用。但它漏水太快了，十几秒就全部给你漏光。有一次心情不好，看它漏水，气不打一处来，随手甩到垃圾桶里，朋友见了笑说："这是文物呀，而且是二月河用的，留下来将来后代……"

后代怎么了？我明白他的意思：这可以卖钱——是"名人"二月河用过的——或者有某种纪念意义，这是往好处想了。

这两年没做大活，瘟头瘟脑地乱跑一气，有时不得已也到大学去讲讲学吹吹牛什么的。学生们在我说完话后总是围上来一大群，各人拿着笔记本子请"凌老师给签个字……"，围得不透风不见光，挤得东摇西摆，一本正经地晃悠着、哆嗦着，满头大汗地做这件事。随后忆起这类事，感觉当时自己全然是个"肉偶"——我不能自称木偶，因为我毕竟是肉身：脑子里一片空白，身子随人流漂动的方向摆动，手中机械动作，一张纸、一本书、一个本子上头不停地签：二月河、二月河、二月河……

人家都说是"为了收藏"，我当然不能微词学子们的心境。但我很怀疑它的"重大意义"，然后有一天，这些只写着"二月河"的纸，恐怕一大半要送到造纸厂打纸浆，然后再做成餐巾、卫生纸这些玩意儿；然后给人家擦嘴抹鼻涕或者上卫生间使用……这很有趣的。我的签字死得其所，是彻头彻尾义务劳动，为人民鞠躬尽瘁了。我自己的签字是这样，我看大多数签字都是这样，国家元首如斯、诺贝尔奖得主如斯、名流名媛亦如斯。这种傻事，人生愚人日，怕还要演下去吧，挤来挤去晃着玩，玩到最后是上厕所。虽有这样的认识，但再遇上此类情形，我恐怕还要老老实实操笔上阵，再写：二月河、二月河、二月河……阿弥陀佛！罪过……这就是世情，或者说叫"蒙蔽情"吧。这样调侃也许很不对头，恐怕是刁钻古怪了一点。实事求是地讲，人家的诚意和情分是不能亵渎的。我呢，到哪山唱哪山歌还是应该的。

从来都是"集""散"，从来都没有想过"收藏"的事，忽然编辑一个电话，要的"关于"收藏的稿子，这次认真地回忆了一下，我收藏过什么没有？想来想去发昏，一抬眼看见了满架的书！

这件物事真的是集而不散、藏而不泄的，算得上"收藏"呢。大的有《辞海》《辞源字类编》，小的到治痔疮的秘方；正统的有二十四史、《资治通鉴》、《贞观政要》、《康熙起居注》，偏邪的如驱狐赶鬼的咒符、算命的卜书、相面摸骨术、小人书，还有漫画，旧杂志，经典的《红楼梦》《聊斋志异》，甚至还有一本旧八股选文高头讲章……杂七杂八，什么都有。书，只要被我收进来等于进了它的班房，判了无期徒刑，别想再出去。而且书到手，没有"死刑"这一说，我忍痛也不割爱。我看架上一本《无产阶级文化大革命胜利万岁》，厚厚的红塑料皮书，当初曾严令收缴的，报纸包起，床下塞起：本人没有这样的书！现在怎样，想找一找"最最最最"的本子，这么完善的本子难着呢。

我这算收藏吧，无意识的率性爱好。收集也好收藏也好，我看都为了适性。讲究本意的恬适，《金刚经》里头说："无我人无众生无寿者相""一切有为法，如梦幻泡影"，这是所有修炼的极致。

《剪胜野闻》里记，明初，太祖游一废寺，壁间画一布袋僧，旁题偈曰："大千世界浩茫茫，收拾都将一袋藏。毕竟有收还有散，放宽些子又何妨。"朱元璋为它杀了若许的人，说的就是收和散的话了。

原载《二月河语》，昆仑出版社 2004 年 1 月出版

散说名利场

不知什么时候，不知怎的，变成了文人，而且是名人。这就"抖"了起来。会议坐前排，作文有约稿，动辄在报上电视上晃晃。随之而来的，逛一逛商场，便招徕四周异样的目光。小摊上买零用物件菜蔬小吃什么的，贵贱买了就走，不敢争价，怕小老板认出自己"尊范"，怕出逸闻。有一次到公园划船，带妻女登舟挥桨，岸上忽然有尖眼人指着说："那是二月河——写《康熙大帝》的！"他这一提醒，许多人也都认了出来，三五成群手指目睨评头论足，像是在看动物园新到的一头大河马。心里紧张，目光张皇，鼻尖出汗，桨也不听使唤，只好携妻将雏弃舟落荒而逃。

这固是一种风光体面，然而我受不了。为了某些鲜花和微笑，浮名沫利、掌声和桂冠，丢掉最原始本能的自在，抛却恬适悠游的天性，连嬉笑怒骂发脾气温存友谊敦于爱，都要锱铢较量，或顾及自矜于"身份"和形象，或迎合媚取于众人对自己的期望值，在"心秤"上一称，立即觉得不上算。我还没有高尚到蔑视名利的份儿上，更无意轻看对我青眼有加的普通读者观众。我是说好好一个人，偏偏佛像装金，贴得金箔纸宝相庄严，好好一个男人涂脂抹粉，好好一个女人憋粗了嗓门说话，无论如何都带了"妖"气。

虽说唯大英雄能本色，是真名士自风流，仔细考审去，大英雄固然极少，真名士更是寥寥。乾隆皇帝下江南，见扬子江上樯橹如林，舟船似梭往来，对随侍的圆空和尚说："好多的船！都航到哪里去呢？"圆空回说："老衲住锡在此,每日只见两条船。一条名船,一条利船。"乾隆对此回答大为赞赏。

这位光头大师算是会思想事情:人生在世名利二字,咬定了这两条,大抵说不差。只难为他老和尚在码头上望洋悟禅,竟能对世情参详得如此透彻。

然而,若是立在一个更宏观、更世俗的角度,求实地看,这个说法又不确了。为名缰利锁所缚的,大抵只有商场文场两种人以及与此两类人相关的人情事物。那些蛰居穷乡僻壤,"锄禾日当午,汗滴禾下土"的老农农妇,谋一箪食、一瓢饮的辛勤劳作人,是否可划为图名逐利,大可值得怀疑。就是上船的人,购置农具的、卖茧买桑的、求医问药的、走亲串友的,甚或进庙烧香还愿祈平安的,似乎也划不进这范围。

可否这样说,大多数的芸芸众生,图温饱图小康,这叫"生存场";一小群已不忧生存者,出而竞争,是谓"名利场"。生存场中人挣扎出来,进入名利场者尽有。从名利场败落下去,回归"生存场",或者隐藏深山大洋,当隐士,吃名利场留下的利息的也不少。

这里很难"全面阐述"其中升降沉浮,各个位处的种种态势、厘剔类别,单是"名场"里边就分了"宦海""文场""艺场"各色各样,还有各个场都有的红角儿黑角儿、幕前幕后、配享杂拌、帮忙帮闲,诸如种种不一而足。里边各角色况味不一,就如文章开头说的,"做人难"就是——你想好好的,平常人平常心做平常事——比如穿一样外观不甚雅,其实十分柔软舒适的旧棉袄转悠转悠,比如领纽未扣打了领带,比如一身西装却又平底布鞋,都在众目睽睽之下,为人月旦,你道很好受吗?

"生存场"的人会说:我乐意。我听贫贱之交说过,不加解释,只是莞尔。这毕竟是一种富贵愁,有点像达官贵人发愁没时间写诗,吃惯了鱼肉的想一口老咸菜,宾馆里住腻了向往鸡鸣犬吠的乡间农舍。《梦溪笔谈》中讲一位得意红翰林,他给皇帝起草诏诰,写了几稿都未能使上头满意,懊丧出朝,见一位穷叫花子在墙根下晒暖捉虱子,完全彻底的悠闲,无忧无虑,这位翰林就歆羡得不得了。但他毕竟没有放弃他的官位去讨饭，我也不可能放弃我的几部书的著作权去拉板车。就人类本来的面目而言，其实就是在追求一种不可能的完美。富有富愁，穷有穷愁。如此而已。

二者皆愁，一样了？没有那回事。功名富贵铅华丹黄天球河图金人玉佛都归权势富贵风流名士所有，尽管有"愁"，也还是趋之若鹜。到穷了，就叫"穷愁潦倒"，身上衣口中食都成问题，那一点悠闲潇洒自在，饥肠辘辘中恐怕抖不起来。

尽管如此，在谋到一定的稻粱，有一份稳定的衣食，我还是想把心更贴近一点破亡屋里的潦倒人。我还没有修炼到"何时眼前突兀见此屋？吾庐独破受冻死亦足"的境界，但觉得目光多注视一下底层引车卖浆之辈，一是可以使自己的心态更像个人，二是更能安道乐业。人，一富起来常常会变，变伟人不去说他，更多的就变了"神"——这犹可存案。有的变了"鬼"，变了豺虎，那就悲哀了。

《聊斋志异》中讲到那位曾为龙女传书的柳毅。传书成名人，又做乘龙婿，成了神，接了洞庭君的龙位。但柳毅是个文弱书生，就像戏上见的那样个小白脸。有了官位却镇压不住夜叉水鬼并鱼鳖虾蟹等水族。到底是文心周纳，柳毅便做了一副假面具，样子十分狞恶，戴上面具料理龙宫事务，倒也指挥如意。那些乌龟王八就这样，你戴上面具，凶神恶煞也似，他就听你的——结果久而久之，柳毅的假面和真面合二为一长在一处，再也摘不掉了。

这个故事是有点意思的。有位做官的朋友和我促膝谈心，说到"架子"问题，他不无苦恼地说："不当官时憎恨官架子十足的官僚。当了官才知道没这玩意儿不成。有些人，向他摆架子他怨你，和他'打成一片'，他又腹诽你，甚或放肆得没上没下'根本指挥不动'，所以，为了工作，该摆还要摆。"联想到柳毅，不也是"为了工作"？就真实的社会情势而言，多数人心里还是渴望和期盼真诚，但"真诚"这东西一放在名利场，显得那么脆弱，那样苍白无力，那样无用。聪明一点的，便戴面具，这只一宗不好：戴得久了长在脸上变成了他的一个组成部分。说来也真奇怪，颖悟、灵秀、明慧、风趣、优雅、爽健，这些极美极好的素质与宦场无缘，就是文章也一样。一般而言，文章做好了就要"害爵"——官星不旺。岂止文章，什么样常人喜爱的常性，都"憎命达"。因而又有"人无风趣官必贵，案有琴书家必贫"之说。这是因为他成了"神"，不剥脱了人性，神位坐不牢。

如今是连和尚也有"处级和尚""科级和尚"的了，诸种花样层出翻新。文人也有这个级那个级，被名利枷套得死死的。上睥下，下趋上，蝇营竞奔，从心理角度说与官场宦海并无二致。市场经济条件下的物欲横流，使名利二字和金钱扭结在一起。卖猪头肉的在电石灯下点钞，会说"我是部级干部收入"，而许多道貌岸然的达官名流也真的垂涎那些挥金如土的大款，计算自己的积蓄，计较往来礼节的实惠，有了守财奴的味道。病态的心理加之病态的世情，使许多不同层次的人格扭曲变形，就像金屑和粪土被屎壳郎一股脑团成了圆蛋——成了无法正确评估的——混蛋。

我历来不大恭维文人，成了文人，又惴惴于自己真的堕落了，变成文人。已经有人说我"狂"，按我自己的说法，是"嚣"。我以嚣避嚣。而嚣以为应该嚣嚣相通，既不相通，避嚣也就成了嚣。这本是一种自卫——是脆弱无力的表现，反被视为嚣张，用一句文言话说："其可怪也欤！"

就算是在宦海中沉浮升降，在文人名利场中厮混，也不是什么丢人事。之所以"避嚣"，除了觉得太费心、人格付出太多，也真是怕了"那众人"。无论事业成就大小，诸朋友前总谦虚"哪里哪里，岂敢岂敢……"和他空应酬，就是这一套，要真的"不吝赐教"起来，没有几个不"色变"的。像小孩子的鸡巴，或大人吃足了媚药……那话儿，一招惹便勃然而起（包括搔到痒处的兴奋欢喜），谁敢乱触？夫非常之人乃有非常之事，我愿我是平常人，愿是一颗平常心，唯退避三舍而已。

和特别杰出的人不好打交道。就算是孔子，不讲温情，和你整日仁义礼智信只赇说起；是朱子，开口闭口"存天理，灭人欲"地闹起，交起朋友况味如何？交个阮籍那样的朋友，一句话说错，甚或碰巧他吃醉酒昏头厌与人语，就翻白眼。就是李白吧，让你给他脱靴磨墨（顺便说一句，高力士绝非胁肩谄笑的小人），恐也使人不堪忍受。中国独特的历史文化所囿，文人只是政治权势场中的附着物，文天祥史可法闻一多朱自清那样风骨的并不多。阮籍傲睥狂放，"口不臧否人物"，李白诗才豪放，你读读他《与韩荆州书》，还有一股可怜兮兮的媚气。文人朋友只可坐而论道，真有敌人雄起起打来，文天祥不多，史可法也罕见，倒是秦桧居多。就不是秦桧，他也准就先逃了。

算了，先打住了。

原载《二月河语》，昆仑出版社 2004 年 1 月出版

新年伊始，一家电视台来我家照影子。几位小姐进门，见我正在洗碗，不禁惊呼："您是'大家'，还干这个？！"我留他们在我家泡了一天，什么影子都照，什么声音都录。临去时电视台主任说："我们的采访意图都被你打乱了。我们看到了另一个二月河！"我笑着作答："每一个洋葱都有许多层呢！"

乍一听"大家"二字，蛮带劲：不但是"家"，而且"大"！这不是少年时孜孜以喜梦寐以求的吗？这不单意味着鲜花和掌声，不单招来许多欣羡的目光和窃窃私议，还代表了一种自我完善的满足和这个社会对你成就的确认。"人过留名，雁过留声"，其中的"过"字，就指着人的"生存间"。那是一种肯定：这辈子活得值，毕竟可喜。

然而反思后味不佳，我喜不起来。

首先自审：我不是"大家"。这里没有矫情和凿方眼的意思。我已经有了三百多万言的著作，在海外也有点影响。说好说歹那是读者的事，另当别论。我的意思说它们不过是小说，而且是历史小说。君子三立，似乎可说是立言了？但"立言"二字其实与小说干系不大。即使是最好的小说，也只是提出一些社会问题，表现作者本身的感情思维，等于是把一个不定方程，或者一个开不尽的无理数根交给读者，让读者去伤脑筋伤感情而已。一个人三个月不看小说，根本不会出什么事；但三个月不吃饭，恐怕一定要"身如五鼓衔山月，命似三更灯油尽"的吧！这样说，丝毫没有鄙薄小说的意思。如果真的瞧不起这事，我大约不会这样拼了死命来做。但小说姓"小"也确是事实，扎硬桩，勉强说个"小说大家"，我看这词不伦不类。

我是什么？多少次想过这问题了。因有了几本书这样一个"存在"，无论社会还是自己，都无法摘掉我的"作家"帽子。但我自己是知道的，为了这个事业，付出了何等沉重的代价——汗渍透了的殷红色的代价。假如上天肯把那些代价还给我，收回我的"大家"，我是连半点也不会迟疑，连想都不用想的。比起这代价，那纸糊的名号和荣耀算什么！却也因我在二十年绝苦读作生涯中建造了自己另一维的世界，组成自己的知识基因结构，竟而一向视"大家"蔑如，凭什么现在要走进自己"蔑如"的队伍里呢？所以就想：管你称什么，管你说我有什么这意识那思想，"烟蓑雨笠卷单行"，反正离"大家"越远越好！

我不明白一些人，弄了一丁点可以称为"东西"的玩意儿，就张狂得不照镜子了。去年召开的新文学学术讨论会上，我讲了一位老"宛军"、写《后汉书》的南朝宋人范晔。平心而论，老先生这部史书是上乘之作。但范晔在狱中致诸侄的信中，说他的著作，是开天辟地以来的至文，找不出什么词可以形容它的壮观与宏大，"其中等篇章亦不下《过秦论》"！由眼空无物到无端作践别人，别人自也就"憎屋及乌"，反而使一部辉煌的历史巨著蒙上了一层"灰黄"。

我不否认自己小有名气。仅又有一句话说"人怕出名猪怕壮"。名人与猪同类比，很值得欢喜的吗？晋时有个郭璞，少时梦有仙人赠笔，文思大盛，辞赋为东晋之冠，还是位星命大师。他的故事能让人想起今日一些特异功能大师，够写一部极热闹的小说。待到晚年，郭又梦见仙人拿走了笔，也就不出好文章了，人也变得异常愚笨。他晚年变蠢，我看与他太出名有关，收拾名藏，退隐山谷，何来杀身之祸？还有个江淹，稍迟于郭氏，晚年才尽，诗赋无一佳句，我看也是为名所累。这两例是史上模范，随手还能举出一些，至于现世当今看周围，由籍籍而终无闻的，就数不胜数了。

所以，怎样看"大家"，那是有个"道"字在内中的。"道心唯微"，解释各有不同，在我观，就是将自己看小一点、放低一点。这里绝非宣传保守灰色情调，不要进取。看小一点，就容易尊重别人；放低一点，别人的情感就会流向你。道法自然，这就是"自然"。我绝不主张做谨小慎微的滥好人。一味说自己这也不行，那也不行，既非心里话，也不是事实。这样做人太累，也易为妄人所乘所欺。听说牛的眼睛是"凸透镜"，把一切都看得大极，所以小孩子也敢欺它；而鸡的眼睛是"凹透镜"，什么都小看，所以有些鸡连大人都敢逐啄。领教了这一点，又因为属鸡，所以在心理上要自我校正一下。各人情形不同，校正方向尺度也就各异。《梦溪笔谈》里说了个小故事，一个战士打仗，口里噙了水，格斗时向敌人"噗"地一口喷去，敌人猝不及防抹脸，他就一刀劈将去。另一战士效颦，见敌人也来这一手。但这敌人不是那敌人，他不抹脸，趁他喷水时就是一刀，劈飞了天灵盖。这要因人而施。从小就读将军与卖油翁的故事。将军箭无虚发，老汉向瓶中注油，滴滴不沾瓶口。二者的"准确性"并无两样，但用处不同，将军是"大家"，卖油翁就说不上了。"大家"和"小家"的区别不过尔尔。

一些刚走近我的朋友，见我"大碗喝酒，大块吃肉"，率性敢言绝少忌讳，有些特别近的还能看到我对人"狂轰滥炸"的场面。对照我的书，说那里头时或温文尔雅，时或伺机回伏，或草蛇灰线，或背面敷粉，或深谋机变，或散旷豪放，无论如何，和我这个"人"对不上号。我不禁哑然失笑：我一向主张，作文应诡谲一些，而做人则应平实一点。蒲松龄无论如何是个"大家"的了吧？我读《蒲松龄集》，看他写自己一家人在绰然堂吃饭的长诗。盯着桌子上的菜，人人双目惶惶，个个馋相可掬，比平常山野农家还要平常。我敬重这平常人的平常心。反观之，有些事业小就，"家"不足观的，有了两本书两篇稿子得了奖，便处处"做圣人状""做辉煌状""做'大家'状""做人师状"，牛哄哄指手画脚教训人，适足令人齿寒。

　　"大家"还是留给那些"圣贤"当去吧，我只要自己一颗本真的心。

原载《二月河语》，昆仑出版社 2004 年 1 月出版

小说妆扮

一辈子没用过雪花膏,更遑论香水发蜡——请原谅,我举不出任何一种货架上琳琅满目的化妆品名目——我的记忆力是上好的,也有人说是"惊人的",但就是记不住它们。只在小说和文章里见过,似乎是法国的玩意儿好。有国外朋友来访,常送一个小盒子,很精致的,一律洋文介绍说明,打开看,一排、两排、三排的精巧小瓶子,晓得是化妆品,随手就送人了。受的人常高兴得脸上眼里都放光,说是"值好几千呢",我也只"一笑置之"。

想起来,挺对不起朋友的。大老远地,从美国、法国……拖着一大堆行李坐飞机来,给你送东西,就这样轻率地"转赠"了。然而再一想,仍旧没有"歉疚"这份心思、这种感觉——一种东西,倘它是有用的,便宜的也是好的,我们吃腻了鸡鸭鱼肉,有人送一盒六必居的老咸菜;孔夫子闻韶,"三月不知肉味",三个月后,他老人家口味淡出,送他一碗红烧肘子如何?冻得直打哆嗦,偏偏送来的是婚纱礼服,肯定拿去卖钱买棉衣了。清末一部小说里写了一个人物,爱面子,总说自己见了某位大人,吃了什么好东西,腻得发烦,他的朋友深知这一层,每次来就请他喝茶,一头肚里饿得咕咕叫,一头还要装模作样地弄"派",死要面子活受罪,真的不如说"来碗阳春面吧"。

我不是说一概地反对妆扮,女人爱这个,从古至今一个样,而且是一个时期一个"摩登"。最早见到的资料是东汉大将军梁冀的妻子,淡扫蛾眉轻施粉黛之后,要在眼睑下方擦抹，擦得像刚偷泣过那样，薄薄一层泪晕，显得妖媚柔弱可怜。还有个"张敞画眉"，不知是用黛石还是用墨，他因打扮老婆成了历史名人。《红楼梦》里的女孩子没有一个不化妆的，林黛玉是"两弯半蹙蛾眉，一对多情杏眼"，害得我放下笔，在马路旁看过往女人，来来往往成千上万的美女，竟没有一个是我心目中那样子的"林黛玉"，只好怅然而归，浩叹"林黛玉化妆术太高明了"。人说"眼睛是心灵的窗户"，其实这窗户很需要一个好窗框，老虎狮子的眼单摘出来，也"水灵灵"的，猴子的眼也"活泼泼"的，成吗？说句题外的话，"眉眼眉眼，'眉'的重要性还要在'眼'之上呢"——这其实是打扮的要诀。赵飞燕、杨玉环、武则天都是化妆高手，不然她们哄不了皇帝。"燕瘦环肥"就是那时人的审美时尚。龙门石窟里卢舍那佛据说是照武则天的相貌雕琢的，这肯定是那时的"时代趣味"。打扮就是这个样儿：按潮流来。

现在我们的时尚是什么？我看是"没有自己"。全部按外国时尚，今天看电影，人家拉"离子烫"，赶紧我也去拉一个；明天看烫发好，急忙又去把"离子"弄成鸡窝。眉毛文得漆黑，眼皮割得翻着肉红，施粉无度，抹油也无章，远看还是个人，近看其实惨不忍睹。我在街上很看到些个"这样的"。我在中央电视台做节目时，食堂里也见到几个"角儿"，他们卸了妆，看去绝无镜头那般芳姿，也都是"这样的"。或许这是职业需要，我不能说什么，但不禁心里想"娘希匹，化妆原来如此"！就是上了妆在那里吃饭，离得近看得清，那整个儿是赵树理笔下的三仙姑，脸像"什么，什么"东西上挂了霜，眼皮一动就掉渣，又担心落到碗里什么味。

这说的女人。男人呢？也在那里扎小辫描眉，"淡扫春山"。一个个看去都油乎乎的，有的还擦口红。我相信，他们有他们的情趣，泰国的人妖也有他的情趣，这时代允许。《第三帝国的兴亡》里写希特勒，这个特号战犯早年也是个"画家"，画的画人物都像食尸鬼。他也自有他的"情趣"。物反常即妖。男人打扮我也不反对，但我主张该是扮出来"更是自己"，而不是变成怪物妖精。女人打扮、男人打扮都是为了对方的需要，哪个正常的女孩，会"需要"妖精呢?

说说也就是说说，在时尚面前真的是人人平等，谁也无力扭转乾坤。何况二月河小小的。今年春节在海南碰见石三八，她是搞美容的，是打扮专家，她弟媳也搞这个，吃饭说话一高兴，把老伴、女儿都送到她们店里去。

人各有志，我照旧，理发时对师傅说：我对各种油脂化学过敏，打打肥皂刮洗就成。

原载《二月河语》，昆仑出版社 2004 年 3 月出版

跳出心灵的牢笼

这是道有趣的题目：请用六根火柴棒摆出四个三角形，但不能将火柴棒折断。

如果你摆了六分钟还摆不出来，也不必心灰意冷，因为据调查，大多数人都摆不出来。

公布答案之前，我们先聊一下跳蚤。跳蚤之所以叫跳蚤，是因为它前进时不是走，而是跳，并且一跳可以跳到身体的近百倍高度。但德国柏林马戏团里的跳蚤却是用走前进的，甚至会表演拉车的特技（当然，观众要用放大镜来观赏）。

为什么会有这种怪事？原来，马戏团的驯养师对跳蚤施以特殊的驯养。首先，驯养师将跳蚤放在玻璃瓶内，玻璃瓶盖的高度比跳蚤跳跃的高度低，跳蚤一跳，头就碰到玻璃瓶盖，慢慢地它就不敢再跳那么高；驯养师逐步降低玻璃瓶盖的高度，跳蚤怕痛，只好越跳越低；最后，跳蚤在盖子压顶下，就不敢再跳而只能用走了。经过这种特殊的驯养，跳蚤彻底失去了与生俱来的跳跃能力。

前面那道测验的答案其实很简单：将六根火柴棒摆成一个金字塔，自然就出现四个正三角形。不少人知道答案后会在心里嘀咕："你又没有说可以做三维空间的立体摆列！"但题目里也并没有说"不可以"。

其实，多数人都是自我设限，只会将六根火柴棒在一个平面上东移西挪，而不能或不敢从三维空间的角度思考。这和被盖子压顶而不能跳跃的跳蚤有什么两样？

人跟跳蚤不同的是，跳蚤一旦被驯养，就很难恢复跳跃的能力，但人会反省。要想跳出框框，必须先知道自己的头脑是否被监禁。只有挣脱无形的牢笼，才能释放我们被监禁的创造力。

原载 2007 年 11 月 20 日《扬子晚报》

人生三论

人生三不斗：不与君子斗名，不与小人斗利，不与天地斗巧。

人生三不争：不与上级争锋，不与同级争宠，不与下级争功。

人生三修炼：看得透想得开，拿得起放得下，立得正行得直。

人生三福：平安是福，健康是福，吃亏是福。

人生三为：和为贵，善为本，诚为先。

人生三件事不能硬等：孝老，行善，健身。

学说三句话：算了，不要紧，会过去的。

人生三问：尽快有多快？稍后有多后？永远有多远？

人生三大快事：美酒、挚友、枕边书。

人生三大憾事：遇良友不交，遇良机不握，遇老师不学。

原载 2010 年 9 月 13 日《广州日报》

不同的舌头『忽悠』

　　萨达姆的事完了。他如今再也没有朝天开枪的那份嚣张，而是昏头昏脑坐在美国人设的牢房里等着"那一天"。其实，他现在死不死，对伊拉克、对伊拉克人的实际状态，都没有什么意义了——判一千年的刑与上绞架吃枪子，也就是政敌的解恨程度而已。

　　萨达姆为什么落到今天这一步？不晓得我们许多国际研究分析家又会唠叨些个什么——他们常常能预言什么事情，但事情既不是他们预言的那样过程，结果也不是他们预言的那样结果。

　　所以这次美国和萨氏动真格的，列国媒体态度可说犹如万花筒一般，只我们这块态度统一，显得有点滑稽。从开战伊始，便是电视同步跟踪，跟着画面说，指手画脚见事就说：这事是什么来龙，又是怎样个去脉，发展前景又将如何，个个都是口若悬河，甚至搬出我们的电影——见美国兵踹门入室，就讲："怎么不在门后吊个手榴弹？"——如同《地雷战》那般，打得美国兵晕头转向。美国人快进城了——巴格达，又大谈巷战，大谈萨氏还有撒手锏，报上说萨达姆的特种兵，又是什么美女兵，伊拉克的空军什么的——总之是"听萨哈夫的"，我们的舌头跟着萨哈夫的舌头转，这不滑稽吗？当国人听得精神一振，真个拭目以待那一刹那间，战事突然结束了，萨达姆的飞机突然蒸发了，特种兵也没有出来，美女也不见，巷战也没有，观众目瞪口呆间，我们的国际专家也在电视上迅速蒸发。

　　应该说，萨哈夫的舌头是相当能"忽悠"的。此人能在美国人已经上了大街，萨氏要鸟去巢空的情势下，依然镇定自若地召开记者招待会——我是后来读到报道，他最后其实是饿得前胸贴脊梁筋侃侃而言说谎话，上班道上碰见美国兵才不上班的。如果说让我在这次美伊之战中找一个我佩服的人，很奇怪，萨哈夫居然是我的头一票。作为他这个国家机器的成分之一，他的忠于职守、敬业精神也有正面的意义。这用得着李白的一句诗"所守或匪亲，化为狼与豺"，大劫之下，玉石俱焚，他在耍"扑克牌"，这是没有办法的事。

问题是我们、我们的舆论，怎么可以跟着他的"忽悠"舌头转？

倾向。倾向性也就是偏心眼了。凡是美国人倒霉的事、吃亏的事说得就多，说得就透彻；凡是美国人兴头的事常常一带而过。中国人同情弱者，许多人想看美国笑话，我和评论家也许是接受了这种心理暗示的吧？

我这个话是有根据的，萨达姆从洞里被掏出来，那个狼狈样，可以说让整个世界都吃了一惊。他真的是投降了的，那个找到他的人摸他的胡子，看他口腔，有报道说是检查有没有虱子、病之类的事，我以为是在找有没有毒牙，或胡子里有没有自杀性的东西——中国人讲究"刑不上大夫"，作为一国元首他就那么老老实实让大头兵揉搓亵渎，看上去真叫人不习惯、难受。我们的——记不清是否还是开战时那几位——专家却说是"落魄"，是"像个哲学家"，不久又进而说他"从容""准备在法庭上"怎么怎么样……总之，想尽办法遮掩。

美国人不经联合国打伊拉克，师出无名，伊拉克人战败可怜，这都是事实，绕着这些话题说，不好吗？不是同样同情弱者吗？怎么会弄得自己"什么都不准确"呢？

原载《随性随缘》，长江文艺出版社 2011 年 10 月出版

水兮归来

我们中国用"阳"作为城市地域名字似乎是个现象了。贵阳，那是省会了——仅就河南，你数数看，洛阳、濮阳、信阳、南阳，加上县城那就多了去了。我老家在山西，生我的地儿是南李家庄，南李家庄在哪儿？昔阳。

为什么会是这样，有个说法，"山南水北谓之阳。"这些城市都依势建在山下河边。怎的"阳"就这么多？这里头可能有堪舆学方面的原因。风水、风水，人们就讲究这个"风"还有"水"。住在山南有傍势形胜之利。靠着河可方便汲取饮用，这就好活了。实际上即使不叫"阳"的地儿，大至都市，小至村落，必须有水源，源源不绝的水供应，或河、或湖、或泽、或塘……"一方水土养一方人"，水土水土，水在前头。总之没水难办。

然而我们现在发现水少了，能够用"滔滔"二字形容的河，从大流域上说，似乎只剩下了一条长江。而长江的流量也在逐时递减，有时居然也会有水荒危机。冬天乘火车北去，过了黄河，一直到北京，中间过多少河？统统是干的。干得涓滴全无，长满了灌木沙棘的河滩上没有一线之流。旋风裹着沙尘在广袤又荒凉的河滩河床上、野树丛莽中扫荡，凄凉景观颇是令人心怵胆寒。这与西部沙漠景象相比虽不中，亦不远矣！

这是怎么回事？我曾与几位水文行家聊过。从大循环角度，应该不是这样的。人喝了水，还要尿出来。工业用了水还要排出来。蒸发掉，到天上还会变成云，再下雨回到地上。这地上怎会缺水？但实际上它就是缺水，而且愈来愈缺。依我躺在床上的胡思乱想，很可能的原因是我们采地下水太多了。工农业用水，采了地下水的储水，老天爷来不及补充就采了用了排放流失去了。地下水位低，河里水慢慢往下渗。到处的大地也往下渗水，上头就沙漠化。我不是科学家，这个想头也许很愚蠢。愚蠢归愚蠢，是我的私人问题，水越来越少却是天下公事。靠限制用水或提高水价来解决水的问题似乎是更愚蠢一点。不知怎的，我每见新闻媒体夸说某某地发现地下水，如何怎样开发利用，总会有一种不祥预感：我们非把这些水用干，然后再渴死子孙吗？

再往前推几十年，我们似乎不缺水。我小时在栾川，那是山城，记忆里到处是山溪小河。后迁陕县，除了冬天冰封大河，一城人都伴在黄河的闷啸声中安然入梦。又到洛阳，洛阳人有"邙山跳"（意谓夜观邙山，起伏不定的山峦似乎在跳动）、"洛河哭"（洛河终年都呜咽着）——音无哀乐那也只是旧时代人们心境的"灵照"。现在再看洛河，我看有点欲哭无泪吧。洛阳人把它聚起来，成了湖，这当然也挺好，但却是没有办法的事，看起来是"浩浩荡荡"的，其实是人工的，缺水就只能这样。龙门伊阙的大湿地也没了，"治理"没了，1958年那里曾打到过几百斤重的鱼，现在有吗？

河流缺水，湿地干涸，地下水大量采失，这是很严重的民族生存问题。我有几个傻想头：能否加强工业污水的循环利用研究。一利用，再利用，三利用，四利用……利用到不能利用再排放处理？能否人力多造湿地、人工湖泊，屯集天雨，等等。工业污水用多少地下水，能否用雨水重新注入还给地下？保有陆地水存量，各城各地理事的都用心操办这事，也就颇有可观。在长江黄河源地及那条件适合的地方营造大泽，广植草树，保有源地水量充沛？

这当然很需要花钱，问题是，现在我们省了这笔钱，将来儿孙有钱也买不到水。

《夸父追日》的故事我们都知道。那是寓言，我觉得也可用作"预言"来警示我们民族。要知道，渴，是件很难受的事。

原载《随性随缘》，长江文艺出版社 2011 年 10 月出版

关于自学成才的一些感悟

关于自学成才，我的第一点体会，读书少了是不成的。读书不杂，纯粹的经院高才生很难创作如《康熙大帝》《雍正皇帝》《乾隆皇帝》这类著作。我所摄入的文化营养十分驳杂，形成了我个人比较扎实的知识结构——以中国历史为基础，辅以文学和艺术的鉴赏评论能力。

我是1968年入伍的。我们连队在山西大同，为总后勤部采煤。因为是个施工部队，部队领导注重工程进度，并不留意战士们读书是否"四旧复辟"的问题。我用尽一切解数搜集书籍，读完了二十四史、《资治通鉴》《中国通史简编》，先秦诸子的哲学论文也有不少涉及。部队党委见我稿子写得不俗，命我担任党委常委的文化教员，我就有了更多的学习和读书机会。这个期间也阅读了大量的中外文学名著，细读了一些马列的经典名著。有些时间找不到合适的书，也读了一些很无聊的书，如《奇门遁甲》《柳庄相术秘诀》《麻衣神相》之类的五行命相书籍。

第二点体会，我觉得我的机遇不错，碰上了好时候。1978年是决定性的一年。在此之前，像康熙这样的封建皇帝，是不可以歌颂的，虽然我从心里很佩服这样的人。1978年真理标准的讨论开拓了我的思维：凡是在历史上对国家的统一、民族的团结做出过贡献的；凡是对当时生产力的发展、对人民生活的改善做出过贡献的；凡是在科技文化教育诸方面对社会做出过贡献的——这三者只要具备之一，我即予以肯定和歌颂，反之，则鞭挞。

这一理念的形成就是那个时代赋予的。

大气候如此，小气候也不错。南阳历史上是个比较重视人文的地方，历届市里领导，比较注重栽培文气。我转业时，这里已经有一个可观的作家群。市里领导经常开创作生活会，鼓励保护创作人员。文学人本身不但无缚鸡之力，政治上也脆弱，一打击就完了。

在我成长过程中，碰到了真正的老师冯其庸先生。他在《对人文社科人才培养的几点想法》中提到我的情况，完全属实。他到河南来看我的稿子，是绕道来南阳的。我当时困于两点：我的稿子到不到"发表水平"。我在出版界"外无期功强近之亲，内无应门五尺之童"，一个熟人也没有。他当时说，稿子很好，不要发愁，出版社由他来联系。他5月来，我只有十七万字，到年底，就写完了三十四万字。《康熙大帝》第一卷就在除夕完成。

《康熙大帝》第一卷成书出版，是1986年初夏。这个时候正是计划经济向市场经济转型时期。出版社当时虽然以计划经济为主，但已开始关注市场效益。《康熙大帝·夺宫》一书一次征订了七万余册，社里领导上下都很高兴，用最快的速度发稿。

力气＋才气＋机遇，成才大致上就靠这些，我自己这样总结的。大环境小环境，如有一方起不好的作用，是不可能让人才脱颖而出的。《康熙大帝》第一卷出书，编辑问我用什么笔名或本名，我想出了"二月河"，一方面结合我"凌解放"的本名，另一方面也是我的感悟，党的十一届三中全会和真理标准的讨论，迎来了冻河开封的春天。

由此，我建议，培养人才，一是要建立正规的推荐渠道。要有权威的学术团体定期向组织部门推荐自学成才者，作为确定人才录用级别的硬指标。这种社会认定要有授予自学成才者相当学历的权威，使其获得相应的资格，以解决其待遇问题。二是政策上要保护自学成才者。自学成才者最易自生自灭，要为他们创造良好的小环境，施以政策上的保护措施是必要的。三是对有创造潜力的自学人才倾斜政策。经过专家论证，对有创造潜力的自学人才，可以在工作条件和物质条件上予以相应的优惠政策倾斜。四是"是人才，就当官"的理念要不得。一定要因材施用，把人才安放在他最能发挥作用的岗位上。五是对人才要加以培养与教育。有的人才太爱钱，有毛病，带来的问题亦很多，对这样的人才要加强教育。

原载《百名专家谈人才》，党建读物出版社 2012 年出版

千年文脉看今朝

我是作家，是河南的文化人，理所当然关注这块热土的文化，关注文化的魂魄在这片高天厚土的承延。

到河南博物院看商周青铜器，流动的纹路、新奇的造型和瑰丽的想象，让人倾倒。中国文字博物馆，那甲骨文的疏朗精练，金文的硬挺大气，灵感跃然其中。这些精美的国宝，散发着无穷的艺术魅力，显示古代中原人在观念、人性、想象方面的解放。出得门来，吾土吾乡，得益于文化的血脉融注，处处生机勃勃，人心酣畅。中原人务实重干，持续着科学发展的好态势。

中原是中华民族的根脉地，也是现代人才的滋生地。古老与现代文脉相承，完美融合，实为绝妙。中原文化发展繁荣，有其辉煌历史和优越现实条件：一是中原优秀传统文化。以磁山文化、培东港文化、老官台文化、仰韶文化、河洛文化等为代表的中原文化，是华夏文明的"基因"，要宣传弘扬，让世人明了其精髓。二是中原经济发展优势。区位优势、人口优势、粮食优势、交通优势、基础优势等，都在全国大局中具重要地位。三是有容乃大，开放包容。研究和吸收四方先进文化，形成一支诸方面能够放眼全国的优秀人才大军。四是党和政府重视。省委、省政府历来非常重视支持文化建设，一届比一届予以更大推动力，促进文化长足发展。省领导对文化的关注更是前所未有，频频到文联、社科院、剧团调研，与作家、艺术家研究改革创新，发动企业投入文化领域，令人倍感激动鼓舞。

中原文化在发展前进。过去，以敢想敢干、自强不息、艰苦创业、无私奉献等为主旨的愚公移山精神、红旗渠精神和焦裕禄精神，召唤鼓舞了一代代中原人。现在，我们向世人展现着"平凡之中的伟大追求，平静之中的满腔热血，平常之中的极强烈责任感"，这新时期的"三平"精神，是"三种精神"的昭示和发扬。卧薪尝胆，稳健做事，十年间，河南生产总值全国第五，中西部第一，中原阔步前进。

经济发展有实力了，才能更好发展公益性文化事业，丰富群众的精神需求。各地都建起了文化艺术中心，博物馆、纪念馆免费开放，小剧团、演出队遍地开花，群众文化活动蓬勃兴旺，豫剧配着旱船唱，越调随着秧歌扭。每天清晨直到深夜，公园河畔、大街小巷、道旁院口，群众说拉弹唱，弄枪舞棍，健身娱乐，有声有色。"欢乐中原""舞台艺术送农民"等文化活动惠众乐民。文化精品工程丰硕，一批优秀作品在全国打响名声和获奖，文化产业快速发展，国家级文化产业园和十余个文化改革发展试验区，已颇有盛名。

作为党的十八大代表，我有自己的文化思索：一是如何使最基层的群众享受文化成果，这需要将文化惠民引向深入。二是现代科技下的文化监管介入。科技使个人因素放大，你想创作表达，通过微博，便可天下尽知，但要做到利己利人利社会，不能由着性子，损害他人。三是异域文化拿来主义。现在是文化交流的优势时期，过去多为异族武装侵入带来文化交流，如今中西文化和平融合，碰撞交流，绚丽多彩亦良莠不齐，应做好甄别和引导。四是中国精神的弘扬。人心活跃，各种思潮涌动，失落了应有的崇高信仰，要总结弘扬中国精神，以激越情绪，激发活力，团结凝聚，坚定信念。

千年文脉，历经世代传承，不断发展创新；今朝再看时，已是花团锦簇，金尊玉贵。

原载《南阳晚报》2012 年 8 月 23 日

雷锋精神生活化与日常化

知道我二月河是个作家的人或许很多，但知道我曾经当过兵的人或许很少。我是 1968 年入伍的，在被人们称为"逢山开路遇水架桥"的工程兵部队干了十年，1978 年转业回到家乡南阳。在部队，我开过山、放过炮、打过眼、挖煤、打坑道、筑河堤、盖房子、干掘进工……真的都干过，表现还算好，入伍次年入党，再次年越级提干，战士而干事，干事而当连副指导员。十年军旅，是人生最美好的青春岁月，也是人生中最重要的阶段。如果要问在这段难忘的岁月中，给我影响最大的人是谁，我会告诉你，这个人就是雷锋。

我是唱着《学习雷锋好榜样》《接过雷锋的枪》这些"红歌"走进军营的，接受的第一课就是学雷锋。我从来没有怀疑过雷锋给我的人生带来的正能量，也永远不会否认"雷锋精神"对我人生观最初的形成所起到的无形而又无限的滋养。意志的锻炼、体魄的强健、知识的积累，都来自军队这所大学校。因此，雷锋，对于我们这一代人来说，是英雄星空中最闪亮的一颗，我们是雷锋不折不扣的"粉丝"。只是相对来说，我的人生要比雷锋幸运得多。

时势造英雄。一个时代有一个时代的英雄。这是一种社会规律，也是一种历史规律。但无论是什么时代，无论是什么国度，人类崇拜英雄、崇尚英雄主义的情怀从来没有改变。雷锋是我们这代人心中的英雄，但同时我也坚信雷锋又不仅仅是我们这代人心中的英雄，因为雷锋是一个跨时代的英雄，是一个跨越时空、信仰、种族、性别、年龄的英雄。

前不久，习总书记在给"郭明义爱心团队"的回信中，有一段话真的说到我的心底了。他讲："雷锋精神，人人可学；奉献爱心，处处可为。"的确，雷锋精神的可贵就在于它的平民化和群众性。

雷锋短暂的人生，并不轰轰烈烈，也不惊天动地；他就是一个普通士兵，做好人，做好事，不招人，不吭声，平平淡淡，水滴石穿。但他"全心全意为人民"和"做一颗永不生锈的螺丝钉"的精神，所代表的正是我们民族的传统美德和文化品格。因而，他的经典格言"人的生命是有限的，但为人民服务是无限的"才能引起人们那么强烈的共鸣，每一次重温都令人倍感温暖而充满力量。

另外一方面，内生性、实践性也是雷锋精神的鲜明特征。雷锋用平凡的一生投身于社会生产实践。在毕生的社会服务中书写了伟大人格。雷锋一生的所有服务奉献，都是由内而发的，都是在其对党感恩，对国家忠诚，对人民热爱的纯洁思想指引下而产生的自觉行动。在市场社会，如果一个人完全是为了应付各种考核，为了评奖评优等而去做好事，这已和原本意义的学雷锋背道而驰。在当下物质充盈的社会，学雷锋活动要进一步强化内外结合、刚柔并济、发于本心、行于本职。在公民的内省自觉中不断推进学雷锋活动常态化向生活化、日常化转变。

那年参加十八大期间，我在会议间隙去北京三〇七医院看望了白血病患者吴英。她才二十二岁，来自我的家乡邓州。当得知她支付不起昂贵的医疗费后，邓州"编外雷锋团"伸出了援手，组织多次爱心募捐，并最终促成她进京接受专家治疗。此事引起了社会各界的广泛关注。看望她时，提起家乡的"编外雷锋团"，吴英不住地称赞说："俺碰到的'雷锋'数不清！"她的这句心里话，也道出了我的心声。

我家乡的"编外雷锋团"，最初是五百六十名曾经与雷锋有过亲密接触的雷锋战友，退伍、转业或复员后，把雷锋带回家乡，在各自平凡的岗位上，以一生不变的承诺，坚持像雷锋那样学习、工作、做人、做事，实现了由自发到组织、由个体到群体的转变，而成为全国最大的学雷锋志愿者团体的。在他们身上，我真切地感悟到什么叫雷锋精神，人人可学；什么叫奉献爱心，处处可为。

当下，在人们追求小众化、个性化，以及自媒体发达情形下，雷锋精神的传承需要"编外雷锋团"的大兵团"作战"，更需要有各种微公益的活水。微公益活动满足了公民参与社会管理的渴望，当千千万万的公民每天参与到微公益活动时，人们的微不足道的爱心汇集起来就会形成强大的社会力量，这就是新时期雷锋的力量。说到底，是我们自己的力量。

最近，我参加了中纪委组织的网络反腐败座谈。我讲了这样一个观点，现在我们党的反腐力度，读遍二十四史，没有像现在这么强的。

中央的决心很大，我很拥护。自古而今，没有因反腐而导致国家或者民族产生危机的，原因就在于，反腐败契合人民群众最基本的心理诉求。腐败怎么根治？一方面靠法治，另一方面还要靠道德劝诫。这是鸟之两翼，缺一不可。而道德劝诫最有效的措施，还数学雷锋。以前讲完课，一些地方请我题字，我就题"好好过日子"，但很多非常聪明非常了得的人，就是不懂这五个字。要是懂得，何至于进去坐牢啊？何至于从这个坐标系的正数跌下去，不是跌到零，而是直接跌到负数。后来，我又加了两句话，"好好读书，好好读报，好好过日子"。现在再加一句"好好学雷锋"。好好读书可以增加自己的素养，好好读报可以了解国家大事，使自己当一个明白人。我见到很多人，一旦有了权势，就不安分了，忘乎所以了，人就走错路了。作为一个官员要守住底线，找到属于自己的位置，安分守己地把自己的日子过好，也是对社会做了贡献。

好好学雷锋，是从根上讲的要老老实实做个好人，一辈子不违初衷。古人说，修身齐家治国平天下，首要是修身做人，身正则安啊！

原载《雷锋》2015 年第 21 期

着正装小议

我们现在正规场合的着装，我原是颇不以为然的。我的癖性喜爱随便，爱轻松舒适，不喜把自己身体约束得紧绷绷的，从头到脚都"规定"得像一根刚出厂的火柴棍，让人看上去整齐好看，显得干净利索，毫不拖泥带水。这在外观上是没说的了，但对火柴棍本身来说，除了全身精心打扮修整，而且整齐划一，信手拈来一擦便用——再方便不过的了。虽说我参军十一年，什么出操啦、走队列啦、踢正步啦、打理内务啦，没有一样不会的。但诚实地说，也没有一样是我真喜欢的。我那时年轻，所在的部队驻扎深山又是施工部队，从上到下对规范内务、军容风纪，和城市内驻军相比，也是差距很大。部队领导的精神意旨集中起来就是一句话："高举突出拼命干，四年任务二年完，二年任务再提前。"除此之外，部队的装束、军容风纪之类的小事，领导并不十分约束加管理。因此当了十一年的懒散兵，自己也不觉得周围的人看起来刺眼，只要不违军纪，大事是不会有的。

但到了地方，回到南阳，情况发生了变化。由于进入了作家队伍，由写作而出了点名，各种社会活动日渐增多。我参加了中共数届全国党代会，同时是几届全国人大代表，别说到北京去参加代表会议，就是平时在南阳参与本地的社会活动，着装也是有规定的，活动规定里就十分客气的要求——请着正装。

不知什么时间，有关正装在全国有了很细很严的规定。清代的马褂叫作"唐装"，孙中山设计的"中山装"，百姓们平时日常事务中的穿着叫"便装"——这些统统都是不行的,不能上正规场合!正装就是西装革履,裤线笔直,蓝衬衣、白衬衣,勒红色领带或酱色领带。这么拾掇光鲜,然后去开会,然后到会场台阶上照相。先把人化妆了,然后入场,按角色各自表演,好看自然是好看了,但一天会议或活动走下来,回到自己客厅卸了妆,无不深透一口气,脱掉外套倒上一杯茶水或者咖啡,颓然倒卧沙发,庆幸"总算这一天过去啦"!我们平日现在看到主席台上的那一众人,大约莫不如此的吧。

他们心里怎么想,我真的不知道。是不是有幸福感、轻松感、庆幸感等诸样的人生滋味,我没做社会调查不敢乱说,大约也是各自有所不同的吧。我反正觉得穿这种衣服作正装,我是有疑问的。我们中国的衣装不能算是"正装",我也是不能以为然的。我是个说实话的人,我已四次参加了党的全国代表会议、三次全国人大会议,那都是咱们全国最高级的公众露面场合,我很少严格地"着正装"来光顾会议。只有十五大的会议,我是打了领带的。后来到马来西亚、到台北、到香港都是西装上阵,但我不束领带。徐光春书记访台湾,做"中原文化宝岛行",带了两个文人,一个是张海,一个是我。在电梯里与徐书记不期而遇,他问:"二月河,你的领带呢?"我实话实说:"书记,我的脖子粗,戴上领带,脸涨得血红,很不舒服。"徐书记也就没再追问。有一次到省委参加一个重要会议,守门的公务员见我,举手敬礼说:"请您着正装!"我说:"我的脖颈受不了,开十七大,我就这样去的。"他也就不说什么了。

我读清人笔记,当年李鸿章出使西洋,有外国人嘲弄,摸着他的辫子问:"你这根辫子是做什么用的?"李鸿章也摸着那人的领带问:"你这根领带做什么用?"我不认为我们留辫子是什么好事,但我也真不知道西装上加这条领带是干什么用的!

无用归无用,但没有实际用处的物件和事物一样,并非它的社会效益就真的等于零。领带无用和辫子无用可不可以相提并论,我认为是不能等同看,也不能等同抛弃的。辫子无用，国人割了它，是因为它有碍观瞻，妨害了人体正常形象。领带就有所不同，它漂亮、潇洒、观感好，就易为大众接受。譬如妇女所戴首饰，金的、银的、玉的种种有别，很贵而且不舒服，但女人们还是乐此不疲地攒钱去买。这就好比部队，好的部队不但打仗不怕死、能吃苦、能拼，军容纪律也是要严整的。踢正步、走队列，作战时用得上吗？用不上。但养兵千日，难道不养他们的良好阵容，不讲风纪，江湖侠客一样什么都不讲究只是能拼杀，这就把兵带出来了？这样想的将军没有一个能把军队带好的！李鸿章是偷换概念来回应对方的污辱，从维护尊严的角度去理解，我们能听懂甚至可以欣赏他的智慧，但从深层次的层面看，他的话是有毛病的。讳疾忌医是中国人的通病，李鸿章也未能脱俗。所以"着正装"是健康而有益的社会思维。

问题是什么样的装可以谓之"正"？清代人是长袍马褂，明代人是所谓"一口钟"那样的袍子。到民国，一般人认为铰了辫子披发下来，穿着洋装就"正装"了。孙中山独创的"中山服"，不设衣领，笔挺严肃，就是正装。孙先生的"装"虽好，但我认为不算好看，把人粘在一处像一根腊肠似的。现在的我们用的西装是经欧洲人二百多年的选择取舍留下的精品，当然好看。但把人家的东西直接克隆使用，说这是"我们的正装"，不但听起来不甚舒服，想起来也觉得别扭。

所以我认为，这需要动用我们国民的集体智慧，动用全国的服装设计师，以现在的"正装"为基础，参照中国传统服饰文化、制作技艺，按照新的审美标准，造就出为我们所能接受、能欣赏的现代"正装"。

原载 2018 年 1 月 19 日《南阳日报》

说厚德

我刚才从学校（陆军装甲兵指挥学院）门口一进来，看到"厚德、博学"校训，眼睛一亮，感触很深。我本人也是多所大学的兼职教授，同时还是郑州大学的博士生导师、文学院院长。几个大学的校训都讲到"止于至善"，《大学》第一句就讲"大学之道，在明明德，在亲民，在止于至善"。止于至善，就是处于最完美的境界。但是，我们眼下的状况是国民素质普遍下降，而文凭在提高，每年几百万大学生毕业，如果道德下滑，文凭提高有什么用呢？第二次世界大战的时候，德国人、日本人的文凭很高，但照样野蛮，照样有法西斯，所以说大学是干什么的，是培养人的。德国人把犹太人和战俘送到毒气室毒杀，在毒气室门口找几个小提琴手，给这些将死之人拉小夜曲送行。文凭低的人想不出这么损的招。岳飞的母亲是只识几个字的农村妇女，可是她却教育出来一个英雄岳飞；秦桧进士出身，文采风流，书法精绝，"文凭"很高，却成了最大一个卖国贼。所以说国民素质的提高，绝不能把文凭放到第一位。你们把"明德、博学"作为一种办学的理念，灌输到每个学生心中，说明你们头脑清醒，想极力提高学员基本素质，这可以说是一种健康和光明的思维。

去年我作为人大代表参加十二届全国人大二次会议时，跟王岐山书记有过对话。我讲我们面临着社会主义文化发展的空前机遇，中央提出来的文化大发展大繁荣不仅仅是一纸动员令，而是历史的必然，就是你想发展也要发展，你不想发展也要发展，这是个客观规律。同学们可能会说，二月河你光说中央领导喜欢听的，不是这样的，我们探讨了文化发展的困惑。我国公民的文凭确实在提高，但是文化素养在下降，我们的腐败可以说是全社会式的腐败。过去这种腐败产生在一个阶级、一个层次、一个社会团体中，甚至产生在某一伙人当中。没有像现在这样从达官显贵一直到幼儿园都有。达官显贵进去了，写的检查都是腐败检查。我在中央领导跟前说这些检查全是胡说八道，哪个资产阶级教你腐败了，黑社会老大也不会允许会计贪污他的钱。资产阶级拜金主义就没有规矩了？腐败是一种反社会、反人类的行为，和姓"社"姓"资"没关系，你还不如说小时候你妈没有把你教育好，这比较合乎事实。小学生竞选班干部，目的是什么呢，可以免交作业，享受特权，可以倚仗老师的势力去欺负那些差生。有的小孩见到老师甚至会说："老师，我爸在煤电公司工作，您要缺煤的话跟我说一声。"这不是腐败吗？过去的腐败有这样的层面吗？现在连黑道都腐败。

庄子讲，"盗亦有道""夫妄意室中之藏，圣也"。知道这个房子里面藏着什么宝贝，这是盗中之圣；判断这个东西偷出来有没有危险，能不能偷出来，这是职业。"入先，勇也；出后，义也；知可否，知也；分均，仁也"。不杀害妇女，不抢邮差，期限没有到达之前，人家把赎金送过来了，在这之前不能撕票，这是道上的规矩，现在也不讲了，这不是腐败至极吗？这是我跟中央领导谈的。到党的十八大之前，中央召开了十七届六中全会，专门讨论社会主义文化发展的若干问题，邀请了十八位专家学者列席。讨论的时候，我谈了一个观点，就是不要迷信国内生产总值。有人问我，现在的美国和中国唐代有什么相同和不同的地方。有社会科学方面的专家讲，中国的唐代和现在的美国，都拥有强大的国内生产总值。美国现在的国内生产总值占世界百分之二十多，我们唐代开元年间的国内生产总值能占世界的份额更高，比现在的美国还要高。乾隆年间我们的国内生产总值占世界的份额也很高，说是比现在的美国还高。安史之乱之后，整个大唐王朝像受了潮的糖塔一样软瘫下去，再也没有起来。乾隆朝之后，四十余年，就发生了1840年的鸦片战争，1856年的第二次鸦片战争，中国就变成了一个殖民地半殖民地的黑暗的旧中国。

我之所以要写康熙、雍正、乾隆，就是认为康熙是中国的潘多拉。这三代皇帝没有能够像俄国的彼得大帝那样把西方工业革命的信息引入中国，使中国较晚进入资本主义社会，他们要对1840年发生的鸦片战争负一定的历史责任。之所以说我这三部书（《康熙大帝》《雍正皇帝》《乾隆皇帝》）叫"落霞系列"，当然说我们的文化像晚霞一样。那晚霞还有一个特质，就是太阳就要落山了，黑暗就要来临了。标注这么一个意思，这就是说，不要迷信国内生产总值。

我提的另一个观点是不能迷信杀人，包括反腐倡廉，我都认为是应该从机制上、从制度上解决问题，不能用杀人解决这个问题。中国反腐倡廉，历史上力度比较大的，一个是武则天，杀人如割草，她采取告密之路，任用酷吏周兴、来俊臣之流来反腐倡廉。杀到什么程度呢？每当新进士从考点上下来，就有人说，你瞅瞅，又有一批死鬼来了。如果腐败的土壤不解决，腐败也是"野火烧不尽，春风吹又生"。再一个是朱元璋，他是赤贫出身，上无片瓦，下无立足之地，因此对那种贪腐官吏是一种天然的仇恨，仇恨得有点变态了。遇到贪污案，不是罚上几十两银子，也不是杀头，他是剥皮。各地都有专业的剥皮手，有专设的剥皮井，把贪污的官员抓起来活剥了，然后用稻草楦起来，把他放到剥皮井里风干，警示后来的官员。但是朱元璋在临终时长叹一声："朕呐，早晨杀了一批，晚上又来一批，如之奈何？"杀人最少的皇帝是谁呢，是唐太宗李世民。贞观年间，全国一年处决犯人只有二十九个，但国家稳定，所以称"贞观之治"。第二次世界大战结束时，波兰被夷为一片平地。当时正值严冬季节，全国都没有电、水、煤、木材、牛奶、面包，整个国家处于饥饿、寒冷、黑暗之中。当时的国联组织了记者团，到波兰进行考察。所有的记者都认为波兰这个民族完了，但有一位美国记者说波兰这个民族不会完，因为在非常艰苦的条件下，他看到一对老年夫妻，在家里的窗台上养了一盆鲜艳的玫瑰花，就这一个理由说明这个国家的人，向往光明，向往美，热爱生活。人民这种追求和谐、追求光明生活的愿望仍然存在，这样的民族怎么会完呢？这就是文化的力量。

在网上，同学们看到了我和王岐山书记的对话，我说"低薪一定不养廉，高薪未必养廉"。我认为高薪养廉是个伪命题，人的欲望是无止境的。高薪定得再高，它也是有止境的。这两个概念混不到一起。"高薪不能养廉"，今天我还是这样说。中国历史上，薪金最高的是宋代。宋代官员的薪俸是汉代的六倍、清代的十倍。拿包公为例，职务是龙图阁学士三品，相当于现在的副部长这个级别，年薪折合成现在的人民币是六百五十万。如果说我们现在副部级以上的干部都涨到这样的一个工资，人民将会怎样受罪？我是人大代表，不光是代表作家，还代表人民，说人民心里想说的话，人民是要纳税的呀，你当官的拿的六百五十万是老百姓纳税来的，但效果如何呢？就养出来一个包公，那么，剩下养得更多的是谁呢？是高俅、蔡京，就是今天的徐才厚、周永康之流嘛！这么一群贪官污吏，把人们一个个逼上梁山。《水浒传》里梁山一百单八将，自愿上梁山的只有一个李逵，剩下的都是被逼上去的。那么这就说明，这种高薪养廉的事，是万万要不得的。

古代的文天祥和当代的焦裕禄这些干部，都是有个人追求的。我们道德榜样雷锋追求的就是，我要把有限的生命投入到无限的为人民服务中去，在这个为人民服务当中体现他个人的价值。1963 年，我们读《雷锋日记》就读到了这些经典思想，十分高尚。文天祥被捕以后，他并不是没有活路了，元朝把宰相这个最高职位给他空着，文天祥就唯恐能活，只求快死。文天祥除了《过零丁洋》，还有《指南录》，我都读过，"臣心一片磁针石，不指南方不肯休"。他的追求是什么呢？"留取丹心照汗青"，这是最高境界的。

所以，当官就是要把自己的个人追求和整个历史靠挂在一起，和我的国家、人民靠挂在一起。焦裕禄呢，就是把自己的生命和兰考人的幸福靠挂在一起。屈原讲的是"亦余心之所善兮，虽九死其犹未悔"，就是让我死九回、死十次，我也不会改变，我就是要和祖国人民在一起。为啥要设端午节啊？人们想念他啊，他爱人民，人民想念他，这就形成了历史的洪流。这是我今天要给同学们重点讲的道德境界。

我 1968 年参军，1969 年入党，1970 年提干，然后提升到连队副指导员就到头了。我挖过煤，管过房子，修过公路，筑过河堤，背过水泥，什么苦都能吃。水淹过、火烧过、电打过、炮崩过、房子塌了扣住过，还出过车祸。我现在还有气管炎，但苦难是我们成长的养分，只要你有追求，能厚德，又博学，你在这个地方学得很多本事，而且你是一个有道德的人，这个社会哪里容不下你啊？你又怎能不成功啊？！

原载《雷锋》2019 年第 1 期

静夜思

人老三疾：怕死、财迷、不瞌睡。从小就听说过了。因为离着"那时"远，也就不甚在意对与不对，与我球的相干，管他呢，到时候再说。

那么，现在终于是"到时候"了。七十二岁，不算很老，但哼哼咳咳的喘嗽，没完没了的血压高、血糖高，吃药、打针、害病、住院，老头子应得之病，躲也躲不开，闪也闪不掉——总而言之，不得不承认，上岁数了，老了。

那么三疾呢？

怕死。有的。但不是时时刻刻的总怕。只是在想起这件事时，看着外边清亮的天空，绿茵茵的树，红墙绿瓦的楼、房子，熙熙攘攘的老少爷们儿、嘻嘻哈哈的青年从眼前走过，看人家一点忧虑也无，确实是妒忌，忧患、恐惧"那一天"的到来，由衷不由衷地就想：会是什么样子呢？……老婆坐在身边，给我捏脖子，换手不停地用药棉蘸上水给我润嘴唇，看着不停喘息的我——她这么着已经一辈子了，并不稀罕，但这是最后一次了吧……不要闭上眼，一闭上就没了！

然后、然后……就没有然后了，也许有灵魂暂时地存在——灵魂如果存在那肯定也是暂时的，不然死了的人会比活人多得多！既是暂时的，那也就是有点珍贵的价值，也会给死人带来某种观感，无奈的叹息和悲哀的忧愁的吧？

不知道、不知道，还是不知道这一切会给别的有着充盈的或不充盈生机的人们带来的是喜是怨，这都是，瞎操心，心里头再明白不过，可人呐，哪个人不瞎操心呢?

　　还有树、太阳、湖山、街巷、名胜,上苍赐给我们时,都觉得这是取之不尽的,那么美,那么好,可惜一切都会为阴暗或黑暗所取代,一切都会消失得干净利落。

　　如果说,死了就是死,真的如灯灭,什么也没了,我会留恋什么呢? 一切。太阳、空气、人世、亲人,无论是好是坏,该归于"无",那也还是有留恋的,上苍慷慨地把这一切都赐予过我,我却无情地"撒手"了!

　　年轻时听父亲和他的朋友们调侃:人生下来,都是拳头紧握——那是说来这世上总想抓到一点什么,可是到了时候手就撒开了。人都是"撒手"而去,什么也捞不到,真是到了时候,什么都知道了,什么也没有,什么都留恋,什么也留不住。这就是人生吧,如果让我重生,或让我衍生,我是不会丢掉这些生命曾给过我的,无论是痛苦抑或是快乐的。

　　想了想还是再写一些什么吧! 这是老天爷赠给我的权利,至今也还没有剥夺掉的东西,也许这是对待"留恋"应有的关键词。

　　说实在的,怕死是真的,但与其怕死,不如去谋生;与其留恋,不如去争取!

　　那么,财迷又如何? 财迷不财迷呢?

　　我这一辈子,不记得有贪钱的时候,爱钱如果算是"毛病",那这毛病我是有过的,但我没有贪过财,这一点可聊以自慰。但话又说回来,不贪财是因为我的钱始终够用,不用"贪"我也过得很好,如果不够用,这个牛能吹不能吹难说。

　　没有钱时,担心老婆太艰难,怕女儿过得不如人,小心翼翼地想多少挣一点,够用就好。

　　以后写书了,有了一点稿费,这个"挣钱"的念头也就淡出了,反过来又想往外捐一点。

说实在话，我往外捐钱是诚心诚意的，但也为我自己。一是散财去灾，外面世界知我不贪财，会尊重我的做人为人。二是"你好我好，大家都好"，会生活在更和谐的社会里，不至于成一个满身铜臭的"文贩子"。因此只要有钱，就向外捐几个，不算多，也不算少。总计有个一百多万吧，给了希望工程和一些贫困单位。还有七十多万，我在郑州大学，人家校方给我的年薪，我也未取，给了文学院的大学生们——这个钱用出去，今天想起来一点也不后悔，一点也无遗憾。

捐钱也是有原则的，一是我有钱。身体好时，觉得自己还能写很长时间，而且写稿子也能挣钱，钱的事不是事。二是不能捐得连老婆都觉得"头寸"短。好歹我有几个稿费还有工资，都是共产党给的，我自己并非"挣钱能手"，也不全想逞那个"能"。

记得最红火的时候是这个世纪初。当时身体还强，一心一意在写作上出风头，除了自己已经有过了的，《羊城晚报》还在连载我的《燚火五羊城》。《羊城晚报》有意思，每天连载一期，每到八百元稿费给我寄一次，虽然数目不大，但每隔几天就有八百元寄来，总务科把它们分期付我，一卷又一卷地取钱在机关朋友们面前蛮露脸的——也就捐一点，自己留一点，心里挺舒坦。到后来，身体渐渐衰弱下来，眼也不中用了，这种好事不再，捐款也逐渐地成了历史。我不知道这么做对不对，也不知道别人怎样看我，但我始终感觉应该这样。

我爱钱，不财迷，这是事实。

虽然老了，我不后悔这种事：为别人，也是为自己的心。

不单是钱，努力晋升向上攀登，这个心思也是很淡的，这也是连带而来的一头思绪。

对做官没有兴味。在《康熙大帝·夺宫》写完出版后，我更觉得此生一定是个作家了，暗自对天发誓：永不谋官——就写作就行，给官也不当了。五十五岁那年，正当台北出我的书，湖北长江文艺出版社也出我的书，我女儿即将考空军工程大学的那一年，我在郑州请了两位大学生为女儿辅导功课，我在郑州给她们买菜做饭。当时正是八月天，烤得人浑身流油，突然间市委组织部来电话要我"火速回宛"——我说自从我写书以来，谁也不曾对我用过"火速"这个词，问了问才知道是省委组织部到南阳考核我，有重要工作安排。当时台北也有朋友相问："在做什么事？"我答以："在给女儿当炊事员。"台湾朋友在电话中惊呼："呀！你的女儿用这么贵的炊事员啊？"我告诉市委组织部："我在郑州，省委组织部也在郑州，难道不能让我去省委组织部，该怎样考核，照样！"就这样我去了省委组织部，几个领导和我谈话说："省委决定让你担任更重要的工作（省文联副主席吧？）。"我一口便回绝了他们："我还很不会做事，也不会带人，也不能管钱。文联主席口袋里的条子，有的是人会去落实，我不去。"就这样顶回去了。

我说这事，是想说我对写作的热爱超过了对钱的追求。

我对钱没有高的追求。

大致是这样一种心态，对不对我不能做准确的判断，但是事实就是事实。至今也没有什么悔意。只是偶尔想，我如果去做省文联的领导，可能会过得比现在更好一点。

财迷是一些人的特色，人不老时也照样有财迷的。

那么"不瞌睡"呢？

我现在每天都瞌睡，犹恐是病，时而支撑着大睁着眼看天花板。

年老不瞌睡，这也不是一条规律。

我年轻时写书，睡觉就是我的奢侈品。那时还没有双休日，天天盼的就是"赶快过星期六，然后晚上好好睡一觉"。每天夜里，躺倒就睡，一直睡到周日将中午起身，匆匆吃过饭，便打开稿纸写点文章。除了我的书，我还写有一点亲身经历的小故事，反正这是自由写作时间，乱七八糟的也就有了一些。

周日的下午，晚饭准备得较早，反正是老婆弄饭，我不操这个心——稀里糊涂吃几口，然后睡觉。这一觉虽然很重要，但睡不踏实。因为妻子收拾房间，女儿要做功课，要我陪她玩……事情多，躺在那里不停地有干扰，迷迷糊糊到晚上十点，深长叹息一声起床，坐桌子前开始写书。这一写就到后半夜了，夜里两点半到三点，自己停下来出门，到清静得难以想象的大街上走一遭，吃碗饺子或者馄饨，回家，睡觉。也还是早七点揉眼伸臂起床——这是周一的早晨了。

睡好一觉，真美。不在于起床的那一刹，伸胳膊伸腿，浑身舒展麻酥酥的那样惬意，也不在于昨晚做了一个好梦，而在于除此之外，一夜无忧，睡得万事不知，彻底地忘掉一切！还有，昨晚写的一沓手稿还垛在那里，和积稿在一起，显示出昨晚我的贡献。那么，有些个劳累，也觉得"还值"。

到了晚年，睡觉成了问题。

首先我不吃药。因为年轻时是需要吃药的。但我知道药不是好东西，难消化，吃的时候便很谨慎。最多时一夜两片舒乐安定，一直吃到五十岁。这时已开始专职写作，我就开始减用。每周减去四分之一片，减了八周——就一点安眠药也不用了，睡觉也没受什么实际影响——自从减掉以后，我再也没吃过这类睡觉的安眠剂。

然而睡觉却是每况愈下。

睡不踏实。每天都是朦朦胧胧的，夜里闭上眼，想的都是白天的事、过去的事，还有白天的朋友熟人，他们明天会怎样，胡思乱想一通，忽然警觉：这么想下去，今夜又完了，不想了。也许安定一会儿也就睡实了，也许过一会儿又开始想，回头想，反复不停地想，折腾到天明，头脑里像塞满了雾，晕腾腾起身，到白天去扑腾。

白天，我是坐不住，我在沙发上坐一会儿，不经意间就歪在沙发背上迷糊过去。别人听我在鼾然呼噜，我其实连他们说话都清楚明白——这样的睡觉，其实是一种假睡。

天天都是假睡，睡得自己都不知道是睡了还是"醒着"。

就这样过了一年又一年。

老年人，盼的就是一场好睡眠，睡得沉，醒得欢。如果有人能发明一种药物：无毒无害，又能给老人这种福气，我愿诺贝尔奖不要忘了他。

那么，有人会问为什么不再吃舒乐安定呢。我这样想，这类药吃起来易，戒起来难。好容易戒了，再吃可能永远也戒不掉。越吃越离不开它，越吃越多。没有一个医生说它好的！我的父亲吃异丙嗪，每天吃到八九片，平常人早就中毒了，但他戒不掉，岂可不慎乎？

那么这就是说老人三疾，"怕死、财迷、不瞌睡"都是不属事实的传言了？

我个人的体味，老年人最怕的并不是这三样。

首先是恐惧心。

人老了，神气不足，思虑多，别人都忙着做事去了，空落落的大套间，白白的阳光照到静得一根针落地都听得见的大客厅里。一个老人独坐在那里，凝神望着客厅里的电视、衣架、沙发，看一眼是这样，再看一眼依然如斯，会感到与世隔膜、为世所弃的恐惧，感到自己已经是依赖别人取得生存乐趣的弱势人群，可惜、可悲、可怜、无助且无告，越这样想又无人抚慰，越是"怕"。

这样的怕，年轻时偶尔的也有，但很快能走出去换一换环境，与人聊几句调整心态，立刻就不一样。现在楼群林立，耸然矗天，但与人沟通与社会交流的机会却几乎荡然无存。老年人无人陪伴独处一室，思前想后，容易走火入魔。

由此映照，与恐惧紧密相连的就是孤独。

早就在媒体上见到关于老年人孤独问题的报道，一直不在意，觉得"不过孤独而已"，不是个大问题，却忘了一个事实，就是自己还年轻，有地方去，有人玩，有人聊天，几句话说过，"什么孤独？"什么也没了！现在亲身体味到了。一次二次的孤独不可怕，可怕的是无休无止日复一日年复一年天天就这样，无告又无助且无奈又无力挣扎。我的女儿长年在北京，老伴只会做家务，就把孤独留给我来享用。

孤独的人觉得无靠无助而且无告，我浸泡其间，觉得与世隔绝、与人远离，别说是作家，就是常人也难以永远无条件地接受。即经过一只老鼠，能在面前吱吱叫几声，也不错的。

唉……我就是这个命，认了吧。

怕孤独，怕寂寞，害怕什么？回到当初的话题，怕无用，留恋生命，想多活几年，就要想办法摆脱这样的孤寂，使生命健康，与众人一起享受时代给每个人带来的幸福。想来想去，只有奋斗，多一点运动，多接触社会，多与普通人沟通，使自己的生命长久一点。

本文系作者生前遗存稿

成佛的『路』

偶尔与老和尚闲聊。谈及六祖慧能，说到禅宗传至六代到慧能手中没有再传第七代了。我说："传衣钵的事沾惹是非多，慧能是个聪明人，所以到他为止，袈裟呀、钵盂呀就不再往下传了，六祖之后佛宗不再传第七代，所以大家不吭声了。"老和尚默然良久微笑道："虽不再传第七代，从唐至今，禅宗愈来愈强是历史事实。"

历史事实确乎如此。就我知道的情形，到清代中叶，信仰禅宗的男士在全国男性阶层中已占到了八成左右，女性几乎是百分之百。

谓之不信，可以穿越一下《红楼梦》，里头大约就是这个比例：男人们大多谈的是禅。即使说诗弄词，常也引出"入世""出世"的理念。宝玉对佛家的理解，曾有过的出世概念和心理都是从禅宗里迸发出来的。一曲《寄生草》里头就掩映着宝玉对佛学的追念，对禅宗的崇尚，对老子庄子学说的诠解。贾政等是不信佛的，但贾母、王夫人等女性几乎没有一个不信佛。可以说男人们是在佛世界中谋生涯，即使真的不信佛，为了表示他们的"孝"，也还是屈从于佛的意旨和境界之中。即如王熙凤，她是不信佛的，但她在任何场合也还是表示自己对佛的尊敬。

这就是《红楼梦》中佛教意识的体现，"阿弥陀佛"几乎统治了当时整个社会。

禅宗佛学传世并不久远。从达摩开始到慧可，到僧璨，到道信，到弘忍，到慧能就走上了它的极盛，也走向了它的社会化。

我们今日读《坛经》，便能全面了解此事。其中的精彩几乎赛过我们今日少年人写作的惊险小说。一群秃头戒疤的和尚脱掉了浸润的外衣，在五祖去世的那天晚上，开始反复谋划追杀抢夺代表权力的衣钵。慧能逃亡避祸，到逐渐为世所容才重返佛界。不但惊险离奇，而且一波三折，扣人心弦——一直到慧能圆寂，香烟直指韶关。他预见到了自己圆寂后，今有人来取"吾首"以供养，这些都是历史故事，都为今人传承。这部《坛经》写得真是不含糊，把唐代盛世中发生的真实历史事件写得跟小说一样，跌宕起伏荡气回肠扣人心弦。

然而禅宗中的顿悟学在这种残酷的宗教斗争中，终于是稳稳地取得了彻底的信任。这场佛学上的革命成功为佛教中国化奠定了基础，在世界文化史上也取得了应有的地位。

人为什么学佛？当然是为了追求文化上和心理上的一种安慰。要达到佛的"境界"干什么？终极的答案当然是为了能生活得更安详、更健康、更快乐。换句话说，凡人在学习过程中成佛，成了一个社会承认的有境界的人。

慢速的成佛道路是传统的道路。人而达到佛，就是说从凡人走入天堂是需要修炼的。当和尚，拜师从学一点点地读经修成，达到一个程度，然后再读经，与师兄弟们辩论，与师友们学习辩论再达到一个层次……渐渐地一个层次又一个层次逐步提升，逐步把心灵的垢污清洗干净，升天的门票一步又一步地逐渐达到——最终成佛。

这样成佛行不行？行。当然行！只是太慢了。当世人读一辈子经慢慢地悟一辈子才得到了一张门票。虔心于佛，自幼出家到老死成功……但享受呢？风花雪月、四时美景、酒色财气呢？你怎么享用？你有时间吗？

禅宗的顿悟学不客气。屠儿在涅槃会上放下屠刀，立地便成佛。那就是说：一辈子行凶作恶做事不虑后果的人、一辈子喝酒吃肉杀人放火的强盗突然在一瞬间就成了佛，成了一个有德、有性、有神、有气韵、懂天理、知人事、明兴替、了解过去、掌握现在、拥有将来的明晰之士！上天了，而且是免票上天。你是屠夫专门杀生的，突然明白过来就地放下屠刀立地便成佛。

这个学说合乎人类简单成功的心理。这给许多作恶之徒开放了方便之门。他们一边作恶，一边寻找心理安慰，所以很快就被某些人蜂拥而上接受。我曾问过一位老太太为什么总听"阿弥陀佛"，老太太很轻松地回答："省事。"

对了，"省事"两个字几乎就是禅宗的全部！我们看《西游记》唐僧十万八千里受苦受难取经，之所以仅他一人，其余人都不愿干，原因就是"太费事"！就唐僧而言，他实际上和《西游记》中的那个"唐三藏"完全不是一回事。电视剧里看到的一副窝囊相。唐僧取回的大量的经文，他自己要翻译、造卷、阅诵，一点点学习修行，直到他死。别说是他，寻常人们倘要向唐僧的学生和弟子们学习佛经，虽经严格考核选拔也不能做到。

这实在是太慢了、太难了。这么多人口，这么多"满口袋钱满口佛"的人要成"金身正果"了，怎么弄？

顿悟学便应运而生，应时而生。

真的，印度人今日如需取经，还需十万八千里到中国来，到洛阳来！

本文系作者生前遗存稿

气数与首丘

昔时，我们常用一个成语，名叫"狐死首丘"，这些年，不大常用的了，"兔死狐悲"是我们仍常用的成语。"狐死首丘"是什么意思？狐狸本是个到处乱窜的家伙，一旦到老即将死去之际，无论它在什么地方，总会回头望着当初自己出生的那个山头。狐狸不是个招人爱怜、喜欢清静的动物，一辈子偷鸡摸狗祸害邻里，很惹人烦，招人憎恶，但它对出生地的眷恋，却还是使人感动的。

九年之前，我到山西，山西各界朋友陪同上五台山。为什么要去五台山？我一下子也难说清。当年，年逾耳顺，已进入临老时分，人们常言"上也五台，下也五台"，希望自己老年顺利，平安着陆。可能对我是个心理暗示，还有对五台佛家文化的向往，对五台神秘的探索……不管怎样，很愉快地就上了五台山。

下山路上，坐在汽车里，手机突然响起来。原来是阎锡山故居的工作人员打过来电话，希望我到阎锡山故居去参观指导。他们不知从哪里弄来我的手机号，言语恳切，措辞殷殷，所谓盛情难却吧，加上又顺路，也就欣然前往了。看过阎宅，馆里工作人员很客气，请我们几个人款坐用茶，又取出纸笔，笑盈盈恳请："凌先生，我们希望您能对我们馆的工作提点意见。"这也是题中应有的常事。但对阎宅，我说点什么好呢？周围同行的朋友有将军，还有山西省作协的负责同志，还有文友，大家都笑着看我，给我出主意，有的说：阎一生热爱乡土呵护邻里，有平民意识；有的说：阎锡山抗击日寇，曾与我党有一会之缘；有的说：阎生逢乱世，保境安民；

"阎将军不土不俗，爱乡复古"……种种议论，他们实际都是在为我出题目。当然，我心里知道是一回事，但怎样操作又是一回事。我自己是连续几届的中共党代表，还是人大代表，这次到山西又是应邀为省内领导干部讲课——我的政治履历与阎锡山的一生经历是凑不到一起来的；太俗了也不像"二月河"的言语风格，完全从俗跟在别人后边"溜边子"发言，也甚不妥。想来想去，竟想起来"狐死首丘"这个成语，于是题曰：

一代兴亡观气数，万古首丘望乡梓

就这样通写下来了：阎的一生应该说是有成有败，落局于败的人生。从辛亥革命一直到新中国成立，也是起伏跌宕，风云变幻，处尽艰难世道，波谲云诡的了。在那样复杂的环境下，仍能艰难竭蹶苦苦支撑他的那个不大不小的摊子，算得上一匹饱经世故的老狐狸了，但他最终漂泊海外客死异乡。这个老狐狸死时会是什么心理呢？至于说他一生成败得失，我以为不能全归因于阎氏，是全国形势的趋向、社会气数左右了阎锡山。北洋军阀时期，袁世凯时期，民国时期，他在大潮中搏击游泳都混过来了；他乡土自治的心理，维持着度过了抗战。到解放战争时期，彻底瓦解崩溃了！他的一生除了治理山西外，在全国的政局中似乎从来没有过什么惊人之举，也没有什么大作为，算得上一位混世魔王。大的国运左右了他自己的小命运，这就是阎锡山的一生。在气数的翻腾中被拨弄，随着国民党的气数尽绝，他也走到了人生的终结。

历史上有很多事是不可依常理说的。满族人入关，满人连老带小举族人口也就百余万，汉族是几亿人口，军队汉族也有四百万左右，可谁也想不到清人入关从山海关打到福建仙霞岭，如入无人之境横扫天下无敌手。这就是当时的形势气数，也有少数抵抗这气数的，多无好下场。袁世凯当年炙手可热，一遇到蔡氏云南起义，说情也没有用，打仗也没用，亲近也叛离，国人也皆敌。"既堕之威信难挽,已倾之大厦不复"——与其说袁世凯是糖尿病死的,我看主要是社会"糖尿病"应时发作,他就被气数扼杀了。北洋军阀、国民党政府皆是这个道理,可以说是颠扑不破的社会真理。

阎锡山死在气数已尽仍冥顽不灵,但无论何时,死于何地,山西这片热土是他永远的眷恋。"气数"有些时候只是个念头,一个小动作牵动了大局,就变成了不可逆转的气数。袁世凯如果不思当皇帝,老实弄他的共和,屁事也没有,蔡锷也除不掉他。阎锡山如抗战之后不打内战,历史恐怕要对他另做一份评价。但气数总归是大势,作为个人,他的归宿恐不免于乡土之恋。

蒋介石想不想奉化溪口?蒋经国想不想南京?

都是一样的理,任凭气数播迁,最终只能"首丘"的吧?

本文系作者生前遗存稿

一斤的故事

一斤是多少钱？买菜的时候我和菜贩子老太太开玩笑，她头也不抬，闷闷地回答我："二毛五一斤！"我回了一句："一斤是一百钱不是吗？一斤是十两，一两是十钱，一斤可不是一百钱？"

但这个说法也就是今天说的吧。过去我们讲"半斤八两""八两半斤"，这是我们祖先留下来的传统，一斤就是十六两。说到"一退六二五"，这到眼下当前我们仍在用，也还是十六两秤，一斤一元钱，一两是多少钱？"一退六二五"，一两就是六分二厘五的价格，是珠算除法口诀，不但平常买卖，就是我们找中医看病，他在我们药方子上面划拉：沙参五钱，知母四钱，大黄二钱，甘草三钱，白芷三钱……也还是用十六两计算药的剂量！说那个人和另一个人人品或处事方法类似，"咳！他们两个人哪，半斤八两，一个样！"那就敲定了，一斤就是十六两！

我们中国就这样，多少年多少代，一斤十六两，十六两一斤没有变更，但头一回用这个概念的是谁，为甚的一斤不是十两而是十六两，偏偏就是这么个数字？我在大学里讲课时有学生问起这个问题。

我们是个讲究人文，讲究人天感应的国家，什么事情物性天理都从人性出发就是了。

有许多人大约不知，在稍远的古代，我们曾用过十三两作为计算标准，那就是说一斤是十三两。

假如是这样，我去买肉，一斤一元钱，问你"一两肉多少钱"，就算你是数学出身，就算你卖菜卖肉干脆利落，恐怕这道题也够你翻起眼去想半天的："一两啊，三七二十一，四七二十八……啊啊——大约是七分多钱的吧"，想了半天还是个模糊数字，因为事实上根本就除不尽了！

事实上，中国人太讲究数字了，讲究得进入了近乎广袤的境地。市场交易进行买卖，在中国人看是关乎平民百姓生死存亡的事，一斤里头要有个"死"也要有个"生"字。

北斗七星，在国人心目中，是关于死亡的概念。那么谁掌"生"呢？南斗。南斗六星主生，代表生存发展和希望等。7 + 6 是多少？十三，一斤十三两就出来了。但这个算法太不方便了，太不合乎计算和使用规则了，中国人会推磨，这些搞计算学的专家说："不方便？我们再加三颗星，福禄寿三颗星！"

13 + 3 = 16，十六两计量单位便出现了。不论怎样不方便，总算摆脱了除不尽的尴尬。卖东西的人你也不要缺斤短两：少给人一两，折你的福；少二两，折禄；少三两呢？折寿。

不要小看十六两只是个计量单位，它实际具有丰富的文化内涵，所以中国人使用了很多年。

本文系作者生前遗存稿

河南出版基金
HENAN PUBLICATION FOUNDATION

03

ERYUEHE
WENCUN

二月河文存

编 周百义

著 二月河

河南文艺出版社
· 郑州 ·

《红楼梦》研究

断臂阿佛洛狄忒手执何物？

——《石头记》结局探微兼议《红楼梦》主线

红学界开展的关于《红楼梦》主线的讨论，是一件很有意义的工作。对这样一朵冠绝千古的文坛奇葩，这样一盏光照宇宙的现实主义明灯，如果弄不清它的主题，弄不清它到底是在向人们诉说什么、告诫什么、鞭笞什么，它是通过什么表现手法完成自己的艺术使命的，确实有碍于它本身思想影响的扩大，也必然影响到由它本身强大的艺术魅力所招致的亿万读者对它的正确阅读和正确认识。

一部只写了八十回的《石头记》、不足百万字的小说，两百年来风靡倾倒了无数读者，惊动成千上万的学者和业余爱好者殚精竭虑、苦心孤诣地进行研究，写出了堆积如山的文稿；引起历代统治阶级政治家和历代思想家的深切关注，以至于闹出文字狱，甚而至于全民性地开展研讨。至今对于"主线"这一至关重要的问题却仍处于纷纭莫辨的认识阶段，此真亘古未见之奇事！

但读过《红楼梦》的人都知道，那迷离混沌、丝萦藤缠的情节，手挥五弦、目送秋鸿的表现手法，曲笔交错、暗线纵横的艺术构思是何等巧妙地融会在一起。端的有鬼斧神工般的手段！曹雪芹所精心勾画的社会场景中，既有儿女闺房语笑、吟风弄月之情，亦有泪、血和压迫；既有豪放不羁的长歌，亦有无可奈何的叹息；庄重肃穆的"雅歌"和着惨不忍睹的杀戮和阴谋；富贵风流、花团锦簇的浓荫之下却可以听到幽咽的悲泣；敦厚仁爱的家风，簪缨诗礼的华装中包藏着对一切健康的人生向往、精神生活、理想和爱情的冷酷蔑视和无情践踏。它所干预生活的广泛性和深刻性达到了这样的程度，乃至于足使每一个读者都可以自己对人生的理解，按照自己的立场和愿望去发现一条自己可以接受的"主线"来。此即是主线纷争缘由之一：曹雪芹太"厉害"，《红楼梦》太博大。

经过前辈红学家可贵的努力，我们基本上可以认定，现在读到的一百二十回本《红楼梦》并不是曹雪芹一个人的手笔。八十回以后文字的"迷失"，给人们留下无数惶惑犹疑的谜，犹如1820年在希腊米洛斯岛的山洞里发现的那尊阿佛洛狄忒雕像：她所失去了的两臂将是什么动势？原来的位置在哪里？她原来手中又到底所持何物呢？谁也说不出个所以然。此即为《红楼梦》主线纷争缘由之二：曹雪芹不幸而未将它的全璧交付人类。

而我以为，搞不清《红楼梦》这尊"断臂维纳斯"失去部分的真相，研究它的主线会加倍的困难。因为前八十回的《红楼梦》情节乃是不完整的情节（后尚有数十回之多），因而"主线"亦不能谓之是已经描述完整了的主线。而拿着一部不完整的书喋喋不休地争论其"主线"，无异于面对残缺了的阿佛洛狄忒雕像争论她到底是"爱神"还是"海神"！

所幸者，"迷失"了的后数十回，并不是无线索可求、无踪迹可寻、无端倪可查。曹雪芹特有的写作方法可以帮我们的忙，他对该书结局的暗示比比皆是，可以据以分析；有幸读过后数十回大多数篇章的脂砚斋诸人的批语可资佐证；而前辈红学家的汗水和心血也并未白淌，他们经过坚忍不拔的努力劳动，所考证出的曹雪芹家世和本人的大量资料及版本情况可供参考。对于"迷失"部分的演变动势和结局，我们完全可以掌握它大体上的面貌。

一、元春之死与贾府之败

至八十回止，贾府这个赫赫扬扬的百年簪缨大族，虽然一步一步地在走向深渊，但由于曹雪芹关于贾府"速败"与"缓败"的暗示都不少而且都含糊不清，使这一问题变得老大难——它是在一次闪电般的打击下被夷为一片白地？抑如受潮的糖塔一样慢慢地坍塌了呢？

我以为，它虽将遭到迅速而惨重的打击，然而终于仍是"自杀自灭"式的垮台，直到终结。而要把此问题说明白，绝对应当把元春的死探讨清楚。

抄家，是那个"天威难测"的雍正皇帝的拿手好戏。贾府之败于抄家，书中屡有暗示。这正是雍正年间屡兴大狱、抄家成风的政治特点的艺术写照。达官贵族、名士鸿儒处于这样险恶的政治环境之中，真是犹如处身达摩克利斯悬剑之下，不知什么时候便要横祸被于身家。以贾府所拥有的两个区区"世职"来维持这个家族，是没有多大安全系数的。我们不难想象，这种本身由于承袭制度的限制而已受到严重威胁的世职，何堪处于这种政治气候，何堪加上一老一少两个猜忌成性的皇帝呢？

所以，贾府的粗根子并不是什么赦老爷、珍大爷，而是穿黄袍的贾元春，她才是贾府真正的"老祖宗"！只有她的地位不动摇，这个家族才能"风雨不动安如山"。

但是，我们有根据说，贾元春绝非如高鹗所续的那样"病死"。对此，我同意杨光汉同志的分析，她乃是被赐帛自尽的。但我对她的死因及赐死的特点有几点不同的看法谨陈于下：

1. 贾元春之死与农民起义无干。

杨光汉同志据脂评本有句"训有方，保不定日后作强梁"指出"柳湘莲一干人"，认为柳湘莲日后是造了反；又据"榴""柳"谐音，以"榴花开处照宫闱"指称贾元春是因柳湘莲所领导的农民义军进逼皇城受干连而被赐死。此种分析，费煞苦心，到底可靠不可靠呢？

据书中情节看，柳湘莲可能在江湖上与"强盗"有某种联系，但没有任何证据表明他自己有上山造反的意图。我们更明白的是，他是因爱情失意而看破红尘、出家了的，并不是对政治不满。

从他的行为看，他的"革命性"也实在少得可以。薛蟠是什么东西？一个抢占民女倚势欺人的恶霸，一个淫乱无耻的色情狂，而在性命危急关头救了他的，不就是这个柳湘莲吗？怎么能指望这样的人来领导农民起义呢？

这样看来，要想此论成立，首先要假定柳湘莲和度他出世的道士造反，再假定"柳"即是"榴"，而后假定柳的义军成了大气候，最后假定元妃死于是事。把结论放在这一连串的"假定"上该是何等的蹩脚和荒唐！

截至目前，我们尚未发现曹雪芹有通过武装暴动推翻封建王朝的思想的任何资料。反之，倒有理由认为，他对这种暴烈的行动是不赞赏的。这种基本倾向从《姽婳词》及不少有关之处可以清楚地反映出来。那么，他有什么样的思想基础将柳湘莲的这种（假定）行动比拟为"花"，而且灿烂光芒四射，直照到封建王朝的老巢——宫廷中去了呢？

造反逆"天"，祸灭九族。此因是非常之举，当有非常之变。然而，其株连的面也毕竟是有限的。这个"限"就是"九族"。按《清律例本宗九族丧服图》载，所谓"九族"即是：直系亲以本人为基，上推及父、祖、曾、高，下推而及子、孙、曾、玄为止；旁系以自本身横推而兄、弟，堂兄、弟，再从兄、弟，族兄、弟而止。那么，湘莲与贾妃该是什么关系呢？

湘莲之未婚妻（且闹着要退亲，且尤三姐已死）——我们不妨"大方"一点指为尤三姐，二尤的姐姐乃是尤氏，尤氏（非贾珍之正配）的丈夫是贾珍，而贾珍隔了四服的族姐（妹）才得为元妃！

因此，柳湘莲（"榴相连"也罢）即使造反，即使祸灭九族，也还是轮不到元春。"榴""柳"固然谐音，奈何不过"谐音"而已。

曹雪芹是我国18世纪的文豪和思想家，不是一位革命家（顺便说，20世纪的民族资产阶级在中国革命问题上也还软弱得要命）。马克思主义、毛泽东思想要求我们用历史唯物主义的观点观察历史，而不是硬性地用它来要求历史人物。谁也没有权力要求，一个国内阶级斗争处于低潮时期的作家"现实主义"地大写《水浒传》式的造反事件。

2. 贾元春是被秘密处死的。

这个问题从元春的曲子《恨无常》中可以看得明白：

> 喜荣华正好，恨无常又到。眼睁睁，把万事全抛；荡悠悠，把芳魂消耗；望家乡，路远山高——故向爹娘梦里相寻告：儿命已入黄泉，须要退步抽身早！

读过元春省亲一回的人都知道，元春说过："如今天恩浩瀚，一月许进内省视一次，见面是尽有的。"既然见面是这样频繁，这位大小姐的芳魂又何必要从"路远山高"的望乡台，忙忙地奔回贾府"向爹娘梦里相寻告"那句体己话呢？在病床上当面谈不更恳切，更有说服力吗？详全曲之意，元春之死，贾府是既不知消息，亦不曾做"退步抽身"的打算。如果不是有意地"秘而不宣"，这可能吗？

假如她是善死，根本就不需要这位赫赫天眷亲自跑回娘家报丧，泣告"儿命已入黄泉"的话；而假如她是因得罪"当今"公开被赐死，她到此时才来对父母提出"退步抽身"的忠告，不太迟了点吗？

3. 贾元春乃是"当今"在不得已的情况下忍痛赐死的，非出皇帝本愿。

就《红楼梦》所显示的政治背景而言，当时朝廷之中有两位皇帝。一位是"当今"，一位是退休了的"太上皇"。据所有史载的类似情况看，这种关系没有一对是能够处理得好的。就书中所塑造的几位宦官形象看，"六宫都太监"夏守忠虽也常到贾府捞点"外快"，但似与贾府的关系尚比较友好。而周太监就颇不将贾府放在眼里，他一张口就要勒索上千两银子，"略慢些，他就不自在"。在朝廷实力派中，北静王与贾府关系很好，那忠顺王就根本不买贾府的账，为一个区区"戏子"，他就敢毫不客气地派人登门坐索！就元春的地位而言，从贾府的角度看，虽然她八面威风，神气得很，稍加思索，她也不过是宫闱里的一位"赵姨娘"罢了。赵姨娘在贾府是什么地位，她在皇宫里就是什么地位。

诚然，应该注意到，贾元春的形象并不似赵姨娘那等惹是生非、贱气十足。据她被封为"贤德"贵妃的名号看，她是深得"当今"欢心的。那么，是什么原因，使她落得个"宫吊元"的悲惨下场呢？

贾元春死于非命既与农民造反事件无干，那就只能设想她是死于宫内外复杂而微妙的钩心斗角场上。她代表贾、王、史、薛四家族的利益，身处最高统治阶层的核心部位，那里是封建王朝权力争夺、派系斗争的旋涡和焦点。周太监、忠顺王之所以敢于藐视贾府，不能不使人想到，是另有一座硬实的政治靠山在支持着他们。那"当今"是真的"仁孝过天"吗？而"太上皇"果然就有一颗拳拳爱子之心吗？

程鹏同志在他的《烟云渺茫处、无限丘壑藏》（见《红楼梦学刊》1979年第2辑）中曾对"当今"做过精辟分析，指他为"庸君"，是很有见地的。我看他确是一个很没有主见的糟糕皇帝。从贾妃回家探视的描述看，她是否有点悲痛过头了呢？仅仅因为一月只能与家人母子见一面就值得难受得"一手挽贾母，一手挽王夫人……只管呜咽对泣"？是不是还有"不得见人"的隐情有口难言呢？

历史上被赐死的皇后、宫妃多如恒河沙数，为什么曹雪芹偏要用"马嵬"之类掌故来点题呢？史、诗均可为证，杨玉环乃是玄宗不得已的情况下被忍痛牺牲的。他在回朝之后还效仿过汉武帝那一套精神追踪法，派"临邛道士鸿都客""上穷碧落下黄泉"地寻觅过杨贵妃的芳魂。《红楼梦》中的这个风流皇帝，果是"圣躬自断"地处死元妃，曹雪芹又何必用这个故事来隐喻呢？

在元春省亲一回中，她亲点了四出戏。曰《豪宴》、曰《乞巧》、曰《仙缘》、曰《离魂》。（请看这是多么寒心的四出戏！）读过元春之死真稿的脂砚斋，在"乞巧"旁批云"长生殿中，伏元妃之死"。那么，在长生殿里曾发生过什么事情呢？白乐天的《长恨歌》中说得明白：

> 临别殷勤重寄词，词中有誓两心知。
> 七月七日长生殿，夜半无人私语时：
> "在天愿作比翼鸟，在地愿为连理枝！"

他们之间既然是如此恩爱，他舍得将她一绳子吊死吗？唯一可以解释得通的似是：她虽然在他被迫的情况下被害，但他却始终耿耿于怀，只要有机会，是一定要为她翻案的。

为了说明这个问题，有必要重点分析一下李纨母子的结局情况。

李纨的判词和谶画十分清楚：画画着一盆茂兰，旁有一位凤冠霞帔的美人。也有判云：

> 桃李春风结子完，到头谁似一盆兰？
> 如冰水好空相妒，枉与他人作笑谈！

她的曲子名曰《晚韶华》：

> 镜里恩情，更那堪梦里功名。那美韶华去之何迅，再休提绣帐鸳衾，只这带珠冠、披凤袄，也抵不了无常性命——虽说是人生莫受老来贫，也须要阴骘积儿孙。气昂昂头戴簪缨，头戴簪缨；光灿灿胸悬金印；威赫赫爵禄高登，爵禄高登；昏惨惨黄泉路近！古来将相可还存？也只是虚名儿与后人钦敬。

何须详推细析！这个活着如同"枯木槁灰"似的女人曾经背负过人生最大的不幸。然而她的晚景不惨，是戴着"凤冠"披着"霞帔"心满意足地走向坟墓的，而且直到死后仍名声极好——算是功成、名遂、身死。曹雪芹正是通过这样的艺术构思，向"看官"们揭示掩盖在光彩夺目的荣誉后边的对人类灵魂和理性的残忍宰割的。

贾兰是她的命根子，是她的精神支柱和希望的寄托，就是他为他的母亲挣得了一个封建淑女所能够得到的最高荣誉。

值得注意的是，贾兰在前八十回到底是几何年岁呢？这在第七十八回有所披露：

> 众幕宾看了（贾兰的诗）便大赞："小哥儿十三岁的人就如此，可知家学渊深，真不诬矣！"贾政笑道："稚子口角，也还难为他。"

这样就连带而出一个问题，"小哥儿"的年龄是如此幼小，那李纨要等多长时间才能得到她所想望的那种"幸福"呢？

脂砚斋在批《好了歌》注歌"昨怜破袄寒，今嫌紫蟒长"中指称此句为"贾兰、贾菌一干人"，算是解了这个谜。

原来在贾兰"嫌紫蟒长"之前，曾经过一段自叹自怜"破袄寒"的贫困时期。而造成这种困顿状态的原因不是抄家又是什么呢？

很明显，贾兰的做高官、戴簪缨、悬金印这番"壮举"乃是在贾府被抄数年之后的事了。如果说当初赐元春死是"当今"的本意，他肯给她的嫡亲娘家侄儿这样的宠遇吗？若果然是柳湘莲"造反"逼近皇城，在"天子惊慌愁失守，此时文武皆垂首"这样严重的政治局面中皇帝"赫然大怒"，下旨："着贾元春自尽，拉出去埋了，钦此！"贾兰还会有这般"威赫赫"的事吗？

我的理解是，元妃死后若干年，"当今"终于击败他的政敌，决定为元春昭雪。而此时的贾府早已败散，"飞鸟"们早已"各投林"。于是，他在某一"林"中罗网了贾兰等"鸟"，封以高官，施以厚禄，"大大地给了一个恩典"。李纨很可能因为戴上了一顶"凤冠"而激动得血压升高、抢救无效而逝，贾兰遂亦伤母而亡。

对贾元春和贾府的情况做这样的分析，有的同志会反驳说："你的这一点'见解'并不新鲜，这不过是高鹗续书的翻版，让贾府再'沐皇恩'而已。"

对这样的质疑，我只能回答：也是，也不是。贾府"再沐皇恩"有什么根据说它是不可能呢？这种事情历史上看到的还少吗？谁又能提出证据，说曹雪芹打算不要皇权统治，准备建一个共和国呢？我只是要说明，尽管可以"再沐皇恩"，也到底由于我们看到的"红楼"世界太腐朽、太糟糕而不能自存，连皇帝也挽救不了它完蛋的命运——这幕社会大悲剧的意义即在于此。

据我看，贾府的统治者并没有听从元春的劝告而"退步抽身"，因而遭到了迅雷不及掩耳的打击。但打击过后，还有一段漫长的时间"红楼"才能"梦"醒呢！

经过这次打击，贾政、贾赦一干人将一垮到底。抄家的狂浪将一洗贾家的"内囊"。政治上失去靠山，经济上断绝了来源，亲友不肯照应，债主盈门追索，同僚因风吹火，正是呼天不应，叫地不灵，此二朽木不死何待！

经过这次打击，这个家族形式上的维系者贾母，风烛残年又遭狂风，将一灭了之，她的死，宣告这只百足之虫正式解体。能干的管家人死的死、走的走；王熙凤、贾琏的反目将如火上浇油一样使贾府乱上加乱。

经过这次打击，贾府中久已有之的你吃我、我吃你的惨剧将日趋公开和白热化，邢、王二夫人的角斗愈演愈烈，家中下人乘机挑拨是非，各自大显神通"施为"，作为"怜悯"而余下的财物将被瓜分一空。

试想，这样的摊子还能收拾得起来吗？然而，这正是曹雪芹根据他自己亲身经历过的痛苦给《红楼梦》安排的现实主义悲剧。

二、覆巢之下无完卵

有理由设想，八十回以后的《红楼梦》将是风云突变、急转直下，狂飙骤起、惊心动魄的文字。

八十回后期的文字中，我们已经能够看到，天边镶着金边的乌云峥嵘楼起，在闭合大观园最后剩余的光阴；可以听到挟着可怖的闪电的隐隐沉雷之声。暴风雨来临前夕的飒飒凉风浸入肌肤，花在溅泪，鸟在惊心……一些敏感的"先觉者"则在悲凉之雾中踟蹰、叹息。可以预料，所有蕴积郁结的矛盾都将在"抄家"这个机遇中爆发、会合、翻滚，都将在此一场浩劫中同归于尽。

还是让我们观察一下曹雪芹所刻意塑造的主人公们，那些读者最为关心的儿女们将会有怎样的命运吧！

在贾府被抄之前，探春和湘云的出嫁这两件事是一定要先写的。

对于探春的远嫁，人们往往不假思索，认为"不过远嫁而已"。但事实上决不至如此简单。

贾元春死后继之而来的抄家，是撼动朝野的严重事件。这种事情往往波及面很广且震动烈度很大。但仔细看探春的判词、谶画及曲子就会感到奇怪：何以这样一件大事会对她毫无影响呢？根据当时"一损俱损"的政治特点而推断，贾探春乃元妃之亲妹，犯抄贾府之女，岂有不受连累之理？又根据"亲亲"的原则，她为贵人之妻，又岂有坐视娘家遭害而不救之理？

至于说是远嫁不能顾及，此说无理。凭你嫁到哪里，"溥天之下，莫非王土；率土之滨，莫非王臣"！虽然在交通不便、通信不灵的情况下影响的程度（主要是速度）有所不同，但她不受影响，也不伸手帮助，确是蹊跷。

我认为躲过这场大难的唯一平安地是外邦属国。这朵玫瑰花一下子插到了海外！这样，如果硬要依律无情地株连她，希望"东平、西宁、南安、北静"的中央朝廷就不能不有所顾忌，对这个鞭长莫及的次要女子也只好马虎一点。

而处于这种情况下的探春当然也是帮不上娘家的忙了。

为了说明这一点，还需要做进一步的分析。请先看探春的曲子《分骨肉》：

> 一帆风雨路三千，把骨肉家园齐来抛闪。恐哭损残年。告爹娘：休把儿悬念，自古穷通皆有定，离合岂无缘？从今分两地，各自保平安。奴去也！莫牵连。

"三千"是个虚数，意思是"很远很远"。如果不是远到了天尽头，如何连一声"再见"也不敢承许，只好凄切地道一声"珍重"？如系本国藩臣，他难道不进京述职？

那么，嫁往何方？再请看第七十回"放风筝"一段描写：

> 探春正要剪自己凤凰，见天上也有一个凤凰。因道："这也不知是谁家的？"众人皆笑说："且别剪你的，看他到像要来绞的样儿。"说着，只见那凤凰渐逼近来，遂与这凤凰绞在一处……又见一个门扇大的玲珑"喜"字带响鞭在半天如钟鸣一般，也逼近来……与这两个凤凰绞在一处。

妙哉！这天上的一幕婚典真写得惟妙惟肖。还有比这再清楚的暗示吗？时值孟春，自然是东风，两个"凤凰"挟着一个"喜"字，"飘飘摇摇"西方去也！

她的丈夫是个什么地位呢？这要到"掣花签"一回中去找，探春掣得的饮酒花签上：

> 是一枝杏花。那红字写着"瑶池仙品"四字，诗云"日边红杏倚云栽"。注云："得此签者必得贵婿，大家恭贺一杯，共同饮一杯。"众人笑道：

"……我们家已有了个王妃，难道你也是王妃不成？……"

我们知道，元春并不是"王妃"而是"皇妃"。这种比拟看似不伦不类，实际上是有其内在含义的。如果是"藩王"之妃，这样比就大成问题；如果是名义上臣服而相对独立的另一王朝，那亦未尝不可呢？如尚不足说明问题，可以将她的柳絮词《南柯子》前半阕拿来再看：

空挂纤纤缕，徒垂络络丝，也难绾系也难羁，一任东西南北各分离。

虽然有着丝丝缕缕的联系，然而不过是"空挂""徒垂"而已，实际上是一个管不了的地方，"也难绾系也难羁"嘛！

小子有凿方眼之癖，请君试想，贵婿而王妃，东风而西去，远到天外"瑶池"，远到对其"也难绾系也难羁"，而且永无"省亲"之日，那么非"外邦"而何？

这一问题的复杂性在于，它牵涉到曹雪芹创作思想变化问题，容本文后部再叙。

史湘云是一个批不臭、打不倒的人物。一个明摆着的矛盾是，红学家们从"政治上、思想上"在冷酷地抨击她，但人民却依然热爱这个艺术形象。她的受委屈实在是很不应该（对此笔者已另有专文论述）。

种种迹象表明，这个英豪大量的女孩子是不会嫁给贾宝玉的。"白首双星"乃另有所指，当是宝玉的朋友卫若兰。

从她的判词和曲子看，她的婚事是先喜而后忧。卫若兰才貌双全，他们婚后生活一度是相当幸福的，曾有过一个夕阳一样美好的蜜月。但不幸，等在她前头的却是"云散高唐、水涸湘江"的悲惨结局。

是什么缘由使她遭此下场？据《红楼梦》的发展趋势而言，只能考虑是贾府抄家的后果。这样看来，她的结婚也就只能是抄家前的事了。

至于迎春，八十回中已经显示，这个老好好的"东郭"姑娘嫁到了中山狼窝里，死神已鼓翼向她降临。结局至为明白，"前人之述备矣"，余不饶舌。

迎春是死了，探春是"拣高枝儿飞去了"，余下的那些暂时还死不了的、飞不走的"鸟儿"们将会怎样呢？

时值"虎兔相逢"之期，贾元春遭到宫内外反对派势力突然袭击式的联合攻讦。她将在那些诬陷她的"证据"面前有口难言，"辩"不清二十年的"是非"——"太上皇"和"今上"之间的矛盾可说是构陷她的最好的陷阱——她站不住脚，摔了下去。于是，大观园上空蓄之已久的雷雨终于大作。

抄家诏命既下，贾琏、贾宝玉一干无职男丁当即入狱待勘，女眷则隔房看管。妙玉将被以"家庙"尼姑的身份和女奴们一齐没为官奴发卖，结果落到了"风尘肮脏"的妓院，而蒋玉函似可能依忠顺王势买得了袭人。

妙玉是一个过分清高的知识分子形象。这个出家人真实的内心世界是不够清净的，与其说她是"出世"，倒不如说她是"避世"准确些。曹雪芹要通过她的遭遇，向人们说明这个"世"是"避"不了的。

从她的画谶来看，是"一块美玉，落在泥垢之中"；从"判词"看，她是"终陷淖泥中"；从"曲子"看，她是"风尘肮脏违心愿"。什么地方才具备这些环境"条件"呢？恐怕除了妓院再也找不出了。可见，她的结局并不是一时受污，而是受污至死。

至于袭人，讨厌她的形象的读者较多。谁喜欢爱"袭"击人的人呢？但我认为，与其说她"可恨"，不如说她"可怜"。她的丑只在于她从形体上到精神上都是一个标准的奴隶。奴隶而侍奉不周，就要落个"嫁小子""撵出去"的下场，老子娘就要饿死。这是她的基本社会地位决定了的。所以她不可能是自愿地脱离宝玉择夫而走，何况琪官还算宝玉的朋友呢！

抄家的冲击波到来，贾琏被逮、王熙凤隔离。在一片混乱之中，年幼的巧姐被"狠舅奸兄"（王仁、贾芹之流）所卖为妓，恰遇刘姥姥将其救出。这位金钗就这样从富贵顶峰跌落下来，成了一个自食其力的村姑。

而女主人公林黛玉则将作为客居贾府的亲戚被迫移外（很可能是薛家）居住。她既没有活动能力去营救她所爱的人，亦不能善自保重爱身而自惜，薛家母女的劝慰毫无效用（宝钗婚后所谈之"往事"大约即指此），在无尽的悲哀中将一腔辛酸泪水洒尽，浇灌了她的爱情之花。

至于湘云的丈夫卫若兰，似将因受株连被判苦役，流徙"沙门岛"之类的远恶军州。

一年之后（"秋流到冬，春流到夏"可知）的深秋（"落叶萧萧，寒烟漠漠"可知），抄家风浪渐次平息，经过勘问的宝玉等被释放，所谓"狱神庙慰宝玉"即当此时情节。因为如果宝玉还在狱中，即是"钦命要犯"，贾芸、小红怎敢去"慰"，又何得"供奉"玉兄呢?

在这种情况下，由王夫人、薛姨妈主张，宝玉和宝钗成了亲。此时的贾府，可能出于皇帝的"恻隐之心"而赐留一部分房产，但其政治上无依无靠，经济又复债台高筑，门面已经难以维持。借过贾府钱的，或畏祸，或恃势不肯周济，而贾府所欠的债务，却非清偿不可。邢、王二夫人、贾琏夫妇之间的矛盾闹得沸反盈天，"自杀自灭"的丑剧将演得"性命脸面"也不要了。王熙凤在失去了金钱的同时也会失去她的威权，四面楚歌众叛亲离的现实终于使她"知命"，她终于被休弃回了"金陵"。王夫人失去管家地位，事无巨细都要遭邢夫人的排揎，她将积忧成病而逝。而刻薄鄙吝的邢夫人则会卖掉家产，填还债务，"各人自寻各人门"。这个曾显赫一时的贵族家庭就这样土崩瓦解了。

家，破亡败落；人，流徙云散；恍若再世为人的宝玉该是什么心境? 他们夫妇在离开贾府之后虽被小红家接了去"供奉"起来，粗茶淡饭尚可度日，但宝玉精神上的创伤却是无法治愈的了。身边的薛宝钗是贤妇，尽管变成了荆钗布裙的普通女子，却仍能"恪尽妇道""举案齐眉"地关心丈夫。但宝玉经过这次打击，将愈加认清"禄蠹"哲学的虚伪和残忍，他会更加怀念为他而死的林黛玉，哪里还能听得进去那个"贫贱不能移"其本性的"宝姐姐"整天刺刺不休地劝他重绍祖德的说教呢？他的"情极之毒"终于发作，他变得格外的"不可箴"，一撒手飘然而去。惜春亦继之出家为尼。这兄妹二人各从自身的痛苦勘破了这个罪恶的红尘世界，各根据自己对人生的理解而选择了同一归宿。

那史湘云却仍在苦熬她的岁月，她在等着云山万里外的丈夫归来。若干年后，皇帝为贾家昭雪的敕令下达，卫若兰获赦奔回，但这个曾充满青春活力的豪爽女子却耗尽了她的生命，枯槁干涸而死，离开了这罪恶的人间。

贾兰的重见天日之时，则必是李纨的死期。据情理而言，她含辛茹苦、终生一念突然如奇迹一样实现，她也实在受不了这种"幸福"的强烈刺激。而刚刚"爵禄高登"，忽然就"黄泉路近"的贾兰的死，似也必与此有关（因不可能再来一次抄家）。

我以为，八十回后不久的抄家，将是前所未有的精彩文字，但决不会很见长。经过一段"发疯"似的乱糟糟局面之后，贾府还会有一个岌岌可危的相对平衡阶段。《红楼梦》还要继续相当长时间，大量的篇幅还将用在贾府的自杀自灭、人与人变态的关系上。曹雪芹将用刀一样的笔触向人们报告这种丑，把这个小世界不可救药的顽症淋漓地显示出来，给读者以深沉的启迪，无边的幽想，无尽的思味。

三、"真干净"乎？

不可能。我要说明曹雪芹写作计划有所改变，将不会安排一个"真干净"

的茫茫白地。我以为在写作初期，尽管作者曾打定主意，写个"真干净"，消化胸中郁结的块垒，发泄失意绝望的孤愤。但是，在十年的创作过程中，他的创作思想发生了变化，他不仅要无情地"揭疮疤"，还要告诉人们：希望的诞生与丑恶的消灭同在！

纵观《红楼梦》，有几个特点很值得注意：（一）对天地君亲师这些神圣表示了相当程度的藐视；（二）主张男女平等，为矫枉过正起见，他搞了个"女儿至上"主义，几乎将全部贾府男丁都写成了不如女人的窝囊废；（三）提倡博爱意识；（四）表现对婚姻自主及人身自由的向往；（五）反对宗法制度，家族观念窒息青年进取的思想也相当强烈。

作为观念形态被作品反映出来了的这些思想意识，只能来自当时的现实社会生活。但还应当看到，《红楼梦》所表现的这些观念的系统性和坚定性，似乎与当时存在于我国的微弱的资本主义经济基础不甚相合。也就是说，贾宝玉"不肖古今无双"的理性意识的强烈，似超出了当时这种经济基础所能够给予他的。这又是怎么一回事呢？

我常想，康熙实在是中国的一位"潘多拉"。他本有力量和必要打开匣子，把一切美与丑的东西一齐放出来，那美的自然一定会战胜丑的。可是由于他的犹疑，只将匣子打开了一半，旋即将希望与光明扣了起来。

1684 年，康熙宣布废止"禁海令"，许可"百姓以装载五百石以下船只往海上贸易捕鱼"；"开江、浙、闽、广海禁，于云山（今连云港）、宁波、漳州、澳门设四海关，关设监督"，试想，这些政策如能贯彻始终，焉知近三百年的历史不会另是一番风貌？可惜只实行了二十多年，这个"潘多拉"被自己放出的魔鬼吓慌了手脚，突然又下达了"禁海令"，对正在迅猛发展的海外贸易和整个社会经济来了一次沉重的打击！

尽管如此，魔杖已经无法指挥了的幽灵已经散布，《红楼梦》作者抓住了它，让它在《红楼梦》中再现丈六金身。

本文重点是分析作品，对雪芹的思想不拟赘述。但曹雪芹有过人的敏感和足够的能力把他的思想用形象化的思维语言告知读者。我们有证据说《红楼梦》将不是一"梦"无余，它将给读者以五鼓破晓时的清凉。

恕大胆，我以为在雪芹面前，似可以设想四种表现"逆天"思想的方案进行选择：

（一）用"凌迟"手段揭露丑恶，用灭顶时的绝叫来刺激人们麻木的神经。这是传统看法。

（二）以农民革命的方式推翻封建制度。此已为作者自己断然否定。

（三）以资产阶级革命方式推翻封建制度。美则美矣，实则不能。当时那种萌芽状态的资本主义"经济基础"远不能引起作者此种联想，在《红楼梦》中也找不到有关的端倪。

（四）以带有资本主义性质的温和的改良主义改造现行制度，在不触犯天子地位、王朝利益的前提下，实行一些比较开明的措施。

在对第一种和第四种形式之间选择的认识上，我徘徊了很久。我至今认为，传统的看法不无道理，因为它确实与曹雪芹创作初期的指导思想相吻合。但是，曹雪芹是一个活生生的人，他不会被自己原规定的命运模式拘泥得死板板的。作者在创作过程中思想有所变化，他就有权利对自己原来的"模式"进行修改，这是毫不奇怪的。吴恩裕同志已经从考证角度初步接触到了这一问题，但由于曹雪芹大量逸著如黄鹤渺然，更直接的证据还是需要从《红楼梦》中去找。

贾探春在大观园曾一度"执政"，此期间她在力所能及的范围里进行过一次改革。其内容大致可归纳为如下三点：

（一）破坏"老祖宗手里的规矩"，抑制无节制的奢侈，摈除烦琐开支。

（二）实行"财务制度面前人人平等"原则，愈是亲近，愈是有头脸有威势的人，便愈是拿来典型执法；采取有力措施，打击买办舞弊。

（三）严格实行职责分工制度，一草一木皆有专人负责；"使之以权，动之以利”，调动下人管理大观园的“积极性”。

从狭义角度看，贾探春当然是在维护封建家族的根本利益，解决入不敷出的经济困难。但从这一系列措施的内核中，从广义的角度来分析，我以为它们超出了封建经济管理制度的范畴。大观园的所有权没有变，管理方法却是前所未有的。她的这种大胆的改革，果然遭到了“吋宝钗”的攻击：

> 宝钗笑道：“真真膏粱纨绔之谈！虽是千金小姐，原不知这事。但你们都念过书、识字的，竟没有看见朱夫子有一篇‘不自弃’文不成？”
> 探春笑道：“虽看过，那不过是勉人自励，虚比浮词，那里都真有的！”
> 宝钗道：“朱子都有‘虚比浮词’？那句句都是有的！你才办了两天时事就利欲熏心，把朱子都看虚浮了！你再出去见了那些利弊大事，越发把孔子都看虚了！”探春笑道：“你这样一个通人，竟没有看见《（姬）子》书？当时姬子有云……”

这一场笑嘻嘻的唇枪舌剑如何？宝姑娘抬出朱子来，三姑娘不在乎，直言指斥朱熹的“虚比浮词”是无用的理论；宝姑娘又搬来孔子唬人，三姑娘竟请出一位“姬子”与其分庭抗礼。她是在明目张胆地扯旗反抗了！这个虚拟的“姬子之道”真可谓“非常之道”了。

按探春的谶画、判词和曲子看，她出嫁时的情景是很凄凉悲痛的。但到第七十回填柳絮词时，口气变化相当大。“南柯”国的未来王妃对于“分骨肉”似乎不怎么难过了，倒像是“东西南北各分离”也没有什么了不起似的。这尚可视作她是在安慰亲人，最奇怪的是送行的人感情也变了：

> 落去君休惜，飞来我自知，莺愁蝶倦晚芳时，纵是明春再见——隔年期！

遗憾和怅惘仍是有的，悲痛却没有了，甚至可以读出庆幸她是"晚芳"的意味，可以体察到"但愿人长久，千里共婵娟"的格调，而且居然能说出"落去君休惜"这样达观的话来！我们有理由质疑，曹雪芹为什么要做出这种微妙的变更呢？

探春的"改革"是失败了，但她却带着对"姬子"的信仰和对孔子朱子的轻蔑远走高飞了。安知"南柯"不是她再显身手之地？当这个带着喜字的风筝，响着铜钟一样的鞭炮冉冉西去时，大家不仅不"涕泣"，反而拍手齐叫"有趣"！此种暗示虽很微弱，然而也真有值得人们掩卷深思之处。

更引人注目的是，当贾府的富贵风流走向极端，怒放之花即将落瓣，千里锦屏就要到头这样重要的转折关头，有几位不速之客自远方来。

薛宝琴、邢岫烟、李纹、李绮四位"水葱"一般的姑娘和薛蝌等人姗姗来迟意味着什么呢？他们是单纯来贾府祭丧，参加"最后的晚餐"的吗？问题相当复杂，不可能在此文中详加剖析。但我敢说，他们的到来，是连曹雪芹在创作《红楼梦》之初亦所料不及的。

曹雪芹用于宝琴等四人的笔墨绝对不少于元春、迎春、惜春、妙玉、巧姐、李纨、秦氏这些登记在册的正统"金钗"。但公认的是，她们的形象甚为模糊，如一幅画中人，如一团云烟，如一匹彩练。一位三笔五笔便能勾画出犹如亲目所睹的鲜活形象的大师，费了偌大力量，却造出了几个"模糊"的人影，果然是"曹郎才尽"了？

就我的认识而言，这是曹雪芹有意为之。他就是要你看这么几个"画中人"，似神仙一般的美，如烟云一般缥缈，像落霞一般瑰丽。这原是他理想人物的形象，不是当时现实生活中人的化胎，看得太真，反而失"真"！

对于薛宝琴其人和她的结局，我将另外作文详述。在此，我只能分析她这一干人对研究"断臂维纳斯"动势的意义。

薛小妹自"西海沿"带来"真真国"女孩子的诗云：

昨夜朱楼梦，今宵水国吟。

岛云蒸大海，岚气接丛林。

月本无今古，情缘自浅深。

汉南春历历，焉得不关心？

如果不是"开海禁"，此诗何得入《红楼梦》？曹雪芹又怎样造出"真真国"女儿的诗呢？

那么，此外国的诗与《红楼梦》本身关系又如何呢？"朱"乃"红"也，因此"朱楼梦"直译可得"红楼梦"；而"水国"呢？联系宝玉"女儿是水作的骨肉"之奇论，说它是"大观园"之变称不算牵强吧？红楼之梦，那是昨夜的事了，现在我在大观园吟咏；"岛云""岚气"虽然笼罩着重洋和高山，而天上皎洁的明月却是慨然无私地照耀着往古来今！就看你与她的缘分浅深了；难道说"汉南"那历历春色，不值得同在一月之下的你的关心——这样分析这首诗，读者做何感想呢？

在第五十回，有一段描写大观园姐妹猜谜游戏的情节：

李纨又道："绮儿的是个'萤'字，打一个字。"众人猜了半日，宝琴笑道："这个意思却深，不知可是花草的'花'字？"李绮笑道："恰是了。"众人道："'萤'与花何干？"黛玉笑道："妙得很！'萤'可不是草化的！"众人会意，都笑了。

真是耐人寻味。"萤"乃是"草"化，花草凋谢的结果乃是化"萤"！

当大火烧尽了荒蔓的榛荆，当闪电击碎了镇压邪魔的宝塔，当风雨摧残了明媚鲜艳的花朵，曹雪芹将放出几只草化的流萤，向无边的暗夜显示光明的存在！也许寓意即在于此？

否定之否定的规律告诉我们，所谓"荣辱否泰，周而复始"的哲学思想并不唯心。黑夜否定了白昼，明天太阳出来再将黑夜否定，这不是事实？当然，这不是简单的重复，而是新的意义上的新的循环。王熙凤既没有听从秦氏之嘱去置祖坟庄园，贾府败落命运亦无可挽回，那么，雪白的素"纨"是怎样涂上文彩和光艳而成了"纹"和"绮"？"春历历"的景致又何由重生在"白茫茫"大地上呢？曹雪芹将委派何许人来承担这种劫后的幸福呢？

我认为，将是邢岫烟和薛蝌。

薛蝌是真资格的外贸商人，只要稍作思想，他的经历和学识当不亚于薛宝琴。根据那个时候的规律，他在"外交"和理财诸方面应该比妹妹有更多的机会。

而邢岫烟的个性是《红楼梦》诸形象中最平凡的个性。由于众人都"不平凡"，反而将她的"平凡"变成了"不平凡"。她的名字就颇有"云出岫而无心"的意境，而自古"福出无心"是大家所知的一个不成规律的"规律"。

人活在世上总要吃饭，凭宝玉、黛玉那样的谋生本领，即使命运给其自由的机遇，也是要做饿殍的。因为他们不肯读"正经书"求官，不会耕耘，不能做买卖，不屑为优伶乞丐，此等人不饿死而何？所以，即便他们能一决了之，如娜拉一样出走，但出走之后怎么办呢？登昆仑而食玉英乎？抑入西山而采蕨薇乎？

适者生存。邢岫烟她知书达理，心胸开阔，乐天知命，与世无争；她能随分入时，且落落大方并不矫揉造作，佯羞诈愧。她能放下小姐架子把衣物送进当铺，但她在接受别人的馈赠和援助时却又显得恬淡自然——一望可知，她是大观园中最能适应恶劣环境的人。曹雪芹将予她以厚福，所委不谬。

我以为李纹、李绮亦如岫烟一样都将有一较为乐观的结局。这从她们各自的诗句中也可以观察得出来：

邢岫烟《咏红梅花》得"红"字

桃未芳菲杏未红，冲寒先已笑东风。

魂飞庾岭春难辨，霞隔浮罗梦未通。

绿萼添妆融宝炬，缟仙扶醉跨残虹。

看来岂是寻常色，浓淡由他冰雪中。

李纹《咏红梅花》得"梅"字

白梅懒赋赋红梅，逞艳先迎醉眼开。

冻脸有痕皆是血，酸心无恨亦成灰。

误吞丹药移真骨，偷下瑶池脱旧胎。

江北江南春灿烂，寄言蜂蝶漫疑猜！

李绮《芦雪庭即景》联句

年稔府梁饶，葭动灰飞管。

限于篇幅不能详析，但她们诗的总的意境、格调很相似：这几枝红梅虽都经过冰雪严寒的折磨，但她们似乎将这种"折磨"视为"锻炼"了。她们不约而同地都相信，灿烂的春天必将到来。别的人在伤春，她们却在庆春；一样的东风，在林黛玉为"凭栏人向东风泣"，在岫烟却是"冲寒先已笑东风"！大王之风与庶人之风果不相同也！

当然，我并不是要人们相信，她们今后的经历将变为主线，她们毕竟是次要人物。我只能讲，至少在创作第四十八回时，曹雪芹的创作规划已做出某种改变。他要有意识地向暗夜投以光明，他将使春神向白茫茫大地降临。这理想之光虽如萤虫般微弱，却像彩缎一样绚丽。谁能够在没有电灯时抛弃蜡烛，而谁又能在太阳未出之时拒绝月光呢？

四、关于主线

果然《红楼梦》"迷失"部分大体如上之述，它的主线似乎也就毋庸赘言了。

这是一幕幅度宽广的立体社会悲剧画图。它之所以具有永久动人的魅力，原因在于它冷酷无情鞭笞的是整个封建制度一切该诅咒的虚伪、罪恶和丑陋，它为一切真诚、善良、美好事物的受尽摧残发出了断人肝肠的曼声叹息。曹雪芹是真的猛士，敢于直面惨淡的人生，敢于正视淋漓的鲜血，敢于在微红的血色中向人们显示他所见到的前途。这是 18 世纪的思想家代表着要兴起的资产阶级的愿望，要揭起黑盖子，冲出竹幕铁屋的艺术写照。我以为此即是《红楼梦》主线之所在。可不可以用"爱情"来概括它的主线呢？

宝玉、黛玉两位青年，为着自身爱情自由，这个对他们来说最切身、最敏感、最现实的问题，在他们力所能及的范围内对封建宗法进行了不调和的斗争，这是事实。然而这种爱情斗争，曹雪芹将其升华了，我们看到的不是正常的爱，而是爱的"蒸汽"，当雪芹将其重新"结晶"后，我们看得到，这种爱情与文君、莺莺、杜丽娘的爱情有着质的区别（此诸女子，多少有点"为爱情而爱情"），这是一种有理想、有向往、有共同思想基础的爱情。它的主旨不在于"不自由"，它的悲剧乃是与整个社会场景糅合、融会、贯通在一起的，它所起的实际作用乃使这种社会悲剧更加深化。这样，爱情故事就只能说是附着在主线上的一根柔韧的纤维。

如果说宝黛爱情乃是主线，那么就不能解释书中所描写的超过多少倍的与此爱情无关的人和事，以至于取消了这些人和事就将使《红楼梦》不成其为《红楼梦》，变成一部拈酸吃醋的四流五角恋爱小说。同时也不能解释，黛玉死后的长时期，《红楼梦》所表现的整个事态，仍在不受此种爱情约制下继续正常发展这一问题。

研究《红楼梦》的诸君，总不会没有看过国产越剧片《红楼梦》吧？此影片即以爱情为主线摄制的。如其《红楼梦》真如电影《红楼梦》，您还研究不研究了（撇开电影表演艺术不论）？

那么，可不可以用"阶级斗争"来概括它的主线呢？

《红楼梦》所表现社会的复杂程度，无论同哪一部小说相比都不可同日而语。对于"阶级斗争"，《红楼梦》作者的着意点不似《水浒传》那样单打一地表现那种严重而明朗的阶级对抗。它的重点落墨处在表现当时社会上层建筑中那种森严的等级制度，灭"天理"，倡人欲，一条一条地撕剥封建制度庄重、堂皇、威严的华衮，露出它的狰狞可怖来（当然，作者亦未必意识到，而只是他下意识的行动）。从此种意义上讲，说它的主线是新兴资产阶级对封建地主阶级的斗争亦未尝不可。

但是，庞大而复杂的社会结构的一切，并不是用"阶级斗争"四个字可以概括的，即从《红楼梦》这面社会镜子看，问题也远非如此简单。

请看，晴雯这个女奴怎么样？当然好！"其为质则金玉不足喻其贵，其为性则冰雪不足喻其洁，其为明则星日不足喻其精，其为貌则花月不足喻其色"嘛！这个完全无罪的纯洁的姑娘是被贾府统治者送上祖宗祭坛以祈祷自己平安的牺牲品。谁不为她痛惜哀伤，谁不愿高举她的遗体去控诉戕害她的那个制度呢？然而还是这个晴雯，她却又有这样的行为：她嫉妒宝玉、凤姐重用有才干的小红，她折磨因贫困而"小窃"的坠儿，她打击过那些可怜的到大观园谋食的老妈子！而她们都是与她同一阶级的底层奴隶。敢问此当做何解释？

贾母这个老主子怎么样？她是贾府封建权力的最高头面人物，当然该"最坏"了？但对不起，她的形象似乎不很坏。她爱宝玉，收养孤女林黛玉、史湘云，不轻易"挫磨老奴才"，又有"怜老惜贫"善良的一面。这似又不能不说她的"阶级意识"太"模糊"了点吧？

邢王二夫人、凤姐夫妇、赵姨娘等人都属于同一阶级，但看得分明，他们却也在那里"斗争"呢！

原谅我的亵渎，我所要说明的是，曹雪芹不是"以阶级斗争为纲"在写他的《红楼梦》的。他不可能如我们今日之人有那样明确的阶级意识。他只可能模糊地站在新兴资产阶级的立场上，从各个方面、各个角度形象化地揭示社会是怎样病入膏肓——一个烂得连女娲见了也要大皱眉头自叹无力能补的"天"。从这个意义上认识，"阶级斗争"似亦无法概括《红楼梦》的主线。

这样说，有的同志也许会讲：曹雪芹固然不是有意识的，但也确如你所说，是在"下意识"地以阶级斗争为主线写《红楼梦》嘛！

请注意看一下《红楼梦》便可得知，整个进序不以阶级斗争主宰。假使删除《红楼梦》中主子压迫、奴子反抗的情节，并不能使它"抽筋"塌架子。这又是什么原因呢？

其实，"主线"之争由来已久，品种繁多，岂止是三种两种！

你是道学家，衣冠楚楚，危坐终日，目不斜视，唯恐《红楼梦》提倡的个性解放、恋爱自由这些"色欲之私"夺了你的"天理"之正，你于是可以看出"淫"的"主线"来；

你是经学家，谈易论经，寻哲觅理，穷搜河图洛书、八卦九宫，你可以从书中读出"易"的"主线"来；

你是和尚道士，一念不生，万缘俱寂，弄汞炼砂，追求长生，你自然可以读出"出世"的"主线"来；

有些特别嗜好的，诸如想当"女皇"的，甚至可以读出"父党与母党"斗争这一类莫名其妙的"主线"来。如此种种不一而足。

我以为，问题如此不可开交，足以说明这样一个问题：《红楼梦》是一部以社会为蓝本的现实主义杰作。它的典型性足可代表当时的社会现实，它的真实性又高度接近当时的社会现实。万花纷落在地，不可以说其中某一朵就是这个"万花"。它所表现的是整个社会的观念形态，你就不可以说是其中某一体系的观念形态。各执一端，争论永无休日。

以阶级斗争的观点观察《红楼梦》的诞生，带着这种观念阅读《红楼梦》是无可非议的。然而如果认为只有用明朗的阶级斗争为主线或主题，才能表现当时阶级社会的阶级特性，这就使人难以接受了。所以，阶级斗争主线说、爱情主线说之于《红楼梦》，犹如用桶向井中打水，桶虽有大有小，绳虽有粗有细，但其绝不能大于或粗于井口，一桶也不能将水打尽。而那井，才是《红楼梦》啊！

我这样分析，有的同志可能指为"泛"，但事实上，对于本来具有"泛"的特质的事物，你如果硬要从"不泛"的角度去理解，恐怕也不能算实事求是的态度。譬如一团七彩烟云，你硬说是碳分子或水蒸气的哪一种构成而已，那么对不起，这样的"不泛"还不如"泛"一点，老实说是"七色烟云"的好。

一九八一年二月于宛

原载《匣剑帷灯——二月河作品选》，长江文艺出版社 1998 年 12 月出版

史湘云是『禄蠹』吗？

史湘云是《红楼梦》中唯一表现史家衰落过程中的代表人物。她虽然出生在锦衣玉食的豪权门第，但到她的上一代，她的家庭已经走向没落，依附于叔父母生活在一个不遂心的家庭里，她的幼年生活可以说是坎坷多舛并不如意。作为贾府史太君疼爱的娘家侄孙女儿，她有经常到贾府小住的机会。那里有她童年时就建立起真挚友情的表兄姊妹，有与她才力相当的闺中诗友，而她作为客人又不必遵守沉闷严格的家礼家法的约束。在这样的情况下，大观园成了她寻求安慰和欢乐的"桃源"。随着史侯的降调外任，她又长期住进"女儿国"中，成了《红楼梦》中不可缺少的主角儿之一。

一般红学评论家在评论史湘云时大都认为，在才能、学问、聪明、智慧诸方面，史湘云与林黛玉、薛宝钗分庭抗礼，共成鼎分三足；在思想上则是宝钗、黛玉各成体系，而湘云则是始终与薛宝钗站在一边，与"目无下尘"的林黛玉格格不入。

这样的说法粗看似乎有理。但真的是这样吗？

这是对史湘云很不公正的评价。无论从她外在的仪表、风度，内在的灵魂、性格，还是从她为人处世各方面去观察，她都不是一个封建淑女的典型。她所受的家庭教养以及宝钗诸人对她的影响，曾经使她一度染上过"道学"气味。但是，随着梦幻一般的家庭变故和与宝钗长期相处，史湘云对世界对人生的看法发生了重大的变化。撩开那层纱幕，她听到了林黛玉内心深处凄凉的呻吟，看到了"刀风剑霜严相逼"的大观园真境，她所崇拜的偶像头上也失去了灵光圈，像遇潮的糖塔一样坍塌了！她眷恋过去，但却与"过去"坚决地分手了，她憧憬未来，但"未来"对她却是一片模糊。她迷惘不知所之，在与自我的痛苦诀别中，自愿做一只孤鹤去渡茫茫秋夜中的寒塘。

一个"道学"女子？

持"禄蠹"说的人们有一条"铁证"，就是在第三十二回中，贾雨村要会见宝玉，宝玉表示了不情愿时：

> 湘云笑道："还是这个情性不改。如今大了，你就不愿读书去考举人进士的，也该常常的会会这些为官做宰的人们，谈谈讲讲些仕途经济的学问，也好将来应酬世务，日后也有个朋友。没见你成年家只在我们队里搅些什么。"

这一番话虽是随口而出，但的确代表了史大姑娘思想上陈腐落后的一面。有曹雪芹为证，她的确是说出了一席"禄蠹话"。

但是，问题在于不能凭一时、一事、一句话来给一个人定"性"。看一个人也不能只看他说什么，更主要的还要看他做什么。湘云在书中首次正面出场，便是为她的表哥宝玉梳头。"贤袭人娇嗔箴宝玉"一回中，那宝玉没明没夜地与史、林一起斯闹玩耍。

> （宝玉）见湘云已梳完了头，便走过来笑道："好妹妹，替我梳上头罢。"
> 湘云道："这可不能了。"宝玉笑道："好妹妹，你先时怎么替我梳了呢？"

湘云道："如今我忘了，怎么梳呢?"宝玉道："横竖我不出门，又不带冠子勒子，不过打几根散辫子就完了。"说着又千妹妹、万妹妹的央告。湘云只得扶他的头来一一梳篦……一面编着一面说道："这珠子只三颗了，这一颗不是的，我记得是一样的，怎么少了一颗?"

从这一段描写看，湘云对宝玉的头发是何等的熟悉! 如果没有梳上十遍八遍的，恐怕不能记得这么清楚吧? 这样的事，女"道学"宝钗干得来吗?

为了这件事被袭人撞见，引起了"贤袭人"的"日夜悬心"，借故和宝玉闹了一场不大不小的别扭。那个曾经侍候过湘云而湘云又待之极厚的袭人是单单地恼宝玉吗? 而真正的"禄蠹"宝钗，倒是通过这场冲突发现了袭人这个"深可敬爱"的"人才"!

湘云最后到底嫁给了谁? 此非本文正题，不拟详论。但从书中许多地方的描述来看，她与宝玉的关系是超出了表兄妹的界限的。第二十二回写宝钗寿诞，因评论"戏子"，湘云冲口而出说："到象林妹妹（按：湘云与黛玉谁大谁小不明，第二十回分明叫黛玉"好姐姐"）的模样儿。"得罪了黛玉。黛玉大概也给了湘云一个难堪，湘云一怒之下令翠缕收拾东西要走。

宝玉急的说道："我到是为你反为出不是来了! 我要有外心，立刻就化成灰，叫万人踹践!"湘云道："大正月里，少信嘴胡说这些没要紧的恶誓散话歪话……"（在"大正月里"旁，脂批"回护石兄"四字）

从这话可以看得很明显。"黛玉葬花"一回中林黛玉也曾骂宝玉"狠心短命"，自觉失言忙掩住口的描写。我认为这两段文字可以对看，都是一种内在感情的流露。

金麒麟事件写得更明显。湘云有一金麒麟，宝玉知道后赶忙也弄了一个金麒麟，偏又丢在大观园中被湘云捡起，正是一雌一雄：

> 湘云伸手擎在掌上，只是默默不语，正自出神……

"默默不语"者，所谓"若有所思"也。"出神"者，所谓"思之甚深"也。"思"什么？"出"什么"神"呢？作者却不肯明写了，留下余地让读者思考。我想，她大概由麒麟的成双，想到自己的终身，联系到俗杂小说戏文中的有关情节了吧！不然，为什么宝玉来了，她就"连忙将那麒麟藏起"呢？

这不过是一个典型例子。实际上，她每一次与黛玉的龃龉都与那位玉兄有关。

湘云性格活泼豪爽，气量阔大，胸无城府，没有半点虚伪。她身为女子，却常以"真名士""大英雄"自喻，"爱打扮成个小子的样儿"（第四十九回）。道学的假清高、迂腐虚伪作风她一点也没有沾染上，反而被她公开指为"最可厌"的行为。

与她形成鲜明对比的恰是被认为和她思想相通的那位宝姑娘！宝钗自己读饱了书（包括才子佳人之类的书），满腹的才学，却动辄板起面孔教训别人"女子无才便是德"。她在待人处世上几乎事事都要动用心机，有时甚至不惜于移祸他人保全自己，而外表上却显得温柔敦厚、豁爽开明。事实上，宝钗也是爱宝玉的，爱他的门阀、爱他的才学、爱他的人品，但她从来也不肯让这种爱表露出来，却是以"大姐姐"的面貌，端而庄之，凝而重之。从这些特点来看，湘云和宝钗有什么共同之处呢？我们可以看到的是，史湘云醉酒眠花丛、带头烧鹿肉，乃至于要替岫烟、迎春打抱不平，被讥为"荆轲、聂政"，风流倜傥的气概，宛似一个"巾帼"男子。这种思想和作风与封建女子的正统规范相去是何等之远！

旧时女子，讲究的是"三从四德"。看她是不是"禄蠹"，只能从她是否遵守这些道德来观察。"三从"对于湘云是无从谈起的。就"德、言、容、功"的"四德"而言，没有一条她不违背的。还没有出嫁她即犯有"七出"之条，这样一个人直到今天还被指为"禄蠹"，实在令人大惑不解。

与宝钗的关系

以人画线的株连法本来不对，但实事求是地讲"物以类聚，人以群分"亦不无道理。实际上，湘云的不遵妇"德"是大家都能读出来的，只因看到她与宝钗过从甚密，便想当然地将她归入宝钗一类了。这种分类法是否合适可以撇开不讲，我认为真实的情况是，她曾经是崇拜宝钗的，但并不始终是这样。

在相当长的一段时间内，她对宝钗有着真挚甚至是热烈的仰慕爱戴之情。这位天真无邪的少女当面从不奉承她所敬爱的宝钗（与宝钗不同，她从未奉承过任何人），背地里却颇有"到处逢人说项斯"的味道，处处揄扬"宝姐姐"。第二十回湘云当面指责黛玉说：

> "……指出一个人来，你敢挑他，我就服你！"黛玉忙问："是谁？"湘云道："你敢挑宝姐姐的短处，就算你是好的。我算不如你，他怎么不及你呢？"

还有，在三十二回湘云对袭人的一席衷肠话：

> 湘云笑道："我只当是林姐姐给你的（戒指），原来是宝姐姐给了你。我天天在家里想着，这些姐姐们再没一个比宝姐姐好的。可惜我们不是

一个娘养的，我但凡有这么个亲姐姐，就是没了父母也是无妨碍的。"

真是对宝钗佩服到了五体投地的地步。在湘云看来，"宝姐姐"简直是个完人，一点"毛病"也挑不出来。爱惜友情、尊重宝钗到了极点，甚至偶尔发现宝钗行为有"不检点"时，她也曲意回护。第三十六回中写宝钗坐在熟睡的宝玉身边为宝玉做针线活计，被林黛玉瞧见：

> ……招手儿叫湘云。湘云一见他这般景况，只当有什么新闻，忙也来一看。也要笑时，忽然想起宝钗素日待他甚厚，便忙掩住口。知道林黛玉不让人，怕他言语之中取笑，便忙拉过他来道："走罢……"

尊敬宝钗尊敬到连背后的一笑也舍不得，不但自己舍不得，而且唯恐别人取笑了宝钗！

但是，宝钗对湘云又怎么样呢？

湘云虽然生在钟鸣鼎食的侯门，但实实在在只是一个"精神贵族"而已。父母过早的下世使她没有真正享受过一般人都有的天伦之乐；依赖为生的叔父母对她相当苛刻，家里的事一点也做不得主；每天做活到三更天，为宝玉做一点，家中的奶奶太太们还不受用；连大观园诗会一次小东道的花费也使她为难。她在境遇上便与薛家当家姑娘有极大的不同。宝钗固然也做一点女红，但对于她来说那是点缀，是表明一个标准仕女全面修养的需要。而湘云则颇有"劳动"的味道了。宝钗对湘云，就是以大姐姐的姿态，用安抚慰问、替做东道这种大道理加小恩惠的手段赢得了湘云对她的真心敬仰。

平心而论，宝钗亦未必是有心藏奸。她是在按她的哲学、修养和处世之道来处理一切人事关系的。对任何人，她都不自觉地分等级巧妙地讨好，也确是讨来了"好"。她是个只愁在"人人跟前失于应候"的人，并不特别欢喜湘云。所以，从"没时运"的赵姨娘到贾母王夫人无不认为她是谁也比不上的好人。

浑然不露心机的宝钗对湘云是有成见的。在湘云教香菱作诗及与宝钗夜拟诗题过程中两次说教布道式的批评不去说了，单举二例看看她的胸中城府：

在第三十一回中，写湘云至贾府，姊妹们经月不见，特别亲热。湘云开口就问："宝玉哥哥不在家么？"宝钗当着贾母的面半真半假地加了一句"他再不想着别人，只想宝兄弟。两个人癖性好顽，都合式"，却圆滑地补了一句："还没改了淘气。"这话大概是不太合老太太的意，反而给了她一句"如今你们大了，别提小名儿了"。

第三十一回，为了金麒麟这段公案，林史二人不和：

> 宝玉笑道："（云妹妹）还是这么会说话、不让人。"林黛玉听了冷笑道："他不会说话，他的金麒麟会说话。"一面说着便起身走了。幸而诸人都不曾听见，只有宝钗抿嘴一笑。

当时并无人打岔，怎么会"诸人都不曾听见"呢？这是作者的狡猾之笔。事实上是诸人都听见了，因感到气氛紧张不敢有所表示，唯独宝姑娘忍不住"抿嘴一笑"。她笑什么呢？是称心如意，还是略带酸味，抑为湘云解嘲的笑呢？这件事假如发生在黛玉和她之间，湘云会不会也来个"抿嘴一笑"呢？

宝钗的这种行事方式，坦率而粗心的湘云一概没有觉察，她虽然聪明伶俐，毕竟阅历太少而且不够敏感。最重要的是因为她与宝钗每次接触的时间都不长，无法对这种不自觉的虚伪做出判断。所以，在湘云长期住进贾府之前，她对宝钗的爱戴一直是笃诚的。

湘云终于长期住进了贾府。她不是像宝钗那样，携带着雄厚的家资，满怀"上青云"的壮志走进贾府的。她是走出了一个政治失意、经济衰落的家庭，命运之神把她像秋天的黄叶一样飘送进大观园中。她热情地执意要求与"宝姐姐"住在一起，想在精神上从宝钗那里寻求安慰。这个天真的姑娘哪里知道"薛姑娘"的"冷"呢？

她的热情很快遭到了寒流的袭击。这股寒流我们无法判断是何时袭（或浸）来的，但是有足够的证据可以说明宝钗与湘云的关系在前八十回中已经冷却甚至冻结。

第七十回中，李纨的丫头碧月有几句话值得玩味：

> 我们奶奶不顽，把两个姨娘和琴姑娘也宾住了。如今琴姑娘又跟了老太太前头去了，更寂寞了。两个姨娘今年过了，到明年冬天都去了，又更寂寞呢！你瞧瞧宝姑娘那里，出去了一个香菱，就冷清了许多，把个云姑娘落了单……

这就费解，湘云硬要和宝钗一处住，怕的就是"落了单"，怎么能因为香菱出园，云姑娘就"落了单"呢？碧月是站在第三者的角度观察的，应当说是准确的，我认为这就是二人疏远的明证。当湘云只是如蜻蜓点水般在贾府做客时，她眼中的宝钗是无与伦比的好，真正长住下去，冷姑娘的道学气味就会使她难以忍受。她的身份和教养决定她不会与宝钗公开闹翻，但落单的境遇已被眼睛雪亮的奴仆们看出来了。

第七十五回"发悲音"，宝钗借母病为由要离开贾府这只将沉之舟，说是等薛姨妈痊愈之后"横竖"还要进来，但既然是回去小住数日，为什么李纨要派人看房子她却不让，又何必嘱李纨"把云丫头请了来，你和他住一两日"呢？

值得注意的是，她对李纨告辞，湘云还蒙在鼓里。既然要走，为何不先和住在一起的湘云打个招呼呢？这就说明，宝钗的"母病"完全是一种遁词，我猜这两个好朋友之间是爆发了感情上的冲突。

请看，两人本在一起住，一个来找李纨，一个跑到探春那里，而宝钗竟让李纨派人去叫探春和湘云一并来此"……到这里来，我也明白告诉他（湘云）"。这真有点"当面说开"的架子，平日温厚可亲的形象哪里去了？

接着，众人说了一回话便散了，"湘云和宝钗回房打点衣衫，不在话下"。

什么"不在话下"？为什么竟无一语诀别？我们完全可以想象得到，这两个分道扬镳的朋友，各自沉默着收拾各自的衣物。往日"缱绻难舍"的感情已化作一团可笑的云烟消散了。

道不同，则不相与谋。性格、境遇、思想上的严重分歧，如同一把利刀，割断了她们本来就不坚韧的感情纽带，她们终究是走不到一起去，只好"默默遵歧路"了。

与黛玉的关系

表现湘黛之间矛盾的故事极多，任何一个读《红楼梦》的人都能读出来的。这两个人在个性、经历上的差别极大，搞不到一起去是很自然的。我们看得到，几乎每一次冲突都是林黛玉首先发难，毫无顾忌地一次次向干扰她与宝玉爱情关系的湘云发起不客气亦不隐讳的进攻，引起了湘云对她极大的反感。这些毋庸赘述了。

但是，这种关系自湘云长住贾府之后也发生了微妙的变化。我们不仅再看不到她们互相攻讦的事，反而明显地感觉她们愈来愈接近了。是谁先向谁发出友好的信息，谁向谁移船就岸的呢？

我以为是湘云。

长住贾府后，湘云乐天明朗的性格因环境的刺激有了很大改变。与黛玉寄人篱下的共同命运使她们共同地感受到世态的炎凉、人情的绵薄，有了"惺惺惜惺惺"的同情感。湘云原是爱宝玉的，但此时她已发现宝玉一往情深只钟于黛玉一身，倒是自己错种了相思红豆；而黛玉亦不再担忧宝玉与湘云闹出什么"风流艳事"，她们在思想上相距本来不远，又有了和好的基础，她们也确实和好了。

史湘云的《柳絮词》是她在遭到家变之后第一次冷静下来的感情流露，充分表达了这只啼鹃妒燕挽春不住，春光将去的无可奈何的心情。她赤手走进贾府这个势利场，失去了地位与金钱的双重保障，等于是失去了一切。实际上，她是一下子跌落到连黛玉也不如的地步。

林黛玉本盐政老爷的独生女儿，其家计纵然不如贾府，亦绝不至于穷得一文不名。她既无叔伯，亦无兄弟，应是带着家产到贾府来的。去苏州接她的贾琏长着一双油锅里也要捞钱的手，决不会放弃她的家产，必然是一股脑地带回贾府的。而史湘云呢？她才是真正的一无所有，白吃白住，岂不遭小人嫌憎？她"落了单"的根本原因也即在此。

对于情操高尚的人，爱情纠葛原不妨碍友谊。这两个弱女子命运上的近似使她们的心渐渐靠近了。湘云一旦看清了这些景况，对黛玉"孤癖"的反感反而变成了深切的同情和理解。失意的湘云性格上必然的发展，就是怀着一种听天由命的心理，寻求在她来说是允许的也是可能的欢乐，从精神上自我麻醉。

第六十二回"憨湘云醉眠芍药裀"中写了几件事，这里试析一下。

这一回中，史湘云做了两首酒令。其一：

（酒面）奔腾烹溅，江间波浪兼天涌，须要铁索缆孤舟。既遇着一江风——不宜出行。

（酒底）这鸭头不是那丫头，头上那讨桂花油？

酒面以豪放苍凉始，以沉郁抑制终，表现了她遇到"一江大风"，愿不得遂，被迫用"铁索缆孤舟"的心情，而酒底就颇有点玩世不恭、自寻乐趣的味道。她醉倒石凳上之后，在蒙眬中又做了第二首酒令：

> ……口内犹作睡语说酒令。嘟嘟囔囔说："泉香而酒冽，玉盏盛来琥珀光。直饮到梅梢月上醉扶归——却为宜会亲友。"

这种形象，很容易使人想到那狂放不羁的"酒中仙"李白，只以诗酒自娱，"人生得意须尽欢，莫使金樽空对月"的样子了。

眠石卧花事发生后，接着一件怪事。众人散坐，探春与宝琴对弈围棋，林之孝家的却带了一个媳妇进来，向探春汇报家务。

> 林之孝家的便指那媳妇说："这是四姑娘屋里的小丫头彩儿的娘，现是园内伺候的人。嘴狠不好，才是我听见了问着他。他说的话也不必回姑娘，当撵出去才是……"

按常理而论，"不必回姑娘"的话有两种，一种是污秽不堪入耳的市井骂街及谑语，一种是直接诽谤了主子姑娘。按此时情况看：

1. 这媳妇是不得意的四姑娘屋里小丫头彩儿的娘；

2. 是园里伺候的人；

3. 宝玉生日、史湘云醉倒花间石凳上，大观园中从未有过的新鲜事。

据此三个情况，我认为彩儿娘的"很不好"的嘴，说了如下意思的话：

1. 抱怨跟着四姑娘不得便宜，没得酒吃；

2. "正经主子"侍候不到，又添了些"吃客"；

3. 特骂史湘云"噇了黄汤，石头上挺尸"。

这样的话当然是不可以回姑娘的。这媳妇既不求情，也不辩白，乖乖地被发落，可以从另一方面反证我的推测。

这一次恶性事件苗头被机敏的探春按下去了，即史湘云亦未必觉察得到。但是，生活在这种环境里，史湘云的乐观能维持多久呢？从宝玉生日之后，我们是再也看不到她活泼可爱的"小骚达子"形象，听不到她"叽叽嘎嘎"快乐的"大说大笑"声了。

代之而来的，是无穷尽的苦恼郁闷，茕茕孑立的孤凄之感。在告诉无门的大观园里，恐怕只有林黛玉能真正理解她了。在第七十六回中我们看到了这一对离经叛道女孩子痛苦心灵的挣扎，可以看到她们像将要干涸的辙中鱼一样相濡以沫。在这一回中，面对明月池水，湘云款款倾吐了她从来没有说出的心里话：

> 你是个明白人（不是爱"闹小性儿"、会"辖治人"的人了），何必作此形像自苦？我也和你一样，我就不似你这样心窄。何况你又多病，还不自己保养。可恨宝姐姐合他（"他"字极冷）妹妹，天天知情着热，早已说今年中秋要大家一处赏月，必要起诗社大家联句。到今日便弃了咱们自己赏月去了。社也散了，诗也不作了……他们不作，咱们两个竟联起句来，明日羞他们一羞！

如何？对黛玉的同情，对宝钗的失望和责备，对自己不幸的命运都怨而不怒地讲出来了！但她的话似乎并没有讲完，她眷恋过去的情思还需要进一步倾吐出来才能舒畅。在吟诗联句前，她们又有一段梦幻般的对话：

> 湘云笑道："怎得这会子坐上船吃酒到好。这要是我家里这样，我就立刻坐船了。"黛玉笑道："正是古人常说的'好事若求全，何所乐？'

据我说这也罢了。偏要坐船起来？"湘云笑道："得陇望蜀人之常情，可知那些老人家说的不错。说穷人家自为富贵之家事事趁心，告诉他说竟不能随心，他们不肯信的。不得亲历其境，他也不知是如何。即如咱们两个虽父母不在了，然却也忝在富贵之乡，只你我竟有许多不遂心的事。"

正是这"许多不遂心的事"日日折磨着心胸开阔的史大姑娘。她在精神上的负重能力虽比黛玉强得多，但也受不住了。她终于患了"择息（席）之病"。

我们知道，史湘云是《红楼梦》中迁居最多的女孩子。史侯在京，她在史贾两家之间来往频繁。就贾府之内而言，她陪史太君住，也曾与林黛玉一起住；长住贾府后，她与宝钗一起住，又迁居李纨处住，从未讲过她有什么"择息之病"，相反地，我们倒能找到她香梦酣沉的例子。从第二十一回中我们能够知道她从前的睡眠情况：

> ……只见他姊妹两个尚卧在衾内。（时已天明）那林黛玉裹着一幅杏子红绫被安稳合目而睡，那湘云却一把青丝拖于枕畔，被只齐胸，一弯雪白的膀子掠于被外……

这何尝像个有"择息之病"的人的睡态？

所以说，史湘云长期住进贾府之后，神经衰弱的症候已经悄悄来临，开始折磨这位不知忧愁为何物的女孩子。她与林黛玉得了一样的病，怀旧事不可再来，望去路云山渺茫。只要逝去的繁华不再重来，她将和黛玉一样在茫茫永夜中辗转反侧，和黛玉一样被淹没在痛苦的冰水中无法解脱，直到被最后一根羽毛压倒为止。

写了这么多，收住吧。就这些"资料"来看，史湘云思想感情和精神世界的变化似能看清楚了。史湘云的情况比宝钗、黛玉都要复杂得多，如果单凭她说的那句"道学"话来判断，如果从她起初与宝钗接近与黛玉疏远的现象来看，加上一个"路线斗争""阶级斗争"的分析，湘云当然难免戴上"禄蠹"的帽子。但这终究是不公正的，如果肯用历史的、辩证的、具体分析的眼光去看，她正是一个"水作的骨肉"的女儿，一个天真无邪，没有半点道学气的娇憨的叛逆。

原载《红楼梦学刊》1981 年第 4 辑

对于李纨的结局，本来似乎无话可谈。因为从"金陵十二钗"命运的判词、曲子和"图谶"看，对她和贾兰的收场，交代得实在是明白无误：那"茂兰"旁头戴凤冠、身穿霞帔的美人，画的不就是李纨？那"气昂昂头戴簪缨""光灿灿胸悬金印""威赫赫爵禄高登"的，不就是贾兰？关于这些，早已是"前人之述备矣"，我再饶舌，便有混稿费之嫌。

但是，单这样泛泛告诉一番，是无法满足读者求知之心的。读过渺如虚空的判词、看过模糊鸦涂的水墨画儿，若按情节发展的趋向稍加推详，令人狐疑的谜便显现出来。

1.直到第八十回末，贾兰尚是一位十三岁的"小哥"。如此之幼小，何以会封侯拜相地"抖"起来？

2.至八十回末，贾府被抄势在必然，近在眉睫，这是红学家们比较一致的认识。贾兰如果不是小"甘罗"，那就是说，他的阔气是抄家后的事了。先抄家，再封官，皇帝是发高烧，还是害了神经病？

3.在《好了歌》注歌"昨怜破袄寒，今嫌紫蟒长"旁，脂批"贾兰贾菌一干人"。它的实际情节是怎样的？

4.李纨为什么刚刚戴上珠冠、披上凤袄，突然就"无常"来寻？贾兰怎么会正在趾高气扬，突然就"昏惨惨黄泉路近"了呢？这娘儿两个怎的这样倒霉，刚刚福星高照，接着就煞神压顶，一个接着一个地死呢？

5.他们母子留的什么"虚名儿"？怎样留下的？

对这几个问题，高鹗没有认真回答，现在的学术界也颇为漫不经心。有的说他们母子遇到了突然的变故，有的则干脆说"已难考出"。

我以为这样解释未免敷衍塞责。根本的原因是，由于李纨形象的不突出，人们小看了她，不屑于研究她。事实上，李纨这个不起眼的人物，她的形象特征所触及的问题在深度和广度上颇出人意料；研究她的结局和元春的结局，对发现"迷失"了的后数十回中一些极重要的情节，有着不容忽视的重要意义。

李纨之谜非不可解，只是不能在"夷以近"处徘徊，而须循线索，按情理，至"险以远"处索求方能得到答案。笔者此文，即作引玉之砖吧。

一、神秘的元春之死

一幅"宫吊元"的图，一个死不瞑目（"眼睁睁"）的人，一团愁眉苦脸、形容憔悴的幽灵（"芳魂消耗"），足以令读者对她的死因顿起疑云。加上一句莫名其妙的"二十年来辨是非"，蹊跷难解的"榴花开处照宫闱"，令人目瞪口呆的"一声爆竹"中化成了灰的死法……这些欲诉又止、模棱两可的春秋笔法，哪里像对一个寻常床箦病死人的判断？所以，杨光汉同志所论"贾元春并非病死，乃是被赐令自尽"是很有见地的看法。

但我不能同意光汉同志的推理依据，是所谓柳湘莲领导的农民义军进逼皇城，在"天子惊惶愁失守，此时文武皆垂首"时，皇帝勃然大怒，着令元妃自裁的。这里且不说它符不符合康、雍、乾时期农民武装运动处于低潮这样的现实，且不说它是否可以与《红楼梦》整个创作布局协调，也不说柳湘莲脑后有无"反骨"，即使真的他竟违背了自己的形象特征，学了宋江、李逵揭竿而起，祸灭九族能否涉及元春就是个成问题的问题。那么，贾元春到底因何而死，又是怎样死的呢？

（一）死于宫廷构陷

《红楼梦》所写的皇室中，有两个皇帝。一个是"当今"，"当今"之上还有一位"太上皇"。翻阅历史，"太上皇"和"当今"共存的为数不少，仔细去查，一对一对犹如同槽叫驴，无不又踢又咬。怪就怪在唯独《红楼梦》这皇帝爷儿们父慈子孝、关系相处得异常融洽。

真有这等事？还是从夹缝中瞧瞧吧。

贾琏演说元春省亲缘由时讲到了"当今"格物致知的硬功夫。①"当今"自为日夜侍奉"太上皇"、皇太后，尚不能略尽孝意（这还不能"略尽"，怎么才能"略尽"？）；②既然"当今"对父母那样好——想来爸爸妈妈必定爱"当今"（潜台词）；③普天下父母都一样；④"入宫多年"的嫔妃们的父母怕是想女儿想到"甚至死亡"的地步了。由此想到，应该允许她们的父母"入宫请安看视"。

想来"太上皇"毕竟不如"当今"。他几十年都没有想到的事，"当今"替他想了个周全，以至于使他顿开茅塞，索性再比儿子更加恩典，令其允许"内廷鸾舆入其私第"！

和谐无间吗？有一点微妙的差别也许值得注意："当今"请示，包括"父母"二人，"太上皇"却只提"母女"，只让女眷进宫。至于父亲会不会"甚至死亡"，那就不能加以考虑了（也许"太上皇"在"格致"时有他自己的逻辑）。作为这一否定的补偿，是允许这些小老婆省亲一次——与其说是看母亲，不如说是探望父亲来得准确一些——能说这里边天衣无缝吗？

元春是皇帝的爱妃，太监是皇帝的家奴。太监本应只反映皇帝的意志（这里谈的是艺术，不是历史），他们对贾府不应有两种态度，但我们可以看到，夏太监、戴权、周太监对贾府的情分并不一样。夏、戴虽也从贾府取好处，但总的还算友好，那周太监张口就敢向贾府勒索上千两银子，"略慢些，他就不自在"。是谁给他的这个胆量呢？

朝臣权贵对贾府也有两种截然不同的态度。东、西、南、北四王，尤其是北静王看来与贾府过从颇密，而忠顺王就很不买贾府的账，为了一个区区戏子，他就敢派从属"擅造潭府"，登门坐索，而且大有"不达目的，誓不罢休"的劲头。忠顺王何以敢蔑视有"娘娘"做后台的贾府？他这样有恃无恐，他自己的后台又是谁呢？如果没有对贾府的特务活动，何以对宝玉那点小小的"隐私"机密也知道得那样清楚呢？

从贾府对皇室的态度，我们看不出有半点不臣之心，战战兢兢，如临深谷，如履薄冰，一次召见，吓得阖府惶惶不安。

> 贾赦等不知是何兆头，只得即忙更衣入朝。贾母等合家人等心中皆惶恐不定，不住的使人飞马来往报信……

唬成这副模样！从前读到这段情节，只觉得怕得太过分，这样的上下关系还能办什么国家大事！现在看来，"天"上有两个"威"，都"难测"，谁不怕煞？

贾元春，在"凡人"看来是天上的人，黄伞、黄袍又是"绣凤版舆"，神气得很，但若用太上皇、皇帝、皇太后的眼看，她不过是一个"赵姨娘"式的人物。在宫廷极其复杂的角逐中，看来她的处境相当困难，这从她省亲回家的一些含糊描绘中可以看出来：

> 贾妃满眼垂泪，方彼此上前厮见。一手挽贾母，一手挽王夫人，三个人满心里皆有许多话，只是俱说不出，只管呜咽对泣……

娘儿们日久不见，见面难过一阵子是正常的，悲凄得如同生离死别，未免使人纳闷：今后每月都可以见上一面，何必如此？如果在宫中混得很得意，何至于如此？如果心中没有"不得见人"之隐痛，又何须如此呢？

至于具体是怎样被推下陷阱，真是"已难考出"了。我们能够看到的是这样的情况：一个虚伪的"当今"，一个矫情的"太上皇"，一个满腹心事的贾元春，和一个几乎吓破了胆的贾府。

（二）元春被赐死，乃是"当今"不得已之举

贾元春并不似赵姨娘那样贱气十足，她的形象似乎相当端庄、肃穆、稳重，讲求实际而且富有人情味，看来"当今"对她是十分宠爱的。她被晋封为"贤德贵妃"之后不久，"当今"就突然想起应该"仁孝"一下，让嫔妃们都能见一见父母，可见对元春很爱是不假的。

元春省亲点戏，中有一出《乞巧》，乃是曹雪芹祖父的朋友洪昇所做。脂砚斋批及此戏，泄露了一点机关：长生殿中伏元妃之死。

　　七月七日长生殿，夜半无人私语时：

　　　"在天愿作比翼鸟，在地愿为连理枝！"

这是白居易的《长恨歌》中被赐死的杨贵妃的芳魂，告诉前来为玄宗寻踪的方士的表记之言，现在被贾贵妃借来使用了，暗示和马嵬坡被难的杨玉环一样，她也念念不忘皇帝对她的恩情。

既然两个人的感情这么深，"当今"怎么能舍得一索子·吊死她呢？

（三）元春是被秘密处死的

这从元春《恨无常》的曲子里透出了消息：

……望家乡，路远山高[1]。故向爹娘梦里相寻告：儿命已入黄泉，须要退步抽身早！

很明白：①元妃死时，贾府尚在"梦"中，并不知道"儿命已入黄泉"；②如果是病死，根本就不需要"梦里相寻告"，一个月可以见一次面，尽可吩咐（真的病卧，"仁孝"的皇帝还会再加恩典，允许母子们更多见面的）；③如果不是秘密地处死，劝"爹娘"的话就完全是废话。因为即使听她的话，赶紧"退步抽身"也是来不及了。

这个时候既然还可以"退步抽身"，说明了两点：①元春的死有不便诏告天下的隐私原因，因而也就不便马上对贾府采取政治行动；②皇帝钟爱贾妃，不得已而弃之极刑，可以贾府明智的"退步抽身"为借口免其惨祸，表达自己的恻隐之心。

事情就是这样明白，和马嵬坡的杨贵妃一样，贾元春也是被人用白绫勒死的，连"芳魂消耗"和杨玉环的"玉容寂寞"都恰好成对。只不过元春的死不是由于"六军不发无奈何"，而是"皇考严令无奈何"罢了。"当今"虽不情愿，但为了政治上的需要，做出一点感情上的牺牲，将一位姨娘式的人物送上白绫绞索，算来还是值得的。

这样概括如何？寅年卯月（四月）、石榴花开时，"不得见人"的宫廷斗争终于表面化。在有预谋的迫害中，元春摔进了陷阱，辩不清罗织出来的二十年的"是非"，被"太上皇"促迫"当今"令其自尽，然不可告人的宫廷秘事又不便公诸天下，只好悄悄进行，元春只好"眼睁睁"地饮恨离开人间。

---

1 关于"望家乡，路远山高"，我的理解是这样的：①俗传人死为鬼，初不自知。游魂飘登望乡台，不论山高路远，皆可见家居堂室及亲人操作，始悟己死。②此曲名《恨无常》，乃是元春的芳魂的"恨"，全篇均是元春口吻可证。——二月河原注。

二、珠冠是怎样戴上的？

但是，皇帝既然不同意、不情愿，哪有不为贾妃翻案的道理？"太上皇"只要不复辟，只要不废弃"当今"，留得五湖明月在，不愁无处下金钩——这个机会总能等到的。一旦太上皇"捐宫舍"（不"捐宫"可以逼宫，但这种可能性极小），"当今"就立即变得至高无上，同时也就没有了"孝"的义务，可以随心所欲地按自己的意志支配权力了。

"茂兰"就在这样适宜的气候条件下迅速长起，珠冠凤袄就是被这阵风吹回贾府来的。

然而可悲的是，贾家这样的家族是"自作孽、不可活"，即使出于"圣"命，给它以复兴的机会，再想重整旗鼓也是不可能的了。"君子之泽、五世而斩"（这话当然绝对了一些，但一般地说，事实如此），自宁荣二公创业始，至贾兰恰是五世。由于不是"铁帽子"（罔替）世袭，这个家族已到了"末世"，内部早已糟朽不堪，所谓"粪土之墙，不可圬也"！抄家的台风席卷而来，贾府中美的丑的、好的坏的、忠心耿耿的心怀异志的、金银铜铁、膏丹丸散、爱情、淫邪、姨太太、乌鸡眼、私房积蓄都一股脑被卷起，吹得昏天黑地。

虽然这台风风源不是青蘋之末，而是赫然高踞一切之上的"太上皇"祭起的，但如前所述，"当今"是不情愿吹这样的风的。由于这种缓冲力的存在，风定之时，还将有一个暂时的和相对的稳定时期：抄走了大部分财产，还要留一点"恩矜"的尾巴。当案情基本稳定后，甚至连大观园也发还了贾府。灭亡中挣扎得红了眼的人们并不会因为刚抄过家，需要颐养元气而顾全大局，反而怀着一种变态的心理拼命互相劫掠并吞，能捞一把便捞一把，连性命脸面也顾不得了。人们，不管他平日怎样的温文尔雅、雍容堂皇，此时都将像疯子一样狂热地角力，露出他们的本相。曹雪芹将悲悯地然而却是勇敢地向我们展示这些荒唐的丑恶，可惜我们无缘得见了。

这个过程不是一个短时期，这从李纨命运的暗示中可以看明白。

——"虽说是人生莫受老来贫"，这是说李纨的。

——"欲知命短问前生，老来富贵也真侥幸"似乎也暗指李纨。

既然李纨所得到的那点"后福"是到"老"才来，那么明白无误"贾兰贾菌一干人"在所谓"今嫌紫蟒长"之前的那段"昨怜破袄寒"的时期绝不止三五年。

因为至八十回末，李纨顶多才三十一二岁（从儿子十三岁，丈夫二十岁上死可以推知）。如果称"老"，那起码也得有个四十六七岁吧？这就有十五六年的光景好熬的。这十几年的贾府，发生了桑田沧海的变化，"食尽鸟投林"就是这期间的事。曹雪芹将一个鸟儿一个鸟儿地介绍他们的归宿林子，把最后一桌人肉筵宴上的菜肴一盘一盘地端给读者。

贾府统治者最怕的是火。其实，烧掉这个"毛毛虫"（百足虫）的，不是燧人氏之火，不是空中火、地下火、三昧真火，而是堆积在侯门绣户中天天都在发霉、腐烂的垃圾自燃起来的"火"。正是这场火，烧掉了他们旧有的基业，烧毁了他们复兴的希望。

读者想必都见过将要燃尽的油灯吧？昏昏暗暗、凄凄惨惨、影影幢幢、似绿似黄、如豆如米，倏忽之间微微一跳——灭了。像将谢世的人有一个短暂的精神健旺期一样，这叫回光返照。贾府在最后灭亡的前夕，也有这么一个短时间的一跳，也曾升起过似乎有希望的光明。

十几年后，或击败了政敌，或"太上皇"呜呼，"当今"终于有了"圣躬自断"、发号施令的权力。他想起了"长生殿"中与元妃的恩爱，想起了她死于非命的原因，想起了自己的苦恼和所受的屈辱：除一眦之怨必报（贾雨村的扛枷锁大约就在这时）外，一饭之惠也是不该忘记的——爱屋及乌之心油然而生，他决心补报一下。于是以贾兰为代表的几个遗族便在"乱哄哄"中登场了。

当然，以贾兰自幼所受教育的情况看，从科举之途重新入仕并非不可能。

但读者诸君，这是"气昂昂"地戴上了簪缨啊！是"光灿灿"的金印啊！这能像个初入仕的七品芝麻官？

下面一句更了得，"威赫赫爵禄高登"！我们知道，"爵"和"禄"并不完全一回事，由科举入仕的读书人是可以吃"俸禄"的，至于得"爵"就没有那么便当了。何况将贾兰的地位与"古来将相"比拟，更可以看出一些古怪缘故来。

珠冠、凤袄是最高级的诰命服色，这一点也不含糊。设如李纨是五十岁上戴的珠冠，这时的贾兰也不过三十岁出头；如果不是恢复、承继，甚至光大了祖宗的世职，怎么可能红火到这般地步？而如果要复"爵"，除了皇帝之外，谁能有这么大的权力呢？

从《好了歌》注歌的脂批看，并不是贾兰一个人升发，包括贾菌在内的"一干人"都跟着沾了光。如果说"一干人"都进学、中举、进士，都嫌"紫蟒长"岂非笑话？其实，依照本文所析思路，这正是所谓"皇恩浩荡""普照无遗"的滑稽特征。

值得注意的，贾兰贾菌都是"草头"辈的，"玉"旁辈的没有，"文"旁辈的更不必说了。这从侧面也证明了：贾兰等人的荣耀，是在"大火烧了毛毛虫"，飞鸟各投林之后很久的事了。我们很容易想到，本来最有可能享受这"恩典"的当是元春的爱弟贾宝玉，但他当和尚走了；老一辈有资格承"恩"的或死或走，各自去寻各自门、远走高飞难找寻了。于是只好是"推恩"，找一个最近支的亲属来承袭，元春的嫡亲娘家侄儿贾兰便幸运地荣膺恩典。

且住！又是皇恩浩荡，又是子贵母荣，比原先还阔气？人仰马翻地闹一气，依旧葱茏地兴旺起来，还算是《红楼梦》？真的这样来收尾，连高鹗也不如，还叫个曹雪芹？读《一捧雪》得了，谁耐烦讴歌《红楼梦》呢？

不，历史不是这样，艺术也不是这样。尽管贾兰很像是《一捧雪》中莫昊式的人物，但莫昊成功地再度兴起，而贾兰却毫无希望。曹雪芹高明之处正在这里，如椽巨笔轻灵地一煞一转，雷轰电掣、天旋地陷，贾兰这盏明灯"忽"地灭了！丝毫也不牵强地、合理地、彻底地灭了。可望支撑贾氏家族的中流砥柱一下子被雷击得粉碎，依旧是前不见古人、后不见来者的"白茫茫"大地。

现在我们探讨本文引文中的第四、五两个问题：这娘儿两个怎么这样倒霉？她和儿子又给人们留下了什么"虚名儿"呢？

三、何以"枉与他人作笑谈"？

当然，冒失一点说，再来一次抄家也可以得此后果。但这实际上是不可能的。怎么能设想，刚刚"平反"，马上就再行抄家？更重要的是，如果再抄家，还有什么"虚名儿"留给后人钦敬呢？从艺术上说，这样的重复也是犯大忌的。写一篇万字长文，如果其中一个重要词语重复使用两次，便使人觉得乏味，何况于《红楼梦》，焉能开此玩笑！

那么说是害伤寒、得肺痨、出天花、重感冒而致死？当然也说得过去。天有不测风云、人有旦夕祸福，食五谷者，谁不患病？但如果情况真是这样，《红楼梦》的大悲剧就不是封建制度，而是红发青面的瘟神了。打一打预防针，吃两剂中草药便可以解决问题，何劳曹雪芹耗尽心血？

依照艺术逻辑的发展趋向，我以为李纨乃是死于过分激动，贾兰乃是死于极度哀恸。天不假年，有着深刻的社会因素。

没有修得"阴骘积儿孙"，这是李纨的死因。看来说的是轮回报应，迷信得很，但不可解的是，王熙凤一生谋死多人，仅仅因为用二十两银子救济了刘姥姥，便算是有了"阴功"；而李纨一生苦守自重，不曾伤害过任何人，反而落了个没有"阴骘"，造物主未免太不公正了吧？我以为这句话是曹雪芹对冥冥"无常"的揶揄、挖苦，他对于李纨母子的命运是很有点抱不平的愤懑之心的。他"安慰"李纨：谁叫你没有积得阴骘呢？！

李纨是个什么人？

这是一个荒诞的时代造就的一个不可思议的人。幽闲贞静，和庸肃穆，安分守时，与世不争——她具备礼教要求妇女应有的一切"美德"。她虽然同别人一样有欢声笑语，但从来没有一声是发自丹田；她和所有的人关系都处得很融洽，却没有一个可以算作她的知心朋友；洁身自好如素练无瑕、一尘不染似古井无波。像一个不吃烟火食的神仙一样断绝了七情六欲，像一头不堪重负的骆驼，沉默、坚定、执着地走向只能是通往死亡的漫漫沙漠古道。

不幸的是，她自己并不感到痛苦，对人生给她的巨大不幸，她含笑相迎。她高度自觉地按照经典思维模式要求自己，心甘情愿地接受"合理"的压迫。自幼所受的严格教育使灭绝人欲的理论浸透了她的骨髓，毒化和麻木了她的每一根神经。因此，尽管她日复一日地饮那和着自己血泪的酒，却丝毫不感到有什么不合理。

对于李纨来说，再没有什么比儿子重要的了。她的全部财富是贾兰，她的精神寄托是贾兰，她的希望之光是贾兰，她的一切都是贾兰！

母子之情，天分所在，这原无足怪，但贾府的母亲们无不爱子如命却另有因由：有没有儿子关系着母亲有没有"依靠"，而母亲的荣耀又往往取决于儿子的功名——不待言，对于李纨这样的寡妇尤其如此了。

荣国府的世职该谁承袭？我们凭直觉猜测，自然是宝玉无疑。

但这一直觉是有点问题的。不要忘记，世职现在是贾赦，他自有儿子，名叫贾琏，按正常情况，该是贾琏"接班"才合亲亲之道。令人为难的是，确定世职继承人不是贾赦权力所及，乃是出自朝廷，由于元春的关系，肯定世职要落到宝玉身上。对此，贾赦心里是很不熨帖的，他指称完全不可能袭职的贾环，实际上是大发牢骚：环儿不也是娘娘的弟弟吗？也可以袭职的！

设如贾珠没有死，那情况就又不一样了。宝玉固是元春爱弟，无奈却是"二爷"，无论从"亲亲"的原则还是"立嫡以长"的原则，都"跑不了"是贾珠袭职。谓予不信，请听王夫人的哭诉："若有你（珠儿）活着，便死一百个（宝玉）我也不管了！"旁边侍立的李纨听到此话，竟至于放声大哭！

不幸的是贾珠青年夭折，一命呜呼了。但这一沉重的打击，不仅没有压倒李纨，反而更加燃起她教子成名的热望。从丈夫那里失去的东西，她要从儿子这里更体面地得到。为死去的丈夫争气，为儿子为自己的终身计，她都不能推卸这个责任。

李纨教子全用的伏笔，然而从贾兰仅有的三次正面描述，我们很可以窥见，李纨在幕后下了何等的苦功。

元宵节，贾母设灯谜会，合家团圆。李纨前来承欢"养亲"，那兰哥儿却不肯前来。他告诉母亲"老爷并没有叫"他，因此不来。总角小儿，黄口稚子，正是玩耍的年龄，这样深居简出，不事游嬉，躲在稻香村里每日干什么？

这个"牛心古怪"和宝玉走的全然不是一条路，在李纨的监管下，他除了念书便是习武。第二十六回写宝玉在园中闲逛（纯粹的闲逛）：

> 只见那边山坡上两只小鹿箭也似的跑来……贾兰在后面拿着一张小弓追了下来……宝玉道："你又淘气了，好好的射他作什么？"贾兰笑道："这会子不念书，闲着作什么？所以演习演习骑射。"

脂砚斋看到这里，情不自禁地夸赞"答的何其堂皇正大、何其坦然之至"！

怎么"堂皇正大"？在第七十八回贾兰咏林四娘诗，也算侧面答复了问题：

> 娖娖将军林四娘，玉为肌骨铁为肠，
> 捐躯自报恒王后，此日青州土亦香！

这就很说明问题：贾兰的忙时是"念书"，"闲着"也不闲着，要演习骑射，理由的"堂皇正大"在于他是要"学成文武艺，货与帝王家"。

将这些小小的镜头串联起来，李纨望子成龙的心情和日夜不倦教子的劳作也就不待言可知了。

然而好景不长，人事变迁竟如白云苍狗。抄家这一严酷的政治波折，粉碎了李纨重新制订的美好计划。一场洗劫过后，李纨母子从"天堂"一下子跌进了地狱，优越的社会地位、丰厚的物质条件、花团锦簇的前程，一夜之间就消失得干干净净——像马克·吐温《王子与贫儿》中的爱德华王子，脱去了华装，换上破袄，瞬息之间就变成了贫民窟里的叫花子汤姆。

若干年后，贾兰成人了，年轻轻的后生却经历非凡。这母子二人怀着共同的心愿，要光复旧业。他们在地狱里仰望着"天堂"，徒劳地攀登着，要再回去。

不管贾兰是否曾博得一第之荣，反正苦难的轮子终于转过去了，登天云梯奇迹一样出现在他们面前——元春昭雪令下，兴灭继绝，于是找到了李纨母子。贾兰被封以高官，爵以贵秩，李纨苦节守志的"模范"行为将被"当今"大大地赞奖，结果是一顶凤冠、一袭凤袄呈现在往昔的贵妇人、昨日的贫婆子、今天的皇封诰命眼前。

乐极是要生悲的，弦拉得太紧反而会绷断。这种大喜替换了大悲的强烈刺激，李纨却承受不了。戴上珠冠、披上霞帔，在狂欢中李纨过度兴奋，精神崩溃了，她怀着心理上的极度满足溘然长逝。

这里我想搬一点题外的资料佐助说明我的观点。《儒林外史》中有个叫范进的人（就是中举后欢喜得发了疯的那个人），我们看看他的母亲是怎样死的。

范进中举不数月间，田产、房屋、钱米、奴仆丫鬟一应齐全，贫如乞丐的家梦幻一般消失了。在摆酒请客的第四日：

老太太起来吃过点心，走到第三进房子内，见范进的娘子胡氏……督率着家人媳妇丫鬟洗碗盏杯箸。老太太看了，说道："你们嫂嫂姑娘们要仔细些，这都是别人家的东西，不要弄坏了。"家人媳妇道："老太太，那里是别人的，都是你老人家的。"……"……连我们这些人和这房子都是你老太太家的。"老太太听了，把细磁碗盏和银镶的杯盘逐件看了一遍，哈哈大笑道："这都是我的了！"大笑一声，往后便跌倒，忽然痰涌上来……

范老太太就是这样一命归西的。在迷乱恍惚的巨大变化中，她尚能支持，那是她不理解这些变化的意义，而一旦"觉醒"，摸到了切切实实的现实，她便"痰涌上来……"

李纨与范老太太不同之处在于，从记事起，她就知道，这珠冠、凤袄是一个妇女所能得到的最大功名，对它的意义她领会得"深刻"，因而行动也就自觉得多。她一生屡仆屡崛、百折不回地追求这个目标，终竟实现，她所受的精神感奋理所当然地要比范老太太强烈得多——这最后一根羽毛实在太沉重，负重的骆驼颓然倒下——血压增高引起陡然脑溢血是可以致命的，自古如此死法的不可胜计，李纨也加入了他们的行列。"带珠冠、披凤袄"，紧接着便"无常性命"来寻，其实际内容即似如是也。

那么贾兰呢？

应该注意到，他热爱母亲、理解母亲，他生命的每一进程都和母亲连在一起，母子二人相依为命，有共同的理想，共同的命运，共同的荣、辱、悲、欢。今日志愿初遂，方期以"寸草之心"力报"三春之晖"之时，太阳却落下了地平线！试想此情何以能堪？此心于何可忍？于是，在大喜的激动和大恸的悲哀中，贾兰的生命之灯燃尽了。

母亲终生颠扑，为儿子耗尽了心血；儿子为母亲的死而悲哀归阴。这样典型的"节"，这样高度的"孝"，自然是要大受朝廷的褒扬和社会的敬仰的。但曹雪芹却认为，这一对母子的一生是愚昧的和不幸的，他痛苦地告诫读者"古来将相可还存？也只是虚名儿与后人钦敬"！他意味深长地叹息说，这不过是"枉与他人作笑谈"而已。

　　写到这里，我的这篇拙文大约可以拉倒了。至于所见是否有知，敬请通家教正。我自能一心向善，我想能的。

一九八一年十月二十五日于宛

原载《二月河妙解〈红楼梦〉》，长江文艺出版社 2005 年 8 月出版

三春嗜好浅析

早几年读《红楼梦》，看到贾府"四春"的贴身丫头，元春的叫"抱琴"，迎春的叫"司棋"，探春的叫"侍书"，惜春的叫"入画"——以"原应叹息"（元迎探惜）恰恰和"琴棋书画"相对应——这一"发现"虽无处发表，但也颇使我欣欣然快意了几天。近年来各种珍版《石头记》秘本相续刊出，一读脂批"前所谓贾家四钗之鬟暗以琴棋书画排行"，不禁愕然，原来在二百多年前别人早已看到这一点了。真是"吾尝终日而思矣，不如须臾之所学也"。

人的名字本是一种符号，叫得明应得响即可。如果说仅仅"琴棋书画"而已，别无深意，也不过文人雅趣，信笔拈来，却也无足深思。却不料这么一个小小的问题，一经融进《红楼梦》，竟变得令人不敢妄下断语了。

最引人注目的是入画的主人惜春。这个女孩子孤介顽执，冷僻入骨，是一个很不合群的人。她的最大嗜好，恰便是绘画。这一点在小说中曾大事铺张过，给人的印象极深，似乎无需再来唠叨了。

而探春呢？除了精明强干、理家治人颇有方略外，于咏诗一道也只平平。但如果观察得稍细一点，她的喜欢书法是很容易看出来的。第四十回"史太君两宴大观园"中对探春房中陈设有这样一番描绘：

> 这三间屋子并不曾隔断。当地放着一张花梨大理石大案，案上磊着各种名人法帖并数十方宝砚，各色笔筒笔海内插的笔如树林一般……西墙上当中

挂着一大幅米襄阳《烟雨图》，左右挂着一副对联，乃是颜鲁公墨迹……

这样的摆设，一望可知是书法家的派头。

如果这尚不足以说明问题，那么再请看第三十七回探春致宝玉结诗社的帖子：

> ……昨蒙亲劳抚嘱，复又数遣侍儿问切，兼以鲜荔并真卿墨迹见赐，何癞痌惠爱之深哉！

这大概就是刘姥姥看到的那帧"烟霞闲骨骼，泉石野生涯"的墨宝了——这里刚送去，那里马上就挂起来，还能说是不爱好吗？

惜春爱绘画，探春喜书法，那么司棋的主人迎春呢？我的答复是：迎春嗜围棋。只因为除了"送宫花贾琏戏熙凤"一回外，并没有正面描述她的这一爱好，人们不大注意她的这一特点罢了。

第二十二回"制灯谜贾政悲谶语"中，迎春的谜是这样写的：

> 天运人功理不穷，有功无运也难逢。
>
> 因何镇日纷纷乱？只为阴阳数不同。

贾政看了说是"算盘"，迎春笑着回答"是"，遂成铁案。

但究竟是不是算盘呢？我却以为"不是"的，而是"围棋"。1980年12月，我在给《红楼梦学刊》主编冯其庸教授的一封信中曾谈及这一问题，冯其庸同志亦认为这种可能性是存在的。现在将我的原信摘录于下，以就教于读者（略有变动）。

前去信言迎春所制灯谜诗，其谜底不是"算盘"，兹作说明如下：

我意应释为"围棋"。因为只有围棋才能与此四句诗所述全部特征完全吻合。

按算盘以木为框，隔以横木名曰"梁"，穿纵杆十余名曰"档"；梁上每杆贯木珠二，一以代五，梁下贯木珠五，一以代一。每档以十进位，用时依法计算。

不须咬文嚼字，"理不穷"这一特点算盘是具备的。但"有功无运也难逢"就颇为费解，因为只有在每一粒算珠都有相逢的可能性这一条件下，这句诗才是有意义的。但现在无论实际使用算盘时还是不用时挂起来，每一粒算珠都有其固定的"邻居"；不相邻的算珠无论怎样"有运"也是碰不到一起的，而相邻的算珠无论怎样"无运"也总要相逢的。"纷纷乱"就更成问题了，算盘是一种计算工具，运算时有口诀、有法则，一个子儿也乱拨不得，怎么可以用"纷纷乱"来形容？（局外人或可以为乱，局中人心里清楚得很）至于"阴阳数不同"，用在算盘上也实在勉强得很。

但如解为"围棋"，那么所有不通之处均可迎刃而解。围棋盘纵横十九线，三百六十一个交叉点，黑白子各百有八十粒。双方执子着棋，变幻无极、层出不穷，自有棋以来无同局之盘，"天运人功"在这小小棋盘上演出无数局面，还不是"理不穷"吗？具体到每一粒黑白子来说，虽然实际上都有可能在棋盘上相遇，但这是要靠执棋人的筹算的，确实既要有"功"又要有"运"才能与对应的子相逢；算盘有口诀法则，而棋子布盘却是有法而无则，攻左视右、声东击西、瞻前顾后，着法不一、千变万化；满盘上星罗棋布、死活不一，劫杀刺征、黑白势力狼牙犬齿——的确是"纷纷乱"——为什么会这样？就是因为执黑(阴)、执白(阳)子的棋手掌握着棋子的命运，而他们运筹计算的力量和方法各不相同，因此才形成了"理不穷""子难逢""纷纷乱"的局面。

既然如此，为什么贾政说是"算盘"迎春答"是"呢？我想这是很简单的——因为贾政是她的长辈，而长辈是说不错的。假如是司棋猜"算盘"，怕难免就要得一个"糊涂"的考语了。

当然，不应排除一个谜有几种谜底的可能，猜算盘也不是一点道理也没有。但作为迎春之谜，除了我致冯其庸先生信中所举理由外，还有一个心理上的依据。我以为"命运把一个人当作棋子摆布"要比"当算盘子拨"的说法要多少漂亮、贴切一些，不知读者以为然否？

再，算盘是账房里的工具，不是闺房里的摆设。贾府一干公子小姐没有见过当票，不认识秤星，从物质生活到精神生活都和算盘绝缘，贾迎春一个深闺秀女怎么会凭空想起用算盘的形象造一个谜呢？

第七十九回，实际上直接披露了迎春的这一爱好。在她搬出大观园后，宝玉做《紫菱洲歌》云：

> 池塘一夜秋风冷，吹散芰荷红玉影。
> 蓼花菱叶不胜愁，重露繁霜压纤梗。
> 不闻永昼敲棋声，燕泥点点污棋枰。
> 古人惜别怜朋友，况我今当手足情！

前四句写人去楼空、草木摇落的黯淡凄惨景色；后两句直点与迎春惜别的手足之情。中间两句是回忆迎春在时的情景——永昼敲棋——现在迎春一去，只怕此地香楼空落、点点燕泥要污了棋枰吧！试想，如果此物不是紫菱洲素日最典型、最经常的娱乐器材，怎么会引起宝玉的这种联想和感慨呢？

惜春爱绘画，但她并不是一个高明的画家；探春喜书法，但未见得字就写得特别漂亮；同样的，迎春之嗜棋，也并不说明她是什么八段、九段棋手。曹雪芹写她们的这些爱好另有深意。除了这些嗜好符合她们形象的内在素质外，与安排她们未来的命运亦不无关系。"懦小姐"迎春真就像一枚棋子一样由着人捏弄，摆到了死地；即如探春精干、强劲、潇洒的风度，亦不能说与书法毫无关系；那惜春"独卧青灯古佛旁"的凄凉景象，难道不是一幅油画的绝好题材？

至于元春的抱"琴"问题，我以为复杂得多了，不是本文篇幅可以囊括的，笔者已拟专文阐述，这里就不喋喋不休了。

一九八一年十一月十九日于宛

原载《当代作家》1999 年第 2 期

凤凰巢和凤还巢

——另一个王熙凤

她可以一巴掌将丫鬟的脸打得"紫胀（涨）"起来；她可以用膝盖下垫"磁瓦子"的"文明"刑罚整治"不便擅加拷打"的太太房里的人；她可以声色俱厉地训斥比她长一辈的赵姨娘，满不在乎地排揎婆婆邢夫人手下的家奴；她可以为三千两银子心安理得地断送两个年轻的生命……"一万个心眼子"加上一条如簧之舌；"一盆火"加上"一把刀"；光艳诱人的躯壳中糅合着一个残酷无情的灵魂；外具"三春之桃""九秋之菊"的姿容，内秉风雷霜雪之性。有才有识有胆而又劣迹斑斑——王熙凤——这不朽的艺术形象所打在亿万读者心中的这些烙印，大约是一直要保留到地球停止转动的那一天吧。

然而，还是这同一个王熙凤，有时却又有另一副模样：丫鬟傻大姐在大观园中拾到一个五彩绣香囊，辗转到了王夫人手中，王夫人误以为是凤姐的物件，气急败坏地找上门来，正在病中的王熙凤听到这种指责，像被电击了一下，突然改变了容颜：

> 凤姐听说又急又愧，登时紫涨了面皮。便依炕沿双膝跪下，也含泪诉道："太太说的固然有理，我也不敢辩，我并无这样的东西。但其中还要求太太细详其理……"

是什么魔鬼吓紫了她的面颊，唬软了她的膝盖，惊起了她沉重的病躯呢？

理，以"理"治天下的"理"。这封建社会末期至高无上的思想统治武器，是比法律更厉害一千倍的东西。用李贽的话说，就是："死于法者，犹有人惜；死于理者，谁其怜之？"因此，连凤姐这个机锋可怕的领袖，胆大妄为的班头，面对这绣着"妖精"的小小香袋也恐惧得发抖。

那么，难道是一个软弱的王熙凤、一个善良的王熙凤、一个被压迫的王熙凤吗？这多么可笑，谁能相信呢？但这确是王熙凤的另一面。如果我们不肯公式化地理解纷繁复杂的社会矛盾和阶级斗争，不肯脸谱化地观察一个被迷人的艺术手段活化了的典型的话。寻觅此路，也许可以找到红楼迷宫中这只凤凰的故巢，也许可以查知它将飞向何方。

一、善耶？恶耶？抑善恶兼而有之耶？

在王熙凤的面前，是一桌无从避席的人肉筵宴。人们在"亲亲"中莞尔微笑，在"尊尊"中互相宰割。作为一个大家小姐出身的贵妇人，凤姐自小就在这种环境中长大。就她的身份地位和她所处的实际境遇看，她除了吃人或被比她更厉害、更高明的人吃掉外，也实在找不出第三条道路。

在《红楼梦》中，被王熙凤"吃"掉的人计有贾瑞、尤二姐、金哥"夫妇"以及与其命运类似的若干人。我想，粗略地对这几个"案例"进行一下研究，对认识王熙凤形象的真面目是有所裨益的。

贾瑞之死，多有论者以为，瑞固不堪，但凤姐行事未免过分狠毒。这真是天大冤枉！

1. 花园邂逅，贾瑞主动调戏凤姐，被她机智地躲过。

2. 其后，贾瑞多次登门，意图勾引。王熙凤巧施计谋，用"失约"的行动告诫对方，"令其知改"。

3. 但贾瑞并不"知改"，反又再登门，王熙凤为摆脱纠缠，设计薄惩。

4. 贾瑞终不悔悟，自戕自害而死。

就此全过程，请问凤姐有什么责任呢？以封建的乃至于资产阶级的伦理道德，固可谓仁至义尽；即作一案审理，贾瑞之父告到今日的南京人民法院，又其奈凤姐何？

认为王熙凤手段过于毒辣，这是戴着 20 世纪的眼镜看 18 世纪的现实。怎么才能"不毒辣"？我们现代人是有办法的，可以告诉他："我是有夫之妇，不能也不爱您，您收收心吧。"——如果要求凤姐去讲这个话，岂不令曹雪芹啼笑皆非？

进一层说，果然贾瑞目的得逞，对王熙凤将意味着什么呢？她堕入情网，一旦为人所知，秦氏吊死天香楼的下场便是"先例"！不治瑞，必为瑞所制，岂不是反被贾瑞吃掉了吗？至今读这段风流故事，赞凤姐者有之，同情这个色欲迷心的登徒子、卑鄙无耻的"瑞大爷"者却甚为寥寥，就是因为这件事的"真理"在凤姐一边。贾瑞自要死，有什么办法？

尤二姐是作者精雕细琢的被礼教之理荼毒、残害的典型。从她和贾琏的"秘事"被凤姐发现，到她被骗入府，读者谁不替她捏一把汗？随着事态演变，她在一片围攻和蔑视中度日，直至流产后绝望自杀，谁不为她发出同情的叹息？

当然，悲剧的具体导演是这个万能的王熙凤。她充分利用了贾琏和尤二姐本身的弱点，严密地组织了这次迫害活动，玩弄违"理"犯法的贾琏尤二姐于股掌之上，直接造成这幕惨剧。这种行为，无论用昨天或今天的标准衡量，都是不道德的。

但是，难道责任界限仅仅这样一划就算完了不成？杀害尤二姐的真凶果然是凤姐吗？我看不见得。同情尤二姐固无可非议，将憎恨的矛头指向凤姐，就未免是一种廉价的至少是肤浅的憎恨。这太不公平，太不"唯物"了。

就《红楼梦》所描述的现实条件而言，可以说尤二姐绝无生理：（1）她本是"有夫之妇"；（2）她行为不贞人所共知；（3）她是在"国孝""家孝"两重禁忌中被背亲背父的贾琏偷娶的。这样一个人怎么能够生存在贾府"诗礼"持家的土壤上？

仔细看，王熙凤整治尤二姐的全部计划集中起来讲，不过就是将这"偷来的锣鼓"拼命敲得响响的。王熙凤的"错误"的思想根源仅仅是不愿意在自己夫妻生活中再掺进一个第三者，"卧榻之侧"不许尤二姐酣睡而已。读者诸君请自扪心，这岂是一种不正当的要求？而这种可怜的反抗方式又是她唯一有效的方式，内中难道没有值得怜悯之处吗？

试想，在纳妾被认为是合法的时代，如果没有这些"理"抓在凤姐手中，她怎么整得住贾琏宠爱的尤二姐？非但整不住，只怕还要干犯"忌妒"这个可怕的"七出"条律，在"对景"之时被逐出贾府。即使不如此，设如一个明媒正娶，比她美貌、比她得人心而又"有出"（男孩子）的"新二奶奶"出现在她的面前，王熙凤怕是只好"终日以泪洗面"了！不考虑这些因素分析她的行为，她就是"为残忍而残忍"的虐待狂患者。而如果肯细致准确地解剖内核，王熙凤何尝不是在进行本能的正当自卫。当然"防卫过当"在今天是要负刑事责任的，但我们在分析"案情"时，不能因为出了人命就不论理啊！

我以为这个事件揭示的悲剧意义，不在于"王熙凤好端端整死了尤二姐"。不应该孤立地看成是她个人的行为。它实质上是在暴露罪恶的根源乃是整个社会伦理思想体系的不合理、不道德。王熙凤的"不道德"乃是这种"大不道德"逼出来的。试想，"指腹"为婚就该有如许大的法律效力？张华就该卖妻退婚？尤二姐仅因作风不检点，就该永无出头之日？难道说凤姐就该恭顺地容忍贾琏任意恣欲吗？而如果当时不具备那样的社会条件，王熙凤的构陷又何至于有那样强大的威力呢？

"王凤姐弄权铁槛寺"一封书信两条人命，这是读者最反感凤姐的一件事。这里边，王熙凤是得了钱的，占情占理的是金哥"夫妻"（我们姑妄言之）。因而它的"社会效果"比起贾瑞之死来不可同日而语。但读者若有兴趣，我们不妨先从另一面探讨几个问题：

1. 张财主的女儿金哥，受原长安守备公子的"聘定"；

2. 凤姐贪三千两银子，通过节度使云光"动员"守备退婚，"合法"地拆散了他们；

3. 金哥这个"知义多情"的女孩子，知道退了"前夫"，便自缢而死；

4. 不料公子也"极多情的，遂也投河而死，不负妻义"。

暂可撇开作恶的凤姐、云光，单看这两个青年男女的行为，愚蠢不愚蠢？一个并没有爱情的婚姻条约就该这样忠实地信守吗？什么东西是他们采取这样极端行动真正的动力？是王熙凤那封信吗？

这件事的结果是，王熙凤得到了"利"，金哥二人得到的是"义"，而云光则是运用了"权"，真是王霸义利俱全。王熙凤是唯利是图，金哥两人则是用最"光辉"、最有效的方式抗拒了父母"乱命"，而云光所行之权又是违情悖理的"淫威"。既然界限是这样的分明，王熙凤当然是不占"理"的。而我们今之人在读此段故事时，或想这是两条"人命"，是"阶级压迫"（注意，这个事件是发生在同一阶级中的），或想当然地以为金哥二人是青梅竹马的美满姻缘，王熙凤的作为又确实触犯了我们今天的刑律和道德规范，所以也憎恨她。殊不知恰恰看错了，王熙凤并不犯当时的法，她犯的是"理"！谓予不信，请将她贪利得钱一节割舍不论，她顶多不过得一个"糊涂"的考语罢了。

在《红楼梦》中，王熙凤不是一个弱者。优越的社会地位，敏捷的触角和思想，果敢行动的魄力和出众的组织宣传才干帮助了她，使她常常成为一个胜利者。而读《红楼梦》的人对于"胜利者"往往是不抱任何同情感的。

正是由于这种成见，才使人们不分青红皂白地将王熙凤与封建主义者的王夫人、薛宝钗辈划为"一丘之貉"的。

那么，她到底是个什么人呢？

二、另一种人——嚼一嚼"穿心烂果"

这是一个非常复杂的人物。对于她的形象的分析，不仅要看她想些什么，说些什么，做些什么，而且需要透过这若干"什么"查一查背景，从而了解她个性特征的阶级属性和曹雪芹殚精竭虑塑造这只"凡鸟"的真正用意。

我们应该注意，王熙凤是《红楼梦》中唯一不信天命鬼神的人物。她在"佛土净地"的铁槛寺，面对女尼公然宣称：

> 你是素日知道我的，从来不信什么是阴司地狱报应的。凭是什么事，我说要行就行！

这是何等惊人的胆量和卓识！可惜这是在"干坏事"，如果是干好事时说这样的话，恐怕红学研究者们早就要刮目相看了。

这不是随便说着玩的，可以看她的处人行事：不吃斋、不念佛亦不静修，确实从不考虑"来世"和"后世"，她急功近利的干劲和精神完全为"本世"服务。佛教统治了《红楼梦》的妇女界，连林黛玉"病急乱投医"时亦未能免此俗。很明显，妇人女子好佛信佛、畏天命、敬鬼神在当时贵族阶层是一个普遍现象。那王熙凤是怎样从这支大军中游离出来，又是一个什么样的社会因素赋予她这种超越了朴素唯物主义的高级意识呢？

封建地主阶级两个重要特征是重视土地和重视门第。而王熙凤则对这两件东西都有些漠然，她追求金钱的欲望表现得活像一个拜金主义者，这又是怎么回事呢？

秦氏死后"托梦"凤姐，长篇大论地阐述土地的重要性，并告诫凤姐：

> 莫若依我定见，趁今日富贵，将祖茔附近多置田庄房舍地亩，以备祭祀供给之费，皆出自此处。将家塾亦设于此，合同族中长幼，大家定了则例，日后按房掌管这一年的地亩钱粮祭祀供给之事……

这番完全不像梦话的"梦话"，真是谆谆复恳恳、具体而周详。脂砚斋就是根据她的这一"功劳"命雪芹删去她"淫丧天香楼"的丑行的。但这样重要的嘱托立刻就被王熙凤忘得干干净净，而且再也没有想起来过。

至于她对阀阅观念的认识也可以举出实例。第五十五回凤姐与平儿在议及探春时：

> 凤姐儿叹道："你那里知道，虽然庶出一样，女儿却比不得男人。将来攀亲时，如今有一种轻狂人，先要打听姑娘是正出庶出，多有为庶出不要的……将来不知那个没造化的挑庶正误了事呢，也不知那个有造化的不挑庶正的得了去。"

这段话虽不能包括"阀阅"的全部内容，但就中也可以看出她的基本态度，她更重视的是"才"，不是"根基"。

与此形成鲜明对照的，王熙凤对钱的贪婪性就显得格外突出。大到成千上万两地攫取，小到几两几钱的高利贷生息，锱铢必较、一丝不苟。她自己就曾解嘲似的说，她是一个进钱的"铜商"。若论出身门第，她高贵得如同王夫人；若论经济才干，她与探春仿佛。这种异乎寻常的变态心理是由何而来的呢?

她自幼充男孩子教养,又是一大异事。这种情况如果出自"小家子"的市民阶层,或以溺爱,或因膝下无男聊慰荒凉,固也不为稀奇。现凤姐出自名门世族,且有兄长,她的父母在教养子女问题上为什么这样不持重呢?在贾府,"大家子的公子哥儿"尚且不准像"活猴儿"一样不安分(邢夫人语),尚且不允许"如同野马一般"(贾政语),尚且提倡"尊重"自尊(林之孝家的语)。与王家上一辈的女子王夫人、薛姨妈相比,她们的端庄、凝静和正统气息常使人联想到薛宝钗,为什么到了王熙凤这一辈突然就变出一个"泼辣货""辣子"来呢?

如此种种"怪"现象不胜枚举。设将这些现象看成是天生的"天性",是很难说服人的。如果历史地、唯物地加以分析,我们就会发现,王家虽也是世族,虽与贾家渊源甚深,但这两家是有差异的,而且这种差异带有"异变"的意味,且这种异变与当时的阶级、社会所发生的重大演变是有着某种微妙的联系的。

冷子兴演说荣国府,提到王家只是一带而过。至贾雨村"葫芦判案"一回,门子拿出"护官符"云是"东海缺少白玉床,龙王来请金陵王",我们只是模模糊糊地觉得王家很富,怕是谁也想不到王家真的和"海"有点什么关联的罢!

直到第十六回,王熙凤筹备元春省亲事宜才算将王家基本情况说透。

> 凤姐忙接道:"我们王府也预备过一次(接驾)。那时我爷爷单管各国进贡朝贺的事,凡有的外国人来都是我们家养活,粤、闽、滇、浙所有的洋船货物都是我们家的。"

我以为这里的"粤闽滇浙"必是"粤闽江浙"之误。1684年,康熙宣布废止"禁海令",曾下令在云山、宁波、漳州、澳门设立海关,管理来往商船,负责征收赋税。凤姐说的显然是这回事。"江"与"滇"字韵相近,稍读得快一些,是容易搞错的。

原来她的爷爷是干这个的!这还不是我国最早的外交、外贸大臣兼海关总管吗?这还不是我国最早接触外国新兴资本主义的官僚富商吗?这样一个有"国际"背景的人家,养出一个"忘仁"(王仁)的儿子,养出一个不读诗书、不尊妇道、不信鬼神、崇拜金钱、爱赶时髦的女儿,怕不算是什么怪事吧?

"别叫我恶心了!你们看看这个(贾)家,什么石崇邓通的,把我王家的地缝子扫一扫,还够你们过一辈子呢!"这是凤姐对贾琏说的话;而同样是"我王家"出来的薛姨妈,却为贾府的"小荷叶儿小莲蓬"钱汤模子而惊羡不已。所以凤姐此话是欺人之谈,这种语气与其说是在吹牛,毋宁说是蔑视和讥刺,很有点像新兴贵族对硬装门面的老贵族的鄙薄——你们装的什么蒜?我还不知道你们!——实际上也就流露出王贾两家思想感情上的歧异来。

而诚然,王熙凤是缺德的,但这里也有我们今之人不善读书的偏见:地主缺德与资本家缺德,反正都是剥削阶级的缺德——却很少想到,地主阶级的"德"和资产阶级的"德"在内容上有着质的差别。

实事求是地分析王熙凤的所作所为,是不是就"缺德"缺得没有治了呢?她有没有一点好品质呢?

众所周知,宝玉黛玉爱情是《红楼梦》最重大的事件(是否主线非关本题不论)。凤姐可以说是最了解这一关系纠葛的人之一。按照礼教规范要求,当家人意识到这类事,她本应立即采取适当措施以免"丑祸"发生,袭人就为此而"日夜悬心"。但这个王熙凤却是在那里推波助澜!她经常开这一"热门"玩笑,向众人宣称和暗示宝黛的友谊却又丝毫不带恶意。在这位精明能干的嫂子的诙谐下,反而促成众人想当然地认为宝黛的结合是自然的、无可非议的。

这怎么解释呢?我以为是这样:

1.她认为贾母喜欢黛玉；

2.她不信鬼神，自然也就不信那只"金锁"；

3.她不喜欢宝钗，而对黛玉较有好感。

为什么会有这三条？限于篇幅，我仅用一句话来概括：利害上的关系和个性上的亲疏所导致。

第五十四回贾府家宴上有这样一个情节：宝玉代黛玉喝酒，凤姐旁劝"宝玉别喝冷酒，仔细手打颤儿，明儿写不得字，拉不得弓"。多有认为这是凤姐在排揎黛玉。

恕我唐突，我敢说这样说是完全错误的。恰恰相反，这是借景揶揄宝钗母女的。我有根据，第八回写宝玉在薛家吃酒，这母女曾有过一段关于"热酒""冷酒"的高论：

> 薛姨妈忙道"……吃了冷酒写字，手打飐儿。"宝钗笑道："宝兄弟，亏你每日家杂学旁收的，难到就不知道酒性最热？若热吃下去发散的还快，若冷吃下去便凝结在内，以五脏去暖他，岂不受害？从此还不快别吃那冷的了。"

现在"对景"了，宝玉正吃黛玉这杯酒，凤姐偏要"白嘱咐"一句，难道还看不出这只"辣子"是在辣谁？

这是王熙凤对待宝黛这个"大是大非"态度的一点粗析。还可以信手拈几件小事看看：

同情晴雯。素日的情形我们不详，但当晴雯遭到雷霆大怒的王夫人严厉训斥时，王熙凤的心理活动是这样的：

> 凤姐见王夫人盛怒之际，又因王善保家的是那夫人的耳目，常调唆

着那夫人生事，纵有千百样言词，此刻也不敢说……

很明白，她想救这个女孩子，只是慑于种种她所不能抵御的压力，才暂时未敢开口为晴雯求情。

不恨司棋。当迎春房中大丫头司棋与她表兄的情事暴露，因而被逐时：

凤姐见司棋低头不语，他并无畏惧惭愧之意，到觉可异。

我们看到这里，能不为凤姐的"可异"而感到可异吗？一个真正用封建道德武装了头脑的贵妇人，应该对这种"淫乱"行为持此不明不白的态度？

我们还看到，她帮扶窘困的邢岫烟，资助贫穷的刘姥姥，提拔"大不安分"却有才的小红……这些行为的主要动机似乎并不在于"打花呼哨"讨什么人的好，或为了达到什么损人利己的目标。

仔细嚼嚼，我敢说王熙凤并不是什么"穿心烂果"，而更像是一只长着丑陋甲壳的菠萝。不能不承认它有丑的一面，但更不能因为它丑就否认它是上乘佳果。

三、论"掉包计"是不存在的

实际上，王熙凤之所以给读者留下"赤练蛇"的印象，最主要还是由于她那个臭名昭著的"掉包计"。因为这一罪恶阴谋所伤害的是亿万读者最关心、最同情的主人公宝玉和黛玉，唯其如此，便显得格外不能原谅。

然而很遗憾，这个"掉包计"既不是雪芹的手笔，也不是他创作意图的一部分。后四十回续作的问题，现在学术界还"吵"得很热闹，但我以为，不管其他部分怎样，只这个倒霉的"掉包计"绝不可能是"真货"。

《红楼梦》之所以被认为是伟大的现实主义杰作，就是因为它真实地描摹了18世纪封建末叶整个社会生活的巨大断面，是整个贵族阶层腐朽、没落、零替的一曲低沉哀怨的挽歌。贾宝玉、林黛玉作为主人公，他们的命运如果不能与这幕社会悲剧的主调自然地和谐起来，顿时就会使这幅《贵族末日图》黯然失色，更不必说去深化它的主题了。这是任何一个有造诣、有修养的作者都能考虑得到的。

高鹗在续书时，可以说根本就没有读懂前八十回。他只看到雪芹的"假意"，而对字里行间的"真情"却不甚了了，所以在最主要人物的结局和最重大事件的连续上，他基本上全部违背了雪芹的原意。"掉包计"就是在这种情况下诞生的——由此计而产生的后果，浓厚的追求个性解放色彩的爱情不见了，变成了林黛玉为爱而殉情的"相思病"；"命运扼杀爱情"变成了"阴谋毁灭爱情"，"必然"变成了"偶然"——这一"神圣"的社会行为，既与贾府败落不相干，也与阴谋圈子外一切人不相干，竟成了几个人策划于密室中的鬼蜮行径！

平心而论，从凤姐定计、黛玉闻惊、宝玉成亲、黛玉焚稿这一系列情节看，文字笔力相当好：紧张、严密、缠绵、悲凄，颇有令人不忍释卷不忍卒读之感。

但痛定之后，回头冷静地"思痛"，却给人一种滑稽的感觉，犹似突然来了一段《秦雪梅吊孝》，未免突然、离奇，酸痛一阵子也就释然了。再思三思，就会使人发出"荒唐"的叹喟：原来这一掬泪的心理依据是在前八十回中找出来的。高鹗是巧妙地剪了一枝"意绵绵"，插进"大不真实"的花瓶里，挂上了一朵"小真实"的绢花！尽管做工极细，和本枝总难为一体的。这样，"撞车"的情况便很难避免了。

我们见到了，薛宝钗因为爱贾府的世系，赢得了这个家族的好感，这是她比林黛玉优越的条件；林黛玉"目无下尘"，"群众"基础不如宝钗。

但我们必须清醒地估计到，宝玉的婚姻不是"下尘"们可以决定的。不管黛玉、宝玉、宝钗辈自己做何种努力，决定权却只在少数几个决策人的手里。对于他们来说，选谁做媳妇的问题固然要紧，但更重要的还是宝玉。无须讳言，再好的媳妇也是抵不上儿子要紧的。我以为，就是基于这一原因，根据贾宝玉的实际情况，使宝钗和黛玉被择为媳的优劣势发生了变化。

1. 前八十回中，贾母对为宝玉择偶问题的态度一直不明朗。我以为是这样的，在理智上她比较爱重宝钗，而在感情上她却较喜欢黛玉。不管是"感情"还是"理智"，所包含的心理活动都相当复杂。

她喜欢宝钗的柔媚、温顺和贤淑，这都是值得她爱重的品质。但她也知道，宝钗是个"冷"姑娘，忌讳她的"素"，在性格上和贾母并不很合得来。她清楚，宝钗可以做一个完善无缺的"样板"媳妇，但她也明白，她的"宝玉"并不爱宝钗。

对黛玉，贾母的基本心理是爱怜。她喜欢黛玉的颖慧、秀丽和才思的敏捷，在性格上投合她老年爱娇小的心理。但她也知道黛玉的孤僻、清高和"小性儿"是不合乎被择为媳的标准的。复杂之处在于，因为血缘和其他一些社会因素的影响，她感到自己在道义上有抚慰这个弱女子的责任。自然，她也知道宝玉和黛玉是不可"不聚头"的"冤家"。

有的同志认为，贾母说"见了一个清俊的男人，不管是亲是友，便想起终身大事来了，父母也忘了，书礼也忘了，鬼不成鬼、贼不成贼"的女孩子是"严重警告"黛玉。不知此论所据云何？这些同志是否因为，袭人曾在王夫人处诉说过这种危险性？这里不妨摘一段袭人的话：

> 袭人忙回道，"太太别多心，并没有这话，这不过是奴才的小见识。如今二爷也大了，里头姑娘们也大了，况且林姑娘宝姑娘又是两姨表姊妹，虽说是姊妹们，到底是男女之分……"

花袭人真是"能"得可以，先说"林姑娘"再强调一下"两姨表姊妹"。很明显，汇报前她是精心权衡过利害的，就这个话，能说是单告林黛玉一个人的吗？所以，即使贾母"鬼不成鬼""贼不成贼"有所专指，也不会单单是警告林黛玉一个人的。

其实，这个精明的老太太有她自己独特的择媳标准："不管他根基富贵，只要模样配的上就好……只是模样性格儿难得好的"。如果此言不虚，我们似乎可以认为，她选择黛玉来配宝玉的可能要大一些。

2.那么王夫人的态度又是如何呢？这个人表面上"无可无不可"，在大事上却是一点不含糊，主意拿得稳得很！按道理，她和薛姨妈是亲姐妹，应该是很亲近的，但在曹雪芹的笔下我们看不到这一点，薛家所谓"金锁"配"宝玉"的宣传在她那里一点反响也没有，看来确实奇怪。

原因何在呢？似可分析出三点：（一）王夫人正统观念极强，事事都要讲"体统"，似乎对"根基""门第"这类东西感情深，在这一点上比薛家比林家要稍逊一筹的。王夫人在忆及黛玉母亲时就曾情不自禁地赞叹："是何等的娇生惯养，是何等的金尊玉贵来着！那才像个千金小姐的体统……"（二）薛家来京，并非冲着贾府而来，原为让宝钗应选"公主郡主入学陪侍、充为才人赞善之职"。攀的是最高的"亲"，想结最高的"贵"，想让宝钗走王夫人女儿元春的路。此事既无下落，大约没有成功就是了。再好的马，如果吃回头草，未免就不值钱；尽管说得好听，是"金玉之缘"，是天作之合也罢，是"癞头和尚"说的也罢，统统都要贬值。薛家不得已求其"次"，反回来奉迎王夫人，会不会刺伤这贵夫人的自尊心呢？所以，当赵姨娘得了宝钗所赠之物，兴冲冲走来讨好她时，她却冷冷地给了一句"你只管收了去，给环哥顽罢"！打狗还要看主人，王夫人却偏要给颜色瞧！这话的后边有没有潜台词呢？（三）对于她来说，宝玉是性命一样重要。没有了宝玉，她连在"阴司"里的依靠也没有，抉择谁做她的儿媳妇，关键是要看谁对"保全"

宝玉更有利些，因为"保全了他就是保全了我（她）"！

3.回到王熙凤这里再看看。这个老太太的"给事中"、王夫人的左右手、贾府的"巡海夜叉"，是既接近"上层"，又了解"下情"的人。她经常当众以"嫂子"的身份，用妯娌的口气开黛玉的玩笑，是需要掂一掂分量的。我想，偶一为之或可，没有某种程度的默契，老这样干，肯定要受到贾母王夫人指摘的吧。

脂砚斋在批评凤姐"吃茶"嘲谑时指出"二玉之配偶，在贾府上下诸人，即观者、批者、作者皆为无疑，故常常有此等点题语"。既然是"上下诸人"，贾母王夫人当然都要包括进去的。详此语气，作者根本就没有想到过写什么"掉包计"的。

那么，设如不选黛玉为媳又将怎样？在"慧紫鹃情辞试莽玉"一回中可以预测。一声黛玉要走，宝玉当即成了这副模样：

> ……呆呆的，一头热汗，满脸紫胀……发热事犹小可，更觉两个眼珠儿直直的起来。口角边津液流出皆不知觉；给他个枕头他便睡下；扶他起来他便坐着；到了茶来，他便吃茶……问他几句话也无回答。用手向他脉门摸了摸，嘴唇人中上边着力掐了两下，掐的指甲印如许来深，竟也不觉疼……

确似"死了大半个"了。试想，这么小小的一"试"就几乎要了宝玉的命，有谁敢再到贾母那里饶舌、劝她"真"的来一下呢？

所以说，"掉包计"这样的阴谋是没有存在的条件的，更不可能来自王熙凤，只有成心要谋死宝玉的赵姨娘才会想出这种主意来。以王熙凤用心的精细，谋虑的周到，防范的严密，会愚蠢到拿着宝玉的生命去将就那个虚无缥缈的"金玉"传言？会愿意像赵姨娘那样，被老太太"照脸啐了一口唾沫，骂道：'烂了舌头的混账老婆，谁叫你来多嘴多舌的！'"？

再看薛姨妈，她并不傻。她大概也不愿意让宝钗当一个李纨式的寡妇"奶奶"，所以愈到后来，"金玉"的调子便愈低。因为再聒噪下去，没有什么好处了。紫鹃一"试"的功效实超过黛玉的终生努力。紧接着，薛姨妈便带着宝钗一起去"爱语慰痴颦"，一本正经地说宝玉黛玉的结合，乃是"四角俱全"的美满姻缘了。薛姨妈这番内心矛盾、动机复杂的话历来为君子不齿，我想我的看法还是留待有机会再说吧。

"掉包计"的不存在，不可以贾母王夫人的"心慈"解释。那样是永远说不清的，因为她们的表现，有时很慈爱，有时确是很狰狞的。它的不存在主要是因为，贾府为维护自己的根本利益，保住宝玉这棵"苗苗"，便不能不对黛玉做出这种重大的让步。

我想，既然这没有人性的移花接木之计是不存在的，可不可以改善一点人们对凤姐的恶感呢？

四、一场欢喜忽悲辛

有根据说，王熙凤在"迷失"了的后数十回里，完全不是如现在后四十回里的形象。续作者思想境界低下，写作功力不足，为了使他已经走入歧途的创作思路能够比较顺畅地维系下去，根本就没有理会第五回中雪芹给凤姐安排的命运之路，而是蹩脚地搞了个王熙凤舆榇归金陵的"大团圆"结局——人虽死了，总还算体面的"衣锦还乡"。

按王熙凤的图、谶和判词曲子，除去"一从二令三人木"一句稍令人费解，其余部分相当明白。但这一句却是关键，不弄清楚，明白也是白明白。

脂砚斋在批及此句时注上了"拆字法"三字。不少人以为，要解这句诗谜谅必要用拆字技术，其实大错了。这三个字其实是说"一从二令三人木'是雪芹对凤姐的结局用了拆字法造谜"。而不是"要读懂这句诗必须用'拆字法'"。相反，依逻辑反证规律，要读懂这句诗倒必须用"合字法"才成。

"一从"二字可讲作"第一阶段，贾琏与众人都服从她"。这两个字无论"拆""合"都不成意思，其实是一个简单用语，作"一开头""自从""打从"之意，毛主席诗"一从大地起风雷"即此谓也。

"二令"可合作"冷"字，也即是讲"第二阶段，她遭受冷遇"之意。这个阶段在前八十回中已经开始表现，趋向是愈来愈冷——婆母邢夫人对她恨得牙痒痒，丈夫贾琏则信誓旦旦要为尤二姐报仇，她自己江郎才尽的征候已经开始露头，连说笑话都带出"冰冷无味"的样子了。

再发展下去便是"三人木"，即"第三阶段，被休弃"，所以只好"哭向金陵事更哀"了。现在的百二十回《红楼梦》则刚好相反，本来是王熙凤被休，自己凄凄惨惨地"哭向金陵"，却变成了她"衣锦还乡"，别人"哭向金陵"相送，思之可笑。

这就是说，一、二、三原是个发展顺序，"一从，二冷，三休"即先是服从，再是冷淡，三是休弃，或作"自从她被冷淡、休弃之后……"都可以顺理成章。有人将"二令"合为"冷"，"三人木"却合为"来（來）"字，成了"冷来"二字，殊嫌僵板费解：是"面若冰霜地来了"？抑西伯利亚的寒流来了呢？

但王熙凤可不是一盏"省油灯"，整掉她谈何容易！她的叔婆兼姑母是"当今"爱妃的嫡亲生母，她的娘家有着稳固的政治地位和雄厚的经济实力，她本人深受贾府"老祖宗"的宠爱，又具有天赋的才能、胆略和权谋，所有这些东西组合起来，构成了她背靠的"冰山"。如果时机和条件不成熟，谁敢轻易动这"太岁"头上的土？

八十回后期，抄家的"急急风"已是紧锣密鼓，不难想象，拔树毁屋的疾风暴雨只在数回之间必然到来。元妃既死，贾府失恃，忠顺王一干政敌趁火打劫、弹章交奏，宫廷中激烈的倾轧终于表之于朝中。"天"上的雷火突然降临到贾府这片"蓊蔚洇润"的树林里，林中的鸟儿和猢狲都要在这场劫难中与命运相搏。

被抄之后，贾母乃至于贾政、贾赦都将可能相继惭恨忧郁而亡。邢夫人和王夫人之间的"斗争"形势将发生根本性的转化。新掌家的邢夫人将会整日喋喋不休地训斥王熙凤，没完没了地当众羞辱她。在"家事日非"的借口下，昔日的"楚霸王"拿起了扫帚，像一个仆妇一样在园中扫雪。

当此"对景"之时到来，久已蓄志为尤二姐报仇的贾琏，将摆出"不怕老婆"的丈夫嘴脸，对凤姐进行全面的挑剔，并按"七出"之条，一条一条地积累材料。"落架凤凰不如鸡"，赵姨娘、贾环这些"没时运"的宿敌，会一哄而起地作践她，平儿这个得力膀臂将被卖出或被迫"嫁小子"，得心应手的奴才们告退的告退，请假的请假，或"反戈一击"为邢夫人立功，落井下石整凤姐。

这时的王熙凤将再也听不到"圣明"的颂歌，看不到甜蜜的谀笑。她本来就没有，也不可能在这时找到知心朋友。她走到哪里都会碰到白眼，人们将像躲避瘟疫一样离开她。一句话，"琏二奶奶"将变成一个谁接触谁倒霉的"怪物"。种瓜得瓜，种豆得豆，王熙凤种的蒺藜太多，它们现在长成了。

导致她被休弃的直接爆发点，很可能仍是那束多姑娘的头发。脂庚本二十一回评中曾说到这个问题："妙！说使平儿（收），再不致泄露，故仍用贾琏抢回，后文遗失后过脉也。"

清楚得很，那束头发经贾琏"抢回"收藏后"遗失"了，而且"泄露"了，极有可能是抄家时或抄家后整理遗留物品时被凤姐抓到了手中。王熙凤毕竟是王熙凤，她的头脑清醒，知道自己虽不免厄运（知命），而这个厌弃她的贾府却也早不是什么"乐土"，行将瓦解了，所以她并不在这种压力下示弱（强英雄）。据脂批语气看，王熙凤得到这件东西后并没有立即发作，她要留到关键时刻再使用这一"武器"回击贾琏呢！

但这次形势彻底估计错误了。王熙凤没有想到,这类"把柄"在太平时搬"醋坛子"可以用一用,在贾琏发疯似的要"砸烂醋坛子"时拿来当真刀实枪使用是不行的。因为"理"的约制对于男女是不一样的,贾琏用这类东西整她,可以势如破竹,她用这类东西整贾琏,此时只能博来轻蔑的一哂而已。

此时,暴怒的贾琏根本就不在乎什么泄露不泄露,"馋嘴猫儿"变成虎,他将一一列举王熙凤的种种"不贤"和恶行,行使他对于她至高无上的权力,在邢夫人的首肯和支持下(连王夫人亦无力挽回),一纸休书掷向凤姐,算是"灭此朝食"了。"英雄末路"最易引人回首往事,身微运蹇的王熙凤终于明白:大限已到,无常催命。素车羸马,西风古道上与爱女巧姐的生离死别后她似乎忏悔了自己一生的过恶,然而此时她的生命已是"昏惨惨似灯将尽"了。

这样来推测"迷失"了的后数十回中王熙凤的归宿,如何?

曹雪芹塑造的王熙凤到底是个什么形象? 不应该单纯地看前八十回,更不应该将高鹗的王熙凤与曹雪芹的王熙凤混为一谈。因为前者不是一个完整的王熙凤,而是一只尚未点睛的凤;而后者则是一个"二元化"了的凤。

这是一个有明确生活目标的女人,在她自己的"圈子"里,她有自己的感情、趣味、原则、立场和方法。她虽然把"天理良心"叫得震天价响,用"理"来治人、整人、杀人,但骨子里她自己根本就不尊理、不信理;她虽然有"斑衣戏彩"的"美德",但她实际上并不孝;她没有如宝玉、黛玉那种带有自觉性的个性解放要求,她只是在表现"自我",本能地从旧巢中飞出来,站在高枝上唱歌的"凤"。在一些问题的处理上,她表现得极端自私、残忍和毒辣,在另一些问题上她又显得公正、善良和富有人情味。她被陈旧势力压倒、吃掉的一面尚未及展示出来,而这未展示的一面却又是发展趋向的必然。离开阶级的和历史的分析与这必将展示的情节,侈谈她是美与丑或者善与恶,适足是隔岸观花,一片模糊说不清。

至于曹雪芹对她的态度，似乎赞美和遗憾、惋惜和不满都糅合在一起。他怀着复杂的情绪在如实地描绘一个连他自己也不能完全认识、完全理解的典型形象。从这一意义上说"爱而知其恶"，庶乎是矣。但雪芹所知的"恶"却未必真的是恶——这恐怕就"非雪芹之明所能逆睹"了。

现实生活中贾宝玉、林黛玉式的人物已极少见了，尤其是自然形态的"林黛玉"已经没有了，因为我们这个社会形态已不具备产生这种典型的条件了。但"王熙凤"却常有常在，人们似乎也并不尽将王熙凤式的女孩子归入"坏人"一类。我想，这大概是雪芹塑造这一形象现实主义余泽所及的吧。

原载《红楼梦学刊》1983 年第 4 辑

在曹雪芹的笔下，妙玉是"金陵十二钗"中着墨较少的一个形象。这个女尼出身于"读书仕宦"的豪门贵族，却莫名其妙地遁入了空门。家变之后又被邪恶势力驱赶得走投无路，飘零进大观园，被迫"大隐"在一个玩具一样的观寺之中。她生活在灯红酒绿富贵温柔之乡中的一个与世隔绝的小岛上，像一个落寞局外的畸零人一样，默默地注视着发生在周围的人间的悲哀和欢乐。她孤介、清高、冷漠，似乎是"四大皆空"的了，然而这种对正常生活人为的自我克制终究是违反人生追求幸福的本性的，因而遇到偶然的机缘，她心灵深处向往生活的欲望还会像电光石火一般闪现瞬间。一个被剥夺了欢乐甚至哀愁的权利的人，她像一棵大石头下被压得完全变形了的小草，在石缝中面对一掠而过的阳光，也会露出病态的微笑。这似乎又说明她还不曾完全泯灭掉自己的希望，但每一顾及这种微笑不属于自己时，她便怀着一种变态心理，用最高的轻蔑和冷酷对给自己带来深重不幸的人生表示抗议——在用净水洗过的栊（"笼"）翠庵，相伴着晨钟暮鼓、蒲团木鱼，打发凄凉漫长的永夜——一个被幽闭在孤寂无人的广寒宫中的不幸女子，黯然神伤地走向不可抗拒的"土馒头"，这是一幅怎样阴惨可怖的画图！

历来评家论及妙玉，或曰其"矫情"，或云其有爱于宝玉而不安于室，或说其与宝玉有"友情"而不甘寂寞，从心理学角度说，这些分析不能说毫无道理。但对《红楼梦》的学术研究仅仅从这个角度来看是远远不够的，所以我认为这些看法"都似不受"，因为妙玉的痛苦绝不是在栊翠庵中给她配一个哥儿可以解决得了的。她的不幸主要的并不在于婚姻的失意，或者说基本问题不是爱情问题，而是一个正常的人不能过正常社会生活的问题。

刘操南同志在他的《石奇神鬼搏、木怪虎狼蹲——试析妙玉的身世》（见《红楼梦学刊》1982年第4辑，以下简称《身世》）一文中分析妙玉形象时，说她"面冷心热，如有隐忧"，是一个"失去依托的特殊女性"，并云其经济生活"早先不亚于贾府"，无疑都是很中肯的，我也很同意其"《红楼梦》中所塑造的妙玉形象有其典型性"的说法（至于她是否"至少比惜春写得更为重要、更为深刻"，另当别论），但对《身世》一文中如下几个基本结论我是很难苟同的：

1.因为妙玉的经济生活"早先不亚于贾府"，所以她"伴青灯，对古佛是不必要的"；

2.妙玉为尼，是因为"没有政治地位，受到'贵势'欺凌……无法在闺房生活下去"，所以向佛院中寻求安身之地；

3.出家之前，妙玉已经是"孀妇"。

归纳起来说，我不能同意刘操南同志对妙玉整个身世的分析。

一、林之孝家的没有说假话

为了表现贾府大小姐元春贵妃省亲荣归的气派，妙玉住进了像装饰品一样的栊翠庵中，为大观园山水生色。在这之前，贾府奴才林之孝家的对她的情况曾有一个概括的介绍：

外有一个带发修行的，本是苏州人氏，祖上也是读书仕宦之家。因

生了这位姑娘，自小多病，买了许多替生儿皆不中用，这位姑娘亲自入
了空门方才好了……如今父母俱已亡故，身边只有两个老嬷嬷、一个小
丫头伏侍。文墨也极通，经文也不用学了，模样儿又极好，因听见长安
都中有观音遗迹并贝叶遗文，去岁随了师父上来……

刘操南同志以林之孝家的话"数处与事实不符"（实际上举出两点）证
明林之孝家的说了假话，隐瞒了妙玉的"寡妇历史"。（1）"书中写妙玉，
不像自幼多病"；（2）断言妙玉"不是'十八岁'，当在二十岁以上"。

这两点论据实在不敢恭维，它们怕是很难称为"证据"来证明其"与事
实不符"的结论的。"不像自幼多病"大约是看到栊翠庵中妙玉身体尚健、
未曾延医煎药的缘故，并不能证明她小时也是身体很棒；至于"不是'十八
岁'"，恐怕还得再找出别的"证据"来证明，才能叫读者服气的吧。

林之孝家的话何以不可靠呢？刘操南同志列举了三点：（1）林之孝家的
话是"得之传闻"；（2）因为她是奴才，"为奉迎主子胃口"说假话；（3）因"妙
玉讳言身世之痛，为她掩饰"。

稍加注意，便可以看出这三点动机在逻辑上的混乱。如果说是三个动机
其中之一，那就应该负责任地向读者说明是哪一种，为什么是；如果说是三
种动机兼而有之，那么它们之间的互相排斥性又无法解决：即如"得之传闻"
中即有"不甚了解"的意味，既然是一个对妙玉不熟识的人，林之孝家的何
爱于妙玉，而关切到"因妙玉讳言身世"便诚心诚意地"为她掩饰"的程度呢？

细详林之孝家的话语，斩钉截铁，确凿无误，并无半句含糊支吾之词，
很像是转述调查材料，并不似什么"传闻"。她甚至告诫主子不可草率地去"请"，
说："请他，他说'侯门公府，必以贵势压人，我再不去的'。"这和我们
读者亲自感受到的妙玉的形象特点并无二致，所以说"得之传闻"系操南同
志误思。

那么，是不是为迎合妙玉之讳，管家娘子向主子撒谎呢？我想，如果是这样，必须具备以下两个条件之一才存在这种可能性：（1）妙玉与林之孝家的有旧；（2）妙玉走林之孝家的"后门"，买通她的关节要进贾府。读者不妨试想，这对于一个孤傲到连薛宝钗也不愿搭理，连林黛玉都被面责以"大俗人"的贵族后裔，难道是可能的吗？

"奴才说话，奉迎主子胃口"这一动机分析又怎么样呢？平心而论，这种可能性并非不存在。但应该记住，这毕竟只是"可能"性，它本身就是需要用事实来证明的假想，怎么可以用假想做依据去证明另一结论的真实性呢？

退一步说，我们可以不相信林之孝家的话，因为她是奴才，要吃安稳饭，就得"奉迎主子胃口"，但邢岫烟却是不必奉迎贾宝玉的，她是怎样讲的呢？

我和他（妙玉）做过十年的邻居，只一墙之隔。他在蟠香寺修炼，我家原寒素，赁的是他庙里的房子。住了十年，无事到他庙里去作伴。我所认的字，都是承他所授。我合他又是贫贱之交，又有半师之分……

这总不能说是"得之传闻"吧？把林之孝家的和岫烟的话印证一下，可以明显地看出林之孝家的并没有蓄意欺骗主子，这妙玉未出家前的确不是什么"孀妇"。

不过，和妙玉做过十年邻居的岫烟，倒是可能"因妙玉讳言身世"而替她掩饰，应该注意到这个感情上的因素。但是孀妇出家为尼并不是什么丢人之事，邢岫烟似无必要担这个漫天撒谎的责任；再说，即便如此，想把这个谎话说圆，是需要和林之孝家的"串供"统一口径的，这种可能性又几乎是不存在的。如果说她们都想欺骗读者而耍同一个把戏，那简直令人不可思议！依刘文所言，妙玉是因没有政治地位，受"贵势"欺凌，才无法在闺房中生活下去。那么请问，佛院中的安全系数比闺房里能大多少？

诚然，《红楼梦》中人物年龄前后错讹的相当多，这只能反映出《红楼梦》是一部作者尚未及最后审定的作品。如果想要挑毛病，从邢岫烟的话中可以找出"假"来：（1）妙玉十七岁进京，所以岫烟最初认识妙玉时，妙玉顶多七岁；（2）岫烟与宝玉年龄不相上下，宝玉比妙玉要小五六岁，所以岫烟"天天"去和妙玉做伴时尚是襁褓小儿！——用这样的方法证明岫烟说假话，可以说《红楼梦》中就没有说真话的人了。

还应该注意到：（1）妙玉虽出了家，生活条件仍相当优裕，直到被迫进京，身边还有两个嬷嬷一个丫头服侍；（2）岫烟寒素，"赁的是他（妙玉）庙里的房子"。这样看来，蟠香寺有极大的可能是妙玉俗家家庙，一个七八岁的多病小姐，在自己家庙里"修炼"，疗病养晦是可以顺理成章的。而且，既出了家，为什么不肯"将万根烦恼丝一挥而尽"，却要"带发"修行呢？这里边有没有"暂时"的意味呢？

从思想情感上流露的东西看，妙玉也不像是曾经结过婚的人。即如第七十六回，妙玉对湘黛二人说"只管丢了真事，且去搜奇揽怪，一则托了咱们闺阁的面目……"而且又是什么"芳情""雅趣"的，如果她真是一位硬装童贞女的小寡妇，岂不令人作呕？这么厚的脸皮算什么"妙玉"，倒像多姑娘了！

这些情况综合起来看，所谓妙玉嫁人、守寡、为尼的三部曲就只能是子虚乌有亡是公了。

从林之孝家的介绍妙玉的情况看，"贵势"对妙玉曾经有过压迫，因而对此很敏感，这一点毋庸赘言了。但"贵势"是从什么时间开始压迫她的呢？这从邢岫烟透露出的情况可以看明白：

因我们投亲去了，闻得她因不合时宜，权势不容……

可见，和妙玉做过十年邻居的邢岫烟，并不曾"见过"妙玉受"贵势"欺侮的事，而是"投亲去了"之后"闻得"的消息。因此很明显，妙玉的受压迫摧残是"近来"父母俱已亡故后的事了。这样看来，刘操南同志称妙玉"长期受贵势、权势摧残"就有点言过其实。不然，为什么迟不来、早不来，偏偏在"父母俱已亡故"不久，就"因听见长安都中有观音遗迹并贝叶遗文"来了呢？邢岫烟所云"权势不容"与林之孝家的所称"贵势"的刺激对照比较一下，也可以从另一个侧面反映出林之孝家的在这个问题上并没有敢捏鬼欺主。

二、怨女幽恨以何拟？

我很同意刘操南同志这一论点，即认为妙玉所续的"凹晶馆联诗"乃是一篇自述。我们不妨回溯一下当时的情况。其时正为中秋佳节，月明风清，人间万户分饼剖瓜，这就难免要引起桂荫仙子的乡情思恋。偏贾母有这般雅兴：

> 因说"如此好月，不可不闻笛。"因命人将十番上女孩子传来。贾母道："音乐多了反失雅致，只用吹笛的远远的吹起来就够了。"

眼看着近在咫尺的尘世乐趣与己无缘，妙玉大概是在蒲团上有些坐不住了。

> 妙玉笑道："我听见你们大家赏月，又吹的好笛，我也出来玩赏这清池皓月。顺脚走到这里，忽然听见你两个（湘云黛玉）联诗，更觉清雅异常……"

可见我的看法不错。别人赏月，她也难耐寂寞，更哪堪"那壁厢桂花树下呜呜咽咽，悠悠扬扬吹出笛声来"！一个清夜独自步月的畸零人，一个被尘世抛弃和忘却了的人，像幽灵一样在洒满银辉的大观园林间曲径上踟蹰，听到另外两位即将被痛苦毁灭掉的不祥哀音（请参看拙文《史湘云是"禄蠹"吗？》，见《红楼梦学刊》1981年第四辑）——寒塘渡鹤影，冷月葬诗魂——这样的绝唱，使妙玉联想到自己的惨痛身世和难以告诉的幽怨，当然是很自然的。

她平时没有这样的权利和机会，适逢此时，焉肯放过？此情发之于心，如骨鲠在喉，不吐便会闷煞这位被埋没了的才女，这被无情的现实扼杀了自由、幸福、爱情和理想的人！于是她开口续诗了：

香篆锁金鼎，脂冰腻玉盆。

"篆被闭锁在黄金鼎炉中，肌肤上冰雪一样的膏脂涂抹在白玉盆上［似有三重意味：（1）为湘黛凄苦颓败的诗句翻新作引；（2）写自己昔年的尊荣华贵；（3）亦有栊翠庵中金鼎玉盆幽禁丽质的"闷气"］。

箫增嫠妇泣，衾倩侍儿温。
空帐悬文凤，闲屏掩彩鸳。

"喑咽的箫声（这是作诗，箫自可代笛）在夜空中回荡，更使人增添了莫名的凄楚，（从沉思中醒来）我的被褥还由侍儿在温着，绣着文凤的床帐空落落的，画着鸳鸟的彩屏是那样寂寥！

露浓苔更滑，霜重竹难扪。

犹步萤行沼，还登寂历原。

"再也无法保持蒲团上的清静，我踏着露湿苔滑的林间小道，冒着深夜的寒凉，漫步绕过流萤飞动（中秋时此景仍有）的池沿，登上被死一样的寂空笼罩了的高地。

石奇神鬼搏，木怪虎狼蹲。

"呀！这是怎样的一个世界！嶙峋古怪的奇石像一群狰狞的鬼神在格斗，千姿百态的古藤老树仿佛蹲伏着要扑上来啮人的猛兽！

赑屃朝光透，罘罳晓露屯。
振林千树鸟，啼雨一声猿。

"（但也不能说到处都是令人战栗的恐怖）那托碑的石龟、庙檐角的蛛网上都已能看到曙光的微明，树上的鸟儿扰攘鸣晨，哀猿在为秋雨引吭长啸呢！（似暗含湘黛联诗）

岐熟宁忘径？泉知不问原。
钟鸣栊翠寺，鸡唱稻香村。

"唉！还是归去吧！（这些都不属于我）我哪能忘记自己的来路？我知道自己的归宿！你听，寺里的晨钟在召唤我，它和稻香村的鸡鸣声在唱和呢！

有兴悲何继？无愁意岂烦。

芳情只自遣，雅趣向谁言？

"你们二位诗人啊（湘黛），兴致既然这么高，为什么曲终竟以悲结？如果没有深沉的忧思，又何必这样烦恼？但我呢？郁结的芳情只有用自己的柔肠去消化，即便有雅趣，又去向谁诉说？

彻旦休云倦，烹茶更细论。

"一夜就这样过去了，不必说什么倦劳，把茶烹起来，我们细细品论一下自己的诗吧。"

妙玉续诗这样译法似乎比较恰当。

诚如是言，岂不连我自己也承认妙玉是个"嫠妇"了吗？这是有必要说明一下的。尽管这段续诗屡隐屡显进行寡妇兴比，申述寡妇感情，我以为它的全部涵义在于妙玉竭力要说明的并不是"我是个孀妇"，而是"像孀妇一样的我"。这是一位貌似神仙清高的怨女在表述她的恨心。她品味着本来是用于启发人的宗教觉悟的晨钟，联想到的却是住着寡妇大嫂李纨的稻香村鸡鸣，稻香村尚有生活的乐趣，而妙玉却只能像嫦娥一样被"枕"在碧海青天的月宫里消磨无穷无尽的长夜。

妙玉的续诗与林黛玉史湘云的联诗在格调上是不协调的。内容与形式、感情和理智上的突然变化，引起整首诗布局构思的突变，因而读起来有点"怪腔怪调"。这不奇怪，她既怀着一颗善良的心想替别人的不祥之语翻兴，又无法遏止表达自己内心深处比别人还要深的愁思的欲望，这个难度大大超过了她的才力。这样，黛玉湘云自然流畅顺势而下的诗，犹如小溪中突然放进了一块大石头，漫无边际地横溢起来，不免给读者造成"怪谲"的印象。至少妙玉诗句的意境与所思维的形象，我看不能不说与淮南小山的《招隐士》

等篇有极其相似之处，其中自也不能排除劝讽湘黛二人的动机。即以《招隐士》篇，中有

> 嶔崟碕礒兮硱磈礧硊，树轮相纠兮林木茷骫。青莎杂树兮薠草靃靡；白鹿麏麚兮或腾或倚。状貌崟崟兮峨峨……攀援桂枝兮聊淹留，虎豹斗兮熊罴咆，禽兽骇兮亡其曹。

这还不是"石奇鬼神搏，木怪虎狼蹲"的一幅详细写照？紧接着的是什么呢？

> 王孙兮归来，山中兮不可以久留！

对妙玉的续诗，以我之力只能暂谈至此了。

刘操南同志在《身世》一文中为了将姑娘变成寡妇，使他的"很少这样理解"的观点不至于只有妙玉续诗这一孤证，不惜屈正枉法，竟将脂本"芳情只自遣"擅自改为"苦情只自遣"。这本来就有点过分，更令人惊讶的，他又以程乙本"为乞孀娥槛外梅"为据，反过来证明脂本"为乞嫦娥槛外梅"的不宜。这种用谬误来证明真理的"谬误"的论证方法，真乃匪夷所思。

三、悔偷灵药是嫦娥

妙玉父母健在时，没有证据表明是受"贵势"压迫的，因为她自己的家庭尽管没落，却仍忝在"贵势"之列。但明显的事实是，她七八岁上便出了家。根据她确实不像是自幼多病之人这一形象特征，我们应该找出合乎唯物主义

思想的解释来说明她出家的真正原因。

林之孝家的解释她为尼原因时说"自小多病，买了许多替生儿皆不中用，这位姑娘亲自入了空门方才好了，所以带发修行"。用星命学的观点看，妙玉乃是生辰不偶，走了"华盖运"，除了修行出世之外别无他途可适，似乎还是那个癞头和尚在后面捉弄她，一定要把她赶进大观园来印证"一会之缘"。但我们是不相信这种伪科学的，有证据表明曹雪芹也不相信这样恶作剧式的捣鬼是合乎逻辑的。林之孝家的有云：

> 他师父极精演先天神数，于去冬圆寂了。妙玉本欲扶灵回乡的，他师父临寂遗言，说他"衣食起居不宜回乡，在此净居，后来自然有你的结果"。

那么，什么"结果"呢？败兴得很，是"一块美玉，落在泥垢之中"，是"风尘肮脏违心愿"！如果她真的"精演""先天神数"，似乎不应该在临死之前这么狠心地坑害与自己相依为命的徒弟吧？倒是"不宜回乡"像是真话，因为这老尼也自深知，回乡便不容于权势，下场一定倒霉，反不如听其自然，在有王法的"天子脚下"撞一撞运气，说不定结果要好一点。

这样说来，"命犯华盖"的说法就很有点靠不住了。那么她出家的真正原因是什么呢？我们不妨从贾宝玉的《访妙玉乞红梅》说起：

> 酒未开樽句未裁，寻春问腊到蓬莱。
>
> 不求大士瓶中露，为乞嫦娥槛外梅。
>
> 入世冷挑红雪去，离尘香割紫云来。
>
> 槎枒谁惜诗肩瘦，衣上犹沾佛院苔。

显然，在这个仙境里住着的并不是无思无欲、修炼成不生不灭之身了的观音菩萨，而是一位含着深情的目光注视人间的离尘仙子嫦娥。她对闯到这里来寻春问腊的"古今第一淫人"很有好感，她慷慨地允许他在这里"挑红雪""割紫云"，把槛外梅枝带回人间。这样来理解这首诗应当说是顺情合理的。假若说是"孀娥"，从格调上一下子就变得很下流——你贾宝玉不喝酒不作诗，忙忙地跑到一个小寡妇那里去"乞红梅"——什么话呢？再说这是一首《七律》，中间两联对仗要求很高，以"嫦娥"对"大士"乃以仙对佛，何等贴切自然，如果变成：

　　　　不求观音瓶中露，为乞寡妇槛外梅。

　　何等令人肉麻！

　　嫦娥何以上天？《淮南子·览冥》云："羿请不死之药于西王母，恒娥窃啖之，奔月宫。"以后记载错落不一大同小异，以其语气观之，似略有"批判"嫦娥的意味。但这一上古神话中女子之所以要"窃啖"不死药，以愚意观之，并不是贪图月亮上美景清幽，乃是厌憎了人间的丑恶（这与生产力的发展，社会生活趋向复杂化有关，恕不详议），自有其迫不得已的理由。

　　那么我们这位妙玉是怎么回事，也走了这条道？我们可以根据掌握到的情况粗略进行解剖：（1）她出身贵介；（2）出家前总闹病；（3）七八岁入了空门；（4）出家后身体逐渐好转；（5）虽为尼，却不肯落发；（6）父母死前境况尚好；（7）十七岁上父母亡故，情况恶化。这一粗线条的系列表明，妙玉的家庭背景很复杂。试想，一个多病的小女孩，怎么一入空门便会"好了"呢？这里边应该有合乎情理的解释。

　　以愚意度之，妙玉自幼是一个对精神刺激的感受非常敏感的人。在家里身体不好，很可能是由于这个家庭中有人厌憎她，欺侮她（不应该简单地以为，替她买"替生儿"就一定是疼爱她）。她受不了这种无形的折磨和刺激，所以就一直身体不好。"出家"之举的根本原因是那个家实在容不下她，而这一措置对年幼无知的她却不啻精神上的"解放"。她摆脱了家庭的约束，呼吸到佛院内似乎是没有压迫的"清新"空气，看不到令人恶心的嘴脸，听到的满耳都是牧歌式的佛号——于是，她"好了"——七八岁的人哪里知道，她是从虎口里掉进了牢坑内呢？

但日复一日枯燥的宗教生活，铁板一样的禁欲戒律能给人几多快乐？随着年龄的增长，她渐渐发现，自己是以牺牲青春的代价换来这么一点可怜的"清静"。她出色的美丽愈来愈惹人注目；父母在时，不管待她如何，对外总算还是个依托，一旦父母去世，谁来做这个弱女子的支撑呢？权势也好，"贵势"也好（反正不是一般的青皮阿三），觊觎她的美色，开始凌辱她，而她却连个名义上的保护人都没有！于是只好避难而走，和师父一同来到"长安"，总算寻到了大观园这块"乐土"为落脚之地。

但"饮食男女，人之大欲""食色，性也"，不可抑制的人的本性和戕灭人性的宗教教义如同冰炭不可同炉，谁能责怪寂寞嫦娥的悔偷灵药呢？妙玉也是人，她有知识，有教养，也有血肉之躯七情六欲。在贾府这样声威显赫的政治保护之下，固无外来的侵扰，但一道不可逾越的"仙凡"鸿沟，把她牢牢禁锢在栊翠庵这具活人棺材里，毫无解脱的希望。像她这样并非出自宗教信仰的女尼，被禁闭在沉闷寂寞庙宇中的青年女子，该怎样长期忍受下去？

她没有陈妙常的思想基础，大观园中也没有她的"潘必正"。以清代历史观之，即如公主之贵，尚且因碍于礼法的限制，十之八九死于"相思"病，何况她，一个沦落为尼的落拓贵族弱女！但是话说回来，人的本性却是不可能用一道"铁门槛"就可以限制得住的。在她所能够接触得到的几个人中，贾宝玉是与她才品相当的唯一男性。既如此，她对贾宝玉产生某种微妙的爱悦之情又算得什么稀奇事呢？看看她接待宝玉时的情景吧：

> ……妙玉便斟了一斝递与宝钗……斟了一盉与黛玉，仍将前番自己素日吃茶的那支绿玉斗来斟与宝玉。宝玉笑道："常言'世法平等'，他两个就用那样古玩奇珍，我就是个俗器了。"妙玉道："这是'俗器'？不是我说句狂话，只怕你家里未必找的出这么一个'俗器'来呢！"宝玉笑道："俗说'随乡入乡'，到了你这里，自然把那金玉珠宝一概贬为俗器了。"妙玉听如此说，十分欢喜，遂又寻出一支九曲十环一百二十节蟠虬整雕竹根的一个大盉出来，笑道："就剩了这一个，你可吃的了这一海？"宝玉喜的忙道："吃的了。"妙玉笑道："你虽吃的了，也没这些茶遭塌。岂不闻一杯为品，二杯即是解渴的蠢物，三杯便是饮牛饮骡了。你吃的了这一海，便成什么呢？"说的宝钗黛玉宝玉都笑了。妙玉执壶，只向海内斟了约有一杯，宝玉细细吃了……

这位有洁癖的怪诞女尼人情味蛮丰富嘛！即从与宝玉周旋的几句话，很可以窥见她内心的喜悦。刹那间她似乎忘记了自己是个"槛外人"，不仅有脉脉柔情，有开玩笑式的打趣，而且将自己素日手用之杯奉与宝玉这个青年公子——这里有没有聊慰芳情的意味呢？只是，也只能到此止步了，她很快意识到了这一点：

> 妙玉正色（对宝玉）道："你这遭吃的茶是托他两个福。独你来了，我是不给你吃的。"

是啊，独宝玉来了，她是不可以这样做的。但这是令人遗憾还是高兴的事呢？她的这种"远嫌"倒是恰恰证明她有近宝玉之心。对于不可企求的东西，也只能用这样的苦办法来处理了。也可能我求之过深吧，贾宝玉这个无心人却是完全体察不到这些意思的，他很不得体地回答了一句："我深知道的，我也不领你的情，只谢他二人便是了。"听了这个话，妙玉便开始不高兴，拿着黛玉的问话出气，指黛玉为"大俗人"。这样，三位客人便在栊翠庵里坐不下去了。请看这样的事实，老太太站过的地，她要用水洗，刘姥姥用过的杯，"幸而那杯子是我没吃过的"，否则"砸碎了也不能给她"。设如读者跃入纸内："敢问堂头女和尚，玉兄用过的绿玉斗何以处之？"妙玉当以何言相对呢？

《身世》一文中引用了清人陈其泰的几则批语来证明"妙玉爱宝玉"乃是俗不可耐的观点。那么真正"雅而可人"的见解，难道就只能是所谓"敬慕"吗？难道说只有"友爱"能称得起"雅"，而只要说一声"爱慕"（情爱）就该重打四十板——"尔只以'好色'衡人，不知人间亦有好德者，真不可教也"的吗？刘操南同志自己也说"妙玉对人生尚不绝望，还想做人，这是应当出自内心的"。对此我完全赞同，但为什么刘同志只允许她若即若离地做人的"朋友"，不许可她正正当当地想做人的"爱人"？这未免苛酷了一点吧！

对妙玉来说，什么是她的"人生"？这个问题不应该抽象地用一句"宝玉鄙弃仕途经济，对抗浊流，妙玉谅有（仍是猜测）所知，两人藐视权势，志同道合"来搪塞。因为林黛玉也鄙弃"仕途经济"，按理说妙玉更该"谅有所知"的了，而且接近黛玉了无嫌疑，为什么见不到她亲近黛玉的描述？推而想之，宝钗的心向仕途经济妙玉必也"谅有所知"，为什么她对宝钗和黛玉又一样看待？因此，我们不能认为这种说法是有道理的。一个从六七岁便失去了人类正常乐趣，在佛家经卷、菩萨金刚面前转圈子的苦行女僧，在她可能接触的范围内又仅仅一个贾宝玉，而她却只注意到宝玉的政治观点与己相合，所以引为知己，"政治觉悟"可谓高矣，但合乎情理吗？

在这一问题上，我和所有平常人一样，认为妙玉是"俗缘未了"。她的爱慕宝玉当然不单纯是因为宝玉脸蛋漂亮，风流温存，其中确实包括着对宝玉人生观的赞同。但我们决不能说，因为她赞同宝玉的为人之道，于是便一定只能是"朋友"。

妙玉是已经吃过"不死药"的人了。身份教养都不允许她存非分之想，她对宝玉的爱只能停留在精神上和内在感情上，她自己也未必敢意识到这就是"爱"，她只能以一种不敢承认的歆羡心情，注视宝黛之间那一点可怜的幸福。

四、人间归宿何处是？

写到这里，我也想就妙玉的结局略谈一下，因为《身世》一文"妙玉的洁癖性格"和"关于妙玉的评价"两大节文章中都涉及了这个问题。把刘操南同志的观点集中起来说，不管妙玉屈从或不屈从"枯骨"，反正是受到了一个"老而不死，弯腰曲背，'贵势''权势'中人"的蹂躏，并引用了周汝昌同志对这一问题的看法以资佐证。但我以为不管是刘操南同志也好，周汝昌同志也好，对妙玉结局的分析和结论都是片面的和错误的。

首先，"瓜洲"的那条批语便来历不明。我并不是迷信脂本，对其他本子一概漠然，但如若要人相信批语确指的是曹雪芹原稿底本，必须首先有信实的证据说明批者确实读过原著。就这条批语看，依周汝昌同志校读为"妙玉偏辟（僻）处，此所谓'过洁世同嫌'也。他日瓜洲渡口，各示劝惩，红颜固不能不屈从枯骨，岂不哀哉"！语词支吾含糊，不清不白，从哪里去断定批者的身份？何以晓得"瓜洲渡口"情节必是雪芹逸稿中文字？

更主要的问题是，从这条批语引申而来，无论妙玉屈从还是不屈从"枯骨"，都与妙玉的《世难容》之曲难以吻合。

气质美如兰，才华阜比仙。天生孤癖人皆罕。你道是啖肉食腥膻，视绮罗俗厌；却不知，太高人愈妒，过洁世同嫌。可叹这，青灯古殿人将老，辜负了，红粉朱楼春色阑！到头来，依旧是，风尘肮脏违心愿。好一似，无瑕白玉遭泥陷，又何须，王孙公子叹无缘！

从哪一点能看出妙玉是嫁了（或不肯嫁）一个糟老头子呢？

结合她的判词和"图谶"，从这首曲子至少可以看出如下四点：

1."云空未必空"。这个姑娘人虽为尼，思想上并没有"出家"，在她灵魂的深处跳动着的是一颗"凡人"的心，而且也不能说她是一个意志非常坚强的殉道者。这是她思想素质上的"弱点"（不管有多少层外壳的掩护）。她抗议（或作者代她抗议）"青灯古殿"耗尽了她的青春，遗憾（或作者代她遗憾）被命运捉弄，以至于辜负了本应享有的"红粉朱楼"、人间春色。这样一个"出家人"实在说，只是每日在"空即是色"中过日子，至于"色即是空"的道理，恐怕她压根就没有探讨过。

2.她是因"风尘肮脏"而违了自己"欲洁"的心愿。从"风尘"的一般含义，应当指下层社会，且有沉浮不定之意味，哪里有"屈从"嫁与"贵势"之家而被称为堕入"风尘"的？

3."无瑕白玉"陷在污浊的"淖泥"之中。以"枯骨"而言，自是"糟老头子"或俗语"棺材瓢子"的变称，那么似乎妙玉的倒霉之处在于"老夫少妇"的了。但这种情况人们通常叫它"掉进了火坑"里，叫"掉进淖泥"里的说法就颇嫌独出心裁。

4."王孙公子叹无缘"是她结局的又一特点。不说别的，即以贾府的情况目之，"枯骨"婆来少艾女子，"玉面王孙"大可以"喜有缘"，何必发此无谓之叹？这是事情的一面，分析也许太刻薄，但"王孙公子"所叹息的是因妙玉"风尘肮脏"，因而与己"无缘"，这总是事实吧。

什么地方像个"淖泥"坑？什么地方最"肮脏"？（而这地方又在"风尘"中？）不论事实多么严酷，在感情上多么令人难以接受，我们总得有勇气面对它——勾栏！这个可怕的地方，这是唯一合乎曹雪芹给妙玉安排的命运之曲中唱词特点的地方！

导致她"堕落"（请原谅用这个词）的直接原因，当是她赖以庇身的贾府的垮台。一道抄家旨意下达，贾府鸡飞狗跳，大观园女儿国立即解体。作为贾府用请帖招来的女僧妙玉，只能被当作客居闲散人员驱逐出去。于是她变成了一个沿街乞化的丐尼，毫无指靠的她终于被黑社会掳去，胁骗而成娼妓。具体情节或有出入，我亦无此才情仔细代拟，但这种例子，在当时的现实中能说没有吗？

"云空未必空"的思想素质决定她在侮辱面前不能走也不能死；"过洁""太高"的假象一旦为既成事实所撕破，本来的"弱点"便会起决定性作用——我是说（斗胆了），她将会按普通人的逻辑思维来行事。娼妓的卑下地位意味着"王孙公子"的无缘，肮脏的生活环境使她不能遂自己好高的愿心，一块无瑕美玉，终于跌落进不可超拔的万丈淖泥之中。一个纯洁、高傲的月中仙子，就这样牺牲在最黑暗的人间地狱里。

一个被没落家族逼得出了家的小姐，一个被"贵势"迫得无法存身的苦行僧，一个被黑暗势力害得无法生存，被推进了火坑的青年女子，谁能忍心害理地去指摘她的"弱点"，再抡起"饿死事极小、失节事极大"的大棒去鞭笞她呢？

刘操南同志也是不肯这样做的，他有他的办法。他和周汝昌同志一样，坚持要将"肮脏"这一极普通的词硬取"婞直"之意，把"腌臜"硬说成是"干净"，把"风尘肮脏"解释成"虽流落风尘"仍"坚贞到底、决不投降"！周刘二位同志都是极有学问的老前辈，敢问何以不将"风尘肮脏违心愿"全部译完呢？假如说，妙玉真的"婞直"起来，具有"不为环境所污"的英雄气，岂不正合了她"太高""过洁"的思想境界？那样一来，只能叫"求仁得仁又何怨"，虽说清贫一点，又何必发什么"违心愿"的牢骚呢?

可以理解，《身世》一文的作者是在煞费苦心地为妙玉辩护，完全是好心肠；而我这个"常人之见"未免冷酷，亵渎了妙玉，太忍心了——你希望这位"从封建营垒里反了出来的好姑娘"是反暴力抗侮辱的节妇烈女，而她却偏偏不是，这多么令人遗憾！但我想事情似乎不应该这样看，我以为，这样的安排合乎妙玉形象内在素质发展的必然趋势，与《红楼梦》故事情节的进一步推衍亦无乖谬。曹雪芹塑造的妙玉并不甘于寂寞伴青灯、木鱼击岁月，不是李纨式的"槁木死灰"人物；他也无意让妙玉将来大哭大闹地"婷直"。作为后世读者，我们应该尊重作者这一创作意图。

原载《匣剑帷灯——二月河作品选》，长江文艺出版社 1998 年 12 月出版

流水空山有落霞
——试析薛宝琴

《红楼梦》至四十九回，已到了"盛极难返"的光景。"烈火烹油"的余温虽然尚炙手可热，但极度的繁华似乎已到尽头，给人一种"山重水复疑无路"的感受。掩卷困惑之间，曹雪芹却出人意料地将笔锋轻轻一转，把薛宝琴、邢岫烟、李纹、李绮四个"水葱"般的女儿送进了大观园。顿时，天真烂漫的"女儿国"中犹如迎来了盛春之神，群芳斗艳、百卉争香，令人眼花缭乱应接不暇！

为了使这四个不速之客很快融合进大观园，曹雪芹充分发挥了他巨大的艺术才能，殚精竭虑，苦心孤诣地突出薛宝琴，让她用最快的速度跻身于宝钗、黛玉、湘云的行列之中，给读者留下了不可磨灭的印象。

但是，对于这个人物，早期的"红迷"们虽有不少的评语，而后来的红学家却不甚重视，似乎把她看在眼里的人还不多。

不要忘记，现存的《红楼梦》是一条见首不见尾的神龙。"迷失"了的后数十回中隐着极多我们今天尚不能解的谜底，放弃对任何一个有价值人物的研究都是一种错误的轻率。宝琴这个人物在书中出现得如此突然，出现后的一段时间里身份如此显赫，她的结局又是非常地不易捉摸，这本身就很值得研究。对这样一个活动频繁、惹人注目的人，如果单凭脂庚（戚）本十七、十八回合注"后宝琴岫烟李纹李绮皆陪客也，《红楼梦》中所谓副十二钗是也"一句话便不予重视，我是"期期以为不可"的！

宝琴遭到冷遇，我想原因有三：

（一）宝琴出面迟

这确乎不假，但也确乎不是衡量一个艺术形象重要与否的标准。"秦香莲"这戏大家都看过，假如一开场就让包公威风凛凛地跑出来，那该怎样演下去呢？

（二）她不在"十二钗"之列

这种想法真是有点"本本主义"。说句笑话"宝姐姐也忒胶柱鼓瑟了"。且不说我们是研究《红楼梦》，不是研究"十二钗"，即十二钗中也便有很多人不及她的重要，而很多重要女子亦并未列于"正册"之内了！何况她入"副十二钗"也不过是一种臆测罢了。何必那么势利呢？

（三）她的评语批语极少

正因为批评少，对她的出现和"下场"无从猜测，所以与其说她"不重要"，还不如说是"难研究"为准确。请看，"太虚幻境"梦中无她的判词无她的曲；漾漾荡荡四十八回书中无她的名，"群芳开夜宴"中无她的签。脂砚斋及各种版本中对她的批评绝少，这还能说不难研究吗？但话说回来，曹雪芹如果下那样大的功夫去写一个毫无意义的人，那还成什么曹雪芹呢？

因此，薛宝琴绝不是一个简单的人物，揭开她的秘密，对研究后半部《红楼梦》的情节和演义是很有价值的。

那么，她到底是怎样的一个人呢？

一、群芳合影、情榜殿军

宝钗、黛玉、湘云等人在前四十八回书中已被写得呼之欲出。她们的美貌和才学早已折服了书中人和读者。凭空再增加一个可与宝黛湘三人抗衡的人而又要不事雕凿，这是何等的困难！而曹雪芹也实在是煞费了苦心：

> 宝玉忙忙来至怡红院中，向袭人、麝月、晴雯等笑道："你们还不快看人去！谁知宝姐姐的亲哥哥是那个样子，他这叔伯兄弟形容举止另是一样了。到像是宝姐姐的同胞弟兄似的！更奇在你们成日家只说宝姐姐是绝色的人物，你们如今瞧瞧他这妹子……我竟形容不出了！老天！老天！你有多少精华灵秀，生出这些人上之人来！……"……探春道："果然的话。据我看，连他姐姐并这些人总不及他。"

这叫作"水落石出"。《红楼梦》中宝钗、黛玉是第一流的美色了，但"琴姑娘"一来，竟像太阳压倒了月亮，使她们黯然失色！美得连曹雪芹都找不出合适的词来形容，只好让她不露面便先声夺人，拿着西子、王嫱、飞燕、杨妃一股脑地往下面垫！

为了加深这种印象，在"芦雪庵争联即景诗"一回中，曹雪芹又安排了一个特定的美丽环境，为这位冰清玉洁的绝代佳人塑造了一种超世俗的美的意境，并给了一个特写镜头：

> 众人说笑出了夹道东门一看，四面粉妆银砌，忽见宝琴披着凫靥裘，站在山坡上遥等。身后一个丫鬟抱着一瓶红梅。众人都笑道："少了两个人，他却在这里等着，也弄梅花去了。"贾母喜的忙笑道："你们瞧，这山坡上配上他的这个人品，又是这件衣裳，后头又是这样梅花，像个什么？"众人都笑道："就像老太太屋里挂的仇十洲画'双艳画'。"

这样浓墨重彩地描绘一种高纯度的美，在《红楼梦》中实在只此一人。案黛玉之美，原是一种病态的美；宝钗容貌美而失之于"富胎"，湘云则主要表现为线条美和健康活泼的精神美；而秦可卿虽号"兼美"却又犯淫，思之令人作呕。实在是谁也美不过这位"城北徐公"琴姑娘。

她不但有美貌，而且也有美才。

《红楼梦》三位才女为宝黛湘已是定评。文如其人，表现在诗词的风格和造诣上她们也自立山头，各有千秋。宝钗温厚庸雅，黛玉风流凄婉，湘云则豪放不羁。三个人雄踞大观园诗坛，打擂台一般各有输赢。别的女子甘当陪衬而已。

但宝琴一入大观园，情况便发生了变化。她的诗词在构思、意境、形象思维诸方面又自成一格，显得富丽堂皇而不落俗巧，风度高雅而氛围悲凉。宝黛湘也只好放弃鼎足三分的地位，给她让出一席之地。

芦雪庵即景联诗，也可以说就是曹雪芹专门安排的一次赛诗会。这次比赛谁是冠军？因各人鉴赏能力和标准不同难以妄拟。我认为，十二人抢句子做出来的诗，整体结构上很难讨好，只能从各人诗句意境上较量优劣。据我拙见，宝琴的诗句在气势上占的是上风。请想，"绮袖笼金貂"何等的华贵典雅，"吟鞭指灞桥"何等豪壮，"伏象千峰凸"何等雄伟！作惯了庭院诗的宝黛湘便很难出此佳句。

蔡义江同志在解析宝琴《咏红梅花·得花字》一诗曾说她似是"在作自画像"，我认为很有见地。"春妆儿女"的"前身定是瑶台"仙媛，她有着"落霞"一般的姿色，面对着"流水空山"叹息着"无余雪（薛）"的命运，很像她自身的写照。

实际生活中谁见过美得毫无瑕疵的人？外在的美和内在的美高度地统一于一身，反而形容得有些架空，但曹雪芹却似乎是有意这样搞的。

如何理解曹雪芹的原意呢？

研究《红楼梦》的人，多有用"拆字"法解谜的，原因就在于此公喜造谜。我不妨也来试试："宝"者乃二宝之合称，"琴"乃二玉之今也！

如果我没有拆错，宝琴即当是宝玉、宝钗、黛玉、湘云诸美的合影，集中了她们的美于一身，当然也就美于其中的任意一人。既是"二玉之今"，我们就不必问她为何在前四十八回毫无影响了。她是一个虚写的"画中人"，几乎处处都可以看到曹雪芹的这个意图。

曹雪芹写薛宝琴，用的正是"老子一气化三清"的法子，和我们开了一个不小的高级玩笑。

那么，怎样理解所谓"副十二钗"的脂评呢？

我认为，脂砚斋是断断续续地阅读了曹的后数十回《红楼梦》稿本的。像《镜花缘》《儒林外史》这类小说一样，当时流行的一种写法总爱在书后搞一张"榜"。《红楼梦》结束时可能也有一张"情榜"，上列三十六名、七十二名或一百零八名书中女子名号。脂砚斋见过这张"榜"，他揣摩雪芹的意思，将琴、岫、纹、绮列入了"副十二钗"的。

这张"情榜"的"首座"当是宝玉；"领队"当是秦可卿；"冠军"当是薛宝钗；那么"殿军"呢？我意拟为薛宝琴。宝琴似就是《红楼梦》中的毕全贞了！

二、海外清风入梦来

这是值得特别提出来的。《红楼梦》中有"海外关系"的点出了两家，一是王熙凤娘家，一是薛家。贾府虽也有些"进口货"，但那大都是别人送的、自己买的和"圣上"颁赐的贡物。宝琴家的情况比较特殊，除了同王家和薛家宝钗这一枝一样与外国人做生意外，尚有文化上的来往。从这一点上说，真把别的女子都比下去了。

"琉璃世界"一回中，薛姨妈将她家的情况概略地进行了介绍：

从小儿见的世面到多，跟他父母四山五岳都走遍了。他父亲是个好乐的，各处因有买卖，带着家眷这省逛一年，明年又往那一省逛半年，所以天下十停走了有五六停了。那年在这里把他许了梅翰林的儿子……"

　　这段话起码是告诉了我们这样几点：

　　（一）她的父亲性情开朗、爱游历；

　　（二）她本人见多识广；

　　（三）她的家族虽不是"簪缨旧族"，但也注重诗礼，文学气息浓厚。

　　试想，跟着一个做生意的父亲浪迹江湖，如果其父是铜臭十足的守财奴，倒吊起来也控不出墨水的俗商，她岂能有如许深的文学造诣？她岂能"雅"得起来？翰林一职科举时代最为清贵，一个个都眼空无物地自认为是文豪，而一个商人竟能为女儿攀上这门亲事，也可以从另一侧面说明他的家风。

　　再和王熙凤、薛宝钗的素质比较一下，我们也许可看得更清楚一些。王熙凤是一个抓钱无厌的角色，除了"阿堵物"别无所有。说到"学问"，她不过"颇识几个字"而已，她的"俗"是不必说了。薛宝钗则是一个以雅自居的俗人，她无书不谈，有丰富的学识，她的诗词才能也毫无异议，但在她的身上总有那么一股子通人情、明世事、圆滑老练的市侩味，驱之不去，赶之不散。她们和宝琴放在一起比较，就都显得不那么干净。由这里也可以窥见，宝琴的家庭环境确要比宝钗、凤姐家要开放、文明得多。

　　为什么会是这样？我看不能只从性格上去寻找原因，这里边有社会因素，她的见多识广不仅在于她对天下山水的游历，而且在于她有机会直接接触当时正在蓬勃上升的资本主义思想和文化以及物质文明。这种影响绝对不应低估，对她的素质必然要起潜移默化的作用。

　　所谓"真真国"女孩子的诗就是由宝琴带进大观园中的。这为一部《红楼梦》增添了整整一个方面的内容，好像在沉闷压抑的红楼庭院里吹进一阵清凉的风，除宝钗外，几乎惊动了所有的女孩子。就凭这一点，对这位琴姑娘便当刮目相待！

> 宝琴笑道："……我八岁时节，跟我父亲到西海沿子上买洋货，谁知有个真真国的女孩子，才十五岁。那脸面就和那西洋画上的美人一样，也披着黄头发，打着联垂，满头带的都是珊瑚、猫儿眼、祖母绿这些宝石，身上穿着金丝织的锁子甲、洋锦袄袖，带着倭刀，也是镶金嵌宝的。实在画儿上的也没他好看。有人说他通中国的诗书，会讲五经，能作诗填词，因此我父亲央烦了一位通事官，烦他写了一张字……
>
> 昨夜朱楼梦，今宵水国吟，
>
> 岛云蒸大海，岚气接丛林。
>
> 月本无今古，情缘自浅深，
>
> 汉南春历历，焉得不关心？"

"西海"在哪里？"真真国"又在哪里？十五岁的一个外国女孩子，通诗书、会讲五经，能够用汉语作出水平很高的诗词，抵得上今日外国的皓首汉学家，这可能吗？而且，看那女孩子的相貌装束，西洋味固然浓厚，东洋气却也十足哩！那么，东方乎，抑西方乎？

真要有这么一个人，那是应该写进清史中去的。事实上，不可能存在这么一个具体的外国女郎。然而曹雪芹却写得扎实得很，一点也不像游戏笔墨，而且就怕你不信，起名曰"真真国"，意在表明是一点也不掺假！

这只能用泛指来解释，泛指当时尚不能为世人所知的整个外部世界。它要影响竹幕中的诗书、五经以及其他古老的文明。

至此，不妨索性再深思一步，探讨一下这首诗与本书正文的关系。"朱楼梦"直译可得"红楼梦"，而这是昨夜的事了，"今宵"在"水国"（女儿是水作的骨肉）吟咏，朦胧中的大海、丛林、明月在激动着作者一颗向往春天的心。这似是本诗的主题思想。

"白茫茫大地真干净"之后呢？春天毕竟还要再来的。《红楼梦》结局不露一丝光明的说法我看倒值得考虑了。因为曹雪芹对于荣辱否泰的议论毕竟不像是开玩笑，即"补天"之心亦不能说是消极的。当然，我的所谓"光明"也者，绝不涉高氏那种愚蠢的"兰桂齐芳家道复初"的滥调。

无论如何，"看官须知"这是 18 世纪的事，资本主义在西方正迅速崛起，曹雪芹是早期接触资产阶级民主思想的一位先驱。这种思想在《红楼梦》中已有不少明显的表示了。但它是否要影响到《红楼梦》的结局，或者是用什么样的形式来表现这种影响，暂时尚不好说，焉知曹雪芹不是借这位聪明美丽的"瑶台种"来向读者报告春消息呢？

三、千古沉谜人难识

曹雪芹是个造谜的大师，布疑阵的巨匠。他在《红楼梦》中编了许多有趣的谜，这些谜又都是很美的诗词，又都是令人毛骨悚然的谶语，无不与人物"气数"命运有关。真不知这需要一个什么样的大脑！

书中多数谜语的明码答案都通过书中人之口告诉了读者。最引起人们兴趣的是没有答案的薛小妹的十首怀古诗谜。对这些诗谜曹雪芹莫测高深地保持沉默，忙煞后世红迷。翻箱倒柜、博引旁征、罗掘俱穷地搜索枯肠，仍旧是不得要领。而今天又有谁能够站出来说，他的解答是千真万确"正牌儿"的"老王麻子"谜底呢？

陈毓罴、刘世德、邓绍基三同志所著《红楼梦论丛》一书中曾试图对这十首怀古诗谜做比较确切的诠释。我看是很费了一番心思的，不妨借用过来试析一下：

赤壁怀古　其一
赤壁沉埋水不流，徒留名姓载空舟。
喧阗一炬悲风冷，无限英魂在内游。

谜底释为"法船"（我曾设想为河灯），但法船（河灯也好）如何能使"水不流"解得牵强。照三同志说法，"姓名"是贴在墙上的住持僧人的，那又怎么跑到"空舟"里去了呢？

交趾怀古　其二
铜铸金镛振纪纲，声传海外播戎羌。
马援自是功劳大，铁笛无烦说子房。

谜底释为"喇叭"，但引马援故事却又大讲"铜鼓"妙用，不能自圆。

钟山怀古　其三
名利何曾伴汝身？无端被诏出凡尘。
牵连大抵难休绝，莫怨他人嘲笑频。

谜底释为"拨不倒"，但我如果说是木偶戏上的木偶或借史大姑娘一个谜底说是猴戏场上的猴子，您能驳得倒吗？

淮阴怀古　其四
壮士须防恶犬欺，三齐位定盖棺时。

寄言世俗休轻鄙，一饭之恩死也知。

谜底释为"打狗棒"，我以为错了。倒是徐凤仪解为"马桶"似是，但也有很大的问题。

广陵怀古　其五
蝉噪鸦栖转眼过，隋堤风景近如何？
只缘占得风流号，惹得纷纷口舌多。

谜底释为"牙签"，思之过深了。见一个"口"字，便从柳树一下子想到牙签。其实到底是什么很难说得上来。

桃叶渡怀古　其六
衰草闲花映浅池，桃枝桃叶总分离。
六朝梁栋多如许，小照空悬壁上题。

谜底释为"油灯"，读到后两句就未免惶惑。

青冢怀古　其七
黑水茫茫咽不流，冰弦拨尽曲中愁。
汉家制度诚堪叹，樗栎应惭万古羞。

谜底释为"墨斗"，甚像。但第三句却似安得勉强。

马嵬怀古　其八

寂寞脂痕渍汗光，温柔一旦付东洋。

只因遗得风流迹，此日衣衾尚有香。

谜底释为"香皂"，似是对了。

蒲东寺怀古　其九

小红骨贱最身轻，私掖偷携强撮成。

虽被夫人时吊起，已经勾引彼同行。

谜底释为"鞭炮"，绝对不像。鞭炮此物何必"私掖偷携"？又为什么定要是"夫人"将它吊起？有人解为"靴拔""帐钩"似能对付。

梅花观怀古　其十

不在梅边在柳边，个中谁拾画婵娟？

团圆莫忆春香到，一别西风又一年。

谜底释为"纨扇"，似是对了。

罗嗦！一一引来，有累读者清目。我必须申明：我并不想"打击别人，抬高自己"。若要我照此思路猜这些谜，我断然不会比三位同志弄得好一点。但是，综合起来看，我觉得用这种常识性的方法来破谜，犹如"水中捞月"一样上当。

斗胆讲一句数学语言，叫作"此题无解"。这个无解之"解"，我在本文后边试析，兹仅将其何以无解的理由略述于下：

（一）宝琴说："我从小儿所走的地方的古迹不少，我今拣了十个地方的古迹，作了十首怀古的诗，诗虽粗鄙，却怀往事，又暗隐俗物十件，姐姐们请猜一猜。"只因这一句话，弄得我们一窝蜂地去猜这十件"俗物"，却谁也没有用心去想一想"往事"是什么。这可真是有点只看盒子不看珠。

（二）"大家猜了一回，皆不是"。行文至此，陡然刹住，竟无下文。问题就来了，大观园灵秀英茂麇集，这些谜如何连一个也猜不中呢？如第十首，猜团扇或纨扇均恰，连我们二百多年后的人都能够轻易地想到，而以薛宝钗之博学多识，林黛玉"心如比干多一窍"，史湘云之精明伶俐，均对谜茫然，岂不是天大的怪事？

（三）第五十一回目"薛小妹新编怀古诗"并不说"怀古谜"，正是为五十回末宝琴那段话点题。这些谜原本说的是"事"而不是"物"，所以几个姑娘议了一通有名望的人的"一生事业"也就散了。试想，果真是谜如何了得？设《淮阴怀古》谜底真是马桶、茅坑之类，被史湘云一语揭破，这位花容月貌的深闺佳人到哪里去找地缝钻呢？

曹雪芹行文多用隐晦之法，"文人狡狯"不可不防。在书中，他骗了宝黛湘一干冰雪般聪明的人，又坑苦了后世爱读《红楼梦》的人，至今兀自孜孜不倦地研制"永动机"。

四、偏是离人恨重

这个美丽聪明的女孩子，在《红楼梦》中如昙花一般神秘地开放，又迅速地凋谢；又如一颗明亮的彗星在寂夜中闪现片刻又悄然渐逝（从八十回中的趋势看，她在逐渐走向暗场）。照四十八回前的表述，《红楼梦》故事中的人物似已出齐，各人的命也早有固定的发展程序了。似乎是宝琴等人即便不来也早已形成完整的写作布局了。

但是她来了，她倏然而至，迅如疾风；她雅量高致、挥洒自如；她艳冠群芳，词惊四座！大家都被她比了下去，而她自己也泯灭了。虽然从形象描绘上看，她只是一个"画上"的人，但不应疏忽，她是大观园图上的一个不可缺少的画中人。这样，就不可避免地要涉及一个问题，作为一个血肉之躯，她的去向是什么呢？

我不同意简单地用"拙劣"两个字来概括高鹗的后四十回续书，后四十回中也有不少漂亮文字和情节，可以赏心悦目的。所谓"拙劣"也只能是与曹雪芹相较而言。那么多的续书一个一个都垮了，唯他较能体谅雪芹原意，用一场社会悲剧来挽结，这一点便颇不简单。但他在世界观、思想方法、艺术修养和本身经历诸方面与雪芹的差距使他确实难当此任，"人仰马翻"的败笔在在皆是。有些重要人物他续写不来便采取"格杀勿论"的野蛮办法。于是史湘云、薛宝琴、林红玉等均罹此难。

然而史湘云、小红有册子可查，有批语可寻，循这些"档案"研究总可找出她们今后的大概情况。而对于宝琴的研究，难就难在明确的线索太少，偶有一点批评也含糊得令人莫名其妙。对她的研究线索，只能从情节的发展趋势和她的诗词中去寻找了。

薛宝琴锣响鼓鸣地走进了大观园，所为何事？她未出现，作者便通知读者，她是专一进京"发嫁"来的。但一直读到八十回终，一不见她递庚帖；二不见她吃茶受礼；三不见姑爷来拜，"发嫁"竟如石沉大海无消息！依我陋见，这个可怜的姑娘是嫁不到梅家去的了。她既入了大观园，进了"群芳谱"，就难逃薄命之劫。

（一）她的进京就是为了嫁。奇怪的是，新女婿却跑了。"那年在这里"将她许了梅家，今年她为了"发嫁"而来"这里"，而"这里"的梅公子却不在"这里"！普天下哪有这样的亲事？难道说连女婿在哪儿也不搞清楚了，就慌慌张张地把闺女送上门去？梅家消息五十七回有所披露：

宝钗听了，愁眉(对岫烟)叹道："偏梅家又合家在任上，后年才进来。若是在这里，琴儿过去了，好再商议你这事，离了这里就完了。如今不先定了他妹妹的事，也断不敢先娶亲的………"

离奇！梅翰林原本无外调的消息，却又偏说他在"任上"，翰林的"任上"不在"这里"吗？再，"不先定了他妹妹的事"，已经要发嫁了，姑娘已经千里迢迢奔来了，竟然还说是没有"定"！

这同湘云的婚事对看，手法一致。袭人问湘云婚事，湘云不答，等于是告吹。同样的，宝琴的婚事也是发生变故了。

（二）嫁梅家，却与宝玉一同去折梅，与宝玉提亲。

前辈红学家分析这个问题时曾认为这叫作"白雪红梅"相配，代表宝琴与梅公子完美无缺的好姻缘。我殊不以为如此，不要忘记"白雪红梅"是相配在"琉璃世界"中的，无异于水中月、雾中花，是一个如此靠不住的脆弱基础！

（三）第七十回，黛玉撰《桃花行》古风，却落在宝琴手中。

宝玉看了，并不称赞，却滚下泪来。便知出自黛玉，因此落下泪来。又怕众人看见，又忙自己擦了。因问："你们怎么得来？"宝琴笑道："你猜是谁作的？"宝玉笑道："自然是潇湘子稿。"宝琴笑道："现是我作的呢！"

很好。你既然承认是你做的，那么，"泪干春尽花憔悴""寂寞帘栊空月痕"的命运就也有你一份！

（四）薛宝琴自填的《西江月》柳絮词中明明白白地讲"明月梅花一梦""偏是离人恨重"。程高本将"梅花一梦"改为"梨花一梦"：不仅与典不合，而且于事乖谬。

在评论这首词时，还借众人之口，特点出了"几处""谁家"这两个词，暗示她的不幸。

（五）前文已经讨论过，宝琴乃是"画中人"，而宝琴在《梅花观怀古》（可认为对于"梅"的"怀古"）的谜诗中讲："不在梅边在柳边，个中谁拾画婵娟？"

这再明显不过了，她不可能在"梅"边，只能令人遗憾地"在柳边"。

那么，"柳"又是谁呢？可以肯定不是柳湘莲，也绝不会是柳五儿家的什么人，他们的资格差得远呢！

五、芳颜究属落谁家？

为什么脂砚斋等各评家对宝琴如此讳莫如深？

我的理解是，她后来的情节是干犯了"皇禁"，暴露了曹雪芹的"伤时骂世之旨"。为了躲避这一问题，批书的人谈到她只好打一个"副十二钗"的哈哈。所谓"迷失"者，这个词本身就欠通，对于一件东西、一部稿本"失"是可能的，"迷"字便模糊得可以。谁见过一本稿子发了"迷"走失的？迷进石头八卦阵里了吗？

因此，我认为《红楼梦》后数十回的湮没不是什么"迷失"，而是封建势力围剿的"胜利成果"（具体情况当然复杂）。愈是反封建性质强烈的内容，便愈是"迷失"得干净。但也正因如此，便愈值得我们如今查古书、寻线索、品批语、细考证，去那烧尽的残灰里扑金银、觅珍宝啊！

现在须回到她的十首诗谜上来了。这是了解她这个人今后去向最完整的一份资料。根据这份资料，似可以探索出琴姑娘的命运之路。

蔡义江同志的新书《红楼梦诗词曲赋评注》的《备考》中谈到了他对十首怀古诗的看法。他正确地认识到，这些诗谜"另有真正的、有意义的'谜底'"，存在着"谜外之谜"，是"人生之谜"。

但是，值得商榷的是"谜外之谜"究竟为何物。蔡同志认为它是："《红楼梦》的'录鬼簿'，是已死和将死的大观园女儿的哀歌。"并依次将十首绝句的谜底断为总说，写的是元春、李纨、凤姐、晴雯、迎春、香菱、秦氏、金钏、黛玉九人。

我认为，既为"《红楼梦》的'录鬼簿'"，那么起码对大观园中的主要女子不应有所遗漏（不必谈尤二、三姐等人了）。如湘云（甚至宝钗）、妙玉、鸳鸯、司棋等在书中的分量是很重的，而且都没有长命征候，为什么"录鬼簿"不包括她们呢？

上述九人（除金钏外）的命运，"册子"上早注得明明白白，何必要再一次用更隐晦的诗来重复原来显亮的判词呢？这样猜谜，不过是把"俗物"当成"人"来猜，仍旧没有离开普通猜谜法的窠臼。

我认为"人生之谜"的说法很对，但不是别人的人生，而是她自己的人生。十首诗谜是宝琴的自说、自唱、自悼、自挽。所谓"却怀往事"是正话反说，全是她的"后事"。现在我将十首诗谜分成四个层次综合起来试析一下：

第一、二首诗为第一层，如鼓儿词的开场白，总的叙述自己一生遭遇。在激烈的政治斗争中面对四面楚歌的困境，虽有外戚（贾府——马援）的莫大功劳，未能免去垓下香殒的命运。

第三、四首诗为第二层，是第一层意思在精神上的延续。讲自己在湍急的政治旋涡中无法摆脱"牵连"的境况和自己不计"名利"、报答知己、义无反顾的心情。

第五、六、七、八首诗为第三层意思，是演义式地叙述事变的经过和自己身处事变中的态度。先讲皇帝的无道（隋堤风景），再讲自己与爱人、知己朋友分离的无可奈何和惆怅心情，继而讲自己被谗逐、被赐死。

第九、十两首诗，是述志、言情，畅谈自己对"事变"的感想和自己忠贞不渝的风骨。最后"团圆莫忆春香到，一别西风又一年"为"西风残照、汉家陵阙"意境的变调，颇有"呜呼哀哉，伏惟尚飨"的味道。

串联起来看，十首诗谜与自叙"墓志铭"颇有类似之处。

这种破谜的办法当然异乎寻常。但是，当其他普通的解法无济于事时，这种办法就是一种合乎逻辑的途径。

为了把这一问题说得更清楚些，据十首诗的内容和我的思维线索，取《好了歌注》形式同样用歌唱出来。"把式"不好，请诸君看个意思：

魏吴交兵，只误得苍生不幸，忠良遭谗害，嗟讶又得甚用？名利俱虚话，敢怨他人嘲讽？君不知，我乃是为报知己，才落得这般儿形容！

不敢当，风流天子君恩重，怎知奴本桃叶女，厮配得人间情种，最不堪渡口临流别离情。孰能料，一封诏命颁九重，落得个，黄昏夕阳照青冢，马嵬坡前系白绫！

红颜薄命今方信，自古原来一般同。事虽难遂情已尽，何况是"已经勾引彼同行"！叹人生本无定，哪得个杜丽娘死而复生？

献丑了！不知能算得解悟否？如果这一解可以成立，《好了歌注》中无人加批的"正叹他人命不长，哪知自己归来丧"加在宝琴身上如何？

我们知道，宝琴初入贾府，曾受到无上的宠遇，贾母欲将为宝玉求配，但亲事未成，原因是当时已"许了梅家"。但后来情况发生了变化，梅家得罪外调，梅公子病死（梅折）。"未放定"（请注意，当然是"放过定"了，但绝对不可公开，那样宝琴就得未嫁守寡）的宝琴当然可以另嫁。但是，与宝玉冷饭重温断无是理。那么，她嫁到哪里去了呢？

薛家有财无势，投奔贾家为的是找一棵歇凉大树。他们进京的真正目的，是为了将女儿奉献给皇家，为"公主侍读"才人、赞善之职，寻找一座硬硬实实的政治靠山。但这件事宝钗却没有成功：书中既交代，那就是泡了汤。顺理成章，宝钗的这一使命，应将由比她更漂亮的宝琴承担起来。而且果然如愿以偿，宝琴也入宫了。

她可能没有上升到贾妃那样的地位，就遭到了政治上急剧的变故。寅年卯月，贾妃死了。接着，风云突变的形势急剧恶化，贾府被抄，事连着薛家，一败俱败。这样，她就非卷进去不可了。

薛家与贾家政治上的联系，必然促使她通过某种关系或自己直接出面为贾家说项。不料却被忠顺王的势力打击或出卖，反而惹起"圣人"的"龙心大怒"，下令追查她这种"妇人干政"的罪，又查出宝琴未入宫前与梅、贾两家的一段风流艳史，她就身获"欺君"重罪，不可避免地要被赐死了。

我相信，这是十首诗的真正谜底。当然，仅仅靠这十首深邃得如桃花渊水一般的谜语来断言她的那些结局是很不够的。因此，我还想再提出一些证据来说明我的结论：

（一）贾母赠裘

对于这种裘，曹雪芹下了极大功夫，反复进行渲染，以至于弄到只要一想到宝琴的形象便总觉得她始终披着这件"金翠辉煌"的斗篷。

什么名字呢？原来是一件"凫靥裘"，乃是"无厌求"的谐音！

真是一个好名字！也许我的见识少，孤陋寡闻，但野鸭子总还是见过的，那头上的毛长不过二分，色泽也并不十分出奇，谁能相信"用野鸭子头上的毛"织裘这样的鬼话？

完全可以断定，这是作者用曲笔在讥讽薛家。即湘云说的"只配他穿"，也像是挖苦话。

（二）请参看芦雪庵即景联诗中宝琴的诗句

为了表述方便，我将其全部摘出，采取加批的方法进行说明：

麝煤融宝鼎，

绮袖笼金貂。 ⎤

光夺窗前镜， ⎦ 宝琴句

香粘壁上椒。

批：宫中之景，宫中之物，宫中之人！谅贾王史薛家族之显赫，亦不敢自建"椒房"！

野岸回孤棹，

吟鞭指灞桥。 ⎤

赐裘怜抚戍， ⎦ 宝琴句

加絮念征徭。

批：随驾出巡的风度和气概。

苇蓑犹泊钓，

林斧或闻樵。 ⎤

伏象千峰凸， ⎦ 宝琴句

盘蛇一径遥。

批："伐柯"的来了，可以听到砍树的声音。可以看到"伏象"（我意指忠顺王一伙）在"峰凸"那里捣鬼。

僵卧谁相问?

狂游喜客招。

天机断缟带,〕宝琴句

海市失鲛绡!

批:"一饭之恩"尚且死不能忘,面对"僵卧"的贾家岂能袖手旁观!尽管是咎由自取,尽管是吉少凶多。

烹茶冰渐沸, 宝琴句

批:宫中斗争激烈,局势将近揭晓。

埋琴稚子挑。 宝琴句

批:冤死无辜,下场惨烈。可参看蔡义江《红楼梦诗词曲赋评注》该条(1979 年北京出版社第一版第 237 页)。

月窟翻银浪, 宝琴句

批:漫天缟素。

或湿鸳鸯带, 宝琴句
……
不雨亦潇潇。 宝琴句

批：痛苦的泪水，尽情地淌吧。

（三）宝琴填的《西江月·柳絮词》

> 汉苑零星有限，隋堤点缀无穷，三春事业付东风，明月梅花一梦。
>
> 几处落红庭院，谁家香雪帘栊？江南江北一般同，偏是离人恨重！

"汉苑"是汉代皇家禁苑，而她不过是那里的"零星"；"隋堤"是隋炀帝游幸故址，而她只是岸上无数供皇帝玩赏的"点缀"品中的一件而已。"三春"的事业尽付东风，那么余下（贾府共有四春）的一春呢？不恰是"三春"吗？只有元春的"事业"似尚可以（可以挽回颓败命运），也不过落得个"一梦"罢了。

至于"几处""谁家"以及"离人恨重"的含意则较为明显，可说是她无法排遣忧郁心情，面对命运无可奈何的曼声叹息。

（四）关于"梅"和"柳"

在宝琴的活动中和诗词里，"梅"和"柳"的分量占得很重。她的雪中折梅、捧梅，她的《咏红梅花》诗，似都是以梅自喻，热爱梅花的风度、赞颂梅花的骨气、讴歌梅花的艳丽。但在以"柳"为题材写作诗词时，她的情绪就发生明显的变化，总有那么一点怨气。从《柳絮词》《广陵怀古》和《梅花观怀古》中都可以感受到她对"柳"的不满。如果说《柳絮词》只是有点低沉哀怨的话，那么《广陵怀古》就近乎讥讽，还带有一点淡淡的自我解嘲。

在《柳絮词》和《广陵怀古》中，她都把"柳"与"隋堤"联系了起来，这就不能不引起人们沉思，天下有柳的地方可谓多矣，为什么偏要说"隋堤"之柳呢？"章台柳"不比隋堤柳要出名得多？为什么不说"章台点缀无穷"或"章台风景近如何"呢？这就不能使人不相信，曹雪芹笔下的琴姑娘，对隋炀帝一样的昏淫暴君有着一种特殊的幽怨。

所以，"不在梅边在柳边"这句旧戏词在这里完全是反用，是怨词。读者只要想一想那个"梅"字能够给这位后来失意佳人多少美好的回忆，就不难理解为什么她对"柳"是那样的厌憎了。

六、结束语

如果有人对我说："照你说的那样写是不成的。因为薛宝琴无论怎样说都算不得《红楼梦》的核心人物，仅仅你说的'故事'也足够写几十回！"我将哑然失笑。

薛宝琴作为一个实体人物，曹雪芹不给她安排结局是难以想象的。但我相信，曹雪芹绝不至于像我这样笨，竟将我在本文中分析的东西赤淋淋地付诸鸿篇巨章。从现存八十回的后期，可以很清楚地看到薛宝琴已经转入暗场，完全有理由断定，她的挽结将和元春一样用"假语村言"或"真事隐去"的曲笔描写。

从《红楼梦》的结构和布局的角度来看薛宝琴这个人物也颇有意趣。她是为着赴大观园"最后的晚餐"而匆匆赶来的；当黄昏的太阳把最后一抹灿烂的光明赐给大观园儿女时，她犹如散花天女一般在这里降临，万花缤纷之后群芳解体，红颜凋落，只在人间留下余香。从这一点上说，她又是一阵报告"草木黄落兮雁南归"残酷的消息的秋风，是令人望而生畏的煞星，是一个到大观园中呐喊"解散！"的值星官！

暂时只能写到这里了。对于宝琴，我虽有这些想法，但只能算是初步的探索。或许对敲开这座神秘的门有点益处？

原载《二月河作品自选集》，河南文艺出版社 1999 年 4 月出版

此鸟偏能占高枝
——试论贾探春的形象

贾府的三小姐探春，是"金陵十二钗"中绰号最多的一个，有的称她"玫瑰花"，有的称她"镇山太岁"，有的则称她"蕉下客"。她机敏睿智而且具有很强的决断能力，她的管家才干、理财手段、驭人能力，令人叹为观止，她的刚硬要强、心机灵巧，连王夫人亦畏她三分，连王熙凤也退避三舍。然而这样一个清秀聪明的女孩子却不肯承认自己的生母和亲舅舅，这种不近情理的冷酷又令人感到遗憾。对这一人物形象，红学界一般的结论是：一、贾探春具有特别强的等级观念；二、她企图运用自己的才干，挽救贾府这具封建僵尸，撑即倒之倾厦，医将死之顽症。这么一分析，三小姐在政治上就成了封建统治阶级的卫道士，在思想上就归入了宝钗的"禄蠹流"。

但这个结论究竟有没有道理呢？我看是成问题的。

诚然，研究艺术作品是要运用阶级分析法的，但使用这一武器不应该从社会逻辑思维的角度出发，而应该在"形象思维"的范畴里进行。比如说，《红楼梦》中所写的贾府，是一个典型的封建家族，耕耘、纺织的劳动生产活动几乎没有涉及，连晴雯这样的丫头都留着三寸长的指甲，能说是劳动人民的形象？如果依此而分析《红楼梦》，那就只好得出"洪洞县里没有好人"的结论了。曹雪芹塑造的贾探春的形象的主要特点是什么？贾探春形象的内涵素质是不是一个"等级主义"和一个"有憾于贾府颓势，出而挽救"可以代表和囊括的？曹雪芹要通过这一典型告诉读者一些什么？这些带本质性的问题，并未见有中肯周详的分析，以冷酷为理智、以武断代分析就会失之毫厘，谬以千里，对贾探春不科学的结论，即来自这种粗暴的治学态度。

即如"等级观念"而言，脚踢花袭人跌扇斥晴雯摔杯骂奶娘的宝玉有没有？"目无下尘"的林黛玉有没有？谁又能拿出证据说宝玉就盼着贾府早早完蛋，黛玉就希望贾府快快地"后手不接"呢？这两个"叛逆者"尚且如此，我们为什么要苛求探春的这两个"缺点"呢？

另外，我们知道探春的结局是"远嫁"，如果仅远嫁而已，也就没有什么好谈的了，她嫁到了什么地方？她嫁给了一个怎样的人？这一"远嫁"的意义又如何？这不成问题的问题也存在于探春这一形象上的"谜"。搞清这个问题，对研究探春形象的基本特点和曹雪芹的作意是会有益处的，拙文即试着做一些分析，以期引起争论。

一、曹雪芹偏爱贾探春

这是个铁的事实。这一命题其实早已人人皆知，但对它的意义和实际内容从来也没有进行过透彻的分析。曹雪芹对她的赞美之词从对她才精志高的判词里便可以看得十分清楚。

问题在于，曹雪芹欣赏贾探春的原因是什么？如果曹雪芹怀着一种不健康的情绪赏识贾探春身上的某种落后封建的余毒，那么我们可以说，贾探春就不是什么玫瑰花，而是一株艳丽的"罂粟"，而如果曹雪芹是以某种带有理性解放色彩的笔触来塑造贾探春的形象，我们今日对她的贬词岂不大错而特错？

在贾探春的性格和为人处世之道中，可以集中许多值得褒扬的品质：她头脑清醒，行动果断而机智灵活，办事条理清楚、干净利落且富有人情味；

她性格开朗直爽、存心公平，她端丽雅致，嗜书法，好诗词……但我要说的不是她的这些素质，我想从另外几个问题上分析一下曹雪芹为什么喜欢她。因为上述探春的这些优点，宝钗也差不多全部具备，某些方面虽有不足，但另一些方面又远远过之。宝钗是著名的"女道学"，作者对她的基本方面是持批判态度的。据此而知，不能以这些标准衡量判断《红楼梦》中的角色。

贾探春有等级观念是不容置疑的事实。她每日昏晨定省地尊奉并非她的生母的王夫人，却视自己真正的母亲赵姨娘如粪土一般，她认王子腾是自己的舅舅，对自己真正的舅舅赵国基却至死也不稍加怜悯，她跟贾府所有主子身份的人没有闹过任何个人矛盾，却"啪"的一掌，击得王善保家的眼冒金花——这虽是快人快事之举，却也实在是因为她深恨这种不成体统的内部抄检，而王善保家的竟敢动手动脚地冒犯她的千金贵体。这样看来，这个女孩子确有些心大眼高专拣高枝攀、俗称"巴结头"的嫌疑了。

我认为，她对赵姨娘不近情理的冷酷是有着深刻的社会背景的。贾探春是出自偏房姨娘的主子姑娘，母亲社会地位的卑微本就影响到了她的地位，更加之赵姨娘是一个很不给人长脸的人物：自私、狭隘、阴毒、浅薄且好拨弄是非，浑身骨头没有四两重。虽然赵姨娘的形象是社会的畸形产物，但她的不自重，确实也给探春带来了一些额外的痛苦和麻烦。探春既然不幸摊上了这样一个母亲，在她庄严的贵族心理上就不能不蒙上一层灰暗的阴影。

贾府的人们把赵姨娘比作花瓶上的老鼠是很有意思的。这句话反过来以"花瓶"为主语，就变成了"贾探春是一只永远甩不掉老鼠的花瓶"。对于这一点，贾探春真是既苦恼，又无可奈何。虽然按"正理"用父系来衡量，她是堂而皇之的主子姑娘，但在社会生活的实践中"有一等轻狂人"却并不按正理办，他们利用她是庶出这一点轻蔑她、挑剔她、排斥她（抄检大观园，她是唯一被奴才搜了身的主子），甚至要影响到她的终身大事——既然这个问题对于她是如此严重，我们怎么能不加分析地责怪她的这种条件反射性的敏感？怎么可以将这种行为看成是表现个人品质的行为？——她当然不能承认赵姨娘是她的正统母亲，当然不能承认见了主子就要站起来的舅舅赵国基。

社会地位的特殊性，决定了她感情的复杂性，她处在不利的环境中充分地利用自己的聪明才智扭转局面，她抓住"理"这根强劲有力的韧带，用善于自尊的方法弥补了他尊的不足。事实证明她的努力并没有白白付出，她不仅能有效地维护自己的利益，而且有余力保护懦弱无能的二姐姐贾迎春不受侵害和欺凌。贾府三春的贴身丫头除侍书安然无恙外，司棋入画都遭不幸，不能说与探春的有力保护没有关系。

无论在书中人还是读者对这个女孩子都没有留下什么可憎的印象是有其原因的。她的精细之处不让凤姐，但并不像凤姐那样贪婪地中饱私囊，那样处心积虑地使用权谋和心术，她没有道学的虚伪和欺诈，不像宝钗那样含蓄、蕴藉、圆滑得滴溜溜转，摩擦系数等于零，她给人留下的印象是正派、明快、刚强和机智。

应该注意到，在思想感情上她与宝玉是很融洽的。可以想象，在史湘云、林黛玉、薛宝钗等人介入贾宝玉生活之前，这个贾探春当是他最早的玩伴。假如我们不相信所谓"女儿是水作的骨肉"是从天而降的奇想，那么贾宝玉从"同叨栖处于泉石之间"（探春信中词）迎、探、惜以及晴雯等人的身上得出这样的结论，就是合情合理的解释。

她没有像"宝钗辈"一样整日不厌其烦地在宝玉面前大谈经济之道、文章之妙（她本有资格也应该鼓励宝玉读书的），相反地，她倒经常约宝玉吟诗作赋，经常担心"老爷"叫宝玉，难为了她的二哥哥。风庭月榭之下，她盼着"宴集诗人"，"帘杏溪桃"之前，她希望与宝玉一起"醉飞吟盏"。宝玉自幼就"潦倒不通世务，愚顽怕读文章""古今不肖无双"，恐怕与这个令人眼亮神清的妹妹的鼓励支持不无关系吧？

在对待宝钗、黛玉、湘云诸人的态度上，探春也是有区别的。对黛玉湘云寄人篱下的命运她似乎有一种同情之心，这一点虽然没有直接描写，但读得稍细一点还是可以感受得到的。她达观积极的用世哲学和人生态度不同于阴郁的黛玉，也不同于幼稚的湘云，但探春确是尽了自己的可能从生活上照拂她们，在精神上慰藉她们，她赢得这两个人持久的好感是理所当然的事。

诚然，探春的自逊不如宝钗也是真心实意的。但我们看到，她极少和这个"不干己事不张口，一问摇头三不知"的宝姐姐打交道。一方面固是宝钗在经济上与贾府并无依赖关系，但最主要的还是她和宝钗二者之间内在性格上有着很大的歧异。具有讽刺意味的是，她所最佩服的宝钗的诗才恰正是宝钗认为最不足取的"优点"。至于宝钗循常理而行的那种"人人跟前"普遍应候的世故，对探春这个并不肯"人人跟前"讨好的女孩子不仅没有起作用，相反地，还引起了探春的厌恶。

怎见得呢？我们看一下这样一段情节，贾府抄检大观园后，危象已露，宝钗以母亲生病为借口，要离开这只将沉之舟，她一边"打发"湘云去叫探春，一边独自来找李纨告诉缘故，真是雷厉风行，一反往时温柔气度，这里我不妨将这段妙文摘下与读者共析。

> 李纨因笑道："……好妹妹，你去只管去，我自打发人去到你那里去看屋子，你好歹住一两天还进来，别交我落不是。"宝钗笑道："落什么不是呢？这也是常情，你又不曾卖放了贼！依我的主意，也不必添人，过去竟把云丫头请了来，你和她住一两日岂不省事？"……云姑娘和三姑娘来了，大家让坐已毕，宝钗便说要出去一事。探春道："狠好，不但姨妈好了还来的，就便好了不来也使得。"尤氏笑道："这话奇怪，今日怎么撵起亲戚来了？"探春冷笑道："正是呢！有叫别人撵的，不如我先撵！亲戚们好，也不在必要死住着才算是好……"

这里边值得研究的问题很多。这里我们仅看探春"撵亲戚"这番话，多么刻薄，听着多么让人吃心！如果不是借这个理说自己一家人不该像乌眼鸡一样互相倾轧，宝钗马上就会像"机带双敲"那次一样翻脸的。但即借此而譬喻，宝钗听了什么味呢？

二、治家才具

贾探春不同于宝玉、黛玉，她是大观园里的社会活动家和经济学家。对于贾探春这样一个封建官僚家庭中的千金小姐，她身上存在的理性色彩只能是建立在维护宗族根本利益的基础之上。我认为，曹雪芹通过探春形象成功表达了他的一个重要思想——在不触动皇权、族权根本利益的前提下，尽可能地在制度上进行一些改良。谁能要求她"革命"到犯上作乱，从家庭破产中求得自我解脱的程度？

封建家庭孩子讲究的是"三从四德"，扫地不起尘、无事不出门、言谈不张唇——对于这些老生常谈的紧箍咒，贾探春是很不赞同的。她本人就很有一些丈夫气质，史湘云所谓"大英雄""真名士"的自称主要表现在素质上，而贾探春却是对女孩子一生下来就命中注定遵守和履行的一些"义务"表现出了某种愤懑和幽恨，她不甘屈居男人们的附庸的特色是十分鲜明的。

第三十七回，贾探春招宝玉结诗社帖里流露出了这样的思想：

> ……今因伏几凭床处默之时，因思及历来古人中，处名功利敌之场，犹置一些山滴水之区，远招近揖，投辖攀辕，务结二三同志盘桓于其中……娣虽不才，窃同叨栖处于泉石之间，而兼慕薛林之技，风庭月榭，惜未宴集诗人；帘杏溪桃，或可醉飞吟盏，孰谓莲社之雄才，独许须眉？直

以东山之雅会，让余脂粉！

这个帖子的中心思想非常明确，它表示探春对男人们是很不服气的，她要较量一下高低！

蔡义江同志的《红楼梦诗词评注》议及此帖云："帖子中那种'脂粉'不让'须眉'的思想，部分地有作者反对'男尊女卑'的道德观念的思想的流露……在文采风流上想与男子争胜，这与宝玉的女清男浊的叛逆思想还是有根本性差别的。"虽然我极佩服蔡同志的文章，但他的这种说法我是不能同意的，第一，帖子是探春写的，是探春的"著作"。如果有人说，蔡同志的著作是"出版社道德观念的思想的流露"，我想蔡同志也会啼笑皆非的。第二，帖子是写给主张"女清男浊"的宝玉的，而且明白地说，她和宝玉是"同志"。第三，帖子是纪事，"伏几凭床处默"这样深思熟虑的过程写出来的，其中表达的基本思想并不是和宝玉开玩笑，这怎么能说是"作者对这个人是有所偏爱"而强加给她的呢？我倒有点小小的偏见：是不是蔡义江同志对探春有所偏憎，才写出这种不公正的注释了呢？

其实，探春这种不让"须眉"的思想是贯彻始终的，请听她自己怎样讲的：

> 我但凡是个男人，可以出得去，我必早走了！立一番事业，那时自有我一番道理，偏我是女孩儿家，一句多话也没有我乱说的……（辱亲女愚妾争闲气）
>
> ……我细想我一个女孩儿家，自己还闹得没人疼没人顾的，我那里还有好处去待人……（敏探春兴利除宿弊）

这些经常挂在嘴上的话和帖子里所表现出来的思想可以说是完全一致的。她不安于"女孩儿"的地位，她没有条件"立一番事业"，怎么办呢？好，现放着一个认为"女清男浊"的宝哥哥，当然是可以诉说几句自己的心里话的。既然立事业无望，而填词允许，那就填词吧，叫那些男子汉看看，"孰谓莲社之雄才，独许须眉？"

苍天不负有心人，由于王熙凤的病，终于给了她小试锋芒的机会。三驾马车管家，李纨是个"佛爷"，宝钗是"不干己事不张口，一问摇头三不知"，贾探春当仁不让地成了主要的驭手。当然这是曹雪芹有意识的安排，正像巴尔扎克对来访的客人说："你！是你使这无辜的姑娘死了。"这个名人逸事听来似乎无稽，但是不能否认，这正是故事情节和人物性格发展的必然结果，曹雪芹确也不可能再有别的选择。

贾探春的管家是《红楼梦》中最精彩的片段之一。照王熙凤的说法是"他又比我知书识字，更利害一层了"，照我的说法，贾探春不像王熙凤那样是本能地运用才干，而是自觉地运用才干。换一句话说，王熙凤在理论上是不明确的，而贾探春却是有理论，有实践。

首先，令人耳目一新的是"议事"制度，有着非常鲜明的特点。她们三个管家人在"兴利除弊"的改革中，所有重大的问题都是通过很有意义的讨论，又咨询了王熙凤这富有经验的老管家之后才付诸实行的。

贾府家务不同于"小家小户"，实际上这里构成了一个社会团体，王熙凤凭着过人的聪明，坐在厦厅上默思独想，虑出了宁府五大时弊，并有针对性地采取了措施，这个过程中她实际上是分析了形势的，但她并不曾将它拔到"学问"这一高度来认识，而探春和宝钗由于各自思想观念的不同，一开始在"学问"上便发生了一场笑嘻嘻的唇枪舌剑。（见第五十六回）

很明显，宝钗坚守传统的学问以"义"为主题治家，探春则完全从"利"上着眼。宝钗抬出朱熹这尊神圣，探春并不买账，竟敢直指其"虚比浮词"，这已经是狂妄得大不像了。而当宝钗讽刺她："你才办了两天事就利欲熏心，把朱子都看虚浮了，将来再出去见了那些利弊大事，越发把孔子也看虚了。"

这实际上是一着无处躲闪的"马后炮",要一举将死探春的"老将"。但敏捷的探春却居然搜罗出一个"姬子"与孔子抗衡。

真可谓大胆得出奇,宝玉还不敢否认"四书"的权威呢!

按宝钗的语意,"姬子"语录后边还有一句话是针对探春"十个破荷叶,一根枯草根子都是值钱的"感想的。不少人读到这里以为真有一部失传的《姬子》书,其实如果真有一部《姬子》书,既然保存到了曹雪芹时代且与"孔孟之道"相悖谬,那是根本不会失传的。我以为"姬子"其人纯属曹雪芹的杜撰,是一个子虚乌有的人物。

那么,贾探春咽下的那句话按宝钗的说法到底是什么呢?不揣孤陋,谨试续之则为:"唯利之所趋,虽马勃牛溲、枯草败藤不轻弃也。"其实这句话(假定是这句话)即使吟出来,也仍然是骂假道学的。但如果不断章取义即等于是公然直接宣称:"我这个利禄场上的人就是不要什么尧舜之辞、孔孟之道。"议一议朱子尚不要紧,如果公开把矛头对准孔子,这个情况就严重了,这里如不用一掩人耳目手法,说一句自己骂自己的话,恐于《红楼梦》的命运有碍呢!

除了朝廷治罪什么也不害怕的探春,没有机会便缄口不言,有了机会她就要"多话",就是要"乱说",把孔丘、孟轲、朱子这些吓人的权威一律踩在脚下的"姬子"正是这个不让须眉的女孩子所尊奉的圣人。她所立的"一番事业"就是在这个理论家的指导下进行的:

(一)实行"财务制度面前人人平等"的原则,从凤姐、宝玉到赵姨娘,愈是有头脸、愈是亲近的人便愈拿来典刑执法。

(二)对大观园中竹、木、稻、鲜花、水果、药草,凡有经济价值的作物派有经验的人专职管理,严格实行职责分工,"使之以权动之以利",用"利"将人与人的关系联络起来,调动下人管理大观园的积极性。

(三)以"兴利节用为纲",破坏"老祖宗手里的规矩",控扼财源,蠲除烦琐开支，打击老奸巨猾的买办舞弊，裁减虚浮不实的开支项目。

这实际上是一次综合性的财政改革。仅此几项措施，改变了大观园的纯消费性质，使"外头账房里一年少出四五百两银子，也不觉得狠艰啬了。他们里头却也得些小补，这些没营生的妈妈们也宽裕了，园子里花木也可以每年滋长繁盛，你们也得了可使之物"。

不要小看这几件家务事，曹雪芹正是借此而告知读者，有此五大好处，即以此理推而治国有何不可？这三项措施仍然承认等级、讲究体统，当然留着一条长长的封建尾巴，但是人与人的关系变了，人人都围着"利"转圈子，而且根据大观园园林特点开始有组织有分工地进行协作式的生产和分配。

客观效果上说，当然是缓和了贾府入不敷出的困境，从广义的角度分析，探春的这些改革措施突破了封建宗族传统的管理制度，把以"义"为纲改成了以"利"为纲，姬子之道可谓非常之道了。

三、嫁何方

探春的远嫁的结局，曹雪芹寓示得相当清晰。那么，嫁往何方？

我们知道，贾元春死后继之而来的抄家，是撼动朝野的严重事件。但仔细看探春的判词、谶画及曲子就会感到奇怪：何以这样一件大事会对她毫无影响呢？根据当时"一损俱损"的政治特点而推断，贾探春乃元妃之亲妹，犯抄贾府之女，岂有不受连累之理？又根据"亲亲"的原则，她为贵人之妻，又岂有坐视娘家遭害而不救之理？

至于说是远嫁不能顾及，此说无理，凭你嫁到哪里，"溥天之下，莫非王土；率土之滨，莫非王臣"！虽然在交通不便、通信不灵的情况下影响的程度（主要是速度）有所不同，但她不受影响，也不伸手帮助，确是蹊跷。

我认为躲过这场大难唯一的平安地是外邦属国。这朵玫瑰花一下子插到了海外！这样，如果硬要依律无情地株连她，希望"东平、西宁、南安、北静"的中央朝廷就不能不有所顾忌。对这个鞭长莫及的次要女子也只好马虎一点。而处于这种情况下的探春当然也是帮不了娘家的忙了。

为了说明这一点，还需要做进一步的分析，请先看探春的曲子《分骨肉》：

> 一帆风雨路三千，把骨肉家园齐来抛闪，恐哭损残年。告爹娘：休把儿悬念，自古穷通皆有定，离合岂无缘？从今分两地，各自保平安。奴去也！莫牵连。

"三千"是个虚数，意思是"很远很远"。如果不是远到了天尽头，如何连一声"再见"也不敢承许，只好凄切地道一声"珍重"？如系本国藩臣，他难道不进京述职？

请再看第七十回"放风筝"一段描写：

> 探春正要剪自己凤凰，见天上也有一个凤凰。因道："这也不知是谁家的？"众人皆笑说："且别剪你的，看他倒像要来绞的样儿。"说着，只见那凤凰渐逼近来，遂与这凤凰绞在一处……又见一个门扇大的玲珑"喜"字带响鞭在半天如钟鸣一般，也逼近来……与这两个凤凰绞在一处。

妙哉！这天上的一幕婚典真写得惟妙惟肖。还有比这再清楚的暗示吗？时值孟春，自然是东风，两个"凤凰"挟着一个"喜"字"飘飘摇摇"西方去也！

她的丈夫是个什么地位呢？还要到"掣花签"一回中去找，探春掣得的饮酒花签上：

是一枝杏花。那红字写着"瑶池仙品"四字，诗云"日边红杏依云栽"。注云："得此签者必得贵婿，大家恭贺一杯，共同饮一杯。"众人笑道："……我们家已有了个王妃，难道你也是王妃不成？……"

我们知道，元春并不是"王妃"而是"皇妃"。这种比拟看似不伦不类，实际上是有其内在含义的。如果是"藩王"之妃，这样比就大成问题，如果是名义上臣服而相对独立的另一王朝，那亦未尝不可呢！如尚不足说明问题，可以将她的柳絮词《南柯子》前半阕拿来再看：

空挂纤纤缕，徒垂络络丝，也难绾系也难羁，一任东西南北各分离。

虽然有着丝丝缕缕的联系，然而不过是"空挂""徒垂"而已，实际上是一个管不了的地方，"也难绾系也难羁"嘛！

小子有凿方眼之癖，请君试想，贵婿而王妃，东风而西去，远到天外"瑶池"，远到对其"也难绾系也难羁"，而且永无"省亲"之日。那么非"外邦"而何？

细心的读者可以体察到，自三十七回之后，这里关于探春嫁时的情绪发生了很大的变化。探春曲子判词中的调子阴暗、低沉、凄惨、悲恻缠绵、无可奈何（参见《分骨肉》曲子）；这种情绪延伸到第三十七回还可以看出，在她的《咏白海棠》诗中，还在说"芳心一点娇无力，倩影三更月有痕。莫谓缟仙能羽化，多情伴我咏黄昏"，似乎还是一味地诉苦，把对家乡对父母铭心刻骨的思念寄托在天上皎洁的明月和地下芬芳的花儿上。到三十八回之后，这种情形就再也没有出现过。她仍然有离别的痛苦，嫁后思念故乡之情依然很重，弄到"半床落月蛩声病"的失眠状态，但是对于"远嫁"的本身，似乎在滋长一种不在乎的情绪。在《簪菊》一首诗中，她咏"高情不入时人眼，拍手凭他笑路旁"，而且，永久的分别变成了"明岁秋风知再会，暂时分手莫相思"。

按探春的谶画、判词和曲子看，她出嫁时的情景是很凄凉悲痛的。但到第七十回填柳絮词时，口气变化相当大。"南柯"国的未来王妃对于"分骨肉"似乎不怎么难过了，倒像是"东西南北各分离"也没有什么了不起似的。这尚可视她是在安慰亲人，最奇怪的是送行的人感情也变了：

落去君休惜，飞来我自知，莺愁蝶倦晚芳时，纵是明春再见——隔年期！

遗憾和怅惘仍是有的，悲痛却没有了，甚至可以读出庆幸她是"晚芳"的意味，可以体察到"但愿人长久，千里共婵娟"的格调，而且居然能说出"落去君休惜"这样达观的话来！我们有理由质疑，曹雪芹为什么要做出这种微妙的变更呢？

探春的"改革"是失败了，但她却带着对"姬子"的信仰和对孔子朱子的轻蔑远走高飞了。安知"南柯"不是她再显身手之地？当这个带着喜字的风筝，响着铜钟一样的鞭炮冉冉西去时，大家不仅不"涕泣"，反而拍手齐叫"有趣"！此种暗示虽很微弱，然而也真有值得人们掩卷深思之处。

以上对于贾探春形象的分析，不知是否有误，还敬请通家指正。

原载《二月河作品自选集》，河南文艺出版社 1999 年 4 月出版

宝钗的『生日』风波

三人果然都往宝玉屋里来。一进来，黛玉便笑道：“宝玉，我问你：至贵者是‘宝’，至坚者是‘玉’。你有何贵？尔有何坚？”宝玉竟不能答。三人拍手笑道：“这样愚钝，还参禅呢！”黛玉又道：“你那偈子末句云‘无可云证，是立足境’，固然好了，只是据我看，还未尽善。我再续两句在后。”因念云：“无立足境，方是干净。”

宝钗道：“实在这方悟彻，当日南宗六祖慧能，初寻师至韶州，闻五祖弘忍在黄梅，他便充役火头僧。五祖欲求法嗣，令徒弟诸僧各出一偈。上座神秀说道：‘身是菩提树，心如明镜台。时时勤拂拭，莫使有尘埃。’彼时慧能在厨房春米，听了这偈，说道：‘美则美了，了则未了。’因自念一偈曰：‘菩提本非树，明镜亦非台。’……”四人仍复如初。

——摘自《红楼梦》第二十二回

《红楼梦》第二十二回写宝钗做生日，钗黛湘与宝玉四个人发生矛盾冲突，终于又重归于好这一段。上面所引用文，其实是这件事收来结果的一笔，我来看发展的过程：

因系贾母动议，且宝钗已到“将笄”之年，她的生日规格，高于以往黛玉的生日。林黛玉肯定是为这件事“吃味”了，她不高兴。宝玉去请她一同看戏，遭到她的抢白：“犯不上找着人借光儿问我。”

看戏过程中发生了什么事？曹雪芹没说。但接下来的事更有趣。湘云当天晚上便整理行李，"明儿一早儿就走，在这里作什么？看人家的鼻子眼睛！"谁欺负了这位英豪洒脱的"女中丈夫"，不用问，肯定还是黛玉！

接下来便是宝玉忙着周旋她们之间的关系，劝湘云，毫无效应。又跑去劝黛玉，"刚到门槛前黛玉便推出来，将门关上"，在外头千声万声"吞声"叫"好妹妹"，好容易才将事情弄明白了：是湘云无心，看戏时拿黛玉"比戏子"羞辱了她。宝玉大概给湘云递"眼色"制止了她这样比方，这使黛玉更不能容忍，且时连宝玉劝湘云的私语，也让林姑娘听了去："我要有外心，立刻就化成灰，叫万人践踹！"

这段情节，可以说算得《红楼梦》最精彩的"典型故事"。

宝玉关心的是黛湘钗的团结，看似公正的心，却有所偏向。他本质上是深知黛玉又爱黛玉，他忙着要改善黛玉的"生存环境"，所以两头苦劝：其实这事与宝钗也大有关联的，但是他没去劝宝钗——他知道宝钗不需要他劝自能调节。他劝湘云"万人践踹"的话，可能林黛玉觉得应该是她所拥有的"专有用语"，反倒使她心灵受到了更大的伤害。所以她要毫不口软地大张挞伐："我恼他，与你何干？他得罪了我，又与你何干？！"

这真是件无可奈何的事，一鼻子灰又一鼻子灰，碰得宝玉竟有了出家的念头。

原载《中学生阅读》（高中版）2007 年第 4 期

赵姨娘的法术

马道婆见他如此说，便探他口气说道："我还用你说，难道都看不出来。也亏你们，心里也不理论，只凭他去。到也妙。"赵姨娘道："我的娘，不凭他去，难道谁还敢把他怎么样呢？"马道婆听说，鼻子里一笑，半晌说道："不是我说句造孽的话，你们没有本事！也难怪别人。明不敢怎样，暗里也就算计了。还等到这如今！"

赵姨娘闻听这句话里有道理，心里暗暗的欢喜，便说道："怎么暗里算计？我到有这个意思，只是没这样的能干人。你若教给我这法子，我大大的谢你。"马道婆听说这话打拢了一处，便又故意说道："阿弥陀佛！你快休问我，我那里知道这些事。罪过，罪过。"赵姨娘道："你又来了。你是最肯济困扶危的人，难道就眼睁睁的看人家来摆布死了我们娘儿两个不成？难道还怕我不谢你？"马道婆听说如此，便笑道："若说我不忍叫你娘儿们受人委曲还犹可，若说谢我的这两个字，可是你错打算盘了。就便是我希图你谢，靠你有些什么东西能打动我？"

——摘自《红楼梦》第二十五回

最近，看了个什么电视剧，一个大家族正太太、老爷、少爷齐全在世，却由一群姨太太选举当家，黜陟家人无论宗亲男主人，说逐便逐，说沉井就沉井——我看了二十分钟，一笑便换了台。这是编剧的事。编剧无知：

他不晓得姨太太在封建家族中的社会地位是怎样一个形态。要了解这方面的知识，不须去查找类编寻觅资料，你看看《红楼梦》中的赵姨娘，还有周姨娘的情形就明了了。即使贾府姓贾的人死绝了，姓贾的正宗长房太太死绝了，也轮不到她们这类人吆五喝六——还有远房宗亲兼祧进来当家呢！

但赵姨娘是有个"优势"的，她为贾政生了个儿子，这个儿子姓贾，是"正宗主子"，女儿探春也是在家娇客主子，而她本人在贾府只有出现如下情形——贾环当了一家之主——她才能借势稍作舒张。这里选出的一段，便是贾府这个簪缨之族辉煌光明烛下，最阴暗角落里发生的事。

这是两相情愿的阴谋，除掉贾宝玉和凤姐这两个最大的"前进障碍"，却从马道婆索鞋面子这个丁点小事开始。一个讨零星布施，一个穷发牢骚，一个安慰，反激得赵姨娘更大的愤怒："这一分家私要不都叫他（凤姐）搬送到娘家去，我也不是个人！"

由小到大，由浅入深，絮叨家常中二人愈拍愈合，计议成策，贼害宝玉和凤姐的方案也就形成。马道婆图的当然是钱，赵姨娘的琐碎资助不能满足她的贪欲，赵姨娘所图者大，她要的是贾府的统治权。她一下子押了"五百两"的注来完成这份"大业"。这笔银子够她为父亲治丧二十五次，懂得清代生活开支的人都晓得这是天文数字了——而且还有事成之后更大的酬劳。这就掀起了《红楼梦》一书中最大的家族风波。倘这个阴谋成功，全书都要颠覆性地改写了。宝玉挨打的事其实是一场家庭闹剧，表现的是治家理念与人情世故，而这，对所有的书中人都是一次惊心动魄的震撼与灵魂的考验。

至于"魇镇法"居然有所效验，"五鬼"真的把凤姐和宝玉弄到鬼门关走了一遭。我们今日之读者，多有一笑置之的。

我读史籍及中外很多名著，这方面的事可说是如同"恒河沙数"那般的多。我自己在我的书里就有个贾士芳，贾士芳我看就是《雍正皇帝》一书中的"马道婆"，小说中的八爷便是"赵姨娘"吧。我事先就知道会有许多人不赞同这写法，想了想，还是写了进去。

原载《中学生阅读》（高中版）2007 年第 5 期

宝玉笑道："这要天天吃惯了，吃上三二年就好了。"紫鹃道："在这里吃惯了，明年家去，那里有这些闲钱吃这个。"宝玉听了，吃了一惊，忙问："谁？往那个家去？"紫鹃道："你妹妹回苏州家去。"宝玉笑道："你又说白话。苏州虽是原籍，因没了姑父姑母，无人照看，才就来的。明年回去找谁？可见是扯谎。"

紫鹃冷笑道："你太看小了人。单你们贾家独是大族人口多的，除了你家，别人只得一父一母，房族中真个再无人了不成……所以早则明年春天，迟则秋天，这里纵不送去，林家亦必有人来接的。前日夜里姑娘和我说了，叫我告诉你：将从前小时顽的东西，有他送你的，叫你都打点出来还他。他也将你送他的打叠了在那里呢。"宝玉听了，便如头顶上响了一个焦雷一般。紫鹃看他怎样回答，只不作声。

——引自《红楼梦》第五十七回

这是《红楼梦》中情节大转换的一个细节，在积累了多少纷纭繁复丝萦藤缠的人事扰攘之后，宝黛之间的感情在平静发展。贾府薛家人等各打主意，也都在动脑筋，也都在行动，夺取"宝玉"这个"战略高地"。大家心里都有数，占有了贾宝玉便等于拥有了贾府的将来。

这时的情势，贾母是右钗左黛的，王夫人是含糊不清的，薛姨妈是为女儿积极争取权益的——贾府上下的舆论都是倾向宝钗——实在说，在为人处世上，她也确实高出黛玉一筹。总的形势对黛玉是不利的。问题的关键，是黛玉根本没有条件向众人，向宝玉，向紫鹃，甚至明明白白地向自己的内心表达她的爱，她只能听任这种不利的势态继续发展。

我认为，紫鹃这次出来"试玉"，证明她与黛玉的关系，已远远超过了"主奴"这个范围，不但是"上下级"，而且是"朋友"，是铁到可以为黛玉争取权益主动出战的朋友。

没有这一试，黛玉的麻烦大了去了。贾府的决策者中，薛姨妈和王夫人是亲姐妹；贾母"素喜宝钗"；王熙凤惯能见风使舵，断不会倾向伶仃无依寄人篱下的黛玉……用今天的话说宝黛的婚事还不"死定了"？

紫鹃这一当头棒喝，宝玉是甚情形？"一时李嬷嬷来了，看了半日，问他（宝玉）几句话也无回答……脉门摸了摸，嘴唇人中上边着力掐了两下……竟也不觉疼。李嬷嬷只说了一声：'可了不得了……我白操了一世心了。'……"

紫鹃这样一个激烈操作，让所有的人都明白过来，没有黛玉，宝玉是不能活下去的。从这个情节后，我们看到宝黛爱情的发展，到了"你放心"这样的程度。薛家"金玉良缘"的声势舆论，几乎从此销声匿迹。因为薛家也不愿女儿过门便当寡妇！接下来便又发生了"薛姨妈爱语慰痴颦"的事。林黛玉的爱情环境一下子变得通达了很多。

"慧紫鹃"当得这个"慧"字，不但慧，且勇，且执正助弱——她的这一"试"功效，超过黛玉终生无望的努力。

原载《中学生阅读》（高中版）2007 年第 6 期

来旺媳妇献茶漱口毕，凤姐方起身，别过族中诸人，自入抱厦内来。按名查点，各项人数都已到齐，只有迎送亲客上的一人未到。即命传到，那人已张惶愧惧。凤姐冷笑道："我说是谁误了，原来是你！你原比他们有体面，所以才不听我的话。"那人道："小的天天都来的早，只有今儿，醒了觉得早些，因又睡迷了，来迟了一步，求奶奶饶过这次。"正说着，只见荣国府中的王兴媳妇来了，在前探头。

凤姐且不发放这人，却先问："王兴媳妇作什么？"王兴媳妇巴不得先问他完了事，连忙进去说："领牌取线，打车轿网络。"说着，将个帖儿递上去。凤姐命彩明念道："大轿两顶，小轿四顶，车四辆，共用大小络子若干根，用珠儿线若干斤。"凤姐听了，数目相合，便命彩明登记，取荣国府对牌掷下。王兴家的去了。

——摘自《红楼梦》第十四回

我们看国手对弈。正当一块棋要急于处理，明明一子吃下去就能立时解围，观众在旁急煞，但九段老师偏就不投这一着，把各处先手便宜占尽，才回过头来，霹雳闪电地料理这块待处理的棋。倘使文学创作也分段，曹雪芹应当是个棋圣级别。

这是王熙凤协理宁国府的第一个镜头。她本是荣国府的管家，现在"暂时抽调"来宁国府处置家务，因为是兼管，所以叫"协理"。按王熙凤平日的声名威望，众奴才本应不敢放肆怠慢的。但宁国府是贾家长房嫡系家族，平日管理不甚严格，毕竟王熙凤没当过他们的直接领导，凤姐深知这一层，也许她心里正想"抓个典型"把威信树起来，偏这时就有人撞进她手里，"迎送亲客上"，一个倒霉蛋迟到了。

按照一般作家，味道写到此也就够了，拿下去打二十板子，声色俱厉地训谕一通，这段戏收束。曹雪芹他不，他不急于这样写，让这人就那么跪在一旁，凤姐若无其事地先处置别的家务，王兴家的来领线，手续办完去了。支取东西的四个人来了，因为手续不对处理两件，两件"不予批准"——这又是多长时间？那位"睡迷"的家人还一直跪在旁边呢！他肯定也在睨着眼看，凤姐怎么还不发落我呢？但办完这么多的事凤姐还没有动静，又叫过站在旁边等候的张材家的，问："你有什么事？"张材家的交割了银子。她的事还没完，又命人念了修缮宝玉外书房的完竣支买事项。这一段紧急文字他就这样从容处理。来办事的人肯定一边和凤姐说事情，也用眼睨他——这人怎么一直跪着？我们一般读者也在想，是不是作者把他忘了。

这就是现场效应与阅读感受的双重功能，他跪在那里，本身就有示众的意味，也给来办事的家人一个悬念，"到底要怎样处置他？"——最大限度地张扬了这件事，凤姐从容言笑不把他当回事的形象也给人留下更深的印象。读者带着疑问阅读这一段落，直写到淋漓尽致时，王熙凤出手了："明儿他也睡迷了，后儿我也睡迷了，将来都没了人了。本来要饶你，只是我头一次宽了，下次人就难管了，不如现开发的好。"——"带出去打二十板子！"还要扣他一个月的工资。

仅仅是一件小小"睡过头"的事，所有的楼角、层次、侧面都有触电一样的刺激感受，都写活写足写透彻了，这就是圣手作者的力度。

原载《中学生阅读》（高中版）2007 年第 9 期

贾府小小变色龙

闲话之间，金荣的母亲偏提起昨日贾家学房里的那事，从头至尾，一五一十都向他小姑子说了。这璜大奶奶不听则已，听了，一时怒从心上起，说道："这秦钟小崽子是贾门的亲戚，难道荣儿不是贾门的亲戚？人都别特势利了，况且都作的是什么有脸的好事！就是宝玉，也犯不上向着他到这个样。等我去到东府瞧瞧我们珍大奶奶，再向秦钟他姐姐说说，叫他评评这个理。"这金荣的母亲听了这话，急的了不得，忙说道："这都是我的嘴快，告诉了姑奶奶了，求姑奶奶别去，别管他们谁是谁非。倘或闹起来，怎么在那里站得住？若是站不住，家里不但不能请先生，反到在他身上添出许多嚼用来呢。"璜大奶奶听了，说道："那里管得许多，你等我说了，看是怎么样！"也不容他嫂子劝，一面叫老婆子瞧了车，就坐上往宁府里来。

——摘自《红楼梦》第十回

有些小说，写了几十万字，读者看不出特色，寻不到人物个性。《红楼梦》作者的文笔、笔力似乎可用"强大"来表述，小说即使一阅即逝的形象也给读者以永恒的思索，并赋其以令人难忘的如锲的个性特色。

金寡妇是贾府的"帮边子"亲戚。在她的"计量标准"中，秦钟不过是贾府另一路子的帮边子而已。金荣母亲的这番婆子嘴嚼舌，本来是私地里发泄一下她对儿子在学堂里身份待遇的不满，然而却无端激怒了这位自视"有脸"的璜大奶奶。这里头的潜台词是，她要显示她维护金荣的权威性——我想，在平日的勤勤走动中，她自觉在尤氏面前说得上话，这一条肯定是金家比不上的。她要炫耀这一点。可能的是，金荣母亲在述说时，她已经在权衡势力高下了，她虽没有是非观念，但有极强的势利意识。让人忍俊不禁的是，她竟脱口而出："人都别特势利了！"

然而她的地位究竟如何？气冲冲坐车而去，却只能在宁府"东边小脚门前"下车。见了尤氏，在金家那份雄赳赳的劲气已丢了爪哇国去，"未敢气高""殷殷勤勤叙过寒温，说了些闲话，方问道……"她问秦可卿来探虚实，没想到这正是尤氏最郁闷的一件事，一兜儿朝她诉说过来，怎样病势沉重，如何医药无用，可卿知礼恭谨，公婆丈夫爱护，偏偏可卿的弟弟又在外头淘气，惹她烦恼……种种不遂心事都说给了这位璜大奶奶金氏。

我想金氏听着这番话，很可能先是有点沮丧：她的地位和可卿差距这样巨大！但她的利益观念转换可以说是神速，她很快就重新定位——我想，她原本想打秦钟的小报告，撩拨一点小是非的——迅速改变了，反而顺水推舟，对可卿的病忧虑起来，"定不得还是喜呢"？倘若治错了，"可是了不得"。

契诃夫的《变色龙》变来变去的原则是权衡势利。金寡妇是《红楼梦》里的一条变色龙。这一回章目就叫"金寡妇贪利权受辱"，她这次见尤氏不是"打磨旋儿"弄几个小钱的意思，她贪的是一点小小的虚荣。这人在书中极少出现，曹雪芹就那么几笔速写。前后比对言行，活脱脱画给了我们一个小丑。

原载《中学生阅读》（高中版）2007 年第 10 期

忽见赵姨娘进来，李纨探春忙让坐。赵姨娘开口便说道："这屋里的人都踩下我的头去还罢了。姑娘你也想一想，该替我出气才是。"一面说，一面眼泪鼻涕哭起来。探春忙道："姨娘这话说谁，我竟不解。谁踩姨娘的头？说出来我替姨娘出气。"赵姨娘道："姑娘现踩我，我告诉谁！"探春听说，忙站起来，说道："我并不敢。"李纨也站起来劝。赵姨娘道："你们请坐下，听我说。我这屋里熬油似的熬了这么大年纪，又有你和你兄弟，这会子连袭人都不如了，我还有什么脸？连你也没脸面，倒说我了！"探春笑道："原来为这个。我说我并不敢犯法违理。"一面便坐了，拿账翻与赵姨娘看。

——摘自《红楼梦》第五十五回

很多读者可能不太理解探春的这个"事"。她当着家，管着钱，但她亲妈的弟弟死了，贾府照例要赏"抚恤金"。众人都赞同给一点额外的优惠，探春坚持"没有额外"的，一点银子也不肯多赏。

其实这件事说的就是"名分"二字。

"赵姨娘的兄弟赵国基"血统上是探春舅舅，但在"名"上他不是。他永远坐不到舅舅的座位上。

姨娘不是主子，她和太太之间不是平等关系，是"上下级"关系。即使比她晚一辈，如贾琏、宝玉，甚至贾环在位分上都是"主子"，而她则只能是个高级奴仆。

本来，因为她是贾政的"生殖机器"，算是"半个主子"吧！一般人会高看她一眼，但她不安分，要闹待遇，就出了这事。

这一段，赵姨娘说的是"情"，而探春坚持的是"理"。两个人吵的就是这话。如果是清代人或民初人看这个情节，就不会奇怪了。山东孔府的规矩，如果衍圣公去世无子连公夫人也不能继续住在府中，有位"公爷"恰遇到这种情况，但姨娘却怀着遗腹子。公夫人就日夜祈祷她生个"儿子"，紧张极了，待孩子生出来，生孩子的没事，公夫人一口气松下来，晕厥过去。孩子不是姨太太的，是夫人的。雍正年间两江总督尹继善，就是姨太太生的，他做到极品大员，回到家里，他的生母还得"站班"伺候。这都是规矩管着，叫"礼"。

有部电视剧叫作《白色黄昏》。里面有一群姨太太"作怪"，把公子小姐整得死去活来，受到沉井活埋的处置。这要么是制片人有姨太太情结，要么就是他两眼"黄昏"压根不懂。

原载《中学生阅读》（高中版）2007 年第 11 期

宝蟾因何斥香菱

话说金桂听了，将脖项一扭，嘴唇一咧，鼻孔里哼了两声，拍着手冷笑道："菱角花谁闻见香来着？若说菱角也香了，把那正经那些香花儿放在那里呢？可是不通之极！"香菱道："不独菱角花，就连荷叶莲蓬，都是有一股清香的。但他那原不是花香可比，若静日静夜或清早半夜细领略了去，那一股香比是花儿都好闻呢。就连菱角，鸡头，苇叶，芦根得了风露，那一股清香，就令人心神爽快的。"金桂道："依你说，那兰花桂花到香的不好了？"香菱说到热闹头上，忘了忌讳，便接口道："兰花桂花的香，又非别花之香可比。"一句话未完，金桂的丫鬟名唤宝蟾者，忙指着香菱的脸儿说道："要死，要死！你怎么真叫起姑娘的名字来了！"

——摘自《红楼梦》第八十回

避讳的事情，现今时分不但中学生，就是大学生倘非学文史的，也大多都不清楚明了了。这里说的是乾隆时期人们的一种社会理念，金桂的名字里有一个"桂"字，家中所有的下人和奴才都是不能提起这个"桂"字的。这里金桂为了整治香菱，故意诱导她犯错误，"依你说，那兰花桂花香的到不好了"，毫不设防的香菱果然上当，接道："兰花桂花的香……"她犯了金桂的讳，为金桂寻到了口实，立即给她改名"秋菱"，借此压抑宝钗。就是这么点小动作，拉开了金桂在薛府大闹家务的序幕。本来的薛家，只一个呆霸王薛蟠惹是生非，招来许多"外祟"，这个夏金桂，算是个"内鬼"吧。从此，这个家再也无一日之宁。

我们中国文化里，有许多很要不得的东西，"忌讳"就是其中的一种。大致上说是两个原则：叫"为尊者讳"和"为亲者讳"。夏金桂与香菱之间发生的这档子事是属于"为尊者讳"的范畴，香菱的社会地位比金桂低，她就必须绝口不说，也不能书写这个"桂"字。

这不是薛家的规矩，而是"放之四海而皆准"的原则。我们知道，中国历史上的"玄武门事变"发生在唐代，可打开清人笔记，不少记载叫"元武门"怎样如何。那就是因为康熙的名字叫"玄烨"，就为避这个"讳"。乾隆帝本名"弘历"，所有的《皇历》书都统改为《时宪书》，也就是这个道理。

然而我们读《红楼梦》，里边丫头们似乎不忌讳"宝玉"二字。这又是另外一说。如果细心一点就能明白，这是因为贾母疼爱宝玉，特地下令人们不许忌讳"宝玉"二字——让贱人们呼唤"宝玉"，有利于宝玉的生存和健康。

我们《红楼梦》的版本，有一种叫"王府本"，本子里提到的"祥"字，那个"羊"缺一笔，就是抄本的为了"避""十三爷允祥"的讳。

这是很基础的阅读文史知识，如果不懂，经常读得人一头雾水。

原载《中学生阅读》（高中版）2008 年第 1 期

外面跟着赵姨娘来的一干的人听见如此，心中各各称愿，都念佛说："也有今日！"又有那一干怀怨的老婆子见打了芳官，也都称愿。

当下藕官蕊官等正在一处作耍，湘云的大花面葵官，宝琴的豆官，两个闻了此信，慌忙找着他两个说："芳官被人欺侮，咱们也没趣，须得大家破着大闹一场，方争过这口气来。"四人终是小孩子心性，只顾他们情分上义愤，便不顾别的，一齐跑入怡红院中。豆官先便一头几乎不曾将赵姨娘撞了一跌，那三个也便拥上来，放声大哭，手撕头撞，把个赵姨娘裹住。晴雯等一面笑，一面假意去拉。急的袭人拉起这个，又跑了那个，口内只说："你们要死！有委曲只好说，这没理的事如何使得！"赵姨娘反没了主意，只好乱骂。蕊官藕官两个一边一个，抱住左右手，葵官豆官前后头顶住。四人只说："你只打死我们四个就罢！"芳官直挺挺躺在地下，哭得死过去。

——摘自《红楼梦》第六十回

这段文字，是一个事件的热闹收束。好比只有一段激流在"红楼"大河中冲撞，回荡，摇曳……搅起无尽丰富的水纹和波浪之后，又暂时归复于大河的平缓之中。

从莺儿用柳枝编花篮伊始"出事"，其实她随手采花，早已被春燕姑妈"瞧见"了。她们两个正议论折花的时候，老婆子"拄了拐棍走来"就是"找事"来的。接下来，由老婆子发作春燕连带着恨棒将莺儿扫入。又有春燕母亲前来参战，也是借题发挥："干的我管不得，你是我尿里掉出来的，难道也不敢管你不成？"春燕无端挨打挨骂，她母亲尾随而追，又引发出袭人、晴雯、麝月、宝玉在怡红院又一轮新的战争，直至平儿出面，把这个冒出来的事故苗头按了下去。

但没有完的事，毕竟就是"没完"。春燕带母亲来衡芜院，本来是想把已经平息的事端抹得"和谐"一点，偏偏又有蕊官，请她给芳官带蔷薇硝。不巧的是贾环在场，他为讨好自己的情人彩云，竟向丫头硬索，芳官却用茉莉粉将他糊弄过去。于是刚刚息下的一波又起了更大的一波。彩云一句"这是他们哄你这乡老呢"撩起赵姨娘。无名火起，赵姨娘携着粉怒冲冲进院子问罪。

这样的传述，是多少个矛盾的层面和深度，有远因，有近事，有导火索，有炸药包，还有装填的，有点火的，有吹风的，够了吗？一般的作家早就收手了，写不到十分之一就收了，但在这里还不够，赵姨娘途中又遇到藕官的干妈夏婆子，夏婆子又是一番煽风点火，赵姨娘就爆炸了。怡红院的人正吃饭，见她进来，忙都起身寒暄。"赵姨娘也不答话，走上来将粉照着芳官脸上撒来，指着芳官骂道……"再接着，有了我们引文的那一段。

一切都是凭空而起，一切都是缘的组合与激荡。荀子的"积水成渊，蛟龙生焉"——不是鱼鳖泛池，原因倒是因为贾政不在府，王夫人也不在，凤姐有病，鼋鳖一闹鱼虾齐动，引出这段热闹美文。风送流絮，无心无痕，自然而生自然而灭……

啧啧！

原载《中学生阅读》（高中版）2008 年第 C1 期

正说着，只见宝琴来了，披着一领斗篷，金翠辉煌，不知何物。宝钗忙问："这是那里的？"宝琴笑道："因下雪珠儿，老太太找了这一件给我的。"香菱上来瞧道："怪道这么好看，原来是孔雀毛织的。"湘云道："那里是孔雀毛，就是野鸭子头上的毛作的。可见老太太疼你了，这样疼宝玉，也没给他穿。"宝钗道："真俗语说'各人带来缘法'。他也再想不到他这会子来，既来了，又有老太太这么疼他。"湘云道："你除了在老太太跟前，就在园里来，这两处只管顽笑吃喝。到了太太屋里，若太太在屋里，只管和太太说笑，多坐一回无妨，若太太不在屋里，你别进去，那屋里人多心坏，都是要害咱们的。"说的宝钗、宝琴、香菱、莺儿等都笑了。宝钗笑道："说你没心，却又有心，虽然有心，到底嘴太直了。我们这琴儿就有些像你。你天天说要我作亲姐姐，我今儿竟叫你认他作亲妹妹罢了。"湘云又瞅了宝琴半日，笑道："这一件衣裳也配他穿，别人穿了，实在不配。"

——摘自《红楼梦》第四十九回

宝琴自何而来？我读到她时，很长时间犯狐疑，怎么凭空又掉下个"琴妹妹"？我们读《红楼梦》，人物有个索引，那就是警幻那个太虚幻境的册子。有正册，有副册，还有"又副册"。依我的理解，这几部册子的划分是根据她们的社会身份来的，"正主子"

的姑娘就是"正册"，次主子的女子就是"副册"，再次一等的下人女儿是"又副册"吧？

然而，宝琴不在册。不但她，连同她一起进园的岫烟、李纹、李绮，也都不在"册"。这已是《红楼梦》第四十九回了。前头四十八回她们连个蛛丝马迹也无，雪泥鸿爪也不见，到四十九回，她们一窝蜂，齐刷刷开进了大观园。曹雪芹用笔是惜墨如金的，然而在这几位身上，是连续地泼墨，大写意地推出了新人，连篇累牍地绘写了她们的形象。

如果我们用心一点会发现，红楼女性人物作诗，比男人们高出一个境界档次，越是美丽的女人，诗便作得越好，即便香菱这样"没文化"的女孩子，稍加指拨，立刻也就成了了得的诗人。现在的情况是，宝琴始来，使原本钗黛为群芳领袖的局面，成了鼎足三分局面。芦雪庭联诗，实际上是一次赛诗会，钗黛湘宝四人的"诗作主流"地位，可以看作曹雪芹对她的品相地位的确定。而她的美，由宝玉口中说"……更奇在你们成日家只说宝姐姐是绝色的人物，你们如今瞧瞧他这妹子……"——这是比宝钗；琥珀指黛玉说怕黛玉吃醋，"湘云便不则声"——这是比黛玉。一句话，她是女儿冠军。看，她抱梅立于雪地，仍旧一个字：美。

但是，《红楼梦》后面也还有很多文字呀，她的人格魅力、个性形象，似乎没有展示出来，甚至可以说，岫烟、李纹、李绮也都还有些性格特色，宝琴没有。

这原因极简单，她没有"事"。她本人没有介入"红楼"纷繁的人事关系之中。

应该说是谜吧。但我猜想，曹公不会无由而作的，或许"红楼"中尘暮烟霾烟火气浓重，需要这样一种艺术调剂？或许写至中途曹的创作意图有战略性调整？或许在"迷失"了的后四十回中她会有令人瞩目的表现？

然而她的《五美吟》到底什么意思？

她穿的那件大氅的名字也颇令人犯嘀咕。她是幅字画，贴在"红楼"上，是一张谜画。

原载《中学生阅读》（高中版）2008 年第 2 期

刘姥姥忙跟了平儿到那边屋里，只见堆着半炕东西。平儿一一的拿与他瞧着，说道："这是昨日你要的青纱一匹，奶奶另外送你一个实地子月白纱作里子。这是两个茧绸，作袄儿裙子都好。这包袱里是两匹绸子，年下做件衣裳穿。这是一盒子各样内造点心，也有你吃过的，也有你没吃过的，拿去摆碟子请客，比你们买的强些。这两条口袋是你昨日装瓜果子来的，如今这一个里头装了两斗御田粳米，熬粥是难得的，这一条里头是园子里果子和各样干果子。这一包是八两银子。这都是我们奶奶给你的。这两包每包里头五十两，共是一百两，是太太给你的，叫你拿去或者作个小本儿买卖，或者置几亩地，以后再别求亲靠友的。"说着又悄悄笑道："这两件袄儿和两条裙子，还有四块包头，一包绒线，可是我送姥姥的。衣裳虽是旧的，我也没大狠穿过，你要弃嫌我就不敢说了。"

——摘自《红楼梦》第四十二回

　　这是刘姥姥二进荣国府陪着贾母园中公子小姐连日大肆游嬉，临归前所得的酬谢钱财。照我来估算，总价值当在一百五十两银子左右。直接能当货币用的，一百两来自王夫人，八两来自王熙凤，这是钱，和我们今天的钞票是一个意思。

　　清代的流通货币是银子和制钱。我们常看的电视剧里头，无论江湖豪客还是市井平民，进酒店打打牙祭，动辄就取出一锭银子往桌上一蹾，大叫："打酒来！"甚至赏店小二也丢一块银子过去，"不用找了！"可以说，这是剧的编剧、导演和演员一律都不晓得，银子该怎么用，制钱该怎么花的缘故。

银子可不是轻易用来打酒买醋的，当时人的心理状态，一个穷人有几钱银子，揣藏起来便很有踏实安全感。一般人家若有几两银子，会很好地包裹起来，压在箱底——就如我们今天的银行存折——那样保存起来。一旦家中起房盖屋，有人重病用医用药，出远门做生意进京赶考……诸如此类的大事才会动用银子。银子的计量单位，精微到什么程度？两以下小数点之后十三位：钱、分、厘、毫、丝、忽、微、纤、沙、尘、埃、渺……一尘埃一渺都计了进去，这样的计量当然只有国库计算总账时才用得到，但可见银子的贵重程度。

刘姥姥初进贾府，得了二十两银子，加上这一次的共一百二十八两现银。我所知的，江南的涸田，一亩价格三两，中原地土较贵，也就七两左右。刘姥姥得这些钱，无论是买地还是做生意，她家都可算作中产人家了。她第一次进贾府，是真正的穷——刘家"这年秋尽冬初，天气冷将上来，家中冬事未办……"王熙凤的二十两，绝对是帮了她的大忙，特大的忙。第二次再来，姥姥压根没想再告穷，她带了那么多的农产品来，就是她家经济已经"搞活"的明证。而使她想不到的是她这次到来，完全无欲无求的一场陪乐，竟使她成了小地主。

命相学里有个术语叫"贵人"，贾府就是刘姥姥家的贵人——这不是因贾府的地位高，是因为王熙凤实实在在是挽救了刘家的穷蹙。按佛理说，这种无心之助（第二次的帮助），功德最是报大的，是会有大回报的。

在王熙凤倒霉时，刘姥姥那种挽救性的支援与帮助，源出于此也。

原载《中学生阅读》（高中版）2008 年第 3 期

深谙世故的薛姨妈

薛姨妈用手摩弄着宝钗，叹向黛玉道："你这姐姐就和凤哥儿在老太太跟前一样，有了正经事就和他商量，没了事幸亏他开开我的心。我见了他这样，有多少愁不散的。"黛玉听说，流泪叹道："他偏在这里这样，分明是气我没娘的人，故意来刺我的眼。"宝钗笑道："妈瞧他轻狂，到说我撒娇儿。"薛姨妈道："也怨不得他伤心，可怜没父母，到底没个亲人。"又摩挲黛玉笑道："好孩子别哭。你见我疼你姐姐你伤心了，你不知我心里更疼你呢。你姐姐虽没了父亲，到底有我，有亲哥哥，这就比你强了。我每每和你姐姐说，心里狠疼你，只是外头不好带出来的。"

——摘自《红楼梦》第五十七回

薛姨妈和林黛玉都是客居贾府。这两人平素来往，这样纯粹地"为会见而会见"，好像这是独一无二的一次。谈的话题，也是"感情问题"。这真是很有意思的一次私人晤见——是薛老太太先来单独看黛玉的，而宝钗来时她们一老一少"正说闲话呢"。

这事发生在"慧紫鹃情辞试莽玉"一回。宝玉为紫鹃一试，因说黛玉将离府返乡他就大发狂疾，疯迷了数日。紫鹃振聋发聩一试，可以说惊动了整个贾府。在各个阶层的"领导核心中"引发的心理震撼可以说比宝玉挨打的那次还要强烈。这是人人需要掂量的事，每个人都要重新思考"林黛玉"的价值和"贾宝玉没有林黛玉"

的后果。

因此，我认为薛姨妈来探望比她小一辈的黛玉是来"表态"的。

她话虽含蓄但意思却十分直白。一说"月下老人只用一根红线"的话是说婚姻的事是凭父母，"说什么的都不算的"；二说疼宝钗，更疼"黛玉"，自己的爱是无私的；三由宝钗插话，表示无意纳黛玉为媳。

我想，这几条暗示的意思是放弃薛家对贾宝玉的努力吧。薛老太带着女儿来干什么？她原本是要把宝钗送进宫里充作"才人赞善"这样的女官，进而成为元妃那样的人，可能那个目的泡汤了，这才有了"金玉良缘"之说。

而贾宝玉的这一病，证明了宝玉没有黛玉是活不成的，或者说生命状态极差的。在这种情况下，薛姨妈也会有这样的考虑，宝玉毕竟也不是官场贵人，女儿嫁一个半病半傻的男人有幸福吗？

我认为这是薛姨妈理智的选择。

但她还"吃不定"，她还看不清自己的主意是对的还是有欠考虑。她毕竟是个涉世很深的女人，因此说了要给宝黛提亲，又一句和紫鹃调侃又回避开去。月下老人的红绳系向谁也是"不定"的。深思熟虑却又感情复杂，动机明确却又言语含糊，我们可以想见这位精神的老太太此情状。

反正从此为始，我们再也不见有人嚷嚷"金玉良缘"了。

原载《中学生阅读》（高中版）2008 年第 4 期

宝玉便要了一壶暖酒，也从李婶斟起，二人也让坐。贾母便说："他小，让他斟去，大家到要干过这杯。"说着，便自己干了。邢王二夫人也忙干了，让他二人。薛李也只得干了。贾母又命宝玉道："连你姐姐妹妹一齐斟上，不许乱斟，都要叫他干了。"宝玉听说，答应着，一一按次斟了。至黛玉前，偏他不饮，拿起杯来放在宝玉唇上边，宝玉一气饮干。黛玉笑说："多谢。"宝玉替他斟上一杯。凤姐儿便笑道："宝玉，别喝冷酒，仔细手打颤儿，明儿写不得字，拉不得弓。"宝玉忙道："没有吃冷酒。"凤姐儿笑道："我知道没有，不过白嘱咐你。"然后宝玉将里面斟完，只除贾蓉之妻是丫鬟们斟的。复出至廊上，又与贾珍等斟了。坐了一回，方进来仍归旧坐。

——摘自《红楼梦》第五十四回

少年时读到这个情节，见到大牌红学家评论说王熙凤"排揎"林黛玉。

这似乎是有道理的，宝玉喝的是林黛玉手里"拿起杯来放在宝玉唇上边"的酒，宝玉是"一气饮干"——王熙凤便说你"别喝冷酒"，暗含的意思，薛宝钗是"热酒"，而林是凉的——世态炎凉的话不说，表明，王熙凤是选择薛的了——然而读了几年之后，我觉得这个道理又不像是什么"道理"了。因为薛宝钗也劝过宝玉别喝凉酒——如果这样理解，你要喝我的热酒，别理黛玉……这么着，《红楼梦》也还能看吗？

昔日有出谜者，说"无边落木萧萧下"——是个"日"字，怎么说呢？中国历史上只有两个朝代，齐梁两代君王都姓萧，"萧萧下"就是"陈"，把陈家的边去掉，再把陈字的木去掉，就成了"日"字——这么着，世上的谜还能猜吗？

求之过深了吧。我们不要忘了是在读小说，而不是"谜书"。事实上，王熙凤根本就不会排斥林黛玉。

她是个怎样的人？艳丽，狠毒，理智，风趣，能言善道……处理问题干练敏捷，极能把握贾府风头去向的一个人，"老太太疼黛玉"，她岂能"排斥"黛玉？这是一。

第二，如果说"排斥"，她是可能排斥宝钗，须知如果宝钗做了宝玉夫人，对她的当家人地位会构成怎样的威胁？林黛玉则不同，清高，不爱钱，不善人事扰攘，只会抚琴弄书，是宝玉的一对"好逑"。她当然不会把"工作能力"比她还强的宝钗当作人才引进来。

第三，从个性上说，林黛玉是直白的明捷的，而宝钗则是有点绵里藏针的那一种，王熙凤的个性，似乎不喜欢很有心计、黏黏糊糊的那样。

说这三条算我一点想法，但也算扯淡。关键的，我们是在读小说，而不是在读"艺术形象谜论"。如果说真的是王熙凤借这话敲打宝玉，冰雪聪明、敏感脆弱得琉璃扑噔[1]一样的林黛玉会听不出来？会没有反应？

《红楼梦》读得太深，会陷入另一个陷阱——知见障。

原载《中学生阅读》（高中版）2008年第5期

1琉璃扑噔：玻璃制儿童玩具，形如葫芦，上部有直嘴，底部极薄，稍有凹进，吹气时底部随气压变化而里外抖动，就会发出"嘭嘭"的响声，连续吹时声响即连成一串。极易破碎。

续不上的情节

这里宝玉正看着打络子，忽见那夫人遣了两个丫鬟送了两样果子来与他吃，问他："可走得了？若走得动，叫哥儿明儿过来散散心，太太着实记挂着呢。"宝玉忙道："若走得了，必请太太的安去。疼的比先好些，请太太放心罢。"一面叫他两个坐下，一盘又叫秋纹来，把才拿来的那果子拿一半送与林姑娘去。秋纹答应了，刚欲去时，只听黛玉在院内说话，宝玉忙叫"快请"。要知端的，且听下回分解。

——摘自《红楼梦》第三十五回

话说贾母自王夫人处回来，见宝玉一日好似一日，心中自是欢喜。因怕将来贾政又叫他，遂命人将贾政的亲随小厮头儿唤来，吩咐他："以后倘有会人待客诸样的事，你老爷要叫宝玉，你不用上来传话，就回他说我说了：一则打重了，得着实将养几个月才走得，二则他的星宿不利，祭了星不见外人，过了八月才许出二门呢。"

——摘自《红楼梦》第三十六回

这两个情节是《红楼梦》第三十五回的结尾与第三十六回的开头，是《红楼梦》研究中重要的一个谜：上回里说是黛玉来了，来探望宝玉，必定要有几句话说的，要有一点小情节的，作者告诉读者，"要知端的，且听下回分解"，但下一回却来了一个大转移，"话说贾母自王夫人处回来……"不再说这件事了。读前头细密得间不容发的一系列情感波折，读到这里，满心期盼，这两个冤家情侣见面"有戏"，不料却散场了。

于是红学家们据此得出一个结论，《红楼梦》是"不可续"的。第三十五回写的是宝玉挨打之后在大观园激起的感情余波，黛玉是黛玉，她那里得到了令她五内俱沸的三块诗帕；宝钗是宝钗的事：因以怀疑宝玉挨打是薛蟠挑拨，她家里连掀起一排与宝玉有关的感情激浪。而且宝玉自己的伤痛也未痊愈，因此黛玉来看宝玉，她必定要对宝玉交代她对这几件事的看法：一、对宝玉要有所抚慰；二、对诗帕的诗要有含蓄回应；三、宝钗家的事要有所评论——问题在于这是"回……"几个意思要在一两句话、一个动作眼神中全部展示表达。

也就几十个字吧。你敢情试试"补上"。读者不妨也试试？——其实多少红学家红迷们早已试过了。用句河南话说，不中。十段高手和初段棋手的区别就在"细"与"粗"之间，而红学家，由此得出结论，《红楼梦》是续写不得的。

然而就我所知，现有的《红楼梦》后四十回中，很有些东西是"补"出来的。我们一般读者，压根读不出前八十回与后四十回"有什么"。就是红学家吧，长期也没有读出有什么异样，直到考据学家认为后头是"续写的"之后，后四十回才一下子身价大跌，"红楼股市"说那是"假股"——它就直落而降了。

但是且住，我有另外一点看法。围棋高手在激战正酣时，会突然莫名其妙在不相关的一处投落一子，叫"试应手"，曹雪芹为什么不会呢？这样的文字处理，可以给读者留下深思的余地、想象的空间，我们作文，用省略号就潜作做着这样的思维呢。

原来贾赦已将迎春许与孙家了。这孙家乃是大同府人氏，祖上系军官出身，乃当日宁荣府中之门生，算来亦系世交。如今孙家只有一人在京，现袭指挥之职，此人名唤孙绍祖，生得相貌魁伟，体格健壮，弓马娴熟，应酬权变，年纪未满三十，且又家资饶富，现在兵部候缺提升。因来求亲，贾赦见是世交之孙，且人品家当都相称合，遂青目择为东床佳婿，亦曾回明贾母。贾母心中却不十分称意，想来拦阻亦恐不听，况儿女之事自有天意，况且他是亲父主张，何必出头多事，为此只说"知道了"三字，余不多及。贾政又深恶孙家，虽是世交，当年不过是彼祖希慕荣宁之势，有不能了结之事才拜在门下的，并非诗礼名族之裔，因此到劝谏过两次，无奈贾赦不听，也只得罢了。

——摘自《红楼梦》第七十九回

这里说的是贾府最懦弱的小姐迎春的婚事。这一段文字介绍得非常清楚：迎春之嫁孙绍祖，贾母不称意，贾政"深恶"孙家也不高兴，更遑论宝玉一干兄弟姐妹和迎春本人的意见。可以说贾府上上下下没有赞成这个"中山狼"的，没人愿意这位善良可欺的弱女子嫁给这头狼，独是贾赦的一意孤行。很可能的事实是：贾赦与邢夫人一顿晚餐，餐桌上一句闲话"就这样吧"，迎春"就这样了"。

很多读者看《红楼梦》，认定了贾母是至高无上的。

那是有点皮相表面了。在《礼》上有明确的规定，婚姻怎样确定，只有八个字，"父母之命，媒妁之言"。这极明确，决定权非叔非伯非祖，而是"父母"——那时没有法律登记这一说，结婚是需要社会认定的，"媒妁之言"就起这个作用——贾迎春就是这样被爹妈推进了狼窝里。所有的人都同情她，眼看着束手无策。

由这件事我们可以联想一下黛玉的婚姻。其实宝黛之间的爱情在大观园中已是尽人皆知的"秘密"，但单是他们相爱有什么用？林黛玉的"小心眼"、她的失眠症恐怕都是因此而起。她的婚姻是她最大的事，而最大的事竟完全在虚空之上：父母之命她是甭指望了。"媒妁之言"呢？那是着落在她的养护人，舅父母——她的心上人的父母身上。娘家没人没钱也没势，寄生在人家篱下，你叫她怎生能吃好饭、睡好觉，养得身体棒？可以说，她能够依靠的只有她的忠仆紫鹃。紫鹃"情辞试莽玉"，其实是看清了黛玉的处境，不经请示"主动出击"的一次行动。薛姨妈来"慰"黛玉，紫鹃又一次主动跳出来，请姨妈来做这个"媒妁"之言，争取贾政、王夫人的首肯。可惜的是她的地位太低了，薛姨妈轻轻一句玩笑就抹倒了她。

这是宋代以来全中国妇女的共同命运。

原载《中学生阅读》（高中版）2008 年第 9 期

这一针刺下去

林黛玉听了笑道："你们听听，这是吃了他们家一点子茶叶，就来使唤人了。"凤姐笑道："到求你，你到说这些闲话，吃茶吃水的。你既吃了我们家的茶，怎么还不给我们家作媳妇？"众人听了，一齐都笑了起来。林黛玉红了脸，一声儿不言语，便回过头去了。李宫裁笑向宝钗道："真真我们二婶子的诙谐是好的。"林黛玉道："什么诙谐，不过是贫嘴贱舌，讨人厌恶罢了。"说着便啐了一口。凤姐笑道："你别作梦！你替我们家作了媳妇，少什么？"指宝玉道："你瞧瞧，人物儿、门第配不上，根基配不上，家私配不上？那一点还玷辱了谁呢？"林黛玉抬身就走。宝钗便叫："颦儿急了，还不回来坐着。走了到没意思。"说着便站起来拉住。刚至房门前，只见赵姨娘和周姨娘两个人进来瞧宝玉。李宫裁、宝钗、宝玉等都让他两个坐。独凤姐只和林黛玉说笑，正眼不看他们。

——摘自《红楼梦》第二十五回

这是《红楼梦》中最令人快心畅意的一句话。真正看书看得发急的读者心里都在想："宝黛这一对璧人，应该是有个人出来撮合一下的。"但其实你看遍书中人物，就会觉得似乎谁说这话都"不宜"，但"凤辣子"就能，场景适合她脱口就出来了。这样爽朗直透三扎的话，只有凤姐敢，也只有凤姐能在大庭广众之下说出来。我们正是还想听她"接下来"会说什么，没有了，一场波及贾家阖府的狂浪突然袭来——马道婆的巫术"魔法"生效。王熙凤和宝玉同时遭到毒手，癫狂了。

曹雪芹为什么这样写？他不是要写马的法术如何灵验，是他觉得贾府大观园都太平静了，他用一根针狠狠刺了一下这只"百足之虫"。果然这"虫"立刻来了个大翻滚式的挣动——所有的人，连从不过问内务事的贾政，都参与介入进来。这是一出滚热的闹剧。

我看真正"单纯"爱宝玉的人只有两个：一个自然是黛玉，一个是贾母。其余的人在这里的表演似乎都有点"那个"。

乱哄哄里，薛蟠也来了，他担心的是母亲被人挤倒，又恐宝钗香菱露相，怕贾珍在小妾身上做文章，忽一眼瞥见林黛玉，他自己已"酥倒在那里"。

贾政胸无成算，见贾母寻僧觅道，竟说"由他们去（死）吧"。

所有的人都被这根针刺得七死八活，只有赵姨娘母子"称愿"，忙着劝贾母，既然他们都"不中用了，不如把哥儿的衣服穿好，让他早些回去（死）……"，被贾母照脸啐了一口唾沫，骂道："烂了舌头的混账老婆，谁叫你来多嘴多舌的！"

还是癫头和尚和跛脚道士来解决了问题，阴微世界的事只能由宗教来处置，当他们复苏过来，林黛玉当头一句"阿弥陀佛"，却遭宝钗揶揄："如来佛比人还忙，又要讲经说法，又要普渡众生……今才好些又管林姑娘的姻缘了……"

这段昏天黑地的话语，曹雪芹只写了三页，一切又恢复正常，被打断了的本应该继续的故事，由宝钗这一"玩笑"继续下去。

原载《中学生阅读》（高中版）2008 年第 10 期

刚说道这句话，只见秋纹、碧痕嘻嘻哈哈的说笑着进来，两个人共提着一桶水，一手撩着衣裳，趔趔趄趄，泼泼撒撒的。那丫头便忙迎去接。那秋纹、碧痕对着抱怨，"你湿了我的裙子"，那个又说"你踹了我的鞋"。忽见走一个人来接水，二人看时，不是别人，原来是小红。二人便都诧异，将水放下，忙进房来东瞧西望，并没个别人，只有宝玉，便心中大不自在。只得预备下洗澡之物，待宝玉脱了衣裳，二人便带上门出来，走到那边房内便找小红，问他方才在屋里说什么。小红道："我何曾在屋里的？只因我的手帕子不见了，往后头找手帕子去。不想二爷要茶吃，叫姐姐们一个没有，是我进去了，才到了茶，姐姐们便来了。"秋纹听了，兜脸啐了一口，骂道："没脸的下流东西！……"

——摘自《红楼梦》第二十四回

贾宝玉与贾环是一个父亲，他们两个的法理地位是一样的，但是我们看到，他们两个的待遇很不一样。贾宝玉有怡红院，贾环没有；贾宝玉私自出门一家人着急，贾环没有；贾宝玉可以在贾母、凤姐跟前撒娇，贾环不敢；贾宝玉有一大群婆子丫头仆从密弥相从随时听候差遣，贾环没有，贾环似乎只有一个彩霞。之所以有这样的差别，公开的理由只有一个，贾环是按规定办理，而贾宝玉身边的人多出的，或是贾母，或是王夫人派到宝玉身边的。她们在宝玉房里不领"工资"（月例），她们的支出由贾母、王夫人房中支出。怡红院呢？则是贾妃指定他住的，这个特殊待遇更是堂皇正大。

但人多了，就有竞争问题，袭人是王夫人指的，晴雯则是贾母指的，她们两个虽有矛盾，但地位无可动摇。这里说的是秋纹、碧痕、小红的矛盾，突出的重点人物是小红，而矛盾的原焦点则是"一里一里的，这不（让小红）上来了！""上来了"便是离宝玉更近了。这是谁能更接近"领导"（宝玉），更直接地为宝玉服务，取得这个小环境的优越地位的事。是"劳动人民"之间的生存竞争，物竞天择在一个小小社会团体中的真实写照。包含的具体内容有，月例的多少、差事的轻重、领导相待的亲疏，乃至于将来出路，如晋升、开脸丫头、姨娘及配夫的优劣，等等——在哪座山唱哪山歌，这个房里就是这个话。

这个斗争同样是残酷的。晴雯是怎样死的？她的人品、工作都是十分出色的，但王夫人看她不顺眼，连凤姐也救不了她。然而王夫人又因何讨厌晴雯呢？书里没有明说晴雯和宝玉之间调侃的私情话，怎么会透露到王夫人那里，一个人会无根无据，单凭人是"水蛇腰"就下致死的毒手整治人吗？袭人与晴雯，晴雯与坠儿、秋纹、碧痕、小红，就是在这种生活的挤压与前途命运的挑战中共存，又激烈地相争的。她们本身都是好人，如果不涉及生存斗争，她们会和谐相处，但遇到"事"就不行了。

小红是《红楼梦》中要紧人物，她和贾芸在曹雪芹原意里，在宝玉落魄时"狱神庙慰宝玉"的情节设计，可惜遗失不见了。这里的小情节，是她初出茅庐，生存斗争中小败的一个场面，更深的意蕴，读者可以自己去思量。

原载《中学生阅读》（高中版）2008 年第 11 期

贾珍忙笑道："老内相所见不差。"戴权道："事到凑巧，正有个美缺，如今三百员龙禁尉短了两员，昨儿襄阳侯的兄弟老三来求我，现拿了一千五百两银子，送到我家里。你知道，咱们都是老相与，不拘怎么样，看着他爷爷的分上，胡乱应了，还剩了一个缺，谁知永兴节度使冯胖子来求，要与他孩子捐，我就没工夫应他。既是咱们的孩子要捐，快写个履历来。"贾珍听说，忙吩咐："快命书房里人恭敬写了大爷的履历来。"小厮不敢怠慢，去了一刻，便拿了一张红纸来与贾珍。贾珍看了，忙送与戴权，看时，上面写道：

江宁府江宁县监生贾蓉，年二十岁。曾祖原任京营节度使世袭一等神威将军贾代化。祖乙卯科进士贾敬。父世袭三品爵威烈将军贾珍。

——摘自《红楼梦》第十三回

这里说的事叫"捐纳"或捐官，也就是一种公开出卖官衔的"政府行为"。秦可卿死了，她的丈夫贾蓉只是个"监生"身份，没头没脸的，灵牌上写个"学监生贾蓉之妻"很没面子。因此，要给贾蓉捐出一个身份。贾府掏钱，朝廷封他"龙禁尉"。这样就能在她的铭座上写"奉天洪建兆年不易之朝，诰封一等宁国公冢孙妇，防护内庭紫禁道御前侍卫龙禁尉，享强寿贾门秦氏恭人之灵位"——这样一大串的名目，又有御前侍卫，"恭人"的仪仗，就可以"浩浩荡荡压地银山"一般轰轰烈烈过市出殡了。

完全是虚面子，炒热闹。这是红楼梦第十三回的事，后边的故事很长。读者并没有见到贾蓉去当"龙禁尉"，他既不上班，也不领"工资"，只是在他的档案里记了这么一笔，他是"侍卫"了。秦可卿呢？她活着时一天"恭人"也没当过，死了，老公公给她挣了这么一份虚光荣，就这么回事。一切都办得煞有介事，很认真也很恳切，热闹风光也是像模像样——曹雪芹就有这个能耐，他不动声色，一件一件事冷峻地表述，刻骨的讥讽与嘲弄让读者在不知不觉中感受。

政府卖官是清朝的制度，这本来是一种临时措施。康熙十三年，因镇压"三藩之乱"军费不足，政府下了一道捐纳令，文职捐官的政策就形成了。这个口子一开，一直到辛亥革命，再也不曾堵住过。开始时只是五品文职，后来武职也捐，文官的职分到二三品，武职的级别也愈来愈高，到晚清，形成了一道历史上罕见的人文景观，一群有档案没有俸禄的"高官显贵"，叫花子一样在官场奔走谋缺。

戴权操持此事的这时候，尚未到清末那样滥。你看他谈价格，也是因人而异，"襄阳侯"家，是一千五百两，"冯胖子"就不行。"咱们的孩子"是多少？一千二百两，"送到我家就完了"，不但随便而且方便且是明白告诉你"就是因人而异"。

这里头的虚头很大。据我见到的资料，到政府备案也就二百两上下，戴权自己当然要大量裁当，内务府更要裁当，层层分润，到了吏部报案，也就剩余不多了，这也和做买卖一样，有生产的"厂价""批发价""零售价""人情价"……诸类名头一想便知。

原载《中学生阅读》（高中版）2008 年

正说着，只见一群人撮着凤姐出来了。贾芸深知凤姐是喜奉承尚排场的，忙把手逼着，恭恭敬敬抢上来请安。凤姐连正眼也不看，仍往前走着，问他母亲好，"怎么不来我们这里逛逛？"贾芸道："只是身上不大好，到时常记挂着婶子，要来瞧瞧，又不能来。"凤姐笑道："可是会撒谎，不是我提起他来，你就不说他想我了。"贾芸笑道："侄儿不怕雷打了，就敢在长辈前撒谎。昨儿晚上还提起婶子来，说婶子身子生的单弱，事情又多，亏婶子好大精神，竟料理的周周全全；要是差一个儿的，累的不知怎么样呢。"

——摘自《红楼梦》第二十四回

贾芸在《红楼梦》中是"俗"角色，也就是通身带了"下里巴人"的味道。他没有薛蟠那么有钱，也没有贾琏那么有身份，更没有什么"学识"，也不似刘姥姥那般的原始村野。他的家庭小单元，是贾府不知何时起败落下来的一片枯叶。

一般而言，破落贵族子弟都有一种"奋发返祖"的趣向，这段送礼给凤姐的情节，把这种奋斗的原始形态真的表述得淋漓尽致。

礼品是冰片、麝香，它们的来历要说得光明正大：是朋友"选了云南"，开的大药铺，又拍卖又送人——他得了这一份子。"就和我母亲商量"——我想贾芸肯定也是说假话，透露的信息是"我们全家都尊敬您（凤姐）"，同时也隐约报出他的孝敬品德，商量的结果是别人都"不配"，只有"婶子"当之无愧该收这礼。接着又进一步说明，冰片、麝香原本就是好物件，眼见要过端午，那就还要升值"十倍"，一层又一层密不透风的言语表达了三层意思：凤姐"婶子"是独一无二没人能比的尊贵人，是最值得尊崇敬孝的人；贾芸全家都是凤姐的粉丝；"宝剑遗英雄，红粉赠佳人"——您就收下我这份心意吧！

这就难怪凤姐"心下又是得意又是欢喜"了。她的虚荣心得到了极大的满足。

不少人读小说总爱在书里寻找英雄——斩头洒血激昂慷慨的那一种。在《红楼梦》中，你别想找到这类人物。就如贾芸、刘姥姥，其实就是曹公对社会真实的艺术表述，为我们描摹的普通市井英雄。贾芸虽然"俗"，但与小红的爱情是罗密欧与朱丽叶的那种挚爱，朋友倪二也是很可爱的英雄泼皮。按曹公设计，后来贾府败落，宝玉入狱，贾芸夫妇还有狱神庙"慰宝玉"一段描写，遗稿迷失，我们已经没福看到了。

原载《随性随缘》，长江文艺出版社 2011 年 10 月出版

何不休了她

（宝钗）因忍了气说道："大嫂子，我劝你少说句儿罢。谁挑捡你？又是谁欺负你？别说是嫂子啊，就是秋菱，我也从来没有加他一点声气儿的。"金桂听了这几句话，更加拍着炕檐大哭起来说："我那里比得秋菱？连他脚底下的泥我还跟不上呢！他是来久了的，知道姑娘的心事，又会献勤儿。我是新来的，又不会献勤儿，如何拿我比他？何苦来！天下有几个都是贵妃的命？行点好儿罢。别修的像我嫁个糊涂行子，守活寡，那就是活活儿的现了眼了！"薛姨妈听到这里，万分气不过，便站起身来道："不是我护着自己的女孩儿，他句句劝你，你却句句怄他。你有什么过不去，不要寻他，勒死我倒也是希松的。"

——摘自《红楼梦》第八十三回[1]

制服了薛蟠，压倒了香菱，整治了宝蟾，又整治了宝钗、薛姨妈。自从夏金桂这个女人进了薛家，这个家的战火越来越"熊熊燃烧"，且是有方兴未艾的势头。夏是个没完没了的人。这样的艺术典型，我曾在晚清的谴责小说里读到过，她会一直弄到家败人亡为止。家败了人亡了她也就安分了。谁找到这样的人做老婆真是倒了八辈子霉。

薛蟠就是这样一个倒霉蛋。然而依中国礼法与律法，

---

1 引文选自程乙本《红楼梦》。

薛蟠具有此种权力：一纸休书休了她。他为何不这样做呢？

"休"就是男人不要女人了，不需要到官府办理手续，写一封休书打发她回娘家，就算是离婚了。但是"休"，也是有条件的，那就是女人犯了"七出"条，方可以这样做。哪"七出"呢？无子、淫佚、不事舅姑、口舌、盗窃、妒忌，再就是患有恶疾——这么七条，只要触犯一条，男人就可轻松与之离婚。

就举这七种不良行为，薛、夏二人结婚不久，"无子"可以不算。可以休掉夏的理由，似可说口舌、妒忌和"不事舅姑（公婆）"这么三条。但实际操作起来，薛蟠很难办到。天下妒妇、口舌不淑、不孝父母的太多了。——都能休掉了之？"七出"之条出于古礼，早已不适应时代发展了，到清代已没有什么实际应用价值了。

人，一旦成为夫妇，就会组成一种复合性社会关系，有很繁多、很繁杂的社会责任搅在了一处。休妻的要求，是夫妇感情关系的彻底断裂，而薛蟠偏不具备这一条，而且他有许多把柄在金桂手中，薛、夏二人不具备社会需要的离婚条件。

因为除了"七出"之外，在礼法上有更宏观的规定，"父母俱存兄弟无故""族无犯礼之男"。这是更大的礼。你家里休妻，这么大的事，搞得舆论沸腾，外边人都纷纷议论你家长短，这就对整个家族导致更恶劣的声名，七出是七出，真的做了"不合算"——这是事情的内在本质。

原载《随性随缘》，长江文艺出版社 2011 年 10 月出版

什么东西虚伪？

又有贾政至帘外问安，贾妃垂帘行参等事。又隔帘含泪谓其父曰："田舍之家，虽齑盐布帛，终能聚天伦之乐，今虽富贵已极，骨肉各方，然终无意趣！"贾政亦含泪启道："臣，草莽寒门，鸠群鸦属之中，岂意得征凤鸾之瑞。今贵人上锡天恩，下昭祖德，此皆山川日月之精奇，祖宗之远德钟于一人，幸及政夫妇。且今上启天地生物之大德，垂古今未有之旷恩，虽肝脑涂地，臣子岂能得报于万一！惟朝乾夕惕，忠于厥职，愿我君万寿千秋，乃天下苍生之同幸也。贵妃切勿以政夫妇残年为念，懑愤金怀，更祈自加珍爱。惟业业兢兢，勤慎恭肃以侍上，方不负上体贴眷爱如此之隆恩也。"贾妃亦嘱"只以国事为重，暇时保养，切勿记念"等语……贾母乃启："无谕，外男不敢擅入。"元妃命快引进来。小太监出去引宝玉进来，先行国礼毕，元妃命他进前，携手拦于怀内，又抚其头颈笑道："比先竟长了好些……"一语未终，泪如雨下。

——摘自《红楼梦》第十八回

我的《康熙大帝》草成，有人告诉我："你一定要将康熙的阴险、毒辣、残忍……这些东西写足。"这个话原本是不错的，我们的教科书就是这样写，政治课也是这样讲，地主阶级就这样。但是我们都读过《红楼梦》。毛主席说《红楼梦》是封建社会的百科全书，但翻开这部"百科全书"，哪个人是又阴险又毒辣又残忍纯粹的妖魔？找起来真的也有点难。

这位元春应该是贾府的"最高"的吧？这是她回娘家和父亲对话情景。他们要隔着帘子说话，说话不是平等的，隔着帘子先要"行参"！倒是贾妃还能说点实话——我们这样不如田舍小户人家，"今虽富贵已极，骨肉各方，然终无意趣"。贾政的回话是很有意思的，全部是文言奏对格式，这种格式，只有在当时朝座公会宣读文件，或正规上下级接见时才使用的，背诵出已经准备好的文辞，精致得严丝合缝滴水不漏——很类似我们在一些报告会上听领导讲话，错是没错，但乏味。然而注意一下，这番话贾政是"含泪"说的。上头坐的是他女儿，他自己知道本应用什么语调说话，但偏不能。他必须按规矩来，他的这汪泪水可以说内容极为复杂，父亲的尊严，对女儿的痛惜，对皇权的尊崇与畏惧，对地位分属的无奈——可以说都有。

贾妃归宁回家，基本上见人就哭，见贾母王夫人"只管呜咽对泣""满眼垂泪"，见诸弟妹"垂泪无言"，见贾政是"含泪"，见宝玉是"一语未终，泪如雨下"。我是这样感觉，她的这次回家，原本是一次很好的情绪发泄。

她之所以能回来探视贾府，原因也是很有意思的，是得益于皇帝的一次"格致"功夫。皇帝自己"日夜侍奉太上皇皇太后尚不能略尽孝意"，由此而推格，后妃们必定也思念父母或许会"想死了"，因此便下旨让他们归宁。贾妃如斯情致，周贵妃家大致也差不多吧。

大家都明知是痛苦，偏偏要赞美，要维持。虚荣残忍的不是人，而是事，是制度。

原载《随性随缘》，长江文艺出版社 2011 年 10 月出版

意外爆发的抗争

可巧王夫人、薛姨妈、李纨、凤姐儿、宝钗等姊妹并外头的几个执事有头脸的媳妇，都在贾母跟前凑趣儿呢。鸳鸯喜之不尽，拉了他嫂子，到贾母跟前跪下，一行哭，一行说，把邢夫人怎么来说，园子里他嫂子又如何说，今儿他哥哥又如何说。"因为不依，方才大老爷越性说我恋着宝玉，不然要等着往外聘，我到天上，这一辈子也跳不出他的手心去，终久要报仇。我是恒了心的，当着众人在这里，我这一辈子莫说是'宝玉'，便是'宝金''宝银''宝天王''宝皇帝'，我横竖不嫁人就完了！就是老太太逼着我，我一刀抹死了，也不能从命！若有造化，我死在老太太之先，若没造化，是该讨吃的命，伏侍老太太归了西，我也不跟着我老子娘哥哥去，我或是寻死，或是铰了头发当尼姑去！若说我不是真心，暂且拿话来支吾，日后再图别的，天地鬼神，日头月亮照着嗓子，从嗓子里头长疔烂了出来，烂化成酱在这里！"

——摘自《红楼梦》第四十六回

这是鸳鸯的突发行动。等于是一个丫头大闹了一场贾府的正房大院。这个地方，是荣国府最神圣的殿堂，贾母在这里起居。贾府的人到这里，要么敛声屏气小心应对，要么赔笑凑趣给贾老太君取乐。敢在这里放肆的，从来只有凤姐一人。突然冒出个鸳鸯，使人颇觉意外。

就她的个人性格形象，这也是一次意外的出格。鸳鸯这个人平时待人是什么"味道"呢？温善、不得罪人、不管闲事、懂得呵护人……

对贾母，她肯定是下了一番功夫研究过的——贾母这个人不是个好侍奉的主儿。老人不喜爱太委婉的人，太是温良恭俭让，只能招她"器重"，却不能让她开心。她喜欢能言善语的人，但她也不喜爱巧嘴弄舌、蛇蛇蝎蝎的人；她喜爱游冶，但她不耐劳顿；她对贾府所有的主子都有深邃准确的洞察定位，但她从不月旦是非，随便批评——如果你注意，会发现她的兴趣爱好，和我们这些几百年后的读者惊人的一致。如宝、黛、钗、湘等，如凤姐，如晴雯，我们爱她们，贾母也爱；如赵姨娘辈，我们读者讨厌，贾母也烦她。贾赦也是她"不喜爱"的人。只是她责斥人极少，我们见不到她声色俱厉剑拔弩张。贾母的形象是慈祥、宽厚、与人为善的那种。

鸳鸯为什么敢突如其来地大闹一场？她是充分掂量过利害的。她吃透了贾母，她有百分之九十的胜利把握。

你看她想得多么周到，宝玉的话怎么说，老太太如果逼我怎么办，老太太归西之后又如何……总而言之，能想到的都想到了都说出来了，因为她实在是了解贾母，藏掖着反而不好。

把一切真相说出来，把必死的决心说出来，把理由说明白，这就激怒了贾母：你们吃喝玩乐胡闹我不管，我只有这么一个可靠的人，竟敢来算计夺取？！

她活着，她的话在贾府就是最高指示，贾赦的地位尚在贾政之上，也只能忍气吞声受了，这是"尊亲"制度决定的结果。

如果不是受逼太甚，鸳鸯是绝不会走出这一步的。从她的决绝的言语中透露出来的信息很多，我们能清晰地感受她情感寄托的取向——如果你注意，这一回回目有"鸳鸯女誓绝鸳鸯偶"这个话：你自己想想鸳鸯与贾赦岂能算是"鸳鸯偶"？

套句《金刚经》的话说：佛说意外，是名意外，即非意外。

原载《随性随缘》，长江文艺出版社 2011 年 10 月出版

最厉害的东西
——礼

王夫人见问，越发泪如雨下，颤声说道："我从那里得来！我天天坐在井里呢，把你当个细心人，所以我才偷个空儿。谁知你也和我一样。这样的东西大天白日明摆在园里山石上，被老太太的丫头拾着，不亏你的婆婆遇见，早已送到老太太跟前去了。我且问你，这个东西必是你掉遗在那里来着！"凤姐听了，也更了颜色，忙问："太太怎知是我的？"王夫人又哭又叹说道："你反问我！你想，一家子除了你们小夫小妻，余者老婆子们，要这个何用？侄女孙子们是从那里得来？自然是那琏儿不长进下流种子那里弄来。你们又和气。当作一件顽意儿，年轻人儿女闺房私意是有的，你还和我赖！幸儿园内上下人还不解事，尚未拣得。倘或丫头们拣着，你姊妹看见，这还了得。不然有那小丫头们拣着，出去说是园内拣着的，外人知道，这性命脸面要也不要？"

——摘自《红楼梦》第七十四回

王熙凤是"红楼"中最厉害的女人，这不消说得。死金哥，死贾瑞，死尤二姐……收拾贾瑞，训赵姨娘，蹂躏尤氏，想怎样就怎样，没有人不畏惧这女人，也没有她怕的人。她是这部书中最"唯物"的，连地狱阴司报应佛天人神都不放在眼里，怎么突然之间就吓成了这个样子？

"绣春囊"是什么物件？换句现在的话说，就叫黄色图片（绣在荷包上）吧。是谁丢在大观园中？我们不知道。但为此引起轩然大波，挨门挨户大搜查，弄死了司棋，连累了潘又安，许多人连带遭殃，皆因此物生发出来。

今天的人（不单是青年），把这类照片放大，公然张挂在卧室墙上，一点事也没有。但那个时候，这事关系"风化"，就是说人的社会道德品质问题。这是"理"字在起作用，"理"也就是礼，是比法律还厉害的东西。明代李贽就说过，你犯法被杀，还有人同情，你犯礼而死，"谁其怜之？！"

王夫人也很紧张，她是"泪下如雨"，这么大个家族，闹起这种事，是什么形容？外头人说贾府除了两个石狮子是干净的，里头真的一片拆烂污！她是主事人，不能让家里出这种"政治问题"，所以要问罪王熙凤。王夫人承担不起"性命脸面"的责任，王熙凤就更不能承担了……所以"又急又愧，登时紫涨了面皮"，强起病躯双膝下跪，含泪诉这事与她无干。由此而起，大肆抄检大观园的决策逐渐形成。

其实细读《红楼梦》，凤姐和贾蓉是有一腿的。大观园中偷鸡摸狗的事多了，秦可卿与贾珍有一腿，袭人和宝玉……多了。大家"有一腿"，一床锦被遮盖了，不暴露一点事没有，一变成公开的，暴露了，秦可卿就只好上天香楼吊绳子，金钏不过与宝玉几句玩笑，也就跳井了。脸面＝性命。这是事实，封建社会的虚伪与残忍在这方面表现得最为充分。武松杀潘金莲杀西门庆，满县上下人同情。但王婆呢？官府捉了——凌迟剐了她，不会有一个人流一滴泪，宋代如是清代亦如是，如是如是耳。

原载《随性随缘》，长江文艺出版社 2011 年 10 月出版

读书与写作

随缘读书做学问

　　年轻时读到《五柳先生传》，一下子便被吸引了。"先生不知何许人也""好读书，不求甚解"，也觉新奇洒脱。这和先贤韩愈讲的"术业有专攻"，和老师们聒噪的"精读慎思"，怎么瞧都带点打别扭的味儿。这点迷惘困惑一直萦绕了几十年，以至于一直以为陶渊明老先生是在自嘲，是随便的一句调侃。后来渐渐地人入中年，心中眼中浮翳渐去，才晓得那是一种境界，一种读书治学的方法。

　　说到自己读书治学，想了想，其实是没有什么章法的。"文革"时在部队锻炼，有条件偷偷读到二十四史，但每天不停地看"本纪""世家""列传"之类，有点"千篇一律"的感觉。那固然比"三忠于""四无限"之类的事有意思，但还是不能满足，只好见书就读。从《中国哲学史资料简编》到《奇门遁甲》，从《儒法斗争史》到《基督山伯爵》，今天读《匹克威克外传》，明天又是《宋元学案》；忽而读到《第二次握手》，倏然又读《辞海》《诗经》《楚辞选》等什么的。看见什么读什么，摸到什么读什么。为名为利、研读治学的心思不但没有，连想想也自觉渺茫而且"有罪"。

　　当时读到的书都是战友、朋友暗地传借的。有的有个封皮，有的没有，既无头也无尾，烂得像用久了的尿布片子。读到最后，只记得几个片段情节，著述人是谁、何时出版、定价几何，统都懵懂。然而，就是这般瘟头瘟脑地读了去，居然也得了不少的文史哲知识。后来，条件好了，有条件系统地连缀贯串一下，也就成了有用的知识。写《康熙大帝》《雍正皇帝》和《乾隆皇帝》的原始积累就在这个时期。——当时真的没什么目的，有点像一只饥饿的羊，到了一片草地，见什么草都拼命吃。有一个词现在很少用了，那叫"羊狼"。

所以我认为，读书也好，治学也好，是不宜给自己画定一个框子的，相反应该随缘。倘使你要当冯友兰，要当任继愈，当孟森，当戴逸，当周远廉、冯其庸这样的，那也是非有兴趣不可。博之外非要下功夫"求其甚解"。这些先生的文章道德都建立在严谨的逻辑思维上，精金美玉般琢磨钻研，苦心孤诣地构架。那是他们讲究读书治学的"博"与"专"使然。若是二月河之辈，虽也讲个兴趣，但似乎就不妨粗放些了。即使有点"猪八戒吃人参果"，一吞而下，快何如之？而且人参果的营养也未见流失。

所以要根据你自身的条件来办，这就是我想说的"缘"。读书本身就比打麻将有意思，是其乐无穷的事。读书不求甚解也其乐无穷；读书偶得甚解，则可以手之舞之、足之蹈之了。于初涉学堂的青少年，更不宜画地为牢。套一句《心门》里的词——"哪里讨，烟蓑雨笠卷单行；一任俺，芒鞋破钵随缘化。"如此便是好。

原载 2000 年 8 月 16 日《人民日报》

读书要缘分

其实万事都是要缘分的。譬如我们遇到一个陌生人，第一感就有"顺眼""不顺眼"之分，但原先一丁点恩怨也没有，佛家讲就是"阿赖耶识"在起作用。譬如踏破铁鞋无觅处，费尽千辛万苦找不到，突然一个极偶然的机会，碰到了，或者是找到了——得来全不费功夫。譬如一项化学实验，绞尽脑汁就是不能成功，偶然发现一种催化剂，它就……譬如……我说的读书只是譬如一。

我是经历过一段填鸭式读书的过程的。那是"文革"期间吧，全民都在文化荒漠之中。那个时候我的感觉，仿佛见到所有的文字都是亲切的。我在废旧公司收的破烂里觅，在朋友家里搜，在图书馆的角落里捡，地下掉的一张纸片，一本旧台历，上头只要有我没见到的文字，都会使我心目一开。什么《匹克威克外传》《名利场》《双城记》《悲惨世界》《复活》《安娜·卡列尼娜》《牛虻》《三个火枪手》《第二次握手》《镀金时代》《百万英镑》《王子与贫儿》《汤姆·索亚历险记》《哈克贝利·费恩历险记》……直到《玉匣记》《奇门遁甲》《麻衣神相》《柳庄相术》，包括道士们画的驱鬼驱狐的符——没有老师也无人指导，全都是猪八戒吃人参果那般囫囵吞下去。《聊斋志异》里写了一个鬼，他读文章不用眼，是用鼻子。古大家的文章，他点头会意，"此文我心受之矣，非归、胡何解办此！"嗅到考场考官的文章，他会大打喷嚏鼻涕眼泪齐流——怎么突然挨了这种东西？"刺于鼻，棘于腹，膀胱所不能容……"这种八股文，他认为是毒瓦斯，比屁还要臭，毒的玩意儿——我的水平不及那鬼。

多少年后，我读到一本清末的八股应试文本，似乎也没有他那样"过敏"。

但有些书确是不对我的缘分，或者不对脾胃，巴尔扎克的《人间喜剧》就没能卒读。不是没有时间，而是感觉读不到位，有的篇章还可以，有的篇章匆匆一览过后便忘。《战争与和平》我至少读了五遍，还是找不到心灵震撼的切入点，关怀不到书中要旨与人的思想。喜爱《基督山伯爵》《茶花女》就一般，金庸的书几乎全都爱，但他的《鹿鼎记》至今还在书架上是个摆设，我觉得里头的社会性不够，大量演示一个小流氓的跳梁，不足以显示那个时代的特色。王朔说金庸有很多不恭之词，他的两个抵触是都晓得了，但我喜爱金庸，也爱王朔。郑渊洁的童话起初也很使我着迷，他后来作品明显是硬凑着"说"童话，不那么"娓娓"了，我也就淡了。我读书喜欢"原味原汁"，"清淡"的便清淡了。包括《第三帝国兴亡》，虽然不是小说，但它刺激、原味，仍然可以使人通宵达旦地读下去。太浪漫的书如《斯巴达克斯》《三个火枪手》味道很重，但我也读不出兴味，我喜爱莱蒙托夫的诗，对普希金就恬淡。当然这都很"相对"，不是那样兴奋，不那样"雀跃"而已。

在很长时间里，我一直认为，这完全是我的读书主观不够档次的缘由。后来自家著书，又接触到不少大腕儿专业读者——评论家，发现和他们意见一样的。这样，我的疑心便动摇了，《红楼梦》是好书，但也有许多人并不爱读的，更遑论《聊斋志异》《西游记》《水浒传》，真的萝卜白菜各有所爱。你是一家，也许真的荼毒了许多人，也许成全了不少人。这不能用"对"或者"错"，"档次高""档次低"来界定的。

我的书是能卖钱的，卖相好的书出版家以为好，"为的钞票"，但我深知，有些不能挣钱，出版家照出，因为明明白白它是好书，可以为出版社"门庭生辉"，有些顶尖级的书读者群很集中，但一般读者却不问津。这不是书的问题，是人和书的缘分的事，有的朋友说我的书是"通俗读物"，我知道他的意思是"不入大雅之堂"的吧。那也是他的缘分不对，但我不否认我的书通俗，我的书就是给千千万万肯从自己血汗钱中取出又买进他的书屋店铺，甚至带到公交车上、厕所里去读的人写的，这也是无可救药的缘分在起作用，至于读到了多少，读出了什么味道，那是我和读者交通的结果，不足与外人道。

我的女儿爱读琼瑶、三毛，爱啃她的青苹果，谁能说她"不对"呢？我会因为她不爱读我的书而不爱她吗？

别人也一样。

原载 2003 年 8 月 12 日《大河报》

字的缘

我没有书法概念，也从不练字，因此小时候没少挨师长的斥骂。新中国成立伊始，我住的小县城里，学生使用钢笔写作业已渐成规矩，至穷的学生也要买一支五百元（旧币，相当于五分钱）的蘸水笔，再花二百元买一包颜料配一小瓶蓝墨水。那时我用的是一支"自来水"。倘使我那时知道毛笔字可以"尺幅"论价，硬笔书法也能卖钱，不单能养家糊口且可光宗耀祖，也许会拼命学习做个书法家。我的朋友郭国旺是个书法家，有次笑叹："我要有你的文笔，你若有我的字，咱俩都'盖了帽儿'了。"

可惜小时候太无知。我的急躁与粗心害我未能书法出息，别说"通幽"，简直是乱戳一气，烧锅用的乱柴，是通柴了。好像有一阵子，忽然歆羡老师表彰某某同学的"字好"，发狠练过一阵子。但毛笔始终没有听过"侍候"，一弄一团乌云，再弄一片荒草，练钢笔字弄得两手似蓝靛锅中洗过，是一双"蓝手"，书本作业本上面到处是"愁云惨淡"。然而，毛笔字固然没有稍成气候，钢笔字依旧一塌糊涂。

荒唐日月中混迹尘寰，就这样过去了几十年，我从另外的蹊径出了名，不料登门求字者也络绎不绝。有一次著名的全国书展，我也居然堂而皇之忝居其列！我终归占了胆气壮的便宜，谦虚一番——确切地说是推让一番——也就泼墨胡画一通。当然，最后落款常是"劣字二月河"，我的自我感觉是挺适意舒坦的，因为写的当间，求字的人往往啧啧羡叹，得了字又心满意足抱幅而去。明知是假，偏偏听了高兴。其实我心中有时暗笑，逢场作戏也蛮有趣的。由此便知道，我毕竟不是政治家的料，倘若是政治家这已是要坏大事的。我的朋友田永清将军专门收集"闻鸡起舞"四个字，也请我写了予他，他说："你的文章我佩服，你的字实在不敢恭维。"我听了哈哈大笑，这实在是真话。

几年前偶尔有所感，写了一首《自画像诗》：

> 罗衣载酒五花马，一度芳草一春花。
>
> 天津桥头醉方醒，炼狱毒火断金枷。
>
> 惊已才折章台柳，落魄碎揉扬州花。
>
> 畸零惟余劫后矣，青灯孤愤赊万家。

给郭国旺看过，他竟大发笔狂，豪气挥洒一阵给我。我不会书法，见此行云流水、落花缤纷也自动魄，挂在堂中玩赏多时。再早些年遭际困顿，我的恩师冯其庸先生寄句来说"浊浪排天君莫怕，老夫见惯海潮生"——是他的自况，陪我过了许多艰难日月。还有一位红学家周汝昌先生，录了一首脂批"红楼"的诗"无才可去补苍天，枉入红尘若许年"——极少见的硬笔书法，也很觉对脾胃，现在还挂着。所以无论写字，还是赏字玩字，我的心理感应是"缘分"；无论大人物小人物，成名的或未成名的，构成了心灵沟通，文、字就成了高尚品位。

但钱也是"缘分"。做文章要稿费，写字要"润笔"，是自然之理，但似乎事事按规矩来，六亲俱不认，只问"阿堵物"，也有失自然。不知郑板桥当年给知交写字，是否也用尺子量一量，划价交易？——我猜他或迫于生计，或畏于应酬，于不相干者收取润银是有的，但不相信他像葛朗台那般每天数钱。现在报刊有说我是百万、千万富翁，居家有"小蜜"，出门有保镖，那是阔得很了，但年轻人来求我写个书序，穷朋友来索两本书，都仰着脸伸手，那不是得了钱痨了吗?

所以我也决计要练一练了。我知道我决计成不了什么书法家,写得好又有缘分,那就赠予朋友共赏;写得不好,孤芳自赏,挂起来偷着乐,不亦乐乎?就像《快嘴李翠莲》浑家自话:"修不得成佛,修个小菩萨也罢。"

原载《二月河语》,昆仑出版社 2004 年 1 月出版

读了《西游记》，说话如放屁？

幼年读书时，成年人给划定的框框是极多的。大人们说"读了《红楼梦》，要得相思病"，大人们说"老不读'三国'，少不读'水浒'"，还说"读了《西游记》，说话如放屁"。我猜他们的本意，读这些书于前途升迁事业无助，就"占有时间"而言，且是有害，因此就有这些界定训告。

但我最初读书，确是从《西游记》小人书开始的。这有点类似今天有些读者先看电视剧《雍正王朝》，觉得不过瘾，又来读小说《雍正皇帝》一样。一读《西游记》便不能罢手。愈读愈多，变得自己也操戈上阵成了作家。

青年时代读《红楼梦》《聊斋志异》《苦菜花》《迎春花》之类的流行小说。"文革"时期偷偷读了《悲惨世界》《双城记》《名利场》《复活》《安娜·卡列尼娜》《匹克威克外传》《红与黑》《茶花女》《基督山伯爵》等老外作品。"治内"的书读了《史记》为首的二十四史，先秦诸子哲学论文资料，研究《红楼梦》与《金瓶梅》的资料文章……那是杂得很了，如果还要再续着说，还有旧台历、废报纸，如厕用的手纸上的片段、文章等。系统归纳整理，变成自家学识，是"而立"之后的事了。

五柳先生"读书不求甚解"，窃以为是深得读书中三昧的心得境界。读文史哲，怕是最高境界的吧！"猪八戒吃人参果"不亦快哉？第一，他已得了营养实惠；第二，倘人参果极多，他也会吃出味道的。

原载《二月河语》，昆仑出版社 2004 年 1 月出版

文学谁当家

　　做了一回中国作家协会会员，至今弄不清作家协会机关门朝何向；早几年已被选上河南省作协副主席，连同选举会和往后无数次工作例会，竟一次也没有参与。说老实话，我不是个像样的会员，更不是称职的主席。张宇在一篇文章中说："就我的记忆，他（指我）似乎一次也没有来过（参加省作协理事会议），起初还通知一下，后来知道通知也不来，就习惯了。假如有一天他突然来了，说不定我们反而不习惯呢。"一位年轻作家惊讶："二月河好清高喔！"

　　这件事我认真想了想。清高肯定不是的，我还没有自矜到在象牙塔里摆谱的派儿，在精神贵族群里玩深沉的那般"装大"。自大吗？也似乎不是，就我知道的大腕儿作家，那文学水准、创作之丰之美，心里是很佩服的，我不会在他们跟前"卖大"。怯生吗？也有点……然而也不是。这些年三教九流大场面小聚会经的也不算少，大到党的十五大、十六大，小到中学生文学座谈都参加了；作协不是什么了不起的大门头，没有理由怕的场合。

　　给自己反复诊断原因，假如运用形象思维，居然想出一个颇不雅的俗语叫"后娘怀里不撒娇"。再想，还有个专用词，叫文学队伍里的"单干户"。

　　诚然，只要是作家，大致都是单干。两个人合写一部作品的也有，也就是"一沾即离"，终生合作的除了夫妻作家（其实夫妻也未必每本书都合作），我还没有听见过这事。

　　你是初学写作者，在报纸或什么刊物上发表了一个

"豆腐块"抑或"火柴盒"，作家协会发现了"创作苗子"立刻予以关注，组织笔会给你学习观摩，召开创作恳谈会给你分析作品，举办学习班召你深造，参观、游览，隔三岔五地聚在一处交流。你写到一定程度，作协又联系出版社帮忙"出集子""出书"，谈话与创作共行，成就共事业齐飞。从"苗子"起就是娘呵护照顾出来的，这么着"起小"到如今，哪还有个"不好"的！

我呢？我"起小"在部队当兵，他们玩"火柴盒"时我在挖煤、扛麻包……他们欢宴笔会时，也许我在《红楼梦》里神游，在无边无际的历史资料中苦折腾……作家协会是作家的娘家。我也是这样认为，只是我的是后娘而已。后娘也是好的，一样关怀照应，冬送炭夏赠冰，只有一条，你不能在她怀里随便撒娇。当然，这只是个比方，也许作协看我是亲儿子。这完全是我的问题，是我自设的心理障碍。乔典运在世时，我们相处得好，一同到郑州几次。他住的房间每天高朋满座，来的人无论生熟，几句话便"进入"状态，插科打诨，谈笑风生。我的呢，也有，但极少，来的也只是为了礼貌和我客气几句。握个手道个哈哈，就到老乔房里"说段子"去了。我常坐在他们旁边默默地听，也跟着笑一笑，但我的感觉是个旁听者，是个不受排斥的"外人"。和老乔谈这件事，他不经意说了句话："我和他们相处时间长了，几乎起小就一处。"这话我也以为是的。但如今我的创龄已有十七年，不算太短了，仍旧不通此径。我这才感悟到，老乔的前半句是铺垫，"从小在一处"才是真正的原因。

等到《康熙大帝》出到两本，乔介绍我入省作协时，我已是四十二岁的人了。我不是苗子由作协培养起来的，而是地里突然蹿出疯长的一棵怪苗，或者一家子中突然闯门而入进来的一个汉子，对老太太讲："我要申请加入……"

这么看，能水乳交融得了吗？其实我早该领悟到这一层的；我重到北京，抓起电话，头一个便打到冯其庸家，再打便是张庆善（红学会长）——不由自主地便找"娘家"，和庆善们一处也是笑语喧哗，但一到作家协会（其实我也就去过一次）立刻便严肃庄重起来，便……"那个"起来。这其实是"历史"缘分的结果。

这事不算"事"，这事不是我的责任，也不是作协的什么毛病，是交往史在作怪。我想还是"随缘"的吧。

原载《二月河语》，昆仑出版社 2004 年 1 月出版

写稿的思索

记得早年写《康熙大帝》，最初的体裁是一部电视剧本《匣剑帷灯》。那时傻乎乎的，既不知投稿门路，又对自家写作水准蒙然，稀里糊涂写，稀里糊涂乱投了出去。心中只有一个念头：世上无不进考场的举人；自家不表现，永世别想得到社会承认。这真有点盲人骑瞎马的味道。那结果，今日视之，当然是一个闷头钉子再一个闷头钉子。这部剧本投过《萌芽》，我的心理作用在作怪吧？顾名思义，以为这本杂志必定为初写作者开有一线之明之门缝，结果还是编辑从台历上撕下一张纸回信说"手法陈旧"，缺乏了新意。恍然间明白了，这《萌芽》不是那"萌芽"，手法是树根不是萌芽，便不可用。后来又投《奔流》，一想当不成"萌芽"，那就随水东逝吧！又接到回信，纸张有进步，是正正规规的信笺，上写"尊稿有一定的文学性"，但"本杂志不刊登电影剧本"。稿子又吃了"文炮子儿"，一板枪毙死齐根了。这又使我明白，奔流东去之水浩荡，内中不含我这一滴。于是又投一家电影厂，编辑们用红笔在我的文稿上东涂西画一番，又退了回来，说是"清宫戏戏装设备缺乏，本厂没有力量投拍"。这就是说，我是清宫戏的始作俑者，只好良作遗憾。

"始作俑者，其无后乎"。想到这句话，原本是灰了念头的，转念之间又胡思乱想：既然我的稿子不行，你为何在卷面上胡勾乱画，又加批语？再者，明摆着的，前头有《鸦片战争》的戏，其余清装戏也不少，这是大睁眼说瞎话——大概是深情厚貌——也就是有点"猫腻"的吧？

这么着不怀好意的揣测，到今天也不知是正确抑或是错误，反正当时是决心下帷再练，"焚稿断痴情"改弦更张写了小说。出了书，继而又出电视剧。晦运劫过，人说是"走出低谷"，这"俑"作得紫黯了。毁誉对我全都不敢承受。

没有当过编辑，难得了然这一席位的心理，然而"作者"是当过了的。后来作者当得大了、牛了，这心理也就大而牛。在写小说之前还弄过一点新闻通讯小故事之类，我也"熊市"过几年，自家心自家明白，甚的味道呢？

作者见编辑，有点旧时童养媳见婆子的心理，又有点入场举子见座师的样；作者见单位上司、同事有点"隐私不可告人"的心；作者见朋友，则一边吹牛"我的×× 稿子，就要见报了"，同时还要"那个"一下，"最近实在忙，约稿也没时间写……唉，写稿子真不是人干的"。心理之复杂，难以言表。心里常常骂："妈的！店大欺客，客大欺店，真是颠扑不破！"

这都是"计划经济"年代的事，编辑们作者们都吃的商品粮，拿铁工资。现今又是一番局面，不少新作者带着稿子来见，要听"二先生指教"。我虽无时间一一拜读，却总有一番忠告：一、稿子写得好，东方不亮西方亮，黑了南方有北方，杂志这么多，总有人用的；二、稿子读者少，卖不出去，你就算是编辑的亲爹也不成。

也算是今日的金科玉律吧！

但纯文学的出路呢？纯文学卖不出价，是不是我们只要下里巴人，不要阳春白雪了？杂志都在争饭吃，不再以"扶植初学写作者"为己任，初学写作者怎么办呢？一步登天写高级文章吗？怎么提高文学品位，摆脱我们杂志说胡话、说混账话、说别字、哗众取宠、言不及义的格局呢？恳请社会学家您来说说看。

原载《二月河语》，昆仑出版社 2004 年 1 月出版

戏说戏

中国的戏有多少种？恐怕就是研究戏剧文化的专家也一下子会被问得怔住。从"块块"说，京剧算是大块吧，河北梆子、山西梆子、秦腔、黄梅戏、越剧、越调、粤剧……我的感觉，只要有大腕儿大牌演艺家支撑的，都够上了级别。比如山西的二人台，河南的大调曲剧，虽说老百姓听得心醉神迷，无奈它的普及性不高，就如开在深山老林中的野花，尽自无限芳冽，态度风流，容色美艳，缺了国家级的大腕儿、角儿，便只好"养在深闺人未识"了。腕儿、角儿，实在是戏的灵魂，那当日风光，绝不亚于今日大牌明星，戏迷们的疯狂，也绝不次于今日迪斯科舞厅里的黄发黑眼少年的。

我喜欢用"昨日黄花"，第一次借用后有专家指出，应为"明日黄花"，但我后来想想，专家们固然是对的，但对于谋升斗米以度日的平常百姓，恐怕还是"昨日"更为明白，戏剧现今的老化，衰惫，无力回春，从舞台上退出去，甚或"退居二线"，或返聘上电视客串甚而流落街头，已是不争的事实。这不是靠哪个政府或哪位伟人扶持一下就成的事。这是"趋势"。趋势一旦形成，也就是它的时运与命。它的前途恐怕还得用"与时俱进"四个字，时变我变，创新发展，才有出路。不然，你就是急煞——再打扮，它也是老了，绝无回春的这回事。

其实在戏剧红火之日，它的艺术上的造诣，也曾是如日中天，政治上的地位也曾令国人艳羡不已过。爱看戏的从皇家贵戚、文武勋臣，到达官巨贾，还曾迷倒过一批民国时的军阀巨头，新中国成立以后我们共产党人中久经考验的革命家们——除了"文革"那阵子，也还要看戏的。慈禧太后也喜欢观剧的。她会写字，平日赏赐大臣们一个"福"字，是极高的荣誉，很难得的事，但若兴致高，她会连连赏戏子这个字，弄得戏子一头谢恩，心里却大不耐烦。有的军阀也在赏赐上阔绰得令人咋舌。

北京的老八旗哥们儿恐怕是最早、最忠实，也是推进京剧兴发的最有力的观众。他们与汉人不同，其实是国家养起的一批闲人，一生下来，便有一份按月供应的皇粮，这和今日迪厅的哥们儿不同，染了头发染不了眼睛皮肤的"爷"们跳一阵子"迪"，出了厅还得想办法去工作、挣钱。而满洲旧人子弟，生下来就领一份"工资"的，虽不算"富贵"，却是不工作也有饭吃的闲人。除了吹祖宗、摆空架子、装阔、玩鸟、遛狗、种石榴树之外，也还有些"副业"的好处。有的写一手好字，有的画一幅好画，有的鉴赏古董，有的制作时髦玩具，讲究饮食的还成了美食家……很多人竟成戏剧鉴赏家。他们在园子观剧、在茶馆清唱，和品茶一样，是"玩功夫"，一个台步错了角度，一个水袖甩得出彩，指法灵动新奇，韵味出了格调，全能看出听出、说出评出——说白了，他们自己就是不要工钱的演员"票友"，说下海便能下海，演出的能耐不弱于"角儿"。

这是一批人，算是"为艺术而艺术"的，现在恐怕已经绝了。但政治家们，那些王公贵族，除艺术之外，更关注戏的教化作用和移风易俗的作用。现在我们见到的《铡美案》《下陈州》《打龙袍》《六月雪》等诸种名戏，其实就是我们几百年的"传统样板戏"，岂止"十年磨一戏"而已？只要稍加留意，戏剧的"自动调节"作用便可发现。风化糜烂、德行有亏之时，《铡美案》便出风头。吏治败坏、冤狱丛生，《六月雪》乃至各种"势剑金牌"便出台生辉。由于统治层的精心经营——他们实在是"寓教于乐"的老祖宗——社会有什么风，台上便有什么浪："戏台小世界，世界大戏台"——竟是一字不差的真实写照。我们前些年兴搞运动，搞运动就必然错整了好人。一般地说，运动完了便演《三岔口》——好人黑地打好人——一场误会，您别生气见怪。挨整的满胸不平怨愤的戾气，一笑之中悄然化释。这就是"作用"。

现今的电视剧，这般作用也还有的吧。问题是多了滥了，也就完了。比如反腐倡廉，原先高涨过的热戏，渐渐也温度不高，戏的质量有问题，老化也僵化。事情也太平常些，"戏演了白演，不演白不演，白演谁还演"，且说至此吧。

原载《二月河语》，昆仑出版社 2004 年 1 月出版

致老师的一封信

老师：

您好！自六岁起我就从家里走近您的身边，离开您的时候我已是青年，其间总有几十位老师为我"传道、授业、解惑"。现在，我是写了几百万字的"作家"了，你们那一双双焦灼、期待、喜悦，有时有点憎恶的目光，还总在我的脑海里闪过。

但我这封信不想说一些你们已经听腻了的恭维话。

相反，我是想……怎么说呢？严酷一点，是要刺一下您。您的血和我的血都是一样的颜色，我想证明这一点。

假若因为我驾驭语言的能力而使您觉得我对您的感情有所伤害，那绝非我的本意，"国有诤臣不亡其国，家有诤子不败其家"，我相信有"诤生"然后才能师道昌明。

您总是蹙额沉思，总是执鞭踌躇。黑板前的他或她，都是那样的文质彬彬，或潇洒徐步于课堂，或频频垂教于课桌，时而傲然扫视着教室里的一切。是的，您是这里的皇帝，其实在学生心目中，您的话比诏书还要具有权威性。我知道，您的清苦使您觉得自己是世上最干净的人。您的知识又常使您觉得您的富有，而您在点燃自己时是否有恩赐别人光明的骄傲，我就不知道了。但我自入学到离校，始终都觉得是在仰视您。在小学，如同僧侣注目佛院；在中学，又似基督徒面对上帝。但在写这封信时，暂时平视一下，像正常朋友那样，可否？

"作家"这个词听来蛮气派。也许正为此，我的许多同窗现在见面，都说我"当年"怎么刻苦，怎么肯读书。您为什么不言语？因为您知道，我曾是您心中的废物，您用尽了文明人的刻薄话来伤害我，那时您总是谆谆复恳恳地教诲，读书上学即是最幸福的事。反之，我认为上学乃是人生一大难受。诚实地说，在以后的岁月里，我挖过煤，盖过房，修过河堤，打过坑道，从军十年，"夏练三伏，冬练三九"……也算尝过人世艰辛的，但"上学苦"这点想头却从未动摇过。过去人们说"十年寒窗"，既然"寒"，大约就是不暖和的意思吧！我不知道您为什么偏要把虚假的"快乐"感硬塞给学生？逃学才快乐。逃学真妙不可言，算得人生一大幸福！我居然想，一个人要乖乖地从小学升到大学，直至毕业，居然不曾有过逃学史，那简直可以说是无可挽回的遗憾与悲哀——早晨吃饱了饭，背起书包堂而皇之地去"上学"，行至中途，你像兔子一样隐到一个旮旯里，待同学们都不见了，走出来，然后到卖花生的老头儿那儿花一百元（旧币，相当于现在一分钱），买一把炒得发黑的花生；你站在溢着香气的肉铺门口发一会儿呆，和"逃友"打雪仗，到土坡上摘酸枣，进庙里偷老和尚的梨……痛痛快快地吃，钻天入地地玩。待听到那传得很远、悠扬而又沉重的放学钟响，怅怅地背起书包，随众入俗下学"还家"了——想想吧，一个混沌未凿的顽童，天不拘兮地不束，独往而独来，想吃桑葚便爬树，去溪边摘野草莓，到塘里摸螃蟹，捉了金牛儿——用线缚起，让它们嗡嗡叫着绕着脑袋飞，或者撒尿浇出屎壳郎用火烧了吃……那紧张、兴奋、快乐得忘乎所以和惧怕暴露的愚蠢的天真、率性的淋漓酣畅都交织在一颗并不邪恶的童心里，仅此已够已过中年的人回味无穷了。

但您压迫这快乐。唉……您不喜欢的就是坏的！您喜欢聪明的神童，恭顺而温良，好学且"懂事"，即使是天真，也有您的规范与雷池，必须是"文明"的天真。老师，我真难讨您的欢心。现在我们文明富有，连儿童的游戏都毫无阳刚之气，充满了女人味。丢手帕、跳皮筋、击鼓传花、诗朗诵、弹琴、跳集体舞……一、二、三、四，啊——唱！于是一帮蝴蝶样的小天使，在伊甸园般的校园，在鲜花丛中唱出了极为合乎语法、却永远也记不住的那些作家创作出来的"儿歌"。而您，站在一边便欣慰了。但那种孩子王一声令下，野马一样追逐、翻滚着、打斗着"消灭白匪""捉特务"的场面您见过吗？这种培育阳刚之气的文明，能有几个老师垂青赐爱地给予过孩子呢？

还有，您喜欢打小报告的学生吗？我的老师里很有几个爱来这一手，用一批学生监督另一批，用"听话的"好学生压制"调皮的"。从小就让他们灌注了高人一等的心思，"明白"依附于威权的人，可以摆弄和欺负另一些人的意识。我始终弄不明白，这些连天真儿童都觉得厌恶的行为，您怎么就乐此不疲地经营？

老师，我半点也不怀疑您的用心，知道您耗尽心血地想教好学生。但我不明白，您为什么那么喜欢临摹而不喜欢创造，爱"范性"而不爱"弹性"，愉心温柔的灯光而讨厌野性的燔火？您对好坏的标准就是听话与否和分数的高低，不太枯燥了点？您能不能更豁达、清新、宽容一点呢？

敬颂

教祺！

永远是您忠实的学生　二月河

原载《教育文汇》2004 年第 12 期

平民走进文化殿堂
——网络文化现象有思

社会主义文化大发展、大繁荣，搞好网络文化建设，是一个很重要的方面。

首先，应该清醒地看到当前网络文化所存在的问题：良莠不齐、不着边际，垃圾乃至不良信息俯拾皆是，管理手段有限，等等。但是，随着有关法律的健全，技术手段的改进，特别是管理队伍的建设，这些问题应该是可以解决的。

着眼未来的文化发展，我们应该肯定和鼓励网络文化的积极方面。

一是崛起了一批具备雄厚实力的健康的网络文化创作者。有专业的，也有业余的，还有根本就是即兴从事这种"文化工作"的编外大军。

二是网络文化的思想资源，在归根结底的意义上，是建立在民众生活源泉上的。从民众生活中汲取丰富的文化营养，迅速衍化为高于生活的东西，取之不尽，用之不竭。形成的是大众参与的人文景观。

三是高科技媒体传播手段的介入，使它的受众领域迅速而广泛。

也就是说，通过网络的发展，越来越多的普通平民，走进了曾经一直属于少数文化人的文化殿堂。

如果我们读读唐诗，会发现李白诗里也有这样的平民朋友。"桃花潭水深千尺，不及汪伦送我情。"汪伦是什么人？现在没有人能详明考证了吧？不但"本纪""列传"里没有他，打开卷帙浩大的《全唐诗》，连个"豆腐块""火柴盒"大的作品也不曾发表过。他指定是个平民。

汪伦不是作家，也不是评论家。我们知道的也就是李白要远行，他到渡口相送。可以想象到的是，"载肉于俎，崇酒于觞"，执手告别，依恋不舍的朋友情愫。这位傲睨公侯"天子呼来不上船"的名人，在他的生活中，并不乏引车卖浆者流的精神营养。

平民参与文化人士的精神生活，还可以在白居易的创作活动中，看得更清晰一些。他写出诗来，是要首先读给那些市井小民的，老妪衰翁渔樵酒卖者辈是他的首席读者。而白居易创作的平民意识和平民化，成就了他的绝世诗歌王国的绚丽。

任何一个伟大的文化时代，没有民众的参与是万万难以形成的。唐诗如斯，宋词如斯，元曲亦复如斯；京剧如斯，绘画如斯，鼻烟壶亦复如斯。一种博大的文化现象，绝不是几个天才文化人坐在书斋里就能创作出来的。

现代媒体与先进科技传播手段，已经剥去了少数人参与文化建设的"专利"。文化与艺术创作早已成为专家与平民共同拥有的权利——也就是说文化事业已成为"民众的事"。这是一个不得了的巨变。

原载 2008 年 4 月 22 日《人民日报》

一个学生出身的人，谁没有母校呢？但我的母校和我的经历一样，显得……有点复杂。我父母都是军人，他们1948年从山西昔阳渡河南下，父亲在野战部队，母亲在公安部队，他们在栾川，我就在栾川，他们到洛阳，我就在洛阳……在邓县、在南阳……他们频繁调动，我便随队搬迁，不知道到底迁了几所学校。因为辗转不定，这个学校与那个学校教学进程又都不相同，教学质量也各有不同，因此我的学习成绩一直都是"臭"——除了语文。语文这玩意儿不需要教学的严密连贯性，它大致的架势从小学一年级到大学博士后都是一致连贯的。数理化、生物、外语就是另一回事了，我从来在哪个学校里也不曾辉煌过。在学校，老师们也悄悄议论，"这孩子资质看上去很好，也不像是个花花公子，怎么学习就搞不上去"……他们之间背地里言语——大约因为都是受了高等教育的人，是相当的文明，但是一到课堂上，那就变了脸，又像个受过教育的乡村干部，他们绝不当面破口痛骂，而是有点指桑骂槐那样，"有的同学条件很好，怎么就不肯用功？我看他像个大烟鬼子遛街狗！别人学习，他吊儿郎当——你转悠能转出个大学生？"

"饱食终日，无所用心的富家子弟！"

"别看你家条件好，父母都是领导干部，你照样是个饭桶、垃圾！"

"废物一个！"

……诸如此类的话，在课堂上铁青着脸教训人，透过闪着窗子光亮的近视镜片冷冷地瞪着你——他根本不会去想讲台下的我是什么感受。我的母亲在家里，也训我是"吃僧"。这是昔阳话，大约也是饭桶的意思——和老师的看法一致，也许吧！她晓得我功课不好的一些原因，吃僧归吃僧，到该吃饭时，她仍端着最好的饭菜送到"饭桶"面前。

每年到暑假放假前，都是我最困难的时光，因为要向家里交学习手册，我就千方百计地拖拉、回避，不是说还没有发下来，就是说在同学那里没有取回来，我知道他们拖一拖就"忘了"，或者就拉住。父母开始时还很认真，后来每次这样，成绩就那样，都是勉强及格甚或不及格，品德考语也差不多，说了许多模棱两可的鼓励话，再加上一句，"希望加强督促学习，争取较好成绩"。年年如此，像一本不变的旧挂历，父母每次都一样的失望。也许是忙，也许是怕自己给自己添烦恼，常常也就撂开手。1957年我十二岁，舅从广西来家，他执意要看我的学习手册。我说在学习小组长（同学）手里，还没有发给我。他不信，就翻我的书包，翻我的抽屉，结果在我的褥子下面翻出来，"啊哈！这不是嘛！你还骗我！"——他一下子眼中放光了，迫不及待地站在窗前就翻阅我那本倒霉的册子，母亲侧在门口，尴尬地看着这一幕。舅舅的脸色也慢慢地凝注，变得肃穆，眼神也有点黯淡呆滞了，慢慢放下手册，对妈妈说："解放学习不行，这将来不得了。"他们姐弟俩出去，我则如同被雷轰了一样，脑子里一片空白，站在那里许久没动。

谈母校，似乎说这些有些离题，但这是我所有学校千篇一律的遭遇。我的第一个母校在陕县。如今我们看电视，三门峡市的天气预报常有宝轮寺塔的伟姿，高高地矗立在晚霞里——宝轮寺塔在当地叫蛤蟆塔，寺院好像被飞机炸碎了，独独的一座塔，若在塔前无论远近敲击两块石头都会发出"咯哇咯哇"的声音，和池塘里雨前青蛙叫声一样。彼时我没有这样的知识——这塔是我国四大回音建筑之一，它就在我们小学对门，不到一百米。我常和小伙伴一道来这里玩，敲石头，捉迷藏。我小学一年级的班主任叫牛转娣，这个名字很好理解，是她的父母希望她有个弟弟的意思吧。她个头不高，比我们平常人的脸红一些，很精神，只是放了足，显得脚还是小一点，走路略有点拧着脚的样子。第一堂课她一上台，一手执教鞭，一手掠一把乌鸦一样黑的秀发，脸通红，眼中闪着光，要多精神有多精神，对我们说："同学们，今天我们上第一课：开学了！"

"开学了！"那时语文课叫《国语》。第一课就这么三个字。

"我们上学"——第二课。

"学校里有老师同学。"

"学校里有教室、桌椅和黑板。"

……第三课。第四课。

那是一段终生难忘的学校生涯，除了因为我的顽劣、旷课、逃学、偶尔挨母亲的揍，几乎没有什么痛苦。牛老师似乎挺喜欢我，因为我虽然调皮，但我活泼、天真，老师和同学没有嫌憎我的。

但这样的日子并不长久。父亲调到了洛阳，母亲还留在陕县，他们似乎商量过，谁有空谁带我。这么着，在陕县、洛阳之间来回流动上学，频繁转学。这当然只能算客观上的原因，我确实是一个不能静下心动脑子踏实研究数理化的孩子，对外语单词更是深恶痛绝，不屈不挠地坚决抵触——明知它有用，至少是敲门砖，就是死不背诵。

像织布机上的纺锤，我在陕县、洛阳之间穿梭了四五次。母亲调到了洛阳，她在郊区公安分局当副局长，我又跟定了她。四年级之后又有了一段稳定，我在洛阳西南隅小学上学，徐思义是我的班主任老师。

他是个男的，从外形到内质和牛老师全然不同。徐老师清瘦，个子高，肤色极为白皙，戴一副深度近视眼镜。他讲语文，课本本身似乎讲的不多，给我们讲莎士比亚、莫里哀，讲历史、讲故事。他年纪比牛老师要大许多——我现在猜想，牛老师可能是个初级师范学生，徐老师学历高，可能是个大学生。

洛阳是个大城，西南隅小学是个老校，分着两个大院落。四年级以下一个院，五六年级的院子就大一些——设着各种锻炼身体的体育器械：格子爬、单双杠、秋千、跳远、跳高、沙坑……有一种游戏器械叫"巨人步"——四个带腿套的绳子总攒在矗在中央的杆顶，四个学生各套左腿，逆时针方向旋转跳动，一步可以跳跃七八尺。我自小有晕车症，这玩意儿一会儿就叫人头晕恶心玩不得。想想不能闲着，我便站在旁边帮同学起步，接扶头晕下来的同学。徐老师不知怎么瞧见，在班里大加表彰："同学们，我们每天讲共产主义精神。什么叫共产主义精神？凌解放这样，自己放弃娱乐，专门帮助别的同学，这就叫共产主义精神。"

但他不久便被打成了右派。我们那时当然不能明白这是一种多么惨苦的事，反而觉得好玩：老师也会犯错？也会像违反课堂纪律的坏学生那样，站在讲台上受羞辱，低下头，由着大人小孩——不，任何人唾骂和质问？我平时多爱他啊，可是，我太不懂事了，随同学们一道起哄。到他的宿舍里起哄。随便翻他的书和生活用具。在课桌上和别的老师一块儿"斗争"他。平心想想，放学回家的路上也有隐隐的愧疚和刺痛，但十二岁的少年太容易思路转移——校长让斗他，总不会错的吧？这样，自我原谅了许多许多的年头。

我们在陕县小学，有一次修操场，工人们清理出一具死人白骨，很完整。学校老师们小心地把骨骼接对起来，做成了一个人体骨骼标本，白森森地矗立在语文教研室。同学们有点怵那东西，有一次我问牛老师："那副骨头有什么好看的？我害怕。老师为什么还把它放在办公室里？"

"解放，每个人都是这样的，都有这样一个骨架，放在办公室是让我们每个人都了解自己。"

一个人了解自己的白骨像，实在太困难了。过了中年，经历了千山万水的跋涉，读了成捆的书，才多少知道了一点自己——有的人可能终生都看不到白骷髅的本相。

我和陕县小学一别就是五十余年。离开陕县后，多少年只是梦中忆起。每当心中受委屈，每到人间冷暖炎凉，牛老师、李老师、徐老师——他们的影子就会出现在我枕边，走马灯那样在暗中旋转往返，凄清的泪会湿了我的枕头。到中年时遇到一个旧时同学，我问及牛老师，他说："牛老师死了，她是地主（出身）。"再下来的话题便无法继续了。我常做这样的幻想，我的牛老师乌鸦般黑的秀发在黄河的浊浪里随浪散漾着消逝，消逝在水天相接的地方……

　　徐老师在一次周末郊游时讲了这么一段故事：有一个人，从小在老师和父母亲人旁边，感到很无聊、枯燥、没意思，读书没意思，工作也无趣，和人交往也没有兴味，整个人也累。人生都是很庸俗，没有快乐和欢乐，便祈求上帝让他摆脱这种痛苦。上帝满足了他，把他带到了天堂。那里有华美的宫殿，黄金和美玉雕成的园林，琼浆玉液流满的泉池。每天随时观赏仙乐和宫娥的舞蹈和歌声。心中想要什么立刻就会有天使用金盘献给他——这样无忧无虑过了三年，他所希望的一切美好事物都拥有了。他得到了最大的满足。有一天，他去天上云山上玩，突然被书上的针刺了一下，他的手指滴出一滴血，他一下子醒悟了，所有的一切都错了，自己原来的穷乡僻壤，父母的温存和教诲，师长的批评训责，生活的艰难奔波——所有原来所厌倦的事物，原来都是最美好的东西……

　　这个故事不知他从哪本书上读到的。我以后读了许多书，一直留意寻找，但浩如烟海的书籍里我始终没有找到这一根针，但我有一次读《楚辞》，想到了屈原。他驾着云龙回日的云车遨游在广袤绚丽的天国，在心满意足的得意中，偶然一个回眸，从云隙中他看到了自己苦难的楚国，这一针刺下去，他的心立刻滴出了血，一下子跌落到那个令他受尽折磨的故乡。

　　小学、初中、高中，我各留级一次。陕县的、洛阳的、南阳的、邓州的老师们，有的亲我，有的嫌憎我，有人打过我，也有人骂过我。不论怎样，这是我脚下曾经走过的热土，我是在天堂上被荆棘刺了一下的那个孩子，心中只记得牛老师讲的那具骷髅和茫然无知的那个愚人——我知道他们都是我最亲的人，他们爱我。心灵的熬煎是最珍贵的财富。

所以，当我成了所谓名人，我的一个母校请归来游子颂词，我写下了这四个字：吾师，吾母。

原载 2009 年 2 月 17 日《光明日报》

作文的作文

　　和中学生说作文，是有点犯踌躇的事。因为就中学而言，作文做得好的，其实已经是作家水平，他只是还没有练出来，没有成名而已。眼界局限在"校园""爸妈跟前""朋友跟前"，作文功底已经有了，视野却是"在窗前，门前"——这是现下绝无办法的事。因为你要考学，考学也不只是"作文"，因为你要吃饭，那就需要找工作，你业余搞创作——作文吧——还需要一个棒的身体——社会于作文，制约的因素太多了。你为这一切奋斗，大学也上过了，工作也有了，身体也不错，一个沉重的家庭包袱又落在肩上——上有老，下有小，中有妻子兄弟……好，再努力，这些困难也克服。这时的你，文思却衰竭了，已经够不上你的中学作文水平了，谈何发展成社会人文意义上的作家呢？所以，我有个奇怪的想法：中学生中蕴有大群作家坯子，大家做马拉松式的跑或走，愈走人愈少，到最后也可能剩余个把，也可能一个不留全部淘汰。谓予不信，你胡乱找一张中学生自身的作文报，那生动、那鲜活、那机灵活泼……常使人兴奋难以自已——再找一张大学生办的作文刊报来看：妈的，唉……真……

　　作文是什么？就我自己的体味，是人类感觉流动的表述与告诉，"我家后院有两棵树，一棵是枣树，另一棵也还是枣树"，类似如此言谈，倘使处于小学生笔下，老师会狠狠勒上红杠，眉批："啰唆！——有两棵枣树不就得了？！"然而鲁迅实际上说的是后院的单调、枯燥、平淡……还有稍带凄冷的这些意味。作文不是数学题，1+1绝对等于2，作文它不讲理，讲的是情，关怀的是人心里的"昧昧之音"。但这话又不能说死，说"水派"讲流动、讲连贯、讲情感的激越与温婉，凄绝与冷幽，热烈与欢情……这些。也还有"山派"——就如硬派小生，字字金石相撞，环环扣接不弛，行文如庖丁解牛，解缝入骨若中天黄钟大吕之乐……然而不管什么作文，我看都要讲究自然，就是刘勰《文心雕龙》里讲"文如风行水上，自然成文"吧。

这只是一点感受，我在一间中学和同学们交心，说作文其实没有秘诀，倘有秘诀，我的女儿早就成作家了。她不是。你们可以相信"没有秘诀"的话"不我欺"。作文其实也是歌手在咏唱，作文作者心中的悲苦、欢乐、绝望、希冀，都透过这钧天之乐向所听的人（读者）倾诉，赚得一丝会心的微笑或感伤。就为寻找这样的认同，作文的作者和读者都在苦苦地找寻。也就是如此而已，而已罢了。

原载《随性随缘》，长江文艺出版社 2011 年 10 月出版

一个作者对编辑的祝福

百义老弟电话告诉我，说他已届花甲，给自己出版了本书，希望我能给他写点文字。待我收到他寄来的沉甸甸的三卷本《周百义文存》，才知道这家伙深藏不露，工作之余还写了不少的文章。

在我过去的印象中，百义主要是一个出版家。我与他交往了近三十年，当初他刚从学校分到长江文艺出版社的时候我们就认识了。那时他还是一个白白净净的纤瘦青年，拎着个包来南阳找我。初见面，我便对他心生好感：智慧、执着、精明、善意……直到他成为出版界的"大腕儿"，这些基本印象不仅没有改变，反而愈磨愈明。从那时起至今，我们就一直没间断联系。《雍正皇帝》一本本地出了，他又千方百计地要出我的"文集"。

"文集"也交给他出版十三年了，百义从一个三十郎当岁的小伙子到了花甲之年。岁月虽然不饶人，但友谊却如一杯浓酒，越久越醇厚。百义虽然离开了出版社社长的位置，但我的"文集"还委托他管理，如有什么版权之类的事，我首先想到的就是咨询他。他也乐此不疲，给我义务当顾问。

他的"文存"主要包括他创作的文学作品、作家作品研究、出版研究三类。文学作品中，我看了他写的短篇小说，写的是机关生活、大学生活，还有家族的生活。篇幅虽然都不长，但有生活气息，人物的形象写得生动传神。如一篇《水难》，把机关改革的艰难写得惟妙惟肖。如《京城来了名角儿》，写小城干部心态和所谓的文化名人，妙趣横生。集子中还有他写的一些少年生活的小说，文字细腻，童趣盎然，不时唤起读者，包括我对少年生活的美好回忆。百义的报告文学作品，有不少直砭社会弊端，赤子之心溢于纸上。目前正轰轰烈烈开展的反腐运动，从另一个侧面印证了百义报告文学作品的价值。当然，他的作品研究中有不少是关于历史小说研究的，其中包括研究我的作品。百义研究我的"帝王系列"虽然不是第一人，但相对是比较早的。他 1992 年发表在《小说评论》上的论文，是研究《雍正皇帝》这部书，很有分量的文章。后来他又写了关于熊召政以及赵玫的历史小说研究文章。这些文章更显现了百义在历史小说研究上的专业水准和理论功底。

《周百义文存》的第三卷是出版研究文章的结集。出版研究我是门外汉，但百义作为一个好编辑、好社长，我想是与他自己能够兼及文学创作、理论研究分不开的。做一个成功的编辑，首先要对作家的作品有很高的鉴赏力，才会分辨作品的好坏。鉴赏力的培养，无外乎自己动手写写文章，或者自己也从事创作，尝尝梨子的味道，才能体谅作家的甘苦。一个编辑能自己写写研究性的文章，就会从感性到理性，比较客观地评价一部作品，或者说能给作者提出好的建议。当个好的社长，能够对出版规律进行总结，对自己的工作进行反思，才会让自己的工作做得顺风顺水，锦上添花。对于一个从事出版的工作者而言，工作之余自己能够从事创作、开展文学批评和研究出版，却是弥足珍贵的。百义"文存"出版，不仅是对他写作生涯一次历史性的总结，对于一个作家了解出版人，也是具有不可替代的价值与意义。鉴于此，我向这位多年的朋友出版"文存"表示衷心的祝贺！

原载 2014 年 12 月 4 日《河南日报》

读一点书，读吧！

这是我在接受媒体采访时说得最多的话。我四十岁走上了文学创作的道路，感受最深的就是读书的益处。所以别人问我，我总是顺口飘出，不假思索。

但当读者再问我一句："读什么书为好，有什么样具体的建议？"这样的话，我往往就打住了。

从我的实际感受而论，开卷有益。无论你读什么书，文学的，政治的，经济的，法律的，历史的，无论是什么书，只要你打开往下细看，没有哪本书不能从思想上给你以启迪，也没有哪本书不教给你一些你不曾了解不甚知晓的知识。哪怕是专门讲异端邪说的，如《奇门遁甲》之类的，也会告诉你一些社会生活中我们不很明白的常识——我说的开卷有益，是说不论正确错误的书，你都可以读。当然，你如能在读书中始终把握好自己，一看就知道他在那里说什么，哪些话是对的，哪些话是错的。这样就不会为书中的异说怪论而迷惑导致误入歧路。

这样说读书还是有前提的，读一本信一本，真的就坠入作者的圈套之中。

我在少年时，读到《万法归宗》《算命实易》《奇门遁甲》这些怪书，看到里边说得花里胡哨，和我所过的现实生活距离遥遥，书中的演算推论"天干地支"所采用的方法就成了我注目的重点。有的比如为人看相貌、批八字、相阴阳宅之类的书，它的科学意义可以说是"没有"，但它中间演论的"干支"学说对于我们阅读正规史书有辅助作用，这就是它的"益"。读过来，看到史书中有类似之处也就明白了，不必在此处过于用功。年轻时曾阅读过俞樾的《春在堂诗编》，里面也有些诗词不为时人所知，"白杨春草三杯酒，天上人间两处心"。别的东西我或许用不到，这两句诗就发人深省：这也就是"益"。有的东西我在阅读中始终也没有弄明白，比如说：讲象数易经"算命"的，你一说你的出生年月，算命先生五指一轮，天干地支就出来了，到底他是怎样算的？没有公式。书上教的公式，根本就看不懂，也就算了。我又不当算命先生，明白这些做甚？过些时候还想再看看，那就再翻翻书，仍然不明白……我就原谅自己，这不是我应该懂的。曾国藩的得意弟子中过状元，他都弄不明白，我何必？不了了之！

我们正经的师长，教我们读《水浒传》《三国演义》，等等，如果长大了，还会有老师让读《金瓶梅》。成人后读了《儿女英雄传》，才明了文康在写这部书时的真实想法是很陈腐的，管他呢，陈腐他陈腐去，《儿女英雄传》的前十回还是很好的，就如《歧路灯》《蜃楼志》《江湖奇侠传》这类书，内容尽管奇，或半部好半部不怎么样，读一读便开眼。书这样写，有点味道。这个味道便是你开卷的"益"，长了见识。

就这样去读，我觉得并没有哪一位作者能把书写得让我钻进去出不来。连《红楼梦》，我也是审视着阅读，结合了乾隆朝的实际猜测，它为何受到当时读书阶层的全力追捧。

读得越多，思维便越全面越健康。更健康的人，就更不是某一种书的有害思维会把读者轻易拉下水去了。

所以，我近来常说：怎样读书？要让青年们如同饥饿的羊到了草地上一样贪婪地去阅读，草地上的草，有的也有毒，贪婪地去吃也会把毒草吃进肚子里——不要紧，别的草还有的是解毒的呢！

我这辈子别的不敢吹牛，见过的读书人不算少，见过的不读书的人和别人差不多一样多。读书读痴的人是有的，读书读成傻子的人一个也不曾见过。

读痴了的人是因为读得太专，路子窄了，马入窄巷是难回头，放开眼走进去，巷子窄，从巷子那头儿出去了的，有的是；如果仅仅痴迷几本书钻牛角尖，就会误了你的前程。如果放开了眼，你面前是一大片书的草原，怎么会吃这种亏？我承认有一些很好的书会使人痴迷。就如《红楼梦》是好书吧，读进去痴了的，史书和现实中都有的。但红痴子并不能算是坏人。有人引导读书并不会变痴，更不会变傻。

不单读中国书如是，读外国书也一样。

我从什么时候开始读外国文学的，记不清楚了。我只记得我在参军不久，读到俄国莱蒙托夫的一部诗选，而后又借阅了《茶花女》《安娜·卡列尼娜》《悲惨世界》《王子和贫儿》《汤姆·索亚历险记》《战争与和平》《复活》，司汤达的书，还有欧洲的一些时尚小说。猪八戒吃人参果，统统一捞而食之。就如《多雪的冬天》《静静的顿河》《船长与大尉》，我觉得它们也都好，开眼。但没有一本欧洲的文学作品像我们中国的书这样迷离混沌的。简单明了，直接——是我对外国书的一般评价。不像我们中国把很多天象易经知识都混进小说中。他们的书读起来比中国的书读起来更过瘾更省力！如同《基督山伯爵》，恩就是恩，仇就是仇，说得明明白白。有的时候外国文学里人物的思维我们搞不清楚，是我们中国的文化与他们之间的距离造成的。读得多，一点文化的差异也会一望而知、一望而解。

但外国作家创作常比我们中国人狡猾。我们的书表述语言场景和人物个性大致都是直来直去，但外国作家不用春秋笔法，不使用曲笔，说什么就是什么。莱蒙托夫比普希金要更深邃。从他们作品的比较中就能感受到，如莱蒙托夫的《商人卡拉希尼柯夫》中，沙皇最后要动手杀卡拉希尼柯夫时说：

孩子，你已经凭着你的本心

回答了我的问题。

现在你去吧，

你自己走上那高高的断头台，

低下你强悍的头颅。

我将从国库里拨出钱财

赡养你的妻子和儿女。

你的兄弟可以在广大的俄罗斯

到处去做生意，不必上捐也不必纳税

……我还将吩咐刽子手把斧子磨得锋利。

莫斯科所有的教堂，都将把丧钟敲起——

让人们都知道我浩荡的皇恩

也没有把你忘记！

    虚伪而残忍，沙皇的个性倏然出于纸上，没有任何矫饰。这类的表述在中国小说里和诗歌类里，是很少见到的。还有诸如幽默和戏剧性的效果几乎是这些外国作家的追求，我们在这一点上也不及他们。

    语言的特色和中国的质朴单纯也有所不同。对爱情和死亡的直观表述也是他们的一大特色。

    在写小说和诗歌领域里，我们和他们的差距还是不小的，读一读就知道了。

    不管中国书外国书，我们中国的孩子们都要多读书，读书更多的人，必定更幸福更健康，走路更宽更稳。

原载 2017 年 6 月 24 日《解放军报》

《岳阳楼记》之记

我读《岳阳楼记》这篇文章是十二岁吧。今年我七十二岁了，那就是说距今已是过去六十年了。

这篇文章首先给我的印象是辞藻华美、字字珠玑、句句经典。对洞庭湖的景物，迁客骚人在不同的环境中所感受到的人生体味，说得惊心动魄，析得玲珑剔透。景物表述密不透风，针插不入、水泼不进；读起来酣畅流畅毫无掩饰。在此中景物下，一般的知识分子心态走向讲得透彻过瘾，行云流水一样地从头到尾顺畅无阻，美的所在令人心醉，忧的地方又令人伤感愤懑，而论到仁人志士对洞庭湖所展示不同天象下的不同感受"或异二者所为"和说出的道和它的人民性合理性，构成了这篇文章的灵魂。其激动心魄的撞击力和感受力、刺激力都来得真实，令人信服。

这篇文章写于何时？当然是"庆历四年春"。

这篇文章写于何地？当然毫无疑义是在洞庭湖侧。作家不知观察这湖几多春秋才能运笔如风，成了千古名唱——我一直都是这样想的，这样看的。范仲淹可能在湖岸就有一处水榭之类的酒坊，他就去坊里一边喝酒，一边看湖，遐想着写出了这篇文章。但其实我是错了，除了"庆历四年春"原作者有注，其余我想的都有点近乎痴人说梦。

范仲淹去没去过洞庭湖，需要资料佐证。但在写《岳阳楼记》之时，他未曾到过岳阳楼，没有见过洞庭湖。

洞庭湖这些色调他是怎样调出的，和不少朋友聊天时提及过，笑谈：范老夫子可能是在邓州花洲书院中对着一碗水，在书桌上编辑了它的出世。当然不排除范先生的朋友去过洞庭湖，声情并茂地渲染过这湖的秋天秋雨浪涛的特点，也说过春暖风和时它又是什么样子，会给人什么样的凄冷的寡凉和恐怖，又是怎样抚慰一颗心无所寄托的苦怜。可能说这些文人骚客的心态变迁都是当时的社会真实，而先忧后乐的境界提炼则是作家自身人文理念的真明白、真境界、真功夫！

因为生活在南阳，我当然很留意这两句话……当然我们南阳还有一句话，是诸葛亮说的"鞠躬尽瘁，死而后已"。如推论这两句话的精神境界高低，范公的话当在前列，"鞠躬"的话说得也很真诚，也富有生命力。但那句话的根子是想通过这样的言语，透析诸葛亮对刘家王朝蜀汉的忠诚，是诸葛亮对自己生存理念的表述……也就这些吧！而范仲淹的言语超越了这个境界！就"天下"而言，包含着作者对待人民的基本态度，具有永久的生命力。在邓州这块弹丸之地，在南阳盆地居然观测到了全天下！

这篇文章就这样写出来了，在邓州市的花洲书院，在春风阁满园一年又一年鲜花的卫护下，在永远展示它的不息生命力。

那些被秋天的风雨和浊浪将思绪勾向了个人利益的狭小圈子而走不出去的人，还有那些春风得意的人生骄子，在面对这样严肃的两个"天下"时，我想他自己在向人生彰显的价值究竟几何，答案不呼自至了。

我曾经有幸在邓州一中上过学。邓州一中和花洲书院在那时是连为一体的，这真的是太小太小的书院了。和崇阳书院、白鹿书院等相比，它根本就让人看不进眼中，根本就是"不存在"那样的味道，和王阳明、二程、朱子的书院更无法相提并论。

然而在全国众多的书院中，有哪个书院给我们提供过这样的惊心动魄骇目的耳提面命？我就在书院那口井旁读过书，尽管不会读，也还读了点的。范仲淹在作文时如果真的要用水，也该是这口井里汲上来的吧。他当时已是知名学人，曾官至副宰相，却一下子被贬成了邓州的县令，政治上和仕途上遭受到的重大挫折，和他在沉浮不定的宦海里游泳的经验一同加诸其身的，还有他四海漂泊居无定所的沧海滔滔洗礼。所谓洞庭湖的阴晴和他经历的世态炎凉冷暖自知一比，算得了什么——他虽未到过洞庭湖，但我们读他的简介，也可以看到，他是一位终生在波涛惊天的宦海中搏击游泳的健将，也可以说这里感受到的洞庭湖的阴晴凉热，不过是他一生在朝廷政治变幻中所经历所感所受……不过借此一湖水来清凉一下心态的强度而已。从这个角度去思考"先天下之忧而忧，后天下之乐而乐"，不过是再经一番洞庭风波的洗礼，回思自己一生的自我追求，一次清醒的人生寄语耳。

原载 2017 年 8 月 25 日《南阳日报》

近日，与朋友通电话闲聊时，他问我："《康熙大帝》这部书现在印了多少册？"

这个问题不是个重大命题，却一下子难住了我。

根据我的记忆，《康熙大帝》这本书的第一卷《夺宫》是1986年1月第一次出版，以后的写作是逐年增加。比如说：1987年出版的第二卷《惊风密雨》，但在出第三卷的同时，加订第一卷的印刷数字。同样，加印第三卷时，同时再印刷它前面的第一、二卷，由是滚动出版，一直出到《乾隆皇帝》的最后一本。中间，这部书的出版权又转到河南人民出版社。后又根据上级的规定，这部书又归河南文艺出版社接管。继而这部书的版权出"文集"时又转入长江文艺出版社。这样又积累又改变，不但出版社有变，连出版次序也变。本来这样流动和出版的程度还要继续下去的，但是在写作《乾隆皇帝》第六卷中途，我突患脑栓塞，不宜再那样拼命写作，便戛然而止，成了现今这种模样。如同一块又一块的土砖坯送进窑里烧红了又冷却了，不管你怎样评价，反正它就这样啦。但这样一来，出版单位、出版程序我就不易一下子说得清楚了。我虽得了像样的一笔稿费，但之中的变化也让我看清了出版界不稳定的秩序。所以这位朋友脱口而出一问，倒真让我咨嗟难答。

然而出版社出书毕竟是有固定的程序的，各出版社出了多少，别人不说，他自己是哑巴吃饺子——心里有数的。这里头，有没有避税的心理，有没有为出版社多赚一点的心理？既要出版越多越好，支出则越少越佳。

这都是可告人的，还有没有不宜为人知的因素，那就说不好了。

但是，出书本身就是一种表志。它告诉我了：这个作者，读者是承认的。对出版社来说：它是产品，又是商品。对读者则是一则考题：这本书怎样？你有什么看法？即使读者不评价不言语，这本身也是评价。而考题是作者和出版社共同提出的，同时它也可大致测量出出版社和作者在经济利益分配上的一些情况。

大概是前年吧，长江文艺出版社推出了一个消息说：我的"二月河文集"出版量已达一千万册。我们知道：十三本书打成"文集"这个系列，一千万册是多少套文集呢，应该是八十余万套文集的样子吧。

我想，八十万套书卖出去了，还不包括大量的非法出版。这不能算个小数目，这说明至少有八十多万读者取出来带着他们体温的工资购下了它。按它的定价，对于一般的穷人和普通民众，都是需要"下决心"的事。如果对这书毫无了解，谁去买它呢？我在这里写文章，可以诚实地告诉我的读者：我是没有权力勉强任何人——都是自愿购买自主阅读的人。从这个角度，我当初为普通民众读者写书的愿心已经在一部分读者中得到了认同。从1986年开始出版，连续三十余年了。现今仍在销，仍有一些人购，说明了这部书已稍有历史价值——它将来结果是什么？我不知道，写书的人还是希望拥有年轻的"后来人"喜读，我亦未能免俗。我希望现在的未来的孩子中也能有我的一批读者延续下去。如此，这部书的历史价值也就显示出来了。

谁是书籍生命力的裁定者？有人说是评论家，有人说是作者，有人说是书店……如此种种，甚至说是社会学家也是书籍命运的裁决者。但是他们之中，读者是最终的决策者，这似乎是确凿不移。读者不但滋养了作者，滋养了出版人，而且在读者选择的过程中，也使作家、出版家思想更成熟，眼界更开阔，更能了解世界人种在文化选择上的不同动向。至少它可以准确指导作者的写作思路与方向。

读者的阅读心理也是作家创作作品时要考虑的，但作家不是读者的奴隶，而是朋友。有的读者喜欢色情、暴力、血腥的作品，难道我们就去努力挖掘，满足读者的需求？哦，不。至少我是不会的，在小说创作初期，我可能有屈就编辑，满足出版市场这样的心态。待写至中途，我至少是与读者交朋友，视朋友如师长，爱朋友似亲人这种心态。用这种心态创作，可能会因社会文化因素的多元不易选择，甚至选错的可能性也是不小的，但它容易被发现，也容易更新调整，作者、出版家和读者形成和谐的统一比较容易达成，因为无论哪个方面都需要健康与强壮。我的书从第一本出书至今已三十余年了，现在仍和读者以友朋相交。原因在于我对读者以友情师长相处，读者与我为朋友交往，不离不弃，不媚不谀，又尊重如斯才得可能久远。

我从四十岁开始文学生涯，到如今已过古稀。三十多年了，就我与读者交往的经验，首先就是要把读者看成是老师，不要觉得写出了一点能发表的文章，就认为读者是自己的学生了。其实错了！我之所以尊重顾仕鹏先生和那些长年能伏案的编辑，就是因为他们对文字的审美力和洞穿力全部蛰伏在他们的日常工作中。他能重视读者的需求，有较高的市场鉴别力，同时他本人又是作者的第一读者。发现作者、发现作品在别人是目光，在他们就成了日常手段的段位，有段位的读者那还了得？《雍正皇帝》的责任编辑周百义，当年编辑中途，已奉调离开了出版社，但他仍牢牢抓死了稿子，就是不放手。好歹熬了几年又返回出版社工作，将我的三卷本《雍正皇帝》全部编辑完。如果他没有一点眼力，甚至没有一点手段来维持，恐怕都是不成的。

我曾有过一段时间，有二三年吧，投稿、投稿，投是投了，但谁也不用。大报不用，小报也是不用的。有什么法子？每天上午八时到机关头一件事就是到传达室看信，我希望见到薄薄的信封——那里头常常就一张纸，上写：××同志，你投来的稿件××××我们已决定采用，祝贺您！就这么几个字。如果没有信，那就是人家杂志出版方不愿搭理你。再不然厚厚的一个信封，拆开看吧，里头也有一封信：×× 同志，您寄来的稿件 ×××× 已经收阅。经研究不拟采用，感谢您对我们的支持和帮助，希望您再接再厉，继续努力！这样的信落入手中，别人不知感受怎样，我呢？我会如同一只中了毒的苍蝇，捏着信呆坐半晌才能恢复起来！这就是说同一篇手稿到了不同出版社，由不同的人处置，对作者来说都等于是下了一次地狱！

回想到最初的出版社来找我，是 1985 年春夏之交。当时我在南阳市委宣传部任科长，他们不认识我，我也不认识他们。来的人一位是黄河文艺出版社社长王汉章，另一位是我的责任编辑顾仕鹏。坐在招待所的单人房间里，他二人坐一边，我坐另一边；他们出题，我答。从清代皇宫秘闻一直问到饮食、衣服、节日惯例，一直问到了当时农耕家庭门户规格、婚嫁条件媒证礼仪……什么都问，东一榔头西一棒槌，提的书稿虽看了一字也不问。这样弄了几天，王汉章社长当时就表态：这书我们给你出，你不要怕改。就这样落定。到 1987 年前后，周百义背着一个小布包从湖北赶来，直接开口要稿子，坐在我的办公室和家中书案前随手翻用心找。找一篇是一篇，发现一篇文章像发现母鸡又生了个新蛋。哪里啊，那里——就左手角落那里——还有一纸，取来我看——他就这样收集我的手稿，争取文集——这几位和后来见到的“那众位”不一样。没有矜持，没有高傲，没有轻慢，一字一句地研读手稿——我后来真的没有再见到过。

话题回到书上。我回忆自己获得写作的主动权，是在《康熙大帝》的第三卷《玉宇呈祥》前两卷，是听编辑的“什么也不要，只要阅读量”。读者群要建立起来，这确实是作者一大课题。但到第三卷，顾老师便不再参加意见，而是在细化写作上与我一起探讨。我不再当出版社与读者的双重奴隶，而只顺从读者友朋的关系。三、四卷写出时，我的心思是开放的，这部书从哪儿写到哪儿，什么火候停止，由谁出版，由我自行做主，我认为这就是著作权。

根据市场情况，这一部仍由黄河文艺出版社出版。出版权到河南人民出版社到河南文艺出版社，到长江文艺出版社，翻了几多筋斗，总算成了。优秀的编辑、出色的出版社加上我的努力，书仍源源不断地涌出。当我看到一些学生也在读这些作品时，我的欣慰之情更油然而生。这些年轻的读者虽然尚小，但，"生乎吾后，其闻道也，亦先乎吾，吾从而师之。吾师道也，夫庸知其年之先后生于吾乎？"小读者也是一样的老师上帝，我坚守学生这个岗位！

原载 2018 年 3 月 16 日《南阳日报》

一个人不读书，内心无险可守

夏天，一位领导送了本书，说书很有意思，接地气，作者是他党校同学。听介绍，作者自幼便好读书，参加工作后在偏远乡镇一干就是十年。由于交通、通信不便，半年回不了几次家，他又不喜应酬，工作之余唯喜以书为伴，遂成其好。不禁莞尔。我当年参军到部队，亦无他好，十二年间嗜书成痴，困于所溺不能自拔，成就一段终身受益、永难忘怀的岁月。现在想来，若无当年惛惛之事，何来日后区区小成？天道酬勤，信然。

读书，千古家国兴亡事。作为一个文化人，自然深谙读书之乐、读书之用；而作为一个年逾古稀、仍然关心世事的文化工作者，则深感读书之要、读书之切。

我国是一个拥有几千年文明的古国。四大文明中，历数千年之兴衰而仅存于世者，唯中华而已。究其原因，我以为十分重要的一条，就是文化的发展与传承。历史上，中原数度被强悍游牧民族入主，而中华文明竟能不灭，无他，乃因为对这片广袤土地的认知和治理，中华文化所达到的高度、深度和广度远非尚处于部落文明时期的征服者所能企及，他们除了拿来和融入，别无选择，否则必然如匆匆过客，忽忽而亡。由此可见，硬实力不济，固然一时可致国家败亡，政权颠覆；而软实力强大，终可使文明传承，民族复兴。这便是我们文化自信的底气。

而传承文明基因，弘扬优秀文化，发展中国特色软实力，非读书不能为之。

"软实力"这个词，是美国"未来学家"约瑟夫·奈所创，近年来成为显学。既然事关成败兴亡，自然成为攻防要地，衍生出斗争谋略，也就不足为奇了。"欲亡其国，必先灭其史；欲灭其族，必先灭其文化。"近年来，美片、韩流、日漫占据荧屏，年轻人趋之若鹜，大众乐此不疲。"文化"的表象之下，处处可窥这种谋略的鳞爪。令人不无忧虑的是，国人读书的时间越来越少，特别是深度阅读越来越少；而我们弘扬优秀传统文化力道虽猛，对着力点的选择却似乎有失精准，社会上读书的风气尚不浓厚。世界变化如此之快，思考的时间如此之少，各种文化冲击的频度如此之高，一个人不读书，内心便无险可守，极易受到外力操纵，茫然如行尸走肉；一个民族不读书，弃传统价值观念如敝屣，千万人千万心，则与乌合之众无异。

然谓国人不爱读书，正如发现国人不看烂片便指国人不爱看电影一样，显然有失偏颇。但在新形势下，党政干部、知识精英、广大青年喜读的好书少之又少，却是不争的事实。如来慈悲，无人礼佛；美人一笑，倾城倾国；龙井一盏，不如鸡汤一碗。在吸引读者上，正史不敌野史，正论不如杂说，这才是大问题……

原载 2019 年 2 月 15 日《河南日报》

说二月河读书，从《西游记》开始，可能有些朋友觉得意外。他应该是《金瓶梅》那样嘛，应该是《东周列国志》那样嘛，应当是《三国演义》那样呀，应该是……哎哟，反正不是《西游记》。因为原因很简单，读了《西游记》，说话如放屁。二月河的著作特点是严肃、板着脸，或正儿八经谈说历史故事，和《西游记》那样恣意汪洋、升天入地、千百变幻的神话扯得上吗？

自古读书做学问一道，大致都是从经、史、子、集出发，一点一点深入研究，进入专业领域，然后再细化进入某一个圈子，在里头落脚，写出点论文或者小说，这是"大家"。

而我写过一篇《心离"大家"远》的小文，自说自道，不愿与"大家"为伍，我自认为是个游离于"大家"队伍之外的学术流浪者，之所以今天有人误认为我是"大家"里头的一员，也不过是读了我的书，觉得看上去挺正经挺传统的，产生出来的一点误会而已。

先说《西游记》的人物，共五位，很多人都会说你错了，是四个。事实上，白龙马也是个人，是龙宫里的太子，犯过变成了马来赎他的罪的。到紧迫时他还会化作人形与妖魔相斗，他和孙悟空是一样的，都是为保护唐僧而衍化出来的角色。

这几个人，包括孙行者，都是以赎罪者的身份，环卫在唐僧和尚的周围。他们的任务是"保卫唐僧"。

不管徒弟们怎样折腾、矛盾、内斗，唐僧的责任就是当主子。协调他们的关系，坚定不移地向西行。

《西游记》的本质就是如此，向西走，不管碰到何种困难，反正要西去，要见佛祖取经。根本宗旨：打胜打败，到打死复活不再有变。

所以史上有人分析说：《西游记》是丘处机的作品。

丘处机是一个道士，读过《射雕英雄传》的，谁不知道？但道士玩的金木水火土，不说取经，不念佛，不修禅，与《西游记》何干？道士的那套说辞和如来佛对不上号。然而仔细去想，唐僧师徒不是五个人吗？假设唐僧属土，孙悟空属金，猪八戒是木，沙和尚是水，那不就是说五行会合，久经磨砺，终成大道吗？孙悟空属金，猪八戒属木，是在小说里就反复表现的，并非二月河在臆造。

这样想，如果一个道士想用小说说明他的道学追求，用佛家故事去做诠释，这样做也无可厚非。但这个书里边，对道士，包括对太上老君甚是无理，颠倒调笑，用笔甚是放肆。这怎能是道士的作品？

这样分析就复杂了，干什么够什么，干什么不爱什么，几乎是一个社会通则。这也许是丘处机对他自己枯燥的道士日常生活的一种调侃吧。

我们看《西游记》，孙悟空从头到尾，杀人杀妖，越来越少，表现越来越温和，《西游记》的后半部越看越没劲，就是这个道理。前半部里的大闹天宫那种"推倒天堂""皇帝轮流做，明年到我家"的气概，那种翻天覆地的斗争，后来都不见了，这就是唐僧的主体意识：安谧养生，修禅……种种思维传给了孙悟空。我翻资料，看到唐僧真有个徒弟叫悟空的，大概就是这模样吧。

其实，除了《西游记》，我们读到的还有《东游记》《北游记》《南游记》这些。倏地，魔怪出没，倏地，仙佛翻腾热闹不堪，这类书在史学和图书界被统称为神魔小说，也是世俗市民小说的一个品种，然而现在许多的青年读者，仅仅了解《西游记》罢了，原因在什么地方？《西游记》中的神性、人性和形象思维的小说手法，《西游记》超出它的单纯的神魔表述，高出太多，人们在阅读过程中已升华了对孙悟空的个性理解，对其他人物也是如此。在阅读赛跑中《西游记》已遥遥领先，《西游记》已成了品牌最大的历史神魔小说，不与"东游"等书同在一个档次。脱离了世俗，沐浴换装就成了不可动摇的历史名著。改编成了戏剧，就进入了人生。人们从《西游记》里体味出了深邃的人生内容。晚清的慈禧太后喜欢《西游记》，她的爱好是在《西游记》里佛祖将孙悟空镇压在五指山下。《西游记》里的孙悟空本事大，却仍逃脱不了被镇压的命运，是因为有一个无可逾越的如来在上头，而慈禧太后号称"老佛爷"，《西游记》中的社会控制力就是如此。其他如《西游记》中的大闹天宫、孙悟空忠心耿耿保唐僧的游历故事，也有着强大而鲜活的世俗生命含义。

之所以"读了《西游记》，说话如放屁"，同样是因为《西游记》本身强大的艺术魅力，人们不由自主在言语闲谈中就引出《西游记》中的故事来支撑自己的论述。《西游记》故事中所反映的社会场景与我们现实生活距离那是太遥远了，所以如同说梦话，如同说故事，被人们戏称为"放屁"。放屁在中医被称为"下气通"，是肢体通泰的大吉之意，何有不快之感？

读《西游记》，不但儿童适合，大人也是应该读一读的，大闹天宫、太上老君的八卦炉、如来压服孙悟空、西天取经中孙猴子钻进妖魔肚子里降服之，唐僧取经九九八十一难，等等，至今还有它的社会意义，我们没有理由藐视这部杰作。

本文系作者生前遗存稿

从戏曲《白蛇传》想到的

小时候，和父母一块儿看戏。一条长板凳，我坐中间，父母坐两头，看的是《白蛇传》。开始时，白素贞出场，扮相漂亮，我问："这是好人还是坏人？"母亲笃定地答说："是好人。"演到中途，法海出场，昆仑帽，红袈裟，手中还挂着禅杖，我又问："这是个好人，还是坏人？"

"坏人！"父母二人异口同声回答。

这就记住了，一直到老，认定了白娘子是好人，法海是个坏人。

慢慢地读了点书，懂了点事。这才明白了，父母的回说不错。从人性角度看，看白素贞看法海，一个是追求人性自由一个是压迫人性，他们的看法没错。但若抛开神话和传说的角度，从科学的角度去审视，这个视角就有别扭的地方。人和蛇，可以恋爱可以结婚吗？恐怕是不行的。哪怕是这人俊俏，这蛇美丽，而且真的相亲相爱（当然是不可能的），真的受社会赞同拥护（同样是不可能的），也不行。公安部门和民政局也不会发放这样的通行证。

这一切的不可能和不宜行，组合在一起，经过作家的想象和虚构，就变成了美丽的神话。戏剧的传唱，大众的认同，成了我们社会一个公认的无与伦比的故事。

文学的功能就有这般的力量，人们的爱与恨发生了社会性的转移。

几年前我到杭州去考察，那里是西湖的故乡。杭州人现在早已不是《白蛇传》里人物的服饰模样，可他们对戏中人的看法，也和我的父母一致：白娘子好，法海坏。东南西北，岁月悠悠，这个看法，并无二致。

但如果从历史科学的角度来考察，可不是这样的。杭州就有人说：法海实有其人，是镇江金山寺的方丈、高僧。想再问细一点，对不起，不知道了。我曾见到过一位近百岁的老和尚。他根本不假思索地回答说："居士，您看错了，这样的事发生在今天还是不行的，今天的人也还是不能容忍这样的事。"

他说的是实话。我们今天的人仍然不会赞同这样的神话真的出现在我们眼前。作家虚构是可以的。我们赞同恋爱自由，我们反对对青年男女的爱恋婚姻横加干涉，但我们不允许人蛇恋爱结婚的荒唐事。

几年前读佛经，里头讲了一个故事。

六祖慧能从岭南归来，到了金山寺。那里的僧人齐集法会，正在祈祷。突然一阵风吹来，满院满堂的幡、挽幛、灯盏、纸旗顿时随风飘荡，和尚们立刻就这一个命题开展辩论，这些幡幛因何而动？有的和尚说：是因为风吹动了它们，有的则说：这和风没有关系，是这个幡幛自己要动的。大家争论得很有劲，谁也不肯让谁，六祖慧能在外大声答道：不是风动，不是幡动，是仁者心动。

主持这场盛会的是法海老和尚，听了慧能的话，大惊失色，立刻停会相见。

这就是历史上有名的"风幡动"佛家公案。

但我却未能将这一法海和《白蛇传》里的法海联系起来。

直到两年前去了一趟镇江，听到镇江也有个金山寺。金山寺里也有和尚名叫法海，这才将《白蛇传》里的法海和这法海联想到一处。

一打听，一问，和我心目中的《白蛇传》法海迥异。法海姓裴。当地人叫他"裴头陀"，是唐代有名的高僧，曾在当地消灭过蛇精。佑护民众，口碑甚佳。

我这才明白，自宋以来，从冯梦龙时代就开始了，将神仙的法海与现实的法海捏在一起，将一个正直僧人和妖魅一样的恶和尚，撮合成了一个整体，使一个高僧变成恶棍，将丑陋的白蛇化为绝代佳人。

我们的文学家就是这样化腐朽为神奇的。我们的历史与现实、事实与神话就是这样绝妙。这同样也反映了一种社会的共同认知，我们赞同法海斩除蛇精，佑护民生；我们也欣赏《白蛇传》里那样善良、温柔和美丽的蛇精。

我们需要创造美，我们需要完美。

本文系作者生前遗存稿

著书难，读书亦难

我很见过几位口似悬河夸夸其谈的作者，他不管三七二十一就在那里吹！当然是吹他自己怎么怎么困难，写出了这部书得了什么什么奖，怎样受评论界和读书界的好评和赞誉。这样的作者我见过不少，他们曾为之正色为之动容，手之舞之，足之蹈之，言语则喋喋，手势则翩翩，怎么惊动了社会惊动了读者，慢慢地就不行了，正所谓清代歌谣所言：

> 眼看他起朱楼，
>
> 眼看他宴歌舞，
>
> 眼看他楼塌了……

作者的书得不到社会重视，得不到读者的喜爱，慢慢地，也就被时代淘汰了。为什么读者不喜欢？其实是作者没有找到与读者沟通的渠道。读者的阅读时间是有限的，比如说随笔、散文、短论杂文，一开篇就图穷匕见，一入文即刺刀见红，读者则能在较短的时间内与作者达成某种共识。

我有一本全本的《聊斋志异》，除了作者，还有六位批评家混入其中。如同在热闹的足球场上，又进来了六位类似体育评论家的角色，对运动员的一颦一笑一举手一抬足一个媚眼或一脸苦相一语中的在旁边加上批语：他是怎么了？发生了什么事？这六位批评家对作家的作品评头论足，什么人写什么文章曾用过这种手法，这种手法的长处是什么短处何在。这等于是六位专业读书人（评论家）和作者共同面对一个读者，或者说是一个读者同时读了六本书，甚至更多，读书心得固是沉甸甸的。

读散文集、随笔集也是如此。读者和作者的简单沟通，短平快的思想交流，因为文章短，又是当代语言，应不需要像我见到的《聊斋志异》评论本那样体例杂驳，但短文章要把话说清楚理摆透又何其难哉！起承转合，突出中心，语言顺达，层次分明，整篇文章一气呵成……种种难题都摆在那里。我算了一下粗账，莫泊桑的小说被我们今人传为美谈的不过二三十篇，中国的《聊斋志异》真正的杰作也就三二十篇，还有契诃夫、马克·吐温的短篇，取其精华也就是十篇二十篇……还有没有？有是肯定的，但真正被读者喜爱的作品真的是少之又少！这还是短篇，说的是小说，鲁迅的杂文被我们现在人奉为圣品，他的杂文集又有多少读者喜爱？也是可以屈指去数的。就算是长篇恣意汪洋可以充分挥洒，但又有几部长篇小说是读者都认可、共同佩服、五体投地心志不移的呢？我以为也是不多的！

几年前听一位学者说：“全世界的好书加起来也不足一百部。”起初我很不服气，怎么会呢？现在真的来写文章，我才明白这是句真话。写诗难，不是你会两句打油诗就能混成诗人的；写散文，怎样做到形散神不散；做杂文笔记怎样通过这个“做”教化读者；写小说不但要好看而且要有意思，真的是摆在作者面前的一大课题。

丁玲先生生前有所谓“一本书”主义，意思是说一个作家一辈子能写好一本书就不简单，现在看她说这话既知道创作之难也知道读者心理。一部书写出来就是给人看的，今天的人看说明这部书已经有了一定的社会影响，如果这本书将来仍会拥有众多的读者，至少说它就拥有了历史地位。

我们现在的散文，我看可以分成两种：一种似荆山之玉，宝藏无尽待掘，内在是精金美玉，外观华美动人。另一类作者随心随性，自由挥洒，流畅成文。上一类文章天然柔和，如风行水上自然成文，可采可擢；另一类文章则更讲究个人的才学品行和文字表述功力。二者都不易，写好了都可惊世骇俗，可动人心扉，写不好则是一堆文字垃圾。

所以，无论作者读者都要用心去读书，寻找文章的枢纽和关键，衡量文章的社会意义和现实冲击力，珍爱我们的作者，聆听评论家（无论出名或尚未出名）和读者对文章的审视和批评，这样，我们的好稿子就会愈来愈多。

写书难，读书也难。难就难在好书太少。

本文系作者生前遗存稿

序与跋

站在这个帷幕旁，把一部《康熙大帝》送到你面前，我真的有点战战兢兢。因为我一手所展现三百年前的这幕庞大的社会剧就要献给你，由你月旦黜陟、决其荣辱死生。我像一个站在地狱入口处的人，一侧，是光怪陆离变幻莫测的现代生活，是缤纷的虹霓，是与孤鹜齐飞的绚丽落霞；而另一侧则是曾被先人踩遍的泥泞荒原上的印迹。尽管那是早已逝去的繁华与辉煌，我们或者已经陌生淡忘了，但我却常常想。有一天早晨我们也会变成陈迹。既从那里走过来，还要走到那里去，是出发点又是落脚点，谁也没有权力蔑视它的。

我对清史的兴趣是从研究《红楼梦》这部奇书开始的。此前我一直悠游于两汉及两晋史中。1980 年前仅涉猎了《清史稿》，草草过目，自然十分皮毛。但我的"红癖"和凡事拼命追根溯源的禀性，终于将我推入浩如烟海的清史资料中，以至于在这海中迷失本来面目，"乐不思蜀"，几乎完全放弃了原来的目标。

1982 年中国红楼梦学会在上海召开的学术讨论会上，大约因我不是科班出身，我分的那个组人色甚杂，有大学教师，也有些新闻出版界的"票友"。偶然有人说，康熙这样一个杰出人物，居然至今没有一部像样子的文学作品问世，真是奇哉怪也！是时我刚过而立，气血皆盛，竟挺身而出大胆海口：我来！

康熙这人值不值得写呢？看看他的一生吧！此人八岁登基，十六岁庙谟独运智擒鳌拜亲收权，十九岁力排众议，断然下旨撤除三藩，不数年间，次第削平吴三桂、耿精忠、尚可喜势力。狼烟未熄，二十四岁的康熙皇帝即诏令开博学鸿词科，与科举考试双管齐下，一网打尽天下英雄。在他执政的六十一年间，三次亲征准噶尔、六次巡视江南，平定台湾一统华夏，绘制了《皇舆全览图》。于治道则修明政治、薄赋轻徭、治理黄河、疏通漕运……文治武功谟烈雄伟皆班班可考，直追唐宗宋祖，实堪千古一帝。单就个人质地才品，他通七种"夷语"，精骑射、善算学、邃律历、明乐理、懂医道，诗词之工虽宿学不能过之，一笔字亦堪称第一流书家。这么一个文武全才，即便不曾当皇帝，也是埋没不掉的吧？

《夺宫》，写了他幼年初政智擒鳌拜的史实。八岁的爱新觉罗·玄烨（康熙）登基之初，南明小朝廷孑遗尚存，三藩割据之势已成，东北西北边壤外患纷扰无虚日。庙堂之上则有四位功高望重的辅政大臣索尼、苏克萨哈、遏必隆、鳌拜各自为政。位居最末的鳌拜占据上风之后，骄横跋扈威逼人君。幼弱的康熙除了祖母孝庄太皇太后之外，举目环望人尽可疑。在此主少国疑危急存亡之秋，初出茅庐的康熙充分展示了他的政治才华，以惊人的智慧与勇敢战胜了鳌拜的篡权阴谋，开始了他一代雄主的政治生涯。

我不大想用这点篇幅说我怎样剪裁资料，组织结构。对于一般读者，这些东西枯燥得像劈柴。我只想说，在读者与专家中，我尽可能兼顾两者，认真的要开罪一方，我宁可对专家不起。你固然鉴别得我用材的实虚，钻研得诗词的真伪，挑剔得取舍的当否，可惜的是书的命运在读者掌握，我只能尽力用自己的才识与汗水"买通"你们。

有朋友撰文《文坛怪杰二月河》载在《读书导报》。这确乎是个蛮带劲的称呼，但我是不是呢？

学界有所谓"软着陆""硬着陆"之说。软着陆意谓出自名门，或来自经院，一步一步沿着一条铺满了鲜花的路走向成功，犹如张开降落伞缓平着陆。而我却是在高天飞机上，无任何倚仗凭借，眼一闭心一横，就那么赤条条地跳了下去，直落硬降！我以一个普通中学生，一路而进红学界，再跳而入文坛，都是在年将不惑时的勾当。我特别感谢冯其庸先生，贵为红坛要津，我无任何奥援，一纸论文相投，纳我进入红学界，长驱直入为理事，取得文人资格，继而又告我有写小说之才分，坚我信心，又"硬跳"了文坛。我还要感谢我的责任编辑顾仞九先生，接纳我这样一个名不见经传的生手，毅然将这部书推出世界，他的胆量识见不凡——我是想说，我有点像柏油马路上突然长出来的蘑菇，自必是"怪"。

物反常即为怪。《康熙大帝》的出现看去是有些怪，但我可不愿让千百万爱这书的读者认为我是个不可思议的怪作家。假如这世上有人曾经始终和我同路跋涉过艰难人生（唉……很遗憾，没有），他就能告诉你，我其实原来是个痴人。他会告诉你，我是怎样一个读书狂，在二十多年的漫长岁月里我曾在凌晨一点半前睡觉，告诉你我曾被管理员遗忘关扣在图书馆中而不自知晓，告诉你我捧书走路，踢掉了脚指甲，血流殷道而浑然不觉。假如他看见我裁开包水泥的牛皮纸袋做卡片，一字一句地摘录那些"劈柴"纹理，他就只能说"二月河不过是文坛一痴"。

人生就是这样，像柳絮，又像狂浪中的水藻，有时会被机遇和命运抛到各种莫名其妙的环境中。可以离，可以合，可以悲，可以欢；可以华堂而歌，可以躺在煤堆上黑甜一觉；可以出入于冠盖如云之庙庑，亦可以蛰居幽处于僻壤寒谷——我用心走过来了。白居易"策蹇步于利足之途，张空拳于战文之场"，斯言不吾欺亦不汝欺。如此而已，"而已"而已。

我把心扉敞给了你，我拉开了帷幕，愿你与我同在同受。

一九九七年四月十八日

原载《二月河作品自选集》，河南文艺出版社 1999 年 4 月出版

写在《匣剑帷灯》前面

写了许多的书（十一二本）了，大陆版的书添上个"序"还是头一次。六年前台湾巴比伦出版社曾要找寻一篇，说是台湾人一点也不知道我这个人这个文，老板花逸文似乎很强调这个套套，固执地空了页码等着，只好勉强凑了一篇，以足"海峡"对岸之赝。但心里一直狐疑、犯嘀咕：那边同胞果真喜欢读"序"？我不愿做这事，不为矫情，也不为别的什么，因为在我的经验当中，人们买你的书，倘若是小说，就从第一章看去；设如是散文、诗歌、随笔、杂文之类，大概也就径直拜读那正文。能够不经意地睨一眼那序，就已经是很瞧得起你的了。买书的人十之八九不看序——这玩意儿大抵都味同嚼蜡。因为道理也十分明显：我辛辛苦苦挣了血汗钱，买书也是买你的心血汗水，谁听你一开头就给人家一顿教训：我是这样的一个人，我的书又是那样的意思，唯恐人家忘掉你或不懂你——你是什么人与我什么相干？

你的白话文又有什么难懂的？看序，于普通读者而言，常常是口中淡出鸟来。

序是什么东西？序是作者宣扬自己的文本；

还是什么呢？序是作者心旅的轨迹；

还有没有？序是点石成金的幻指，抑或文过饰非的遮羞布。

再想努力寻觅它的作用，我有点智穷词竭了。

即如这本册子，它收入了我在涉足文学圈子前的一些红学论文，那可以看作我从事《康熙大帝》《雍正皇帝》《乾隆皇帝》这一庞大系列小说工程的前奏。还有一些随笔小说，则是在系列小说的间隙为关系紧密的编辑朋友盛情难却的"却"。也选了一点系列小说的章节文，以供没有读过"帝王系列"正文的读者窥豹一斑，晓得"二月河原来是这样的"。对于读过原作的人来说，能不能赏识它，那就很难说了。体例如此之杂，对于熟悉我的书的读者，那样的"纯"历史小说的味，恰好反照出来了。

但这个本儿也可看成我的路程图解，知道这个人在《康熙大帝》《雍正皇帝》《乾隆皇帝》诸书之前有过"红癖"，《红楼梦》是《康熙大帝》《雍正皇帝》《乾隆皇帝》的"序"，而中间的拉杂文章、偶感之类，不仅有些情绪堆砌与积累，这一本与那一本之间他还闹点小动作，时不时地走他自己一点"心旅"。

然而我不想文过饰非，在《康熙大帝》《雍正皇帝》《乾隆皇帝》中我已经闹出了不少洋相，诸如把汤显祖的戏文栽给孔尚任，同一人物既在扬州又在北京，表姐、妻子比表弟、丈夫越活越年轻，年龄时序颠倒荒谬，等等情事思及辄作恶，念及辄赧颜。那都是吃了急就的亏。

就这本儿也未免急就之嫌。可是我没有办法，周百义是老朋友了。他来索稿与众不同，哈腰蹲在我的存稿柜旁，像个小孩子看鸡窝——"那里，对了，那里还有一篇。哎，还有那一篇……"——他就带一篓子"蛋"去了。

不喜欢吃"蛋"的朋友，我看不必因爱我而改变习惯；爱吃的朋友，翻翻看看，摸摸你的钱包——如今大家都难——再买。

——即便它是"序"也罢。你可要小心，小心……

原载《匣剑帷灯——二月河作品选》，长江文艺出版社 1998 年 12 月出版

在书架前和您侃几句（自序）

这本集子，原不打算现在就出版的。因为其中一些篇章是我早年之作，立论不确，文字亦复草率，甚或间有荒谬。还有一些，是平日报社朋友需索"填空"应景之笔，虽不乏偶有所见，但大都是千字文。草稿匆匆局囿篇幅，自己都不甚惬意，又何能惬于人意？《康熙大帝》《雍正皇帝》《乾隆皇帝》书成走市，再加上电视剧《雍正王朝》冲击一家伙，似乎"抖"了起来。据出版社朋友说，我的这些文章也能"看好"，搜罗搜罗便有了这个集子。

我是不大相信这个效应的。我对这些文章的基本评价是"还能看"，这是作家必须说的老实话。然而既如此，那就带了几分勉强：你干吗不把它们整理得"还好看"时再出版？一则现在倾尽全力的作文是《乾隆皇帝》的最后一卷，无暇无力坐下来静心更张修正，二则这是一套书，是"南阳作家群丛书"中的一本。这个作家队列里理应有我一席位置，缺这么一本，就有不入群之憾：有伤文友联络情分。而且我自己心中也无数，究竟何时才能有时间搞成"精品"，且什么程度才算"精品"了，也有点懵懂——写小说时间长了，对于其余文章的写作信心也有所动摇。既然"能看"，且就上这山唱这山歌吧。至于里边还选了小说的章节，我倒觉得"还好看"的，那代表了我在小说领域的水准。读者闲来随便翻翻，若有一得之见偶合，也算神会交通了。

因此，我是有点不安，惴惴然的；我是带着几分羞赧和歉意来见读者，我不要读者原谅我的不得已。但我希望读者看了这篇短序能有几分理解，信手翻翻，若有某种契合，正好腰包里尚有余铜，就买回看看。否则，就放回店里书架上由它生尘。这样，也就够了。

一九九九年二月下浣

原载《二月河作品自选集》，河南文艺出版社 1999 年 4 月出版

《采红集》序

记得多少年前，我给一位红学先贤写信，因为写的"红学"论稿不被器重，心中不平，说"《红楼梦》是人民的，不是红学家的"。尽管当时有点负气，时至今日检看，这话仍旧不错。《红楼梦》自乾隆中叶刻版问世，历经两次鸦片战争、太平天国、辛亥革命、民国内战……这是几多的沧桑巨变？中间几多政治革命、饥荒、战争、流离颠沛，而至今单靠几个红学家，行吗？

自从开始写小说，也就背上了十字架。从前的"大闲人"一下子变成了"时间乞丐"。虽爱"红"如昔，但要坐那里去研究，我是力不从心。但周围有那么一群红学谈友——与红界巨匠们相比，那芥微般的小人物——谈来谈去，红友们心得渐多，就成立出这么一个南阳红学会。

特别值得一提的是齐朝荣女士。我自己就是个红学迷，写几篇论文之后还当了中国红学会的理事。我见过的红迷真的是不少，有的可以把《红楼梦》背得滚瓜烂熟，有的从少小青丝直读到两鬓如雪而不知释卷。但这位大姐痴到这份儿上，不读《红楼梦》就会犯病，犯了病一谈《红楼梦》就没病了。她身体不适，诸红友不用别的安慰，谈一阵"红"，立刻便见起色。有她张罗，组建起来了红学会，结交了一群红学朋友。兴头起来，于是有了这部书。

书的稚嫩可想而知。一个基层得不能再基层的红坛，我们不能指望它与《红楼梦学刊》《红楼梦研究》这些大家集相比，但它有它的活泼、鲜灵，有它的弹性与张力。就算是"基石"吧，谁敢说基石有无皆可，不那么重要呢?

《采红集》，二月河主编，中州古籍出版社 1999 年 10 月出版

以史为镜

展读三十余万字的《东王·杨秀清》，一百余年前的一幕社会立体悲剧出现在眼前。

作者际遇坎坷。由知青而成为恢复高考后的首批大学生，然后大学教师、中学教师直至小学教师；由行走于十里洋场的大都市而至蜗居于偏僻冷静的小乡镇。其间人生感情尽化作片片奇思异想而落于字里行间，从而构成了《东王·杨秀清》这部著作。

作者由从事晚清史的考读而转向太平天国系列小说的创作，因而对百余年前的那段历史进行模拟还原显得头头是道。该书行文有序，情节设计则起伏跌宕，加之以杨秀清为主人公进行创作的历史小说以前尚未有过，这更为作者的想象提供了一个广阔的驰骋空间，因此读来引人入胜。

杨秀清由一个普普通通的农耕、烧炭者而至太平天国运动的领袖。从他个人经历上不仅折射了这场声势浩大的农民起义运动，而且令我们现代人多少也可从中获得成败的经验教训，从而时时检点自身，胜不骄，败不馁，《东王·杨秀清》在这里无疑起了一面好的史镜的作用。

《东王·杨秀清》，吴文庆著，湖南文艺出版社 1999 年 11 月出版

写给田永清将军

"文革"十年，是我自修文学的十年。因了机缘凑巧，着一身军装，在山里坑道作业。那是全封闭的国防工程，与外头的热闹基本不搭界。那是施工阵地，绝对禁止"四大"的。因此内部没有"斗批改"的任务，更谈不上夺权开门这两档子热闹。尽管可看报纸，可听广播，还有"支左"的战友支了"右"……诸如此类的信息反馈；领导也天天讲月月讲年年讲"阶级斗争的长期性、复杂性、尖锐性"，还教育我们"社会一阵风，军队里一层浪"，提醒保持"阶级斗争"的高度觉悟。然而毕竟是隔了一层，有点隔岸观火作壁上观的味道。除了天天读书就是雷管炸药，压风机风枪及掘进速度，其余的时间自由支配，我就用来读书。

这么着，菩提达摩是面壁十年吧，成了一世佛祖。我没有他那般资质与坐功，是躺在被窝里手电筒照着读书，居然也学有小成，养有进益。我读《快嘴李翠莲》这通俗诗板话，里头说，"修不成佛祖，修个菩萨也罢"，这就成了二月河"也罢"了。

有些档次颇高的专业读者很看不起我的这类文学。他们可能势力太大，有时可以不看作品就武断你的作品，是阳春白雪或下里巴人——直到《康熙大帝》出书四卷两年之后，还有人大言"二月河是武林高手"。他以为我写的是武侠——这真应了欧阳修的一句话"修也知道你，你却不知修"。"大言不惭"这成语真是一字不错。

在几间大学里讲，有不少同学殷殷相问："二月河先生为什么不写现当代题材小说，却要去弄历史小说？"

其实答案很简单：在修学十年中，我的社会生活范围局限在一个小小的连队的山里，没有参与到火热的现实斗争生活中，读了不少诸如《资治通鉴》，二十四史，《楚辞》，及《奇门遁甲》《麻衣神相》读的书，还有破报纸、万年历这些。假如因此永远不能入大雅之堂，我只好永远不进去也罢。如今看许多批评家的文章，逐步地明晓了一点。诸如"终极关怀"，还有"自我关怀"，委实教我耗了一些脑汁，真是个"道不同不相与谋"。不过，木已成舟，坏也烧成了砖，回顾这些事，用得着屈原一句诗，叫"亦余心之所善兮，虽九死其犹未悔"——再来一遍，我毫不犹豫还是这个模样。

思量了一下，别人关怀这，关怀那，我关怀的是何事？就我对历史人生的理解，无论人性善恶，深化衍化万千，我心里牵挂弱势人群的心理渴望与需求企盼是不变的。我写书是想让读者和我有一份神交，是为了读者这上帝。当然我的心里也要告诉读者——其实一个作家，想将自己游离出来，纯粹地照护别人，既不必要也不可能——必要性与可能性都不存在。

田永清将军的《与大学生十日谈》当然不是小说。他的前一本书我也读过，我的女儿当兵离乡前，我还请田将军题词签名送了她一本。一个将军，退休前关怀的不是自己的升迁为何。我的创作与田永清千差万别，"不是一道气味"，但是我们想的都是平常人，布衣蔬食、引车卖浆者流，他们的心思、追求、迷惘、热烈、渴求、愿望……这样的视野在他的注目与切痛之中，这又是什么境界的思维？

所以道不同也可相谋，我和他成了朋友。

现在我是"老转"（转业干部）。老转见老转——这普及程度倘有疑，几乎任何一个场合总会碰上："哈，你也是老转！"这回事的。大家心境还滞留在当年，看他这书，有点像当年的指导员给当兵的讲课；又像他自己来了与你娓娓谈心。时代变迁了，大家都在忙着生活、挣钱、养活家人、教育子女，但看这书，一勾起当年，那份温馨仍有点"有足为外人道"的受用。

弱冠时就知道，一个人，无论他是什么出身、地位，他们的目光只要注视着那一群，他就是那一群里的人。将军也是士兵来，将军回归士兵中，这就是田永清吧。

《将军与大学生十日谈》，田永清著，解放军文艺出版社 2002 年 10 月出版

由蔡东藩历史演义所思

长期以来，"成分"的阴影在中国大地上徘徊。封建时代，有士大夫、庶人、农工商、地主、佃户、贱民种种"阶层"，或者叫"阶级"。对待各个阶层，使用法律不一，政治待遇不一，经济分配制度也不一，这就造成了阶级仇恨。新中国成立以后，政治、经济、综合国力都有飞跃式的大进步、大改观，唯独"成分"这意识存在依然。"地、富、反、坏、右、封、资、修"成了新时代的新贱民阶层，与旧时代一般无二的新的社会问题不单"存在"，且势头不减，愈演愈烈，生命力鲜活。从深层次原因上说，窃以为是"文革"的重要成因之一。从根本上认识、解决它的政治家就是邓小平。这一社会问题的解决，是从十一届三中全会而始，一步一步使我们的社会政治生活卫生起来、健康起来。

"成分"这种社会政治理念，反射在文学领域，构成了文学创作的一边倒和文学评论的单一倾向。一部作品出来，首先拷问它是"香花不是毒草"，肯定了它"没有问题"，然后再说别的。这种做法带来的后果，是服务对象的单纯性，为下里巴人而创作，"阳春白雪"便受扼制。很简单，倘若你只爱春天，那么你这个花园里便没有荷花、菊花与梅花。本来文学应该表述的观念形态，真善美，爱与死，夺人魂魄，陶人性情，增人学养，冶人操守，这种种功能未样样都与"无产阶级""贫下中农"这些阶级成分挂钩。即使是无产阶级，也有一个学习的任务，有提升素养、接受人类美好灵思的必要。事情一旦走向绝对化，必定的后果是"过犹不及"。

老实说，如《林海雪原》《烈火金钢》《铁道游击队》《敌后武工队》《苦菜花》《迎春花》《小二黑结婚》《三里湾》及《苦斗》，这些创作都是十分精良的；柳青、赵树理、欧阳山、曲波这一大批作家，都是十分了得的。但由于这种创作理论的局限，在文化枯竭、无别的书可读的情形下，读者选择了它们。也有耀目的辉光，也有大批量的呼拥读者。但是，这只是一时之作，难以永恒，原因也很简单，它本来就是为这"一时"服务的作品。

今天翻翻《艳阳天》《金光大道》，浩然的艺术才华仍在熠熠闪烁，这是无法否认的事实。有的学者反感样板戏，其实样板戏也自有它们怡人的风采，这些学者一听就掩耳，那心里暗示的是腻味头痛反感"文革"这场伤情事。姚雪垠的《李自成》怎样？历史题材的文艺作品受"阶级说"的影响相对较少，《李自成》的前两卷我看仍是旷世绝唱，但后来几成"阶级歌颂"，"高、大、全"地表述这个农民领袖，创作的思路就受到了极大的制约。

这些才华横溢的作家为什么没有写出惊天动地的作品？一则是"应人"之作，服务的对象狭小，心胸目光都不能开阔；二则是"应时"之作，"时过"自然"境迁"。从这个角度看，真个是"求仁得仁又何怨"！

同文学艺术与生俱来的文艺评论怎样？著名文艺评论家孙荪曾有过一个生动的比喻："作家好比是木头，评论家则是木耳。"我以为孙荪的这一断语说得太理想化，太善良了。若说"评论家应该是木耳"，似乎更贴切一些。因为事实上，木头不仅生木耳，还会生蘑菇，生野草，生苔藓……向木头上钉钉子，用斧子劈它成柴，锯成锯末……可以说都叫"评论"。

生木耳，于人有益，可以做美味进食，营养作用颇多，但用刀、斧、锯这类利器去评论，得到的是什么？木头畏惧斧加之，就会一律按照预先允许的"规范"去生长，这样去要求"百花齐放，百家争鸣"，花儿长出去前先就要想：我不依"政治标准"长出去是什么花？恐怕狗尾巴草也不是！谁愿意辛辛苦苦爬格子滋长出"毒草"呢？

文学艺术，它的功能绝不仅仅是"歌颂"和"暴露"，它还有"告诉""讽刺""调侃""和息""要求""给予"……诸多中性的心理作用。用了"阶级标准"这把唯一的尺子，不是这，便是那；不是拥护，肯定就是反对。表述了改革家、工人农民"火热"的生活、农民起义，那就是"主旋律"，否则，你的嗓门天赋高了，不会当你是帕瓦罗蒂，反会听你是"噪声"，掩耳而走，甚或"吾虽不及师旷之听，闻弦歌而知雅意"——当你别有用心也未可知。

用"政治标准"衡量蔡先生的这部书怎样？它既不是"纯文学"，也不是"雅文学"；它不是纯历史，又没有虚造历史，它有歌颂，也有暴露，更多的却是"告诉""讽劝"，浩如烟海的历史表述中颇不乏人文思想社会流俗的探讨与调侃。它绝对不可能被我们高层象牙塔尖端的评论居要津者列进"先进文化"的书目里头。

它进行的是人文之美的播种，是中国独有、别国绝无的美好道德的传述和表述。这样老成实在的著作家可能早已在中国"绝版"了。我的估计，历史在一个短的时期不太可能再赐我们一位蔡先生。

中国是世界上唯一五千年历史传承记载不断的国家，这可能与我们"敬惜字纸"的民族习惯有关，除了历史，还有野史、私史、笔记、日记……配合了这一系列的体系佐证和辅助或匡正纠谬的数据，有小说、诗词、说部、传本……小到民间流传的演义故事、书摊、小曲、民歌、鼓儿哼……种种文学与艺术的烘托，众星捧月地簇拥出二十四史来（清史尚是"稿"，未能定正）。倘没有绝大学识，绝大胸襟器量，绝好智商与精力，要做蔡先生做的这番事业，确实有点像要求初中生演算哥德巴赫猜想般困难，或者是"骑单车上月球"那样的妄想。

用阶级成分论是无法评论这本书的。你说他有某种超阶级的倾向，那倒是实话。蔡先生是个好老师，他把一个统绪一个统绪的兴亡过程，一个人物一个人物的历史表现都告诉你，顶多偶尔地、很温善地流露一下自己的思绪——余下更多的，是给学生以思考判断的空间。

一部好的历史实录，何尝不是当作一部小说和文学作品看？荆轲刺秦王，燕太子丹送他到易水河畔，那种肃杀，秋高凛冽，壮士义行必死的悲壮，慷慨赴义的情致，是极致的文学描摹。《廉颇蔺相如传》是《史记》正述："相如因持璧（和氏璧）却立，倚柱，怒发上冲冠，谓秦王曰……"后来见不少辞书注释里说"怒发冲冠"一词出自岳飞的《满江红》，这都是不读史书的过。

一部好的文学作品，同样可以看作是历史真实的文学诠释。《红楼梦》就是这样，它不以一朝一代一兴一为局限，表现的是中国封建历史整体形态，代代都这样，这是事实！

然而，好的历史书，好的小说，偏偏都不"以阶级斗争为纲"。贾宝玉是哪个阶级的？曹雪芹歌颂了，赚了三百余年无数人的眼泪。就因为它真实，或者说"实事求是"。

这是蔡先生的追求，他不说假话，也不说曲阿的话。他所演绎出来的故事，都在史据中班班可考。"以正史为经，务求确凿；以逸为纬，不尚虚诬。徐懋功未做军师，李药师何来仙术？罗艺叛死，乌有子孙？叔宝（秦琼）扬名，未及子女。唐玄奘取经西竺，宁惹妖魔……则天淫秽，不闻私产生男；玉环伏诛，怎得皈真圆耦？种种谬妄，琐亵之谈，辞而辟（避）之。"只有这样严肃谨慎的人，才可能写出这样的作品。

我一次与朋友调侃玩笑说："倘若现在突然发生变故，中国没有电了，死的年轻人比中老年人还要多。"这是特指我们中国而言。中老年人，点过油灯看书，穿过草鞋走路，井水可汲而饮，草根可采充饥。如今的年轻人从酒吧到舞厅，无电脑不能思维，非电饭锅无从造饭，不读书也不看报，心中空如昏天之月，除了钱没有别样的追求，他们不死谁死？这是一点具体表述的思维，如果抽象起来讲，中老年人的头顶，始终有历史这盏灯在照，他们的耐受力强些，恐怕是事实。真的会"没电"吗？有什么事是不可能的呢？

一个"非典"可以把满街的人赶回家去，一场更大的意外，比如"战争"呢？

然而我们似乎并不珍惜这些仅存的文史学。还在用"阶级论"这把尺子量，用斧子去砍他们。

记得在"文革"期间，那些红卫兵曾经有过一个设想，用农民起义的斗争史取代帝王将相的封建史。想是想，真的做起来，他们还是傻了眼。整个二十四史中，农民起义只能看作是历史的一种"现象"。这个朝代有，那个朝代也有，支离破碎各自在那里，根本形不成历史的连贯和接续。我猜"儒法斗争"的那段历史观表述，也是一种很无奈、很勉强地在生拉硬扯表现"阶级斗争"史观的做法罢了。蔡先生的这部堪称"通史演义"的书当然是以帝王将相为主的，受到冷落也在情理之中。

中国的文化中糟粕很多，其中有些东西很要命，这是不争的事实。鸦片战争以来的历史证明了这种文化中含有的"落后量"和"落后质"。但是不是落后了便应轻视、蔑视呢？这需要政治家和社会学家认真思考一下。一只乾隆笔筒，放在现在的书架上，和《大不列颠词典》一处，是增色还是减色？一架春秋"水洗"，已不再用来洗手，是保存研究，还是捧出去卖了铜器？就算碰碎了，比如钧瓷，已经极难见到完整的器皿，但在钧瓷遗址未发现之前，碎片与黄金等价。

我以为，判断任何一部书的社会价值，只有两个量化了的标准，一是它拥有不拥有读者，一是它拥有不拥有时间。二者倘居其一，即是具备"素质"的作品。什么是"素质"？它可能是进步的，也可能是落后的，但它即使是落后的，也是有价值的；倘二者皆具备——即使它是"旧的"，也是永恒的，无法消灭的。谓予不信，可以看看《儿女英雄传》《蜃楼志》一类作品。可以肯定地说，这两部作品的主旨是"旧的"，但是，无论什么样世界观的评论家，你可以说三道四，可以恨之入骨，你就是消灭不掉它！因为它的内在有着永恒的美，无阶级、无意识的"芳情只自遣"，践踏成泥"依然香如故"。

我们在审美时，总是在辨认哪是香花，哪是毒草。我们总是用显微镜、放大镜和化学试剂在观赏自然，这样做不累吗？《安徒生童话》里讲了一个故事：一座烧焦了的房子，旁边盛开着一丛绚丽的玫瑰。画家走过来，他感动了，便在旁边写生创作。倘这样问，这画家他是在为贫下中农作画，抑或为地主阶级？问话的人是否有毛病？我们警惕得是否过分了？

蔡先生这部书的题材是以写帝王将相为主的，和所有的旧知识分子一样，他无法避免一些陈腐的、落后的东西。但蔡先生的这一系列确实做到了"两个拥有"，它还要"拥有"下去。我看它的生命力起码比我的书要强。从实效意义上看，它的生命力还在加强。现在还有多少人能看竖版繁体字的二十四史呢？没多少吧。就是简体字的古文也不能。但我们的民族历史要承，要绪，读蔡先生的书可以导你入门。且是独此一家，别无分店。从这个意味上说，真的是"厥功甚伟"了。

我是反感成分论的。无论从社会学概念，还是文学评论界定标准，统都反感。看到现在一些评论家：你写一个海瑞式的正直官员，他说你在宣扬清官；你写一个忠于国家爱人民的志士，他说你歌颂"愚忠"；你写帝王将相呢？你是在颂扬"君权统治"，是"封建余孽"，是"奴才"……还是安徒生那则童话，画家是此意识，麻雀们又是彼意识，"吱！那有什么画头？那不过是些红的和绿的堆起来而已——吱！"

帝王将相不可以歌颂吗？歌颂他们便是反民主？我看不能这样说。我不能同意，用今天西方洋大人的标准来衡量我们过去的中国，甚至我们现在的中国。我不是政治家，但作为小民百姓自由见解；比如说民选，现时进行普选，选出来的官怕恶霸多了点，有钱人多了点，贪官多了点。——这不是坑我们中国"公民"吗？

只要在历史上曾经对改善当时人民生活，对推动当时生产力的发展，对巩固当时国家和平统一，文学艺术昌明，对当时民族团结曾经做出过积极务力和贡献的人，无论李世民、雍正、李白、辛弃疾，抑或毕昇、黄道婆、蔡伦、郑和……就是要歌颂，管你说什么！

蔡先生的这套书，从文学性上说，只能说是"中平之作"。它是一座矿山，山一样的巍峨，中有茂林修竹、流泉飞瀑，内含煤铁金玉，自然也有土，有毫不起眼的砂石。它的非凡就在于它的丰富蕴藏。前面说过，它不是应遵命评论应运而生，而是应时而生。在整个封建制度崩溃、新时代还在阵痛时，他用毕生精力唱出了这部史诗，可以听为挽歌，也可以看作新时代的催生符。这岂是几个在沙龙里坐唱，坐看别人辛苦，封就了自家是文坛盟主、骚坛执牛耳辈所能为！

是为序。

原载《南京师范大学文学院学报》2003 年第 4 期

《淯水心声》序

高德领的这本集子终于出来了，我很为他高兴。我认识他，起初结缘于他在平顶山工作时，与我的一个同学是朋友。同学常提及他对我的书的感动，还在电话中谈过几次。后来他调入南阳，有了更多直接的接触，逐渐改变了原来那种"礼貌性质"的过从，成了可以深谈事情、问题的朋友。

与官员交朋友，我一向是有点心障的。一来他做事我作文"道不同不相与谋"；二来他有权我没有，难以平等；三来"片纸不入公门"是中国文人积习；四来双方因环境、文化氛围的不同，各自心态不一。官员——即是很好的清官，想事情办事情的主体意向，和文人也是有着一条"代沟"的。这不是谁对谁错，应该这样不该那样的事，是社会结构自然造成的一垛墙，然而我们毕竟越过了它，在另一维环境中寻到了友谊的坐标。

我对他的印象是"厚"。无偏无倚的诚意，朴实无华的作风，不设城府的坦率，左右处处都无形地在说明他人品的厚重。我与朋友们也常议及这里的官员，我的这个看法和大家都极一致。他在这里管干部，这种职务的人常常脸上都带着"印"，他没有。踏实，没有架子，不作秀，这就是高德领。文人们一般都清高，对人事情感的细节挑剔得过敏，在这样的人面前，你觉得一切平等，那么，清高和过敏都很无用，也就不用了。

没有想到的，他也在写书了。就是这部集子里，也如同他的人，谈工作、谈人、谈自己的随时随事的感受，都是务实老成的文风。这不是小说，当然没有那许多的想象力和文采铺陈，也不讲布局建架结构。但都是很朴实的工作思路和他对人文的深沉思索。这思路和思索是他在南阳这几年走过的旅程心迹，完全是他一步一步走出来的路。

现在，他又在周口走他新的路了，一个市的人的长官，背负的荷重比在这里要重得多了。这样的人走到哪里都是老实厚重而值得人相信的。人，一辈子不读小说一点事没有，不吃饭三天就血糖低得不能过。他的文章不是小说，然而做着官的人看一看，也许对因营养而低血糖的人群不无裨益。

《淯水心声》，高德领著，内部出版物，2003年上半年制作

春风化雨
——《如坐春风——王钢人物报道集》序

王钢是怎样一个人？很难用一句话概括。我识得她还是缘于故去了的作家乔典运。没有识得她之前，乔典运在与我谈话中就曾多次说过王钢怎样怎样如何如何，说她的文章多重格调，写小说是什么味道，写报道又是何种格调，她写散文又是品类各异的趣向……中国话中"他""她"是听不出性别的，以至于我见了她才眼前一亮："哇！（现在时兴的惊叹句）原是个漂亮女郎也！"一来二去见面既多，相知也渐深，竟是有点忘年交的朋友了。她告诉我，在她上大学的时候，同系里有个长得很黑的白姓姑娘，同学们戏说"白静不白，王钢不钢"——意思是说她个性柔弱，不是那种霸气灼然的人。记得第一次见她是在朋友家的小宴上。我当时还算得一个饥饿者，遇见可口的就猛吃猛喝，吃相自知是差劲得很。为解嘲起见，我说："我曾经是急性胃扩张，撑得昏迷三天三夜，仍旧不肯改悔，我是个猪托生的……"她在旁听着捂口窃笑。后来熟了，我问她："你当时笑什么？"她说："我听着好玩。"

她的这个名字误导了不少人，有一位大牌影后来河南，她去采访了，也报道了。大概报道写得太实、太客观，批评了那位影后，那位影后居然到一位省委领导那里去告状，说："你们有个记者王钢，他调戏了我！"幸好报社领导解释王钢是个女的。

王钢的"皮"是尽人皆知的。就我知道，这个韧性与弹性，都限制在一个极为严格的尺度当中，不肯苟且，不愿随从，不说过头话，尊重别人，不轻易给人下断语，也不马虎人云亦云。我盛年时是个十分气盛的人，想到哪儿说到哪儿，见了人即使想交往，也要"先砸一砖头"，打掉对方的盛气才"视情况而定"。包括我后来终生敬仰的史学家冯其庸先生，回忆第一次接触，那话也是很不客气的。记得第一次和王钢聊起来与某位名流的遭遇战，我夸夸其谈，大讲"砸砖头"效应，她冷不丁插问我一句："你好像还很得意？"

也就是这一问吧，问得我们距离近了许多。这一问之后，在背后我再也没有说过别人尴尬自己得意的话头。《晋书》里头竹林七贤之一阮籍是"口不臧否人物"，还有嵇康的应酬之学，避嚣混世练达人性，幼年读书时因了人性人情之恶，以嚣避嚣的做派，但忘掉了别人也是不容易，也有痛苦与难受挣扎。我想王钢也许是自悟，也可能读过邹阳《狱中上梁王书》：即使你是"明月之珠"，是"夜光之璧"，也不可以暗以投人，你去砸别人就不对，何况是砖头！——她实在是善良人。即使是整过她、与她不合脾气的人，一旦有病有灾，她也会唏嘘不安，祈祝这人平安。这样的事我已见过几次。与王钢打交道，好人歹人为恶为善，你可以放心她，你吃不了她的亏。

王钢的第一部集子是《天地玄黄》，文类相当驳杂，弄通讯、报告文学、散文、小说，都没有一定的轨迹。我的看法，她几乎什么都爱，看到什么写什么，都做得极投入、极认真。读她的文字和见她这人一样，她的关怀是让读者明白：这世界极大，除了你自己，还有别人呢！也就是看了这部书才晓得，她今天应有的学术地位与工作成就，那也是极艰难竭蹶挣扎奋斗而来，没有一步是"幸得"。她的"容量"，与她的"伸缩性"、"皮"和耐磨耐摔，从她手指按着冷冷的琴键，教孩子们唱"1——2——3——4——"时，就养成有素了，浑然圆融了。

乔典运在世时，我、乔典运、王钢，还有一位摄影家贺海龙，都是好朋友，见了面琢磨切磋，口无遮拦心不设防。我早年受人轻蔑欺侮惯了，练得心虽无山川之险，口却有城府之严，见了人常常先"警惕"起来。一见这几位，立即就麻痹了。现在乔已逝去，我和海龙步入老境，或游戏子孙，或游戏笔墨。王钢却还在认真作文认真做事，除了编排她的饭碗工作，还在照护儿女，她的丈夫云正与她和谐美满。她有这样好的落局，真也不枉了她半生的努力。

"王钢不钢"，其实也不然。为人处世见柔见韧，这是她的特性。你想象不出一个暴躁、剑拔弩张的王钢是什么样子，反正我是没见过。看她的小说、散文，也是个温婉派吧。我没有见过她的诗，想来大抵差不多。但是一写到报告文学，写到现实中实在的人事、人物，她的思绪似乎发生了跃迁。世界的"世"，本身有"蒙蔽"的意思；"界"有"间"的含义——这当然是佛学堂里头的东西。从创作文学到写实文学，她似乎是从尔一世跨进我一世，从彼一间跃进此一间——文学本就是无间炼狱，大致一个文学家都定格在某一间中，而她能随便这一间那一间轻松地串门！我晓得她读过一点佛经，是否从中有所悟呢？本来"阴柔"的她，到了《如坐春风》这本书中，你找不到她了，虽然没咄咄逼人，不做张牙舞爪那种竭力，但很轻松地，变成一种健美的阳刚之气。人物在她笔下，无论血、汗或泪，都在向你倾诉那斩棘披荆、摧枯拉朽的奋进与角逐，一往无前的男性格斗精神。你单读这文，难得想到作者是女的，这其实很令人诧异。

"如坐春风"的典故，出自宋代《伊洛渊源录》卷四：朱公掞（字光庭）见明道（程颢）于汝州，逾月而归。语人曰："光庭在春风中坐了一月。"本意是指与良朋益友会心交流时的心态。我解释异化说，这《如坐春风》中采写的人物多是春风得意的成功者，王钢坚持不同意，说"没有那一说"。我还有"王钢如坐春风"的意思，不知她能否同意接纳？

《如坐春风：王钢人物报道集》，王钢著，河南人民出版社2003年9月出版

真情之水哗哗来

——鲁钊小说集《灿烂的河》序

老战友李再新先生相托，嘱我给武警青年作家鲁钊将出的小说集写序。鲁钊系老战友鲁保军之子，其父几至文盲，而其却能警营成才，写新闻、写材料、写诗歌、写散文、写小说，成为小有名气的作家，还曾作为百万之众的全国武警部队唯一的战士代表出席文艺座谈会，委实难得，心中很是欣慰。我浏览了清样，挑出几篇读了，感到虽然语言稍显稚嫩，却不失清秀，活灵活现；虽然情节不很复杂，却拙朴好看，独出机杼。

从这本集子里，很明显地看出，鲁钊善于观察生活、介入生活。因为他文章中的地域特色很明显。从诸多篇章中，可以清晰地感受到豫西南伏牛山区的民俗风情。他把对乡土最深沉的爱，倾注在笔端，流泻在《围鱼》《让烟》《续假》《交公粮》等小说中，山民纯朴得近于愚讷，富于牺牲和奉献，那独特的地域乡情，都生动形象地被捧到读者眼前，使人阅之可触摸到中原伏牛山民们的生活脉搏。鲁钊没有辜负伏牛山的养育之恩。

伏牛后生来到警营，富有警营特色的战友们就栩栩如生地跃现在他的笔下。他对战友是深怀感情的，写得细腻精到，个性十足，神采飞扬。青年男女谁个不用情？但警营自有警营的纪律，当兵的人自有当兵人的爱，哲和兰把这种纯洁美好的感情默默保留在内心深处，于是，在《有情淡淡》中他们永远保持着军人的作风和形象。无论在什么时代，军人的职业，都意味着付出、牺牲和奉献。他们能否赢得应有的爱情和幸福？《老兵的媳妇》《怎么会这样》《暗访天安门》都给了读者一个明确的答案。在新世纪全面实现小康社会的征途中，如何带好大款兵、独生子女兵，带好有文化、有个性的兵？鲁钊在思考这个问题。《灿烂的河》《瑕不掩瑜》《猎户的后代》《风声雨声》等小说都写得跌宕起伏，颇显精彩。很好地说明了新世纪的警营，仍然是一所育才的大学校、火热的炼钢炉，既使这些独生子女或有个性的兵保持着自己崇尚浪漫自由的鲜明个性，又使他们在紧张的执勤、战斗中历经风雨，健康成长，去圆满履行自己神圣的使命，永远做党和人民的忠诚卫士。

这部小说选集，还有一个鲜明特点，就是兵种味道很浓。作家是一位武警战士。武警部队担负国家安全、社会稳定、抢险救灾等诸多神圣任务，上一线，打头阵，养兵千日，用兵千日。所以小说中描写了武警部队特有的警卫、看押、看守、守卫、守护、逮捕、押解、捕歼等执勤、战斗场景，比较有看点。作家化繁为简，紧张激烈的押解、追捕等战斗场面写得轻松自然，读后令人会心一笑，如释重负。

鲁钊的这本《灿烂的河》小说集，主要是由小小说和几个短篇小说构成，写得都很好看，尤其是小小说我更加喜爱一些。小小说以新、小、奇、精而著称，在这个快节奏的社会，小小说迅速赢得人们喜爱。鲁钊的小小说就以其精短精致、精巧精美让人刮目相看。譬如《反响》，以1998年长江的九江决口事件为背景，描绘一位战士勇救老人的故事，记叙了法、日、德、英、意、美国人和梵蒂冈大主教对此事的反应，再配以记者采访，经过层层铺垫、渲染、映衬、升华，结尾却见好即收，戛然而止，留下回味，起到以小胜大、以短胜长的效果。讽刺小说《酒醉程度》在白描中留下悬念，于悬念中蕴含夸张，于夸张中凸显幽默，结尾始料未及，令人哑然失笑，于笑声中针砭时弊，在谐趣中痛刺贪官。还有《开花的枪刺》《傻冒后羿》《玫瑰，并不都代表爱情》《两种对话》《释然》等篇章，皆写得活灵活现，妙趣横生。纵览他的小说，都能做到笔藏机锋，独出心裁，取精显宏，寓大于小，掩卷不能忘怀。

鲁钊是个拙心怀善的孩子，他只想反映生活中的美，不愿挖掘生活中的悲，每个故事、每个篇章都很好读，但纵览整个集子，给人看到的却都是花好月圆、皆大欢喜，未免有单薄浅显、琐屑重复之感。一些篇章能少一些琐碎和直露，少一些浅白和重复；多一些飘逸和空灵，多一些思想和内涵，就更加引人入胜、锦上添花了。

二○○三年九月

（标题为在《太原日报》发表时编辑所加）

《灿烂的河》，鲁钊著，人民武警出版社 2003 年 10 月出版

寄语吴欢

做一个吴祖光这样的人真的是很难，难的不全然在于他的遭遇中命运给他的不幸，他的内心的孤独与无助，不在于四周向他投去仇恨与怀疑的目光，他的迷惘、愁恨、焦虑，求不得，怨憎会，爱别离，五蕴盛……《易经》里其实早就揭示过。"吉凶皆生乎动"——就是说：你千万别动！你一动，便有百分之七十五的可能结果是"不好"！这当然特指我们人类，我们是会思想、能劳动的动物，我们痛苦，是因为天生是如斯动物。当上天将雷霆闪电与暴雨降临给你，寒风呼啸的寥寥雪野上你衣着单薄；你饥饿得行路像齐人那样"贸贸然"，在夜色凄迷中卷单独行。你自己心中难道不知自己"最需要"什么？要一个能容七尺之躯的茅庵吧，要一袭暖和一点的棉衣吧，需要一碗饭的吧……一间燃着橘黄色如豆荧灯的小屋吧？

然而当这一切赐予或获得都是有条件的，你能付出的努力与人道之于生命这一点点的期盼倘若是相当的，谁都会无例外地接受。但若是"有条件"是"嗟来之食"，是你还需付出你的良知、你的人格，你会怎样？

我读过司马迁的《报任安书》，他写了那么长，其中"人固有一死，或重于泰山，或轻于鸿毛"，现在还在用。人们似乎没有想过，这句话其实是很极端的——当时他的性命危如累卵，是在极端的形势下说出的极端的言语。事实上，历史与现实都不是这样。除了文天祥，都是严世蕃？不是吧？多数人不在泰山与鸿毛中选择，他们活得更像宇宙中的尘沙，如同河中的鹅卵石，没有泰山那般重，也不似鸿毛那般轻。司马迁的志节、气节，是不必问的，但他的信的意思还是很明白，他要活，要把《史记》做出来。他要做事必须屈心降志，这是多么可悲的事！

同样是西汉人，叫邹阳，很巧，他也是在狱中，身罹不测之罪，上书他的主人梁孝王，其中有两句话"明月之珠，夜光之璧，以暗投人于道，众莫不按剑相眄者。何则？无因而至前也"，是明月之珠，是夜光之璧啊！那是多么好的物件！倘你是在暗中向人投过去，那人就会按着宝剑恶狠狠地盯着你——他居然是想杀你！为什么呢？并不是因为你有什么罪，因为他不知道你的用意！

再举一例，在《鬼谷子致苏秦张仪书》中如是说："子独不见河边之柳乎？仆御折其枝，波涛激其根，此木非与天下人有仇雠，盖所居者然。"这柳树，它本身并无过错，它只是生错了地方，所以随便什么时间，什么情况，都被人为物所折辱。

这算"如是我闻"吧。倘若讲国粹——鲁迅先生说，是吾国独有，别国所无者，比如说我们头上长了一个什么恶疮——这是我们漫长历史上的一粹。秦始皇不愧一个"始"字。郡县制、完善文武分属系统，车同轨，书同文，一统度量衡，还有"焚书坑儒"，他也是"始作俑者"，什么都是他先开头，后头的人竟无一人能稍有更张。知识分子挨整，从他成了例之后两千年不息，谬种流传愈演愈烈，这真是令人扼腕无奈的一"粹"。我也有点体会。还有评论家写文章，指我为封建余孽，美化封建帝王，还期盼着将我塞进"时间隧道"，回雍正王朝去，让我尝尝"血滴子"的厉害。我一直在战战兢兢等待着某一天，一群三道头什么的来敲我的门，但事实上是只有这位评论家以泣声在墙外呼喊——他希望有个什么运动。然而从邓小平始，江泽民继，这种事拉倒了。

我的这点遭际和你们吴门三代相比，只能说是无病呻吟。

吴家怎样？我以为是辛亥革命而后，站在中国霹雳闪电中挺立迎受的一个文化家族。他们这个家族始终都在文化的峰巅，经受着不尽的凄风苦雨，坚守自己的心灵纯清和文化理念，不以物化，不从地迁，不随时移，不因事变。这需要何等的精神力量？从"洪宪皇帝"而始，三代人俱都子承父业，前赴后继地坚守特立独行的一种理念，这实在是文化史上一个奇观。

为什么说奇呢？因为少。

吴欢不晓得有没有读过李白《与韩荆州书》？李白是有名的傲睨公侯，敢于天子呼来不上船的人，但在恳请别人抬举自己时，多么像今日一些作家恳求评论家"请老师指教帮忙"那般小心翼翼娓娓媚气。《容斋四笔》中还可看到《李白怖州佐》一篇——那也就相当于我们今天的"县委副书记"，不但小心媚气还有媚骨的吧？

这样冒犯李白，不为亲者，二月河你什么意思？我是想说，人都是具有两面性的，人都是血肉俱全的。我曾写过几篇专栏文章，是谈文人的"这一面"的。这里说的是"李白尚且如此"。

但吴祖光，处在中国政治剧变的时代。风雨摇荡中，他当然也是血肉之躯，七情六欲咸备的人，在坚持人格信念，追求真理，清白纯正个人气质上，却有"浑身是骨没有肉"的精神境界。国民党整他，是因为他是共产党的朋友。共产党执政，该好一些了吧，偏他又是共产党的诤友。吴欢，你很幽默的，但这事很严肃——你的父亲选择了最为艰难的人生道路，他抛弃了最省力的路。

那是一条铺满鲜花的通幽曲径，中途当然也有误区与泥淖，但只要"稍加注意"，阳光、雨露与春风，浓桃艳李般的芬芳就会伴随在他身边，从他的学识、贡献、能力，我相信为他扼腕惜念的政治家也会不少，太可惜了，好一个人才，如果不和我作对多好！

是这样的，太可惜了，他只要学会"大丈夫能屈能伸"，"和光同尘"就行了，但他不能，他似乎更记得屈子《离骚》中"亦余心之所善兮，虽九死其犹未悔"

的话——是的，我几乎真的认为，他是中了屈原这话的"毒"。

新凤霞则又是一种情形。如果说吴祖光是门阀熏陶，正统正宗的知识分子，新凤霞则是"自学成才"的。她外在的美与内质的美、心灵的美和谐地融合在一起——不是这个加那个，此一味与另一味凑起来那样的整合，而是——怎么说呢，借浩然的生花妙思打个比方：水和面揉在一起。你知道它的成分，却不能将它们分开。她对吴祖光的崇拜与结合，也不能简单地等同佳人之于才子的倾倒，或志同道合的心缘，而这一切，实际上是一种缘分的巧合，是诸种社会、心理、人文观念、崇拜、同志、气质、情愫——自古没人能说清道白的"缘"所构成。这样的结合是如此完美，成了新旧两种伦理的一曲绝唱，各种体制匀称完善的欢歌。

没有见到有关新凤霞的"小出身"资料。也许这是她终生的隐秘。我猜她应是寒微梨园世家出身。因为她的名字直译就是"凤冠霞帔"，一般文学素养高的书香门第既有自己的心理要求，称谓上却要讲究含蓄，如此"直奔目的"很像戏班子里女孩子的名字。我昔年看《杨三姐告状》，有一家报纸介绍，此剧新凤霞原演主角儿的，她亲自去拜访过杨三姐本人，发现生活中的杨三姐已经"变质"，变得成了个地主婆，已经不是她心中那个光彩照人的杨三姐形象，她因此而放弃了出演这戏。当时看到掌故，我还在想和我弄小说差不多，一旦败兴，形象永无翻身之日。现在更深地想，新凤霞如果不是心理上本能反感这种变成"地主婆"的人，她怎会"败了兴"呢？这不是富人心理。她的兼长书、画，我也以为是"快速"成长，因为构成一代大师的要素，首先是文学要素。有了这个母体，那发展与滋生必定是全方位的。

吴门三代从吴景洲老先生始，在文化、学术、文学艺术上的贡献，均获美誉，都是大师级水平。吴瀛、吴祖光、新凤霞、吴视……直到吴欢、吴霜，我以为代表人物还是吴祖光。《圣经》里说：他幸福，因为他哀恸了。"写这句话的人，必定深通哲理，深通世情"。吴祖光、新凤霞都是幸福的，因为他们一直都在哀恸，他们爱人，也自爱，由此获得了人爱，也获得了人生少有的自尊。还有他们在学术与事业上令人钦羡的成就，构成了这个令人肃然起敬的家族精神。

应该说，中国新时代的文艺春天，是从邓小平时期开始，江泽民时期趋于成熟鼎盛，成了"艳阳天"。趋向还在看好。我这样认识，是中国共产党在政治与理智上的成熟，因而去掉了对知识分子的戒心，真正把知识看成是"第一生产力"，"分子"就是自己人。我们也可透过文艺方向、方针的变化看到变化，"为工农兵服务"改变为"为人民服务"，"为无产阶级政治服务"改变为"为社会主义建设服务"。这个变化看似微妙，是一个小小名词转换，其实是摸索总结了几千年的历史经验，与知识分子磨合的结果，进入了一种理性的正常规范。

明代有布袋和尚的偈语说："大千世界浩茫茫，收拾都将一袋藏。毕竟有收还有散，放宽些子又何妨。"可是有哪代君王或统治阶级放宽一点了呢？以我有限的历史知识，似乎创造了中国诗歌峰巅的唐代稍有缓舒之后，禁锢与文网是每况愈下。为什么一直就误会，芥蒂生嫌，恶性循环着谬种流传呢？邹阳的那封信中说"何则？知与不知也"。一个知，一个不知，知识分子生生受了两千多年的浩劫之难，从李斯到李白，到蒲松龄到曹雪芹，戊戌六君子到吴瀛，到吴祖光……其中割掉多少头颅，洒掉多少热血，终于换取一个东风河开的时代。

吴欢——有人解释成"无欢，无不欢"，我以为带有吴、新二人心理上的自释自解，更是他们的希冀与寄托。他在这样一个高浓度的文化家庭，生于斯，长于斯，出生学养于斯，熏陶目染于斯。这个鬼才的惊人才华也就不是全然不可思议的了。

吴欢，你要出书，这就是我给你的一篇序了。

原载《二月河语》，昆仑出版社 2004 年 1 月出版

怎一个『敬畏』了得
——为《曹雪芹》出版作

前不过十天里，中国红学会的张庆善先生打来电话，谈他在选定第二版《红楼梦》电视剧编剧时，曾经考虑过由我执笔。因为种种缘故作罢。我和他是很熟的朋友，在电话中笑云："小子何敢？！"

敢不敢是一回事，"想不想"却又是一回事。我从1962年开始读《红楼梦》，从满头青丝读到两鬓霜降，从一无所有读到著作半笥，套一句屈原的话说"余幼好此奇书兮，年既老而不衰"。爱到这个份儿上，岂有不想见其作者之理？为他写点什么，我是千情万愿。

所以，我在写《乾隆皇帝》这部书时，试探着插入了一些曹雪芹的段子——我在小说中，对皇帝、对王公大臣，时有调侃之心的，对此公，我敢说只有笔误，没有心误。我始终有着一分敬畏之意的。当初，在构思《雍正皇帝》时，因为曹家是雍正的政敌，而雍正又是作为正面人物塑造，我的表达，唯恐伤了曹氏的形象，也曾经苦心思量，都为有着这个情结。

但大规模地写摹此公，我是很犯踌躇的。第一，此公才真正是华夏第一人，不但空前，从某种意义上讲——而且绝后。生前他的个人生活可以说大致是平民生涯，然而又是圣贤水准，这样大的反差，本身就是奇迹。以我自觉，在着笔于曹公时将十分惴惴。而太过小心，正是创作小说一大忌。第二，曹公留下的直观资料太少了，仅仅对清代人文的了解，对于写这样的人来说，太容易"加水"。由此，我不敢动这念头。

一部书，它的生命力如何，不要去看重头批评文章——

那些文章很多是挣人情、挣稿费、挣职称用的——真正的标准只有两条：它拥不拥有读者，它拥不拥有将来的读者。这两条曹雪芹都做得极漂亮。联想到我自己这几年也有读者，看"落霞"的，有的人甚至说它们"直追《红楼梦》"。我在几间大学曾对学生们讲："这是最高的奖誉。读者这样说，我承受不起中又存一分感动。我自己永远不会这样想，这样说。什么时候你们听到二月河说这样的话，请你们带着体温计来找我。"

亟言之，仍是敬畏与臣服。

话虽如此，我和千千万万的平常人一样，仍企望着有一部好看的《曹雪芹》，给杂芜缭乱的文坛中送一阵清新的风，也使曹公的光辉形象，能进入更多人的心扉。这个工作意义是很大的。

现在华艺出版社做了这事，王永泉先生做了这工作。我有理由欣慰。

《曹雪芹》，王永泉著，华艺出版社 2004 年 1 月出版

一曲催人泪下感人至深的颂歌

青年作家陈春建的长篇小说《守土有责》是一部思想文化内涵厚重和有强烈艺术吸引力、感召力和现实意义的佳作。是一曲催人泪下、感人至深的颂歌。出版发行以来，赢得了大家的一致好评。

热切关注"三农"问题

中国加入 WTO（即世贸组织，我国于 2001 年加入该组织）后，上至党中央下至各级党委、政府都越来越关注农业、农村、农民问题。中国是一个农业大国，农民人口占全国人口的百分之八十多，没有农村的全面小康就不可能有中国的全面小康社会。作者紧扣这一主题，怀着忧国之思、人民之爱，历时两年创作出《守土有责》这部长篇佳作。作品描写了石溜岗乡党委一班人，一方面重拳出击，整治农村散乱党支部、农村恶势力、亏空的基金会、疯狂的赌博风和盗窃风等农民关心的热点难点问题，从而演绎出了一幕又一幕跌宕起伏、可歌可泣的故事，展现了一场又一场情与法、善与恶、灵与肉、生与死、真与假的殊死较量和搏斗，真实地映现了解决当前农村、农业、农民问题的复杂性、艰巨性和必要性。另一方面招商引资，大力发展农村经济，展现了一幅全面建设农村小康社会、躬身实践"三个代表"的生活画面。

塑造了众多性格鲜明的人物形象

《守土有责》塑造了一批不同经历、不同年龄、不同身份、不同个性特征的人物，组成了一个形象序列。这些人物是社会各阶层的代表，具有一定的典型意义。主人公务大林是作者着力塑造的一位优秀乡党委书记的典型代表。他上任后，面对纷纭复杂的矛盾和问题，本可以像时下一些乡党委书记那样，睁只眼闭只眼，糊糊涂涂，能推就推，好把心思用在揣摸上级领导的意图上，博得头头脑脑们的欢心，以争取更快的升迁，然而不然，他始终坚定不移地站在广大农民的立场上，忧民所忧，急民所急，办民所需，从而使自己陷入尖锐而又复杂的矛盾斗争的旋涡之中。尽管斗争激烈，道路坎坷，他却从没停止前进的步伐。他带领党委一班人解决了农民们关心的热点难点问题，进而招商引资，开发本地资源，使全乡很快摆脱了贫穷落后的面貌。更难能可贵的是，他参加副处级考试第一关获得了第一名，即将赶赴考场参加第二关面试时，洼屯村一带却发生了地震。考试是工作需要，抗震救灾也是工作需要。他毅然决然地选择了后者，忠诚地捍卫人民群众的根本利益。

务大林是人不是神，他有七情六欲，也有这样或那样的缺点。然而，他又毕竟不是普通人，是一个有着崇高信仰和神圣使命的共产党人，所以在情与法、丑与美、善与恶等的较量中，在得与失的选择中，总是不唯上，不唯书，不唯己，只唯民，始终与人民群众心连心，保持着血肉联系。也正缘于此，才使作者浓墨重彩塑造的这一典型艺术形象，显得十分可爱可敬、可亲可信。

乡长石柱凭着苦干实干，从村党支部书记一步一步走到了乡长的位置上。至此，到了被"一刀切"的年龄，于是，自然而然地产生了安于现状、不求进取、得过且过的思想。他的思想正好与务大林开拓进取、锐意创新的思想相矛盾，因此，两人遇事总是争争吵吵，不欢而散。但是，石柱本质并不坏，毕竟他是土生土长的干部，与农民们有着天然的感情，所以遇事尽管有这样那样的想法，尽管思想圆滑一些，还是能服从大局，忠于职守，为民谋利。像他这样的人，时下不光乡镇有，在一些委局也随处可见，因此他具有一定的典型性。许贾宝善于造假作秀。上梁不正下梁歪。基层干部投其所好，纷纷造假作秀，对显山露水吹糠见米之事，趋之若鹜，乐此不疲。开会说大话，汇报说假话，许愿说空话，平时说疯话，树立假典型，炮制假经验，严重地挫伤了求真务实、埋头苦干人的积极性，严重地损害了老百姓的根本利益。

渠大伯渠大妈的形象，让我们真切地看到当代农民依然保持着中华民族那种朴实、厚道、勤劳、善良、舍利取义的传统美德，体现了中国劳动人民身上所具有的那种最瑰丽和宝贵的思想品质。国以民为本，人民有了这样的品质，我们的党旗才能永远高高飘扬。

在《守土有责》中，个性鲜明的人物还不止这几个，而是一个群体。温雯是一个受害者又是一个大胆勇敢的叛逆者，仁玉波是一个对爱情忠贞不渝的追求者，赵艳慧是一个美丽聪慧敢恨敢爱者，渠英红是一个纯朴厚道的不幸者，岳辉是一个无私无畏疾恶如仇者，魏民富是一个淡泊名利无私奉献者，英英是一个女中豪杰富有爱心者，杜金是一个东奔西跑投机钻营者，猴精是一个狡黠欺诈者，赵匡正是一个立党为公勇于改革者，等等。通过这群人物的描写，折射出当今社会的真相，揭示出当今社会的本质。

二〇〇四年八月六日

《守土有责》，陈春建著，中国文学出版社 2004 年 10 月出版

大山深处闻箴言

在人生的长河里，一个成功之人所达到并保持着的高度，绝不是一蹴而就的，它交织着登攀人一路的艰辛，凝聚着探索者无尽的汗水。张国臣的新著"嵩山的流泉"丛书共九卷，是数十年来对嵩山少林文化现象进行研究思考的又一心血之作。其中的《箴言卷》，观点精辟，意境高远，文笔清新灵动，透射着思想的火花和深厚的知识积淀，蕴含着对嵩山少林文化的真挚之情、真知之见、真实之感，启人心智，催人奋进。

一是真挚之情。真情源于挚爱。挚爱是一种境界、一种气质、一种心灵的升华。作为嵩山之子，张国臣在嵩山南麓读完了小学、初中、高中，他记下了数千条在少林地区所听、所见、所悟的箴言。这些箴言，也是作者执着的"嵩山情结"的一个浓缩，读者可以从中深切地感受到作者高远的人生追求，对生命、亲情、友情、爱情的讴歌与挚爱。比如书中对母爱的赞美，"母爱之崇高如大山，深沉如大海，纯洁如白云，无私如天地。那根为游子缝补过衣衫的慈母线，是世界上最长的线"；"母亲的脸是镜子的先驱，她的心是水做的，生气的时候是冰，暖一暖仍然是水"……字里行间真情流淌，令人感佩。是啊，人世间的美好都是用母爱铸就的。在我的历史映象中，母亲的飒爽英姿永远是我生命中的一个亮点。我千辛万苦创作《康熙大帝》，其耐苦坚忍的品格完全来自母亲地地道道的家教。在这个世界上，有很多资源是可以再生的，唯有生命每一个人只有一次。用爱拥抱生命，生命才会有内涵；用情点燃生命，生命才焕发出活力。从此意义上讲，嵩山少林箴言中关于人生、幸福、事业、家庭、爱情、友情的睿智诠释，正是作者挚爱生命、执着奋进、升华人生的真实心声。

二是真知之见。真知源于实践。再伟大的智慧，如果不能应用在行动上，也将是毫无意义的材料。嵩山少林箴言不是空洞的、虚妄的说教，而是生动、具体的实践结晶。读嵩山少林箴言，给人最大的感受是，道理真切深邃，既有激情的飞扬，又有思想的浪花。作者结合自己的人生感悟，从政治、经济、法律、管理、治学等多个不同的维度，对前人的思想成果进行了有深度的发掘和提炼，形成了比较系统的箴言体系。例如，"政治就是权力的体现""法律是人民权利的喉舌，法院是法律帝国的首都，法官是法律帝国的王侯。迟来的正义即非正义，正义被耽搁等于正义被剥夺"，等等，就揭示了权力与权利、法律与正义之间的逻辑关系。"和谐，并不意味着没有矛盾和差别，而是多样性的统一，和谐，并不是稳而不动，静而不变，而是动态的稳定"，"管理就是把复杂的问题简单化，把混乱的事情规范化。管理意味着制度选择，制度的力量就是培育人、激励人、开发人，为人的发展提供制度平台，使想干事的人有机会，能干事的人有舞台，干成事的人有地位"，等等，就昭示了管理、和谐与人的发展之间的渊源关系。"知识是头上的花环，财产是颈上的锁链，智慧是穿不破的衣裳，知识是取不尽的宝藏"，"时间永远是最短缺的资源，它的供给丝毫没有弹性"，等等，就阐释了珍惜时间与学习知识之间的因果关系。书中这些真知灼见，给读者以启迪和力量，无疑具有方法论的意义。

三是真实之感。真实源于修炼。能追无尽境，始为不凡人。一个人能放弃什么，关键要看他想获得什么，能放弃常人不能放弃的东西，一定能获得常人不能获得的东西。作者多年来始终没有忘记奋斗，始终保持着一种浩然的正气、蓬勃的朝气和昂扬的锐气，在人生道路上奋力开拓探索。出身贫苦而不自卑，创业艰难而不安逸，事业辉煌而不奢华，书中处处可见作者对生活、理想、名利、品德、苦难独到的解读。例如，他在书中阐述的"人生三境界"，给人以警示和启迪：一是"逆境"，此时不能自暴自弃，而应愈挫愈奋，坚信"冬天到了，春天还会远吗？"；二是"平境"，此时不能颓废消沉，而应刻苦学习，加强修养，坚信"是金子总会发光"；三是"顺境"，此时不能忘乎所以，而应戒骄戒躁，要多为人民办好事、干实事，要"夹着尾巴做人"。是啊，人们往往钦慕的是成功时刻的鲜花和掌声，但有谁知道背后的艰辛和苦难？我认为，成功就是才气加运气再加力气。没有力气，才气就会凋零，运气也不会垂青。有人问我，是学什么专业的？我回答的是，社会大学毕业的，学的是苦难系拼命专业，课本是世上没有免费的午餐。坎坷之身须怀壮伟之志，穷困之境应无颓唐之意。张国臣多年来痴心不改，在嵩山文化苑中苦耕不辍，继《中国少林文化学》《神奥嵩山》之后，又用心血凝成了"嵩山的流泉"丛书九卷。可以说，能够完成嵩山文化研究领域的如此鸿篇系列，这本身就是作者真实人生、奋进人生的一个大写！

是为序。

"嵩山的流泉"丛书，张国臣著，河南大学出版社 2004 年 7 月出版

为
《
别
廷
芳
传
》
写

我们的汉语，是世界上最含蓄，最能迂回表达，最……什么呢？狡狯的语种吧。比如现在给一位领导拜年、汇报工作，临别时礼敬退出。下级说："还有一件事，顺便向您汇报……""顺便"的事常常是"主要的"。而原本"主要"的话题，在这一小小转折词的瞬间，已变得一片模糊。倘是说人的优缺点，你肯定也得留意，不管前头说得多么好歹，那都是说书"帽子头"，你听一句"但是"，后头常常才是真文章。至少是对前头文章的重头修改。这都是现今我们的经验之谈了。然而我领教的头一件事是别廷芳的人事。

我是十三岁来南阳时听到"别司令"的名头的，那时还小，没有什么资格发言，只是"听大人说"。诸如——

女人吓唬小孩，就说："别闹！老别来了！"

"他打红军，是反动派。"

"他杀人不眨眼，小孩子偷个玉米穗都枪毙。"

当然还有——

他到南京见蒋介石，蒋问："到京有什么感想？"他说："我见街上标语，行人靠左走——那右边给谁走？"

"学生娃们十个人抢一个毛蛋（篮球），太可怜了，不如一个人发一个，不就不争了？！"

类似的"别司令传奇"还有许多版本。有的是官方言语，更多则是民间"小广播"，大致上都是在"但是"后头做文章。

但是——别廷芳时，境内没有土匪，也没有小偷；

——他也打日本；

——他兴修水利，造堰灌田，修水电站；

——他开工厂，修路架桥；

——他重视教育，办学校。

但是……但是！

一个词就把他表现得格外复杂起来。

这是"那年头"的话了。后来人们敢说心里话了，甚至说出："我们有啥？到现在还吃人家老别的饭！"

套一句《红楼梦》里的话，真格的是"一饭之恩死也知"了。凡是做过的事，无论是古是今、是现当代，是美国纽约、梵蒂冈还是北京、内乡，你别想照着什么主观意识来改变与塑造它，你也别想堵住别人的口。一个人做事要负责——不是靠他的人，而是靠他的事，"古今中外，概莫能外"就是了。

然而，老老实实说，别廷芳实在是个很复杂的人。他处在一个复杂的时代，要适应生存的需要——即使你原本很单纯、很简单，也需要"复杂"起来。但这一来，就麻烦了后世的人，因为他留下来的疑问太多了，因为他本人就是个"谜"。

破解这谜是很必要的，因为和任何历史一样，别廷芳的"时代"也有他的"特色"。如果中国是面大镜子，别廷芳的"领地"就是一面小镜子——镜子岂可以不要？若然，脸是什么样子就弄不清了，研究哪个时代，你不能不研究。别廷芳是这样的"个类现象"——因为按《矛盾论》讲，一般的现象是在个别现象之中。破解这个谜又是困难的，时代既已久远，资料遗失又多，故人所剩无几，遗踪变化也大。另外，大家现在都忙着生活、挣钱，很少有心去猜谜。你别把别廷芳的事搞得瓜清水白，也没人给你一文钱奖金！苦劳作又没什么报酬，这样的傻事谁干？

西峡人干了。再确切地说是西峡几位有心人做了这个工作，而且干干净净漂漂亮亮做下来了。这部书呈现在我们眼前，有了这面小镜子，参照中国现当代史这面大镜子，可以照见我们昔日的形貌衣冠，也可以想知很多未及思索的时代见识。这件事做得很"酷"。

原载 2005 年 12 月 1 日《大河报》

新声新韵领风骚

　　中国是一个诗的王国，中华民族是一个诗性的民族，诗词文化源远流长，博大精深。许多优秀的诗篇，思想高远，情感充沛，语言精美，音韵和谐，不但是中华文化的奇葩，也是人类文化的瑰宝。唐诗宋词是中国诗词艺术的顶峰，直到现在，它的魅力仍然感染着亿万汉语言文化氛围中的人。当我们阅读、背诵那些诗词名篇时，总是沉浸在诗词大家们所描绘的动人图画中，感叹诗人真挚的感情，丰富的文化，细腻的观察，广阔的胸怀，他们把汉语言文字运用到了出神入化的境界。格律诗词的辉煌时代已经过去，但是所有炎黄子孙对格律诗词的热爱之情从来没有消失过。改正同志就是这样一位被格律诗词的魅力所折服的人。他是一位普通的军人，三十多年来一直热爱着这种诗词文学形式，用以寄托自己的感情。从最初朴素的喜爱到自觉学习，随着国家和民族前进的步伐，不断以热烈的情感记录着自己的心路历程。

　　20 世纪初，格律诗词被新的诗歌形式所替代，到了20 世纪五六十年代，甚至被视为毒药谬种，列入被扫荡之列。但是实际上，新诗的沃土是中华文化，一些新诗名家也是格律诗词家；许多精通格律诗词的大家，也写过许多新诗。中国诗歌有几千年的发展历程，格律诗词作为中华诗词文化传统中的精华，它的艺术生命不会消亡，近百年来，格律诗词形式也确实没有消亡，而且还出现过像毛泽东这样的引领风骚的大家圣手。所以，我主张，为着中华民族的复兴，为着中华文化的繁荣发展，新体古体应共存共荣，相得益彰。改正同志热爱格律诗词，是在这种诗词形式备受冷落的"文革"时期，在非常偶然的情况下开始，在祖国文化的春天到来以后更自觉、更痴情于这种诗词形式的。他的诗词深深地打上了时代的印痕，记录了他的真情实感，这些思想的火花合着时代的节拍跳跃，和谐铿锵，缠绵深沉，也拨动着读者的心弦，流淌着和谐的共鸣。

诗词是语言艺术。一个民族的语言从来不是孤立的现象，它是一个国家、一个民族文化的根基，语言的强弱和发展状况反映一个国家的综合国力。中华民族正在走向空前的繁荣和昌盛，这对语言文字统一的要求也越来越强烈。新时代的格律诗词也要顺应时代潮流和民族发展的要求。从诗词形式这个角度考虑，在语言规范和格律规范上，我主张格律依古、语音从今。汉语言不但要逐步实现"书同文"，还要逐步实现"读同音"。改正同志努力以现代汉语普通话的音韵来写格律诗词，严守格律要求，但写出来的是新诗词。传统的文学形式经过千锤百炼，一定凝结了民族共同的审美追求，形式的新旧都可以为现实服务，关键是形式中的内容必须是与时俱进的。用格律诗词形式写出的诗词，其内容、意境都必须是崭新的，是融入时代旋律的，是反映人民意志、人民感情、人民心声的。如果用格律诗词形式写脱离时代的诗词，不如读李白、杜甫更提精神；如果写新时代的格律诗词仍然用古代语音或某一地方的语音处理格律，就无法适应所有运用和学习运用汉语普通话的人，更不适应国家统一、民族发展对语言文字提出的长远要求。所以我主张，格律诗词写作，应从国家统一、民族团结的高度认识语言文字规范，按照现代汉语普通话语音标准处理格律，这是中华民族汉语言文化发展的需要，也是格律诗词在新的历史时期更加繁荣的前提之一。

我们正在建设"如乐之和，无所不谐"的健康和谐社会。和谐是人类共同的追求，是生命的追求，是艺术的追求，也是情感的追求。格律诗词是最追求和谐美的。改正同志是中原沃土养育的一位军旅格律诗人，在三十多年的格律诗词实践中，不断追求诗词艺术的和谐美，真实地反映与时代生活相和谐的诗情。他的诗词前都有序言，真实地记录了什么条件下产生的灵感，把诗与文贴切地结合在一起，读他的诗文，就走进了他的心灵，与他的情感产生共鸣，更觉得亲切。读他的诗词集《霞落玉潭红》，心生许多感慨，谈一些关于新时期格律诗词创作的想法。传统的格律诗词必须以新声、新韵引领风骚，波澜壮阔的新时代也一定会使格律诗词闪耀更加璀璨的光芒。

《霞落玉潭红》，王改正著，作家出版社 2006 年 7 月出版

给勇满然《中华古梅画谱》的序

勇满然先生要出这本画集，几次来电话请我写点什么。说老实话，因为先天色盲（红色），命中注定也是个画盲。一个画盲对画家说些实话，怕是要招人笑话的。

虽说如此，我也并非全然妍媸不辨。我更喜爱从文学角度去赏析书画作品，虽然也略有些心得。满然送我的竹、梅，还有自己的画册、图片，等等，就在案头放着，有的尚未装裱，常常把玩展观，看得神迷情怡、思虑幽远。松、竹、梅是个画苑中老而又老的题材了，是为"岁寒三友"。中国画有史以来，它们似乎就是坛场主角儿。它们的寓意是什么呢，它们画出什么呢？我看，不论何种流派，笔底的用心都是表现中国知识分子独特的心态。以物寓人，画的是知识分子，画的是作者自己。松是虬松，是山中风欺雪压的松；竹是风中竹，是石中孤峭的竹；梅是雪中梅，周天寒彻中的孤芳。有的作家擅松，有的则擅竹或梅，三者兼长者不多，但我认为满然先生就是一位。诸多评家从技法以及作品神韵上给了他极高的评论。这上头我外行，我只能感觉，他的画集中表现了一个"傲"字。

其实就是这个"傲"字，真真实实是松竹梅的神，是它们的精髓所在，这与牡丹的满堂富贵该是有着敌抗意味的。这与菊的超逸不群，与兰的君子风采也是异趣。傲寒，就是它们的特色，因而满然求诗，特给他写了几首：

梅：

独标妩媚蠹雪岩，冰心羞向东风言。

清姿原不恨春迟，胭脂点遍野郊寒。

松：

不谢祖龙自雄古，罡风起时乘英骨。

犹见奇磊泰山老，涛声啸满青州舞。

梅：

行吟屈子忆湘妃，青帐深处隐山鬼。

风栉株株立孤峭，雨沐节节依块垒。

就这几首陋诗寄满然，是我的高兴，也是我的期待吧。

《中华古梅画谱》，勇满然绘，人民美术出版社 2006 年 12 月出版

柳建伟和他的《北方城郭》（代序）

柳建伟小老弟是我的南阳小老乡，人前人后他管我叫凌老师，我却希望他无论在什么场合都管我叫二哥。我认他做老弟、做朋友，是因为他真诚、善良、厚道、孝顺。文人之间，常见状态有两种，一种是文人相轻，一种是惺惺相惜，所幸我和建伟的状态属于后一种。文人在社会中的地位本来就边缘，相互间相轻当然不好，相轻如成风气，文人的生存境况便可悲可怜了，所以我坚决主张文人相惜。建伟老弟的成名作《北方城郭》要在长江文艺出版社出个修订本，他和该社社长嘱我作这个序，我不假思索就答应了。

应承下来这件事的时候，我还没有读过《北方城郭》。虽没读过，可早知道它。南阳自古就是一片文气旺盛之地，出本什么像样的书，出个什么像样的作家，圈子里很快会评说一番。在1998年春节前后吧，南阳的文友聚一起小酌，多半要提到柳建伟，多半要提到《北方城郭》，对人、对书评价都不错。当时，我的《乾隆皇帝》刚刚杀青，心力、体力不支，谁的书都不想读，也就与《北方城郭》失之交臂了。次年春节，因为《雍正王朝》在中央电视台作为开年大戏热播，南阳也就为之热闹了一阵子。于是，南阳电视台的朋友借势做了一期访谈我和建伟的节目。这样，才有了我和建伟小老弟两个南阳文人的第一次见面。建伟说"相见恨晚"，我回答"彼此彼此"。

那时，建伟穿着军装，肩上扛着中校肩章，很让我眼热。我出生在军人家庭，自己又当过兵，看见一身戎装的同行，自然倍感亲切。看他年纪不大，竟把部队看得那么透彻，且用影视手段表达出对军队的认识，我多少有点羡慕。没能在笔下写一写纯粹的军营生活，我一直引以为憾，对他写出《突出重围》心生羡慕，也属正常心理。建伟对我写的东西非常熟悉，这多少让我感到意外。他对《康熙大帝》和《雍正皇帝》都是好评，尤其对《雍正皇帝》有许多溢美之词，说了"杰作"和"里程碑"之类的过头话，又说《雍正皇帝》因一票与茅盾文学奖擦肩而过，是因为书中写了雍正的乱伦。他认真、真诚地说，我也认真、真诚地听。如此而已。记得我当时对他说过不要把得奖看得过重之类的话。因为那时，我已经知道他的《北方城郭》正在角逐第五届茅盾文学奖，列终评候选篇目现实题材第一名，从他的言语里，可以感觉他对这本书的自信。说这话，自然是把他看成小朋友了，也认为是我过来人的责任。

一年后，《北方城郭》在第五届茅盾文学奖终评名落孙山了。消息灵通人士告诉我小道消息，《北方城郭》在终评时铩羽而归，是因为书中的性描写太多了点。我听后付之一笑。描写性和乱伦，都是文学创作中的尖端课题，我和建伟都栽在这上，不算丢人。再过一年，我才和他见第二面。这时，他的新作《英雄时代》已经面世，围绕着小老弟又是一阵热闹。落榜了能马上写出不错的新书，看来建伟的抗打击能力不差，这让我对他更生出几分喜欢。

之后，我和建伟的交往开始密切起来。其实也密切不到哪儿去，无非是他回乡或者我去北京时，见个面，小酌几杯，遇到好的手机段子，相互转发一下，同乐同乐。

去年，从媒体上知道柳建伟以《英雄时代》捧得第六届茅盾文学奖，成为最年轻的茅盾文学奖得主，我真为他感到高兴。他没向我这个老大哥报喜，说明他不张扬，或许心中还有更远大的目标。这样，我更喜欢。我对他的喜欢，也不用语言表达，只是送他几幅我画的南瓜或葡萄之类。南阳人不管做什么，都不容易超过前人立下的标高，谁也不敢张狂。南阳人做官，官能大过东汉光武帝刘秀吗？南阳人经商，能富过陶朱公范蠡吗？南阳人做学问，学问能大过《后汉书》的作者范晔吗？南阳人玩智慧，能比得了曾在这里躬耕过的诸葛亮吗？南阳人搞科学，能搞出比浑天仪、地动仪更伟大的仪器吗？南阳人学医术，成就能大过医圣张仲景吗？南阳人写文章，能写得过庾信的《哀江南赋》吗？所以，建伟得不得奖，在我都以为无关宏旨。

以上说的是建伟这个人，下面说的就是他的这本书了。

写这篇序的时候，《北方城郭》我已经认真看过了，也读了各种专家的评介文章。有人说《北方城郭》是一棵长疯了的大树，有人说《北方城郭》是大作不是精品，有人说《北方城郭》是一部描写中国现代生活的《清明上河图》式的长卷，有人说《北方城郭》是当代反腐小说的巅峰之作……在我看来，都是，又不是。

要我说，《北方城郭》是一部无法言说、说也说不清楚的奇书。它奇在哪里呢？首先，它奇在无法将它归类。农村题材？都市题材？现代题材？当代题材？政治小说？言情小说？公案小说？反腐小说？都是，也不全是。其次，它奇在无法将书中人物的生活空间定性。表面上，《北方城郭》主要写南阳的一个县城，可读着读着，竟能读出古代京城宫廷里的肃杀之气。这种气味，我十分熟悉，写清朝三帝王十三卷小说，这种气味伴随我生活二十来年。再次，它奇在阅读时如入大林莽，近看啥都清晰，远看一片混沌。我不是评论家，不能子丑寅卯有理有据地说出这三奇的妙处，可我知道文学作品中的上品，都是混沌一片，恰恰都是说不清道不明的样子。七年前，因我给热播的《雍正王朝》打了个低分，惹了场笔墨官司。现在，我还是不愿给这个剧太高的分数，因为电视剧把小说混沌的主旨变得单纯了。在《由〈雍正王朝〉热播所思》一文中，我写过这样的话："我写《雍正皇帝》的主旨不单纯是'反贪'，也不单纯是反腐，而是如实地表现当时的社会情态，'落霞'绚丽与消亡前向它投去最后的一瞥，既有对传统文化的留恋，也有对它的深沉思索与哀婉。

就这一点而言，《雍正王朝》电视剧是不胜负荷的。"我喜欢《北方城郭》呈现出来的浓烈的混沌感。

《北方城郭》的故事，是经典故事；《北方城郭》的人物，是典型人物。故事成片，人物成林。权力与欲望、金钱与欲望、爱情与欲望、忠诚与背叛、弑父与杀子、堕落与救赎、恩怨与情仇的纠缠，等等文学经典元素，《北方城郭》里应有尽有。李金堂、欧阳洪梅、申玉豹、林苟生、三妞这些人物，都属于三言两语说不清的典型人物。李金堂从本质上说和雍正可算是孪生兄弟，我喜欢。欧阳洪梅从血脉上说完全是繁漪、阿克西妮娅的本家姐妹，我也喜欢。申玉豹绝对是于连、拉斯柯尔尼科夫的中国兄弟，我很喜欢。林苟生简直是基督山伯爵的远房表弟，我挺喜欢。三妞无疑是玛丝洛娃的中国表妹，我还是喜欢。

建伟老弟说他拜过五个老师：曹雪芹、鲁迅、巴尔扎克、陀思妥耶夫斯基、莎士比亚。此言不虚。从《北方城郭》中，不难看出这些大师的影响。鲁迅的硬骨头，曹雪芹的结构，巴尔扎克的丰富，莎士比亚的激烈，陀思妥耶夫斯基的深邃，《北方城郭》都有不错的演示。《北方城郭》成书时，建伟才三十三岁，真是难得。

建伟对《北方城郭》的自信不是盲目的。他请我为《北方城郭》的修订版写个序言，也是有道理的。如今这个世界，好酒也怕巷子深。一部好书，没有慧眼识珠的人对外宣讲它的好，时日久了，它也会被埋没。我写这些文字，目的自然是希望读者多加关注《北方城郭》——这本写我们南阳的大书、奇书。在我看来，在过去的二十年里，以现实主义手段创作的反映 20 世纪中国社会生活的长篇小说，从分量和水准上考量，能跟《北方城郭》相当的，也就是《白鹿原》《古船》《平凡的世界》几部。我相信大多数读者在读过《北方城郭》后，会得出与我相同的结论。

不常给人写序，不知分寸如何拿捏。没在文章中批评建伟和他的作品，也不知合不合作序的规矩。不管这么多了，敬请读者朋友理解、体谅我对建伟老弟的相惜之情吧。

是为序。

《北方城郭》，柳建伟著，长江文艺出版社 2007 年 5 月出版

《胡雪岩》序

《胡雪岩》这部小说呈在了台湾读者案前，这是件值得欣慰的好事。台湾人一直对我有特殊的好感，是因了曾看过电视剧《雍正王朝》，也因了曾读过我的《康熙大帝》《雍正皇帝》和《乾隆皇帝》——"落霞三部曲"。但"落霞"云云，说的是清初与清代中叶的事，与晚清时的社会情况已有很大的不同，遑论政治、经济与军事这些"大端"，即使人情文化的背景、判断是非的理念、民俗礼仪等诸"小端"，也都发生了很大的变化，读惯了我前边的书再来读这书，心理上能否愉快接受，我是有点忐忑的。

胡雪岩所处的时代和康、雍、乾时代，有着质的不同。他这个时期，可以说在华夏漫长的历史中是"不但空前，而且绝后"的时期，国内农民与地主的矛盾激化，各个不同的国际利益，资本与鸦片对国内的渗透，由此引起的国内战争、民族危机与战争，清室内廷各种政治势力的斗争也带有了深刻的国际背景，外交与内政整个儿地交织混杂在了一处……各个阶级、阶层的代表人物在这样的光怪陆离、斑驳迷离的怪潮汹涌中显示自己的力量与智商……这样复杂的环境一直到民国初年，一直到今日再也没有重复过。

我曾经有过设想，如果说"落霞系列"说的是回光返照，是我们民族封建社会最后一次辉煌，那么而后发生的太平天国运动，英法联军进北京，热河政变，八国联军洗劫北京，清军江南大营的溃灭，湘军突起和鸦片战争，可以看作一场"陨雨"。陨石雨啊——东方的文明与西方的文明在天空中碰撞，撞击出那样绚丽的焰光与流火，东方的文明被碰得粉碎，坠落了下来——这是何等的悲情与壮观？我还想写这么一部"陨雨"，把曾国藩，左宗棠，早期的袁世凯，慈禧的热河政变，广州沦陷，叶名琛被俘，洪秀全，李秀成……这些大人物，还有小人物如胡雪岩都纳入进去，让人民中的小人物的奋起与抗争尽可能地"进入陨雨"……想起来，至今都会辗转反侧，醒得双眸炯炯。

然而书写"陨雨"由憧憬、向往和美好的梦怀变成了"野心"。康、雍、乾的"落霞系列"，工作量已有五百余万言，写了整整十三年。根据这部"陨雨"的设想，它的工作量得有一千两百万言以上。我已在媒体上吹了牛，而且也写出了它的一段引文《爝火五羊城》。上帝终于生气了，他听到了我吹牛，于是说："二月河你不可以吹牛，你中风吧！"于是我就中风了。

《胡雪岩》是二月河"贼心不死"的余绪，是我对我当初壮怀激烈的情绪反应。

几年前我在北京开会，杭州市胡雪岩故居，想搞一部关于他的电视剧。我想，他们的本意中有"扩大胡雪岩的影响"为胡雪岩的故居发展旅游事业——要挣钱的意思。他们到会上约我"触电"，也可给我一点钱。我当时的想法，我不执笔，由杭州的薛老师（家柱）来做。可以将我对胡雪岩的一点情绪寄托进去，我打算给希望工程，下岗工人，还有《红楼梦学刊》一点捐款，也可以借这事一并解决——这算是一点"贪念"吧——可以通过这个剧本一举办妥。于是这事就办成了，现在的《胡雪岩》小说就是根据这个电视剧本改写出来的，仍是由薛家柱先生执笔。它的"大端"，如时代背景、人文环境构思、情节发展趋向、人物个性质属、创作思路观念，是以我为主；如果谈文字工作、形象思维，自然以薛为主。既然上帝这样安排，那是谁也没有另外的办法了。

台湾人是很会看书的。如果台湾人看了这书，能够对这段时世的情态有所感悟与理解，从而能更多了解它的史实与人间情，就不枉了二月河的爱的情结了。

《胡雪岩》，二月河、薛家柱著，长江文艺出版社 2007 年 9 月出版

杨维永创作之路

南阳市文学业余作者杨维永同志，经过百般努力筹措，到底把自己十五年来散发于全国各地的短篇小说结成了这个集子，在近日将由天马出版社出版、河南省郑州信息工程所制版印刷出来之际，特意从社旗跑来南阳找我，邀我为他这本书写个序言，这就使我有点为难了，因为我以前对维永同志的创作情况还不甚了解，只是听南阳文圈的同行们提及过他的名字，也曾在《南阳日报》《躬耕》《莽原》《热风》《书人夜话》等报刊、书籍中散见过他的部分作品，但终也没时间细读。

记得是 1999 年 11 月间的一天上午吧，他急匆匆地来到了我的住处，央我介绍他加入中国作家协会。我接过他拿来的入会申请表，看到上面已有周熠签的意见和名字，再看他这人的言行举止表情，觉得他的脾性有点怪，加之我正有事要办，也没来得及多和他谈话，就在表上签了个名字。

这次，我又看他满头大汗地跑来，手里还抱着一大摞子发有他作品的报刊书籍，有《人民日报》副刊、《伯乐》、《草原》、《飞天》、《黄河文学》、《短篇小说》、《关东周末》、《文学青年》、《新作家》等五六十份原件，以及刚打印出来的样稿和四封清样，他这次是特邀我给他写序。说实在的，这时我仍觉得有点为难……但再看他一脸的虔笃神态，和他脸上身上那二十多年间从事多种体力劳动的痕迹，以及参加过《人民文学》《鸭绿江》等二十多家学、刊函授学习的毕业、结业证书后，我仿佛看到了一株从生活和文学的苦水中浸泡、滚爬、磨炼、挣扎出来的茁壮苗子……于是，我情不自禁地想到了我也是从业余作者的崎岖路上走出来的，我和他也曾有过共同的辛酸过程……况且，我还是南阳作协的主席，也有扶掖、推荐业余作者的责任，也就勉强认下了这份差事。

至于维永作品的水平情况，我就不多加评论了，因为一来这些作品大多是见诸过报刊书籍的，二来我也没有深读，那就只好由读者们去评判吧。我这些文字，权当是对作者和作品的一个肤浅的介绍。他的这本书终于面世，极不容易，作为同好长者，我自有为他欣慰欢喜的一份心情。算是引玉之砖。勉为序。

二〇〇一年十月四日于宛寓

原载《躬耕》2007 年第 9 期

我交朋友其实很挑剔。这毛病不是成名之后养成的，而是困顿竭蹶时就有的。那原因大概和我的双重成分——富农家庭，革命子弟，这看来颇不协调的社会情绪交错感染有关。有点优越感，就讲究朋友的身份素质；又有点敏感，讲究平等。一个偶然的机会我认识了万伯翱，很快地竟找到了朋友感觉。

他的平等观念，他的质朴简易是一望可知的。笑眯眯地，很随心所欲地和座中的朋友聊天，谈文章，说逸事，探讨学问。说到钓鱼，他的瞳人就会放出欢喜欣悦的光来：这似乎是他的兴奋点。把"万老大"这个名字放在哪个村里，那再平常不过了，"村东万老大家"这谁会惊讶呢？在北京，这就是另一回事。上到"国级"，下到"科股级"乃至"未入流级"，引车卖浆者流，也都叫他"万老大"，他也都欣然领受，就像在村里那样咸与同称，和光同"尘"，平易地进入了化境——你把他和汽车司机，或者一群来京开会的村干部放一处，寻不出万伯翱来。然而他有学问、有"甚深般若"，且是万里的儿子，一个地地道道的高干子弟。

我早先只听说过民谚"想吃米，找万里"，和万伯翱没有结识。

说一点也不晓得他，也不是的。"文革"前，在一家大报上刊载了北京市副市长家教严格的文章。那时我年轻，还不懂得这件事的分量和含义，只是觉得新奇。"文革"中，千千万万中学生潮水般涌向农村，我猜他们绝大部分人起初的心思和我一样：热血青年，激情澎湃，任什么冷静的思索都是"有罪的坏脑筋有心思"，但我是到过落后农村的，我知道那是什么意思。不久那些踊跃无畏的红卫兵也就领教了——其实这事外国也有领袖干过的，我不想提他的名字，提起来辱没煞人——当他们领教了的时候，沮丧和愤懑与当初的热情一样高。我当过十年兵，就是在"广阔天地"到处撒满红卫兵的时代，尽管我"水淹过、火烧过、电打过、炮崩过"，也算吃了点苦头的，但饱、暖、人格高度自尊与他尊把这点苦都掩却了。下乡知青没法和军人比，这是不用问的。

而万伯翱1962年就下去了。如果说当初"下去"，老爷子是想让他镀镀金，凭着老爷子的权势和关系，他早就该"上来"了。很多同类家庭，似乎没人能和万里比：浅尝辄止，年儿半载取到资格，接着便是预定的一条铺满鲜花曲径通天去了——今日老百姓人言可畏的不就是他们的"这事"吗？前人撒土，迷一迷后人眼睛。不，偏就一把土也不撒！万里不撒土，因为他本就是玩真格的，不去迷别人眼睛。万伯翱至少是孝子，因为他在农村整整干了十年，练出一口连我也听不到异味的豫音（我甚至认为他的母语是河南话，而北京话是撇出来的），万伯翱实实在在大队里就这么干，如果他不是孝子，肯定要和老子闹点别扭的吧？万伯翱肯定不是热衷功名的人，因为他若钻刺，若打点，若"做工作"，若……这么着说吧，他该是便利条件在中国屈指可数的寥寥晨星。他是身携十年农村基层工作经验的领导子女呀！他脑子里到底想什么事，老实说，我现在仍旧朦胧。说实在话，说他每天睡在被窝里想的尽都是社会上说的那些话：要坚持苦干的原则，当好代表——我会摇头说"不信"的。但他想的怎样照拂同志和朋友，把事做圆满，这是我相信的。平常心就是佛性、佛心。"装大"，那是初剃度的小沙弥心思。

伯翱比我大一点点，几十天吧，认识他以来，我一直在琢磨这个人：1962年就下乡了，1975年大学毕业又入伍——如果说镀金，金子也镀得厚厚几层了，各种"硬件"他都有，怎么就没有"飞黄腾达"呢？

他从来不谈这些，和朋友少言工作不说事业，只是兴致勃勃地说他的钓鱼经，也偶尔写一点小说、电视剧本自娱。人，上了四十岁，你和他接触，他不谈什么，"什么"就是内心最深处的物件。少年不识愁滋味，才会去步上层楼没话找话，没病呻吟到真正阅历深邃时，逢时只会笑，会说"天凉好个秋"。万伯翱心里藏什么？这真是他个人的秘密。也许是由他的波澜壮阔的经历阅尽沧桑一切都变得不经意，一切都"稔透了"；也许他今日的幸福已融去了昔日的块垒：当幸福等同于苦难时，当欢笑与悲泪相等，就同数学题中的正负数一样，一个中学生也可以毫不思索地将其"消掉"；也许他心中还张扬着一份希冀和期待，只是被他的深沉"和光同尘"掩饰了起来。

他一本又一本在写着书，写钓鱼，写散文（钓鱼文其实也是散文），写影视剧本，写小说，有时还要问计于二月河……他做着一大摊子工作，业余时间一点也没有荒芜，我看他是在宣泄一种情愫：万伯翱有话要说。

他说的好像是"天凉好个秋"，秋天的美好告诉人们，那里边润蕴的有"春"，花开又复落，缤纷落英间，绰约可见万伯翱林中身影。他当然不会有蒲松龄"有漏根因，未结人天之果……子夜荧荧，灯昏欲蕊；萧斋瑟瑟，案冷疑冰……仅成孤愤之书"那等凄绝幽暗的心境。他是另一种，是长跑运动员在追逐，似乎是追逐吧，追逐那最后一条线，尽管他已经知道自己绝对不可能是第一名。

我自己也是写书的，知道说话很费神，说话要用时间，青灯冷窗，偎揽自热，万伯翱在无休无止地寻找他自己。我有一个感觉，他是戴着黄金枷锁在不停旋舞的人。不是吗？《三十春秋》《四十春秋》《五十春秋》……阿弥陀佛，我可以打住了。

《五十春秋》，万伯翱著，中国青年出版社 2008 年 4 月出版

"南阳作家群"这个名字已经具有一定的影响了。除了我，还有一批如周同宾等的全国作家协会会员，相当一批的省作协会员和更大批量的市级作协会员。有人说，"在南阳街头，一不小心就会和一位作家擦肩而过"——这固然是有些夸张，然而进行一下地域人文比较，确实是此地一幕异样的景观。

它是怎样形成的？谁也说不出个确切的所以然。有说因南阳区域文化形成较早，积淀很深。但我认为，洛阳、开封比南阳"还要深"，却并未出现类似的现象。有人说南阳是个盆地，相对封闭，但全国大大小小的盆地，比南阳还要封闭的地方有的是，别的"盆地"怎么没有作家群？还有的说，南阳领导层关注文化事业，重视保护作家的创作积极性，这话是有道理，然而转思，哪个地方的领导"不关注""不重视"呢？有的地方甚至领导自己就是不错的作家，怎么也该有个"群"吧？

想来想去，这些理由都有根据，但都"不完善"。我躺在被窝里有时会想到这一问题，我觉得：首先是有几个热爱创作又爱好交朋友结文缘的，同时又有了相当创作成就的作者密切过从，互相鼓励搞创作，形成了一个地方的"文化兴奋点"；有一个能让创作者发表作品的阵地，如果当地的领导能够很仔细地注意保护和作养这个"点"。有这么一个小气候，一个适宜作家发芽成长的温室，慢慢地，"蘑菇"就在这气候和温室中生发出来，成了一个"蘑菇群"，也就成了一道景观。

大家多有认为我是南阳作家的领军人物，但我其实在南阳这一群中出道很晚，是年纪老大的"后起之秀"，是宛军的一员客将罢了。我只是占了知名度高的一点，人们想当然地就那么认定了我。

送来书稿请我写序的曾臻，就是"宛军"的元老。她年纪比我小，小出几乎一个辈次。然而我的文学作品处女作发表是1986年，比她要迟得多，我真正要叫她一声"师姐"才对。

这个"军"真正的创始人，由小到大的奋战带头者，是乔典运，余者还有孙幼才、周熠、周同宾、廖华歌、马本德、兰建堂、秦俊、行者……这些人创造了形成宛军的墙，他们的成就造就了他们的声名，现在也是显赫的。

但曾臻不是显赫的作家。她在宛军丛中自在开放，随缘就分任从春荣秋谢的一丛小花，带着野性的芬芳，在门窗外无意识地飘散着自己的馨香。

我认识曾臻，是通过老乔的介绍。时间记不很清楚了，大约是1989年的秋天吧。乔老爷从西峡来，一块儿吃过晚饭，乔老爷说："走，咱们看看曾臻去。"我们便一起去了"专医院"——曾臻，在那里做医院的宣传干事，"写稿"。第一面的印象，我觉得她很清秀，瘦而且弱。似乎是有点"不禁风"的那样，是个不事张扬，讷于言语但行动从容不迫的人。住的一个筒子间，大约只有十二平方米，书籍资料很多，却打理得很齐整。她和乔很熟，只是时而和我说几句——我猜她是怕我枯坐尴尬吧。

从那以后，我们有了交往。我和乔比起来，最比不上他的就是他与人交往的热情，奖掖后进的那份主动自觉，对人的体贴与关怀。也因我正写着《康熙大帝》，恰在最紧要的关头，每晚要坐到三点钟。乔典运不在南阳时，我极少与近在左右的南阳朋友串门聊天。曾臻也一样。直到老乔患病，住进专医院，我在家写书也是心里发毛，常去看他，和他谈天慰藉，见得也就多了些。因为每次去，乔大嫂是"守摊"的，还有曾臻必在，再就是王桂芳，经常从西峡赶来，和曾臻一道帮助料理老乔琐务——和亲生女儿那是一样的。我为安抚乔有时也说说佛经性命之说，有一次曾臻听我背诵《心经》，她记录不下来，婉请我自己写出来，她眼中盈盈的泪，恳切的拳拳诚意，至今都宛然在目。

乔去世后，我们似乎没怎么见面，后来听说她结婚了，丈夫很好，家也很好。有次路遇，我见曾臻容光焕发很精神的样子，觉得她很幸福。

据我的经验或都是偏见，一个人要是幸福了，就不能哀恸，就会离开文学。

不料今年，近期，她突然打来电话，要出书了，要请我写序。

呀！这么多年，这丛野花仍旧在"春荣秋谢"！

她仍在"业余"，然而她仍在"专业"。

这朵"不禁风"仍在风中施放她自己的清芬。

我有一首牵牛的诗：

> 野生沟垃篱树墙，此花人间最寻常。
>
> 尘冕倘无牵牛藤，天上织女锁机房。

送给曾臻吧，是为序。

《放牧性灵》，曾臻著，大众文艺出版社 2008 年 7 月出版

给王钢的序

在不同的地域，人们对我的称呼是略有异趣的。在南阳，熟人是多极了，似乎满城人都认得我，早晨出去遛弯，叫"二月河""二老师""二先生""伯伯""爷爷""兄弟"……杂得很，有点带着"社会性"那样子。到郑州，叫"凌老师""解放"，甚或"老二"的居多。再到北京，大致就很正规，就叫"二月河"——不过这几年熟了，依着北京的风俗也有叫"二爷"的：不是长一辈的意思，而是有点像《红楼梦》里的贾宝玉、贾环等人们统称"二爷""三爷"那样。我今年犬马齿已是六十有三，常见的朋友差不多都比我略小，所以无论北京、郑州、南阳，毕竟还是叫"二哥"的多些。

王钢就管我喊"二哥"，她爱人郑云正，很优秀，在郑州一所军事院校当官，从她，也叫我"二哥"。这当然是有妇唱夫随的情致，也有更多的私人因素，她和云正的结合，有我一份贡献，我算得——过去不恭敬的说法，名叫"撮合山""牵马"；正规说，我是半个红娘，"介绍人"呢！

前两年吧，我在《光明日报》发表文章，谈自己一些人生感受，说到了中国作协，我说：（大致意思）作协应该是作家的娘家。中国作协是我的娘家，但是是"后妈"。后妈也是妈，也是好的，然而虽好，也还是后妈。中国作协当时的领导不是金炳华与铁凝，不知他们有读到上面这点文字没有。也许读到了，有点别扭吧。但是一个作家，他的本分就是说真话，反映自己的真实感受，我说的是实话。

那么河南省的同人们，我又应该说点什么呢？下笔时，我真的颇为踌躇：因为时间已过去了二十多年，我找不出正确的词。是……姨太太生的儿子吧？也很爱我，也没把我当外人，也不曾受到什么打击排斥……中国有句话叫："不是自己的肉，贴不到自己身上。"两张皮。

这不是在批评谁，更不是牢骚，是我的感受耳。这不是中国作协、省文联作协的过错，也不是我的过错，是命运的安排，是个"美丽的错"。是斯人斯世题中应有之义。我有一个比方，曾和已故的老乔说过，好比买火车票，出版社是火车站的票房，外边作家在排队出书，而作协则是维持排队秩序的车站工作人员，他们研究"××现在创作成就大，该给他出书了"，就和出版社联系、推荐、介绍——官方的正规渠道——然后出版社再研究，书号、编务、印数、定价……出版！我是在旁不懂规矩的作家，加塞了，不管三七二十一，挤到票房口一伸手进窗口，我买票！——一下子领到了《康熙大帝》的出版权。长篇小说——是"卧铺"吧！印数头一版就七万多册——是"下铺"吧？这怎不叫别的排队人，还有"维持"队伍的人心里"别是一般滋味"？大家虽不排斥我，就如老乔当时一句话"别这样想，作家主要还是看作品嘛"，但有点"那个"恐怕也还是有的。因为有这点心理障碍，我到郑州就有点自惭——躲在客房里看书就是了。来访我的人绝对没有"上级"，就是孙广举、鲁枢元，还有王钢。

王钢好像没有地位观念。谁来都一样，谁见她都一样，对谁都一样。亲善而有节，座上固有达官富贵，也不乏引车卖浆的初学作者。我看是这样：只要你是友好的，我肯定你是同样的回报。即使平时与她稍有芥蒂的人，她闻知对方"遭了事"，遇到了大麻烦，她也会蹙起眉头，为那个人的不幸担忧。你看她的文章，有的锋芒微露，似乎相当有杀伤力，但在同她相处时，你见不到她剑拔弩张的样子。温婉善待，宽怀……有原则，一直这样。其实我在认识她不到一个月时，她已是河南日报社文艺处的副处长了。这个位置在圈外人看来好像并不出奇，但在撰稿人，尤其是自由撰稿人眼里，是"准天官"。天官赐福啊！这里掌握着《河南日报》一个版面的发稿权，是河南文艺界规格最高、影响最广泛的一个"阵地"，而她年纪轻轻就成了阵地的"副地主"——想发稿就得善待她，而她不需要求任何人。就她自己而言，写小说、写散文、写报告文学——很漂亮的"三栖作家"，左右开弓，左右逢源，她很快和我成了好朋友。经常聚谈，大致就这么几个人，仍旧是孙广举、鲁枢元，还有王钢。那也许是天然的缘，也许是我没有在她的阵地上发稿的需求，她更没有什么事找我帮忙，这就有了"朋友"的条件。

渐渐地，读她的书从《天地玄黄》开始，由小说而及散文，再及报告文学……我读金庸的《书剑恩仇录》，主人公叫陈家洛，会打"百花错拳"。我看这一节时，脑子常常会闪出一个人，叫王钢，长得很漂亮，会打文学"百花错拳"。从文学的这个领域到那个领域——佛家的此间到彼间——从应命之作到自由散漫的创作，她都来得。她很像是个文学舞蹈家，你正看她的"天鹅湖"，突然又朝你来了"贵妃醉酒"，不防间一个飞天舞姿，给你个"反弹琵琶"。在我的朋友之中，兼着美丽，聪慧，善良，多才，又多福，又教人有点眼花缭乱变幻的，仍旧只有一个王钢。

在山西，见到我给人家写字，她"受了刺激"，回来就练起来，练起来书法就得了奖。不知她还会有什么花样，但无论如何，她本身还是一位作家，她的这本集子又送到我手中，从这个集子里，我照样能看出她在不停地调整自己，改变自己，完美自己。

美了，还要更美，这是王钢的人生追求吧！

《命运之手》，王钢著，大象出版社 2008 年 11 月出版

『正清和』的思谓

与月照大和尚见面是在文怀沙家。我对文怀沙是久慕其名，因为老人的一首长诗与田永清将军相约前往拜会，在座的还有女作家王钢。正聊得高兴，月照来了。这么一个"沙龙"当时便使我感到诧异：文翁是国学大师，田永清是行伍，我写小说，王钢侍弄报告文学，月照则是丛林中人，"类别"如此不同，怎么一会儿工夫就聚在了一处？但那天晚上谈得有点如《文心雕龙》里头的话"风行水上"那样恬透、自然、愉悦。

自此之后，和月照就有了不少过从。他给我寄来了不少佛学典籍，还有他自己写真的观音、罗汉法像图，不时地给我寄来。这很使信佛的家人们欣欣然，觉得很吉祥。

当然，我也就因而知道了月照的字画。

本来，我的字不好，更遑论画画，但这几年也弄几笔：什么目的也没有，为的就是想调理身体，多活几年。网上有网友大声呵斥说："二月河你别写字了！"然而这是我的"五个一"——每天绕着五件事：一幅字，一幅画，一篇短文，一首诗，还有走一个小时的路——不是每天都做完，但就做这些事而已。我以为，无论世情还是时情还是史情，没有哪个人能命令别人别写字作画，这就好比拉屎撒尿，你是天王老子，下这样的命令，我不能遵从。我觉得墨汁里头一定会有能益人祛病祛邪的物事，书家、画家长寿有他必定的道理。有人说写字、画画是因站着做事时的气功状态导致长寿，我不这样认为，世上的事就是这样。很著名的气功大师专门练气功，四十来岁、五十岁他就"驾崩"了。我以为除了墨汁的香还有心态的平和，静穆与空灵洗刷了我们充满冗杂烦恼的灵台脏腑，它才有这样的功效。因此字画好不好那是一回事，我爱作是我的自由、我的选择。而居然地，万里的儿子万伯翱见了，他写了一篇长文《画家二月河》，在海外一家大报用通栏大标题给刊了出来。

人必须有自知之明。我还是要说，我的字不好，画也不好。索字索画的人是冲着"二月河"来的，想要的话大致也得掏钱——你到希望工程掏去，凭条来取字画。我认为，这是大家都该做的事。儒家、道家、释家，都以为这应该算作"功德"。

我说这么一通话，意思是文老的字好。他快一百岁的人了，就算从"五四"时练起，你算算他练了多少年了？能不好吗？月照和尚为这篇序给我写了长信，那字也真的漂亮，还有他以前赠我的圣图，家人们选不出适当的"学术词语"，就只有啧啧称赞："哎呀呀，这真好，好得很，好极了……啧啧……"文怀沙的大气磅礴，和他的人一样。开合自如，苍劲里带着柔韧，磐石那样坚稳不移不摇，这也和他的人一样。月照的画给我的印象是细腻不苟，画中对佛家的诚敬尊爱是一目了然的，他的字用笔中锋很正，俊秀挺拔一点也不见张扬跋扈之象，也许参禅能把禅味带进字中？

文翁送给我了三个字，叫"正清和"。字是不必再夸了，意思也是极明白。孟子善养浩然正气，"正"当然是儒家的。"清"是道家的，"和"呢？佛的。这样简练就涵盖了我们民族传统文明的内核。这是在写字，也是在宣讲他的世界观与方法论。月照是和尚，佛家几乎不讲别的，他宣明的只有两样：缘分与慈悲。

这样两个出身、经历——过程与结果都不一样的人竟成忘年之交，竟合写出这么一个本子，奇异之余引人深思。

在几所大学我讲学，说过这样的话："现在我们的文凭越来越高，素质每况愈下。"我说这话有根据。美国的"9·11"事件出来，打开我们的网页令人瞠目：一片叫好声！世贸大厦里都是该死的人吗？看到这么多无辜的人陷入灾难，这里一片欢呼雀跃，别说月照这样的和尚，就是我们满身烟火俗杂的人拍手称快，"正"吗？"清"吗？"和"吗？从现在社会身居要职的"高层次"的人，为"学术"、为"进步"而收受，到小学生竞争班组长用贿赂手段，甚至匪寇盗贼都不讲"黑道规矩"，践踏"盗亦有道"的原则……这些事不值得注意？

他们的这个册子当然不能解决这些问题，社会学家的事别人不能越俎代庖。但我们每个人都应有"参与"的意识吧？我们应该为真善美做一点自己力所能及的事吧？

由这一点上说，他们走到一处也是很正常的一件事。

邹阳在《狱中上梁王书》中说"有白头如新，倾盖如故"，有的人你与他一间办公室工作了几年还像昨天才见那样陌生，有的人只要一见面就会成为终生的朋友。这种结合，本来就是心灵的契合。

空是不空，不空是空。文翁和月照请我说几句，就这样几句吧，阿弥陀佛！

原载《佛像前的沉吟》，河南文艺出版社 2009 年 2 月出版

醉剑，醉太白

有人在写大唐诗人三部曲，要将中国文化最精粹的部分以另类的解读方式展现出来，与广大读者共享。

我个人认为，作者此举是很有价值的尝试，并且，其较强的历史和现实意义，必将产生一定的积极的社会反响。唯一使我感到不安的是：李白、杜甫、白居易是中国乃至世界诗坛的璀璨明珠，大家对他们的诗句耳熟能详，对作者的期望值不由得很高，作者创作作品时压力之大，可想而知。

当我拿到作者样书，认真读《太白醉剑》之后，很快为作者阔大的文风、洗练的文字及深厚的古文功力所震动，为作品精妙的构思布局、生动感人的故事情节所吸引，不由得和大家一起舒口长气，庆幸作者尚未辜负期望。本人掩卷之后，顿生感慨：

此书语言优美，文笔洗练。综观全书，可见作者在文字上的造诣已达到相当高的水准，辞藻之精美，文言与白话味之浓，在近现代文学史上也是不多见的，这与通俗小说形成鲜明的对比。从美学角度来看，文言式的语句有一种难以名状的"浓缩美"，它将中国文字的魅力发挥到了极致。而在《太白醉剑》中，字与字、句与句间的巧妙搭配，宛如一幅幅流动的山水画，让人拍案叫绝。先拿开篇第一句为例："横亘中国之长江，自唐古拉山而下，出青海，过云海；经渝州，越四川，浩浩荡荡，不可遏抑。"短短一句话便将长江的长与长江的雄伟交代清楚，无需额外的字词辅助，这体现了汉字的独立性，是其他国家的文字很难达到的。

气势恢宏，构思精巧。李白，字太白，生于唐代碎叶城，长于蜀地青莲。历经大唐盛世，遭逢安史之乱，一生彷徨流离，传奇悲烈。

作者煞费苦心，将李白的诗文进行归类，并将其恰如其分融入作品之中；将其游历路线、人生轨迹及出世入世思想进行认真梳理，巧妙地将李白的诗歌、行踪穿起，形成水晶珠链。非大家不能为也！

《太白醉剑》，程韬光著，河南文艺出版社 2009 年 3 月出版

给田颖的书序

我一家与兵营大有不解之缘。我父亲是兵，母亲是兵，我高中毕业也当了兵，我的二妹、三妹也都参了军，三妹甚至到如今也还是兵。我的女儿成人，我很快也让她当了兵，如今她已有十一年军龄，也是个老兵了，她的丈夫、我的女婿也是兵，这就好比基因，胎里带着兵因子，走到哪里自自然然地就与哪里的兵厮混。田颖就是在北京结识的新小朋友女兵。

当兵的人好打交道。简单、明快、不藏不掖、豪迈、爽气……这些词，与生俱来和战士、兵营相融。就团队精神，做事拼命、阳刚孔武、远离阴柔，这些气质精神，没有哪一个社会团体可以与军人队伍相通相同。田颖给我的印象也和这样一个整体形象是融在一起的。记得我是在十六大会议期间，会议休息，我到老朋友田永清家，在那里的家庭聚会上认识的她。我和田将军是大人，她还是个女孩子。我们说话她不插口，只是会含笑坐听，端茶倒水。动作麻利干脆，偶尔说笑两句，言语却快捷便利，又响又脆。如果说个人特点，她给我留下的印象是洞明清爽和干练。我也就知道了她的岗位，是在中央电视台的七套上班，就本职工作去说，她与"孔武"无缘，倒是与"孔文"来得合适一些。

她在北京，我在南阳，接触不可能很多。时而会接到田永清或者田颖的电话，×月×日几点钟，她主持某个节目，叫我观览。我也就欣然地届时打开电视。其中还有一次是她带人来南阳给我做了一期节目，做得也很好。我亦如法炮制，通知了密弥亲友，"请打开电视，瞻仰二月河光辉样子,漂亮嘴脸"。我是全国人大代表,每年铁定要去北京开会,少不了要和一群当兵的朋友聚一聚,田颖只要在北京,座上肯定有。然而近年,见面是越来越少,原因很简单,她是越来越忙了。

她在忙大事,你看看这个菜单就知道了:

主要作品

30 集大型系列节目《中国女将军访谈录》担任总编导

44 集大型系列节目《南粤纪行》担任总编导

44 集大型系列节目《走进云南边防》担任第二路负责人

70 集大型系列节目《长征轶事》担任第一组编导、组长

102 集电视系列节目《中国将帅》担任总编导

7 集系列报道《"十一五"开局之年电话交战》担任总编导

7 集系列报道《总后勤部实施"三星"人才工程建设十年成绩斐然》担任总编导

5 集系列专访《科技金星》担任总编导

7 集特别关注《激情方永刚》《快乐方永刚》《亲情方永刚》《感悟方永刚》《图说方永刚》《祝福方永刚》《送别方永刚》担任总编导

6 集特别关注《青春与使命同行——全军青年工作巡礼》担任总编导

这都是她忙出来的。这岂是那些个只会描眉、美容上班混饭的女子所能?还有她摘取那许多的奖,踮起脚尖就能掰下的吗?

田颖真的让我刮目了,她在台里负的责任越来越重。但你看这个菜单,单在台里根本无法操作,需要带人带机器去"跑"。说得雅点,就是去跋涉。案头工作、组织工作、跑腿、联络、精心结构还要体力支撑。"孔文""孔武"少一样也不成。所以,她的这本书《非常对话:军旅名家》摆在我面前,

我真的感慨系之了。

她为请"凌叔叔"写序，寄来了她的个人履历，我看得很仔细。过去的事虽说过去了，但这履历载重的"质"和"量"不是那等的简单。她还太年轻，我见到的是文章后的文章。就如我的这篇文章一样，也还是送她的序。她还能做多少事，还会写多大的文章，恐怕我还得刮目。

记不得哪个刊物，封面用了她的全身照，真的是"玉照"——婀娜，而且绰约，作为一个巾帼军人，她也没忘掉自己是个红颜。她哪来的那许多精神气力，如此全面地塑造自己的事业，灵魂与外在的美呢？套改一句老词吧："此固一世之雌也，而今安在哉？"很好回答，她忙着呢，她在台里忙事！是为序。

二〇〇九年六月中浣

原载《人间世》，时代文艺出版社 2014 年 4 月出版

盐是人类的命根子

——《中国盐文化史》序

说人是盐做的，你不会相信；说长城是盐筑的，你不会相信；说人类文明是盐成就的，你更不会相信。

为什么？理由很简单，人明明是血肉之躯；长城明明是石砌的，是砖垒的，是土夯的；物质文化、精神文化、制度文化明明是人类社会进步的结果。但是，有人偏偏要追根溯源，偏偏要引经据典，用考古物证、理论文献、金石档案、翔实数据，让你信服，像鱼儿离不开水一样，人人离不开盐；有人偏偏要向你证明齐长城、明长城是盐筑的；有人偏偏要向你证明一部人类文化文明史，就是一部人类沿水寻找盐、利用盐的历史；有人偏偏要向你证明在黄河流域、长江流域及其周边地区，有原始人类生存居住的地方，或是上古时期人类文化发达的地方，都是自然盐产丰富的地区。

原来你可能知道男女老幼需要吃盐，你可能知道古代封建政府很看重盐的利薮，但你不一定清楚，盐的历史有多么厚重。

看罢《中国盐文化史》，我归纳起来，盐有三大显著功能。

其一，盐是食肴之将，是生民喉命。古代思想家管仲说："十口之家十人食盐，百口之家百人食盐。"对老百姓来说是："早晨开门七件事，柴米油盐酱醋茶。"帝王老子也不例外。

有个民间故事，说一位帝王老子吃醉了酒，问厨师：人最离不开什么？厨师说：人最离不开盐。人离了盐，饭菜无滋味，身体没力气，继而会死。帝王认为厨师胡说八道，就杀了他，并下令不让全国百姓吃盐。结果，不吃盐生病的人卧倒在床，没卧床的人开始造反。圣上看事情不妙，马上解除禁令，才算平息了这场闹剧。至于医学上说，盐吃多了对血液病不利，那就好像当官的拿了俸禄，不该再贪财一样，应另当别论。

其二，盐是国之大宝，是立国之本。黄帝时期 "都有熊"，战胜蚩尤后迁都安邑守护盐池重地是范例；商周时期，吕尚受封齐国 "便鱼盐之利" 是范例；战国时期，齐桓公 "官山海" 是范例；秦始皇时期，"盐利二十倍于古" 是范例；明清时期，"天下之赋，盐利过半" 是范例。历史上，还有许多盐枭称雄的范例，如王仙芝、黄巢、钱镠、王建、方国珍、张士诚，等等。袁世凯 "盐税抵押"，应该说也不例外。

其三，盐是神赐之物，是白色货币。《史记》载 "故舜弹五弦之琴，歌《南风》之诗而天下治" 是范例；伯乐盐道相马传为千古佳话是范例；上古时期传世经典著作《管子》《盐铁论》是范例；《孟子》说："舜发于畎亩之中，傅说举于版筑之间，胶鬲举于鱼盐之中，管夷吾举于士，孙叔敖举于海，百里奚举于市。故天将降大任于是人也，必先苦其心志，劳其筋骨，饿其体肤，空乏其身，行拂乱其所为，所以动心忍性，曾益其所不能。"这句至理名言中所铺垫的几个代表人物，都与盐文化有关。东周历史上，有钟鼎铭文 "盐铜交易" 的记载；春秋战国时期，范蠡、猗顿以盐起家 "与王者埒富"。

《中国盐文化史》从地理、历史、考古学，从政治、经济、军事学，从神话、传说、小说、文赋、诗歌诸多文学艺术方面，阐述论证了盐与人类生命及文化的渊源；史料丰富，结构宏大，深入浅出；收纳历史事件数百例，蔚为大观，颇值得一读。

张银河同志是中国作家协会会员。他放着县盐业局局长 "官位" 不坐，志存高远，几年间，对全国众多盐产区地理及其历史文化进行搜罗和田野考察，撰写出这么一部洋洋大观的盐文化著作，填补了盐文化领域研究的一项空白，确实不易。

《中国盐文化史》，张银河著，大象出版社 2009 年 7 月出版

字的良缘——谈书法家刘奇

语言、文字和服饰，是一个民族的传统文化，是区别"这一个"和"那一个"最鲜明的标志。

不必说中国汉语的言简意赅与卓尔不群，也不必说中华五十六个民族的服饰五彩缤纷，令人惊艳，但就一方方汉字，就有声有色，有滋有味。从上古结绳记事到辨鸟迹而形成了林林总总，前贤归为"六书"的象形、指事、会意、形声的四种造字法，转注、假借两种用字法。继而出现了只此一家的中国书法。真、草、隶、篆，洋洋洒洒，后人称作四体。中国书法，薪火相传，这一独特的文化现象，又是中华民族有别于世界其他民族的最鲜明的标志。

殷墟出土的一片片甲骨，就具备了书法艺术完美的特征。后来南阳出了个董作宾，竟读懂了这些天书，成了名噪海内外的甲骨文大师。再后来，2007年在广东举办的第九届全国书法篆刻展，南阳这个小地方一下子上了十六件作品，这在全国地市级单位名列前茅。南阳书法实力之雄厚，名动羊城，名震中国书法界，被人们称为"南阳书法现象"。

南阳书法群横空出世，并非偶然。它是长期酝酿、文化积淀的必然结果。它是靠南阳一批勇于为艺术献身"虽九死其犹未悔"的健儿努力奋斗的结果。而刘奇就是这一群人中之一。

与刘奇由相识而相知，屈指算来，已经二十余年了。我和我的许多朋友，都喜欢用他刻的印章，更有许多朋友喜欢收藏他的书法。

刘奇是上过山、下过乡的中青年书法篆刻家，一支毛笔，一把篆刻刀，到了他手里，当然是举重若轻、轻车熟路了。书品如人品，刘奇的书画作品，一如其人，大气磅礴，书风师承"二王"，清新、妍美、生动流便。他的功力深厚，书艺精湛，最重要的是艺德高尚。他首先从"二王"行草入手，单是《怀仁集王羲之书圣教序》，他就临写五十多遍，烂熟于心。这就使他的行书手札，深深地打上了王体妍美秀丽的烙印，作品自然而然流露出一种温润文雅的风格。他又素来仰慕颜真卿为人为臣之忠贞刚烈，废寝忘食临写颜体行书，糅进颜体笔意，作品又平添了几分稚拙平实。最近，他又融进明清书法家的技巧，作品读起来更是舒畅惬意。

已届知天命之年的刘奇，不但十分勤奋，而且更不安分。九届国展，他竟敢忍痛割爱，放弃自己的撒手锏——行书，却用平时不多写的隶、篆两种书体进行创作，一先一后寄往中国书协征稿办，可喜双双如愿皆上国展。

刘奇善于观察，更善于学习。原来，他的篆书写得有点圆滑，他自己总是不满意。后来，他在一次笔会上偶然看到篆书大家李刚田用笔，恍然悟到真谛，一改积习，变法出奇，现在，他的篆书已进入了一个全新的境界。触类旁通，他的隶书也随之"维新"成功，一出手便不同凡响。篆、隶两体同时上了九届国展，应当是在预料之中。

听说近些日子，他又摆弄起中国画来。他坚信"想法比技法更重要"是一条朴实的绘画道理，让想法永远支配技法。因此他就凭着几样农家小菜——白菜、红白萝卜、莲菜、茄子、黄瓜、大葱等常见之物画成独立小品而集成条屏，拙中藏巧，像模像样地挂进了省六届美展大厅。据业内人士说，小品画堂而皇之进省展是鲜有之事。这不能不让人刮目相看。

刘奇为人大气，处事谦和。数年前，他毅然辞职，办起了南阳书画家研究院。他当时请我题写了院名，现在，书画家研究院早已成了南阳书画家进行切磋技艺的艺术沙龙。文人相轻，自古以来是文化界的一个怪现象，可南阳书画群却无这一痼疾——文人相重，只要有机会，他们就会聚到书画家研究院来，互相观摩，互相研究，仁者见仁，智者见智。学术研究已经蔚然成风。

2008年新岁伊始，刘奇就在南阳美术馆举办了一次"书法、绘画、篆刻"大型预展，约南阳四方俊彦，会聚一堂，对自己的作品横挑鼻子竖挑眼。事后，他根据录音认真整理成了洋洋万言的《座谈会纪实》，他多次对朋友说，这些肺腑之言，都是真经。这经很难从别处取得，要作为以后艺术实践的指南。如今，急功近利是人们的通病，刘奇处在这样一个浮躁的时代，如此保持头脑冷静，这样的谦谦君子，已经少见鲜闻了。

刘奇要出书，嘱我作序，力不从心，写了以上这些话，权充序。

原载《书法》2009年第12期

南阳社科联组编的《经典南阳》沉甸甸地送到我手上，我的欣喜可以说是"莫名"的。因为正是这一类的书滋养了我，成全和造就了我的知识建筑构件，才有了我自己的那几本书。

很多看上去颇有学术造诣的人，历史上的人事问什么知道什么，件件事说得头尾有序，言辞之喋喋，手势之翩翩，声色俱佳，这样的朋友我遇到很多，但你若问他当时人的生活情况，一板子便打到了他的天灵盖，立刻"盖青"就是了。那原因很简单，就是他读书、读历史，不读"志"，《食货志》《礼志》《乐志》《舆服志》……他不读。哎呀呀……那太枯燥了耶——结果是拔了一堆鸡毛，把鸡给扔掉了。

这一部《经典南阳》的好，是因它是南阳的一部"志纲"，你叫它"名片"也可以，因为读一读这本册子，立刻知道"南阳"是怎么一回事，历史、人物、社会、生活、人文、地理、天候资源明明白白说给你，帮助你来"游戏宛"，来吃喝玩乐或是来干事业，造这座"缘桥"。说它是"纲"，是因为南阳的情况太复杂，太多。这本书就是南阳社会总介绍的引领，好比一部大书《永乐大典》《古今图书集成》《四库全书》都有专门的册子来做它的"纲引"，甚至《清史稿》这样的书也有这类东西。否则你进来南阳就会如入具茨之山七圣皆迷。

因此它很有用，说是南阳著述史上的头一部，或者新中国成立以来、建城以来头一部。把南阳府志和各个县志联系比较，立刻便能明白这一点，社科联的编辑者，早就告诉我了这件事，我一直表示赞同，叫我写点什么，我就在书前说了那么一通，这是市委宣传部和社科联的一件无量功德。

南阳是个大气的地方。

《经典南阳》是一部大气的书。

《经典南阳》，姚进忠主编，河南大学出版社 2010 年 10 月出版

品《四书》精髓　正道德情操

中华民族传统文化是中华民族生存发展的道德根基和重要精神支柱。中国是文明古国、礼仪之邦，重德行、贵礼仪，在世界上素来享有盛誉。自古以来，中华民族传统文化特别是儒家文化是中华民族赖以生存和发展的重要精神支柱和精神动力。儒家文化的形成和发展已经有几千年的历史，从口头传承到文字记载，内容博大而精深。但归纳起来，历史典籍里加以明确，历代历朝基本形成共识的内容主要是"仁、义、礼、智、信"五个要素，当然，在传统文化道德方面还有很多表述，但大部分都包含在这五大要素中，或者是这五大要素的延伸，或者是这五大要素的丰富，或者是这五大要素的发展。五大要素之间相互关联、相互依存、相互支撑，共同构成了中华民族传统道德大厦的根基和支柱。"仁、义、礼、智、信"是中华民族传统美德的核心价值理念和基本要求，是我们要很好遵循的最重要的五种社会道德规范；从中华民族传统美德各种组合的比较来看，"仁、义、礼、智、信"是人们应该履行的基本义务和主要品行，在道德建设中具有基础地位；从中华民族传统美德的产生、发展的历史来看，"仁、义、礼、智、信"在中华民族道德建设的长河中具有本源地位；从中华民族传统美德林林总总、丰富多彩的庞大体系来看，"仁、义、礼、智、信"具有主导地位；从中华民族传统美德对社会进步所产生的广泛性、深远性影响来看，"仁、义、礼、智、信"带动整个社会道德体系的发展和社会道德水平的提升，在整个中华民族传统美德中具有重要地位。

孙中山先生还提出要推行"忠于国家、忠于人民"的新的道德理念，认为人无道德便不能革命，人不具备好人格便不能造就一个好国家。因此，他认为革命党人要具备"不求做大官，只求做大事"的优良的品格，足见中华民族传统美德对推进社会变革的重要意义。

中国共产党人传承文明，开拓未来，用自己特有的世界观看待历史，观察现实，展望未来，把马克思主义与中国实际结合起来，提出对古代思想文化要批判地继承。毛泽东同志指出："我们是马克思主义的历史主义者，我们不应当割断历史。从孔夫子到孙中山，我们应当给以总结，承继这一份珍贵的遗产。"邓小平、江泽民同志也多次强调，要继承中华民族历史上一切优秀的思想道德和文化成果，取其精华、去其糟粕，古为今用、推陈出新，建立与新时代相适应的社会主义思想道德体系。胡锦涛同志把中华民族传统美德和时代精神相结合，提出了要树立以"八荣八耻"（2006 年 3 月 4 日，胡锦涛总书记在参加全国政协十届四次会议民盟、民进界委员联组讨论时提出）为主要内容的社会主义荣辱观。这些表明了中国共产党人继承和发扬中华民族传统道德的正确态度和与时俱进的精神风貌。

但是，不可否认，中国文化的自我更新过程和中国文明面对世界之际，不仅会遭遇文化合法性与政治合法性的分立和分离问题，而且还会不断出现诸如大传统与小传统、心灵与实践、理论逻辑与实践逻辑的悖逆等中国式难题。换言之，文化合法性与政治合法性浮现于当今中国的问题视域，秉持普适价值的同时恪守文化身份，拥抱政治理想之际对于人性永怀怵惕，坚守公民理想与捍卫民族理想的统一，不仅对固有文明优秀传统的体认、传承和归依，并在此基础上善于创造性阐释含弘光大，同时表现为对于自身文化身份在世界文明图景中的自我肯定，也意味着每一个中国人，尤其是中国的知识人与思想者对于提升中国文明境界的期待和担当，逼迫着我们必须做出当下中国的回应。

其一，对于传统"天下观"予以现代重构性阐释，以天下观念的博大与包容，吸纳一切人类文明，重塑世界格局。以晚近中国一百多年所积累的生存经验为背景来重构世界格局的努力，既是对"天下观"的拓展，也是向美美与共的人类家园理想提供中国文化启示的用力处。

其二，对于"中国精神"的文化合法性阐释与"文化中国"图景的建构。对于"中国"意涵的不断阐释，也是对中国之为一种人间秩序和人世生活的应然之维的绵绵不绝的开拓、提升和丰富的过程。由此造成的历史与道义、知识与思想、形上与形下、天道与人心的廓然意象，一以仁爱宽和、厚道中庸、博大中正和进取向上为依归，文质彬彬，坚毅刚卓，此其为中华也。这是"中国形象"文化合法性的必要内涵，更是面临全球化时代，文化与制度竞争形势下，中国知识思想界应予传承接续的未竟伟业。

其三，建构中国文明的超越本体，提高中国文明的精神层次。在此，需要挖掘中国文明的人文主义心性资源及其超越禀性，包括"以德抗位"的道德主体性，仁、义、礼、智、信的价值信念和精神追求，形成中国的自然法理论体系，剥夺世俗权力天然合法性的独断论述，形成"有法有天"的人间秩序，提炼超越意义的汉语学思。

其四，对于中国伦理智慧、道德理想的发掘和道义力量的涵养，大凡引领世界人类方向的国族，多半具有自己的浩然道德理想与铮铮道德担当，秉有深厚的伦理智慧，而提炼出普世的价值理念。平等、自由和博爱理念，既是政治理想，也是道德理想，两三百年来一直是响遏行云、鼓荡人心的最为美好的道德号令，一如"老吾老以及人之老，幼吾幼以及人之幼"这一千年心声，具有永恒的感召力。秉持如此道德情怀的国家，才是受人尊重的泱泱国度。一句话，中华文化的"复兴"，特别是软实力部分，尚需知识思想界的重构性阐释。

一个人一生可能不成功，但一个人一生不可能不成长。哲学家曾说过，一个民族有些仰望天空的人，他们才有希望。一个民族只是关心脚下的事情，那是没有前途的。一个人的精神发育史就是他的阅读史，一个民族的精神境界取决于国民的阅读趣味，一个政权的视野远见在于官员阅读水平。读书决定一个人的修养和品位，也决定一个民族的素质，影响一个国家的走向。《四书经纬》正是这样一部中华道德情操修养书，并是一部值得阅读和陪伴终身的精神食粮。

是为序也。

《四书经纬》，郭穆庸主编，九州出版社 2010 年 10 月出版我这个人疏于与生人交往，年轻时是怯场、羞缩，接触的场本来就极有限，再加上这样一个毛病，在官场上混就大有问题，在友谊场上混也是大有问题。但是，上苍所赋定人群的道理，并不一定那些社会活跃分子的人缘就一定比吾辈"闭门造车"的人好，真正使人心恬意洽的朋友也不一定比吾辈多。我的朋友在各个年龄段都"与日共增"，我的朋友随着场景变化流移也在"与时俱进"，之柔就是个新忘年交了。

我和之柔的相识，同样也是田永清将军介绍而来。这几年到北京总有一些场合，或吃饭、聚会、闲聊，田永清几乎成了口头禅的一句话："比他（二月河）大的就叫他二弟，比他小的就叫二哥。"之柔也就因此得的缘吧！他本该叫我"二哥"的，但他还是本本分分喊个"二叔"。

清癯、静雅、安谧、祥和、笃定、友善……我的印象，这些词加起来，似乎就是个"李之柔"。他不是那种张扬的人，没有丝毫的嚣张跋扈之气——这似是日下很多有才华的年轻人的共病，他没有。

但我知道，他是很有才华的一个人。

这样年纪的人，能够跟从文怀沙——现在时髦说法叫"秘书"——其实也就是"关山门弟子"。这种事我多少能体味一点。我自己就是个不要弟子的人，文老在这方面恐怕也是很挑剔的。文怀沙自己就是个索居北京的平民学者。一个热衷于钱，舞文于纸醉金迷之场，汲汲于利足攀贵之途的人，根本不会去跟文怀沙这样的人，文怀沙也不会看得起那种世事洞明、人情练达的主儿。

如果寻问"阿赖耶识"，我隐约地透窥了一点这种缘的契会因由。这从之柔的诗中就能看到，他时不时地给我发点短信过来，其中不乏他的即时即事的新诗。和他给人的印象一般同，他的诗也那样。

但我没见过他的书法和"丹青"。

突然地，他告诉我，他要出集子了，有诗、有画，还有字，这么一个"雅集"。这都是光怪陆离的大利场穷得除了钱什么也没有的人，所嗤笑与不屑的时务，他悄悄弄出了个集子，而且标明了"禅"字号。

我当然另眼相看，并且高看一眼。

沧浪之水清兮，可以濯我缨。

沧浪之水浊兮，可以濯我足。

他将洗干净的足和缨，升华出来，有了这部书。

前不久，曾有一度"文怀沙的事"出来，沸扬得可天下都"关心"。之柔年轻，没有经过这样的风浪吧，我怕他紧张，抄了明初布袋和尚的偈语给他：

　　大千世界浩茫茫，收拾都将一袋藏。

　　毕竟有收还有散，放宽些子又何妨。

我的担心，是不是多余？他回信感谢我。用六祖慧能发明的顿悟法，一旦灵台清明，一切不在话下。

他请我作序，这算是吧。

《无住轩集》，李之柔著，宗教文化出版社 2010 年 11 月出版

心灵之灯的咏唱

——给袁启彤同志的《老榕树下——沉思与回眸》

两个月前吧，我刚从外地讲学回来，接到市政府办通知，晚上有外地客人到宛，希望我能陪同。

我接触的人很杂。在南阳住久了，写书又有点知名度，上到"副国级"、部长、将军——他们读过我的书，检查工作顺带礼贤下士——这样的人要见，因为人家领导着南阳，一言兴邦一言丧邦，我是南阳人，岂可等闲视之……是我的读者，是"重要读者"，能否见面闲聊中为家乡争取多一点"倾斜"，然而我本身是不做官的，我宁可做一个平平的"平人"——这不是撇清，这是十年前河南省委组织部找我谈话，要给我"安排更重要的工作"时我告诉他们的原话。如果没有市肆酒卖、九流三教、引车卖浆人的社会滋养，单凭读几本史书资料，就想写《康熙大帝》《雍正王朝》《乾隆皇帝》，真是"上有六龙回日之高标，下有冲波逆折之回川"——难于上青天！我不可忘掉或舍弃我的贫贱之交、我的创作土壤。

于是我就去了。

他是一位老者，花白的头发已经稀疏，看上去端庄慈祥，儒雅，思维敏捷，言语简明。这是我的"初步印象"吧。已经离休了，是个典型的高级干部。他叫袁启彤，久在福建工作，原是那里的人大常委会主任。我心中暗自考量，这在清代，是"从二品"的地方大员，可以坐八人大轿的。晚宴办得很和煦安谧，我和袁启彤同志挨身坐着。他几乎什么都问，对清代的社会风情、礼仪民俗到斗升市井平民生活都是那样专注地问，专注地听，点头微笑。时而用公筷给我夹菜，也谈他自己的生活和爱好。这样，一会儿就没了距离和陌生感。当我知道他是江苏到福建去的老兵，是"南下"干部时，心里一下子变得温馨。因为我的父亲、母亲也都是南下而来河南的。晋范缜《神灭论》里头说人生就像树上的叶，一阵风吹来，叶子就飘落下来，有的落在了华堂金紫之中，有的"飘转沉塘坳"。父母亲和他一样，顺着解放大军的风飘摇，坠在福建、河南。他在福建时日既长，变成那里虬根藻蔚、盘卧错节的一株老榕树。

这就是佛字讲的"阿赖耶识"，中国语言中你查不到这个词。《红楼梦》里林妹妹，原是太虚幻境一株仙苑奇葩，到大观园来用眼泪归还宝玉的前生——神瑛侍者的浇灌之情。事不同而理同，袁启彤是到福建来，用了毕生的心血去为他的新主人福建人做奉献的。

此后，我与袁启彤的交往渐渐多了起来，除了不断的短信、电话致候关切，他还邀我到福建做了两场讲座。一个年近耄耋的老人，陪着我一道爬武夷山！我学会了喝茶，便缘于此。我自闽返宛如同仙境一游回到欢乐人间，有一种"茶壶里泡了一通"的感觉。我对他又有了进一步的认知。不失风趣的肃穆、严谨、认真、平实，极好的品行名声，极受人尊崇与心仪，连同我的"初步印象"，加起来这些副词就是一个袁启彤。

知道他在写书，是近来的事了。这似乎在他那一代人是共有的一种心结、情愫。我想一个人一辈子七荤八素，风雨如磐也如斯，春风沐体也如斯，"什么味都尝过"，都会有一种"告诉"的欲望。他希望寄语后生儿郎子侄兄弟，人生是怎样的，奋斗又是如何的。凄寒的幼年、奋发的青春、沧桑的中年，不懈的老年构成他生命的主旋律。他的生命就在这个主强体的指挥下不停地舞蹈！也许吧。有时候舞蹈也是要戴上黄金的枷锁。尤其这样的维艰维难而努力前行才能创造更大更真的美。这本书《老榕树下——沉思与回眸》就是用了他的勇敢奋进的一生告诉后来人他是怎样活着，为了什么去做事。

我有一个断想，假如这世界上突然没有了电，那么死去的年轻人要比老年人多。那是为什么？是因为老年人走过夜路，在摇撼世界的凄风苦雨之夜，用松明子燃起光明仍要读书，仍要写，仍要做他们认为应该做的事。他们心中有一盏灯，那样的光明不会熄灭。

袁公便是这样的老人，他希望所有人都忘掉郁闷、忘掉忧愁，希望所有的人都来喝福建的"大红袍"，到九曲十八弯的武夷山去领略人间的美不胜收。

这就是袁启彤的美。

这就是《老榕树下——沉思与回眸》的心灵之灯。

是为序。

《老榕树下——沉思与回眸》，袁启彤著，福建人民出版社 2011 年 3 月出版

站在『巨人』肩上，才能看得更远

读书，作为一个既古老又现实的课题，历来是人类成长之途、国家兴盛之要，人类社会进步之梯。为营造良好读书氛围、推动学习型社会建设，姚玉明披阅千万卷、历时十数载编纂的《读书经》，已由河南人民出版社出版问世了。

《读书经》是一部有分量、有深度的书，其言瑰丽，其意也隽永，可引导和鼓舞人们在读书学习中求知获益、奋勇前行。大略说来，该书具有四个显著特点：一是内容丰富，视野宽广。该书从古今中外一千一百多位名人学者的有关著作、文章中，精选编辑了读书名言三千二百多条，按照相同或相近内容分编为书之魅力、读书意义、读书动力、读书美德、读书途径、书海选读、读书能力、读书方法、读无字书、惜时读书等十大篇，大篇下又细分七十九个小类，形成了一个博大丰富的读书名言系统。二是用材得当，长久受用。该书在选材上，厚今薄古，古为今用；以中为主，兼顾西方。只要是对读书有借鉴作用的重要言论，都加以选录，不因人废言。该书选编的读书条目都是文辞简练、寓意深刻的名言隽语，今天管用，明天、后天仍管用。三是编排合理，方便使用。该书仿照工具书的编写体例，按内容分篇、分类、分条目的方式进行编排，层次明晰，结构严谨。选编的读书条目都注明出处，以利追寻原文，也增强了它的可信度。在书中各大篇前边均有导语，它既是该篇的内容梗概，也是读者的向导。书后附有读书名言和作者简介，以便读者引用时可知人论世。四是通俗易懂，实用性强。该书虽然是名言隽语组成，但没有复杂的长句、晦涩的词语。书中那些洗练精妙的语言，词意晓畅，易懂好记。对古代文言读书条目做了注释，帮助读者理解、运用。该书具有阅读、欣赏、检索、引用等多种用途，许多思想、观点和做法都可结合现实，付诸实践。

站在"巨人"肩膀上，才能看得更远、受益更多。相信这部由名家学者名言隽语组成的读书明鉴，足以行远传后，放射出璀璨夺目的光辉，指导人们多读书、读好书、善读书。无论已经读书很多，还是准备大量读书的读者，借鉴一下本书中名家学者的读书理念和经验，都会是一件受益无穷的事。

《读书经》，姚玉明编，河南人民出版社 2011 年 9 月出版

寄语洛阳

我这一生是三个"阳"，生在昔阳，幼在洛阳，落在南阳。就这么三个情结，陪伴萦绕了六十五年。

幼时的事不记得什么了。1948年，那时我才三岁。从风陵渡过黄河，天上下着鹅毛大雪，我身上裹着重重褓褓，躺在舅舅怀里，大睁着眼看着绛红的天和船桅樯，听着黄河巨浪的涛声，不时地，有雪花落在脸上，我便大声地哭。舅舅哄不住我，气得妈妈呵斥我"再哭就把你扔进黄河"……也就是这个记忆吧，当时随母、舅到哪里去做什么，全然是一片混沌。

后来才知道，是随刘邓大军过黄河到洛阳。

这算是我的人生第一笔。到栾川，继而到陕县，也就是今天的三门峡。栾川、陕县都属洛阳，其实是已为洛阳花下容。

绝大多数人幼时都是随父母的命运播迁流徙，我当然也不例外。

当然，后来我的命运很复杂：到南阳去当兵，当兵时下煤窑、盖房子、砌河堤、当通信员、打坑道，转业写书，变成二月河。一个镜头一个样，一个身份，其实人人都一样，一辈子孙行者七十二变。

就我自己的体会，变动着的东西不稀罕，不贵重，凝固了的人生才会变成永恒。复杂的东西不值得追求，你看很多历史上的政要、名流大家，忽然就出家了。追一追他的那点子心境，是在避难或逃避复杂。尽管我珍视它，但我绝不留恋。

不变的愈来愈彰明的欢乐，值得人珍视与留恋的只有一样，那便是人的童年。我十三岁随母亲离开洛阳，把我最美好的年华给了她，她把结晶了的美带入我的终生。说到灵犀相通，你能体味"铜山西崩洛钟东应"；倘你情爱失意，"洛阳花好，偏我来迟"，只会一声叹息。如同洛神，你读、你体味，能惹得人立时面色苍白，美是能够愈来愈强烈地升华不竭的。

当然，我十三岁时不可能有什么学问，离开洛阳，只是梦中动不动就"回去了"：龙门大石佛、伊阙的大湿地——现在还有没有？那时在这里可以捉到芦塘里二百斤重的大黑鱼——邙山呀、洛河呀、白马寺呀、天津桥呀、黄河落日呀……走马灯一样，一辈子的梦境是真真切切。

直到过了而立之年，"九朝古都"这个词的真正分量才掂了出来。

就我自己的体味，南京六朝金粉之地，且又做过民国首都，人们至今隐然有着"首都意识"，这也倒罢了，因为不做首都才几十年。但洛阳人，至今仍然有这种"首都意识"，自尊、自豪、自矜、不自大，但更高看自己一眼，高情趣的精神生活追求，享受自己的形象与都市品级的配合……这都是我所理解的首都情结，洛阳都有。它可是多少多少年没再当首都了啊！

这样的意识，开封没有了。杭州富得流油，但也没有了。但洛阳还有、还在，原因是什么？

历史的东西都差不多，譬如西安。洛阳的文凭高、老、大，是河洛文化的策源地，是佛教的祖庭。孔子学说仰之弥高，钻之弥深，瞻之在前，忽焉在后，太大了，但他的理论基础的形成也在洛阳。这历史、这文化，还有她在中国经济发展史上曾经起过的巨大作用，也许是这些不能改变的原因，形成了洛阳人的不能改变的首都或都市意识。

洛阳的事是说不完的。一位俄国汉学家说，给我一立方米洛阳土，我终生受用不尽，研究不完。若我回他的话：一立方尺土你也研究不尽，你到洛阳看看就知道了！

洛阳真该有一部通史；

现在真的有人做这事了；

我真的很欣慰、愉快。

是为序。

原载《随性随缘》，长江文艺出版社 2011 年 10 月出版

卧龙岗上灵石不言

我这人一辈子喜欢吃，喜欢玩，喜欢文学，喜欢历史和哲学，似乎现在文字上是有了点出息。世道就是这样，一个人在一方面有出息，人们往往认为他会"方方面面都优秀"，连我的字……书法……也会有人出钱买。

其实我的字"那是相当的"——糟，我自己晓得。自幼挨母亲训斥，遭老师鄙夷，受同学讥讽。当初递稿子进出版社，大致的评价是"文笔佳，字体差"——也是个基本评价。我的字忽然有了"身价"，是《康熙大帝》《雍正皇帝》和《乾隆皇帝》系列小说出版后一夜之间发生的事。

但是，其实我很爱看书法的。我十三岁到南阳卧龙岗匆匆在这块碑书《出师表》前走过，它的影子便一下子印进了我的心里。从那时到现在，在这座碑廊和岳飞写在上头的"字"前，我不知流连凭吊和仔细审量了多少次——用一句佛经里的话是"恒河沙数"，不，"白河沙数"——那样关切审望它。后来又见到毛泽东的狂草书法，不知怎的似曾谋面，心里默计，有这么个念头，很可能是，这位伟人是临摹过它，并对他的书法有了很大影响的。

现在南阳和襄樊都在争夺诸葛亮的"躬耕地"，襄樊似乎是占了上风。这叫人很不明，原来诸葛某人自己说的不算数，倒是一千多年后我们的专家才搞清楚他"不在南阳"。前段报载，教科书里头注解"臣本布衣，躬耕于南阳"，说"南阳，在襄樊一带"——我不是古地图专家，但是我会看现代地图。我总认为这个说法很有毛病，南阳似乎不在"那一带"，南阳是东汉的陪都，"美""富""昌""都"都远过襄樊偏隅之地。如果小学生造句说："中国在不丹、锡金一带。""北京在通州一带。""武汉在 ×× 一带"……不知老师是会哭还是笑呢？"胸中不正"，不但眸子会"眊"，连话都不会说。我们一些学富五车的专家瞪着眼说瞎话，无视诸葛亮自说履历，曲讲经史语解文义，不知魏晋，谎说汉唐——其用心真不可问。

这块碑它不说话。它矗立在南阳卧龙岗，年头已经老了去了。

然这碑在历史上也是有争议的。早听专家说过，它并非岳飞亲书。但也有说它是岳飞所作。这碑群书法南阳有，成都有，襄樊也有……人们不去说那些碑，是不是可以这么说，那些别处的碑，肯定是假的，而南阳的这个则有可能是假的，就算是假的，它是明代出土，无疑明代石碑，本身就是真文物——你有吗？

这只是一种设想，持"假"说的人的主要依据是后头那段"跋"。他们不知是怎样考证，绍兴戊午年，岳飞没有到过南阳，因此那"跋"肯定是"假的"。老天呐！这个说法真的是太"那个"了。我不能拿别人的例子，只能说自己。我今年六十五岁，这半辈子到过哪里，在哪个旅店歇过脚，我自己也考证不得。再过数百年，若有学者有兴趣，考证二月河去没去过大同的九龙壁前，他们倒能断言？

我是山西血统，随父母南下在南阳驻足落脚。对诸葛亮躬耕地，对"南阳一宝"的这通碑的鉴证，不似现在的南阳人那样铭心刻骨地"痛切"，平心换位思考，我在想，假如我在襄樊落脚，我会怎样？细思量，我也许会像石头那样不吭声。

不吭声也是一种态度，就如这个碑廊，现在是修葺了一下，沉静地横在卧龙岗上，无论谁来，掏钱不掏钱，做不做"工作"，它都是默然，松柏掩映角楼斗拱之间，还有明政府祭祀诸葛的礼部颂文碑，那是明时的"中央文件"，带编号的，也不言声，矗在岳飞书碑不到二十米处，石上青苔也都斑驳陆离。一语不发，上头都是文字和言语，默默看着来来去去的游人与过客。

庚寅年季春，南阳汉画馆重印卧龙岗岳飞书《出师表》，有感而发是为序。

原载《随性随缘》，长江文艺出版社 2011 年 10 月出版

南阳是黄牛之乡，继山出生在牛乡，自幼放牛，对牛产生了深厚的感情。这个放牛娃家境贫寒，有一股子牛劲，他爱牛、画牛、写牛、塑造牛，集牛的美德于一身，面对人生的艰难，走向今日"牛"的辉煌。这其中的妙意，一定是他出之于心，情动于衷，形之于笔端，爱之在胸，方能勾画出牛的神趣，牛才能在他的笔端栩栩如生、生动活泼。他的画面虚虚实实，情趣分明；布局张弛有度，富有神韵。

牛吃的是草，挤出来的是奶，它质朴、憨厚、勤劳、忠诚，并且有一股子犟劲。它头角生威，却温顺地服务于人类；脚踏实地，埋头耕耘，却不张扬自己；只知奉献，却不知索取。继山专心于牛的品格，提精于牛的忠诚，放大于牛的个性，自然于牛的钢筋铁骨，画出了牛的平凡而又不同于平凡的生动画面。他的画法快畅，画风自然，神态逼真，妙趣横生，韵味很浓。比如，他画的《走向和谐》图，牛朝一个方向走，劲往一处使，没有拉横套的，把牛的神情表现得淋漓尽致，看了给人以启迪。我为他精湛的艺术表现手法感到欣慰。

有人说，这就是他个人的画风，本人的风格。我觉得更应该说的是，这就是他艺术的成功之处。艺术水平升华后才可沉淀得如此厚重，结出如此的硕果来。这并非偶然和一巧神得，它是一位艺术家见多识广、长期积累的结果。希望继山在绘画艺术方面精益求精，绘出更好的牛画。

原载《中国政协》2011 年第 14 期

早年读清人笔记，是纪晓岚还是什么人，到寺里随喜，想拜访方丈大和尚。小沙弥回说，"师父不在"，接着替师父叫苦，早上见某檀越，接着某贵人来访，寺里大兴土木又得到施工处看防着工人怠惰，某某大人喜得贵子，师父又要亲送法物过去相贺……种种繁难，局外人不能知云云。纪晓岚便回了一句："你师父这样多的苦恼，何不出家？"

我原以为这是乾隆时候一道风俗世情，后来读得多了，也见得多了，才晓得，但凡世道兴旺，人们有钱、有闲，大致和尚们便要苦恼烦琐。人们有钱，要布施，那布施也有大有小，斗升之资由小和尚去应酬，或弄个"功德箱"你自个儿去塞吧；有的檀越捐款，动辄百万、千万甚至上亿，那么，大和尚就得亲自出面接洽。小人物来寺里拜佛，自己在兰若里徜徉转悠就是；大人物来了，老和尚又另一样俗忙。这是件很无奈的事。和尚们忙，他们无法"出家"。或者说这样的"忙"腐蚀了他们，腐蚀得他们除俗务应酬之外，出家人的事也不做了，一脑子心事"发展旅游"。

和尚也是人，他们这样俗务缠身，从本愿寅缘上说并没有错误。我的意思是说，你自己就没有清净心，你怎会给了别人这种心？

但月照不同。生在当今世道，我相信他也会有诸多的社会应酬。但是，他的天目山有着不可向迩的佛意。他自己忙着的，也是在修他的"禅"韵。你不需要去寻什么证据，看一看他的画就知道了。我第一次见到他的画，就对家人说："这是个高僧，你们要明白，没有禅心画不出这样的画。"

和尚是什么？如果把佛寺比作一个学校，教着芸芸众人生向化、向善之心，这些僧侣其实就是一群佛派出来的老师。人们向佛礼佛，佛已涅槃，就由这些"师父"来图说大义。

我听说，佛教在历史上又得名"像教"，盖"以像设教"之故。可见佛像艺术之于佛教，竟是何等的重要了。佛教经籍浩如烟海，佛教哲理古奥深邃，常使学佛修道之人，如入莽莽群山，茫茫丛林，短时之内，难获要领。而佛像艺术，则如"轻舟撑长帆，绝壁挂云梯"，正是引领众生趋向解脱的方便法门。纵观佛教在我中华大地弘传的两千年历史，就是佛经所传述的理体法身与佛像所呈现的艺术化身之间，互相印契、互相显发的历史。佛像艺术，犹如纳藏大千世界的一粒沙尘，或似开敷庄严法界的一瓣花叶，既聚结道体，具福田之广；更包蕴禅心，兼慧海之深。

然而近世以来，佛像艺术衰落了。与前代的顾恺之、吴道子、贯休、李公麟诸辈梵画圣手比较起来，现在已经鲜有能够启发世人断疑起信、灭痴破暗，帮助见闻者清净宿业、同登佛地的佛像艺术上乘之作了。可是鲜有不等于没有——据我所见，至少还有一位当代的佛像艺术大师，其作是称得上"禅画"的。其为谁也？月照上人！

在本书留给我的宝贵篇幅里，我不用为月照上人多做介绍了。这里只就月照上人的作品何以称得上"禅画"的问题，谈两点我的看法，以求教于佛学及艺术领域的方家。

我认为，禅画，禅画，必须具足"禅"与"画"这两种要素，方能圆满成就。什么意思呢？简单说来，就是一幅真正的禅画，是"看禅有禅，看画有画"，同时又是"禅在画中，画在禅里"的。

欲认识月照上人的禅画，且容我学一回"野狐谈禅"，从上人之"禅"说起。

作为佛像的绘画者，首先应该具足对佛、菩萨形像的正知正见。"佛"

其实只是一个名字罢了，"他"的真实所指，是我们人人心中都具足圆满的平等觉性。"佛"本来是无"像"的，不可以音声求，不可以形相求，所以《金刚经》说："若以色见我，以音声求我，是人行邪道，不能见如来。""凡所有相皆是虚妄，若见诸相非相，即见如来。"这里，"如来"即佛法真理——佛陀所亲证的平等智、平等觉之代称。佛、菩萨的形像，归根结底也是"相"，但其施设的目的在于"设教"。虽然佛法真理是"言语道断"，不落言筌的，诸佛之身亦离诸言说，随机应现，无有定相，但因众生颠倒执着，分别心重，佛无形像，众难归投，心无所依。人的眼睛被称为灵魂之窗，是触及心灵的通道。佛像艺术，正是要使人借由眼睛的观察，窥破相与非相的玄机，惕然憬悟，进而自然脱化，超凡入圣。图绘佛像，就如标月之指，司南之针，教人在解脱路上有方向可凭，有榜样可学。故此佛像绘画，功能首在"教化"。既为教化，画者就不可在佛像绘画中夹带"私货"，过分强调个人主观感受和个性化技巧的表现，而只可以佛法真理为究竟皈归。欲将世俗一般绘画上升至禅画高度，画者须秉出世脱俗之志，入佛知见之心。先将胸臆中所有的情见染识一扫而光，方能进入心净即净土之境界，方可与佛、菩萨感应道交。

所谓禅画，就是"画禅"，是用绘画的形式吐露禅心，传达禅意，指示禅机。欲成为禅画家，就必须通达心性之学。月照上人本身就是一位般若大师，他常能通过深入浅出的开示引导，使人获得悟性之体验，在对无上禅悦的感受中复见本来面目。

对我而言，观摩月照上人作画的过程，就是感悟禅理的时机。月照上人的禅画艺术，既是他孜兀穷年研习书画之功的积累，更是禅家本觉自性的流露，是深得心源、返达法体的境界写照。上人进行禅画创作的方式及程序，皆不同于世俗艺术创作。在他作画之际，首先要熏沐顶礼，讽诵真言经句，就艺事而作法事，祝画几而为坛场，化方丈之室为无量沙界，止定运观，至心礼请十方诸佛菩萨光降于斗室之内，邀集三界龙天护法神众周匝拥护。当此定慧双运之时，神游于六合八荒之外，身得与灵山莲池龙华诸会，诸佛菩萨、龙天护法一一于定境之中示现分明。上人目乃识之，心乃念之，笔乃绘之，遂成当今世人有幸瞻睹之佛画巨构。

再说月照上人之画。大凡具有真境界的禅画家，都会断然摈弃玩弄笔墨技巧与概念游戏。月照上人在禅画创作题材的抉择上寄"求真"于"务实"，笔出于心。他的白描人物禅画，以充分刻画对象的内心世界为旨趣，下笔斩截，略无滞碍。所绘的佛、菩萨像，慈容蔼然，静穆端严。衬物衬景，无不传神；片云泓水，俱显妙谛。唯有经过学养、道德、心灵的三重修炼，绘画之笔方可无所不能。上人所绘佛像，姿态万千，瑰丽多姿：说法图有说法之妙，涅槃相有涅槃之味。佛陀有佛陀之庄严，菩萨有菩萨之妙相，罗汉有罗汉之清容，金刚有金刚之神威。正是："墨海中立定精神，笔锋下决出神韵，尺幅上脱去俗气，混沌里放出光明。"观赏者心灵中所蕴藏的美好情操被悄然引发出来，不觉进入人佛交接的境地。

月照上人的禅画，直现人类精神之最高境界，直诉生命与宇宙之真实哲理，释放出智慧的能量，透射着彼岸的光芒。它是有形之梵呗，无声之禅诗！幽明心神交汇之升华，远离尘俗香烟之高标！

为贺《月照上人禅画丛集》付梓，谨将拜观上人禅画所获一二管见，连缀成文，勉为之序。

《月照上人禅画丛集》，月照上人著，北京工艺美术出版社 2012 年 5 月出版

　　李荣泰的《古代将帅演义》是一卷博大的五千年战场英雄绣像图，也是市场上少见的冷门书。看过之后，觉得这部作品值得向读者推荐。

　　时代造就英雄。中国的冷兵器时代，曾出现过一大批英雄。他们以不凡的才华和对民族的热爱在历史和民间留下了光辉的形象。比如李元霸能举六千斤的双石狮，是位"中国大力神"。黄忠和关羽大战一百回合，此事表现了他们的英勇善战和精湛的武功。老百姓春节贴门对子，很多家用门神，常见的门神有秦琼和尉迟敬德、卫青和霍去病、关云长和赵子龙等。在平民百姓眼中，这些大将、英雄，能保佑他们居家的安宁，因此百姓把他们当成神去敬奉。看来，将帅们自有他们的读者粉丝。茶余饭后，人们议论起类似书中某个英雄的时候，津津乐道、眉飞色舞。作为谈资，人们不时地要夸赞一两个英雄。但是，能系统地将这么多将才的故事集中在一本书中，并以小说的形式出版就难能可贵了。这也为研究者和读者提供了极大的方便。如果有人将这部书改写成长篇评书，会传播很广，让读者得到更多的乐趣。

　　风格奇特，引人入胜。《古代将帅演义》一书凸显了"金戈铁马，气吞万里如虎"的刚劲风格。在我们所处的这个"暗淡了刀光剑影，远去了鼓角铮鸣"的时代，让我们再回眸看看冷兵器时代的将才英雄，我们定会被他们义薄云天、气壮山河的气概所征服。这部书写的是华夏儿女的浩然正气，写出了民族文化精华。

　　《古代将帅演义》读起来很有趣。这部书把浩如烟海、多如繁星的冷兵器时代的将才实行科学编排，明晰线索和顺序。比如分出了军事家运作兵法战阵的，十八般兵器魅力的，冲锋陷阵的，打擂比武的，单打独斗的，保镖侍卫类的，等等。读起来一目了然，易记易讲。这部书故事性非常强。有传说、典故，有人物、事件，作者利用一切手段来调动读者的阅读兴趣。单就标题来说，此书采用了章回体小说的格式，显示了作者的语言功底。作者自五千年战争史、五千年战场英雄中，遴选了二百四十位为主角儿，其笔下人物都有各自鲜明的个性。这分明是一部"群英谱""英雄会""耀武台"。

李荣泰先生耗费了十多年的时间和精力，翻阅了大量书籍和资料，方写出这部书来。可以想象他挑灯夜战的辛苦，可以想象他彻夜不眠的坚韧。十年磨一剑，才铸成了"将才文化"的鸿篇巨制。希望这部书能得到读者的喜欢。

《古代将帅演义》（共八册），李荣泰著，中国广播电视出版社 2012 年 12 月出版

心尖上的《孙子兵法》

长期以来，我致力于中国古代史和帝王系列研究，以求以史为鉴。同时，作为一个老兵，对古代兵书也有着浓厚的兴趣。因此，当看到路秀儒大校《向孙子兵法学思维》一书，很想说点什么。

《孙子兵法》是两千五百多年前的一部古代兵书，是春秋末期齐国的孙武留给我们的文化遗产，是中华民族聪明与智慧的体现。

今天，特别是在中华民族实现伟大复兴的历史征程中，面对巨大的"时间差""时代差"，我们手捧这部被誉为"兵学圣典"的古代兵书，重点要向它学什么？作者通过他的新作告诉我们：向《孙子兵法》学思维。

我认为，这是个很有意思的新视角，是个有未来的好思路，彰显了作者研究思考问题的视野与高度。

爱因斯坦说过："人们解决世界的问题，靠的是大脑思维和智慧。"从古至今，人类所创造的一切物质产品和精神产品，都是思维的结果。著名哲学家康德为了提醒人们，生前给自己写了一句碑文："重要的不是给予思想，而是给予思维。"

古人讲："心之官则思。"大凡兵法，表面看是用笔"写"出来的，而实际是用枪"打"出来的，同时也是用心"想"出来的。《孙子兵法》不仅是它的作者孙武妙笔阐释的巨制，也是血火凝练的经典，更是"兵圣"精心思维的结晶，是心尖、笔尖、刀尖上盛开的永不凋谢的兵学奇葩。《孙子兵法》留给后人的宝贵财富，最有价值的也许不是那些仍富有勃勃生命力的理论、亟待创新发展的思想，还有早已过时的某些兵法条文，而是蕴含其中、维系活力的伟大思维，并且，随着时代的发展、时间的推移，前者会日趋"式微"，后者会日趋"增值"。

那么，今天我们学习《孙子兵法》，既要看人家怎么"写"的，更要看人家怎么"想"的；既要看人家怎么研究打仗的，更要看人家两千五百多年后怎么影响各维、各域的。

古老的《孙子兵法》，思维是其活的灵魂。那么，"思维着"的《孙子兵法》，无疑为这种"活的灵魂"安装了永动的"引擎"，其思维的潜力会更加明显、时代价值会更加凸显、生机活力会更加彰显。因此，我们学习《孙子兵法》，还需要有更宽广的思维视野、更深邃的思维触角、更先进的思维方法，站在新的更高思维起点上，创造性地研究、发展和运用《孙子兵法》的思维。

《向孙子兵法学思维》，路秀儒著，黄河出版社 2013 年 10 月出版

画的良缘

刘奇学弟将沉甸甸的《案头余事》书稿交给我，嘱我阅后作序时，我着实吃惊不小。几年前，他出了一本《奇书奇画》的书，以书法为主，绘画为辅，妙趣横生。兴之所至，我写了《字的良缘》一文，惹得几大报刊纷纷转载，作者、读者皆大欢喜。这次结集，是从他近年大量的书画作品中精选出来的。是以绘画为主，书法为辅。前头拉车，后头照辙，这篇小文索性就叫《画的良缘》吧。

文人画。始作俑者，应追溯到明代徐渭。他的诗、书、画、印，无不精到，这让白石老人佩服得五体投地，自称"青藤门下一走狗"。可想而知，徐青藤的道行有多深、多广！中国画讲究构图、墨法和技法，这同中国书法讲究章法、墨法等技法如出一辙，这大概就是"书画同源"吧。如果按百分计算，构图恐怕要独占50分，而墨法和技法各占25分。古代文与可画竹，讲的"胸有成竹"一定是构图，其余枝节问题都比较容易处理，无伤大雅。墨法又分五色，分别是浓、淡、干、焦、湿。而刘奇喜欢用浓墨重彩，其他墨色用得少一些，不能不算缺憾。技法分为皴、擦、点、染，一幅好的作品，缺一皆有所逊色。他吸取了众家之长，甚至用到了潘天寿的"不是皴法的皴法"。把玩刘奇的山水画作，我感悟到张大千、陆俨少、潘天寿、谢稚柳的艺术魅力。欣赏刘奇的花鸟虫鱼，我领悟到齐白石、李苦禅、陈大羽的艺术风采。因为刘奇是他们门下最忠实的弟子。尤以齐白石和陆俨少，对他的影响更深刻、更长远。这些年，刘奇学弟孜孜矻矻、兢兢业业，由文而书，由书而画，遍临大师作品，深谙艺术三昧。套用一句话"功夫在画外"，讲几句题外话，这就是构图要虚一点，画坛佳话《踏花归去马蹄香》《蛙声十里出山泉》等就虚出诗情画意来。马远画山水，人称"马半角""马一线"，净玩虚的。也难怪个中人感叹，画实容易画虚难。此其一。其二，淡雅问题。只有淡，才称雅。大红大绿，那不是中国山水画，那是杨柳青年画。辛弃疾有句词："昨日春如十三女儿学绣，一枝枝不教花瘦。"说的有点意思，唯其是"女儿学绣"，才弄得一枝枝花儿肥硕不堪。刘奇的山水，也须减减肥，卸卸妆，其实，水瘦山寒是一种非常清高的境界。不信，看看宋元大家的山水，真让人醍醐灌顶。话说得拐弯抹角不好，一句话，用墨再淡一些，着色再浅一些，这样是不是更带古意？君子不器，有容乃大。刘奇学弟是个全才，诗、书、画、印都拿得起，放得下。如果硬要排个名次，书一印二画三，诗文只能屈居第四。他的题画诗，不拘形式，质朴稚拙，生动有趣。他的一方印文："诗打油，字且奴（通"驽"）。印似匠，画乃图。"诗称打油，谈何容易。读读张打油的经典之作《雪诗》："江山一笼统，井上黑窟窿。黄狗身上白，白狗身上肿。"让人忍俊不禁，他不愧是幽默大师。油只要是打的，肯定不是地沟油，食之有益无害。看刘奇这架势，三五年，他极有可能颠倒自己的乾坤，来他个画一诗二什么的。我希望如是。刘奇非常敬重白石老人那句座右铭："面刺我者是吾师。"念念于此，就说了以上不再虚夸、不再客套的话。

《案头余事——刘奇自选集》，刘奇著，安徽美术出版社 2014 年 1 月出版

『正能量』与『负磁场』的较量

贺清龙所著的"反腐倡廉三部曲"——《中国历史十大惩腐精英》《中国历史十大清官》《中国历史十大贪官》，从不同角度诠释了惩腐治腐、激浊扬清的重要性，既有通过描绘正面人物传播清廉正直所散发的"正能量"，又有通过刻画反面典型点出贪污腐化所形成的"负磁场"；既让人深刻理解历史，又催人掩卷深思，对当今社会有很强的启发和指导，是一套具有强烈现实意义的好书。贺清龙是我多年好友，长年战斗在反腐第一线。部队出身的他有军人的严谨和正直，也具文人的细腻与敏锐，这也铸成了他黑白分明、扎实全面、栩栩如生的笔锋与文风，在这几本书里体现得淋漓尽致，让人读来酣畅忘怀。

写史容易，把人写活难。在尘封的历史中去认知一个真实历史人物，需要做大量的工作，这包括收集所能发现的各方面素材，读懂难以捉摸甚至晦涩的古文，还要在字里行间参透史料，不为片面文字所误导，不先入为主、带有太多个人主观意愿与感情色彩，这样才能公正、客观、全面地把握人物形象、还原人物本貌。读完这套书，我的脑海中浮现大量生动难忘的形象，因此我相信贺清龙花费了大量时间精力，钻进去了、研读懂了、参悟透了，唯有如此，方能驾轻就熟、引人入胜。

这些人物里有广为大家熟知的名字，如狄仁杰、包拯、诸葛亮、魏徵、李义府、和珅等，不论民间传说还是电影、电视，都有很多演绎。但贺清龙没有简单翻译史实，重复讲述故事，而是在保证精准真实的前提下，结合自身多年纪委工作经验，有张有弛、有点有评，有总结、有思考。如作者通过多个故事反映诸葛亮的勤政廉政思想，并精辟总结为"以'安民'为根本；以勤劳任职、廉政爱民为要务；以法令为制衡；以'通货积财'繁荣经济为依归，从而达到民富国强的目的"。这个总结体现了诸葛亮的心怀天下、情系百姓，体现了反腐倡廉工作的最终要义是取信于民、造福于民，也解释了为何诸葛亮能被"三顾隆中"、委以重任，千百年来一直活在百姓心中。书中这样的例子还有很多，有待读者去慢慢发掘。

当然，也有一些知名度并不高的人物。由于记录较少，要搜罗他们的材料就更为困难，要把他们和前述人物一样写活就更难，但贺清龙的刻画一样生动。比如在描写十大贪官之一东汉梁冀时，就从多个角度写出了他"专横跋扈"的嚣张气焰，"疯狂聚敛"的丑恶行径，"罔顾亲情"的冷血本质，让人既恨之入骨又不寒而栗。梁冀这种大贪官的出现，作者认为"除了其个人野心膨胀等主观因素外"，还有一些推波助澜的客观因素，最重要的就是"缺乏权力制约和监督机制"，因为"没有监督制约的权力必然是腐朽的"，这与习近平总书记关于党风廉政建设和反腐败工作上的一系列重要论述不谋而合，尤其是十八届中央纪委第二次全会上所提出的"要加强对权力运行的制约与监督，把权力关进制度的笼子里"。民不容贪、法不护腐，腐败是对党的纯洁性的侵蚀，对党的形象的玷污，建设社会主义新中国，就要坚定不移地反腐，构建全面有力的反腐制度体系，将反腐败工作不断引向深入，让手握权力的人不敢腐、不能腐、不想腐，让官员以"腐"为辱、以"廉"为荣，形成廉洁自律、克己奉公的新官场文化。

俭以养德，廉以修身，这是流传多年的古训。贺清龙的这三本书是对这个古训的新发扬、新传承，是值得细细品鉴的书。

"反腐倡廉三部曲"——《中国历史十大惩腐精英》《中国历史十大清官》《中国历史十大贪官》，贺清龙著，云南人民出版社 2014 年 1 月和 6 月出版

《爱人》寄语

几年前与金庸先生在深圳曾有一次快晤。两个作家相遇，当然要谈到对方作品的优劣。深圳方主持人问我最喜欢他的哪部书，我不假思索回说：《神雕侠侣》。

为什么会选择这部书呢？当时只是应急答问，谈的第一感觉。回味起来，使我产生此种印象的原因，是因这部书弥漫了爱的情怀，释放出的是对社会、人生的终极关怀，那就是爱。

杨过虽名杨"过"，但他的"过错"追究了去，其实只是有一个糟糕的父亲，出身不好，"成分高"，于是便受欺侮。连黄蓉、郭芙、武家兄弟这些"好人"，好人家的子弟，动辄就要收拾他一下。中神通的徒子徒孙们也是名门正派人物，郭靖送杨过进庙避嚣，照样受他们欺侮。杨过的本领最后其实已经是天下第一，这本领就是在不断挨整受欺压的过程中不断加强完善提高得来的。这部书从头到尾张扬的是仁爱与爱人，和这种最高的博爱精神的力。

然而在我们实际生活中，见到的"报复"，却是太多了。牙眼相报，以血还血，杀人偿命，欠债还钱，这些"天经地义"的东西作为社会理念究竟有没有问题，似乎想这件事的人不多。阶级斗争年代不用说了，有哪部戏里不讲"阶级仇"呢？连"生产队里开大会"都是"诉苦把冤伸"。如今说摒弃了"阶级斗争为纲"这样的理念，但我们似乎又钻进了钱眼里，什么是"善"？什么又是"爱"？标准是什么？只是一个字，钱！爱人不爱人天知道，爱钱才是真的。

爱人、爱生命的社会思维，已经叫得人人皆知了。这种思维是呼应"以人为本"的宪法而来！自然是不错的。然而我们的社会思维方式，打开电视看就明白，广告、钱；电视剧中个人奋斗成功了，成功的标志是主角儿肯定有钱了。有仁爱而无拳勇的武训，那是太个别、太稀有了。连专门慈悲怜悯人的和尚道士们——他们也是有级别的，科级和尚，处级和尚……凭的什么呢？不是凭他们的道德修养、禅理佛性，而是凭他们的拳头，凭香火钱挣得多寡——他们每日忙着"发展旅游"，也实在是含着另一份"爱的情结"罢了。考量一个民族、一个国家、一个团体，小到一个人——他的素质用什么标准？我看不用去翻看国民的学历：大专水平的占到百分之几何，有博士学位的又是百分之若干。读过什么书，官又做到多大，级别怎样……这些东西都只是参数，很扯淡的参数，与素质只是个"大概其"或者"似乎是"那样模糊的距离位置。有一个量化了的标准，我看是这样，是看你这国家、民族、团体、你这个人，你的心软化了没有，软化的程度又如何。你见到当街屠牛、杀羊、宰鸡鸭，无动于衷；见到犯罪当死，人犯被乖乖牵到绞刑架前、枪决刑场，然后杀掉，恬然不生悲悯之情，恐怕很难谈你的素质问题——我们现在不能废除死刑，但这与素质问题是两回事。

所以，"爱人"这个名字太好了，无巨无细对人的关怀，思想的呵护，生活的关照，都是对人基本素质的关照，大哉《爱人》！

原载《人间世》，时代文艺出版社 2014 年 4 月出版

南阳有这张报挺好，南阳办这张报不容易。现在的《南阳广播电视报》、过去的《声屏周报》迎来了它的一千期。

这不用算，报纸虽然改了名字，却一直是周报，一千期就是七千天，大致是将近二十年的光景吧。白冰副总编几次打电话，约我写一点东西，我想也没想就答应了。原因是我有话可说、要说。

在我为数不广的"友界"，《南阳广播电视报》算得上是"贫贱之交"吧。

我什么时候有电视机的？记不很准了，只记得最初是个"黑白九英寸"，半个屁股大的平面，家中三个人看，都要挤在一个角度觑着眼观望。即使如此，那也是很少有。因为电视尚未普及，周围邻居们看电视的热情比我自己家还高涨。到晚上，大人小孩敲我的门要"看电视"，这就请进来。把小电视摆在门口，人们坐着小板凳挤在门外，极有兴致地观看、议论、说笑，"咯嘣嘣"响动着拧那旋钮"找台"。

电视机小，倒不是因我小气或没钱。彼时我已经有了稿费，但大彩电市场上没有，其实是内部供应。"百货公司进大彩电了"这样的消息会触动每个市民的心。但那样的奢侈是属于贵人们和"百货公司关系户"们的。一个不知名的作家与引车卖浆的小市民无异，空望空想而已。就我自己而言，当时正在写《康熙大帝》，看电视只能陪看一会儿。人散了，躺床上定定神，起来伸个懒腰，开灯、铺纸、写稿子。一直写到凌晨三点钟，吃药、睡觉。说到知名度，好听点是"作家"，其实就是个自由撰稿人，偶尔看看电视，并不知还有个《声屏周报》。

《声屏周报》很快惊动了我。因为我的朋友调进去了。一个叫南春堂，大个子，白净脸，是我的战友，原来在沈后一个兵站当宣传科科长，和我常有来往，"战友、战友，和尚不亲帽儿亲"。另有一个小点，叫白冰，是个女孩，很白，个子也不小，是写散文的女自由撰稿人，同类项合并，和我是文友，也是"和尚不亲帽儿亲"。

回想这段历史是颇有意味的，我自己的状态：四十多岁；年富力强；已经出了几本书；圈子里已小有名气；因未成名，杂七杂八的社会应酬、媒体介入等杂务基本与我无缘。这样的情况是我如今再梦想不到的幸福——除了写作，我还能"有自己"。也就这期间，我常到报社走走，"缓缓气"。有时一周去一次，有时几次。和春堂侃侃，再到小白冰那里聊聊。各屋里乱串。甚至有次一下子聊了三个多小时，至今想起来还觉得不可思议。周报的人也都认得我。即使他们不在，我照样有茶喝、有报看，坐着等"南总回来"。

他们渐渐做大了。最初好像只有几间房，拥挤得和我的书房差不多，后来大了点，局里给他们腾了一层楼。南春堂有了间大办公室，白冰也"改善"了办公条件。似乎有点"阔起来"的样子。然而再后来，我与周报的直接来往是"戛然而止"的模样，双方都是"只听楼梯响，不见人下来"。原因不是感情疏远，倒是我的事。是我也"做大了"，我也做累了。这中间的来往，包括我哥哥写的《二月河源》在他们那里连载，春堂希望我去参加这作品的座谈会，我也未能满足他。想想我这个人，甚是薄情寡义。

人呐，就这个样儿。事呀，也就这个样儿。大了，累了。有一点空就想歇歇。他也想歇，我也想歇，就没空见面了。春堂有时会来个电话，要签书或者别的什么小事，白冰也是，有事说事。"见个面"是希望也是奢望。这让我想起庄子的形容词，昔日是"涸辙之鲋"，是否如今有点"江湖相忘"了？

但他们确实干得好，"做大了"。版面由四个版扩张到四十个版，是原来的整整十倍，报社的办公场地也从寄人篱下的"一层楼"，扩展到了十二层的大厦。这很不易，因为卖这张报，是不能靠行政手段征订的，一点强迫命令也没有，市场大致也就南阳市这个区间，完全靠谋升斗之资的老百姓掏腰包，一直维持在四五万份之间，这里的辛苦我不用问也知道。中央有电视报，省里也有电视报，电视里经常有节目预告——这对一张基层的同类报纸是多么严酷的竞争与挑战。据我坐在这里傻想，这靠的是报社全体同人长期韧性的坚持努力，也要靠有关当政者的撑力。但过去的《声屏周报》和今天的《南阳广播电视报》，首先应该感谢的，是南阳人。南阳人从怀中取出带了他们体温的钱，作养了这张报，滋润了它的发展壮大。

白冰反复来电话，她现在仍当副总。说新老总何子杰，希望我在一期特刊上说一点什么，这当然是极合理的要求。但我其实也就是一点心情，寄语《南阳广播电视报》更多关注南阳电视观众的心理需求，更好地把文化理念与观赏水准交流好，让人民把这张报看成是自己精神生活之必需，报纸就办得更有意思了。

原载《人间世》，时代文艺出版社 2014 年 4 月出版

王桂芳写的这部《乔典运回忆》总算面世了。据我所知，这算是件费尽了力的事。

屈指算来，乔老爷离我而去已是六年。他的墓就在西峡——六百里商於之地。那里出了个贾平凹，是陕西界，河南界这边出了个乔典运，一样的负荷沉重，一样的用笔洒落农民的沉重与悲怆。区别仅仅是一个以长篇为主，一个则注重短、平、快而已。

我和乔公交往，时日不算长。在很长一段时间里，我是以一个普通读者来领略他的"黑色幽默"的。1986年，在一次会议上见了一面，我们的友谊发展得有点"爆发"的感觉。只要他来南阳，我在南阳，我陪他玩、陪他聊，都是不分昼夜贯穿始终"全过程"的。他抽烟时平直伸出手指，轻轻抖落烟灰的动作，沉思时咬着口唇，眼睑微睐，静穆不语的表情，现在梦中时常还能见到。

但他去了，现在墓前早已草萋萋了吧？我去西峡几次要看他的佳城，乔夫人和桂芳他们这群朋友拦住了，说"天气不好，道路太坏"，我知道他们是怕我心里不好过。

他是患癌症去世的。咽癌、肺癌、淋巴癌。癌弥漫了全身，动了几次手术，终归是回天无力。我明知已经无望，还不断在安慰他"坚持长期抗战，让它变成慢性病"。我差不多每天都到他的病榻前。也没有多的话，只静静坐一会儿便离去。我晓得，事实上这样的人是不可安慰的，因为他是从炼狱毒火中走出来的人，是走遍了人世万水千山的人。一个中学生到文科大学教授那里去谈"性命之道"，那听者得到的不是"安慰"而是"煎熬"。我在一篇纪念他的文章中写，他是一个戴着黄金枷锁舞蹈的人，在火焰中舞蹈，命中注定他不能停止舞蹈。这样的人无论今日，就是昨天也是差不多的。

老乔是在西峡过世的，守在他面前的有妻子儿女，还有此书作者王桂芳——他忠诚而又正直的追随者和学生。乔夫人看她是女儿，子女们看她是姐姐，我看她是忘年之交。

她一直在发愿要写一本乔典运的"典运史"。但这年头，倘是能赚大钱的书，出版家一下子便会蜂拥而上，倘是堂堂正正想给读者说几句心语，但卖不出大价的，你就是出版家的亲爹，也要"斟酌斟酌"，踟蹰而后语。我常常很阴暗地想：现在的人们是不是除了钱什么都不要了？

王桂芳做了多少努力，我不想说了。她在文坛上是个声名不显的小卒，艰辛困顿是不言而喻的，但她跋涉有了这个成果。

这书是泪血有于心痛无声者的生命轨迹，是给有情缘的人看的。

原载《人间世》，时代文艺出版社 2014 年 4 月出版

因为要写书，因此要看书，看了不少书，也就懂得了不少事。我原先以为皇帝的生活是这样的——不管事，不上班，夜里睡女人，早上不起床，钱想怎么花就怎么花，大臣们有了是非干架，到他那里调解，谁惹恼了他就杀谁……倘知道哪两个恩爱情人不能喜结姻缘，甚至还会出面当个"月老"，天子赐婚，状元配小姐——多少戏不就是这样唱出来的吗？常常是这样的，戏台角楼摆着走出一个太监，手中拂尘这么一摆，说"有事出班早奏，无事卷席退朝"，就这么一下子，算他"工作"了。直到读了许多史籍，才晓得，满不是那回事。皇帝要管事，要治理他国家的民政、军政、司法、财政……他手下那么多的人，还得给人家分级别地发"工资"（年俸）。"食君之禄，忠君之事"是句老话，太实在了。满朝文武，胥吏衙役，都等着吃"皇粮"。写书，尤其是写我这样的书，第一位要关照的就是这件事。皇帝、大臣、三宫嫔妃、从一品大员算到"从九品""未入流"的乡间小吏，犹如如今的"公务员"，都是纳税人——那些升斗小民引车卖浆的"最基层""蚁众"——纳税养活的。没有这件事，就不会有"政权"这个概念。这些"经济问题"如此重要，然而偏偏我们是个"礼教国家"，以谈钱为耻，说到"三纲五常""礼义廉耻"那是头等大事。沿袭下来，头等大事是"吃饭"这么简单的事，老师不给我们讲，学生也不注意学。每一本历史史籍上头都是《食货志》，很多搞创作的，甚至学问家，也懒得浏览它。

纵览二十四史，还有《清史稿》的表述，我们发现，重视经济、发展经济成为国民意识，人们形成纳税意识，拥有纳税心理，是改革开放，以经济建设为基本国策的这三十来年逐步发生，慢慢加强，愈来愈强地完善起来的。这不需要做什么深刻研究，看一看人民代表的组成便可一目了然，看一看《政府工作报告》和"政治报告"立刻心里明白——所谓民生，没有钱的话，纯是空谈，亦即民主，没有钱也是"'主'不得也哥哥"。《李自成》是姚雪垠先生精心结撰的一部长篇历史小说，大家可以观玩一下，英雄一世的李自成，已经建立了大顺王朝，已经进了北京；满族只有八万多，加上吴三桂的人，也不超过十三万人，顷刻之间便击溃了这位"闯王"。李自成垮得一塌糊涂，垮得一蹶不振——当然，其他的原因也有，非常重要的是李自成不晓得收税，不知道这个事要紧！其实我们中国历史上一些重要的文学作品，早就在反映这方面的历史真实了，诸如"三吏""三别"，诸如《卖炭翁》《捕蛇者说》……假如你有兴致，可以翻翻诗书，也就知道社会经济对文学有怎样的影响，也就知道"满城风雨近重阳"这诗为甚好却只写出这么一句。

所以，南阳市地方税务局的这本《书香地税》送到我手，抚着它，我心中泛起的"史学情结"真有点不能自已。这么大个共和国，养活十三亿百姓，我们月月领工资养活我们老小，想没有想到"钱从哪里来"这档子事？这是最应该想的"小事"，大而言之，政治之强弱，国力之大小，民主发展，国际地位之高低，都是由此而维系，关系保证大。由这本书，我们可以体味到一个局面，一群默默无闻的基层税务工作者，他们在那里不停地埋着头进行着他们的工作，总结着前进的规程……这里也浸染着多少汗水、心血和他们对国家、对纳税人的赤诚和热爱。

他们想请我来写序，这就是的吧。

原载《人间世》，时代文艺出版社 2014 年 4 月出版

从神会说起

宗教局的同志来家，说隆兴寺遗址就在南阳市郊。我想，我听了这个讯息准是眼睛一亮，这是神会的道场呀！

说到神会，现在社会的人是不甚了了的。但是，稍微懂得一点中国宗教史、文化史的人，还有剃度了的和尚们，没有不知道他的。甚或有人直称他是中国佛教禅宗的"七世祖"。

中国的佛教，正规被中央政府认同乃至逐步演变为"国教"，是从东汉开始的。祖庭就在洛阳，名叫白马寺。我读《容斋随笔》，见里头有"西极化人"一则，为此曾写过一篇文章，以为佛于中国的导入与传输在春秋之前已经开始了的。白马寺的时候，它是提升到了显学的地位，这也如同现今时兴的规矩。你地位到了，政府承认了，自然的电视啊、广播啊、报纸啊……种种的媒体就会不停地张扬你，你就越做越大。佛，也就如此。

事实上，佛教在中国，原本是贵人们的心灵平台，印度浩如烟海的经卷，经唐玄奘取回翻译整理，变成了中国佛教教科书的母本，掌握它的人是高僧，信奉它的人则是有文化、有知识的贵族。真正地，它变成老百姓"自己的"宗教，那是应归功于禅宗，归功于禅宗的六世僧人：达摩、慧可、僧璨到道信到弘忍，然后到慧能，他一下子开悟：原来不需要昏天黑地皓首穷经地去研读，钻牛角尖读经卷，你只要放下屠刀，立地就能成佛！简单、明白、快速、节约时间，为生计艰难竭蹶和引车卖浆的升斗小民，也可一下子开悟成佛！

老百姓认同了，佛就在中国扎了根，慧能也就成了中国的释迦牟尼。历史上也有几位皇帝，信道灭佛。结果怎样？越灭越亡。人民喜欢的东西，谁也"灭"不掉，中国是儒教国家不假，但那是中国政治家的"教"，读书人的"宪法"——是一小撮人的神坛。佛教则是"人众的"，大社会的，无分男女老幼，无分东西南北，无分贵贱穷通，一窝蜂地趋向佛门的宗教。

神会，是慧能的大弟子，是首座。本来，禅宗分为两派：一派是慧能的师兄神秀为领军，是"渐悟派"，另一派就是慧能的"顿悟派"。这也好比金庸的"丐帮"，里头有"净衣派"与"污衣派"那般。慧能虽是"祖"，他始终是从事理论研究的，是神会把他的学说张扬到了社会上，神会在洛阳与"渐悟派"一场轰动天下的大新年论，使"顿悟派"风行天下，以压倒的优势占据了佛教的显赫地位，这地位再也没有发生实质性的动摇。而他的道场居然在南阳，而且还有不少极为珍贵的遗迹与资料！

这很能引起人的联想。佛的旅程似是这样的，先从印度来到洛阳有了一个行营，然后到南方转了一遭，又回到河南扎根。南阳的几个寺院，香严寺、丹霞寺、水帘寺，还有破毁不久的风兴寺，我看到都是唐代大寺院，与白马、少林构成了中国佛教的文化大板块。因此神会在南阳驻锡，这事也就不奇怪。

我们如今说"旅游"，其实这事古人早就在干。"驱车策驽马，游戏宛与洛"，干什么？其实就是旅游——用劣马拉辆破车，也到南阳、洛阳玩玩，这就是古人，他们看什么？当然是看山水，体味世道人生，一个重要的去处，就是神道圣迹，寻找人生苦恼的心灵寄托处，寺院论说是个要紧的去处。

少林和尚永信对我讲，他愿出五百万在南阳近郊修复一座古寺。我当时几乎一下子就想到了隆兴寺与风兴寺。但是，修复这两座寺岂是区区"五百万"能做得？恐怕十倍不止吧？

我们如今提倡和谐社会，我曾与人调侃，"和尚"，这两个字直译过来就是"和谐的提倡者"，可惜的是现如今的寺院也在商品化，和尚也多是"金钱的提倡者"，忙忙碌碌为"旅游"；须知一个没有文化底蕴的"文化景点"是没有恒定持久的玩味观赏价值的。没有文化的板块就没有文化的品牌，缺乏研究的文化就缺乏文化发展的内涵。

南阳的宗教无论佛教、道教，还是基督教、伊斯兰教，在中国文化史乃至世界文化史上都占有着重要的、不可磨灭的地位。宗教局的这本书，是在资料和宗教改革上为南阳文化事业的发展与繁荣，做了件基础性的工作，如果从大文化发展的大局来看，这实在是件很有意义的工作，他们挽我写序，就说这几句吧。

原载《人间世》，时代文艺出版社 2014 年 4 月出版

魅力淅川——『魅力淅川』旅游文化系列丛书序

美在文化

淅川地域文化研究会会长吴云贵数次与我联系，想让我看看他们组编的"魅力淅川"旅游文化丛书书稿，今天终于得以落实。当吴先生把厚厚的一沓六本书稿摆到我面前时，我不禁为之一振：《秀美丹江》《大楚始都》《荆紫关神韵》《淅川古刹》《惊涛有泪》《丹江的传说》，这些都是淅川的特色。说心里话，我很喜欢这套丛书。

人类历史曾经特别眷顾淅川这块神奇的土地。自今以溯，凡五千年，所谓尧战苗蛮、丹朱治江、熊绎立国、楚秦鏖战、宋金搏拼、明定县制、清厅直隶、中原突围、世纪大移民……都在这块土地上留下了深深的印痕，浸染了难以言表的文化意味，总让人们在她的历史传承和文化积淀中细细品味出撼动人心的魅力。

古来因谋生或求知而寓居此地者，或因政事、商事之故来到此地者，或慕名而至游览胜景者身份各异，帝王将相、文人骚客，不胜枚举。他们在此或成就千古功业，或留下不朽之作。这里之所以伟业连连，华章迭出，实因地理、气候条件优越，丹江纵贯，地处南北交通之要，更兼极为丰富的历史内涵和具有包容性的文化氛围。

然而，毫无疑问，定有不少淅川人醉心于大楚始都却失语于她的历史讲述，自豪于无数散落的遗迹却茫然于她的文化意味，沐浴在特殊的文化气息中却迷失了她的风格传承……身为淅川人，在丰厚的历史馈赠面前，他们曾否全身心地感受到亲切和温暖？

淅川的文化底蕴深厚，这种文化底蕴体现出人类文明的进程。人是历史的创造者，只是历史上记载历史的载体极易消失湮灭，然而散布在县域的一座座古建筑、一处处古遗迹、一件件古文物，是这块神奇土地极富文化内涵和悠久历史的最好见证。历史烟云虽然消散，但是文化魅力依然永恒。无论是丹江带走的千年风雨，还是大楚始都绵延的百里沧桑，还有千年古镇的靓影、千年古刹的殿宇，弥漫其间的，到处都是历史散落的悠悠记忆。

淅川县地处豫、鄂、陕三省七县（市）接合部，是南水北调中线工程核心水源区和渠首所在地，八百里丹江纵贯全境，山清水秀，风光无限，魅力独具。这里既是楚始都丹阳所在地、楚文化发祥地，又是南北文化的交会点，曾孕育了商圣范蠡、史学家范晔、唯物主义思想家范缜等一批有重要影响力的历史人物。

淅川历史悠久，文化灿烂。早在七十万年前，这里就有人类居住。考古发掘资料显示，淅川境内有仰韶文化、屈家岭文化、龙山文化、夏文化、周文化等遗址，如滔河黄楝树遗址、盛湾下王岗遗址、上集沟湾等多处极具价值的文化遗址。其中，下王岗文化遗址被考古界命名为仰韶文化下王岗类型和龙山文化下王岗类型。一个地方的文化遗迹所折射的文化现象被考古界命名为一种特殊的文化类型，这在全国考古领域是不多见的。据史学家考证，楚国曾在此建都四百多年。淅川境内已出土文物八万多件，其中有王子午升鼎、青铜神兽等国家一级文物五十四件，荆紫关明清古建筑群、千年古刹香严寺为国家重点文物保护单位。

淅川地理位置特殊，京汉、陇海铁路未修前，这里是连接东南和西北诸省的重要商业通道，沿丹江北上可达秦川，南下可抵荆襄直达汉口，东可达中原重镇南阳。清道光十二年（1832）淅川升格为厅，光绪三十一年（1905）进一步升为河南省直隶厅。悠久的历史和特殊的地理环境，使得多种文化元素在此不断互相交融，形成了淅川多元的、独具特色的地域文化。特别是作为全国移民大县，为服务国家南水北调中线工程建设，在五十多年的移民迁安中，淅川人民忠诚奉献、大爱报国、艰苦创业、奋发进取，谱写了一部波澜壮阔的移民史诗，创造了感天动地的移民精神，也留下了弥足珍贵的移民文化。近年来，淅川县高度重视文化事业发展，充分挖掘淅川深厚的文化底蕴，大力弘扬优秀传统文化，促进文化事业的蓬勃发展，先后获得"全国文化先进县""中国民间文化艺术之乡"等荣誉称号。

沧桑历史终会烟消云散，唯有文化魅力持久永恒。地域文化，是一个地方精之所存、气之所蕴、神之所附。厚重的地域文化是淅川人民引以为豪的宝贵财富，也必将为淅川发展提供强大的精神动力和智力支撑。随着南水北调中线工程通水，淅川的战略地位日益提升，今日淅川，不仅是淅川人的淅川，更是全国人民的淅川。淅川提出抢抓南水北调历史机遇，以水质保护统揽工作全局，以发展生态经济为主线，以建设渠首水源地高效生态经济示范区为载体，强力实施生态农业、环保工业、绿色城镇、生态旅游"四大突破"，争当水源区生态建设典范、中原经济区建设先锋、美丽中国建设先行者。实现这一宏伟目标，离不开文化的助力作用。有待于进一步继承和发扬淅川优秀地域文化，打响淅川文化品牌，激发活力，彰显魅力，不断增强楚国故都、商圣故里、渠首淅川的文化软实力！

"魅力淅川"旅游文化丛书较为系统地展示了淅川的历史文化、文学风姿、民俗风情和风景名胜，可谓荟萃众美，通贯古今，图文并茂，雅俗共赏。这既是淅川文化建设的一大成果，又是继承和发扬淅川地域文化的重要媒介。特别值得提及的是，本套丛书的编者都是土生土长的淅川人，他们生于斯、长于斯，对这方热土、淅川文化感情深厚，他们身上有一种传承淅川文化的担当精神，有一种弘扬淅川文化的历史责任，这在当下是十分难能可贵的。在此，我真诚希望有更多的有识之士参与到发掘、研究、弘扬淅川文化的行动中来，合力推动淅川文化大发展、大繁荣，续写无愧于先贤、无愧于时代、无愧于后世的灿烂篇章！

淅川县委、县政府历来十分重视文化事业，重视研究与弘扬地域文化，积极承担传承古代优秀传统文化的责任，体现了文化的觉悟性。前年他们支持成立地域文化研究会，创办了《楚风源》杂志，社会反响很好。现在他们又组织编纂出版一套淅川旅游文化丛书，全面介绍淅川历史文化和旅游资源的丰厚内容，旨在宣传淅川，提高淅川的知名度，扩大淅川的影响力，这无疑是提升淅川综合实力的重大举措，意义十分重大。

"魅力淅川"旅游文化丛书，不是一般意义上的旅游书籍，也不是仅以专家学者为对象的学术研究文本或资料汇集，而是一套鸿篇巨制的系列文化大作。编著者以翔实的资料展示了淅川的文化内涵，这无疑是他们对淅川悠久文明进程的深情回眸，是伟大时代对这块钟灵毓秀的土地未来前景的理性选择，也是今人留给后人的一份值得珍爱的文化馈赠。我真诚希望，这套丛书能够成为邑人了解桑梓文化魅力的阁中之宝，成为海内外朋友探幽访胜途中的知己。

"魅力淅川"旅游文化丛书（共六册），河南大学出版社 2014 年 12 月出版

真情实感　慧眼独到

——读王宁散文集《眉豆爬墙》

王宁的《眉豆爬墙》这本集子，收录了近三十篇散文。作者用朴实无华的语言，独特细腻地记述了她所感悟到的生活，其中有几个板块，给人留下深刻印象。

一是描写了伟大的母爱、浓浓的亲情。作者善于捕捉家庭生活中的细节，选取富有象征意义的语言或事物，深入开掘，写深写透，仿佛漫不经心地信手拈来，实则是真情实感的慧眼独到，读来酣畅淋漓，真切感人。

二是描写了农村的风物景色。在这方面，作者有深厚的生活基础。《麦收季节》是这类作品的代表作，细节真实，描述传神，使人仿佛嗅到了被太阳晒热的泥土和新麦的香味。这篇作品发表后，受到广泛好评。

三是一部分游记类作品，状摹风景名胜，细检山水林泉。作者认真考据，知识性、趣味性相得益彰。

四是几篇小品，篇幅不大，也都清新可爱，悟得哲理在其中。最后一个单元，记述了作者祖上为官时的清廉事迹，追思前贤，令人感慨良多。

可以说，这部集子的内容，还是很丰富的，反映了作者驾驭不同散文题材的功力。

元代文人乔梦符谈到写乐府的章法时，提出"凤头、猪肚、豹尾"之喻。可以说，王宁散文的结尾，都还是精彩有力的。经过作者的提炼，用寥寥数语，把一篇文章思想的精华部分呈现给读者，或清新隽永，或简洁明快，或多姿多彩，都能够引人回味，留下积极的思索。

《眉豆爬墙》，王宁著，百花文艺出版社 2016 年 1 月出版

中原一朵红色『星云团』

"星云团"——用这么一个雄浑辽阔的意象，来形容"新乡先进群体"，新鲜，贴切，也很震撼，这样的视角前所未见，这样的思维焕然一新。

"新乡先进群体"，的确是中原大地爆出的一朵红色"星云团"。一个六百万人口的新乡市，涌现出了这么多具有全国、全省影响力的重大先进典型，云集了这么多老百姓耳熟能详的名字：史来贺、吴金印、郑永和、刘志华、张荣锁、耿瑞先、史世领、范海涛、许福卿、梁修昌……这个堪称奇迹的"新乡先进群体现象"，引起了全国理论专家、党建专家、社会学家的惊喜探究，也引起了政治、经济、社会、人文、新闻等领域的密切关注。

当代中原英模人物长廊中，这一组伟岸的群像已经屹立起来了。

当今时代的人文书架上，一本切中肯綮的纪实作品也该应运而生了。

今天，女作家王钢自觉担起了这项工程。这本刚刚问世的纪实作品《"星云团"之光——走进新乡先进群体》，之所以难能可贵，不仅在于题材的分量，更在于观念的创新。它运用了一个宏观思维的"广角镜头"，不仅摄取了一颗颗星辰的光辉，更揭示了整个"星云团"的宏大景观和深层奥秘；它运用了一种笼盖四野的理性架构，不仅呈现了一颗颗星辰的形态特点，更探析了整个"星云团"蔚为奇观的成因、机理、规律。

"新乡先进群体"的时代价值，无疑具有两重效应：

一是在全国的层面上。"新乡先进群体"是一个融会了政治、经济、社会、党建、文化、科技等诸多因素的集群式、综合性的新生事物。它从中原大地释放出的精神的效应和希望的力量，为当前坚持中国特色社会主义道路，弘扬社会主义核心价值观，增强道路自信、理论自信、制度自信、文化自信，加强党的作风建设，增强基层党组织战斗力，加快新农村建设，实现中华民族伟大复兴的中国梦，提供了有力的证明和丰富的启示。

二是在河南省的层面上。河南这一片丰沃的人文土壤，孕育了当代层出不穷的先进模范典型；在更高层面上，则拥有得天独厚的两大精神财富——"焦裕禄精神"和"红旗渠精神"。如今，从"焦裕禄精神""红旗渠精神"的血脉传承而来的"新乡先进群体精神"，作为一笔崭新的精神财富，有望成为继"焦裕禄精神""红旗渠精神"之后的又一硕果，彪炳于新时代。

"新乡先进群体"的萌生时间，从其灵魂人物史来贺担任新乡县刘庄村党支部书记的1952年算起，至今已六十多年；形成阵容的时间，从改革开放以来吴金印等全国重大先进典型相继加入之时算起，至今也有二三十年。在这个过程中，毛泽东、周恩来、邓小平等领导人亲切接见来自新乡的先进典型代表；胡耀邦、江泽民、胡锦涛等领导人亲临视察赞许新乡的先进典型代表。习近平总书记曾于2009年4月视察新乡县刘庄，2013年8月又做出重要批示。数十年来，历任党和国家领导人密集莅临视察，世界一百七十多个国家的政要和专家接踵访问，全国各地的自发参观者更是络绎不绝。

所以，魅力超强的"新乡先进群体"，已不是简单用一句"中国缩影""河南缩影"便可概括的，也不是仿制一条流水线便可批量生产的。人们常会发出追问：

这个先进群体为什么出现于河南新乡，而不是别的地方？

"新乡先进群体现象"的特殊成因是什么？

"新乡先进群体"的精神特质是什么？催生"新乡先进群体"的有效机制是什么？

红旗为什么几十年不倒？

"新乡先进群体"如何避免容易导致先进典型陨落的覆辙？

"新乡先进群体"是否可以复制？

……而王钢的这本纪实作品，正是力图穿透时代烟云，展现这一朵红色"星云团"的独特性、必然性、启示性，以一个准确、全面、透彻的答案，回应人们的探询，回应世界的叩问。

自20世纪80年代起，王钢作为河南日报社记者发表了一大批脍炙人口的重大先进典型报道，其中就包括对"新乡先进群体"一些成员的报道。然而，她这次撰写《"星云团"之光——走进新乡先进群体》，却撇开轻车熟路，完全不同于一般的、个体的、散在的典型报道，而是高蹈独步，牢牢把握"新乡先进群体"这个精神血肉的共同体，将一种强烈的"群体意识"贯彻始终，书写了超越于个体之上的群体的生命，书写了超越于个体之上的群体的精神。这就是此书的重要价值所在。

作者以一种深远的历史观，笔触伸向历史地理人文传统的源头，追溯了"新乡先进群体"形成的渊源。这个群体归根结底，是源于一方渊源深厚的古老地域，源于一片奇崛峥嵘的独特原野，源于一块农耕文明的丰厚土壤，源于一个八面来风的敏感地带。一方水土养一方人，这个寓言之乡赋予了他们一种基因，这片皇天后土赋予了他们一种血统，这个道德之乡赋予了他们一种伦理，这片红色土地赋予了他们一种使命。

作者以一种执着的主体观，笔触伸向沸腾活跃的"星云团"的内部，挖掘了"新乡先进群体"成长的主导内核和原生动力。这个群体共同树立了一种一心一意跟党走、践行宗旨不动摇的信仰，坚持了一条认准集体致富路、济贫扶弱肩道义的道路，秉承了一种坚守乡村不挪窝、踏石留痕敢担当的作风，锤炼了一种风浪自有主心骨、实事求是不折腾的意志，施展了一套创新思维办实业、与时俱进大跨越的谋略，养成了一种廉洁克己守清正、引领乡村新风尚的品格，所以形成了今日格局。

作者以一种自觉的人民观，笔触伸向丰饶炽热的中原大地的深处，探寻了"新乡先进群体"立于不败之地的根基。这个群体与当地人民群众之间，是鱼与水的关系，是禾苗与土壤的关系，是树木与原野的关系，是辩证依存、互动升华的关系，是水能载舟、亦能覆舟的关系。他们敬畏人民，人民拥戴他们；他们信赖人民，人民追随他们；他们钟情于人民，人民爱护他们；他们奉献于人民，人民回报他们。

同时，作者还从党建工作、组织工作、宣传工作等角度，系统总结了催生"新乡先进群体"的一套行之有效的现行机制，包括导向机制、培育机制、舆论机制、竞争机制、关爱机制、监督机制。这套机制并不是万能的，而一个先进群体的出现，没有机制是万万不能的。正是社会上下尊重先进、维护先进、关爱先进的良好氛围，保证了群体长势优良苗壮的"大田丰收"。

由此，书中得出了令人信服的结论，新老接力、共生共荣的"新乡先进群体"，无愧于时代赋予他们的这个光荣称号。他们在数十年的风浪考验中，凝聚了一种爱党、亲民、担当、进取、干净、奉献的"新乡先进群体精神"，铸就了一种扎根乡土、造福百姓、与时俱进、无私奉献的"新乡先进群体传统"，体现了一种具有愚公基因、太行风骨、黄河胸襟、中原气度、时代精神的"新乡先进群体特质"。而且，"独行快，众行远"，众人拾柴火焰高，人多势众力量大，进取心更强，成功率更高，辐射面更广，正能量更大，飞得更高，飞得更快，飞得更远，这是"新乡先进群体"的集群优势之所在，这是红色"星云团"的磅礴力量之所在。

值得欣喜的是，在这一类容易流于艰深、枯燥的题材作品中，王钢超拔出来，丰沛的感性，鲜活的素材，使文学的血肉附丽于理性的构架。来自"新乡先进群体"的大量生动精彩的细节，宛如闪闪星辉装点着壮丽的"星云团"，令人目不暇接，心潮激荡。

总之，《"星云团"之光——走进新乡先进群体》高屋建瓴，情理兼备，是一部时代呼唤的优秀纪实作品。尤其在当前"两学一做"（2016年2月，中共中央办公厅印发了关于在全体党员中开展"学党章党规、学系列讲话，做合格党员"学习教育方案）学习教育活动中，是一本极具现实意义的生动教材。它使我们明白，"新乡先进群体"这样的奇迹，并非社会人文生态中的海市蜃楼，它在真实的土地上是可以生根、开花、结果的。滔滔黄河与巍巍太行之间，这个恢宏瑰丽的红色"星云团"，正在飞腾升华光耀天宇！

《"星云团"之光——走进新乡先进群体》，王钢著，河南文艺出版社2016年8月出版

永远的六团精神

你从浩渺的芜湖走来，昂首挺进汾水河畔；

你从巍峨的吕梁山离去，阔步转战辽西深山；

钢筋是你坚硬的脊梁，水泥是你凝固的信念；

洞库是你深情的眸子，风枪声是你高亢的呐喊……

啊！——六团——工建二○六团——工程兵战士的眷恋！

你虽只有十八载的生命，但你的精神永驻我们心间！

不知是哪位战友写的这首《六团之歌》，每当我读到它，就思绪奔涌，情生眷恋！不由得心里一热，忆起在六团的日日夜夜……

我 1968 年投笔从戎，1978 年解甲返宛，在六团十年有余。十年虽短暂，军营永铭心！它使我度过了人生最难忘的岁月。十年中，我当过战士、宣传干事、连队副指导员；砌过护坡，打过山洞，挖过煤。我深切体会到工程兵的艰苦、艰难、艰险，更深深懂得"六团精神"四个字的内涵！

2016 年 5 月初，原六团部分老领导、老战友在山西忻州聚集，成立工建二○六团纪念集编委会，提出"弘扬六团精神，抒写战友情怀"的倡议。作为原六团的一员，我高举双手支持，从心里点赞！军人以服从命令为天职。编委会让我为纪念集作序，我只得遵命。下面的序文里，我想谈谈对"六团精神"的理解，与战友们共勉。

我们讲弘扬六团精神，首先要明确什么叫精神？或者说精神是指什么？从字面上讲，对精神这个名词有几种解释。我以为，这里所指的精神，是指思维活动和一切心理状态。而我们所说的六团精神，就是当年的广大干部、战士对理想、信念、信仰的追求，就是战友们政治素质、文化素质、思想觉悟高低的体现。也就是大家的世界观、人生观、价值观在工作中、生活中的具体表现。精神是骨架、脊梁，它像我们当年工地上凝固了的钢筋水泥，坚忍不拔，坚如磐石。而如果人的精神一旦垮了、倒了，就会出现"蜂窝麻面""塌方""滑坡"。那么，具体来说，六团精神主要体现在哪几个方面呢？

艰苦为荣的精神。我们工程兵第一个特点就是生活条件差，工作环境苦。远离大都市，常年在崇山峻岭中凿山建库。工作三班倒，与铁锹、镐头、水泥、沙子、石子打交道；住土坯房、睡通铺、吃大锅饭。条件艰苦，但战友们以艰苦为荣，以艰苦为乐，没有一个叫苦喊累的。完成了一个任务又接着干下一个任务，撤离了这个山沟又进驻了另一个山沟。哪里有任务就到哪里去，哪里艰苦哪里安家！战士们将艰苦为荣的精神一代一代传下去，并发扬光大。

无私奉献的精神。忘我工作，无私奉献，这是六团精神的第二个特点。那时的战士，一个月津贴只有六元、七元、八元等。但大家不计较，不嫌少，毫无怨言。扎根山沟，安心服役。复员时，一个背包就是全部的家当。学习英雄年四旺，狠斗私字一闪念，彻底改造世界观，全心全意为人民服务，这就是我们的宗旨。

只争朝夕的精神。遵照毛主席"一万年太久，只争朝夕"的教导，六团党委提出"四年任务两年完，两年争取再提前"的号召。全团上下目标一致，抢时间、赶进度、攻坚战、大会战，保质保量地提前完成了上兰村495库工程、凌源县4823工程任务。总后勤部在六团召开工程部队政治工作现场会，团党委受到总后党委的通报表彰。

勇于拼搏的精神。为落实团党委"四年任务两年完"的号召，广大指战员"高举突出拼命干"，发扬敢打硬仗的拼搏精神，当硬钻头，凿硬石头，挖硬山头，做硬骨头战士，攻克了一个又一个难关，涌现出一批如陈文秀"一不怕苦，二不怕死"的英雄模范。

科技创新精神。在完成施工任务中，发扬拼搏精神，但绝不是盲目蛮干，不讲科学地硬拼，而是发扬科技创新精神，实干加巧干，在全团上下开展了"小发明、小创造、小建议"的"三小"活动，为完成任务节约了人力物力，争取了时间。在这方面，令人记忆犹新的一件事是：1965年夏天，二营五连、七连在打通495工程2号隧道时，遇到了罕见大塌方：由于山体滑坡，将贯通的隧道塌成了"通天洞"，阻碍了工程进展。五连新战士武贵恒提出了家乡打井时防塌方用的"井撑"建议，被团里采纳。两个连队集中兵力，猛攻关键，用巨型木板将"通天洞"四周支撑起来，挡住滑坡，突击施工，战胜了塌方。土办法解决了大问题，从而胜利地完成了任务。连长杨荣勋将此事写成文章，在《解放军报》发表，介绍了经验。

团结互助的精神。团结协作，团结互助，这是六团精神又一个特点。一个是部队内部的团结互助，一个是驻地军民团结互助。完成4823工程任务的过程中，凌源县的民兵发挥了积极的作用。在总后召开的工程部队现场会上，团里还专题介绍了重视发挥民兵作用，做好军民团结的工作经验。

关于六团精神，还可以列举出几种来，但主要就是以上这六个方面的特点。而在这六种精神中，最核心、最突出的东西就是勇于拼搏、无私奉献的精神。

综上所述，我以为，六团精神就是毛泽东时代的精神，是人民军队的精神，它与长征精神、延安精神以及雷锋精神、女排精神等具有一致性、共通性、相同性。都是中华民族敢于拼搏、勇于奋斗的伟大精神！

世界名著《钢铁是怎样炼成的》主人公保尔有句名言：人最宝贵的是生命。生命每个人只有一次。人的一生应当这样度过：当回忆往事的时候，他不会因虚度年华而悔恨，也不会因碌碌无为而羞愧；在临死的时候，他能够说："我的整个生命和全部精力，都已经献给了世界上最壮丽的事业——为人类的解放而斗争。"

我们原六团的广大战友，现在大多数已到了回首往事的时候。当我们回首当工程兵岁月的时候——没有为虚度年华而悔恨！没有为碌碌无为而羞愧！我们将最美好的年华和青春献给了祖国的国防建设事业！

我敢自豪地说：我们为保卫祖国而建设国防的业绩，将永垂青史！工建二〇六团的精神永昭日月！

二〇一六年初秋于南阳卧龙岗

原载《山西老年》2016 年第 12 期

令人震颤的当代『罪与罚』

近年我闲居南阳，不大出门走动，只是看点闲书，偶尔写点小文而已。对当下文坛，虽然也关心，可毕竟精力有限，新作品看得也少了。但对于反腐败这一牵动全局、关乎政权存亡和百姓福祉的大事情，我还是颇为留意的，也很希望能读到一些精彩的作品——不是停留在表面的泛泛之作，不是主观臆断的散漫虚构，不是人云亦云的鹦鹉学舌，不是简单图解的干巴结论。虽然说，人世间有着共同的基本人伦底线，有着法律的刚性约束，有着道德的种种规范，但这纷纭人世，没有相同的两片树叶，芸芸众生，怎么可能千人一面呢？

而读了丁捷先生的《追问》，我不由心生感慨，有话要说。

《追问》是一部当下难得一见的长篇非虚构文学，更是一部令人震颤的当代"罪与罚"。整部书大致十个部分，涉及多名中管和省管高级领导干部，他们几乎都在反腐风暴中受到党纪处分，有的成为阶下囚。他们的斑斓故事一波三折，扣人心弦；他们的心路历程令人惊悚震惊，甚至压抑窒息；他们的如此结局令人五味杂陈，瞠目结舌。《危情记》中的副市长，《最后的华尔兹》里的正部级高官，《曾记否》中的美女书记，《无法直立》中的市委副书记，《暗裂》中的高校党委书记、双学科教授，《四海之内》里的交通厅副厅长，《风雅殇》里的文化厅副厅长……这些人物，男男女女，或在地方党政机关，或在省属实权部门，或在高校，或在国企，起点有别，际遇各异。但他们有着共同的特点：在没有掌握权力的时候，都算是能力超群的精英分子，可一旦拥有了权力，放松了警惕，任由人性中的负面因子疯狂肆虐，其人生结局竟是如此的彻底归零。

《追问》是一部与所谓"落败者"正面交锋的心灵碰撞实录，更是一部蕴哲思于理性的"醒世恒言"。看得出来，面对这些曾经的"社会中坚""国家栋梁"，作者既没有居高临下的先入为主，也没有不无猎奇的照单全收，他与他们接触、对话，换位思考，碰撞交锋，入情入理入心。《风雅殇》《暗裂》有着特别的意义，丁捷拨开了当今中国"文化精英"阶层的一层脆弱的面纱。《曲终人散》这一典型案例，堪称当下某些国企的"厚黑学"，更是难得一见的深入骨髓的心灵样本。这种从众多样本中抽象归纳的功夫，这种上升到哲学层面的赤裸拷问，是身在局外的写作者断难体察、断难写得出来、断难准确把握尺度的，是久违的理性呐喊。

《追问》是一部摒弃说教的反腐教材，更是一部运用文学力量贯通历史与现实的"劫后人语"。书中既有宏观的总体把握，更有微观的个案解剖。但这些解读、思考、体悟，都不是公文式的有板有眼，更不是一般新闻纪实作品的浅尝辄止，它融入了作者多年来的人生思考和写作积累，它也贯通了作者多年来职业生涯的细致观察、洞察秋毫。作为个体的人，在历史与现实的交缠之中的种种激情四射、焦躁轻狂、混沌忘形，都得到了一一呈现。二战结束之后，总结经验教训的《劫后人语》成为经典；而在当下，在反腐这场输不起的"战争"中，也需要《追问》这样的文学样本。

如今的反腐力度是空前的，是历史上从来没有过的。这样的一场生死较量、殊死搏斗，这样的一场人性善恶的水火难容，这样的一场永远在路上的"马拉松"，这样的一场以"扬汤止沸"的治标之举为"釜底抽薪"的治本之策赢得时间、取得经验的漫漫长旅中，听听一位有良知、有担当、有勇气、有血性的作家的真情独白，看看一位有焦虑、有不安、有感受，更有心得的基层纪委书记的如此文本，于人、于己，于公、于私，于家、于国，都是有益的。

啰啰唆唆，就写这些，是为序。

《追问》，丁捷著，中共中央党校出版社 2017 年 4 月出版二月河的眉眼面目，现在亦是教育工作者了。因为尚在郑大任职，常给学子们上课，讲座论道，谈心向学。"二老师"，俨然成"导师"，还欣然应允了这些年。若种植以杏，当也有拃庹粗吧。故我对教育有感情，对教育者有敬重。这不是诳语，是内心的感觉。是以郭飞霞女士邀请我为其专著作序，就慨然愿意了。

抽了时间，翻阅郭女士的专著，我被吸引了，吃惊了，同时踟蹰了，有那么些时候，我不知道该怎样表达才好。因为，这是一部少儿家庭早教专著；因为，二月河幼时没有受到多先进和多正规的家庭教育。

我的父母亲都是从战争年代过来的人，认为只要活着就是万幸，对待孩子就是顿顿吃饱，身体茁壮即最好，学习成绩怎样倒不太重视，甚至是忽略。何况父母亲都是单位的主要领导，公务烦琐，一心为公，没有时间也不懂怎样教育。父母亲下了班在门前空地上洗衣、种菜、栽树，让我帮忙提水，我一手拎一桶水，嘭嘭铿铿，震得地皮乱颤，干得很欢。父母看在眼里，喜在心头：只要孩子壮实有劲健康成长，其他都不重要。父母虽粗线条放养式，但言传身教，潜移默化，给予了我乐观上进、自信自律、坚持不懈、忍让善良、孝亲友爱、重诺奉献等人生值得遵守的品质，这对我以后的成长和追求是关键的。当然，现在虽有所谓的"成功"，但因幼时缺乏科学先进的教育，我历经了比常人多太多的弯路挫折和艰难磨砺。

我对女儿，也没有识见高远、明察秋毫的本领。我要求她乐于助人，善待贫弱，善到完全无心，不知不觉自然而然去帮助。见了讨饭的可怜人一定要给钱，其中有骗子也有真可怜的，你帮助一百个人里面九十九个是假的，帮对了一个，就会把九十九个损失都弥补了还有余。社会是丰富的、复杂的，是多彩的、多元的，我教育孩子"三个天下"：天下没有免费的午餐，天下没有不散的筵席，天下老鸹一样黑。主旨就是身体和思想健康成长，有危机意识、适应能力、奋斗精神、奉献观念，豁达乐观，自力更生，靠人不如靠己，知进退盈亏道法自然。但很遗憾，这是我对孩子青少年后期的教育，早期教育因为我不懂，那时正忙于创作，就疏忽了，缺失了。如果能看到这部专著，我会不仅爱孩子，更知道如何去爱，科学培养孩子。

　　郭女士的专著，就是解决这个问题的。正如文中例子：一个病人躺在手术台上，主刀医生非常诚恳地说：我没有学过手术的专业知识，没有这方面的任何训练，对医学一无所知，但我非常爱我的病人，我有一颗全心全意爱病人的心。试想，恐怕所有的病人面临这种"恐怖"的场景，不会理解其"温情"，都会大惊失色、目瞪口呆，赶走这个医生，甚至夺门而逃。同理，孩子是家长的希望，是家庭的未来，同样是我们民族的未来，做父母的哪个不对自己孩子充满美好憧憬呢？但哪位父母能够在孩子出生前学习过教育孩子的知识，受到过系统全面的家教培训？或者有过科学带孩子、培养孩子的经验？如何做好、做合格的父母，把"人之初，性本善"的孩子养育成才，让他爱学习、勤思考、长智慧、有能力，尤其是让他正直、谦恭又充满爱心，让他茁壮成长直到参天大树，就不是每一位家长都能随便做到的了。

　　教育是一门充满爱和艺术的科学，如何亲子互动，开展教育，维持孩子的天真烂漫，保护其学习兴趣，酣畅淋漓的率性，就是保护孩子的天性，甚至野性，激发保持想象力。未来，孩子就有更宏阔的成才空间，社会就具有更蓬勃的活力，就实实在在提升着中华民族的创造力，这是一项需要全社会关注的事业，功在千秋的事业，道阻且长的事业，深刻深远的事业。难得教育行家郭女士在行动，本著是她多年家庭教育的理论与实践成果，主旨着力保护孩子的天性和创造力，不以分数高低为优劣标准，通篇围绕一个爱字，注重父母与家对孩子的影响，强调环境与教育的巨大作用，播种爱，弘扬爱，培养孩子快乐活泼、安静专注、勇敢自信、勤劳善良、有独立性、有创新精神和创造能力。郭女士的文字语言简单晓畅，娓娓而谈，生动感人，逻辑严谨，理论透彻，深入浅出，富有专业性、针对性、艺术性和可操作性，对为人父母者，对幼教工作者，对众多的读者，有着全方位的启迪和帮助。她博览群书，广泛涉猎，"拿来主义"，洋为中用，吸收融会全世界的先进教育理念，精练剔杂，推陈出新，去芜存菁，踵事增华，研精殚思到细微，无疑站到了专业制高点上。

父母是孩子家庭教育中最初、最好、最重要、最长相伴的老师，家庭早教的意义，润物无声，成功当下，惠泽后人，如何形容其重要都不过分。这本专著的效应和意义，由家长和读者来理解和评价，亦不再赘述。但在我心中，郭女士本着一腔爱心和社会担当，写作出氤氲爱的专著，读后，令人有豁然开朗、恍然大悟之感，慨叹研究其妙、其深、其科学，我作为一位从教者唯能表示赞赏和佩服，向更多的家长和读者推荐，使爱源远流长，承传绵久，使孩子向美向善，成才成功，安稳踏实走好人生路，为国家、民族奉献才智。

故，我乐以为之序。

《真爱之旅——陪伴孩子慢慢长大》，郭飞霞著，海燕出版社 2017 年 8 月出版

只将诗思入凉州

——《壮怀激烈——历代戍边卫国诗词选注》序

中国是一个诗的国度。诗，曾经作为一种主流的、大众的文化形态，存在于庙堂和江湖之上。人们吟诗作歌，以表达感情，交流思想。这片古老的土地，也因一季季诗词歌赋的浸润滋养，而越发生机勃勃、万木葱茏，越发神奇厚重、梦幻多情。

有一种奇特的文化现象，就是中国古体诗词以严格的受限制的形式（受句式、字数、格律、平仄、音韵等限制），却表达了无比丰富的内容，人们所看到的社会与自然，人们所创造的制度与文化，人们所孕育的思想与情绪，无不在诗词中得到生动充分的体现。在这里，有限与无限得到了完美的统一，束缚与超越，让诗词的魅力更加永恒而夺目。

戍边卫国，即是这无比丰富内容中的重要组成部分。创造了灿烂农耕文明的华夏民族，也同样培育出炽烈的家国情怀、民族意识，代代传承着面对外侮不屈的抗争精神，并将这种血与火的厮杀呐喊，非常人文地以诗词歌赋的形式固定在历史中。《壮怀激烈——历代戍边卫国诗词选注》，就是带我们去集中回顾那曾经的一切。

这本书，至少在三个方面很值得关注和肯定。

一是紧扣历史风云与时代脉搏的立意定位。以"壮怀激烈"来统领全书，确定选诗的风格与主题。在这一主题之下，可以是剑吼西风的长啸，可以是铁马冰河的冲杀，可以是无私的奉献，可以是无畏的牺牲，都反映了历史的真实，反映了古今仁人志士在特定的历史关口和人生抉择面前无可动摇的清醒与坚定。这也时时让人联想到今天日益复杂多变的国际局势，联想到霸权主义的猖獗横行、军国主义的死灰复燃，启发我们：当和平的努力不足以维护和平的时候，"壮怀激烈"是我们这个民族迎风而立的不变姿态。

二是全面严谨的选诗标准。做诗词选本，自古是个出力不讨好的事，无论以什么标准来选，都会被指有遗珠之憾。蘅塘退士的《唐诗三百首》是流传最广、影响最大的古诗选本，却也遭人诟病无数，不外乎该选的没选，不该选的选了之类。诗词是艺术作品，原本没有科学的尺度来丈量优劣，是个见仁见智的事情，但围绕一个主题来选诗，确也检验着选诗者的眼界和水准。这本书从先秦的《诗经》到当代，时间跨度三千多年，所选诗词思想性与艺术性并重，发人深省，催人奋进，激人斗志，都在某些方面有很强的代表性。肯定还有很多符合标准的好作品遗漏，但选进来的已是篇篇珠玑，令人很为选注者涉猎之广、眼力之高、标准之严而感叹。

三是颇显学术考据功力的注释。古诗词注释中，常犯的毛病就是流于字面、人云亦云、主观臆断，这也是当下很多诗词注本粗疏不达意、难以令人信服的原因。这本书的注释却是在严肃地做学问，不因袭，不乖僻，考据严谨，论证周全，所谈论的很多观点应该引起学术界，特别是文学史与历史学界的高度关注。如对于《诗经》"风"与"雅"中一些句子相互借用现象的阐释，对于诗句中云中、萧关、朝那等地名的复杂演变与使用意图的分析，对于羌管、羌笛等古代乐器结合当时制度和今天考古发现的论述，对于"垂杨生左肘"是否误"柳"为"杨"的判断，等等，确是显示出了扎实的学术功力，尤其是对"张仆射"究竟是指张延赏还是指张建封、"八百里分麾下炙"句中的"八百里"是指牛还是在表现连营之广、军势之盛等问题的考据与论证，力纠前人，言虽简，而理已通，意自明，含蓄有力，干净利落，表现出难能的学术自信。

选注者王婉今，是个刚刚大学本科毕业的青年学人，因为对优秀传统文化有兴趣而乐意去研究，因为踏实勤奋而学了很多东西，因为善于思考而形成了很多自己的观点，这在浮躁之象充斥的时下是十分难得的。她近期就要到一所世界知名高校去读硕士研究生，她很明确地表示：学成后一定会回到中国来工作和生活，因为她所钟爱的一切，都是中国这片土地上生长出来的，这是她无法改变的选择。

学业有成，诗意人生，我们祝愿并期待王婉今有更多的收获。

二〇一七年三月一日

《壮怀激烈——历代戍边卫国诗词选注》，王婉今选注，解放军文艺出版社 2017 年 12 月出版喜闻高德领同志的文集《心路》即将付梓，我心欣然。这是他近三十年各类文章的整合，更浓缩了他数十年来的人生履历和心路历程。

我和德领称得上故交，这不唯缘于他曾主政过我生活的城市，并在调入周口及省直工作后仍多次邀请我去参观讲学，更在于他朴实厚道的人品、坦诚亲和的作风。与一位官员不仅可以交往，还能交心，彼此之间不设心障，那就说明这是一个真诚的人，这样平等、坦率、融洽的人际关系，放诸当今殊为不易。

我们常说文如其人。读他的文章，犹如与其说话共事，是那么诚恳、谦虚、朴实。无论亲情友情的沉淀、四海萍踪的游历、逝水年华的记忆、心灵感悟的点滴，俱是洗尽铅华、情动于衷，断无矫揉造作，无病呻吟。阅读这些质朴晓畅的文字，一如与作者促膝而谈，无碍沟通，你会感到那份心灵的赤诚、情感的厚重、思考的深邃，以及与作者身份必然相连的家国情怀。

文章不是无情物。德领是个孝子，他笔下的母亲、父亲、舅爷，共有着纯朴、勤劳、坚忍、博爱、善良的中华民族传统美德，读来无不令人动容。这些人物依托坚实的细节支撑，而放射出灼灼的人格光华。从中，我们不仅看到先辈们在作者心中的人格投影，更感受到这种美好人格赋予作者的精神给养，如《怀念母亲》中写道："父母就是我的启蒙老师，他们虽然从没有给我讲过大道理，但在潜移默化中教会了我如何做人，而且是做一个好人。"在《父亲的目光》中，父亲那执着、明澈、坦荡、正直的目光，不仅是父爱的象征，更上升为一种精神的导引，让父亲的目光与人民群众希冀的目光对接，鞭策作者勤政为民，努力工作，无愧于农民的儿子、人民的公仆。同样，在记录友情的文章中，焦若愚、许乃同、张榜，都给我们带来了极大的震撼。这样的文字，就像一瓶老酒，没有奢华的包装，但喝起来绵长、有劲。

德领是一个视野宽阔、胸襟广博的人。由于工作关系，他跨洋越海，去过欧美、澳大利亚、日本以及剑桥、牛津、普林斯顿大学等不少地方。他欣赏异国风光、民俗风情，更注重对文化、政治、经济及社会事业诸方面的思考。他在柏林墙前沉思，产生了加快发展的紧迫感和使命感。在马克思故居前留言："缅怀先辈、继承伟业。"足见赤子之情。对新西兰人幸福指数多年高踞世界前列的探源、《赴日考察报告》对日本市场经济的探索和因此产生的借鉴意图与被启发，彰显了作者开放的眼光与包容的胸怀。而在作者留在祖国内地的足迹中，《六上尖山的启示》给我留下了特别深刻的印象，文章讲的是一个位于群山深处的贫困山村。作为郏县县委书记，他带领相关部门实地调研、现场办公、制订方案、督促检查，使尖山村发生了巨大的变化，并从中得出"选准突破口，劣势变优势；扶贫又扶志，加压促发展；治穷治根本，舍力抓素质"等三大启示。这篇发表于 1998 年的短文，虽然跨越了二十年，于今仍有借鉴价值。

牢记历史，才能不忘初心。《站在卢沟桥上》不忘国耻的爱国情怀，广阔天地留下的宝贵精神财富，李讷同志访问鹰城时对老一辈革命家的敬仰与缅怀，都是一种精神的传承。而《回忆高楼菜场》《"三夏"变迁》《童年趣事》《村中的皂角树》《难忘红薯》《一次难忘的出行》《民师两年》《又到冬贮白菜时》等文，让我们在回望历史的同时，更欣慰于中国的进步。路子走对了，国家有希望，人民有福气。

"衙斋卧听萧萧竹，疑是民间疾苦声"，这是二百七十年前郑板桥留下的著名诗句。作为长期担任重要领导职务的德领，对人民群众有着深厚的感情。单看一些文章的题目：《一枝一叶总关情》《只有爱人民才能为人民》《永远保持党同人民群众的鱼水深情》，就不难体察他"与人民群众同呼吸、共命运、心连心"的爱民情怀。民为邦本，本因邦宁。一个党员干部能够把老百姓放在心上，不玩花架子，不干面子活，用真心，使真劲；扑下身子为群众办大事、办好事，想不当好官都难。收在"心灵感悟"中的文章，扎实而不玄虚，真切而不做作。他将悟出的哲理，通过语言文字向人们展示。还有三篇调研报告，是作者的执政心迹，读者自可品味。

洗尽铅华始见金。这部文集朴实无华，但分量不轻，能补钙，能醒脑也能怡情，不啻是一份很好的精神保健品。预祝《心路》顺利出版，同时对德领未来的"心路"充满期待。

是为序。

二〇一八年三月二十六日

《心路》，高德领著，海燕出版社 2018 年 10 月出版

天道酬勤 人道酬仁 学道酬新

嵩高维岳，峻极于天！

我与素有"嵩山之子"之称的张国臣同志是多年好友，又都是爱书、读书、写书之人，因此捧读他的"张国臣文化研究书系"书稿，一是高兴，二是惊讶，三是感佩：好家伙，六个系列，三十多本，上千万字，洋洋大观啊！这是一位从家乡嵩山考学走出，从政多年的正厅级领导干部，真不知他是怎么完成的！其中的执着、努力、艰辛，可想而知；字里行间流淌着多少心血和汗水，可以想象。正因为对国臣怀着这样的敬佩之情，他请我为之作序，我就欣然应允了。

这套书系，简直是一部百科全书，那样的丰富、博大和渊深。掩卷静思，我真切地看到了一个人的身影，那就是作者国臣的身影，高大、昂扬、明亮。伴随着身影的，是一幅幅动人的人生画面，这是一个人的成长史、奋斗史，也是一部人生的启示录。这一切让我对老朋友国臣的为人和内心又增多了一层了解、增深了一层理解，并因此而上升到对人生、事业、信仰等问题的思考。诸多感悟可以归纳为以下几点。

第一，天道酬勤。"天道"是指自然规律，"酬"即酬答、回报，"勤"为勤奋。就是说"苍天厚报那些勤奋的人"。事实证明，没有一个人是只依靠天分成功的，因为一个人的出生只带了天分，而只有勤奋才能将天分变为天才。俗话说："勤能补拙是良训，一分辛苦一分才。"我们都喜欢用这样的话来勉励自己，希望通过不懈努力来实现自己的成功梦想。在现实生活中，有多少人把这句座右铭放在桌边，挂在墙上啊！科学的理念需要践行。国臣同志出身寒苦，能坚持数十年如一日，爱书读书，记日记，写体会，笔耕不辍，这需要何等的坚韧毅力！只有勤奋拼搏，才能攻占成功路上的一个又一个山头。

1977年，中国恢复高考，国臣以登封县"文科状元"考入河南大学中文系读书。四十年来，他勤奋精进，在文化研究上由低到高，由粗到精，由弱到强，创立了"中国少林文化学"，连续出版了"嵩山少林文化"系列六本，成为中国研究嵩山文化的著名专家；他博览群书，编著《中国文化之最》辞书，连续出版了"中国文化艺术之最"系列三本，弘扬中华文化，增强了文化自信；他登高望远，立足《河南大学报》编辑部主任本职，1988年曾磨秃了两支钢笔，在全国高校校报系统组织征稿并审稿，主编出版了"中国当代大学生优秀文学作品赏析"系列四卷八本，记载了恢复高考十年校园文化的历史；他司法为民，在担任河南省委政法委常务副书记、省社会治安综合治理办公室主任和河南省人民检察院党组副书记、常务副检察长十几年期间，利用管理学博士的知识，紧密结合工作实际，进行司法管理理论创新和实践创新，完成了最高人民检察院"中国惩治和预防职务犯罪管理模式研究"等重点课题，连续出版了"中国司法管理模式研究"系列四本，推动所分管的政法综治工作和检察工作上了新台阶，连获省级以上学术著作大奖；他坚定信仰，充分利用节假日时间，持续文化研究，写诗和论文，撰写《嵩山》电视文学剧本，央视连播，展现"豪放、史诗、创新"的嵩山风骨，连续出版了"嵩山的流泉"丛书九卷，为推进嵩山申报世界文化遗产宣传做出重大贡献，郑州市政府授予其"特别贡献奖"……

习惯决定成败，对国臣来说，勤奋是一种信念，已经转化为一种内在的自觉，蕴含于他每天的工作、生活之中；勤奋是一种力量，驱动着他在人生的旅途中，不断地挑战自我、超越自我，向时间要效率、要效能。"张国臣文化研究书系"洋洋千万字的巨著，正是他四十年来勤奋耕耘的成果！

第二，人道酬仁。"人道"是指为人之道，也是为人规律；"仁"，代表天、地，指做人要效法天地，要以天性善良、地德忠厚的心来为人处世，以博爱心、包容心，产生仁爱心。这是一个人的自我提升之道，也是儒家最高道德准则。从社会学角度来看，仁是与天地同步、协调、自然、互惠、共生、共存的。中国古有"仁者爱人""仁者天地父母心""仁者无敌于天下"的理念与哲学，深刻地指导影响着华夏民族的学习、成长、发展、就业、创业、社交、家庭、择偶与婚姻等社会生活。

国臣的父母仁善助人，家风良好，影响到他和兄弟姐妹传承中华传统美德，坚持"不仁之事不做，不义之财不取，不正之风不沾"，以德修身，以求长远。我曾和他多次茶谈，并从他的文章中可以知道，他知恩报恩，感恩党组织对他的关心和培养，对曾经教育、帮助过他的领导、老师和朋友，都牢记在心，每出一本书和取得新的成果，都马上向他们汇报。他厚德载物，以诚待人。他的《留余》诗道出他的心声，学习、生活、做事，都讲规矩、守纪律，不出格、留余地。在《嵩山的记忆》中可以看到，他几十年的文化研究事业发展充满荆棘坎坷，也曾遭遇过一些人的嫉恨和白眼，但他都以仁善宽厚之心，一笑了之。没有比心更大的海，一个人的心胸有多大，其事业就一定有多大。我们从他书中最后的祝福，可见其"留余厚德"的品格和力量，这是他长年修养、为人处世的宝贵经验和成果。他乐于奉献，"吃亏是福""难得糊涂""己所不欲勿施于人"，是仁善的具体化，但说易行难啊！我们从书中可以看到，国臣从中学到工厂，从大学到行政领导机关，从文化教育系统到政法系统，从一个工人到正厅级领导干部，在每个岗位都能留下好评，这正是他严于修身，坚持仁善待人的必然结果。他拿出工资和稿费资助数十名贫困大学生读书，将全家多年珍贵藏书捐赠给母校图书馆，热诚、真心、无私地帮助许多青年干部成长成才，等等，正是他持续仁善之道的具体实践和丰硕结果！

第三，学道酬新。"学道"是指治学，做学问、搞科研的规律；"新"是指有新意，不循旧辙。生而有涯，学海无涯，以有涯之生攻无涯之学问，唯有在方法上和理论实践上创新。国臣中学读书时，因缺书而抄写《唐诗三百首》，仿写古体诗词，上大学时又编注《历代名人嵩山诗选》，以铁棒磨针的坚韧毅力，释译李白、杜甫、白居易的嵩山诗作，最终自己也出版了《嵩山诗词一百首》并获奖，这不就是由浅入深学习方法的创新吗？国臣是文学学士、经济学硕士、管理学博士，不断在学习知识上挑战自我，多学科融通。他以散文的笔法、经济学的眼光、历史学的观点、考古学的论证，从二十一个方面进行归纳阐述，苦苦创立了一个新学科，出版了《中国少林文化学》，实现了区域文化研究史上的新突破。他干一行，爱一行，专一行，成一行！他从事政法工作，以管理学的知识，独辟蹊径，连续首创，出版了《中国检察文化发展暨管理模式研究》等司法管理系列专著，实现了理论和实践相结合的创新，因此连连获奖。坎坷是良药，知识增智慧！

国臣生活很简单，经常谢绝那些浪费时间的无聊应酬，坚持每天读书、工作、健身，写感悟、记日志。厚积薄发，积沙成塔，他在文化研究书系中，以创新为目标，总结出许多成功的规律。譬如，他曾总结出人生"波浪前进"规律，认为一个人来到世界上在学习、工作中必然面临三种境界：一是"逆境"，逆流而上，这种境地是奋斗的境地，此时应愈挫愈奋，拼搏夺胜；二是"平境"，此时应刻苦学习，练好本领，提高修养，坚信是金子总会发光；三是"顺境"，顺境的时候也是人生最危险的时候，这时候迎接你的都是鲜花、都是好话，不少是阿谀奉承的话，此刻不能忘乎所以，尤要心明眼亮，谦虚谨慎，戒骄戒躁，多为人民干实事、办好事，实现自我价值。他还总结出"缺憾见美"规律。他认为，天道忌满，人道忌全，不完美就是最好的完美。一个人要有意地像"断臂维纳斯"那样保留一些缺憾，给世界留下独特的美。再如，"公务员当好副职"三要素规律，即"大事必汇报，小事不打扰，矛盾自己消"。

只有"信念坚定、为民服务、勤政务实、敢于担当、清正廉洁",在工作中准确定位,揽过诿功,才能班子和谐,频出政绩,等等。他总结的诸多规律,包含着深刻独到的人生智慧,给人启迪,催人上进,教人成功!

《嵩山的记忆》不仅仅是一部笔耕回忆,也是一部精神传记,更是一种存史之举!国臣有极强烈的薪火传递的文化使命感。他与同时代人一起经历了改革开放的伟大时代,是这个伟大时代的见证者、亲历者,也是改革开放的受益者。他将亲身经历的历史,所见所闻的人与事,所感所受的情与理,用纸笔记录下来,这是丰富我们民族记忆的极有意义的事情。尽管这部书中有些观点和内容还需要进一步完善,但瑕不掩瑜。从这部书中,我们可以真切地感受到一个在新中国红旗下成长起来的共产党人对党的绝对忠诚,真切地看到那一串求是创新、拼搏向上的奋进足迹。因此,可以说,国臣的这部书,在一定程度上可以作为中国改革开放这部恢宏交响乐的一个生动的音符,为后世留下深刻、精妙、富有魅力的回响。正因为如此,我非常高兴地把这部书推荐给亲爱的读者朋友们!

聊述所感,谨此为序。

《嵩山的记忆》,张国臣著,河南大学出版社 2018 年 6 月出版卫庶是个很本分的青年，聪明而不精明，诚实而思维敏捷，倔强而不执拗。然而他是博士，有理论，有思想，有独立的见解。他在报社工作，有点出乎我意料的是，这只鹰真的从北京飞去了草原。

他奉命去内蒙古锻炼，深深地爱上了那里。又有点出乎我意料的是，一年后他回来，整理了在内蒙古乌拉特前旗的调查，居然有三十多万字，居然成了这本书。

我为他作序，不是书评。但我粗看了，这个调查他搞得很细。他得到当地同志的帮助，深入农牧民最基层，老老实实提取了很多不同人的现状与思绪，努力追寻这些思绪的过去与现状。眼泪与欢乐同在，期盼共努力并书。有《捕蛇者说》的余痛，也有云雀放歌的美好赞颂。我觉得"观人风者"、社会家和普通读者都可以从这本书中觅到自己心灵的印证与契合，因为这书写得太老实。

这说明，他仍旧是个童心未泯的"博士"。是个"大人"，也仍有着孩子心性——我的这两点看法，读者都可以从书中读出来。

《西北，西北》，卫庶著，福建人民出版社 2020 年 7 月出版宋丰年是个充满传奇色彩的人。星云大师《有道者的心态》中说:"卑屈不以为贱,艰难不以为苦,迫害不以为意,利众不以为烦。"这四者皆表达于宋丰年的人生命运里。无论宋丰年的人生幸与不幸,他都在用无愧于良知的行动为自己的生命意义做着诠释。

宋丰年自幼生活在郑州北郊一个叫宋砦的小村落里,得淳朴民风之滋养,十岁知道为父母分忧,扛着篮子卖青杏;十四岁在家因挖红薯窖患上风湿性关节炎,为疗疾,数寸长的火针扎进跟腱,眉头不皱,且练出了一身江湖功夫。在 20 世纪 60 年代,这个贫农的儿子突然成了"黑五类"子弟,"卑屈不以为贱",是非曲直,全赖自己的良知去判断,任侠行义;为了一家人吃饱肚子,捡煤核、扒火车赶"鬼集",风霜雪雨里走南闯北讨生计;为了有尊严地活着,沥血"改造"自己。1974 年,这个回乡知青被推荐担任生产队长,在那个"割资本主义尾巴"的时代,他一当上队长就敢放胆实行包地包产到户,顺乎人性地调动社员的劳动积极性,自是几番荣辱起落……

改革开放,宋丰年如鱼得水,被压抑的能量释放了出来,他创办自己的企业,并带领父老乡亲为摆脱穷困努力拼搏,历经艰辛,终成正果。宋砦成为全国"十佳小康村",村民有了"第一家园""第二家园",足可安居乐业。在农民大量拥入城市的社会背景下,一个省城近郊的村庄能够这样阔绰地融入都市,为数不多。失去了土地的农民怎么办?很多城中村改造等着政府政策的推动，推一步，走一步。

农民进城，不是一个简单的身份转变，宋丰年早就看到了这个深层的问题。从他带领宋砦人创业，就求贤、"借脑"、引进人才；十多年前，自筹资金建学校、建幼儿园，把郑州市最好的教育资源引进了宋砦；他创建的弘润华夏大酒店也是围绕着传统文化主题打造起来的。对脚下的这片热土，文而化之是宋丰年始终不懈的追求。一个人、一个地方、一个国家，要想真正强大，必须提升文化品质。

2016年秋天，我参加了宋砦法治展览馆的揭幕仪式。宋丰年在自己的弘润华夏大酒店辟出了一千六百多平方米空间，建展馆，设论坛，进行长期普法宣传。一个村级法治论坛，邀请了国家知名的法学专家、高等学府的教授学者、电台报纸各大媒体，名人名家济济一堂。如此一个村级法治展馆、法治论坛，在全国可能是首屈一指吧！它在牵动我们的思考，大量农民进城，如何从粗放的生活习俗适应密集人群间的相互制约，促进农村法治宣传教育，提升法律意识，是当下之要务。法律意识的提升与社会文明素质的提升相称相符。宋丰年不计个人经济得失，竭力从文化、法治层面提升百姓的文明素质。他说，这是个漫长的过程，久久为功。

正是："居善地；心善渊；与善仁；言善信；正善治；事善能⋯⋯"宋丰年天性善良、侠肝义胆，深爱生养他的这片土地和父老乡亲。他善仁、善信、善治、善能，他所做的一切，若水之善，发之自然。

我与宋丰年结识，是在全国人代会上。他从一个"黑五类"子弟、返乡知青到全国劳模、企业集团董事长、村党总支书记、全国人大代表，获得了一个农民少有的荣誉。

宋丰年吃过大苦，耐过大劳，经历了农村的大变革，知道农民的艰辛，懂得走进城市后的农民眼下的茫然与困顿。他虽体弱多病，仍孜孜矻矻为社会的改善做着不懈的努力。他常说，一个人活在世上，能享用多少？因此，不是你占有了多少，而是创造了多少。不能让生命闲置着变得无用，不要让能力浪费掉！他不停地创造着，与人分享着，与社会分享着，自由创造不逾规，这是宋丰年心性中最朴素的特质。

几年前，宋丰年就对我说，想让我给他找人写传，这般丰富的人生，不可不立传。他是城郊农村断掉土地根脉的最后一代农民，见证了一个时代城郊农村的大变迁。但传记并不好写，谁能写好这样一个命运跌宕坎坷的人物传记？我想到了曾臻。早在二十多年前，我就看过曾臻的文章。那是在《南阳日报》的副刊上，我应报社之约，写了一篇对城市文化建设构想的文章《名城"观光"三思》，登在星期天副刊上。刚巧，我的文章登头条，曾臻的散文《九华山暮鼓》登二条，这便是我看到她的第一篇文章。那时，她三十多岁，文章已经写得很见分量了。我想，一个在医院三班倒的人，怎么会有精力来好好做文章呢？我也是惜才，就给市委宣传部部长写了封信，希望能把曾臻调到文化单位。那年代人事调动是相当难办的事，调动未果。我也清楚，一个文化人的名气与权力完全是两码事。后来，曾臻沉寂了多年。

直到2008年，她突然打电话给我，说要出散文集，让我为她作序。又过几年，她又来电话说，写了一部五十万字的长篇小说，要我给她找个好编辑。我就让她把稿子寄给了长江文艺出版社。半年之后，她告诉我，书稿经过四个编辑和社长的审阅，出版社很想出却不敢出，因为政治上的把握不够清晰。这是一部厚重的横跨历史节点的书。我也很无奈。可想她当时会很煎熬。也就在这个当口，我把宋丰年传记的事托付给了她。之所以让曾臻写，一是我知道她的文笔好，二是知道她做人真实，二者兼备，她会认真地去把这件事做成。让人欣慰的是，在这期间，她的长篇小说《苍野无语》终于由北京十月文艺出版社出版。

又过一年，在这个仲秋，秋雨缠绵中，曾臻完成了宋丰年的这部传记。这本书对做人是有启发的，会带给我们一些思考。

丰年是我好友，当得为他作序。

二〇一七年十月九日

《丰年之路》，曾臻著，河南文艺出版社 2020 年 10 月出版

ERYUEHE
WENCUN

二月河文存

著 二月河

编 周百义

河南文艺出版社
·郑州·

图书在版编目(CIP)数据

二月河文存 / 二月河著;周百义编. -- 郑州:河南文艺
出版社,2025.5. -- ISBN 978-7-5559-1744-1

Ⅰ.I217.2

中国国家版本馆 CIP 数据核字第 2024JN5468 号

策　　划　　许华伟　张　娟
责任编辑　　张　娟
特约编辑　　张　维
责任校对　　殷现堂　梁　晓　樊亚星
责任印制　　陈少强
装帧设计　　吴　月

出版发行　　河南文艺出版社
社　　址　　郑州市郑东新区祥盛街 27 号 C 座 5 楼
承印单位　　河南瑞之光印刷股份有限公司
经销单位　　新华书店
开　　本　　700 毫米 × 1000 毫米　1/16
总印张　　102
总字数　　1 375 000
版　　次　　2025 年 5 月第 1 版
印　　次　　2025 年 5 月第 1 次印刷
总定价　　369.00 元(全四册)

读 史 偶 得

从取才到用才

前不久给《人民日报》写了一篇短文，题名叫《从成才的"软"和"硬"说起》。那只是一篇千字文，涉及的层面当然极有限，单单是说了成才的两个渠道。

其实就这话题，可以说一火车的话。一般而论，"成才"二字不是自家说了算，是需要社会承认的。承认到何种程度，你就在这范围里立定了脚跟。我们国家设立了"自学成才奖"，从中央到省、市、县，各自都有个层面。可以说这四个级别就是四个层次，是专门为"硬着陆"设计的，用心可谓良苦。但是，社会主体对才的知、认、任，还是照资格来办事。

成才是一回事，选才、用才又是另一码事，这就是我们的现状。

说起选才、用才的法子，真是难为了我们的社会。就中国而言，较早期的春秋战国时，是贵族的一个小圈子的事。选是贵族选的，选的当然也是"自家人"——最放心，也最需要的还是自己的孩子（当然是他家族的）——这种沉闷的局面维持了几百年，慢慢地不成了。因为列国的纷争，各个国家需要人才，也就是说引进了"竞争机制"。这一引进不是谁、哪一国的君主情愿不情愿的事，而是它在中国能否生存、能否称霸的事，是整个华夏民族的需要。于是，在机制的导向下，庶民阶层的人才就参与了社会政治。你可以看看《东周列国志》，那里头纵横捭阖活跃在社会最高层的精英人才，可以说光知道吃喝玩乐的纨绔哥儿几乎是没有。这种生动活泼的局面在学术上更是体现得充分，百家争鸣、百花齐放的哲学思想景观，也是和人才辈出同步进行的。

这样的局面被秦始皇以极快的速度扑灭了。很简单，这位"祖龙"不需要这些玩意儿，他只要他的王朝一代又一代地"统"下去。车同轨、书同文、度量衡的统一那是进步，扑灭学术的百家争鸣毫无疑问是历史的反动。他定下的这个规矩无论善恶，一股脑地为后世帝王全盘接受，毫不犹豫地坚持了两千多年。

汉取才用九品官人法，实际上是改良了士族的特权，不是那么绝对的取才"定位"了。庶人中、自由民中有特殊才干的，也还有些引进——"引进"也只是做官，做官便是"一切"——官本位的基本制度把人才死死地卡在一个极狭隘的空间里，也把人才的发展趋向导进一个极窄的小胡同里——就这么一点引进，也还是导演出三国纷争时那样鲜活灵动的政治社会大剧目。

隋唐开始的科举制度，从本质的意义上看，它是彻底取消了贵族入仕（成才）的特权。贫富穷通都不论，都请来考试。考卷面前人人平等，这当然是一大进步，然而也就是进了一步，再就是坐滑梯，一直溜下去，溜到20世纪，老掉牙了还在溜。我们给似乎与生俱来的文化上的惰性——一拖就是几百年，一千年、两千年都不肯更张——有药抑或无药可医？我不知道，反正现在还在坐滑梯。"A+A+A+X"其实仍旧是应试，"X"是什么？还是变了变味道的应试。"素质"是什么？用什么标准来度量？考官们怕也是懵懂。"办事"，请拿出"本本""文件"。用人？对不起，也请你"拿本本来"。官场如斯，商场如斯，企业如斯——博士，请！硕士，可以考虑。本科、专科……各种本本把用人单位套牢，我们的企业家连《子夜》里的吴荪甫都不如，有一个屠维岳在跟前，几个"家"能用出来？

这种成才、用才的人才观确实是老了。它早就老了。《唐书·裴光廷传》里载："乃为何资格，无贤无不留。"这位姓裴的真算好脑筋，出来了一个无贤无不留，"资格"面前人人平等。他给后世一千多年的官宦们省却了多少耗神！

这种资格理论从文化心理上，它是因循与惰性的集中体现，在很短的时间为社会所接受，同时辐射渗透到全社会的各个领域、各个层次与各个视角深度，成了一种不下于制度的利器。无论考试、晋升用人、衡量，也无论士农工商兵学，全部起用资格学说，威力是无比强大的"首要考虑"。看看金庸小说里头"大师哥""小师弟"的次序，到官场里的大军机、小军机，到兵营里"老兵"与"新兵蛋子"，那是一点也不得错乱颠倒的。如果透窥了去，资格的背后是"礼"，是中国文化的命根子，是上下左右永远不可更移的"秩序"。这玩意儿真是太厉害了。

以我观察与思维，资格这一利器的使用，它的生命力的旺盛也是无与伦比，它的衰落恐怕还真的是"伊于胡底"呢。但是，政治家们已经发现它很要命地在变，社会学家们也在想办法，想破资破格的有效办法。办法不多，效果不明显，资格之说有点动摇就是了。

动摇得最明显的圈子好像是娱乐圈。这里头"猫腻"自然还是不少，比如几个大腕儿要捧红一个角儿，这种事还有，然而一个终极的限制，还是不可逾越的，那就是观众。你再捧，角色必须自身棒，因为考官是民众，是"广大的"观众与听众。这个观音不好瞒，能不能"红"起来，关键是观音大士大众。我看，凡是公开的、明白的竞争，人才想捂都捂不住。凡是评委主持，考官量核的事，有钱人、有权人便能操作出花样来。

我们文化中的劣根是盘根，积郁的弊是一座山。这种文化不可能 "不拘一格降人才"——龚自珍他也就是仰空浩叹罢了。民主是解去盘根错节的干戚，也是挖山的爆破器，好生发扬民主是人才出头的希望和前提。而思想的清醒与解放，随着人才的辈出，同样会迸射出它必有的力与光。

原载 2003 年 7 月 7 日《大河报》

文人无行

弱冠幸随计，束书来上京。

齿稚气方锐，招视江湖轻。

俯仰五十年，辛苦事浮名。

世路多险艰，风波使人惊。

兹游意已阑，无复少壮情。

见鸟羡高逝，望乡思遄征。

云山遥在梦，日数故园程。

　　这首古风是一首怀旧诗，述说作者自从"弱冠"求名上京，从锐气咄咄雄心万丈的青年，经五十年宦海沉浮，勘破世路人情风波险恶，而今西风瘦马杖策归途一番心境。既有对少年往事的悠远追忆，也有着对尘嚣纷扰劫后余生的庆幸，还夹着对未来牧歌田园生涯的向往和欣慰。凭谁说，无论它的意境恬适，还是格调苍凉、情愫隽永，都可说是上乘之作。那么它的作者是谁呢？严嵩。

　　说到严嵩，许多人一下子会想到《大红袍》里的海瑞和严嵩。在剧中，他是忠臣清官极度对立的一个标准大权奸贪官，且不说在他秉政的二十余年中翻云覆雨拨弄朝政，谀逢君恶刚正赞固宠党同伐异，与儿子严世蕃狼狈为奸，结党乱政，杀夏言、杀曾铣、杀朱纨；死杨允绳、死李默、死杨继盛……沈束辈、沈炼辈、徐学诗辈——那也都算得人中之精了，但凡正人君子，遭逢到这爷们儿手中，无不纷纷落马栽跟斗，被打得落花流水，身死而志不申。这真是奸恶刁狠到了极处的人，偏他就能写出这样的诗——似乎他辛勤为国劳作一生，现在要回乡作遐征之思，要与梅花长伴了！这个恶贯满盈的匪类，却又是分宜山中诗坛一秀。

种竹旋添驯鹤至，买山聊起读书堂。

开窗古木萧萧籁，隐几寒花寂寂香

……

他是个真不错的诗人呢！

这只是一个例子，我想说的是为人为文的不同。幼时入学，老师曾教我"读其书想见其为人"，多少年一直笃信不疑。有时想想也是这个道理，李白、杜甫、白居易、范仲淹、辛弃疾、苏东坡、关汉卿、汤显祖，写了那么好的诗文剧赋，人也那么好，可见好人能出好文章，好文章才配得上好人，是相得益彰的佳事——谁知满不是那回事呢。我看老师也上当了。我们师生在这事上头都中了连环套，有些理想化了人生，把人生按戏本看了。明代有个宰相，他女儿看戏入了迷，一心要嫁个状元郎——她以为状元郎都像戏里那般一个个翩翩佳公子，粉面朱唇、满腹经纶、出口成诗的小白脸——想得发疯，老爹果然玉成其志，真的把她嫁给了一个新科状元。她喜滋滋入了洞房，揭了盖头才晓得状元真相，原是一个彪形大汉，满脸横肉，腰粗十围，毛发蓬蓬然，活脱一个屠户样。

我看这事可以为我这篇文章做注，那个可怜的女孩子自尽了，但谁能保证她不是又错一次呢？

读明史是很有意思的。它不同于唐代，一切都包容在一种富丽堂皇之中，像一首黄钟大吕奏的钧天之乐。它也不同于宋代，浑浑噩噩得近乎麻木，混账得令人可笑可怜。打开明史，像是看到一伙打群架的，从头打到尾，昏君烈臣、东林东厂、权奸直士、神佛道士、太监倭寇、农民财主、正的邪的、曲的直的，从靖难之役打起一直打到清兵入关，打得昏天黑地，精疲力竭，也就亡国了。中间偶有一阵子休歇，我看也是打得累极了暂时休战。阿弥陀佛，真热闹煞！正应了鲁迅《好东西歌》："还有你骂我来我骂你，说得自己蜜样甜""相骂声中失土地，相骂声中捐铜钱，失了土地捐了钱，喊声骂声也寂然"，凄凄惨惨乱哄哄完了。

其实真正眼亮的倒是明太祖朱元璋，他似乎对"大头巾"的认识比谁都清楚。元明兴替，元臣危素"弃暗投明"——就是我们从《儒林外史》里读到的那位"危老先生"了。此人是金溪人，字"太朴"，又叫"云林"，由经筵检讨参与修宋、辽、金三史——写《后妃传》查不到史籍，用今天的话说是"缺乏资料"。急中生智，危素就买了些糖块、小吃之类贿赂老太监，套问宫里后妃起居逸事，这般就腿搓绳，几百年前的宫闱秘闻也就书之丹青了，由此升官而成翰林学士。这么一个"胜国遗老"，棺材瓢子似的人物，居然敢在朱元璋面前倚老卖老，张口闭口"老臣危素"如何怎样。朱元璋尽管看重他的文章，心里早烦透了他。有一天皇帝御东间侧室，听见危素在帘外走动，问："是谁？"他说："是老臣危素。"朱元璋说："朕还以为是文天祥呢！脚步声这么从容的，原来是你！"罚他去守余阙墓。余阙是元统初进士，累官参知政事，死于陈友谅之难，立庙祀之。危老先生守在这墓前不知心境况味如何。

少读《儒林外史》，见里头出尽文人洋相，我多少有点腹诽的意见，"窃以为"作者存心刻薄，后来渐渐读书有得，才晓得文人里头除了屈原、魏徵、文天祥、史可法，明代里头的"三杨"、海瑞之外，更有卢杞、李林甫、秦桧、严嵩、钱谦益、洪承畴、马士英之流，似乎比刚正义烈之士还要多些。就明史钻研去，东林党有点像东汉时的清流派了，细看似乎又有不小的区分，都有"派性"，也都尽有投机者，却显得这潭水更浑浊一点。"门户"得张牙舞爪，贪名之态犹如贪利，到末时毕竟一起露出来原样。

那么到底是书误了人，或是人辜负了书？翻开古今史典文论，没有哪本书是教人为非的。很多学术，尽管论点不能令人佩服，出发点与落脚点，也还堂正。即便是八股选文高头讲章——糟谬无用的烂文章，也不见得有什么歹意。不知何故，中国数千年史典，却教出一大群一大群的顽钝无耻文人。可以说，每一朝每一代式微零替，都和他们居中不停地捣蛋有关。捣蛋到了极致，这一朝也就完蛋。然后再重新来一遍，循环往复生生不已。这真是件令人悲哀又无可奈何的事。

原载《二月河语》，昆仑出版社 2004 年 1 月出版

崇祯辞庙录

社会生活在推演迈进，自然，我们的思维也在不知不觉地发生着变化。就计算时日而言，比如说，三月里，问："今儿几了？"倘是新中国成立之初，无论城乡，大致都会答"十九了"。后来演进了，在乡里仍答"十九"，那是不必想的。如果在城市，年轻人都会不假思索地另说一个字面全不相干的日子——那是阳历。至于现在，大致无论城乡，都说的另一个数字，谁也不会记得"三月十九"了。

然而我们的历史书籍仍旧记着，"三月十九"是甲申年李自成攻进北京的日子，说的当然是阴历。由此一日，向后推进不到两个月，中国发生了几乎三个朝代的巨变与更替，其惨、其烈、其速度、其奇特、其……都在二十四史中特出孤立。

关于崇祯皇帝的"这一日"是怎样过的，正史的、野史的、私史的有不同的版本说法。大致可以这样表达：夜半时分，李自成的围城部队开始发动总攻。沉闷的炮声震撼得北京九门簌簌发抖。是太监们拨开了城门杠闩，农民义军如潮水般涌进北京。他们开的哪座门？记不得了，但可以肯定，放了敌人进来的，正是平日须臾不离崇祯左右的身边人。

但崇祯此刻顾不得想这件事。他下令撞景阳钟——这钟自明开国似乎就不曾响过，本来就是虚设给百姓告御状用的，这时派上了用场：用来召集文武百官入朝。他要开会吗？没有资料明确。当此之时我们能想象到，这位性格刚愎的皇帝必定早已准备了许多毒酒或武士刀剑之类，准备集体自杀。如果真是这样一个结果，可预测的后果是：铸成大明临终的壮烈形象，激起全国"义士"对李顺王朝的敌忾之仇，为将来的复辟做强烈的精神准备。然而这一点想头没有实现。因为，撞钟归撞钟，文武百官没有一个人报到。

崇祯开始杀宫人。怎样杀法已经不知道了。大概的做法应该是用侍卫、护卫杀太监，命这个特务机构杀那个特务机构，给不同的特务机构下达同样的旨意——放火，烧文件，烧字画，砸古董、玉器、珍玩之类。崇祯自己，则杀宫中女眷，包括他的女儿——公主们。一边用剑砍杀，一边说："谁叫你生在我家！"这一句，是成了千古不朽的名句的。杀到尽兴时，怕是已到凌晨了。这一夜，在我们现在所见到的故宫中，恐怕是死人最多的一夜。仅在紫禁城中，原有的太监、宫女就有一万余人，加上宫眷与卫护武士数量也不少。十九日的冷月可以照见他们这一群的死相。但我思量，逃命出宫的怕也不少。

故宫所有的门都是九排钉子，唯独东华门：八排。这一点蹊跷也让人莫名。据传，崇祯皇帝大杀宫人之后，是从这里逃出去的，这门没有负起"护驾"责任，被后世皇帝撤去一排钉子。我们所知道的，清室王公大臣，正宗朝会是从午门的左右侧门入朝，平时入朝则是由西华门"递牌子"。东华门则一直是宫中采购鱼肉、进柴炭和水米、向外运人粪之类用的，由此也可想之一些人事心理，传闻恐非子虚。

可以肯定的是，杀人杀得手脖子酸痛的崇祯到此时还没有自杀的念头。那时他会想，春风吹东风，朝中亲信、勋戚、贵臣都在东华门外，撞钟兴许是听不到的。逃出宫来他便奔这一带，挨家挨户敲门求容。可惜的是，没有一户开门的，全部"聋了"，钟声听不到，敲门也听不到。

在此情况下，才有了后世皆知的煤山（即今景山）自尽。那座山我去过，不算高，但可以鸟瞰他的皇宫。那株树我也见到过，弯弯地向前伸出在坡上，很适合上吊，他当时什么心情，他没有说。大约不好。

今年癸未，明年就是甲申。算阴历就是这样算。很多事，虽与我们不相干，但值得追味的吧。

原载《二月河语》，昆仑出版社 2004 年 1 月出版

我认识纪晓岚

纪晓岚（纪昀），这个名头近年来又红起来。那原因倒不全因他的《阅微草堂笔记》一再出版风行天下，也未必是《清代第一才子纪晓岚》这类似史非史、类论非论的书的作用。倒是《铁齿铜牙纪晓岚》之类的电视剧大大普及了他，使他原在民间就甚好的口碑，一下子凸现在当今社会。就他个人形象的影响而言，似乎已高出蒲松龄许多了。

历史上的人物如恒河沙数，但性格大抵就那么几种，无论中西内外，或神奸巨蠹、祸国殃民者，或忠贞智勇、勠力辑穆者，俱有一致处。有的开朗爽明，望之可亲；有的坚毅内敛，不苟言笑；有的勇武决断，有的文弱儒雅，有的滑稽多智，也有一天到晚冷冰冰地板着面孔的。说到细微处，真的每人一个面目眉眼，绝不雷同。但粗放说去，无非"内向""外向""内外向"而已。

纪晓岚在我心目中，属于中性性格，但在社会形象上，他倒是开放型的人物。他的风雅、多才、善谑、诙谐确是第一流的。这大大帮了他的忙，使得他更加可爱。但我以为，人们喜爱他的真正原因和《宰相刘罗锅》的是一样的。铁定的公式，他们都是乾隆朝的重臣，与奸相和珅是死对头。和珅有多么坏，他们便有多么好，和珅的可恶恰反衬了他们的可爱。与其说，这是国人头脑一时还复杂不来，毋宁说，这是国人潜意识里的艺术追求，或者说是心理追求。

我最早接触到纪晓岚的材料，是在"文革"后《光明日报》的一篇文章上，说他陪乾隆秋狝，乾隆不小心从马上摔下坠进泥淖，陪驾的纪晓岚也就从马上一头顺势滚进泥中，比乾隆更其"不幸"，更其狼狈，更其观瞻不雅！——变起仓促间，能如此的"和光"，急才急智应变如流，真的人所难能。后来见到不少稗官野史，多是他的诗词联语即兴应对。比如他陪驾到一处，名叫八方桥，乾隆顺口出联"八方桥，桥八方，站在八方桥上观八方，八方八方八八方"，指令纪即时对出。他"扑通"一跪，叩头应对如流："万岁爷，爷万岁，跪倒万岁爷前呼万岁，万岁万岁万万岁。"……诸如此类不可胜记。诙谐机智是没说的了，通俗易懂也是很有名的，却没有收进他的集子里。我猜这或是齐东野语，是人们帮他编的，因为符合纪晓岚的性格，也就传了下来。但即使是真的，这样响亮的马屁，他也未必肯收进自家的著述里吧？

他留下的著作影响最大的便是《阅微草堂笔记》。这一类笔记就文体而言，可以说就是那个时代的 modern，从经史考究到吃喝拉撒睡、诗词曲赋乃至白菜豆腐价格贵贱，有什么记什么。听到的、看到的、想到的，就实录下来。蒲松龄的《聊斋志异》其实也就是一部小说化了的笔记。清代的文字狱绝不开玩笑，动辄获咎便杀头灭族毫不苟且。文网密集刀子锋利，吓得文人墨客只好弄些小玩意儿消遣文兴。就这部《阅微草堂笔记》，一看名字就是"阅微而知著"的意思。与《聊斋志异》对照相映起来看，它几乎没有什么形象思维，全然不似蒲氏的恣意汪洋，随时、随人、随情点染如画，人文情感的那种丰沛横溢，《阅微草堂笔记》创造"艺术形象"的追求的自觉性非但没有，且可以看出纪氏是在"自觉"地排除艺术情绪对他的"干扰"。这不是一部言情的笔记，而是借事喻理的说教。很明显纪晓岚满可以写得更饱满些的，因为偶尔地，他能用寥寥几笔随心描摹勾勒得人物景致十分生动，但只是"偶尔"而已，很快地他就恢复了"宗师"面孔，一本正经地向读者说理了。

什么"理"？扑鼻的陈腐，令人无奈的无聊，喋喋不休的主题，孝悌忠信、礼义廉耻。举一反三的为人世故，透着纪晓岚的卫道士面孔，也透着他的玲珑剔透，善于周旋。

但这部书在当时之世，与《聊斋志异》齐名，是双峰对峙的名望景观。这也是当时士大夫特有的文人心理所致：读《红楼梦》为了遣情赏雅，读《聊斋志异》为的消闲解闷，读《阅微草堂笔记》，则为附庸风雅。

然而我们似乎不必对纪晓岚这人求全责备。他差不多一辈子都是春风得意，与蒲松龄的穷愁潦倒迥然不同。要他发出蒲松龄那样的幽咽哽塞之情也是不可能的。在乾隆那样的主子跟前，处在如此纷繁复杂的朝局之中，没有点世故，一天也混不下去的。他在修《四库全书》时，故意在明显处弄些个错别字之类的"恰当错误"给乾隆看，让乾隆挑出来，满足乾隆"圣心高远，明察秋毫"的虚骄心，他也就能很安全地成就这项文化伟业了。就我们今天看，这是纪氏的大节，为民族文化的贡献巨大，功劳是不言而喻的。他如没有这点聪明世故，这"工作"就干不下去。

这么一个学富五车、才高八斗的人，跟和珅那样的不学无术的钱串子在一道工作，两个人搞不到一处是很自然的事。纪晓岚观念陈腐，为人还是正派。和珅狎邪而且贪婪，在乾隆跟前恃有特异之宠。我自家的一点感受，乾隆似乎对和珅在大的方面也有所警惕，看着几个大臣之间闹点别扭，有点"看笑话"的心理。这么着，如阿桂、纪晓岚、刘墉辈皆得善终，嘉庆顺利地接班即位，朝局基本安谧无事，也就不足为奇了。

纪晓岚算得上是文人中的正派人物。我说的这个"正派"，不是正直的意思，乾隆朝的刘统勋、雍正时的孙嘉淦辈，还有康熙朝的唐赉成、郭琇这些人，有直面皇帝的精神、勇批龙鳞的胆量，正确或错误姑且不论，那正气、那勇气，对专制独裁总算是有些冲击的吧。纪晓岚不是这样的人。他可以说是那种很正统的人，政务上无甚大建树，学术很好，"文化工作"上有不小贡献，胆子小，心思密，很传统的一个自了汉。这样的人物，在《红楼梦》中觅，男的有点像贾政，女的就是发愁"人人跟前"不能应酬周全的薛宝钗。

他的胆小怕事、谨小慎微，从他的《阅微草堂笔记》中可以透析出来，说得好听点是"百炼刚化为绕指柔"，说得难听点那真是"曲如钩"。

这个被礼教、种族、皇权、神权压扁了的文化人，压得已经没有了他自己，也还在夹缝中讨得他自身一份安乐与有益的工作——从这人身上，我窥见了那时得意正派人士的文化心理状态。

原载《二月河语》，昆仑出版社 2004 年 1 月出版

儿子与位子

中国人比西方人，最看不开的便是"香烟"承继的事。北方人家生产，哪怕只是三斤重的男孩畸胎，人们道里相传会说"××家生了个大胖小子"，倘是女孩，就是九斤八斤重，也是那么嘴一撇"是个小丫头片子"——这当然是早年的事了，现在虽也还有类似的事，也是"非典型"的顽固分子还在坚持就是了。

这是彼时的情理。孔夫子说过"惟女子与小人为难养也"这句话，我在一所大学里调侃过：这一定是气话。因为这个话没有理论支持，和他老人家那一整套仁义礼智信的人伦学说没有实质上的联系，突兀地、冷不丁冒出这么一句，很可能是孔老师昨夜受了师母的气，上了讲台还在生气，发牢骚骂人。他是个述而不作的，说什么话都由学生忠实记载，由此传了下来。后世的一代代经学家诠释、理学家剖析发扬越弄越大，越弄越极端、尖锐，竟酿成无数终天之恨，无尽人间之悲。

我想了想这件事，其实是暗合了中国的财产继承的传统——闺女是要"出门的"，结了婚便是"人家的人"，娘家的田产房屋、动产不动产，是没有她的份儿的。这只要稍加注意就晓得了，穷得连穿裤子都成问题的人家，不会很在意生男生女，越是往上的大户人家，便越是在这上头想不开，钻牛角尖。山东孔府是千年世家，改朝换代改不掉"衍圣公"这个铁帽子爵位。因此衍圣公是世袭的。若衍圣公无子，那么族里就组织会议商定递推嗣子申报朝廷批准。有一代衍圣公竟真的遇到了这问题，他死了，衍圣公夫人按规矩必须退出公府，偏是侧夫人怀孕未生，倘生男孩，公夫人便可免去这一难，因此她异常紧张，连日闭门告天祈福。等到侧夫人产下一男，生产顺利，母子皆安，公夫人一口气松下来，竟致昏厥过去。

大户人家、王公贵胄，尽管是"铁门槛里出纸裤裆"，什么事都荒唐拆烂污，唯独这件事，谁家也不肯马虎，办得极认真的。说到帝王家，那就更复杂，更纷乱，更尖锐。不但有后继的事，还有争嫡夺位的事。宋太祖死得不明不白，有所谓"烛影斧声，匣剑帷灯"千古谜之说——那是弟兄两个生死折腾——一死一生乃见交情——兄弟"交情"比纸还薄许多。兄弟如此，父子如此，下一代也是一代一代依样画葫芦。为争太子嫡位或冒或隐或"微妙"或直截，打得头破血流，争得殚精竭虑、疲惫欲死。说起来，他们也都是人。大致上也都受到当时最高的学养教育，并不是不识情，不知理，实在是大利当头，关乎他们生死荣辱穷通贵贱的事，不得不争。

这件事"正规的"是从秦始皇起。嬴政不愧"始皇"，什么事都从他开始。前头列国也不乏父子相争诸子搏命的，但那是"小局面"。秦是统一了华夏中国，车书万里一同，度量衡统一，自他而始，但他的两个儿子胡亥和扶苏夺位，胡亥作为第一位太子夺嫡的胜利者，和他老爸那制度一样为天下后世垂范。

所以每一代皇帝上台，考虑的"最大最大"的政治是两件事，一件是"死了以后怎么办"——一登极便修陵墓。因为他晓得"富有四海，贵为天子"，活着的荣耀权势是铁定了的，死了之后到地下，也要和活着"差不多"，这么着才能叫"永远"。第二件是选继承人。

这件事可就复杂许多了。这不但是"死了以后怎么办"，还有一个"活着时候的安全感"的问题。如若这皇帝只有一个独生子，那就别无选择。哪怕这小子是混账王八蛋傻瓜白痴，也是"自家儿子"，定死了的太子位子是要给他的。儿子多，这事便麻烦了，选谁来当太子，怎样选，几乎是每个皇帝都头痛的事。

大致上有三种传统的做法：立嫡、立长和立贤。"立嫡"很简单，哪个是"正宫娘娘"生的便是哪个。"立长"也简单，哪个儿子年纪最大——一般而论，岁数大一点，社会经验多，统治术也熟练一点——就是哪个。"立贤"最好，这谁都知道。但那是对天下、对治理臣民而言。对皇帝，对宫廷安定，对朝局稳定，对大臣们来说，立贤倒是一件最麻烦、最可怕的选择。都是龙子凤孙，谁贤？谁不贤？投准了票固是一步登天，一旦投错了票，新君不是你当初选的"贤"，这辈子还了得？因此"立贤"这话，不过说说而已。皇后只要有儿子，别的人休想染指。因此我看史书，常有皇帝生时"天日龙表""红光满室"诸话头。说不定便是当时舆论宣传的导向呢！

历代就是如此。汉代立太子，除了太子，皇帝的其他儿子裂土封王。刘邦他这样想——给儿子们一个"国"这么丰厚的待遇，各自都去过"独立"生涯，就不会去觊觎太子的皇权。谁料不久就闹出"七国之乱"，同姓王，一个爷娘祖宗，没鼻子没眼打起来。有鉴于此，除了晋代，皇室都有制度，叫"不得非刘而王"。封王是封王，一是你必须是天潢贵胄，是皇上的儿子；二是即使你是儿子，封王也不给地盘、人民。储君只能有一位，其余的给政治待遇，给"食采"，给钱养起来，只许你过"好日子"，不许你动野心打太子的主意。

这样措置，太子的位置一般比较稳定。如无特殊的政治情况，太子能够平安登极。但也有毛病，就是那些儿子既有闲又有钱，又不许做事，一个个都比猪还蠢一点。穷奢极欲之外，拼命生孩子，朱元璋的第二十三子朱桱封在南阳二百多年，明亡时，南阳朱姓子孙封到轻车都尉的就有三万余人。封在洛阳的福王，家中金银财宝垒如山积，李自成攻洛阳，危城孤立将士拼命之时，不肯拿出一分钱激励守城军队，结果城破人亡，所有的钱都被李自成笑纳了。

这种情形到清代有了较大的变化。清代也不给儿子们封土，但不许儿子们闲着。皇帝指定"差事"，也就是指定工作给他们负责，有的是"常务"，有的是临时派定，由太子总负责。这当然是接受了前代帝王的教训，想出的新法子。爱新觉罗氏是少数民族，入关前的"文化程度"，也就是个"小学"学历吧，对汉文化的了解也就是一部《三国演义》而已，不知道兄弟阋墙、宫廷杀戮、五步血流的汉家"文化"残史的厉害。他们看到自己是"少数"，要对付庞大且是文化程度高的汉民族，要统治这么大的国家，儿子们必须有能力、团结一致才能办到。前代帝王突出太子，把其余的儿子压下去，可以看作是"水落石出"的意味。清初立太子，却是一种"水涨船高"的路子。

据我观察，清室皇帝大致有两个共性：一、（孝敬）怕妈不怕老婆。二、都颇能干务实，昏庸无能的没有。第一条不去说它，第二条就是"水涨船高"的实效。儿子们从当皇子时就开始办差，在工作中历练，官场情弊、政务艰难、民间疾苦，甚至人情世故俱都了如指掌——天赋学养、身体条件、政治环境都极优越，且是无需去锻炼写八股文应试，腾出大量时间做很务实、很宏观大局的事务。所以，只要不是智商有问题或身体太弱，一个个皇子的实际素质都是相当了得的。这一条很像我们今日的一些大亨，不但对子女施以最好的教育，同时在实践中让子女一步步提升能力，锻炼社会素质。

但就皇子而言，他们离最高权力太近了，抬手就能摸到。古希腊神话中有一位女神叫美杜莎，她长得极丑，头发都是蛇。人们不能看她的眼睛，一旦直望她的眼睛，就会变成石头人，永远也回不过头来。无论"水落石出"还是"水涨船高"，这些金枝玉叶都看到了中国的美杜莎之眼——权力，他们成了石头人再也回不过头来了。

佛家理论"色"可以成"空"。

道家学说"实"可以化"虚"。

基督的话，那一本《圣经》上它不讲理，只是一句又一句地传达"神的指示"。

儒家讲仁，讲忠恕，讲孝悌、礼义，把皇权捧到极致，带来的后果，是道德标准与实施道德的行为的不一致，是温情脉脉的虚伪。

很快地，清代帝王便尝到了这个又硬又苦又涩的果子。

倘做一下比较，是颇有意味的。清初多尔衮掌天下多年，主少国弱之时，他若想当皇帝，可以说只是一句话的事。但他按《三国演义》来，不要学曹操，想学的是周公、诸葛亮，坚持不肯谋位。但（新君即位，几乎第一件事便是抄他的家）野史稗官说他是与大玉儿（孝庄太后博尔济吉特氏）有暧昧关系，所以扶孤济弱。这事我坚持不信，因为他若篡位，不但有天下，且是可以娶了嫂子。

康熙是因为出过天花，遂以"独特的条件"无可争议地当了皇帝。

但到康熙晚年时，储位问题变成异常尖锐、复杂和麻烦的事。这是因为此时建国已七十余年，他的儿子们已经纳入了汉家文化轨道，懂得了当皇帝是怎么回事，更懂得了其中的天差地别。如果说多尔衮确有畏难政务（他是武将）的心思，这些皇子可不一样，他们变成了热衷政务、追求权力、乐此不疲的人，看美杜莎之眼看得真真切切，变成了敲起来叮当响的石头人。

康熙皇帝共有二十四个儿子。他十二岁成婚，活到六十九岁，这些儿子是陆陆续续出生的，大的五十多岁，到他死时，最小的才四岁。大阿哥、二阿哥、三阿哥、四阿哥、八阿哥、九阿哥、十阿哥、十三阿哥、十四阿哥共是九位"爷"，参与了这场史无前例的"闹家务"。其中二阿哥是原立太子，幽死。大阿哥幽死。八阿哥、九阿哥另行改名"阿其那""塞思黑"（满语"猪"或者"讨厌"的意思），十阿哥也是终生幽禁——实际上，连最小的阿哥，四岁的二十四阿哥也参与了这场血腥的斗争，没有一个人是置身事外的，但"主力"是九个权势极大的年长阿哥，因此史称"九王夺嫡"。

我不能用这篇文章的篇幅详细表述这场惨烈的宫廷巨变。我的实际感受，在读到这些资料时真是有点毛骨悚然。看到了人间"最虚伪"与"最残忍"

的天然糅合物：一切都是在自然中生发，斗争的"档次"在不断提升，激烈到置性命于不顾，压迫呼吸于顷刻之间，张牙舞爪在公明之堂，朝会宴喜之时突然发难，猝然间图穷匕首见，五步之内血流当庭……而这一切，都发生在父慈子孝、兄弟揖让的温情纱幕之中！投毒、劫杀、狱囚、造谣、诬陷、中伤、饰过、贪功……所有人能想出的辣手都想出来了，用上了。至于后果，大家都晓得了。我细想了一下政变胜利的原因，竟是这样两条：一是赖于康熙皇帝政治嗅觉的灵敏，二是其余皇子专搞"斗争"，"太投入"了引起他的反感，而雍正除了搞工作、搞斗争，在康熙面前竭尽全力表现他的"诚孝"。我在一所老年大学讲这件事："假如你有几个儿子，都在算计你有多少遗产，将来怎样分配，如何才能分得多一点。其中一个儿子只做家务活，每天劝你：老爷子呀，你可要好好保重身体，你能长寿就是我们的福气呀……你说，你把财产给谁？"老头老太太们在会场哗然而笑。

这就是"水涨船高"的代价。这团家族的悲惨变局的浓云，一直笼罩在阴沉灰暗的紫禁城上空，一直绵续到清室灭亡。平心而论，康熙的儿子们个人素质、能力，个顶个的都很棒。他的三儿子还主持修撰了《古今图书集成》；十四阿哥能带兵，在青海打过大胜仗；余下的阿哥们也各有自家本事——这都是"锻炼"阅历、读书学习的结果，却用在了这上头。我看雍正是憋了一世的气，也憋了一肚子话，写了一部《大义觉迷录》——皇帝写书，他是千古一人。乾隆一看不好，"家丑外扬"了，一上台就赶紧收，急忙烧，把书里的当事人速速杀掉。

我以为这场兄弟残杀惨变之争分两个阶段。起初是"个别行为"，大阿哥见太子失宠，搞了一下就败到底。三阿哥又跟上，也是一击不中赶快退开。八、九、十阿哥接着一拥而上，变成一场群斗群殴。这是有点像市场上的"催眠效应"：一车菜挺新鲜的，摆在当街没人买。有一个人去买，会带得买菜的人挤破了车。

一切都是为了权力。就专制政治而言，战争是为了权力，内阁搏杀也是为了权力。因为权力象征和代表了一切。——看到了这一点，雍正皇帝下旨，废止了立太子的祖制，成了秘密建储的局面：

儿子们，我不告诉你将来谁是皇帝，不立太子了。谁是将来的皇帝，我死之后，你们到乾清宫"正大光明"匾后——那里可以找到一张很精美的纸，它会告诉你你想知道的事。

原载《二月河语》，昆仑出版社 2004 年 1 月出版

说偏心眼

我们中国人有个很不好的毛病。好听一点说"为亲者讳，为尊者讳"。亲近的人、熟人、同事、朋友、爱人……有家庭地位与有社会地位，也就是说有族权与社会权力的"当权"，眼见他们出毛病、有过错，事关他的声名，铁定的绝口不言。换言之，非亲非故非掌权者呢？那就说没有这一层礼，就可以飞短流长、嚼舌评批。这时理论，也是"礼论"。明摆着看，是不公道，偏心眼。从暗地里说，这其实是坑了当事人，往往当事者糊涂一辈子，糊涂死了还不知道何故所因。

对于一个家庭，对于一人一事，这理论虽荒谬，尚无流毒害人。但对一个政权、一级政府，实践上的害处都是老百姓或者公民承受了。打开我们的史书看看，没有一例当朝人修当朝史的——都是等到它彻底完蛋了，换了"朝代"才去说昔日"前朝"的是非。他已经不是"当今"，你说他是猪、是狗、是王八蛋都没事，反正前朝是糊涂死的，糊涂在什么地方，前朝不晓得，我把它写出来，则是曲笔绕弯给"当今"瞧瞧，小心着别学那王八蛋……周而复始，一代一代犯糊涂，一代一代依样画葫芦。这么着，混了两千多年。这在世界列国绝无仅有。

这么着做绝对安全，原因也很简单，人都喜欢听顺耳话，嗅马屁香。君权或钧权在握，你说他的"是"，夸他的成绩，他就认为你居心中正，"可表天日"；你批他的"龙鳞"，痛得浑身乱颤，他就对你不客气。"殷有三仁"是孔子的话，说的是箕子、微子和比干，箕子佯狂，微子是聪明人，比干生在孔子之前，还不懂"讳"

的妙处，结果呢？剜心。几年前我曾到过比干墓。封土之处，所有的"比林"之木，都是一把把扫帚纵然昂然向天——没有树心，像是要扫天下的灰尘，又像是默然警示着后人什么。司马迁是汉武帝时人，汉朝人，他实录描摹了西汉前朝的史事。这人胆大，还有不少"太史公曰"加了进去，不单写事，还加评论，是是非非指指点点，本来一片赤诚，"上头"以为他"操心不善，应该割蛋"，真个让人家给下了宫刑。他自己悲愤得了不得，我以为汉武帝还是对他留了点情的。他的事放在"康、雍、乾"这盛世里试试——你还要出书？你就是私史，躲在家里每日记"历史"，查出来也肯定是"凌迟"剐了去。司马迁说"人固有一死，或重于泰山，或轻于鸿毛"，这话肯定是"不确"的。更多的人不是泰山，也不是鸿毛，而是沙、尘土、石头蛋子，倒是这些物件活得长久些，而且不断演创历史。"偏心眼"，用在史观上，就会说不讲理的话。比如说李世民，那是一代英主，能兼听，能从谏，开创了中华史上最值得自豪的唐代盛世。他当初即位搞玄武门之变，真正的杀兄逼父，很少有人提起。宋太祖赵匡胤"烛影斧声，匣剑帷灯"的故事耐人寻味得很，也少有人谈。但一样是皇帝，论到雍正，什么弑父逼母、杀兄屠弟、饮酒好色……十大罪状都出来……你细究去，条条罪状又似乎都有点"证据不足"。就这么浑浑噩噩三百多年……反正混账的时间长了，混账的东西也会变成"真的"。原因在什么地方？唐代离我们远，名声大且久远，"唐宗宋祖"听一听这词都带劲，而且是汉人的。雍正离我们近，他活着时就有恶名，"传位十四子"虽是假的，但无风不起浪，你肯定有点问题吧？不然你急什么？身正不怕影子斜——干吗要写《大义觉迷录》忙忙地辩白？种种可疑：有作案动机，有作案时间，有作案的种种蛛丝马迹，你又是个皇帝，是胜利者，皇帝有什么好说的？你不是犯罪嫌疑人是什么？且藏在心中深处，有没有"满人"暗示，我看也难说。辛亥革命留给我们的这份心理暗示是否还在呢？

打开我们当代的小说，凡"地富反坏"，必定个个坏透。"墙头上挂洋葱——

根焦叶烂心不死"，"拉屎攥拳头——暗使劲"，"梦想恢复""丢失的天堂"。大队长脑筋不清楚，老支书或女支书必定明察秋毫……一位单位领导搞腐败，上头必定"有人"，市长不好书记好，市长的后台必是"副省长"，书记上头则是正的"省委书记"……

这些事不能说没有。但我们一窝蜂地都在弄，按照国有的教科书和国有的程式弄，白菊花、黄菊花、绿菊花……反正都是菊花。但作为"根据"，教科书和这程式未见得不是偏心眼的产物。"偏心眼"这心术心胸，用到哪里坏到哪里，用到什么时代，那时代总是好不起来，但破起来是万万分的艰难。比如"成分"这事，从秦始皇而始，我们经过了两千二百多年的历史，在社会生活中才打破了"它"，真正做到了"有成分，不唯成分"，变得聪明和公正了些，这里头有些道理真的是很深奥又很简单。邓小平这份聪明，什么时候才能真正为全民族人吸收起来呢？

原载《二月河语》，昆仑出版社 2004 年 1 月出版

马屁永恒

中央政府为了"听真话",自古以来不知想了多少办法。从秦始皇起,就设了御史。这很有点像我们今天的纪律检查委员会和检察院,一头盯着公安局,一头限制法院,你胡来我就抗诉。谁也不是"最高"。

封建皇帝才是"最高"。作为国家政府,社稷、庙堂最需要的是耳目灵动,听到名副其实的情弊。然而一个无法克服的麻烦在于:作为个人,要听的是好话、阿谀逢迎的溜沟子舔屁股的话。而个人,既是政府的核心,却又完全属于个人!对国家做贡献,碧血黄沙汗马万里,远远不如一个响亮的马屁来得实惠!楚王手下有两个人,一个研制出"不龟手药",楚国军队到北方打仗,天寒地冻,手脸都裂了,常常为此吃败仗,"不龟手"就解决了这个问题。楚王很高兴,赏了他五乘车。另一个人呢?楚王得了痔疮,很难受,他来舔楚王的肛门,大约很受用,一下子赏了他一百乘车。再有一个慈禧,她老人家爱看戏,戏上赵子龙在长坂坡保阿斗,甘夫人叮嘱了几句,戏子也就是演员了,大袍一扬银枪高扫,一声"领懿旨"!满堂喝彩。慈禧脸上大放光,她认为这一嗓子喊出了同治王朝的实质。于是乘兴挥毫,连写几个"福"字赏了"赵子龙"。那些苦巴巴在前线九死一生,那年头叫"出兵放马",打太平军、打捻军、打八国联军的将军;那些忧国忧民、一心想"挽狂澜于既倒"的刚勇忠贞之士,想要指望她赏个"福"字,比登天还难。"最要"是听真话,"最高"要听的是假话,这是中国历代中最臭的东西。皇上管着一切,当然包括御史他们在内，都察院不过是皇上手下一个跑耳目管人的差役衙门罢了，所以，凡历史上好一点的皇帝，是"兼听"，说是兼听则明，就是说顺耳的不顺耳的都听一听。魏徵写《十渐不克终疏》惹得李世民大怒，回到后宫，现在说法是下了班，还恼得咬牙切齿说，非杀了这老家伙不可。长孙皇后问明原因，陈说利害，"太宗爷"这才憬悟过来。他的过人处是讲理、理智。当然，老婆也很重要，这时候撩上几句，魏徵就死定了。好话坏话都听，这是好的。差劲的是只专听好话，听到丁点坏话立刻联想到"反对我"上头，这类皇帝倒居多。所以古人叹息，小人整君子，只是举手之劳；君子搏小人，犹如赤膊斗龙象，这上头吃亏的屈死鬼如恒河沙数。

千穿万穿，马屁不穿，这是古今中外的公理。什么叫公理，我记得我的一位老师说得有趣："公理，就是不需要证明，狗都懂的道理。比如，直线距离最近这公理，你扔一个肉包子，那狗肯定直线扑过去，绝不会绕个弯奔去。""马屁不穿"这公理，恐怕受用到地老天荒地球人类消失，聪明人也逃不脱这利器，不过善于躲避一点罢了。当初海瑞上《治安疏》，他懂得里头说的话不中听，已是做了死的打算。嘉靖皇帝看了这奏折，把奏折甩在地上，思量着又捡起来看，如是几番，扔了捡，看几行又扔。史载这细节，很有个性特色，文学性也极强，史籍资料能如此传神刻记，洵为难得。由此可见，嘉靖并非不知好坏，他只是更想成仙，永远听马屁就是了。

《邹忌讽齐王纳谏》是中学选文吧？现在不知"下放"了没有。里头有精辟论述，下头对上有三条：一是爱，这类人是已经拍马成功的"过来人"，担心一个不慎掉下去，因而要继续拍马"巩固"阵地；二是怕，因为当政的可以让你富贵荣华极是享用膏腴，也可以让你潦倒困顿、穷蹙终生。他有这样的权柄，当然要舔他；三是"有求于"当政的，这是指下层普通人了，因为当政者掌握着一切的分配权，三个核桃两个枣，可以给你，也可以给他，你和他又需要这核桃枣，于是马屁竞争赛开场。所以，只要是独裁政治，真话的空间便十分狭小，马屁市场便无限广阔。在为国家整体还是为个人利益的选择上，主人们大抵谁也不肯放弃后者。

谁都不是"最高"。便是席筵上通行的比试比较科学些：老虎吃鸡，鸡吃虫，虫吃"杠子"，杠子呢？打老虎。这也是人类政治循环制约的一个链，抽掉任何一个环节都要出大问题：比如没有杠子，靠老虎"自律"敢情它就不吃鸡了？它恐怕敢是"通吃"！这样的情形，马屁便永远不穿，真话便极度微弱。造就出的是李林甫、卢杞、赵高、魏忠贤，消灭的是比干和屈原们。

原载《二月河语》，昆仑出版社 2004 年 1 月出版

「跳梁」文人

在故宫午门外，有两处矮小的房子竖立在广袤的阅兵场东西两侧。我知道，那在清代是驻着专管"驻跸关防"的"虾"（侍卫）们的。但在明代，它却有个别致的名字，叫"廷杖房"。大臣犯过，或开罪了"秉笔太监"，或惹恼了皇帝，就在这里行刑。廷杖，也叫打板子，既不交到有司衙门处置，也不征询内阁大臣意见，完全凭皇帝性子喜怒，"打三十""打四十"随口吩咐。我们在史籍中读到那些诏书，真个是金声玉振毓华春秋，其实皇帝下诏时，那口气土得掉渣："拖出去，打八十——钦此！"或更狠一点："拉出去，着狗吃了——钦此！"……这类文笔口吻触目皆是，令人有时发指，有时又令人忍俊不禁。

挨打的当然大多是声名显赫的高官，那情景闭目可见是十分残酷悲壮的。一头是太监把人按在地上拼命噼噼啪啪地猛打乱抽，一头是受刑人的门生故吏远远观刑，摆好了酒食点心，等着老师受刑下来安慰压惊。这般场面实在是十分义烈的。

然而，这些大臣挨打，常常都是为了一点鸡毛蒜皮的小事。打人的、挨打的，大抵心里都明白，这不过是"常规处分"，倘不是倒霉蛋，决计于性命无虞。打人的图个出气痛快，挨打的是愈打名声愈大，图个"声震天下"——从另一头微妙心思，居然有点"一家愿打，一家愿挨"的周瑜打黄盖味道。

这当然史书无载，是我读史时偷窥来的心得。也许是我对这些读书人的花样向来不怀好意揣猜，有那么一点"阴暗心理"的缘故。我的鉴别根据是看大事,看人物在大事面前较真时的德行。比如像御史参奏某厨子"制膳甚咸"、皇帝死了的亲爹该否堂堂正正入祠之类,争得唾液四溅,攘臂挽袖的——恰从中看出一个"小"字来。

那么逢到大事如何?永乐发动靖难之役,叔叔从北京起兵,水陆大军直逼南京,要夺侄儿江山。眼见朝廷岌岌可危,兵势土崩瓦解,百官们纷纷自打主意,各想门路化解凶险。逃走的、归隐的、暗通关节预留地步的、打点精神迎新主的……种种不一而足。自然,平日以节烈自标的,这里头又有个面子问题。当时有个叫解缙的庶吉士,听到文皇渡江,金陵眼见不保,与方孝孺、周是修、王艮、吴溥、胡广、胡靖六人——姑且称之为"七君子"吧,聚在一处,相约为建文皇帝殉节,以标千古风节。退下来后,解缙便悄悄支使家人:"你去瞧瞧胡广是什么动静。"家人回来禀说:"没什么动静,见胡大人问家人'猪喂了没有?'。"解缙听了这话,准是心里猛地轻松,说:"一猪尚不肯舍,况肯舍性命乎?"于是心安理得地活了下来。这七个人只有方孝孺壮烈而死,周是修被杀,王艮闭门涕泣、服毒自杀,其余四人都结结实实"咸与新命"。

这件事使我一下子想起明末的洪承畴,崇祯信为股肱,依为干城,名噪天下的贤能臣子,与清兵松山会战,兵败被俘。捉来之后不吃、不喝、不言、不动,像煞了要宁死不屈的模样。多尔衮也拿他没办法,便叫他的旧友范文程去"看望"。范文程去闲话一阵,回来说:"洪承畴肯定不是死节之臣,他是可以说降的。"问他:"怎见得呢?"范文程说:"我和他闲聊时,房梁上掉下一点灰絮落在衣服上,他赶忙掸掉了。一件衣服他都舍不得,他肯舍掉性命吗?"果然,弄个女人去劝,洪承畴也就欣然降了"命世之主"。

明代士人崇尚程朱之学,讲究性命之理,存天理,去人欲,最是在格物致知上头下功夫的。王阳明所谓"破山中贼易,破心中贼难"算是一份独到的心得——这位儒将曾面对一丛绿竹,想破了脑子"格致"其理,以致弄得病了一场。这也是当时文人的一种时尚心态：在理学中钻牛角尖，仿佛是做得十分认真。一旦"事"来了，大家都真相毕露。待到清兵入关，大军直逼金陵，这群宝贝又在一块儿"聚议"，一说要从福王逃走，一说"社稷为重君为轻"，要留守社稷——换句话说，就是要替新来的主子看家，而居然就是后一种意见占了上风。当日清兵入城，天降大雨，文武百官整肃相迎，五尺多高的"手本履历"几摞子码着，等待接收，冠服袍褂淋得褪了色，红水殷殷满街横流。这也是颇为滑稽的一幕：上头受降的是志满意得的洪承畴，下头投降的是他许多门生故吏。都是汉人书生，主子却换了满洲人。

值得一提的还有个叫阮大铖的人，这时的表现尤为奇特。看过《桃花扇》的人大抵都知道他会编曲本，而且会表演，爱附庸清流，是个亡国名流。他的履历很明白，先附魏忠贤，又结马士英，再投满洲人，带着清兵攻打仙霞岭，僵仆石上死——单这么几句，无论如何不"生动"，他的"事迹"其实是好看煞的。他去见魏，"每投刺，辄厚赂阍人毁焉"，连个名片都不留存。魏忠贤倒台，穷搜党羽，明知他是魏党，偏就找不出证据。他整肃魏，连带着扫了东林党，伙同马士英整倒周延儒，接着又和马士英反目。借"妖僧大悲案"造假名册，无论好人歹人、君子小人统统一网打尽。钱谦益一代学儒大匠，甚至让小妾柳如是牺牲色相巴结他，还是不肯放过。这人简直荤的素的、臭的香的、五颜六色、垃圾古董、玉佛金人、鸡毛蒜皮一囊而尽，乱划拉齐毁坏，说不清他是什么道道、什么个东西。亲近朋友都瞧他有病了，他说："古人不云乎？日暮途穷，吾故倒行而逆施之。"——明白说话，是世纪末心态！于明末、晚明政权，可以说阮大铖一点好事正经事也没做，偏是降清之后，他的劲头突然大增。他这时已年届花甲，清兵"内院"怕他鞍马劳顿，阮大铖慷慨陈言："我何病！我年虽六十，能骑生马，挽强弓，铁铮铮汉子也！"打到仙霞岭，大家都骑马慢行，只有阮大铖牵马徒步行进，说："我精力百倍于后生！"率先直赴极峰五通岭。好半日大家才喘吁吁爬上来，远远见他坐在石头上："呼之不应，以鞭掣其辫，亦不动。视之，死矣。"单看他的简历，恐怕永远想象不出这个老不要脸的奸徒如此归宿吧？我是用心读了《儒林外史》的。心里犯嘀咕，品不出滋味，觉得像进了洪洞县，内头何以就没个好人？再翻明史才晓得，那都是红尘滚滚中的小巫，正直清白如海瑞的、"三杨"的可寥如晨星。如《五人墓碑记》那般激切壮烈的也极少见。后来才知道它写得老实，说了一群侏儒和变侏儒的故事。当然解缙、阮大铖们这样的"跳梁"也是少数。但燕雀鸟雀窠学坛，满朝皆簪尽侏儒，也是明亡缘由之一吧。

原载《二月河语》，昆仑出版社 2004 年 1 月出版

穿利索点，赛跑的

现在的年轻人能知道"一退六二五"这话语的，可说是极少。也有些地方的人还用它，比如说，"这事本来是他弄出来的。现在碰了钉子，我去找他，你猜怎么着——一推（退）六二五"，成了不负责任的意思。

这实际上已不是它的原意，它原来是一句珠算除法的口诀。买一块钱一斤的肉，如果你只要一两，是多少钱？老板就会操起算盘，一阵拨拉，极干脆地告诉你："一退六二五，该是六分二厘五，四舍五入，你给六分钱得了！"简而言之，一斤是十六两。

"一斤为什么是十六两？"时而有人问我。他们以为我很博学，但实际上我长期也懵懂着。后来不知见了一个什么资料，才晓得其中原委。原来秦以前，一斤是十三两，是根据星相来确定秤上的"星"来着，买卖计量，事关人的生死大计。天上的北斗主死，南斗主生，北斗七星，南斗六星，所以一斤就是十三两！这个除法难不难？一斤肉一块钱，问一两该给几多？卖肉的准要翻起眼来想半天！大约太"那个"了，后来的人又给一斤添了三两，然而，也还是有个"天人合一"的道理在里头，加的是福、禄、寿三星。卖东西的，你少给一两折你的福，少给二两折你的禄，少给三两？折你的寿！

因此，一斤等于十六两，我们用了两千多年。

再比如一个方向问题。东西南北，十分简明的事。一旦到了我们这些学问家手里，立刻变得神秘起来。东方的图腾是青龙，而西方的则是白虎，南方是朱雀，北方则是玄武（清朝称元武，是为了避康熙皇帝的讳，因为他叫玄烨）。东方代表春，吹过来的风也有名堂，叫和风；西方代表秋，秋风不叫秋风，叫金风；南方代表夏，南风则叫熏风；北方呢？是冬，风则是朔风。东代表木，西是金，南是火，北是水；东是青，南是红，北是皂（黑），西是白。东方的青龙寓意和平、吉祥，西方的白虎则寓意刀兵战争、肃杀，南方的朱雀寓意兴旺与发展，北头的玄武寓意销蚀、死亡……香港人不妨翻开你们的日历看看，扑面而来的就是这些"风"。今日不许动土，明日不可婚嫁、不宜出行、不宜搬家什么的，都是从这里"根据"出来，哄得人一愣一愣，吓得人一怔一怔。走一步摸摸身上，看掉了什么没有。

这当然不是儒家的东西。但儒家就不麻烦吗？它从"恻隐之心"起始，进而衍化出一大套，出来的是仁、恕、孝、悌、忠、信、礼、义、廉、耻。"忠孝节义""仁义礼智信"……诸如此类的学问，全都是处理"人际关系"的。但凡涉及自然科学的，几乎是一概摒弃。这些道理也还明白，去芜存菁起来，还是有用的。但说到"天人"之理、"格致"功夫，立刻地，就变得玄而又玄，叫人找不到北。某年某月某日某时，天上出了彗星，某时某刻某地地震，甚而至于，某地一个喜欢时髦的女孩子穿了件异样的衣服，什么地方出现奇怪的天候气象，母鸡打鸣……统都不做学术的研究，而且往"人事"上硬扯。出了坏事，皇帝做个自我检讨，下个"罪己诏"，"大赦天下"；出了好事，则庆祝一番，倒也热热闹闹的，其实跟他屁不相干。

这些物件里头，自然有些是财富和宝藏，但是，也确有大量垃圾——令人迷惑的麻烦，背起来十分沉重的包袱。鲁迅先生的"拿来主义"是不错的。但若我们肩上背着一堆东西，怀里抱着一堆玩意儿，身后还拉着一大车陈货，舍不得一点丢了去。即便这世界上遍地是黄金，腾得出手"拿来"吗？

然而"扔掉"谈何容易。我们的文化积习是"愈多愈好"，既有了的怎肯随便扔？"十六两"改为十两时，曾有一位德高望重的老先生对我说："这又何必！我们都用惯了。外国的'一打'不是十二吗？一磅一普特又是多少？

人家能用，我们为什么不可以？这要弄出事来的。"我问他会出什么事，他答："就如中药方子，祖祖辈辈都用十六两秤。一下子变了，麻黄积石这类虎狼药原来用三钱，现在一不小心就用了五钱，出人命不出？"他说的也很有道理。一下子不习惯不小心，确实可能出点问题，怕出问题便不改，我们只好仍用"十六两"，仍旧"一退六二五"。但改了十两制这许多年，似乎没有什么大问题，我们除了"便利"，没有什么其他感觉。当然，我的意思绝非学秦始皇，将所有典籍一火焚之；清代的康、雍、乾兴文字狱，好书歹书也烧了一大批；"文化大革命"也烧得一塌糊涂。八国联军这些"文明人"进北京，把《永乐大典》扔出来填车辙，野蛮得匪夷所思。我的意思是应该学学赵武灵王胡服骑射，把长袍大褂碍手碍脚的物件去掉，利利索索地参加世界长跑竞赛。我们的古董陈货留给少数专家和有兴趣的人去细致研究。少数人不幸已经知道、陷入了这些"知识"，愿意去研究它，那是他们的事。作为整个国民，似乎大可不必去理会。我们的传统国粹，美的好的、有益于心灵健康的，要留下。没用处的，真的要舍得放下、扔掉。道理简单到不能再简单：和人家赛跑落在后头，还拖着一大堆杂货，怎么行？

原载《二月河语》，昆仑出版社 2004 年 1 月出版

随口一句的结局

　　孔子的话一句顶多少句？恐怕谁都说不清，因为从明到清近五百年，所有的士子都在学习他的思想和理论，所有的平民都在用他的话衡量人的、事的、物的、理的标准，全国所有的私塾——也就是私立学校，还有公立的书院，都在翻腾他的话写文章。太平年间是没有人敢悖逆他半分的，因为"离经叛道"的罪名无人当得。

　　但就他本人而言，他的地位实在是一代又一代的子弟们抬起来的。透视过去春秋战国时人看孔子，有点像今天的人看老子、庄子、墨子吧。"二十四子"——他是"子"字辈里头的一个。后来情形剧变：秦始皇焚书坑儒，是连他的书在内的，汉代反秦不已，但翻一个个儿，董仲舒只认一个孔子，别的"子"们一概都成了"下级"，孔学也就成了唯一的显学。为什么会这样？我和朋友们喝茶闲唠嗑，说"因为孔子穿的衣服好"。

　　说到孔子在世时的际遇有点败兴，其实很平常的。他老人家讲学也并不像后来学子们尊礼得那样如圣旨谕言，比如他说"惟女子与小人为难养也"，肯定是随口一句话，被学生录下来，便成了"万世师表"的经典。

　　为什么说它是随口的？我的感觉，这句话与孔子的学说体系没有必然联系。仁义礼智信，女人怎么了？孝悌忠信礼义廉耻，女人不能吗？如果女人不在夫子眼中，他又何必老远地去"子见南子"？很可能的是：昨夜夫子遭了师母白眼欺凌，睡了一夜仍旧气愤不平，无处发泄，在课堂上牢骚了出来。"近之不逊，远之则怨"，反映的正是闺房后院的情态，也是孔老师的实在感受。

他是述而不作的，学生便老实记载登录。

进了"四书"成了圣训。这么轻轻一句，两千多年间把所有妇女变成了"黑咕隆咚的苦井"中"最底层"的人。倘真的追究责任，竟是应该问问孔师母："是怎么回事？"

中国女人的地位就由此而确定。先是董仲舒，确定他的话都是对的，别人的话都可商榷，这叫"定于一尊"。从前汉到后汉、两晋南北朝隋唐北宋，这个阶段的女人地位虽然低，也还算是人。经宋理学家们一加阐释，把这归入"三纲"之中，成了礼教的核心部分。本来就低的社会地位又一落千丈。女人在世界各地大致都是受贱视的。但在有些国度，男人们还给女人一点虚体面。可怜我们中国女人，一丁点透气的空隙都没有，一丁点荧豆光明也不见。

我一直这样看，中国男人们的性心理不健全，已经成了一种文化，比如小脚，现在五十多岁的人都见过，偌大一个人下边两只脚小如米粽，甚至像半只香蕉——他偏偏就欣赏，没有这个，他就阳痿！——这不奇怪吗？明明是愚昧，他偏要说"女子无才便是德"——这是要封杀所有女人的才，这不野蛮混账吗？

仔细想去，我生出一种略带偏激的想法，因为中国男人的性无知，知见都有障碍，除了性虐待狂这个文化心理，潜在隐藏的，竟是对中国女人的妒忌与恐惧，已经压制了、欺凌了，践踏蹂躏得无以复加——好比一棵草，不浇水，不施肥，不让它见阳光——它居然仍旧生存，倘稍不留心就会冒出个武则天、花木兰、李清照来。如正常平等作养，会是怎样的"不得了"？朱元璋也是个性心理有病的，他说："我若不是女人生，天下女人都杀尽。"他是个和尚，是性压抑的结果吧。

但这性压抑、性虐待的起源，推溯问去，要从孔夫子身上找找由来。

原载《二月河语》，昆仑出版社 2004 年 1 月出版

美学二议

我读毕淑敏的自传体小说，常常惊叹于她对自然宏观的观察与思维。

她——一个小小弱不禁风的女孩子在世界高原之巅——这本是十分死寂的生命禁区，看到的是昆仑、喜马拉雅、冈底斯这样的山脉，"像银色的公牛的犄角抵在阿里"。

我敢说，没有到过阿里的人，即使是曹雪芹那般的才气，他也不会有这般贴切俯临的感受。这是雄浑自然奉于作家的独特的体验语言。她还是一名不错的外科医生，在小说中写到第一次为病人开刀：手术刀那么轻轻一划，表皮立刻翻开，白白的创面"像受了惊"，须臾间，渗出殷红的血。这样的场景，恐怕只有医生才看得这样细致，只有作家才能真实地表现展示。

不知她现在在哪家医院"发工资"，但我印象最深的，是她走到哪里就"自然"到哪里。做战士，是巾帼情怀；当医生，是救治病人的菩萨心肠；做妈妈，她又琐碎忙碌得像个保姆。这就像个实在存在于社会的人了，这是美。

《红楼梦》里头有个大观园，大观园里头有个稻香村，人人都说好，贾宝玉却以为不然。他是从美学上看，认为它"假"。假，就是不自然，不自然就不协调。比如，满屋子豪华的西洋摆设，案上陈设了一只粗瓷老海碗。乾隆皇帝也弄过这种事。他在圆明园里头造了个俗世小市，和外头一样，歌楼酒肆一应俱全，充"市民"的全是太监、宫女。他一辈子作的那许多诗，人统统都记不住，跟他不知美丑恐怕有关。中国戏里，一些主题很沉重的剧目，偏有个二花脸、三花脸的丑儿出来插科打诨，我看也是深谙了这个道窍。

美，这个字我曾在《雍正皇帝》里拆解过。源出庐山"美庐"，是昔日委员长和宋氏伉俪消夏地儿。《金陵春梦》中解出是"大王八"——这当然是很损的，话带着些意识形态的意味。大王八是很丑的，偏偏凑起来，它就成了"美"。可见美与丑，是足成反差的一对聚头冤家。

我读安徒生童话，里头给了我们一幅画面：在一处烧焦了的老屋前，旺开着一丛血红的玫瑰——这是死亡、生命，欢乐与曾发生的悲剧的反差和比较。《海的女儿》其实也是把生命的真实的爱与死一搭儿交给读者，让你品嚼这颗沉重的橄榄。

这一点想头，说雅点算是思维：一个是自然，一个是反差。当然是好懂的。但麻雀们不懂。安徒生真是大师。他说，麻雀们在老屋和鲜花中蹿来蹿去，弄不清画家为什么要来绘这图景，它看玫瑰也是"吱——那不过是一些红的和绿的颜色"——色即是空，空即是色。阿弥陀佛！

原载《二月河语》，昆仑出版社 2004 年 1 月出版

据司马迁《史记》载：汉高祖垓下之役，摧毁了项羽的主力部队，逼得这位百战百胜的"西楚霸王"自刎乌江畔，取得了彻底的胜利。这似乎是"狼烟已熄"了，静等着享受胜利的果实了。有天晚上，刘邦出来散步，看见他的将士们三三两两坐在沙堆上"隅语"——说悄悄话。刘邦有些诧异，便问身边的张良："他们在那里干什么呀？"

"大王。"张良躬身回说，"他们在谋反。"

刘邦大吃一惊："我们打了大胜仗，马上就要安坐天下，怎么会有这样的事？"

"他们猜不透您。"张良说，"猜不透您会怎样封赏他们。因为这些将军出身、经历各自不同，有的与您是亲戚，有的与您不熟悉，有的甚至与您有宿怨隔阂。现在要封赏，他们不知道您心里打的什么主意，他们在猜。您封得不公道，就会出大乱子。"

"那怎么办呢？"

"您可以寻一个人先封起来——这个人与您关系不好，甚至有过仇隙。您把他封了，别的将士就会想：××尚且封得这样好，我怕什么？这样做，则反侧自消。"

这是张良的一笔。他是汉高祖的重要谋臣，是秘书的鼻祖。我们都知道张良博浪沙椎刺秦王，也读过"圯桥进履"的故事。他由一个鲁莽灭暴秦的刺客"恐怖分子"衍化为一位杰出的政治家，其中的"努力学习"的轨迹斑然可考。他最后的封位是"留侯"，第二等的爵位。我看刘邦心里，很想给他一个王位。张良想走，他舍不得。"留侯"这名字便是刘邦依恋他的明证。

去年我去了一趟商丘市，中国千古农民首义第一人陈胜的陵墓就在商丘辖的芒砀山。我在他的墓前站了许久。说悲、说壮都是"磅礴"于胸中：尖尖的墓顶是新建的土，像地上长出的笔尖，要在天上写一点什么东西。他确实是个了不起的英雄，但他是窝囊死了，被自己的司机杀死——车夫庄贾杀的他。这实在是犯的低级错误、幼儿园水平，哪怕是有个二、三流的秘书掌握，扈从卤簿皇帝的车驾、侍卫和仪仗，哪来的这种事？

吃这种亏的还有秦帝国。秦始皇创立了人类历史上最稳定的郡县制。一直到这个帝国"呼啦啦似大厦倾"，天下有叛民而无判官，政府至死硬挺。它是怎样灭亡的？有人在胡亥跟前"指鹿为马"，也有人建议在城墙上涂漆防止敌人爬墙攻城。这当然与胡亥"笨"有关，但我却有狐疑。从二世谋兄夺位的一系列举动来看，他起码不是个低能白痴，怎么会昏乱到如此地步？想了想，他是缺一个智囊群来有效地控制宦官与近侍胡作非为。指鹿为马这样的错误，其实是个虚假的故事，这个时候的秦宫帝侧，帝权已经完全旁落到了赵高们的手中。

好的秘书，首先是政治强，其次才是笔杆子硬。会奔走，能巧言，善侍奉，工于在枝节上应酬场面的不是秘书，是奴妾、奴才——端茶送碗的"小厮"就是了。

然而我们现在有这说法：秘书是"太监"。这个说法怎么出来的？我想了想，是明王朝弄出来的。明王朝有个很特殊的政治：任用特务。皇帝不爱办公，喜欢醇酒、妇人。大明是内阁制，宰相权力很重。皇帝要在后宫玩乐，前头朝廷的事他又不放心，怎么办呢？让特务来监视，于是锦衣卫、什么东厂西厂的机构就出来了。特务监视朝政，考量官员臣民，这个特务监视那个特务，谁也不能完全一统，他就可以放心大胆地玩，玩女人、玩宗教、炼丹、求长生。掌管这事务的，是太监，叫"秉笔太监"，代他处理外头里头的各种信息——就是他的"秘书"了。明朝的政治就让这样一拨又一拨的"秘书"弄得一塌糊涂。皇帝他这样想，太监是割了势的人，没有家室子嗣的人，不可能篡位，也不至于在后室乱搞男女关系，这样的人任用起来应该是很放心的。当太监不需要文凭，不用参加什么考试，在用草木灰消毒了的房间，割掉蛋就能当太监。他们的水平可想而知，素质也不用问——我去北京，透过汽车窗，看见有个叫"菜户营"的地方。"菜户"二字并非"菜农人家"，是明清太监、宫女结成"夫妇"的换用词，一群"性变态"送了大明的终。

用太监做秘书，这已经是不可犯的错误；用太监秘书管军政一切，更是雪上加霜。明政府的政治家们，包括如张居正这样的权相，都要靠巴结太监保持地位。打仗用太监秘书去监军，宣布政府意旨靠这种秘书，赈灾如是，视察如是，办案如是……可以说，交给他们的事，所有的公事都变成了他们的私事，办一件坏一件，完全彻底地坏了事，直到甲申年三月十九。

三月十九这一夜，我是写过一篇短文的，这一夜似乎是总结性的一夜。半夜时分，李自成的攻城大炮响了，灰暗斑驳的北京城被震得簌簌颤抖。崇祯皇帝下令撞景阳钟召集文武百官。他要搞一次集体自杀，用自己最后的壮烈昭告天下，激励天下臣民抗击入侵、恢复旧制。但是，没有人响应他的号召，没有人来参加这出人肉筵宴。崇祯皇帝便开始宫廷屠杀，太监杀太监，护卫杀宫人，用这一群"秘书"去杀另一群秘书。他自己则杀嫔妃，杀公主，并且说了那句千古名言："谁叫你生在我家？"这一夜我估计死在我们现在人群熙攘的故宫中的人要过万——是一个院子一夜之间死人的吉尼斯世界纪录吧？然后，崇祯自己从东华门逃出。崇祯的亲信大臣们都住在东华门、朝阳门一带。他挨家挨户地敲门，希图有人收容他，但没有一个人肯给主子开门。这样的情势下他才到煤山自尽，写下的最后一道诏书竟是给李自成的："百官任尔杀，不可害百姓！"

我读史至此，常做无谓之想。人的思维真的是很难跳脱出那个"囿"。

这里说的"侃秘书",自然要说秘书的作用。崇祯其实不是个很糟糕的皇帝,连李自成自己都说"君非甚暗"——倘若他有个像样的秘书提个醒:已经出了东华门、朝阳门,再往东一百多里地,就是吴三桂的防地——那!那会怎样?以崇祯的号召力,加上各地勤王的汉族武装力量,出现的局面也许改变史书的写法!

然而很遗憾,没有,气数尽了。气数一尽,百灵不灵,百哀齐至。要怪,只能从他们用的这群混蛋秘书怪起。秘书秘书,那就要有秘有书。《易经》云:"君不密失其国,臣不密失其身。"这"君",我看就是领导、首长,他虑事不周,就会失去他的权柄与荣耀;这"臣"字,我以为是"秘书",领导选错了秘书,也叫不密。就如我们河北一位高官那样,他自己败落,秘书呢?真的是"失其身"了。问题在哪里?

其实是个思维理念的问题,本来秘书应该是政治家或者是政治理性十分强烈的人,偏偏有些当政人,按照"能侍候笔墨""能掌握情况""能说会道"——这类标准来选择秘书。苏子瞻是怎样评断张良的?"卒然临之而不惊,无故加之而不怒""养其全锋而待其敝,此子房教之也",这是什么样的素质?当然这样的人才不是说有就有、说遇就能遇见的。但是一个领导,看见"能这样能那样"的人,马上就联想到"是个秘书的材料",理念上首先便有了错漏的,多多有人在秘书问题上绊跟头,就在于他压根就是想找个"能帮我应付事的人",秘书确实应该能办事。但秘书太靠近"太阳"了,他自己是卫星、星星,但不是恒星。他做他自己的事,也会有人以为"这是太阳的光芒"——其实那是恒星光芒的反射!可惜的是领导与秘书都缺乏这方面的思路。用在治国经略就出大乱子;用在日常小关目,就坏名声或失漏出事。张良,《史记》载:"(余)至见其图,状貌如妇人好女。"我的感觉,他似乎身体弱些个,但张良不是个弱者,而是政治上极为强悍的猛士。他封留侯,当时就有意见,说他没有野战功劳,不应该封得那么高。

他打仗不如韩信，行政治理也许不如萧何、陈平，但刘邦给他的评价："运筹策帷帐之中，决胜千里外。"

我想秘书的极致大约是这两句考语的吧！好学识，好见识，好脑筋，好笔杆子，宏观的思维，精明的处世力与忠诚事业、事主官的优良品质，这些因素的有机组合与融洽合起来就是好秘书。

这很不容易，主体与客体、太阳与月亮遇合，除了主观的，还有永远也难以说清的"阿赖耶识"在起着作用。

二〇〇六年十一月二十六日

原载 2007 年 1 月 5 日《光明》

倘是陌路上逢人，问他："谁是中国最早的生意人？"差不多的回答会是"范蠡"。我们知道，范蠡是《吴越春秋》中最著名的政治家和经济学家。他从楚国辗转到越国为大夫，和文种辅佐勾践，让越国由败亡之势走向强盛，打败了诸侯霸主吴王夫差。然后他又功成身退，载西施而泛五湖，做生意发了大财成了"陶朱公"。说起"卧薪尝胆""十年生聚，十年教训""君子报仇，十年不晚"这些话头，人们脑子里电光石火一碰，就会想起他的名字。

范的密友叫文种。他们二位都是从南阳走出去的，在吴国经历了那场惊心动魄的政治大波。

那么如果换了文种来问范"孰为商祖"，商祖是谁呢？总不会是你吧？范蠡会说"是王亥"。再问王亥何方人？范会毫不犹豫地回答："商丘人。那国也叫商国。那里人叫商人，那地儿就叫商，王亥是商祖……"这样的历史沿革，就未必人人都知道了。

到底是先有商国还是先有商事呢？这个话问得有点哲味了，"先有鸡蛋还是先有鸡"？要回答这个问题，需要有"禅定"之思，然后用禅机来回答。

人类一切种族的起始，都是从神话开始的吧。商人的始祖是"玄鸟"，所谓"玄鸟生商"的故事发生在四千多年前的一个春天，帝喾的妃子简狄在河里沐浴，吃了一枚燕子卵，由此怀孕，生下了契。契辅佐禹治水有功，被帝舜封为司徒。契生昭明，继而相土，再为昌若，又传曹圉，再继而冥，冥的儿子就叫王亥。《诗经》

里《商颂·玄鸟》讲的就是这个家族的起始："天命玄鸟，降而生商。""玄"的本义就是黑色，燕子就是黑色。很可能的"原始事件"是：简狄洗澡，明媚的河面上燕子掠水嬉戏，碰巧她又即时怀孕，因而有了这样一大篇美丽浪漫的历史故事。如果你有兴味走进现代的商丘，在市区最繁华、最有神采的地方，可以见到两尊巨大的雕塑，一尊是"商"字形的大鼎；另一尊是火焰捧着玄鸟卵，上头顶着地球，再上头是马踏飞燕，凌空而起的英姿，都是通红的火焰蒸腾而上的样子。商丘城本来就阔朗大气，装点这样的图腾，看上去真让人有刺激得兴奋的神韵。

商人行商并不始于王亥。然而到了王亥时，商人的商丘有了一个突破性的发展。当时中原的商品交换，主要是靠马来拉车。但是马这东西在中原不好养，主要来自西域。马老了，马的品种退化了，生意交往就做不得。王亥的主要贡献是驯牛拉车，把牛鼻子穿透来指挥牛，速度虽然比不上马，但力气、任劳似乎比马还好一点。他解决了"运输困难问题"，革命性地提高了商品的运输能力——这恐怕是他被称为商人之祖的主要原因。比如说我们必须用肩来挑担走乡串户，突然用上了大车拉货穿疆越域，那效率变化是不消说的。这么着，诸侯国与国，此部落与彼部落的大规模商业活动就广泛开展了。王亥的牛车队拉着物品周游列国，人们远远看见这个壮观的队伍，就会破门穿巷而出，高兴地喊："商人来了，商人来了！"

这是什么效应？实在说这样的交流，在原始的封建板块式生活中是大文化的交流。买卖双方的交易，绝不单纯是货物和金钱，也是信息的传递，商国先进的生产方法由此得以传播和张扬，别的诸侯国的生产方法也可迅速流入商国，增进了各国的友好关系，加速了各国的经济发展，改善了广泛区域的民众生活水平，也传播了各国人民智慧与勤劳的结晶成果。

牛是一种不易驯服的动物。现在我们看去似乎牛很老实，那是王亥驯服了它四千年后的结果。即使如此，你想如牧童那样坐在牛背上吹笛子？恐怕要好好练练。你想不牵牛鼻子让它拉套，恐怕也是妄想。王亥的"服牛"贡献了得！安阳殷墟出土的甲骨文中就记载了王亥的这个发明，从《竹书纪年》《山海经》《史记》《楚辞》《吕氏春秋》《管子》这些皇皇书史中不绝铭写。

但是，王亥的知名度是不够的，和范蠡差了去。其实范是"圣"，王则是"神祖"，一般人是不明了的。那原因仅仅是我们长期坚持的是"重农轻商"的治国理念，"士农工商"，商人列四民之末。"渔樵耕读"很雅，"琴棋书画"更雅，雅事言不及商。范蠡的知名度高，不是因为他会挣钱能经商，而是他在《吴越春秋》中那一段辉煌的"政治履历"。我见资料，旧时商号过年时门前张联"世人且莫贱商贾，范蠡曾为越大夫"，每读至此，总是一破颜。我一向心里想，商人是柜台上数钱，雅人是被窝里数钱，区分不过尔尔。琴棋书画事了，不信你空着肚子喝西北风？贾宝玉是然，林黛玉是然。

今年六月，正是热得流火的季节，我商丘的朋友再约我去"看看"他们的华商文化广场，我来这里瞻仰了。五六层楼高的王亥铜像矗立在广场核心，几万块写着不同书法品类的"商"字方砖嵌满了广场，中间一条通道，则是中国历朝历代传用的钱的图形。跨进广场可见两枚六米多高的魏国"安阳"铜铸大"布币"，商和钱的气氛充盈了整个广场。2006 年国际华商文化节就在这里召开，数千名怀乡的海外巨商在这里风云际会。王亥，怀抱竹简，安详微步，沉着地看着他所创造的无底灿烂。

钱，绝不意味着铜臭，从本质意义上说，它是"泉"，是滋润万物生灵的"源"，是生命张力的"流"，是文明发华的催化剂。

原载 2007 年 7 月 26 日《人民日报》（海外版）

丙戌孟春闲磕牙

——吃

　　我是个生性饕餮的人，不讲究穿，犯馋。这毛病不仅仅是因为经过了三年困难时期，被饥饿驱使过。早在困难前，也就是"不困难"时，我就曾吃得住过两次院——急性胃下垂休克，用句俗话说，撑得"昏过去了"。昔时阮囊羞涩，心中有个理想：什么时候能有两千块钱"治病"，走在大街上看见烧鸡，不犯嘀咕就买一只回家去，这人生就圆满，不再奢求。赶到后来，实际情况大大超过"理想"，不是"烧鸡"的问题了，而是场合应酬，吃得脑满肠肥，而且得了糖尿病，套一句鹧鸪话"吃不得也哥哥"了。也只得控制一下，但三天不吃肉，口中依旧淡出鸟来，所以从小母亲骂我"是个吃僧"，至今想起，还是一阵温馨，一个莞尔。

　　但我没有吃过满汉全席。我虽知道，这是有清时最高规格的吃。为了写书，曾经弄到了有关它的资料，说是有三十六个系列，汇总天下水陆珍馐。要一连吃几天几夜，吃得人人神疲、个个力尽方休。看看菜单子，招得馋虫翻涌，食指大动。但毕竟无缘，既没有躬逢，更没有躬与——其实我想，就是真的遇上机会了，未必就敢真的上去当个"七把叉"，因为那要时间，也还要精力、身体，这两样我都有点怯阵。

　　然而我确实想过这席面的形式。

　　满洲人入关前是多少人？没有见到很确实的资料记载。但他们的兵力是明摆着的：加上吴三桂在山海关的降清汉军四万五千人，总共也就十三万人左右。那就是说满族血统的兵也就八万多吧。按照游牧部落战争体制的编伍，参军的比例非常高的。然而我认为，满人彼时对军人素质的要求也会非常高。八万人打遍天下无敌手，打得数百万汉族军队先是魂不附体，继而灰飞烟灭。这八万人一定都须是强悍矫健的精棒汉子——即使如此，满洲人全族的人数我估计也不会超过八十万。而这八十万人是全民同仇敌忾地支持战争，团结一心得像一个人，这是铁定的事。

战争胜利了，情况变了。仗打得越来越顺手。满洲人把汉家天下像死尸一样分解，剁成了他自己需要的一大堆肉。吃呀！吃呀！但吃得了吗？消化得了吗？除了犒劳有功将士、赍赏汉奸、剃头圈地、编氓、防止"逃人"（是战俘奴隶吧）这些事，一道他们难以消受的文化"肉山"使他们望而垂涎，也望而生畏。再就是膏腴丰沛至极的物质享受和与文化相关的文明物质——这是他们在长白山狩猎时做梦都想不到的物质享受——向他们扑面而来、挥之不去——满汉全席，那是什么呀？许多人——包括二月河——没吃过。但我晓得，我们现在普遍在婚礼上常用的"八宝席"，也有称"流水席"的，就是满汉全席的简化品。左一道右一道连吃带喝，人人已经吃得筋疲力尽——真正的满汉全席是要连吃几天几夜的。怎么会是这样？因为在关外，满洲人那点"简单享受"，一簇一群围着篝火跳舞唱歌，共吃几头野兽，一下子变了，刘姥姥进了大观园，而且这园子实实在在成了她的。除了她的老倭瓜她要保留，她还要吃"一两银子一个"的鸽子蛋、九蒸九晒鸡汁煨出来的茄子，要把贾母、王夫人的衣裳抖搂出来一件件试，一件件地穿——满汉全席就是这般形成的罢了。我在读明史资料时，见张居正吃菜，他还是个出了名的正直人士：做一百多道菜他还说"没有下箸处"。好，把张居正的拿来，再煮上大骨头肉，各种野味加起，这叫"满汉全席"。看看这席的菜单，很文雅秀俊的。这种席，有几个人能"坚持战斗"？不过，说起来这么繁复，其实再细考去，我又是一怔。

哈!

原载《佛像前的沉吟》，河南文艺出版社 2009 年 2 月出版

崇祯的"那一夜"过得丰富充实，他被李自成逼到煤山腰，可能是痴痴地望着他多年蛰居的宫闱待了许久许久，谁也不知他想了些什么。最后是这样的：他扯破了龙袍，啮指血书诏尔李自成——最后一道诏书竟是写给他的敌人的，说的话令人怆凄不忍卒闻："百官任尔杀，不可害百姓！"

明季的官员不济事，但处身民间的学者、大知识分子、脱掉了官服的致仕人员——退休干部吧，还是有些骨气的。就崇祯皇帝，尽管有很令人沮丧的毛病，但他本人似乎并不是个不负责任的花花太岁。因此，连李自成讨伐他的檄文里都说，"君非甚暗"。他自己说"君非亡国之君，臣皆亡国之臣"。仔细替他"格致"，似乎也并非全然诿过之言。因此，明朝亡是亡了，但崇祯本人的精神似乎还在活着，而"朱三太子"作为一个亡明复辟的精神领袖，压根就不曾出现过，但他的幽灵整整魇镇了入主中原的满人二百余年——过了乾隆中叶，"朱三太子"才算正式"死亡"。

汉奸们带着满人打中原师出有名，叫"为明复仇"。明，已亡于李自成，满人要消灭李自成，为明、为崇祯复仇——起初这口号可能是真意，这证明多尔衮没有久居中原的野心，打这个旗帜确有收揽人心的效用。然而这口号是和李自成的口号"闯王来了不纳粮"一样，是个有问题的提法。好，既然你是为明复仇，消灭了李自成，"仇"已经报了，你就该从哪里来回哪里去：退到关外谨守你的藩位才是正理，怎么称帝封号占据北京，赖着不走了?

这肯定是当时暗流舆论的主导。就普通平民,虽有点这种"崇祯爷情结",但只要安抚一下,给一个安家环境和生活条件,老百姓还是能忍受。咽不下这口气的是知识分子:你,蛮夷之都的化外之人,要做皇帝永远管衣冠冕旒的大中国,呸! ……骂汉奸的,传"朱三太子"小道消息的,结社会友搞"俱乐部"的,写诗写词明嘲暗讽说刺儿头话的,诸如洪承畴门联"一二三四五六七,孝悌忠信礼义廉"这些事,不是知识分子造不出来。满洲人是性情中人,但如果不能变成政治中人,这个江山坐不稳。"胡人无百年之运"这一可怕的谶语像阴云一样笼罩在人数少得几乎不值一谈的满人心头上,飘移不散。

康熙是个绝顶聪明的人,他很快想出了办法:从读书人下手,开博学鸿词科,南巡,崇祭孔子。

中国历史上的科举大致上是前经诗、后八股这两类。最奇特的是武则天开过一个"不求闻达科",闹出"策马应'不求闻达之科'"的趣事。那有点玩笑的意思了。再就是这个"博学鸿词科":胜国遗老们、大儒名流们,你们不是不屑于来参加朝廷的科举考试吗? 是不是嫌考官们地位太低,没有考你们的资格呀? 我也觉得你们有道理的啊! 现在我来,我当主考,请你们来应试吧。

是这样一个搞法。各省总督、巡抚把这件事当"重中之重"来办,由他们亲自遴选、推举,选出来的人叫"征君",安车蒲轮护送到北京"应试",把车轮子包上蒲草,一站一站恭送恭迎,直到北京,由皇上亲试。这是什么样的待遇? 大概相当于今天坐专机吧!

地方上如此,朝廷怎样措置呢? 凡邀举之"征君",只要你没死,就必须来"应试",应试无论取中不取中一律给官,坚决不来参试的,绳捆索绑来北京应试。即使如此严酷的政权性强迫,也还是有几个死硬分子,有的装病,有的坚卧古寺,坚决不参加。就是参加了的人,也很有几个捣蛋的,交白卷、错格、错韵地乱来糊弄，皇帝居然都笑眯眯忍了，这真是历史上最奇特的一次科举制科考试：全部取中，全部授官，坚持不当官的，礼送回籍好生供养。

效果怎样？极好！好得不能再好。有句话说："你再厉害，总不能塞尽天下悠悠之口吧？"对了，康熙就做到了。他把反叛清室的"意识形态"领袖们一网打尽，并且每人口里塞了一把棉花——蘸了糖汁的。

这些人素来清高自持，以骨头硬著称于世。现在不行了——参加了人家的考试，吃了人家的筵，你还说的什么骨气？

这些人过去是造舆论的"风源"，随便写个什么诗词兴比，出个什么逸闻故事的，立刻传遍天下。现在这份心情取消：失了节的女人再也不能夸贞操了。这些人的门生、学子、家族，因为他当了"征君"，大家都是光荣得不得了。出门面子，办事方便，地方官拿他们当宝贝宠着。所有的亲朋好友都说康熙的好话，他自己就一肚皮的"那个"也只好都憋回去，跟着众人"笑"，久而久之，笑得也就自然、心安理得了。

原载《佛像前的沉吟》，河南文艺出版社 2009 年 2 月出版

我看《蒲松龄年谱》，读到最后一页，是康熙五十四年蒲老先生死："……至二十二日酉时，竟依窗危坐而卒。"这本是让人读来酸心之处，忽见下头收笔："是年，曹雪芹生。"我不禁又是一怔：曹雪芹最后的卒年，红学界分成了派，吵了多少年，"生年"更是连吵架都没有勇气的事，盛伟先生却脱口而出，曹雪芹就生于此年——1715年！但略一定神我就明白了，这是暗示性的语言。说不定盛先生有宿命轮回观，以为曹为蒲的转世身吧。不然他怎么会在蒲的年谱结句冷不丁地写上这一笔呢？

我到蒲松龄故居去，尽管当地政府做了很好的保护，但我还是觉得很索寞寒寂。里面的陈列品也少得可怜，只有一本路大荒先生编的《蒲松龄集》稍显眼些。问了问，是"展品不卖"，再问问有没有存书，"没有"。《蒲松龄年谱》我没问，我肯定他们"没有"。我在房里转悠了一遭，突然瞥见了"衡王（《脂砚斋重评石头记》里做"恒王"）府"的照片，心中突然一动。此行带着对蒲的"朝圣"心理，虽说观感有点失望，但我还是有收获的。

青州衡王府里闹过鬼，这鬼名叫林四娘。这件事收进了蒲松龄的夹囊中，我们便在《聊斋志异》中读到了《林四娘》这篇小说。小说有点长，不宜引用，但故事极缠绵悱恻，读之悲情难已。这个鬼故事是否真的，我不敢妄言，但林四娘这个人物我坚信存在过，而且她肯定在衡王府里"出过事"。王渔洋（王士禛，号渔洋山人）的《池北偶谈》中也记载了这件人事，也说是陈宝钥与林的情愫来往，这与蒲说很相近。康熙年间林西仲，也写过《林四娘记》。林西仲的版本不同，内容不同，把她写得有点神，很有法力。蒲之说中林四娘会作诗，且是写得很好。

> 静锁深宫十七年，谁将故国问青天？
>
> 闲看殿宇封乔木，泣望君王化杜鹃。
>
> ……
>
> 高唱梨园歌代哭，请君独听亦潸然。

王渔洋引林诗，略有不同，但大致意蕴是相同的。忽作恶，也作善。鬼还能作诗，这事罕见。

我看这诗的亡国情调，很像是前明胜国遗老的作品：处在清室的高压恐怖中，他们畏惧文字之祸，兴言寄托到了女鬼林四娘之口。虽说是"红颜力弱难为厉"，但这样不能忘情于"故国"，当局者是比对"厉鬼"还要害怕的吧？

蒲松龄的故事，文学价值当然超越王渔洋，但王渔洋的书很容易刊印，他有钱有势；蒲不行，他穷得要命，三餐都有点困难，遑论出书？

我不曾钻研过明史。到底明初封了多少藩王？洛阳的福王、卫辉的潞王、南阳的唐王，还有这位"衡王"，我看大致光景都差不多。朝廷把皇子分封出去，只要不造反、不干预政务，别的事由他胡作非为。南阳的唐王在城里造了一座山，上头建亭瞭望，看见哪家嫁婆便去抢了新娘，享受"初夜权"。洛阳的、青州的王也差不多吧？没有看资料。但蒲氏有形容林是"长袖宫装"，她极可能是个宫中歌伎——因为她还是个处女——是"遭难而死"的。也可透出一些消息来：是李自成们杀进王宫弄死了她？抑或王爷恼了使性子杀了她？似乎是流寇们干出来的，因为这女鬼没有发王爷的牢骚。我看她很可能是怕受侮辱自杀的。因为她也没说农民军的坏话。

王渔洋是刑部尚书，大官。感情心境、思维方式都带着"政治"观念。他就不说"宫装"而说"姿首甚美"。他也不说"遭难"，说是"不幸早死"。他引用林鬼诗，重大修改"故国"一句。把最后一句修成："梨园高唱升平曲，君试听之亦惘然！"蒲松龄几乎是个平民，说话就照实来，王渔洋就是不一样。一样的题材，一样的故事，我们很可以窥见作者不同的城府。也可以知道，蒲松龄做官的"基本元素"是欠缺的。他幸而没当官，他要做到王渔洋先生那样地步，说不定给我们一本《池南偶谈》来看，看《聊斋志异》那就别想了。

高手们的思维是"英雄所见略同"的。曹雪芹也看中了林四娘这女鬼。但他是把林四娘当作女英雄来歌颂的。与王渔洋一样，他说这事是"黄巾，赤眉"时的事，回避了"亡国"的政治敏感点，他这样写道："灯香结子芙蓉绦，不系明珠系宝刀！"一下子刷新了林的"女鬼"形象：

> 恒王得意数谁行，就是将军林四娘。
> 号令秦姬驱赵女，艳李浓桃临战场。
> 胜负自然难预定，誓盟生死报前王！
> ……

她战死在军中了。一位殉国的巾帼英豪，由长歌古风流映彩华，光照闺阁，这固是贾宝玉"女权"思想的宣泄，也见到了曹与蒲的不同之处，他奔放飘逸，大气夺人。

同是文坛高手，同一题材，神通般若各有高招。

原载《佛像前的沉吟》，河南文艺出版社 2009 年 2 月出版

康熙与雍正的治世之道

有人说我本名叫凌解放，这么现代的一个人，怎么会想到写"康熙、雍正、乾隆"这三代帝王呢？也有人说我二月河是帝王作家，这个说法不错，包括国内外的一些媒体报道，也是讲"二月河是帝王作家"。但是我命名自己的那三部作品叫作"落霞三部曲"。王勃在《滕王阁序》中写道："落霞与孤鹜齐飞，秋水共长天一色。"在这里，我就取了"落霞"这两个字。因为在中国历史上，康熙、雍正、乾隆这三个皇帝，就像化学里边门捷列夫的元素周期表一样，这三个皇帝是属于一组的，他们支撑起中国封建社会的回光返照时期。这个"回光返照"是什么意思呢？我们过去点油灯，到最后油快要用完的时候，灯火会向上跳一下，会突然地亮一下，然后从此灯就灭了，这就是"回光返照"。我们再看看当太阳落山的时候，满天的彩霞，那样的绚丽、迷人，但是不能持久，这就是"夕阳无限好，只是近黄昏"。

康熙、雍正、乾隆他们所处的时代到了封建社会末期，政治、经济、文化包括军事，都达到了封建社会极为成熟的时期。这时候，生产力也达到了封建社会的顶峰。即使到了乾隆末期，中国的 GDP 约占世界的比例，听社科专家说大概相当于美国现在的情形。但是后来怎么样呢？大家都知道。我是全国人大代表，我到几个场合发言，就曾经说"一定不要迷信 GDP"。中国在唐代的开元年间，GDP 在世界的占比，比现在的美国还高。但是到了天宝年间，就发生了惊天动地的变化，从有名的"安史之乱"以后，大唐王朝就坍塌下来，再没有起来。在乾隆时期，我们的 GDP 仍然是世界第一，但是几十年之后，发生了两次鸦片战争，包括后来西方国家对中国的各次侵略活动，这些都是文明的碰撞。在东方文明与西方文明的碰撞中，我们古老的东方文明被碰得粉碎。清王朝就像太阳落山时的晚霞一样，无比的丰富多彩，非常的绚丽迷人。这是我们讲的这个王朝的一个特色。

另一个特色，在这个时候，太阳就要落山了，随之而来的是黑夜，黑暗很快就要来临了。我讲的这就是"落霞"的两个特色。一些落后的东西，一些很反动的东西，非常故步自封，这些东西也在"落霞"里面蕴藏着。我认为从 1840 年发生第一次鸦片战争，到 1856 年发生第二次鸦片战争，中国逐渐变成一个半殖民地半封建国家。从那以后，一直落后到现在，康熙、雍正、乾隆这三代英主，对此是要负一定的历史责任的。

但是我在我的书里边，表述这个意思的时候，是怎样呈现这个心情的呢？首先，我不能教训读者。我们现在搞反封建，很多书都把封建皇帝、地主描写成为青面獠牙的鬼怪，这是比较片面的。

我在和出版社谈书稿的出版问题的时候，出版社的一位工作人员说："凌老师，你一定要将康熙这个人的阴险、毒辣、残忍……写足。"我说我真的不认为康熙这个人很阴险、毒辣、残忍。这个人还是很不错的。我们判断历史人物、历史事件的是非，应该用什么样的标准呢？我认为，凡是在中国历史上，对于国家的统一、民族的团结、文化的昌盛、经济的发展、科技的进步做出过贡献的人，不问他什么出身，都要给予歌颂。你是黄道婆也好，司马迁也好，蔡伦也好（他是造纸的太监，包括郑和也是太监），还有东汉的张衡，等等，凡是对中国历史做出过贡献的人，我都要给予歌颂。反之，你是无产阶级，你是贫下中农出身，但是对于发展生产力、改善当时人们的生活，对于国家的统一、民族的团结起到了破坏作用，就要给予斥责，这是我的历史观。

在历史上，康熙八岁登基（这里说的八岁是我们传统上说的虚岁，也是现在说的七岁），在政治上非常的成熟。康熙亲政之后，十六岁庙谟独算，擒拿鳌拜。顺治皇帝死的时候，给康熙留下了四个大臣：索尼、鳌拜、苏克萨哈、遏必隆，他们是托孤大臣。鳌拜这个人，本来在四个大臣中排名第四，他是个将领出身，性格比较跋扈，逐渐战胜了其他三个人，独自掌握大权，开始控制康熙，并且有谋反的嫌疑。康熙组织一批小孩子，在鳌拜上朝的路上，把鳌拜抓住了；接着康熙宣布诏书，陈述鳌拜的罪状。这说明，他不是逞一时之勇，采取了这个措施擒拿鳌拜，而是早就有了计划。康熙早已经把这个文件准备好了，准备成功之后诏告天下。

十九岁，康熙决定撤藩。当时，清朝有三个藩王，分别是云南的吴三桂、福建的耿精忠、广东的尚可喜。这三个王爷，实际上就是汉奸，他们每年要耗费的国库银两，占国库的三分之二。因为他们掌握着大批的军队，结果造成很大的割据势力。据说，康熙在决定撤藩的时候，甚至为自己准备了一包毒药，说如果撤藩不能成功，就死掉。结果打了五年仗，"三藩"就不行了。

到二十三岁的时候，康熙开博学鸿词科；到二十九岁的时候，收复台湾。如今的新疆，为什么叫作新疆，为什么不叫旧疆？因为，新疆是康熙新开拓的疆域。国务院曾经划定了五十九个中国历史上有作为的人，其中，皇帝就纳入了康熙一个人。

我们在谈论中国九百六十多万平方公里的广大版图的时候，就像物理学里面不能回避牛顿一样，我们同样也不能回避康熙。所以，从康熙的三次亲征准噶尔、六次南巡，可以看出，康熙是一个雄才大略的、非常有作为的皇帝。明朝的时候，我们中国的版图面积是三百五十万平方公里，而在清朝鼎盛时期，中国的版图面积达到一千二百万平方公里。在中华民族的融合中，其他各民族并不是分文不带地"嫁给"汉族的，而是带着非常丰厚的"嫁妆"来到汉族的，我们必须认识清楚这件事情。

那么，清朝初入中原的时候，中原是什么样的呢？我曾经写过《李自成进北京》。李自成是三月十九进的北京，这里我说的是阴历。这一天晚上，崇祯皇帝没有睡一个好觉，他采取一个什么办法呢？就是撞景阳钟，把宫里面的钟撞响了。李自成并没有用很多的武力进攻北京，是明宫里的太监（按现在的话讲，就是崇祯的贴身工作人员），把城门打开了，欢迎李自成进了北京。但是李自成进入北京仅仅一个月就退了出去。

　　而这个时候，满族与汉族的力量对比是一个什么形态呢？清军入关第二年，顺治二年，汉族在北京附近的军队有一百多万，南明唐王的军队，在福建这个地方的也是一百多万，再加上全国各地的地主武装，汉族的总兵力在四百万上下。满族是多少呢？满族，全族的人，包括部队将士，加上东北地区的所有居民也不足一百万，他的部队是八万多人，再加上吴三桂在山海关投降的部队，合计不足十三万。一个四百万，一个十三万，这两种力量的对抗，按说怎么也应持续比较长的一段时间，但是仅仅两个月的时间，整个汉族武装就完了。所以我认为，历史上有些事件，不能够用兵力多少评价。四百万人和十三万人，这四百万，就是糠，撑也把老母猪给撑死了，怎么就不行呢？整个民族精神不行了，士气垮了。一个民族如果没有精神，整个民族就会迅速垮下来。

　　第二次世界大战结束之后，波兰被夷为平地。国联（当时还没有联合国）记者团去波兰考察，所有人都认为波兰这个民族完了，但是有一个美国记者说，波兰这个民族不会完。当时正是冬天，冰雪覆盖着大地，没有取暖的木柴，没有粮食，整个波兰都处于瘫痪状态。有人问：你为什么认为这个民族不会完呢？这个美国记者说：在这样的天气下，我看见一对老年夫妻在他们的窗台上养着一盆鲜艳的玫瑰花。只要有一种精神旗帜在那里支撑，这个民族就不会出现问题，尽管他们受到了严酷环境的摧残，但这个民族是有希望的。这就是我们四百万人的武装，打不过十三万人武装的根本原因。

进攻扬州城的时候，守城汉族士兵用顶端带有铁钩的长竹竿把满族士兵钩住锁骨拉到城墙上来，满族士兵在被拉上城墙之后，用刀把竹竿砍断，然后继续战斗。汉族兵就没有这个劲头，所以很快就完了。这种情况是怎么折腾出来的呢？这里边的因素很多。除了是整个前明王朝的腐败，还包括李自成的原因。除了大家都说的李自成进北京以后，贪图享乐，不思进取，军队纪律涣散之外，还有一个很重要的因素，就是它不像一个政权的样子。当时大家都唱的民谣："开了大门迎闯王，闯王来时不纳粮。""纳粮"，也就是征税，是任何一个政府应该做的事情，是支撑一个政府的主要基础。但是李闯王不干这件事情，当然会失败了。这个李闯王折腾了一阵子，明朝自己折腾了一阵子，加上满洲人再折腾一下，整个北京，整个中国，就变成了一种"夕照"的形势，任何组织、任何力量都团结不到一起来。

但是这个民族，毕竟是一个非常庞大的民族，它有着深厚的文化。顺治皇帝掌握政权的时候，自己就感到管理不了。顺治自己管不了这些事情，就选择了康熙来做继位人。

康熙在兄弟里边，排行老三，为什么不选老大、老二，选了他呢？因为在当时，有一种很可怕的病叫作天花。老大、老二都没有出过天花，而康熙已经出过天花了。当时顺治皇帝非常信任一个大臣，叫汤若望，是一个很有学问的人。他对顺治说，如果你选一个没有出过天花的人做继承人，等他当了皇帝，如果过几年他出天花，就死了，不利于政权的稳固。

现在搞减员，搞计划生育。那时候，不用搞计划生育，自然减员就给你减下去了。康熙有三十六个儿子，活下来二十四个；雍正皇帝有十个儿子，活下来三个，都是出天花出的。如果不是不能治的病，对于皇家来说，什么医生没有呢？什么药没有呢？结果还是都死了。因为康熙已经出过天花，就没有这个担心了，所以由他执掌政权，政权就可以稳固。因此，选中了康熙。

满洲人入关以后，一直到了康熙年间，举办科举考试，参加的人不足以达到录取名额。有人就说了，这不是很好吗？大家都可以考上了。但是事实上，这表示人们不愿意来做清朝的官。汉族人一提起满洲人就好像吃了苍蝇一样恶心。因为，满洲人入关的时候提出的一个口号是"为明复仇"。在消灭了李自成以后，你已经为明复仇了，满洲人就应该退到关外，把天下还给明朝才对，你怎么不走了，自己坐天下呢？当时的情绪很大。康熙就为了收拢天下士子的人心，采取了开"博学鸿词科"的办法。

中国科举考试，是从隋代开始的。隋代以前，采取"九品中正"的办法，简单地说，就是采取推荐制，而且只有贵族出身的人才有资格被推荐。到了隋代以后，就开始采取了科举考试。唐代的时候，科举考试还考一些诗词歌赋。考试的时候，让你写一首诗，你就写一首诗；让你写一首词，你就写一首词。到了明朝以后，科举考试是考八股文，考写诗的话，你随便写一篇就好。这个是一种科举考试。另外还有一种考试是武则天想出来的。她开了一个"不求闻达科"。这是一种自相矛盾的东西，参加考试本身就是为了"求闻达"，这种科举考试名字偏偏叫"不求闻达科"，开了这么一个玩笑。

康熙开"博学鸿词科"，就不是玩笑了。各省的总督、巡抚、藩台、学台，四个人有权推荐人员参加这个考试。这样做的效果是什么呢？你家乡的政府官员推荐你去考试，周围的亲戚、朋友都会促动你参加这个"博学鸿词科"，这是一个多大的荣耀啊！如果你不来考试怎么办呢？皇帝就追究这个地方官的责任。这个地方官就更加殷勤，还不能用强迫的手段。有实在不想参加还轻视皇帝的，就强行送到北京。凡是参加考试的人，无论考上考不上，一律授官。把所有顶尖的知识分子都召集在一起参加这样一场考试。这样，他们本人在社会上获得很大的荣誉，也就不好意思再骂清廷了。

康熙对这些参加"博学鸿词科"的人是真正的关心，而不是做样子给人看。比如说，当时山西的傅青主，是被强行送到北京的，也不考试。康熙于是安车蒲轮把他送回山西。过去没有汽车，车轮都是硬的，而且道路也不好，走在路上很颠簸，简直能把人的骨头都颠散了。为了解决这个问题，用蒲草把车轮包起来，减少颠簸。这样的待遇是很高的。傅青主回去以后，山西的地方官员都出来迎接。康熙晚年到山西去，还问傅青主的情况，要求山西的地方官给予关照，并且说让他家可以做官的子弟出来做官。这是真正的、人文的关心体贴。原因在于，康熙本人对汉学非常崇拜。他自己能诗词，会书画，辨八音之律，通七种夷语，算术几何登峰造极，自测黄白二道，精天文，明地理，撰数十篇学术文章，还懂得医学，这是一个高级知识分子在当皇帝啊！不说他的文武功业，只是说他的学问，就已经很了不起了。他还曾经种了二亩试验田，培育出了双季稻，在直隶、山东等省，进行广泛的推广，让很多人解决了温饱问题！如果他不是皇帝，只是一个普通人，单凭他培育出了双季稻这一点，在历史上我们也没有办法把他抹杀。康熙还自己制作测量仪器，视察河工的时候，全部用自己制造的仪器测量，非常精确。在开拓疆域上，在民族团结上，在发展生产力上，在科技上，康熙都做出了突出的贡献。

所以我在写这个"落霞三部曲"的时候，雍正是《雍正皇帝》，乾隆是《乾隆皇帝》，唯独康熙，书名叫作《康熙大帝》。姚雪垠到南阳去，我们曾经有过一番争论，他说"大帝"是伟大的意思，中国没有"伟大"这个词。我给他讲：姚老，我们中国是有"伟大"这个词的，在明清人的笔记里边可以找到。但是意思不像我们今天所理解的意思，而是指块头很大的人。但是，说到"大帝"这个词，从中国的《史记》可以看到，各个朝代的太宗、太祖皇帝都是大帝，而且"太"比"大"还多一点。再说，中国没有"大帝"这个词，那么玉皇大帝是中国人，还是外国人？所以称康熙是大帝就是这样一个意思。在国学方面，在科技方面，康熙都有独到的见解。可惜的是，康熙没有把自己个人的爱好，推广到整个社会。所以我在一次大学讲课的时候说，康熙是中国的"潘多拉"。希腊神话有一个女人，叫作潘多拉。她有一个众神送的魔盒，打开之后，飞出很多不好的东西：战争、饥饿、瘟疫，等等，潘多拉看到这种情况，很害怕，就赶紧把盒子盖上了，却把后面的光明、希望都关住了。

康熙也知道八股文无用，想找一个新的选士的办法，但是最后没有实行；他曾经开了二十多年的海禁，往西方，我们运出去的是丝绸、茶叶、瓷器，运回来的是一船一船的白银，就是这样的贸易顺差。如果康熙一直执行开海禁的政策不停止的话，那么中国的工业革命，大致与西方的工业革命基本同步进行，那么中国今天是一个什么形态，很难预料、很难预测、很难想象。但是，这个政策就是搞了二十多年，康熙突然下令禁海。为什么呢？就是因为当时有些人造谣，说朱三太子就是逃到了今天的马来西亚这些地区，一旦开海禁，什么人都能够进入中国，朱三太子万一打过来就麻烦了，于是就把国门关住了。这是我深为康熙惋惜的一点。

康熙这个人是伟大的。为什么我称他为大帝呢？因为在他同时，俄国还有一个彼得大帝，既然俄国人能称彼得为大帝，那么中国人也可以称康熙为大帝。他们是同时代的人，康熙做皇帝的时候，彼得还没有做皇帝；彼得不做皇帝了，康熙还在做皇帝。两个人还打过仗，彼得还不是康熙的对手。那就是说，从个人素质上讲，从治国经略上讲，康熙都是世界顶尖级的政治家、科学家。那么在这种情况下，我按照刚才谈到的标准，就认为康熙这个人是了不起的政治家，应该称之为"大帝"。怎样来写大帝呢？这就涉及历史的真实性与艺术的真实性。

什么叫作历史真实性，是不是把这个人的日记拿出来，给大家看就行了？类似日记的东西我有，《康熙起居注》，记录他早晨什么时候起来，什么时候进餐，吃的什么东西，接见过什么人，说过什么话，等等。如果我把这个东西，翻译成白话文，那太容易了，但是那不能叫作《康熙大帝》，那叫作《康熙日记》。所以，必须遵循历史的真实性，重大的历史事件，重大的历史事件中的重要的历史人物，和这些人物在历史事件中各自的表现，这些不能虚构。但是，他的头发是黑还是白，他的一颦一笑是怎样的，这些谁做主呢？你自己做主！所以创作必须遵循这样一个原则：大的事情，不能虚构；小的细节，可以虚构。

第二个叫艺术的真实性。艺术的真实性就是把这个人刻画成有血有肉的人，从多方面把人物性格凸显出来。在《红楼梦》里，曹雪芹刻画王熙凤，采用"人未出场声先闻"的手法，把她这个人表现得活灵活现。我在具体掌握人物的时候，采取模糊思维。什么叫模糊思维呢？我打个比方，《红楼梦》讲林黛玉，说她是一个什么形象？说她，长着"两弯半蹙蛾眉，一对多情杏眼"，这到底是什么眼睛、什么眉毛呢？大家有没有看到一个人长着像她这样的眼睛、眉毛的？恐怕没有。我曾经站在街上看来来往往的女人，看了很长时间，也没有看到一个人有这样的眼睛和眉毛的。但是你读了这些文字描述，林黛玉的形象已经在你的心里了。这就叫作模糊思维。

我写《康熙大帝》的时候，开始还要修改，后来都是一遍成功。就像这个事情当时发生的时候，我也在场一样，现在只是作为一种艺术结构，交代给读者。

这种历史的真实性和艺术的真实性双重的结合，就容易使读者产生强烈的艺术认同感。有人就问了，那么读你的书，应该当历史读呢，还是当小说读呢？我认为还是当小说读。可是，有的人就读昏了，他读了《康熙大帝》，觉得康熙这段历史这么好看啊！就赶快去查历史，结果很失望。比如说康熙擒拿鳌拜这一段，我写了几十万字，但是在历史书里面，就三行半。这里边就需要大量的艺术构思和历史事件相结合。但是如果你读二月河的书，引起了你对历史的兴趣，我就认为你是一个成功的读者。

接着说说雍正。康熙有三十六个儿子，活下来的有二十四个。康熙晚年，产生了中国封建社会任何一个王朝都不能回避的问题，就是接班人问题。选谁做下一代皇帝，成了政治斗争的核心问题。按照中国封建社会传统的立太子的原则，大致是三个原则：第一个是立嫡。什么叫作立嫡呢？他妈是皇后，他是皇后的第一个儿子，就立为太子。第二个是立长。哪一个儿子最年长，不管他妈是不是皇后，都立为太子，等他自己当了皇帝，再封自己的妈为太后。第三个是立贤。立贤就不好办了，什么是贤啊？标准不好说。

明代的皇帝，大体都是采取立嫡的办法。只要皇后有儿子，不管是一个傻瓜，还是聪明人，都是太子。明代立太子，还有一个特色，为了防止其他人争太子的位子，就把其他儿子封出去，不让他们进北京和太子争这个位置。比如说，卫辉是潞王，洛阳是福王，南阳是唐王。唐王是朱元璋的第二十三个儿子，开始到南阳的时候，就是唐王自己，那么到明朝灭亡的时候，南阳有多少姓朱的子孙呢？被封到轻车都尉的就有三万余人。因为他不能做别的事情，不让他干政，工资待遇高，又没有事情做，所以他就生孩子。

洛阳的福王，王府里库存的财宝，堆积如山。李自成攻打洛阳城的时候，有人劝他把钱拿出来激励守城将士，但是他一毛不拔，结果城被攻破的时候，被李自成全部接收了。明代这种制度，实际上存在很大弊端。

到了清代的时候，就接受这种教训，不能像明朝一样养出一群"猪"，就采取了水涨船高的办法。所有的儿子，比如康熙的二十四个儿子，除了还小的、不能工作的儿子，都分差事，都独当一面地做工作。以太子为首，带领一群人共同工作。有的人管一个部门，有的临时领一个差事，反正不让你在那里闲着，就害怕你一直闲着就出现了明皇族那样的糊涂王。这种办法，有优点，就是孩子的工作能力都很强，哪一个都不弱，除了小的，哪一个人都很强，身体也强，工作能力也强；缺点在于工作过程中，每个人都栽培了自己的势力，太子无法控制全局。而且这些皇子做工作，都是直接向康熙负责，不是向太子负责，太子的势力就越来越弱。虽然和每个皇子比起来，他都不弱，但是和整体的势力相比，就显得弱了。在写《雍正王朝》的时候，反映的这段历史事件就是真实的。和历史上各个朝代相比，这种争夺地位的斗争，康熙的儿子表现得最为惨烈、最为尖锐、最为复杂。这种斗争一直可以延续到清朝末年。

结果，康熙两次废太子。第一次废太子的时候，在承德发生这样的事情，太子偷偷去看康熙的动静，因为他感觉到自己的位置不稳了，然后偷偷和康熙的妃子见面。在书中，我设计了郑春华这个人来表现这段故事。康熙在废太子的诏书中说"疑有鬼物凭附"，那是因为有些比较暧昧的事情不好直接说出来。

康熙废太子以后，一群人都起来了。原来只有太子一条狗，现在变成一群狗来咬。康熙下了一道圣旨，让大臣推举太子，选出谁，谁就是太子。结果，选举的情况大出康熙意外。按照他的想法，这个太子再不争气，可毕竟当了三十多年的太子，是你的老领导，怎么说，你们也该给太子一个面子。他本来只是想教训太子一下，借着百官推举，找个台阶下。谁知选出的是八爷（康熙的第八个儿子），几乎全部的人都选八王。康熙看到这种情况，把所有的奏折都留下，不表示自己的意思。他在想：这个事情该怎么办呢？原来说大家选谁，谁就是太子，但是他根本没有考虑到这个情况。康熙到第七天接见大臣的时候就变卦了，开始追查投票有没有舞弊的行为，结果查到了上书房的大臣马齐。据说，马齐在自己手心里写一个"八"字，见到谁，就把手伸开给人看。但是，如果八王平常是一个无所作为的人，临时招人拉票也是没有用的，由此可见八王早有预谋。康熙感到情况很可怕，就借马齐这个事情把原来的决定推翻了。理由是八王的母亲是辛者库的贱奴，出身微贱；他本人也没有帝王的气量。但是，大家都不服气，儿子不服气，大臣也不服气，这时候唯一能够得到实惠的是太子。康熙重新立皇二子胤礽（原来的太子）为太子。太子本来就势单力薄，没有多大的实权，他主要是依靠皇四子胤禛和皇十三子胤祥的支持。经过这样一投票，他们对太子也不那么忠心了。而且出现了新的势力，最显眼的是老八。

过了没多久，康熙二次废太子。这表现了康熙内心极度的矛盾，这里边有他个人的因素，因为太子出生的时候，正是处理三藩之乱双方拉锯最猛烈的时候，康熙立太子以稳固人心，而且康熙与皇后的感情很好，可以说是青梅竹马。废了又立，立了又废。他实在感到，太子胤礽这个人，从品德来讲，从能力来讲，从各方面来讲，不足以担当太子的责任，这就产生了最后雍正做皇帝的结局。

和社会上许多人一样，我原来对雍正的印象并不好。第一次看到雍正的材料，是他坐在轿里，街对面高楼上有一个狐妖，雍正从指甲弹出一道白光，狐妖就被斩首了，把他描绘成了一个剑客的形象。我还见到一个资料，说老八、老九晚上在看书，进来两个黑衣人，要杀他们，说是雍正指使的。民间还流传雍正搞"血滴子"，搞特务组织，还抄家，曹雪芹的家就是被他抄的。因为我喜欢《红楼梦》，喜欢曹雪芹，所以对雍正这个人没有好印象。那时我在想，如果雍正不抄曹雪芹的家，曹雪芹的生活条件就会好一些，没准他可以活着把《红楼梦》写完。

但在进一步的研究过程中，我的看法在改变。雍正是好是坏，不应跟着感觉走，而要用事实来判断。下面我们就来看看雍正所进行的几项改革：

一、摊丁入亩制。过去，税分两种：一种是人头税，叫作丁税；一种是地税，也就是农业税。丁税是什么意思呢？你一生下来，受国家保护，国家指派官员维护这个地方的治安，这些你都需要交税，属于丁税里面的东西，是合理的。

但是这种合理的情况在实际操作过程中却发生了问题。康熙曾经下令"永不加赋"，这种制度执行得非常严格，一直到清廷将近灭亡、国库近乎枯竭的时候，也没有加赋。但有"永不加赋"，就有"永不减赋"。比如说，你家里在康熙年间的时候本来有十个人，但是到了雍正年间，只剩下一个人了，那么这一个人，就要承担十个人的税。相反，如果你家里本来只有一个人，后来成了十个人，还是只交一个人的税。雍正觉得，这个丁税既不合理，收起来也麻烦，丁税既然收不上来，就取消吧。于是，雍正就把所有的丁税摊到土地里面，土地多的多交税，土地少的少交税。这个办法实际上对地主不利，对穷人没有损害，对国家则是有利的。

二、官绅一体纳粮。在雍正以前，家里有人做官可以免税，可以不纳粮。到了雍正时，他取消了这个政策。只要你是国家的公民，不管你做过什么官，都应该纳税。这样他得罪了所有当官的人。因为纳税不纳税，不仅仅是经济问题，而且关系到人的面子问题。他的特权被剥夺了，面子上就过不去。

三、火耗归公。我们常常听到这样一种说法："三年清知府，十万雪花银。"做三年不贪污的清知府，就能得到这么多的银子。银子从何而来呢？这就需要从当时的纳税制度和货币制度说起。比如说，现在你有一万块钱，在郑州数数，是一万，拿到北京去数，还是一万，不会减少。但是银子不一样，银子在运输过程中，互相碰撞，会有损耗。一两银子从郑州运到北京，再称一下，就不是一两了。所以地方官员在征收税收的时候，该收一两的税，就不能只收一两，而是要征收一两多一点。比如说，郑州的知府，在征收银子的时候，可能就征收老百姓一两二，只有这样把银子送到户部的时候，数量才够。但是根据物质不灭定律，银子虽然碎了，但是它还在车里、船里，那些地方官把这些碎银子打扫一下，就放进自己的腰包里了。

雍正看到这些情况，说这些钱也是国家的钱，应该收归国有。但是，官员的工资不够花怎么办？雍正从国库里拿出一笔钱，一部分发给他们做"养廉银子"，还有一部分是发给那些"清水衙门"的人。

这种办法，不仅从经济上打击了官员，从政治上也让他们失去了面子，所以说雍正得罪了天下的读书人。我们今天所读到的历史材料，都是当时那些读书人写出来留下的，基本上都是说雍正坏话的。而真正得到实惠的人，又留不下资料。

有人说雍正是荒淫的皇帝。雍正皇帝在位十三年，一共留下一千多万字的批注。这是什么概念？他还要召开会议，接见大臣，处理军务，你说他什么都可以，但是他不可能是一个荒淫的皇帝。因为，泡妞也是需要时间的，雍正没有这个时间。

还有就是雍正即位，说他篡改了诏书。民间传说，本来诏书写的是"传位十四子"，被他改成"传位于四子"，把"十"改成"于"。到底当时的诏书是"传位十四子"，还是"传位于四子"，一直有争议。但是后来研究发现，"传位于四子"，我们按照今天的阅读习惯，毛病不大，不会有多大的问题。但按照清朝正规的文件书写，应该写成"传位皇四子"，加上一个"皇"字，诏书就不能改了；再有，就是这个"于"字，当时民间书写可以，在正规的文件里面是不用这个字的；还有就是当时的文件都是满汉合璧书写的，不可能只用汉字一种文字，你可以改汉文，但是改不了满文，这是很多专家、学者研究出来的东西，所以，雍正篡改诏书只能说是民间传说。

如此一分析，我们就可以看出雍正并不是一个坏皇帝。相反，他是一个勤政皇帝。

雍正每次接见大臣，只有三个。这三个人是全国县级以上的干部，也就是说，县令以上的干部，他都会接见。而且接见的时候，不仅仅是听他们汇报工作，而且要具体说出那个地方的情况，风俗人情，要说得非常详细，我们现在恐怕也做不到。并且雍正把被接见的人划分等级，一共分为六个等级：上上、上中、中上、中中、中下、下下。这个东西是不是任免的依据呢？不是。这只是雍正个人的看法，这个等级划定，不是给大臣看的。而且这个评定可以更改，比如，这次给你划等级，"此人中下等"，等下一次，再见雍正，他感觉上次的等级不对，就会修改，加上批注，"上一次他是因为患了感冒，精神不济所致"，看来，应列为中中等。这个东西，绝对不往吏部发送，只作为心中的印象，而且往往一边接见，一边记录。

他对各地方的情况都很了解，了解到什么程度呢？在康熙年间，如果说一个督抚，要革职一个县令很容易。到雍正年间，就不是这样了。有这样一件事情，一个督抚给雍正上了一道奏折，说某某地方的县令不称职，请求将他革职。前两次，雍正都没有理他，到了第三次，这个督抚在奏折里说："我已经把他摘牌子了，把他拿掉了。"雍正恼了，在朱批上回了一句："某某某与尔有何仇隙，必欲置之死地而后快？"要求立即晋升那县令为知府。读雍正的朱批御语让人感觉非常痛快，虽然他经常把人骂得狗血淋头。有人说，雍正的朱批御语是"天下第一痛快书"，这是有一定道理的。我们看到的雍正，就是这些朱批留给我们的印象。

就是这样一个勤政爱民的皇帝，却背负了二百多年的恶名，说他谋父逼母、诛兄屠弟、阴谋篡位等，一共是十大罪状。实际上这十大罪状，雍正活着的时候就已经看到了。大家可以想象，雍正这个人极为争强好胜，他希望通过这样勤奋的工作，得到天下人的认可，但万万没有想到，他这边在认真工作，那边却把他说得一塌糊涂。就是一些专门写书骂他的人，他也没有杀，而是留下他们，让他们看看，自己到底是什么样的人。他还出版了一本书——《大义觉迷录》，专门说当时宫廷里面的一些事情的真相。大家都说他假，因为都认为封建皇帝不会说真话。事实上，《大义觉迷录》就是因为太真实了，以至于都没有人敢相信它是真的。在这本书里，反映了当时很多属于绝密的东西，这些东西对皇家来说，根本是不应该泄密的，就是在雍正死后五十年之内，都应该保密的，但是在他活着的时候就已经写出来了，而且作为必读书来发行。乾隆皇帝即位以后，觉得这些书，有损皇家的体面，就把它收回来了。雍正在位杀人不多，即便是"清风不识字，何故乱翻书"这样的文字狱，本质上也是为了清除政敌。

雍正这个人从本质上说是一个工作狂，但是从他的个性来说，他比较刻薄，说话尖酸，要求工作人员不停地工作，训斥人的时候不留情面。所以雍正的性格里面有些也很烦人。在追讨国库欠债的时候，有一个很清正的官，就差一两二钱银子没有还，雍正就在邸报上，左一条右一条反复发布。一两二钱银子，是个官基本上都能拿出来，就为了这么一点东西，他一直追查不停；有一个人被罢官，雍正命令百官写诗送行，写骂这个人的诗，让他灰溜溜地离开北京。他还亲自写字"名教罪人"，让他挂在自家门口，说如果这人没有挂，还要追究地方官的责任。杀年羹尧的时候，年羹尧最终乞命说：我才四十多岁，还能再为主子出一把力，我能不能重新回来，发挥余热呢？等等。但是最后还是没有饶他。

中央电视台问我能给《雍正王朝》打多少分的时候，我说打 59.5 分，为什么有整有零呢？按严谨的记分制，是不及格；如果马马虎虎地说，四舍五入，是刚刚及格。不过二月河给哪个电视剧也没打过及格分。最近有个人，找我推荐编剧，我说电视剧《雍正王朝》的编剧就不错。

这里面，有对雍正把握的问题。其中，有一个镜头：雍正带着文武百官，在太和殿向天下老百姓下跪。这是不是合理的呢？说到独裁，雍正是天下第一，没有人比他更独裁。故宫里有一副对联"惟以一人治天下，岂为天下奉一人"，这样的人怎么会向臣民下跪呢？这里面，就涉及这样一个问题，历史的真实性。就是历史氛围的真实性和当时在历史氛围中可能发生的事情（当然不一定是必然发生的事情），你都要统统考虑进去。比如说吃、穿、用，当时的人吃什么？怎样掌握当时人的衣食住行以及他们的心理？都需要进行仔细的科学分析。

原载《治国与治史》，华文出版社 2009 年 3 月出版

「贰臣」文人洪承畴

就我读史粗概的印象，汉唐以上，中国的"文界"还比较注重清操。尤其是春秋战国时期，发生了"赵氏孤儿"、屈原事件、苏秦说秦事件，甚或"二桃杀三士""豫让击衣""荆轲刺秦王""张良博浪沙刺秦"，这些系列，我看都是知识分子演出来的。当然，也有孙膑、庞涓的事出来，但那还算不上"社会主体现象"，而算是一件悲壮的丑闻。这些事，都被冯梦龙的生花妙笔写进了《东周列国志》。这些壮举里的人物，当然大体上是个"求名不图利"的心理状态，但毕竟有情有义、有血有骨，无论他们为公为私、为是为非、为正义为邪恶，读来总有一种令人净化精神、洗涤污浊的回肠荡气之感。

自魏晋以降，有了九品官人法，而后隋文帝杨坚到唐太宗李世民，又创立、完善了科举考试，"一网打尽天下英雄"，真是说到做到，而且我觉得愈往后世，这一政策的威力愈大，做的比说的还要彻底——不但"打尽"，而且打尽之后，把这些英雄都"熔炼"了去，变成一堆狗熊、狼、豺、狐狸、苍蝇、臭虫、鸱鸟……甚至狗屎之类。设这个名利场真是厉害！

到了明代，八股牢笼又到极致，大批文人更是一些儿"明德"也不讲的了。

还要提一提洪承畴这人。他是福建南安人，字亨九，明万历年间进士，不十数年间连连擢升，官至蓟辽总督，崇祯皇帝倚为干城的人物，且是天下士子向往的楷模。与清军松山一战洪氏被俘投降，但朝野上下、天下臣民无不以为他是战死了。崇祯皇帝想当然地以为他即使被擒，也必不屈而死，于是旨意颁下，热热闹闹地，除了必有的慰问家属、抚恤恩荣之外，还有"予祭十六坛"，皇帝御制《悼洪经略文》明昭天下。这是很有味儿的一幕大讽刺剧。洪承畴不但活下来，而且又当了清兵南下的"经略"，带着八旗子弟入关，打得李自成及亡明子遗失盔卸甲、狼狈逃窜，打得"大明江山"如鸟兽散。洪承畴对中原之地理、物情、民俗、世态了如指掌，兵力布防也是烂熟于胸，打起来自是得心应手，生龙活虎般杀进来，真是如入无人之境，摧枯拉朽般就打进南京城。

这也是热闹煞的一出戏。洪大将军要庆贺这大捷，文心周纳处，又思要在石头城搞一个大的追悼会，悼祭阵亡将士——自然，是清军"将士"，不是亡明的。他踌躇满志、得意扬扬指挥着千军万马如仪操办，并一应法事僧道长老大吹法螺之际，来了一位故人。此人名金正希，是他早年的学生，望门投谒，说是"百篇文章请老师指点指点"。洪承畴多年兵戎厌听文事，托以目疾"看不清字"。金说："不妨。学生读给老师听。"于是当众展卷，亢声朗诵，抑扬顿挫掷地有声，却是崇祯皇帝御制《悼洪经略文》。同时还有一位被俘的老将军囚在南京，洪承畴的意思，念及旧日情分劝他投清。这位将军掩耳大叫："你们别骗我，我根本不相信洪亨九会投降！这个洪承畴一定是冒牌货，是假的！哪有像洪亨九那样受恩深重的人会投降的！你们一定搞错了！"这两件扫兴事出来，二人同日赴难。他这般施为，自然口碑可观。有人就悄悄在他家府门贴了一副楹联，上联是"一二三四五六七"，暗喻"忘八"；下联是"孝悌忠信礼义廉"，暗喻"无耻"，极尽挖苦热骂之能事。清高宗命修《贰臣传》，警戒后世身事二主之臣，洪氏名列前茅。

与洪承畴同样忝居《贰臣传》其列的还有一位叫钱谦益的，是个地道的著述等身的文豪学者，官也做得有滋有味。此人在前明做到礼部右侍郎，皇清之后也做到礼部右侍郎。他大半辈子仕明，是"清流"里的头面人物；小半辈子又仕清，入了"贰臣"，一生都带着点倒霉味儿，但文名确是"山斗"

得很。我读过他一些诗文志铭之类的，也不能不服他学究天人、笔参造化。

读过刘斯奋先生《白门柳》的都知道，与李香君齐名的名妓柳如是是他的小妾，不折不扣的一个才女。柳如是，一代红颜班头、风月场中领袖，我看嫁了钱谦益，图的是那点子虚荣满足。钱谦益虽说年纪大了几十岁（柳戏说钱"君之发如妾之肤，君之肤如妾之发"），但地位高、文名且好。按她的想头：倘若钱能为忠君之臣，她再来做个殉节之妇那该多好？她与钱一段风流情分岂不成了千古佳话？可惜这点子可怜梦想也竟成镜花水月。钱谦益还是恬恬然活了下来，觍觍然入了清室。他也有几桩尴尬逸闻。康熙年间，他在南京莫愁湖置酒高会、呼朋引类吟诗论文。席间大家扶乩，钱谦益请问神仙，自己"享寿几何"。乩盘毫不含糊答曰"六十三岁"。钱谦益拈须笑了，说："我今年已经八十二岁了。这乩语说谎。"乩盘动了一下又说："君不死，吾可奈何？"——你不死，我有什么办法？屈指算去，钱谦益六十三岁那年，正是明亡的甲申年。另有一说，是众人正酣歌吃酒兴头间，一个二十岁上下的年轻人长揖而入，对着钱谦益连声寒暄："老兄康泰，小弟来迟，恕罪恕罪！"钱谦益时已是皓首如雪的老翁，自然不受用，问那年轻人："后生今年青春几何？"那人笑道："二十岁。"钱谦益掀髯笑说："老夫犬马齿八十又二矣！"那年轻人却说："不是这样算法。甲申年您就死了。您现在过的再生之年，其实才十九岁。称您老兄，是和您客气礼貌。"钱当时闻言"大惭"，就此一病不起，一年后也就寿终正寝了。

有人问我，你连篇累牍说"文人无行"，为什么自己读了那许多书，还到处劝人读书？说什么"读书万卷其乐无穷，读书偶得甚解其乐无穷，读书不求甚解其乐无穷"？想了想，他许是有点误解了我的意思。我以为是"文人多无行"，不是"文人皆无行"，就像《秦香莲》戏文，包拯唱词中劝香莲儿子读书"千万读书莫做官"。但这么说问题又来了，因为包拯他自己就是个官，岂不是逻辑悖反？

所以这不是一概而论的事。读书是没错的，但中国数千年人文观照，金科玉律"学而优则仕"有毛病，就弄出些秦桧、严嵩之辈张扬跋扈。人治，使官本位如虎添翼，一旦"仕"了去，一切伴随着权力与生俱来的好处，诸如荣耀、尊贵、崇仰、金钱、美女、鲜花、掌声与微笑、媚笑、胁肩取宠……都会滚滚而来。比一切的事业、产业营运之利都来得便当快捷，也就难怪人"一阔脸就变"了。

原载《人间世》，时代文艺出版社 2014 年 4 月出版

雍正怎的名声差？

电视剧《雍正王朝》主题歌中唱道："一心要江山图治垂青史，也难说身后骂名滚滚来。"写得可说是很贴实的一句歌词。清代十代君主，历史评价褒贬向来少有差异，但于雍正而言，始终如一的就是两个字：差劲。

坊间关于雍正是这样说的：贵为皇子饱读诗书，老父临终时他却勾结了隆科多，把皇帝的遗诏改了，"传位十四子"——只加了一横和一钩，就成了"传位于四子"。篡位自立，这一条确立了他的基本品质；组织"血滴子"暗杀兄弟和身边大臣：诸多小说里写得生动，只消他在龙椅上翻一翻眼皮，眼前这位王爷或大臣就会无端被他的"粘竿处"和"血滴子"趁夜屠戮，不留痕迹。史上小说，言及八爷之死，说是八爷被黜，夜间在灯下读书，突有一人持短刀着夜行衣在房间落下，八阿哥问："是皇上派你来的吗？"这人行礼回答："我奉圣上旨意，前来伺候八爷升天！"他就这样死了。听信佞言，诛灭曹頫、李煦等包衣奴才，不管跟了皇帝多久也照杀不误，对皇朝怎样忠诚难逃他的天网！大肆抄家，消灭政敌，凡是他看不顺眼的人，立时便有牢狱之灾、灭门之祸。大兴文字狱，有人写诗："清风不识字，何故乱翻书"。被他拖到菜市口斩首，有考官出题"维止"被人告发，乃是"雍正"去头，亦被捕杀；动用"粘竿处"卫士，在臣子中间广设耳目，随时诛杀有"造反"言论的臣民；大肆追查曾与他有过不睦的大臣，动用"血滴子"夜间暗杀，用特制的网袋将人头包裹，用特制的药粉毁灭尸体、头颅和证据。

一个人被世人传说成这样，他还会有好名声吗？别说他是"封建皇帝"，就算是个平常人，谁愿意和这种人打交道、做朋友呢？

我们现代人所听、所见、所传闻的大致就是如是说。有的来自清人笔记，性质犹如小字报，在知识分子中传播。有的是言传家教，父亲传给儿子，再传给孙子。有的来自小说，说得更是玄乎，带了艺术色彩，在民众中广为流传，久为承续。反正总而言之、统而言之，雍正不是个好鸟，是个反面教材！

难道二百余年来就没个有见识的秉持公心的历史学家出来为雍正公道几句？

啊，不是这样的，不是的。我在《雍正皇帝》里写到的雍正，被今天某些人批评是"二月河要为雍正平反"……

如此种种。似乎我真的把雍正写成了千古第一的好皇帝。我觉得说这话的人没有看完《雍正皇帝》这本书，或者没有看明白我的用心。我明明白白地讲，我对雍正的评价全是学者们研究出来的成果，没有一个字是二月河的发明创造。二月河只不过是把这些学者的分析、研究成果变成了文学作品。文学作品要通过形象思维塑造人物，我不过是把雍正这个九五之尊变成了一个有血有肉的皇帝。雍正在历史上不算是个坏皇帝，至少好坏参半。二月河没有出生前，早已有知名学者作如是说了。

一个历史人物，而且是离我们今天不算太远的历史人物，需要我们今天的读者用这么大的劲来重新认识他、接受他吗？雍正就是这样的。粗看了去，他仍是一个暴君，一个可怕的独裁者。但雍正即位后，进行了一系列改革，如改土归流、官绅一体纳粮当差、摊丁入亩、耗羡归公等一系列财政改革，在某种程度上，推动了社会的进步。

当然，接纳新的事物人们有一个认识消化的过程，如官绅一体纳税，对于普通民众而言，与他们没有任何关系。可是官绅们就感到了痛苦，他们有情绪、有牢骚，因为这样动了他们的奶酪。摊丁入亩，老百姓有实实在在的益处，但这种利益经地主和官员们一加核算，变得微不足道，不值一哂。耗羡归公还是归私，更与百姓没有直接挂钩。改土归流好在哪里？民众更是无从知晓。雍正这些有益于社会发展的制度改革，溶进水里，被整个社会无声地消化掉了。

封建社会是有文字狱，雍正时期可能更突出一些。官绅们对雍正的不满虽不敢写出来，但他可以变换名目，用曲笔，或者造谣来诬害雍正。曾静、张熙一案中所指雍正"篡位、谋父、逼母、弑兄、屠弟、酗酒、好色、诛忠、任佞"种种罪行，雍正看到了自己在民间的"口碑"，他都要气疯了、气死了。但抓不到人也抓不到事，所谓的曾静、张熙案件被他极度从轻发落就是这个原因。一个终生劳碌为清王朝呕血奋争的人，看到民间给自己如此评价。他很快就病了，很快就死掉了。他本就不是一个宽厚的人，心眼窄，眼里容不得沙子。再加上他的地位，更是无从改正。我发现他到晚年时已经知道他的宠臣、能吏在编造谎言假制祥瑞骗他，他的一个儿子也在欺骗他，愤怒中他处死了亲骨肉。作为一个帝王、一个九五之尊，他的心情绝非我们想象的那样轻松，那样可以轻易承受的。何况，雍正在位只有十三年，那些不理解他的官员和知识分子还没有弄明白，他就死了。

而那些对雍正不利的传闻经历了二百余年，今天的人更是无法鉴别真伪，无法去了解真相，那些传言就成了否定雍正的"资料"与"证据"。如果我们的学者再不详细分析，雍正的恶名是无法澄清的了。

所以日本学者杨启樵说过一句话："雍正的麻烦在于他在位的时间太短，如果再让他活二十年，局面会大大改观。"

原载 2017 年 7 月 7 日《南阳日报》

过『菜户营』

当了太监,受了腐刑或男子失势,还有夫妻生活吗?还有生孩子的可能吗?回答当然是"肯定没有"!

曾与朋友争论,我意:"没有了性欲,便没了创造力,没有了更新力。"朋友们常有不同意见反驳回来:"那司马迁呢?那郑和呢?蔡伦呢?"

我当时便笑了:"我们谈的是两个概念。我说的是没有性欲,你说的是没有性能力。"

能力和欲望不是一回事。司马迁受腐刑,只是剥去了性能力,他的修史做事的欲望经此一劫,反激过来,会更强烈、更执着。蔡伦、郑和也是一般样。我们阅读明史资料,宫中秽乱,乱得不堪言、不能听,都是如此这般。

太监乱国,和谁乱?自然是宫人。明代宫嫔们终生不得侍驾,终生无所事事的多了去了;还有宫女,老死于丹陛之下不得男女之欢的也比比皆是。太监们没了性能力,性欲却一点也不弱,和这些女人勾在一起,形成一个独特的社会现象。这不是一件不可思议的事,所谓"秽乱",主要指的就是"性秽乱"。

有权有势的太监便从中导出祸乱,有吃药恢复性功能的,有扎针的,有求神拜佛的,五花八门种种怪形层出不穷,闻之令人作呕,但他们乐此不疲!最普遍的,是太监宫女自愿结合形成一个一个小小的太监家庭,这个家另有一个别名:"菜户"。

"菜户"直译过来,就是假夫妻一块儿吃菜过家家吧。明代这种事在宫中几乎是半公开的,有权的没权的,有了"菜户"，大家公认他们和外头正常家庭一样稳定可靠。当然互换的、互夺的这类故事也不少。明朝太监刘瑾、魏忠贤为和别的太监争夺"菜户"，曾经闹到皇帝亲自出面调停料理，严肃得很呢！

现在乘车走北京，会有"菜户营"这类地名。是"种菜"人的集中地还是这些宫女太监夫妻的聚集地？我没有考证不敢妄言，但菜户营不会只是"种菜专业户"这样简单。像这样的事，当然只有中国才会有，也算得是我们文化中的一缕污丝。我们在谈到性问题时还是应该回到老问题上，剥夺了性能力的人是否性欲也同时没了？如果说同时没了，司马迁诸人的成就就是无性人的作为。

尚未剥夺，那么明宫、清宫里的那些事就是可信的事实。

一个提倡性健康的民族，才是健康的民族。

原载 2017 年 9 月 15 日《南阳日报》

北京城建谐事

李自成在马上扬鞭一指，说道："前面就是居庸关。"——这句话摘自何处？摘自姚雪垠姚老的《李自成》卷尾处。这部大作写到这里，已将近结束了。我们知道闯王是从居庸关进去攻打北京城的。

为什么选这个角度进北京？我替他分析：一是这条路野战方便，城池较少；二是崇祯在关内的地方势力较弱；三是它处于蒙古族与汉民族交界地，若无大战事宜，军事行动会更方便一些，其余如粮草供应等方面也比其他方面要快速方便。除了这些因素，还有没有？有。北京城在建城时便未设西北角，从居庸关进军不会受到大的军事干扰。

这是我在读清人笔记时读到的，犹不能信，仔细确认：北京城在城建设计时便有这个理念！不修建西北角！那么又是什么原因呢？

我们知道现在的北京城是中华人民共和国的首都。但在明清时呢？它也是都。但不是国家之都，而是天下之都。包括再早一些的元大都，这里都是首都。但人们心目中"溥天之下，莫非王土；率土之滨，莫非王臣"——只要这个地方存在，无论在何处都须合乎这一理念，天上地上到处一样！无论到东亚还是西亚，北欧抑或南欧，统是这般"莫非"的理——我们没有国家概念，也说不上平等意识，反正就这一个天下，无论在地界的哪个板块，反正都是中国，都是天下。北京就要代表它所营运的时空理论。

可是为什么建城不修西北角呢？说到底还是因为这

个概念。北京即是天下之都，行使上苍赋予它统辖全天下的权力，当然要拥有统治全天下这样理论到实践的支撑，拥有人天感应最高的领域。

就这样李自成的部队像黄蜂群一样拥进北京，直到西直门内城外开始放炮攻城。

甲申这一夜，是有很多历史问题值得琢磨的。崇祯皇帝原本没有准备自杀，自杀了。有机会逃出北京重新整理战局，没有。满族人原来未准备进入中国建立清王朝，清王朝居然建立了，而且维持了二百七十年之久。导致这么严重的后果，北京西北坚固性不足的防守缺陷，是应由明政府首先负责的。

人天感应？有没有？应该说是有的，但以这作为城建方向是根本不对的。明代的知识分子从《史记》里读到，昔日共工与祝融两个种族拼杀，共工氏战败，怒触不周之山，这样就造成了"天倾西北，地陷东南"的天下总势。本来是古人用神话影射现实，说明"天柱折"，天倾了，所以地上普遍倾斜，河水都向东南流去，是人们在无法改变的现实中幻想出来的部族神话，却带来如斯一种后果，岂不悲哉惜哉！

我们的社会学常常与哲学、自然科学无原则混搅在一处。本文说的就是一例，而"一斤等于十六两"也同样如此。一斤十两本来很方便，偏偏天上北斗七星、南斗六星，加上福、禄、寿三星恰为十六星，因此就十六两一斤。带来的后果：称中药、卖菜、做物价表都是这个标准，计量十分不便，妨害了社会发展进程。在文化发展繁荣、灿烂的明天已展示在我们眼前时，我们应用心、用目仔细打量我们自身原有的文化积蕴。

原载 2017 年 11 月 3 日《南阳日报》

阳痿

在学校讲课，和学生们聊，我说大清亡国亡于"阳痿"。同学们在下面窃笑。但我并不是在虚词糊弄人，或在讲什么"荤段子"。从清代的实际情况看，自乾隆之后继而登位的嘉庆、道光、咸丰、同治、光绪和宣统六位，皇子一代比一代少，一代比一代弱，动辄就病死掉了的也有——我们冷眼观看，这不像是纯生理疾病造成的。六代皇帝越来越弱，是因为他们确实有难言之隐，阳痿不举或阳道能力差，举半辄止。

皇帝阳痿子嗣不振导致亡国的不止清代一朝，东汉末年亦是如此。皇宫里不讲生理卫生，或纵欲过度，或管理失当。皇帝当太子时受到的便是错误的教育，等到他理政，依旧用这种错误手段管理后代，管理家族，导致整个家族的彻底败亡。

"男欢不毕轮，女爱不极席。"人生拥有这一份男女之间短暂的人伦之交，本是正常的东西。现在的西方人压根没有把这种事当作"一件事"郑重处置，但在我们中国人的观念中，这是十分严重的"伦常"。当年在一个重要的国事活动中，报上曾公布说一位外国要人爱美人，有很多情妇。这样一个拥有很多情妇的权贵，他还能担当重任，为他的国家效力吗？这个人还时常到中国来，我们在电视里都见到了，很强壮。而且时过近四十年，他仍在为他的国家奔走劳碌。中国人习惯认为男女之间如果发生性关系，肯定要伤到男性身体。如果爱财兼爱美女，那么"双斧伐孤树"，男人是不得了的。就这个理念，男人你不要碰女人，不要和女人发生性关系，否则你的身体肯定出问题。这种思想进入了清宫高层，就导致了那样的后果：兔子生老鼠，一代不如一代，一代比一代差。

问题是这个理念怎么会传进宫内，影响到高层生活呢？乾隆朝时已规定由一个够级别的人来管理此事。十五阿哥在黄花镇的故事——让一个平民姑娘进入皇宫，做了皇后！从正史、野史中看，清代皇宫里家庭规范是很严格的。清朝十代执政皇帝没有花天酒地、纸醉金迷之辈，大家都很勤奋，也都听母亲教诲，而轻于妇人之言。

问题就出在这里。据野史，从乾隆之后，每晨四更天，太后就会让她的亲信太监到皇帝的寝宫处高声喊叫："奉太后老佛爷懿旨，皇上你当心身子骨！"一直喊到天亮起床。你想一个男人正私欲旺盛，和夫人卿卿我我之时，外头突然传来这样讨厌的喊叫声，日日如此，他能不阳痿吗？这一代阳痿，下一代仍复如是，那就一代接一代的不中用。要么不能生育，要么生出的孩子像个豆芽一根比一根更弱。嘉庆、道光……这么下去到光绪也没有起色。

这不是阳痿之因是什么？还有东汉末年情况也差不多，生的孩子体弱，几岁就登基。三岁孩子抱着一块大金砖在街上走了一年又一年，能不出危险吗？什么原因导致这样的后果？东汉的事我们估计不来了。我想可能是因为近亲结婚导致的，还有什么其他原因，等着学者们看有无说服力的论据吧。

本文系作者生前遗存稿

官与民文化有异

读清人笔记，读到一位县官，七月天到接官厅去迎接上司。时正骄阳似火的日子，去接官厅又不能便装，坐在轿中不能通风，只可自己挥扇驱热，马上要见上司衣装又万万不可马虎，官服袍靴层层护绕，犹如坐在笼屉里边。透过轿帘，窗外就是河沙湿地，不但宽阔，而且有河、有堤、有树，熏风一过，绿荫摇曳，草树拂动。虽热，但堤岸宽阔、林荫远深、河水荡漾、景色宜人，见来往行人车夫俱各打着赤膊，半裸在风地里活动，县官真的欣羡莫名，看看自己，比比路人觉得人人都在天堂上，自己在阿鼻地狱里扑腾。正行间忽见路边一位少妇，正带着儿子在路边大柳荫石条凳边吃西瓜。那妇人拿了一小块西瓜，给儿子打着扇子，那大头小子浑身上下一丝不挂，举着半个西瓜没命地狂吃猛钻，脸上、头上、手臂上、前胸上、肚皮上到处瓜水淋漓。县官正自又妒又羡，听那妇人摇扇教育儿子："你看看，你看看人家——像你这么大就读书，会写文章会做人，当了官这就是享受！四人抬着，清亮亮光鲜鲜坐在轿里，摇着扇子走路——儿子啊，做人就要做到这个样儿，才算是人！你不好好读书，一辈子别想出人头地！"那孩子一言不发，举着瓜看着轿子穿过去。

这说的是不平等。做官有做官的难，老百姓也是很难理解的；穷人有穷人的好，做官的如不经心也体味不到。人做了官，工作环境和生活环境都发生了变化，一级一级的同僚，享受着同等的待遇，遇到上司要有下司的规矩，有下司的礼貌和恭敬心；遇到下司，要有上司的襟怀和宽容，要能够坦然接受自己该享受的上司待遇。原来是同级变成上下级时，怎样自我调节心理，怎样调整新的关系。虽是下级受到上级贬或抑时应该怎样做，怎样修复与改善……这都是一套一套的，有规矩也有例外，看你怎么整。像这一类事，普通平民看不到也无从理解，那就如那位少妇的思路了。

所以做官和做百姓不是同一种文化。这样说也许是夸大了一点，但准确地说：官文化与民文化不是同一个品类。这似乎就是事实了。我在阅读《梦溪笔谈》时看到一位红翰林，专门为皇帝起草诏书的。有一次写了四稿都不过关，被堂官刷了下来。下朝时分，满心都是沮丧、无奈和无趣。回府路上看到几位穷汉躲在墙根太阳窝里，一边闲话，一边捉虱子，完全彻底的休闲，一点正经事也没有。这位翰林便满心欣羡，觉得和这些闲人生活差距太大，发了一通的牢骚。据我看，这就是不同文化的差异，因为这翰林终归也没有辞官赋闲，而前头那位轿中县令也没有真正学那吃瓜母子辞职回乡去避暑。老百姓笑语"笑骂归人笑骂，好官我自为之"，就是看透了这种文化的差别。就如我们今天的公务员，遭闷棍臭棒时，心道不如且做百姓去。但实际上，每年国家招公务员，报名人数还是远在其他职业之上。

所以不论做何种职业，不必去"这山望着那山高"，那很没意思。你尚且是待考的公务员，但你羡慕的是市长、书记——"人家坐专车，我怎么没有？"这样的痛苦有意思没有？做了官，被查、被剥夺权力，又在那里偷想：如果我干得更巧妙一点，纪检委也查不到，我现在不仍在位上吗？我不好好的吗？或者："我当初如压根不当官，坐家里当个普通老百姓，哪来这么多事？"这么样想，都是忘掉了自己的位置和这个位置上的责任。

总的来说，官员们为整个社会服务，享受的社会成果相对多一点，老百姓还是理解和认同的。这就好比技校出来的学生分配到了工厂干技术工人的活，其他工人无法比。当老百姓的认为"服从"这个词并不是耻辱，而是社会分工；当干部的也不必像轿中官员那样郁闷，你该坐轿，该写文件，你干你的去，不要仗势欺人、有非分之想就行。假设那位坐轿的县官买一堆冰镇西瓜，在轿中装上空调，加上电扇，凉快是凉快了，但那位吃瓜妇人，也许不说话，也许指着轿骂一声"妈的，浪货"。稍一过分，当即必有过分之语随之，这也是文化的一个理念。

享受了俸禄就有随之而来的责任，也同时有了让百姓批评的理由。我们的许多干部就是不明白这一点，知道自己也是百姓，只不过从普通百姓挣脱到了官场而已。除了现在地位不同，应该说没有什么变化，一样应该老实做人。历史上清醒明智之士不少，我们自己怎样做，同样是在写作未来的历史。

本文系作者生前遗存稿

谈创作

新年杂想

忙忙碌碌又是一年，《乾隆皇帝》第四卷出版接着写第五卷。这是《康熙大帝》《雍正皇帝》《乾隆皇帝》三大系列的最后一部，从结构、情节、人物、理念、思维……本卷既有舒张、展开和铺陈，也有大系列的总体趋向的收束和挽结，因此下笔格外踌躇。然这是必做的事，和诸如评奖、开奖、发奖之类的荣誉不同，和盗版、侵权、喊喊喳喳的评论与私语也不同，那些可以不去理会，来个视而不见、充耳不闻。

这个"三部曲"总共十二部，现已完成了十一部。可以说，每写一部都是穿越一片大沙漠。好心的读者和朋友不断有劝我"悠着点"的。我猜他们的本意，是怕我当了写书匠里的彭加木，或中风或冠心病、脑血栓抑或什么癌攫了我，"直掼进黄沙，从兹掩风流"。这意思再善良不过了，但我从小听母亲说"力气是奴才，使了再回来"，长大又读书，又是"生于忧患，死于安乐"——我想不至于的吧？从唯物角度看，我身体底气不坏，能用的营养就买了来吃，至今仍开口笑呵呵，满面泛红光。从唯心角度，不曾有过"吃拿卡要"劣迹，也不曾昧着良心暗地里"收拾"过谁，吃饭有工资，稿费都缴税——老天爷总要收我去的，现在恐怕还不到时候。

但话题还是回到书上来吧。

不少访及诸君问：你最喜爱你哪一部书？尽管自信不是伶牙俐齿，也算口角便捷，但这话还是问得我一次次嗫嚅：书和我的女儿一样，都是十月怀胎尽力生产，哪一个我"不喜爱"呢？爽然间每每脱口而出：都"最喜爱"！

这话是泛了些。把所有写出的书都列出来，摆在桌子上，我常常取过《雍正皇帝》来抚摸把玩，这算一份格外的温馨。不是因了它装潢精美、纸质特优；也不为它被人大盗特盗，在外头受了伤害；更不为它曾到"茅盾文学奖"里头风光一阵，又被黜还乡。这部书遭际之奇还在其次，珍恤它，是因我在写它时付出了比别的书更多的艰辛。

单为解决对爱新觉罗·胤禛（雍正）的感情问题我就用了两年时间。

还在写《康熙大帝》第二卷时，我已经开始关注雍正的资料。难就难在它是我绕不开的一个"沙漠"；还有，雍正是位个性极为鲜明的人，然而在历史和现实中，他却又是疑团重重、争议纷纭的人。作者如果昏昏，写出的作品就别想要读者"昭昭"。

雍正的"社会形象"我从小就知道。长大读书研究《红楼梦》，更知道得多了点。听说此人阴狠冷峻，睚眦必报，说出话来如刀似剑。除了李卫、田文镜、鄂尔泰三位"模范总督"，满朝文武都被他训得狗血喷头。抄家抄得人人自危，魂不守舍，惶惶不能宁处。又逼死他的生身母亲，兄弟们也杀的杀黜的黜，个个翻身落马。还弄了个叫"血滴子"的特务组织，密查暗害臣下。康熙死后，他勾结隆科多，私自将"传位十四子"改为"传位于四子"——仅此一条，他一辈子所有的行为就都被人打了问号。更遑论他还杀掉了自己的亲生儿子弘时！……这样的行为，谁听了都会起一身鸡皮疙瘩的。

但认真深入考察，发觉不是了，至少不尽是了。先是一条"勤政"就令人心仪敬佩。我在图书馆见到的《雍正朱批谕旨》，线装本装订足有半米厚。再看资料，这只是一小半——大部分在台湾故宫！十三年，千余万言的政务批语，康熙、唐太宗上溯到秦始皇这些勤政君主，没一个比得上他的。就是我们这些书生，谁又有过这么大的文字劳作？他"荒淫"的印象就此瓦解土崩。再看他的政绩。康熙晚年国库中存银七百万两，十三年间骤增到五千万两，这是"振数百年之颓风"，刷新吏治的功效。整治贪官污吏赃银入库，不但给乾隆的"十全武功""极盛之世"垫下了家底子，也留下了一个不错的吏治环境。他确实是整人了，文字狱整平民也整官吏，"摊丁入亩"整地主，"官绅一体当差"整了特权读书人，"火耗归公"整了遍天下贪官污吏。连他整弟弟、整哥哥、杀儿子细查过去，若明若暗也似有不得已的苦衷。

这么近一点看就搞得比较清了。当阿哥时他是孤臣，当了皇帝他又成了保护孤臣的"孤家寡人"。他得罪的官僚、缙绅、地主、读书人太多了，因此，活着的时候就没什么好口碑，辛亥革命又不说满人好话，留下的资料多是挨整的人写的，何况他抄了曹雪芹的家，惹翻了古代和现代一批爱红敬曹的知识人。这样，肯于并能为他说几句公道话的也就寥寥。雍正的性格有缺憾，不讨人喜欢的面孔误了他。

由此入心入手，就有了我笔下的《雍正皇帝》。他活着是个悲剧人物，死了后的二百多年间是个悲剧历史人物。

我在台湾版《自序》中说："……我一手所展现三百年前的这幕庞大的社会剧就要献给你（读者）。"从康熙初政、虎虎灵动的生气、勃然崛起到乾隆晚期江河日下穷途末路，时光流淌了近一百四十年，是中国封建社会的回光返照，即所谓"最后的辉煌"，可看的东西太多了。雍正这十三年是这段长河中的"冲波逆折"流域。宏观地看它，是嵌在大悲剧中的一幕冲突激烈的悲剧。还用《自序》里的一句话："如此而已，'而已'而已。"

写这篇随笔时，林虹正在北京艰难竭蹶地折腾《康熙大帝》电视剧，而"同道"公司的唐国强已经剃头上阵，主演雍正御极八方。愿他们如意——这是有意义的事。

一九九八年二月二日

原载《匣剑帷灯——二月河作品选》，长江文艺出版社 1998 年 12 月出版

我的处女作

大约是 1985 年 7 月，河南省文联在鸡公山组织了一次工作会议，当时的南阳市还没有"文联"这个单位，我是以市委宣传部宣传科科长的身份与会的。这种会历来很松散，除了正经议题，其他都是海阔天空的神聊。不知是哪个朋友谈起创作，说了句："我们有句口谚：写短篇，现过现；写中篇，穷熬煎；写电影剧本是傻蛋；写长篇是胡球干。"

听了这话，我猜我准是眼皮子一哆嗦，因为我已经当"傻蛋"了一阵子，吃了苦头，又在"胡球干"！心里咯噔了一下，脸上不知带出来没有。好在那时谁也不注意我，说完也就拉倒。但这事萦绕在我心头，几夜没有睡好。《康熙大帝》第一卷的蓝本原是一部电影剧本，工作之余偷偷写出来的——中国文坛半路出家的，大概都有这么个心理旅程——我因工作之便，接待过几位著名的电影导演，也许先写剧本容易找到发表门径。然而不然，《夺宫》的雏形本《匣剑帷灯》先寄《萌芽》，复奉《奔流》，又寄上影，再投长影，又献河南电视台……望门叩谒，竭蹶自献，不是杳如黄鹤就是拒之门外。最客气的是给你寄张打印好的退稿信，上写：您的稿件我们已经拜读，经研究不拟采用，希望今后加强联系，不吝赐稿——惜墨如金到这份儿上，连在信头印好的"——同志"处填一个姓名都略去了。还有一位先生为了省时省纸，撕下一张台历写了几个字退了稿子回来。

然而当年毕竟还有"冲冠一怒"的豪气，既然不成一火焚之！我烧掉了退回的《匣剑帷灯》，埋车下帷，写出了三十四万字的《康熙大帝·夺宫》。我真诚地告知我的读者，这个时候的我，出版界连一个曾有杯水之交、点头之情的熟人也没有，我分不清"自然投稿"和"约稿"是怎么回事，弄不明白不同出版单位出书的专业界定，甚至不知道稿子写好该怎样和出版社联系，是寄给"社长同志"呢，还是寄给"编辑同志"。

假如早一点听到"傻蛋"这话，有极大的可能就老老实实束手，"退而甘食其土之有，以尽吾齿"了。但此刻仅仅是"哆嗦"了一下眼皮子，"咯噔"一家伙而已。因为我知道，书稿在出版社已经通过"三审"，已经交印刷厂发排。鸡公山上会议结束，我就可以到郑州去黄河文艺出版社取看我的书稿清样了。后怕——也算天不灭曹，听了这迟到的警告。

书毕竟没有出来呀，可是，我写书的消息已经在《解放军报》《河南日报》登出来了！而且我知道"出书"这件事的脆弱，清样出归出，一旦被某负责人看出点什么问题，"枪毙"随时可能发生，校样一压多年不出书的事有的是。可是，你是宣传部的宣传科科长嘛；可是，你的上司已经看见你不务正业了呀！书出不来，证明了许多东西，所有的脏水你得一滴不漏全喝下去。你穿行在沙漠中渴死了，耳中、心中还要承受这样的声音：傻蛋、活该、谁叫你……多少年人们都不会忘怀你背负的这个耻辱的十字架。

头发，就在这样的煎熬下大片大片地脱落下来。一边写着第二卷（我当然要做下去）一边脱落，以至于 1986 年出书，电视台采访，难煞了摄影师。因为脑袋正中一片白，像地球仪上的澳大利亚，四周布满小岛，千奇百怪异样风姿，无论从哪个角度看，都是个丑八怪。斑秃"鬼剃头"是心理病（不排除其他因素），我可以证明：因为第二卷写出后，头发又长齐了。现在想想，或许当初找人谈谈心、"冒冒气"会好些。但当初本能地有一种内在的抗拒，我不愿找人谈，不愿"到后娘怀里去撒娇——自寻没意思"。

《康熙大帝·夺宫》书出来了。抚着那厚厚的、凉凉的封面，躺在枕上半卧着，摸那切割得坚硬的棱角。一手握着书脊，一手荡着书，让每一页都簌簌从拇指上飞速翻过。我不记得自己有什么太大的欢喜，更多的是凄凉的宽慰和莫名的怅惘，也有冲击未来的筹划。我没有理会创作本身劳作之苦，却有心安理得的一份静谧。

时年，我四十一岁。

原载《匣剑帷灯——二月河作品选》，长江文艺出版社 1998 年 12 月出版

致读者

读者君：您好！

二月河在您面前，凝视着您。离得这样近，像案上的稿纸和我的眼睛一样近。为我创造安谧入境氛围的檀香和我手中的香烟都是殷红的焦首，是默默地、袅袅地缕缕融合着它们的柔丝。每当静夜孤灯之下，临命笔前，我就这样沉吟而坐，思量着您，也思量自己。像面对上帝的末日审判，又像要对一个冷峻严威的心上人的最后答复：既坦然得似乎要听天由命，又栗栗然您的决裁，生怕您拂袖而去。每当拉开三百年前这一庞大的社会悲剧帷幕前，要将我的心升华和演化，化成一个个灵动的历史人物来代我向您倾诉之时，我的心都要这样瑟瑟颤抖。怒惧、气馁、畏缩、冲动、自信和强劲，这些绝然相悖的情愫心绪全扭结在一起。凌驾于作品中一切人物之上的勃勃雄心和小学生交付考卷时的惴惴之情，就是这样交织，这样驳杂纷乱。

我想，我是一直想买通您，买通我的上帝。这当然不能用钱，这只能是剖开自己的心，连血都呈给您。或者，我说"或者"可能买通您，我还不敢说"一定"二字。有时我读别人的书，这时我也是上帝。由我的挑剔和通情达理，可以推知您的心——我恐怕只有这样做才成了……

就在这样的心境下，《康熙大帝》推出来了，《雍正皇帝》推出来了，《乾隆皇帝》前四卷也推出来了。十年十卷，四百万字，写废了的纸可以将我的书房平铺五十层。当我看到有读者冒着武汉38℃高温求购我的书，当我知道一位台湾大学生暑期打工挣钱购我的书，当我听到一位老教授说这是她"最后要看的一部书"，当我见到买到盗版书的读者，寄来一本五十多页四通机打印的勘误表，我知道，我至少部分地赢得了您的心。我稍许有一丝欣慰的笑容。然而这些笑容里也带着苦涩。每入新华书店，见到工薪阶层的穷读者，踌躇再三，或掏出带着体温的钱换我的书，或反复筹思怅然离去，那一点"欣慰"便顿时化为忧郁：有钱主儿可以一掷万金追欢买笑，但不买书；而上帝却没有钱！仅《康熙大帝》已发现八种盗版，《雍正皇帝》更盗得七颠八倒语不成句，堂堂正正的出版家却徒唤奈何！就我而言，一介书生三尺微命，也只好叹息一声。

我自有一份骄傲的。从幼颠沛蹉跌，冲波逆折，于劳作极苦之境中坚忍志学。四十岁之前无只言片语文学作品，而白手夺刃，"策蹇步于利足之途，张空拳于战文之场"，于四十一岁发韧，连出十部书，声势咄咄。虽迭迭付梓，没有哪个编辑曾受我杯水之情；虽连连受奖，没有哪个评委曾接我飞媚一眄——我觉得踏实极了。

但我是（基本）读完了二十四史的人，有斟酌自己分量的能力。我知道，鲜花桂冠掌声和微笑这都是纸糊的名号过眼的烟云，它不重要。明白这个，它就腐蚀不了我。我追求您，只愿挥发自己的力到极致。我知道这是在追求一种不可能的完美，知道它们都有许多令人遗憾甚至讨嫌的缺陷，也从来没有把它们和古今名著联想到一处过，但我只知道已把吃奶的劲都使出来了，这就够了。

所以我并不快活，甚至有一种抹不去的淡淡的哀愁。

如今已颇有几位专业读者看好我的《雍正皇帝》，甚或认为它是"百年不遇的佳构"。必须诚实地说，我很感动也很感激，且引为知己——因为这实际上正是我所努力欲达到的期望。就人之常情而言似乎也比揎我一掌要受用得多。然而盛名之下其实难副，誉之暴起谤必随之。就是些闲话罢了，但我忙得发昏，一心想清静，不想听闲话（对作品本身疵谬的指教不是谤），更没有时间去辩谤。即如书房里一只胡蜂碰窗户玻璃，它就那么哼哼个没完，烦人不烦人？我需要安静。

有许多批评家谈到我的作品，说里边随心涉趣，文章典故信手拈来。其实我自己知道，那是"沙陷马行迟"式的跋涉印迹，被技术性处理成了"轻松"，谈何容易呢？每一部分对我来说都是一个撒哈拉大沙漠。自带干粮、自带水走路……而我已经穿越十个了，第十一个还没有走到中心。我需要绿洲、需要天上的雨、需要力量。

"十部作品，部部看好，本本畅销"，这是一些读者信和文章里的话。读者的反应和我心中的感应，我不能不受也不敢全受。负重的骆驼会被最后一根羽毛压垮，而跳高运动员无不以最后的失败而告终。望之弥切，失望愈重，这一份期望值，压迫得我愈来愈谨慎，走得也愈缓了。即使如此，强弩之末势不破鲁缟。我恐惧于有一日"凌郎才尽"（我本姓凌），您厌倦了我。这是绝无办法的事，但我希望还能和您会心一笑友好诀别——我需要理解。

唉……且住笔吧。即颂

夏祺

原载《匣剑帷灯——二月河作品选》，长江文艺出版社 1998 年 12 月出版

真事不隐 也要假语村言

去年十月晤姚雪垠，谈及《康熙大帝》，他曾说"这个书很难写"，实在是深况其味之谈。历史题材小说的难写，除了精熟语言、资料和当时世情礼俗之外，我觉得最难办的是实写与虚写。太真，便像一枚意大利金币，干黄枯，而写得太假也未免招人非议。徘徊良久，在《康熙大帝》的写作中，我采用了"真事不隐，也要假语村言"的用笔原则，庶乎使它同时具备"历史"和"小说"的双重特性。

作为历史人物事件，它的客体是不容改变的。康熙八岁登极，十六岁庙谟独运智擒鳌拜、亲收帝权，十九岁决议撤藩、戡定吴三桂等三藩。战火未熄，即于二十三岁开博学鸿词科，收揽天下英雄——大批的汉族知识分子由不服气、说怪话，而渐转到为其所用、五体投地，接着收复台湾、平定新疆内乱、与俄国签订《尼布楚条约》，斩断沙俄东来攫土之手……这些都是历史的真实，有些微的改动都是极其荒唐的。

但这些事件具体地说是发生在十分复杂的背景和相当漫长的岁月之中，一件一件或者几件同时交织，令人目眩神迷，一动笔便剪不断、理还乱。怎么办呢？有些事件要浓缩，有些事件则须拓展：康熙幼年主少国疑，作为辅政大臣的鳌拜骄横跋扈自立门户，甚至谋杀康熙，围绕"禁圈地"国策争斗激烈。本来这是一场决定性的斗争，蕴含着极丰富复杂的社会内容，而史籍出于宣传"王权神授"，很有戏剧冲突的本来面目不见了，帝纪和资料的记载都十分干巴，几行枯燥的说明，完事。

因此《康熙大帝》第一卷《夺宫》就刻意虚构了一些情节。康熙的老师伍次友便是根据野史拟出的人物。他在名场失意报国无门的情况下结识了微服私访的康熙。他的才品、神韵吸引了康熙，竟异想天开假扮大臣索额图的弟弟聘伍次友为师，讲究历代兴亡之道、治民之术，并由此引出鳌拜搜府、火焚白云观山沽斋的轩然大波。直到康熙毓庆宫设伏擒住了鳌拜，金殿召见伍次友，他才知道自己十分爱重、准备培养成"出将入相英才"的小学生"龙儿"，原来便是"当今天子"！这些是真是假？从编辑到知友都问过我，从资料看，伍次友其人极可能实有，但事件是我据情虚拟的。即使历史上没有这个人也没关系，我就是"无此友"嘛，谁叫你发傻来？

大的真实是不能违背的，康熙夺权之后没有杀鳌拜，却诛除了自己堂叔班布尔善等一干人，小说必须如实交代。但首恶不办，从犯杀了，这岂不荒唐？若是今日，法院院长要撤了，在这种情况下，小说有责任给读者一个像样的解释，为此，我设计了"班学士沐猴坐明堂"，把班布尔善写成另有图谋的野心家，读起来似觉更合情理。

这也许有取悦读者之嫌，但读者便是我的上帝，最通天理人道的，总不会"荃不察余之衷情兮"，给我一闷棍的。

一九八六年二月二十五日

原载《二月河作品自选集》，河南文艺出版社 1999 年 4 月出版

无题寄语

头一个发表文章称我"作家"的，是中国艺术研究院的冯其庸教授。然而对这一称谓，我至今没有多少自信，有时甚至想到庄周，不知是凌解放做梦，成了"作家二月河"，抑或是作家二月河梦见了自己本来的面目凌解放？

我萌生这样庞大的写作计划，纯粹由一个偶然的机遇所激。1982年应邀参加在上海召开的红楼梦学术讨论会，在一次小组会上，有专家谈起所谓"软着陆"和"硬着陆"的话头，意谓经院训练、科班出身的人搞红学，就好像跳伞，平平安安地下来，这叫"软着陆"；有一等不知天高地厚的二百五，在飞机上眼睛一闭，也不用伞，恶狠狠地跳下来，这叫"硬着陆"。我坐在沙发里正品味这里头壶中三昧，有人突兀冒出一句："像康熙这样在中华民族历史上起过杰出作用的皇帝，至今竟没有一部像样的文学作品，令人可叹！"感事生情，我决意再来一次"硬着陆"，于是慨然答说："我来写！"当时座中鸿儒如云、秀士如雨，也有出版界的朋友，不知人家是怎样想的，自己就拿定了主意。

于是先是电影剧本，写出来寄了《萌芽》，退回又寄《奔流》，退回又寄上影，退回又寄长影，退回又寄河南电视台，退回又寄……鬼知道寄了几处，均不得要领。一怒之下又改写了长篇小说，成了现在的"作家"。后来在鸡公山一号楼省文联开会，我才知道作家们早有口号——"写短篇，现过现；写中篇，穷熬煎；写电影剧本是傻蛋；写长篇是胡球干。"我不禁哑然失笑：当

"傻蛋"干了许久而不自知，"胡球干"居然成功。庆幸之余又有点后怕：设如早听见这几句权威们总结的顺口溜，或许读者们就见不到这几本书了。

毋庸讳言，同别人一样，我这个凡夫俗子对自己的"第一篇"也有着执着的偏爱，我是抚着书睡着了的。但我当时毕竟年届不惑，早已"深沉"了，思量菲薄收获，劳苦许多，转觉怅然心酸，竟不能畅极欢笑。从欣慰中醒来，又袭过一阵莫名的哀伤：路途正长，来日苦短，此生要在稿纸上做生涯，爬格子到鬓斑白、到勤躯倦、到"那一日"了。有人说这是一条铺满鲜花的路，有人说这是一条充满浪漫梦幻的路，著作典型流香后世……这我都知道，我所感受到的只是困累疲倦和沮丧：读者是太难注意到作者脚底的血泡了。

第一卷下来头发便大片脱落，显现出有如澳大利亚、琉球群岛之类的"地图"，以至于在省电视台录像时无论怎样摆弄，都无"光辉形象"可言。显然，这就是我天分不高的明证。要不，何以乔典运、周大新、周同宾诸兄，成就在我之上，就没有如我似的变成丑八怪？当然也有人认为，漂亮的脸蛋不出大米，说我行。我可没有如此的自信。我自七岁入学，转学十余次，留级两三回，经数十位贤明老师，功课一直中下，以为"不堪造就"者有之，以为"朽木不可雕"者亦有之，以为"废物"者亦不乏其人。在教过我书的老师中，只有杨文君、王润生二位，读了报上消息，相信今日之二月河，即昔日之凌解放——所以我从不说当年，我的"想当年"说得不嘴响。

想了想，我是怎样成功的？"张空拳于战文之场"，一役登堂入"红楼"，再战而夺"康熙"之城，数年之内跻身文坛领一席之地，我这"梦"做得不慢。恐怕很要紧的一个原因是：好读书而无野心。喜爱读书的人如恒河沙数，可谓多矣，但我却是酷嗜读书，而且是不带任何功利目的地读，不为功惑不为利诱，不想上大学读研究生，也不想当什么"作家"。就这么一本一本地读下去，解剖了书也解剖自己，体味了人生甘苦社会阅历去咀嚼、消化、融会。久而久之，渐有成见，不写发急。这就是创作冲动了。当然这说的是地利、人和，天时也很要紧。1979 年之前，读书而已，1979 年之后，就敢冲刺一下红学殿堂，而后胆大起来，就写了皇帝。越来越"放肆"，不能说与 1978 年之后的思想解放、真理标准大讨论无关。

如今已在写"第二篇"了。事情常常这样，待到做成，才晓得做的难而有点意思。说到就里，如此而已，"而已"而已，正为如此，我须得努力。

一九八九年八月二十二日

原载《二月河作品自选集》，河南文艺出版社 1999 年 4 月出版

自鸣不得意处

《乾隆皇帝》最后一卷写到刘墉下朝归府，寒夜与卖烧饼老汉闲话，算是收束，我也松弛了一下绷得紧紧的神经。听说有的作家一部稿子杀青，是身在椅中一仰，大笑掷笔；有的狂喜不能自禁，奔走友朋之间做彻夜畅谈；有的是一身轻松蒙头大睡，然后寄情山水悠游关河……我呢？我也不乏一阵轻松，也会像母亲爱抚襁褓中的婴儿一般，谛视一阵那沓摞得高高的稿本，或者像锄地到了尽头的老农，擦一把汗，拄锄回目看那一大片"青纱帐"。但是，但是……这一点轻松，或者说"得意"，一旦著书的劳乏稍微恢复，当认真审视这部五百万字的《康熙大帝》《雍正皇帝》《乾隆皇帝》——"落霞系列"小说，凝视我所作俑、我所珍惜的"鸿篇巨制"之时，我看到的更多的是它的"破相"。

承认自己的无能、错误、失漏是痛苦的，看到自己创造的工程的先天和后天缺憾，是令人汗颜的。但既然已成事实，我想如果回避、讳言，更甚者文过饰非，那更丢人，更证明了我不但不断地犯错误，而且没有勇气面对错误，在自己的失误面前表现得像个懦夫。

还是老实一点吧。

一、这是一部错误百出的书。

我所指的，不是它的史实的引申和典章制度的运用方面。因为它是小说而不是学术著作，我不很在意这一点。我指的主要是人物、情节、故事间架结构。事件因果的前后舛错，同一人物事件、性格的不合理变化，还有用典的错误，诸如此类何止"百出"？恐怕"千出"

也是有的。比如说，《康熙大帝》第二卷中欲用孔尚任的《桃花扇》，鬼使神差地错用了汤显祖的《牡丹亭》中的句子；比如说汉族官员见皇帝不用"奴才"自称，而用"臣"；还有对清时政府用"衙门"而不用"府"，时而也有信笔胡用"提督府"甚至"巡抚府"这样的胡说八道。至于人物齿序年龄前后错乱，一会儿是"×爷"，写来写去又变成了"××爷"；也有这部书中说某人已经故去，另一部说同一事件中某人又活着，这样的笑话凭读者谈起，我是赧颜无以相对。

在一所大学讲学，有同学问我："成就了事业，有没有遗憾？"我笑答：何止是"有"或"没有"的问题，简直我就是遗憾堆起来的！我觉得这话也适用于我的这部"落霞系列"小说。

从书的整体风格看，《康熙大帝》的第一、二卷里有浓重的通俗武侠味道，第四卷及《雍正皇帝》又嫌故事情节累积过于密集，有专家已经指出"二月河过于热衷讲故事"。待到《乾隆皇帝》，我的写作经验是较前丰富了，也"知温柔"了，注重了文化含量，但也有不少读者看到，文笔变得有些拖沓、琐碎，"唯恐不为人所解读"，我听说穆青先生有评，说"他（二月河）写得累了"。就《乾隆皇帝》第五卷，原来暂定名《月昏五鼓》——也就是"又黑又冷"的意味，被盗版的梁上君子来回折腾，就不好再用，而且整部有七十余万字的容量，是两部书的规格了，就变成了五、六卷现在这个样子，它的前后情节是连贯相通的——这就和前面的"系列"有所不同，显出某种不协调。读完我的书的读者如果用心，是可以感受到这一点的。仅就第六卷《秋声紫苑》而言，在写到最后几章时，突发中风，一则恐惧"天亡我"，二则惮于出版家与读者，三则畏于盗版继续肆虐，扶病写了出来，就勉强鸣金了。

作力不逮不是理由，身体欠佳也不是理由，作家是没有理由的，只有歉意。十五年来，我是辛勤写作的，弄文字一共有五百多万字吧。读者很难切实理解其中甘苦——写得来兴时，真有点"发疯"的意味，根本无暇静下心来想一想其中的荒谬。这次因病了，躺在床上前后追思问索，恍然间明白，我不过是芸芸众生中极平常的——如同街市上的匆匆过客一般，不过是冲动了几年，于是作书，于是就有了这一沓纸罢。在铺天盖地的（尤其是电视剧《雍正王朝》面世后）叫好声中，也听到有的读者和专家严厉的批评声，诸如书中人物故事不足尽意处，诗词曲赋不堪入目处……这些意见和看法我都接受，并以诚敬的目光回报他们。我确实无力一一作书回信写文章答复。这篇文字也算有个交代。

喜爱我的书的读者说了我许多的好话，他们是出自真诚挚爱的本心。在我穿越"沙漠"中，这是我心灵栖息的绿洲，"擦一把汗，喝一口水"时，要谢谢这毛巾，谢谢这水壶。批评我的人，听这些话，自然感受不同，我何妨当作别人送我一双新鞋，挤脚是挤脚，如果还要走道，为什么要拒绝鞋呢？

原载 2000 年 7 月 14 日《河南日报》

由《雍正王朝》热播所思

中央电视台晚上八点正播《雍正王朝》。

山西的朋友来电话，说他们那边又在播《雍正王朝》电视剧；台湾的朋友来电话，说他们那里又在播《雍正王朝》。马来西亚的朋友来电话，说他们那里又要播《雍正王朝》，已经是第八次播出，仍有死忠观众收视不误。

《雍正王朝》是根据我的小说改编出来的。当初媒体蜂拥前来采访，有人问我："给这电视剧打多少分？"我回答："59.5分。"唐国强去年来南阳，说："听说你对电视剧颇有微词？"我回答："那不是指（演员）表演艺术，是谈剧本。"剧本创作人刘和平是很有才气的，对我也十分尊重，然而实事求是地说，对雍正其人的宏观把握是有点问题的。一本白话文小说，怎么会改编得变调？这事我仔细想过，有两个原因：一是他太爱雍正了，不愿意谈他的毛病和惹人烦的缺憾；二是他太了解观众的需要了。我打59.5分，观众可能还要认为我在"保卫自己"——其实跳出"我自己"这圈子，我还是赏识这部剧的，论收视率，论焦晃、唐国强他们的演技，不能打这个分。所以当时我说："我是特殊观众，我是戴着有色眼镜看这部剧的。"刘和平是把小说中雍正抓"反腐倡廉"的情节大肆张扬了一下，引发了如许的共鸣。

我一直认为，腐败是社会病，准确地说是社会"糖尿病"，为此我已经连着写了几篇文章。一是腐败不会导致政权速亡；二是腐败导致必亡（糖尿病倘不疗治，你试试看！）；三是腐败症、糖尿病的晚期是免疫力全面崩溃，任何风吹雨打都可能招致并发症突发，而成不治之症。唐王朝的"并发症"是藩镇割据，明王朝是李自成加上满人侵凌；元王朝可怜，强悍的蒙古人当初何等英雄，最后被病魔折腾得一点气、一点力都没有。这样的例子是太多太多了……与此同时，我不认为腐败与某一种意识形态有关。腐败是一种反社会、反公德的恶行，任何权力、法制，它都腐蚀，因此它是"社会公敌"。常看到一些官员腐败贪贿被拿，临刑之时写的检查认罪，说是"因受了资产阶级拜金主义的毒害，一步一步变成人民罪人"，这是临死说的胡话。无论资产阶级还是"封建"抑或是什么"拜金主义"，各自都是有"社会规矩"的，甚至贼匪劫盗，那也是"盗亦有道"，有他们"道上的规矩"——比如劫匪不抢邮差，比如按期缴钱不撕票（杀人质）等，哪有允许人暗室受贿颠倒公理的"世界观"？

正因为这是最令人厌恶痛恨的东西，当你抨击恶攻它时，人们自然就"心理迎合莫名欣慰"——现实中招人恨的贪赃之员，刘和平在电视剧中替我们宰了——老包铡了陈世美，秦香莲们一齐叫好。

中国专权历史中，有三位皇帝"反腐力度"大。一位是武则天，她设"密告箱"，成批地抓，成批地杀贪；一个是朱元璋，他放一个码子（标准），过了码子，不是杀头，而是剥皮楦草（洪武时府吏衙门都设有剥皮亭），剥了皮风干，晾在那里让后来的官员"儆尤"；再就是雍正，他和前两位有所不同的是，他不轻易杀人，而是穷追财产，一定把"损失了的"全部彻底地收回国库。他用的是密折制度——这就有了政策水平，他执行这政策的腕力，也是极大、极狠的。就这一点说，刘和平把握得还是到位的。

在我看来，武则天和雍正都是"贵族性质"地解决问题，靠方略、靠政策办事；朱元璋是社会底层出身，他是靠直觉杀贪，带一点社会报复的朴素情结，但他们实际上都解决得颇有成效。

我写《雍正皇帝》的主旨不单纯是"反贪"，也不纯是反腐，而是如实地表现当时的社会情态，"落霞"绚丽与消亡前向它投去最后的一瞥，既有对传统文化的留恋，也有对它的深沉思索与哀婉。就这一点而言，《雍正王朝》电视剧是不胜负荷的。

老百姓喜欢的东西是颠扑不破地要存在下去的。一部作品，无论是什么形式，它的生命力在时间和人群之中。

原载 2003 年 8 月 5 日《大河报》

我在一所大学讲学，谈到中国历史上少数民族几次入主中原，真正成了气候，立定了脚跟的，只有一个建立清朝的满族。满族人不但战争打得顺手、漂亮，且稳住了江山，在长达二百六十余年的和平统治中，政治、经济和文化诸方面都有独到的长足发展，达到了中国封建社会文明的顶峰。那原因自然有许多，其中一个很重要的缘故就是满族人太谦虚，太善于学习。这是个善于采长补短的民族。

落后的游牧部落民族，打败先进的汉民族，这种事不稀罕，远在西周末年就发生过。秦始皇统一天下后，北朝一次少数民族内迁，一朝兴替，多则几十年，少则几年十几年，闹腾出十六国来。别说"繁荣昌盛"，生存繁衍都大成问题。宋代式微，西夏、金、元又是一次，强力维持政权有近百年。革命发生，一切化为乌有。

他们有一个共同的致命弱点，就是迷信自己的武力，以为马上得天下，也可以马上治天下，瞧不起被他们打翻在地上的汉子。从匈奴民族的中原统治看，他们一直到灭亡都没有弄明白自己当初胜利的原因是什么。

但是，有一位杰出的满族人看到了，他就是康熙。他看到了被他的民族打得遍体鳞伤、毫无招架之力的，是一个奄奄一息的巨人，也是一个被内伤折磨得无力外战的民族。作为一个政治家，他是清醒的、明白的。要想有效地统治这个文化高出自己的汉子，就必须向他学习。他一方面防范这个民族，使劲地麻醉、鞭笞，另一方面则痛下功夫向这个民族学习：学文化、学历史、学政治统治术，也学心眼。

讲唯物论的人不大讲天才，但康熙的天资特出似乎是没有疑问的。我们知道，他八岁登极当皇帝。这倒不算什么，历史上幼冲居尊的不胜屈指，但他十六岁那年便利用布库少年擒拿了跋扈不可一世的权臣鳌拜，十九岁决意撤藩，不数年间吴三桂、耿精忠、尚可喜三藩大军叛乱次第杀平。狼烟未息，二十三岁的康熙又下诏开博学鸿词科，逼前明遗老就范臣服新朝，倡明文教大获人心……这样的"圣断非常"，简直可以说，在一大群庸庸碌碌的皇帝中是鹤立鸡群了。就他的一生功业，修复河运漕运、轻徭薄赋、三次亲征准噶尔、安定西北、六次南巡、勘定《皇舆全览图》、收复台湾、统一中华版图，随便抽出哪一件，都可以彪炳史册的。我们今天的人，一般只晓得一部《康熙字典》是他弄的，其实如《古今图书集成》等大型类书都是在他亲自关照下诞生的。

我们知道，康熙能诗词、善书法、喜绘画（特别喜爱董香光的字画）、精数学、会说七种"夷语"（我想不可能是英法等语，大概是一些亚洲国家语言）。他写的三篇地震论文我没有读到，但我知道，我们今天的数学术语如"元""次""根"即是此人的创造。他的音律知识达到什么程度，我很难估计，但他的文学素养可以从他的诗作里领受：或歌咏鸣蝉，或激赏幽兰，或眷顾苍鹰，或宝爱战马，诗中有对爱后深挚的追思，也有对流离苍生的悯怜；有对边防将士的关爱，也有对民事政务的萦念；时或对人生无常感喟，时或又闻金戈铁马，又见流风回雪。他的诗作水平，可以说很多皓首穷经的汉家学者都难以望其项背。

这么大的本事，哪儿来的？天分是自有的，本事一定是学来的。

康熙深深意识到，一个只有百十万人的满族，要想统治亿兆人众物华天宝人杰地灵的大华夏，一定要有"认同"的意识。这一点，他似乎比别的皇帝格外地自觉清醒。元代蒙古人是打进曲阜孔庙的，因为孔夫子说过"夷狄之有君，不若华夏之亡也"——这话太伤他们的自尊心，因此进庙照着孔子像脸颊就是一箭。即使历代汉族皇帝尊孔，入庙行的也只是"师生"礼——二跪六叩，也算非常礼尊隆重了。康熙数度谒孔，封林加谥，如履薄冰，小心奉敬，行的是三跪九叩的君臣大礼。他心里是否真的那么敬爱孔子已无从追索，然而他肯定晓得，孔孟之道是华人文明之根，不尊孔没法和汉人打交道，更甭说去统治他们。

满族人的天下是靠武力打下来的。满族那些骁勇善战的将军对汉人除了一部《三国演义》几乎一无所知。他们有的是"武化"，却没有什么"文化"。康熙在笼络中原文化人上可说是不惜委屈万乘之尊，费尽了心机。平常的科举是帝王驾驭文人的一贯手法，康熙觉得远远不够，又开了一个"博学鸿词科"，一批前明遗老便成了这一科的"征君"—— 你们不是总在背后骂我们吗？你们不是惦记着那个"华夷之辨"瞧不起我们吗？你们不是总盼着那个死了的"大明"吗？你们不是嫌那些主考大人不够资格来"考"你们吗？好，现在我来，我亲自请你来，你不能来也必须来，我亲自当主考——这样，极大地满足了这些人的自尊心、虚荣心，足尺加三给足了面子。来应考的一律安车蒲轮礼送进京，考中的考不中的一律给官。即使真的不情愿"咸与本朝"的，也在这种强制下如"失节之妇"，取消了骂人的资格。考上了的自然光宠荣耀，心里扁扁地服了。康熙的这一手"学习"法，可谓用心苦极，手段辣极了。资料里对这些事尽管有所讳饰，也还是看得出来。这一百八十来位"征君"心情复杂，啼笑皆非，表现也各异。有的是欣欣然，有的是茫茫然，有的是明哭暗喜，有的是装模作样，鸡飞狗跳"一队夷齐下首阳"了。

就康熙而言，他自己是个天之骄子，这么着"学习"自也有些委屈的。应考的人捣乱，有的不肯来，绳捆索绑来了；来的不应试，"本人有病"；应试的有的交白卷，有的故意做错题，还要一律"优遇"，自然难免别扭。但为了他的天下社稷，他都一概忍了。有意思的是，在南巡时，拜谒明太祖朱元璋墓，他以"当今"拜前帝，居然也行三跪九叩的大礼，感动得在场的耆臣遗老无不唏嘘涕零，亡国灭族的切齿之恨也就在这一片哭声中消解得无影无踪。

他具有这般非凡的"工作能力"和个人魅力，作为领袖，受到当时人民的称颂拥戴，就不是一件奇怪的事了。他与俄国的彼得大帝是同时期的人物，史学界有人把他与彼得一世比较，认为是不逊于彼得大帝在俄国历史上的地位的。我们自幼受到的教育，看一个封建人物，尤其是皇帝，必须首先看到他的"局限性"，然后才去轻描淡写地说几句他的"贡献"。某市一位市长，一上任便下令推倒了康熙的塑像，那也自有他的道理：我们是人民当家作主，怎容"封建"在我市张扬辉耀？一位非常著名的作家当面对我说"大帝"这个名字不妥。中国没有"大帝"这个词。也是不以为然的意思。我回答说，俄国人可以称彼得大帝，我们中国人当然也可称康熙大帝。中国有这个词没有这个词原无关紧要，只要世界上有这词就成。而且事实上，"玉皇大帝"难道是个外国词？

《康熙大帝》一书于是定名。

原载《二月河语》，昆仑出版社 2004 年 1 月出版

雍正与术士

《雍正皇帝》一书中表述一人物贾士芳，能呼风唤雨、捉鬼擒妖，并有种种超自然的法术手段。该书在出版后，大受读者青睐之余，也因此受到许多读者批评。学者们自不待言，以为此种描写有违现实，不伦不类；普通读者也有非议，以为如此"现实主义"的社会生活不应插入鬼神魑魅之说。待到《雍正王朝》电视剧播出，里头有个披头散发形若魑魅的道士，一脸死样活气妖精味儿，我没看清是谁，经朋友指点"那就是贾士芳"。当时正吃饭，我书中贾某人在电视剧里这般形容又大出意外，逗得一乐，差点"喷饭"。

中国是个崇拜寿星的国度，生活质量倒不大讲求。释家讲色空，讲轮回，那讲的是什么？讲的是生命的转换与延续，是一种"永恒的变化"，植根于"空"与"寂"之中。道士们说性命，谈虚冲，则来得更直接：当世肉身可以成仙，丹炉九转大道既成，"一人升天，鸡犬相随！"这也是个说不到头的题目。儒家尊崇的是孔孟，是治世的显学。这个学问偏重于政治治理，因为从盘古开天辟地而后，毕竟那些腾云驾雾、长生不老的神仙不曾真的现世一个，只留下许多姑妄言之姑妄听之的传闻疑案，孔老夫子很务实也很智慧地回避了这一论题。"子不语怪力乱神""六合之外存而不论"——未知生，焉知死。我们连活着的问题都解决不了，还要去管死后的事？这事我不谈，无可奉告。很有点外交官对付记者的格调了。

但皇帝也是人。我敢说，人里头最希望神仙境界，最希望自家成仙长生不老的就是皇帝了。这道理并不难透窥。权柄、荣耀、金钱、美女、宫室、臣僚、子女、玉食、锦衣……要什么有什么，物超所值地享受了，缺的只是永恒。睡板房的人力车夫，做梦也只会想到能娶个女人做老婆；捡垃圾的小女孩，顶多期望有人能扔点可以卖钱的破烂，绝不会把念头转到"长生不老"上头去。这件事有点像研制永动机，明摆着在现世生活中不可能，但仍旧有人要搞下去。愈是当官的，愈是官做得大的，便愈是期盼长生，更遑论皇帝了。所以从秦皇到汉武，一直到明清，阿房宫未央殿后，紫禁城中这把戏几乎一直没有停过。现在报上炒得爆热，说破解了人类基因密码，大家寿命可达一千五百年——彭祖乃天下长寿之祖，也只寿八百年。这个"成就"还了得？但我闭目去想，这世界也不得了。将来是多少人口？几十亿千年老妖精遍世界跑，是何种光景？但再想又释然，真的那般样？准是克林顿和普京们先"基因"一家伙，到老百姓时，还遥遥无期哩！

雍正信佛，而且是大师级的（圆明）居士。佛家讲"缘"讲"寂"，即是圆寂，也即是"死了"。讲轮回因果报应，是不讲"肉身升天"的。但他似乎不能免俗。他希望自己长寿，而且要活得结实些，佛家毕竟太慢且太虚渺了。他的身体出了些问题，"烧香请鬼"招来了一个叫贾士芳的道士。然自汉唐以来，历代天子，皆以尊儒治世标榜，其间或有兼用释道的，或灭佛，打得和尚们魂不归窍；或毁道，揍得道士们发昏，还没有哪个皇帝说孔子的坏话"谤圣"的。孔孟之道作为堂堂正正的治国理论，一直有着"定于一尊"的地位不可动摇。因此，"佞佛"也好，"访道"也罢，都只能偷偷来——他也晓得这不是什么体面事。对于自己信佛，他巧言令色说是为了"补于人之身心""然于治天下之道实无裨益"，甚至"试问黄冠缁衣之徒，何人为朕所听信优待乎"？

这就是睁着眼横着心愣说瞎话。文觉和尚一干佛门禅师、沙弥就长住在宫中。他未登基前指使戴铎等门人，遍求江湖异人测字打卦求问将来，用双层夹壁箱密相传递，这还可说是病急乱投医。他继位后却仍然秘密地不停地干，这就是说，他心里真的是不但相信，而且很认真地做着这种事。雍正七年二月，雍正朱批陕西总督岳钟琪，令秘密查询"鹿皮仙"（又名"狗皮仙"）终南修行之士，岳钟琪不敢接近这红炭团，回奏"这人是个疯子傻瓜，一点道术也没有"。当年他又接见白云观道士贾士芳（又名贾文儒），但可能二人都有戒心，赏了点银子就打发他走了。到雍正八年，他干脆发了一道谕旨，命地方官征访名医或精于修炼之士。给四川巡抚宪德的亲笔御旨说："闻有此龚伦者，可访问之。得此人时，着实优礼荣待，作速以安车送至京中……不必声张招摇，令多人知之……"

总督李卫、田文镜、鄂尔泰及山西巡抚罗石麟、福建巡抚赵国麟等人处都有他的征访"异人"密谕。由李卫、田文镜密荐，雍正八年，贾士芳再度入宫，并且露了几手，大蒙雍正激赏。从这些资料看，雍正的身体自七年以后已经出现了问题，但贾某人这番得宠好景不长，只两个月就身首异处。据留下来的资料来看，贾士芳操纵雍正的健康，"伊欲令安则安，伊欲令不安则果觉不安"——这样的本事谁不害怕？再就是贾士芳口出"悖逆之言"，祷词中有"天地听我主持，鬼神听我驱使"等语，而且屡教不改，雍正觉得他的邪佞也不可容忍。

小说中的贾士芳就是根据这些资料"形象"出来的。其中当然也灌注了我对这一现象的看法。我以为：用特异功能这种"也许有"的存在来行道治世是荒谬的。这也好比人，发了高烧就易见神见怪。社会生活"发了高烧"，也会出来一些异能奇技的家伙来跳梁作怪。"捣鬼有术，也有效，然而有限"，鲁迅这话千古无疑。

原载《二月河语》，昆仑出版社 2004 年 1 月出版

我读雍正的《大义觉迷录》偶见

很多圈外的读者只是耳闻其书，没有见过这部著作的原本。它的刊发和它的销毁，速度都是极快。几乎数月之间，全国所有的县府道省藩集学垣、训导教谕乃至生员孝廉，各个衙门及各个官员学人突然间人手一册，如"四书"般成了必读书，大小坊间盈庭积栋印得铺天盖地。待雍正死后不久，乾隆突然下旨收缴销毁，于是又反过来操作一番，那销毁的劲头也是毫不逊色，虽不明言，也是当作逆书的规格来禁止的。现存的《大义觉迷录》，当是流到极深山野穷壤中去的，或者被不读书的穷人当灯台垫子用的也未可知，不经意保留了下来。

学界对这部书研究有年，大抵的结论是满纸谎言，是雍正自说自道，文过饰非。至于乾隆下令收版焚毁，则又说是因为暴露皇室秘史过甚，其中曾静、吕留良和严鸿逵的反清言论颇不避讳，有"泄露国家机密"之嫌。参照看去，这两说有点以子之矛攻子之盾的味道。既是谎言，就无所谓"泄密"；泄密是真，那么本书就大体是实。然而，学界我看就是这样，只说"事"是怎样的，或者"我估计"是怎样怎样的，言来凿凿有据，听去依旧糊涂。比如这本书，我就蒙了：很多学者宁可相信《东华录》《雍正档》《年专辑》之类经过别人删削的春秋资料，却不肯相信雍正本人亲自述作的原始版本。

曾静反清一案，发生在雍正六年（1728）。这个湖南书生命弟子张熙投书川陕总督策反岳钟琪，事发被捕，收禁京师后，因为他的悖逆言论激发了满朝文武的"忠君义愤"，一致主张"碎尸悬首"以谢天下。雍正却另有一份"出奇料理"，竟以帝皇之尊与这个土秀才攀谈问答，借尔口中话，言我心中事，成了这么一部千古奇书——在《雍正皇帝》小说里，这件事我几乎是实录了的。

《大义觉迷录》的史学和资料价值，我看是毋庸置疑的。起码比《清史稿》要生动翔实得多，更遑论《清稗类钞》《野史大观》之类的书了。就我的浅薄阅历看来，一个人若是心无骨鲠之话，行无可议之为，学无欲表之见，思无绕床悲怀，吃饱了撑得发昏，突然从生计百忙之中抽空写书，那他肯定有病。更别说他是日理万机的皇帝，何况他是政务忙得七荤八素的雍正！为了这书张扬周知，他下旨——

> ……使将来后学新进之士，人人观览知悉。倘有未见此书，未闻朕旨者，经朕随时察出，定将该省学政及该县教官从重治罪。

他说得也真恳切，要读者"问天扪心，各发天良，详细自思之。朕之详悉剖示者，非好辩也"，求一个"天下后世自有公论"。这里头的无奈、愤懑、期盼、渴望，书中在在处处，俯拾皆是。

外国我不敢说，综观中国从秦始皇起至辛亥革命，还没有见过如此一部自我辩谤书。我看这部书透露出雍正一朝及雍正皇帝本人生平政治活动的信息量，大大超过了所有有关资料的总和。然而，我不是从历史学家的眼光和角度去审量、考证它的。我找的是文学角度的故事和我对雍正的感觉。说实在话，我对胡适的"大胆假设，小心求证"的治学态度是怀着有保留的敬意的。更不能苟同这样一个"公式"：

> ——封建皇帝是地主阶级的总代表。
> ——地主阶级的总代表必定青面獠牙，或两面三刀满口胡柴。

——雍正不可能以真诚示天下，一定假话连篇。

他在一些重大的政治事件的解释里，确实玩弄了一些花哨言辞。比如太阿交替之际，呼吸性命之间，他对父亲康熙，对阋墙兄弟的处事原则、亲情交往，都"光明正大"得叫人瞠目，活像孔子的头号弟子颜渊那般毫无瑕疵。康熙逝世后传位诏命、授受交接的事情，和其他资料的记载有"对不上卯"的情节。对清室"得统之正"的表述，分明在强词夺理，起初我读它时觉得新奇，再阅就疑窦丛生：你真个那么好？别人就那么差劲？继而再思，又复叹息，雍正只能说是个实干家，太老实了。

假使这书有另一个写法：雍正以治世之尊，选几名硕儒重臣来一番君臣晤对，话题绝不涉及宫闱秘闻，只谈"雍正改元，刷新吏治"的施政纲要。经过一番宵旰努力"振数百年颓风"的成就：打击朋党奸邪时不得已的苦心……如此正面文章或称"圣心语白"，或叫"矜念苍生"之类的名目，堂皇颁之天下……那结果肯定好了去。一句话，这书见小不见大，有点受冤媳妇叫街洗冤的味道，嚷嚷得天下都听见了，却都是他的家务事。

但作为小说家，这种做派可帮了我的大忙。据书中语气、缠绕家务的心理透视，明摆着的：雍正是个口似悬河、伶牙俐齿的人；雍正是个性格急躁的人；雍正是个孤芳自赏的人；雍正是个刻薄、爱计较小是小非的人；雍正是个勤于政务，但绝不任劳任怨的人；雍正是个大喜、大怒、大恩、大怨都不遮饰的人……弑父、逼母、杀兄、屠弟、贪酒、好色、诛忠、任佞……什么"传位十四子""传位于四子"的传说，在雍正活着时，已是沸沸扬扬、满天下皆知的事了。这些事情并非稗官野史小说家言的发明——简单列举就大白了这么多，深层次挖掘，书里的"消息"就更多了。

由此可知雍正是个"不会事"的人，怒火填膺时什么话都说，对谁都说。说到能干苦干，他是第一流人物；推到深沉，他也是第一流的浅，浅得令人吃惊。乾隆口口声声最佩服"圣祖"（康熙），"以圣祖之法为法"，心理暗示必是不佩服父亲雍正，不肯"以雍正之法为法"。爷孙两个雍雍穆穆圆融无间的关系，帷幕后头的有点"那个"，也就不言而喻了。

这部书还有点"尾声"。"反面教员"曾静、张熙多活了六年，到处去宣讲《大义觉迷录》。雍正去世，乾隆一登位便杀掉了他们。理由是雍正虽然仁慈，我却不能不孝，他们那样诋毁父亲，当然要杀掉他们。翻开《大义觉迷录》，雍正对此却早防了一手。他说要饶曾静，"朕之子孙将来亦不得以其诋毁朕躬，而追究诛戮之"。为了强调这一点，他还举了吕留良的例子，说康熙在世并不知还有个吕留良，若是康熙赦免了姓吕的，"朕亦自遵旨而曲宥其辜矣"。这爷孙俩到泉下见面，此案不知如何解法？

原载《二月河语》，昆仑出版社 2004 年 1 月出版

公民意识，流氓皇帝种种

我一向遵循的主意，拿起笔来老子天下第一，放下笔夹着尾巴做人。这个"拿笔"当然指的是文学创作，而不是像现在做的这种随感。倘使提笔写小说，那是要形象思维最大的开放的，蹑手蹑足提心吊胆的、满腹狐疑如临深渊如履薄冰那样着笔，或为俗务所羁不能"第一"，一脑门子的心思油盐酱醋茶——这都是妨害"进入感觉"或"进入状态"的，"下笔如有鬼"，无论如何也写不好书。目中无物亦无人，是"天下第一"。倘放下了笔，这时候便是平民、凡人，一样的穿衣吃饭，一样的扑克弈棋，吃喝拉撒睡多不出什么也少不了一件，既是个平凡人，那也就不必装什么幌子了。

我喜欢随便。写完东西累了，或玩累了，穿着有点邋遢却很适意的毛衣或衬衣到街上遛遛——幼年时候老师们骂是"大烟鬼子遛街狗"。"大烟鬼子"是没精神的意思，"遛街狗"是——谁都懂的吧？如今五十六岁了，过了知天命的日月了，奔"耳顺"了。套一句屈原的雅话"余幼好此闲遛兮，年既老而不衰"。现在五十多岁不兴说"老"，吃穿好了，满精神地遛，似乎是条好狗。

那日又出门转悠，忽然一个青年从背后叫住了我。转脸看，是本地一家小书店的老板——常见面的老熟人。他笑嘻嘻递给我一本《皇帝与流氓》说："凌老师，上头有几篇文章和你有关——是批评你的，请你……"我这时候没有拿笔，只好赶紧满面笑容接过，夹起，付钱，然后回来展观拜读。拜读后便晓得了，这本书并非专指我说话的，上中下三编之中，关系到鄙人的只有上编的一部分。其中宋先生的《信口开河二月河》是早已拜读过了的，其余的几篇倒是没有拜读过。自然"拜读"云云是场面话，老老实实说，实情真是没有"拜"，只是躺歪在那里看了看。与我无关的篇章，我拣了几篇有关太平天国的论文仔细看了，"有干"的都认真读了。

印象和感慨我都是有的。老实坦白地说，宋先生的文章我原先也还是有点"那个那个"——腹诽：你怎么可以根据小报串了味的报道入我以"罪"？但拜读了这本书另外几篇，忽又感悟，宋先生是对我笔下留情了。起码没把我看成是"封建余孽"，是极平和的学术批评，而且我亦以为"信口开河"四字于小说家而言，也并非全然贬词（也许宋文本意是要贬的）。有几篇是批《雍正王朝》电视剧的，与我干系似多似少。总的意思很明了，皇帝是流氓，流氓才能当皇帝，说我在讴歌皇帝，也即是讴歌专制——这使我想起袁世凯时的"筹安六君子"，任诸公笔伐口诛之。其中一篇《送你们回雍正王朝》中甚至把我好歹塞进"时光隧道"，盼着雍正的"血滴子"灭了吾辈拉倒。

这么狠心哇！再一看，有几位竟没有读完"帝王系列"——姑且言之是"帝王系列"吧。我本是称它为"落霞系列"的——这不免一惊之后又扑哧一笑。幸亏是而今，而不是而往，若在而往之日，岂不是要"这回断送老头皮"了？

待回过头来再看出版者语，我才进而恍然过来。原来是他们（出版者）要反对"臣民心态"，要反对"漫漫皇权路"，需要诛杀一批写"一幕幕皇帝高高在上颐指气使，臣民们匍匐在地诚惶诚恐的镜头"的文人。我是被这些反对集权主义的斗士，拿来作为嫌疑犯绑缚什么场执行什么什么了，而且连"验明正身"这道手续也免了。"本公民，而不是本百姓"的这位出版者，天幸只有笔而没有炮子儿。

这时我才明白，做个平凡的"老百姓"也是要"本公民"批评的，这才明白，"本公民"认为，写皇帝就是"对皇帝的歌功颂德"，而且"本公民"以为"得民心者得天下"也是荒谬的——就这样，他还以"清除专制"为己任！

看来，我的"夹着尾巴做人"肯定不是公民意识，要竖起来才能算"不是老百姓而是本公民"了。但我无论如何夹尾巴，也到不了这地步。我要写什么、怎样写，须得先请示一下《皇帝与流氓》出版者和里面一群文化"三道头"。

中国有两千多年的封建史，统绪之完整，世界仅见，这是无法回避的历史事实。记得在"文革"中有段时间，一批人以儒法斗争为主线，以农民起义为主体，想另搞一个"史"。结果讲来讲去，毕竟还是得说"东西汉两晋隋唐宋元明"——国家的主体就是皇权，皇权的核心就是皇帝，这谁都没办法。我们现在想当公民，当然念头极好，但这个不是喊口号游行一下就可解决了的。我们须得老实一点面对这个历史，去研究它、分析它，知道它是怎么回事——它以怎样的形态存在，又将以怎样的形态消亡，是有规律可循、有章法可遵的，不是骂一声"妈的"就办了事。两千年的历史中，集权主义是主导，它也有个从积极进步到落后反动的过程，内中也有很多值得借鉴的事物，很多值得尊仰的人物。皇帝都是流氓这个看法我不赞同。倘有人指太白文艺出版社这本书的编辑以"本公民"指手画脚，是恶霸，我亦不赞同，道理是一样的。就是我的心思，就算他是皇帝——比如说刘邦，是有点流氓气的——他进咸阳约法三章，安抚老百姓。"不是流氓"的项羽反而做不到。他的《大风歌》无论从意境到文字，在这本《皇帝与流氓》的一群作家里，没一个做得来。只要有利于当时的国计民生，推动发展当时的生产劳动，不管是皇帝，是百姓，或是公民，我看都应给他适当的肯定。

原载《二月河语》，昆仑出版社 2004 年 1 月出版

对盗版的回答

这些年，"知识产权"成了热得炙手的话题。由这话题衍射到作家队伍，那说法便是书的盗版。

这是很新的名词了，我们老祖宗写的史书里头没有。其实就我而言，应该是极度憎恶、痛恨盗版商的。我的社会身份里头就有保护作家权益这一条责任，我的书在市场上也很有点卖相，盗版商不纳税，这损害了国家利益，不给我付稿酬，也是亵渎我的劳动，我兜里也少了不少（肯定是天文数字）"铜"。然而"应该"是应该，我极少对此提出批评。今年在北京，开人代会，一家报纸请我给编辑们讲讲。有人提了这个问题，我答："对于盗版，我的心理和感情是复杂微妙的。"

倘说"盗版好"，我不敢。它违法，二月河你敢说它好？你不是和法律对着干？我没有这个胆。我自己是盗版的深受损者，倘若心里还夸盗版那我就需要看心理病的了。

然而我对盗版商恨不起来。我对我的同行们高张义帜大肆挞伐，声色俱厉，激切陈词……征讨盗版，"窃以为……"不能理解。我的心理阴暗到这种程度：看到这类激烈文章，坐在沙发上掩口而笑。

我说"阴暗"许是真的。盗版与"强盗""盗窃"同族。我不恨，还不够阴暗吗？

我的书早就被盗版商们盯住了。1990 年前后，出版社在南京做了个调查，仅《康熙大帝》一书就有八种盗版版本。从那时过来这么多年，也是"与时俱进"，愈演愈烈。有人问我这些年受损若何，我粗略估计"大概两千万吧……"哇！两千万呢！

如若躺在被窝里想：我可以在南阳滨河路边修一座大型别墅，买三辆汽车吧，一辆自己坐，两辆接送客人机动使用，三个司机兼做仆人，再要一个女秘书，当然还得请个保镖，谁的武功好呢？……这么着想，一觉醒来，发现原来还是那个二月河，他的本名叫凌解放！妈的……就像《渔夫和金鱼》那首诗里的老太婆，跟前仍是那个洗衣盆，又像萨克雷的《名利场》里头的蓓基，身前只剩了个小卖摊……这么着，非发疯不可。我看有的同人，提起盗版那种憎恨，那样声嘶力竭，歇斯底里，气急败坏……心里很显得不怀好意：是不是君子刚刚做了个什么梦？

前年春节，有一位陌生人到我家来，直称："我是盗您的书的，我……想送您一点……钱吧……"我说："我不问你名字。咱们各奔前程，各安天命吧。钱是决不能收你一分的。"这是盗得不好意思了。也许是见我被人偷了也不骂，更"不好意思"了，来找我找一找他的心理平衡。但不论怎样，他算一个"盗亦有道"的人。

其实我的心思也很简单，盗版书对穷读者有利，这也是个不争的事实。这事我原本不晓得的，十年前吧，第一次碰到盗版我的《康熙大帝》，一问价，是原版的三成。我当时大吃一惊，这件事让我想了"良久"。我知道了，出版社付给我千字三十元的"优惠稿费"是个什么含义，知道了书的利润，也知道了"三成"里头也还有赚头。现在的下岗工人是什么境遇？两年前听一位工人讲，他们是"三线厂"，在深山农村，过去是农民来偷工厂的设备卖铜铁。现在农民告工厂，说工人把他们地里的菜根都偷吃光了。还有一个真故事，一个双下岗工人家，妈妈带孩子买菜，腰包里只有两元五角钱，买完菜还剩五角钱，小孩子闹着要吃猪头肉，妈妈把最后的五角钱掏出来，卖猪头肉的说："五角钱的肉怎么称？别处买去。"妈妈为难，孩子哭得很凶，卖肉的知道了也掉泪，说："我不要钱，给孩子割点吧……"还有一个警察，抓到一个小偷。小偷说我穷，因为下岗了……警察带他到他家看，家徒四壁冷落锅灶里，煮着一锅绝无粮油的野菜。警察摆手放人，当下就默然离去……

一套书是几何钱？我的一套文集，便宜点的版是二百多元，软精装、硬精装、豪华版本、带木箱精装是三百多、四百多、五百多、七百多元不等。我不讲上面这些极端的例子，就是一般下岗工人、贩夫走卒、引车卖浆者……花三成的钱买一套回去看看你的书，我不好意思剥夺掉他的这一点权利。

从这一点上说，我以为我的心理还是健康光明的。三百多年前在一个严冬，蒲松龄停住了笔，在他的绰然堂窗前端坐而逝。他没有见过他的《聊斋志异》"版本"。二百多年前曹雪芹两个儿子死于天花，悲苦困顿中"泪尽而逝"，他也没见到他的《红楼梦》"面世"，更遑论什么"版税""稿费"！二月河何人？你们"那众位"何人？

"沧浪之水清兮，可以濯我缨；沧浪之水浊兮，可以濯我足。"凡是讨伐盗版书的，我看都是有版可盗的，这也是吾国国情，除了盗版，还有多少泼天大事，极令人头痛的混账事。这件事比起来，不是什么了不得的。

但盗版确实是"盗"，确实损了国家税收及版权规矩，算是损公肥己的劣行……这么麻烦的事，我想不透，感情又这么复杂，不听、不问、不管算了，请社会学家和政治家们来伤脑筋吧。

原载《二月河语》，昆仑出版社 2004 年 1 月出版

关于奖的一点想头

战国先秦奖公战，戒私斗，于是秦人勇于公战，怯于勃豀之争。你为国家打仗，杀敌勇敢，打了胜仗，杀了外敌，就按你的功劳给你体面，给你实惠——爵位和俸禄；你打群架，争风吃醋窝里斗，对不起，那就请你蹲班房，做苦力，甚或杀你的头。这么做，"全国人民"的精气神不向内耗，全都冲着敌人来。虽然外头苏秦辈费煞心思瞎折腾，集五国之师叩关攻秦，倒被秦人打了个发昏。

这是我们在中国历史上见到国家奖励最明白、最漂亮的一段史实。后边的朝代似乎有点稀里糊涂的了。当然，奖还是各代都有的，只是没有作为整个国家大局的事来办，而是按"需要"去糊弄。武则天作为女性当政，心里不踏实，总疑心外头人在盘算她，需要耳目，于是便奖励告密，目的是排除异己，惩治贪官污吏，那也还有点效应的，却也冤杀了许多好人。朱元璋是惩重于奖，查出有贪污的就拿来杀头剥皮，可谓很有力度，不可谓不够心狠手辣，但他一死就人亡政息，明中叶后期吏治愈来愈不可问。雍正鉴于农业的"需要"，种地种得好的可以给个九品官。这在当时可算得上殊荣重奖的了，然而他一死，乾隆皇帝便取消了这制度。我猜乾隆未必是故意与父亲闹别扭，很可能他以为他的农业问题已经解决，不"需要"这皇历了。

这么看，奖惩便成了阶段性的事，成了局部的应急措施。吃不饱饭就奖农业；穿不好衣、物用不足便奖工业；钱不够便奖能人，奖能"引进外资"的；治安不好便奖警察，悬赏举报人；要打仗了，赶紧去奖"杨家将"。

我并不觉得上头这些事做错了，相反，我以为做得小了，不够大气，或者时髦一点说是不够"宏观"。今日要做此事，就在此事上花钱，明日彼事出来，再去……哪个葫芦漂上来紧着就去按哪个，对，我看就是按葫芦，不是弹钢琴。按葫芦是没有谱子的，弹钢琴是心里有数的，有谱。

就历史上的这些事来观照，我看愈是做得明白公开，便愈是做得地道。愈是奖重惩明便愈是激励人心，重赏之下必有勇夫，不是件偷偷摸摸的事，贴了告示去干，言必信，行必果，而且绝无反悔，才会有好的效果。

好的风气，好的道德，勃兴的事业，应该奖励，对于阻碍这风气、道德和事业的人事则要痛加挞伐。这个道理谁都知道，但实际做起来，却常常是按"需要"来的。

顺带我也说一点切实感受。近日听说香港的中学生们给了我的《雍正皇帝》一个奖。我心里便是大的喜欢，因为中学生们纯真，绝不会装模作样故作高深地掩饰什么，喜欢谁就是谁，再就是绝不会几个人坐在沙发里喝着什么饮料叽叽哝哝——商量便给某人一个什么奖；再者，他们也不会收受什么意思意思的包。别人不给我奖，我自然无话可说；给了我，我就有了这个"想头"——这是题外话了，以谢意回报香港的同学们。

原载《二月河语》，昆仑出版社 2004 年 1 月出版

《康熙大帝》《雍正皇帝》《乾隆皇帝》——"落霞三部曲"问世以来，接到不少读者来信。其中众多的一个内容，竟是问祖宗的。赫舍里氏问郝家的，钮祜禄氏问钮家，那拉氏问那家的……这都是满洲老姓，现在的后人多已有了汉姓：或姓康，或姓郎，或姓王什么的。汉人也多有问询的，姓熊的，姓张的，姓高的……种种诸姓，祖上衮衮在朝，这会儿见了书，有点数"典"忆祖的意味。

中国人的寻根意识真是不得了，恐怕也是"一国独有，别无分店"：是个国粹的吧。别的国粹我不敢说，这一粹我以为还是该保留承绪的：祖宗有功、有德或曾为世立言张名，子孙要追忆发扬，张大，把"好"保留下来变成自己的和后代的，这怎么看都是在追求进步。它的理论根据是"敬天法祖"，是有存疑的，但就这件事，没有一个秦桧的后代叫嚷"法祖"的，也不见和珅的后代来续家谱——都在思索承继祖宗的光荣，这就有上进光大的意思。

但来问祖者，多是"个人行为"。单是这一条便使我犯难。第一，我不懂朴学，就算懂，世系延绵人自不同，族各有异，不可能一一探讨。第二，这三部书是小说，不是历史实录，也就是说，君虽数典忆祖，典忆祖国统一，奈此书不是"典"，是给你看着玩，解闷子的。所以我多应之，您太认真了。问周培公的却是一个小社会。湖北荆门人发了痴，想让我来写点什么。

现今，我们见到一些"省部级""地厅级"甚至是"县处级”，一个个都是出警入跸前呼后拥牛烘烘的“乖乖了不得”，这样的级别放在国家级的历史正册中，最多是提名带姓寥寥几笔说说。有的干脆列一个统计表什么的，往格子里一填拉倒，更多的则压根提也不提。特别优秀的如况钟这类人，也不过小小一篇文章列在“循吏”之中。所以一个人要真的“丹心照汗青”本来就是极难的事。我说这话，这些省地县“级”的仁兄可能不受用。但你自个儿可以查史籍，看看你这个级别够不够个“列传”什么的。这个是小看你，倘不舒服，肯定是你自己高看了自己一眼。

但周培公这人在《清史稿》中有，且存下了不少有关他的笔记资料，列有专条历历在目，记载了他“说”降平凉的事迹。我们当然不可能在史册上见到他的风采的文学表述，但是当时吴三桂造反声势气焰未衰，王辅臣在陕西小败以后固守待援，实力仍不在清兵之下。王辅臣首鼠两端，身拥重兵，是个很典型的骑墙小人。一个“说”字透出多少故事？没有极灵的心思，没有极好的口才，没有极大的胆量，这事能办吗？办得下吗？

周培公的小说形象来源，我就是根据这些资料来“塑”的。也许把他说得好了一点，但吴三桂是分裂势力，汉贼。从“不两立”这个原则，周的这行为本身就是民族壮举。再说一遍，这是小说，读着玩，解闷子的，也许有时有点“启迪”作用，抛砖引玉作用什么的，但它确不是“典”。发了痴，才会把这形象真格地来搞。

最痴的人，也许就是最聪明的。曹雪芹说“都云作者痴”，他其实绝顶聪明，湖北人心思真的很清明，他们居然真的把周培公的祖坟给找出来了，他们在不断地努力寻找周的遗存资料，四方走动八面联络地在搞这件事，这就证明这方人脑筋好使。因为开发这古人的意味，明摆着不是为了发思古之幽情，也不是为了二月河这本书，而是为了他们那方水土上的公民过得更舒心一点。这意识太现代了。

古人的灵魂现在不知有觉无觉？倘有，周培公可以笑一笑的。

尽管有些念过大书的骂，二月河也可以很现代地笑一笑的。

原载《人间世》，时代文艺出版社 2014 年 4 月出版

《雍正王朝》电视剧播出后，中央电视台来家采访，问我："能给它（电视剧）打多少分？"我当时不假思索，回说"59.5"。前年吧？唐国强到南阳，当面问我："听说凌老师对电视剧颇有微词？"原本关系很好的制片人跟编剧大约也是"颇有不豫之色"的吧。世界上有些事不能唠叨着去解释。就如毛笔字——现在我还绘画——看出哪一笔有毛病就让它维持，你可万不要去动，冷处理，只管再把别的笔画弄好就成。你只要下手改正这谬误，会把整幅字、整幅画搞得一塌糊涂，彻底完蛋。因为就本质而言，我还是欣赏刘文武、刘和平他们的创作能力，对这部电视剧的收视率，我更是无话可说，更不用提它对书的促销、给我本人带来明明白白的实惠了。

在这篇文章里说这样的话，是否跑题？我在这里打比方，雍正就吃了这个亏。本来，诸如"传位于四子""传位十四子"，如谋父、逼母、弑兄、屠弟、酗酒、好色……种种"十大罪状"，原本就是雍正时期一个"个案"，本来应尘封在刑部死囚档案中，人死十八年一火焚净完事。但雍正他不肯，他犯了修改毛笔字——墨是黑狗，越描越丑——的毛病。倘入私塾，"三家村"老先生第一课就要讲的基础知识，他没有遵循，这就有了今天街上到处摆的卖他的著作《大义觉迷录》。

中国的皇帝有多少？从秦始皇到宣统，是二百七十六位还是二百七十三位，有精细人做过统计的。有著作的是三位吧，一个是梁武帝萧衍，有一本《梁皇忏》，还有南唐李煜也是一位，加上雍正，三个作家。现在人，那些评论家，把他这本《大义觉迷录》批得血肉模糊。其实，审度清楚他的初衷，他只是想把他的毛笔字点画修得好看一点而已。

关于皇帝的认识

和很多人类似，我的原始历史知识是从看戏中获取的。我原本以为皇帝是这样当的：每天上朝一次，出来个太监，手执拂尘一挥，说"有事出班早奏，无事卷帘退朝"，如果有事，就出戏了，没事，皇帝就会回宫，去享受他的钟鸣鼎食、歌袖舞扇和佳丽三千……倘这日子也过腻了……就带上什么阿猫阿狗太监近臣，去"游春"或"巡幸"，彻底地放松快乐一下。或有艳遇，或成全或破坏旁人的艳遇，获取彻底的心理满足……国库的钱是他的，他想怎么花钱就怎么花钱；天下也是他的，想怎样玩就怎样玩；任何人都限制不到他的自由，而他能左右任何人的命运。

皇帝的本身是不是这样？我是在读了许多书如二十四史、《资治通鉴》、《贞观政要》才明白了。除了极个别的，如白痴刘禅、晋惠帝、明正德之流，中国历史上大多数、绝大多数皇帝——平庸或杰出，一般化或有成就，有毛病是另一概念，我们不去说他——是政治家。他们和我们现实社会中的领导一样，要开会、视察、处理公务、批览文件、排解纠纷矛盾，吃喝拉撒睡一样不少，也多不出什么。即使花钱，也是有制度的。即使睡女人，也是有规矩的。清代宗室子弟凌晨五点钟便得到毓庆宫或宗学去读书，读书也是有工资的，工资也是受限制的。他们读完早课，辛劳的大臣们还没有上班呢！——说皇帝最自私，这一条是我的读书心得，和教科书教我们的可以"认同"；说皇帝都是吃喝玩乐、胡天胡地、不顾一切地个人享乐，实在是"戏"误导了我们的感觉。

台湾一家报纸，有一次打电话来采访我，问我读到有个人写的关于我们一位伟人的传记了吗，怎样看这个事。我说："我们应该想一想自己，我认为他在胡说八道。有些事，即便有又如何？一个政治家，判断他优劣的标准，难道是看他有几个红颜知己或是情人？你们就这个判断人的尺子？美国人没人认为克林顿是坏人吧？"

那么，二月河的"标准"是什么呢？

A. 看此人在位时，对发展当时的生产力、改善当时人民生活做出没做出贡献。

B. 对加强民族团结、维护国家统一有无成就。

C. 对文化事业上的发展与兴旺有无建树。

我就是这么三条，无论对孔孟，对陈胜、吴广，对司马迁、李白，对黄道婆、蔡伦、郑和、秦桧、严嵩……对唐太宗，对康熙、雍正——都一样。这个标准对不对，当然也要实践去检验，但这是我的真实认识。这种认识需要一点胆量，这个胆量来自十一届三中全会，"从前"是不行的。十一届三中全会界定了真理的标准，取消了已经形成的中国新贱民阶层。它划时代的意义在于：将理、情（天理、人情）放在一处，即是天道之所存。

历史是一种演进过程，我们现在的生活，也无例外地存在于这个过程中。后世的人们将来怎样评价十一届三中全会，我不知道。就我目前的识与见，如果说某一个会议能够救中国，那就是这次。——这样，关于皇帝的正面戏也才有可能去创作。因为，按照我自定的这么三条标准，正是当时当事人的社会实践，尘封了几百年，已经成了历史的积淀，应该有一个相对客观的评价与了解，历史是一面镜子，照照是有点益处的吧！

王蒙说要"扫皇"，不知二月河的书在不在被扫之列？我想如果扫的有我，是我自招的，我情愿人来扫。——我的"三条"是我自定的标准，对与错我也不认为谁能人为地界定，因为这三条也要社会实践才能考定月旦。

前几年有人拉倒了竖在承德的康熙铜像，理由极简单，说是一个封建帝王，岂能在社会主义的城市中耀武扬威？我在这里大胆预言一句，康熙的铜像早晚还会再竖起来，因为他本人对中华民族做出的贡献不能磨灭。就像物理学不能回避牛顿、伽利略一样，谈到华夏民族的团结、广阔的版图，我们回避不了康熙。

为什么有这个预言？因为做这个事的市长不讲理，我们从小上学，读教科书、文学书、连环画，看戏、看电影，接受的是这样一个公式，地主等于阴险、狡诈、虚伪、无耻、贪婪、凶恶、蛮横、刁顽……对"黄世仁"，所有能使人妖魔化的语言都合适。我们对资本家，尤其民族资本家，有时还有点口下留情、笔下超生的言语，对地主，用围棋的术语叫"定式"。

大概他们以为，这就叫"反封建"。

我读过一点马列主义的书，我认为，截至现在和我们不能看到的时期，中国的后封建任务不是结束了，而是还很重。但我们读鲁迅的书，谩骂是战斗吗？我们对两千余年的中国封建社会到底了解多少？中国两千多年，都在一群"阴险、狡诈、虚伪、无耻……"的人的领导统治之下？

余秋雨说："不要再演说清代的戏了，要多演汉唐的……"为什么？他没讲。人家没讲，我不能替人家讲，我只能说，我写清代小说，有两个意思：一、康、雍、乾时期是整个中华民族的封建时代回光返照时期。"落霞"——晚霞：那时何等的灿烂、辉煌、绚丽、姿态万千，那是多么的迷人！……然而，毕竟是太阳就要落山了，黑暗即将来临了！康熙、雍正、乾隆他们都是杰出的政治家，但他们拉不起这个要落山的太阳，鸦片战争之后的漆黑社会，他们三位要负一点历史责任的。二、满族人是曾经掌握过全国政治法统的少数民族，是在他们的重要参与下，才有了上述的那种辉煌，这是不能躲闪的历史。因为这个时期是中国封建社会制度的"集大成"——最成熟也最完善的时期，政治统治经验、社会经济发展、文化事业的建树都到了鼎盛时期，因而这"一滴水",就蕴含了更丰富的"封建含量",因为它的浓度大,折射力强——我可能没有达到我的创作目的,但我是做了这种努力,想表现"康乾盛世"的社会情态,希图读者看过我的书,引起对封建政治、经济文化乃至军事方面的研究兴味。至于怎样"反封建",也许是社会学家和政治家们的责任。

盛世"康乾",许多人这样说,他们似乎不介意二者的"续断"——这一味中药——在这中间是实实在在十三年执政的雍正。我写这个人,下了大功夫。因为我知道,历史和平常人一样。高、曾、祖、父、己、子、孙、曾、玄(九族序列)——这么着延续规律。我懂得父亲生出的必定是儿子,儿子才能生出孙子。没有雍正这个过渡,生理链条上不会有乾隆;而没有"雍正朝",在"社会理"链条上,也是没有"乾隆朝"的。

雍正去后,给乾隆留下了很不错的遗产:

1. 一个相对充实的国库;

2. 摊丁入亩制度的不可更移;

3. 养廉银制度的确定;

4. 比较清廉务实的干部结构。

于是,乾隆才有了兴旺的基础。

关于对雍正的认识

我是在上小学时知道有雍正这个人。上初中时读到一本没有封皮的书,已烂得像尿布片子,上头讲的是雍正当王爷,在上朝的路上凝视前方,突然他命令停轿,原来他看见街对面一座高楼上头有狐妖。他伸出无名指轻轻一弹,只见一道白光激射而出——狐妖就被斩首了。这本书叫什么名字,谁是作者,至今也不晓得,看样子他不像个反面人物,但是个武林绝品——剑仙的形象吧。

一次，读文康的《儿女英雄传》，里头说一个女侠十三妹，父亲被大将军纪献唐害死，后来一位圣人觉察了一切，处死了纪献唐。起初我不经意的，后来见到一条注释，说纪献唐便是年羹尧，而那"圣人"便自然是雍正了。

还有一篇，是《聊斋志异》里头一篇《侠女》影射刺雍正的故事。这事起初不过令我一哂，以为是著者无知，蒲松龄先雍正老早就死了，焉能写出"刺雍正"，后来，读书读懂了一点道理，稍稍明白了：这是雍正身后的人写的，窜入《聊斋志异》，又说了自己要说的话又可以避文字祸——古人其实也很狡猾的。

……上头这是"早期"。中期的认识：我中学的历史老师告诉我们，雍正不是好人，他在历史上虽有贡献，但是，资料显示，他有杀害父亲康熙的嫌疑，他还气死了自己的母亲，他让隆科多篡改遗诏，"传位十四子"改为"传位于四子"——他又杀掉年羹尧，他的哥哥、弟弟莫不遭他的毒手——我读《清朝野史大观》里头具体谈到他怎样杀他的八弟允禩——说允禩在灯下读书，突然面前出现一个黑衣人，允禩说："是皇上派你来杀我？"那人躬身施礼，说："我奉圣上旨意，前来伺候八爷升天。"就这么杀了，杀了还要用药水把头颅尸体消融掉……说的是雍正时的"粘竿处"，专门处理政敌的特务机关，用"血滴子"这种先进武器毁尸灭迹。我的父母、我的师长、我的朋友都这么认识，雍正凶残可怕。

上高中时迷上《红楼梦》，自然也涉获一点红学知识，知道曹家的败落是被雍正抄家，抄得曹家彻底败落，曹雪芹为此吃尽苦头。爱屋及乌，我自然憎恶雍正其人：曹雪芹倘非营养不良，何至于《红楼梦》只写了八十回便"泪尽而逝"？

雍正写的自辩著作《大义觉迷录》，读到它时，我已是三十岁的人了。说实在话，作为性情中人，他写得很痛快，我受到了感动。有点半信半疑，我自身受到皇帝"都是坏人"的世传教育，和这本书对不上码子。但后来又读到孟森老先生的《清史讲义》，从理性上又觉得孟先生是正确的，他以翔实的史料证实雍正自述中说了假话，在欺骗世人。

谋父、逼母、弑兄、屠弟、酗酒、淫色……篡改遗诏，抄家抄得我们至今还有麻将"抄家和"一说——高于一切的麻将"和"……这么一个人品、度量、器宇，谁听了不毛骨悚然，起一身鸡皮疙瘩呢?

到计划写《雍正皇帝》书的初期，我还停留在这个人物形象"原则"之中。

待写到《康熙大帝·惊风密雨》时，必须认真考虑雍正形象基础了，这时我读到戴逸、杨启樵的史学论文。

可以这样说，事实上也正是这样，二月河的《雍正皇帝》形象的"学术基础"，绝非二月河自己的创见。是一个迷离茫然的二月河，接受了学术界一批优秀专家研究的成果，将其用形象思维的笔法形之于小说。现在有一些报刊瞎吹，说二月河"替雍正翻案"云云，如果从艺术形象和社会舆论这角度，我或可接受一二，但我不贪天之功，是"学生二月河"把老师的学说演绎了。

由此，写《惊风密雨》时，更多地介入了雍正的资料:

一、康熙末年，国库存银七百万两，而雍正盛期达五千万两，雍正晚年略有回落，但浮动不大。

二、这些钱，不是通过加税，增重老百姓负荷而获得的，而是通过: A.清理亏空——抄家也是途径之一; B.官绅一体纳粮当差——将社会负担进一步合理化; C.摊丁入亩制度——使应纳之税合理收缴，落实到地亩之中; D.火耗归公——将官员过高的收入降下来。

三、改土归流，使中央政令于偏远地区少数民族得以畅行，加强了民族凝聚力，有力地促进了民族团结。

四、雍正是个细心、苛察苛求"吹毛求疵"的人，比如追官吏公款，小到几两几钱，必穷追不舍，搜干刮净为止，官员欠款若无力偿还，他株连官员的远亲近属迫令代还——原因，官员在做官时，这些人得了他的好处，现在还不上款，这些人理应共负责任。

五、雍正薄情。"气死母亲"说得也许过分，但他母亲有病，他和他的十四弟在病榻前拌嘴是实。给他的弟弟起恶名"阿其那""塞思黑"（猪、狗、讨厌），颇有"打翻在地，再踏上一只脚"的意味。心胸褊狭，度量窄，语言刁苟，他所反感的人即使拍马屁他也绝不稍假辞色。

六、他过度重视"诛心"，搞过不少文字狱。如赐钱名世"名教罪人"，命百官写诗恶诅。有些小政策，如他奖励种田，种得好便赏顶戴，如奖励"拾金不昧"，奖励数目比本金还要高，等等，都显得矫情过分。

七、他是一位异常勤政的人。这也是二月河对他心仪佩服的一条。他在位十三年是一个确定数，他留下的朱批谕旨——也就是文件批语——有一千余万言，也是一个确定数。二月河十三年写了五百万字的小说，累得屁滚尿流毛病百出。雍正就算有异秉精力非凡，他除了看文件，总还得开会、接见大臣，短距离巡弋，还有必要的，如祭祖、劝农、会见外藩……这些"工作"是多大的量？所以说，雍正是好是坏、是对是错不论，说他"荒淫"我死活不信，他纵有后宫佳丽三千，但他没时间"泡妞"。我见过他接见臣子的记录——每次见人很少，垂询指示之外，他手中的笔还要记录。他把见到的官员分成九等，上上、上中、上下、中上、中中、中下、下上、下中、下下，随笔记下感想"此人中下的"，此人"上下的"……不但这些，到下次接见，还要对照"上次"的印象："上番接见，伊奏对失宜，是因其感冒所致，应视为中中的"——诸如此类。我们可以将心比心，不能比就将人比人，这样的工作精神哪里去寻？

总结起来，雍正是个极为勤奋的人；雍正是个阴刻内向的人；雍正是个语言锐利、如刀似剑的人；雍正是个讲究动机、恩怨异常分明的人；雍正是个记仇的人；雍正是个大喜大怒毫不掩饰的人；雍正是个任劳的人，绝非任怨的人；雍正是个讲究务实功效的人；雍正是个胸有大志的人；雍正是个在内政事务方面颇有才干的人；雍正是个在军事方面的庸人；雍正是个不讲"学历"，特别重视个人工作成就的人，有着坚强的忍耐心加之行动的果决……这一切，构成了我对雍正艺术形象的把握原则。

康熙选择雍正的理由

在中国历史上有一句话，叫"胡人无百年之运"，满人原是女真族，也叫肃慎族，是胡人。胡人握中央机枢，遑论五胡十六国时，即最长的元朝亦不足百年。清人入主中原，可能这个口谚对他们造成了极大的心理压力——他们恐惧这一谶语，因此总的来看，清时的历代皇帝，政治统治还是比较谨慎认真的。他们是少数民族，只有百万人，面对一兆汉人，有点像一斤盐倒进洞庭湖，咸味很淡的吧，也像胡椒面撒在菜锅里，有那么点味道而已。有些民族宿敌更是不把这个民族放在眼里——比如朝鲜：在明代还是华夏属国，稍稍犯过，动辄训得鼻子不是鼻子眼不是眼，甚至有时无过得咎，但到清，他们就常有放肆越轨施为，清中央却是睁一只眼闭一只眼，抚慰劝诫有加——少数民族主持中央，要比汉人困难得多。

有人认为，皇帝就是花天酒地吃喝玩乐，无恶不作——那是戏。还有其他的心理状态，扭曲了看人。从顺治看到宣统，清代没有这样的皇帝。咸丰帝到热河"醇酒妇人自娱"——是因他看到国事无望，"世纪末"心理在起作用；同治皇帝也有"不堪"的传闻，但透过诛杀安德海，透出他也是一位"想负责任"，但慈禧又不肯让他负责的皇帝。

皇帝也是政治家，不过，是"封建"政治家而已。他们的思维逻辑也极简单——祖上创业艰难，传到我手不容易——这个江山是我的，人民土地都是我的。我要把它整治得好好的交给我的子孙——将来太庙里有我一席，子孙来参谒我，我不会愧对他们。皇帝的心理大致如此。他们当然要享受，他们希图世世代代久远地享"列祖列宗"给他们的福泽，就要有这样清醒的意识。以康熙为例，他定出永不加赋的祖训列为国策，这国策贯彻到什么程度？到太平天国，到列强入侵，到宣统退位，中央政府财源枯涸，无以为继，一直到清室灭亡，"永不加赋"的政策没有改变。

康熙晚年，加上顺治的十八年，离"百年"不远。当时的情势，不可能用这篇文章的篇幅详加表述。总的来说，有这么几条：一、康熙本人精力疲惫，倦于政务。二、他一生功业甚多，跟着他"从戎"立功的文武旧人也多。三、当时生业繁滋，繁华前所未有。四、吏治放弛，贪风横起。五、国库空虚，官员欠债甚多。六、阿哥官员结党营私，势同水火，但表面情热亲密，揖让礼敬如常。七、西北边陲烽烟欲起。八、河运漕运渐次废弛。

他面临接班人的选择：

首选当然是太子。太子胤礽是赫舍里氏之后。我以为，他对太子的器重主要的不是出于对他的政治才干的赏识，而是：一、太子的母亲与他是患难之交，太子是在平息三藩之乱中产下的。这一层感情纠葛：父子之情、舐犊之义、夫妻之情始终在康熙心中盘绕。二、太子在位年头长，已经形成了与群臣固有的"君臣理念"，他把握政权驾轻就熟，容易控制政治局面。三、太子本身政治视野小，亲信圈子小，平庸无能是显然的。

其次可以考虑的人选，是八阿哥胤禩。此人在百官中威望最高，办事能力也很强，心地周纳密弥，但康熙很快就否定了他——他太厉害了，"工作能力"太棒了。第一次废太子，康熙命群臣共举新太子，按照康熙的想法，太子再不济毕竟也当几十年太子了，是你们文武百官的"老领导"，再过一过选举这个程序，还让他当太子，既教训了他，敲打一下，又给了他体面，以后"好好工作"也就成了。想不到群臣一选，绝大多数"票"在八阿哥那里，是个"揭竿而起，天下景从"的壮阔局面！他对胤禩的恐惧——你尚不是太子，就有这么大的号召力，你当太子想要我的命，不费吹灰之力！他一下子就扑灭了胤禩当太子的希望之火。

再就是胤禛，也就是雍正了。雍正的特色是不当出头鸟，埋头做差使，比较超然，"不讲政治"，只讲"成效"——这么一种作为。有活就干，没活家里待着，时时存问康熙健康。我在一所老年大学讲："假如有这么一群儿子，大家都在盯着你们的遗产。只有一个儿子只做家务活，每天劝你：'老爷子呀，你可要好好保重身体，你能长寿就是我们的福气呀……'你说，你把遗产给谁？"就以上述"皇帝心理"分析康熙，是需要一个"能治事"的儿子来把有点疲软散乱的局面校正过来。雍正的认真、精细，连同"刻薄"也说不定成了康熙的政治需要。除了这些条件，也不排除康熙选中乾隆"好圣孙"，保证他的下下一代仍旧昌盛的可能。

还有一个胤禵，也是一个重要人选。说来也真是历史的撮弄，他和雍正是同父而且同母，他在军事上很有一套，政务上也是精干人选。他和"八爷党"是一回事，但又不完全是一回事。另外，他是十四阿哥，这就为历史上"四子"和"十四子"增加了一分扑朔迷离的色彩，他的能干是明摆着的，作为大将军在西陲打的胜仗，这没有使假的余地。但我们实实在在地分析，康熙垂暮之年，内有不测之变，战有不测胜负，不大可能让他的皇位接班人远去青海做这差使吧。

很多治史的专家，除了断代研究的《食货志》，往往忽略了对社会情态、世俗礼仪、人文心理的透视。在清代，大的经纬，如黄运、漕运的重要性，不亚于现在的空运、铁路运输。北京直隶，每年要从江苏、浙江调运四百万石粮食，才能确保北京政治中心的稳定。运河是可以直通北京朝阳门外的，但枯水季节就不行。黄河和运河不是平行的两条河，而是交叉了的，黄河一旦泛滥，就会把运河冲得一塌糊涂，淤塞起来不得了。康熙起用靳辅、陈潢治黄，其实真正的目的是保证漕运的畅通。还有西北用兵，康熙三次亲征准噶尔，"并日而食"，皇帝也会饿肚子，也是粮食问题。运上西北一斤粮，运输费用大致是二十斤，那就是说，敌人夺走我一斤，一反一正是四十斤……这些大关节，你去问清史专家，可以给你讲得鞭辟入里。但是有些事也需要创作时仔细掂量，比如说坐轿，什么滋味？会不会晕轿？轿的规格尺寸，坐轿人的心理什么样？新媳妇坐和老爷坐情态一样不一样？船也一样。家居庭室结构，门楼牌坊，都是有"制"的，逾了这"制"就违法，这个"制"是什么样的？一个烧饼多少钱？城隍庙和玉皇庙的区分是什么？银子和制钱，银子和金子的兑掺率是几何？买豆腐、买韭菜要用银子吗？再如穿衣，更是人与人的讲究不同。

常见一些小说、电视剧，人物出来紧身武装，佩剑而行。到了酒店，掏出一锭银子往桌上一拍"打酒来"！——编剧压根就不懂，银子是这么花法？三两银子要盖三间房子的，一两银子可以买到一顶上好的坐轿！还有，我见所有的电视剧，旅店一应铺盖设施齐全——这是按照我们今天宾馆、招待所的规格来设想清代，想当然出来的玩意儿。编剧不晓得，清代行路、赶考要自带行李的，住店吃饭，要自己做——今天住店，仍有"打尖"之说，其实是"打火"之谈。一应铺盖行头设施齐全的地方也有，那是妓院。

还有用银子，银子有官铸、有私铸，熔炼技术设备不同，银子成色也就有异。从"三皇"到"九九九七"的纯银，一样花？不成吧？一块银子到了店铺伙计手中，他的第一件事是要准确判断成色：蜂窝、麻面、银筋，有无宝色，是否铅胎假银……要弄清楚，上戥子戥。有些知识我也现从书本上得的，计量单位精细得令人咋舌：钱、分、厘、毫、丝、忽、微、纤、沙、尘、埃、渺、漠……到小数点后十三位！是一粒灰尘的重量吧？——实际运用，我看不可能，但说明了人对银子的重视程度——我想，不读《银谱》，我连个店铺伙计都不可能写好，遑论雍正？

就是铸钱法，在雍正时期也是有过一场风波的。《雍正皇帝》将其写入政治斗争，当属真实。康熙年间铸钱，铜铅比例是铜六铅四，含铜量高，钱就光洁明灿，好看。但不法商人，将钱回炉，再制铜器出售，一翻手间是几十倍的利。这样高的利，奸人就不怕杀头，大肆私铸铜器。因此，康熙朝末年，钱银兑率严重失调。为了纠正这一漏误，雍正改为铅六铜四，字画不甚清晰，也不够漂亮，但有效地遏制了化钱之风。

那么，多多地开发铜矿，生产铜如何？这又牵扯到国策，开矿要用矿工，矿工带有"工人阶级"性质，容易聚众闹事"叫歇"（罢工），发生种种社会问题。开采铜山惊动龙脉，违逆统治阶级迷信心理，铜的开采量不大，而且有人走私出口（如日本、朝鲜、东南亚），政府虽严加控制，奈其利大诱人，洵为清代国家一大问题。

更多的事是人文心理，有些事不可思议，是我们今人与古人的心理不同。皇帝一纸诏书，着人自尽，还叫"赐自尽"，受命的人还要谢恩！一个奴才，携千两巨资，出门万里为主人办事，无凭无据海阔天空的事，多少月甚至多少年，老老实实回旧主那里交账。一旦形成那种关系，那样一种文化概念，就成了一种社会原则，不能冒犯的神圣律条。一个官员，受处罚，比如林则徐，一张纸颁下诏书，他就骑上毛驴，自带干粮行李，自备路费，从广东走到乌鲁木齐——没有任何监督，没有任何停滞的念头。我前年坐火车去乌鲁木齐，穿越那荒寂得令人毛骨悚然的祁连山和鹰隼难越的千里戈壁时，想到这一层。不单是林则徐，这样的官员多得很了，或许他们是被冤，抑或是真正有罪，但这样的精神令人肃然起敬。世界上有这样文化精神的民族，在历史上也仅有吾国而已。像电视剧里那样可以佩剑而行吗？理论上是允许的。乱世中清代的政府是不允许平民携带武器的，带着弓箭，骑着高头大马走道，是异于寻常的事。尤在康熙末年到乾隆末年，在"太平盛世"走路，这样一个走法，好比我们今天马路上突然出现了一个古装人物，峨冠博带、大袖飘飘走在世纪公园里那么奇怪。骑马带刀的：一种是镖行押镖的，一种是朝廷押解犯人的，一种是衙门护官员出行的戈什哈护卫，再就是"跑解马"——练武卖艺的马戏班子。哪有我们电视剧里那样，几个小伙子夹着漂亮姑娘，佩剑骑马，扬鞭于闹市——那时的公安局"巡捕房"的官员恐怕立刻要一边上报情由，一边立即盘查了。

单单知道几个"康乾"案例，对上述的这些事都一概懵懂，无法去写《雍正皇帝》。

这同样是"历史的真实"，艺术真实如不建立在历史真实上，那这个真实是"真的不实"。因为二月河的书不可能如金庸小说那样，可以不考虑桃花岛上桑麻布帛来源，也不思索谁给华山派的岳不群们发薪水，蝉一样餐风饮露过日子。如一切小说一样，必须有虚构，不可能把一部皇帝《起居注》翻译成白话，然后说"我这个最真实"，但非必有的，定要是"可能发生的"。艺术的真实是小说的生命力，这个"生命力"之树，必须根植在历史情态的真实基础上。

雍正的死

雍正即位，是一个谜。雍正的死，也是个谜。清初四大疑案，他自个儿占了两个。专家们见仁见智看法不同，但达成的共识是暴死。

在紫禁城，或者畅春园这些地方，除了发生地震、火灾，暴死只能是突发病变太医束手，再就是宫变，祸生肘腋，流血五步。既然要写《雍正皇帝》，这个谜是作家绕不开的。

在创作《雍正皇帝》一书，大致构思雍正之死时，脑子里第一个闪出的是雍正被刺，刺客是个女的，应是吕四娘。这样写，会很热闹，有情节设计铺陈。吕四娘这个名字很美，容易使读者产生美的联想，宫中骤变，妃嫔有惊人之举，可以满足很多读者阅读心理——这样写，似乎已经是做出了决定。但写到《康熙大帝》第四卷《乱起萧墙》，即对此发生动摇，好看是好看——媚众了点，侠女为父报仇，手刃九五之尊，是民间传说也罢，还是有"资料显示"也罢，是市民心理的整合，和我"落霞三部曲"的主题不能契合，我要写晚霞的绚丽灿烂和辉煌，同时要写"太阳必定落山"的规律，不是要弄武侠。《康熙大帝》第一卷《夺宫》带了武侠情味，此时已经很后悔，再在雍正这部书中加上这么一段，很可能给"落霞"漆上一笔诡异的色彩。假如事件真的是发生过，那我只好如实写，尽可能缩减它的武侠味道也就是了。这时我阅读的资料，已可使我认定这个情节是"小道消息"，反映的是在雍正改革中得罪的那批人的"民意资料"耳。

A. 吕四娘之父吕留良，死于康熙二十二年。

B. 雍正在位十三年。

C. 以四娘为遗腹子论，雍正死时她已是五十二岁。

还可找出一些其他的"不可能"，仅年龄一项她就不成。雍正时期的独裁是秦始皇之后第一，他的宫廷防卫也是第一流的。他的政敌遍布朝野，他在位终生不敢越出紫禁城就是明证（我书中他视察河工，是"我撰"）。他的防卫心理也是与众不同，我认为，设立的那个"粘竿处"就是专门为了保卫他自己的。清朝初年，北京城遭过兵匪洗劫，确实荒凉，曾有过老虎闯进大臣府邸的事。但此时，清享国已近百年，一切驻跸关防规矩已严得密不透风。我根本不相信侠客们能"三丈高墙，一蹴而过"——朱建华在赫尔辛基跳过一次二米四，就那么一次，再也做不到。吕四娘就行吗？

靠近皇帝，并且刺杀他，一是必须武功高强履高墙如平地。我看了看故宫的墙，想了想朱建华，认为四娘不行。二是她昔日有姿色也行，也许能接近皇帝。五十二岁的一个老太婆，再怎么打扮，恐怕也是有问题的。

吕四娘的戏就此割爱。

但他总得有一个死法，我另外设计了乔引娣——雍正与贱民情爱结合的结晶，他的私生女——我希望他的死有"大雷雨"那样的效应。

可以这样说，在中国的各朝各代，由于政治斗争的不断发生，衍生出一代又一代的"贱民阶层"——战俘，政争失意者的家属、家人，失意潦倒的富商，走投无路的穷民，投入一些正常人不齿的贱业之中。他们不一定是穷人，却是被"正经人"瞧不起的一群：剃头的、修脚的、算命的、妓院的、唱戏的……诸如此类。其实我们说的"地富反坏"诸"分子"和他们的子女（"可以教育好的子女"），也是实际意义上的"贱民"。这批人社会地位低下，舆论同情不达，活动能量有限，兴不起风也作不了什么浪，历来为政治家所忽略。社会不太关怀他们，更不用说去解决他们的问题。

真正切实解决他们的问题的，只有两个人，一个是雍正，不够彻底，但做得还是很认真的；另一个是邓小平，一风吹掉了所有的"帽子"。邓小平是"以人为本"的无产阶级领袖，这样做是解放生产力的盛举。雍正为什么这样做？我不知道。

但是，一个人做事，总该有个目的的吧？或者说，总有个心理依据的吧。雍正下诏载入皇皇史册：三年不从事贱业，改事良业，子女可以读书科举。说得都是明明白白。写小说的总不能说"他突然心血来潮，扯过一张纸来，写道——"不能的吧。

为此，我设计了雍正为皇子时遇洪水邂逅贱民小福小禄，发生恋情这场戏，作为"个人化"的皇帝，他下诏给贱民开此一线之路，心理依据就易为读者信服。这个情节有人认为"很好"，也有人认为"很失败"——那是另一回事。我挺得意的。

中国的改革者，历来无好下场。人们或接受他们的改革成果，却不接受他们这个人。这是莫大的"心死"悲哀。商鞅、王安石、海瑞、张居正……大致都是悲剧，雍正也不例外。

据杨启樵先生研究成果，雍正身体状态不行，有炼丹吃道家药的事。雍正晚年见神见鬼，精神恍惚，病急乱投医的事也有。极为好强、一心要留名青史的雍正，晚年已得悉自己恶名在外，洞悉社会流传自己之"十大罪状"。西北战事再起，败报频传，他对自己的"军事才能"不可能无憾，三阿哥是他的亲儿子，十个儿子仅仅活下来三个，又被他处死一个。虽然也许他自觉是"光明磊落"的，作为父亲，况味又何堪忍耐？再加上二月河为他虚构的这个乔引娣，雍正的死，也许就是让读者能接受的"顺理成章"的事了。

邬思道与贾士芳

这两个人物都是有的。贾士芳实有其人，邬思道则是绰约影像地存在过。他们在雍正新政中没有起过什么实际作用，也不是重要政治人物，但他们在小说中却给读者留下了较深的印象。不少读者问，尤其是贾士芳——很严肃的社会小说，干吗神神经经地夹上这么一套？

我创作这两个人，总体是要表现中国的儒道两家的精神气质。一反一正，一个阳面一个阴面。通过这种手法，使小说的层次与侧面更加多彩一些。儒家的风范，可以看看伍次友、周培公、邬思道、傅恒等人。道家的义理派如胡宫山，象数派则是贾士芳。读者在感受情节的同时，可以明了更多的文化特色。

邬思道的学识、才能、修养、品质，是具有儒家用世的积极特点的。他既把政治理想寄托在"四爷"身上，便全心全意地辅佐胤禛，不顾身残也不考虑身家性命，在感情上也做出了很大的牺牲。待到"四爷"大功告成，他又能全身而退，"达则兼济天下，'退'则独善其身""舍之则藏"——是儒家知识分子最高的境界了。

康熙晚年诸子争位，各个政治派别"咸与斗争"。演出这出全武行，规模之大、参与人数之多、情节之复杂多变、绵延时间之长，均为历史空前。可以说，所有的皇子，所有的朝臣，包括退休的部分大臣，全部卷入了这场"使人愁"的角力、角智、角斗之中。它的"余绪"一直延续到清朝灭亡。"一尺布尚可缝，一斗稻尚可舂，兄弟二人不相容"，何况这是二十四个！经过康熙朝政治锻炼，年富力强的二十四个"办差阿哥"，这样复杂的局势，用小说表现，如果没有一个"解说员"，历史学家可能一听便知，一般读者却容易"如坠雾中"——情节演变、推进不容易分清楚。创作小说的人必须为一般读者设身处地。邬思道的构思，也有部分出于这种考虑。每当转折关头，便由他来分析解剖局势，比作者徒费口舌便宜得多。这样做，负面的效应是"邬思道近妖"——他什么都知道，没有失误。本来我设想另外再设计一人，与邬相抗，但那样一来情节枝节会变得更加繁复，易喧宾夺主，也只得放弃了，这是二月河才力不逮之故。

关于邬思道其人的存在，《清朝野史大观》《清稗类钞》这些书中记有蛛丝马迹。说是河南总督田文镜，用邬某为师爷，每上折辄受表彰。后来，他开革了姓邬的，再递上去的折子总是遭雍正劈头盖脸臭骂，田文镜莫名其故。雍正看他实在不明白，有一次在朱批中问及"邬先生安否"。天子问安"称先生而不名"其人，田文镜大惊，回奏说已经不在幕下。原因是他的俸例过高——"每年八千两银子"，雍正回说："这样好师爷，八万两银子也值。"田文镜大悟，又追请邬思道回衙，不要邬某做事，每日晨昏各一百两银子供其开销，田文镜则宠信如故，云云。

这种记载有可信之处。《野史大观》中有《南士》一篇记载，有康熙私下密请授业老师的记载。《郎潜纪闻初笔　二笔　三笔》，有康熙晚年问及河北霸州"村师"的情节，说是"吾师也"，然举朝文武无人知之，档案中亦无记载。皇帝尚且如此，雍正在潜邸为阿哥，有一位不为人知的老师，不算什么惊世骇俗的事。本来，我想在书中体现一下鸟尽弓藏的意思，但前面把邬思道写成了残疾，又有后头"问安"的事，我也撂开手了。

贾士芳其人的存在是没有疑问的，除了"道家精神"，我还想借这个人谈我对特异功能的看法。我曾读过一点《万法归宗》《奇门遁甲》之类的书，也接触过几位练气师，同时我也见过司马南——一个不懈攻击"特异"的大家。

我不可能在这篇文章中对我的观点详加解释，但我可以大致说明。我不同柯云路那样，把特异功能和社会正常生活搅到一处，我也不同意司马南把所有的"特异"都看成魔术和骗术。我认为特异功能这种"也许有"的存在不能应用于社会学介入光明社会生活，在作品中，让贾士芳在山中练术，呼风唤雨，穿墙越山去好了，到皇宫里折腾，肯定不行。

贾士芳想要雍正健康，雍正则"安"，他想要雍正犯病，"朕果不安"。他似能操纵雍正的健康，这为他本人招来了杀身之祸。

结

长期以来，雍正的形象始终是"二元"的。在学术界，雍正有"不堪"派也有"同情"派。在民间的口碑，大致上都说他不是好鸟。我由"不堪"派渐次进入"同情"派，创作了小说《雍正皇帝》。我从来不敢贪天之功，把这些学术研究的成果归于己功。但小说的力量要大于经院的研究力量，作者的创作倾向带有介入社会的力度。曹操数百年被人视为奸雄，并不自陈寿的《三国志》，而是《三国演义》这本小说。我所做的工作，或许是在艺术上对雍正的社会形象做了一些修正。我想，将来说不定出现比我更有能力的作家，再将雍正的形象打下去，也不是不可能的。《雍正王朝》电视剧的播出，这种全新的现代高科技的传播手段，是足以使一切陈故的艺术表现手法——

小说、连环画、戏剧、评书、电影等，俱都黯然失色。这部电视剧，使雍正一时成了妇孺皆知的人物，而且是以"二月河观点"形成的印象，这个责任是应该由我来负的。

我在接受中央电视台采访时，给这部剧打了59.5分，意谓如果宽容点，四舍五入它就及格了，如果严格审考，不能成为经典。我并不小看制片人刘文武，编剧刘和平、罗强烈，导演胡玫，他们都是很好的人，很能干，也很有形象思维的能力，同时掌握观众收视心理的尺度也非常之好，他们对我也很尊敬。我想讲这么几点：一、59.5分不指收视率，更不指它的社会反响，演员尤其是焦晃、唐国强，都是非常棒的，但他们太喜爱雍正这个人物了，加入了许多本不属于或者不可能属于雍正的政治品质和个人品质。我自己在小说中已感觉有的情节有了"偏爱"之嫌，他们沿着这个感情线走得更远，甚至脱离了正常轨道。二、我本人是个特殊观众，我对雍正的审视既不同于历史学家，也不完全用艺术眼光来看，而是特有的"这一个"，电视剧或可感染千百万人，但不可能使我"有动于衷"。我是戴着有色眼镜看电视剧的，我的视觉也许不正常。这个话当时即对记者谈过，也许他们忽略了。三、电视剧的视觉空间比小说的表述能力要小得多，它有它自身的艺术特点。小说与电影是两种有联系、有重大区分的艺术门类。我在刻画雍正时，根本没有将"拍电视"纳入思维。

中国人是有对个人品质病态过敏的毛病的。一个人只要被怀疑"偷鸡摸狗""小拿小摸""爱占小便宜"——诸如此类的名声，这个人就糟了。"小节有疵必无大节之纯"，一笔把这人全部抹倒。雍正既被怀疑篡改遗诏，偌大的政治问题含着他的为人、品质，他处置三、八、九、十阿哥的手段狠辣史有明载。我们今人还更有一条阶级结论，定死了他就不是好人，坏人做不出好事，名声一毁，全体玩完。

在写书之前，我当然是看过他的《大义觉迷录》的。那里边的法理，我们今天任何人都不会去接受。但里边的情绪，陈述的事件，是不是可以，"因为他是封建皇帝，又有那许多旧'过恶'，所以就认为是累累连篇，欺世盗名"呢？有人嘲笑，我是根据他的这部作品来写《雍正皇帝》。我不能完全认同。但我也不否认这部《大义觉迷录》对我的影响。这部书的"文过饰非"处是一望可知的，有些地方与其他史实载录也确实有差异。但是他所表露的情绪，他对"谣言"的惊讶、愤怒，对自己辛劳国事的社会回报的失望、沮丧，对社会舆论的无奈，表白洗冤的急切、期冀……这些，也不容置疑。我的结论是：他大致说的是真话，用的是真情。一个假惺惺、精心编织、企望玩弄言辞来骗人的人，写不出这样的书。

按照政治常识，书中内容大多数都是"绝密"级的，有些地方说的事件，是发生在康熙朝堂皇公明的广众之地，他不可能不着边际地胡编乱造。行文陈情中皇帝威权表露得淋漓尽致，对昔日这种潜在威权受到的挑战，和他对这些挑战的应对、情感的宣泄，想虚伪一点，也很难的。他只是把自己的一切真实想法，都包上了一层辉光的外衣，把自己的"动机"说得光明磊落，又有要求别人"不许质疑"的皇帝口风，使这部书带上了一些虚伪的色彩。

关于与其他资料表述情节不同的，我认为有两种可能：一是他有意回避了自己"不够光明"或"不够体面"的一些事。如第一次废太子，他和另几位阿哥在承德曾被康熙"临时羁押"这类事。二是有些事过去多年，时间、地点、参与人员记忆有误——这个不能作为故意说谎来批评。我打个比方，"文化大革命"现已过去二十多年，谁能把"文革"中的事说清无谬？别说是国家、北京的事，就是你那个市里，你单位的事，能说得准确无误吗？既然我们不能，为什么要求雍正能？因为他是地主？也正因为有些差漏失误，我反而更加认定雍正说的是实，雍正是个很缜密、做事很认真的人。他若真的要骗天下人，他会将这作品交由张廷玉、鄂尔泰这些人仔细勘定剔别，加上"工作人员"的努力弄得天衣无缝，这才正常。他急于表白，大约粗略，一阅匆匆就"批"

下去了。

有人说，乾隆一登基，立刻收缴此书，诛杀曾、张二人，就是因为这书说了假话，我认为恰恰相反。正是因为这书说得太真，把不该说给老百姓的话，梦魇一样全抖了出去，违背了"民可使由之，不可使知之"的原则造成的负面影响太大，才严令收缴的。乾隆一再说，他最佩服"圣祖"，他的爷爷。潜台词是否不佩服他的父亲雍正呢？《大义觉迷录》中明明白白有令，不许"后世子孙"杀曾静、张熙，乾隆又搜书又杀人，说明他政治上的成熟，也说明了他的不孝。

雍正的一系列改革活动，除了改土归流，如官绅一体纳粮当差，不是一般地损害了特权阶层的经济利益，而且严重伤害了他们的"面子"。"火耗归公"大幅度削减了各地主官的实际收入，"摊丁入亩"使所有地主的利益都有所折损，"追缴亏空"搜剔刮削得欠账官员魂不附体。所有这些造成了社会舆论对他自身声名的严重不利。当时没有民主，也没有报纸，但是人们可以记日记，可以口口相传，我们过了几百年再看这些资料，觉得"很原始"，但实际上是富豪及文人们当时的"小道消息"记载耳。再过一千年，也许会有人搜到一大批"文革"报纸，也许会认为那时真的是"形势大好，不是小好"呢！

到这里，算是结篇吧。

原载《中国铁路文艺》2005 年第 10 期

『顺治出家』谜说

我在写《康熙大帝》第一卷时，遇到的第一个疑难命题是顺治出家的问题。本来，这事是清初四大疑案之一，史学界一直争议不休的。后来，考论出：一、董鄂氏不是董小宛；二、董小宛比顺治大十七八岁；三、顺治之死与董鄂氏无关，是死于天花。这似乎是结果了：顺治没有出家。

我却始终抱着疑思：这样的考论有点像我们的学者聚在一起考评，七凑八凑给人评职称，评来评去还是那么几条，学历文凭、资历、论文发表规格、学术著作，还有职务、原始职称——只有学术著作似乎是"代表当事人水平"的。但你认真去查，他那些论点论据文章好像网上不少。我之所以叫它考论而不称考证，是因为没有"证"，既没有新的资料发现，也没有新的文物出土。这就好比我们站在此山头上争论，彼山头上的云会不会下雨？说"下雨"或"没下雨"都很没劲，只有彼山头下的生灵才知道。

历史上的有争议的事如果没有新的实证，凭我们今人，坐在空调间里叼着雪茄、喝着咖啡，想判断当时的实情实景真的是"空劳牵挂"。学术考证不能依你的推测论述来结论吧？南阳与襄樊争诸葛亮出山地，争了一千多年，我们现在的人倘无新的资料佐证，得出了结论斩钉截铁说："在南阳""在襄樊"，我看均属无端武断或别的什么所致。就比如说曹雪芹的逝年"壬午除夕，芹泪尽而逝"，本是脂批出来的原始记载。前些年，我们一批红学家考论曹雪芹不是死于壬午年，而是"癸未年"，甚至我们在南京，给曹雪芹过冥寿，也按"癸未说"来，然而后来发现曹在张家湾的墓石，上头赫然写着"壬午"年。我这个人没有记日记的习惯，倘问我："上个星期二你在做什么？"准把我问蒙，翻起眼想半天也未必给你说清白。几百年前的事……唉！

《清史稿》上的"正论"，当然顺治是病死的。在所有的"野史"里，几乎一边倒的舆论，顺治是出家了，当和尚了。我的态度是坐桌子旁眯着眼睛看这些资料，但我既然要写顺治归宿一段，必须选定一说，我取了野史。

这理由很简单：一、这是小说，一段凄婉无奈的爱情悲剧比"天花"好看；二、我的文学情结判断，倾向于"顺治出家"；三、不宜轻忽清人野史记载，正史是官方记载，但最爱说瞎话的正是官方；四、修清史的人，都是民国初期前清的"胜国遗老"，他们所处的时代，所掌握的资料比我们今人所掌握的多不去许多；五、清代是我国考据学最发达的朝代，不但官方，民间考据也是很厉害的，民间考据或有"反清意识"的影响，但官方有更强的"维清意识"，应当等量齐观，他们的记载或更重视野史为是。

首先，顺治这个人，我以为本质上说，是个情种，不是龙种。任性得像头不听话的犟驴，满族人初入关，他们的感情思维还没有政治化，热情奔放，游牧生活的自由洒脱，对爱情、友谊的执着崇仰……我们或许可以从今天西南的一些少数民族中去追想他们当时的风采。比如，陈世美那样的艺术典型（我说"艺术"，是因为真陈世美是个不坏的人）在少数民族中你能寻得到吗？不但顺治连同多尔衮，情致一般，要美人不要江山。我们今天的思路：什么"天花"啦，什么"太后下嫁不可能"啦，都是下死眼盯着故宫那个须弥宝座，会有人为了女人放弃这个座？——典型的汉人现代思维。多尔衮和大玉儿（孝庄太后）的事，他如想夺江山，夺江山并娶嫂子，比弯腰提鞋还要容易一点，但他不。顺治也是同类项——他们的心，仍是长白山上丛林对歌时的心。再将话说回来，清人进北京时，关内哀鸿遍野，满目疮痍，荆棘榛莽蒿蓬满城，狐獾蛇兔出没残榭，绝不是我们今天见到的紫禁城那样风光。我见到资料，有老虎蹿入大臣府邸中的事，这样的环境加上那样的心境，当皇帝坐九重，君临天下能有几多诱惑？顺治不重政治重感情，我们从《清史稿》里都可以读得出。他刚入关，政治、经济、军事诸多问题"四边不靠"，孝庄为了联系蒙古族，加强力量，为他娶了蒙古科尔沁亲王的女儿博尔济吉特氏。他不理人家，后来干脆废了她，可怜这女人，真的是"无过得咎"——这就是实证吧？

我说了，我是"感情判断"，当然不是结论，历史情况万千，纷纷繁絮，人的感情从汉代至今没有多少变化，"人有悲欢离合，月有阴晴圆缺，此事古难全"也"此事差不多"。康熙皇帝六次南巡，四次登上五台山。别说古人，连我也疑惑：到江南必须路过五台山吗？清人分析：他前三次去是看望父亲顺治，"每至，必屏侍从，独造高峰"，不让身边人窃知什么信息。第四次去，是顺治已殂，写的诗也有霜露之感：

> 又到清凉境，巉岩卷复垂。
>
> 劳心愧自省，瘦骨久鸣悲。
>
> 膏雨随春令，寒霜惜大时。
>
> 文殊色相在，惟愿鬼神知。

顺治的事一篇短文是说不得了，再写吧。

原载 2006 年 9 月 11 日《人民日报》（海外版）

我对《雍正王朝》有微词
——论『帝王系列』与《红楼梦》

虽然我还是《红楼梦》研究会的理事，但觉得我好像是混进红学会的，我是这样的，好像有吹牛之嫌，在北大是不能吹牛的，这个地方太厉害了，北大自己就构成了一种博大精深的北大文化，在这种文化面前别说是我一个小小的二月河，就是三月河、五月河，更大的人物在北大也应该低下他们高贵的头……

现在我就谈谈我的创作道路，它跟《红楼梦》多少也有点关系。这几年我这《康熙大帝》《雍正皇帝》《乾隆皇帝》几部书推出以后，外界有一些好评，当然也有很严厉的批评。有些记者采访我，问我对这三部书有什么评价，问我是不是像《红楼梦》啊。我跟他讲，假如有一天二月河说自己的作品类似于或者超过了《红楼梦》，你们就带上体温计来，或者请一个精神病专家，看看我是不是发烧了或者精神不正常。而且就我目前对文化的观察，我认为近年来还没有人可以说能够比较接近曹雪芹，更不要说赶上或超过了。这还需要一个过程，当然也不能说永远没人赶得上，那太绝对了。一个时期出现一部伟大的作品，不仅仅是作者的个人天才问题，还跟那个时代的文化大背景有关。

我自己的作品里面也运用了一些《红楼梦》的艺术手法，从范围看是它描写了三个皇帝他们经历的一百三十多年的历史。书出之后呢，有人称之为"帝王系列"，也有人认为我是专写皇帝的，当然也有人说我是封建余孽，替帝王将相唱赞歌、翻案。这些是批评的，我都虚心听取，但是有的改，有的不改。这套书我最后定名为"落霞系列"。为什么这样定名呢？因为这三朝皇帝所处的一百三十多年，史学界称之为中国封建社会的回光返照时期。这有两个含义，一个是此时中国封建社会的政治经济文化，包括封建礼教都发展到了极致，中国整个封建文化出现了无比灿烂，以至于无可发展的一种态势；同时，这种文化也表现出它的没落性，许多腐朽的东西此时也表现出来了。就像晚霞虽然非常灿烂动人，但是毕竟太阳快要落山了，黑暗快要降临了。到以后的道光年间发生的鸦片战争、外族入侵——这一系列东西方文明碰撞之后，东方文明被碰得粉碎。所以说康熙、雍正和乾隆他们应该负一定的文化责任。我在塑造这三个皇帝的时候主题、立意就是这个。

为什么写这段历史呢？因为这段历史在文学上我们还没有人进行过精心的整理。这不包括史学，以前的清史专家对这一问题曾进行了专门的讨论。胡玫导演的《雍正王朝》播出之后，不少读者开始关注《雍正皇帝》这部小说，在现代媒体的宣传之下，《雍正皇帝》比其他两部小说更受到读者的关注。他们说你替雍正翻了案，实际这正是我对《雍正王朝》不满的地方，电视剧播出之后中央电视台的《读书》栏目采访我，让我给这部电视剧评分，我说59.5分。如果四舍五入就及格了，可如果严格要求我就不能说满意。这当然不是指电视剧的艺术效果，就艺术效果而言是可以打八九十分的，但是在审视这部电视剧的时候我应该是最特殊的观众，也可能是戴着有色眼镜的观众，好比自己的女儿要出嫁了，婆家把我的女儿扮得不漂亮了，无论如何是不能让我满意的。我审视这个电视剧的时候和普通观众是不一样的，像电视剧里有雍正在金殿里当着群臣向天下人下跪的镜头，那是皇帝吗？那简直是人民公仆啊。所以这类情节严重地损害了我原作的主题含义，从这个角度上讲，这部电视剧是不及格的。

关于对雍正的评价，史学界与民间不太相同。民间流传雍正是暴君，一是搞文字狱（"清风不识字，何故乱翻书"）；再就是说雍正搞邪教，民间传说他坐在轿子里，手指一弹，一道白光出去狐妖被斩首……总之是个不讨人喜欢的角色。但在史学界，即使是反对雍正的人也承认他是个勤政的皇帝。我看到有很多人反对我说的勤政，仿佛我们非要摊一个荒淫的皇帝才过瘾。但是皇帝他是封建社会的代表，作为最高统治者，他只要对当时的生产力发展和老百姓生活的改善，对社会的安定和民族的团结做出了贡献，就应该受到我们的尊重，可以称他为中华民族的脊梁。

雍正本人则比较复杂，首先是他的登位问题。得位不正，当时有人举例说，历史上凡是带正字的皇帝统统不是好皇帝，在雍正活着的时候，人们就有这个评价。况且雍正在登位的时候对他的描述不能完全自圆其说。如此一来，历史上当时就给他定了几大罪名：弑父、逼母、杀兄、屠弟、贪酒、好色、诛忠……总而言之他不是人就是了。我在写书时候的感觉是雍正是被气死的，他曾经找了一个犯人聊天，记录了他们两个人的对话，这一本书叫《大义觉迷录》，如果不是极其愤怒的情况下他是不会做出我们今天看来不很正常的这一举动的。他留下的朱批谕旨即批示国家公文的批件，有一千多万字。我是个作家，雍正在位十三年，我写作十五年，我到现在也就写了五百多万字，还落下了一身病，虽然写批文与小说不同，但他除了写批文还要接见大臣，处理国家公务，巡视，还有一些必要的来往应酬。这样算雍正的办公时间就了不得。所以雍正的荒淫是不能成立的，大家都知道泡妞是需要时间的。他没有时间，他确实是一个工作狂。我觉得雍正的勤奋是不能否认的。这是创作时我的一点感觉。我们国内外的学者早已经对他处理的政务、他本人进行了非常细致、深入的研究，看一个政治家应该怎么看？看他执行什么政策，对人民有没有好处，这是对政治家的衡量标准。

雍正皇帝的政策有：官绅一体纳粮。在雍正朝以前，只要是有一点功名的，或是祖上做过官的，就可以免税，也就是说有一个免税阶层。不免税的阶层只能老老实实地交皇粮，而免税阶层就可以不交税。雍正皇帝把这条规定取消了。这是有进步意义的。

火耗归公，这需要做一点解释，过去有一句话说："三年清知府，十万雪花银。"就是说做上三年知府，即使不用贪污也可以拿到十万两银子。这不是他的工资，清朝官员的工资是非常低的，国家一品大员的年俸是一百八十两银子，所以做三年知府凭工资拿到十万两银子是不可能的。那么银子是从哪里来呢？因为银子与纸币不同，在运输的途中互相碰撞，银子会掉渣，这样就会有一定的损耗。从云贵和河南往北京运银子，途中的损耗是不会相同的。所以如果中央政府向地方征收一两银子，地方政府不可能只向百姓征收一两，只征一两到北京的时候就一定不够一两了，所以要征一两二三，这样银子运到北京的时候刚好一两。但是被碰落的银渣仍可回炉重铸，这就是火耗银。知府们的十万两银子实际是从这里得到的。当时也有一些肥缺瘦缺，比如当知府是肥缺，但是如果负责教育和文化的，那除了工资就没有额外的收入了。雍正规定将这火耗银一部分按比例分给官员，另一部分就收到国库里去了。这项制度也可称为高薪养廉，如果官员们仍然贪污的话就要被杀了。所以说雍正在位这十三年整顿吏治确实是卓有成效的。据我对历史的观察，从秦始皇以来吏治搞好的有三个时期，一是武则天时期，二是朱元璋时期，三就是雍正时期。武则天和朱元璋对整顿吏治非常有办法，而办法只是办法不是制度，雍正则是解决了制度上的问题，当然不能说是非常彻底。我想大家看《雍正王朝》可能会觉得很痛快、很过瘾，可能电视剧的情节跟大家的某种心理需求吻合了，所以《雍正王朝》才取得了这样的社会效应。

雍正还有一个手段：清理亏空。曹雪芹的家里可能就是这样被清理得只剩十几两银子了，此事后来是得十三王爷求情皇帝才罢手的。康熙皇帝是以十分宽厚仁慈的形象出现的，而雍正皇帝一出手就比较狠辣，这个人薄情寡义而且很枯燥，不风趣，这么一副面孔摆在大家面前，喜欢他的人就不会很多了。然而作为政治家，他确实有许多值得人称道的地方。在写"落霞系列"的过程中，我有一个疑问：为什么这段辉煌延续了这么长时间？少数民族入主中原，晋室大乱是一个时期，元朝的九十多年是另一个时期，都没有出现过像清朝这样在政治、经济、文化上都十分灿烂的局面。这些问题值得我们去思索，有人以前说少数民族入主中原没有超过一百年的，而清朝的统治维持了那么长时间，这是为什么？我个人认为如果康熙过后没有雍正来整理局面的话，清朝很可能很快就消亡了。顺治是十七年，康熙六十一年，共七十八年，如果雍正是个十分平庸的皇帝，可能清朝也只有百十年的历史，但是经他这十三年的整顿，一扫百年颓风。雍正为乾隆留下了比较好的干部队伍。

电视剧播出之后，社会上有一些批评。我认为学术上的批评都还是可以接受的，无论多么尖锐，都可以接受，但我认为人与人之间的交流应该是朋友之间的交流。曾经有个地位比较高的官员跟我说，我们是朋友啊。我问他朋友的基础是什么，他说是志同道合啊，情投意合啊。我说你说得不对，朋友的基础就是平等。朋友的"朋"字两个月亮一般大，这样才朋友得起来，朋友就不能看低了我。有人问我，你写了这三部书之后你是不是很得意啊。我说我有点害怕，他问你是不是因为"文革"心有余悸，我说哪里是余悸，我浑身上下都是悸。所以一见到政治批评我就有点害怕。前几年有一张报纸登了篇文章说承德市市长将康熙皇帝的塑像给拉倒了，文章作者为此举而叫好，由此想到二月河的康熙大帝，说这位市长拉倒塑像的时候曾经说我们承德人民怎么还能允许封建余孽在我们头上作威作福。我感觉到这有点风马牛不相及。对于康熙皇帝我们是不能轻易否定的，他是少数民族入主中原，最杰出的皇帝之一，且康熙对中国开拓疆域的贡献是不可磨灭的。我们看唐朝地图的时候觉得唐朝的势力范围非常大，但那是势力范围而不是地图。到了康熙的时候才有了地图，叫作《皇舆全览图》，这在世界上都是一次比较早的大规模的丈量和勘测土地的工程，而且他还将新疆、西藏和当时的蒙古都以法律的形式规定为清朝的土地。所以讲到康熙皇帝不能简单地说他剥削和压迫人民这些话。包括乾隆皇帝搞"十全"武功，其中包含的内容对我们维持边疆少数民族安定团结的贡献都是非常突出的。当时有个人叫福康安，福康安这个人因为他是皇亲国戚，所以表现得比较骄纵，自高自大不跟下人说话。历史上对他有一些非议。我塑造的福康安是我心中的形象，首先他一生没有打过败仗，他从少年用兵一直到垂垂老翁始终没有失败过，可以说是一个常胜将军。另外平定新疆、西藏，平息台湾叛乱，他都是亲临战场力挽危局的。所以对福康安整个人的评价和对这个形象的塑造，就需要我们的形象思维。这就是我在书里写的福康安。

这几部书的写作我摒弃了一种"以阶级斗争为纲"的原则，这个原则影响了我们几代人，从新中国成立起就是这样。这种方法我不用是因为它容易失败，即使写得很成功也容易带假。我认为贫下中农中有好的也有坏的，地主中有坏的但也有很多开明绅士，应该本着人本主义的原则来写。我想这可能就是很多读者喜欢我的原因之一吧，什么是好书？好书不是评论家说了算的，好书的标准有两条，一条是你是否拥有读者；另一条是你是否拥有将来的读者，也就是是否拥有时间。昨天的读者喜欢读的书，如果今天、明天的读者依然欢迎，那么书的品位一定是高的。《红楼梦》就是这样，它还会继续展现它的生命力。

那么专家和读者是什么关系呢？专家也是读者，但是专家是大读者，大读者和小读者看问题的眼光是不一样的，在这个时候我更多地关照到普通的读者。这几年这个奖、那个奖很多，前几天有人还很遗憾地说我没有得到这个文学奖那个文学奖。我说那与我有什么相干。在我的心目中，什么奖都好，都是有点疑问的。有人说是不是因为你没有得到就说葡萄是酸的，我送他八个字："无话可说，不说什么"。这一点也没有带情绪，我真的无话可说。有些奖往往是几个人坐在屋子里，喝着咖啡抽着烟说我们给谁谁一个什么奖吧，于是这个奖就给他了。这完全漠视了广大普通读者的需求和审美情趣，我认为这是我们理论界和文学评论界的悲哀。所以这些年我对这些奖项也不太关心，有时候得了什么奖我自己都不知道。最近别人跟我说，我又得了什么奖，我也说不知道。但是有两个奖我很感兴趣，一个是最近香港的中学生通知我说我得了他们自己评选的一个奖。我还是很得意的，因为中学生比较单纯，不会说有什么功利性。一个就是美国给我一个"海外最受欢迎的中国作家奖"，我并不是因为这是美国人给的就分外高兴，那样的话我不成了假洋鬼子了。他们的评奖方式是读者介入很多，一个是凭图书馆的借阅率，一个是凭书店的销售量。这两个都是电脑控制的，说谁最多就是谁最多，一目了然。还有读者的投票率，最后几个专家一汇总才颁奖。我认为这个奖项里面读者的介入比较多，所以它比我们国内的一些奖项更有意思。

说了这么多，我还是要说一句，《雍正王朝》在艺术效果上是没问题的，胡玫、刘和平（编剧）和制片人的功力应该得到肯定。这就是一种很奇怪的结论了，总的评价不及格，而艺术效果又非常好。所以说小说改编成影视剧，特别是历史小说改编成影视剧，是非常复杂的事情。说了这么多，希望能对以后的改编有所启发和帮助。

原载《艺术评论》2007 年第 4 期

历史的真实与艺术的真实

——在山西的一次演讲

很高兴能够在我自己的老家——山西省的省会太原与各位朋友有这样一次愉快的交流。近年由于身体的原因，我就不再做大的小说创作了，除了看一些书、写字、作画、锻炼身体之外，有时也读点佛经。

我们中国人对历史的研究有眼、耳、鼻、舌、身五种感觉，我们也经常说我的第六感觉怎么样，现代人又开发出来，说还有第七种感觉，就是潜意识。古代印度人在意识方面的研究比我们更深一个层次。他们认为人还有第八种意识，诸位都是领导干部，你们有没有这样的体会？比如单位有一个新来的同志，过去你从来没有见过他，但是你和他一见面就产生了亲和力，这个人看上去很亲切，这个人会听我的话，会和我搞好关系，或者你也很可能一眼看上去他就不顺眼，觉得这个人怎么这么别扭，怎么这么烦人。实际上他过去和你一点瓜葛都没有。按照唯物主义，我们现在没有办法解释这种现象，但是古代印度人认为这是阿赖耶识在里面起作用，就是说我们每个人都有一个像电脑储存器那样的东西，把你每天的生活都记录下来。看过《红楼梦》的人都知道，贾宝玉和林黛玉第一次见面，林黛玉就感到："奇怪呀，到像在那里见过一般。何等眼熟到如此！"同样在她还没有说出来时，贾宝玉就说"这个妹妹，我曾见过的"。实际上在他们生命的过程当中，他两个人根本没有什么接触。那他们什么时候见过呢？是神瑛侍者给林黛玉这朵花浇过水，那么在他们的阿赖耶识里就储存了这样一个信息。这个话和我今天讲课没有关系，我说这个是什么意思呢？二月河是山西人，两三岁就出去了，到了河南。我上次去北大讲课，北大的学生站起来问，二月河老师，你是河南人，河南人在外面的名声不好，对此你有什么看法？我当时说我不是河南人，但是我是两三岁就到了河南，现在已经过去了半个世纪，我是吃着河南的米、喝着河南的水长大的，因此河南人今日有难，二月河愿与河南人共患。去年回来咱们山西的报界又问，你是山西人，又到了河南，你对老家是一份什么样的情感？当时我就说，我说我是吃河南的米、喝河南的水长大的，但我是吃山西的奶长大的，本人是山西人，这一点是不可动摇的事实，我血统里面所蕴含的阿赖耶识和在座的诸位领导干部以及诸位朋友是互相碰撞、互相融合的，我们之间是可以产生亲和力的。

前年年底，在深圳我和金庸先生有过一次交流，当时探讨现在的人文建设问题。我是全国人大代表，在全国人大代表的小组会上他们指定我发言，我说我们现在的文凭在逐步地提高，而文明素质在逐步地下降。有什么根据呢？美国的"9·11"事件发生之后，打开我们的网页去看，一片叫好声。我的几个朋友在我家里聊天，大家说得眉飞色舞，说得兴高采烈，我插了一句，我说里面有没有你的兄弟？里面有没有你的姐妹？假如是你的兄弟和姐妹在这个楼里面，你会不会这样高兴？大家感觉很扫兴，但是我讲的是实话，因为这个楼里面并不是所有的人都应该死的，这么大一个群体出现的这个问题并不是小问题。

眼下腐败渗透到我们社会生活的各个层面，上到副国级被"双规"的高官，下到小学生，小学一年级的学生就可以跟老师讲，我爸爸在煤电公司工作，你如果缺煤，跟我说一声。这么小的人都知道倚仗一些权势，一部分人可以欺压、挤压另一部分人。我看到现在有些领导干部犯了罪，被"双规"了，他就说：我小时候是个放羊的，或者放牛的，党和组织把我培养成了这样一个高级干部，可是我没有珍惜，放松了世界观的改造，受资本主义、拜金主义的影响，终于走上了犯罪的道路。这纯粹是在那儿胡说八道，腐败这个东西它和意识形态无关，它是一种社会病，是一种反社会、反人类、反进步的恶瘤。你还不如说从小我爹我妈没有把我教育好，我见了钱就眼开，我就腐败了，这还比较合乎事实。因为黑社会的老大他也不允许他的会计随便拿他的钱，哪一个资本家没有会计呢？你可以胡来吗？各种各样的游戏都有游戏规则的，所以反腐败不要把腐败和意识形态联系在一起。

《庄子》说："盗亦有道……夫妄意室中之藏，圣也；人先，勇也；出后，义也；知可否，知也；分均，仁也。"黑道都有他的游戏规则，不杀带孩子的妇女，不抢邮差，如果按期把赎金送到的话在期限之前不撕票，这都是盗贼的规矩，盗贼他要保持社会平衡，为了保持这种平衡，定了盗贼的规则。现在先把人杀了再要赎金，什么样的人他都抢，只要是钱就捞，这不是黑道的腐败吗？我们白道有腐败，黑道也有腐败，而且这种腐败正在向深层次蔓延，这是一个值得我们整个民族都注意的问题。第二次世界大战，波兰被夷为平地，当时国联组织了记者团到波兰去考察，正是严冬季节，没有取暖的木柴，也没有粮食，整个国家处于瘫痪状态，大家都认为波兰这个民族完了，只有一个美国记者说，这个民族不会完。为什么呢？在这样的天气下，我看见一对老年夫妻在他们的窗台上养着一盆鲜艳的玫瑰花。只要有一种精神旗帜在那里支撑，这个民族就不会出现问题，尽管他们受到了严酷环境的摧残，但这个民族是有希望的。

满洲人入关的时候，他们自身的兵力只有八万多，吴三桂投降清廷，他的兵力是四万五千，合起来有十三万左右。汉族人的兵力是多少呢？当时李自成在北京驻防的兵力就有一百万，南明唐王跑去福建称帝，南明的武装力量有二百多万，再加上散布全国的汉族武装力量，总兵力应该在四百万上下。这十三万人对四百万人，却如摧枯拉朽一样很快就解决了汉族武装。为什么呢？四百万对十三万人啊！因为当时整个汉民族腐败，缺少这样的一盆玫瑰花。近几年我们的死刑犯人已经大大地减少了，但是唐贞观年间，全国每年处决犯人是二十九名，现在是多少？光靠杀人能行吗？再说国力，唐开元年间我们的国力何等强盛：万国来朝。到了乾隆年间我们的国家还红火蓬勃，但是结果如何呢？经过二十来年的时间，道光年间发生了第一次鸦片战争，接着就是第二次鸦片战争，中国从此变成了殖民地、半殖民地国家。讲这个是什么意思？我们山西现在举办这样的讲座是一种非常聪明而且睿智的做法，就是说，在我们山西人的心目中要栽培一份积极向上的、带有自己民族光荣传统的精神内涵，它可能不会对我们在经济效益上有多大提高，但是这种素质的培养是潜移默化的，是一种持续长久的精神内涵的延伸，也是一种健康的精神世界的升华。

和金庸先生见面时，我曾说金庸先生你是个天才，二月河是个人才。为什么这样讲呢？我们看到了中国武侠小说的延伸和发展。我很多朋友不同意我这种说法，说金庸的书都是乱来的，乱写的。我说你爱看不爱看？爱看。我说他乱来你还爱看，这就证明他是天才。中国的武侠小说是从《史记·游侠列传》开始的，经过了几百年，到了唐传奇，我们不少同志看过《柳毅传书》《红线女》《风尘三侠》，经过几百年有这么一点点突破；又经过了几百年，到了明清，出现了《三侠五义》《七侠五义》《大八义》《小八义》《薛丁山征西》《施公案》《包公案》，等等，这是武侠小说的又一次突破；到了金庸、梁羽生、古龙这一群人，又经过了几百年，出现了这样一个突破：他们把现代人的思想融合进了武侠小说里，形成了现在的新武侠小说。这又是几百年。我们怎么可能在一百年内就指望着上苍再赐予我们一个金庸呢？这种突破在文学上讲是非常不容易的一件事情。到现在谁突破《红楼梦》了？《红楼梦》到现在三百年了，三百年当中有多少很棒的人在努力，但是为什么没有一个人超越曹雪芹呢？那是经过长期的社会经历和人文积累构成的，在《红楼梦》之前还有《聊斋志异》，再往前还有《金瓶梅》，再往前还有《西游记》

这些，从浪漫主义到现实主义这样的过程经过了几百年的酝酿，最后才出现了《红楼梦》，所以我们很期望再出现一个金庸，这是我认为他是天才的第一个意思；第二点，金庸先生的书有些笔墨纯粹是胡说八道，有些时候连语法都不讲，但是他就能够牵引住千千万万读者的心，他的人文观念在推新，二月河不敢做这样的事。比如说清代的时候，北京人每年需要四百万石粮食，这四百万石粮食要通过运河运到北京去才能够确保北京政治上的稳定，但是像金庸先生小说中桃花岛上的人谁给他发工资啊？小龙女和杨过就在古墓里生活，谁出去采购东西呢？但他不交代，就这你也愿意看，所以天才不需要考虑人具体怎样生活，而人才就必须仔仔细细地想人怎么生活。

到清朝时，就已是我们中华民族最后一次民族大融合的时期，康熙、雍正、乾隆的这一段历史在史学界被人一致称为是"中国封建王朝的回光返照时期"，从秦始皇到宣统有的说是二百七十六位皇帝，有的说是二百七十三位皇帝，还有说是五百多位皇帝，版本不一。我想，如果说是五百多位皇帝的话很可能连李自成、黄巢，还有白莲教的徐鸿儒一起算上了，但是我们正统的二十四史说延续了二百七十多位皇帝或是二百六十多位皇帝是比较切合实际的，这三代皇帝在中国封建社会传承史当中被称为是"回光返照时期"。我们在座的有不少老同志都点过油灯，油快干的时候，灯快要灭了，火就不安分，开始跳，然后"啪"，灭了，这个最后的状态就叫回光返照。很多人问我为什么要写康熙、雍正和乾隆，就是说我们对封建社会的认知究竟有多少，毛泽东说"《红楼梦》是中国封建社会的百科全书"，但是我们打开《红楼梦》这本书，能够对中国封建社会的社会形态和人类形态有多少理解呢？我的《康熙大帝》第一卷出书以后，责任编辑就跟我讲，说解放，你一定要将康熙帝的阴险、毒辣、残忍……写足，因为康熙是封建地主阶级的总代表，而封建地主阶级的特质就是阴险、毒辣、残忍。我跟他说康熙这个人真的是不阴险、不毒辣，也不残忍呀！是个很好的学者！我们现在已经承认康熙是当时的第一大学者了，我们学术界现在已经承认了，当时在我写书的时候他还是一个被妖魔化的人。

《康熙大帝》第一卷出书的时候有家报纸用了一整版的篇幅批判二月河，说是地主阶级的孝子贤孙。那里面谈到，说承德市当时的市长下令推倒康熙的铜像，他的理由是，康熙这样一个封建地主阶级的统治者焉能在我们社会主义的城市上空耀武扬威？后来我在几个大学做了预言，我说今天这位市长把康熙的铜像推倒了，将来还会有一位市长重新把康熙铜像竖起来，原因是什么？大家看一看我这几部书，写雍正的是《雍正皇帝》，写乾隆的是《乾隆皇帝》，康熙是《康熙大帝》。1985 年，当时《康熙大帝》第一卷还没有出，编辑一听这个名字他就要读，大帝——Great！中国没有"伟大"这个词，我和他说中国有"伟大"这个词，我们在《清人笔记》里面随处可以见到"伟大"这个词，不过它不指我们今天政治上或者人格上的含义，而说的是块头，说的是身材魁梧，体魄高大，这叫"体格伟大"。至于说"大帝"这个词，在《淮南子》里面有，在《史记正义》里面也有。俄国有个"彼得大帝"，中国人为什么不能称康熙为大帝呢？彼得继位时间比康熙要迟，死的时间比康熙早，除了彼得修铁路而康熙没能做到之外，各方面比较，彼得都不及康熙，为什么俄国人可以称彼得为"大帝"，中国人就不能称康熙为"大帝"呢？有人说中国没有"大帝"这个词，那我们说的"玉皇大帝"是哪一国人呢？

康熙三次亲征准噶尔、六次南巡，解决了台湾问题，他八岁登基，十六岁智擒鳌拜，十九岁决意撤藩，平定了三藩之乱，最早解决了中国的"台独"问题。我再举一个数字：明代崇祯年间，中国的疆土面积是三百五十万平方公里，到了康熙年间他绘制了中国的第一张地图，叫作《皇舆全览图》，面积是一千四百万平方公里。明代有个国策，叫作"高筑墙、广积粮，缓称王"，八达岭长城就是从明代开始修的，到了康熙执政的时候，他说："朕以人民为长城。"采取这种民族亲和政策，我们才有今天这五十六个民族的大团结和这么大的领土。我们有这么大的领土，就像物理学里面不能回避牛顿是一样的，你回避不了康熙，这是他大的方面；在小的方面，康熙懂七国外语。在座的有哪位能站起来说懂七国外语呢？他这些成就，无论国家大政还是个人素质，抽出每一件都闪着耀目的光彩。但我们为什么不讲呢？成分高。是个地主出身嘛！就这么一点点道理。

写一本书要有理念，首先确定这个东西——用什么样的思想和理念指导你的创作。如果用阶级斗争的理论，那康熙就是个地主阶级的总代表，必然是一个虚伪的、残忍的、冷酷无情的人，是一个各种各样恶劣的品质都集中起来的老地主。但是如果换一个理念，凡是在中国历史上对加强民族团结、对国家统一做出过贡献的，凡是对发展当时的生产力、改善当时人民生活水平做出贡献的，凡是在文化、科技领域做出过贡献的，都要热情歌颂。我们现在还用《康熙字典》，康熙时期编出了《古今图书集成》，我们看到《雍正王朝》里面有个老三，三王爷，康熙让他专门负责文化，实际上三王爷就相当于我们今天的中国作协主席，相当于我们的文化部部长，专门主持文化工作，非常有成就。康熙停止修长城，采用民族和睦政策，丈量全国土地，绘制《皇舆全览图》，奠定了今天中华人民共和国幅员辽阔的版图基础。他轻徭薄赋，相对减轻了人民的负担，一定程度上改善了人民的生活。用这三条标准来看康熙就完全是另一回事。

康熙所处的年代和环境可以分为两个层次，第一个层次是政权稳固阶段，康熙十六岁智擒鳌拜那只是解决了宫廷里面的权力问题，因为满族人入主中原是个非常复杂的过程。甲申年三月十九，李自成率部队攻打北京，大概是晚上十点钟，李自成攻城的炮声就响了，这时候崇祯皇帝干什么呢？他下令撞响景阳钟，召集文武百官来开会。这个钟设在紫禁城里面，从明朝建国以来到明朝灭亡，就响过这一次，没有任何资料留给我们说他敲这个钟是要干什么，但是我分析这个情况，估计崇祯皇帝是准备搞一次集体自杀，他想用文武百官集体自杀的壮烈行为激励全国军民抗击李自成的决心和意志，但是这个钟撞响很长时间都没有一个人来。这时候崇祯开始采取第二步，给特务组织（锦衣卫、东厂、西厂）下达杀人的命令，要求逢人就杀，给另一个特务组织下达同样的命令，他自己杀公主，他儿子他不杀，让他跑了还能延续香烟，一边杀，一边说出了那一句千古名言："谁叫你生在我家！谁叫你生在我家！"杀完公主之后，崇祯皇帝自己才开始逃跑。我们到故宫去参观，故宫门上的钉子都是九排，每一排都是九个，只有东华门上面的钉子是八排，版本不同，有人说这个门就是早上进些菜呀，米呀，还有人的粪便都是从东华门往外拉的，这是一种版本；另一个版本是说崇祯皇帝是从这儿跑出去的，这个门没有起到负责的作用，因此钉子被人取了一排。总而言之，他是从东华门逃出去的，到了朝阳门外就挨门挨户敲他那些大臣的门，希望有人能够收留他、保护他，但是没有一家给他开门，在这种情况下，崇祯皇帝跑到煤山自杀了，他的最后一道诏书是撕破了自己的袍襟，咬破自己的手指在上面写了一首诗，这首诗是写给李自成的，"百官任尔杀，不可害百姓"。我写过一篇关于秘书的文章，我说崇祯皇帝缺了一个好秘书，如果这个秘书给他提个醒，咱们已经出来了，再向东走一百多里地就是吴三桂的防地，我们何必自杀呢？如果是这样的话，后面的历史怎样写，那实在是很难说的事情。崇祯皇帝就这样自尽了，但是他本人在社会上的形象以及他政治上的作为令他在老百姓的心目中不是一个很差劲的人，连李自成是他的死对头，在讨论崇祯死的文字里面也说："君非甚暗"，说他不是个很昏暗的皇帝。

满洲人入关的时候打的是什么旗号？"为明复仇"，就是说我们要替崇祯皇帝报仇。按照我们一般人的思维，你既然是为崇祯皇帝报仇的，现在李自成也被打垮了，你的仇也报了，你应该回你的老家去呀！他没有，而是自己坐到了北京城，成立了顺治王朝，然后有了康熙王朝，知识分子对这个事情是百思不得其解，大家感觉很郁闷。孔子曾经说过"夷狄之有君，不如华夏之亡也"。就是说你有君还不如我们没君呢，对少数民族就是这么一个态度。昨天我上了五台山，上面有个清凉寺，据说那儿是顺治出家的地方。顺治到底是不是出家了呢？我个人认为顺治出家的可能性比较大，很多人反驳我这个观点，为什么不当皇帝，而是要出家呢？我们如果用现代人的思维来考虑这个事情，别说是皇帝，就是科局长、小小的科员，要出家当和尚，恐怕他也有很多东西都是舍不得的。但我们不要忽略了，顺治时期他们还是一个少数民族游牧部落，中国历史上皇帝出家的人有的是，不光是顺治一个人，并不是一个特例。再一个，用河南话说，顺治这个人就是"别子"，就是说他性格比较别扭，他和他母亲的关系、与皇后的关系都处得不好。董鄂妃死的时候是顺治十七年的八月十七，所以这个八月十五顺治过得很不痛快，他在十一月就去世了。他留下了一份遗诏，叫作"罪己诏"。历史上有很多皇帝留下了"罪己诏"，都是很笼统、很简约的；但是顺治的这个"罪己诏"列举了自己的十七条大罪。现在有学术界考证，说顺治死于天花，天花这种病我们都知道，死的时候是极为痛苦的，别说是皇帝，就是一般人，碰到这样痛苦的一种病还能把自己的十七条罪状一条一条地列举出来吗？而且这些罪状很像是一个政治交代，所以我觉得顺治出家这种说法要合理得多。总而言之，他把江山留给了康熙。康熙在亲政之前，在养心殿的柱子上写了六个字：靖藩、河务、漕运。康熙在亲政之前雄才大略就体现在了这六个字上。"靖藩"，是要清吴三桂、耿精忠和尚可喜。这儿我简单介绍一下吴三桂，他是山海关的总督，此人打仗还是可以的，但他先叛明，李自成进了北京以后吴三桂是先与李自成沟通，他带上兵准备去投靠李自成，走到半路，听说陈圆圆被李自成的人给霸占了，这才"冲冠一怒为红颜"，带上兵又回到了山海关，这是他第一笔；第二笔，他到云南称王之后，本来还有点军事实力，但是明朝的流亡太子从缅甸逃回了云南，在篦子坡上，吴三桂逼着太子自杀了，所以他这个人用我们今天的话说，他臭极了。他盘踞云南，和耿精忠、尚可喜这三藩，要用掉全国财政支出的三分之二；他是西平王，在政治上又和中央政府对着干，这都让中央不能忍受。到康熙十八年，吴三桂感觉自己的位置受到了某种威胁，就试探康熙，上了一道奏章，说臣已经老了，我现在怀念我的故乡，请皇上恩准我回去养老。康熙这个时候就是在千方百计如何拔掉吴三桂，按吴三桂的想法，康熙你个毛头小子敢把我怎么样？没有想到这个奏章上去以后康熙如获至宝，立即就批准，说足见你对我们有多么忠贞，我们大清永远不会忘记你的功劳。而且派了两个工作组，一个工作组去安置他，给他钱，要多少给多少；另外一个工作组到辽东给吴三桂盖高楼大厦，盖别墅。在这种情况下吴三桂造反了。这个仗打了五年，打了五年仗他没有打过康熙，被打得稀里哗啦，这样康熙平定了三藩之乱。"漕运"又是怎么回事呢？当时北京有个白莲教，有人问我那个白莲教是什么东西。当时白莲教是明代徐鸿儒沿袭下来的教派，这种教派一直贯穿清的始终，如果四百万石粮食运不上去，白莲教这个组织就会危及中央王朝的安定。我们知道，运河是个南北走向的河，有的地方是向南流，有的地方是向北流，但和黄河有一个交叉口。大家知道，黄河的泥沙含量是世界之最，一旦黄河决溃，就会把运河堵得一塌糊涂，运河堵了，粮食运不到北京，北京的政治就会出现问题，因此，修治黄河也是康熙政治生活中的一件大事。

但是康熙面临的最大问题还是汉族知识分子的问题，尤其是高级知识分子对康熙王朝的不满。为什么呢？崇祯皇帝不是一个很差劲的人，清兵既然是打着为明复仇的旗号来的，完成任务你走就行了，结果你没走，自己占领了。因此这些民族情绪，有两条，一个是民间念念不忘扬州十日嘉定之屠，著名文人召集在一起写文章、写诗，含沙射影地攻击清王朝的统治，搞得人心不稳固，危害性极大。所以，在康熙二十三岁时决定开一个"博学鸿词科"，这在中国历史上没有过，在这之前只有武则天开过"不求闻达科"。康熙选择顶尖的、大师级的学者来参加考试，由各省、各府的提督、总督来推荐。

比如我们河南省委书记可以向中央上奏章，说我们那个地方有一个人名叫二月河，在群众当中威信怎么怎么高，学问怎么怎么好，道德文章都挺好，请求中央批准他来参加这个考试。中央政府一旦批准，二月河就不叫二月河了，就改成了"征君"，然后送到北京。当时的车轱辘都是硬的，用蒲草把它包起来，把我从南阳推到北京，相当于现在的坐专机去参加考试，考上考不上一律授官，享受这样的待遇。咱们山西的傅山就被推荐参加这样的考试，当时以傅山为代表的很有骨气的一批人，还有黄宗羲，这几个人坚决不参加考试，你推荐我也不去，中央政府点名我也不去，你把我捆起来送到北京去，我都不参加考试，傅山就是这样一个人，他又叫傅青主。他们这些人有的坚卧古寺不参加考试，有的是到了考场上故意交白卷，故意把诗写错，希望考不上，保留汉族知识分子的气节和尊严。但是康熙特别能忍，所有的这些东西他都笑嘻嘻地全部接受，考上考不上他最后全部给了官，而且用车送傅山回了山西，还给山西的巡抚写了一封信，对他说虽然傅山老先生不参加考试，但是这个人有骨气，朕是非常佩服的，不可轻慢，他家里面有什么困难、有什么问题要时时给我汇报，要好生招待。有的人说那是不是康熙这个人虚伪，他故意作秀呢？我最初也以为是这样，后来查到了康熙五十六年的一个资料，打消了我的疑虑。这个时候他的威望已经达到了登峰造极的程度，已经没有巴结汉族知识分子的必要了，但是他给山西巡抚写了一封信，问傅青主家中还有什么人呢，他的家有没有什么困难呢，他的子弟当中有没有可以出来做官的呢，如果有，你们就推荐他来。那意思就是说我还可以给他一个公务员指标。证明他对傅山很尊敬，这是很真诚的。他有没有虚伪的时候呢？我认为有。他去南京祭奠朱元璋墓时号啕大哭，这里面一定有虚伪的成分，我在写到这一段时设计的情节是，他去祭奠时，高士奇提了一下伍次友的死，这个时候，康熙的心里充满了对伍次友的怀念，他趴在朱元璋墓前，哭的是伍次友。我想这是合乎逻辑的。南京是文人荟萃之地，他们看到康熙哭得这么伤心，心里都很感动。我们汉族的皇帝去山东孔庙祭祀，行的都是二跪六叩首的礼，但是康熙进去以后行三跪九叩首的君臣大礼、父子大礼，表示他自己对于汉族这种统治术的臣服和彻底的容纳。我们看看康熙写的诗、写的词，他对音乐的理解、对医学的理解，他甚至写过地质方面的文章，在数学方面的贡献、在中国历史上文治武功的贡献，在各个方面做出的贡献应该都足以彪炳史册，因此我称他是"康熙大帝"。但是他又是一个悲剧人物，他是中国的潘多拉，读过《红楼梦》的人都知道有一个人叫王熙凤，她的娘家是干什么的？粤、闽、江、浙四省海关总督，这个职务从明代查到清末，只有康熙一个人设了这个职务，他废了二十多年的海禁，二十多年海外贸易情况怎么样？从我们这儿出去的是茶叶、丝绸、瓷器、木材和香料。从外边运进来的是什么呢？是一船一船的银子，是这样的贸易顺差。但是后来为什么不做了呢？因为有人到康熙跟前说这个话，说朱三太子就藏在海外，就在爪哇国、印度尼西亚、马来西亚一带，万一朱三太子率领部队再回来，你是让位还是不让位呢？康熙赶快下令实行海禁。试想，如果我们中国的对外贸易，我们改革开放的历史从康熙就延续下来，中国的工业革命能够和西方的工业革命大致同步，对我们会产生什么样的效应呢？谁也说不清楚。康熙的个人素质极强、极好，但是没有把他的这种素质融入他的工作之中，就像希腊神话里面的潘多拉打开了众神送的魔盒，从里面飞出了战争、饥饿、灾荒、瘟疫，潘多拉吓坏了，赶紧把盒子合上了，结果把希望和光明扣进了盒子里面。俄国的彼得大帝尽管各方面都比不上康熙，但是他当政时就开始狂热地修铁路，康熙本人没有先进生产力和先进生产关系的支撑，即使他个人素质再强，也不能够把中国的道路引入光明的前途。康熙三次亲征准噶尔，六次南巡，所有这些都证明了康熙确实是大帝。

别人说我的书是"帝王系列"，叫"帝王系列"也不错，但我自己称它是"落霞系列"，取自《滕王阁序》中的"落霞与孤鹜齐飞，秋水共长天一色"。

落霞具备两个特点：第一个，它的灿烂；第二个，这种文化里蕴含的落后性、劣根性——文化里面很要命的东西在这个时期也展示出来了。乾隆就说过，我们除了钟表，什么也不需要他们的。这对生产力发展是严重的阻碍。在这种情况下，太阳即将落下，黑暗即将来临。我认为从道光年以后发生了第一次鸦片战争，接着发生了第二次鸦片战争，东方的文明被摧得粉碎，变成了殖民地半殖民地的黑暗社会，康熙、雍正、乾隆这三代英主应该负一定的历史责任。因为康熙曾经有机会，或者说有可能对我们的社会有更大的建树，但是他没有做到。

封建社会整体来说都是虚伪的，都是残忍的，毛主席说《红楼梦》是中国封建社会的百科全书，打开《红楼梦》，里面有没有让我们感觉到青面獠牙的人呢？很少嘛。里面的这些人处在一个虚伪的环境里面，处在虚伪的面纱后面，这样来表现封建社会。我的爸爸看了我的书以后给我说了这么一句感慨的话，他说解放啊，我就没想到你这样残忍。我说怎么啦，他说你这样的书让老年人看了感觉心惊肉跳。像康熙那样的一个人最后追求的是什么东西呢？善终。他甚至在八月十五拜月的时候，向月亮祈求成全这一点心思，让我善终，让我成为一个不具有很大缺憾的人，我愿意减少我的寿命，换取上苍对我这样的恩赐。

康熙尽管是"大"，但是他也是封建王朝的皇帝，是地主阶级的总代表。我们知道，历代皇帝交接的时候都会出现一些问题，康熙也没有能够幸免。明代接班制度采取的是"水落石出"的办法，为了防止皇子们之间互相争夺皇位，就把太子一个人留在北京，其余的儿子都被分到各地，不许你干扰中央政府，更不允许带兵。这样做的结果确实是没有人与太子争夺位置，但是带来了另一个问题，这些皇子都变成了无用的废物，这些废物又培养出了一大群废物。清朝接受了这个教训，采取了"水涨船高"的做法，给皇子们分配工作，太子是常务，有什么问题向太子汇报。既然有工作就有权力，康熙一共有三十六个儿子，活下来的有二十四个，这些孩子身体倍儿棒，工作能力也倍儿棒，个人的政治体系也都很强，所以接班时产生了中国历史上最惨绝的"九王夺嫡"。我们看《雍正皇帝》第一本书就是九王夺嫡，实际上他所有的儿子都卷入了这场斗争，连他最小的儿子，才四岁，也卷进去了。现在已经发现了当时真正的传位诏书，实际上雍正是堂堂正正当上皇帝的，但我当时写书的时候没法这样写，"传位于四子"和"传位十四子"这是最早的争论吗？按照清朝的文件规格，一边是满文，一边是汉文，是满汉合并的文件，你传位于四子也好，传位十四子也好，你改了汉文也改不了满文，这是一个原因；另外一个原因，汉文的书写规则，"传位于四子"必须写成"传位于皇四子"，"传位十四子"必须写成"传位于皇十四子"。大家想一想，如果加上这个"皇"，那还能改吗？雍正和康熙的性格差异确实很大，那么雍正为什么能得到康熙的欣赏，而后继承大统呢？我在一个老年干部大学中讲过，我说假如你有一笔可观的遗产，你有几个儿子，整天算计你们老两口什么时候死，你们死了之后这笔遗产怎么瓜分，只有一个儿子不这样，他过来给你捶背，希望你健康平安，你会把财产给谁呢？雍正就努力表现这么两条，一个是"诚"，一个是"孝"，这是第一个原因。另外一个原因，雍正有一个好儿子，就是乾隆，叫弘历。在中国历史上，有很多这样的先例，就是因为一个好皇孙而选中了儿子。乾隆在幼年的时候曾随康熙去承德围猎，有一只狗熊被射中了，但是狗熊没有完全死，康熙大概想看一看，就过去了，还没有走到跟前，这个时候狗熊突然"人立而起"，像人一样就站起来了，康熙旁边的侍卫都吓得倒退，只有弘历拔剑往前走了一步，和这个熊对峙，过了一会儿，这个熊失血过多，倒下去了。由此康熙得出一个结论，"此子福大于朕"，这个孩子比我的福还要大，就把他带到自己的身边亲自培养。在那么多皇子皇孙当中，乾隆本是唯一能够享受到这种待遇的孙子，所以康熙很可能认为，我已经在位六十一年了，雍正再能活，还能活多少年呢？我的孙子能确保大清江山三代不出问题。再一个，康熙有很多政治、经济问题自己解决不了，需要一个能解决问题的人。康熙是个很讲人情的人，他三次亲征准噶尔，在这战争当中与跟从他的人关系非常好，又是父子，又是君臣，同时又带有一点战友味，有些人把他从死人堆里面背出来，有些人在没有粮食的情况下，把自己剩下的干粮给他吃，有的人在没有水的情况下，自己喝马尿，把剩下的一点点水喂给他喝，但是战争胜利之后他们的工资都不高，就去国库里面借钱。借到什么程度呢？康熙死的时候，国库里面的存银是七百万两银子，经过雍正的一番治理，国库里面有了五千万两银子。这一听就不是一个概念。官员借银子可以，借走了就要不回来了，因为康熙拉不下来这个脸，但是他知道国库里面只有七百万两银子，是既不能打仗，也不能赈灾，也搞不成建设。我们可以看到曹寅家有这么一份资料，他给康熙送了五千两银子的养马费，康熙把这些银子全部退还了，说你欠国库那么多钱，不要给朕什么钱了，我给你个差事，你们弟兄两个人合伙赶快把这个钱还上，这样我才放心。你们这样做，朕要是百年之后，你们可怎么得了？这件事情一定要小心！小心！小心！小心！四个小心。曹寅不能完全领会这话，就亲自跑到北京去问，跪在康熙面前就说，皇上你说百年之后的话，让我们听了很难受，即使你将来有那么一天，你也一定会选一个宽仁大度的皇上来做我们的主子，你不用担心。这说明曹寅在政治上不够敏锐。康熙给了他一句什么话呢？朕必选一位坚刚不可夺志之人来做尔等的主子。曹寅就没有听懂这个话。康熙的二十四个儿子当中，如果要找一个符合坚刚不可夺志的人来做这个接班人的话，那只有雍正。他没有听懂这个话，他也没有还清这个账，曹家最后被抄了。

雍正继承了皇位之后，确实没有辜负康熙对他的期望，他在反腐治贪方面是个很有特色的皇帝。中国在这方面贡献很大的有三个皇帝：一个是武则天，一个是朱元璋，一个是雍正。武则天靠的是告密。朱元璋靠的是酷刑，贪污二百两银子以上的，朱元璋就要把他剥了皮，然后用稻草撑起来风干，以警后人。他自己是农民出身，对贪污腐败分子极度痛恨，所以采取的手段也是很极端的。到了雍正时期靠的是制度，他用的是密折制度，信访工作做得比较好，形成了一个比较严密的信息渠道。康熙年间，一个省的巡抚要拿掉一个县令不费吹灰之力，到了雍正年间就完全不同了。山东有一个县令，得罪了那个地方的巡抚，这个巡抚就开始给这个县令穿小鞋，同时给雍正上奏折，说这个人不称职，请求皇上免去他的县令职务。前两份奏折雍正都没理他，到了第三份奏折再上去时，雍正勃然大怒，就在上面批，某某某究竟与尔有何仇隙，必欲置之死地而后快？他不就是在你母亲做寿时只给你送了一双鞋吗？现在你降三级，他升三级！他的朱批谕旨，学者称之为"天下第一痛快"书，酣畅淋漓，很解渴，很适性。但是有时候他做事情也很极端，有的人说，二老师，我们感觉到雍正很可爱，我说如果你碰上一个雍正式的领导人，你会很倒霉。雍正朝著名的一个老官员，欠了国库一两二钱银子，被雍正逼得今天一个检查，明天一个检查，写个没完。还有个人雍正命令他回去闭门思过，在他走之前，雍正赐给他一块匾，匾上写了四个字"名教罪人"，这等于是国家最高首脑给你写了"无耻小人"四字，你回去以后挂在门上，这事情就做得很极端。有人拾金不昧，捡到钱上交，雍正奖励你的钱比你捡到的钱还要多，他认为这种行为值得大力提倡，一高兴就这样奖，结果人们到处说我也捡到钱了。雍正一个重要的改革就是"火耗归公"。我们知道过去有一句话，叫作"三年清知府，十万雪花银"，你还得是清知府，三年下来能拿到十万两银子。知府的工资是多少呢？各地都不一样，过去的官也分类，在大地方当官比在小地方当官挣钱要多一点，总体下来就是一百三四十两银子，三年清知府下来应该是四百两左右银子，何来的十万两银子呢？这要从缴纳赋税来说明，我们今天交的是现金、支票，在太原数的是一万块钱，拿到财政部仍旧是一万块钱，银子就不一样了，从太原装车，一路送到北京，银子在路上互相碰撞，掉渣，所以中央政府如果向太原府要一两银子，知府绝不敢只向老百姓要一两，你得要到一两一、一两二，送到北京时掉渣掉得还剩下一两，任务就完成了。车上掉下的渣扫到一块儿那就是一个大疙瘩，三年是多少呢？十万。三年清知府，不需要贪污，十万两银子就有了。雍正说这些银子应该归公。火耗归公是一项收入，官绅一体纳粮是收入，摊丁入亩又是收入，在没有增加人民负担的情况下，经过努力，国库里面有了五千万两银子，这是雍正的贡献。雍正给乾隆留下了一支相对清廉的干部队伍，同时也留下了一个相对丰厚的国库底子，因为雍正在康、雍、乾三朝当中起到了承前启后的作用，虽然在位只有十三年，留下的政绩却是很可观的。

雍正的亲政也让人惊叹。秦始皇一天要看四百二十斤书，当时是以竹子做的简。康熙也很勤政，雍正说我方方面面和父亲比都有很大的差距，唯亲政可自诩。我们看到雍正留下来的朱批谕旨，县以上的领导干部就任时他都要亲自接见，边见边拿着笔不停地在批，教诲他们该干什么，回去该怎么工作，同时把对他的印象分成九等：上上、上中、上下、中上、中中、中下、下上、下中、下下。但是这些东西不往吏部交，不存你的档，只是作为个人的一个印象。等到下一次见你的时候再把上次写的东西拿出来进行对比。台湾和大陆的故宫中，雍正的朱批谕旨合起来是一千多万字。很巧，二月河写书也是写了十三年，我写了五百多万字，雍正写了一千多万字，他还要接见大臣、视察工作，还要召开会议，还有各种各样的事情……你可以说雍正如何无能、如何糟糕，但他绝不可能是一个荒淫的皇帝，因为他没有时间。

有人问我，说你这个书到底有多少是真的呢？有多少假的呢？我说凡是重大的历史事件、重要的历史任务，大部分都是真的。凡是他的一颦一笑、一喜一怒，此人头发是黑是白，这个二月河来当家。那种历史的真实性不只是历史事件的真实性，而是在这个历史时期合乎当时的人文理念，合乎当时人们的思想，合乎当时重大历史事件的理论，历史的远近过程必须是真实的。

我家里有一套《康熙起居注》，早上几点钟起床，几点钟更衣，出来以后几点钟进膳，吃过饭以后见谁，见面的时候说的都是什么话，都有详细的记载，难道说二月河把这本书拿过来，坐在那里一翻译，就说我这本书就叫《康熙大帝》吗？谁看啊？不可能的。你得经过加工，得有艺术内容，这才能够源于生活而高于生活，源于历史而高于历史，但是这种历史的真实性和生活的真实性又谈何容易呢？我刚才说过，我不是天才，一斤豆腐多少钱，一斤韭菜多少钱，一斤萝卜多少钱，我都得考虑进去，这种真实不是你坐在书斋里面凭想象就能想出来的。我们看一个电视剧，里面有个女侠客，骑着高头大马，脚也没有缠，跑到店里去，从腰里面掏出一锭银子，说店小二给我打酒来，这个就让人觉得很出格了。你们见过找银子没有？从演员到导演都没有一个人知道银子是怎么花的、钱是怎么找的。银子是分成色的，市面上流通的银子从百分之三十的含银量到百分之九十九点九七的纯银都有，拿到银子之后第一件事情就是要辨别它的成色、识别它的真伪，看看里面是不是有其他金属。如果你拿的银子是纯银，亮晃晃的，那都是国库里面的银子，你拿到市面上去随便花，马上衙门要找你的。银子的计量单位在座的你们能说出五个吗？能说到两、钱、分、厘、毫，那就可以了，实际上银子的计量单位可以精确到小数点以后十三位：钱、分、厘、毫、丝、忽、微、纤、沙、尘、埃、渺、漠——都要给你算进去，哪是这么大一锭银子。我们在《红楼梦》里面看到的情况都是真实的，四十个人喝一晚上酒是三两二钱银子，三两银子要盖三间房子，可供穷人八口之家过一年。再比如去住店，伙计马上把洗脸水给你端上来，同时问你，客官，你吃点什么东西。那是按照我们现在五星级宾馆去考虑当时的。那时，行李是让你自己带的，饮食方面店里只给你提供炊具，店里只给你提供一张空床和锅碗瓢盆。有一个词不是叫"打尖"吗？打尖的"尖"字实际上是火字之误写，你到一个地方要生火做饭，那么有没有地方又关心你的洗漱，还给你端盘子呢？也有，妓院。那不是正经地方。我们对于明清时期的社会情况、物价不了解，就根本无法下笔来写《康熙大帝》。比如庙会里面有什么东西，买字画、买古董，这都是当时很贴近人们生活的东西，这些东西写出来才能构成艺术的真实。

2000 年美国中国书刊、音像制品展览会给了我一个奖，叫作"海外最受欢迎的中国作家奖"，我挺高兴。我得了这么多奖，有两个奖比较高兴，一个是香港的中学生给我的奖，再一个就是这个奖。倒也不是因为它是美国人给我的，是因为这个奖是这样参与的，一是图书馆的借阅率，一是书店里面书的销售量，这都是电脑控制的，评出来谁就是谁。不是说几个专家好吃好喝的，擦着油光光的嘴，说咱们给谁一个奖吧，于是这个奖就产生了。我认为这个奖比较公正。这个奖为什么评了一次，就给了我呢？我想了想，觉得这是文化情结造成的。读者多是当地华人，他在外面生活，吃着面包，喝着洋水，对我们的祖国有一种情结，二月河的书让他有回归故乡的感觉，所以他就愿意读二月河的书了。

有人说二月河你也不要吹，你的诗词写得也一般化，这个我也知道。我知道我的诗词不地道，我的书里面有一半诗词是我自创的，有一半诗词是成品作。这些成品作我全部取的是名人肯定了的无名氏的作品，但我就死活也不说哪些是我写的，哪些是成品名作。我自己创作当然也有艰辛，但是今天不是讲这个，今天讲的是真实性，只有真实的东西才是善的，才是美的，才能够被愿意接受真善美的读者认同。这些历史人物中有我自己的爱憎，比如《乾隆皇帝》里面有一个人物叫作福康安，我们打开历史资料看，说福康安坏话的人比较多，但是在我的书里面，对他的歌颂比较多，福康安他爹傅恒是当朝宰相，按我们今天的说法福康安就是个高干子弟，但是他一辈子没有打过败仗，在清朝康熙之后他是第一个不是爱新觉罗氏而封王的人。就是因为他很能打仗，他说话很直，不养人。台湾有一个人叫林爽文，在台湾作乱，是福康安带兵去把这个事情给解决了。内战他内行，外战他也内行，新疆最后也是福康安稳定的。当时尼泊尔的部族廓尔喀侵后藏，是福康安带兵一直打到了加德满都，解决了问题。如果没有福康安这样一个历史人物，我们解决西藏问题要费劲得多，解决新疆问题也费劲得多，解决台湾问题也费劲。他为我们的国家统一、民族团结做出过突出的贡献，尽管有些小缺点，二月河不在意了，他有这么大的工作能力，做了这么大的贡献，骄傲自满，等等，这些毛病也应该不足挂齿。当然我对他也有讽刺，比如说他比较骄傲自满，我就设计了一个情节，他要吃牛肉，他不吃洛阳的牛肉，要吃南阳的牛肉，把牛从洛阳赶到南阳他才吃，结果这个牛肉煮不熟，又忘了带硝，就上了锅台尿了一泡，他就吃了，就这么一点小小的玩笑。

总而言之，一些大事你不可以胡编乱造，比如李光地和陈梦雷是清初很大的一个疑案，两个人是福建老乡，又是同年的进士，同朝为官，原来是刎颈之交，最好的朋友，三藩之乱以后两个人都去福建探家，探家的时候两人就商量（因为李光地在康熙这儿工作，陈梦雷跑到敌军那儿去工作，将来如果康熙审理的话，李光地要给陈梦雷做政治上的保证，这个事根据我当时的分析，很可能两个人是这样商量的）：你在康熙那边，我在耿精忠这边作内应，待胜利了，你就出来保我。结果康熙胜利以后，陈梦雷作为战俘，就说我当时是地下工作者，李光地可以给我证明。《清史稿》说：陈梦雷探了消息，光地"独上之"，"大受宠眷"。后来，梦雷被俘，光地"乃疏陈两次密约状"，梦雷免死。李光地这个朋友做得不地道。陈梦雷也是一个很有名的学者，康熙爱才，把他分到了老三的府上，修《古今图书集成》这部书，我们看到《古今图书集成》的编纂就是陈梦雷。从文化上来讲，这或许是一件幸事，但是当时陈梦雷写过一篇《与李光地绝交书》，风行天下，直到现在也让史学界的学者感到头疼。但是李光地赞成打台湾，虽然李光地和明珠这两人都让人反感，但是人家赞成打台湾是一个历史事实，要按照这样来写。

总而言之，要掌握历史的真实性不能仅仅是读历史书籍，要讲究艺术的真实性，就必须掌握当时大量的人文资料，这样才能够使这部书配合起来走进千家万户、千千万万普通读者的心目中去。我就讲到这儿，谢谢大家！

本文据 2007 年 7 月 27 日二月河在山西一次讲座上的演讲录音辑录为文

盛世文昌，期待源泉成河
——谈文学六十年

新中国成立六十周年大庆，我们也迎来新文学六十年。记者朋友让我论文学意义，说文化发展，谈网络建设，话盛世文昌，那我就谈一谈我个人对文学六十年的看法。

文学是社会的催化剂、清洁剂、润滑剂。

文学是有力量的，文学能够打动人心。

当社会处于蒙昧黑暗中的时候，是文学来传播文明，启迪心智，呼唤先进，呐喊心声。中国共产党诞生前夕，就是文学的力量传播来先进的科学理论马克思主义，引导知识分子探索前行道路，于是有了中国的马克思主义政党。文学在这里，就起到了激励社会发展的催化剂的作用。在社会存在污垢落后的处所，文学往往承担着"去污"的作用。鲁迅先生的杂文和小说，茅盾先生的长篇小说，郭沫若等人的诗歌，聂耳、田汉的歌曲、戏剧，就是涤污去垢的清洁剂。在新的历史时期，由于社会收入分配不公、工作岗位不理想、家庭情感矛盾、身体健康欠佳等诸多因素，人的心理容易偏颇，大量的优秀的文学作品，能起到宁静淡泊、抚慰心理、振奋精神、劝人向善、潜移默化、促进和谐的安定作用，所以说是建设和谐社会的润滑剂。文学是有力量的，文学能够打动人心，震撼人心，凝聚人心。

倘若你只爱春天，那么你这个花园里便没有荷、菊、梅。

我们期待文化的大繁荣、大发展。

文学只有真正为人民大众服务，既服务阳春白雪、羽扇纶巾，也关注下里巴人、贩夫走卒，才能真正实现大繁荣、大发展。大自然美在百草丰茂、万紫千红，不仅仅有牡丹、芍药，同样，文学不能囿于为阶级、为成分论服务。譬如说，《林海雪原》《烈火金钢》《小二黑结婚》《铁道游击队》《敌后武工队》等小说都是非常精良的，柳青、赵树理、欧阳山、曲波、马烽等这一大批作家，都是十分了得的，但由于受创作理论和阶级成分论的局限，许多作品只能成为那个特殊时代的名篇，却不能成为千古文化的经典。《艳阳天》《金光大道》等作品，显示着浩然无与伦比的艺术才华，但也仅仅显示了才华而已。姚雪垠的《李自成》前两卷，今天看仍是旷世绝唱，但后来变成"阶级颂歌"，高大全地表述这个农民领袖，创作的思路就受到极大的制约。

儿子打倒老子就是先进？同理，打倒与颠覆并不代表先进。

文学在失去传统中行进

我赞同以"自然时间"来称呼文学六十年。中国文学两千年来一直是领先世界的，直到近代由于国弱民贫落后挨打被割裂，被迫接受基本依附于西方文学。六十年来中国文学也做到了独立于世界，却又因紧跟政治、倡导阶级论而失去自我。新时代解放思想，一些文学人以为如孙行者挣脱了五行山，可以无拘无束、胡作非为任我行，勇于以打倒一切和颠覆一切来展示自己的另类。我认为这种观念是另一种文学的"文革"遗风。我们那么好的国学为什么不发扬光大？如此优秀的传统为什么不承继？可以理解，社会的变革必然导致文学的变革，但变革应该在承继中延续，在汲取国学的博大精粹中前进。我们的诗歌是多么含蓄美丽，我们的辞赋是多么雄浑大气，小令是多么优雅精致，古典小说的语言是多么自由灵动、舒心迷人。可是，当代文学不去承继这种好，却有一种苗头，追求一种割裂的、支离破碎的，甚至带着迷幻的如同撒呓挣的叙述语言，不加选择地去宣传学习西方价值观，以为这就是先进和发展。这是一种危险倾向，文学的核心价值被扭曲，文学美感的分歧越来越严重。难道儿子打倒老子就是先进？当代文学在失去传统中行进，如此这般，文学只能产生作家，产生不了大家，产生不了经典。

"敬畏"网络文学

网络文学给文学发展带来了新课题，引导不好，是文化灾难。

二月河不多上网，不会发帖子，但他对网络文学抱着"敬畏"的心情。他认为网络文学是值得关注的新生事物，是文学创作和文化发展前所未有的机遇，让更多的人看得起书，也有更多渠道发表自己的作品，给全民介入文化、文学活动提供好机会，但也给文学发展带来了新课题。这是双刃剑。网络文学缺乏管理、失去控制，一些不好的东西就会干扰生活。网络文学需要专门、强化的管理，以更利于社会的健康发展。他觉得目前网络文学还处于无序状态，是大河奔流、泥沙俱下、鱼龙混杂。需要网络工作者清理、整顿，考虑到青年，考虑到少年儿童。他说："像我们写小说，有几十万人看，已经了不得了，但是网络小说通过网络这个途径散播开去，将会有几倍甚至几十倍的读者来看。如果引导得法，就是历史的功臣；如果引导出问题，就是历史文化灾难。"

盛世文昌，期待佳作频出，期待源泉汇成河。

文化是民族凝聚力和创造力的重要源泉。

党和国家把文化提到了"民族凝聚力和创造力的重要源泉"的战略高度，这是文化幸事。二月河说，中国的文明大河，就是从若干条文化"源泉"中流淌出来的。有了春秋的繁荣，才有百家争鸣的惊艳；有了强汉的雄健，才有了赋的沉雄壮观。同理，大唐国力的强大和文化海纳百川的魄力，文化是那样的风流倜傥，才出来那样大气的宗教、那样令后人景仰的诗歌。到了清代"康乾盛世"，国力的兴盛，社会生活丰富绚丽，就有了《佩文韵府》《古今图书集成》《四库全书》，有了《聊斋志异》《红楼梦》。当代中国高速发展，民主开放，富有活力，包容一切，有容乃大，我们现在欣逢未有的盛世，在这样美好的文化沃土上，必然会前所未有地水草丰茂、异彩纷呈、繁花似锦。祈盼文学界同人们以应有的人文关怀，强化精品力作意识，耐得住寂寞，抵得住诱惑，经得起考验，力戒心浮气躁，以十年磨一剑的毅力，为和谐社会鼓劲歌颂，推波助澜，创作出不负盛世的佳构力作。盛世文昌，期待源泉成河。

（二〇〇九年七月，鲁钊整理）

原载 2008 年 3 月 3 日《东方今报》

'顺治出家'谜说（二）

——孽海恨天

顺治皇帝之死，顺治皇帝出家，这是现在可以存疑的两说两解。死，是正统史学的说法；出家，则是民间流传的谣言，我则倾向于他是出家了的。无论死或是出家，这位九五之尊的下落似乎都是因为女人。我们今人认知古人，常常用我们今天的理念去思维：别说皇帝，就是一个县长、一个厅长，哪个会为了情伤失意去……他们不晓得，我们活得没有古人认真。

顺治与董小宛的情爱说法是最多的。就董小宛这人，她活着时已经是名人了。她和柳如是、李香君都一样，是金陵行院里的高级妓女。当时的名妓追求名人，好像今天的一些歌星、球星追求金钱。那情致不一，心态却都可用"渴望"来表述。当名妓当然是有条件的：第一，你得漂亮；第二，要有文凭，能诗会词；第三，琴棋书画这四大雅事，至少要能办一件。李香君嫁了商丘的侯方域，董小宛是从了冒襄（冒辟疆），侯、冒当时都是天下叫得响的"四大公子"之一，翩翩佳男女，天作合璧人。只有柳如是似乎倒霉一点，她想找侯、冒那等人，却没有了。没有年轻的名人了，就选了钱谦益，又老又黑的一个老名士。他丑不丑？我没见资料，坐在屋子里瞎想，六七十岁的人了，又身黑如漆，大概也好看不到哪里去。这是明代南都，六朝金粉之地，秦淮河上的摩登。我们只能从中领略一些"情致"罢了。我猜这情致大致就是：既然委身风尘，嫁个得意郎君去从良，享受一把"名人滋味"，然后去死。她们命中注定是当不了原配的，肯定是要受凌辱、歧视的。你到商丘看看香君墓，再看看刘斯奋的《白门柳》就知道，她们后来活得很不开心。

但董小宛是否好一点？我没有考证，不敢乱说，在这里瞎想：谣言里说她为"北兵掳去"，与顺治怎样如何的事，大约这就是她当时的社会声望舆论吧。冒辟疆始终很爱董，这也是事实，但即使他是家族主人，也未必就能护得住身边这个佳人，钱谦益是如此，侯方域是这般，冒辟疆恐也不能例外。

董小宛死于顺治八年，享年二十八。她什么姿容呢？"小宛天资巧慧，容色娟妍，针神曲圣，食谱茶经，莫不精晓。"她还是个作家，集古今闺帏逸事写了一本叫《夺艳》的书。她很可能是有罪官宦人家的小姐流落进妓院的，她一见冒襄就"坚欲委身"，但冒襄也没有多少钱为她赎身，还是钱谦益帮了冒三千两银子才把这事办了下来。说她过得不快活，主要是死得太早，不像很幸福的那样，从吴梅村题《董君画扇诗》"可怜同望西陵哭，不在分香买履中"看，有点影子似是家产分配的问题吧？这些事讲论起这样人，俗得很，但作为一个社会人谁都得面对。她活着时冒辟疆不知为她写了多少诗，一言一动、一颦一笑都有诗，但她的死，生的什么病，怎样死法，情景如何，一首诗也没有见到，这个家庭发生了什么事？也难怪当时人们对她的下落猜测。吴梅村就有一首《赞佛诗》说：

王母携双成，绿盖云中来。
可怜千里草，萎落无颜色。

还有"南望仓舒坟，掩面增凄恻"这些句子。你可以坐下来联想，这说的不是董小宛是谁？战争时期，什么事情不会发生？我原是也有过这想法。

但董小宛一辈子没有见过顺治，如果她能见顺治，那必定是打下南京的多铎把她带到北京的。多铎是顺治二年五月攻陷南京，六月就到浙江去了，十月回的北京。他忙得很，没有时间考虑怎样寻女人去巴结顺治，多铎也不是那种人吧？董小宛归冒家，是在崇祯十六年，死于顺治八年，这时代分界颇为分明，记载很详明的。

推论年龄说，董小宛该是比顺治大十二岁，刚好同一个属相，差了一轮。有人也说这个年龄差别问题。我看年龄不是问题，二十八嫁了八十二的都有吧？那是情爱使然，老妻少夫的也是数不胜数，同样是情爱姻缘，有人就好这一口。

这样设想吧，多铎到了南京，他毕竟在这里停驻了一个来月，肯定是听到了董小宛的名声，起了夺冒之爱巴结皇帝的心——这当然是可能发生的事——把她带到北京去了。有这样的事，肯定是要轰动南京、轰动天下的。就算冒戴了绿帽子还不敢吭声，以他和董小宛当时的社会名声，发生这样的事，根本无密可保。当时的汉人反满仇清情绪极大，岂能塞得天下悠悠之口？那留下的就不会是什么传闻和几首诗词，资料定会海了去了！再就是，她先顺治八年而去，顺治若为情而逝，也不会过了八年才去伤悼而死，或剃头当和尚。就冒辟疆《亡妾董小宛哀辞序》自言"小宛自壬午年归副室与余行影交俪者九年"，她根本就没离开过冒本人。

吴梅村说的"可怜千里草"指的不是董小宛。董是董，这"董"不是那"董"。千古之下易混同。

原载《紫禁城》2009 年第 3 期

　　清世祖顺治的诗我未能读到。他的那首出家诗，我又疑是伪作。但他喜好丹青，能画一笔不错的山水画，似是真的。山东新城的王士禛曾写诗赞过他画的牛，借用指头的螺纹印巧做图像，"意态生动，笔墨烘染，所不能到"。王士禛号渔洋山人，他自己就是大文豪，写过大量的诗与诗评，他和许多下层文人也有很亲密的过从。我是读《蒲松龄集》了解到这个人的，他不像个说假话的人。还有这样一则故事，"世祖幸阁中，中书盛际斯趋而过，世祖呼使前跪，亲视之，取笔画一际斯像。面如钱大，须眉毕肖，以示众臣，咸叹天笔之工。际斯拜伏，乞以赐之，笑而不许，焚之。世祖御笔每图大臣像以赐之"。这么说，顺治的人物画也不错。这些记载当然会有马屁成分，但顺治既然敢拿画赏人，应该是看得过去的。

　　他有文人的素质与情结，然而他是政治家，给盛际斯画像都不肯赐就证明了这一点。盛的官太小了，不够资格。

　　我怀疑顺治不是病死，主要还在他那份遗诏——罪己诏。好家伙，洋洋洒洒近千言，有"罪"十七条。

　　中国皇帝下罪己诏的太多了。罪己诏似乎有这么几个特点，一是写得都很短：时地有什么瘟疫、灾荒啦，这都是"朕"凉德的过。罪己诏不是写给人的，是向老天承认过失，他颁布天下，是让天下人都晓得，他是向"天"负责任的。像《雍正王朝》电视剧里，雍正在养心殿当着群臣面向"天下人"下跪，是根本不可能发生的。皇帝，是天子，他为天服务，不为人民服务，他是人民的至尊。再就是罪己诏都写得很含蓄，只说抽象的，自己的具体过失则讳莫如深：反正我错了，请老天原谅——其实，就他自己而言，也许他根本就不认为自己有什么错。老天既降灾，大约我有什么错，认个错吧，于是大赦天下，让天下人晓得我有这个度量……我想，大致如此吧。

但顺治的罪己诏，是《清史稿》里《世祖本纪》全文照载了的，不但长，而且举得细，有理也有据。说得太细了，太认真了，这就透出了假。他才活了二十四年，在位十八年，就犯了这许多"罪"，如此全面否定自己的工作与政绩。德是"凉德"，才是薄才，这什么意思嘛？如果说这是一个人将要出家时对家人的忏悔告白那还差不多——我这么差劲，去当和尚了！

再就是，按现今我们考证：顺治死于急天花。天花这种东西最可怕，死亡率极高，康熙三十六个儿子，死去十二个。雍正十个儿子，死去七个，那时没有计划生育，大致都是天花"减负"，曹雪芹的两个儿子也是天花致死吧？顺治时看它，有点像我们今天看癌症，没招。它比癌症还可怕，来得突然，活得短促，死得很快，而且极为痛苦。顺治若真是这个病，折腾得七荤八素叫天不应，呼地不灵，他还顾得着想自己有十六罪、十八罪吗？这太不合常情了——我的印象：顺治的这份诏书是他自己内心的独白。这种东西是不可能伪造的。顺治不是个懦弱的人，孝庄是"老权威"，惹不起的角色，他就敢硬抗，多尔衮是多么熏灼的人物啊，那家族也很厉害的，说抄就抄了。鳌拜是个跋扈的老将，在他面前也服服帖帖。当时的大臣没有哪个敢与顺治打别的，敢拟造这样的东西。

至于他的子孙，数典论祖，谈他的光荣尚且不遑，更没有伪造这种诏书的可能，我认为，罪己诏是真的，那么他死于天花就是假的。

再看他与董鄂氏的关系。她死，顺治为她"辍朝五日"，整整放了五天假，文武百官不上班，专门哀悼她。他批给礼部的诏书说"奉圣母皇太后懿旨，皇贵妃佐理内政有年，淑德彰闻宫闱式化。倏尔薨逝，予心深为痛悼。宜追封为皇后，以示衮崇。朕仰承兹谕，特用追封加之谥号"，谥号是什么呢？"孝献庄和至德宣仁温惠端敬皇后"，能用的好词全部用上了。贵妃这个品级是没有谥号的，加了；死后晋封皇后，也是特例，晋了。连董鄂氏的娘家——董鄂家也跟着兴头多少年。

董鄂氏死于八月十七。这个中秋节，她正病危，顺治过得凄凉。霜重露凉，在阴沉沉的紫禁城中，这位青年皇帝何堪于情？能不要的，他都弃了，连结发妻子也打发到冷宫里去了，能给董鄂氏的，他都给了。只有造物命运他无法左右。人在无奈时常常会想起一个字：佛。

他出家没出家，成佛没成佛，老百姓有老百姓的看法，官家是另类的思索。"博格达汗"哪，"九重辰函"哪，"万几重任"哪，"天之骄子"哪——怎么可以当和尚去？康熙之后孔子的学说已成国家唯一崇尚的治国理论。皇帝身为天下表率，"当和尚"就是件令皇室尴尬的不体面事。雍正、乾隆，尤其是乾隆，是修改史籍的高手。"太后下嫁"不行，"当和尚"更不行，他必设尽办法掩盖此事。不利于他祖德的事都"真事隐去"，假语村言反而成了正统。这真是有点"假作真时真亦假，无为有处有还无"。

我这都是"想法"，对不对？姑妄言之吧！

原载《紫禁城》2009 年第 3 期

我看《大义觉迷录》

我常常想雍正写书这件事。皇帝以一人治天下，且以天下奉一人，钟鸣而鼎食，忙而且万事无缺，还要写书？看了《大义觉迷录》，感觉很强烈的一条是：这位皇帝作家有话要说。他早就憋了一肚子的话要说，一直在寻找说话的条件和机会，终于等到了曾静和张熙，两个钦案犯人成了他的对话人，一个水库是要有泄洪道的，曾静、张熙就是了。

就写作动机而言，这本书竟使我无边际地联想起恩格斯的《反杜林论》。杜林对马克思主义的攻击是全方位的，而且是理论驳啄巧伪甚深。一部《反杜林论》可以在理论上对各种反马克思主义理论全面驳斥——曾静、张熙对清王朝的攻击，也是全天下反满舆论的大成，全面而且恶气冲天。十大罪状有理有据——照雍正的看法叫血口喷人，而且是恶血倾盆浇来。他一肚皮的五味不调正要寻人发作，正好抓了曾、张二人这个典型。大政国策、鸡毛蒜皮齐来，你攻我什么，我就和你谈什么，谈得细致入微，谈得淋漓尽致。你搞我的人身攻击——现在你是阶下囚，我照样还你。我在一篇文章里说过，雍正任劳，但绝不任怨，他是个睚眦不忘、牙眼相报的刻薄人，看看书就明白了。

满族人打着"为明复仇"的旗帜夺取中原，复仇完了却占据中央帝位自为不归。汉人有什么理由？清政府很是沉默了一段时间，终于将这个口号衍化成了这样：大清帝国的花花江山得自李自成，是李自成亡了明王朝，这就叫"复仇"。

雍正深知这个关系，逢此类题目，即放笔述论。

满族人的自相矛盾：一头说，他们此刻已"深刻认识"到治汉族大邦必须用孔孟之道。但其实孔子很小看夷狄之族，说"夷狄之有君，不若华夏之亡也"，元之忽必烈就是因为孔说这话，入了孔庙，照脸射圣人一箭的。康熙不同于蒙古人的一条就是他能忍：我所需要的，就是烫手也要留着，慢慢想办法冷却。可以说当时的中原知识分子没有人不知道孔子说过这话的：你尊孔，孔子怎么说你的你知道吗？雍正在这书里机智地玩了一把诡辩，孟子说："舜，东夷之人；文王，西夷之人。"孔子并没说夷狄之人不能为华夏之君呀！——这当然不会是雍正的发明创造，肯定是汉奸文人们的"理论研究成果"，可能的是这个"成果"他一直没有机会公诸天下，如今才可算找到了。

关于雍正自己的"得位之正"，这其实是这部奇书的核心部位。其实，什么"传位十四子""传位于四子"，气死生母德妃呀，杀八爷、九爷呀，谋嫡篡位呀……"如是我闻"，不是到了20世纪才有的，而是在雍正朝，雍正活得很结实时就如水底暗流一样在朝野涌动。事实是：雍正除去过一趟热河外，在位十三年没出紫禁城——他活得哪有康熙自在？三次亲征准噶尔，六次南巡，今天五台山，明天又去祭孔，事也办了，玩也玩了，好个潇洒！——雍正没有，他的敌人就在城里与他对峙，他不敢离开前沿阵地！说他苦这是事实，现在可以通过这本书把塞在嘴里的臭袜子、烂抹布、浊污棉纱往外掏一掏了。

于是，书中便大量细微地表述了那场惊心动魄的宫闱之变——丁点春秋笔法也不用，竹筒倒豆子式的而且是底朝天倒出——这点子风格，除了在美国大选中会偶尔露一点，如水门事件，过后了翻腾出来，臭烘烘地现世，洵为中国历史上所仅有，列国古今罕见：大哥是怎样的，二哥、三哥又如何。老八、老九、老十这是雍正三憾，死对头他们在太阿交替时又是什么表现——

统都大不老实"不是东西"。好人是谁呢？老四，我，朕！皇阿玛、太后表彰别人没有？书里没说，但说我是"诚孝"！这条考语你们读者想想！

这部书文过饰非，"抬高自己，打击别人"是明摆着的，康熙曾说雍正"喜怒不定"，这考语他就没提，但事实的基本过程我认为大致真实。有些场面的复述无法造假，有些则不需要造假。雍正是在人格和个性上歪曲了政敌，美化了自己。他的那样过分的光明正大，比如说日光之下不肯践人之影像之类，听起来有些离奇。

这是雍正自己的著作。我在写《雍正皇帝》小说时不能蔑视这一段重要的资料。至于说凡皇帝都是虚伪残忍的坏蛋、伪君子，因此，写出的书也就必定信口雌黄不可征信——这个观点我也不肯苟同。乾隆一上台就收书，就杀这部著作合伙人曾静、张熙，原因看得很清楚。这书真实说的"事"太多了，泄密——杀！不是这本书假话太多，恰恰相反，是冲犯了"民可使由之，不可使知之"——老实话太多了。

原载《紫禁城》2009 年第 10 期

尊敬的李健书记，尊敬的谢校长，还有我尊敬的老朋友周百义先生，亲爱的老师和同学们，大家晚上好！

这些年来，《乾隆皇帝》还剩十万字时，我因为患有脑栓塞，而不能再写大部头作品。主要是写了一些随笔、散文，下棋、打扑克、写诗、作画，偶尔读一点哲学著作。

我们中国人对历史的研究，眼、耳、鼻、舌、身，到了近代开始提第六观感，到了当代又有"潜意识"这第七种提法。古代印度人认为，人体里还有第八种意识，这个在现当代汉语里找不到对应的词，只好用音译叫"阿赖耶识"。这个词在五四运动以后，20世纪30年代曾经红极一时，但是现在，即使一个高级知识分子，他也会对"阿赖耶识"一头雾水。什么叫"阿赖耶识"？《红楼梦》里贾宝玉、林黛玉初次相遇，林黛玉就产生一个念头：奇怪呀，倒像在那里见过一般，何等眼熟到如此。没有，两个人在现实生活中没有见过。林黛玉话没说出来，贾宝玉就说：这个妹妹我曾见过的。是在大荒山中、太虚幻境见过的。这跟我今天讲的历史与艺术的双重整合不相干，这是讲我今天在这里和老师同学们交流，并且我们以后还会深入地进行交流。说明我们前世"阿赖耶识"有因，今日有此果。读书也是如此，要有缘分。

你们打开网页，有个"二月河吧"，有百分之四十的人是骂我的，百分之六十或者语焉不详，或者赞许。不管骂什么，你找不到一篇文章是我对人家进行反驳的。这就是说读书也有一个"阿赖耶识"的问题。我在幼年的时候读托尔斯泰的《战争与和平》，读了五次我都没读进去，至今仍没有读进去。这并不能证明托尔斯泰的《战争与和平》写得不好，也不能证明说二月河这个人不会读书，这只能证明我和《战争与和平》这本书没有缘分。那么既然如此，现在别人读不进我的书，或者瞧不起我二月河，也不能证明他不会读书，或者我这个书写得不好，只能证明我和这个人在阅读缘分上"阿赖耶识"还不到。说不定我们在一块儿相处会变成很好的哥们儿。但是读书没有缘分，不必为此耿耿于怀。前两年在深圳有个读书会邀请了金庸和我，场面比今天要小。台上就是金庸、主持人和我，主持人问金庸先生的书我喜欢不喜欢读，我回答说：他的书我有的喜欢，有的不喜欢。金庸就问我，他的哪些书我不喜欢。我回答说：比如你的《连城诀》《雪山飞狐》《碧血剑》《鹿鼎记》。《鹿鼎记》写的是中国转型期这样一个伟大的波澜壮阔的民族运动，你写了一个小流氓韦小宝，这就有些糟蹋材料。主持人转而问金庸：二月河先生的书你喜不喜欢？金庸想都没想说：二月河的书我都喜欢。这让我多少有些狼狈，好像是期望我也说你的书我都喜欢。因为我是军人出身，说话直来直去。经常因为冒失出状况，前年"两会"时有几个港台记者说："有个德国汉学家说中国的作家都是垃圾，你对此有何看法？"我说："你回去告诉他，他也是垃圾。"这个记者接着说："但是这个汉学家对你很推崇。"我说："刚才说的这个不算。"我当着金庸的面说，中国的武侠体小说在一百年里不能祈求上苍再赐一个金庸。因为金庸、古龙、梁羽生代表了中国几百年来武侠小说的一个突破——新武侠体小说的突破。谈到金庸和王朔，主持人问我的观点，我说："金庸是天才，王朔是鬼才，我算是个人才。"

人才这个概念就是要想人事。请注意，金庸的书，不考虑人间的烟火事，你问他桃花岛上的人，谁给他们发工资？他不说。小龙女和杨过在古墓里的吃喝拉撒睡、柴米油盐酱醋茶怎么解决？不说，反正就能过。张无忌在蝴蝶谷里穿来穿去，一会儿学会了胡青牛的医术，一会儿学会了王难姑的解毒秘籍；到密道里去，别人一辈子学不到第二层乾坤大挪移，他坐那儿一会儿就是第七层。他不讲理，讲的完全是情，完全是对人本善的这种理念的捍卫精神。金庸的书有时甚至连语法都不予以考虑，他不是天才吗？但是二月河写书就必须从人这个角度讲，要研究康熙、雍正、乾隆时代的经济概念、社会概念、人文概念，全方位地从人这个角度去剖析。所以细算一下，我认为自己算是一个"人才"。

我写这些书首先要解决的问题是什么？前几年有几位清史专家到南阳拜访我，说是国家在投入大力量修清史。我就问他们："你们修清史的理念是什么？"他们说不出来。我们读《史记》的时候，后面都有一个"太史公曰"，讲明要说什么。比如说曾国藩是个好人还是个坏人？洪秀全是个好人还是个坏人？你修清史这些问题不要告诉读者吗？你本人对这个问题怎么看？我写这个书也要解决这个问题。《康熙大帝》第一卷出书的时候，我的责任编辑跟我讲：你一定要将康熙这个人的阴险、毒辣、残忍……写足。我告诉他：我写的是康熙大帝，你让我把他的阴险、毒辣、残忍写足，他能大得起来吗？过去的教科书讲，地主阶级的阶级本性和阶级本质，就是阴险、毒辣、残忍的，在过去"以阶级斗争为纲"时期出的一些小说，无论是《艳阳天》，无论是《金光大道》，还是《苦菜花》，里面只要是地主，一定是坏人；只要是贫下中农，一定是"高""大""全"。康熙是个封建君主，是地主阶级的总代表，在描述这样一个人的时候，就必须把地主阶级的阴险、毒辣、残忍写足。《康熙大帝》第一卷出书是 1986 年 6 月份，7 月份河南有一家报纸用整版篇幅和通栏的大标题批判说——二月河是地主阶级的孝子贤孙，今天谈到这个就是为了表明当时这样的一种气氛和对整体事物认识的不同。当时我在一所大学讲学，就预言：今天有一个市长把康熙的塑像推倒，将来必定会有另外一个市长把康熙塑像重新塑起来。今天这个预言早已实现。

不用阶级斗争的理念，那么用什么理念呢？我谈三点：第一点，凡是在中国历史上对国家统一、民族团结做出贡献的，我就予以歌颂；反之，凡是分裂国家、危害民族团结的，我就予以鞭笞。第二点，凡是为发展当时生产力、调整当时生产关系、改善当时人民生活水平做出过贡献的，我就予以歌颂。第三点，凡是对科学、技术、教育、文化等方面做出贡献的，我就予以歌颂。当然，没有人能够全部做到这三条，做到其中任意一条，我就给予肯定，违反这些的，我就给予批评。比如蔡伦是个太监，郑和是个太监，毕昇是个平民，黄道婆是个道士，司马迁受了腐刑，康熙是个皇帝，对于在这三条中曾经做出过贡献的，我就予以歌颂，这样就把康熙的位置给确定了。北京的八达岭长城不是秦长城，也不是孟姜女哭倒的长城，那是明代修的长城。因为明代的国策是"高筑墙、广积粮、缓称王"，所以一直就没有停止修长城，长城也可以说是民族文化融合的一个载体，但它毕竟是战争的产物，可以说长城的每一块砖石上都带有胡汉人民的鲜血，是谁停止了修长城？是康熙。他甚至提出"朕以人民为长城"这样在今天也不过时的口号。他不修长城了，修了一个避暑山庄，聚齐每个少数民族的头领及宗教领袖在这里进行文化交流，不再以战争来解决问题了。明代中央政府控制的版图是三百五十万平方公里，到了康熙中叶，中国版图达到了一千三百万至一千四百万平方公里。谈到版图，谈到今天的民族团结，是无法避开康熙这个人的。

康熙八岁登基，十六岁擒鳌拜，亲修帝权，十九岁决意治藩，撤掉吴三桂、耿精忠、尚可喜，平息三藩之乱，到二十三岁开博学鸿词科，一网打尽天下英雄。三次亲征准噶尔，六次南巡，二十九岁解决台湾问题，就是当时的"台独"问题。这是康熙一生的主要功业。一些次要的东西也跟大家提一下，我们数学里讲的元、次、根，这几个数学术语是康熙发明的。康熙懂七门外语，同时还是数学家、医学家、文学家。他在长江以北、辽宁以南种出了双季稻，培育出良种水稻。他巡视河工，用的测量仪器都是他自制的。他成立了中国第一个皇家科学院，地址就在现在的圆明园附近。

所以我说康熙是中国的"潘多拉"。康熙曾经停过三次科举考试，开过二十多年海禁，但很遗憾。有人问我，我的书为什么叫"落霞系列"，明明是"帝王系列"嘛！"落霞"一词取自《滕王阁序》"落霞与孤鹜齐飞，秋水共长天一色"，但是那是晚霞，因为那是中国封建社会最后的辉煌，从秦始皇到宣统皇帝，二百七十多个皇帝，为什么不写其他皇帝，比如顺治皇帝、嘉庆皇帝？因为康熙、雍正、乾隆在这二百七十六个皇帝中，如果按照门捷列夫的元素周期方法分，他们是一个族的，叫回光返照族。通过对这一段中国政治、经济、军事、人文达到极为成熟的时期的描述，可以从这一滴水更多地折射出封建社会的文化特色：灿烂性，迷人，具有强大凝聚力；落后性，我们的文化中存在一些极为落后、腐朽的东西。夕阳无限好，只是近黄昏。黑暗即将到来。这些因素导致后来的两次鸦片战争——东方文明在本土被西方文明撞得粉碎。

比如中国的重量单位"两"，其实在先秦时期就已经是"十三两"了。为什么是"十三两"呢？北斗七星，南斗六星，主"生"，因为称秤的东西关系到人的生死，因此一斤就是十三两。但是人们发现这样计算不方便，就变成十六两，加了哪三颗星呢？就是福星、禄星、寿星。这也是有含义的，就是说，在称秤的时候，少给一两就折你的福，少给二两就折禄，少给三两就折寿。这就是经济与整体的人文和一些哲学的东西融为一体了。但是这不方便在实际生活中运用，所以就改成了十两。我们文化中类似的东西今天就不一一列举了。

在康熙、雍正、乾隆之后，发生了鸦片战争。当时，我们已落后西方一百多年，康熙、雍正、乾隆对此是应当负一定历史责任的。康熙其人，现在的学界已经承认他在当时的第一学者的地位，但是他也使我们错过了一次早期与工业革命接触的机会。他在位时，开放了二十多年的海禁，当时的贸易情况是：我们出口的是一船船的瓷器、茶叶、丝绸、香料和染料，运进来的是清一色的一船船的银子。但是为什么在开放了二十多年海禁后突然停止了呢？因为康熙虽然对西方科技有极强的兴趣，但始终不把个人兴趣应用到其施政当中，如果他走出了这一步，历史还会是后来那样的吗？

《红楼梦》里的王熙凤，是中国小说里一个最具有特色的女性，是唯一一个不信神、鬼、佛和因果报应的妇女。放高利贷，主张金钱的流通，有时她表现出极端自私、残忍；有时她并不那么讨厌，是极富个人魅力和人情味的一个女人。比如宝黛爱情，王熙凤对此很动情。请注意这样一个女人，她的娘家是做什么的？是四省海关总督。这个衙门只有康熙时有，等于是中国最早的外交官的女儿跑到了大观园。曹雪芹本人可能都没意识到王熙凤的个人特征里带有早期资本主义的性质，那种生命力和早期资本家的积极向上的精神在王熙凤身上都有体现。他只是如实地把这个女人展现出来。这就是康熙开放二十多年海禁在《红楼梦》中展现的社会和人文的蛛丝马迹。为什么突然停止海禁呢？

1944年郭沫若先生曾发表过一篇文章《甲申三百年祭》，1644年农历的三月十九，李自成部队进北京。崇祯皇帝主政，召集文武百官准备进行一次集体自杀，没有一个官员听从。于是他给东厂、锦衣卫下令杀人，然后召集儿子，让他们逃亡，然后开始杀女儿，说出千古名言——"谁叫你生在我家"，然后从东华门外逃出，到了朝阳门。为什么现在唯独东华门有八排钉子？因为那个门没有负起责任。崇祯一家家去敲这些大臣的门，希望有人收留或者保护他。没有人给他开门。在这种情况下，崇祯皇帝到煤山自杀，留下最后一封遗诏：诏李自成"百官任尔杀，不可害百姓"。我讲这些是想说崇祯皇帝并非一个很糟的皇帝，崇祯的领袖魅力和领导能力都是上乘的。中国的领袖人物中，有两个是因为没有一个像样的秘书而丢掉了江山甚至性命的，一个是陈胜，另一个就是崇祯。陈胜是被自己的司机庄贾杀的，如果有一个哪怕是二流的秘书对他身边的司机进行严格的政审，陈胜就不会被杀；崇祯当时已经逃出了朝阳门，如果有一个头脑稍微清醒的秘书，在旁边提个醒："皇上，咱们已经出了朝阳门，再往东走一百多里地，那里就是吴三桂的防地，何必寻短见？"

满洲人入关的时候总兵力是八万多人，加上吴三桂在山海关的驻军总共是不到十三万人。汉族兵力是多少呢？李自成有一百多万，南明唐王在福建即位时拥兵二百多万，再加上散布全国的地主阶级兵力应该共有四百多万。满洲人进关的时候并没有打算在关内建立大清王朝，因为他们的兵力太少。但是满洲人进关后军事上出奇的顺利，不到十三万人把汉人四百多万人摧枯拉朽地打败。原因就在于汉族的腐败及其"并发症"。这就是气、命、运、数。前年我去山西五台山，阎锡山故居工作人员给我打电话，让我去题字。就像之前《山西日报》让我题词，我题了五个字"好好过日子"一样，我题了"一代兴亡观气数，万古首丘望乡梓"。以崇祯当时的威望和汉族的兵力，满洲人当时没有觊觎中原的想法。因此满洲人当时入关的口号是"为明复仇"，按照汉族人的思考习惯，报完仇怎么不走了呢？满洲人入关后有个微妙的心理变化，好比一个壮汉进了一个五星级宾馆，进了宾馆后，只要他说这宾馆是他的就是他的。入关前满洲人过的是游牧生活，入关后物质活动和精神活动都得到极大丰富和满足。有一种席面叫"满汉全席"，最能体现满洲人入关后的那种"暴发户心理"，因为真正的满汉全席要吃七天七夜。整个顺治王朝对这种词汇都讳莫如深，到雍正的《大义觉迷录》里才有这样的解释：少数民族也可以入主中原，因为尧、舜都是少数民族，因此少数民族统治中国也是合理合法的。但是汉族知识分子对这一点不能接受。为了解决这个问题，康熙六次南巡，包括拜朱元璋的墓、去拜孔子庙。中国皇帝都拜孔子庙，但进庙后行的礼不一样。汉族皇帝进庙行的是"师礼"，即二跪六叩首礼。康熙行的是君臣大礼、父子大礼，即三跪九叩首大礼；他在拜朱元璋墓时哭得瘫倒在地上。这样讲，康熙绝对不是一个虚伪的人，但是他做的这件事绝对是虚伪的。这个情节我是这样设计的：康熙在进孝陵之前，侍从跟康熙说了这样一个消息，说康熙的老师伍次友昨天在大殿隔壁坐化了。因为伍次友是康熙最敬重的一个启蒙老师，他进了大殿之后想到隔壁就是伍次友坐化的地方，不由悲从中来，放声大哭。当时南京是应天府，这里聚集了明朝遗老——当时最高级的知识分子，这批人对康熙是最不满意的，见到康熙在朱元璋墓前哭成一摊泥，他们大为折服。解决这些问题康熙费了大功夫。

说到中国人恨汉奸的问题，就要说洪承畴。他是北京当时的一个厅级干部。当时的北京，这样的干部几乎满大街都是。在十一年内，崇祯皇帝把他从厅级干部提为天下兵马大元帅。松山明清之战后，洪承畴失踪，其实是被俘。洪承畴的一个老朋友叫范文程，向多尔衮提议先让他去探望一下。在探访过程中，范文程回来后对多尔衮讲，洪承畴不是个死节之臣。多尔衮问他何以有此结论，范文程说：我在跟洪承畴聊天过程中，有灰絮落到洪承畴身上，洪承畴很小心地把灰絮掸掉，他连一件衣服都舍不掉，会舍得自己的命吗？对洪承畴的调研结果发现，他不贪财，不受贿，对知识分子和部下很好，自己本身文采和威望很高，但是好色。有两种版本：一种是大玉儿亲自上马，就是孝庄太后；另外一种版本是选了一个漂亮的宫女，给他端了一锅老山参炖鸡汤。第二天洪承畴就精神大振，见了努尔哈赤，投降了。但是当时的崇祯皇帝不知道，正在给洪承畴准备追悼会，在追悼会的前一天得知消息后取消了追悼会。洪承畴带兵一直打到福建仙霞岭。有人在过年的时候给他送了一副对联，上联是"一二三四五六七"，下联是"孝悌礼义忠信廉"，上联就是"忘八（王八）"，下联是"无耻"。洪承畴是怎样死的？洪承畴打下南京后追悼清兵阵亡将士，在南京的秦淮河畔办了最大规模的水陆大会。他过去的一个学生叫金正希的去见他，带去一篇文章，是崇祯皇帝给他写的追悼词。金正希当日受难，洪承畴数月而卒。另外一个人叫钱谦益，做了明清两朝的礼部尚书，死法和洪承畴类似。在杭州西湖聚集名士，举办笔会，一个二十多岁的年轻人称他为老兄，表示对钱谦益的蔑视。他也是杭州事件几个月后死的。我说的这些就是当时的手记段子，代表了当时人对汉奸的看法。

康熙是怎么处理这种情况的呢？他开博学鸿词科。在三藩之乱没有完全平息时，康熙十八年开博学鸿词科，因为这批知识分子架子大，不愿去参加清廷的科举考试。全国考试名额是三百六十名，康熙亲自做主考。应征考生称为征君，给予极大的荣耀。即使如此，仍有黄宗羲、顾炎武等名士坚决不参加考试。这些人怎么办呢？绳捆索绑送往北京参加考试，无论是否考上一律授官，以皇帝亲自赐宴、太子执壶这样的一个规格接待。这些知识分子无法再骂满洲人。可以说康熙开的博学鸿词科一网打尽天下英雄。从此以后，汉族知识分子反满复明的主要情绪基本熄灭。到乾隆时期，开博学鸿词科的时候，情况就发生了变化。

回到海禁问题，开放二十多年海禁后，有人提出，朱三太子就在东南亚这一带。如果朱三太子回来，江山让不让？"潘多拉"的魔盒啪地扣上了。本来康熙有机会能够让中国与西方工业革命大致同步，可惜没有。康熙和俄国的彼得大帝基本同步。康熙的执政能力比彼得强，但他有致命的地方不如彼得，彼得很狂热地将西方工业革命理念引入俄国，这不能不说是康熙个人的极大悲哀，也不能不说是华夏民族的极大遗憾。因此说他是中国的"潘多拉"。简要地说，康熙的一生是波澜壮阔的一生，但作为一个皇帝，封建帝皇的弱点他都有。封建制度是虚伪、恶毒、残忍的，但并不是这个制度下的每个人都是这样的。

康熙四十年八月十五，康熙在御花园许愿："总理河山，臣爱新觉罗·玄烨谨告昊天上苍增臣寿算。"到了康熙四十八年，他许愿："总理河山，臣爱新觉罗·玄烨谨告昊天上苍削臣寿算。"希望以完人的形象见列祖列宗。如果不是制度逼的，怎么会有如此凄凉的心声？《康熙大帝》写到第三卷，我的父亲对我说：解放，我没有想到你这么残忍。我问：怎么了，爸爸？他说：康熙英雄一世，难道死的时候就是这样吗？他的儿子真的是这样吗？我说：真的是这样，我因为爱康熙，多少给康熙留了一些面子。康熙曾说过："齐公子小白英雄一世，春秋五霸第一霸，死的时候五公子自闹朝堂，他的大儿子躲在灵床下，其余儿子把他们的老父亲射得像刺猬一样，一百多天不收尸。朕如果不注意，就会变成齐公子小白第二。"他的儿子有一个组建了一个党派——八爷党。八爷有一次给康熙汇报工作，看着老八的背影，康熙说："心有山川之险，胸有城府之严。"康熙晚年整整十年不办公，叫"倦政十年"，保全自己，追求《洪范》五福。我们中国最早的一部书叫作《洪范》，里面最重要的一幅叫"终考命"。因此康熙晚年做了一件事，从山东请了一位名师，叫方苞，就是桐城派的代表，不授官职，专门负责料理皇室家务，半夜都可以见康熙。从这件事可以看出封建社会的虚伪、残忍、血淋淋的父子残杀。

康熙一生有三十六个儿子，活下来的是二十四个。我曾经调侃，"清亡于阳痿"。晚清从乾隆后期开始有个很不好的习惯，清代的十个皇帝没有一个怕老婆的，全部都怕妈。老太后不知道从哪儿学了一个很不科学的习惯，认为男女之间的交合对男性是绝对不利的。每天凌晨两三点钟，她就派一个太监到皇宫外面喊："奉太后老佛爷懿旨，皇上你当心身子骨。"一直喊到天明，你想想，皇帝在寝宫做爱，他妈在外面喊，皇帝能不阳痿吗？从嘉庆开始，到光绪，没有一个皇帝不阳痿的，就是因为这样一个原因。在当时"家天下"这种体制下，这就关系到接班人的健康。康熙的这二十四个儿子，我曾经做过一个估量，如果放在其他朝代，跟其他政治集团较量，他们都能够胜利，偏偏他们都碰到了一起。

这里也要给大家讲一下明清传位制度的不同。明代采取"水落石出"的传位制度，把太子留在北京，把剩下的兄弟分封到地方。这些被分封的儿子只吃俸禄，不准干涉地方政治，经济待遇空前，但是政治待遇很低，于是就只能游手好闲，不停地繁殖后代，所以后代素质极差。

清政府接受教训，采用"水涨船高"的办法，没有实行分封。清代是采用"秘书治国"，最初是南书房，后来是军机处，这些皇帝的儿子每个人都有分工。康熙在位六十一年，他的这些儿子都变成这些部门的老领导，既有权，又有工作能力，这就形成了一个个阵容强大的政治集团。所以《雍正皇帝》的第一卷叫《九王夺嫡》，实际上康熙的二十四个儿子全部卷入，各种手段无所不用其极。但是这样去写是不是真实的历史呢？不是，历史的真实绝不是历史事件的真实。比方说，我家里有个《康熙起居注》，我写《康熙大帝》一定不可能会像这流水账一样真实，所以说我们要对历史的真实加以艺术的抽象，加以去伪存真、去粗取精、由此及彼、由表及里这样一个加工过程，使其变成个性化、观念形态的东西。所以说要对史料进行历史与艺术的双重整合，只有这样才能让读者喜欢。但是要做到这一点，谈何容易？中央电视台问我能为《雍正王朝》这部电视剧打多少分，我说59.5分，就是说从严格意义上讲，不及格，四舍五入就及格了。举个例子，现在的某些古装电视剧里女侠客掏出一锭银子扔到桌上高喊上酒，这显示出很多导演、编剧、演员根本对银子没有任何的实际概念，比如价值，比如成色还有计量单位。如果对当时的社会现实、人文现实没有全方位的了解，就无法有效地整合历史与艺术。

2000年美国中国书刊、音像制品展览会，评了一个奖，叫"海外最受欢迎的中国作家奖"，就颁给了在下。我回想一下，蛮得意的。因为国内的评选人是专家，但是美国评选是通过图书馆的借阅率和书店的销售数据，还有读者的评选，然后评定出结果。这个奖是美国人民掏出带着体温的工资与热情选出来的。因为他们中有很多是离开我们国家很多年的海外游子，有一种去国怀乡的情结，一看二月河的书讲的庙会、冰糖葫芦、各色人等、诗词歌赋，很快就产生共鸣，勾起对故乡的思念情怀。这应该归功于我在书中尽可能引用、移植了许多对华夏民族文化精华的理解。因为我这本书是写给一般普通大众，写给愿意掏出他们带着体温的工资买我书的普通大众。为大众服务才是我写作的目的所在。非常感谢大家今晚有耐心听我演讲!

　　本文是作者 2011 年 4 月 25 日在武汉大学老图书馆所作的"珞珈讲坛"学术报告
第二十二讲

雍正形象的建立

　　历史上稗官野史小说，雍正的形象甚不成模样。我所读到的，似乎只有一部《儿女英雄传》是把他作为没有出场的正面人物来写的。其余的，包括民间鼓儿词之类的口头创作，他都是一个阴鸷、刻薄、寡趣、无聊、毒辣的人物模式展示给读者。最有趣的，有的话本还把雍正写成武林高手，"雍正在轿中"发现有狐妖欲行刺，"指甲一弹，只见一道白光激射而出"，那狐妖的头便落了——这活活是个剑仙的功夫了。还有一部书是写他杀他的八弟胤禩的，派他的血滴子（特务）到监狱去，胤禩正看书，那血滴子突然出现在灯下。胤禩惊问来意，"血滴子"向他施礼说："八爷，奴才来侍候您归天。"——这些书都是"文革"期间"传阅本"上看到的，无封面也无封底。无版权页，无头也无尾，只有片段情节，不知为什么，偏偏是这些断章，能留给我极清晰的印象：这人阴狠。

　　后来读《清朝野史大观》《清稗类钞》之类的书，又推而读了一些历史记载及研究文章，还有雍正的自述书《大义觉迷录》，这些看法便有些动摇，渐渐地"没有了"，也就是崩溃了。留下的主要印象，变成了：A. 他是个办公狂；B. 有时有点虚伪，有时有点真诚；C. 极为"由着性子来"，痛快至极；D. 不大讲情面；E. 经济头脑比较好，理事不马虎，甚至到刻薄挑剔的程度，是个石头也要控出油的角儿；F. 军事上才能平庸，还要逞能，出了事又不肯承担责任。不论是雄心，还是野心，他都是"勃勃"。他是个好胜、爱面子、冷酷、耽于世事、勇于创新和实践的人。这皇帝当得"辛苦"二字，他也确实吃得这苦。

中国的独裁皇帝，养尊处优的居多，多有讲"无为而治"的，"富有四海、贵为天子"——清末还用这两句话来指责康有为，说他的名字"有""为"就是这么个野心意思的表现——就这么个事实，你让他不享受？什么三宫六院七十二妃，冠裳冕旒四海万国来朝；"吃天下"，换句文一点的话说便是"玉食万方"，这制度其实就是规定死了的：皇帝你只管受用去，办事的是臣子们，办得好是"皇上圣明"，办砸了便是"臣罪当诛"。这么个形态下，又说"无为而无不为"，太阳那样光明灿烂，太阳普照着一切，它且看不见自家照不到的阴影，不腐败才见鬼了。当然这也是辛苦换来的，不是他，而是他打天下的祖宗，祖宗"缔造艰难"换来了今天的花天酒地。

倘是看戏，当皇帝是太简单的一件事，原先我也是这么看——出来个手执拂尘的太监，站着说，"有事出班早奏，无事卷帘退朝"，我很自然地就想，戏里多是"有事"，不演戏的现实生活中，怕是经常"无事"的吧。历史的事实是，明代的许多皇帝情形就是这样，甚至比这还要轻松了去，有的他敢二十年不设朝，"老子不办公！"还有花钱，好像银库就在他家里，想怎么花就怎么花，没有节制也没有章程，真的太舒服了。

但清代不一样，满洲人是少数民族，人少，撒在汉人中如同胡椒面进菜锅，有这一味但看不出眉目来，这是被孔子指为"夷狄"的民族。蒙古人不敬孔，大元广阔的国土不久便分崩离析。满洲人聪明：得罪不起孔老夫子，礼尊到极致，有些事绕着走，你说我夷狄就夷狄。"舜，东夷之人；文王，西夷之人。"也是夷狄，照样是"圣明法统"，有这么个权威的理论依据，那地位也就上去了。小心聪明，爱学习、动脑子这些特点帮了这个民族。朝鲜当时是中国的外藩，出了问题要向中央机构汇报的，明代时动辄遭到痛斥，骂得人难堪；到了清代，朝廷倍加抚慰，就这样朝鲜还时不时地和中央政府闹点小别扭，恐怕双方深层次的心理都有个"彼此彼此，都是夷狄"的心思，一方不服气，一方赔笑脸争取平安相处。因此,清代皇帝整体来说办事还算经心。我和朋友聊天说"清代帝王怕老婆的没有,怕妈(母亲)的有"。他们学习汉族"传统"的坚持超过了汉民族。

雍正皇帝就是这些有为皇帝里的一个典型。他的难处在于,康熙的名头和成绩太大了,留下了一个极大、问题极多、外表却异常平稳繁荣的摊子。当过官的都知道,这是最叫人头痛的事,如果新到任的是个烂糟污的单位,雷厉风行三下五去二整顿,很快成效就显出来了,上级看得见,同级佩服眼红,下级得到"公正"自然宾服,威信立马提升。如果这单位隐忧很多,原先便是"先进",辛苦累死没人见,"不出政绩",这就痛苦。见无人告诉,他在这样的形势下抓住了问题的要害,从"刷新吏治,振数百年之颓风"入手,实实在在做出了一些成功的整顿建树,留下了许多令人沉思的历史轨迹。今天查看这些轨迹,有的印痕仍是清晰的。

有人说雍正皇帝是我二月河给他翻了案。事实上我可没有偌大的能耐,我是运用了许多史学家已是"成品"的结论运作我的艺术,绝非发明者,如果说运用小说、文学形式体现此中学说,我还算能接受。余杰说我歌颂流氓,我不听,也不受。雍正的"惟以一人治天下,岂为天下奉一人"悬在乾清宫,他这个心态固然是中国传统,但我想用我这支弱小的笔,灵动地告诉读者朋友:绝对不可取用。

原载《随性随缘》,长江文艺出版社 2011 年 10 月出版盘点我书中的『爱情』

爱看我的书的人是不少的，有大学教授，也有引车卖浆者、汽车司机、搬运工、公务员、穷学生什么的一大帮，似乎也不大分阶级、阶层，从高官显贵到死缓犯人，共产党和国民党，这些意识形态相悖、人生阅历落差极异的人中，都可以觅到《康熙大帝》《雍正皇帝》和《乾隆皇帝》的读者。海外读者去年还赠了我一个"最受欢迎的中国作家奖"。作为一个小说家，没有什么比这更令人欣慰的了。

我一直认为，专业读者是评论家，一般读者也是评论家。从狭义的角度说，自然是专业评论家"牛"些；但从广义角度说，决定一部书根本命运的，则一定永远是那些一般人。看过书之后，无论你是专业的抑或是一般的，肯定都会有评论的。就我的书而言，"一字评"，说"好"说"坏"的，或者竟写出一篇文章把二月河齐根刨起，从源寻流褒贬一顿，这种事听得耳朵老茧长起。大家似乎有一共识："这家伙不会写爱情。"有一位专业的女性评论家甚至当面说我："你根本不懂女人，你根本不懂爱情！"我尽管不完全服气，也被弄得有些汗颜。

不完全是不完全服气，但我是"基本服气"的。作品在那里放着，是浩浩荡荡五百万文字，一页一页翻去，爱情情节似乎有点蛛丝马迹、雪泥鸿爪的样子，星星点点、气息奄奄地泡在大情节里游动。《康熙大帝》里伍次友、苏麻喇姑、云娘是一组，周培公与阿琐又是一组；《雍正皇帝》里雍正与小福、邬思道和金凤姑也各算一组吧。到了乾隆这一代，傅恒和女强人只沾了一点爱情味儿，至于乾隆与棠儿、海兰察、兆惠那些事，只能算是"故事"，算不得夸张的爱情文学描摹了。从康熙到乾隆这一通三代的书看下去，"爱情"是愈来愈少，愈来愈不纯洁，杂质愈来愈多，简直写得就是兔子生老鼠——一窝不如一窝了。

怎的是如此一个格调？

一则是才情问题。那位女评论家并没有冤枉我，我是真的不懂。记得《康熙大帝》第一卷付梓，寄给冯其庸老师看，老先生一向不轻易动感情露锋芒的，在电话中口气不善："你怎么搞的？为什么要那样安排伍苏的爱情结局？不对头嘛！"我面对恩师，只好支支吾吾承认："我不会写爱情，也不懂……"

这不是语言驾驭能力的问题，是"生活源泉"有些先天不足，我的家庭、我的学校和我所处的那个时代，一上中学家里就严命"与女同学接触要公开化，不许谈恋爱，不许单独和女同学在一块儿"。学校则三日一令五日一命"安心学习，不许男女生谈恋爱"。隔三岔五地还要出张布告，因"谈"而被开除的大有人在。社会风气也与今天大不相同，天天讲的是"残酷斗争"，谁肯背时去谈恋爱？因而见了女同学，即使她很好看，很有意思，观察她也是有"程序"的：远远地——看脸盘，模模糊糊有点印象；稍近些——看身段，体态姿势差不多；走近了搭讪说话——只看她脚尖，声气笑语听得见。如此这般的"三部曲"，自知也是"封建"，但在当时却是真真实实的风尚。这自然不会有什么"是非"，然而同时也就与爱无缘。生活基础既薄弱，以后高中毕业又到部队，全封闭的国防施工部队，清一色的连队兵；满眼见，整日相处的全是男人，哪来的"爱情知识"？读书吧，爱情书是禁品，难得一见的，所爱好的历史书从头翻到尾，偌大的大千世界里全是男人主宰——这么着连"书本知识"也无从获得。作家"生活知识"欠缺严重，居然在《康熙大帝》《雍正皇帝》《乾隆皇帝》几部书中塑造出若干女性，别人虽然不满意，其实我心中还蛮得意，满满意意的呢！

再一则重要的因由，这三部系列作品是社会小说，是全方位（当然是比较而言）描摹康、雍、乾时期的社会生活的。读过全部作品的读者恐怕都有此感觉。《康熙大帝》一书文字写得比较干净，"爱情"也比较纯粹。愈往后，乱伦的、胡搞的、乱七八糟的事愈多。这个创作特点早已有读者指出来了。说老实话，我也想把后边写得"清"一点，并非我这个人著书著得愈来愈煽情，实因为这书必须遵照两个原则：一是历史的真实，一是艺术的真实。历史的真实是康熙年间是清朝享国之初，社会生活的主要内容是医治战争创伤，镇压内乱，迅速恢复经济，加强各民族团结……这些事千头万绪摆在社会生活中，无可替代也无从回避。开创之初统治阶层精纯强悍的气质尚未消融，加之人民尚处于不安全的饥饿寒冷之中。"爱情"问题提不到社会生活的主业，也就是说尚不能进入社会的主要议事日程中。但也正由于此，当时的生活主流干净，乱七八糟的事就少。

待到乾隆年间，清朝立国已届百年，和平生活已久，吃饭问题基本解决，官场文恬武嬉，腐败之风蔓延，富裕昌平，经济发达，造就了中国封建社会的极盛时期。一个社会也和一个人一样，穷极潦倒奋发图强之时，饿得前心贴着脊梁骨，它就顾不上"荒淫"；一旦这些问题解决，整个社会也会"饱暖思淫欲"，于是污水横流弊端丛生，变得愈来愈肮脏不堪。《乾隆皇帝》里的风情与康熙时的纯净不同，下笔时就得老实形象体现。

至于说到很美、很清纯的爱情，就我看来，无论康熙一朝还是乃子乃孙时段，社会生活中都是极少的。不是说没有，而是都处于"地下"，地面上我们只看到一点爱的"蒸汽"（鲁迅语）。像《还珠格格》《康熙微服私访记》中那些爱情故事，是今人编的，让今人开心就是了，而在当时别说真的来一下，就是说一说也是罪过。非但康、雍、乾三朝而已，翻开中国的二十四史，政治、权术、金钱的铜臭熏人欲死，爱情却是没有的。封建中国实在要算扼杀爱情历史最悠久、手段最残忍的国度了。所以尽管我十分佩服金庸，那是因了他给了今日千百万人阅读的愉悦，他书中那些爱情故事我却无一例相信在当时发生。《红楼梦》中宝黛之爱是生死不渝，但看《红楼梦》一书却不见他们示爱之语，是两个戴着黄金枷锁的人在那里唱着我们听不懂的爱之歌。待到进入电视剧，却见宝玉、黛玉在大观园中四手相叠、四目相视，有点走出"地下"的意思。今日男女新人类吊膀子玩，看去可能不过瘾，但我敢说，那肯定是编导无知妄加的，真正的红学家不会弄这一套。

原载《随性随缘》，长江文艺出版社 2011 年 10 月出版

评奖的心理

写了十几本书了，现在老了，长篇我是不再想了。有朋友相问：你忙了一辈子得了什么奖，是多少奖金？这一问便让我瞪眼，想了半天，正规的国家的奖励我竟一项也没有，省一级的倒有两个，只是那年头还不兴奖金，我也不记得曾获得过多少奖金，一万？一千？一百？没有。一分也没有。

说老实话，虽然没拿到奖金，可我从来也没有指望过这样评给我个"什么"之类。

我的本性是骄傲的。从当学生起，我原也没有恳乞过某位班主任或某位老师抬举我一点。我的作文倒是常常作为范文在语文课中读给同学们听的——高中学校不曾设立过什么文学类别的奖，因此读也就是读了吧，也就是如此而已。同学们也许觉得我"这人作文尚可"，但多余的奢侈一点的好处从来也没有，我也从来不指望什么。

就这样一个简单的念头，当然也说不上是什么气概志向，居然被我坚持了半个多世纪。什么是奖？卖文为生的，有出版社愿意出他的书，有读者掏钱买他的书，这就是社会奖励！

但是，不算长官意志的草头野奖，我还是曾经拥有过的。（21）世纪初，美国中国书刊、音像制品展览会搞了一个"海外最受欢迎的中国作家奖"，是凭空而来的，中国文化部派人赴美领奖，希望我过去，我没去；还有亚洲、欧洲、美洲的三十几家著名报刊评了一个中国当代八大文人的奖，听上去也很牛。但这是中外一些报纸自己评的野奖。这个奖人家没有颁奖会，更没有奖金，只能留在我的记忆里。

有不少朋友同时是我的读者，私底下为我抱不平。有一些不入大雅之堂的诽语，但我敢说的是，我从不议论任何文学奖的是非曲直。

"作家"二字是今人觉得好听得可以的称谓。实在说，按我们河南人的说法，或南阳平民私底下议论，"哦，那货呀！那货是个写家！"写家——实在是真实而平和到家的温馨称呼。书是写给谁看的？是给理论家看的？不是的。是给评论家看的？他们才几个人。我以为最老实的说法，起码于我而言，我写书根本就不曾考虑过还要经过他们这群人来折腾！

评论家是哪里来的？凭什么他们就理所当然地出来吆喝？说长道短，指说是非，评论好歹，称量尺寸？我不知道。尽管我曾担任过中国作协的委员，甚至到主席团委员，但这群人怎么出来的，到现在我还是昏天黑地。

有出版家或作家恭恭敬敬将新书送上"敬请指教"，然后他们就集中在宾馆里，吃没有？我想是吃了的。抽没有？不知道。我想至少是有人抽了的。吃得是油光满面，抽得是心满意足，用餐巾纸擦着油光光的嘴，躺在沙发里说："咱们给谁一个什么奖吧！"这个奖于是便诞生了，有了！

而读者呢？读者不认识他们！真正的上帝被甩在了远远的一边！

当然评论家也是读者。说到底，他们是享受特殊读者待遇的读者，真正平民读者为什么喜欢这部书，凭什么掏出仅有的工资来买这书，评论家也是甚为昧昧地知道一点。

我少年时曾读过《儿女英雄传》的书评，说这部书前十章好，后面的便不怎么样。后来读到原文全文，觉得它是真的评论。前十章好，那是因为十三妹、安骥们的行为社会功利目的不明显，后几十回看，十三妹变得庸俗，安骥则利欲熏心，变成了封建传统道德的忠实信徒，庸俗而无聊。深信这样的评语是真实的评家评断，但是谁的评断，说不清了。我在本文开头说的评论家，是我们这些年开头的文风；我们现在的评论家论"质"还是"资"，只有天晓得!

我也搞过一点书评,有时还在《红楼梦》这样的经典里头试试,但我深知这汪水深,平常人蹚不得,后来也就是对人家的作品暗评一下罢了,但暗评也是评,读者既是上帝,上帝就要说话!

书的好坏,文章的好坏,用简单的线性思维就行。

写得好的文章,就会有读者掏出自己带汗的工资去买;如果好到位了,将来的读者还会掏他们带着体温的工资去书架上购取。而不好的文章可能近前的人也会掩鼻而去,何况将来?

我也不否认,有些作品写得极好,不受今天的读者青睐。我不会否认我们需要真正的评论家,像金圣叹、脂砚斋这样既是平民,又高出平民读者的评论家来引导读书风尚。

但我们仍旧不喜欢那些貌似冠冕堂皇却一肚草鸡浊肠的评论家,阿弥陀佛!我还是离你们远些吧!清代有一位诗人叫王士禛,号渔洋山人,诗是写得很好的了,他有一本《渔洋诗话》确实不错。但他评过蒲松龄的《聊斋志异》有几个人知道?我读过一些他评论《聊斋志异》的文章,说实在的不敢恭维,哼哼哈哈的,一派官僚气——这也难怪,他本身就是康熙年间的一位高官:刑部尚书。诗写得不错,他应该进入诗人队伍,但他却去评论《聊斋志异》了。当了评论家,拿他和金圣叹相比较,叫——说什么好呢?他最好还是当诗人去吧!

原载 2017 年 9 月 29 日《南阳日报》

寒冷和温暖，文学都要去写

咱们这个时代，写给谁看最重要。能不能让更多的读者来阅读你的作品，这是一个作家的责任。

富人中也有喜欢读书的，穷人里面也有不爱读书的，所以并不是以穷富来划分读者，而是看他的心灵状态是站立在社会阶层的哪一方面。这是我们写书做文章时要想到的：怎样才能算是为当今最多数人负责任。

作家要多揣摩我们这个社会的心理，人们对历史的认知、对现实的认知、对改革开放进程中碰到的所有新生事物的认知。如果不在这方面下功夫，你下笔写的东西仍旧是没人看。所以我主张无论你是谁，写什么东西，都要为今天的人着想。

我自己创作"落霞系列"这几本书时，主要考虑在中国历史上什么样的人物是好人，什么样的人物是坏人。要讲求历史真实和艺术真实，将二者高度结合起来。写作中，重要的历史人物和重要的历史事件应该是真实的，但其中人物的具体形象可以加以虚构。人们读了这本书，尽管可能会得出跟你想描绘出的真实性格不太一样的阅读理解，但是他感觉人物就应该是这样的，感觉很舒畅，感觉这人物和整本书的氛围融合在一起了。这就达到了写书的目的，把握好了历史真实和艺术真实的力度。

历史是一种螺旋，就像弹簧那样，这一旋和那一旋基本是一样的，但是这一旋和那一旋起的作用是不一样的。前进的道路也是螺旋状的，尽管这一旋和那一旋起到的历史作用不一样，但从总的支撑点来讲，你是站立在地上，是在向天上延伸的。无论你暂时旋向哪里，总是有这样一个总的方向。

故意架空历史，我还没有见过。作者不懂历史，又不愿意去学，仅仅为了让读者或者观众为自己叫好，以赢得票房、赢得金钱为目的，对于这样的历史剧，学者是不满意的。随着人们知识摄入量的增多，这种作品会被社会抛弃，因为它虚假。

一部作品无论是在对历史真实性的合理把握上，还是对现实生活中人性人生的把握上，无论哪个方面出现不真实，都会影响读者的欣赏。所以，作者尤其是我们的青年作者，还是要认真学习历史，深入探索历史，要揣摩透现实生活。看作者渴望的是什么——渴望的是读者在阅读你的作品时感受到历史的力量和艺术的魅力，还是渴望票房与金钱，你的追求左右了你的创作冲动。我希望我们不要过重地考虑这本书、这部作品出来以后的票房价值、市场价值，而是要把更多的关于人性的思考，准确地向读者表达出来。

我们要让读者接受我们的作品，就应该在读者心目中树立自己的理想风范，通过自己的笔触再和我们探讨的历史背景、社会背景有机融合在一起，产生一种真实感，让那些没有接触过这些内容的人，在看了你的书之后，都能够从中汲取到自己所需要的营养。并不是你虚构的东西越多，人们就越欢迎你。比如现在的一些穿越剧，一些迅速走向社会的作品，很快就又迅速地走向了灭亡，就是因为它们在社会真实性上需要进一步探索。

文学应该是寒冷和温暖都要书写。因为这个世界上有寒冷也有温暖，反映这样一个真实的世界，人们才会感受到你是一个生活在人间的作家，你不是在为某一个人或某几个小小的阶层服务，你是为人服务的，最真实地表现人世间的世态炎凉，表现人性的扭曲和变化。这就需要对人生进行积极、独到的探索。

原载《红旗文摘》2017 年第 6 期

顺治归宿杂议

　　我们现今的学术界依旧认为顺治是死了，得了什么病？很可能是天花。我们几十年前阅读《清史稿》，稿子里怎样说，我便信以为真，这就是我们现今的学术。其实退回几十年，全社会上上下下共议的结果，是顺治弃世到五台山当和尚去了。

　　"死了""天花""当了和尚"，到底哪个结论最贴近史实？说他病死，是依据《清史稿》的记载，白纸黑字，言之凿凿，不但有"本纪""列传"可证，而且有清世祖的生卒年录考证，有治病过程，甚至有医案、遗诏种种。

　　说他出家，也有诸多的史实为据。现存一些清人笔记，有当时许多重要臣子的记录为证。重要的还有顺治的墓尚在，那么一座大墓矗立在那里，能说是假的吗？当然也可以分析，说顺治出家后病死又被人将遗体运回墓中填尸为证，是病死了的，回避顺治出家这件政治丑闻。也有人主张不妨掘坟考证，究查其真正死因。也有许多五台山和尚演示顺治出家的事，他的诗还有他的遗迹、皇宫里的御用物品，等等，还有在河北、河南一些寺院中发现顺治的遗笔、御用器皿等，亦可佐证顺治是出家了的。算一算顺治驾崩、康熙继位的日子并不是十分遥远。连崇祯去世时的情景，今人都了如指掌，何况顺治的事？

　　但就这么一件简单的事，今日亦变得扑朔迷离，无从辨别实虚。学术研究和民间传闻搅到了一块儿，成了一团理不清的历史迷雾。

我是怎样看的？读过我作品的人都知道，我是"出家说"。一个皇帝，位置九五，礼尊天下，贵为天子，富有四海，这一套大富大贵，他舍得吗？就我们眼前所见，无论民国时期还是现在，你让一个副县长放弃职务去当和尚，恐怕很少有人愿意前往。

这个看法似乎世俗了一些，把我们现今做官所享受到的待遇和历史上的事实进行比较就知道了。现今我们平民出门都使用汽车代步了，顺治时皇上和王公连个小电灯泡也不曾见过。清初的北京城内，还有老虎出没伤人！清代高官们也就是个低薪，生活过得清苦不堪！我们今天的年轻人谈恋爱，合则聚，不合则离，心里不寒眼也不眨，和清代时期人们的恋爱观相去如云泥之别，更不能与清时刚从草原丛林中走进中原的少数民族青年相提并论，我们今人不能的，不能用来证明历史上的，清人也不能！满族人初入关，史实究竟怎样，今天提出来难煞了今人。因为清代的前期和清代的后期，清人在华夏文化的心理上已经发生了翻天覆地的变化。如太后下嫁，也就是孝庄太后与多尔衮之间的感情问题当时怎样解决的。顺治、康熙时，满人认为嫂子嫁给小叔子是理，是常事，这不算什么大事。这就是满族人初入关的看法。到乾隆年后，满族人接受汉人文化，就不肯接受这种事了。乾隆在修史时，已经认为太后下嫁多尔衮是件不可思议的丢人事。只要一触到史料，立刻便大肆隐藏删除不留痕迹。更何况顺治当了皇帝还要出家，丢人丢到家了！岂有不予删削之理乎？现在学者们断言顺治死于天花。

天花这种病现在已经绝迹。可是上了点年纪的人都有记忆，这病是一种让人极度痛苦的病，不断的高烧，浑身的疼痛，心脑的失常，使人不能自持自理，折磨人至死方休——顺治是这样的吗？看一看顺治留下的遗诏吧，他在诏书中给自己列举了十七条罪状，条条有理有据，思维清晰，来龙去脉明白。一个将死之人，被病魔折磨得七荤八素，欲生不能，求死不得的人，头脑清晰地一条一条列举自己生前罪状，可能做得到吗？我在读这篇诏书时，就已有结论："顺治若是真病死断不能有此诏书。"反过来讲，如果诏书是真实的，顺治死于天花便是和天下人扯淡！

我去过两次五台山了，此间我阅读了《清稗类钞》之类的清人笔记。康熙一生六次南巡，有五次是绕去五台山的。我们打开地图看看江南在哪里，北京又在何处，从北京到江南有到山西五台山这等"经过"吗？这五次上五台山，有四次康熙都是独自上山（只带宠臣高琦一人相陪）。最后一次，也就是第五次上山吧，据说顺治已经圆寂，康熙心境悲怆凄凉，冒雨下山还作了诗，含糊其词又恻悱不已，凄冷寒凉不能自已，这从侧面似乎也证实了一段历史实情。

看一看《清史稿》吧，八月十七，这个令人难以忘怀的日子，顺治失去了心爱的妃子董鄂氏。这个中秋，董鄂氏正病危，皇帝是在无比的凄凉中度过的，到年底顺治便撒手了——病死了，或者是出家了。

如果是乾隆为掩饰顺治这段精神生活，修订了历史资料，那顺治墓中或者就可能是他从五台山圆寂后移葬于此的疑冢。对于一个国家和庞大的中央政府而言，这是件太小的事情了。我们今天要寻找到顺治归宿的实情，需要更多、更翔实的历史资料，需要更缜密的学术研究和分析。历史太容易伪装，也太容易虚构了。就如拿破仑，现在有人说发现他的头发丝中有砒霜，因此他是吃了送来的有毒的食物被害的，光绪皇帝也是这样。殊不知当年政界本就是如是作为，拿破仑为防有人谋害，自己平日进食中有意逐步加量施用砒霜，发丝中累积有这玩意儿是再平常不过的事了，光绪也当如是观。我们还发现李莲英墓中尸首不全，是谁割掉了他的头颅？又为什么这样做？谁能说得清呢？

原载 2017 年 10 月 13 日《南阳日报》

形象塑造费思量

有不少朋友问："创作历史题材小说，最难之处是什么？"我以为最困难的也是最重要的是人物形象的立体化。其实，不但"历史题材"，其他题材作品也都是给当代人看的。你即便是历史学家，熟悉历史掌故，写出的小说如无形象，今人就必不肯买你的账！人们掏出自己的血汗钱买书，要的就是人物形象有立体感，贴近人心，贴近阅读的情趣。

也有小说家，尤其是长篇小说家，认为写小说最困难的是谋篇布局，我以为这应是小说作者认为自己刻画人物形象的能力已不存在问题时才有的感觉。一个作家纵横捭阖、运筹帷幄，却树立不起小说人物的鲜明形象，这样的"谋篇布局"有什么意义？反之，如金庸的《天龙八部》，结构组合平常，但段誉是段誉，天山童姥是天山童姥，虚竹是虚竹，人们在阅读时反而忽略了整篇小说布局的缺憾。

为了这个缘由，我在写小说时格外留心人物形象的确立，先定位他们的个性特征，然后安置他们在各个事件演进中的作用。以我书中胤祥这个人物为例。《康熙大帝》中写，宝日龙梅这位蒙古公主怀孕时就说，生下的这个孩子如果是男孩，就是十三爷。《雍正王朝》中康熙说胤祥"乃吾宗千里驹"。实际上，胤祥虽生于深宫帝王家，却从小受尽了人间磨难。其母宝日龙梅婚前与河伯陈潢有过一段恋情，嫁给康熙后仍爱治河死去的陈潢。康熙为关照公主这段感情，特设皇姑屯，让龙梅落居于此。这段历史，年长的后妃和康熙年长的皇子们是知道或隐约知道的。胤祥因此身份比不得别的阿哥。胤祥的身世经历也决定了他的个性：虽居深宫，饱尝人间冷暖；虽为皇子，不受众人抬爱；孤高而无依，不能与各位年长阿哥平等交往；连有权势的太监也敢给他穿小鞋、凌辱他。在屈辱的环境中，胤祥不断挣扎，学文习武，结交各类朋友，可以说是清宫里又一个"齐天大圣"。而太子和四阿哥儿时对他的照拂，使这个青年产生了对太子、四哥的贴近心、依赖心。这就形成了我们在小说和电视里所见到的"十三爷"形象。胤祥性格形成和他命运的展开顺理成章，因而令人印象深刻。

岂止是胤祥，我们读到的那些雕琢较为成功的艺术形象莫不如此。郭靖、张无忌、贾宝玉、基督山伯爵、格里高利，等等，都是具有特定气质的个人在环境挤迫中成长为英雄人物。这些环境增加了人物个性形成的真实感，得到读者较多认同契合，令人读起来畅快过瘾，因而造就了成功的小说人物。如穆念慈未生下杨过时，杨过的身世已经决定了杨过一生必定要在痛苦与坎坷中挣扎劳碌。这个孩子虽然"顽"，但并不"劣"，生活在郭靖家，可这个好人家就是难以接受杨过：无端地，郭芙就要欺负他；郭靖的两个徒弟要打他、折磨他；黄蓉也不待见他，说难听话，拉偏架……郭靖无奈便送杨过到终南山，但终南山道士们变本加厉坑陷杨过，逼得他逃到古墓……杨过就是在这样的生涯中搏击奋斗，争取自由个性的张扬，成了一位无人能及的高手。杨过的个性在这个过程中得到了充分展示。从边缘人到英雄，社会因素、生活环境同个人素质的砥砺，可以说是每一个成功人物形象塑造必经的曲折道路。

其实，我们看历史小说和我们阅读现实人物一样，人物个性树立的因由都是一致的。环境、气氛和个人在这种环境、气氛中必有的反应，是每一个读者在欣赏文学作品过程中要用心去审量和咂摸的。一句话，是现代人在看你的小说，即便你写的是秦皇汉武，人物也一定要有现代意味。这一点，作者、读者、编书人可不好好思量吗？

原载 2017 年 11 月 3 日《人民日报》

再谈『评奖』事

不论"作家"也好，"写家"也对，写出文章给谁看？是给领导们看吗？是，也不是。领导是重要读者，但他们只是读者的一小部分。是给"家"们读的吗？是，也不是。评论家还是什么家，也只是读者群中的一小部分。

他们厉害，影响力大，这我晓得。但我觉得古今中外的名著、好作品，最终走向决定的层面是普通读者。无论"诺贝尔"还是"茅盾"，还是什么其他的奖，大致标准是读者的定评。这篇文章或这部书有何等大的影响，最终命运的决策者还是读者。因此，读者是作品的上帝，舍此没有第二个标准。

莫言这个人我见过，是邂逅相逢。他已未必能忆起我来，我一直觉得他的平民意识是值得我们称道的，还有别的一些"诺贝尔"，我多不相识相知。但他们成了"诺贝尔"，确是我未能想到的。大致吧，大致是他们的作品惊动了"诺贝尔"的评委们，或者是"茅盾们"，得到这些人青睐，那自然就得了奖！但在我看来，说得准确些，他们是得了"诺贝尔"的"评委奖"，也就是这样而已。

在我的朋友圈子里常常能得知×××得了某某奖，省奖、国家奖均有，反正是得了，我的朋友们甚至估价一个"茅盾"奖，价值估量是一千万。一千万！好家伙，那得写多少稿子投出去？千字算千元吧，就得写××篇才能呢。

多少篇呢？不晓得，但追了根去，它还是个"评委奖"！

评委奖好不好呢？好！因为评委们不管出身履历，总是一些会读书的人聚在一处，会读书的人都说好，它自有动人之处的吧。

但我们阅读历史上的戏剧、小说，很多甚至多数是评委们不言声，读者叫好叫出来流传下来的。"诺贝尔"，等等这些奖，在历史的长河里渐渐就沉淀了，也没了、化了。这种事不是一件两件，几乎已经成为一种定论。中国的罗贯中、曹雪芹、蒲松龄，外国的雨果、马克·吐温，他们的作品不能评奖吗？能！但是没有。从俄国的托尔斯泰到法国的莫里哀，概莫能外，只能靠普通读者的"传诵"，最后传诵成了名著。没有哪个评论家或哪一群评论家"封"出一部为众认同认可的名著来的。

这样说，有朋友不以为然。"是你自己的著作不行，你才会发这种无谓的牢骚，你过过嘴瘾就是了。"

真的是这样吗？也说的有理，也不尽然是如是观！

2000 年年初的事吧，当时的美国人发了吃挣，在美国中国书刊、音像制品展览会评了一个"海外最受欢迎的中国作家奖"，就评了一次，也就那么一个，不幸就给了不才！

获奖是中国文化部通知我的，我在家什么也不知道。听到消息又打听才晓得这个奖的评法：一、图书馆的借阅率；二、书店里书的销售量。这两项都是电脑控制，没有评委的事，把这两个数据如实交上去，交给评委，评委据此得出结论，是谁便是谁。

说句实在话，轻易不得奖的我，猛地从天上掉下来个奖，我真的是很高兴。我心中蛮得意的，美国人就评了一次，就给了一个，偏偏就是我呀！而且这两项认的都是美国读者，是美国那些肯读书、肯买书的穷主儿给我的奖啊——我要是真的窝囊得不成样子，成吗？

高兴归高兴，总只是一夜。是的，就是当晚，我想明白了道理：给我奖的美国人应该都是华人，或者老侨民。这些人自幼出国，甚至很小就出国了，在国外长期喝"洋墨水"、吃洋面包，一年又一年过去了，想家呀……他们有一种思念祖国想念老家的思绪。剪不断理还乱，乍看到《康熙大帝》：哎呀！我小时候老家就是这样的家，我的老师就是这样教我写诗填词的呀！我奶奶带我看城隍庙游览关帝庙，庙里的对联就是这样"义存汉室三分鼎，志在春秋一部书"；小时候药店门口的对联："但愿世间无病人，不愁架上药生尘"。和我儿时看到的景致一样啊！种种有关联想自然而生，他那种"去国怀乡"的愿望，从根子上得到一种温馨的抚慰……既然要评奖，干脆就……于是这个奖就归了我。

我的书有个优点，写到我们中国的传统文化写得比较真也比较细。美国这些曾经历过的人容易勾起对祖国、对他自己儿时的回思和记忆……所以今天考虑奖的本意，就应想到，而且首先应该想到。这反映了美国底层民众的侨民对祖国的思念，对家乡的眷顾，对儿时快乐时光的留恋。一句话，是中国文化的历史魅力起了关键作用。而不应躺在被窝里臆想胡思，妄以为是我自己多么多么棒，受到别人激赏，凭空而来的。

原载 2018 年 1 月 26 日《南阳日报》

乔引娣人物由来

有些朋友不喜读《雍正皇帝》这部书，原因不在于雍正本人和其他人物塑造得有问题，而在《雍正皇帝》这部书中穿插了乔引娣这个形象。我想，他们也许是有他们的道理的。

乔引娣这个人物确是我的创作。在雍正活着那些年头不存在这么个角色在他身边。

为什么要引入引娣，并用了不小的篇幅解说她与十四阿哥和四阿哥之间说不清扯不断、丝萦藤缠、绞如乱麻的纠葛，并和当时国家大局、军政大局混在一起，成了小说中挥之不去的一个幽灵呢？雍正年轻时，真的有深陷洪水出入于贱民之中的亲身经历吗？

虚构。都是虚构的。

虚构出这么个角色为了什么？为我们今天的读者切齿扼腕、切齿遗恨的吗？

当然不是的。

是因为确有依据的是：在明清十数代皇帝中唯独雍正是一个曾下令在全国范围内解放贱民的皇帝！

贱民成为大的社会问题，一直困扰着明清两个大时代的历史进程。明永乐初年，永乐帝以"清君侧"为名发动内战，从北京燃起战火一直烧到南京。建文帝朱允炆在城破前夕趁着满城熊熊大火逃亡不知所终，南京落入永乐皇帝朱棣手中。朱棣进南京，立即开始了他的血腥屠杀，跟从建文帝不肯附就的权贵或被诛杀，或被流放监禁，不留半分情面——这在历史上叫"靖难"之役，是以永乐帝的彻底胜利而告终的一次皇族家庭内乱。它的波及面遍及全国上层社会。

那些建文帝忠臣受到了严厉的惩处。凌迟剥皮的、监禁流放的、酷刑相加的比比皆是。这些官员本人被处刑，而他们大批的家人就变成了永远的贱民。这些人包括他们的后代永世不得读书，考取功名做官更是痴心妄想，只能做全社会都瞧不起的工作，如：剃头、修脚、妓院里当大茶壶、鸨母、演戏、吹鼓、陪送葬，等等，就是我们今人说的"下九流"。一代又一代，就形成了一个不小的社会阶层，成了任何一个正常人都不愿混迹其中、不愿交往过从的特殊民众。

因为数量和全社会相比还不算庞大，他们无从威胁到社会和政治的安全，在地方上虽有一些搅乱，于大局似乎无妨，因此中央从来也没把他们当成个事，没有正儿八经地下功夫去处罚贱民，也从来没召见过这样的人。几百年就这样"混"过去了。

而雍正突然下令解放贱民，允许他们可以脱离这个永远也跳不出去的苦坑，这又是为什么？

这是我在写《雍正皇帝》之初便思考到了的。世上没有无缘无故的恨，也没有无缘由的爱——我想在小说中解开这个谜，我不愿意以己之昏昏，欲使人昭昭。读者是不可以欺骗的。

雍正与小福、小禄在黄河发洪水时的爱情故事就这样诞生了。他爱这个女孩子，而这个女孩子恰是个贱民。在他当皇子时，只能躲在茅草丛中眼睁睁看着这个女孩子被族人烧死。而现在他当了皇帝，这件事怎样去了结？解放贱民！

从逻辑上要让读者了解帝王的爱憎也不是无缘无故的。而雍正之死，恰是清代一个绝世之谜。

雍正之死，学术界一直在解，至今未见成果。

我这样考虑，雍正之死大致如是：一、发现岳钟琪报喜报功，讳避过失。二、发现田文镜夸张祥瑞，冒功请赏。三、多吃了贾士芳炼制的丹药，滥用术士疗疾。四、发现儿子弘时有异动之象，存不轨之心。五、自己本身的疾病越来越沉重。六、知道自己在民间的政治谣言与他本人在民间的口碑，如在云泥之间……这些够他死吗？不够！他又发现了引娣的秘密。

这些原因集中在一起，他死不死？和引娣最后的对话，说明了他的最后心境——看"大雷雨"中人物的悲剧，也就是这些因素集中起来，一次性服用的吧。

原载 2018 年 3 月 24 日《解放军报》

我看《雍正王朝》电视剧

《雍正王朝》电视剧自从世纪初首播到今，中央电视台断断续续似乎一直在播出，各地方电视台也是这样，每隔一段时间就会重播一次。到现在为止，它一共播出了多少次，我已经不清楚了。

记得首播时，全国各大媒体都拥到我处采访，我的院子里、卧室内塞满了记者。当时有记者问我："你个人给《雍正王朝》打多少分呢？"我回答："这个问题我没有仔细想过，现在看电视剧的内容情节，还有观众的社会反应，我看给个59.5分为宜。"

59.5？这是什么意思？其实很明白，严格意义上说它就是不及格——没有上及格线嘛——而如果宽松一点，从观众的反应，四舍五入，马马虎虎也就达到了及格的水准。

当时南阳召开"双节"会议，我是参加了的，会上还请了唐国强来。在几万人的会场上，有数盏探照灯直射过来，中间的那个白白的圆圈子里，我和唐国强对面相视，全场播出了我们的对话实录。"凌老师，"唐国强说，"听说你对《雍正王朝》电视剧颇有微词？"我说："有的。但不是微词，而是我的心里话，我指的不是您的演技，而是剧本的编辑。剧本那样写，作为演员您只能那样演。事实上，直到今天，我也还是'59.5'分，不肯为它增，也不为它减。"

我是这部电视剧的原作者。

剧本的操作者刘和平、刘文武和我都是朋友。没有这个剧本，我们也是朋友，朋友对朋友应该说实话。

我讲实话，就这部剧的演出社会效果应该说是很好的。演员的演技，观众的感受，群众的评价反应都是不错的，甚至可以说是很好的。如果单指收视率和观众喜爱程度，它应该说可以吃到 80 分到 90 分中间。

剧本对雍正的个性，我认为没有把握到位。

雍正在中国历史上是一个很霸道的皇帝。在从秦始皇开始到宣统之间的二百七十多位皇帝中，他是最独裁的一位。我们如今在乾清宫主座上看到的一副联语：惟以一人治天下，岂为天下奉一人——除了雍正，谁都不能对这个天下说一句是非，评一句好歹。他是这样说的，也是这样做的。皇帝嘛，都独裁。唐太宗从谏如流，所以有了贞观之治；雍正没有这样的人君风度，说抄便抄，说杀即杀，连个商量回旋的余地都没有。死在雍正刀下的，除了八爷党，其余的不在党没有党的也有的是，如陆生楠、李绂辈，最终与雍正不能走到一处与雍正这个突出的特点是分不开的。

多疑还有寡趣，应该说是雍正一生中二憾。八、九、十爷是他心中的死敌，八、九、十这三位阿哥无论怎样小心翼翼总是被雍正视为另有企图、另存祸心的。其余如欠债官员，哪怕只欠国库几两银子，除了继续严酷搜刮，还要刻薄痛骂，死命贬低人格。文武大臣长期在朝，享受过康熙的仁厚关爱，到雍正朝时感到难以忍受过不下去是很自然的事。在追讨亏空库银一事上，株连甚多，甚至到了"朋"这个阶层，道理也由雍正说："你欠国库银两，你应该还。你还不起，那你的亲朋好友应该承担这个债务。为什么呢？因为在你当年得意时他们跟着你曾经沾着光，占过便宜，如今你需要还债，他们也应承担债务。"这种过分追求事业的效率，不惜得罪文武大臣，雍正伤害了他们的日常生活和交游、情绪，也是一个历史事实。

我们看到雍正在电视剧中公然向天下人跪拜，可以说这是有悖历史事实的情节。

其实我们今天也有领导，与随和宽厚的领导在一处，和与寡趣狠心的领导相比较，心境上有很大不同。雍正如活到今天，我想还有很多人是不愿与他为伍的。

雍正的勤奋，我们在电视剧中随时可以看到。而雍正不为他的兄弟赞同，就不仅只有八、九、十和十四阿哥这几位。在康熙的二十几位皇子中，真正被雍正视为兄弟依为干城的也就十三阿哥一人耳！过分讲究亲亲疏疏，相信的大臣什么都好，疏远的大臣想恢复信任极端困难。有的大臣与他发生情感裂变，他不是平常简单地撤差罢官，而是百般地搜剔刻薄羞辱，设朝堂诗会为这大臣送行，亲自书写"名教罪人"匾额令大臣在自家门前悬张，抄家带着羞辱，确是康熙的老面子一毫也不顾，受到当时人的非议也是他个性所致。

雍正的个性是扭曲的。他幼年时玩小白鼠，就让这些小白鼠对咬，败了的小白鼠被咬死，胜了的小白鼠又被他打死。这样的个性在心理学中应该是有个说法的，似乎在他一生与人交往过程中也有他玩小白鼠的这些心理印象和痕迹。太子，他容不下；大阿哥也是雍正的敌人；三阿哥写书最后也招惹了雍正，被罢掉了王爵，这么多阿哥集中在一起，似乎能和雍正玩得来的只有一个十三阿哥了。

我想可能的原因是雍正与其他的阿哥都玩不到一处，只有十三阿哥肯于乐于接受他吧。这样说没有历史资料的支持，很可能的原因是：1.胤祥极端聪明，专取雍正这个冷灶来烧；2.胤祥个人可能在阿哥中际遇较奇，从心理上容易靠近雍正。我们在电视剧中见到的胤祥就是一个"2型"的阿哥。

观察雍正的一生，似乎从他的个人特色而言，可以用一个"过"字了得。过分，不留余地，不留后路。他倒应不寡恩，有些人物他看好，赏识与信任，也给人一种"过"的感觉。

比如田文镜，他一生拼命做事，一生受雍正宠信，但他一生没有一个像样的同行朋友，似乎也没有受那些受益民众的爱戴。反对田文镜的，即使是李绂那样的清官，雍正也不太欣赏！雍正的各项改革均不为百官接受，也不受人民拥戴，我认为这与雍正个人气质、素质是关联在一处的。当时的民众均不拥护，而后代的民众不加历史和人文的分析，就成了今天这种情形。

还有电视剧中对一些重大历史事件和人物的处理也存在问题。

隆科多这人，康熙第一次废黜太子后，隆科多与佟国维暗地勾结又出卖佟国维，坐稳了九门提督一职。这个情节可能性不大，满朝文武其实都是在那里观望形势，隆科多以一个部院小吏一下子被提任九门提督，他首先应该感谢的是佟国维，而心中依赖的靠山是八阿哥，他不可能在大局不明的情况下冒着得罪八阿哥，同时又得罪"佟中堂"的风险，单一性地投靠康熙而被宠信。

隆科多与年羹尧之间的宿怨似乎也没有相应的表现。

年羹尧的表现关键在于他与文武百官之间的矛盾，年确实杀掉了很多人，但基本出发点并不是为国、为民、为军队指挥。在粮草缺乏处于困难中时，他绝不会贸然屠杀运粮官员，自绝生路。

年羹尧的问题是他对雍正的独裁心理、独裁意识和他的君前非礼的严重后果缺乏明了，对雍正的统治意图更是一无所知。西部战事结束，雍正注目的重点已经转向吏治，官员队伍的清浊是雍正最关心、最用心解决的问题。失宠后，年羹尧带十名美女回杭州，意在向雍正表述他是一个没有野心的人，只追求生活奢侈。而实际上雍正这时的治理侧重点恰好正是吏治，在这种情况下他带着蒙古美女还有两千辆大车的金银财宝赴杭州将军任上，这不是不管不顾地在雍正面前撩起火来烧自己吗？

电视剧中年死得轰轰烈烈，至死不肯低头，是个硬骨头。而我所知年羹尧的最后一封奏折，名字就叫"临终乞命折"，恳切地认错，伏地求饶，自己都不给自己留面子，和我们电视剧中看到的这位英雄将军不是一回事。

诸如此类的纰漏还可以列举一些。

如此种种情形证明了这一点。我在写《雍正皇帝》时考虑到他糟糕的社会影响，已经对雍正有所美化，而电视剧编剧则还嫌不够还要进一步拔高，结果就偏离了历史的真实。

话虽如此，我认为雍正这部电视剧的编剧还是比较忠于我的原作的。

在答记者问时，我说过这样的话：我是原作者，是戴着有色眼镜看这个电视剧的，59.5，是我给这类电视剧的高分。

是的！我从来没有给另外一个电视剧60分的！

本文系作者生前遗存稿

与金庸谈新武侠小说

金庸的书好看，我是知道的。

我的书，有人爱看我也是知道的。

我的读者没有金庸的读者多，我也是知道的。

金庸是个天才。

大约在 2005 年，香港、深圳和南阳三地合作拍摄了我和金庸先生的对话。

这次论坛选在深圳，是有其理由的。南阳离沿海城市较远，对话的社会效果不宜张扬。金庸先生已逾八旬，不宜远道前来河南，而我则身体不佳，到香港又觉得太远，最后选了深圳。

在会见时，我谈到喜欢读金庸的书。金庸先生客气，说喜欢阅读我的《康熙大帝》《雍正皇帝》《乾隆皇帝》系列历史小说。我又讲金庸先生的书也有我不太喜欢的，如《雪山飞狐》《碧血剑》等。我同时坦诚谈了我的看法：金庸先生是天才。

我说他是天才并非在这里用虚情假意逢场作戏恭维他，而是我的真诚实语。

中国的武侠，如果追了根去，可以追到《史记》里的《游侠列传》，《游侠列传》可以看作武侠小说的纪实体文学作品，也可以说是西汉时中国的武侠作品。这个时期过后，便产生了《红线女》《风尘三侠》《柳毅传书》等江湖侠义传奇。经过一个漫长的历史时期，到了明清，尤其到了清代，继冯梦龙的"三言两拍"之后，逐渐在社会上出现了《江湖奇侠传》《彭公案》《施公案》《包公案》之类的公案小说，其中也写到行侠仗义，到《三侠五义》出现时中国侠义小说已到了成熟期。

这么着说，大几百年，侠义小说才能达到一个轮回，进入一个新的境界，才可能产生一种质的变化。

如《红线女》等作品，表现的是当时作家头脑中如何伸张正义，如何不计后果，不考虑个人得失的社会意识成长，为弱者伸张正义，为受辱者讨公道，展示社会对正义的渴望与诉求。到了明清时期的侠义小说与西方的骑士小说有某种相通的地方。西方的游侠是西方冷兵器时代的一群或某个拥有搏击实力的人保护一位公主，或者是美女和落魄仕女，或者是出身卑微的灰姑娘……而在中国同样是类似的武侠高手，单枪匹马或联合民众为民伸张正义，辩白冤诬。而从文学史的角度看，东西方这两群人几乎是不约而同地出现在人类社会中，似乎连"商量""约定"这样的联系也没有。这实在是一大文学奇观！

到了 20 世纪，在港台地区出现了金庸、古龙、梁羽生这一群的作家，形成了武侠小说创作新的高峰。这个群体是谁开风气之先，是谁举起这面大旗？似乎没人告诉我们，然而他们的主将应该就是金庸。改革开放后，新武侠小说数年之间便风靡了内地，普及到了平民家庭，成了青少年喜爱的文学品类，这里头金庸先生起到的挑头作用是真实存在的。20 世纪初，曾发生过王朔批评金庸这件事。当时的媒体是这样形容的，王朔早上在街上骂了一句"金庸他妈的"，话音刚落，所有的窗户都打开了，人们回骂："王朔，你他妈的！"我在这里并不是想将王朔与金庸进行实质性的比较，是说武侠小说在中国文学史上的地位，被金庸等人拔高到何种程度。金庸小说的读者群，从高层的领导，直到引车卖浆为生的贩夫走卒，从大学生到小学生，几乎一谈话，共同的一个话题便是金庸、古龙、梁羽生这几位作家。

我称金庸先生是天才，就是这个原因。金庸这些新武侠小说大师彻底摆脱了侠客保清官的旧套路，在武侠中注入了人性，他们捍卫的意义不再是哪个人而是一种理念，追求的是人与人之间的平等和博爱。传统旧武侠小说中没有的，忽略的，就是捍卫人性自由，追求和努力实现人与人的平等。

从汉代《史记》中的《游侠列传》到唐人传奇，到明清武侠，再到当代，武侠小说发生一次次质的变革，我没有理由不认为金庸是个天才，而天才，我们无法指定或要求，多少年上天必须赐予我们一个，因此我又说：我不指望上天在一百年内，再给我们一个"金庸"。

在我和金庸谈话中，金庸问我，最爱读的是他的哪一部小说，我答：《神雕侠侣》。他又问：为什么呢？我当即答：杨过本身是一个无依无靠无后援的苦孩子，他生活在郭靖黄蓉家，郭、黄也不是坏人，但郭家就是不能容下杨过。师母小瞧他，师姐看不起他，师弟也欺负他。郭靖无奈，送杨过到终南山。终南山道士们也与杨过过不去。逼来逼去，将杨过逼到古墓中，兀自不肯罢手，必欲置之死地而后快，杨过就这样漂泊江湖，与各种人打交道，自学了一身本领，又来答报黄药师、小师妹等，百死不悔地爱着小龙女。那么多的好人伙同坏人共同与杨过为敌，原因只有一个，杨过的父亲杨康不是好人！所以就欺负他！杨过越受欺负，本领越大，终于压倒了众人，成了无可战胜的英雄。故事的哲理性始终在书中等待读者领悟，成了牵引众多读者的暗线，好就好在这里。

郑渊洁先生也到过我家，他提了一个同样的问题，我回答说，就是你小说里的那只小老鼠的故事，仅仅因为出身是只老鼠，便遭受社会和人类的磨难，这不是我们社会中长期存在的一个普遍型的问题吗？一个地主的孩子，升学无望，参加工作无望，推荐选拔无望，进城务工亦无望，你叫他怎么办？就到童话里去觅吧。——金庸的书不是被称作"成人的童话"吗？读者于是蜂拥而至，形成这样浩大的势态。

作为作家，其可不勉之矣！

本文系作者生前遗存稿

时序光阴

岁尾余话

　　我们如今什么都在和外头"接轨"。科技上的度量衡不知底蕴如何，但我们常用的"公里"已变成"千米"，"公斤"变成"千克"，"公尺"也废弃了吧，叫"米"。公寸、公分也都以此类推改了去。道理是什么？似乎没人问过，小民百姓似乎不大在意，仍旧顽固地使用老祖宗留下的老尺度。倘使买一个萝卜，掂一掂，说："我买萝卜。"卖菜的老太太问："您买几斤？"回说："我买一千克吧！"老太太准眨巴着眼瞅你半日，怀疑你有毛病。然而中国到底是个顺民的国度，同化别国的能力早为世界公认，顺化的应变力也是不弱的。有一次我去买茴香，说"买二两"，那卖茴香的小贩极爽脆地答道："好，我给你称一公两！"倒叫我弄了个愣怔，反过来又笑说："我买一百克。"小贩说："一百块？一百块十二斤半！"——全都满拧。

　　近来看了刘齐先生写的《回国须知》，他也感慨良多，百味俱全。两类情致，要么视你为洋奴，呵斥、翻白眼极度地轻蔑你，"如果你不注意，总爱夹洋文，国内老乡就会比较烦，'今天，我的心情不是很 happy，天气也不 nice，真他妈的 shit！'听听，这像好人说的话吗？倘若进了宾馆遇到麻烦，叽里咕噜来一串洋文，我这边刚一发音，他那边就知自己不对了，只是脸上绷得太紧，不好意思马上微笑，又绷了一小会儿，然后把我们奉为上宾。"——这是又一种情致。

　　鲁迅先生的《阿Q正传》里头假洋鬼子那句话："我总是说：洪哥！我们动手罢！他却总说道 No！——那

是洋文，你们不懂的。"——真是翻新出来意味仍旧无穷。说真格的，我们今日开放，就是要这些玩意儿来充实我们的社会生活吗？

现在真是彻头彻尾的"拿来主义"了，帕瓦罗蒂和"千克"、航天技术、美金、日元、马克、肯德基、麦当劳、核垃圾……有形的无形的，只要"是个东西"，就毫不犹豫地拿来。这其中的好物件自然使我们受益无穷。有的东西吃了进去，害得我们肚子拉稀。不说也罢，说起来辱没煞人。

要么就是冥顽不灵地拒绝一切，就如第一次鸦片战后的两广总督叶名琛，什么也不做，什么也不要，什么建议也不听，扶乩请仙乌烟瘴气瞎闹一气，被洋人提了，还要自称"海上苏武"。要么就一股脑全拿来，破机器、烂衣服、艾滋病和光怪陆离的夜生活以及先进的生产管理经营科学技术，猪八戒似的一捞食之。若只是没有经验也还有可恕之情，为一些蝇头小利，有些明知有害的，仍"拿来"吃下，误我国民，这种心思就阴微下贱得不可问。

如今是开放年头，眼见得国力日渐强盛，这自然是令人欣慰的。也由此而起，国人眼界大开，看得自己不值钱，弄到没了骨头，闻洋低眉俯首，也令人有点心惊的。我们现在要说"四大发明"，要谈汉唐之强大，要讲华夏文明的辉煌与灿烂，那是要小心一点的。似乎有一种什么无形的力量在封杀我们的自尊：一出口便觉得有点不对劲，怀疑或自嘲先容一句："我这是阿Q精神吧……我们祖上……"先说几句"不行"的话，然后"但是"一下，"还有许多好的……"也有点向听的人道歉那样的心态："对不起……西边也不是什么都好，也不是什么都不……"端地叫人莫名其妙。前些日子与朋友谈起，我不喜欢看硬皮精装书，对竖排版的图书我却有好感，朋友笑我食古不化，我说："食今不化就对头吗？精装书是书架上装幌子的。坐在沙发上，躺在床上看书，你试试看是平装好还是精装好？中国是方块字，竖排版横排版有什么分别？你把书卷起来'把卷'读读，横的，你每看一行都须得手腕子转一圈。竖排版才真正是为读者着想。"

但凭我这样思量，怕是不大能改变那些先生已经形成的"固有观念"的：我们曾经强大过，我们却实在又已积弱难返，先"拿来"，先强大起来——比如说先工业化了，再来治理污染。此亦一是非，彼亦一是非。我的意思也很明白，拿来尽管拿来，该去的要坚决把它扔出去！

世界上的事，历史上的事，无论何种情形，都是成者王侯败者贼，店大欺客、客大欺店几乎是约定俗成了的规律。我们今天谁去过美国、留学英国，回来"哈啰，姑的毛疟"一通，颇以为有别个不同的荣耀的，这也如同盛唐时分，日本诸国留学长安的诸生回到本岛，肯定是一口陕西腔："你好，你吃饭了吗？""塞由那拉"就靠边站。所以我不抱怨这样的人心不古，这是今天使然的。到有一日，英国、美国人读完他们的剑桥、哈佛，须得再来北京、天津进修北大、南开，回国一声："今天走了二十五华里，到中关村转了一圈，腿都遛直了！"那时中国人也绝不会再说"好，给你一公两"这种二百五话头。

我们学人家，赶人家，是要自家中心强大起来，站得硬挺。别指望人家"无私"帮助我们。就我学到的史实，美、俄、日、德、法这些国家，从来也没有对我们存过什么好心思，哪怕最小的一点恩惠，你也别指望他们慷慨地拿出来给你。心思放清明点，忍着点，学他们的长处，把他们的烂玩意儿毫不客气地扔出去，好多着呢！

原载《二月河语》，昆仑出版社 2004 年 1 月出版

中国人最讲究什么？打开二十四史看，无论春秋大义，抑或信史直述，其实讲得最扎实的只有两个字："礼""孝"。由此发端衍化出来的崇拜情结，各个时代叫法、版本不同。到了清代，中国社会风景最茂的时候，叫作"敬天法祖"。这是社会生活中最重要的精神内核。平常时节只是在言语生活行为中"体现"。到过年，也正是劳累一年"该歇歇气"时，农业国，这时是全民都有点空闲时间的，于是便张忙这事。

打开《红楼梦》来看，贾府里说到的最热闹的事，不是宝玉、黛玉等一团团的"恋爱雾"，也不是飞短流长的各种人事演绎，元旦祭祀是贾府内部最郑重、最繁复的社会活动。其实何止贾府？贾府如是动作，与之同时，普天下的人都在动。我们现在是"二十三，送灶王爷上天"——阴历二十三，全民进入"年时"。

二十三送灶王爷上天，二十四扫房子，二十五磨豆腐，二十六去割肉，二十七杀灶鸡，二十八把面发（蒸馒头），二十九灌（买）黄酒，三十（儿）捏鼻儿（包饺子），初一（儿）拱揖……天天干什么，不用政府下令，全民都一致。就是白痴，怎么过年？"傻子过年看隔壁"——我傻，瞧人家包饺子，我也包。过年时所有的傻子都会聪明得如同正常人。

我有一本《清嘉录》，里头有专写腊月、正月的过法的。其实，真正的情况是，入腊月，忙年就开始：跳灶王、跳钟馗、吃腊八粥、做年糕、制冷肉、送皇历、叫火烛（更夫们每夜打梆子喊"小心火烛"）、打尘埃、过年（放鞭炮送诸神）、蒸盘龙馒头……一天有一天的事，都是规定好了的"口令"。

正规的进入"年"，却比我们今天迟了一天，是腊月二十四，叫"念四夜送灶"。

过年的国家，不止我们。一些东南亚国家几乎与中国是"同步进行"的。我住在南阳，每到年二十三夜十二点，满城的爆竹会响得像暴雨一样。近处的"嘣""啪"震耳欲聋，远处的不分个儿，有点像开锅的稀粥。这个时候，我常常到阳台上去看，呀！到处都在闪烁着爆竹起火，二踢脚、地老鼠、小焰火，明灭不定中伴着清脆或沉郁的爆响。有时下雪，那就更好看，硝烟中闪着光，雪片被染成五彩缤纷在硝烟中荡漾，夹着密不透风的响声……那是什么景观？你来看看才知道，二月河用笔跟你说不明白，拍照片不行，录音也不行，录像摄像呢？恐怕都不行，气氛是没法"表达"的。

城里人现在简单，在这样的"气氛"下全家吃点、喝点，打开电视"看点"什么。乡里人怕还要祭灶，胖乎乎的灶君夫妇，两旁贴着对联"上天言好事，下地保平安"，香烟缭绕中人天欢喜。

《清嘉录》里头说的就更热闹，那是"二十四日"：

> ……比户以胶牙饧祀之，俗称糖元宝，又以米粉裹豆沙馅为饵，名曰谢灶团，祭时妇女不得予。先期僧尼分贻檀越灶经，至是填写姓氏，焚化禳灾……穿竹箸作杠，为灶神之轿，异神上天，焚送门外，火光如昼……

太繁复了，这还不到五分之一的"工作"，清人杨秉桂有诗：

> 残腊匆匆一年又，门丞贴旧须眉皱。

祀灶人家好语多，烛影草堂红善富。

清人那时似乎没有我们今天人说的"二十四扫房子"这些口令。接下来的年事令人愈来愈眼花缭乱：灯挂、挂锭、买冬青柏枝、喝口数粥（赤豆杂米粥，食之可免"罪过"）、接玉皇、烧松盆、照田财、送年盘、存年物、过年市——就是亲友来往，送东西，备年货，火爆喜庆气氛充满人间世。佛天人物似乎都亢奋起来了。到除夕这一天，新门神贴出去，一切正常的社会业务全部停止。比如说：做生意、谈事、讨债要账——这样惹人烦的事，对不起，你不能进门了，有话过罢年再说！

除夕夜，合家团聚、举宴，这一条"规矩"，我们至今仍旧坚持执行着。这一夜是一个家族一年之中最欢乐、最郑重、最富足、最……什么呢？最和谐温馨的一夜。家中多少事都放下。为了多享受一些这样的"幸福时刻"，形成的规矩叫"守岁"，也有叫"熬年"的。一家人围炉团坐，说喜庆话，说福禄，说丰收，说祖上之德，说丰年有余。说到后半夜，小孩子熬不住，睡在大人怀里，大人们撑着眼皮还在说。这天晚上吃饺子，北方家家如此。

我的姑姑说："年岁夜的饺子大家包，但你奶奶要一个一个仔细看。（往锅里）下饺子，只有你奶奶看锅。这图的吉利，一个饺子也不能煮破的。"饺子皮不够，不能说"皮少了"，要喊"馅多了"。馅少了也不能说，要喊"皮多了"！我们如今是锅一开，笊篱一捞，合家就吃。但昔时的吃法是，头一碗捞出来，必定是恭恭敬敬供到祖宗牌位前，满供桌的供享呀！各色点心、油炸面食、冷肉……都是平时根本吃不到的，琳琅满目供在桌上。老爷子带全家老小"给祖上磕头"，上供上香，礼敬如生，循循下退。然后是后辈子孙给健在的老爷子、老太太磕头，领压岁钱。这些事毕，才能开怀痛吃、痛饮。我父亲说过他幼时偷吃供享的逸事——那盘点心太诱惑他了，他偷吃了两块，把余下的重新码齐了，躲出去。等了一会儿又忍不住，再过去偷吃两块……

后来，见重新码盘子也掩不住"偷吃"的事了，干脆一不做，二不休，把满盘点心吃了个精光……爷爷倒也没有责罚他。关于这一夜，清代周宗泰《姑苏竹枝词》云：

妻孥一室话团圆，鱼肉瓜茄杂果盘。

下箸频教听谶语，家家家里阖家欢。

这年夜是诸神降临时，说什么就会应什么，人说话都托着舌头，稍不吉利的一句也不说。

还有一项颇有意思的活动，今天已经失传，那就是"镜听"。这件事从祭灶开始到正月十五，几乎每家都做，预卜来年家庭形势——早晨起来绝早，怀里揣面镜子，到祖宗牌前念念有词："并光娄俪，终逢协吉。"然后出门，听见外人说的第一句话，比如说"您好""您吉祥"。——得，这就是你一年的兆头。这件事我在写《康熙大帝》时移植了进去，写明珠用镜听卜算考试功名的事。再接下来的年事，行春、打春、耕春、拜牌、接喜神、上年坟、小年朝、接路头、看参星、斋天、走之桥、放烟火……到闹元宵，一连三天闹，轰轰烈烈的年事告结。

三年前我到马来西亚，听当地华人说："我们这里过圣诞，也过年、过元旦。"祭天地、祀祖宗的活动仍旧热闹红火。我在国内看我们自己过年，也伴着圣诞和元旦，随着浓重年节硝烟的弥漫，东方的神和西方的神在天上握手，东西方文明也在糅合，快乐而庄重的钟声交织着、撞击着，会给普天下送来丙戌年的春天。

原载 2006 年 1 月 27 日《人民日报》（海外版）

过清明，有所思

中国人信神和外国不一样，洋人信的——我看是很专一。信天主就是信天主，信基督就是信基督。就是穆斯林，那肯定只信一个穆罕默德——他绝不往别的庙里去掺和，即使进庙随喜，那肯定也是好奇，身子笔挺，连个躬也不会鞠，手懒散合十，礼拜也是没有的事。倘是地道的汉家百姓，那是见庙就拜、见神就磕头的。"头顶三尺有神明"，什么事都有神管着，上头顶级的是玉皇大帝，一层层下来到十殿阎罗；海有龙王，井、河、湖、山莫不有神；城有城隍神，宅有宅神，门有门神，灶有灶神，走道有大纛神……你看这块地平平无奇，那有土地神管着！你到大庙上去看一看就明白，最高处顶上还矗着个小庙房高高在上——是姜子牙封神，封得没了位，他就踞坐于万神之上，叫"诸神辟易"。

在阳间做事，当然有一整套的人事制度，"礼义廉耻，国之四维"，那是不消说的。但人总是要死的。死了之后呢？变成了鬼，鬼们就归神管着。我在《聊斋志异》上看到，鬼也会死的——人死为鬼，鬼死了呢？叫聻。人怕鬼，鬼和人一样怕鬼一样的聻——这不知是蒲老先生的"蒲撰"，抑或另有一套学术体系？

这么着，过节就过得有点麻烦了。事死如生敬祖宗，祖宗在阴间也得过节，他若不能好好过节，便是活人的不孝，这和"礼"又息息相关。孔夫子没有说过有鬼神，也没有说过没有神鬼，他留下了一道题给后人做，大家就忙活得七颠八倒，有了种种的"节"，咱们过呀过呀，再过呀。阳间的人节是三节——端午、冬至和除夕，阴间的人呢？一个不多一个不少也是三节——清明、七月半和十月朔。

七月、十月现在不到，4月5日便是清明，这个节怎么过法？我看我们现在的清明，真的是简化版本，简化了又简化的程序。民俗云"早清明"：夏天来了，阳气太盛，鬼们过了清明就要到地下了，趁着清明我们要及时把他们需用的钱物、吃喝穿戴用的东西备齐，所以要"早"，不宜在节后送。早早地准备了金银纸锭、烧钱纸、阴钞、时鲜果品，男丁们趁夜用百元大钞在灯下很认真地在草纸上象征性地印一下，印、印……印很多，第二天阖家一齐上坟，或到陵园，请出骨灰匣，放爆竹、洒酒、设祭、焚纸钱、磕头或鞠躬、回家，然后各忙各的阳间事去了。

我查查清时的清明，复杂，上述的活动当然是肯定要办的。清明节前两日，那也是节，叫"寒食"。实际上和清明是配套的，要预先把熟食准备好，因为清明这一天不准动烟火。倘有新亡者，这一天要设宴相待至戚，俗称"排座"。若是新丧未过七天，那就还要请僧道诵经礼忏。市上有专门为清明祀祖卖的青团熟藕，有诗为证：

> 相传百五禁厨烟，红藕青团各荐先。
> 熟食安能通气臭，家家烧笋又烹鲜。

即便上团坟，儿子上坟、女婿上坟；男人上坟、女人上坟各自有各自的礼数规矩，也各有各的情致。野地到处是坟园，纸钱焚起，亦自成一道特殊的景观。这当然不是喜庆节日，风烟钱灰之中，有《纸钱诗》云：

> 纸钱纸钱谁所作，人不能用鬼行乐。
> 一丝穿络挂荒坟，梨花风起悲寒云。
> 寒云满天风刮地，片片纸钱吹忽至。

纸钱虽多人不拾，寒难易衣饥换食。

劝君莫把纸钱嗔，不比铸铜为钱能杀人。

朝为达官暮入狱，只为铜山一片绿。

这位诗人佚名，但我觉得他很有意思，一首诗有一句是九个字的，也不讲究押韵，有点"自由主义"味道，但这诗说出了清明时节不光是"雨纷纷"，还有一些更深的人文思索。

我一直以为，早先在封建社会有这些鬼节什么的，妇女们相对比较自由。过人节她们得照人的道理去做：大门不出，二门不迈，死闷在屋里不动。过鬼节要祀祖，而祖宗们在野地里，如果不是新丧，能出门到旷野去放放风，她们除了面目必有的肃穆之外，心中未尝不能有一份窃喜。这也有诗为证：

清明一霎又今朝，听得沿街卖柳条。

相约比邻诸姊妹，一枝斜插绿云翘。

她们过鬼节，"节外"的兴致高着呢！

原载 2006 年 4 月 5 日《人民日报》（海外版）

端午节话五月

五月端午起自屈原怀沙沉江，楚人恐其遗体为水族所伤，抛果饵点心米粽于江中以代食，因以成习，成了一个节。这个掌故几乎是无人不喻、无家不晓的。但中国"鬼节"有三：清明、七月半和十月朔。"人节"也是三个：端午、冬至和除夕。端午是头一节，这个事就未必人人皆知了。

我们可以看看中国的神，其实都是死了的人，譬如门神，是秦琼和尉迟恭，玉皇大帝叫张有仁，二郎神是杨戬，都城隍叫纪信，那是汉高祖封的，就是每个城池都有的城隍。你去仔细按察吧，他一准生前是个"名人"，"聪明正直谓之神"，按照这一标准规范，屈原偌大的名头，偌高的品行，又是那等一个死法，他肯定是要当神的。推起屈原本事，这位超迈千古的爱国主义大诗人，其实爱的只是楚国。于我们今日的版图而言，很大、很多的地方他是不爱的，有的地方，比如陕西，非但不爱，而且是切齿痛恨的吧？但"爱国"二字加上"主义"，一下子就把问题实质说清楚了，那是一种精神，一种情愫，一种升华了的品德，一种人文品格的结晶。岳飞爱的是大宋王朝，他想把金人赶出去，而"金人"我们知道也叫"肃慎"，是满族人的祖先，也还统统是华夏民族的一个部分。我们说岳飞"爱国"，也还是说的他的"主义"，这种"主义"和屈原是先后辉映光照千古的。

然而五月在民俗中不是个好月，有称"恶月"的，也有叫"毒月"的，恶而且毒。你听听，什么好词呢？为什么这样叫，没有见正规的说法，可能还是与楚国天候有关。由春入夏的季节，不但酷热人不能堪，蚊虫小咬之类，尤其是瘴疠毒霾这时也格外嚣张。屈原选在这个月死，我估计除了心情极坏，加上这些因素，人就格外过不得。这个月昔时人过得很小心，"百事多禁忌"。为了辟邪，有钱人家都要花不少钱，到附近道观里去请一道"天师符"粘在客厅里镇恶；烧香要从五月初一烧到六月初一，红黄白纸画朱砂韦驮镇凶。小户人家另有办法，花几文制钱，买五色桃印彩符，画姜太公，还有聚宝盆、摇钱树之类，贴在庭院里。佛教徒则早有寺中和尚先期送来印好的文书，填好姓名，初一就焚化，这叫"修善月"。读书人又是一种做派：堂上挂着钟馗图。说是不信鬼神，这东西也还是用来驱邪魅的。清人李福有诗：

面目狰狞胆气粗，榴红蒲碧座悬图。

仗君扫荡么么枝，免使人间鬼画符。

这些当然都是迷信，成了俗，迷起来，信起来，家家户户都忙着干，就变成了一种社会情味，成了如同洒扫庭院一样的平常事。老的少的，进庙求符，回家烧香，那是高兴的气氛、过节的心情。

这事要连忙几天，到端午，也就是屈原的忌日，不但没有丝毫驱鬼祛邪的阴森气，反而成了大喜庆日子。《红楼梦》里头说是"瓶驻留春之水，户插长青之艾"。那是简约得狠了。想想看吧，这一天大致家家都这样，穷富人家都会在上房客屋里摆上瓶子，插着新鲜的葵花、蒲蓬，还有火红的石榴花等物。妇女们要在发鬓上簪石榴花——这在平时是绝对不能的，此刻有名目，叫端午。到了中午，家家都要举筵，"赏端"，除了尽力铺陈家中美食，还有特别的食物：米粽、点心、熟蒜头、红鸡蛋之类。门插杨柳青艾，樽倾雄黄烈酒，并有芷术酒糟，截蒲为剑，割蓬作鞭，一家人在暖日融融中聚会吃喝。这哪还有一丝凶呀、恶呀？罗马人过去过狂欢节，要先杀一个犯人，断头台上刀铡血溅后，接着狂欢。我看大仲马的《基督山伯爵》中的这个情节，总想，罗马人会生活。查到中国人的五月，不禁莞尔一笑，我们中国人不杀人，照样把五月过得美美的。

原载 2006 年 5 月 31 日《人民日报》（海外版）

八月十五拜月记

农历的八月十五是大节。其实这样的氛围现在已经感觉到它了。月饼的信息传递着天庭的信息，人们在潜意识中安排"今年十五"的事情。中国没有狂欢节。人、鬼、神佛共同构建出他们生活的丰富和含蓄。不论糅进去多少各个节气的情味与期望，大致上说都是把对这种自然的崇拜和人事心情融会贯通。

八月十五是个"心情节"。我们读《御香缥缈录》，看《清宫外史》，可以很真切地感受到九重御苑里各类人物——比如皇帝与宠妃，在皎洁的月光下设案焚香、跪地拜月，呢呢喃喃诉说着自己永远不能在公众场合说出的心里话，其实这样的活动是公开性的。任何一个民族，都有一个母亲神。中国的母亲神，就是月亮。不单是八月十五，就是五月十五、三月十五……任何一个"十五"，都是善男信女向母亲诉说"隐私"曲衷，"花前月下"说悄悄话的日子。这也确是贵人们"出情况"的日子。你可以去看看《拜月记》就懂了。我在写《康熙大帝》一书时，请皇子八月十五大闹御花园，从此引出了清廷帝国泼天大案，导出九王夺嫡政治惨烈之剧，那是八月十五的另一种情味设计。故宫档案中还当存着这样的记录，康熙皇帝在月下祈祷：情愿削减自己的寿数，盼上天赐自己一个"完人"——这是很凄惨的话了。他实际上要求的是"善终"二字：能善终，"终考命"，我愿意少活些年头。我们打开山东曲阜孔家档案，五代时期他家出了一件事，也是八月十五吧，孔家长工杀害了"老公爷"，乳母抱"小公爷"逃出。二十年后小公爷又返回公府"复辟"——这件事不知有没有人写书或写戏了。这是孔子"中兴祖"孔仁玉的真实遭际，很惊心动魄的。我前不久写了篇顺治的文章。他的宠妃董鄂氏，死于八月十七，我们闭上眼就能想象出八月十五这夜顺治怎么过的。去年去了一趟香严寺。这是晚唐宣宗皇帝的"龙潜"之地。他假装"摔死"，金蝉脱壳逃到这座寺院，做了七年沙弥，又从南阳被抬回洛阳、长安做了"宣宗皇帝"，也是热闹惊心的一幕。你到寺里头看，里头有座亭，叫"望月亭"。他也是这般，在困难时就会想到月亮。人类无论贵贱这一条一致，到了困顿危难之时，大致就会想起妈妈，就会在母亲的清辉下诉说自己断难向人间世陈讲的心曲。二月河有时会突发奇想，倘若我在海外，倘若我腰里有铜板，又望乡难以自已，我会在自己庭院中也造出个"望月"榭台亭阁之类，心里会好过些的。我据心而推"明月几时有，把酒问青天"，这样的词肯定是在这样的人文环境与心境中写出来的。看见霜样的月色地面，连李白也难以有"五花马，千金裘，呼儿将出换美酒"那般豪兴，只能在母亲与故乡面前低下头。今年前不久，我回山西老家，过阎锡山宅。他们请我留"墨宝"，我写了"一代兴亡观气数，万古首丘望乡梓"给他们。月光下"首丘望乡梓"是华夏情结。别的民族你说给他也不懂，他没有这种"基因"。

但是，月亮不仅是这样堂皇，也还有一种社会情韵。《红楼梦》中有一回，叫"因麒麟伏白首双星"，就"双星"而言，到底是哪两颗星呢？曹雪芹说，红学家就猜，猜得最多的是牛女二星，也有"参商"。我呢？我猜的是"太阳星"与"太阴星"，暗示了史湘云与丈夫不能见面的悲情结局。月亮就有这么一个不好听的名字，叫"太阴星"。五行学说称其主阴谋。唐宣宗的那个"望月亭"，一重意思是他的情感追伤，另一重更重要的意思：他肯定在月下徘徊着想办法，怎样把政敌们打得满地找牙。你翻开《辞海》，"口蜜腹剑"一条，那是对唐相李林甫的专有评语。李林甫家中有一楼，叫"月楼"，每当他想整人时，就在月楼上想办法，他的"水平"可想而知。刘心武新写了一本书，叫《红楼望月》，不论内容怎样，书名真亏他想得出。

上头这些历史故事，其实与我们小百姓无关。就天下万千黔首芸芸众生而言，八月十五不是个阴惨惨凄清清的日子。由农忙到农闲，大大的月亮，圆圆的月饼，打上一壶酒，一大家子高高兴兴坐在月亮底下说笑话，说收成，说故事，说"傻女婿十五拜老丈人"……这份高兴属于老百姓，时髦点说是我们普通纳税人。打开《清嘉录》，说到"八月半"，只说三行，我起初诧异：这么大的节，怎么只有这样的规格？后来也就释然：本来就有月饼佳节，"八月十五杀鞑子"之说，满人自认为是"鞑子"，写书的人畏惧文网，回避了去，大致是这个原因吧！天下人间，"人逢喜事精神爽，月到十五分外明"，月光的仁柔色相，伴着爽人的金风秋气洒落在神州之时，人们的心境是开朗与光明的。就算不巧是阴天，人们也会兴致勃勃地投入一种情致思维——中国人永远是乐观与光明的，"闷闷中秋云罩月，哓哓元宵雨淋灯。谁知篱豆花开日，养稻正需水满塍"，"但愿中秋不见月，博得元宵雨打灯"——那更好！

原载 2006 年 10 月 6 日《人民日报》（海外版）

重阳随想

中国的年节，大致上说的是三件事：祀神、祭祖、放松吃喝。神仙祖宗不说，我们农业国，几千年如一日，劳作耕耘从土地里"刮金"，加上诸多的社会人文原因，从上到下的人们，可以说都累得可以。平日积攒一点好吃的，舍不得吃，好用的，下地锄禾舍不得用，到节日期间，除了求神祖保佑"越过越好"之外，所有平日郁结在心的欲望，统都释放出来。所以，与神祖无涉的节是没有的，与吃喝无关的节也是没有的。但有一个节似乎这三方面都很淡。三件事也都做，但俎豆香烟不盛，珍馐美食呢？也似乎做得不认真，这就是重阳节。

"两个太阳重叠？"不是的。九月九是两个"阳极"之数重叠在了一起，因故有是名。这个节是个游兴节——我们过去说的"游兴"，说白了就是今日的"旅游"。没有现代的交通工具，也没有柏油路，就自己一家人做短途的随喜。自己带吃的和"饮料"——酒，走——上山去，登高去，看碧云黄花去，看枫叶去！在山上玩，玩累了，回家，这个节也就过罢了。

中国人做事的认真诚敬世界上没有哪个国家的人能比。外国人过节要去教堂，你有事或心情不对没去，谁也不会计较，耶稣、天主不计较，神父、牧师和教中朋友也都不会计较。在中国到祠堂祭祖你敢不来？那肯定族中就有人"收拾"你。跪天祈雨，要寡妇来，你有病？你越是有病越得来！所以即使在享受，我认为也是被"神佛祖宗"捆绑着"享受"那种感觉，真正自由放松的节日也只有这个重阳节。

"重阳将至，盲雨满城，凉风四起，亭亭落叶，陇首云飞。"就这么几句话，可以说是形容重阳的极致之语，我在不少笔记文章中见到，几乎都一字不易地引用。这个时节，不下滂沱大雨，然而也不是毛毛雨，很细腻柔和如烟似霭那样的雨，重阳节也没有。盲雨的"盲"怎么讲，我没有考究过，想想见到的那雨的样子，该是不大不小的中雨，更确切地说是"中雨偏小"的那种雨，这个雨，出门登高做一日游，怎样说都是偏大了一点。但人，人啊，只要有心情，高兴，带着雨具，挑上酒食点心，也就上山了。那是什么样的盛况？清人申时行有诗：

> 九月九日风色嘉，吴山胜事俗相夸。
> 阖闾城中十万户，争门出郭纷如麻。
> 拍手齐歌太平曲，满头争插茱萸花。
> ……

这首诗相当长，它是叹息人们的奢靡之风：

> 道旁有叟长太息，若狂举国空豪奢。
> 比岁仓箱多匮乏，县官赋敛转增加。
> ……

社会问题是另一回事，申诗真的把人们狂欢的形态写得淋漓尽致、酣畅至极，处身其中，即便你是个内向人也会开朗起来，你玩不成深沉。

其实，就人们的心理，人们盼着有雨。满山的秋叶艳色杂陈、斑驳陆离，如果在艳阳之下，那就太真切了，不够朦胧，不够含蓄，与中国人的审美情趣多少有点不合。在太阳底下喝酒，看山也少了点"秋凉"意味。但还有一层更真切实惠的想法："重阳无雨则冬无雨雪。"这会影响来年的收成，所以雨下起来，敲击着所有人的兴奋点，敢情是雨下得多点大点人们会更高兴。

插茱萸、饮重阳酒、吃糕、登高，寄托了人们的两种心情，希望远方的亲人平安，希望自己的子女和生活"步步登高"，这实在是个吉庆有余的欢乐节。

我们现在一年要过很多节，我看有两个节是挺好的：一个是儿童节，那是六一；一个则是重阳节，是老人节。我有一个傻想头，不知我们的社会学家和政治家能否认同：儿童节要变成全民的节，大人们陪着儿童过节。老人节呢？要过成儿童节，变成举国狂欢日，因为儿童和老人们欢乐，青壮年有什么理由不跟着狂欢的？构建和谐社会先构建老人和儿童的快乐，"抓两头带中间"——整个国和家都会和谐起来。而且这两天，应该全国停止收税催账，讨债、欠债的放弃两天权利也无甚干系。你不要账，就会有更多好诗。

我们的尊老爱幼，是自古民族的传统，总书记"八荣八耻"里头提的还有，这是需要永远张扬不衰的民族精神。西方国家比我们富，有钱主儿很多，他们的人文思想里没有尊老这个概念。我十岁读《镜花缘》，里头有错字先生教蒙童，"者吴者以反人之者，切吾切以反人之切"。当时不懂，后来才晓得，是"老吾老以及人之老，幼吾幼以及人之幼"之误。你找个美国人、英国人、法国人，说煞了，他们不能懂——凭什么我要像尊敬自己父亲一样对别的老人，待自己孩子一样看别人儿子？——他不行，因为他那个"学问"心理因根里头没有这个"理"。

九九是个极阳之数，也是举目登高寻欢作乐的日子，老人们讲究的是长寿与健康，这个日子再合适不过了。我查阅康熙的资料，他晚年最重视的就是"终考命"——这在《洪范》里头为五福之首，他起先想长寿，后来又战战兢兢向上天哀祈：愿减寿，完好结束做个"完人"。康熙皇帝是一代雄主呀，他只活了六十九岁，家庭、朝廷打得乌烟瘴气。他到底也没有当上"完人"——以天帝尊，生存质量也不过尔尔。现在我们的人活六十九岁又有什么稀罕的？

七十九、八十九……一百零九也有的是了。我们的意识里应该有"瑞"的概念，活过七十我们已经叫"人瑞"了，一个国家"人瑞"多了，那就是"国瑞"。

现在我们有高速公路，有汽车，上山"登高"的路也大多弄得很好。到日子，扶老携幼，带上可乐之类，加上"糕"——各种点心，在美国的、法国的远游亲人……不一定要插茱萸，弄点别的树枝子插插我看也行，让我们心中的爱薪火相传。连吃带玩，还有爱的传递，重阳节的意思就大了。

还用申公一句诗：

　　杂逻笙歌引去槎，此日邀游真放浪。

原载 2006 年 10 月 30 日《人民日报》（海外版）

闲话十月朔

农历里头没有"日""号"这一说，比如说两人见面，甲问："老兄，今儿几号？"乙说："九月一号。"或说："九月一日。"得，你不用问，这说的准是阳历。如说"九月初一"或"初一吧"，那就说的是"阴历"。不过现在街头相向，谈日子，年轻人多不再说阴历了，他们忙活的和老人不一样，春节、阳历年、五一、十一、清明、愚人节、父亲节、母亲节、情人节……逢节，胡天胡地就"过吧"。然而你要问他："几号？"他肯定对你说"一号"，绝不会说"初一"。

这事听起来有点微妙的，老人、青年有这么小小的界分：老人们阴阳历都记，年轻人独记阳历——只有一个节，大家牢牢记住了"阴历"，那就是"十月一"。无论男女老幼，只要一提"十月一"，没人往别处误会，肯定是阴历"十月初一"。和清明一样，是上坟的日子，中国的"鬼节"一年有三，这是最后一个。但是这个节，二月河却长期"不晓得"，我生活在一个漂泊不定的家庭，自幼没有受过父亲的庭训、母亲的叮咛，我们祖坟在昔阳，家中又没有这概念，我虽读了不少书，这个事没听说，这个日子没印象——我三十岁就有人说"渊博"了，到三十三岁我从部队转业才知道还有这个节，赶紧去查资料，才算明白了。这个节，是活着的人追念地下亲人亡灵，为他们过冬做点准备。

先人们怎么过这个"十来一儿"即"十月一"，我没见过。现在的十月初一，你可以上郊外去看，坟地已平得差不多了，沟沟坎坎旁，林间树影下，甚或坟头虽平，墓葬未迁的平地，连天衰草，枯杨败柳间，一伙一伙的人——你不用问，每一伙都是一个家庭体系——摆花圈、烧香、焚纸，还有纸电视机、纸汽车、纸别墅……只赌烧起。

倘是集体陵园，那就更热闹不堪，烧纸烧得烈火熊熊，"香烟"不能用"缭绕"二字了，而是"浓重弥漫"。一家家的万响爆竹，响得像暴雨击打油毛毡顶房子，"呼呼"地响，凭你"盖叫天""杨小楼"那样的嗓子，吼煞没人能听到一个字。野意和众意就这么区分。又有相同的，那就是边烧边念叨，把苹果啊，橘子啊，点心啊往火里填："请你们来享用啊……"

我看了看清代的"十来一儿"，过法差不多。一般的，也是上坟烧纸、烧香。只一样似乎今人少见，那就是新亡之灵要另做隆重祭奠，还要延僧道做功德荐拔。我说过，中国人认真，有"事死如生"这个规矩，我们的先民虽有人写过《神灭论》，但就整个社会而言，普遍认为我们不过是生活在"阳间"。死亡，是从阳间到阴间的过渡，中间只隔一条河，名字也起得极好，叫"奈河"（奈何）。如能进入"无间"——你可以从这一间到那一间随便来往，那好，这就是"神"。像清明、中元、十月一这些节，说得现代一点，是我们阳间的人，在此岸向"阴间"——彼岸的人发信息，传递心语与情愫关怀。

这个节正规的名字叫"十月朔"，也叫"朝官府"，不算大节，但没有一家不认真对待的。民俗谚，"十来一儿，棉的儿的儿（的儿，方言谐音）"。过了节，就进入冬天了，要穿棉衣了。由此及彼去推想，阴间的"人"也该过冬了，要穿棉衣了。这是万不能忘的。烧纸、烧香、烧纸衣，这是必有的关目，因此它又有个名字叫"烧衣节"。我们现在过这个节，没有政府行为，因为我们的政府不信鬼神。清代可不是这样，府、县的主官都要出来，组织祭祀，"荐坛"，也叫"无祀会"。这是什么意思？没有确切的资料可查。但我思量，有两条：一条，政府每年要处决犯人，这些人的死它要负责，亡灵要有所安抚，不然这些捣蛋亡灵就会在辖区内制造麻烦。再就是，有些贫弱无依、冻饿而死的"野鬼"也应由政府负责安抚——这当然不是孔孟之道，官员们写文章时尊的是孔孟，做心灵祈祷时想的是释迦牟尼和老子。"无祀会"这名字就说明了一切问题，无祀无不祀，不是祭祀哪一个鬼，而是所有境内的鬼。那排场也是极大，但我想可能会办得稍迟一点。因为家家都在"家祭"，他要把时间错开，人家上坟家祭，要出门，既出门了免不了要转悠转悠；走，看"无祀会"去！这一天，人们是不做饭的，祭灵用的祭品都是上好的点心，古人没有我们今天这样大方，把好好的东西往火里扔。——小心收拾起来，带着它，一边看祀会，一边咀嚼，所以这节还有个名字叫"小寒食"。

有意思的是，这个鬼节过得有点博爱味。烧纸、祭酒、焚香，主要是"给亲人的"，然而他们认为亡灵也是有地下"社会关系"的，还有一些"野鬼"，如果和地下亲人们别扭起来，"亲鬼"们也不得安生。所以洒酒请众鬼都来饮用，还要多烧些冥衣给亲人们换上，还要打发他们没有衣服穿的穷鬼邻居朋友。人世间不就是这个样子吗？鬼们也做"慈善事业"，求得他们那一维空间的和谐鬼关系。

我曾和朋友聊天，说中国的人节不如神鬼节，鬼节其实是中国的旧妇女节。比如说过大年，祭祖，男昭女穆分排立定恭肃如对大宾，女人们照样不能出门。八月十五赏月吃西瓜，是自己一家团聚，女人们终年在家，这一日照样，仍然是个闷。闷死了！只有玉皇大帝生日，文殊、观音、地藏、普贤……成道日，清明、中元、十月一，把女人封在家里这些事不能完成，女人们就跟着男人离开那个能把人憋神经的家，女人们顶多能到月亮底下呢喃几句。冬至，女人你待家里摆供享吧！一年到头躲在小宅子，十月一了，女人到郊外、看庙会、逛大庙，好好释放一下，大胆宽松一下，就这个意义。比如"十月朔"，从这个日子到正月初二闺女回门，女人要憋两个月在家中，不趁这日子"放"一下也真不得了。十月初一小节，过得这样丰满，也就是人们心理暗示的需要了，清人潘陆有《看无祀会》云：

吴越人好鬼，风俗自年年。

百戏陈通国，群神冠进贤。

气喧秋雁后，花晚岭梅先。

石断山塘路，香飘游女船。

　　"十月朔"的节，正规是"哭灵"的。女人们天生能哭，在坟上哭几声上船玩去了。

原载 2006 年 11 月 20 日《人民日报》（海外版）

冬至况味

我们家是个漂泊遇安的家，从小我不记得有冬至这个节。父母亲走到哪里忙到哪里。他们官不大，但各人都管着一个单位、一摊子事，除非假日，或者连节带假日一起过，我们才能记得，哪天原来是个"××节"。你打开日历，每年的冬至都是公历12月22日左右，这天没有公假，一般来说，也不是公休。冬至，冬至怎么了？我是过了而立之年解甲返乡，才听朋友家人说谚："冬至不吃饺子，冻掉耳根儿（方言，耳朵）。"后来弄清史资料，需要了解民俗，一查，吃了一惊，这原是个大节，有多大？"冬至大如年！"

我在我的"落霞系列"中引了这么一首联咏诗：

> 皇帝：大雪纷纷落地。
>
> 大臣：这是皇家瑞气！
>
> 财主：下他三年何妨？
>
> 穷人：放他妈的狗屁！

翻开我们的史书，喜爱雪、歌吟雪色的诗人与要人太多了。但是，首先一条，你肚子不能是"饥肠辘辘"的；其次，你衣服要穿厚一点，最好有个亮轩或雅一点的草亭，生一炉旺腾腾的火，然后围炉而坐，夫然后披上大氅踏雪寻梅，夫然后再说"大雪纷纷落地……下他三年何妨"——对雪发出咏叹调，那百分之百是要"有条件"才会有感动。可惜的是，我们中国历来穷人太多。就我所知康熙时期，全国正式官员不足两万，加上有条件说"何妨"的财主，撑足了去不会超过百分之十。那剩余的百分之九十，对冬天的降临，是怀着"敬""畏"的双重心理的。说"敬"，那是因为这是上天的意志，无可回避也无力抗拒；说"畏"，则因为从冬至这一天开始，要一天一天数，数九九八十一天的严寒。冬至，实在是有这两种含义：于阔人，是等着"瑞气"降临的期待日；于穷人，是进入严寒的"战备总结日"——他们从十月已经开始"备冬"了。

这个意味不曾有人说过，是二月河在这里瞎想，一旦约定俗成，无论贫富穷通，都不会像我这样胡思乱想，都是一门心思：把冬至过好，图个吉利。

冬至的前一天，实际上各户人家便已行动起来了，亲朋好友，互赠食物，当时的情景是"提筐担盒，充斥道路"——这有名堂叫"冬至盘节"。大街小巷各个店铺，都会摆出冬的特有供品售卖，"冬至荐酥糖"，有馅大个儿的叫"粉团"，没馅个头小的叫"粉圆"，这是祖宗牌位的必供之品。冬至前一个晚上，一家人要团圆。和除夕一样，这一夜讲究的是阖家团圆，一个外人也不能在场，连回娘家的女儿，也是"外人"——对不起，你还是回婆家过冬至吧！然后炒菜烫酒，祭祖宗，拜喜神，合家大快朵颐——所有的仪节如同过年，半点不越雷池，也丝毫不敢马虎。道、咸时侍郎颜度有诗说："至节家家讲物仪，迎来送去费心机。脚钱尽处深闲事，厚物多时却再归。"家家都送来送去，食品点心轮回转，又送回了自家来——此事原来古已有之！就人们的"过节心理"而言，"冬至"这一夜，才是人们最兴奋、最快乐的时节。过了这一夜，第二天清晨，人们换上新衣服，"拜贺尊长，又交相出谒"，互相"拜冬"，节日的气氛仍在，"过节"的精气神其实已经暗暗"泄了"——这一条和我们过春节也是差不离。

从这一天开始，"连冬起九"，进入一年的"阴极"之日，共是八十一天。康熙四十六年太子胤礽被废，到康熙四十八年开春，又复立。从康熙四十七年冬至，这位心境极为复杂的老皇帝在乾清宫设了一张纸，他要在纸上写九个字，有名堂的，"亭前垂柳珍重待东风"，不是一气呵成，每个字九笔（繁体字），每天来写一笔便走，共写了九九八十一天。好，春来了，河开燕叫了，大地阴极阳生了，宣告太子复立。这个冬至，康熙肯定是仔细思考，绞尽脑汁过的。然而天下的老百姓不会有"如是我闻"的心境，他们也有口谚：一九二九，相唤不出手。三九二十七，篱头吹汤栗。四九三十六，夜眠如露宿。五九四十五，穷汉街头舞（庆贺冬天已尽）。不要舞，不要舞，还有春寒四十五！六九五十四，苍蝇垛屋次（苍蝇开始活动）。七九六十三，布衲两肩摊。八九七十二，猫狗躺湿地。九九八十一，穷汉受罪毕，刚要伸脚眠，蚊虫跳蚤出。同样是过了九九八十一天的"数九"寒天，帝室禁城与闾巷黔首各自况味有异吧。

冬至如年。用的是"如"，不是"同"。如果说与年有甚的不同，那就是冬至这节过得短，有点像"简化年日"，大的程序差不多，论起详明周纳，那就差了去了。可以看成是一次"过年预演"的。人们过这个节，表现出的是对上天对冬令的崇拜与敬畏，祈祷自己和家人平安度过肃杀的严寒季节。

我有点诧异的是，现在人们过冬至渐次认真起来。我发现到了这一天能休假的都休假了，上班的，似乎也会宽松许多：提前下班去买菜。走到小巷中，你会听见家家都在剁饺子馅——日子好过了，人们不管是信耶稣、释迦牟尼的，还是阳历年、情人节，抑或是冬至，什么都想好好过过。

原载 2006 年 12 月 21 日《人民日报》（海外版）

每到 2 月 14 日，便会有无数的短信发来表示"情意"——于我而言也就是个熟人问候，借了"情人节"来做调侃，想起来肚子里时常发笑。洋人们其实是因为太富了，各种玉食都受用了，变着方法来寻找情趣。这个日子不过是个寄托就是了。但我们的年轻人过这个节十分认真的。这不需要复杂的调查，你到花坊看看就会知道了，所有的玫瑰都卖得精光——这就是实证。我常想，这世界第一倒霉的树种当然是枞树，美国人、英国人每逢圣诞就杀它，回去给自己开心。最晦气的花卉是玫瑰吧？人一谈恋爱，或者稍对人有点爱意，便剪它的花头。尽自这样想，我并没有惋惜的意思。作养供玩的花树，如同畜牧杀用，非常正常。

中国也有情人节，老牌子的、正宗的——牛郎织女七夕会，不过它不叫"情人节"，七夕就是"七夕"。

牛郎织女那段缠绵悱恻的故事，不是父母讲给我的。他们都是职业革命者，不讲这些个。我先是听了同学母亲说，后又看小人书，自己获取了这个知识。天上的牛郎星与织女星遥遥相对，当中隔着浩渺的银河。有几年到农历七月七，我常坐在石头上仰望天空，想看他们"相会"，但总是阴天，黑咕隆咚的，什么也瞧不见。二月河这般傻气，我的读者一定会笑的。其实即便是"情人"，世上有几对能"终成眷属"的？而成眷属照样过情人节过得过瘾！

我一直觉得牛郎织女故事不圆满，王母娘娘吃饱了撑得，管这闲事！但后来明白，不圆满的东西才是最美的。阿佛洛狄忒倘无断臂，她失去的那手臂也许将夺走她顶级绝世的风华。朱丽叶如果真成了贵妇人，谁还替他们掉眼泪？贾宝玉和林黛玉也是一般——战败贾氏宗亲，摒弃薛宝钗，八抬大轿成婚，林黛玉作为"宝二爷夫人"主持家政……什么意思呢？总之，我觉得这故事很有美学追求，高雅，很"现代"的！

现代？其实过去中国人这个节过得是极其认真的。我翻了一下清人笔记，过"七夕"比过八月十五记载要详明十倍。七夕前，六月下旬实际上这个节已经开始了。点心店开始制作"巧果"，用面和白糖挽成花样油炸了出卖，我们今天叫"甜麻龙"，当时的人叫它"苎结"。到正日子这夜，家家户户正厅要摆拜坛，有钱人家是在"露台"上——大约相当于我们今天的阳台？没钱的穷人就在院子里，鲜花、巧果、点心、甜酒都摆上去，燃上香……然后举家望空礼拜。这是有诗为证的：

几多女伴拜前庭，敬祈银河驾鹊翎。

巧果堆盘负卿腹，年年乞巧靳双星。

这实在是女人们借机抒发情绪的一个节日。中国女人可怜，自宋以降就没有了恋爱自由。实在话，中国的男人们也没有恋爱自由，都不能说"爱"字，只好"乞巧"。我想那些人跪在庭院中间向牛郎织女喃喃祷祝，虽然都是企盼好运与智慧，但他们心里想乞什么，真的是天知道。另有一诗或道出个中玄机："乞巧谁从贷聘钱，瓜花谷饭献出筵。阿侬采得同心果，不为双星证凤缘。"这是真的，这个节各地过法大致大同小异。巧果有的地方油炸，有的地方则不炸，追求的是它的花样，须工巧、玲珑、美观。礼拜程序和祈福内容也是先后不尽一致。有的地方财主们还要请僧尼，聚族设筵礼拜，繁复得很。它既然叫"乞巧"，怎么判定神示你是聪明闺女还是笨丫头呢？是这样操作：七夕这夜，盛一碗水，置在拜台上，第二天早晨，受试女孩要向碗里放一根针，十分小心地放在水面上，针如果沉下去，算你笨。水是有浮力的，如针能浮在水面上，你行，聪明。

这些都是旧俗。今天的人当然不会去拜牛郎织女，我看了许多宾馆，摆的都是赵公元帅、关公，除了财神什么也不拜。我以为比之时尚，青年对青春与爱情的向往，比我们老一辈对中国爱神牛郎织女二星的崇敬，显得少了些意味。

人们希望七月的喜鹊会带来爱情的幸福。我读金庸的《神雕侠侣》，里头有种植物叫"情花"，生的地方也惊人心魄：绝情谷。爱情的心态犹如中了"情花之毒"，契合如符。极佩服老先生的想象力。他八十多岁吧，去年我还和他在深圳做了一次对话。我思量这情花及绝情谷的形象思维，肯定是他年轻时的奇思妙想，老年人思量不来这意思。

甜蜜＋痛苦＝爱情。我们先祖就懂这一条。今天中央电视台制作一个专题片，请我去嵩阳书院当导游。我说了对程、朱一些不恭之词，他们删掉了。其实他们不该删掉的，客观地说，程、朱的学术还是应当受到尊敬。但他们的理论摧毁性地破坏了"爱"，从观念到思维方式、行动规范。本来就十分脆弱的爱一下子全部被扫地出门打入地下，一直到现在也没有完全张舒起来，这个罪过了得！

然而"爱"这种东西岂是一种理论——灭人欲——可以消灭的？人们在过七夕时，其实就是潜意识地召唤爱的灵魂！魂兮，归来，希望碰巧"我能拥有……"

归来，归来，魂兮归来！七夕的灵魂，中国的情人情结在此日熏蒸人间。

原载《佛像前的沉吟》，河南文艺出版社 2009 年 2 月出版

腊八粥

我看见过和尚们吃饭，那实在可以说是"节约型"的餐饭。现在少林寺、灵隐寺的佛子们吃得怎样？我不晓得。但凭揣测，我以为仍旧是"差劲"，曾经问过一位很阔的方丈大和尚："你们那些沙弥现在伙食好了吧？"他答："吃细粮了。"——这也就是提高了。但"水准"也就"而已"。因为你如今即使走到最偏远的僻壤穷乡，穷汉们"馒头咸菜"——也是细粮。其实，所有"红"古刹，如今都是日进斗金——馋嘴花和尚们或有扮作俗人，到火锅海鲜城里"大快朵颐"一番。但你到寺院食堂瞅瞅，和尚的膳食还是"不行"。想了想，所有的宗教都是禁欲的，佛教何能例外？人，吃得好了，就会胡思乱想造业。释迦牟尼就是这样想的，因此他的教众不允许奢侈。由此推去，嘴巴犯馋食指常动的人，有苦恼自个儿解决，别去当和尚。一天到晚萝卜白菜豆腐，时间长了口中淡出鸟来。

然而和尚们也有一宗好饭，叫"腊八粥"。

这粥我常吃。用一点油盐，炒上黄豆、松子、枸杞子、胡萝卜丁，兑水，加小米、核桃仁、花生米、豆腐丁、粉条……讲究一点的还要加点黑木耳、香菇之类，就在火上熬煮。这粥要中火不停地煮二十分钟，锅里翻花大滚，人站在锅边，用勺子不停地搅动，搅得黏糊糊、稠糊糊。葱茏的厨雾弥漫着浓重的香气，能逗得全家大人小孩都咽口水，流哈喇子。好，出锅，喝粥——准确地说是"吃"。那粥，可以用筷子头"剜"，一剜一团，吹一吹热，然后它就消失在肚里了。真的，腊八粥比饺子还要费心费时，还要好吃些的。

这种饭是什么时候有的？考证不清楚，但似乎唐代的可能性要大一点，因为十二月是"腊月"，是打《唐书·历志》才有的月律。腊月，又是初八，于是便有了"腊八粥"这一说。然而这个粥我很疑它是印度和尚饭传入中国——说不定就是玄奘和尚打印度带回来的外国饭。因为印度也有个"腊"。十二月十六日，这一日定名叫"腊日"。一个腊月一个腊日，每年腊八，中国的寺院都烧腊八粥施舍四方善男信女。对乞丐穷人来说，这实在比观音杨柳枝还实惠一点。由彼国到吾国，由寺院入民间，那粥传承脉络似是有迹可循。

这是很好的膳食，不但营养全面，且是口感极佳，很适合寒天进摄。试想，外头天寒地冻、滴水成冰或者漫天雪大如掌摇落而下，屋里热气腾腾的，老小共聚欢颜，来一大碗这样的热粥，你心中有多少的寒气也都驱尽了。吃这个饭，不需要再配菜，因为粥里已经备全；也不需要吃干粮，因为它的黏稠度，是能解决你的"腹中粮荒"；更不要喝酒，因为酒这东西"夺味"，这么佳美的粥味，被酒味夺掉很令人扫兴。因为它制起来用料多又好，无论僧俗人家，平时都不能常用的。清人李福有五言古风："腊月八日粥，传自梵王国。七宝美调和，五味香掺入。用以供伊蒲，藉之作功德。"——这个粥原来是僧众供奉世尊释迦牟尼的，岂是等闲之粥？这里全文引用这诗是长了一点，详其意蕴，似乎这属于一种"政府行为"：比如说县衙要赈民，又怕麻烦，就把钱粮拨给寺院，由和尚们代劳，和尚们就熬这样的粥施舍四方——自然地，他们自己也可以打打牙祭——粥好又是白吃，来吃的人可以想见，肯定挤得水泄不通，"饥民寺集"，就弄得"男女叫号喧，老少街衢塞。失足命须臾，当风肤欲裂……""问尔为何泣，答言我无得……"整个儿一个好事办砸了。很多人挤破头，吃不到一碗腊八粥。弄得诗人也无奈长叹："安得布地金，凭仗大慈力。眷焉对是粥，跂望蒸民粒。"情愿吃平常饭，吃饱就好。

我自得了糖尿病，常吃这种粥。因为它用粮比较少，其中一些菜、豆又于这病有益无害——有人说，喝粥血糖上升得快，我告诉他们上去快下去得也快。因为它就那么多的含糖量，更多的是碳水化合物，宜于血糖高者摄入。我曾诧异的是，天下酒肆饭店林林总总，不见有老板开发"腊八粥"这饭（事业）。这么好的饭自己做又麻烦，正是饭馆应该关注的呀！怎么偏就……想想明白了：饭馆是要挣大钱的，这饭做起来有点麻烦，用料却都不贵，挣不了多少钱的，再说粥味那么好，喝它不必吃菜了，饭店更不合算——无商不奸，无奸不商，不挣钱的事你甭去和商人"商"。

然而民间不用你说，腊八粥自也是要通行。平日"简易腊八粥"，也常在百姓桌上端出的。山西的"合子饭"，河南的"糊涂粥"，都是的。山东、河北平常人家，我想也都有变种了的通用腊八粥。人民生活水平提高了，饮食就向贵族靠。有人注意到，《红楼梦》里的贾宝玉从不吃干粮，是一味喝汤喝粥；吾辈老百姓吃腊八粥、喝糊涂饭，并不是没有干粮与肥猪羊，是因为要讲"养生"的。向贾二爷靠齐，与释迦牟尼同享佳味。

阿弥陀佛！

原载《佛像前的沉吟》，河南文艺出版社 2009 年 2 月出版

马年话马

中国是世界上养马历史最为悠久的国家之一。早在夏朝时，人们就已经开始饲养和训练马匹了。自从马在四千年前被人驯化后，就与我们的命运紧密相连。

中原地区并不产马，它是随着北方游牧民族南下而逐渐被广为繁殖的，所以，马文化是少数民族文化和中原文化交融的产物。马在古代的生产生活、军事战争领域都发挥着不可替代的作用。

对个人而言，马是非常贵重的财产，它既可以用来做农活，还可以做交通工具。名贵的马种还是那个时代备受热捧的奢侈品。英雄们对名马的追求从未停止过。"雄才大略安天下，睿算神机定太平"的李世民令最杰出的工匠，用浮雕展示自己一生征战中最喜欢的六匹战马——"拳毛騧""什伐赤""白蹄乌""特勤骠""青骓""飒露紫"，这就是被誉为旷世艺术杰作的昭陵六骏。

对国家而言，马是非常重要的战略物资。因为在冷兵器时代，骑兵是最具有战斗力的兵种。明成祖朱棣曾感慨："古者掌兵政委之司马。问国君之富，数马以对。是马于国为重。"一国之君着实关注马政，由此看来，在古时候，马匹数量的确是衡量一个国家军力强盛与否的一个最主要的标准。有学者说，当时的马政，相当于如今的石油。如果一个朝代的马政完了，那也意味着改朝换代的时刻即将来临了。

因为马的重要性，马成了古代中国人最为看重、最喜欢的动物之一，大量马的艺术形象被保留了下来。它们不仅仅是我们的工具，更是伙伴，甚至是某种精神的象征。

　　《易经》中说："乾为马。"它是天的象征，又代表着君王、父亲、大人、君子、祖考、金玉、威严、健康、善良、远大、原始、生生不息……正如"龙马精神"所传达的寓意一样，生机、高昂、奔腾、饱满、昌盛、兴旺、发达。祖先们认为，马就是一种龙。《周礼·夏官》中记载："马八尺以上为龙。"

　　虽然马的功能性角色基本退出了历史舞台，但一直流传下来的马文化更需我们推崇，因为它代表一种奋斗不止、自强不息的进取、向上、昂扬的民族精神，这是我们的根。

原载 2014 年 1 月 30 日《解放军报》

过年的故事

要说过年的味道，现在是觉得越过越淡，越过越没有意思。年轻人期待，不过是等待那几天长假，可以到酒吧昏头昏脑地玩几天。虽说不怎么上档次，然而这总算是个"事"，惦记这些事，也算体味"过年"，总比惦记着赌博、酗酒、玩女人要强。那么上了点年纪的，想聊天、想玩，没伴。想看电视，摸出遥控器，坐在电视边，搜来换去，寻不到如意的电视节目。出去走动疏散一下吧，没劲，走不动。亲人们都在各忙各的，每个人都有十足充分的理由不来见你！你怎么样？总起来说过年就叫"没事"。昔日里春节还能听到鞭炮声，噼里啪啦的也还热闹，一闹雾霾，鞭炮自然形态消亡了，那就……闲着呗……

那么，怎样过年？怎样过好年？不是一件不值一提的小事。中国过了数千年春节，向来人们也没认真探索过这事。据我看，过年三件事：祀神、祭祖、敬人。这说的是社会内容。首先是一个家族自身过年时要聚。一聚，老人上座，准备压岁钱，儿孙们依次伏拜，就领这个压岁钱，一来吉利，二来整年之中缺少零花钱，这会儿感到一点心里舒坦滋润。一个家族在这个氛围中重新认同了自身的根，明了了敬祖和自身事业的血肉关联，明白祖宗的重要也就知道自己具体行为的某种准则和约束。先辈们领受这种肃穆庄重，也让先辈感受到自己尊严的来历和重要性。压岁钱据说是从唐明皇与戏剧艺术人等的交往流传下来的。钱不多，很少一点，却很吉利，儿孙们欢天喜地带来的吉祥喜庆，让人感到家族的温暖和提升力。

再就是祀祖，从腊月二十三开始祭灶王上天。什么扫房子、灌酒……到"捏鼻儿""拱揖"，包括着对先辈们的膜拜礼敬，从头到尾就是祀神祈福。连这个过年常用的"福"字也满满都是礼味，由神降赐。

拥有土地。阖家人口和足以维持生活的田地都是神赐的，族权、神权充斥了我们的"过年"，使过年变得不但热闹，而且幽幽地带着一点神秘兮兮的味气。

那么，我家过年是怎样的？据母亲告诉我，爷爷会把一些新鲜好吃的用供桌摆起来，点上香烛祀祖。他自己庄重肃穆不苟言笑，带上压岁钱端坐灯前守岁。奶奶则筹备包饺子，和面、盘馅、摆饺子，只有一条，包饺子这事做得严肃，只是她一个人包，不许任何人插手帮忙。原因很简单，这天的饺子不许有一个是破的，必须都是完整圆满的——一律都是拇指许大、干干净净排列在那里准备入锅——而且第一碗饺子必是她亲手捞出，然后毕恭毕敬献给祖宗祀台，然后她才随爷爷坐了准备发压岁钱。

过年的事说起来繁复而且琐碎。在清代有一本书叫《清嘉录》，一条一条说得明明白白，就是严肃认真，不许胡来。

我随母亲走，1945 年就随军了，当然没有这些啰唆。有一年年三十，妈妈到大伙房领取了饺子馅。她擦完了枪和我坐对面，开始包饺子，也是和奶奶一样，就她一个人动手，一律拇指大小，一边包一边与我聊天。

"妈妈……外边家家户户都在响，他们在做什么？"

"过年时，家家都在剁饺子馅。"

"咱家没有剁。"

"是的。我家有伙房，他们没有；我们是队伍，他们不是。"

"唔，我明白了，我们人多，他们是一家又一家，我们是把馅领回来自己包的。"

"对。"母亲说着用手拈着饺子皮，抿嘴说道："不过前几年还很紧张，我们几个女同志把肉领回来，刚开始剁肉，突然听到村口狗叫，还有枪声，有人呼喊：'这村里有八路，进村抓活的呀！'

　　"满村都乱了，这是遭遇了突袭，枪声、剁砧板声、男呼女哭、驴叫狗咬，呼天喊地还夹杂着'抓八路'声，搅得一塌糊涂。"

　　看我听得怔怔的，母亲又从容说道："我们带着肉跑上山，那里有个山神庙，摘掉门板，一边剁肉一边说笑：'无论如何总得过年。'

　　"结果天亮了，看门板时上头是厚厚一层牛粪，剁肉那几寸地方，深深塌下一个肉坑。"

　　说完母亲便笑。

　　她当笑话说的，我也当笑话听的，并没有意识到这是革命故事。直到我自己现在垂暮之年，从这里才明白，我们枯燥是因为我们没有故事，也创作不出故事来。

本文系作者生前遗存稿

围棋情怀

与日本朋友谈棋

几年前，一个日本作家代表团访华来宛。大约有个"对座接待"的规矩，市里决定由我代表中方作家与他们接谈。作家代表团领头的是东京一位六十岁左右的先生，叫三好撤，很深沉冷静的人。大家客气吃饭，互致辞令酬酢，尽挑着友情套话"对应"，少不了是"有朋自远方来，不亦乐乎"之类。待到饭后闲谈，他忽然提起了围棋，夸奖起聂卫平，说那"水准是很高的"。我一下子高兴起来，因为我亦是个围棋爱好者，有着三十余年"棋龄"的臭棋篓子。于是便说，日本棋坛霸主地位虽有所动摇，但总体实力还是略强于吾国。又"然而"了一下，说，然而聂氏现在是世界第一似无疑问，这是中日棋界的共论。按当时说话的氛围，他若是我的同胞，或许我就要请他对弈一局，但是，翻译的一句话便打消了我这个念头。翻译说，三好先生棋艺很高，是六段棋手。

六段！我绝然是下不赢他的。我固然十三岁就学会了"赶围棋"玩，但仅是"玩"而已，极少能有机会和高手叫阵。我所目睹的国手对弈是罗建文和庞凤元两位，那完全可以说是看不懂。也直接和庞凤元交过手，而庞凤元仅仅是个四段棋手（当时）。就算中国的四段抵得日本的六段，我怎能赢得了这个三好？绝对赢不了我就不下场——我是这个念头。我固然不把他看成"鬼子"，但就"中国作家下棋输给日本作家"这个说法，也是心理上断然不能接受的。

想了想，还是扬长避短，不能手谈便口谈。我说围棋是很玄妙的一种艺术，和文化联系极密。纵横19路、交叉点361，一为生数之主，360象周天之数。棋圆而动，象天；局方而静，象地。地分四隅，以象四时；外周72交叉点，象72候；黑白子各半，又代表阴阳之变。中国人于棋道的研究，是合着阴阳五行，与兵法相应的。棋品也分着九等：一曰入神，二曰坐照，三曰具体，四曰通幽，五曰用智，六曰小巧，七曰斗力，八曰若愚，九曰守拙。你是六段，对号入座，大概在"用智"和"通幽"的地位。

　　三好先生似乎不介意他不能达到我说的入神、坐照地位。他听得很是专注，一边还在纸上画，反复求问，谆谆拳拳的诚意。我心里感动，也就真的不敷衍，聊尽浅说一一解说起来。末了，他叹道：今晚学到很多东西。我看到他深沉冷静的眸子里放出光来，突然觉得自己开始时是否有点"那个"。

　　宋代张拟撰《棋经》十三篇，劈头就讲——传曰："饱食终日，无所用心，不有博弈者乎？"可见棋艺与经国济世之道相衡，终归是小道。但我想，大道小道都是相通的。事业、术业、名利、功业，大凡要成业，非有真诚老实态度不可。

　　　　原载《匣剑帷灯——二月河作品选》，长江文艺出版社1998年12月出版

弈事琐记（上）

照习惯说我不该用这个题目，应该说个"下棋的事"才对。"弈事"这样的词通常说的是"弈林"那些高手的事似乎更贴切些。这也就是吾国人言语使用微妙的区分。皇帝叫"更衣"，平民则叫"拉屎撒尿"；皇帝叫"进膳"，常人叫"吃饭"；文人叫"溺"，常人叫"撒尿"。一回事。

前不久我在作家出版社出了一本书，名叫《密云不雨》，回忆我儿时的家。其中说了许多话，不过没说下棋的事。但我父亲确实就是我学会围棋的启蒙老师。

1958 年，我十三岁，上初中。这年父亲教我两样东西：骑自行车和下围棋。对骑自行车他有个基本要求，一是学会慢骑，二是学会拐弯。慢到一秒钟只走一尺，拐弯要在三十平方米的地上扭出"8"字形。这样就不会撞到人或者自己摔下来。下围棋他没有什么要求。父亲只是说："这东西太迷人（引人入胜），别耽误了功课。"骑自行车没什么难的。十几分钟就学会了。我骑到五十岁，没撞到人，也没摔着。车技上乘。但和杂技演员一比，完了。后来安步当车，不骑了。

下棋的事就复杂了。我家的棋事"膨胀起来"，在南阳市成了一时之风。父亲教会了我，又教会我的大妹、二妹学棋。一家四口星期六、星期日其乐融融，吵闹在棋枰旁。不知怎的就传出去了，说"凌尔文家是个围棋家庭"。这就惊动了市体委。当时的南阳市是个小市，县级市，没几个人会下围棋。一个"老革命"带子女下围棋，自然引起了他们注意。于是开始组织活动，召集

"棋人"聚集手谈,大会小会张扬表彰,居然也就成了"围棋名家(庭)"。由我们家到南阳军分区大院子女,再扩展到社会。以家为据点经常串联"战斗",市棋协则帷幄指挥,小南阳市的围棋事业成了小气候。

我小,妹妹们更小。经常是两个人下,两个人在旁观战。我们都不是什么"君子",也不是"大人物",不讲究"观棋不语"。为悔棋的事经常闹得不可开交,大妹是最为认真的一个。输了棋会满眼是泪,抽泣着呜咽着继续投子,泪水滴在棋盘上。冷不丁的旁观支招或对或错必出事端,哗然吵叫起来。什么父子之情、父女兄妹姐妹温情脉脉的面纱"唰"地就撕去了。大妹气得号啕大哭,二妹则推枰拂袖而去。我是拧着脖子盯视多嘴的旁观者。父亲倒是不恼,忍气吞声赔笑:"别气了,爸爸错了。再来一盘,啊!"

如果就这个形势发展,很可能我家要出大棋手的,因为大妹已"下出来了"。1963年省里在开封办围棋培训班,选了我的大妹凌建华到"省棋培训班"。因她年纪尚小,生活不能自理,当时是暑假时间,十八岁的我也就充作家长去了。这是我人生很兴奋的事。第一,没有家长,我是家长。第二,伙食好,吃住有人管,坐车不用自己操心。第三,可以到开封见见世面,学学棋。我一生没有围棋事业,只有"围棋玩乐"。开眼的围棋事也就这么一次。大妹听课我也听课,练习,复盘,讲解"大""小""粗""细"都是在家想也没想过的事。通过这事,我们也结交了一些棋界朋友。这是意外收获。我由此得出终生结论:无论什么会议,聆听领导讲话永远是即兴的。开会交朋友才是永远的、实惠的。从这次培训过后,我才明白过去读到"围棋非四十年不能成器"的说法根本就是混账话。知道什么叫"新手",什么叫神童,也懂得了许多新鲜的围棋知识。后来我搜到了一些围棋书读,也打棋谱。到我写《康熙大帝》《雍正皇帝》《乾隆皇帝》小说时,不少处用了文学手段来表达它们。1963年我十八岁,下棋是没指望了。但大妹还行,我看她资质和我也差不多,但她认真、执着,要棋不要命。这些个人成功的基本要素她都有。

而后她又参加了几次培训班。回来就不一样了：第一，不悔棋。对手悔她不悔。这一样挺好。第二，下棋慢，半晌走一步，这叫人怎么耐得？我恼了，有时就训她："走，走啊！你走子啊！出去什么也没学会，学了个慢，回来折磨人。"真正的事实是：原先我比她略强，现在不是她的对手了。她会"手筋"，下不过她。建华的棋在家凸显出来，在市里也凸显出来了。后来在中南六省比赛中她还拿了名次，登在《围棋》杂志上——这是我的家人名字第一次以铅字公布于世。父母家人俱各欢喜不尽。

可惜的是 1966 年"文革"来了。国家围棋事业，连同建华的围棋事业，以及我兄妹的其他一切事业，一股脑戛然中止了，或"终止"了。惜乎哉。

原载《围棋天地》2008 年第 19 期

弈事琐记（下）

我们家即将升起的"围棋月亮"随着这个"史无前例"的爆发陨落了。1968年是这样的年头，"文革"已经两年，深入"斗批改"，上山下乡的学生们准备着接受农民再教育——这种事在全世界倒是有前例的，在中国确是第一次。别说围棋事业，一切文学艺术和人类正常思想的体现形式，都随着这一声"戛然"沦陷湮没，一切异端都变成了"正道"！我们兄妹四人，凌解放、凌建华、凌卫萍、凌玉萍各人的命运是怎样分配？

我的感觉是，有点像《封神演义》里的红沙阵上，我们父亲庇佑着我们一家过阵，被阵中的法力吸下去两个，而我和二妹躲过了这一劫——参军走了。

小妹玉萍本来就寄养在洛阳农村，户口也在农村，她没有变化。真正跌落下去的是建华。她年轻，热情待人，没有心机，善良单纯，性格开朗。她不懂"下乡"的真正含义，还真的以为去那里"大有可为"。人家的"兴高采烈积极踊跃"都是装的，她却是一片诚意响应号召，毅然地"走了"。

但建华也是第一个真正懂得这事意义的人，她很快明白了这事对她人生颠覆性的影响。她是最先去农村，而到最后才被勉强"捞回来"的下乡知青。除了一身牛皮癣和一种对农村惊悸的回忆，没有带回任何东西。而她原有的东西，在那里丢失得干干净净，她的围棋事业也完了。

完了是完了，但围棋的爝火仍在我家燃烧。建华的棋还在下，她下不出棋来了，只能是业余初段那样水准，上网能下到两段，一个不慎"哗"地就又变成"一段"。她当年的棋友们谁都比她厉害，虽都是专业棋手了，但仍叫她"大姐"。他们的徒弟们也比建华棋力凶得多，但仍叫她"凌老师"。有什么不大不小适合她参加的赛事，请她去当当裁判什么的，还是挺风光的。围棋界的人际友谊，比其他什么界的干净、单纯，没有那么势利。围棋杂志社的小乔约我写稿子，我谈我的观点，"我喜欢围棋人，不喜作家人"。围棋人不势利，炎凉之态较少嘴脸——很久之后围棋界才知道"凌建华是二月河的妹妹"，和我也有了些联系。大家接近平和自然，使我感到了孔子的中庸思想在围棋中的内髓影响。

我的围棋"事业"也没有中止，我先在太原，到大同，到辽西诸县，不停地在部队战友中寻觅"会下围棋的"，居然也找到了几位。我们是施工部队，整年在大山沟里盘桓，我尝试过用河里的石头做棋子，都是又尖又利，颜色也不很分明，不宜使用，后来见有很多马赛克，即是我们现在卫生间贴的那种方块小砖块，一面用漆染了，加上牛皮纸做的"枰"，周六周日聚一处，"屎棋"与磁片齐飞，欢笑同评论共落。我甚至还挑选了几个"有基础的"士兵，参加我们这个小俱乐部，彻夜围棋联战。

所以我终生都是围棋广大包容领地中忠诚的"屎棋奴隶"，心甘情愿的围棋"底层棋手"。这似乎是围棋的又一宁馨特点，它不厌江河，也不弃涓滴，什么样的棋手都能在这里找到他安适的位置。这之后，我历尽千山万水才从窘困中走出来了，这就好比八卦阵，我从景门进去，从生门出来，七圣皆迷的阵中光景，自然不是在这段文字中能够说清，总之是成了一个作家——也就是会作文的专门人士。

我自己有了点资本，所见当然就广了些。通过妹妹，我认识了王冠军八段；通过南阳棋界的领袖李森林，我又见到了陈祖德、罗建文、聂卫平、华以刚、刘小光等——他们原先是我心目中的棋神，现在是活生生的人站在我身边了，他们印证了我心中围棋情结之"情"。

专心、好学、平等、自负、爱友……这些人文素质似乎天然地和围棋界和睦相处。我现在一天要上网下棋两小时，不是为了赢，是为了防止"脑痴呆"。一个痴呆的二月河我觉得不好。我相信围棋可以调整我的神经，这或许是围棋的又一好处。

我父亲学围棋是在抗战大学太行分校。当时讲《论持久战》，讲"犬牙交错的敌我战线"时，教员教学员学下围棋——说战争如同下围棋。我们家的围棋热是有民族革命的原动力的。父亲告诉我，尧的儿子丹朱不学好，尧便制作围棋让他来弈。丹朱放到了哪儿？就在现在丹江一带吧？南阳占着丹江水库百分之五十一的水面，将来北京人喝南水北调的水，无可回避地要喝南阳的水，这里是水的"源头"，也是围棋的源头。

我的朋友李有业余六段的实力，我曾经问过他意味着什么？他有点嗫嚅地回答："相当于专业初段吧？"这或许是谦虚吧。他常常语破天惊地爆一句，有一次说："下围棋的都是好人！"

我初听一惊，这个说法没有过。赶紧就回顾，盘查我有限的历史知识——真的没发现历史上的大奸大恶之徒同时又是围棋高手的。这似乎无情理联系，但细思是有道理的。会下围棋的政治家、思想家、文学家、艺术家，由于围棋魅力之所在，必得"联系群众"——他得有棋友呀！围棋的魅力又能相对地使他远离女色，减少游冶，棋道中的天道、平等的竞争意识使人摒除无端无理的强霸杀伐——尧让丹朱学围棋，与"下围棋的都是好人"，暗含了古今的理与实。

原载《围棋天地》2008 年第 19 期

故事《围棋》杂志

《围棋天地》的乔婷向我约稿，我提出交换条件，给我寄点旧杂志来。她一股脑收集了十几本，厚厚一沓子发过来了。我笑回她短信：够我看几年的了。

看杂志，曾经是我的习惯。我在部队分管过团宣传股的图书室。那年头宣传费是不受限制的。国家的经费，国家的杂志，且是国家的意识形态需要，可以肆无忌惮地订阅。我那个图书室也就成了书山杂志海。1978年转业到地方。彼时订杂志仍是不受限制的，几乎全国能订到的杂志，我们都订了。文、史、哲，包括电工知识，修理收音机的专门杂志，一网打尽，一览无余。其实我早年是沐浴在书和杂志的海洋里的。

《围棋》杂志似乎是没有订到。"文革"中它是停刊了的吧？订不到。转业后图书虽有经费，但我人微言轻，说了不算，不如不说，也没订阅。加上我这期间写书，白天要装成"没写什么"的样子，要"努力工作"，要陪同事"打升级"，每天夜里十点到三点作文，终年都是昏天黑地呵欠连天，看杂志的兴味渐渐淡了下来，渐渐"澌灭"了。澌灭到什么程度？现在各处寄来的杂志，包括用我稿子的"本期刊"，看看标题便丢到了一边，可怜那些"希望二月河老师多多指导"的编辑，还在痴痴地等我的提议和意见！想起来真的是有些个惭愧。

但是两种杂志我还是要看，一种是《红楼梦学刊》，一种便是旧《围棋》杂志。学刊是我的专业，不去说它。这样晕着头整年地写，"青灯孤愤赊万家"，精神生活也会淡出鸟来，就看《围棋》杂志。

我有几本 1963 年到 1965 年的旧杂志，那时名叫《围棋》，没有"天地"二字。现在还挤在我的书架上和"大不列颠"及《资治通鉴》摆在一起。已经烂得没头没尾，小孩子洗得糟稀不堪的尿布片子的"品相"了，但它已是我生活中的一个组成部分，不扔。

老《围棋》杂志是个小三十二开本子，薄薄的，也就现在《围棋天地》的二分之一那样子，没有广告，都是棋谱、名人解说、名人战例、棋势考题，有续盘中盘，也有收官，也有篇幅不长的围棋旧事逸文掌故——"当湖十局"我就是在这里读到的。后来在清人笔记中看到一些弈林旧闻和杂志印证，我才知道我们棋界的前辈早有关注笔记体小说的了。

这种杂志和其他杂志是不同的。它耐看。我自己就是个文学人，当然是会厌倦文学作品的，乃至于看都懒得看一眼。你只要翻开那些文学期刊，大男人、小男人、大女人、小女人……或故作矜持，有意深沉；或搔首弄姿，卖弄心绪与事件，人与人之间，交织在一起玩假。我有时怀疑是我的鉴赏能力出了问题，抑或是我的思想维度脱离了现实，不管怎样，反正我不爱看。能看的，似乎警匪事件纪实也就是了，警匪小说也一样看不得。看这样的文，倘若能让人瞌睡打盹——我们失眠还要吃舒尔安定呢——那也是功劳。可惜它连这个功能也没有。胡天胡地里胡说，看得人心里乱糟糟。但《围棋》杂志不同，你可以坐沙发上边看边打谱，累了，眼前花了麻了，一歪就睡去了，醒来还可接着打棋谱。一道死活题解不开，也不是件丢不开的事，可像小孩子弄积木那样的，塌了，再来一次组合，有时自己找到了"解"，会高兴得眉飞色舞。一查答案果然是的，那就有些自雄了：这么大的棋手出的难题，我居然都解开了，我——相当于几段水平呢？我尚存有五六册旧的《围棋》杂志。过去还有几个日本的围棋杂志，我觉得他们的杂志印得好，棋谱大而清晰，高段棋手拈棋投子悬空不发的气势，很有文学色彩。国人对日本人有微词，人家围棋杂志办得还是不错，和我们的一样耐看。今天这本杂志你看罢了，过几天翻出来，还会觉得它是新的——和好小说一样。好小说也会看烦，但过几天你再看，它还是新的，还会饶有兴味。

新的《围棋天地》到手，我的感觉仍是很好。容量大了几倍，高手对局讲解似乎更多注入了人文感受，这就使读者能感觉到棋道的人格力量，有一种"且听下回分解"的余音在本子中回荡，这也就增加了杂志空谷足音的震撼力。各界人士对棋界的介入，为杂志的"外向"形象，增了不少光彩；普通棋手在杂志的倾诉——这是旧杂志里稀见的，使它的平民意识平垫在围棋五光十色的神殿里，也使人感到亲切。

《围棋天地》也一样耐看，一样能使专业的棋手和普通爱好者光着膀子赤裸裸在围棋的海洋中游泳，下里巴人与阳春白雪同在！

耶，《围棋》！

耶，《围棋天地》！

哇，围棋！

原载《围棋天地》2008 年第 23 期

围棋香火盛

一个九段棋手，倘站在大街旁的树下观看初学者围棋游戏，他会是什么感觉？我不知道。因为我不是"在段"的专业棋士。但据我已看到的资料，有的白国手黑国手，会蹲下来和小孩子在枰上调侃"摆招"。或许他会含着微笑听周围的看客评论盘上的形势；或者会目注棋盘陷入沉思——他当然不是在考量这盘棋，是回忆起了当年他自己的经历吧？

琴、棋、书、画都是我们国学中的风雅事。但是，这里头有非常细微的人文心理区分，就是围棋本身具有的人民性、大众化和普及性，是别个学术艺术中不能类比的。谁都可以来一下。棋艺的高低不必挂怀。绝顶的国手和国际手，与平民共享围棋之乐，和谐而自然地相处——谓予不信？若有人在你面前乱弹琴，他水平不高，拨弄几下就会听得你心烦意乱；他的字画看不得，偏要写，偏要送你，你不好意思力拒，会满腹假笑连声道谢"珍重"收下，然后带回去，然后……在卫生间处理掉它……就是我吧，我在文学界是几段？我同样不知道。有些个文学爱好者，带上他的稿子"请二老师指教"，甚至兴高采烈地朗诵他的"诗"，我当然要忍耐，心里是个"掩耳而逃"的想法，却装出很欣然的样子"聆听"，这份难受不足与外人传……我读蒲松龄的《聊斋志异》中有《司文郎》一篇，把这种痛苦形容得淋漓尽致，令人捧腹。

围棋界有没有这样的心态？我想也是有的，高端棋手之间名缰利锁所羁，那自然也是不能免俗。然而民众与专业棋手，总的来说是和谐同乐的那样一个境界。你若走进大观园，可以看到丫头们、小姐们在那里"赶围棋耍子"。贾府的四个小姐，元、迎、探、惜，她们的贴身丫头分别叫"抱琴""司棋""侍书""入画"，只有司棋一人有大段的情节，悱恻缠绵的艺术表述，其中有没有曹公社会理念的应和？这是不好说的一件事。怎么的？其余三位就没有一个……介入她们的情感生活？独独就凸显了一个"司棋"！

我从1958年学会围棋，到今年垂垂五十年矣。确实无疑的，一直是臭不可闻的"屎棋"。那原因绝非我"不勤奋"。我至今每天还要上网，和"屎棋"们杀上两盘。我有老师，是我的爸爸凌尔文，他搞政工的，一生也是"屎棋"。从我的经历看，过去有说法"围棋非四十年不能成器"是个误区，应该改成"围棋非高手指点不能成器""围棋二十岁前不能成器就完了"。由我倡导，我去部队当兵时也教了几个徒弟，很遗憾，他们也都成了终生酷爱围棋的"屎棋群"。

"屎棋"有"屎棋"的快乐，一样的乐不可支。我的棋友们下棋，一律的"见小忘大"，一律的"图近疏远"，一律的没有大局观；同样的粗疏，同样的贪吃，同样的顾首不顾尾，大家一律都是"臭棋"。也许有段的棋手们站在旁边会一个莞尔，或一个忍俊不禁。但那有什么干系呢？如果在网上，已经临败之际，突然发现对手破绽，一按鼠标，"轰"的一声绝响，提掉对方一大片子；或者偷袭成功，突破防线安全杀入敌阵，享受"所向披靡"那种英雄快意；或玩弄个小诡计、小花样捏造出个金鸡独立之类的玩意儿——我的一个朋友，他专门在盘上制造"倒提"，千方百计玩这样把戏。你只消识破，他永远也不会成功。但他败而不馁，下一盘棋仍乐此不疲，一旦不小心被他吃掉棋一片，他会高兴得哈哈大笑……我经常有这样的事，在网上眼见败局已定，瞧定对手一个疏忽，杀吃他一条大龙，真的是手之舞之足之蹈之，乐不可支。尤其对手一遍又一遍地反复恳求"悔棋"，我则一遍又一遍地用鼠标点按"no"，心里的滋润就别提了。只是这样的对局，当对手要求"再来一盘"，你绝不可答应，否则会败得妻离子散、家破人亡。

孔子讲"殷有三仁"：箕子、微子、比干。三仁者不同道，仁而已也，何必同？围棋也一样，高段棋手赢半目，高兴啊！中级的杀条大龙，高兴啊！还有"屎棋"们，"倒提"你一块，高兴啊！同是高兴，不在乎档次之高下、身份之云泥。杀"屎棋"之快乐在《儒林外史》中有出色的艺术表述，高手是"将遇良才"，"屎棋"与"屎棋"何尝不是"棋逢对手"？

我写小说有些名气后，有不少青年作家也出了他们的得意之作，有人让我评论"文学多元化"的现象，我说了这样的话——"允许大狗叫，同样允许小狗叫，各种狗都叫，看谁叫得妙"。郑州王冠军八段请我写字，我写了"棋道即天道，人间第一趣"，就是这个意味。棋，属于"人间"，无论庙堂无论地摊，共享真趣。

棋道，乐乎哉？乐也！

原载《围棋天地》2008 年第 23 期

快乐围棋

"快乐围棋"这个理念是王汝南先生倡导的。我猜他的意思无非让棋手把输赢的事看得淡一点，在围棋世界中别追求浮名沫利，以弈道调养精神生活，从棋理感悟人天之理，与弈友深结会心之情，从驰骋纵横阴阳中得到高层次的情趣之乐。

这个"意思"当然是再好不过的了。

但仔细想去，我觉得它还是过于理想了点，或者说是把人类生活浪漫化了一点。我体味到了王院长的善性，也透窥到了他的天真。

从本质意义上说，围棋是一种竞争，是最平等的智力自然竞争场。到了这个场来"争"，想人人都"快乐"、盘盘厮杀都开心，那是做梦。

首先便是输赢关。

输了和赢了，都高兴？那是活见鬼！我是知道"胜固欣然，败亦可喜"这句话的。是不是真的是这样？就我五十年"臭棋"经验，老实说是另外一句话叫："赢了高兴，输了难受。"

好好的一盘棋，下着下着，一个失手，败坏了，一下子会憋得心紧缩起来，脸通红，手冰凉。血压增高没有？不知道。因为彼时彼地彼情，没人顾得上测量。心情坏了，就是"沮丧"二字可以概括的吧。一个沮丧的人是下不出好棋的。从那一刹那，整盘运棋，都会似坐针毡，如行荆棘。不管装得多么镇静，心里念叨的是"完了"。

对手太强了。一开头几步大场走过，已经觉得不对头。他的子距你不即不离，又若即若离，出招虚实不定若吞若吐——一碰到这样的对手，我就知道他绝非易与之辈，心头立刻就有了"警惕"的阴霾，压得沉甸甸的。每一步都小心，每一步都力求密弥严谨，但对方的棋给我的感觉，每一步我都踩在棉花垛上如蹈虚空无着无落。看到他有一块棋"薄"，亟待探子去攻，偏偏我自己更大的一条龙攻防正急。就这么一步棋明知道该下到何处，偏就是："不可能！"一盘棋从一开头就心头郁闷，从头闷到尾。一口顺气都喘不出来——所有的伎俩都用出来了，对手还是高你一等，你想走的棋他让你无暇着落，他想走的地方你无法扼制，从开头就是满心的"失败"，一直到结束，失败应验。

倘在网上下棋，对方要悔棋，向你请求，你用鼠标按上个"也司"（yes）。但下了一会儿你的棋出了毛病，同样也向对方发出"悔棋"的请求，对方却给你个"恼"（no）的回复，你怎么样？

我曾和一位业余三段下棋。他一开局棋子就往中间摆，弃边角于不顾，一开头便能从棋上看出这么几个字："就是小看你，你怎么样？"心中的气便不打一处来，然而用尽浑身解数，无论飞、关、截、搭、刺、碰、枷、封……总归是不管用，一样的从头败到结束——这种棋，始终都是"人为刀俎，我为鱼肉"的感觉。我有一句座右铭，可能属于"君子不齿"的那种话：不与太优秀的人打交道——这话从理性上讲对不对？我不知道。但是从实际上看，与太优秀的人打交道费劲，人活得太吃力了，难受。敢说"不是"？敢情你试试！

由此言而引申，下棋只可与"上下其手"来玩，别和差距太大的棋人玩棋，否则不快乐。

这算"如是我闻"吧，吾侪寻常人寻常感情如斯，人心是不古了。但古人呢？伟人呢？

恐怕不能"另当别论"。

就我读到的历史资料，明清时期，颇有因棋成癖，心血耗尽，或亟染沉病，或竟命丧非测的，恐怕他自己，和他的家人都未必快乐。这种情况，也许棋手本人未必痛苦，用句屈原的话，"亦余心之所善兮，虽九死其犹未悔"。他高兴死了，但于社会，于他的亲人，是悲剧。我读一本传记，陈老总喜弈，毛泽东也会围棋。人们和领袖弈棋，很多棋手都是小心着子冀祈能下个"和棋"（围棋旧时有和棋！）的——为甚的呢？大凡下级与上级对弈，如果地位悬殊，恐怕任何时候都会有此心态的吧。该资料还说，也有大丈夫，敢放手赢领袖的，杀得领袖"倒吭"——也就是倒吸凉气，品尝失败滋味的样子吧。老总的政治敌人在他面前丧魂落魄，残鳞败甲满天下，在这样的棋手面前，他的棋子也会尸积如山。

我读《聊斋志异》中有说二位读书老秀才，平日温文尔雅，为争一步悔棋，厮打在枰下，手中握着棋子哮喘，情态令人不能忍俊。

总而言之，言而总之，输了棋无论如何"不高兴"。

如是说，"快乐围棋"是子虚乌有的事了？

啊，不——不是这意思的吧。

即以我为例，从十三岁下棋，至今六十又三，是五十年的棋龄了，因为始终是"臭棋"，在棋战上自然是败多胜少。这中间，从四十岁到五十来岁，我写《雍正皇帝》和《乾隆皇帝》系列小说，那实在是招着钟表的分针在过日子，时间太紧张了，即便如此，每星期也要寻战友杀上几盘。"落霞系列"小说完成，二月河也就"倦笔"——不再熬五更去码字了，下棋就更勤了。有了电脑，更几乎天天玩棋——我弟弟，我侄女，我外甥女，只要听我打电话："过来，看看电脑！"他们绝不会联想我是"写稿子"——知道是"上网下棋"出问题了。

这么长期坚持，没有名没有利，干吗不肯放弃呢？

趣味，趣味使然。

翻开辞书吧。趣味怎么讲？

1948年版的《辞海》，趣味：兴趣与意味也。

新版《辞海》，趣味：情趣与意味。

《词源》则更简单：兴趣，意味。

趣味：使人愉快、使人感动、有意思、有吸引力的特性。什么东西是这样的？它就是"特性"！阿弥陀佛，等于是没说。

你给人家解词，总是要把词性说清的吧？

我看这样的望文生义解词，用不到编辑大师们操心熬夜，一般的中学生也来得，因为他们谁也没指示出趣味的规律是什么。此看痂疤恶心，彼偏就有"嗜痂成癖"的；有虐待狂，亦有"被虐待狂"，你越打他他越痛快！同一位女子，有人说是无盐，难看死了，偏就另有人去爱她，爱得发狂，看她是西施；同一锅稀饭，有的嫌咸，有的人则说"淡出鸟来"……这怎么说呢？窃以为还是法国人来得老实。"趣味"这个词干脆就是"我不知道说什么"。

围棋的趣味总的说是：健康与快乐双重的整合。王老师说的没错。

下输了棋，打了败仗，当然难受，但是，不至于痛不欲生的吧？我可以重整旗鼓，再张甲胄，与你重新周旋的吧！我有几次下到后半夜四点钟，不是赢得高兴——赢了棋我就钻被窝睡觉了——是输得难受了，对方着手平平，眼见与我不相上下，怎的我就不行？再打一仗，请求："再来"一盘，荣获批准，便入境厮杀——只要棋力真的是差不多，总能斩掉他一盘。或者我侥幸偷吃他一块，然后他不停地按鼠标，请求"悔棋"，我则很享受地一再按"no"，然后欣欣然上床，揭被，熄灯，黑甜入梦——所有失败的痛苦都没了。

棋力悬殊，你别和他下，下几手就自动认输罢了。道理再简单不过，如果让陈景润硬着头皮听小学生背乘法口诀，如果让幼儿园同学背诵《离骚》——那样的事才是真痛苦。人生本就是个"有输有赢"的圈子，输了棋当时难受，过后谁把这当回事呢？

这就清楚了。输了棋"不快乐"是"现场动态"，是"现行心理"，而快乐则是"人生延续"，"哀情多""欢乐极"是共生的隽永真实。它是另类的人生透析，本来是智力游戏，但你如做其他事累极了，下盘棋会有奇迹样的"解乏效应"。趣味的力量就这样让人不可捉摸。

透彻了吗？不透。

上头我说的那些话，都是说给"围棋爱好者"，不是说给聂卫平、马晓春、古力他们的。我觉得真正的快乐永远属于非专业人士。

围棋是个最公平的战场。专家们已经把"胜负指数"精确到了七目半的界定贴目去，就我眼见这是第几次调整了？将来会不会还会调整得更精当呢？难说。

我们算步，是怎样吃掉他的那一块大棋，把打入我腹地的毒瘤拔掉，"歼灭了他"，高手们想着我怎样占个先手削减他的势力。我们一胜一负是几十目的出入，我见到日本一个谱，还在收官，只有半目的差别，一方便推枰认输了。

他们这些人是这样的，从"趣味"的圈子里没有出来，又钻进了"利益"的圈子里，双重圈子套住了。我看他们的快乐似乎比吾辈"虾兵蟹将"们要少一点。这让我想起康熙的二十四个儿子，互相之间打得血腥扑鼻，投毒扑杀魇蛊……一点快乐也无，什么手段全用，原因就在于他们是"政治专业户"，政治大利使然。高端棋手"快乐"不及我辈多，原因在于他们是"棋家专业户"，半目之差，利益可能差出百万之巨，怎生痛快得起？

至于我自己，为什么玩围棋会快乐？过去还没有想到，但如仔细想，大致该是两条，一是"玩"，绝无功利的念头，输了难受，回味是"再战"，想办法把对手打得满地找牙。下棋有时不好受，竟是个"难受一阵子，高兴一辈子"的味道。棋盘上犯了过错，崩溃了，绝非股市"崩盘"那样的感觉。小人物下棋，崩了就崩了，谁能为此"心痛无声，泪血有干"呢？"不输银子不输地"，睡上一觉，一点余痛也没有的，谋生的事做完，了无牵挂，于是技痒——想想我父亲，在棋盘边写下"不要生气，再来一盘"，真是棋道明哲。再一乐是，围棋是棋类中最个性化的品种。国际象棋我不会下，但我知道那里头子与子是不平等的，王、侯、将、相，等级森严，各走各的路，维护自个儿的"社会体系"。中国象棋也是这，"老将"他就不出城，车马炮、士相兵，共同捍卫自己那个王国，算计怎样"灭掉"对方的王国，车＞马，炮＞兵……这一系列的秩序简直就是"礼教"在娱乐纸上的仿生画图。军棋也是这么回事，司令吃军长吃师长吃团长吃营长吃连长吃排长吃工兵。吃呀！按军阶大鱼吃小鱼，只有一个"炸弹"是个自杀式的恐怖分子。儿童玩的兽棋也是这一套，象吃狮吃虎吃狼吃狗吃猫吃鼠，然后鼠又能吃象，吃呀！构成一条血淋淋的食物循环链条。我以为，如果追寻起棋理，很可能这些棋是杀人为恶的社会心理游戏：盘算怎样吃别人，怎样彻底（提老将，拔军旗）把别人吃灭的。

从本质说，以吃别人，上级吃下级——追寻这个社会理念，围棋的快乐立刻显现出来。当然围棋也吃子，但围棋的吃子是较量棋手智慧在枰上的展示与体现。黑子与白子，黑子制作稍大，但它们的"力度"都融进了弈手的能力之中，不似别的棋，躺在棋盒子里，一望可知，棋子们的大小地位，谁能吃谁。

唉！生活在尘寰、俗世，太难了，我们每天都在"上下""高低""尊卑"的圈子里无聊挣扎——思量的事是怎样巴结上司、如何走门子，谁比我强，要讨好人家；谁比我弱，可以"吃掉"他……累不累呀！想下棋歇歇，棋里头也是这！

还是玩围棋去。记住，是玩。你最好别玩成专业的棋手！

原载《围棋天地》2009 年第 5 期

底层世相

柳毅与『锡夜壶』

　　每年腊月二十三，家里都会吃饺子，吃火烧。往年我没怎么操办这事，今年这天下雪。我有个癖性，天阴下霏霏小雨，或者飘散零星小雪，总要出去走一走，从暖融融的屋里出来，脸庞和脖项都还带着余温。如霾似雾的小雨，或者懒懒散散摇摆着的小雪花，把街衢、河边、小菜市场、小店铺装点得朦朦胧胧。小雨丝或小雪花扑面而来，或钻进衣领内，湿漉漉的清新……但我这篇短文不是谈这点情味的……反正要出去，就把买饺子皮的任务顺便领了。我们家吃饺子，历来自己盘馅，既怕买的馅咸，也怕腻。

　　这是个很简单的活，但今天日子特殊，家家都要吃饺子，饺子皮就紧俏。一看那长龙队伍，我就有点犯踌躇，打电话，家里说："原来就不让你去。你回来，我们去。"这话听了心里较不受用，咽口口水，耐心等着，天津人叫"梭个儿"。

　　这面条铺平日极熟的，老板、伙计见了面也极热乎，但今天突然一个个变得格外严肃，除了称面皮其余的一切均不在视线里，好不容易挨到近前，又来一维持秩序的，喝叫："往中间往中间——挡住铺面了，我们怎么做生意？"——有点似防暴警察推人群那样推那饺子皮爱好者。这一推队伍又乱了。我真的有点急了，喊："轮到我了。"那老板娘只瞟了我一眼，冷冷说："轮到你自然会有你的。"忙着给几个"预约"户去称面皮，不再理会。

　　这事过去几个月，也实在是芥子大的小事，我却时常地闪过一些用心很不良的念头。老板娘是认得我的，现在见了面，笑口常问："身体怎么样，忙吧？"——但她那一天突然不认得我也是事实。她绝不是坏人。只是那一天，那一特定的时刻，她阔了一阵子，当了一会子"锡夜壶"。

"锡夜壶"这个词我是在清人笔记里见到的，意为开革，或破了产的当铺伙计。旧时代做个当铺伙计是很牛很牛的职业：识别金银成色，断定文物档次。什么瓷器、绸缎、首饰、头面、朝珠——珍宝到他手里，不用任何仪器，单凭眼力，立马就能断出物件价值若干、可当几何——他在评介物价、识别真假古董方面的造诣，要远远超过我们今天的专家——本事是真有，牛也是真牛，因为当铺这行当，只有人求他，没有他求人的。离了当铺，伙计干别的，已经不会看眉高眼低侍候人，就是笑，也是职业性的假笑，上帝惯了，不把别人放眼里。这也好比是锡，本是好东西，做了夜壶，年月一久，又臊又臭，再不好别做用处。

不知诸君注意没，海关的人看人，他或者她一边查看你的证件，一边用余光透过那个小得可怜的窗口审视你，有点像是在回忆，是哪张通缉要犯的单子上见过你？证件上的照片和眼前这人是一个人吗？号码对不对？——大约也知道这么看人不够雅，又有点怯怯地不能正视你，那眼神真难描难画，读者不信，你可以去"通通关"留心试试，准让你忍俊不禁。赌徒摸上来一张麻将牌，也就"大概其"这模样吧。

面条铺小老板，偶尔"锡"一回不要紧，怕的就是养成有素，成了职业习惯。公检法司人员，你要小心，防着街上人是小偷，这么看着，好人也会斜眼的；纪检委、反贪局、组织部、高级记者也得留神，人是好人，眼神不对，乜着、斜着、觑着、拧着眼，不正常了——就那么个歪样子，不好看相。

唐人传奇里头写了个《柳毅传书》，还改编成电视剧，看得很令人神往的。在《聊斋志异》全校本里有一则注，说唐柳毅成为洞庭君的女婿后，接了洞庭君的宝位。他是白面书生，用今天话说"小白脸儿"，水族里头蛇怪鱼精、蟹兵虾将们他有点弹压不住，于是做了一张狰恶凶煞的假面具戴上，蛇龟鱼虾们也就服帖——这也是人情世态——"工作"是方便了，但日子久了，柳毅的假面和真面长到了一处，再也摘不去。

我看戏，上头杀人，一刀就那么劈下去，完了。其实人的头发很有韧性，宋代的法子，刽子手预先将犯人头发用胶水刷了拢起，元明清也差不多吧？清代是手将发辫撩起，然后看准后脑勺斜劈——四十五度角吧？——人就死了。刽子手养成职业习惯，走到大街上看人，不由自主地就看人后脑勺，听说后来枪毙人的刽子手，也这个德性。

柳毅的故事我在一篇说官架子的文里讲过，今天说"锡夜壶"，拉他陪用一下。我听说 ×× 银行如今管着发工资，这也很牛，我几个朋友存取钱都看他们脸色，那尊容已有点不堪，那么，请"那众位"也仔细，照照镜子防着点眼斜。

撞了永远不能『白撞』

沈阳、上海首先发难，定立新的交通法规。它们似乎有点想像个"国际都市"的样，摆这个谱。就这么着——在道儿上，倘使司机遵纪而行人违规，行人要负全责。这两个城市我都是去过的，印象都极佳。但这规定出来，我透过这"现代"管理艺术，却看出了它们无情的一面：是为了此地汽车与人的走路通则与须知。我有点惴惴的，进这个城可得小心，倘不小心踏错了地儿，你就兴许进入"死亡区"，踏上鬼门关。

不管法规形成文件时为了逻辑的缘故，为了涵盖严密的缘故，说了许多很微妙的"弯弯绕"的措词来表达意图，百姓们还是一眼看穿了它的真髓，一语破的直接到位，叫"撞了白撞"。

表面看去，这法规公正得明白无误：你走道的得小心，走人行道、走天桥、过斑马线、看红绿灯，别越过交通法规的雷池；汽车嘛，你走你的车道，也不可乱开一气，撞到不该撞的物事也是不能容许的——大路朝天，各走一边，怎的还会有交通事故发生？

这从汽车的角度看，真的是天衣无缝般完美了。我自家没有车，尚不能充分体会到有车族的心理受用程度，但在坐出租车时，不止一次见到行人违规、犯毛病，或横穿马路，或挡道不行，或突然改换行道方向弄得司机措手不及，或大摇大摆游在车前，任你摁破喇叭决不让道，或出现极意外情形，"嗖"地从小巷里骑自行车蹿出来，弄得汽车一个急刹车，搞得人仰马翻，司机开窗怒喝："你他妈活够了！"肇事者自然也是一惊，或回头骂还一句，或嬉皮笑脸扬长而去。惊定再走，司机狠歹歹地再补骂一句："妈的！真该有人管管，这样的撞死活该！"

"撞死活该"与"撞了白撞"是一个意思。有些事，也真是令人痛恨。这也是吾国如今素质使然。譬如夫妻吵架，可能现今已有了进步，过去老婆子叫撞天屈，开口便是"天杀的！你……"邻居口舌，恼起来一声："老子拍死你。"老子骂儿子："你妈的，考这个分，老子揍死你！"情急时，什么话不出口？然而真正"兑现"出来，恐怕无论什么时代的官府也不会允你杀了白杀、揍死白揍的吧？武汉一位老教授、天津一位七旬老人不晓得厉害，胆敢"以身试法"，结果便真的撞了白撞、死了白死。

最高司法当局对这一新生事物有评，认定人的生命权要远高于交通权利。这是十分明白的道理了。但也见到另外的说法。有人以为"撞了白撞"只是"提法不妥"，应该叫"以责论罚"。有人觉得我们应该"更新观念"：走道应该小心点，车辆管严点，道路弄好一点。还有的学者，说人与车在道路上的权利是平等的——从理论上说明这些地方性法规制定的合理性。我这个人有时心理阴暗，犯这病时常从小人之心来度大人之腹，左瞧右瞧他们，总觉得有点"胸中不正，则眸子眊焉"的样。

"以责论罚"是和老百姓打官腔：我的车撞了你的身，不错，你吃了亏，可是我没有违反交通规则，你却违反了，因此我没有责任，你死了该你自己负责。学者自然是有学问的人，既然权利平等，自然谁违规谁负责。这先生没有举出实例，但车和人"平等"这说法恐怕有点荒谬。谓予不信，请他先生徒步（不妨穿上防弹衣），到马路上试试那个法规，肉身真的和汽车来一下，看看平等不平等。

谁能想出如此妙的地方法规呢？

首先是有车族。有一小部分是出租车司机吧，大部分是贵人和有钱阔主儿。这等于是说一旦无车族闯进他的禁区，换而言之是在闹市街衢上人为界定出一条专为有车人使用的"专线"来享用，行路平民一旦触禁"格杀勿论"（事实上已经有人被"格杀勿论"了）。

再就是汽车商。他们肯定对这法规也是举双手赞同的。因为能买车而还在犹豫的人，一想到这么大的好处，也许便不再迟疑，赶紧掏腰包去给他融资了。

还有警察，也必是高兴这法规出台。因为这可以增加他们的管理力度。有些地段，甚至可以不派警察，只要栽一块牌子，上头写"此处不许非机动车辆通行""行人一律从此过路"诸如此类的东西便可以了。你通行了，你不从此过路，那省事得很，撞了白撞，自己负责。

在吾国国民责任感尚待提高，交通设施有待完善，管理体制尚需加强的情形下，定出这样的法规，我不免为一些老人、残疾人、病弱人、色盲人和儿童捏一把汗。在大多数人还"无车"，而今还无望买车的人，他的安全由谁来着想？制定这个法规的人，肯定是食有鱼、出有车的，你自己当然不必担这个心，但你总还有没有车的亲人吧？真的是不生孩子不晓得肚子痛。

人命关天，永远是文明国家的法律最高原则。我还没有听说过车命关天的话头。现在的混账事愈来愈繁杂了。大吃大喝是吃了白吃，不吃白不吃，白吃谁不吃？贪官们也有话，拿了白拿，不拿白不拿，白拿谁不拿？如今又该加一句，撞了白撞，不撞白不撞，白撞谁不撞？坐在汽车里制定这规矩的先生们，我想你们也是长着一个人头，里头应该是脑汁子而不是尿或水，是用来想事情的吧？

据《大河报》2000年12月3日《人与法》载，上海市的交通事故因此减少百分之五十。正令人高兴拍手，又见消息，有百分之五十的交通事故是"撞了白撞"。哈！

写到这稿子结束，见《大河报》刊出一帧照片，几个无知的小学生傻乎乎地正在翻越铁栅路障，汽车正在向他们驶去。这情景谁见了也会心中一凉汗毛倒竖的。这样吓人的事，我愿不要发生在我所爱的这些城市。

原载《二月河语》，昆仑出版社 2004 年 1 月出版

人命至重

前不久写了篇短稿子,谈一些城市设立非文明法规,汽车撞了违规行人"撞了白撞"。不久前又见中央电视台专题讨论此事,有事、有证、有形影、有理据,比我说得还明白:你那个法规有违天理,亵渎人情,不合国法。然而并没有见到上海、沈阳、郑州、武汉等市衮衮诸公有所回应,更遑论有所更张。

"人命至重"是个古老的命题。倘若非战争、非瘟疫、非人类不可抗拒之灾害,在理性社会里,没有哪个国家不把生存权摆在其他权利之上的,是为近乎公理的常识。俄国在世界上树敌如林,但库尔斯克号惨剧发生后,无论敌人、朋友,世界上所有关注的同情的目光都投射了去,因为这不是战争,不应对此漠然,毕竟人命关天。

关"天"。还有比天大的事吗?没有。什么是"天"呢? 我以为就是理性社会的人心。在世界历史区域中,分列着许多民族对生命价值的不同理解。不同的文化理念,对生命的认识有着很大的差异。就中国而言,似乎有史以来就倡导着"轻生重义"。一方面是讲仁恕,也就是统治阶层有对治下实际上的生存保障义务,使民众对社会的安全感产生信赖;另一方面作为教化,则讲究"士"与公民为了"礼"与"理"的献身精神,也就是所谓"舍生取义""杀身成仁"了。这种精神,在基督、穆罕默德与释迦牟尼分别创立的教义里都有那么一点点,但在他们那种宗教里实际上是说,只有最高级的圣人才可能做到比如钉十字架、肉身饲鹰这样悲壮的举动,平常人倒是无须的:你老实做个好人,行善就行。

只有我们中国与众不同，千年万年都讲皇帝"最高"，他可以"垂拱而治""无为而治"，牺牲精神只是讲给大家听的，他自己是半点风险也不必担着的。老百姓们看好了某某皇帝微服私访——其实心理很简单：皇帝老子，你享着福，抽空也来瞧瞧我们过的是什么日子呀！哪怕你带着什么格格、力士，再加上江湖豪客的相帮，再带上你的情妇（或者在途中临时傍一个也成）也好，只要肯来，我们也就心满意足了。但这样的事在历史上其实极少，乾隆皇帝、康熙皇帝似乎玩过，像电视剧里那般玩法却是没有的。

所以舍生取义只是孟子他老人家的说教，不适用于君，只适用于臣和民。打开历史去看，我们能见到很多循吏，只知傻乎乎地"工作"，做了高官还穷得掉在地上当啷响。能见到多如牛毛的烈臣、义民的传记，杀头、剥皮都不在乎，可他们维护的纲纪代表，却是一个混蛋透顶的无聊皇帝。当然，在他们自身却不是这样的认识，他们觉得自己是在为一种崇高的秩序、理想而献身。文天祥认为他的浩然正气，比生命的价值比，两者不啻天壤有别："是气所磅薄，凛烈万古存；当其贯日月，生死安足论"（《正气歌》），"人生自古谁无死，留取丹心照汗青"——我们从这一头来衡量，谁还有勇气对他们说三道四？近代不同了，没有了君权，没有了三纲五常，没有了仁义礼智信，或者说约束力减弱了许多吧，民主了，有了法治与人身自由，中国的下里巴人可以稍加注意自家的生命了吧？不料又有西方人出来作诗，告诉我们"生命诚可贵，爱情价更高；若为自由故，二者皆可抛"，高尚自然是高尚的，阳春白雪美丽得刺眼，就这四句诗，能真正做到的极为寥寥。

众所周知，美国是最讲自由的，它那个领域就叫"自由世界"，但对日作战、对朝战争、对越战争，他们的士兵口袋里都装着上级发给的投降书，十六国文字——明白是说：你去给我打，为自由而战；打不过，瞧着小命危险，你就赶紧投降。可见"自由世界"的战士并不以自由为最高原则，而是"若为生命故，自由也可抛"。这是可想而知的事，一切权利都棚架在生命权上，没有生命，谈不上自由，也谈不成恋爱。

西方人这么做有他的文化背景，他就是那么一种价值观。就我对此问题的思索，要我们中国人依样画葫芦，怕是永远也做不来的。事关国家、民族的尊严，事关民众的生命安全，假使当"缩头乌龟"，当逃兵、叛徒，那这个社会和我们的国家就要出大问题，因为我们的民族太需要奋不顾身起而奋斗的猛士了，这样的人不是多，而是太少太少了。

但我也不赞同许多媒体倍加称赞的"赤手对兵刃""勇斗歹徒"之类的事。我曾和女儿谈过，我问："假若遇到恶人，枪、刀子逼着你，你怎么办？"她说："跟他打！"我说："好孩子，这是要分情形的。如果是战场，或者他是要你的命，死活只是一拼。这很简单，拼不拼都是死，拼是出路。如果只是要你的钱财，你就给他掏，这是花钱买平安。当然，如果对手弱，不在你的话下，或者你有后援，那另当别论。总之是不到万不得已，绝不拼命。"

这话在媒体上早已"批驳"过了，意思是说现在社会治安不好，原因之一就是因为当事人不能"勇于斗争"，助长了逞凶歹徒的气焰。但这种批驳不能让人心服，"空手夺白刃"那是武林高手才能做的，气焰要靠警察去杀灭，那就是他的工作，凭什么要手无寸铁的人和武装到牙齿的凶徒做无谓的性命相搏？毛泽东是一代伟人，他在"三湾改编"时期，曾落入敌手。他似乎是这样脱身的：掏出身上仅有的银圆贿赂押送士兵，然后夭夭而走。克里姆林宫卫队队长的一篇回忆文章说到，列宁在散步时也曾遇险，被一个歹徒威逼抢劫，列宁也掏出了钱财，买得平安而去。试想，他们如果硬拼，对俄国和中国的历史进程会有怎样的影响？列宁事后说，"只有傻瓜才会在要钱还是要命的关头作抉择"，是为至理名言。我们看到许多贵人高官，出入警跸森严，警察保安卫护，可见他们也懂这道理。只不明白他们为何在大会小会上冠冕堂皇，表彰鼓励平常百姓"勇斗歹徒"。所以我以为"见义勇为"是可贵的，但也要有所为有所不为。美国在试验第一次核爆时发生故障，两块极板渐渐接近，眼看就要碰撞发生震惊世界的惨剧，一位科学家奋不顾身扑上去用手将极板分开，他自己因受辐射过度患病身亡。这种"双手掰开原子弹"的壮举，才堪称是真正的义行。

我们一直唱这个调子：要英勇奋斗，全社会动员（即全民动员），提倡见义勇为，为治安的根本好转而努力。实际上，首先要硬起来的不是弱小个体的平民，而是腰间有铜、手有利器、身有权柄的国家机器。个人的英雄风采固当提倡，如果依赖于此，那就是舍本逐末。

写到收束，又见极端。一家银行储蓄所遭匪抢劫，工作人员因未能"奋起"反抗，保护国家财产，事后被开除公职。双方诉诸公庭，工作人员把银行给告了，理由是银行未提供报警设施，也没有可供工作人员逃避的猫耳洞，银行也没有和职员订立"与钱财共存亡"的生死合约，凭什么不当英雄即是狗熊？

原载《二月河语》，昆仑出版社 2004 年 1 月出版

猥政·高考移民

　　为了舒服，这几年剃光头。在一小理发店，剃头师傅坦然相告：他的儿子就在附近上学。他户籍不在本区，儿子要缴纳种种比本区户籍学生更多的"税费"。我问他为什么不在原籍上学？他说："那里学校（教学水平）不好。"我问："为什么你不（把户口）迁到这里呢？"他则一笑："反正没（多花）几个钱，不用那样麻烦了。"这种事各个地方不同，虽过去没有，现在却有，大家"咸与维新"早已见怪不怪了。小学如斯，中学如斯，那是因各地社情不一，用杠杆平衡一下。依事务性质，这当然有悖"以人为本"的原则。但我认为，这个杠杆不可以用在国家高校上。比如"高考移民"，那和理发师儿子的小移民是不同的。地方上的权宜措置，那是"小器"；而国家公学，乃是"国家公器"的文化重地，涉及我们教育的整体形象和民族、人文心理的低昂、明暗、健康与卫生，不能与地方教育等量齐观。我认为，如北大、清华之类的学校在各地录取学生取分标准严重不同，是"歧视"人的行为，与北大、清华本已享有的身份、地位、声誉极不相称。为什么要这样小看人？就因为你叫"北大"、叫"清华"吗？

　　做出市侩行为，不论你何等清贵毓华，你就必具市侩意识。我打听了一下，上海学生移民需花费八万到十万人民币。北京是几多？不知道。反正也是穷人望而却步的数目吧，权且算是"×"。我用数学代换一下，那就是说，一个北京市民子弟高考的身份钱是"×"元，而上海则是"八万"。

北京、上海都是国际大都市，昌明首善之地，难道没有考虑这方面也应该"与国际接轨"？

这件事让我想起了封建王朝的卖官鬻爵。从汉到清，政府出卖官职的有的是：第一，政府卖官不卖缺；第二，是为解决枯竭的财政不得已之举。现在这里卖学生，卖得货真价实，可不可以问一下，这里是市场吗？

《大学》一书开篇第一句，说："大学之道，在明明德，在亲民，在止于至善。""明德"讲究的是公明清白的品质，"亲民"大约指的是学生维护群众的意识教育，"至善"是中正和平的逻辑思路——这三条全被"高考移民"所破坏。

这是明明白白的猥政。千夫所指，其实早就该扔进垃圾箱了，我们还在公开使用。教育部的，还有所有如此作为的大学校长，思维的短见是一望可知的。前几个月，我在电视上看到一位极为出名的大学校长，面对千万公众哓哓置辩此事，手势则翩翩，言语乎喋喋，真的觉得他这人心理阴暗。孟子则说，胸中正，则眸子了焉。胸中不正，则眸子眊焉。"有教无类"是教育最基本的常识，你作为教育的主政者，你还要为你的"有类"寻找借口？我明白说，我看这电视一直在冷笑。

这件事伤害了所有的考生和家长。从他本身，一方面是锦上添花。都市学生本来就享有了优裕得多的教育资源，你还要再把"公器"另外赠送一份。在本来就远远低于都市的弱势群体教育里雪上加霜，公开进行伤害，这是什么"政"？就如北京、上海的考生，确实是得到了实惠，但是我认为，这件事剥夺了他们的自尊、荣誉感、自信心与基本的是非观念，很多做人的基本要素一个措置不当，底线就会降低很多，同时培养出的是愚昧的虚骄和狂傲。

大学生们尚未入校，就给他们上了如此生动的第一课，衮衮诸公以为如何？

倘使说这大学是你私人产业，那校长的小舅子或七大姑八大姨的儿子要来上学。我会笑，但我不做评论，那是你的私德、隐私。北京也好，上海也好，都很有钱，为消化你自己的诸多问题，自己办学解决，给一些优惠鼓励措施这样不好吗？清华、北大这些学校是"公器"，你去冒犯，愈是心安理得，就愈是表明了你在这方面的心理不卫生。荀子云："登高而招，臂非加长也，而见者远；顺风而呼，声非加疾也，而闻者彰。"一个疤瘌头站在山上，一个破锣嗓子顺风而呼，也应该是闻者远、见者彰的吧，只会叫人摇头掩耳的。

胡总书记说，以损害人民为耻。不知学过没有？

龙种，也会生出跳蚤。

谨告公：公器，汝毋亵。

原载《佛像前的沉吟》，河南文艺出版社 2009 年 2 月出版

我们现在的考试制度是沿袭了中国从隋代以来的科举考试"比较"的，是沿袭不是沿革。我们所做出的沿革，只是废止了八股文，换上了命题或不命题的作文而已，改卷有改卷的规矩：审题、内容、逻辑、字迹……方方面面都有详明的判分标准，这也有科举考试的"破题"起、承、转、合、逻辑、字迹……评判"勒红"或圈点，考官们也是依样画葫芦。蒋多多既然在高考试卷上大肆狂言，她被"勒红"也就是必然的事。

那么蒋多多所提出的"创造更完善的方法"有没有呢？很遗憾，没有。而且在短的历史时期，可能会有所改良，不可能有革命性的"方法"出来。

其实，现今使用的这种考试制度，中国的政治家们早就发现了它的弊端，早就在试图让它"革命"一下了，但在清代以前，似乎是越改越反动。

八股文最盛、最完善时是明（代）。我们不用去查教科书，只要看看《儒林外史》就什么都明白了。汉、晋是"九品官人法"，依门派、阶级、地位由显宦或显儒推荐，由专门的部门酌情选拔授职。后来发现这样考试，人才圈子愈来愈小，是"近亲"选拔。到隋唐实行科举考试，寒门秀士有资格和贵族子弟一样入龙门考试，科举就有了一定的人民性。作为李世民，他的初衷不过是"一网打尽天下英雄"，他自认是达到了目的，这目的虽然自私，然而这方法却是"公器"效应。那时考试不是八股文，文论诗词都用的。相对地，考生的才能也还有地儿张扬发挥。这个方法虽好，但问题很快就出来了——"诗无达诂"——文学艺术的东西没有判断衡量的尺码标准，而"取士"是不能没有标准的。于是到明代，专门叩开龙门的敲门砖应运而生。

八股文的糟糕之处从戊戌变法说到现在了，它的"臭"是早已令人掩鼻皱眉的了。我们想从另一面谈：八股文不失为训练文人从政的一种有效操练。首先，八股文不讲灵动性，而讲"理""法"与"度"，都是逻辑性的东西，练八股文可以培养考生的"规矩"思维；其次，八股文是"代圣贤立言"，考生就必须绞尽脑汁去研读"圣贤"原著，对树立他的世界观是有增强作用的。说这些，也许有些人嗤之以鼻：那有什么用处？没有用处吗？你可以随便找一位将军问问，班排每天整理内务，被子叠得豆腐块一样，部队每天早操、会操、走队列、甩正步——那有什么用处？一定的形式代表一定的内容，形式有时比内容还要重要。行伍如果不训练就不成行伍，别说临战，平时也会把部队带垮。窃以为文人弄八股，其实有"文场用正步"的意味。

鲁迅说八股文是敲门砖，他没说过门未敲开前此砖无用。

所以，我认为应试的这种形式，并不是一无用处，明代的海瑞、张居正、史可法、况钟……都是八股高手吧，不能讲八股海尽无人才的。

然而八股从基本点上说是反动的，有点用处，基本无用。敲门砖用过就扔了，我们的高考应试也差不多，考过了谁还孤灯清夜再去摆弄那些"高考指南"？

清康熙作为个人，他是有些开放思想的，诗词、书法、音乐、医学、外语、数学都有极高的造诣。他曾下令停止科举八股文，但不久又恢复了。这说明他认识到了这种考试的"无用"，是他聪明之处。他恢复，是他也没办法，找不出代换法门。

毛泽东在"文革"中发出过"最高指示"：大学还是要办的。他特指了"理工大学"，没有说文科大学——我的理解，他不赞同文科大学。这虽然有点极端，我认为还是有些道理的。你读出学士、博士，你就是文史专家、哲学家、作家了？

这些事不上大学也可以做下来的。他实行过"推荐与选拔相结合"上大学，我以为也就是"九品官人法"的翻版吧。

我手头有一本当年士子八股的选本，全都是陈词滥调。这种东西当年充斥全国，名叫高头讲章。《儒林外史》中马二先生游西湖，就看见书摊上摆着自己的选本，问了问，卖得不太景气，他也有点扫兴了。我的这本幸留下来，大约是这本书的原主比较阔，不屑它来"出恭"用，或是谁家垫灯台用忘掉卖废纸的缘由。再看看我们现如今，街上，昏夜，小灯，小摊上摆放的这些"高考指南""高考状元试卷""高考文章选"……年年都出，层出不穷。我有时会偷笑：再过若干年，这种东西会被打纸浆的吧，因为人们揩屁股有卫生纸，用它包东西，它含铅不利健康，扔掉污染环境，它只有做再生纸的出路。

敲门砖是起过作用的，它"操练"过考生，帮考生进北大、清华……进去了，要永久扔掉它；进不去，或许还要用，暂时拾起它，再最终扔掉它。如此而已，"而已"而已。

原载 2009 年 5 月 8 日《作家文摘》

王老五否极泰来

倘一个国家、一个地方，一个年头接一个年头，不是旱得寸草不生，赤地千里，就是涝得泽波连绵，一片汪洋，或者今日"一把火"，明日闹地震，那必定祸患迭起，民不聊生，流徙四方。假如一个人、一家子，这个月"一把火"，房子无端着火，下个月又有人出车祸，今日一个"癌症"，病了当家人，明儿地里遭了冰雹，或者店里失窃，下岗寻不到工作，推车子出门车胎撒气放炮，活似《封神演义》里的姜子牙买面——家里头老婆闹离婚，出门买面刮大风，一声仰天长叹，偏老鸹屎正下在口里。那日子也没法过了。

当今天下，正值太平盛世，人民繁茂亘古所无，物业商买五光十色万紫千红，声光化电信息瞬间万里。铁营村的人们俱都兴头闹发家、奔兴头，北面打工南面面海，这厢兴工造场，那邻居又斥资盖新店、买汽车、装电话什么的忙个不住。但村东头的王老五家却连年遭事，气也不旺，数也不济，打从丢了老生子王发祥，整整十年，老王家"年年有灾、月月背时"。事接着事出来，过不成一天安生日子，就像人家说的喝凉水塞牙、放屁砸脚后跟——黑透了也霉透了。这就叫"流年不利"。因见长不可细述，只可粗线条列表如下：

（一）1991年春，儿子王发祥和村里小朋友到西洼地剜荠荠菜，未归，从此失去踪迹。据推测知是人贩子所为。一头报了案，这头王家全家及铁营村邻居友好，王老五的弟弟、侄儿、妹夫、姑姨表弟妹全体出动万方搜寻，罗掘俱穷，庙里烧香，先生打卦，总归无效。

因此，三棚黑木耳全数霉烂。

拖拉机气缸用坏。

猪喂得像老瘦黑狗，扔了可惜，卖没人要。

秋，老娘思孙瞎眼。

冬，老婆李秀枝得嗝噎症，一听见小孩子说话声音立马就噎，嗝得喘不过气来。

（二）1992年信用社催还贷款，变卖宅基地还债四万。

（三）1993年请神汉为家宅驱邪，付资两千。当年闹棉铃虫，买到假农药，基本绝收。

（四）1994年略有转机，黑木耳丰收，俏销，收进一万五千元。但债主盈门，日夕无宁。

（五）1995年、1996年、1997年遭逢淫雨，黑木耳无收。至此，王老五一家靠三头奶牛度日，举债苟活，终日以泪洗面。

（六）1999年、2000年木耳又复丰收。市场疲软，卖不出去。自家的下间房，内弟家、姐姐家盈庭积栋的全是王家木耳，旧债无着，新债又举，全家如在荆棘丛中挣扎，终日以泪洗面。

老实巴交，勤劳致富，曾经最早风光的"老万元户"王老五家从此败落了下来。老母、妻子、弟弟、弟媳、侄儿——一家病人。失子之痛，败家之悲，折磨得王老五形容枯槁。但是，再大的灾难，人只要活着，日子也还要过下去。家里都是病人，债积如山，再也贷不到款了，却又有两万多公斤的木耳积压着。要想渡过这道难关，只能从卖木耳这上头打主意。在珠海打工的表弟来了封信，说那地块木耳价钱贵，市面上卖的二十五元一斤，还尽是浸过糖的假货。王老五不禁动了心，凑了凑家底子，卖了老伴的金戒指，有两千多元，也不好意思再寻人借钱，悄没声便南下去了。

中国现如今有几句俏皮话：北京人看外地人，看谁都是"下级"；上海人看外地人，全都是"乡里人"。广州是花花世界，灯红酒绿间一掷万金的有钱主儿有的是，偏有一宗嫌贫爱富的毛病，瞧着外地人都是穷人。这里遍地是黄金，王老五点背手拙，又老，又是河南人，又没有亲戚朋友相帮，眼看着市面上木耳又缺又贵，由于没有信用，就是没人敢和他做生意。这黄金他捡不来。给表弟打了个电话，原指望至少能寻个落脚地儿，慢慢寻买主，那边一听他河南腔，撇着老广"普通话"给了一句"走了四天了"，"咣"地就扣了机。王老五心一沉，眼泪扑簌落下来揩也揩不干。

在广州住鸡毛小店一晚也得五十元，吃一碗阳春面也要三五元。看看再住下去连回程火车票也买不起了，王老五决意先回去再说。买了车票，还余下一百多块钱，估算在车上吃饭有二十元够用，还余八十多元——到街头地摊上，王老五要了一条鱼、两只螃蟹、一碗米饭，总算饱餐了一顿。口渴舍不得买矿泉水，到自来水龙头上口对口咕咚了一肚子——这也不枉来了广州一遭。孰料吃饱了就闹肚子，下头沉，便急内逼。这地方是宁可拉裤子里也绝不能随地大小便的，王老五憋得脸青筋涨，捂着肚子寻了半天才找到一家厕所，花了五毛钱如厕。

解完手他觉得心里清亮了些，是内里水火不济得了痢疾。这毛病特别：你蹲下拉，它死活不出；你提起裤子，它"还在"。想着自家凄惨事，王老五一边流泪一边解手，忽然见腿边有个方方的纸包，外头套着黑塑料袋子，料想里面是厕所清洗剂。王老五的手纸已经用完，坐在抽水马桶上顺手提起来便拆那纸，撕开封皮他便是全身一颤，惊得脸色都变了：里头是钱！

是钱，且是一笔巨款，瓷绷绷三捆用细麻绳"井"字打封，封条都没动，不用问，一看便知是三十万！他顿时觉得头晕，心里咚咚狂跳，像喝醉了酒，又似乎是在做梦。他咬了咬舌头，痛，可见不是做梦。好一阵子他都愣着，蒙了。此刻，肚子也不痛了，痢疾也没有了。坐在马桶上只是思量："咋办？"坐车立即回河南！这念头一闪，王老五立刻便熄灭了它：丢钱的要是公司职员、银行工作人员、小本生意人家，这还叫人家活不叫了？到附近去报案！这念头也是一闪。广州人本就瞧不起河南人，说不定他们把我扣起来。交给管厕所的？王老五果决地摇摇头：他这时才明白，差不多所有的"看不起"都是相互的。

那么，等。只要等来失主，回去路费总是不愁的。等吧！

他揣着那包钱，像揣着一个新生的婴儿，踽踽出了厕所，在不远店铺接缝暗陬寻个台阶坐下，揣着那个包，双手抱膝假寐，眼睛不住地瞟往厕所那边。厕所里进出、身边来往的人虽多，谁也没有理会乡巴佬王老五，他像煞初来广州打工衣食无着的流浪汉。

八点、九点……店铺里自鸣钟已撞到十一下，原本惶恐不安的王老五反而定住了神：火车早就开了，反正是走不了了。这地方人生地不熟，怀里又揣着巨款，万一出了闪失，说不清道不明的，说不定让人"黑"了自家。好在兜里还有十二元多钱，再寻寻有没有澡堂之类的地方，进去混一夜再说。他起身悠了几步，肚里没有任何"古怪"——痢疾也好了。又走了一段，毕竟心里放不下，又回身来觑着眼瞧，这边已是灯火渐暗，人也少了，只好离去。广州没有二十元能住一晚的地方，王老五在一家澡堂子里混到下夜两点，便被服务生很不客气地赶了出去。只好继续在大街上晃荡，好歹找了个墙角，靠了那包钱歪着迷糊过去……直到第二天天光大亮，他才被路上汽车声惊醒，心里再想想也觉好笑：做件好事也这么受罪，跟做贼似的！思量着，不由自主又回到厕所那边，进去解了个手，正想到哪个报社去登个启事，外头两个"厕所所长"的话传入他耳中：

"老王，来早？"

"早！咳，昨晚在老蔡家搓麻将，刚散场！"

"好手气吧？赢了多少？"

"别提了，输了四百多钞票。"

"再翻本嘛，小意思！比起宏兴刘老板，你输的那点算什么？他昨晚喝醉在我们这儿蹲坑，一下子丢了三十万！他妈的，我怎么就只晓得在这儿傻坐打盹？多进去转悠一遭，这财就发大了！"

王老五一下子竖起了耳朵。

"宏兴？"那个叫老王的又问，"七星岩方家楼的刘林兴？他怎么会到我们这儿小厕所来解手？"

"水火无情，谁都一样！咳……命中无有不强求——回去睡一觉，也去搓麻将！"

王老五寻思了半天，必定是在自己睡觉时那个叫刘林兴的有钱主儿来过。不用问，丢钱的定是他。他试着打听了一下，七星岩、方家楼地府名，没费事一问便得。到了方家楼又问，附近竟没人不知道刘林兴的，是个大贸易中心的副董事长，经营计算机、无线电，兼营农副产品进出口贸易，还开了家五星级宾馆。正准备再打听，在宾馆楼墙上赫然贴着：店风举报请找刘林兴。号码是：××××××××。他二话不说，寻了个电话亭便拨通了。

"你找谁？"一个脆生生的女声问。

"我找刘林兴。"

"我是他的秘书，你有事和我说啦。"

"我要见他本人。"

"老总事情多，有事和我讲也一样啦。"

"我就问他一句话，他昨天丢钱了没有？"

"你请稍等！"那秘书急促地说了一句，看样子捂起话筒和谁说了几句什么，接着便换了男人声音："我是刘林兴，请问先生贵姓？"王老五清清嗓子说："你甭问我姓啥，你丢钱了没有？"

"丢了的,丢了的。"刘林兴忙说,"昨天从银行提款出来,遇见几个老同学,硬拉我去美惠店吃饭。我喝不惯烈酒,就醉了。回来的路上去了一趟厕所,就把钱丢了,后半夜酒醒才发现……"

王老五说："你不要说恁些,丢了多少？什么样的包？咋个包法？——你也太不小心了！""是是是！"刘林兴连声说,"先生,我是太大意了。"忙把钱数、怎么包装、包装纸质料一一仔细说明,末了又问："先生是不是知道下落？"王老五说："是我捡到了。怎么送还你？"

刘林兴似乎一下子激动起来,好一阵子才说："我可以请问先生贵姓了吗？您在哪儿？我亲自去接您！"

"我是河南王老五。现在就在你楼下电话亭。"

……就这样,落魄潦倒的王老五,顷刻成了刘林兴的座上宾。公司原本上午有个会议的,刘林兴指示暂停。在贵宾室两个人又核对了丢钱情由,王老五把那包钱取出来,放到桌面上："为这钱,我一夜没安生,再以后你可要小心些……"说着便起身："我回去车票作废了,请你帮我个盘缠。""哪能呢！这钱我失而复得,你拾金不昧道德可敬,我至少谢你十万！""不是我的,我一分不要。"王老五叹口气,"不瞒你说,在我们乡里,我也曾是有名的'木耳王',受过穷,也富过,是我的一百万我也不含糊！"于是,王老五一前一后,将自己十年来背时的经历详细谈了,"做生意的丢钱,跟丢了儿子差不多。我自己难受,也要想到人家不好过。"

刘林兴感动得脸发黄,心往下沉,叹息说："我也是几起几落的人了。前些年政策不稳定,还进过学习班,蹲过班房。唉……知音难觅啊……现在我虽说不穷,生意场上的事谁说得清呢？如果有一天我遇上你这样的事,我能不能做到你这样呢？不一定。但我佩服你,不说钱的事,我们从此交个朋友,是好兄弟！"

两个人谈了又谈，说了又说，各自诉说家庭、生意境遇，愈谈愈投机。听王老五说"卖木耳"，刘林兴一下子笑了："全包在我身上，叫经理、秘书们去办就是了。"说着就打了几个电话，笑着转脸说："你在白云宾馆住几天，好好玩玩。今天中午我设家宴，咱们好好喝几杯！我们广州人也有豪爽好汉！内子和儿子这会儿已经在赶来的路上了。"

说话间门铃响了，刘副董事长的夫人笑着进来，王老五忙起身相迎，却一下子愣住了。原来随着进门的还有一个小青年，长得极像自己的儿子！他怔怔地看着那孩子，除了一身学生装，腕上戴着手表，个头不是他的"小宝"，那脸盘、眉、眼、神气、吊在嘴角的笑容，都活脱是自己老婆的形容模样。还有左颊上一块红痣，有指印那么大。生下小宝时他娘曾笑着说："这孩子太惹人爱，是观音菩萨用手逗了他一下。"刘林兴见他直着眼看儿子，连寒暄的话都说得前言不搭后语，笑着说："这孩子不是我亲生的，十年前我收养下来的。人贩子叫公安局抓了，几个孩子公安局没法养，内人不能生育，我就认领了，他聪明、懂事，就是调皮……那时我也正走背运——"他忽然也是身体一震，颤声说："老王，别是你丢失的儿子吧？"王老五晕乎乎的，一直眼不错珠盯着孩子，连刘林兴的话也听得片片断断，口中喃喃说："有这么巧的事？有这么巧的事？……"又问刘林兴："他脑后头发里有没有一块小疤？还有……小肚子上有没有一块猴子样的胎记？有没有？"刘林兴的妻子三步并作两步上前拉过小孩，在脑后仔细验了一下，又像哭又像笑地对众人说："胎记是有的。我不知道脑后还有这块小疤——浩正，浩正！这是你的亲爸爸……"

父子两个紧紧地抱在了一起，三个大人泪如雨下，小宝也流出了眼泪。

后来怎么样，我给读者一个交代。小宝认了父亲，刘林兴两口也舍不得小宝，两家就认了干亲，小宝仍在广州上学，不过有了两个家，轮番来往着"走亲戚"。小宝妈的病也好了，家中债务一举偿还，刘林兴夫妇又接老太太来广州治眼疾。王家总归又兴起来，也不必细诉。

原载《躬耕》2009 年第 8 期

书信选

致尚秀花[1]（一九七一年三月）

秀花小战友：

你好！接到你的信时，正是 3 月 5 日毛主席给雷锋同志题词八周年的日子。据我查看有关资料，从 1963 年到 1965 年期间，毛泽东同志曾先后六次讲雷锋，两次看话剧和电影《雷锋》。作为党的领袖和军队的统帅，如此高度关注一个普通战士，在我们党和我们军队的历史上是很少见的。领袖与群众，统帅与士兵，像毛主席与普通一兵这样心心相印，令我十分感动。雷锋是时代的楷模，雷锋精神是永恒的。目前全国各地社会各界助人为乐、公而忘私、爱国奉献、诚信友善、勤俭节约、艰苦奋斗、遵纪守法蔚然成风，《学习雷锋好榜样》的歌曲几乎人人会唱，并且自觉地按照歌词的内容去做，努力争做雷锋的传人。人人心里都充满了阳光，充满了自信，充满了希望，充满了理想。

我认为学雷锋不是学那两件先进事迹，也不是某一方面的优点，而是要学他的好思想、好作风、好品德。学他长期一贯地做好事，而不做坏事。学他一切从人民利益出发，全心全意为人民服务的精神。我们既要学习雷锋的精神，也要学习雷锋的做法，把崇高理想信念和道德品质追求转化为具体行动，体现在平凡的工作生活中，做出自己应有的贡献，把雷锋精神代代传承下去。如果人人都能在自己的岗位上做一个永不生锈的螺丝钉，我们的凝聚力、战斗力，将无比强大，我们将无往

---

1 尚秀花：河南密县人，烈士尚春法妹妹，二月河战友。本文选自咏康著《英雄情结》，作家出版社 2020 年 7 月出版。

而不胜。

张思德、董存瑞、黄继光、邱少云都是雷锋学习的榜样。在雷锋日记中，他多次写到他们的名字和事迹。英雄的血脉在雷锋身上延续。他虽然没有机会献身战场成为战斗英雄，但他在"无限的为人民服务"中实现了"平凡的伟大"，成为中华民族的道德丰碑。

早在延安时期，毛主席在《为人民服务》的演讲中开宗明义："我们的共产党和共产党所领导的八路军、新四军，是革命的队伍。我们这个队伍完全是为着解放人民的，是彻底地为人民的利益工作的。"在抗日战争的烽火岁月，毛主席为全党全军树立了白求恩、张思德这样的道德模范。抗战胜利前夕，毛主席在中国共产党第七次全国代表大会上所作的政治报告《论联合政府》中，对人民军队的宗旨做了概括："紧紧地和中国人民站在一起，全心全意地为中国人民服务，就是这个军队的唯一的宗旨。"毛主席"为人民服务"的手书还被镌刻在了中南海新华门的照壁上，共产党人的初心日月可鉴。

"为人民服务"昭示着我们的党和军队需要一大批张思德、雷锋这样全心全意为人民服务的忠诚战士，我们的人民大众欢迎这样的人。所以，在解放全中国及抗美援朝时期出现了张思德、董存瑞、黄继光、邱少云，建设新中国时期产生了雷锋。

如果说英雄是指那些具有无私无畏、不怕牺牲精神并能够意识到自己行动的意义，愿意为公共利益或国家民族利益、人民利益而英勇奋斗、流血牺牲的道德高尚的人，那么我认为解放军的行列里有两类英雄人物非常鲜明：一类是在战火中或抢险救灾的非常时刻化为金刚的战斗英雄。堵枪眼、炸碉堡、拦惊马、救群众，洒一腔热血，视死如归，我们因这类战斗英雄而骄傲。一类是在平凡岗位上为民造福的道德榜样。立足本职，兢兢业业做好工作，帮孤寡，扶弱贫，送爱给人间，我们因这类道德榜样而自豪。

雷锋是一个平凡的人，做的也是平凡的事，只不过因为他的思想境界高，他的平凡中体现了不平凡。这就和战争年代像董存瑞、刘胡兰、黄继光、杨根思、邱少云那样的英雄，在行为上有所不同。雷锋的事迹告诉我们，做平凡的事情，也能成为英雄人物。做好人好事的最高境界不应是为了好报，不然，做好事岂不变成了做生意？毛主席正是抓住了雷锋这个典型，让千万个雷锋在成长，成为行得通的现实景象。这便是伟大领袖发现了一位平凡的伟大战士，及时准确地引领时代的方向，让全国人民觉得英雄离我们不远，我们离英雄很近。这样一来，雷锋就变成了名副其实的榜样。

事实上，我们每个人的心灵深处都会有那么一根弦，只要轻轻一拨，就能弹奏出人性的真善美。把自己的工作认真完成，用餐不浪费一米一菜，把捡到的物品送还失主，给孕妇让座，把路边的杂物拾起来放进垃圾箱……凡此种种，都是在学习雷锋。

两种榜样融为一体，这在迫害过你父亲的旧军队是不可想象的，而人民军队却让它们完美地结合在一起，因为人民军队有一个始终不变的"核"——"全心全意地为中国人民服务"，雷锋无疑是这个"核"中的典型代表。雷锋精神能够激发官兵牢记党和人民重托，为祖国利益敢打敢拼，不惜奉献牺牲；雷锋精神能够让官兵牢记"我是人民的勤务员"，平时为人民扶贫济困，关键时刻赴汤蹈火，做一个最美志愿者；雷锋精神能够让官兵安于平凡，做一颗永不生锈的螺丝钉，在本职岗位上干出"最好的我"！

至于我们每个普通人能不能成为英雄、模范，我想应当是可以的。毛主席在《七律·送瘟神》一诗里写道："春风杨柳万千条，六亿神州尽舜尧。"唐尧、虞舜是明君，是善的化身、仁的象征，也可以说是那个时代的英雄人物。

依照历史唯物主义原理，尧舜的品格、成就绝对不是与生俱来的，无不是学而知之、锻炼而成之。我们都知道参加过二万五千里长征的老前辈个个都是钢铁汉。可是你可能不知道，长征出发时，红军队伍里还有刚刚俘虏过来的白军，有剃着阴阳头的"流氓"。他们跟随红军走了不到一万里便转化成红军。长征是去杂提纯的大熔炉。今天我们能做的，也应当做到的，就是在解放军这所大熔炉里，努力学习，刻苦磨炼，胸怀革命全局，立足本职工作，争当你哥哥那样的英雄、模范。

（一九七一年三月）

冯老师：您好！

接连收老师长信，实感不安。有些具体琐细事，我自己都没想到，而您都做了周详安排！这里再寄书五册，请老师转启功先生、戴逸。注明"学生"的仍是送老师您的，其余两本称冯老师的：一本赠冯牧同志，一本赠冯统同志。如老师认为无必要，留作自存也可，只略有不恭。您如尚不足用，请告。

关于整个构思，我原计划是四卷（不包括康熙之死），出版社也同意的，但在出书预告时却变成了三卷，也曾问及此事，他们只说了一句："写三卷可以了，就不要搞四卷了吧。"因为当时一本也没有出，谈三卷四卷问题我也觉渺茫，葫芦认了，这个话说得不很死，并不是有很大分歧。五卷的想法是没有的，但康熙之死安排在《雍正皇帝》篇中，大致规制、情节、线索、主题都是反复思量过了。我原意写出"大帝"之大，即到三四十年极盛时期即可。现在看，殊欠思量。其实《雍正皇帝》前卷，夺位登基，我意还是不把康熙写昏，晚年康熙精力不济，失政之处是有的，思想也日趋保守，留下的积弊他已觉自己无力解决，在选择继承人上表现迟疑、慎重，但最终选择雍正，我看极佳极当，确实解决了他遗留的很多大问题。他的死有悲有愁，但无恨。他很清醒的，尽管清醒中含有巨大的牺牲和苦痛。

我决意接受老师意见，写到（康熙）死，因为反正

---

1 冯其庸：红学家、文史专家，曾任中国人民大学教授、中国人民大学国学院院长，中国艺术研究院副院长。

要写到死，合并过来就是。出版社我想问题不大，他们也极重视此书，只要入情理，可以一致。使我唯一感到为难的是我对书中时序情节跳跃手法方面方法不多，六十一年，漫长岁月，纳入其中，跳跃是避免不了的，不仅时序，人物也是一茬换一茬，怕败了笔，这要好好细细编排才成。

会议的事老师所提两点极好，我想这应是理所当然的事，但我无经验，也无权干预其事，只能和他们联系一下，我想不致有什么问题。时间的事我也告诉了他们，也请他们斟酌，有什么情况，我会及时告知您的。

会议规模不会大，这是早已告诉我了的，除你们几位之外，不会再邀很多，可能本省大学和文艺评论界、新闻界还有几位。我相信在开好会这一点上，大家不会有分歧。

一九八六年四月十八日

附：冯其庸致二月河（一九八〇年九月）

解放同志：

您寄来的稿和信都已收到，稿已初读一遍，我个人觉得您的文笔很好，分析也很细密，我是很赞成您的基本思路的。有少数几处似略有您自己感觉得到的"钻牛角尖"，用我的话来说，似略觉有凿空之嫌，也即分析的问题，虽不无道理，但依据少，猜测多，这种情况，要使人信服，就不很容易，但这种情况在您的文章里所占比重甚小，略加压缩即可解决。这篇文章，我已交编辑部去看了，虽提出了我的看法，是否可用，请大家看后再告诉您。另外那篇，我也准备请他们查出来给我看看。我十月六、七号要到开封，约在开封、洛阳先留十天，南阳常听人说颇可一看，不知此行能否有时间去，又不知相离是否远，否则到了见见面。匆复不一。顺问

近好！

冯其庸

（一九八〇年）九月廿五日[1]

我查了地图，南阳离开封、洛阳似较远，这样我就不可能去了。

---

1 本文为冯其庸致二月河的第一通信。

冯其庸致二月河（一九八二年一月）

解放同志：

搁置了很长时间，今晚才算将您的文章看完。

《流水空山》这一篇是看了两遍，其余只看了一遍，我只能讲些总的印象，实在没有时间写长信。在我看过的大批大批来稿中，您是我最为心赏的一位。夜深常为读您的文章而高兴得要举杯，所谓汉书下酒，谅非虚话。我感到您的文章有深思，见匠心，道人所未道，而文笔雅丽时见精警，看得出来炼字炼句上的功夫，也很看得出来读书面的宽泛。我认为您现在用功的方式是正路，坚持下去，必可有成。这三篇文章，《流水空山》一篇，行文倒如流水，但内容有若干处似有架空之嫌。如分析宝琴的名字等处，因难证其必会如此也。行文过于迂缓，遂有松散之弊，然全文精到处亦复不少，我意可重加整理紧缩。文章如精金美玉，其质必坚，其表必富文彩，而此文质不坚，以其内中有松散处也。

《家世姻缘》一文，行文亦复迂曲，能发人之未发，如倒食甘蔗，愈吃愈甜也。《白首双星》一文，文思细密，独标己见，与《论非禄鬼》一稿相表里相发明，足见深心深思，吾无间言。

《论湘云》初稿我已建议采用，估计问题不大。其余两稿学刊不能连发，我近拟为出版社另编一论文集，如办成则尊稿可以编入，亦可解决来稿积压问题。因来稿极多，常致积压也。足下有机会来京否？如有机会来京望来一晤。前承嘱做××疗法，此道我为内行，已行之廿余年，曾达到完全入定之境界，然廿年亦仅一次此境，佳妙非言语可以形容也。今则积事如山，文债如曹家织造债务，永无清了之期，虽不致因此抄家，然精神负担重矣！奈何，奈何！功夫因此而废。宛洛古之名城，我在洛访永宁寺遗址，得北魏残瓦当一片，至可宝也，惜不能如古诗之"游戏宛与洛"耳。夜深读罢尊稿，草草书此，以慰想望，不一。

　　顺问

近好！

　　　　　　　　　　　　　　　　　　　　　冯其庸

　　　　　　　　　　　（一九八二年）一月十六日夜深一时

冯其庸致二月河（九月十七日）

解放同志：

　　你好！寄来大著已收到，非常高兴，当抽暇阅读。林虹已来电话，知她正在进行，也很高兴。李少白一直未见面，更未涉及此事。还是很早以前，我说了些支持林虹的公道话，以后再也未及此事，希望她能搞成。另外周远廉老师是十分可靠的，也能支持她。万事起头难，希望以后能顺利。望注意身体，目疾已愈否？甚念。

　　我身体尚可，只是事情有增无已，实难对付。匆匆。问好！

冯其庸

九月十七日草

致乔典运[1]（一九八八年八月）

典运兄：

前番快晤，在白河宾馆与你畅谈《满票》获全国短篇小说奖，颇为吾兄临老入花丛，居然又做"探花"而欣喜若狂。记得你当时忙着写稿子。我还以为灵感惠顾，你又有了佳构，不料你却是在写我、我的书及书记对我的关怀，披阅之下，真觉感慨系之！我猜你的本意，是怕"二月河"里的水少了，所以再来一场雨。我实在很感动的，当我冒了酷暑夜作，在潮闷得罐头盒子一样的房间里打了赤膊，抵抗着成阵饕蚊，拼命爬格子时，想起你这番情谊，想起所有厚爱我的人，心里便生清凉之风。

我和你闲谈的书记的事迹完全是事实。这在官本位的今日，也真是难能。难就难在中国的官，历来不与小民为伍。子曰，与上大夫言，款款如，与下大夫言，则侃侃如。与庶民怎么说话,他老夫子没讲，我想必定是"赫赫如"——那是个有规矩的世界，以当今文明法治，自然说不上"破家县令，灭门令尹"，但说官话、板官脸而毫无实益，最好是躲开为是。不然，心理上实在难以承受。记得上次海程同志说："中国的知识分子有两条：一是士为知己者死，二是士可杀而不可辱。"每念斯言，常浩然兴叹。

我决不随便恭维什么人，但我觉得，我们这里的官

---

1 乔典运：河南西峡人，著名作家，曾任南阳市作协主席、河南省作协副主席。

明哲通达，这并不纯乎因为我写了书。我以为这与他们本也都是知识分子很有关系。他们懂得我们劳作的社会价值。和你所举雷同的绝不止于一人一事。我的第一卷刚刚出书，韩劲草和李金明二位同志立即接见，共进午餐；宋国臣、张新玉，还有许多负责同志，都给我以极大的关注。现任市委书记孙兰卿，一上任就明确指示，让我杂事休管，只管搞好这个工程，连我弟弟当兵，都亲自关照。市文联但有所求，从市政府领导到"财神"总勉力去做……岂止是我，典运兄你不也是如此？前读周熠弟文，兄喜晋一级，若是官不许，怕你也只索然罢了。最令人感动的，章印弟仙去，海程及市委、市府领导都到灵前遗体告别。而他只是一位普通的工人！我之对党风好转尚有信心，也就是看到了实在存在的良知。

（一九）八二年参加上海全国红楼梦学术会，一位大学教授说："我们是朋友。"我问他，朋友的基础是什么？他说："是同道啊！"我说："似乎错了。"他不禁愕然。我解释说："友谊的基础是平等和理解。"但"平等"和"理解"谈何容易！不少的官，有奴才而无朋友，"太太死了压断街，老爷死了没人抬"。原因就在官场积习，事上谄，事下骄，无平等意识。喜谀乃人之天性。事上不谄，难以自全，而既已"谄"过了，对下如不"骄"一点，怎么"堤内损失堤外补"呢？拿这一套施之于人，焉得有友？

所以人与人之间贵乎平等理解。邹阳所谓"白头如新""倾盖如故"，差别就在这里。有些人只要一席话、一面交，立刻成了朋友；而有些人，你和他打一辈子交道，依旧漠然不关疼痒，道理就在这里。记得一位全国有名的"副部级"大作家约见，按说我极敬重他的学术的，但我当面回顶了他。原因就是他缺乏平等，我受不了他的咄咄逼人的盛气——他硬说"大帝"一词是外国词，要我改书名。这怎么行呢？中国没有玉皇"大帝"这词吗？上次见到柏灿枝老部长，他向别人介绍，我是他的"忘年交"，他是有勋业令名的老领导。这样谈，我心里便极暖和。

就写到这里吧。前年春节，地委领导召我们开会，那是我们头次见面吧！我曾即席赋诗，"老乔典运运亨通"，《南阳日报》后来发了。在你欢喜的日子里，再祝你文运亨通。今秋省作协要开拙作《康熙大帝》座谈会。广举兄要我转告你"请乔老爷准备点好酒"，他要来喝，我自然也要叨扰三杯的。

　　即颂

夏祺

凌解放

一九八八年八月十日

致周百义[1]（一九八九年一月）

百义兄：

　　你好！

　　许久没给你信了。本来你的信早就想回的，这期间省作协来宛开《康熙大帝》的座谈会，前头筹备，迎来送往，事多。走后因《奔流》约个短篇，十分费神，还要打《雍正皇帝》的腹稿，就耽误了下来。

　　《雍正皇帝》早已开笔，只是开头极难，要一下子抓住人，又想不失其雅，我换了六七次写法，总算有些突破，现在已渐入顺境。

　　如无特殊情况，大约第四季度第一卷稿子可到你手。

　　根据目前书市情况，可否采用一本一个题目，总的是"雍正三部曲"，有新鲜感、独立感，可能会好卖一点。

　　思之再三，我写三卷的计划不变。原因是觉得自己还有力量写好它，不愿放弃已有的资料和成熟的考虑。从长远看，对我们各方是有利无弊的。

　　所以我希望我和贵社之间要加强信任，负责地承担合同义务。

　　别不多谈，代问出版社领导和同志们好。说我一定拼命写好这几本书答报知遇之恩。如有什么具体想法和意见，请及时告我。

---

1 周百义：二月河长篇历史小说《雍正皇帝》的责任编辑，曾任长江文艺出版社社长，长江出版传媒集团总编辑。

匆匆即颂

编安，并拜早年！

解放

（一九八九年）一月十八日晨之时

百义兄：

您好！

放下电话我即查阅了原稿，果然第十五章漏排了一页（三百字），可能是抄录失漏了。漏文如次：

"我就不和你们一齐见皇上了，左右皇上还要召见我的——你们先进去吧。"二人只好答应着退出来。

待至养心殿垂花门外，早又有太监邢年接着。听说雍正进早膳，二人又忙止步，邢年笑道："你们二位都是侍卫，自己人，皇上旨意不要那么多礼数。皇上一边进膳，一边说话。"两个人忙躬了身答应"是"，随邢年进来，果见雍正在东暖阁炕上盘膝而坐，面前摆着御膳，一盘青芹爆里脊，一盘清蒸素丸子，一盘清炒豆芽，饭也只是一碗糙米，已经吃残了。李卫一边行礼，笑道："奴才以为主子已是皇上，就——"

此段情节应加在第十五章第一段第八行"并无不妥当的去处——是节俭，先帝爷……"中间。您如觉得我说的不明白，可来电话细说。其他文字，我看无甚谬误。如果排版有困难，您可压缩，总之是李卫他们待见雍正，而且见到雍正饭菜简单，才能引得雍正"朕富有四海——"的话，不然，要闹大笑话的。

转载压缩的事电话已说，全权由兄处置吧。叫我弄，肯定不如你。

　　合同盼速寄来。

　　即颂

祺祥!

解放

（一九九二年）十月二十四日

附：周百义致二月河（一九八七年八月）

解放兄：

南阳之行，有幸结识您。大作读了一册，感觉甚好。

回后即向领导做了汇报，您计划写的《雍正皇帝》一稿，社里十分欣赏。我们社已决定将此书列入1988年第四季度出版计划，估计届时上卷可以在明年年底交稿吧！

承蒙您对我这个河南老乡的大力支持，我心中充满感激。我很荣幸将来能成为您的作品的责任编辑。

谢谢此行你们对我的盛情款待，欢迎您有暇时到武汉来玩一玩。

《雍正皇帝》上卷明年第四季度能否交稿，请您赐教。

祝

文祺！

周百义

一九八七年八月二十一日

周百义致二月河（一九八七年十一月）

解放兄：

您好！

10月17日3时来函已读。出差去滇、黔，近日刚返，迟复为歉。

因读了您的大作，故对平西王吴三桂尤感兴趣。在昆明，特意去瞻仰了他统治时主修的"金殿"，听人讲述了关于陈圆圆投水的故事，去观瞻了他扩修的佛教"圆通寺"。吴三桂不管如何让后人唾弃，但他留下的些微贡献历史并没有淹没。

您谈到您将要给我的大作打算从雍正夺位写起，这正合吾意。上次去南阳，记得我曾为您要将此写到《康熙大帝》第四卷而惋惜。既然您已打算从新的角度来继续展示这段惊心动魄的历史，对于《雍正皇帝》一书，正是"珠连璧合，天衣无缝，锦上添花"了。

您这部书稿，社里很器重，如八八年第四季度真正难以完稿，此计划顺延到八九年，争取这一年至少可出上、中两部。正如您言，质量为重。评论家、读者、时间和历史是无情的。粗制滥造只会降低作者的身价，您只要抓紧即可。

陈美兰先生是武大中文系副教授，当代文学教研室主任，中国作协会员，湖北作协理事，"茅盾文学奖"评委，主要从事新时期文学研究，特别是专门研究长篇小说，如她愿读，愿写评论，当然好。她今年大约四十八九岁，也是武大六十年代毕业生，我上学她教我们。

回来事杂，谨此。

顺颂

秋安！

百义

一九八七年十一月一日

致王润生[1]（一九八八年八月）

王老师：

您好，来信收悉。先向您鞠一躬。我没有忘掉您，我是您的学生。我怎么会忘掉您？您是我走进初中后第一位先生，为人善良、热情，课讲得很好，植物当时是我功课中学得最好的一门。您烟瘾很大，手指都熏得焦黄……尽管过去整三十年，我还记得很清楚，恐怕您现在已是五十岁出头的人了吧？身体还好？

我受益于邓县四中者甚多，那里的一草一木，那城墙、湖水、菜田、荷花都记忆犹新。教我的还有郭磊老师、马老师（名字记不起了），李友岑、李振喜老师，还有刘元南老师，语文张老师和丁校长我都忘不掉。1978年我转业回宛，还打听过您。有一位同学恍惚记得，您在红泥湾中学教书，我还打电话询问。老师，前些时我去一个学校作报告，见学生都不向老师敬礼了，心里很难过，我觉得这是一种人性的堕落。人之区别于动物，就在于他有良知。人是应当饮水思源的啊！

字里行间可以看到老师心情不很愉快，很惭愧力薄能鲜，鞭长莫及，不能对您有实质性的帮助。但我想您应当自豪，您所教出的学生尽管有个别"一阔脸就变"的，但大多数都在为社会做出贡献，您大可不必为一些区区小人之辈自辱自惭。就我此生所受教的师尊，您在上乘之林！

我是八五年开始从事专业创作的，至今出了三本书，

---

[1] 王润生：原供职于邓县四中，系二月河老师。本文由王润生老师家人提供。

名义上是市文联主席，其实主持工作的是两位副主席，我则闭门谢客，面壁破壁，每天劳作十几个小时爬格子。记者们想说什么，那是他们的事，他们并不知此中三昧，所以总是夸大其词。其实作家生活绝不像学生时期想的那样罗曼蒂克。

目前工作任务极紧，我还不能定下时间去看您，但我一定要去的，明年若能挤出时间考察南阳地区的风土文物，我绕道也去。

三本书是同一系列，总名《康熙大帝》，还有第四卷（最后一卷）正在爬坡，苦苦熬煎。这里，把新出的第三卷赠您一册，一、二卷已完全脱销，买到后即奉赠斧正。

别的不多谈，望保重身体，保持愉快！

即颂

特祺

学生：解放

（一九八八年）八月十七日

致花先生[1]（一九八九年）

花先生，您好！

遵嘱将清朝历史概貌略述如下。我的自我感觉原来写的序尚可，不深望新补的材料引起原文大改动，惟先生谅之。（如大改动，由我动手。如只是插入，请您代劳。）

清皇祖先原系女真族，又称"肃慎"，金人后裔，自努尔哈赤开创，建极盛京，历经皇太极到顺治皇帝传至第三代。

明廷末年，政治不修，水旱频仍，加之其实行特务政治统驭朝野，自万历皇帝后日渐式微，传至崇祯皇帝已到了不可收拾的地步。崇祯帝并非无能之辈，夙夜勤政，内清奸珰，外务廉政，励精图治，即李自成亦称"君非甚暗"。他自己也说"君非亡国之君，臣皆亡国之臣"，尽管他做了最大的努力，但明朝大厦将倾，独木难支。李自成的部队攻陷潼关后，明朝在松山与清兵决战失败，这是大势已去。

崇祯十七年三月十九，李自成的铁骑攻破北京，崇祯皇帝撞景阳钟召集百官（我看他是准备集体自杀），但无一人应命而来。崇祯即动手杀掉了自己的亲人（乳母抱三太子朱慈焕逃亡），由东华门逃出大内，至煤山悬树而亡。七岁的福临（即顺治皇帝）打败了李自成的部队君临天下，成为中原之主。据资料记载，清人入关时的八旗主力仅有不足九万人，加上吴三桂山海关投降的汉兵四万多，总兵力不超过十三万。而福建南明唐王

朝廷，还拥有一百多万兵力。加之李自成百万铁骑和散处各地的地方武装，总计在四百万上下。但清人的八旗兵是太厉害了，入关长驱中原，如入无人之境，横扫天下而莫能撄其锋。这个过程非常复杂，不能用这个篇幅讲述，总而言之是十三万人以摧枯拉朽之势打败了汉人。究其原因简言之，汉人在精神上已完全崩溃，如羊群之畏虎，而满人内部团结同仇敌忾，因而所向无敌。我看这原因那原因，这一原因是主要的。

福临即位，即为有清入主中原开国第一君。这是一位极聪明的皇帝，政治经验和军事才能都有了不起的建树。但作为皇帝，他却有个致命的弱点——情痴。他在位十七年，才仅二十四岁便弃世撒手。关于他的去位，自是清朝三大疑案之一（还有太后下嫁多尔衮、雍正即位两大案），至今学术界众说纷纭。有说出天花而死，有说弃江山入山为僧。作为文学作品，我理所当然也采用了后者。我不是没根据，他是极端崇佛的，这是思想上的原因；第二，他所倾心钟爱的妃子董鄂氏顺治十七年八月突然病逝，即辍朝三日，追封为皇后，四个月后他也就"崩于养心殿"。而资料说明，他死前一日还在正常接见臣工。因为这于皇宫毕竟不是件光彩事。乾隆年间修史，大量篡改清初史料，我们已无法窥见真貌。从一些清人笔记中颇见他出家的影射之文，我们今人无法理解古人，大抵因物欲迷障，已不大重"情"之一字罢了。

由此，八岁的爱新觉罗·玄烨即位为康熙皇帝。在顺治的儿子们中，这是最聪明的一个。据说由谁承位，顺治皇帝咨询过汤若望（天文学家、数学家）。汤若望说"三爷（康熙）已经出过天花，可保万年"，因而终于做出了抉择。

明末清初的局势纷乱如麻，绝不可能一点篇幅就全然说清。但我见到坊间的《烧饼歌》，朱元璋再三说，"胡人无百年运"。从历史上看，少数民族统治华夏，大的有两次：一次是西晋八王之乱后少数民族内迁，一次是元朝蒙古人占领中原。确乎没有一个能立足百年的。清室之所以能传十世超二百六十年，与其本族的勃勃生气，又善于吸收汉人博精完整的统治术，注意调解满汉矛盾有着非常重要的关系。

辛亥革命，就我的认识，从本质意义上说，是一次政治更替。但在当时，为此革命的需要，提出了民族革命的口号。这个口号作为权宜是可行可宜的，但实在说，它不够科学，没有把"中国"这个概念准确表达出来。应该说满族人民本是中国一脉血统，它回避了这一事实，这就造成长期以来一个很大的误区，以为少数民族统治国家，即是亡国。这种失误，是思路上的愚蠢所造成。我甚至认为，伪满洲国之所以能够依外人卵翼而建立，与此失误在思想上应不无关联，这真是一件可悲可笑的事。

写到这里打住吧。

收到我函如能赐一复札则十分感谢。

请告知您的电话号码。

南阳是历史文化名城、诸葛亮出山处，文物颇胜，先生若有机会来宛，自当扫榻以迎。此地若有需办之事，亦请不必客气。

如能蒙赐几张邮票，则深谢，钱可以从应付的报酬中扣除，匆匆而云。

即颂

时绥！

凌解放（二月河）

（一九八九年）

照片随信附上两张，请选用。又及。

此间已知，《河南日报》、河南广播电台、《南阳日报》对此事已做新闻报道。又告。

致凌皆兵[1]（一九九〇年）

一

皆兵：

你好。

你的信已接到了好几天。同时，家里也接到了你的信，大家高兴极了。

我之所以不再叫你"小兵"，是因为你已经不"小"了，你已经是一个独立的社会人。临行时千叮万嘱，无非就是这样一个意思——你应该成熟起来。

一个人什么叫成熟？

我看最少要三条。

①明白自己所处社会位置，先根据这一"明白"来处置自己所有的问题。

②知道"自尊"来自于"他尊"，能把自己在人群中的作用想清楚。

③晓得"人比人，气死人"，决不被气死。

其他还有许多，但目前说有此三条，你应该就够用了。

古人云读书不成学击剑，击剑不成退而从医。你现在面临第三个机遇，不要再失去。退到第三个机遇，成功的希望就不多了。幸而现在从武之余，如能司文，也还不能说第一机遇毫无希望。

你甚有天资，但读书实在太少，太少，这很可惜。

---

1 凌皆兵：二月河弟弟。本文所收二通信由二月河家人提供。

如有条件，还是要多读些有益的书，不要再看武侠之类的书，时期不同读书兴趣应该有发展。

你喜欢半瓶子晃荡，这是不成熟的标志，且容易给自己招麻烦，我希望你改，一个半瓶子的人是不会有出息的。

家里都好，你安心服役，搞好团结，精通业务，加强学习。即便做不了"官"，学成本领回来，全家也是欢喜的。

好了，不多说了，你好自为之。祝好。

又：

你给爸、妈信，要爱谈高兴的事，有烦恼困难告诉我或大哥。

凌解放

（一九九〇年）

二

皆兵：

你好！你寄爸妈的信我也见到了。为此，我今日中午在家吃饭。首先，我觉得你愈来愈成熟，已经学会了观察问题和处理问题。你的基本看法都是你的切身经验体会。因此如对面相诉，十分亲切。其实，即当前社会上的阴暗面，比你所见到的要多得多，丑恶得多——即如我，有的人写稿子稿费是我的数倍、十数倍，和他们比，我岂不气死了？

所以，我很高兴你不但看到了，而且能正确消化它们。

一是有骨气，即所谓"豪气"。二是忍得下。这二条尤难能（可贵）。韩信如不能忍胯下之辱，一拼了之，决不能成后来事。入党应自己申请，入不了一点也不丢人。其次万不可惹事，那是有害无益的。你只要安安生生当几年兵，身体健康地回来，就算完全走好了你人生的第一步。当然，如果有上进的机会，我相信你也是不会放过的。

至于回来后的工作安排，我们会全力以赴介绍，不会让你再吃亏失望。你有什么想法，可以告诉我，我虽然忙，给你写信还是有时间的，咱爸他精神状态不能受刺激，多和他谈高兴事。对我，你什么话都可谈，经济上有困难，也由我对你帮助。——咱爸也说了，他要给你钱，你要用来保养自己。花完了，或不足，毫不客气地告诉我。你嫂子也不吝啬，我们完全可以帮助你。在保重身体的情况下，一是不要挥霍，乱花钱；二是与战友必要的感情联络不可偏废；三是少想不愉快事，不要和那些乱七八糟的事、人相比，做好自己本职工作，就是对社会的贡献。

别的不多谈了，盼来信。

兄　解放

嫂　菊荣

书快出了，需要给谁送，一律由你，你开个名单来，我签字寄你赠送。注意：不必扩散宣传，不必怕我（有）负担，领导和一般同志要分别照顾到，要中庸平和，不能偏执。

（一九九〇年）

致鲁枢元[1]（一九九一年二月）

枢元兄：

给你的这个回话写得是慢了些。倒不因我"懒"，恰前几日接到长江社寄来《雍正皇帝·九王夺嫡》校样，我忍着重感冒，咯着血，一字字去审校四十万字的校样。因而迟复，惟君谅之。

《康熙大帝》书成，庄众来信说，这部一百五十万言的巨制摆在他案头，"有一种辉煌的感觉"。但我心中时时涌上来的却是淡淡哀忧，偶尔也对它会心一笑，随即便默然。引起你感慨的那篇《寂灭的联想》就是青灯孤悬、天籁无声时积习的产物。

我不知我留给你的是什么印象，我在众人心目中的形象是矛盾的。不少人觉得我倜傥狂疏，属"豪放派"，但邻居们都认为我内向，寂然来去终日不语。一些朋友说我"深如古井"，另一些则说有"绿林气概"。有人说我"书呆子"，也有人说我"狡猾"。如像何振邦君，讲是"文坛一杰"，那是抬爱得狠了。我对这些议论大抵不太理会，因为我知道，我也不过是人生游戏场上一员，平淡得有些百无聊赖。看看后边吧，《雍正皇帝》一百二十万字中间还有个"君子协定"，把我的红学论文结集出版，河南出版社又将《乾隆皇帝》列入明年出版计划。朋友热肠加之出版市场形势，我不能拒付文债，但自家明白，一部《乾隆皇帝》文字量绝不逊于《康熙大帝》，仅此负重如山！而我已是四十六岁的人了。前

---

1 鲁枢元：文艺理论家，教授，曾在郑州大学、海南大学、苏州大学等大学任教。

半生了无意趣，并未真正欢乐过几日；望后半生，仍是看不到头的漫漫天涯路。来日苦短，去日渐多，怎能不使我生"美人迟暮"之感，又怎么会对死亡一事漠无关怀？

"我爱星，无论是天上的，抑或已坠落人间的。因为它在暗夜里，曾给予过希望和力。"这是我加在《雍正皇帝》第二卷前的"题篇铭"。"题篇铭"这词不知有人用过没有？我是由"墓志铭"翻想出来的。为什么要写它，说不很清楚。大约每晚写作乏累，都要出去散步观星的缘故。我们寄生的地球也是星，大约伫望我的书，伴着我的思绪，更多更久远地得到她的垂爱？也许，我的亲人朋友，我的女儿，所有爱着我的，在我心中如一颗颗星，愿我的灵魂与之相随终天？文界名言云"爱与死是永恒的主题"，这话思之不确。爱，有的人有，有的人没有，有的人先有后没有，有的人先没有后有——它只是美丽，却并不永恒。而"死"则全然不同，人人一份，你引用了"亲戚或余悲，他人亦已歌"，后头两句我用："死去何所道？托体同山阿！"我的"山阿"在哪里？我愿意是我留下的作品。

枢元记否？那年开《康熙大帝》座谈会，我们还是初面，广举还有省文联、作协一干人众，都是中州文界"执牛耳、主骚坛"的，很为这书说了好话。我不是个不识好歹的人，但还是说了：我这书不是写给你们衮衮诸公的，是写给读者的。后来这话在《河南日报》张扬了出去。有人说我狂，也有人说我有骨头，当然也有拍案叫绝的，但其实我极平静的。残酷的真理也是真理：书的命运真的并不掌握在兄辈手，我所要"收买"的，是"上帝"。

但是实践这一壮志谈何容易。大千世界色相纷繁，芸芸读者气象万千，该从何种角度层次上满足"上帝"要求，从何种深度沟通与之精神交流的渠道呢？直到现在我仍在苦苦探索答案。我说不清，恕直言，我以为兄也说不清。和你一样，我不赞同——雅人说好便是雅文学，俗人称颂便是俗文学。照此推理，设某一伟人偶读，说"此书颇佳"，就该是"伟人文学"？反之，若果光棍街痞大腿一拍说道："日娘乌撒的这书不坏！"岂不糟了！现在说这书的什么话都有：一位少女告诉我，她"爱伍次友"；一位易经研究者说"内中八卦卦理欠通"。不知道有没有照书中药方造春药的，但确有人问我，高士奇治"气鼓"药方能用不能。我的父亲见第四卷书中父子兄弟萁豆相煎的可怕情景，说我"残忍"，"老年人精神上受不了"；而一位"女神"则从头骂到脚，以为除第二卷外皆不可读，坏人心术欺世盗名，连写了赞评文章的孙广举也被骂进去以为"济恶"。更有痴的，我的一位朋友，读书中一句"君子于功名，只可直中取，不可曲中求"，居然真的和领导试了一下，结果奉调贬去，阿弥陀佛，罪过！

可见专门"迎合"是不成的，读者的审美情趣太不统一了。西方罗马时代后一向将"审美能力"称为"趣味"，但"趣味"又是什么玩意儿却人莫能详。一句拉丁成语讲"谈到趣味便无可争辩"，试想"无可争辩"了还有什么说头？18 世纪法国人则更干脆，把趣味称作"Je ne sais quoi"（我不知道说什么）！我讲，我不会听你们理论家的，也多少有点子腹诽的心思：你自家尚且"昏昏"，叫我如何"昭昭"！

既然理论家和读者都不可迎合，我只好迎合我自己。拿着什么迎合？我想了想，一是凭我的文史知识，二是个人阅历，三是我的自我感觉。把自己对人生、社会的理解融进自我，变成一个"社会人"，这个社会人运用自己的知识、对人性的洞察和内心灵魂的挖掘去组编、去结构，于是成书。文学这东西，说淡了就是写社会和人生，透过情思、情节和语言去与读者沟通。曾有人问我"故事与小说的区分"。我说："以《红楼梦》为例，'王熙凤进来了'是故事。在个个敛声屏气恭肃严整的荣禧堂，忽闻一声：'我来迟了，不曾迎接远客！'这个王熙凤的进来便是小说。"小说不能是平面的，应该是立体的，所以要有气，这个气就是社会气、场景气。如此，各个不同身份、不同性格的人才能从中觅出知音；觅出知音，读者才能认同你的书。如前面我举读者的感受就是这样来的。就如君所告那位可敬的邻居，说不定就是底层人物犟驴子的际会经历或某些气质，与他的心灵产生了某种撞击，才会有这样的效果吧。而侯教授我想他更可能在伍次友、熊赐履、陈潢这些人物中去寻找他的自我。因此，我不能简单地判定《康熙大帝》是俗是雅或雅俗共赏。我只是在做这样的努力，让尽可能多的人各自能从中找到自己的影子。我做到这一点没有？还要看将来，无论如何，我做了这努力。

你提的这几个问题都是相当刁钻的。采访我的人很多，大抵都问的是"你怎么弄资料""你怎么读书"，更多的是"你是怎样自学成才的""你如何勤奋写作""你有什么雄心壮志"，等等。当然也有问，"出版社后门怎么走""你怎么和他们挂钩，花了多少钱"。但像你这样从对雅俗理解，追"道德继承"，溯到"创作动力"，我还是第一次遇到。算是"有非常之人，乃有非常之问"吧。我一面觉得"大哉斯言"，一面又嗫嚅难对。

1985年，我去贵阳开全国红学讨论会，行前与姚雪垠一晤。他劈头就问："《康熙大帝》什么主题？"我不假思索四个字："爱国主义。"我写这书主观意识是灌注我血液中的两种东西，一是"爱国"，二是华夏文明中我认为美的文化遗产。我们现在太需要这两点了。我想借满族人初入关时那种虎虎生气，振作一下有些萎靡的精神。

这是我的情怀所在，为完成这一情怀的形象表述，我写了一批值得歌泣的人和事。"情绪的张力"是你看出来的，写的时候我没有想过。诸如伍次友、周培公、郭琇、于成龙、高士奇、陈潢甚至李云娘、小毛子、魏东亭这些人物，有的历史上有，有的压根是不存在的。但只要着笔，我首先想到的是他的品质，他们的这些品质如何烘托出康熙的"大"。因为这是一批活动在康熙周围的人，是鲜活的、死板的，对此书命运至关重要；是高尚的、卑琐的，则直接影响到核心主人公康熙形象的树立。试想，如果把清末八旗子弟的纨绔荒唐习气，或者如《官场现形记》中一大批龌龊丑陋的官员模样大量投入《康熙大帝》

一书，还怎么表现康熙雄主的开拓大业？姚雪垠指责我不该用"大帝"，而我的核心主旨恰就是这个"大"字。为了这一点，我尽可能地从传统道德中摄取了带有活力的、有营养的东西赋予我的人物，让读者从这些人物与命运的抗拒联合中，去体味中华文明浩然无际的伟大。我认为美就是美，并不因为标有孔孟标签而不美；很简单，正如丑的，标上马列的标签也不能变美。

这一点我相信读者的鉴别力。尽管君主制度不好，却是那时的一个客观存在。康熙是明君，如伍次友、周培公诸人，一个重要的道德标准，就要体现在"君恩"和"臣忠"上。这样才出"际会"，才出事业。读者很容易就能感受到，我并不是在歌颂君主制度，而是在写那种制度下可能存在的人际关系中美好的一面。把善良、仁慈、关爱注入进去，它已经不完全是原来意义上的道德观念，读者感受到的美就有了现实的依托。康熙与伍次友的关系，人们认为美，即是因为康熙能比较平等地与伍相交，先是"师生"后是师友，又赐金还山。枢元兄，假如你遇到一个高级领导这样待你，你会怎样答报？再如周培公，穷愁潦倒京师，一朝际遇康熙，简拔于泥涂，委任而不疑，封印拜将立功疆场，读者感受到的并不是一般的君臣关系，而是"知己知遇"，称赏的也不是原来意义上的"纲常大伦"了。就如郭琇，批"龙鳞"直犯九重，人们称赞的是他的浩然正气，对康熙，则是欣赏他的"雍容大度"。这些传统美德，具有永恒的魅力，并不因它的"封建色彩"而黯然无光。鲁迅说的那批"为民请命""舍身求法"的民族脊梁，就是这种传统美德养育出来的英雄。这件事恐怕要由你心理学家说，才能更清楚。有的我是说不清的。比如君主专制，很坏的东西，但遇上一个头脑清楚的皇帝，他这样想："朕即国家——天下是我的，还要传儿孙，我要治得好好的，做个后世敬仰的皇帝、完人。"既是他的家当，便不肯肆意作践，客观上有利于国计民生，他也就进了脊梁之列，这又该从哪个角度上来认识？我想对此能说的就是这些，不想编空话哄你，况你也不是哄得住的人。

说到创作动机，我也很怕谈。这件事情并不是无法解释，而是我觉得尚未到彻底解释的时候。

第一次在郑州开《康熙大帝》座谈会（第一卷），广举（我）还不认识。他一开头就说"不难看出作者遭遇坎坷"。我当时便顶了回去："我并不坎坷。"但我心中佩服他的眼力。表面上看，1968年入伍，1969年入党，1970年提干，1978年转业到南阳市委当干事、副科长、科长，继而又出书，何"坎坷"之有？然而我自己知道，我的坎坷不在别人眼中，而在自己心里。我出身于一个富农成分的革命家庭，父母都是"三八式"。他们都是对事业忠诚得不能再忠诚的人，但背了成分的包袱，在宦海沉浮中都不得意。我自幼随他们四处漂泊，见多识广，同时也看到了蒙在这个家庭头上的阴云。耳濡目染，性格中两个很矛盾的东西同时糅进我的灵魂。一则自卑，与同样的"革命家庭"相比，觉得不如人；二则是强烈的自尊向上心，想做一番父母没有做到的大事业。这二者几乎从我懂事时便开始摩擦我的灵魂。有时我自傲，有时我谦卑，无限的向上和有限的知足都在心中扎了根，时时发布着命令。这是很复杂的带有变态的心理，与许多具体实例纠缠着，当然不可能在这个篇幅中表明。老实说，我原想走仕途，做"一代名臣"，冠冕地说想做个"大公仆"，为社会尽点责任。但仕途终于没有走通，因为我发现这路不是单用人品加学识、才能就走得通的。实践不成，只好纸上谈兵，把自己想的变成别人做的给人去读去想。因此广举说我有卧龙意识时，我几乎落泪，因为触了我的情肠。

上头是谈"心"。从"行"来说，用你的话我这人"情"与"节"太多。刚好该考大学，"文革"就来了，别人送文凭时自傲得不愿去接，而需要文凭时却又没有！当我扛着水泥沿着仄径向悬崖顶一步一颤地攀登时，当我满面煤灰从"五七煤矿"中钻出来时，当我从即将爆炸的现场赤脚逃出来时，你很难把那个狼狈的凌解放与西装革履侃侃而言的"二月河"联在一处的。这世界真奇妙，你正在与人相爱，突然一阵"狂风"，把恋人吹得无影无踪；

而当你千辛万苦寻觅到时，阴差阳错已名花有主。这是"雷击"的效应，爱火被黄土掩埋又是怎样的滋味？为名为利是常情，人们说我听，我付之会心一笑。但我忠诚地告诉枢元兄，这个中国作协会员，这个数十种大小报刊吹起来的人，这个"自学成才"者，这个"优秀知识分子"，这个在四部词典上列了专条的人，这个在各种会议上侃侃而言从容不迫的人，这个在电视镜头中满面笑容顾盼自雄、显得浑身光环而又潇洒豪放的家伙，他心中并不潇洒！那区区几个稿费，那些纸糊的光荣、世俗的称颂和景仰的目光，惊动不了他的灵魂！

　　所以尽管"动机"难言，想了想，我还是要说，是"孤愤"，或者说是"气"。司马迁无孤愤不成《史记》，曹雪芹无孤愤则无《红楼梦》。我不妄攀，但可类比：我若无孤愤，《康熙大帝》焉出？"孤愤"的意义，我想并不总是愤世嫉俗。就是恨自己，忏悔自己无能、懦弱与过恶，愿以之与世人共鸣，大约也可叫"孤愤"的吧。

　　康熙年间山东新城大文人王士禛，后来当了刑部尚书，是蒲松龄的朋友。蒲松龄曾有诗给他：

> 志异书成共笑之，布袍萧索鬓如丝。
> 十年颇得黄州意，冷雨寒灯夜话时。

　　就用这诗收住吧。

二月河

辛未正月下浣

（一九九一年二月）

附：鲁枢元致二月河（一九九一年一月）

二月兄：

前天在报上看到了你谈"死亡意识"的一篇高论，适逢我参加一场追悼会归来。死者是地方上的一位要人，正值年富力强之季，却因操劳成疾，身陷绝症而中道崩殂。原来高大魁梧的身躯，在灵堂的百花丛中只剩下枯瘦的形骸。而待到追悼的人群尚未及返回市内，这生命又已化作一缕青烟。追悼会很隆重，但依然不过是"亲戚或余悲，他人亦已歌"，"他人"都还有许多繁忙、急促的事情要做，自然不能老惦着死者。

生命竟也不过如此。

你文章中关于"无常"、关于"寂灭"、关于"伸腿"之类的联想，以及豁免"追悼会"的动议，我颇有同感。那天出了火葬场我忽发奇想，觉得这道白森森的大栅门倒很像是一个大游艺场的"出口"，而"入口"则当是妇产科医院那苹果绿的双扇门。戏一旦演完，终归是要退场的。

话可以说得很潇洒，真正要想超脱死亡并不是一件很爽快的事。清夜醒来，自己抚到自己温热的肌体，想到日后也要化作一堆灰烬，不免引出一声叹息。秋天的时候，霜林如醉，落叶似蝶，那景色美丽得让人忧伤，自忖此生再看落叶，满打满算也不过还有二十来回。教授的薪水菲薄，家常生计不得不认真筹划收支，忽而转念筹划到寿限上，人生七十而去，该算是正常死亡，那么七十块钱已经花去了四十六块，剩下的还能花上几天？况且物价已经上涨到这步田地！想到这里，倍感手头拮据，心里一阵紧缩。

然而，这又是毫无办法的事。"铁门槛"拦不住，"人参蜂王浆"也保不住。更何况生死无常，来早来迟自己无论如何也说不准。

面对死亡，你不能不感到"有限"对于人的束缚。

肉体的飞升是不可能的，秦始皇、汉武帝、唐玄宗都曾经试过，只留下了笑柄。唯一可能破这束缚、超越这极限的，是精神的创造，尤为突出的是艺术和文学的创造。屈原、司马迁、李白、杜甫、曹雪芹、鲁迅……人虽作古而精神常青，这凭靠的是他们创造出的诗歌、小说。

我于是又端详起书架上那套厚厚的四部头的《康熙大帝》，这是你创造出来的文学。这套书出版后获得了许多读者，国内不少广播电台仍在演播。一个死去二三百年的古人让你给弄活了。我相信，这纸上的康熙，要比那肉身的康熙活得更长久些。而"二月河"先生，大约也要伴随着"康熙大帝"将自己的生命绵延下去。所以，你不必再去"联想寂灭"，不必再去思虑将骨灰撒在什么去处，"菩提本无树，明镜亦非台"，这些思虑仍不免有些黏滞了。

我很喜爱读《康熙大帝》，应该说是很有些推崇了。我至今说不清它是一种"俗文学"呢，还是一种"雅文学"，或者竟是一种"雅俗共赏"的文学。时下盛行"接受美学"，以读者为框定作品的标准。我家先前的一位邻居，是一位高小文化程度的建筑工人，读此书读得走火入魔，几乎要投奔康熙加入"犟驴子"一伙当长随去了。如此算来，《康熙大帝》该是"俗文学"无疑。但我的一位同事，即那位在国内翻译界享有盛誉、被三联书店视作台柱子的侯大教授，因在资料室寻不到《康熙大帝》的第三册，急得"搔首踟蹰"，最终还是央我拿了他新译的茨威格的《富歇传》换了一册《康熙大帝》，这你是知道的。如此论来，《康熙大帝》又该属"雅文学"。这样的辨析显然多了些机械论的色彩，实际上大多数现实生活中真实存在着的人，骨子里都存在着"清雅"和"土俗"两方面的因子，这是人性的真谛。"大雅"的同时又是"大俗"，犹如木匠画家白石翁笔下的水仙和菖蒲，这才是做人的极致。文学创作也应如是。我的一位当编辑同时自己也写小说的朋友罗维扬曾形象地说过：所谓俗文学和雅文学，只不过是文学太极图中首尾相衔的阴阳二鱼，相辅相成，互补共存，太极图中那条神奇美妙而富有活力的Ｓ形曲线，则可称之为雅俗共赏线，我们应以切实的努力去追求它，亲近它。罗君的此番高论颇能给人以启发，只是多少有些"半斤八两"的过于公允，不知兄之所见若何？

对于这部长达一百六十万字的《康熙大帝》，我至今怀有一种深深的内疚之情，由于种种原因，我没有能够为它写一篇评论文字。如果要写的话，那并不是为了作者，甚至也不是为了作品，而很大程度上倒是为了我自己。

说来见笑，我由此书进入思考的，倒竟是围绕一个司空见惯的术语："情节"。一些理论书中通常都把"情节"等同于故事。我读了你的小说后忽然有了新的感悟。写作"历史演义"或"传奇大书"，固然一定要有故事，但光是有故事并不能成为文学，还必须有"情节"，有"情"有"节"。

情，是情感、情绪、情怀、情愫、情欲、情爱、情谊、情义、情味、情趣、情志、情致、情操、情思、情境、情调，或许还是弗洛伊德说的"情结"。这些在作者是一种胸襟怀抱、心灵人格，在作品是一种气度格调、神韵风范。对于文学创作，"情"是具有本体论意义的。纵览《康熙大帝》一书，无论是君臣、父子、师徒、友朋、情侣、夫妇之间，无论是庙堂、书斋、宫闱、闺阁、商肆、行院、河工、战场之地，全都充盈着一股股强劲的情绪张力，书中的风云际会、悲欢离合常令人回肠荡气、拍案扼腕。我常常揣测兄落笔着文之际，不知倾注了多少心血。有真情方能有至文，此话当是不虚。

写到此处，适于手边见到《人民日报》一则题为《礼重情轻》的短小报道。据作者统计，某市居民人均送礼支出较六年前增长四点八倍，而人际关系却日益实用化、物欲化、庸俗化，重礼的下边全是虚情假意。文学，有责任向人间呼唤真情。诚如你在书中描绘的，封建时代的伍次友、魏东亭、苏麻喇姑、周培公等人，或一诺千金，或忠贞不贰，或肝胆相照，或舍生取义，或扶危济困，或淡泊明志，皆可歌可泣也。这里有一点要求教于兄的是：封建时代的伦理纲常、道德情操何以在今日仍然具有如此感人的魅力？关于道德继承的问题是一个十分复杂的学术问题，我不想听你讲大道理，只想请你谈一谈你在写作《康熙大帝》时的真切体会。

至于"情节"中的"节"，我以为应当是节制、节律、节拍、节奏，也还含有关节、环节、节骨眼的意思。如果说"情"是文学创作的冲动力，而"节"更多地体现为创作过程中的约束力、控制力。"情"更多地具有"本体论"的色彩，"节"更多地富有"方法论"的意味。《康熙大帝》在叙述的方式、结构的设置上，盘根错节、波诡云谲，时而异峰突起，时而曲径通幽，时而云龙雾豹，时而柳暗花明；或草蛇灰线，或背面敷粉，或精雕细琢，或俯拾即是……这大约是《康熙大帝》常能令人手不释卷的一个重要原因。

"方法"的问题说到底还是人自身的问题，因为方法虽多，总是要靠作家自己"活学活用"的，何况凡是优秀的文学作品，在创作过程中必定还会创造出许多新的方法来。由是观之，不但"情"与作家的心胸涵养有关，"节"也必然与作家的呼吸心跳相连。我历来不怎么相信结构主义文学批评的理论，总是认为作家和作品，作家和他作品中的许多人物，有着血肉联系。作家以自己的心血和生命培育了作品，作品也以它充盈的活力拯救了作家，成全了作家。如果你同意我的这个看法，那么我要向你请教的第三个问题是：你何以触动了创作《康熙大帝》的念头，又是什么力量促使你一气呵成这部一百六十万字的巨著的？

时在腊中，岁晚日短，这信一写倒是拖长了。据闻继《康熙大帝》之后，《雍正皇帝》即将面世，这是你的又一部力作，值得祝贺。写到这里，我实在觉得，著作若得以传流，"二月河"千秋之后或寂灭、或涅槃、或伸腿、或呜呼哀哉、或烧、或埋，似乎都近于扯淡了。

枢元再拜

庚午腊月除日

（一九九一年一月二十七日）

致卢先生[1]（一九九八年一月）

卢先生：

您好！元旦电传手札日前已由林雪梅先生转给了我。传真虽快，但目前我们这里使用率不高，我亦未配备机器，因此略迟几日复函，盼谅。

很感谢您这封热情洋溢的信。在台湾我拥有一批读者，这是知道的，但没想到层次如此广泛与深入，也没想到这样喜爱和赏析我的这些文字，这使我深感欣慰喜悦。小说本姓"小"，能够引出"大"来，我当然高兴。

刘洁先生几年前曾和我通过信，他来大陆也通过电话，他确实是学养有成的长者和学者。后来他去了美国，也不知近况何如。我喜欢读金庸也喜欢读高阳的书，高阳在大陆出版的书能买到的都看了。他的文笔比我细，写得大方从容，举重若轻，从人物形象刻画到事件情节拓展，都贯注作者一种"童真"的情愫，读他的书真是很好的享受。可惜著作犹在，已是人琴两亡。

目下正在写《乾隆皇帝》第五卷，也即是"帝王系列"之最后一部《月昏五鼓》（暂定名），写得很苦，然而"行百里半九十"，只能努力去做。这十几年在书斋中"闭门造车"，一直想出去走走，但几次出门的机会都不得不放弃了。去年台湾"历史小说研讨会"林佩芬先生邀我去台，我真的是动了心，但想想手里"活计"，又未能成行。第五卷写完之后可以大喘一口气，如有机会到台，必和读友们一处畅叙。

---

1 卢先生：台湾人，二月河作品的热心读者。

林洋港先生我久仰大名了。你们一道来大陆，我亦希望借此机会与您和林先生快晤。我们会有很多共同语言，会谈得拢的。

即颂

冬祥

凌解放

一九九八年一月中浣于宛

附：卢先生致二月河（一九九八年一月一日）

凌先生：

您好！我是您的一个读者，甚至也算您的同行，因为我一直从事新闻事业，现在经营一个传播公司，同时也在两家报纸写社论和专栏。台北联合报的刘洁先生就是我的一位老长官，我们以前常常谈到您和您的小说。

我们台北有许多您的读者，我甚至都想组织一个"二月河读友会"，等您到台北来玩时，大家一起欢迎您呢！

这几年一直等着您的新著，想必您也写得很辛苦吧？从前历史小说家高阳先生在世时，我们也是他的书迷，而且也常和他聚会喝酒听他讲清史故事，因为他的祖先在清代有不少当大官的（许庚身、许乃普等），对清朝典章制度和旗人习俗了若指掌，不知您和他见过面否？两大"高手"如果认识，该会有惺惺相惜之感吧？

一年多前参选过"总统"的林洋港先生，明年四月会到河南去祭祖，我算是他的"特别助理"。九七年五月曾陪他第一次去大陆，到翠亨村中山先生故里、桥山黄帝陵、南京中山陵去探本溯源谒陵，因此明年到河南我也会随行，到时很希望能和您见面畅谈，并且会带瓶好酒去给您喝。大陆上是"十亿同胞九亿烟"，不知道您抽不抽烟？从前我也曾经是老烟枪，但是这几年已经"退伍"了。太多的话不知从何说起，只有见面再谈了。

祝好

卢××敬上

一九九八年一月一日

卢先生：

您好！接到您的传真时，正值南阳大雪，我带着我的女儿一起去淯阳桥边观赏——但只不为饥寒所窘，这样的天气不宜守在家中的——观雪是一种文化，山之朦胧，林之绰约，野之混沌迷茫，宇宙之寥廓，斯人斯生之渺小，这种天候中最易圆融通汇在一处的。满身雪水归来，见到这封友人情深豪爽放旷的信，自然是异常喜悦的。《诗经》云："嘤其鸣矣，求其友声"，我可以想见台湾我的这群神交之友对我的关爱。人生从某种意义上说是一种精神旅行的过程，雨窗可以消意，把盏不禁兴狂，期望将来有这缘分，可与诸友绛烛开樽脱帽论文。我昔年盛壮履游天下时酒量是很豪的，在东北我们自己酿的酒，纯高粱烧七十五度，酒后抽烟不当心就会口中冒火。近年来体气大不如前，但高兴时还是要"抿一杯"的。我和您的感觉一样，北京二锅头不错，其他的高级酒，即使是真货也不对脾胃。如今时兴的大都是低度酒，我笑称"阉酒"，是太监酒，喝醉了也"找不出感觉"来。有朋友（当然是读者）给我弄了几瓶"烧刀子"，我虽已不能豪饮，但仍喜它"是酒"不是"太监"，你们来，送您两瓶、洋港先生两瓶，带给读友们两瓶怎样？

即颂

冬祺

二月河通诚

一九九八年一月中浣

附：卢先生致二月河（一九九八年一月十四日）

凌先生：

您好！岁暮天寒，急景凋年，南阳那边冷吗？有没有下雪？台湾多高山，冬天下雪，可是我已十多年未上高山，十分怀念雪景，更向往那北国风光、千里冰封、万里雪飘的气象，虽然真的身历其境未必好玩！

刚收到您的传真，我好高兴，马上打电话告诉"二月河读友会"的会员们，大家也都很开心，我已经自封为读友会的"会长"了。由于传真实在太方便了，所以我还是传真给您，而且我已决定，如果四月份以前不能先去一趟河南，我就等四月随林先生去河南时再去看您，到时候我一定带一部传真机送给您，作为"读友会"给您的见面礼。

上回写信给您时，问您喝不喝酒、酒量如何，因为我想知道您喜欢什么样的酒。白酒？黄酒？威士忌还是白兰地？我以前很能喝酒，目前收敛许多，前几年到北京开始喜欢五十六度的北京二锅头，觉得跟酒鬼一样好，比一般的贵州茅台、五粮液都实在，因为假酒比真酒多。我前阵子常陪刘洁公饭前喝几杯高粱酒，现在他们夫妇到美国看儿孙去了。其实我并非好酒贪杯之人，我真正最爱的是"辣"味，到处寻访"天下名辣"罕遇敌手，不知河南有"辣"物否？

打了好几次电话都打不通，倒是传真一传就通，先传真回您信，以后再谈。

敬祝

新年如意

卢××敬上

一九九八年一月十四日

卢先生：

您好！转眼春节即将逝去，不知节间过得如何？这里营营扰扰一连多日，尽是可有可无的应酬，平日还能搪塞一声"忙"，此刻无了借口，只好随众"恭喜"——我盼它快点过去。

你说将在四月之前来大陆先容，不知几时成行？我已为你们备了点小礼物，但觉得薄了点，这里特产有烙花、玉器，不知喜欢什么，请不必客气，直接告诉我，我会努力以尽友于。

假期已告结束，可以吐一口长气做事了，就在家里写作，有事可以随时联系。

即颂

春祺

二月河（凌解放）

一九九八年二月上浣

附：卢先生致二月河（一九九八年一月十九日）

凌先生：

您好！南阳的大雪也好！

收到您的传真，看到您带女儿大雪天去赏大雪，不觉也跟着兴奋起来，仿佛穿过时光隧道马上飞过去了一样，只不知道这雪是跟着寒流撒一阵子就霁了消了，还是会下好一阵子？又，如果经香港到您那边，是到郑州国际机场，还是飞洛阳国内机场？交通状况不知如何？

看您谈起喝酒，可以想见想当年金戈铁马气吞万里如虎的豪劲。我虽然愧不敢比，可是年轻时也经常"人来疯"，逞强斗胜，一大杯金门高粱一仰脖子就下去了，现在当然差多了（血压问题），但是仍然不爱"阉酒"。说起烈酒，我去的时候，会另给您带瓶陈年金门高粱，绝对比俄国人的伏特加高明，在这里喝白酒的人也是以此为尊。

我有位结拜的妹妹季国瑞小姐，是"二月河读友会"的原始发起人之一，而且是"狂热分子"。她是一家公司的老板，听说我写信给您，要我告诉您早些到台湾来玩两个星期，同时我们读友会要送您的传真机，她也说由她个人来送。

虽然说四月间我会陪洋港先生去河南，可是如果交通状况理想，我很可能自己要先去一趟，或许和我内人一起去。您在信中所谓脱帽论文云云，说老实话，我可能可以是个很好的倾听欣赏者，若说"论文"，我就真的是萤虫之火焉敢与您的皓月争辉，比您的文采境界差太远了！

祝好

卢××敬上

一九九八年一月十九日

卢先生致二月河（一九九八年五月）

凌先生：

　　我把TOWARAT这种药的使用经验说给您听，请斟酌小心使用，最好是备而无用。多年来，我每次出国一定带这种很有威力的降压药，有一次在又累又冷的地方高血压发作，吃过这种药。我的吃法是：把胶囊放入口中，等它一化开，舌头上感觉药液流出来，就马上把胶囊和药液吐出来，只留下舌头上的一点药液咽下去，也就是说，我大概只吃下三分之一。

　　原因是，血压不能突然"猛降"。如果"猛降"，有可能导致大脑缺氧，会出大危险，所以我把这种威力极大的TOWARAT当成随身必备但不会轻易用的防身药。万一您有必要给老人家用，我想或可在必要时用刀片切成两半，慢慢地吃一半，另一半暂存冷藏柜里，四个小时以后再用。

　　抽烟对血压有极大影响，体重超重也影响血压。我患（后天性的）高血压有多年，最高大约在六年前，低血压（舒张压）一百四十，收缩压当然已经两百以上了，幸而我心脏不错，心电图很好，才苟全性命至今。不过，从那时起，我就把每天抽三包多的香烟戒掉了，至今一根也没再抽过，连念头都没起过。因为实在太怕中风不死不活的。

　　我看您的照片，虽然没有我"有分量"（九十多公斤），但也恐有体重超标准的危险，因此也请您多多保重，以免有血压问题。保重（应该说珍重）的要点是：不吸烟（至少要少吸烟、吸淡烟）、多运动、少吃盐，吃低盐、低脂肪、高钙高蛋白的食物。经常自己量一下血压，如果手边没有，我可想法带个简易的血压计来。

　　祝好

卢××敬上

一九九八年五月十五日晨三点三十分

卢先生致二月河（一九九八年七月）

凌先生：

您好吗？老太爷的健康状况不知是否有进展？

自从五月中旬到郑州和您通过电话后，一直马不停蹄地跑，洛阳、开封、少林寺、龙门（石窟）、铁塔，许多地方都走马观花般看过了，然后转往上海、南京回台北。

回家来没几天，照了二十几卷照片都来不及整理；四月下旬去美国十多天以及五月到大陆半个多月"积"下的杂事都来不及弄完，六月三日我又参加一个佛教师父和居士们的二十人参访团去丝绸之路，成都—乌鲁木齐、吐鲁番、敦煌、酒泉、兰州—南下成都回台北，又是十多天，前后两趟，整整一个半月，玩疯了，也累坏了，回来以后事情简直忙不完，直到现在才喘口气给您写信，实在非常抱歉！您一定搞不清楚我怎么没音没讯好像失踪了？

这次去河南，可惜就是没见到您，好在来日方长，机会多的是。我从照片中见您身体也很康泰的，不知血压如何？希望能多注意保重，大陆人口味重，对血压极不利，希望您吃的方面"多醋少盐"，多吃素食少吃油腻，吃高纤高钙食品，而且如果方便的话，最好经常吃一定剂量的阿司匹林药片，可保持血液的清淡畅通，不易发生梗塞之类的危险。此地这药名为"小儿温刻痛"，我可给您寄去。烟少抽。

这次我到丝绸之路，心情非常好，天天在戈壁滩上奔驰，看了许多赏心悦目的风景名胜，更在敦煌鸣沙山骑了将近两小时的骆驼，我就将这张骑骆驼的照片寄给您。

您送的六瓶"烧刀子"，我在大陆上就与同行的台湾最年轻的大师级画家兼诗人作家侯吉谅先生喝了一瓶，回来后又和季小姐、侯先生等喝了几瓶，总而言之，现在只剩两瓶，典藏起来，暂时不喝它了。

宝剑赠侠士，红粉送佳人。您的玉葡萄我送一串给我的一位大姐，此间有名的私立中小学董事长郑惠芝女士，她非常喜欢。另一串我替您送给季小姐，连朱仙镇的年画也送给她，因为她懂而且喜欢艺术品，等您来台就会知道，她有许多书画名家的搜集品。

下次我不知何时再去大陆，也许随时可以再去，但我希望下次再去时，找个定点深入地了解一些，不要总是八千里路云和月地奔驰！暂时搁笔。

敬祝

夏安

卢××敬上

一九九八年七月六日凌晨一点

杜××先生：

来信已经收到。你身罹重罪，不知如何措辞安慰。但我想，"死缓"已过四年，依法该已脱离绝险之境了吧。生存下来，这件事本身就给你提供了再造的机会。我懂历史，有很多罪余之人也都建树了令人瞩目的光明业绩，即使业绩不大，有一点点的进步都应珍惜。人生一世不易，能做多大努力进步，都不应轻视或放弃。

《乾隆皇帝》一书尚未出齐，现正在写第五卷。不知你缺哪卷？我可以赠送，你钱少不必买了。

感谢你和你的朋友们喜爱我的书。祝你们早占吉祥！

凌解放（二月河）

一九九八年九月二十一日

---

1 杜先生：与二月河通信时为关押在监狱中的死缓犯人。

附：杜先生致二月河（一九九八年八月）

凌老师：

请允许我如此地称呼您，因为我找不出更恰当的称呼了。

作为您忠实的读者，我不愿说一些崇拜您的话来证明什么。以前我读过几本书，并十分爱好藏书，在许多作品中对您的"帝王系列"已十分偏爱。虽然您我不曾相识，但我认为您我之间已成了无话不谈的知己。

书乃是知识的海洋，特别是在改革开放的当今社会更应用知识来丰富自己、武装自己，对于知识贫乏的我更应该加速学习。

我是一个被判处死缓的犯人。早在四年前看守所羁押待决时，发现犯人间传阅您的《康熙大帝》，借来一读，便被深深地吸引住了。简明、干练、通俗的语句，富有知识性、趣味性的写作手法，好比三伏天吃了一个冰淇淋让人舒服。上至一国之君，下到市井小徒，语言表达得淋漓尽致，一时间便忘了生之艰难、死之痛楚，那时，我欣喜地认为，读完您的作品，即便走向生命的尽头也是一种"安乐死"。

当死缓判下来以后，我没有为获得生的权利而发狂，而是高兴地想到又能读上您的作品了。进入监狱，我千方百计收集您的作品，并节省每月四元钱的劳改金，四年来终于购齐了您的"帝王系列"：《康熙大帝》《雍正皇帝》《乾隆皇帝》。犯人们争相传阅，大墙内唯你的书最受青睐，并纷纷打听，还有没有新书出版，《乾隆皇帝》没有写完是否还续写。在一次偶然的机会，从报纸上发现关于您的一篇《二月河与他的家人》的文章，了解到您还在继续出书。不知何时能出版？估价多少？是否能提前透露，以便准备资金。因为这特殊的环境制约，使我唯恐错过机会，故在没有弄清确切地址前，盲目发信南阳市文联，企望尽力转交作家本人，并恳请凌老师能在百忙中抽空写封回信。戴罪之身，不胜感激。

另：听说凌老师是专研究清史的，为什么不把清史从头写呢？（虽然别人也写过，）可还是想看您的作品，如果这样不就有了完整的一套"帝王系列"吗？盼！

杜××上

一九九八年八月

杜先生：

你好！

十月五日和十二月一日两函均悉。诚如你信中所言，我是作家名人，而你是囹圄戴罪之身。但我以为它仅是身份名位，不是人格高下之分。你以一个喜爱我的作品的读者身份说话，我若歧视你，就会证明我不配是个作家。而且从信中我看到你在追求进步追求知识渴望自由，在热爱生命与生活。我诚意地希望你努力展示自己良善改过的愿望，通过这种努力，重新获得自己生存的价值和社会尊重。

《乾隆皇帝》的第五卷尚未作完。大约春节间可以赶完。我之所以愿意赠书给你，是考虑到你的困难。读信见到"克服困难"的话，我尊重你的意愿。但如果确有难处，我看不必为区区一书而拒绝帮助。待此书出版，我肯定会寄给你看的。我能理解你"饥渴的内心"，我看你还可以在余暇时日广泛涉猎一点其他的书，中外的文学名著，以及专业爱好的书都可以读一些，总会有些好处，至少不会有坏处的。

即祝

冬祥，并望日益精进！

凌解放（二月河）

一九九八年十二月二十二日

附：杜先生致二月河（一九九八年十月）

凌先生：

来信看过，内情尽知，接到信后心情久久无法平静，激动的心情无法用言语来表达。冒昧地去信，您在百忙中能这么快回信，让我非常感动。因为时间对您来说不啻是一刻千金。

我们不认识，未曾谋面，更没有谈过一句话。可是从您的作品及回信中，我看到了凌老师您高贵的人格。常言说"人逢知己千杯少"，虽然我们相隔几百里，不能面对面地畅所欲言，可当我展卷"帝王系列"时，心里有种无法表达的满足感，你的书成了我困难时期的朋友，成了我新生的动力。凌老师，当我提笔回信时心情十分矛盾，您是个作家、大名人，可我是个罪人，和您有天地之差，这样做不知合适不合适，可看不到您的书又于心不甘。

凌老师，您在信中提到赠书一事，在这里我多谢了。我是个犯人，资金来源虽然不易，但我能克服困难，您珍贵的情意我收藏了。今寄去五十元钱作为书费，望凌老师一定收下。《乾隆皇帝》一书前四卷已有，后面的书出完后凌老师能在百忙中给寄来就万分感谢了。拜托！

祝工作顺利。我的朋友们代问您好，并殷切地期望您的作品尽快出版。

杜 × × 上

一九九八年十月五日

杜先生致二月河（一九九八年十二月）

凌老师：

　　您好。

　　当您收到这封信的时候，会同上封信一起收到。您上次的来信已收到，并及时写了回信。今去信一封给您解释一下迟迟没有回信的原因。在上次的信上已打算给您寄点钱，可又没有现金（犯人不准私藏、携带现金），又要找人帮忙寄信，门口的邮局又不办理汇款业务，这里离市区又远及这特殊的环境，等等，所以才推迟到今天家里来接见，望凌老师能给予谅解。

　　饥渴的内心无法用言语来表达，期盼！凌老师能尽快地著出更好更优秀的作品。

　　恭颂

编安

杜××

一九九八年十二月一日

亲爱的同学：

你好！

回顾以往，对我影响最大的一本书是《红楼梦》。大概是从初中时候开始读，已记不清读了多少遍。还有一本《聊斋志异》对我影响也很大，从小学时候就开始读，到了初中就开始"啃"它了。因为是文言文，小学的时候还半懂不懂，但是很感兴趣，一天一天浸润于书中。

中国文化的氛围、特色，在《聊斋志异》和《红楼梦》这两本书中都得到了最集中的体现。可以说，在中国文人的心目中，对华夏民族文化的了解，没有比《聊斋志异》和《红楼梦》体现得更加完整、更加明晰的了。

如果说《红楼梦》是伟大的现实主义作品，那么《聊斋志异》就是最伟大的虚幻主义作品。《聊斋志异》有非常丰富的浪漫主义色彩，又回落到现实中去。

所以建议青年人在老师的帮助下，读《聊斋志异》和《红楼梦》的原文，对两本书有一个比较全面的掌控和学习。

青年人为什么要读书？

河南是华夏民族文化的根，我们现在教育后代学习华夏民族的文字，要符合青少年心理状态的健康成长和发展，必须推进读书教育、知识教育。构建书香社会或者是学习型社会，才能够把民族文化的水准整体往上

---

1 闫慧飞：通信时为郑州大学学生。

"拉"。"拉"的人本身文化水准不够，也是不行的。

河南是民族文化、河洛文化等的发源地，已经创造了璀璨的古典文化和繁花似锦的现代文化。目前，世界民族文化、多元文化进入中国，并与中国原有文化产生"杂交"。河南人有历史的责任、世界的责任，应该把这种青少年读书活动和阅读活动搞起来，把河南人文化水准进一步提升起来，这样才能符合中国社会主义建设和社会主义事业的发展，符合河南文化的发展、中国文化的发展。

我们需要将中国人拥有的温柔、聪明和中国纷繁复杂的文化特色有机融合在一起，使我们的青少年更容易接受世界文化，并且把世界文化精髓和中国文化精髓非常好地结合在一起，让文化在新时代、新特点、新历史条件下可以更好地发展繁荣。

只有在读书活动、阅读活动和学习过程中，循循善诱，让青少年在阅读中获取比我们想象的更多的历史知识、科学知识和文化发展的知识，才能够使我们民族的文化始终向前，不至于凋落，不至于后退和停止，才能使我们河南文化始终处于华夏民族发展的主流与核心地位。

最后，想和你们说一句话：孩子们，读书吧！像饥饿的羊跑到草地上那样贪婪地读书吧。

二月河

二〇一七年三月

附：闫慧飞致二月河（二○一七年二月）

尊敬的二月河先生：

您好！

我是郑大的一个理科生，很冒昧地就读书的问题请教您。

记得小学时我买过一套世界名著的简本，但现在除了对个别书名有些许印象外，其他好像一无所得。初中之时读书依旧很少但记忆深刻，《平凡的世界》和《鲁滨孙漂流记》，我经历了初读的不耐和之后的迷狂，如深陷一个旋涡一样深陷一个奇妙而令人振奋的世界，爱情，生命力，征服的狂野和巨力，渺小，卑微，浩大的对比和叹息，很多潜伏的东西随着我之后的阅读从记忆的深处苏醒、涌来，不知这是否算作启蒙？

相比而言高中倒算是读书较多的时期了，门类变杂，什么都读那么一点，个别作家文人的书读得偏多。我开始意识到寻常世界之外有另外的世界。

大学的阅读则伴随着困惑和痛苦，在自我的种种挣扎中延续着。个人的成长，心智的成熟，更多的思考使我了解到我们所寻求的一切笼罩在一团巨大的迷雾当中，困惑，质疑，无果的追问。我更多地阅读诗、诗学理论、戏剧等，更多地偏向于理论的东西，试图在这里找到一些答案。但阅读量永远少于预期。我总是会有一种幽深的愧疚和负罪感，又时而有一种无力和疲惫之感，又会在恍惚之中觉得自己与四周格格不入。

阅读在我们所处的这个时代是艰难的，同时也是容易的，但这"艰难"和"容易"和以往不同。在此之前我们是无书可读，书太少，并仅仅在一个很小的群体和阶层中流传。现在读书变得前所未有的容易，语言和文字从未像现在这样跟人类紧密结合，很多以往难以获得的书，寂寞地躺在喧嚣集市边角的破旧书店之中，或者陈立于装饰恢宏、典雅庄重的书架之上。书籍变成数据，在大小不同的屏幕上亮着、滚动着，被虔诚或者烦躁的心阅读。"书籍像海洋"

的比喻这时才显得生动，但几乎无一例外，我们被书裹挟，在不知归向的乱潮中昏昏欲睡。

我们一边感叹着纸质书的日渐没落、文学的被边缘化与隔绝，一边又在世界文学的推促下前行，似乎繁盛与泛滥同时到来，伟大连接着陈俗，加之电子与网络强横介入，一种名为"现代"的巨大改变使我们猝不及防。

书的种类变得极其繁多，经典也以奇怪的速度增多，流行小说、网络小说、畅销小说，种种概念碰撞着文学，扯来文学的外衣，倘若这对装饰它们自身有用的话。泛滥的读书人变多，真正的读书人却近乎绝迹。我不知这世间还有几个精致而虔诚的读书人，依旧乐于往返于文学和现实，醉心那些看似无用的事物。

我们将面临的是日渐复杂的世界，在这个追求功利的大势之下，文学有何用，读书又有何用？

不知我的这些浅陋的想法是否对？很想听听您对读书的看法。

盼赐教！

学生　闫慧飞

二〇一七年二月十六日

编后记

二月河先生离开我们已经五年多了，五年来，我早就有将他的文章收集在一起出版，供阅读者和研究者使用的愿望，因为种种原因，今日方得遂所愿。

这套《二月河文存》，是除了他的长篇历史小说之外的所有作品的整理选编。其中包括散文随笔、自传、序与跋、书信、中短篇小说、电影剧本、《红楼梦》研究论文、诗词散曲等三百五十四篇（首）。其中有短短几十个字的散曲，有长达十余万字的自传和中篇小说。这些作品，一部分是他创作"落霞三部曲"前写下的作品，如《红楼梦》研究论文、电影剧本《匣剑帷灯》等，其余大部分是他写完《乾隆皇帝》后，因为身体原因，不能再创作鸿篇巨制而写下的文字。

二月河先生生前，已经出版了《随性随缘》《人间世》《二月河语》等近十部作品集，收在《二月河文存》中的作品，大多来自这些汇编本。编选作家的作品全集，一种方法是保留作者出版时的风貌，如《鲁迅全集》那样，将不同时期的版本收录其中。但二月河先生的作品集在分别出版时，收录进的作品重复现象比较严重，现在，我只好将所有的作品按内容和题材，重新分类编排。

作者除了已出的作品集外，还有些文章，散见于不同的媒介上。如二月河先生在武汉、山西的演讲，经邀请方整理后，演讲内容挂在网站上。在北京、南阳的演讲内容，邀请方整理后，则分别收录进了不同的文集。现在，我将这些能够收集到的，内容重复较少的作品，一并收进了《二月河文存》。

还有一些，是二月河夫人提供的未刊稿。如《静夜思》《走西峡古道》等十余篇文章。系二月河先生生前所写，未曾在媒体上发表过，这次略加整理，全部收入了《二月河文存》。特别是《静夜思》这篇随笔，作者写出了自己在临终前一年的孤独心境，以及关于生与死的思考。这是作者心声的真实吐露，文章虽然不长，但在作者身后再来阅读，别有一番况味。

当然，也还有少量的作品，我是通过数据库检索而发现的。但因目力所及，可能还未能应收尽收，特别是书信，虽然出版社在不同的媒体上发布了征集广告，但相信还有大部分留在不同的友人手中。如果有机会，我们希望再版修订时，能收集到作者不同时期与友人和家人更多的通信。这对于认识立体的二月河，是第一手珍贵的资料。

我1987年到长江文艺出版社从事编辑工作后，第一次外出组稿，就找到在南阳市委宣传部工作的"凌干事"。那时，他刚出版了《康熙大帝》的第一卷《夺宫》。从此，我们开始了三十余年的交往。在出版社工作期间，我除了编辑过他的三卷本《雍正皇帝》外，还出版了十三卷本《二月河文集》和他与薛家柱合写的《胡雪岩》。在此期间，我也断断续续地写了几篇研究二月河先生及作品的文章。从一般意义上来说，我对二月河先生算是比较熟悉的了。但通过编选《二月河文存》，我阅读了二月河先生除历史小说外的所有作品，对他有了新的更全面的认识。

如《二月河文存》中，收录了他回忆自己的祖辈、父辈以及家族的文章，特别是他那上十万字的自传《密云不雨》，作者以细致而灵动的笔触，描绘了大时代风云下全家的际遇、选择与心路历程，以及自己青少年时期的成长故事。在回忆跨入文坛的前后，他用"二级跳"来概括自己的成长之路，告诉读者自己如何以一个只有高中学历的转业军人身份，从研究《红楼梦》入手，进而跨入文学创作的领域。在历史小说的创作中，他秉持科学的历史观，通过将历史真实与艺术真实有机地结合，开创了新时期历史小说的新场域，第一次将帝王作为文学形象塑造并写进他的"落霞三部曲"。

收入《二月河文存》中的，还有他不同时期为不少业余作者的作品写下的五十余篇序。从这些序中，人们不难看出，尽管二月河一举成名，作品洛阳纸贵，风行海内外，但他始终不忘扶持文学新人，热情提携后进。同时，《二月河文存》中还有一个重要板块，是他担任党代表、全国人大代表后，认真履行职责，积极建言献策，为反腐倡廉鼓与呼而留下的真知灼见。

在编选《二月河文存》的过程中，得到了二月河夫人赵菊荣女士的大力支持，她不仅提供了二月河先生留在电脑中的未刊稿，还提供了二月河先生与友人的一些通信。二月河的弟弟凌皆兵先生，也提供了他在部队时与哥哥的通信。出版社在征集二月河书信时，中共中央政策研究室原副主任卫建林先生的公子卫庶，闻讯也提供了二月河为其作品撰写的序言。二月河在邓县读中学时老师的家人，还有先后与二月河在一个单位工作过的鲁钊先生，也提供了一些有价值的书信与资料。

当然，《二月河文存》得以出版，功在河南文艺出版社。社长许华伟欣然接受书稿，并且作为社里的重点出版物鼎力推出，委派我的武大校友张娟女士担任责任编辑。二月河的成名作《康熙大帝》与后来的《乾隆皇帝》，曾都是在河南文艺出版社出版的，现在他的《二月河文存》又得以在家乡的出版社整理出版，相信魂归道山的二月河如果获知这个消息，一定会十分欣慰。

周百义

2024 年 8 月 15 日于武汉